HEYNE

Das Buch

Ein geheimnisvoller Fremder erzählt auf dem Basar von Fasar die Geschichte des Sklaven Omar, der mit Melikae, der Tochter seines Herrn, durch die Wüste flieht. Verfolgt von einem finsteren Magier, der nicht eher ruhen wird, bevor er Omar für diesen Frevel bestraft hat, geraten die Liebenden in die Kriegswirren zwischen dem Stadtstaat Al'Anfa und dem Reich des Kalifen. Omar und Melikae werden getrennt, und für den Sklaven scheint alles verloren, bis er einem verschleierten Elfenkrieger begegnet, der ihn lehrt, einen Kampf gegen jede Hoffnung zu führen.
Drei Tage und drei Nächte erzählt der Fremde seine Geschichte, die weit mehr ist als ein Märchen. Denn er wird verfolgt von einem Krieger, der entschlossen ist, das letzte Kapitel um Omar und Melikae mit dem Schwert zu schreiben …

Der Autor

Bernhard Hennen, 1966 geboren, studierte Germanistik, Geschichte und Vorderasiatische Altertumskunde. Mit seiner atemberaubenden Elfen-Saga – »Die Elfen«, »Elfenwinter« und »Elfenlicht« – stürmte der Autor zahlreicher historischer und phantastischer Romane die Bestsellerlisten und schrieb sich an die Spitze der deutschen Fantasy-Autoren. Bernhard Hennen lebt mit seiner Frau und seinen zwei Kindern in Krefeld.

Mehr zu Autor und Werk:
www.BernhardHennen.de

BERNHARD HENNEN

RABENSTURM

Roman

Überarbeitete Neuausgabe

WILHELM HEYNE VERLAG
MÜNCHEN

Rabensturm ist 2002 unter dem Titel
Drei Nächte in Fasar
in der Reihe Das Schwarze Auge erschienen.

FSC
Mix
Produktgruppe aus vorbildlich bewirtschafteten Wäldern und anderen kontrollierten Herkünften

Zert.-Nr. SGS-COC-1940
www.fsc.org
© 1996 Forest Stewardship Council

Verlagsgruppe Random House FSC-DEU-0100
Das FSC-zertifizierte Papier *München Super*
für Taschenbücher aus dem Heyne-Verlag
liefert Mochenwangen Papier.

Vollständig überarbeitete Neuausgabe 5/2007
Redaktion: Angela Kuepper

www.heyne.de
Printed in Germany 2007
Umschlaggestaltung: Nele Schütz Design, München
Satz: C. Schaber Datentechnik, Wels
Druck und Bindung: GGP Media GmbH, Pößneck

ISBN: 978-3-453-52317-3

Inhalt

Yeti-Land
Ifirns Ozean
Riva
Norburg
Bornland
Orkland
Festum
Thorwal
Lowangen
Baliho
Warunk
Mittelreich
Nostria
Beilunk
Havena
Gareth
Perricum
Meer der Sieben Winde
Fasar
Zorgan
Vinsalt
Khunchom
Kuslik
Mherwed
Liebl. Feld
Khom
Maraskan
Thalusa
Tuzak
Zyklopen-
Inseln
Perlenmeer
Al´Anfa
Brabak
Altoum
Waldinseln
N
W
O
S
Aventurien
500 Meylen

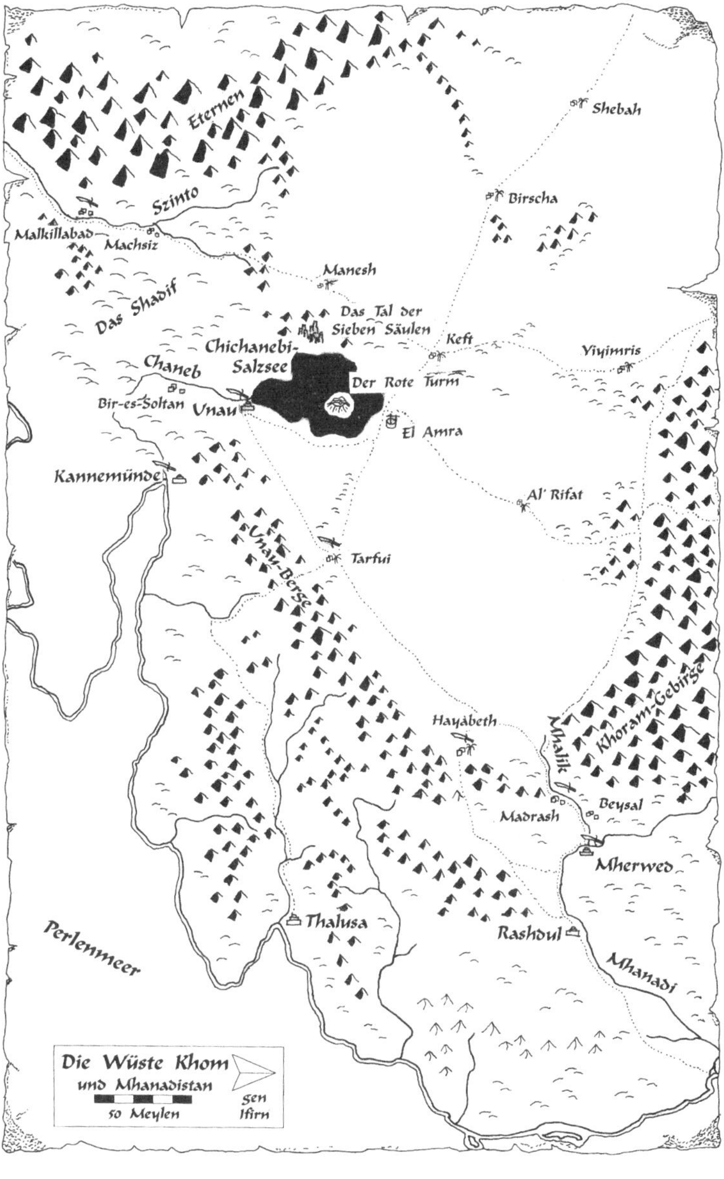
Eternen
Szinto
Shebah
Birscha
Malkillabad
Machsiz
Manesh
Das Shadif
Das Tal der Sieben Säulen
Chichanebi-Salzsee
Keft
Yiyimris
Chaneb
Der Rote Turm
Bir-es-Soltan
Unau
El Amra
Kannemünde
Al' Rifat
Unau-Berge
Tarfui
Khoram-Gebirge
Hayabeth
Mhalik
Beysal
Madrash
Mherwed
Thalusa
Rashdul
Perlenmeer
Mhanadi
Die Wüste Khom
und Mhanadistan
50 Meylen
gen Ifirn

ERSTER ROMAN

Der Tanz der Rose

Lichtstrahlen stachen wie goldene Speere durch die Löcher in den Sonnensegeln und durchzogen das Zwielicht der engen Gasse mit einem gleißenden Gitterwerk. Die Sonne stand jetzt im Zenit über den weiß gekalkten Häusern der großen Stadt. Und es war ruhig, wie immer zur Mittagszeit. Die Hitze duldete keine Bewegung und keinen Laut. Mensch und Tier hatten sich in die Schatten zurückgezogen und warteten darauf, dass die Sonne weiter zum Horizont wanderte. Die Basare waren fast menschenleer. Nur ein alter Mann irrte durch die engen Gassen, die noch vor einer Stunde vor Leben pulsiert hatten. Müde setzte er einen Fuß vor den anderen und stützte sich dabei schwer auf einen Wanderstab, an dem mit einer Lederschnur die flache Holzschale des Bettlers befestigt war.

Für einen Augenblick verharrte der Alte und wischte sich mit dem Ärmel seines weit geschnittenen Kaftans den Schweiß von der Stirn. Es war offensichtlich, dass dieses prächtige, mit Silberfäden durchwirkte Kleidungsstück nicht schon immer ihm gehört hatte. An den Säumen war es mit verschlungenen aufgestickten Ornamenten verziert. Doch der Kaftan hatte schon bessere Tage erlebt. Der dunkelblaue Stoff war abgewetzt und an den Ärmeln so dünn, dass die Ellenbogen des Alten hindurchschimmerten. Schnaufend hatte sich der Mann wieder in Bewegung gesetzt und bog jetzt in dem unübersichtlichen Gewirr von Gässchen, das jedem Fremden wie ein Labyrinth erscheinen musste, nach links ab, um den Basar der Kupferschmiede zu betreten.

Hier und da funkelte es rötlich aus dem Zwielicht, wo ein Sonnenstrahl auf eine der Metallarbeiten fiel. Große runde Teller, auf denen in reicheren Häusern am Abend Berge von Reis und Gemüse aufgetürmt wurden, lagen auf den Holzbänken der Händler und Schmiede und boten sich jedem Vorübergehenden mit dem Versprechen an, auch in die bescheidenste Lehmhütte einen Hauch von Wohlstand zu bringen. Daneben standen Öllampen, fein ziseliert oder bar jeden Schmucks, hier schlank und länglich, dort üppig und ausladend. Doch auch banalere Dinge stapelten sich in den Auslagen. Türbeschläge und Nägel, Schlüssel und schlichter Schmuck für all jene, die es sich nicht leisten konnten, kostbarere Metalle als Kupfer zu tragen.

Wieder machte der Alte eine Pause und schöpfte Luft. Es war schwer zu schätzen, wie viele Sommer der Mann schon erlebt haben mochte. Sein Gesicht war von der Sonne verbrannt und so dunkel, dass es im Zwielicht fast schon schwarz wirkte. In sonderbarem Kontrast dazu stand der dünne schlohweiße Bart, der ihm vom Kinn bis weit auf die Brust hinabreichte.

Das Alter hatte den Bettler ausgezehrt. Seine Waden, die unter dem Kaftan hervorstachen, waren fast so dürr und sehnig wie die Beine einer Wüstengazelle. So wirkte der Alte, obwohl er um einiges größer war als die meisten anderen Männer aus den Völkern der Tulamiden, keineswegs einschüchternd, sondern zerbrechlich.

Nach kurzer Pause schlurfte er weiter. Vorbei an den Ständen der Kupferschmiede zu den Teppichwebern und Färbern. Plötzlich zerriss eine Kinderstimme die Stille der Mittagshitze.

»Mahmud ist wieder da! Seht nur, er ist wirklich zurückgekommen!«

Für einen Augenblick spielte ein Lächeln um die Mundwinkel des alten Mannes. Er betrachtete mit großer Aufmerksamkeit einen Stapel bunter Teppiche, der sich unmittelbar neben der Eingangstür eines der weiß gekalkten Lehmhäuser türmte.

Mit einem Seufzer der Erleichterung ließ er sich darauf nieder, lehnte sich gegen die warme Hauswand und schloss die Augen. Es war schwer, alt zu werden. Nichts, was einem Rastullah schenkte, hatte Bestand. Etwas wehmütig dachte er an frühere Zeiten. An seine Jugend und seine Kraft, die er damals für so selbstverständlich gehalten hatte.

Sanft schüttelte er den Kopf und sah auf. Eine Schar Kinder mit schwarzen Haaren und großen Augen hatte ihn umringt.

»Erzählst du uns wieder eine Geschichte?«

Der Junge, der ihn gefragt hatte, mochte höchstens vier Jahre alt sein. Die anderen hatten ihn ein wenig vorgeschoben, so als sei von vornherein ausgemacht gewesen, dass er und kein anderer die Frage stellen sollte.

Der Alte lächelte und strich sich in gespielt würdevoller Geste, als sei er der Großwesir des Kalifen, über den Bart.

»Gern werde ich Euch Eure Wünsche erfüllen, mein Prinz. Doch zuerst fragt Euren Mundschenk, ob er nicht einen Tropfen Wein und eine Schale voll Obst erübrigen kann, denn ich bin weit gereist, und meine Kehle ist fast so trocken wie der Salzsee vor Unau.«

Die Kinder lachten laut auf, nur der kleine Junge blickte hilflos zu Boden, als überlege er fieberhaft, wo er zusammenstehlen könnte, worum der Bettler ihn gebeten hatte.

»Nimm's dir nicht zu Herzen, mein Kleiner.« Der Fremde streckte die dürre Hand aus und strich dem Jungen über die schwarzen Locken. »Das war doch nur ein Spaß. Wenn du mir einen Schluck Wasser und ein Stück Melone oder eine andere Kleinigkeit besorgen könntest, dann hättest du mich damit schon mehr als zufriedengestellt.«

Mahmud blickte in die Runde. »Ihr anderen solltet auch nicht untätig herumstehen. Wenn ihr eine gute Geschichte hören wollt, dann schaut nach, was ihr aus den Vorratskammern eurer Mütter mausen könnt, denn ein halb verhungerter Märchenerzähler ist so schwach bei Stimme, dass es wahrlich keine Freude sein wird, ihm zuzuhören.«

Eilig verschwanden die Kinder in Hinterhöfe und schattige Hauseingänge. Ihre Stimmen und ihr ausgelassenes Lachen verklangen. Nur das Geschrei eines Esels irgendwo im Labyrinth des Basars durchbrach die Stille. Müde ließ der alte Mann den Kopf gegen die Hauswand sinken und schloss erneut die Lider.

Irgendetwas stieß gegen seinen Arm. Zuerst war es nur ein undeutliches Gefühl, und Mahmud wusste nicht recht, ob der leichte Knuff nicht zu seinem Traum gehört hatte. Doch dann wurde das Traumbild des Gartens unscharf. Das Plätschern des Brunnens verklang …

Mahmud öffnete die Augen. Gerade hatte ihn sein kleiner Freund wieder leicht gegen den Arm gestoßen, und irgendwo sagte jemand: »Seht ihr, er hat doch nur geschlafen.«

Blinzelnd schaute sich der Bettler um. Ein Krug voll frischen Brunnenwassers und ein kleiner Becher aus Ton standen vor ihm auf dem Teppich. Außerdem hatte man ihm eine flache hölzerne Schale mit einem Apfel, einem halben Brotfladen und ein paar getrocknete Feigen gebracht. Genug, um über zwei Tage zu kommen, wenn man genügsam war.

Jetzt waren nicht mehr nur Kinder unter seinen erwartungsvollen Zuhörern. Auch einige Frauen standen im Hintergrund und gaben sich alle Mühe, sehr beschäftigt zu wirken. Doch Mahmud wusste genau, wenn er erst einmal mit seiner Geschichte begonnen hätte, würden auch sie sich bald zu ihm setzen und seinen Worten lauschen.

»Ich hab dir auch etwas besorgt.« Der kleine Junge, der ihn geweckt hatte, trat vor Aufregung von einem Bein auf das andere. Mit der Rechten versteckte er etwas hinter dem Rücken.

»Und, darf ich sehen, was du da vor mir verbirgst?«

Der Kleine zögerte kurz, dann zog er stolz eine halbe Honigmelone hervor.

»Beim Barte meines Oheims! Wo hast du denn dieses Prachtstück aufgetrieben?«

Der alte Mann griff nach der gelben Melone, schnupperte daran und verdrehte lustvoll die Augen, so als hätte gerade die berühmteste aller Sharisad nur für ihn getanzt.

Die Kinder kicherten.

»Wo hast du denn diese vollkommenste aller Melonen hergenommen, die jemals unter Rastullahs Augen gedieh?«

Der Kleine blickte verlegen zu Boden und musterte seine nackten Zehen.

»Nun, mir kannst du es doch sagen. Flüstere es mir ruhig ins Ohr, dann bleibt es ein Geheimnis zwischen uns beiden, und keiner deiner Freunde hier kann dich verraten.«

Noch einen Herzschlag lang zögerte der Junge. Doch dann beugte er sich vor und flüsterte leise: »Mein Vater sollte sie zum Abendessen bekommen … Aber er ist ohnehin schon so dick wie ein Eunuch im Harem des Sultans … Ich glaube, er wird es nicht merken, wenn sie fehlt.«

»So, so …« Mahmud hatte sich wieder zurückgelehnt und strich sich über den Bart. »Aus dem Garten der ungläubigen Sonnenanbeter hast du sie gestohlen, jener närrischen Priester, die nicht an den Einen glauben, sondern in ihren verdrehten Reden behaupten, gleich zwölf Götter würden über unser Schicksal wachen.«

Ein Raunen ging durch die Reihen der Kinder. Mit großen Augen und offenen Mündern bestaunten sie ihren Spielkameraden.

»Das war eine edle Tat! Ich finde, diese Götzenanbeter

haben eine so vollendete Frucht nicht verdient. Weil du aber so viel Mut gezeigt hast, sollst du hier neben mir sitzen, wenn ich das Märchen erzähle, mein Freund.«

Mahmud stutzte.

»Sag, wie heißt du eigentlich?«

»Omar«, antwortete der Kleine schüchtern.

»Gut, Omar, dann nimm jetzt den Ehrenplatz zu meiner Rechten ein. Und nun geduldet euch bitte noch einen Augenblick und lasst mich von den köstlichen Leckereien probieren, die ihr mir so großzügig überlassen habt.«

Mahmud zog ein schartiges altes Messer aus den Falten seines Kaftans hervor und schnitt die Melone in vier Stücke. Wer mochte schon wissen, ob nicht jeden Augenblick Omars Vater erschien, um zurückzufordern, was ihm gehörte? Allein, was er einmal gegessen hatte, könnte ihm niemand mehr nehmen.

Geduldig sahen die Kinder ihm zu, bis Mahmud sein Mahl vollendet hatte. Der alte Mann wischte sich zufrieden mit dem Ärmel des Kaftans über den Mund.

»... und nun sagt mir, was für eine Geschichte ihr hören möchtet.«

»Es soll ein mutiger Krieger vorkommen. Erzähl uns von den stolzen Wüstenreitern, die die Al'Anfaner vertrieben haben.«

»Nein, es soll ein Märchen sein ... mit einer Prinzessin ... und einem Prinzen, der sie auf seinem prächtigen Hengst, einem weißen Shadif, holen kommt ...« Ein kleines Mädchen mit geflicktem Kittel schaute erwartungsvoll zu Mahmud auf.

»Nein, keine langweilige Liebesgeschichte«, grölten einige Jungen. »Wir wollen ein Abenteuer und kein erfundenes Märchen.«

»Erzähl von einem Zauberer und einem Schatz ...«

Mahmud breitete die Arme aus. »Gut, gut, meine kleinen Freunde. Ich fürchte, es wird schwierig, alle eure Wünsche auf einmal zu erfüllen.«

Nachdenklich kratzte er sich am Kopf.

»… und du Omar, was möchtest du hören?«

»Eine Geschichte von einem Dschinn, einem mächtigen Geist, der seinem Freund alle Wünsche erfüllt.«

Mahmud lächelte nachdenklich. »Ihr seid wirklich kein genügsames Publikum. Ihr wollt eine wahre Geschichte mit einem Dschinn und einem Prinzen, einem Krieger und einer Prinzessin. Fast wünschte ich, ich hätte selber einen Dschinn, der mir nun riete, wie ich alle eure Wünsche erfüllen kann. Doch ich glaube, ich kenne eine wahre Geschichte, von der heute viele behaupten, sie sei nur ein Märchen. Eine Geschichte von Liebe und Krieg, in der der Held einen Freund haben wird, der mindestens so unheimlich und geheimnisvoll wie ein Flaschengeist ist. Es ist die Geschichte von Omar und Melikae.«

»Vor vielen Jahren, als noch der glücklose Abu Dhelrumun ibn Chamallah Kalif der Rechtgläubigen war, gab es in Unau einen reichen Händler, der Abu Feisal ben Hussein geheißen ward. Und weil er mehr Kamele sein Eigen nannte, als Hengste in den Ställen des Kaisers der Ungläubigen stehen, gab man ihm den Namen Feisal der Prächtige.

Nun begab es sich aber, dass im siebenundzwanzigsten Jahr der Herrschaft Abu Dhelrumuns ein Löwe, groß und mächtig, mit einer Mähne so schwarz wie Jettstein, die Karawanenstraße im Norden Unaus heimsuchte. Er versetzte Mensch und Tier in Schrecken, und es schien, als töte er allein aus Mordlust. Später sahen viele im Erscheinen dieses Löwen ein Omen, das uns Gläubige vor schwerem Unheil warnen sollte. Doch in jenen Tagen waren die Menschen reich und glücklich, und sie waren blind für die Warnungen Rastullahs.

Immer größer wurde der Schaden, den die schreckliche Bestie anrichtete, und Feisal sandte Boten in alle Städte und Dörfer, einen Kühnen zu finden, der ihm das Fell des Löwen brächte. Doch kein Mann, den eine Sterbliche gebo-

ren hatte, schien dem schrecklichen Dämon Einhalt gebieten zu können. So, als sei der Löwe im Bunde mit den bösen Geistern der Wüste, vermochte er immer wieder seinen Jägern zu entkommen und neues Unheil über die Menschen zu bringen.

Schließlich setzte Abu Feisal eine Belohnung von fünfhundert Zechinen auf das Fell der Bestie aus. Er versammelte alle Jäger und Krieger um sich und schwor feierlich, nicht in seinen Palast zurückzukehren, bevor der Löwe getötet sei. An seiner Seite ritten Männer und Frauen, deren Namen mit Ehrfurcht an den Lagerfeuern der Beni Novad genannt wurden und deren Ruhm bis in jene Länder des Nordens reicht, wo die Kraft der Sonne so gering ist, dass die Erde wie tot liegt und kein Grün das Auge des Reisenden zu erfreuen vermag.

Zehn Tage und zehn Nächte zog Feisal mit der Pracht eines Fürsten durch die Wüste. Seine Sklaven führten Zelte aus Seide für die Jagdgesellschaft mit, in denen bei Nacht goldene Ampeln brannten, und nicht weniger als zwölf Köche waren damit beschäftigt, für das Wohl der Jagdgesellschaft zu sorgen. Doch Rastullah war die Pracht des Feisal ein Dorn im Auge, und so fügte es das Schicksal, dass all diese erfahrenen Jäger nicht einmal eine Spur des Löwen zu finden vermochten.

So besann sich Feisal am Morgen des elften Tages auf sein eigentliches Vorhaben und beendete das Fest, das er eine Jagd genannt hatte. Um endlich eine Spur des Löwen zu finden, sandte er nach Sonnenaufgang seine Jäger und Krieger in alle Himmelsrichtungen.

Der Tag war noch jung, als den Kaufmann der Zorn Rastullahs traf. Von einem Atemzug zum anderen verfinsterte sich der Himmel über der Wüste, und ein schrecklicher Sturm zog herauf. Kamele und Esel rannten aufgebracht durcheinander und suchten Schutz vor der schrecklichen Gewalt des Sandsturms, und als sich nach Stunden der Zorn des Himmels wieder legte, war die Jagdgesellschaft endgültig in alle Winde zerstreut. Auch Feisal hatte sich während des Sturms verirrt, und allein sein Sklave Omar war noch an seiner Seite. Zweifelnd blickte er zum Himmel und versuchte, den Weg zum Lager zu finden, doch …«

Immer schmerzhafter schnitt der Lederriemen des schweren Wasserschlauchs in Omars Schulter. Wieder einmal wechselte er den Speer in die andere Hand und verlagerte so das Gewicht seiner Last. Wahrscheinlich würde er sich schon bald wünschen, dass der Lederschlauch noch voller sei. Allein Rastullah mochte wissen, wann oder ob überhaupt sie jemals wiedergefunden werden würden. Der Sandsturm hatte die Landschaft völlig verändert, Dünen eingeebnet und an anderer Stelle wieder neu aufgetürmt.

Einige Schritt vor ihm ging sein Herr, Abu Feisal. Die Hitze machte ihm schwer zu schaffen. Auf dem Rücken seines Kaftans malten sich dunkle Schweißflecken ab. Seinen prächtigen Umhang hatte er während des Sturms verloren. Der Handelsherr war es nicht gewohnt, zu Fuß in der Wüste unterwegs zu sein, doch für sein Alter und den beträchtlichen Leibesumfang hielt er sich noch ganz gut. Noch!

Gleich nach dem Sturm hatte Feisal Omar verboten, auch nur einen Tropfen zu trinken. Sie wollten das Wasser, das zum Maß der ihnen noch verbleibenden Lebensfrist geworden war, so lange wie möglich aufsparen. Auch Feisal hatte sich bisher an das Verbot gehalten. Doch langsam schien ihn seine Kraft zu verlassen. Immer häufiger setzte er die Füße unsicher auf, rutschte aus und fing sich taumelnd wieder, wenn sie den Abhang einer Düne hinabwanderten. Trotzdem dachte Feisal offensichtlich nicht daran, seine schwere Waffe wegzuwerfen, die ihm mehr und mehr zur Last wurde. Vor zwei Wochen erst hatte er sie als Geschenk von einem Händler aus dem Norden erhalten, und er hatte offensichtlich beschlossen, die Waffe mit dem Blut des Löwen zu weihen. Armbrust nannte man das merkwürdige Ding, das er mit sich herumschleppte.

Omar hielt nicht allzu viel davon. Ein Reiterbogen wäre nicht so schwer gewesen. Diese Bogen hatten sich in Jahrhunderten bewährt. Einer Armbrust, von einem Ungläubigen gebaut, würde er niemals sein Leben anvertrauen. Doch er war ja nur ein Sklave, und er wäre der Letzte, auf dessen Ratschlag Abu Feisal hören würde.

Die Mittagsstunde war vorbei, doch noch immer stand die Sonne wie ein böses weißes Auge hoch am Himmel.

Omars Lippen waren aufgesprungen. Die Jahre, die er im Dienst Abu Feisals verbracht hatte, hatten ihn weich gemacht. Er gehörte zwar zum Stamm der Beni Novad, doch schon als Kind war er bei einem Überfall geraubt und als Sklave nach Unau verkauft worden. Obwohl er gerade erst zwanzig Sommer gesehen hatte, war es sein Schicksal gewesen, die meisten Jahre in Feisals Palast zu verbringen. So hatte er all jene Fertigkeiten verloren, die man den Söhnen vom Volk der Beni Novad zuschreibt. Er litt wahrscheinlich kaum weniger unter der mörderischen Hitze als sein Herr, auch wenn man den Männern der Wüstenstämme nachsagte, sie könnten einen ganzen Tag ohne einen Schluck Wasser auskommen.

Mit zusammengekniffenen Augen blieb Omar auf dem Kamm einer Düne stehen und musterte den Horizont. Der Himmel erstrahlte jetzt wieder in klarem Blau, so als hätte es niemals einen Sturm gegeben. Die Hitze verwischte den Horizont zu einer unsteten, zitternden Linie und zauberte das Trugbild spiegelnder Seen zwischen die Dünen.

Mit fahriger Hand wischte er sich über das Gesicht. Überall klebte noch Sand, und er würde mindestens einen Schlauch voll Wasser und einen Krug verdünnten Wein brauchen, um den schrecklichen Sturm vergessen zu können. So, als wolle die Wüste ihn ersticken, war der glühende Staub selbst durch sein Kopftuch hindurch in Mund und Nase gedrungen, bis er sich nur noch gewünscht hatte, schnell zu sterben, weil jeder Atemzug zur unerträglichen Qual wurde. Doch er hatte widerstanden.

Sein Herr war plötzlich stehen geblieben. Wie versteinert starrte er auf etwas im Sand. Hastig kniete Abu Feisal nieder und winkte Omar heran. Und dann konnte auch Omar erkennen, was den Handelsherrn so sehr erschreckt hatte. Eine Spur kreuzte ihren Weg. Tatzenabdrücke, fast so groß wie eine Männerhand, waren in den Sand eingeprägt. An den Rändern waren die Abdrücke ein wenig unscharf. Feiner Sand rieselte in die Spuren.

»Die Fährte ist ganz frisch.« Abu Feisals Stimme klang heiser. »Weißt du, was das bedeutet?« Er drehte sich zu Omar um. Seine Augen waren vor Angst geweitet, und jegliche Farbe war aus seinem Gesicht gewichen.

»Er ist hier! Zehn Tage lang haben wir ihn vergeblich gesucht, und ausgerechnet jetzt, da ich allein bin, kreuzt er meinen Weg.«

»Vielleicht ist er auch schon weitergezogen.« Omar betete still, dass er recht haben möge. »Schließlich waren wir noch hinter der Düne, als er hier vorbeigekommen ist. Er kann uns nicht gesehen haben.«

Einen Augenblick lang schien Hoffnung in Feisal aufzukeimen, doch dann schüttelte er energisch das Haupt. »Nein! Die Bestie ist hier, um mich zu stellen. Es ist kein Zufall, dass ausgerechnet ich sie treffe und nicht einer meiner Jäger. Rastullah will mich prüfen. Der Löwe ist nur meinetwegen hier.«

Hastig begann Feisal die Armbrust zu spannen. Zweimal entglitt seinen zitternden Händen der Bolzen, bevor er ihn in die Waffe einlegen konnte. Die Unruhe seines Herrn ergriff auch Omar. Die Hand, mit der er den Speer hielt, war plötzlich feucht. Unsicher blickte er sich um. Sie standen in einem kleinen Tal zwischen zwei hohen Dünen. Ein leichter Wind war aufgekommen und trieb einen dünnen Schleier von Staub vor sich her.

»Wir sollten nicht hier unten bleiben.« Omar drehte sich jetzt wieder zu Abu Feisal um. Der dicke Kaufmann nickte. Eilig stiegen sie den steilen Hang der gegenüberliegenden Düne hinauf. Unter jedem ihrer Schritte gab der weiche Sand nach, so als habe selbst die Natur sich gegen sie verschworen. Plötzlich hielt Feisal inne.

»Wenn wir auf die Düne steigen, kann uns auch der Löwe besser sehen.«

»Nur wenn er die Dünen überquert. Bleibt er in den Tälern, wird er uns nicht sehen. Bedenkt aber vor allem, dass er uns dort oben nicht überraschen kann. Gleichgültig, woher er kommt ...«

Ein markerschütterndes Brüllen unterbrach Omar. Über ihnen stand die Bestie auf dem Kamm der Düne. Der Wind spielte mit der mächtigen schwarzen Mähne des Raubtiers, und die Sonne in seinem Rücken verlieh ihm eine Aureole, sodass er wie ein Racheengel Rastullahs aussah. Omar packte seinen Speer mit beiden Händen, doch die Waffe kam ihm jetzt wie ein Spielzeug vor. Einen schrecklichen Augenblick lang maß der Löwe sie mit Blicken. Seine Augen waren bernsteinfarben und blutunterlaufen. Auch ihm hatte der Sandsturm offensichtlich zugesetzt. Mit bedrohlichem Knurren hob er die Lefzen und entblößte Reißzähne, die fast so lang wie Dolche waren. Noch immer verharrte die Bestie auf dem Dünenkamm, so als weide sie sich am Schrecken ihrer Opfer. Gehetzt blickte sich Omar um. Doch nirgends war Hilfe in Sicht, und es gab auch keinen Platz, der ihnen Zuflucht hätte bieten können. Da hob Abu Feisal seine Armbrust. Ganz langsam, als wolle er die Bestie nicht erschrecken. Das Knurren des Löwen wurde lauter.

»Bitte, Herr, reizt ihn nicht ...«

»Schweig, Sklave! Ich werde nicht sterben wie ein ...«

Abu Feisal kam nicht mehr dazu, den Satz zu vollenden. Mit einem gewaltigen Satz stieß der Löwe auf ihn herab. Im selben Augenblick riss der Kaufmann die Armbrust hoch und drückte ab. Doch der Bolzen streifte die Bestie nur.

Die Wucht des Aufpralls schleuderte Abu Feisal zu Boden. Die Armbrust war seinen Händen entglitten, und die Krallen des Löwen zerfetzten seinen kostbaren Kaftan.

»Rastullah schütze mich …«, erklang die halb erstickte Stimme des Händlers.

Statt seinem Opfer die Kehle durchzubeißen, maß der Löwe nun Omar mit Blicken, als wolle er ihn verspotten.

Omar spürte eine ohnmächtige Wut in sich aufsteigen. Sein ganzes Leben lang war er vom Pech verfolgt gewesen. Hätten ihn nicht Räuber zu Sklaven gemacht, wäre er ein stolzer Wüstenkrieger und kein rechtloser Niemand gewesen, der unerreichbaren Tagträumen nachhing. Selbst die Bestie verhöhnte ihn, so als wisse sie genau, dass er ein Nichts sei. Omar packte den Griff des Speeres so fest, dass seine Knöchel weiß hervortraten. Solange er sich erinnern konnte, war er verhöhnt worden. Und nicht einmal der Löwe sah in ihm einen ernsthaften Gegner; er würde erst Feisal töten und ihn, den Sklaven, von dem nichts zu befürchten war, noch eine Weile zappeln lassen. Doch wenigstens über seinen Tod würde er selbst bestimmen. Er würde sich dem Löwen nicht einfach ausliefern. Wegzulaufen wäre sinnlos. Die Bestie würde mit ihm wie die Katze mit der Maus spielen. Der Löwe war sich völlig sicher, dass er ihm nicht entkommen konnte. Omar spürte es genau.

Abu Feisal hatte angefangen zu beten. Dunkles Blut tropfte aus seinen Wunden in den hellen Wüstensand. Der Löwe ließ ein tiefes, kehliges Knurren vernehmen.

»Rastullah, erbarme dich …«, stieß Feisal hervor. Der Löwe hatte die Kiefer weit aufgerissen. Im selben Augenblick griff Omar mit dem Speer an. Er würde der Bestie den Stahl in den Rachen treiben. Doch, als habe der Löwe mit dem Angriff gerechnet, schlug er die Speerspitze fast spielerisch mit der Tatze zur Seite.

Der Schlag gegen den Speerschaft brachte Omar aus dem Gleichgewicht. Er tat einen Schritt zurück, suchte vergebens Halt in dem weichen Sand und stürzte schließlich.

Halb gebremst vom warmen Sand, rutschte er unendlich langsam rücklings die Düne hinab. Noch immer umklammerte er mit beiden Händen den Speerschaft. Der Löwe ließ ihn keinen Augenblick aus den Augen. Das Raubtier tat einen Schritt nach vorn und kümmerte sich nicht mehr um den stöhnenden Feisal. Omar sah, wie die Bestie die Muskeln zum Sprung spannte. Nur noch wenige Augenblicke, und es wäre mit ihm vorbei. Fauchend stieß sich der Löwe von der Düne ab, und es schien, als hätte ein mächtiger Magier den Lauf der Zeit verändert. Unendlich langsam segelte der Löwe durch die Luft, die Vorderbeine weit vorgestreckt. Lang wie Kinderfinger traten die Krallen aus den großen Tatzen hervor. Omar riss den Speer hoch und richtete ihn auf die Brust der Bestie.

Dann kam der Aufschlag. Die Waffe durchbohrte den Löwen! Mit scharfem Knall zerbrach der Speerschaft. Jetzt kam alles zu spät! Wie der Fausthieb eines Riesen traf ihn der Leib des Löwen. Der Speer hatte dem Sprung der Bestie kaum Wucht genommen. Scharfe Krallen drangen in Omars Brust. Deutlich spürte er den heißen Atem der Bestie auf dem Gesicht. Geifer troff ihr aus dem Maul. Irgendetwas blendete Omar. Er schloss die Augen und gab sich dem Schmerz hin. Bunte Lichter tanzten ihm vor den geschlossenen Liedern, formten sich zu einem wirbelnden Kreis und rissen ihn in einen Abgrund aus grellem Licht.

Etwas stimmte nicht in dem grünen Garten, in den Rastullah Omar gebracht hatte. Es hing mit seinem Gesicht zusammen. Erstaunt wischte er sich über Wangen und Stirn, doch es wurde nicht besser. Dann verschwammen die Blumen und Dattelpalmen, als habe er Tränen in den Augen, und alle Farben wurden dunkel und bedrohlich. Wieder wollte Omar sich durchs Gesicht wischen, doch sein Arm war plötzlich so schwer, als sei er mit ehernen Fesseln gebunden. Irgendwo aus der Finsternis drang ihm eine Stimme ans Ohr.

»Omar … Omar, komm zu dir …«

Jetzt schien es, als fielen dicke Regentropfen in sein Gesicht.

»Omar … schlag die Augen auf!«

Der Sklave versuchte sich aufzurichten. Vergebens. Irgendetwas presste ihn fest auf die Erde. Langsam öffnete er die Augen. Grelles Licht blendete ihn. Und vor dem Licht war eine große ovale Fläche. Ein klaffender Spalt öffnete sich in dem Oval.

»Du lebst also doch noch. Halte durch, Omar!«

Langsam sah er klarer. Das Oval gewann an Konturen und wurde zum Gesicht seines Herrn, Abu Feisal.

Wieder plätscherte ihm etwas ins Gesicht. Feisal träufelte ihm Wasser aus dem großen Lederschlauch auf die Stirn.

»Ich kann den Löwen nicht beiseiterollen. Ich bin zu schwach.« Der Kaufmann zog eine Grimasse. »Ich fürchte, ich habe zu lange zu gut gelebt. Trink jetzt! Ich werde den Wasserschlauch mitnehmen.«

Omar wollte etwas sagen, doch über seine Lippen kam nur ein Röcheln.

»Es wäre sinnlos, dir das Wasser hierzulassen. Du kannst ohnehin nicht aus eigener Kraft trinken.«

Feisal setzte ihm das Mundstück des Lederschlauchs an die Lippen. Selbst das Schlucken bereitete Omar Schmerzen.

»Du musst durchhalten. Ich werde dir die Freiheit schenken, dafür, dass du mir das Leben gerettet hast. Hörst du?«

Omar nickte. Was sollte er noch mit der Freiheit anfangen? Wahrscheinlich würde er nicht einmal den Sonnenuntergang erleben. Lichtpunkte tanzten ihm vor den Augen, doch ein kräftiger Stoß Abu Feisals brachte ihn wieder zu sich. Der Kaufmann presste die Linke gegen die Brust. Durch seine Finger sickerte Blut. Wie weit würde er wohl mit seinen Wunden kommen?

»Reiß dich zusammen! Ich denke, du bist ein stolzer Beni Novad. Wenn du die Augen schließt, wirst du sterben. Du darfst nicht ohnmächtig werden. Hörst du mich? Ich sage …«

Feisals Stimme verhallte wie ein fernes Echo, und Omar glitt in barmherzige Finsternis, die ihn alle Schmerzen vergessen ließ.

Als Omar das nächste Mal erwachte, befand er sich in einem prächtigen Zelt aus dunkelgrüner Seide. Lilien und andere Blumen waren mit Goldfäden in den weiten Zelthimmel gestickt.

Auf die Ellbogen gestützt, versuchte er stöhnend, sich ein wenig aufzurichten.

»Das solltest du besser bleiben lassen, mein Freund.« Ein alter Mann mit kurz geschorenem weißem Bart beugte sich über ihn. Es war Yassir ibn Surkan, Feisals Hausarzt, der gewöhnlich nur Mitglieder der neun Familien behandelte. Omar seufzte. Er war so glücklich, dass ihn plötzlich die Angst überkam, dies alles sei nur ein Traum. Er blinzelte und kniff sich vorsichtig in den Arm … Er träumte nicht!

Es war das erste Mal, dass ihn ein freier Mann ›mein Freund‹ nannte. Einem einfachen Haussklaven wurde üblicherweise keine Beachtung geschenkt. Er gehörte einfach zum Haus, wie das Geschirr und die Teppiche, denn Sklaven wurden nicht als eigenständige Personen, sondern als Sachen betrachtet. Unsicher tastete Omar nach seinem Hals. Noch immer trug er den schweren eisernen Sklavenring, in den der Name seines Besitzers eingraviert war.

Yassir, der Hausarzt, hatte seine Geste bemerkt. »Du wirst den Ring bald los sein. Wegen deiner Verletzungen konnten wir ihn dir noch nicht abnehmen.«

»Was ist mit mir? Wie komme ich aus der Wüste hierher?«

»Kurz nachdem unser Gönner dich verlassen hatte, traf

er auf zwei Jäger. Gemeinsam schafften sie dich und den Kadaver des toten Löwen ins Lager. Du hast großes Glück gehabt, Omar. Die Krallen des Löwen haben dir einige tiefe Schrammen in die Brust geschlagen, und du hast viel Blut verloren. Hätte man dich zwei oder drei Stunden später zu mir gebracht, hätte ich nichts mehr für dich tun können. Außerdem hat der Löwe dir drei Rippen gebrochen. Deshalb werden wir noch eine Weile hier im Lager bleiben. Der Rückweg wäre zu anstrengend für dich.«

»Werde ich durch die Verletzungen ein Krüppel sein?«

Der Arzt lächelte breit und schüttelte den Kopf. »Aber nein. Es werden ein paar Narben auf deiner Brust zurückbleiben – und sagt man nicht, Narben seien der Schmuck des Kriegers? Du wirst dich bald wieder erholt haben und deine Freiheit genießen können. Die Schwäche, unter der du jetzt noch leidest, kommt vom Blutverlust. Sie wird nicht lange anhalten. Die Rippen hingegen werden dir noch ein paar Wochen Schmerzen bereiten. Du darfst dich nicht körperlich anstrengen. Doch das wirst du auch nicht müssen. Abu Feisal erzählt jedem, dass er dich reich beschenken will. Vielleicht wird er dir eine kleine Herde überlassen, und du kannst zu deinem Stamm zurückkehren.«

Omar mochte gar nicht glauben, was er da hörte. Es war wie im Märchen. Gestern noch war er ein Sklave, und heute wollte ihn der reichste Kaufmann Unaus beschenken und als angesehenen Mann zu seiner Sippe zurückkehren lassen.

Omar schloss die Augen und malte sich seine Zukunft aus. Endlich würde er wie die anderen Gäste Abu Feisals Melikae beim Tanzen zusehen dürfen. Vielleicht würde sie ihn ja bemerken? Solange er ein Sklave gewesen war, hätte sie ihm niemals auch nur einen Blick geschenkt, doch jetzt war er der Lebensretter ihres Vaters, und alles war anders.

Ein neues, schöneres Leben würde beginnen.

»Nein, nein, so nicht, Kindchen!« Sulibeth hatte den Tonfall angeschlagen, mit dem sie stets eine längere Belehrung eröffnete. Während Melikae ihre durchscheinenden Schleier vom Boden aufhob, schritt die alte Tanzlehrerin wütend im großen Frauengemach auf und ab.

»Es ist, als redete ich gegen eine Wand! Hörst du mir wenigstens jetzt zu, du Plage des Himmels?«

»Aber sicher doch!« Melikae schnappte den letzten Schleier und ließ sich schmollend auf einem Berg von Brokatkissen nieder.

»Was hast du gestern eigentlich getan?« Ohne eine Antwort abzuwarten, wetterte die alte Sharisad in einem fort. »Deine Übungen jedenfalls nicht. Wie oft habe ich dir schon gesagt, dass bei einem solchen einzelnen Hüftschwung nicht eine Münze deines Halsschmucks klappern darf! Du bist doch keine dahergelaufene Tänzerin, wie sie in den Basaren zum Vergnügen der Männer auftreten. Du bist eine Sharisad! Vergiss das niemals! Wenn du nicht so entsetzlich faul wärst, könntest du eines Tages vor dem Kalifen tanzen. Die mächtigsten Männer im Land lägen dir zu Füßen … Aber mach nur so weiter! Brich mir das Herz, enttäusche deinen Vater … Ich sehe dich schon für ein paar Kupferstücke vor verlausten Ziegenhirten tanzen.«

Sulibeth schnappte vor Aufregung keuchend nach Luft. Vor vielen Jahren war sie einmal eine berühmte Sharisad gewesen. Doch mit ihrer Schönheit war auch der Ruhm vergangen. Melikae wusste genau, dass Sulibeth auf das Gnadenbrot ihres Vaters Abu Feisal angewiesen war. Und gleichgültig, wie sehr sie schimpfte und sich ereiferte, sie käme mit Sicherheit am nächsten Tag wieder und nähme ihre Mühen von neuem auf sich.

»Sei nicht so streng mit mir, meine alte Suli. Die Gäste meines Vaters überschlagen sich förmlich, mir jeden Wunsch von den Augen abzulesen, wenn ich vor ihnen tanze. Was soll ich mehr von dir lernen? Ist das nicht alles, was eine Frau braucht, um über ihren Mann zu gebieten und glücklich zu sein? Selbst wenn mein Vater mich einst mit dem griesgrämigen alten Händler verheiraten wird, dem ich schon seit meiner Geburt versprochen bin, wird der hässliche Ziegenbock wie Wachs in meinen Händen sein, sobald ich für ihn tanze. Und solange ich Gelegenheit habe, vor meinem Vater zu tanzen, werde ich ihn immer wieder überreden können, mich noch eine Weile in seinem Haus zu behalten und die Hochzeit aufzuschieben.«

»Du sprichst wie ein Kind, das in eine Schale voll Wasser geschaut hat und glaubt, den Ozean zu kennen. In all den Monaten, die ich dich nun schon unterrichte, hast du nur den einfachsten jener Zaubertänze gelernt, die eine wahre Sharisad beherrschen sollte. Und noch immer kann ich nicht einmal einen Funken jener heiligen Glut entdecken, welche die Seele jeder Tänzerin erwärmen sollte.«

»Lass mich in Ruhe mit diesem Gewäsch! Deine Worte sind nicht mehr als das Gesäusel einer alten Tänzerin, die nicht einmal mehr den Pavianen gefällt. Wenn deine Worte wahr wären, weshalb bist du dann auf das Gnadenbrot meines Vaters angewiesen?«

Sulibeth stieß einen langen Seufzer aus. »Auch ich habe Fehler gemacht, als ich jung war und glaubte, mein Zauber werde nie verblühen. Meine Strafe ist, dass ich mich jetzt mit einem störrischen kleinen Mädchen herumschlagen muss, das meine Reden ebenso missachtet, wie ich vor vielen Jahren den Rat meiner Lehrerin nicht wahrhaben wollte.«

Melikae warf so trotzig den Kopf in den Nacken, dass ihr langes schwarzes Haar wie lebendig um ihre bloßen Schultern wogte.

»Die Freunde meines Vaters sind offensichtlich nicht der Meinung, dass ich ein kleines Mädchen bin. Sie …«

»Oh, gewiss, meine Prinzessin«, unterbrach sie Sulibeth, und der Schalk stand ihr in den Augen. »Du hast schon den

Körper einer richtigen Frau und verstehst es, die Sinne der Männer zu betören. Allein, dein Geist scheint diese Reife noch nicht erlangt zu haben.«

»Du grantige alte Hexe.« Melikae hatte eines der Kissen gepackt und warf es nach der alten Tänzerin.

Sulibeth fing das goldglänzende Geschoss mit graziler Geste aus der Luft und legte es neben sich auf das Fenstersims. Dann lächelte sie Melikae warmherzig an. »Es ist also noch nicht alle Hoffnung verloren.«

»Wie meinst du das?«

»Wenn du nicht in deinem Innersten wüsstest, dass meine Worte wahr sind, würdest du dich nicht so sehr über mich aufregen. Vielleicht wirst auch du eines Tages noch lernen, dass eine Sharisad niemals ihre Gaben einsetzt, um einen Mann in ihren Bann zu schlagen und sich an ihm eigennützig zu bereichern. Der Tanz der Sharisad ist immer ein Geschenk, und der Beifall des Publikums ist ihr Belohnung genug. Auch ist es ihr erlaubt, die Geschenke, die ihr einige Männer aus freiem Willen machen werden, dankbar anzunehmen. Tanzt du aber nur, um deine eigene Gier zu stillen, so wird dich eines Tages die Strafe der Dschella ereilen, die mit ihren Tänzen selbst Rastullah zu erfreuen vermochte und nun als die sechste seiner Frauen über uns Tänzerinnen wacht.«

Melikae war still geworden. Ihr Zorn auf die alte Sulibeth war verflogen. Ob auch sie eines Tages Rastullah gefallen würde? Oder würde sie das Schicksal der alten Sulibeth teilen und dereinst jungen, unaufmerksamen Mädchen die Kunst des Tanzes beibringen? Geistesabwesend blickte sie aus dem Fenster auf den Garten. Dort hing hinter dem kleinen Teich voller Seerosen das Fell des Löwen, der ihren Vater fast getötet hätte. Heute Abend würde zu Ehren von Omar ein Fest gegeben, zu dem die Ältesten aus den neun großen Familien Unaus geladen waren, und vielleicht würde sogar Sultan Mustafa zugegen sein und der Feier besonderen Glanz verleihen. Einem solchen Fest beizuwohnen, war eine ungewöhnliche Ehre für einen ehemaligen Sklaven. Auch wenn er es war, der den Löwen getötet hatte. Selber kannte Melikae den Lebensretter ihres Vaters kaum. Nie hatte sie ein Wort mit ihm gewechselt. Es gab auch keinen Grund, mit Haussklaven ein Gespräch zu führen.

Ruckartig drehte sich die Tänzerin um und blickte ihre Lehrerin an. »Was für ein Mann ist dieser Omar?«

Sulibeth lächelte nachsichtig. »Dort weilt dein Geist also an diesem Nachmittag. Er ist durchaus hübsch anzusehen. Ein wenig zu schmal und zierlich vielleicht, aber das mag sich mit den Jahren noch geben.«

»Ist er so ein ungeschliffener Tölpel wie die Jäger, die mein Vater eingeladen hat?«

»Nein, ich glaube nicht. Ich habe nicht oft mit ihm gesprochen, doch scheint er mir bescheiden und zurückhaltend zu sein. Aber was weiß man schon über einen Sohn der Wüste? Seine Kindheit hat er bei einem der vielen Nomadenstämme verbracht, bis er als Sklave in deines Vaters Haus kam. Vielleicht sind es nur der Sklavenring und die Peitsche des Aufsehers, die ihm Manieren aufgezwungen haben. Fast alle Nomaden, die ich kennengelernt habe, sind wie große Kinder. Raufbolde, die sich, wenn man sie nicht mit eiserner Hand im Zaume hält, wegen der lächerlichsten Kleinigkeit bis aufs Blut befehden. Doch können sie auch zahm wie kleine Welpen sein, wenn sie die Kunst einer guten Tänzerin verzaubert. Für deine stümperhaften Darbietungen hätten sie aber nicht mehr als Gelächter übrig. Und wenn du heute Abend nicht deinen Vater und deine ganze Sippe blamieren willst, solltest du die Tänze für das Festmahl wiederholen, solange noch Zeit ist.«

Erst dachte Melikae daran, der alten Sulibeth eine passende Antwort auf ihre Frechheiten zu geben, doch dann fügte sie sich, denn die Worte ihrer Lehrerin hatten Zweifel in ihr geweckt, ob sie tatsächlich würdig sei, vor so erlauchten Gästen zu tanzen, wie sie zur Stunde des Sonnenuntergangs das Haus ihres Vaters beehren würden.

Omar konnte sein Glück noch immer nicht fassen. Noch vor zehn Tagen hätte er nicht einmal davon zu träumen gewagt, jemals in den großen Festsaal des Palastes geladen zu werden, und jetzt war er sogar der bevorzugte Gast Abu Feisals. Ihm zu Ehren wurde ein Fest gegeben, zu dem die Häupter der neun mächtigsten Familien Unaus als Gäste erschienen waren. Und er durfte mit ihnen gemeinsam speisen. Er saß zwar nicht zur Rechten Abu Feisals, dort hatte der Wesir Jikhbar ibn Tamrikat Platz genommen, der den Sultan vertrat, doch allein die Tatsache, mit den hohen Herren das Mahl einzunehmen, war eine Ehre, die wohl noch keinem ehemaligen Sklaven zuteil geworden war.

Wieder winkte er der Sklavin mit der schlanken Amphore, die aufmerksam das Gelage beobachtete, und ließ sich den silbernen Becher nachfüllen. Der edle Dattelwein war besser als alles, was er jemals zuvor getrunken hatte. Kein Vergleich mit dem, was die Sklaven freigiebiger Herren an Rastullahs Feiertagen zu trinken bekamen. Der Wein schien das Blut in Feuer zu verwandeln und ließ alles im Festsaal noch ein wenig schöner und prächtiger erscheinen, als es ohnehin schon war.

Die kostbaren Kissen und Teppiche, auf denen die Gäste Platz genommen hatten, waren von den Sklaven des Hauses mit Rosenwasser besprenkelt worden, sodass sie einen angenehmen Duft verbreiteten. Die Wände waren mit bemalten Teppichen aus feinstem Leinen geschmückt.

Hoch über ihnen, auf einem kleinen Balkon, saßen drei Musiker, die sonst in den Diensten des Sultans standen, und erfreuten die Gesellschaft mit ihrer Kunst. Ein alter Mann zupfte mit gesenktem Haupt an einer Bandurria, die mit Intarsien aus Muschelkalk verziert war und deren Saiten angeblich aus dem Haar seiner lange verstorbenen

Geliebten gefertigt waren. Ihm zur Rechten saß sein Sohn und spielte die Dabla, eine kleine, mit Kamelhaut bespannte Trommel, die er fest zwischen die Beine geklemmt hatte. Doch auch wenn diese beiden Musiker ihre Kunst sicherlich sehr gut beherrschten, so verblassten sie neben der nicht mehr ganz jungen Frau, welche die Kabasflöte spielte. So flink, dass man es kaum verfolgen konnte, eilten ihre Finger das Blasinstrument hinauf und hinab, um der aus Schilfrohr gefertigten langen Flöte Töne zu entlocken, die mehr als tausend Worte über Leben, Liebe und Leid zu erzählen vermochten.

Mal stimmte ihr melancholisches Flötenspiel Omar so traurig, dass ihm fast die Tränen in die Augen traten, nur um dann im nächsten Augenblick mit schnellen Rhythmen sein Blut so sehr in Wallung zu bringen, dass er spürte, wie sein Herz zu pochen begann.

Plötzlich brach die Musik ab. Ein prächtig gekleideter Sklave betrat den Festraum. Es war Habish, der erste der Köche in Feisals Palast, der seinem Herrn ein Tablett mit frisch gebackenen Brotfladen brachte, um das Festmahl zu eröffnen.

Feisal grüßte den Sklaven mit einer kurzen Geste und neigte sich dann über das Tablett, um jedes der Fladenbrote zu küssen. Danach winkte Habish weitere Sklaven mit flachen Schalen aus Messing herbei, die an jeden der Gäste eines der Brote verteilten. Abu Feisal bekundete auf diese Weise, dass er jeden im Saal in gleichem Maße schätzte. Mit zitternder Hand nahm Omar das Brot, das ihm gereicht wurde. Zumindest für diesen Abend war er damit allen anderen Gästen gleichgestellt, und einen Moment lang keimte in ihm die Hoffnung auf, dass sich ihm vielleicht jener Traum erfüllen könnte, der fast jede Nacht wiederkehrte, seit er den Löwen getötet hatte.

In seinem Traum trug er das prächtige Gewand eines Scheichs und saß in einem riesigen Festsaal, in dem eine nach Hunderten zählende Gesellschaft Platz genommen hatte. Und vor all diesen Gästen tanzte Melikae. Doch obwohl die höchsten Würdenträger des Landes der ersten Sonne dort versammelt waren, gab Melikae ihm durch kleine Gesten zu verstehen, dass er der Mann sei, nach dem sich ihr Herz wie nach keinem anderen sehnte.

Während Abu Feisals edelste Sklaven die Speisen des Festmahls auftrugen, war Omar völlig versunken in die Bilder eines Tagtraums, in denen er sich ausmalte, wie ihm der Hausherr aus Dankbarkeit seine Tochter Melikae zur Frau gab. Kaum achtete Omar auf die Köstlichkeiten, die ihm die Sklaven auf das zierliche, mit Perlmutt und Onyx eingelegte Tischchen zu seiner Rechten stellten. Leckerbissen, die selbst der Tafel des Kalifen Ehre bereitet hätten, beachtete er nicht mehr als eine Schale voller Hirsebrei. Die Musik, die jetzt wieder eingesetzt hatte, der süße Dattelwein, all das berauschte und entrückte ihn. Erst als Abu Feisal aufstand und in die Hände klatschte, um das Mahl zu beenden, erwachte Omar wieder aus seinen Träumen.

»Meine lieben Freunde, wie sehr freue ich mich, dass ich noch nicht von dieser Welt Abschied nehmen musste und ihr mir die grenzenlose Gnade erweist, den Geringsten unter Euch in seinem schmucklosen Heim zu besuchen, um mit ihm ein Fest zu feiern. Da ich kein Gut mein Eigen nenne, dessen ich mich nicht schämen müsste, es mit Euch zu teilen, erlaubt, dass ich Euch einlade zu einer Freude, die zum Sonnenschein meines Alters geworden ist. Ich hoffe, ich werde Euch mit meiner Wahl nicht enttäuschen, denn ich weiß, dass Euch unter allen Genüssen des Lebens allein die edelsten zu erfreuen vermögen.«

Abu Feisal verneigte sich tief vor seinen Gästen und nahm wieder Platz.

Mit einem Wink forderte Omar die Sklavin neben der Tür auf, ihm noch einmal Wein nachzuschenken, während irgendwo in den entfernteren Hallen des Palastes ein Gongschlag ertönte. Fast zur gleichen Zeit wurde das

Licht der messinggefassten Ampeln, die von der Decke hingen, blasser, sodass sich zu den Wänden hin die Schatten vertieften. Als ein zweiter Gongschlag erklang, betraten neun verschleierte Dienerinnen den Festsaal. Jede von ihnen trug eine blaue Glasschale, aus der sich feiner weißer Rauch erhob. Die Schalen stellten sie in weitem Kreis in der Mitte des Saals auf, verneigten sich vor den Gästen und zogen sich lautlos zurück.

Während der aromatische Duft der schwelenden Kräuter langsam den Festsaal erfüllte, erklang die Kabas der Flötenspielerin aufs Neue. Und Omar schien es, als wanden sich die Rauchschwaden, die aus den Glasschalen aufstiegen, im Rhythmus der mal melancholischen, mal jubilierenden Töne der Rohrflöte. Leise fügten sich die Dabla und die Bandurria in die Melodie des Flötenspiels ein, und aus dem Gang hinter der hohen gewölbten Tür ertönte mit einem Mal der helle, metallische Klang der Gangas, der Fingerschellen einer Tänzerin.

Mit sanft wiegenden Schritten trat eine verschleierte Sharisad durch die hohe Tür und verneigte sich mit spielerischer Geste vor den Gästen. Sie begab sich in den weiten Kreis, den die Glasschalen in der Mitte des Raumes markierten, und begann sich schneller und schneller zu drehen, bis Omar die Sinne allein vom Zusehen schwindelten.

Einige der Gäste begannen zu klatschen und feuerten die Tänzerin immer weiter an, bis die Musik ein Tempo erreichte, das sich unmöglich noch weiter steigern ließ.

Plötzlich ertönte wieder ein Gongschlag. Die Tänzerin verharrte in breitbeiniger Pose und riss sich mit einem einzigen Ruck den fast bodenlangen Schleier herunter, der sie verhüllt hatte. Omar schluckte. Es war Melikae. Sie stand so nahe vor ihm, dass er sie hätte berühren können. Einen Atemzug lang schien sie ihn anzuschauen, dann drehte sie sich langsam, um auch die anderen Gäste zu betrachten.

Sie trug ein dünnes Hemd aus weißer Seide, durch das man die dunkle Haut hindurchschimmern sah. Dazu schwere Ketten mit dünnen goldenen Münzen, die bei jedem ihrer Schritte leise klirrten. Um die Hüften hatte sie einen breiten, mit Perlen und Amuletten verzierten Gürtel geschlungen, von dem Dutzende schmaler Seidenstreifen wie ein Rock herabhingen. Um Knöchel und Handgelenke trug sie weitere goldene Kettchen. Ihre schlanken Finger spielten mit zwei Paar silberner Gangas. Noch während Melikae sich langsam drehte, um jeden der Gäste mit einem kurzen Blick willkommen zu heißen, setzte die Musik wieder ein, und die Tänzerin nahm den langsamen Rhythmus der Dabla mit ihren silbernen Schellen auf.

In ausdrucksvollen Gesten erzählte Melikae mit ihrem Tanz die Geschichte einer Frau, die um einen Mann warb, der aus einer viel höheren Kaste stammte und sie nach dem Gesetz niemals zum Weib nehmen würde. So schien es Omar jedenfalls, der seinen Blick nicht von der Tänzerin lassen konnte. Mit lockenden Bewegungen drehte sie sich langsam im Kreis, und als sie wieder vor ihm stand, winkte sie ihm, als wolle sie ihn auffordern, ihr heimlich zu folgen. Omar fühlte sich, als durchströme ihn pulsierendes Feuer. Jede Faser seines Körpers sehnte sich nach der Tänzerin. Nach ihrer Berührung, ihrem heißen Atem und ihrem unerklärlichen Zauber. In einem Zug leerte er den silbernen Becher, doch statt sein Verlangen zu lindern, schien der süße Wein das Feuer in ihm nur noch zu schüren.

Langsam wich die Tänzerin vor ihm zurück, doch während sie die Hände wie zur Abwehr hob, verrieten ihre Blicke ihre Leidenschaft. Omar winkte nach mehr Wein. Sein Mund war so trocken wie nach dem Sandsturm, und er musste trinken oder er würde vergehen. Wie sehr er sich nach dieser Frau sehnte! Tausendmal hatte er sich gewünscht, sie tanzen zu sehen, doch den männlichen Sklaven war es verboten, bei Melikaes Übungsstunden oder bei den Auftritten auf den Festen ihres Vaters auch nur in der Nähe zu sein. Nächtelang hatte Omar wach gelegen und sich vorzustellen versucht, wie die Sharisad zu den teils stürmischen, teils schmeichelnden Flötenmelodien tanzte, die im ganzen Palast zu hören gewesen waren. Doch selbst seine kühnsten Träume waren nicht mehr als ein matter Abglanz dessen, was er nun sah. Immer schneller wechselten Gesten des Werbens mit scheuer, gespielter Flucht. Das aromatische Räucherwerk und der schwere Wein ließen den dunklen Saal immer weiter zusammenschrumpfen. Die Gesichter der Gäste wurden zu blassen Flecken und verschwammen dann ganz mit der Dunkelheit. Auch wenn eine Stimme in seinem Unterbewusstsein ihm zuflüsterte, dass er nicht allein in dem großen Saal war, so war er sich völlig sicher, dass Melikae jetzt nur noch für ihn tanzte. Dass sie ihn mit jeder ihrer Gesten rief und dass in ihr das gleiche verzehrende Feuer brannte wie in ihm.

Nie zuvor hatte Omar eine so vollkommene Frau gesehen. Ihr Haar glänzte schwarz wie Onyx, reichte ihr bis zu den Hüften hinab und umgab sie wie ein dunkler Schleier. Ihre Haut war von einem hellen, seidigen Braun. Edel geschwungen und zugleich voll und sinnlich, versprachen die Lippen Küsse voller Glut und Leidenschaft. Dunkel, fast schwarz waren ihre großen lockenden Augen. Melikaes Gesicht war von solchem Ebenmaß, dass kein Künstler, der ein Loblied auf die Schönheit der Frauen hätte singen wollen, in der Lage gewesen wäre, eine vollkommenere Erscheinung zu beschwören.

Die Kabasflöte ertönte nun in seltsam eindringlichen, tiefen Tönen, die einen nie gekannten Schmerz in Omars Brust entfesselten.

Melikae hatte sich zu Boden gleiten lassen und wand sich in fast ekstatischen Zuckungen, und doch strahlte sie dabei die Reinheit einer Jungfrau aus, deren Körper noch nie die Hand eines Mannes berührt hatte.

Wieder ertönte ein Gong in der Ferne. Wie durch Zauberei erloschen die letzten Lichter im Saal. Die Musik verstummte. Nur das schwere Atmen der Männer und das leiser werdende Klingeln von Melikaes Schmuck waren zu hören.

Die Zeit schien stillzustehen. Der seltsame Zauber, der auf dem Raum lag, wurde erst schwächer, als Sklaven mit Fackeln in den Saal traten, um die erloschenen Lichter erneut zu entzünden. Selbst als es wieder hell genug war, dass die Männer einander sehen konnten, dauerte es noch eine Weile, bis sie in die Wirklichkeit zurückfanden.

Als Erster erhob Jikhbar, der Wesir des Sultans, seine Stimme. »Bei Rastullah, Feisal! Ich verneige mich vor der Kunst deiner Tochter. Die Sharisad, die ich schon habe tanzen sehen, sind sicher zahlreicher als die Haare, die mein Haupt noch schmücken, doch außer in Mherwed, im Palast des Kalifen, habe ich noch nie eine bessere Tänzerin gesehen. Du kannst wahrhaft stolz auf deine Tochter sein! Ich bin sicher, dass auch sie eines Tages vor dem Herrscher aller Gläubigen tanzen wird.«

Nach und nach fanden auch die anderen Gäste ihre Stimme wieder und priesen in den höchsten Tönen den Zauber, den Melikae mit ihrem Tanz gewoben hatte.

Nur Omar blieb stumm. Ihm fehlten die Wortgewalt des Kaufmanns und die flinke Zunge des Schmeichlers. Ja, er glaubte, dass jedes Wort nur plumpe Verzerrung dessen wäre, was er gesehen hatte. Deshalb schwieg er und winkte der Sklavin nahe der Tür, ihm seinen Weinkelch aufs Neue zu füllen.

Eine Weile noch kreiste das Gespräch um Melikaes Tanz, doch schließlich war Feisal es, der ein anderes Thema ansprach und den Wesir Jikhbar nach seiner Meinung über den tollkühnen Streich des Piraten El Harkir fragte. Das Thema sorgte für ausgelassenes Gelächter und reichlich Spott, denn es war dem Piraten geglückt, den Großadmiral der Flotte Al'Anfas von seinem Flaggschiff mitten im Kriegshafen der Stadt des Raben zu entführen. Doch auch wenn die anderen lachten, so blieb der Wesir ernst. Er fürchtete, Tar Honak, der Patriarch Al'Anfas und erster Diener des Götzen Boron, werde den Frevel nicht ungesühnt lassen, sodass aus dieser Tat noch viel Blutvergießen erwachsen würde.

Nach einer Weile kam das Thema auf die Jagd, die Feisal ausgerichtet hatte, und den Triumph über die wilde Bestie.

Die Nacht war nicht mehr jung, der Mond neigte sich dem Horizont zu, und alle Gäste hatten reichlich von dem köstlichen Dattelwein genossen, als sich Abu Feisal erhob und auf Omar wies.

»Seht nur diesen prächtigen Jüngling! Kaum zeigt sich der erste Flaum auf seinen Wangen, schon hat er all jene berühmten Jäger beschämt, die ich zur Jagd in mein Haus gerufen habe. Ganz allein und nur mit einem schlichten Speer hat er den Löwen erlegt, der für so viele Gottesnamen unsere Karawanen nach Fasar und Keft heimsuchte. Was hast du gefühlt, als der Löwe gesprungen ist?«

Omar, der bisher geschwiegen hatte, war verlegen über das überschwängliche Lob. Noch immer war sein Verstand umnebelt vom Zauber der Sharisad und seine Zunge schwer vom Wein, als er stockend nach Worten suchte.

»Angst, ich hatte schreckliche Angst. Und Wut. Ich wollte noch nicht sterben ... Und wenn ich doch schon sterben sollte, dann ... dann wollte ich, dass auch die Bestie stirbt.«

Einer der Gäste lachte laut auf. »Angst hatte er. Wovor denn? Was hat ein Sklave denn schon zu verlieren? Sag bloß, du hängst an diesem elenden Leben.«

Omar blickte verunsichert zu Abu Feisal.

»Das ist vorbei!« Der Hausherr drehte sich zu seinen Gästen um. »Omar ist jetzt ein freier Mann, fast wie wir.«

Die anderen lachten, als hätte er eine lustige Fabel erzählt.

»Ja, fast wie wir«, höhnte ein dicker Kaufmann. »Nur dass er in seiner Armut mit der Freiheit nichts anfangen kann.«

»Oh, ich werde ihn beschenken!«, rief Feisal. »Er soll mein Haus nicht mit leeren Händen verlassen. Neun Kamele soll er von mir bekommen. Wenn er damit zu seinem Stamm in die Wüste zurückkehrt, wird er dort reich wie ein Scheich sein.«

»Neun Kamele ist dein Leben also wert.« Ein hagerer Mann mit einem Gesicht wie ein Geier hatte sich von seinen Liegekissen erhoben und blickte spöttisch zu Feisal hinüber. »Du scheinst dich selbst nicht sehr zu mögen.«

Der Hausherr wurde rot. »Was erlaubst du dir, Hamas, du Sohn eines Skorpions? Meine Familie war schon reich und mächtig, als deine Ahnen noch als halb verhungerte Banditen durch die Wüste stolperten. Ich ...«

»Dafür haben wir unseren Reichtum nicht durch gotteslästerlichen Geiz erworben.«

»Geiz, Geiz ... Ich kann mir Geschenke leisten, die dich an den Bettelstab bringen würden, Hamas.« Leicht taumelnd drehte sich Feisal zu Omar um. »Wenn dir ein Dschinn einen Wunsch schenken würde, was würdest du dir dann wünschen, Junge?«

Omar zögerte. Nur ein einziger Wunsch füllte alle seine Gedanken aus ...

»Beendet diesen unwürdigen Streit«, mischte sich Jikhbar, der Wesir, ein. »Aus so etwas erwachsen nur Unglück und Verderben.«

»Du hast mir in meinem Hause nicht zu befehlen«, grollte Feisal finster. »Los, Junge, sag mir, was du dir wünschst! Rede ...«

Feisals Stimme schien wie durch einen langen Tunnel zu hallen. In unendlichem Echo brachen sich seine Worte in Omars Gedanken, »... sag, was du dir wünschst ... sag, was ...«

»Es gibt nur einen Wunsch ... den ich noch habe ...«

Auch wenn der Wein sein Blut in glühende Lohe verwandelt hatte, so war seine Zunge müde geworden, und Omar hatte mit jedem Wort zu kämpfen. »Schenk mir … schenk mir Melikae zum Weib … Sonst gibt es nichts, was ich begehre …«

Schlagartig wurde es totenstill im Festsaal. Alle Augen hafteten auf dem Hausherrn und Omar.

Feisal erbleichte. Seine Lippen zitterten. Er hatte seine Hände zu Fäusten geballt.

»Was? Was …«

»Es scheint, du hast eine Natter großgezogen«, erklang die spöttische Stimme von Hamas.

»Du räudiger Bastard.« Feisal packte Omar mit beiden Händen und zerrte ihn von seinen Kissen hoch. »Mit glühenden Zangen will ich dir die Zunge aus dem Rachen reißen. Wie kannst du dich nur so an mir vergehen, da ich dir ein neues Leben schenken wollte …«

»Ich …« Langsam wurde Omar bewusst, was er gewünscht hatte, und die Glut des Weins in seinen Adern wich der eisigen Kälte der Todesangst. »Ich …«

»Schweig! Deine Worte will hier niemand mehr hören. Welch böser Geist hat deinen Verstand verwirrt …? Wie kannst du nur glauben, dass ich meine einzige Tochter einem ehemaligen Sklaven zur Frau geben würde.«

»Was wirst du mit ihm tun, Feisal?« Hamas stand jetzt neben dem Hausherrn. »Du kannst doch nicht erlauben, dass in dieser Art deine Ehre besudelt wird. Jeder Sklave der Stadt würde dich verhöhnen, und die Schande würde dir und deiner Tochter fortan wie ein Schatten folgen.«

»Doch er hat mein Leben gerettet …«

»Was zählt das jetzt noch? Siehst du nicht, dass er nicht dich allein, sondern uns alle beleidigt hat? Kein Freigeborener darf die obere Stadt ohne unsere Erlaubnis betreten. Wir sind auserwählt, und wir haben diesen ehemaligen Sklaven den ganzen Abend lang in unserer Mitte geduldet, als sei er einer unseresgleichen, um ihn für seine Tat auszuzeichnen. Doch jetzt hat ihn der Größenwahn gepackt. Er hält sich wohl schon für einen von uns. Ganz gleich, was du denkst, Feisal, dieser Sohn einer räudigen Hündin hat auch mich beleidigt, und ich fordere seinen Kopf zur Sühne.«

»Gut gesprochen, Hamas«, stimmte einer der Gäste zu.

»Ich wusste nicht, was ich sagte ...«, stammelte Omar. »Es war der Wein ... Er hat meine Sinne verwirrt.«

»Lügen«, keifte Hamas. »Der Wein hat die Wahrheit ans Licht gebracht. Ich habe genau gesehen, mit welch lüsternen Blicken du die Tochter unseres Gastgebers bei ihrem Tanz verfolgt hast.«

»Es ist genug, Hamas. Beleidige nicht auch du mein Haus. Dieser Sklave, dessen Namen ich fortan nicht mehr kennen werde, hat mit seiner Frechheit meine Gunst verspielt. Dafür, dass sein geiler Sinn nach der Unschuld meiner Tochter trachtet, soll er bestraft werden, als habe er sich heimlich in die Gemächer der Frauen geschlichen, um zu sehen, was seinem Auge nicht bestimmt war zu sehen.«

»Nein, bitte ...« Omar riss sich von Feisal los.

Die anderen Gäste zückten ihre Dolche. Verzweifelt blickte er sich nach dem Ausgang um, doch von dort eilten schon einige Sklaven herbei, um ihn zu ergreifen.

Eine kalte Klinge legte sich auf seine Kehle. Hamas hatte sich von hinten an ihn herangeschlichen und flüsterte ihm ins Ohr: »Deine Freiheit endet hier, und wenn es nach mir ginge, würde ich dich gleich jetzt richten.«

»Lass ihn, Hamas«, erklang Feisals Stimme. »In diesem Saal, wo ich meine Freunde und Gäste empfange, soll kein Blut fließen.« Dann wandte er sich an die Sklaven, die herbeigeeilt waren. »Bindet ihn und schafft ihn mir aus den Augen! Morgen Früh soll der Henker ihn blenden, auf dass er niemals wieder seinen lüsternen Blick nach meiner Tochter richte, und die Zunge soll ihm herausgerissen werden, damit seine unverschämten Reden ein Ende haben.«

»Bitte ...« Flehentlich hob Omar die Hände. »Bitte, seht es mir nach! Meine Worte tun mir leid. Ich war nicht bei Sinnen.«

»Schafft ihn hier hinaus!«

Grob packten die Sklaven Omar bei den Armen. Vergeblich sperrte er sich gegen ihren Griff. Noch immer waren seine Glieder schwach vom Wein, und einen verlockenden Augenblick lang fragte er sich, ob vielleicht nicht alles nur ein schrecklicher Traum war, aus dem er sogleich erwachen würde.

Doch nichts dergleichen geschah. Man schaffte ihn aus dem Palast, und jene Sklaven, die er vor wenigen Tagen noch Freunde genannt hatte, spotteten, welch ein kostbares Geschenk die Freiheit doch sei.

Melikae wollte nicht glauben, was ihre Zofe Neraida ihr erzählt hatte. Erschöpft vom Tanzauftritt und berauscht vom schweren Wein aus Maraskan, den sie danach genossen hatte, saß die Sharisad auf ihrem mit kostbaren Kissen bedeckten Bett.

»Er wollte was ...? Mich zur Frau? Warum nur ...«

»Er sagt, er liebt Euch, Herrin. Was sonst könnte einen Mann dazu bringen, für eine Frau, die er kaum kennt, sein Leben zu wagen? Wie alle anderen männlichen Sklaven sah er Euch doch immer nur von Weitem.«

»Und weil er aus Liebe zu mir um meine Hand angehalten hat, hat mein Vater ihn verurteilt? Findest du das gerecht?«

Neraida wich ihrem Blick aus. Auch Melikaes Zofe war nur eine Sklavin. Sie hatte volles dunkles Haar und für eine Tulamidin erstaunlich helle Haut. Neraida behauptete, ihr Vater sei ein Ritter aus dem Kaiserreich im fernen Norden, doch Melikae wusste, dass zumindest die Mutter ihrer Zofe nur die Frau eines Salzgängers gewesen war. Nach deren Tod hatte ihr hartherziger Mann Neraida als Sklavin verkauft. Vielleicht stimmte es also, dass Neraida nicht wirklich seine Tochter war. Doch sollte ihr Vater tatsächlich ein Ritter gewesen sein, so war Neraida der Spross einer flüchtigen Liebesnacht, die für den Edlen sicher keine weitere Bedeutung gehabt hatte. Jedenfalls hatte sie von diesem ungewissen Vater nicht mehr als ihre helle Haut und einen für Sklaven ungewöhnlichen Stolz geerbt. Dieser Stolz war der Grund, warum Melikae die zierliche Neraida mit ihren blitzenden Smaragdaugen zur Zofe gewählt hatte. Sie war nicht so langweilig wie die unterwürfigen Sklaven, die es sonst im Haus ihres Vaters gab. Und die roten Narben, die sich vom Kinn bis zu den Lippen hinaufzogen und auch ihre Stirn schmückten, ließen die Zofe geheimnisvoll erscheinen. Gleichgültig, ob Neraida ein Bastard war oder nicht, solange ihre Mutter gelebt hatte, war sie als die Tochter eines Salzgängers erzogen worden, und so hatte man sie an ihrem zehnten Geburtstag mit jenen Zeichen geschmückt, die allein den Salzgängern und ihren Kindern vorbehalten waren.

Abwartend musterte Melikae ihre Zofe, die noch immer auf den Boden starrte. Dabei war es sonst nicht ihre Art, Worte auf die Goldwaage zu legen. Die Sharisad seufzte leise. Sie war vom Wein und ihrem Auftritt erhitzt. Alles schien in dieser Nacht einen besonderen Glanz zu haben. Ihr Tanz hatte Melikae das bedrückende Heiratsversprechen ihres Vaters und auch alle anderen Sorgen vergessen lassen. Das Einzige, was sie ebenso klar wie die wirbelnde Musik wahrgenommen hatte, waren die Augen der Gäste gewesen. Es hatte jener Schimmer in ihnen gelegen, der ein Gefühl zwischen Hingabe und Gier verriet. Es waren Augen, die nicht einen Atemzug lang von ihr abgelassen hatten. Das war Macht! Sie hätte von den Männern alles verlangen können, nachdem sie für sie getanzt hatte.

Vielleicht war der Wunsch dieses Sklaven Omar allein der Gier entsprungen? Ja, vielleicht hatte er nicht das Mindeste mit Liebe zu tun. Der Gedanke ärgerte Melikae. Wann immer sie tanzte, war sie nicht sicher, ob die Männer, die ihr so lautstark zujubelten, sie wirklich liebten oder ob allein die lüsterne Gier sie frohlocken ließ. Nicht einmal ihre Lehrerin Sulibeth hatte ihr darauf eine klare Antwort geben mögen. Stattdessen behauptete das alte Weib, eine wirkliche Sharisad stelle sich eine solche Frage nie. Doch was wusste sie schon! Ärgerlich verscheuchte Melikae die Zweifel und wandte sich wieder ihrer Zofe zu.

»Nun, Neraida, du bist doch sonst nicht so zurückhaltend? Was ist deine Meinung? War das Urteil meines Vaters gerecht?«

»Nein, Herrin. Er hatte Omar versprochen, ihm einen Wunsch zu erfüllen, und als Omar seinen Wunsch äußerte, hat dein Vater stattdessen den Tod des Mannes befohlen, dem er sein Leben zu verdanken hat. Das ist nicht gerecht! Auch dann, wenn Omars Forderung vermessen war und er nicht mehr als nur ein ehemaliger Sklave ist.«

»So …« Melikae wusste nicht, was sie von dieser Sache halten sollte. Dieses Urteil bedrückte sie und warf einen Schatten auf den Triumph ihres Tanzes. Sie fühlte sich schuldig daran, dass Omar hingerichtet werden sollte. Durfte sie denn zulassen, dass ein Mann starb, nur weil er von ihr geträumt hatte? Das wäre unrecht, und Rastullah würde ihren Vater strafen, wenn er auf solche Art mit seinem Lebensretter verfuhr.

Außerdem war Omar nicht mehr irgendein Sklave, sondern ein freier Mann und hätte eigentlich das Recht auf ein Gerichtsurteil gehabt. Doch offensichtlich waren sich alle Vertreter der neun großen Familien, die am Festmahl teilgenommen hatten, in der Strafe einig gewesen. Welcher Richter würde wagen, ihnen zu widersprechen? Eine Gerichtsverhandlung würde die Vollstreckung der Strafe höchstens um ein paar Tage aufschieben, aber sicherlich nicht zu einem anderen Urteil führen.

Was war zu tun? Melikae kannte ihren Vater gut genug, um zu wissen, dass er sein Urteil niemals mehr rückgängig machen würde. Das hieße, sein Gesicht vor den Gästen zu verlieren, die vernommen hatten, auf welche Weise Feisal der Prächtige den Unverschämten strafen würde.

»Findet *Ihr* denn, dass Euer Vater gerecht geurteilt hat, Herrin?« Neraida hatte jenen stolzen, beinahe unverschämten Ton angeschlagen, der Melikae sonst so sehr an ihr gefiel, doch jetzt störte er sie.

»Meinst du, er hätte mich einem Mann, der noch vor einer Woche ein Sklave war, zum Weib geben sollen?«

»Darum geht es nicht. Das weißt du auch! Er wird morgen den Mann verstümmeln, der ihm das Leben gerettet hat. Den Mann, der dich liebt und aus Liebe zu dir sein Glück verschenkt hat, und …«

»Ich habe gehört, er hätte lediglich etwas zu viel getrunken.«

Der Einwand brachte Neraida erst richtig auf. »Du weißt doch wohl selbst, dass Wein nur die Zunge löst. Es war nicht der Wein, der in ihm die Liebe zu dir entfacht hat. Nein! Der Wein gab ihm nur den Mut auszusprechen, was er vermutlich schon lange dachte. Und dann war da noch dein Tanz. Hattest du es nicht darauf abgesehen, sämtliche Männer im Saal, einschließlich deines Vaters, in dich vernarrt zu machen? Hast du nicht alle Macht aufgeboten, die dir Rastullah verliehen hat, um einen Zauber zu weben, der …«

»Schweig! Du vergisst wohl, dass du nicht mehr als eine Sklavin bist und es dir nicht zusteht, mich zu maßregeln.«

Einen Augenblick lang schien es, als wolle Neraida ihr darauf noch eine Antwort geben, und zum ersten Mal, seit sie die Zofe zu sich genommen hatte, überlegte Melikae, ob sie nicht den Sklavenmeister rufen solle, um Neraidas Temperament zügeln zu lassen. Doch auch die Zofe schien zu spüren, dass sie ihre Grenzen überschritten hatte. So verneigte sie sich mit übertriebener Unterwürfigkeit und ließ Melikae mit ihren Zweifeln allein.

Vielleicht hatte die dreiste Sklavin ja recht? Vielleicht

hatte sie mit ihrem Zauber mittelbar bewirkt, dass Omar morgen zum Richtplatz gebracht wurde? Doch welche Möglichkeiten hatte sie schon, das zu verhindern?

Natürlich könnte sie ihren Vater mit einem Tanz umstimmen und dazu bringen, Omar zu begnadigen. Doch ihr Zauber währte nie lange. Sie kannte ihren Vater zu gut, um sich vorzumachen, dass er dieses Versprechen halten würde. Schließlich glaubte ihr Vater ja, dass es um seine Ehre ginge. Und seiner Ehre willen würde er jederzeit einen freigelassenen Sklaven opfern.

Ohnehin hatte Melikae das Gefühl, dass ihr Stern bald verblassen würde. Schließlich würde sie schon in wenigen Wochen ihr achtzehntes Lebensjahr vollenden. Sie wurde älter, und ihr Vater würde sich nicht mehr viel Zeit damit lassen, sie zu verheiraten. Allein Rastullah wusste, wie oft sie ihn noch dazu bringen konnte, ihre Hochzeit hinauszuschieben. Und dann …

Vor ihr lag ein Leben an der Seite eines verknöcherten alten Mannes. Vielleicht würde er ihr sogar das Tanzen verbieten oder sie nur noch für sich allein tanzen lassen. Dabei war Melikae sich sicher, dass ihr alle Sultane im Land der ersten Sonne zu Füßen lägen, wenn sie nur Gelegenheit hätte, vor ihnen zu tanzen. Die berühmtesten Krieger, Magier und Sterndeuter überböten sich gegenseitig, ihr jeden Wunsch von den Augen abzulesen und als Lohn nicht mehr als ein Lächeln von ihr zu erhoffen. Und das alles sollte sie aufgeben, um mit einem Greis das Lager zu teilen? Nur damit ihr Vater noch mächtiger würde, als er ohnehin schon war?

Vielleicht hatte ihr Rastullah durch Omar ein Zeichen gegeben? Immer wieder hatte Melikae darüber nachgedacht, ob sie nicht aus dem Haus ihres Vaters fliehen sollte. Natürlich würde es nicht reichen, bis nach Keft oder Fasar zu flüchten. Erst wenn einige hundert Meilen und mindestens ein Gebirge zwischen ihr und Unau lägen, könnte sie sich einigermaßen sicher fühlen.

Melikae ließ sich auf ihr Bett zurücksinken und betrachte die gewölbte, mit Perlen und Edelsteinen verzierte Decke über ihrem Lager. Wie oft hatte sie schon diese kostbare Illusion eines Nachthimmels über der Khom bewundert und dabei von einem glücklicheren Schicksal geträumt…

Melikae seufzte. War sie nicht genauso eine Gefangene wie Omar und wie jeder andere Sklave im Haus ihres Vaters? Vielleicht hatte es Omar sogar besser als sie. Er würde morgen wahrscheinlich sterben. Sie war dazu verdammt, zu leben und einem alten Mann Liebe zu heucheln.

War das wirklich ihr Schicksal? War sie denn nicht dazu geboren, eines Tages vor dem Kalifen zu tanzen? Wenn sie aber fliehen wollte, müsste sie die große Khom durchqueren, und sie wusste nur zu gut, dass sie ohne Hilfe in der Wüste umkommen würde.

Weit im Westen gab es ein kleines Königreich am Meer, in dem eine Frau regierte. Dort liebte man die Kunst, so hatte Melikae Reisende erzählen hören. Ja, man schätzte die Sänger, Gaukler und Akrobaten so sehr, dass man ihnen in den Städten feste Häuser baute, und nur wer gutes Silber zahlte, durfte ihnen zusehen. In einem solchen Land könnte sie mit dem Tanzen reich werden. Sie brauchte keinen alten Kaufmann und müsste dennoch nichts von dem Luxus missen, den ihr der Palast ihres Vaters zu bieten hatte.

Dort würde sie glücklich werden! Nur die Khom, jene unendliche glühende Wüste, die schon ganze Heerscharen von Reisenden verschlungen hatte, versperrte ihr den Weg zur Flucht. Doch war Omar nicht angeblich in der Wüste geboren? Kein Mann in der Stadt würde es wagen, sie den weiten Weg bis in das blühende Königreich hinter den Goldfelsen zu führen. Sie alle hätten Angst, den Zorn ihres Vaters auf sich und ihre ganze Sippe zu ziehen. Nur Omar hatte nichts mehr zu verlieren.

So waren die Ereignisse dieses Abends also doch ein Zeichen gewesen. Melikae spürte, wie ihr Herz vor Aufregung immer schneller schlug. Heute war eine jener Nächte, wie es sie sonst nur im Märchen gab! Bevor die Sonne wieder ihr Haupt erhob, konnte dieser Wink des Schicksals ihr Leben verändern. Melikae war sich sicher, sie müsste nur entschlossen nach dem Glück greifen, denn eine solche Gelegenheit würde mit Sicherheit nie wiederkehren.

Doch konnte sie Omar trauen? Er hatte behauptet, sie zu lieben. Wenn das stimmte, würde er ihr kein Leid zufügen. Und wenn nicht? Sie brauchte ihn als Führer in der Wüste. Doch sie würde sich ihm nicht hingeben. Nicht einem einfachen Sklaven! Dazu war Melikae sich zu sicher, zu Höherem geboren zu sein.

Sie würde Fendal mitnehmen, ihren Leibwächter. Ritt der Thorwaler an ihrer Seite, würde sich Omar keine Frechheiten herausnehmen, wenn sie erst einmal in der Wüste waren. Und Neraida musste auch mitkommen. Ohne eine Zofe konnte man keine Wüste durchqueren!

Melikae stand auf und blickte aus dem Fenster. Die silberne Scheibe der Mada war schon fast hinter den Gärten der Oberstadt versunken. Es blieben nur noch wenige Stunden bis Sonnenaufgang.

Omar glaubte erneut, er träume, als sich die Tür zu seinem Gefängnis öffnete und Melikae vor ihm stand.

»Schnell, wir müssen uns beeilen!«

Verwirrt erhob er sich, doch die eiserne Fessel an seinem Fußgelenk erlaubte es ihm nicht, sich mehr als zwei Schritt von seinem Strohlager zu entfernen.

»Los, Fendal, hol ihn da heraus!«, zischte Melikae und trat zur Seite.

Lautlos huschte der Leibwächter der Sharisad in die Zelle und kniete neben Omar nieder. »Du bist ein Kind des Phex, mein Kleiner, und du hast mehr Glück als Verstand.«

Fendal hatte die verwirrende Angewohnheit, laufend

von fremden Göttern zu sprechen. Er kam aus dem Norden und stammte von einem Volk wilder Seefahrer. Melikaes Leibwächter behauptete, wann immer man ihn fragte, nur deshalb hier im Süden zu sein, weil er von seiner Sippe verstoßen worden sei. Eigentlich mochte Omar ihn nicht sonderlich, oder besser gesagt, er hatte Angst vor ihm. Fendal war zwar nicht sehr groß, aber äußerst muskulös und führte ständig so ungewöhnliche Waffen wie eine zweischneidige Axt und ein Schwert mit gerader Klinge mit sich. Über der Lippe ließ er einen struppigen roten Schnurrbart wuchern. Obwohl er schon lange in der Wüste lebte, war seine Haut noch immer erstaunlich hell. Seine Arme waren mit blauen Tätowierungen geschmückt, doch am befremdlichsten waren die Ohrringe, von denen er mehr trug als selbst der Leibeunuch des Kalifen.

Trotz aller Voreingenommenheit war Omar noch nie in seinem Leben so froh gewesen, den stämmigen Nordmann zu sehen.

Ein wenig schwankend richtete er sich auf, nur um in der Tür gleich wieder vor Melikae niederzuknien. »Mein Herz bekommt Flügel, wenn ich Euch sehe, Herrin, und meine Zunge findet keine Worte, um meiner Dankbarkeit Ausdruck zu verleihen.«

Zögernd hob er den Saum von Melikaes weitem Kaftan und küsste ihn. »Ihr habt mein Leben gerettet, und dafür werde ich Euch auf immer dankbar sein. Keine Stunde wird fortan vergehen, in der ich nicht an Euch denke, und keine Gefahr wird so groß sein, dass ich ihr nicht trotze, wenn ich dafür nur auf ein Lächeln von Euch hoffen darf. Ich …«

»Genug der Worte, Omar! Du wirst dein Versprechen einlösen können. Bring mich in das Königreich jenseits der Goldfelsen, und du darfst meiner Gunst gewiss sein.«

»Ihr wollt durch die Khom?« Omar ließ erschrocken den Saum des Kaftans sinken und richtete sich auf. »Ihr, die

Ihr die zarteste Blume aus den Gärten Unaus seid, wollt Euch der tödlichen Sonne im Herzen der Wüste aussetzen?«

»Lieber setze ich mich der Sonne aus als dem Zorn meines Vaters. Wirst du mich führen oder nicht?«

Omar zögerte einen Atemzug lang. Worauf ließ er sich hier nur ein? Doch als er an Marum dachte, den Scharfrichter, vor dem er ohne Melikaes Hilfe in wenigen Stunden stehen würde, nickte er ergeben. »Euer Wunsch ist mir Befehl, Herrin.«

Die Sharisad drehte sich um und führte die kleine Gruppe durch den Garten zu den Ställen, in denen Abu Feisal seine Shadif hielt: Hengste, von denen noch der Geringste mehr als hundert Ziegen wert war.

Als sie vielleicht noch zwanzig Schritt von den lang gestreckten Pferdeställen entfernt waren, gab Fendal ihnen ein Zeichen, hinter einem Busch Deckung zu suchen.

Dann schlich der Nordmann allein weiter. Eine Weile beobachtete der Krieger die Ställe. Ein Wächter stand vor dem bronzebeschlagenen Tor, dessen gehämmerte Augen und Schutzzeichen das Gestüt vor Zaubern und Flüchen schützen sollten. Plötzlich richtete sich der Thorwaler auf, trat aus der Deckung und schlenderte auf den Wachtposten zu, als mache er bloß einen nächtlichen Spaziergang. In holprigem Tulamid grüßte er den Krieger und begann mit ihm zu plaudern. Omar überlegte schon, ob Fendal sie vielleicht verraten hatte, als der Nordmann den Wachtposten völlig überraschend mit einem Fausthieb niederstreckte. Nur einen einzigen Schlag hatte er gebraucht! Welch ein Krieger!

Fendal richtete den Wachtposten auf, sodass er in sitzender Haltung an der Mauer lehnte und man aus der Entfernung glauben musste, der Mann sei eingeschlafen. Dann öffnete der Thorwaler das Tor und verschwand im Stall. Es schien Omar eine Ewigkeit zu dauern, bis der Nordmann wieder im Türspalt auftauchte und ihnen zuwinkte. Geduckt rannten sie über den Rasen und schlüpften durch das Tor.

Der Duft von Stroh und getrocknetem Pferdedung hüllte sie ein. Omar liebte Ställe. Als freier Mann hätte er Pferde züchten wollen. Doch daraus würde jetzt wohl nichts mehr werden.

Mit großen Augen blickte er sich um. Den Stall, in dem die kostbaren Shadif untergestellt waren, hatte er niemals betreten dürfen. Abu Feisal meinte, dass die Anwesenheit von Sklaven dem Stolz der edlen Pferde schaden könnte. Deshalb durften hier nur freie Männer arbeiten. Während Omar noch ehrfürchtig die prächtigen Tiere bestaunte, schritt die Sharisad die Verschläge ab, tätschelte einigen Tieren die Nüstern und nannte andere beim Namen. Dann wählte Melikae vier Hengste für ihre Flucht aus.

»Wir werden auch zwei Lastpferde brauchen. Vier Pferde sind nicht genug, um uns, die Vorräte und Euer Gepäck zu tragen, Herrin«, wandte Neraida ein.

»Was weiß eine Sklavin schon von Shadif?« Melikae musterte ihre Zofe mit spöttischem Blick. »Keines dieser Pferde würde es dulden, dass man sie mit Wasserschläuchen und Packsätteln belädt. So wie es unter den Menschen Auserwählte gibt, denen es bestimmt ist, über die anderen zu herrschen, so sind die Shadif die edelsten von allen Reittieren unter der Sonne. Und sie wissen auch selbst um ihren Rang. Du kannst froh sein, wenn es mir gelingt, einen Hengst dazu zu überreden, dich auf seinem Rücken zu dulden. Jetzt geh und hol meine Kleider und meinen Schmuck aus dem Versteck, statt mit mir über Dinge zu reden, von denen du nichts verstehst.«

Neraidas Augen funkelten vor Zorn, doch sie zog sich zurück.

»Nicht, dass ich Euch zu nahetreten möchte, doch Eure Zofe hat recht. Wir brauchen Lasttiere.« Fendal hatte die Arme vor der Brust verschränkt und lehnte an einem der Stallpfosten. »Wenn Ihr wollt, dass ich mitkomme, bestehe ich darauf, dass wir einige Shadif als Lasttiere mitführen. Sie sind schließlich auch nur Pferde.«

»Ihr sprecht wie ein Barbar.« Melikae hatte die Fäuste geballt und sich zu dem Nordmann umgedreht.

Einige Atemzüge lang maßen sich die beiden einander mit Blicken. Omar war gespannt, wie dieses ungleiche Duell enden würde. Überraschenderweise war es Melikae, die schließlich das Haupt senkte. »Wir können es ja versuchen. Auch wenn ich nicht glaube, dass es gut gehen wird. Wir sollten lieber unterwegs bei einer Handelskarawane oder Nomaden zusätzliche Lasttiere kaufen.«

»Das können wir dann immer noch tun«, brummte Fendal sichtlich zufrieden. Dann nahm der Thorwaler etliche leere Wasserschläuche von einem Haken an der Wand und verließ den Stall.

Auch wenn sie gegenüber ihrem Leibwächter nachgegeben hatte, war Melikaes Wut offensichtlich immer noch nicht verraucht. Blass vor Zorn wandte sie sich Omar zu.

»Steh hier nicht so herum und glotz wie ein verliebter Kamelbulle. Mach dich nützlich! Zäum die Pferde auf!«

Ohne ein Widerwort machte sich Omar an die Arbeit.

Melikae waren schon im Stall die ersten Zweifel daran gekommen, ob es eine gute Idee war, aus dem Haus ihres Vaters zu fliehen. Irgendwie hatten ihre Diener und Sklaven den Respekt vor ihr verloren. Bis zu dem Zwischenfall mit den Pferden hatte es noch nie ein Unfreier gewagt, einen ihrer Befehle in Frage zu stellen.

Wenn diese Bande nun völlig vergaß, wer ihre Herrin war? Vielleicht würden sie sie verschleppen und in Al'Anfa als Sklavin verkaufen? Doch trotz dieser Ängste musste sie unter allen Umständen ihre Würde bewahren. Sie musste ihre Begleiter beeindrucken. Darum war sie fest entschlossen, jede Reisestrapaze ohne das geringste Murren zu ertragen.

Vermutlich hielten die drei sie für verwöhnt und störrisch. Aber sie würde sie eines Besseren belehren! Bislang war ihr Fluchtplan hervorragend aufgegangen. Sie selbst hatte den Wachsoldaten am Tor der Oberstadt einen Weinschlauch mit einem starken Schlafmittel gebracht und ihnen erklärt, es sei ein Geschenk ihres Vaters, der wünsche, dass jeder freie Mann in der Oberstadt an diesem Abend einen Becher voll Wein bekomme. Da die Wünsche Abu Feisals in der Regel von jedermann als Befehle betrachtet wurden, hatten sich die fünf Wächter beeilt, noch vor ihren Augen den Wein zum Wohl ihres Vaters zu trinken.

Das war vor ungefähr zwei Stunden gewesen, und als sie nun das Tor passierten, lagen die Soldaten schnarchend in ihrer Wachstube.

Hinter dem hohen Tor führte eine breite gemauerte Rampe in die Unterstadt hinab. Der Weg ging dicht an der Garnison und dem Rastullahtempel vorbei, und Melikae murmelte ein kurzes Gebet zu Ehren des einzig wahren Gottes. Im Hain der Gnade hielt die kleine Gruppe an. Die Sharisad zitterte vor Unruhe. Das schwierigste Stück lag noch vor ihnen. Sie mussten das Stadttor passieren, das unter normalen Umständen nicht vor Morgengrauen geöffnet werden würde.

»Du weißt noch, was du sagen sollst?« Fragend blickte sie Fendal an.

Der Nordmann nickte.

Sie gab ihm das sorgfältig gefaltete Schreiben, unter das sie das rote Siegel ihres Vaters gesetzt hatte, und der Thorwaler übernahm die Führung der Gruppe. Widerstrebend streifte sie sich einen schmuddeligen braunen Kaftan über und verhüllte das Haupt mit einem ausgeblichenen Tuch. Schaudernd dachte Melikae daran, was geschehen würde, wenn ihr Vater davon erführe, dass sie sein Siegel missbraucht hatte. Ein falsches Siegel unter ein Dokument zu setzen, galt in den reichen Händlerfamilien als eines der niederträchtigsten Verbrechen. Sie erinnerte sich, wie man noch heute davon redete, wie vor Jahren einem Schreiber, der ein Siegel gefälscht hatte, beide Hände abgehackt worden waren. Anschließend hatte man den Mann in einen Sack eingenäht und in eines der bodenlosen Schlammlöcher im Salzsee gestoßen.

Ihr Vater galt als äußerst streng in solchen Dingen, und Melikae war sicher, dass er seine Tochter, nur weil sie sein eigen Fleisch und Blut war, nicht schonen würde.

Indem sie das Siegel fälschte, hatte sie für immer mit ihm gebrochen. Vor zwei Stunden noch hatte sie nur das Abenteuer gesehen, das vor ihr lag. Doch jetzt nagten Zweifel an ihr. Wenn erst einmal das Stadttor hinter ihnen lag, gab es kein Zurück mehr.

Melikae drehte sich um und blickte zu der weißen Mauer, die die auf einem Felsplateau gelegene Oberstadt umgab. Dort hatte sie fast ihr ganzes Leben verbracht, und jetzt würde sie nie mehr dorthin zurückkehren können. Sie musste diese Gedanken verscheuchen! Vor ihr lag eine glänzende Zukunft. Was sie hinter sich ließ, war nicht mehr als ein goldener Käfig. Sie musterte ihre Gefährten. Den stämmigen Thorwaler mit den flammendroten Haaren, den schüchternen Omar, der sie verstohlen beobachtete, wenn er glaubte, sie bemerke es nicht, und Neraida, die sich genau wie sie in Männerkleider gehüllt hatte und ihr Gesicht hinter dem Hattah verbarg, dem großen Kopftuch der Wüstennomaden. Diese drei waren der Schlüssel zu ihrer Zukunft. Sie musste ihnen trauen.

Fendal winkte ihr zu, sich zu beeilen. Noch einmal prüfte Melikae den Sitz ihres Kopftuchs, dann stieg sie wieder in den Sattel. Bald hatte die Gruppe den Hain durchquert und zog durch die engen Basare, die nach Süden hin zum Stadttor führten.

Es war völlig still. Außer dem dumpfen Schlag der Pferdehufe durchdrang kein Geräusch die Nacht. Melikae erschienen die menschenleeren, dunklen Gassen unheimlich. Tagsüber waren die Basare erfüllt vom Geschrei der

Handwerker und feilschenden Kaufleute. Es herrschte dann ein solches Gedränge, dass es fast unmöglich war, in einer Sänfte oder auf einem Reittier die schmalen Gassen zu passieren. Doch jetzt ließ sich nicht einmal eine streunende Katze blicken. Ja, es schien, als sei die Stadt wie ausgestorben. Ob das ein Omen war? War diese unheimliche Stille womöglich ein Zeichen Rastullahs, der sie vor drohendem Unheil warnen wollte?

»Wir müssen uns um dein Pferd kümmern.«

Melikae erschrak. Ganz in ihre düsteren Gedanken versunken, hatte sie nicht bemerkt, wie Omar sein Pferd an ihre Seite gelenkt hatte.

Ohne ein Wort griff er ihr in die Zügel und brachte ihren Hengst zum Stehen. Was war nur in ihn gefahren?

Der ehemalige Sklave sprang aus dem Sattel, kniete neben ihrem Pferd nieder und entfernte die Lumpen, die um die Hufe ihres Pferdes gebunden waren.

Man merkte Omar an, dass er in Freiheit und nicht als Sklave geboren worden war. Wie Neraida vermochte er ihrem Blick länger standzuhalten als die anderen Unfreien im Palast ihres Vaters, die immer scheu zu Boden schauten, wenn sie in ihre Nähe kam. Außerdem schien er nicht dumm zu sein. Es war seine Idee gewesen, die Pferdehufe mit Lumpen zu umwickeln. Erst hatte sie darüber gelacht, denn die Straßen Unaus waren nicht gepflastert, und die Hufe verursachten auf dem festgestampften Sand der Gassen so gut wie kein Geräusch. Doch obwohl Melikae ihren Fluchtplan gut durchdacht hatte, hatte sie die steinerne Rampe vergessen, die in die Unterstadt führte. Sie lag so nahe bei der Garnison, dass man an einigen Stellen mit ausgestrecktem Arm die Mauern der Festung berühren konnte. Wie groß wäre die Gefahr gewesen, dass der Lärm der Hufe einen verschlafenen Wächter auf die Zinnen gelockt hätte!

Melikae lächelte. Man sagte, dass die Stämme in der Wüste allesamt Räuberblut hätten. Und es schien, als habe auch der unscheinbare Omar seinen Teil davon abbekommen.

Es dauerte eine Weile, bis er mit den Tieren fertig war, denn weder Fendal, der offenbar nichts von Pferden verstand, noch Neraida gingen ihm zur Hand. Ein letztes Mal blickte Melikae zu der Mauer der Oberstadt, die selbst in der Finsternis noch gut zu erkennen war, und fast erwartete sie, ihren Vater mit zornig zum Himmel erhobenen Fäusten zu sehen. Dann wandte die Sharisad sich ab und tastete nach dem Talisman, den sie um den Hals trug: zwei winzige, aus reinstem Zwergengold modellierte Füßchen. Sie sollten sie vor Unfällen schützen, denn nichts fürchtete sie so sehr, wie sich an den Füßen oder Beinen zu verletzen. Sollte ihr das geschehen, dann wäre es vorbei mit ihrer Zukunft als Tänzerin.

Endlich war Omar mit seiner Arbeit fertig, und der kleine Trupp setzte sich wieder in Bewegung. Sie durchquerten noch eine letzte Gasse, schlugen dann einen Bogen und passierten den Platz vor dem Tor. Ein schwerer Balken verriegelte das hohe, zweiflügelige Stadttor. Von den Wächtern war nichts zu sehen, doch hinter den Schießscharten eines der beiden Wachtürme, die das Tor flankierten, schimmerte das gelbliche Licht von Öllampen.

Fendal sprang aus dem Sattel, zog einen Dolch aus seinem breiten Waffengurt und klopfte mit dem Knauf heftig gegen die Pforte des Turms.

»Aufwachen, ihr verschlafenes Gesindel! Ich reite in einer wichtigen Angelegenheit für Abu Feisal den Prächtigen und verlange, dass man mir umgehend das Tor öffnet.«

Keine zwei Atemzüge später schwang die Tür des Wachturms auf, und ein unrasierter Mann mit dem gelben Abzeichen der Stadtgardisten auf dem Waffenrock trat heraus.

»Was ist so wichtig, dass es nicht bis Sonnenaufgang warten kann?«

»Mein Herr, Abu Feisal, schickt mich und diese drei Diener nach Tarfui. Einer seiner Gäste hat ihn beleidigt und behauptet, die Shadif meines Herrn seien zwar schön anzuschauen, doch seien sie einem längeren Ritt durch die Wüste nicht gewachsen. Mein Herr hat daraufhin gewettet, dass selbst die geringsten seiner Diener in einem Tag bis nach Tarfui und zurück reiten könnten. Also lass uns passieren, Mann, denn morgen bis Sonnenuntergang müssen wir wieder zurück sein.«

Inzwischen waren zwei weitere Soldaten aus dem Turm gekommen, musterten die prächtigen Pferde und tuschelten miteinander.

Melikae neigte den Kopf und tastete nach dem Schleier, den sie bis unter die Augen hochgezogen hatte. Stumm betete sie zu Rastullah, dass die Männer die Reiter nicht genauso aufmerksam mustern würden wie die Pferde.

»Wozu nehmt ihr die Warenbündel und die überzähligen Pferde auf einen solchen Ritt mit? So werdet ihr doch nur noch langsamer.« Die beiden Soldaten standen jetzt genau vor ihr.

Fendal zuckte mit den Schultern. »Mein Herr wünscht, dass wir an bestimmten Stellen in der Wüste Stoffstreifen an Büsche binden. Die Markierungen sollen beweisen, dass wir tatsächlich bis nach Tarfui geritten sind und unsere Reise nicht mit Hilfe eines Dschinns beschleunigt haben.«

»Welch aufwendige Wette!« Auch der Unrasierte trat jetzt aus dem Turm und musterte die Pferde.

»Prächtige Tiere reitet ihr da. Es ist nur erstaunlich, wie viel Wasser ihr mitnehmt. Wo es doch zu dieser Jahreszeit entlang der Piste genügend Brunnen gibt, die Wasser führen. Dürfen wir vielleicht einmal einen Blick auf die Stoffbahnen in den Bündeln werfen. Wir wollen nur sichergehen, dass der ehrenwerte Abu Feisal nicht bestohlen wird und …«

Melikae schlug das Herz bis zum Hals. Jetzt war es um sie geschehen. Sie tastete nach dem kleinen Dolch an ihrem Gürtel. Lieber würde sie sich das Leben nehmen, als zu ertragen, von den ›Gelbherzen‹, wie man die Stadtwachen abfällig nannte, gefangen genommen zu werden.

»Was nimmst du dir eigentlich heraus, du räudiger Sohn eines Schakals?« Fendal brüllte so laut, dass man es mit Sicherheit bis zu den Wohnhäusern am anderen Ende des Platzes hören konnte. »Du erbärmlicher Bastard, der du wie ein Hund auf der Schwelle seines Herrn hier am Kannemünder Tor auf Wache liegst. Sieh dies Schreiben, welches das Siegel meines Herrn trägt! Und wenn du mir nicht glaubst, dass ich in seinem Auftrag handele, dann halt mich hier fest und sorg dafür, dass der prächtige Abu Feisal durch dich mehr Gold verliert, als deine ganze jämmerliche Sippe zusammen in den nächsten hundert Jahren besitzen wird.«

Der Anführer der Wachen war ein Stück zurückgewichen und hob beschwichtigend die Arme, doch Fendal beachtete diese Geste nicht und schimpfte weiter.

»Ich weiß ja, dass du in deinem Leben wohl noch kein edleres Reittier als eine ausgemergelte Ziege besessen hast, doch solltest du wenigstens schon davon gehört haben, dass man einem Shadif nicht ohne Not das brackige, salzhaltige Wasser in den Brunnen an dieser Piste zumuten sollte. Wir führen Wasser aus der eigenen Quelle unseres Herrn mit, um die edlen Hengste unterwegs zu tränken, du hirnloser Tor!«

Der Soldat legte die Hand auf den Griff seines Säbels. Er zitterte am ganzen Leib vor Wut. Leider hatte Fendal nicht das mindeste Feingefühl in der hohen Kunst des Beleidigens. Seine Worte hätten schon einen einfachen Mann in Raserei versetzt. Doch ein Krieger konnte solche Beleidigungen nicht auf sich sitzen lassen. Er musste den Thorwaler zum Kampf fordern, oder er würde auf immer sein Gesicht verlieren.

Doch bevor der Soldat seinen Säbel ziehen konnte, fielen ihm seine Kameraden in den Arm.

»Lass das, Achmuded! Du machst dich unglücklich! Besudle deine Waffe doch nicht mit dem Blut eines nichtswürdigen Ungläubigen.«

»Ich werde ihn aufschlitzen und sein Gedärm an die Schweine meiner Schwiegermutter verfüttern«, zischte Achmuded. »Lasst mich los!«

Einer der Krieger wandte sich zu Fendal um.

»Ich habe das Siegel Abu Feisals erkannt. Jetzt steigt ab und öffnet euch selber das Tor. Und beeilt euch, denn ich weiß nicht, wie lange wir unseren Freund in seinem gerechten Zorn noch halten können.«

»Lasst ihn doch los und …«

»Wir danken euch für den Edelmut, mit dem ihr das Leben unseres Freundes schützt«, unterbrach Omar den Thorwaler.

Melikae atmete erleichtert auf. Weder sie noch Neraida hätten sich in den Streit einmischen können, ohne sich durch ihre Stimme zu verraten.

Indessen sprang Omar aus dem Sattel und schob den schweren Torbalken aus seiner Halterung.

»Hilf mir schon, du flammenhaariger Hitzkopf!«

Fendal zögerte. Er schien zu bedauern, dass er nicht dazu gekommen war, mit dem Wachtposten die Klinge zu kreuzen.

Melikae lenkte ihr Pferd neben ihn.

»Jetzt mach endlich, dass du aus dem Sattel kommst, und hilf Omar, bevor die Wachen vielleicht doch noch merken, was hier gespielt wird.«

Ärgerlich brummelnd stieg Fendal ab und packte mit an.

Als Erste passierte Melikae das hohe Tor. Besorgt blickte sie nach Osten. Schon begann der Nachthimmel über den fernen Berggipfeln heller zu werden. Es würde nur noch wenig mehr als eine Stunde dauern, bis die Sonne aufging. Ihnen blieb nicht mehr viel Zeit, um einen Weg auf dem gefährlichen Salzsee zu finden. Vielleicht war schon jetzt der Diebstahl der Pferde entdeckt worden und das Haus ihres Vaters in Aufruhr. Allzu bald würde Melikae wissen, ob Rastullah ihrer Sache wohlgesonnen war oder den gerechten Zorn ihres Vaters unterstützte.

Wenn sich ein Salzgänger zwei Dinge nicht leisten konnte, dann waren es Eile und Angst. Mehr als eine Stunde ritten sie nun schon am Rand des Cichanebi, ohne dass Neraida sich entscheiden konnte, ihre Herrin und die anderen auf die unsichere Kruste des großen Salzsees zu führen.

Immer wieder musterte sie mit zusammengekniffenen Augen die zerklüftete Ebene vor ihr, um dann den anderen einen Wink zu geben, noch ein Stück weiter gen Norden zu reiten.

Es waren Jahre vergangen, seit Neraida zum letzten Mal am Ufer des großen Salzsees gestanden hatte. Noch heute quälte sie in Albträumen die Erinnerung an den letzten Tag, den sie am Cichanebi verbracht hatte. Ihr Vater hatte gerade ein Geschäft mit dem Besitzer einer großen Salzkarawane abgeschlossen. Nur wenige Tage zuvor war ihre Mutter verschwunden. Neraida war sich damals sicher, dass der See sie verschlungen hatte, als sie nach neuen Salzklippen suchte, die geeignet waren, aus ihnen jene großen Platten zu schneiden, mit denen die Salzgänger Handel trieben.

Doch ihr Vater wollte davon nichts wissen. Statt zu trauern, raste er vor Wut und behauptete, sie sei geflohen, um den Ungläubigen zu suchen, mit dem sie ihren Bankert in die Welt gesetzt hatte. Ihr Vater war nie freundlich zu ihr gewesen. Aus lauter Bosheit hatte er sie nach Art der Salzgänger tätowieren lassen, weil ihm einige seiner Freunde Komplimente über seine hübsche kleine Tochter machten. Dass sie, Neraida, in Wirklichkeit ein Bastard war, hatte ihr Vater nie öffentlich eingestanden. Bis zu jenem Tag, da ihre Mutter verschwunden war.

Als aber ihr verachtenswerter Stand bekannt war, erhob niemand seine Stimme, als ihr Vater sie nach Abschluss des Geschäftes mit dem reichen Salzhändler Abu Feisal gegen zwei junge Kamele eintauschte. Ihr Schreien und Weinen hatten den Vater und auch alle anderen kalt gelassen. Niemand fand etwas Besonderes daran, dass er den Bastard verkaufte, den seine Frau ihm untergeschoben hatte.

Die Sklavenaufseher Abu Feisals mussten sie auf einem Lastkamel festbinden, um sie vom Cichanebi fortzubringen. Immer wieder war sie im Haus des reichen Kaufmanns ausgepeitscht worden, weil sie zu fliehen versucht hatte. Erst als Melikae sie zu ihrer Zofe ausgewählt hatte, waren bessere Zeiten für sie angebrochen. Ihre neue Herrin hatte ihr sogar versprochen, sie freizulassen, sobald sie das ferne Königreich jenseits der Wüste erreichten.

Doch ihr Traum, endlich wieder frei zu sein, wäre so schnell vergangen wie ein Bild, das man in den Sand zeichnete, wenn sie nicht bald einen sicheren Weg zum Salzsee fände.

Der Cichanebi war nicht einfach eine riesige Fläche weiß schillernden Salzes mitten in der Wüste. Hier mengten sich Treibsandfelder mit Hunderten von Quellen und Geysiren, die in unregelmäßigen Abständen eine trübe Brühe aus Salzwasser und Sand ausspien. An einigen Stellen hatten sich so kleine Seen gebildet, deren oberste Kruste durch die sengende Hitze ausgetrocknet und fest geworden war. Doch noch immer waren irgendwo tief unter der Salzdecke die Geysire tätig, sodass man nie völlig sicher sein konnte, ob der trügerische Salzboden nicht plötzlich unter einem aufbrach. Allein ein erfahrener Salzgänger erkannte, wo die Kruste dick genug war, um einen Mann oder sogar ein Pferd zu tragen. Doch selbst solche Veteranen irrten sich gelegentlich, und es schien ein ehernes Gesetz zu sein, dass niemand, der seinen Lebensunterhalt dem Salzsee abrang, an Altersschwäche starb.

Die ungewöhnliche Beschaffenheit des Sees bewirkte auch, dass er keine ebene Fläche bildete. Der Druck der unterirdischen Quellen hob die Salzkrusten, die sich gebildet hatten, langsam in die Höhe, bis sie irgendwann zerbrachen. Der größte Teil der Salzkruste versank dann in den bodenlosen Tiefen des Sees, doch jene Blöcke, die an festem Grund anhafteten, blieben stehen und wurden mit der Zeit vom Wind, der ständig feinen Sand und Salzsplitter mitführte, zu bizarren Klippen geschliffen, die zuweilen von Ferne an Menschen erinnerten. Einige der alten Sklaven ihres Vaters hatten sogar behauptet, dass die Seelen derer, die vom Cichanebi verschlungen worden waren, auf diese Weise versuchten, wieder zu einem Körper zu gelangen.

An anderen Stellen, wo die Salzgeysire auf sicherem Boden lagen, bildete ihr Auswurf über die Jahrhunderte regelrechte kleine Berglandschaften aus erstarrter Salzlohe. Dies waren die Orte, welche die Salzgänger suchten, weil sich hier das weiße Gold der Khom am ungefährlichsten abbauen ließ. Doch gute Plätze waren selten, denn oft waren dem Salz andere Stoffe beigemengt, die es für Mensch und Tier ungenießbar machten und nicht einmal die Verwendung in den Becken der Gerbereien erlaubten.

Einige dieser Quellen stießen zugleich mit der Schlacke, die in Fontänen bisweilen viele Schritt hoch in den Himmel stieg, stinkenden und manchmal sogar giftigen Rauch aus. Auch gab es einen Ort, an dem ein alter Mann eine Quelle bewachte, deren Dämpfe es jedem, der sie einatmete, erlaubten, in die Zukunft zu sehen. Doch dorthin hatte ihr falscher Vater Neraida niemals mitgenommen. Vielleicht war es auch besser so, denn hätte sie als junges Mädchen um ihre Zukunft gewusst, so hätte sie freiwillig den Tod auf dem großen Cichanebi gesucht.

»Bei Swafnir, seht nur dort hinten!«

Fendals Stimme riss Neraida aus den Gedanken. Der Leibwächter zeigte nach Süden, wo irgendwo jenseits des Horizonts Unau lag. Dort war eine kleine Staubwolke zu erkennen.

»Reiter!« Fendal drehte sich um und spuckte vor Neraida in den Sand. »Weißt du, Kleine, noch können wir uns aussuchen, ob wir auf dem Salzsee krepieren oder in Unau hingerichtet werden wollen. Der Sharisad werden sie wahrscheinlich verzeihen, aber uns nicht. Führ uns jetzt auf diesen verdammten See, oder ich reite ohne dich.«

»Noch ein paar Stunden, und du wirst eine Zunge wie eine vertrocknete Dattel haben. Dann wirst du bedauern, dass du vor mir ausgespuckt hast, Großmaul. Und was deinen Übermut angeht, reite nur ruhig hundert Schritt in die Richtung dort, und du wirst samt Pferd auf immer verschwunden sein.« Neraida hätte es am liebsten gesehen, wenn der Thorwaler sich abgesetzt hätte. Sie verabscheute den grobschlächtigen Krieger.

Doch leider hatte er recht. Auch wenn sie noch keine wirklich günstige Stelle gefunden hatte, um auf den See zu reiten, blieb ihnen keine Wahl.

»Steigt von den Pferden und folgt mir!« Neraida schwang sich aus dem Sattel. Vorsichtig setzte sie einen Fuß vor den anderen.

Der Cichanebi hatte kein deutlich zu erkennendes Ufer wie andere Seen. In seinen Randgebieten mischten sich Salz und feiner Staub. Bis zu den Salzquellen, die weiter im Westen lagen, war es noch fast ein halber Tagesmarsch. Doch auch das Randgebiet war nicht ungefährlicher als die trügerischen Salzflächen, die sie noch erwarteten, denn es gab hier ausgedehnte Treibsandfelder.

»Bleibt genau in meiner Spur.« Ein leichtes Prickeln lief der Salzgängerin durch die Glieder, und eine Unruhe ergriff sie, die sie unbedingt überwinden musste, oder sie würde Fehler begehen.

Ihre halbe Kindheit hatte sie auf dem See verbracht, und als sie die Geheimnisse der Salzgänger gelernt hatte, war sie oft auch allein unterwegs gewesen, um nach neuen Lagerplätzen zu suchen. Doch nie hatte sie eine Gruppe geführt. Bisher war es immer nur um ihr Leben gegangen.

»Omar, nimm die Palmwedel, die wir in dem Hain vor der Stadt abgeschnitten haben. Du gehst als Letzter und verwischst sorgfältig unsere Spur.«

Der Novadi nickte kurz und gehorchte. Neraida mochte den zurückhaltenden jungen Mann. Er war ihr schon aufgefallen, bevor er nach dem Kampf mit dem Löwen zum Helden geworden war. Irgendwie konnte sie sich nicht damit abfinden, dass er ein freier Mann war und sie noch immer eine Sklavin. Für sie hatte sich durch seine Tat nichts geändert. Man wird schließlich kein anderer Mensch, nur weil man einen Löwen tötet. Erst der lange Weg durch die Wüste würde ihn wirklich verändern! Hier wären sie alle dem Tode nahe. Und sie würden nur überleben, wenn sie einander halfen. Wenn sie die Goldfelsen hinter sich gelassen hätten, dann wären sie wirklich frei.

Vielleicht würde Omar bis dahin auch begriffen haben, wie sinnlos es war, die Sharisad zu begehren. Er hatte ihr nichts zu bieten. Melikae liebte keinen Mann um seiner selbst willen. Sie liebte nur den, der sie näher zu ihrem Ziel brachte. Wie lange Omar wohl brauchen würde, um das zu erkennen? Neraida schüttelte den Kopf. Sie durfte sich jetzt nicht von solch finsteren Gedanken ablenken lassen. Sie musste den Sand beobachten! Musste einen ungefährlichen Weg finden!

»Uns bleibt nicht einmal so viel Zeit, wie fünfzig betrunkene Rojer brauchen, um eine Otta aus dem Hafen von Thorwal zu bringen, dann haben uns die Reiter.«

Neraida blickte über die Schulter. Mit Fendals merkwürdigen Zeitangaben konnte sie wohl genauso wenig anfangen wie die anderen, die ebenfalls nach Süden schauten. Die Staubwolke am Horizont war größer geworden und deutlich näher gekommen. In ihrer Mitte, dicht am Boden, ballte sich eine dunkle Masse. Es mussten mindestens zehn Reiter sein, die ihnen folgten. Vielleicht sogar noch mehr.

Fendal fing an, ein Lied in einer unverständlichen Sprache zu singen. Er hatte seine Axt vom Pferd genommen und hielt sie fast wie ein Kind im Arm.

»Sagt Ihr bitte Eurem Leibwächter, dass ich nicht auf die Stimme des Sandes lauschen kann, wenn er sein Totenlied singt, Herrin!«

Neraida hätte den Rothaarigen am liebsten in die Niederhöllen geschickt. Sie durfte sich jetzt nicht ablenken lassen! Auf tausend kleine Zeichen musste sie achten. Die Art, wie der Wind den Staub vor sich her trieb, und die komplizierten Wellenmuster, die er in den Sand malte, vermochten den Kundigen vor trügerischem Grund zu warnen. Und vor allem auf das Knirschen des Sandes unter ihren Füßen musste sie lauschen.

Der Boden war hier ungewöhnlich weich. Bei jedem Schritt versank sie mehr als knöcheltief in dem feinen Gemisch aus Staub und Salz.

Die Sharisad führte einen kurzen, aber scharfen Wortwechsel mit dem Thorwaler. Schließlich hörte er auf zu singen und brummelte nur noch leise irgendeine Melodie vor sich hin.

»Tut mir leid, aber er weigert sich, ganz still zu sein.« Melikaes Stimme klang zugleich gereizt und ergeben. »Er behauptet, er müsse Frieden mit seinem Gott schließen. Swafnir oder so ähnlich heißt das Götzenbild, das er anbetet. Ich glaube, es ist ein großer Fisch.«

»Dann haben wir hier mitten in der Wüste ja sehr viel Hilfe von seinem Götzen zu erwarten und …« Neraida verharrte. Ihr Fuß war gerade ein klein wenig tiefer eingesunken als noch beim Schritt zuvor. Sie hob den Arm, damit die anderen stehen blieben. Jetzt spürte sie deutlich einen leichten Sog. Ihr Fuß versank weiter. Ängstlich trat sie ein Stück zurück.

Der Sand hielt sie fest, als habe sich eine eiserne Hand um ihren Fuß geschlossen. Sie befreite sich mit einem energischen Ruck, wobei es ihr fast den Stiefel vom Fuß gezogen hätte. Aufmerksam musterte sie das Wellenmuster, das der Wind hier auf den Boden gezeichnet hatte. Dann winkte sie den anderen, scharf nach links abzubiegen.

»Verwisch hier besonders gründlich die Spuren!«, befahl sie Omar und setzte mit weit ausholenden Schritten ihren Weg fort. Neraida war stolz auf sich. Sie hatte die tödlichen Tücken dieses Wegabschnittes erkannt und sich selbst bewiesen, dass sie das Wissen ihrer Kindheit nicht verloren hatte.

Währenddessen waren die Verfolger stetig näher gekommen, doch ohne Salzgängerin konnten sie dieses Tempo unmöglich beibehalten. Neraida führte ihre Gefährten in einem weiten Bogen um eine mehr als zwanzig Schritt durchmessende Treibsandzone, um dann ihren ursprünglichen Weg wiederaufnehmen zu können. Der Wind war ein wenig aufgefrischt und trieb jetzt dichte Sandschleier um ihre Füße. Zwar würden so ihre Spuren vollständig ausgelöscht, und dafür dankte Neraida Rastullah, doch dafür wurde es jetzt noch schwieriger, rechtzeitig die Treibsandflächen zu erkennen.

Ein wilder Schrei erklang hinter ihnen. Die Reiter hatten jetzt jene Stelle erreicht, an der sie selbst erst vor wenigen Minuten abgesessen waren. Es waren Gelbherzen. Neraida glaubte sogar, in dem Anführer den unrasierten Krieger zu erkennen, der in der Nacht das Kommando am Kannemünder Tor gehabt hatte.

»Kommt zurück … zwecklos … der Prächtige … gnädiger Tod …«

Der Wind verwehte die Worte des Kriegers. Er winkte ihnen mit beiden Armen. Dann gab er seinen Männern ein Zeichen, von den Pferden zu steigen. Sie waren mit Bogen bewaffnet.

»Was sollen wir tun?« Melikae war totenbleich. »Habt ihr verstanden, was sie gerufen haben?«

»Solange diese Banditen da hinten stehen bleiben, sind wir in Sicherheit.« Fendal streichelte bei seinen Worten den Schaft seiner großen Axt. »Wenn sie sich entschließen, näher zu kommen, wird das auch nicht schwierig werden.«

Neraida biss sich auf die Lippen, um nicht laut aufzulachen. Der Thorwaler litt jedenfalls nicht an falscher Bescheidenheit. Zwölf Soldaten waren ihnen gefolgt, und ein einzelner Mann hätte bloß eines Zauberschwertes bedurft, um mit ihnen fertig zu werden.

Wieder schrie deren Anführer ihnen etwas zu, doch diesmal konnte man gar nichts mehr verstehen. Dann hoben die Soldaten auf sein Zeichen ihre Bogen und schossen. Neraida schloss die Augen und murmelte Rastullahs Namen. Einige Augenblicke lang hielt sie in banger Erwartung den Atem an. Dann hörte sie den Thorwaler lachen. »Diese Süßwasserpiraten. Stümperhafte Kameldiebe!« Alle Pfeile waren mehr als zwanzig Schritt vor ihnen im Boden eingeschlagen.

Noch einmal spannten die Soldaten ihre Bogen. Diesmal hielten sie die Waffen steil gegen den Himmel gerichtet.

Wie ein Schwarm böser kleiner Vögel stiegen die Geschosse steil in den Himmel. Dann kippten sie nach vorn über, flogen in weitem Bogen auf sie zu und schlugen ein klein wenig dichter bei ihnen ein.

»Teigarmige Polypen! Lernt erst einmal schießen, bevor ihr euch mit Fendal Ognisson anlegt, ihr schwanzlosen Skorpione!«

»Lasst uns weitergehen!« Neraida war sich jetzt sicher, dass die Gelbherzen keine Gefahr mehr für sie bedeuteten. Ohne einen Salzgänger würden sie es nicht wagen, ihnen zu folgen. Sie hatten es geschafft! Zumindest vorläufig.

Wild gestikulierend redete der Anführer der Gelbherzen auf seine Krieger ein. Offensichtlich wollte er die Verfolgung noch nicht aufgeben.

»Kommt schon! Bis es dunkel wird, müssen wir festeren Grund erreichen. Auch wenn euch der Boden hier sicher erscheint, ist es nicht ratsam, mitten im Treibsand zu lagern.«

Doch die anderen wollten nicht auf Neraida hören. Noch immer starrten sie zu den Verfolgern herüber.

»Sie werden nicht aufgeben«, murmelte Omar halblaut. »Das ist eine Frage der Ehre. Ihr Anführer kann es nicht wagen, ohne uns in die Stadt zurückzukehren. Selbst wenn er den Zorn Abu Feisals überleben sollte, würde seine Sippe ihn verstoßen.«

»... Memmen? ... ein paar Frauen ... Sklaven ...« Der Hauptmann war wieder aufgesessen und hatte seinen Säbel gezogen. Während sein Pferd unruhig auf der Stelle tänzelte, schien er seinen Männern eine Rede über Ehre zu halten. Plötzlich riss er sein Pferd herum und trieb das Tier mit wilden Schlägen voran. Einige Augenblicke lang verharrten die Reiter und blickten ihrem Anführer nach. Dann löste sich erst einer und dann noch einer aus der Gruppe, um ihm zu folgen. Schließlich gaben auch die Übrigen ihren Pferden die Sporen und ritten ihnen säbelschwingend entgegen.

»Bei Swafnirs Flossen, jetzt können wir uns auf einen heißen Tanz gefasst machen.«

»Reich mir eine Waffe, Fendal! Wir müssen die Frauen verteidigen, und ich möchte nicht sterben wie ein Sklave.«

Der Thorwaler warf Omar einen mürrischen Blick zu. Dann zog er sein Schwert aus dem Gürtel und hielt es ihm hin. »Damit wirst du doch wohl klarkommen, oder?«

Statt zu antworten, griff Omar nach der Waffe.

Melikae hatte die Hände in die Hüften gestemmt und erwartete, ohne mit der Wimper zu zucken, den Angriff der Reiter.

Sie hat es leicht. Ihr werden die Gelbherzen mit Sicherheit nichts tun, dachte Neraida. Unruhig blickte sie sich um, aber auf der fast völlig ebenen Sandfläche gab es kein Versteck. Jetzt blieb nur noch zu hoffen, dass sie sich, was die Beschaffenheit des Treibsands anging, nicht geirrt hatte.

Plötzlich stürzte das Pferd des Anführers und begrub den Reiter unter sich.

»Rastullah sei Dank!« Neraida warf sich auf die Knie und hob die Hände zum Himmel. Ihr Plan war aufgegangen.

Die anderen Reiter rissen die Zügel herum, um ihre Pferde in vollem Galopp zu bremsen. Doch für zwei von ihnen war es schon zu spät. Verzweifelt wiehernd strauchelten die Tiere.

Die Gelbherzen waren geradewegs in die tödliche Falle geritten. Der Anführer der Reiter hatte es irgendwie geschafft, sich unter seinem Pferd hervorzukämpfen. Er war bereits bis zu den Hüften im Sand versunken. Seine Gefährten aber hatten sich etliche Schritt weit zurückgezogen.

»Helft mir!« Sein Gesicht war vor Schreck verzerrt. »Bitte!«

»Was sollen wir jetzt tun?« Fendal hatte seine Axt in den Gürtel geschoben und blickte Neraida fragend ins Gesicht.

»Gar nichts.« Die Stimme der Zofe zitterte leicht. »Wir können nichts für ihn tun. Wenn du bis über die Knie eingesunken bist, kann dir niemand mehr helfen. Er kann nur noch beten, dass ihm Rastullah gnädig gesonnen ist. Wenn er eine schlechte Stelle erwischt hat, wird er, nachdem er erst einmal bis zur Brust versunken ist, nur noch sehr langsam weiter in die Tiefe gezogen.«

»Aber wir können doch nicht einfach hier stehen und dabei zusehen, wie die armen Kerle verrecken.«

»Du sagst es, Fendal. Wir sollten gehen.« Neraida war über ihre eigenen Worte erschrocken. War es ihre Verachtung für den Ungläubigen, die sie so kaltherzig machte?

»Sie hat recht.« Omar war neben den Thorwaler getreten. »Sie haben genau gewusst, in welche Gefahr sie sich begeben, als sie uns gefolgt sind. Wenn ihr Anführer kein feiger Hund wäre, hätte er nicht um Hilfe gerufen. Als Krieger vom Stamm der Beni Khibera hat er sein ganzes Leben im Umkreis von hundert Meilen um den Cichanebi verbracht. Er weiß, dass es für ihn keine Rettung mehr gibt. Wahrscheinlich hofft er, dich mit seinen Schreien auch noch ins Verderben zu locken.«

»Kommt jetzt!« Neraida griff nach den Zügeln ihres Pferdes und blickte zum Himmel. Die Sonne stand schon hoch. Es blieben noch höchstens drei Stunden bis zur Mittagsstunde. Bis dahin mussten sie das Treibsandgebiet hinter sich gelassen und einen halbwegs sicheren Rastplatz gefunden haben, denn in der Mittagshitze wäre es unmöglich, noch weiterzugehen.

Fendal fluchte leise vor sich hin. Wenn sie nur wenigstens wieder im Treibsandgebiet wären. Diese verfluchte kleine tätowierte Sklavin hatte sie mitten in die Hölle hineingeführt. Ängstlich blickte er sich um. Drei Tage waren sie jetzt schon auf diesem grässlichen See, und noch immer war kein Ende abzusehen. Neraida sagte zwar immer wieder, sie werde sie geradewegs zum Manekh-Chanebi führen, einem Gebirgszug irgendwo im Westen des Salzsees, doch bislang war von den Bergen noch nichts zu sehen.

Zwei Pferde hatten sie schon auf diesem verfluchten See verloren, und einmal war er selbst ein Stück durch die Salzkruste gebrochen. Die Hitze hatte ihm einen Streich gespielt. Er hatte nur ein paar Schritt entfernt ein Wasserloch gesehen und war ein wenig vom Weg abgewichen.

Ein paar Schritt zu viel.

Fendal hatte es mittlerweile aufgegeben, sich um die trügerischen Wasserlöcher zu scheren, die er immer wieder ganz nahe beim Weg zu sehen glaubte. Eine Lektion war ihm genug. Er wich jetzt keinen Fingerbreit mehr von der Spur Neraidas ab.

Er würde die Lichtspiegelungen einfach nicht beachten.

Auch die Salzeruptionen, die es hin und wieder zu sehen gab, erschreckten ihn nicht mehr. Obwohl sie bedenklich an jene Wasserfontänen erinnerten, die große Wale ausbliesen. Manchmal dachte er darüber nach, ob unter der Salzkruste nicht irgendwelche Ungeheuer leben mochten. Geschöpfe, groß wie Wale. Vielleicht gab es in Wirklichkeit gar keine Geysire? Dem Thorwaler schauderte. Er wusste, dass dieses verfluchte Land hier einmal von den Kindern Hranngars, der großen Schlange, bewohnt worden war.

Erst vor Kurzem, unter dem Sultanat des Abu Tarfidem Tuametef al-Leram, hatte es Gerüchte in Unau gegeben, dass irgendwelche Echsenkreaturen hier ihr Unwesen trieben.

Fendal hasste Gerüchte! Vor etwas Greifbarem hatte er keine Angst. Angst war ohnehin das falsche Wort. Schließlich war er ein Thorwaler, und Thorwaler hatten vor gar nichts Angst. Es gab höchstens Dinge, die ihnen ein ungutes Gefühl bereiteten. Aber Angst – nein, Angst kannten sie nicht.

Dieses ungute Gefühl plagte ihn allerdings mit jeder Stunde mehr, seitdem sie auf dem Salzsee unterwegs waren. Sie befanden sich jetzt in einem Gebiet eigenartiger Salzklippen. Merkwürdige, vom Wind geschliffene Blöcke, die auf größere Entfernung manchmal wie Lebewesen aussahen. Wenn die kurzen Morgenstunden verstrichen waren, wurde es so heiß über dem See, dass sich die Luft am Horizont in flüssiges Glas zu verwandeln schien. Dieses Naturschauspiel erzeugte oft die Vorstellung, dass Dinge, die in Wirklichkeit fest auf ihrem Platz standen, sich bewegten.

Eine Zeit lang hatte Fendal am ersten Tag überlegt, ob er auch diese merkwürdigen Erscheinungen gänzlich übersehen sollte. Doch mittlerweile wusste er, dass sich das keiner leisten konnte, der den Salzsee überquerte. Irgendetwas belauerte einen auf dem See, und Fendal war sicher, wenn seine Aufmerksamkeit erlahmte, würde es zuschlagen.

Der Thorwaler blieb stehen und blickte sich noch einmal um. Er ging jetzt am Ende der Gruppe. Neraida widmete ihre Aufmerksamkeit offensichtlich wieder ausschließlich dem Wegstück, das vor ihnen lag. Dabei war es mindestens genauso wichtig zu beobachten, was sich in ihrem Rücken tat.

Müde wischte er sich über die Stirn und betrachtete den feinen weißen Salzstaub an seinen Fingern. Die Gesichter der anderen waren weiß vom Salz, und er wusste, dass er selbst nicht besser aussah. Über dem See wehte ständig ein leichter Wind, der winzige Salzkristalle mit sich trug. Dieser feine Staub setzte sich überall fest. Er klebte auf der Haut und machte sie spröde und rissig. Er setzte sich in den Kleidern fest und scheuerte die Haut wund. Doch am unangenehmsten war es, den Salzstaub in Nase und Mund zu haben.

Die kleine Sklavin hatte tatsächlich recht gehabt. Seine Zunge fühlte sich jetzt an wie eine verdorrte Dattel.

Ihn verlangte es nach Bier! Ein ganzes Fass hätte er leer trinken können. Fendal dachte an Krüge, über deren Ränder flockiger weißer Schaum quoll. Was hätte er nicht alles für einen einzigen Krug voll Bier gegeben. Selbst das abgestandene Wasser in den Lederschläuchen erschien ihm wie eine Köstlichkeit, obwohl er unter normalen Umständen nicht einmal einem räudigen Maulesel eine solche Brühe zu trinken gegeben hätte. Aber hier war alles anders. Außer an die verborgenen Gefahren des Salzsees dachte er nur noch ans Trinken. Schon am ersten Tag hatte Neraida das Wasser streng eingeteilt. Jeder von ihnen bekam einen Schlauch voll Wasser pro Tag. Für jedes Pferd gab es zwei Schläuche.

Zunächst hatte Fendal geglaubt, das sei sehr großzügig bemessen. Schließlich war er nicht zum ersten Mal in der Wüste unterwegs, und er hatte es gelernt, Durst zu ertragen. Doch es war ein Fehler gewesen, den Cichanebi mit der Wüste zu vergleichen.

Die Hitze allein hätte er sicher leicht ertragen. Es war dieser verfluchte Salzstaub, den man mit jedem Atemzug in den Mund bekam und der es so unerträglich machte, den See zu überqueren. Am ersten Tag hatte er immer dann getrunken, wenn sein Mund so trocken gewesen war, dass er mit der Zunge die rissigen Lippen nicht mehr anfeuchten konnte. Doch das war falsch gewesen. Lange bevor es dunkel wurde, hatte er seinen Schlauch leer getrunken.

Wütend ballte Fendal die Fäuste. Er hatte sich zu Tode blamiert. Am Ende jenes Tages hatte ihm der Durst alle möglichen Trugbilder vorgegaukelt. Wie betrunken war er hinter seinem Pferd hergetaumelt und immer wieder der Länge nach hingestürzt. Schließlich hatten die anderen angehalten. Neraida war zu ihm gekommen und hatte ihm etwas aus ihrem Schlauch zu trinken gegeben. Seit dem Augenblick, in dem er an jenem Abend ihren Wasserschlauch gesehen hatte, war er davon überzeugt, dass die tätowierte Sklavin eine Hexe war. Obwohl sie sogar einen etwas kleineren Lederschlauch als er selbst trug, war er noch fast halb voll Wasser gewesen.

Das war Zauberei! So etwas konnte nicht mit rechten Dingen zugehen. Das hatte auch nichts mehr damit zu tun, dass er ein Thorwaler war und die Wüstenhitze schlechter ertrug. Schließlich hatte er genau gesehen, wie schlaff und leer die Wasserschläuche von Omar und Melikae gewesen waren. Obwohl sie im Land der ersten Sonne geboren waren, brauchten sie nicht weniger Wasser als er. Wütend stampfte Fendal mit dem Fuß auf. Er würde es dieser Hexe zeigen. Sein Wille war mindestens genauso stark wie ihre Zauberei!

Er brauchte eine Richtschnur, irgendeine Zeiteinteilung, an die er sich halten konnte. Also hatte er sich am zweiten Tag nach der Sonne gerichtet. Doch auch das war vergebens, denn der quälende Durst gaukelte ihm – kaum dass er seinen Wasserschlauch wieder ans Sattelhorn gehängt hatte – sogleich vor, es sei eine Ewigkeit vergangen, seit er das letzte Mal getrunken hatte. Ja, er hatte sogar einmal den Eindruck, die glühende Sonnenscheibe sei am Himmel stehen geblieben und der Fluss der Zeit zum Stillstand gekommen.

Als sie dann während der Mittagsstunden rasteten, hatte ihm Omar verraten, wie er sich sein Wasser einteilte. Der Novadi zählte jeden seiner Schritte. Jedes Mal wenn er neunundneunzig Schritt gemacht hatte, knüpfte er einen Knoten in eine Lederschnur, die von seinem Gürtel hing. Sobald neun Knoten in der Schnur waren, gönnte er sich einen Mund voll Wasser. Dann löste er alle Knoten wieder und begann von vorn zu zählen. Erst war Fendal dieses System unheimlich gewesen. Er vermutete, dass irgendeine Art von Magie mit der Zahl neun zusammenhing. Er wusste, dass die Neun den Novadis als heilig galt, und das allein machte das System schon verdächtig. Vielleicht war mit der Zählerei irgendein Ritus verbunden? Immerhin waren die Novadis allesamt üble Ketzer, denen man in Fragen der Himmlischen nicht trauen durfte. Behaupteten sie doch steif und fest, es gebe nur einen Gott! Dabei wusste in Thorwal schon jedes kleine Kind, dass es Swafnir und noch zwölf weitere Götter gab. Schließlich hatte Fendal sich dazu durchgerungen, Omars merkwürdiges System des Schrittezählens zu übernehmen. Nur zählte er nicht bis neunundneunzig, sondern bis hundert, und gönnte sich erst bei jedem zehnten Knoten einen Schluck Wasser. So konnte er sicher sein, dass er nicht ohne sein Wissen dem Wüstengott Rastullah huldigte.

Wieder blieb Fendal stehen und suchte den Horizont nach Verfolgern ab. Doch außer verformten Salzklippen war nichts zu sehen oder …

Er stutzte. Im Westen hatte sich der Horizont ein klein wenig verändert. Das Blau des Himmels schien dicht über dem Streifen flimmernder Luft, der über der Salzwüste lag, ein wenig dunkler zu sein. Der Thorwaler hob die Linke, um die Augen gegen das gleißende Sonnenlicht abzuschirmen. Jetzt war er ganz sicher. Dort hinten lagen Berge! Neraida hatte ihren Weg also doch nicht verfehlt! Plötzlich hatte er das Gefühl, dass alle Kraft zurückkehrte, die die Wüstensonne aus seinem Körper gebrannt hatte. Ja, er fühlte sich wie ein Schiffbrüchiger, der endlich ein rettendes Ufer erblickte.

»Seht doch nur! Land, Land in Sicht!«

Die anderen blieben stehen, drehten sich um und blickten ihn verdutzt an.

»Seht ihr denn nicht? Land …« Fendal lachte laut auf. »Ich meine natürlich die Berge. Wir haben es geschafft!«

Neraida schüttelte den Kopf. »Du hast das Wesen des Cichanebi noch immer nicht begriffen. Wir sind hier nicht auf dem Meer! Selbst wenn dein Ziel weniger als eine Meile entfernt zu sein scheint, heißt das gar nichts.«

»Warum?« Fendal baute sich breitbeinig vor Neraida auf. Er hatte schrecklichen Durst, wunde Füße und keine Lust auf die Nörgeleien dieser tätowierten Hexe.

»Warum?« Die Sklavin machte eine große Geste und drehte sich dabei halb zu den anderen um. »Weil wir nicht wissen, ob auf dem Weg Treibsandfelder liegen oder Geysire, die uns mit heißem Schlamm verbrühen, wenn wir ihnen zu nahe kommen. Vielleicht erwarten uns auch weite Strecken, auf denen die Salzkruste zu dünn ist, um uns zu tragen. Oder wir stoßen auf breite Spalten in der Salzkruste und müssen etliche Meilen laufen, um einen sicheren Übergang zu finden. Es kann sogar sein, dass wir wieder ein ganzes Stück zurückgehen und einen neuen Weg suchen müssen, um den Bergen näher zu kommen. Soll ich dir noch ein Dutzend Gründe nennen, warum es bedeutungslos ist, dass wir die Berge des Manekh Chanebi vor uns sehen?«

»Lass ihn in Ruhe, Neraida!«, mischte sich Melikae ein. »Fendal ist ein Fremder im Land der ersten Sonne. Wie sollte er die Tücken des Cichanebi so gut kennen wie du, die du deine halbe Kindheit auf dem See verbracht hast? Orhima, die den Herrn erfreut am zweiten Tag, hieße es nicht gut, wenn du dich auf diese Weise einem Fremden gegenüber verhältst. Selbst wenn er nur ein Ungläubiger ist.«

»Lass mich in Ruhe mit Orhima!« Neraida machte eine wegwerfende Bewegung. »Shimja, die Rastullah erfreut am dritten Tag und die über alle wacht, die neue Wege gehen, ist unsere Patronin. Zu ihr bete ich, wann immer ich dem Einen huldige, denn sie allein vermag uns einen sicheren Weg in die Berge zu weisen.«

»Nicht Orhima und Shimja, sondern …« Jetzt hatte sich auch noch Omar in das Gespräch der beiden Frauen eingemischt. Während sie heftig miteinander diskutierten, welche der neun Frauen Rastullahs ihnen am ehesten Hilfe gewähren würde, nahmen sie erneut ihren Weg auf und wanderten gen Süden.

Fendal blieb ein Stück hinter ihnen zurück. Er hatte keinerlei Sinn für die ketzerischen Streitigkeiten der Ungläubigen, und er wunderte sich, wie viel Kraft sie noch in dieser Situation darauf vergeuden konnten, sich über Göttinnen zu streiten, die es gar nicht gab, wie jeder vernünftig denkende Mensch wusste.

Neraida konnte nicht fassen, welch außergewöhnliches Glück sie hatten. Rastullah musste ihre Flucht unter einen guten Stern gestellt haben. Fast ohne größere Umwege erreichten sie knapp anderthalb Tage, nachdem sie die Berge zum ersten Mal gesehen hatten, die Ausläufer des Manekh-Chanebi. Sie selbst kannte diese Gegend überhaupt nicht, denn da dies der Ort war, an dem der alte Prophet lebte, hatte man ihr als Kind verboten, bis hierher vorzudringen. Nur den freien Männern unter den Salzgängern war es erlaubt, die geheimnisumwitterte Quelle aufzusuchen, deren Dämpfe Zukunftsvisionen schenkten. Den ganzen Morgen lang hatten sie sich zwischen schroffen Felsenklippen aus rotem Sandstein nach Westen vorgearbeitet. Alle Schluchten zwischen den Klippen waren von Salzkrusten überzogen, die sich als recht gefährlich erwiesen, da sie meist sehr dünn waren.

Neraida spürte, wie unter der Kruste Wasser in den Cichanebi abfloss und so verhinderte, dass sich die Täler allmählich mit einem stetig anwachsenden Salzpanzer füllten.

Obwohl auch Neraida der Marsch einige Mühe gekostet hatte, war sie sich bewusst, wie ungewöhnlich glücklich ihre Flucht über den See verlaufen war. Sie hatten lediglich zwei Pferde verloren, und keiner aus der Gruppe war in eines der tödlichen Salzlöcher geraten. Dabei hatte sie fest damit gerechnet, dass der Thorwaler das andere Ende des Sees nicht lebend erreichen würde, da er sich oft von der Gruppe absonderte und so Gefahr lief, die sichere Spur zu verlassen.

Auch wenn es allen ihren Gefährten schlecht ging und sie von den ungewohnten Strapazen so erschöpft waren, dass sie Tage brauchen würden, um wieder einigermaßen zu Kräften zu kommen, so hatte allein Fendal der Marsch nicht nur körperlich zermürbt. Ständig hielt er nach unsichtbaren Feinden Ausschau und murmelte irgendwelche heidnischen Schutzformeln vor sich hin.

Neraida hatte während ihrer Kindheit schon des Öfteren erlebt, wie Sklaven auf dem See wahnsinnig geworden waren. Vornehmlich Männer und Frauen aus dem Norden waren für den unheimlichen Zauber des Salzsees anfällig. Vermutlich strafte Rastullah sie für ihren Unglauben und gaukelte ihnen die schrecklichsten Trugbilder vor. Sicher, der Cichanebi machte auch den Novadis Angst, aber dass ein Krieger aus dem Land der ersten Sonne vor Angst wahnsinnig geworden wäre, hatte sie noch nie gehört. Wer einmal den einzig wahren Glauben gefunden hatte, schien gegen solche Gefahren gefeit zu sein.

Besorgt blickte Neraida sich nach dem Thorwaler um.

Während sich die Laune von Omar und Melikae in den letzten Stunden immer mehr gebessert hatte, weil sie die schlimmsten Gefahren jetzt hinter sich gelassen hatten, hatte Fendal den ganzen Morgen über noch kein Wort gesprochen. Sie bewegten sich inzwischen auf einem offensichtlich jahrhundertealten Pfad, der sich über felsigen Grund zog. Dass er schon seit Menschengedenken von den Salzgängern benutzt wurde, zeigten die Steinpyramiden, die sie in unregelmäßigen Abständen passierten. Die größten unter ihnen mussten fast vier Schritt hoch sein. Es war eine alte Tradition, dass Reisende, wann immer sie einen Stein auf ihrem Pfad fanden, diesen aufhoben und auf einen der Steinhaufen legten, die vor Urzeiten einmal von den ersten, die einen neuen Pfad erkundet hatten, angelegt worden waren. Dadurch wurden gleich zwei nützliche Zwecke erfüllt. Zum einen säuberte man den Weg von Geröll, sodass er leichter zu begehen war, und zum anderen bildeten die Steinhaufen Orientierungspunkte, die verhinderten, dass man in der zerklüfteten Landschaft den sicheren Pfad verfehlte.

Wieder blickte sich Neraida nach Fendal um. Der Thorwaler ging fast zehn Schritt hinter Omar. Immer wieder hielt er an und blickte nach hinten. Sie musste sich um ihn kümmern! Neraida kannte diese Anzeichen nur zu gut. Da der Weg nun nicht mehr gefährlich war, ließ sie Melikae und Omar vorbei und wartete auf Fendal.

»Bist du wohlauf?«

Der Thorwaler brummte irgendetwas Unverständliches und schritt an ihr vorbei.

»Gut, dass du unseren Rücken deckst. Man kann ja nie wissen.«

Fendal beachtete sie noch immer nicht.

»Hier in den Bergen muss es Quellen mit Trinkwasser geben. Dort sollten wir ein oder zwei Tage rasten. Man kann vielleicht sogar ein paar Wildziegen jagen. Bist du ein guter Jäger?«

»Hab mich nie um die Jagd geschert. Früher war ich ein ganz guter Fischer. Aber mit dieser Kunst wird man hier ja nicht weit kommen. Was willst du eigentlich von mir? Siehst du nicht, dass ich lieber meine Ruhe haben möchte?«

»Entschuldige. Ich dachte, du fühlst dich vielleicht zurückgesetzt.«

»Überlass das Denken den Kamelen, die haben einen größeren Kopf.« Fendal schritt jetzt schneller aus und gab sich ganz offensichtlich Mühe, sie wieder loszuwerden.

Neraida ließ ihn gewähren. Der Thorwaler hatte ein kritisches Stadium erreicht. Die Salzgängerin spürte, dass schon ein falsches Wort ihn dazu bringen könnte, seine Kameraden anzugreifen. Sie musste etwas unternehmen. Es gab ein Mittel, um solchen Männern zu helfen. Ihr falscher Vater hatte zu diesem Zweck immer eine besonders hübsche Sklavin auf seine Salzgänge mitgenommen. Wenn er merkte, dass unter seinen Männer einer vom Salzseewahn befallen wurde, war es Aufgabe der Sklavin gewesen, ihn auf andere Gedanken zu bringen.

Fendal war mit Sicherheit eine noch weitaus größere Gefahr als irgendein von der Arbeit ausgemergelter Sklave. Als Melikaes Leibwächter verstand er es besser als jeder andere von ihnen, mit Waffen umzugehen. Sollte er in Raserei verfallen, konnte das für sie alle das Ende bedeuten.

Neraida schluckte. Von Melikae konnte sie nicht verlangen, dass sie ihren Leibwächter verführte. Überhaupt wäre es falsch, sie und Omar auf die Gefahr aufmerksam zu machen, von der sie offenbar bislang nichts ahnten.

Also war es an ihr zu handeln, und es gab nur zwei Möglichkeiten. Entweder nahm sie bei Nacht ihren Dolch und tötete Fendal, oder …

Doch im Grunde hatte sie gar keine Wahl. Wahrscheinlich würden sie die Kampfkraft des Thorwalers noch brauchen. Er musste also leben!

Omar klammerte sich vor Erschöpfung an den Sattelknauf seines Pferdes. Selbst der Hengst war so müde, dass er kaum noch den Kopf hochhalten konnte. Sein Fell war von Salz verkrustet, und er sah einer elenden Schindmähre ähnlicher als einem feurigen Shadif. Noch am Morgen hatte Omar geglaubt, sie hätten es geschafft. Endlich hatten sie die Berge erreicht und die tödliche Salzwüste hinter sicher gelassen. Ja, sie hatten sogar einen festen Weg gefunden und mussten endlich nicht mehr vor jedem falschen Schritt Angst haben. Die Steinpyramiden waren ein sicheres Zeichen dafür, dass schon Tausende vor ihnen auf dem festen Felsweg gegangen waren. Und jetzt das! Sie standen vor einer leicht gekrümmten, langen Felsschlucht. Sie mochte an der breitesten Stelle vielleicht zweihundert Schritt weit sein. Rechts und links ragten dunkle, von roten Bändern durchzogene Felsen senkrecht in die Höhe. Anders als in der Salzwüste, wo der Boden oft gelblich oder sogar gräulich verfärbt gewesen war, erstrahlte das Salz in der Schlucht in so grellem Weiß, dass einem die Augen schmerzten, wenn man es ansah.

Die Aussicht auf diese neue Strapaze hatte Omar gelähmt. Er fühlte sich unfähig, auch nur einen einzigen Schritt weiterzugehen. Ein pochender Schmerz wütete in seiner linken Brusthälfte. Die gute Pflege in Unau hatte ihn fast vergessen lassen, dass der Löwe ihm drei Rippen gebrochen hatte. Doch mit den Anstrengungen der letzten Tage waren die Schmerzen zurückgekehrt, und oft hatte er Angst gehabt, er könne mit den anderen nicht mehr mithalten. Aber auch Melikae und Fendal schien es nicht besser zu gehen. Nur Neraida hatten alle Strapazen offenbar nichts anhaben können.

»Das muss das Wadi Ghehena, die Straße der Geister, sein. Ich hörte die Salzgänger früher oft davon erzählen.« Die Sklavin machte den Eindruck, als sei sie ganz in die Erinnerung an lang vergangene Tage versunken, während sie erzählte. Irgendetwas Ungreifbares machte Omar an ihr Angst. Ja, er hatte den Eindruck, als verberge Neraida etwas vor ihnen. Sie versuchte, ein Geheimnis hinter Belanglosigkeiten zu verstecken.

»Hier findet man reineres Salz als sonst irgendwo auf dem Cichanebi«, fuhr die Zofe fort.

»Und warum heißt dieser verfluchte Ort Straße der Geister?« Ein leichtes Zittern klang in Fendals Stimme. Die Augen des Thorwalers waren blutunterlaufen, und sein Gesicht wirkte durch den feinen Salzstaub, der sich darauf festgesetzt hatte, wie eine weiße Totenmaske. Doch keiner von ihnen sah in Wahrheit besser aus. Durch das Salz, das der Wind beständig mit sich trug, hatten sich ihre Augen entzündet. Ihre Lippen waren in der trockenen Luft hart und rissig geworden, und der Sand in den Kleidern hatte sie wund gescheuert.

»Warum heißt dieser Ort so?«, wiederholte Fendal seine Frage.

»Vor mehr als zweihundert Jahren besiegte Malkillah ibn Hairadan, der später unser erster Kalif werden sollte, ein Heer des Kaisers aus dem Norden nahe der Stadt Unau. Die überlebenden Kaiserlichen flüchteten sich auf den Salzsee, wo fast alle zugrunde gingen. Nur eine Handvoll Offiziere, die von einem verräterischen Salzgänger geführt wurden, konnte dem Cichanebi entkommen. Doch als sie diesen Platz hier erreichten, ereilte sie Rastullahs Rache, denn der einzige Gott wollte nicht, dass auch nur einer jener Krieger entkam, die versucht hatten, das heilige Keft zu schänden. Er schickte einen großen Regen, und die gewaltigen Wassermassen ertränkten alle, die dem Cichanebi entkommen waren. Ihr Schicksal hat sie hier in der Straße der Geister ereilt, und man sagt, Rastullah fügte es, dass für alle Zeiten ein Mahnmal seiner Rache in dieser Straße verblieb. Nach dem großen Regen ist nie wieder ein Tropfen Wasser durch diese Schlucht geflossen, und in der Mittagsstunde wird es so heiß, dass es unmöglich ist, lebend das Wadi zu passieren.«

Omar blickte Neraida verwundert an. Sie hatte die Geschichte vorgetragen, ohne auch nur die geringste Regung zu zeigen. Und trotzdem hatte er das Gefühl, dass dies noch nicht das Geheimnis war, vor dem er sich immer mehr fürchtete. Welcher Art von Frau war diese Sklavin nur? Woher nahm sie die Kraft und die Kälte, die sie oft unnahbar machten?

»Warum hast du uns hierhergebracht?« Melikae schluchzte leise. »Gab es denn keinen anderen Weg? Ich bin am Ende meiner Kräfte. Ich werde hier sterben. Ich kann nicht mehr …«

»Wenn wir hierbleiben, werden wir wirklich alle sterben. Unser Wasser reicht noch für einen halben Tag. Am Ende dieser Schlucht liegen ein fruchtbares Tal und eine Quelle. Sie erwarten jeden, der Rastullahs Prüfungen bestanden hat.«

»Aber die Mittagsstunde ist gerade erst vorbei! Du selbst hast gesagt, wir werden sterben, wenn wir jetzt in die Schlucht reiten.«

»Dann lasst uns rasten und unser letztes Wasser trinken. In ein oder zwei Stunden werden wir aufbrechen. Gebt den Pferden reichlich zu trinken. Wir brauchen sie noch.«

Neraida blickte sich nach einer Felsnische um, die wenigstens ein wenig Schatten bot, und ließ sich nieder.

»Warum können wir denn nicht bei Nacht reiten? Wenn es kühl wird, kann die Straße der Geister doch nicht mehr gefährlich sein.«

Ein zynisches Lächeln spielte um Neraidas Lippen. »Was glaubst du, warum das Wadi diesen Namen trägt? Bei Nacht suchen die Geister der Toten jeden Gläubigen heim und verwirren ihm den Geist, bis er selbst an Rastullah, dem Licht der Weisheit, zu zweifeln beginnt. Bevor die Nacht hereinbricht, müssen wir die Schlucht also wieder verlassen haben.«

Omar trat zu Melikae und legte ihr sanft den Arm um

die Schulter. Es war das erste Mal, dass er es wagte, sich der Sharisad auf so vertrauliche Weise zu nähern.

»Lass sie, Neraida war bisher immer eine gute Führerin. Wir werden auch das letzte Stück des Weges überstehen.«

»Aber …« Melikae zögerte. »Ich habe Angst, dass ich nicht mehr aufstehen kann, wenn ich mich jetzt setze. Ich … ich bin so erschöpft wie nie zuvor in meinem Leben. Weißt du, selbst der Tod erscheint mir jetzt als etwas Schönes. Ein langer Schlaf … Und ich habe gleichzeitig Angst zu schlafen, denn könnte es nicht sein, dass ich nicht mehr erwache?«

»Dann lass uns nicht schlafen, sondern reden. Erzähl mir von dem kleinen Königreich am Meer, wo die Menschen große steinerne Paläste für Tänzerinnen bauen, denn wohin immer du gehst, dorthin werde ich dir folgen.«

Melikae blickte ihn an und lächelte, und dieses Lächeln schien die Kraft eines Zaubers zu haben. Alle Ängste und Zweifel verblassten, die ihn selbst noch eben gequält hatten, ja, er fühlte sich plötzlich sogar wieder stark und erfrischt. Wenn es sein müsste, würde er die Sharisad auf seinen Armen bis in das Tal tragen, von dem Neraida erzählt hatte. Und selbst wenn ihn das sein Leben kosten würde, wäre es dieses Opfer wert, wenn er darauf hoffen durfte, dass Melikae ihm nur noch ein einziges Mal ein solches Lächeln schenkte.

Der nackte Fels auf beiden Seiten der Schlucht strahlte Glutwellen aus, die Schwindel und Kopfschmerzen verursachten. Melikae hielt die Augen geschlossen, um nicht auch noch vom grellen Weiß des Salzbodens geblendet zu werden.

Bei jedem Schritt zweifelte sie daran, ob sie ihren Fuß noch einmal würde heben können. Wann immer sie flüchtig die Augen öffnete, begannen die Felswände einen unheimlichen Tanz um sie herum aufzuführen.

Sie stützte sich schwer auf Omar. Ohne ihn hätte sie

nicht mehr weitergekonnt. Immer wieder erinnerte er sie an das kleine Königreich am Meer und erzählte ihr von all den Ungläubigen, die sie mit ihrem Tanz verzaubern würde. Doch würde sie jemals dort ankommen?

Manchmal glaubte sie das Meer zu sehen. Irgendetwas in ihr flüsterte, dass dies nur ein Trugbild sei, doch sie weigerte sich, den schönen Traum aufzugeben. Sie ließ sich fallen und sah ein Meer von Gesichtern, die ihren Namen riefen und ihr zuwinkten.

Mitten in diesem applaudierenden Publikum tauchte Fendals Gestalt auf. Doch er schien nicht begeistert. Er rief ihr etwas zu, aber sie musste die Worte von seinen Lippen ablesen, denn sie gingen im tosenden Beifall der Massen unter.

»Du darfst nicht aufgeben. In zwei Stunden haben wir es geschafft! Wir sind schon fast am Ziel.«

Dann wurde Fendal von Sulibeth zur Seite geschoben. »Aus dir wird nie eine wirkliche Sharisad, Kindchen. Hab ich es dir nicht immer gesagt? Wie konntest du nur solche Schande über deinen Vater bringen?«

Plötzlich schien Erde auf sie herabzustürzen. Sie war in einem Schacht gefangen, an dessen Ende das traurige Gesicht ihres Vaters auftauchte. Er ließ eine weiße Rose auf sie herabfallen, und obwohl er nur murmelte, toste seine Stimme wie ein Sandsturm in ihren Ohren.

»Ich hätte dir doch vergeben, mein Kind. Mit dir schwindet alles Licht aus meinem Leben. Könnte ich nur an deiner Stelle liegen!«

Dann hatte Melikae plötzlich das Gefühl, schwerelos zu sein. Sie flog hoch über einem grünen Land, und Wolken umfingen sie. Plötzlich veränderten sich die Wolken, und sie sah eine weiße Ebene vor sich. Das Licht war so hell, dass es in ihren Augen schmerzte. Mitten in der Ebene stand eine Stange, an deren Ende ein goldener Fuchs kauerte. Seine Augen schienen auf unheimliche Weise lebendig zu sein, und er blinzelte ihr zu.

»Wir müssen fort von hier, bevor es dunkel wird.« Von irgendwo war ein Streit zu hören. Doch die Worte waren verzerrt, so als seien sie viel zu langsam gesprochen, und Melikae konnte ihren Sinn nicht verstehen.

Dann erklang eine Frauenstimme. »… gut, aber lasst es uns alle gemeinsam tun.«

Melikae begann zu zittern. Ihr war übel, und irgendwelche Hände zerrten an ihr. Sie wollten sie nach unten ziehen!

Die Tänzerin schrie laut auf. Wieder raste Sulibeths Gesicht auf sie zu. »Du wirst nie eine gute Sharisad werden. Du denkst immer nur an dich, doch eine Tänzerin muss geben können.«

Die Züge ihrer Lehrerin verschwammen, wie ein Lufthauch das Spiegelbild in einem Brunnen vergehen lässt. Melikaes Übelkeit war verflogen, und auch das Licht schmerzte nicht mehr in den Augen. Der Himmel erstrahlte in warmen Rottönen, als sei die Sonne gerade versunken.

»Vorsicht! Pass auf ihn auf, er darf nicht …«

Lautes Meeresrauschen verschlang die Frauenstimme. Dann spürte Melikae, dass jemand an ihre Seite getreten war, und eine vertraute Stimme flüsterte ihr ins Ohr.

»Erzähl mir von dem kleinen Königreich am Meer, wo die Menschen große steinerne Paläste für Tänzerinnen bauen, denn wohin immer du gehst, ich werde dir folgen …«

Der alte Märchenerzähler räusperte sich und lehnte sich gegen die Mauer zurück.

»Er ist ihr in den Tod gefolgt«, raunte irgendwo eine leise Stimme.

Zu den Kindern, die anfangs den Märchenerzähler umringt hatten, waren jetzt auch viele Erwachsene getreten. In der Ferne ertönte das laute Treiben des Basars. Nur hier in der Gasse der Teppichhändler war es seltsam ruhig geblieben, als hätte der Zauber des Märchens die Lehmhäuser ringsumher samt ihren Bewohnern in eine andere Welt entrückt.

Doch Mahmud wusste, dass dieser Zauber nicht gegen die Macht des Alltags bestehen konnte. Schon sah er im Hintergrund Männer und Frauen, die unruhig wirkten, als hätten sie wichtige Geschäfte zu erledigen, die keinen Aufschub duldeten.

»Jussuf, schieb endlich dieses Knochengestell von deinen Teppichen. Ich will deine Ware sehen! Mein Herr will bei dir kaufen.«

Mit einem Seufzer erhob sich der alte Märchenerzähler. Er war zu stolz, darauf zu warten, bis man ihn zu gehen bat. Langsam verschwanden die Erwachsenen in Hauseingängen und Hinterhöfen.

Mahmud sammelte die wenigen Habseligkeiten auf, die er vor sich auf dem Teppich ausgebreitet hatte. Ganz in der Nähe ertönte ein leiernder Singsang, mit dem eine Frau feine Teppiche anpries, von Kinderhänden geknüpft.

Der Märchenerzähler griff nach seinem Stab und wiederholte leise die Worte: »Feine Teppiche, von Kinderhänden geknüpft!« Nur zu gut wusste er, was aus jenen Kinderhänden wurde, die jahrelang Tausende winziger Knoten zu knüpfen hatten. Die feinsten und teuersten Teppiche wurden von ihnen gemacht, denn die Hände der Erwachsenen waren zu grob, um jene kostbaren Seidenteppiche zu weben, die die Paläste der reichen Kaufleute und des Kalifen schmückten.

Die Kinder zahlten für diese viel bewunderten Schätze mit verkrüppelten Fingern, und waren ihre Hände erst einmal zu plump und zu groß für die feine Arbeit geworden, wurden die Kinder verstoßen, und ein Leben als Bettler oder Schlimmeres lag vor ihnen.

Mahmud ballte die Faust um den knorrigen Wanderstab. Am liebsten hätte er die Teppichverkäuferin verprügelt. Aber die Zeiten, da er sich so etwas hatte leisten können, waren vorbei. Er blickte auf die Kinder, die als Letzte um ihn herum sitzen geblieben waren.

»Wann wirst du die Geschichte von Melikae und Omar weitererzählen? Sie ist doch noch nicht zu Ende, oder …«

Der kleine Omar, der Junge, der ihm die Melone gebracht hatte, schaute ihn mit großen Augen an, und der alte Mann musste lächeln. »Nein, natürlich ist die Geschichte noch nicht zu Ende. Ich hatte dir doch versprochen, dass Omar noch einen Freund treffen wird, der mindestens so unheimlich und geheimnisvoll wie ein Flaschengeist ist. Sehe ich so aus, als hielte ich meine Versprechen nicht?«

Der Junge schüttelte den Kopf. »Nein, so siehst du ganz gewiss nicht aus!«

»Ich komme wieder, wenn die Stunde des Abendgebetes vergangen und es ruhiger geworden ist. Dann wirst du erfahren, welches Schicksal Omar und Melikae erwartet.«

Der alte Mann drehte sich um und ging die Gasse entlang in Richtung des Gebetshauses, das der reiche Kamelhändler Nasir Ibn Sachan gestiftet hatte. Kurz bevor Mahmud in die breitere Straße abbog, an der die Läden der Goldschmiede lagen, wandte er sich noch einmal um und winkte den Kindern zu. Ein plötzlicher Windstoß blähte die Sonnensegel über dem Basar auf, und ein breiter Streifen goldenen Lichts fiel auf den Märchenerzähler, der plötzlich nicht mehr schwach und zerbrechlich wirkte, sondern so, als sei er selbst eine verzauberte Gestalt aus einem unbekannten Märchen.

Ängstlich betrachtete der Fährmann den Gast, der eben an Bord seines großen flachen Bootes gekommen war.

Es war ein mittelgroßer, schlanker Krieger, der einen mit Gold beschlagenen und von einem schwarzen Pferdeschweif geschmückten Spangenhelm trug. Am Nasenschutz des Helmes war ein feines Kettengeflecht eingehakt, das auch mit den Wangenklappen verwoben schien und ein gutes Stück auf die Brust hinabreichte. Wie ein Schleier verhüllte der Kettenpanzer das Gesicht des Mannes, sodass nur seine dunklen Augen zu sehen waren. Auch Brust und Arme des Kriegers waren von einem Kettenhemd geschützt, in das kleine Goldplättchen mit verschlungenen Schriftzeichen eingearbeitet waren. Um die Hüften hatte er einen mit Perlen bestickten Waffengurt geschlungen, von dem ein schlankes Tuzakmesser herabhing. Das leicht gebogene Schwert aus dem fernen Maraskan war eine ungewöhnliche Waffe für einen Novadi. Doch der Fährmann wagte es nicht, den Krieger auf seine Herkunft anzusprechen. Eines war ihm allerdings klar: Strenggläubig konnte der Fremde nicht sein, denn sonst hätte er niemals eine Waffe getragen, die von der Echseninsel Maraskan stammte.

Der Wind, der beständig über den Fluss strich, spielte mit den Falten der weiten Hose des Kriegers. Sie war aus feinstem grünem Leinen geschnitten und mit goldenen Blumen bestickt. Reitstiefel aus hellem Gazellenleder vollendeten die erlesene Ausrüstung des Reiters.

»Wann legen wir ab, Fährmann?«

Die Stimme des Fremden klang rau und war so laut, als sei er es gewohnt, noch über das Donnern Hunderter Pferdehufe hinweg Befehle zu rufen.

»Ich warte auf weitere Gäste, es lohnt nicht für … ähm, mein Herr hat es mir verboten, für nur einen einzigen Gast zu fahren.«

»Ich zahle dir ein Goldstück, wenn du mich jetzt fährst und mir etwas über einen Mann erzählen kannst, den ich suche.«

Der Fährmann schluckte. Ein Goldstück war ein Vermögen!

Irgendetwas konnte da nicht stimmen. Gewöhnlich waren Leute wie dieser Krieger nicht so freigebig.

»Wen sucht Ihr denn, Herr?«

»Einen alten Mann. Er trägt einen silberbestickten blauen

Kaftan und hat einen langen weißen Bart. Manchmal nennt er sich Mahmud. Er ist ein Märchenerzähler. Ist er auf dieser Fähre gefahren? Ich weiß, dass er auf dem Weg nach Naggliah ist. Er kann nur hier den Mhanadi überquert haben.«

Der Fährmann schluckte. Er kannte den Alten. Der Märchenerzähler hatte sogar eine Nacht in seinem Haus verbracht und statt mit einem Kupferstück die Überfahrt zu zahlen, ihm und seinen Kindern ein Märchen erzählt.

Der Schiffer war sicher, dass für Mahmud nichts Gutes daraus erwachsen konnte, wenn ihn dieser Krieger fand.

»Wann soll denn dieser Alte hier vorbeigekommen sein? Ihr müsst entschuldigen, Herr, aber ich habe so viele Fahrgäste, dass ich mich nicht an alle erinnern kann.«

»Er muss vor zehn oder elf Tagen hier am Fluss gewesen sein.«

Der Fährmann schüttelte den Kopf. »Nein, in dieser Zeit habe ich niemanden gesehen, auf den Eure Beschreibung passen würde.«

Das Pferd des Kriegers tänzelte unruhig. Erst jetzt sah der Schiffer den Schild, der vom prächtigen Sattel des Shadif hing. Es war ein mittelgroßer runder Reiterschild aus Leder. Der Schildbuckel funkelte in der Sonne. Er war von erbsengroßen Rubinen eingefasst. Ein einziger dieser Steine würde ausreichen, um eine ganze Herde Wasserbüffel zu kaufen.

Noch beunruhigender als der außergewöhnliche Reichtum, den der Schild verriet, war das mit goldener Farbe aufgemalte Zeichen. Es zeigte das Siegel des Kalifen von Mherwed!

Der Fährmann hatte einmal eine Geschichte gehört, dass Kalif Malkillah nach dem großen Krieg in der Wüste neun Kriegern solche Schilde zum Geschenk gemacht hatte, um sie für ihren besonderen Mut und ihre Heldentaten auszuzeichnen.

»Bist du sicher, dass du den Alten nicht gesehen hast?

Ich werde mich auch im nächsten Dorf nach ihm erkundigen, und wehe dir, wenn sich herausstellt, dass du mich belogen hast.«

»Ähm, lasst mich noch einmal überlegen.« Der Fährmann wusste, dass niemand etwas unternehmen würde, wenn ihn dieser Krieger einfach umbrachte oder ihm das Haus ansteckte. Niemand würde die Hand gegen einen Helden aus dem Khomkrieg erheben. Wahrscheinlich würden die Leute sich sogar das Maul darüber zerreißen, für welche Übeltat ihn der gerechte Zorn dieses Kriegers ereilt hatte.

»Also wenn ich es mir genau überlege, dann erinnere ich mich doch. Ihr müsst entschuldigen. Es ist schon etwas länger her, und ich habe damals noch viele andere Gäste an Bord gehabt. Ich hatte den Alten einfach vergessen. Er ist wirklich hier übergesetzt, und ich glaube, er hat die Handelsstraße in Richtung Wen-es-Mocha genommen.«

»Erstaunlich, wie gut du dich plötzlich erinnerst!«

Der Krieger drehte sich um und machte sich an den Satteltaschen seines Pferdes zu schaffen.

Ob er dort einen Dolch suchte? Der Fährmann hatte einmal gehört, dass berühmte Krieger ihre Schwerter nicht mit dem Blut Unwürdiger besudelten. Doch statt einen Dolch zu zücken, warf ihm der Krieger ein Goldstück vor die Füße.

»Hier ist dein Lohn, Fährmann. Setz mich jetzt über.« Die Stimme des Fremden klang plötzlich, als verabscheue er es, auch nur ein einziges weiteres Wort mit ihm zu reden.

Der Fährmann bückte sich und hob das Goldstück auf. Er hatte Frau und Kinder, die ihn brauchten. Nicht für das Gold hatte er den Verrat begangen. Er drehte die kostbare Münze zwischen den Fingern, dann warf er sie in den Fluss.

»Möge Rastullah dich schützen, Mahmud, und mir meine Schwäche vergeben«, murmelte er leise.

Fröstelnd wurde Mahmud wach. Er hatte etwas Beunruhigendes geträumt, konnte sich aber nicht mehr daran erinnern. Verstört blickte er sich um und erkannte erst allmählich den Hof des Bethauses wieder.

Er hatte sich in einer Ecke in eine Decke eingerollt und den späten Nachmittag verschlafen. Jetzt war es dunkel. Nur leise drangen die Geräusche der Stadt bis auf den kleinen Hof. Die Zeit der Geschäfte war vorbei. Man traf sich in Tavernen und auf den Märkten, um miteinander zu plaudern oder den Tänzerinnen und Artisten zuzuschauen, die allerorten auftraten. Es war die beste Zeit des Tages für einen Märchenerzähler. Jetzt würden ihm nicht nur die Kinder, sondern auch viele Erwachsene lauschen, und statt mit Essensresten würde man ihn mit kleinen Kupfermünzen belohnen, wenn die Geschichte Beifall fand.

Müde strich er sich den Sand aus dem Bart und ordnete die Falten seines Gewandes. Die Dunkelheit würde verbergen, wie abgetragen sein Kaftan war, und er wusste, dass er im Licht von Fackeln und Öllampen eine Aura hatte, die ihn zum Urbild eines Märchenerzählers machte. Mahmud lächelte. Es war ein stilles, in sich gekehrtes Lächeln. Er dachte daran, wie er in schallendes Gelächter ausgebrochen wäre, wenn man ihm vor zehn Jahren prophezeit hätte, wie er einmal seinen Lebensunterhalt verdienen würde. Und doch war es richtig so, denn auch wenn dieses Leben oft hart und entbehrungsreich war, so hatte es ihm etwas geschenkt, das er früher nie gekannt hatte: Zufriedenheit.

Der Alte ergriff seinen Stab und machte sich auf den Weg. Im Bethaus hatte der Mawdli lautstark begonnen, die Irrlehren zu geißeln, die man in Selem über Rastullah verbreitete. Bei einem flüchtigen Blick in den Saal erkannte Mahmud, dass nicht viele gekommen waren, um dem Eiferer zuzuhören.

Der Märchenerzähler verließ den Hof durch ein prächtiges blau bemaltes Tor und trat auf die Straße der Goldschmiede. Obwohl er einige Stunden geschlafen hatte, fühlte er sich noch immer müde und schwach. Jedes Mal, wenn er die Geschichte von Omar und Melikae erzählte, war es so, als würde ihn ein Feuer von innen auszehren und seinem ohnehin gebrechlichen Körper die letzten Kräfte rauben. Und doch war es sein Lieblingsmärchen, und er freute sich darauf, den kleinen Omar und all die anderen Kinder wiederzusehen, die ihm schon während der Mittagsstunden gelauscht hatten.

Als er wieder vor dem Teppichstapel stand, von dem er erst vor wenigen Stunden so unhöflich vertrieben worden war, war er überrascht, wie viele Menschen gekommen waren, um ihm zuzuhören.

Der Händler, dem der Teppichladen gehörte, hatte einen kleinen Krug mit verdünntem Wein und einen Messingbecher für ihn bereitgestellt. In einer flachen Schale lagen Melonenstücke und Obst.

Ein dicker Mann, der einen leicht verrutschten Turban trug, kam auf ihn zu und umarmte ihn, als wären sie alte Freunde.

»Ich freue mich, dass du wiedergekommen bist, Märchenerzähler. Den ganzen Nachmittag hat man hier von nichts anderem gesprochen als von deiner Geschichte. Es ist ein neues Märchen, nicht wahr? Niemand kennt die Geschichte von Omar und Melikae.«

Mahmud löste sich aus der Umarmung des Händlers, nickte kurz und ließ sich auf dem Stapel Teppiche nieder. Mit großer Geste strich er sich über den Bart und musterte die Runde. Unter seinen Zuhörern fanden sich viele neue Gesichter; die Kinder aber waren kaum zu sehen. Die Erwachsenen hatten sie in den Hintergrund gedrängt, um sich selbst auf den besten Plätzen rings um den Märchenerzähler niederzulassen.

»Ist denn meine Stimme so leise wie das heimliche Gesäusel Verliebter?«

Das Murmeln rund um ihn verstummte. Die meisten schienen überrascht und blickten ihn verständnislos an.

Irgendwo raunte jemand. »Was nimmt der sich heraus?«

»Ich möchte, dass ihr die Kinder wieder nach vorn lasst. Für sie habe ich meine Geschichte begonnen. Sie haben mich heute Mittag bewirtet, und ich stehe in ihrer Schuld, denn ihnen habe ich versprochen, mein Märchen weiterzuerzählen. Und nicht denen, die einen alten Mann verscheuchen, wenn er einem Geschäft im Wege steht.«

Eine beinahe greifbare Spannung lag in der Luft. Mahmud sah, wie die Hände einiger der jüngeren Männer zu den Dolchen glitten. Kinder ihnen vorzuziehen, war eine ausgemachte Beleidigung.

Doch Mahmud fürchtete sich nicht. Er war sich seiner Schwäche bewusst, denn gerade in ihr lag seine Stärke. Einen alten Mann zu schlagen, galt schon als schimpflich, doch Hand an einen Märchenerzähler zu legen, war eine Schande, die die Sippe des Übeltäters noch auf Generationen verfolgen würde.

»Wie weit ist es mit euch eigentlich schon gekommen?« ertönte die schrille Stimme einer alten Frau. »Der Fremde ist Gast auf unserer Straße, und wenn es sein Wunsch ist, dass die Kinder in seiner Nähe sitzen, so achtet das, oder es wird schon morgen überall in der Stadt heißen, dass man im Basar der Teppichhändler das Gastrecht mit Füßen tritt.«

Noch einen Augenblick lang tat sich nichts. Dann kam Bewegung in die Händler und ihre Frauen, die Wasserträger, Seidenfärber und alten Witwen, die sich um ihn geschart hatten.

Ein wenig unsicher und zögernd, weil die Augen aller auf ihnen ruhten, kamen die Kinder nach vorn und setzten sich unmittelbar vor dem Teppichstapel auf den Boden.

Mahmud lächelte zufrieden. Die meisten mochten ihn für verschroben und altersschwach halten, doch solche kleinen Triumphe waren für ihn die Würze des Lebens. Unter den Kindern war auch der kleine Omar. Mahmud blinzelte ihm zu und klopfte mit der flachen Hand neben sich auf den Teppich.

»Komm her, Omar! Schließlich bist du mein Ehrengast, und das sollen auch alle sehen.«

Schüchtern erhob sich der Junge und wäre offensichtlich lieber im Boden versunken, als plötzlich im Mittelpunkt zu stehen. Doch dann fasste er sich ein Herz, kletterte auf den niedrigen Teppichstapel und setzte sich an Mahmuds Seite.

Mit großer Geste breitete der Märchenerzähler die Arme aus und bat um Ruhe. Das Murmeln verstummte. Die Menschen vergaßen all die tausend kleinen und größeren Sorgen, die in der Summe ihr Leben ausmachten.

»Es begab sich zu jener Zeit, als der junge Prinz Mustafa zum Sultan von Unau geworden war, dass Melikae, die Tochter des Handelsfürsten Abu Feisal, aus dem Palast ihres Vaters floh, um nicht jenen alten Kaufmann heiraten zu müssen, dem sie schon vor Jahren versprochen worden war.

Dabei rettete sie den frei gelassenen Sklaven Omar, der sein Leben verwirkt hatte, weil er Melikaes Vater offenbarte, wie sehr er dessen Tochter liebte.

Da sich in jenen Tagen viele berühmte Jäger im Hause des Abu Feisal befanden, entschied sich die Sharisad, den gefürchteten Salzsee vor den Toren Unaus zu überqueren, denn ihre Zofe Neraida hatte einst zu den Sippen der Salzgänger gehört und war vertraut mit dem gefährlichen See.

Doch obwohl Rastullah den Flüchtigen zunächst wohlgesonnen schien und sie allen Verfolgern entfliehen konnten, sollte der schreckliche Salzsee ihnen zum Schicksal werden.

Nur eine letzte Meile trennte sie noch von jenem schattigen Tal, das Rettung verhieß, als Melikae stürzte, und ihre

Gefährten glaubten, dass das Leben aus ihr weichen wollte. Mit letzter Kraft und selbst dem Tode nahe, trugen Omar und Fendal der Ungläubige, den Melikaes Vater zum Leibwächter seiner Tochter bestimmt hatte, die sterbende Sharisad an den Ort, an dem Vergangenheit und Zukunft eins werden und Rastullah einen jeden seinem Schicksal begegnen lässt.

Es war das Tal der Sieben zerbrochenen Säulen, das sie betreten hatten, und als sie Melikae neben der Quelle bei den Säulen zu Boden legten und ihr Gesicht mit Wasser benetzten, da ward sie dem Tod entrissen.

Nun behaupten manche, es sei das Quellwasser gewesen, welches dieses Wunder bewirkte, oder aber die Tränen Omars, die auf das Gesicht der Sharisad fielen, als er sein Schicksal verfluchte und mit Rastullah haderte.

Der Gläubige jedoch weiß, dass allein die Macht des einzigen Gottes Melikae vor der Schwelle des Todes zurückhielt. Doch weil Omar Seinen Namen gelästert hatte, zog Rastullah seinen Dolch und trennte die Schicksalsfäden des freigelassenen Sklaven und der Tänzerin, die bis dahin eng miteinander verwoben waren.

Und so wurde das Tal der Sieben geborstenen Säulen zu dem Ort, an dem Melikae ihre Liebe für Omar entdeckte, obwohl entschieden war, dass sich ihre Wege trennen sollten, denn …«

Fendal lehnte sich in dem eigenartig verzierten Wasserbecken nahe der Quelle zurück und seufzte erleichtert. Endlich hatten die Strapazen ein Ende. Kaum war er sicher, dass für Melikae das Schlimmste überstanden war, hatte er seinen Kaftan und den darunter verborgenen Lederpanzer abgestreift, um sich einem erfrischenden Bad hinzugeben. Einige ausgetrocknete Haufen von Kameldung wiesen darauf hin, dass man das Becken jetzt wohl als Tränke nutzte. Dabei war es aus einem sicherlich seltenen grünlichen Stein gefertigt und mit prächtigen Reliefs verziert, die gewundene Schlangenleiber und merkwürdige Echsen zeigten. An einigen Stellen war es beschädigt, und Fendal hatte den Eindruck, dass wohl Novadis in ihrem Glaubenseifer bestimmte Teile des Schmucks zerschlagen hatten. Doch was ging ihn das an?

Eine schmale Rinne verband das Becken mit der Quelle, die dieses abgeschirmte Felstal zu einem blühenden Garten machte. Auf diese Weise war dafür gesorgt, dass ständig frisches Wasser zu einem Bad einlud. Fendal hatte es sich am Beckenrand bequem gemacht, den Kopf in den Nacken gelegt und schaute zu den Sternen hinauf. Hohe Klippen schützten das Tal vor den kühlen Winden, die nachts über die Wüste zogen. Noch hatten die Felsen die Glut der Mittagssonne gespeichert. Doch anders als im Wadi Ghehena war die Wärme, die sie abstrahlten, nicht mehr bedrückend und sinnverwirrend, sondern überaus angenehm.

Ein Rascheln in den Büschen hinter ihm schreckte den Thorwaler aus seinen Gedanken auf. Er rekelte sich und streckte die Rechte wie zufällig nach dem Dolch aus, den er in Griffweite auf den breiten Rand des Beckens gelegt hatte.

»Ich hoffe, du beabsichtigst nicht, deine Waffe gegen mich zu richten«, erklang die vertraute Stimme Neraidas.

Fendal drehte sich um und haderte im Stillen mit den Göttern. Bis zu diesem Augenblick war der Ort fast vollkommen gewesen, wenn man einmal von dem bedauerlichen Mangel an frischem Met absah. Warum musste diese Schlange ausgerechnet jetzt auftauchen und seine Ruhe stören?

Neraida hatte das Kopftuch, das sie in den letzten Tagen vor Wind und Sonne geschützt hatte, gegen einen merkwürdigen silbernen Kopfputz ausgetauscht, von dem neben einigen Perlenschnüren ein halb durchsichtiger hauchdünner Schleier herabhing. Wahrscheinlich hatte sie das Schmuckstück aus dem Gepäck Melikaes entwendet. Es wirkte einigermaßen unpassend neben dem fleckigen langen Hemd und der weiten Reithose, die sie trug. Ganz zu schweigen von den abgewetzten, flickenbesetzten Stiefeln an ihren Füßen.

»Was ziehst du für ein Gesicht, Fendal? Passt es dir vielleicht nicht, mit einer jungen Frau dein Bad zu teilen?«

Da war er wieder, dieser herausfordernde Tonfall, den er an der Sklavin so sehr hasste. Auch wenn sie es nicht wirklich ausgesprochen hatte, klang es ganz so, als wollte sie ihm unterstellen, dass er Knaben liebte.

Ohne eine Spur von Scheu ließ die Zofe jetzt ihr weites Hemd zu Boden gleiten.

Fendal bemühte sich, nicht allzu auffällig zu ihr hinüberzustarren. Es war schon eine Schande, dass die Zunge einer Schlange und die Heimtücke eines Skorpions in einem solchen Körper vereint waren. Neraida hatte kleine, fast knabenhafte Brüste und war schlank, ohne dürr zu wirken.

Die Zofe setzte sich auf einen Stein und mühte sich mit ihren Stiefeln ab.

»Magst du mir nicht helfen, Fendal?« Ihre Stimme klang jetzt ganz anders. Melodisch, fast einladend, aber eben doch auch etwas doppeldeutig. Mit wohligem Schaudern dachte Fendal an jene Rahjapriesterin, die er vor langen Jahren in Festum kennengelernt hatte. Ihre Stimme hatte ganz ähnlich geklungen.

Inzwischen war Neraida auch ohne seine Hilfe aus den Stiefeln geschlüpft, hatte die Hose abgestreift und bewegte sich nun auf das Becken zu. Nur ihren Schleier hatte sie seltsamerweise noch immer nicht abgelegt.

Vorsichtig ließ sie sich neben Fendal ins flache Wasser gleiten. Ein fremdartiger, schwer zu beschreibender Duft ging von ihr aus. Wahrscheinlich hatte sie in ihrem hochgetürmten Haar eines jener parfümgetränkten Fettbällchen versteckt, die in letzter Zeit unter den Tänzerinnen, Konkubinen und Haremsdamen immer beliebter wurden. Die Wärme des Körpers brachte das Fett langsam zum

Schmelzen, sodass es über Stunden einen schweren, aromatischen Duft abgab. Fendal hatte schon die eigenartigsten Geschichten über diese Parfüms und ihre Wirkung gehört.

»Ich wünschte, Rastullah hätte mir auch einen Körper wie dir geschenkt, an dem selbst die härtesten Strapazen nicht die geringste Spur zu hinterlassen vermögen.«

Der Thorwaler musterte sie. Es war schon ziemlich dunkel, und er konnte beim besten Willen nicht erkennen, worauf die Sklavin anspielte. Sie war weder verletzt noch wirkte sie außergewöhnlich erschöpft. Warum, zum Henker, wünschte sie sich einen Körper, wie er ihn hatte? Was sollte dieser Auftritt bedeuten?

»Was hat dich eigentlich dazu veranlasst, meine Herrin bei dieser gefährlichen Flucht zu begleiten?«

Neraida lehnte sich neben ihm an den Rand des Beckens, sodass ihre Beine ihn streiften.

»Ich habe ihr die Treue geschworen. Also stehe ich ihr zur Seite, gleichgültig, was sie tut.«

»Ein Mann, der einer Frau die Treue hält, ganz gleich, was sie tut … Wie ungewöhnlich. Gilt deine Treue immer nur einer Frau?«

»Wie meinst du das?« Er hatte nur noch halb verstanden, was sie sagte.

Der schwere Duft des Parfüms versetzte Fendal in einen merkwürdigen Zustand. Er fühlte sich gelöst, fast wie schwerelos. Trotz des kühlen Wassers breitete sich eine wohlige Wärme in seinen Gliedern aus.

»Kannst du deiner Herrin dienen und gleichzeitig eine andere Frau lieben?« Neraida strich ihm zart über die Brust. »Oder steht dein Schwert immer nur in Diensten einer Herrin?«

Fendal stockte der Atem. Sein Mund war wie ausgetrocknet. Neraida hatte sich jetzt an ihn geschmiegt, und das wohlige Gefühl, das ihn aus der Wirklichkeit hinwegzuspülen drohte, wurde stärker.

»Ich …« Er wusste nicht mehr, was er sagen sollte. Ein seltsamer Dunst hatte sich über das Becken gelegt.

Der Schleier der Sklavin glitt über sein Gesicht. Er spürte ihre Lippen durch den dünnen Stoff. Dann gab er seinen letzten Widerstand auf. Vielleicht war sie doch keine Hexe …

Omar döste unter einer Palme und blickte in den Himmel. Melikae war in seinem Arm eingeschlafen.

Das Tal hier erinnerte ihn an die Beschreibungen, die er vom himmlischen Garten Rastullahs gehört hatte. Es musste irgendein Zauber über diesem verwunschenen Ort liegen. Wie alle anderen hatte auch er geglaubt, Melikae sei tot, als sie vor drei Tagen das kleine Tal erreicht hatten. Im Wadi Ghehena war die Sharisad plötzlich zusammengebrochen. Gemeinsam mit Fendal hatte er sie getragen. Doch als sie endlich die Oase zwischen den Bergen erreicht hatten, schien der Hauch des Lebens von ihr gegangen zu sein.

Es war wie ein Wunder, als sie wieder die Augen aufschlug, nachdem er ihr Gesicht mit Wasser benetzt hatte. Seitdem war Omar nicht mehr von ihrer Seite gewichen, abgesehen von den kurzen Augenblicken, da er Früchte oder Wasser für die Sharisad holte.

Mittlerweile war Melikae wieder bei Kräften. Sie machte kurze Spaziergänge, und in der letzten Nacht hatte sie sogar für ihn getanzt. Könnten sie nur immer in diesem Tal bleiben! Hier gab es alles, was er gebraucht hätte, um glücklich zu sein. Es war ein vollkommener Ort, und das einzig Beängstigende waren die merkwürdigen Träume, die ihn jede Nacht quälten. Doch das lag wohl an ihm. Er sah schreckliche Schlachten und brennende Städte in seinen Träumen. Und immer war ein unheimlicher verschleierter Krieger in seiner Nähe, von dem er nicht sagen konnte, ob er sein Freund oder ein Feind war.

»Woran denkst du, Omar?«

Er war überrascht, dass Melikae nicht mehr schlief. »Nichts von Bedeutung …«

»Das glaub ich nicht. Du hast plötzlich ein so besorgtes Gesicht gemacht.«

Omar zögerte, ob er es ihr erzählen sollte. Aber was waren schon Träume? Also schilderte er ihr sein Traumgespinst. Melikae hörte ihm aufmerksam und offensichtlich beunruhigt zu. Als er geendet hatte, schüttelte sie ungläubig den Kopf.

»Merkwürdig. Auch ich habe einen Traum, der ständig wiederkehrt. Ich bin in einem runden Tal, und obwohl ich immer wieder deinen Namen rufe, scheinst du mich nicht zu hören. Dann tauchen Löwen auf. Vier oder fünf. Sie umkreisen mich, und es gibt keinen Ausweg. Doch bevor sie mich töten können, erwache ich jedes Mal. Was hat das zu bedeuten? Ist es ein Omen?«

Omar strich ihr zärtlich übers Haar. »Das ist nur ein schlechter Traum. Sicher gibt es in der Wüste und auch hier in den Bergen Löwen, die einen Menschen angreifen könnten, aber dass sie in einem so großen Rudel jagen, habe ich noch nie gehört. Es muss eine andere Bedeutung haben, wenn es überhaupt ein Omen ist. Wofür steht der Löwe?«

»Der Löwe ist ein Sinnbild für den Kalifen im Krieg. Das würde auch deine Träume erklären. Aber warum gibt es so viele Löwen?«

»Vielleicht ein Bruderkrieg, in dem sich verschiedene Familienzweige um die Kalifenwürde befehden?«

Melikae schüttelte den Kopf. »Das glaube ich nicht. Ich glaube nicht, dass es überhaupt so viele verschiedene Parteien gibt, die ein Anrecht auf den Kalifentitel geltend machen könnten.«

»Trotzdem bin ich dafür, dass wir größere Städte und Oasen meiden. Wenn es überhaupt zu einem Krieg kommt, dann werden die Kämpfe um den Kalifenthron dort ausgetragen. Vielleicht sind die Löwen ja auch ein Sinnbild für die Jäger und Soldaten, die uns dein Vater wahrscheinlich hinterherschickt. Auch deshalb sollten wir die große Oase und die Stadt Manesh westlich der Berge unbedingt umgehen. Ich bin sicher, dass man dort schon auf uns wartet. Acht Tage sind vergangen, seit wir aus Unau geflohen sind. Ein guter Reiter kann in drei oder vier Tagen bis nach Manesh kommen, wenn er um den Salzsee herumreitet und sich hinter Keft nach Süden wendet.«

»Lass uns doch einfach hierbleiben und warten, bis mein Vater die Suche aufgibt und uns für tot erklären lässt.« Melikae lächelte ihn verführerisch an. »Oder gefällt es dir hier nicht?«

Es gab nichts, was Omar lieber getan hätte, doch erst am Abend zuvor hatte Neraida sie alle davor gewarnt, lange an diesem Ort zu verweilen. Das Bergtal war die Zuflucht eines alten Propheten, der sich sicherlich in die Klippen zurückgezogen hatte, um in seinen heiligen Versenkungen nicht von ihnen gestört zu werden. Doch wie lange würde er dulden, dass sie ihn vertrieben hatten?

»Omar, du machst ja schon wieder ein so ernstes Gesicht. Willst du dich denn gar nicht von mir aufheitern lassen? Vergiss deine Sorgen! Hier wird man uns nie und nimmer finden. Lass mich für dich tanzen.«

Omar lächelte sie an. »Du hast recht. Bei einem Mann, der dich an seiner Seite weiß, wird der Kummer ein seltener Gast sein.«

»Bist du sicher, dass es dir reicht, mich nur an deiner Seite zu haben?« Melikae sprang auf und lachte schelmisch. »Beweise mir, dass du noch mehr von mir willst, oder ich kann mir gleich einen gemütlichen Kaufmann suchen, der von mir nicht mehr erwartet, als dass ich ein Schmuck seines Harems bin.«

»Aber du weißt doch, wie ich es gemeint habe und ...«

»Gar nichts weiß ich! Wie sagt man bei den Beni Novad? Wer einen feurigen Hengst besitzen will, der muss ihn auch reiten können. Also zeig mir, ob wirklich das Blut der Novadi durch deine Adern fließt.«

Omar war aufgesprungen. Er würde sich auf ihr Spiel einlassen. »Glaubst du vielleicht, du könntest vor mir davonlaufen?«

»Ob ich das glaube? Ich bin mir sogar sicher, du fußkranke Kamelstute.« Mit lautem Lachen verschwand Melikae zwischen dichten Büschen, und Omar setzte ihr nach.

Allmählich machte Neraida sich Sorgen. Sechs Tage waren sie nun schon in diesem Tal. Wenn sie noch länger blieben, das spürte sie, würden sie Rastullahs Zorn auf ihre Häupter herabrufen.

Melikae hatte ihr sogar schon erklärt, dass sie gar nicht glaubte, dass hier in der Gegend ein Heiliger Mann lebe. Doch ihre Herrin war zu unbedacht. Sie wollte nicht wahrhaben, dass es Dinge gab, die sich nicht ihrem Willen fügten.

Neraida wusste es besser. Heute Früh hatte sie Fußabdrücke im Sand nahe der Quelle gefunden. Zuerst hatte sie angenommen, dass sie vielleicht von Omar oder Melikae stammten, doch dann war ihr etwas Ungewöhnliches aufgefallen. Dicht neben dem Abdruck des rechten Fußes fand sich jedes Mal eine münzgroße Vertiefung. Wer auch immer in der Nacht zur Quelle gekommen war, hatte sich dabei auf einen Stab gestützt!

Vorsichtig hatte Neraida die anderen am Mittag gefragt, ob einer von ihnen vielleicht zum Spaß einen Wanderstab benutzt habe. Doch alle hatten nur den Kopf geschüttelt und sie verwundert angeschaut. Sie hatte sich dann schnell eine Geschichte einfallen lassen, um eine Erklärung für ihre seltsame Frage zu liefern.

Omar und Melikae erinnerten sie an zwei verliebte Märchenhelden, so glücklich schienen sie, und Neraida war sich sicher, dass sie die meiste Zeit über vergaßen, dass es außer ihnen noch andere Menschen auf der Welt gab.

Sogar Fendal war wie ausgewechselt. Sein mürrisches Wesen hatte er abgelegt. Offensichtlich war auch er ernsthaft verliebt, und er zeigte dabei Eigenheiten, die sie bei einem Barbaren aus dem Norden niemals erwartet hätte.

Jeden Morgen, wenn sie erwachte, fand sie eine frische Blume neben ihrem Lager, und Fendal stieg auf die höchsten Palmen, um ihr besonders süße, in der prallen Sonne gereifte Datteln zu pflücken. Überhaupt ließ er keine Gelegenheit aus, ihr seine Aufmerksamkeit zu beweisen.

Von Liebe redete der Thorwaler zwar nie, doch fand er tausend andere Wege, ihr immer wieder aufs Neue zu beweisen, was er für sie empfand.

Es war angenehm, ihn um sich zu haben. Neraida lächelte. Vor einer Woche hätte sie das niemals geglaubt. Als sie ihn in ihrer ersten Nacht in diesem Tal verführt hatte, hatte sie das zunächst einige Überwindung gekostet. Während des Marsches über den Salzsee hatte Fendal keinen Hehl daraus gemacht, dass er sie verachtete. Hätte sie nicht befürchtet, der Thorwaler könne in seinem merkwürdigen Zustand nach der Überquerung des Salzsees zu einer Gefahr für ihre Herrin werden, sie hätte sich ihm nie genähert.

Doch aus Neraidas rein zweckmäßigem Handeln war eine überaus angenehme Erfahrung geworden. Der rothaarige Krieger war ein wunderbarer Liebhaber. Stark und zugleich zärtlich und einfühlsam, bestimmend und doch bereit, sich ihr im richtigen Augenblick völlig hinzugeben.

Neraida dachte über die merkwürdigen Gefühle nach, die sie für ihn empfand. Liebe war es nicht. Und doch genoss sie es, mit ihm zu schlafen und von ihm verwöhnt zu werden. Auch das wäre ein Grund, bei ihm zu bleiben. Zumindest für eine gewisse Zeit. Schließlich war er ein Söldner und Seefahrer, und sie konnte sich beim besten Willen nicht vorstellen, dass er ihretwegen eines Tages sesshaft werden würde. Warum also sollte sie ihr Herz an ihn hängen?

Neraida rekelte sich und ließ die Blicke über die kargen Felswände des Talkessels gleiten. Liebe war doch nur eine

Illusion. Ein Traum, dem Narren nachhingen. Sie hatte schon viele Männer gehabt und wusste, dass nichts auf der Welt weniger Bestand hatte als feurige Liebesschwüre.

Sie war gespannt, wann das Feuer zwischen Omar und Melikae abkühlen würde. Die beiden waren zu ungleich, als dass sie ein gemeinsames Glück finden konnten. Neraida erinnerte sich noch gut, dass die Sharisad den ehemaligen Sklaven in den ersten Tagen ihrer Flucht kaum eines Blickes gewürdigt hatte. Doch seitdem sie in diesem Tal waren, war Melikae wie verzaubert. Ob es daran lag, dass der weinende Omar der erste Anblick gewesen war, nachdem sie aus ihrem Todesschlaf erwacht war?

Neraida schnaubte verächtlich. Unsinn! So etwas gab es in Märchen, aber nicht im wirklichen Leben. Vielleicht war sich die Sharisad darüber klar geworden, dass diese Flucht für sie alle tödlich enden konnte. Wahrscheinlich wollte sie nur die Freuden der körperlichen Liebe erfahren. Schließlich hatte ihr Vater bisher immer streng über ihre Unschuld gewacht. Würde sich herausstellen, dass sie keine Jungfrau mehr war, könnte ihr zukünftiger Mann sie aus dem Haus jagen, ohne dabei ihre Mitgift zurückerstatten zu müssen. Abu Feisal war in diesem Punkt zu sehr Kaufmann, als dass er es bei dem Geschäft mit seiner Tochter auf ein solches Risiko ankommen ließe. Wenn der alte Bock Melikae jetzt nur sehen könnte! Ihn würde der Schlag treffen, wenn er wüsste, wie sie sich mit einem ehemaligen Sklaven vergnügte. Feisal war nie davor zurückgeschreckt, sich jedes hübsche Sklavenmädchen seines Haushalts in sein Schlafgemach zu holen. So gesehen, glich Melikae ihrem Vater.

Wie lange mochte ihre Liebelei mit Omar wohl Bestand haben? Bis zum nächsten Rastullahellah? Oder vielleicht sogar bis zum Ende der Regenzeit? Sicherlich kaum länger, als sie brauchten, um die Goldfelsen zu überqueren. Was hatte er ihr schon zu bieten? Die Liebe allein würde sie nicht satt machen. Wenn Melikae erst im Königreich der Ungläubigen tanzte, würden ihr schon bald reiche und mächtige Männer zu Füßen liegen. Selbst wenn sie ihm dann immer noch treu bliebe, würde Omar das nicht lange aushalten. Er war ein Beni Novad. Er könnte niemals allein vom Geld seiner Frau leben. Und er könnte gewiss auch nicht mit ansehen, wie andere Männer ihr den Hof machten. Er würde an seiner Liebe zu Melikae zerbrechen. Er würde anfangen zu trinken und irgendwann sein Weib schlagen, weil er sie und ihren Erfolg nicht länger ertragen könnte.

Neraida schüttelte traurig den Kopf. Dummer Junge, dachte sie. Als sie versucht hatte, ihn zu verführen, hatte er sie nicht einmal beachtet. Das war lange bevor Abu Feisal zur Löwenjagd aufgerufen hatte. Doch Omar war immer schon blind gewesen. In seinen Tagträumen hatte er von Melikae phantasiert, einer Frau, die er, wenn überhaupt, nur von Weitem zu sehen bekam. Neraida hatte nie begreifen können, was er an Melikae fand. Vielleicht war es allein die Illusion? Eine Frau, der man nie wirklich begegnete, hatte es leicht, vollkommen zu sein.

Omar tat ihr leid. Vielleicht würde das Schicksal ihn eines Tages doch noch zu ihr führen? Vielleicht auch nicht. Wer außer Rastullah wusste schon, was morgen geschehen mochte?

In der Nacht quälten Neraida dunkle Träume. Sie hatte Angst, Verrat werde ihr Glück zerstören, und sie glaubte, dass Melikae die Schuld dafür treffen werde. Doch es waren nur dunkle Ahnungen. Und wann immer die Salzgängerin erwachte, konnte sie sich an nichts Greifbares mehr erinnern. Zurück blieb nur das unbestimmte Gefühl, dass sie selbst – wie Melikae – einen Verrat begehen würde.

Diese Träume bereiteten Neraida große Sorgen. Schließlich wusste sie, welche Bewandtnis es mit dem seltsamen Nebel hatte, der jede Nacht von den Felsen hinter der Quelle ins Tal trieb. Die Träume, die man in diesem Tal hatte, wurden immer Wirklichkeit. Zumindest hatten das früher die Salzgänger behauptet, die hierhergekommen waren, um sich ihre Träume von dem alten Propheten, der über die Quelle wachte, deuten zu lassen. Doch die Männer ihres Vaters waren jeweils allein und nur an bestimmten Feiertagen gekommen. Sie wussten, wie heilig dem alten Mann seine Ruhe war. Ihre Anwesenheit in diesem Tal verärgerte ihn gewiss sehr. Morgen würden sie aufbrechen! Sie durften nicht leichtfertig riskieren, dass ein Prophet sie verfluchte. Und er würde sie verfluchen, wenn sie noch länger in diesem Tal blieben!

Neraida rückte ihren Schleier zurecht und stand auf. Obwohl sie sicher war, dass Fendal sie liebte, wollte sie nicht, dass er sie unverschleiert erblickte. Die Narben, die sie ihrem grausamen Vater zu verdanken hatte, mochten ihn vielleicht abschrecken. Vorher hatte Neraida sich nie darum geschert, was man von ihr hielt. Doch seit ihrer ersten Nacht mit Fendal wollte sie, dass der Thorwaler sie schön fand.

Auch sie wollte geliebt werden! Zu sehen, wie glücklich Omar und Melikae miteinander waren, ohne selbst einen Liebhaber zu haben, hätte *sie* nicht ertragen.

Fendal hatte gerade eine ziemlich hohe Palme erklommen und fragte sich, wie er wohl mit heiler Haut wieder auf den Boden kommen würde, als er eine verdächtige Staubwolke im Wadi vor dem Palmenhain sah. Oder war es nur ein Trugbild? Die in der Hitze flimmernde Luft hatte ihm in den letzten Tagen schon so einiges vorgegaukelt. Vielleicht hatte auch nur ein Windstoß den Staub aufgewirbelt.

Der Thorwaler hob die Hand, um die Augen gegen die Sonne abzuschirmen. Waren dort nicht winzige schwarze Punkte auf dem Weiß der Salzkruste zu sehen?

Er durfte kein Wagnis eingehen! Es war besser, er schlug falschen Alarm, als dass sie womöglich von ihren Verfolgern überrascht wurden. Eilig kletterte er die Palme hinab und lief zur Quelle. »Sie kommen! Sie haben uns gefunden!« Schon von Weitem rief er den anderen die Schreckensnachricht zu.

»Was hast du gesehen?«, fuhr Neraida ihn scharf an.

»Irgendjemand kommt über das Wadi. Sie haben wie wir vor einer Woche den Nachmittag abgewartet und sind jetzt nicht mehr weit vom Eingang zum Tal entfernt.«

»Wie lange werden sie noch brauchen?« Omar war aufgesprungen und an seine Seite geeilt. »Und wie viele sind es?«

»Vielleicht wird es nur noch eine Stunde dauern, bis sie hier sind, vielleicht auch länger. Das hängt davon ab, wie erschöpft sie sind. Über ihre Zahl kann ich nichts sagen. Sie waren noch zu weit entfernt.«

»Selbst wenn es nicht unsere Verfolger sind, sondern nur ein Trupp Salzgänger, die den Propheten besuchen wollen, ist es besser, wenn man uns hier nicht mehr antrifft. Omar, sattle die Pferde. Ich werde unsere Sachen zusammenpacken und ...«

Neraida war wieder dabei, das Kommando zu übernehmen, doch auch wenn er sie liebte, würde sich Fendal als Krieger nicht von einer ehemaligen Sklavin befehlen lassen, sobald es um einen Kampf ging. Er wusste selbst am besten, was zu tun war.

»Ich nehme mein Pferd und reite zum Eingang des Tals. Sobald ich weiß, wer da anrückt, werde ich euch folgen.« Der Thorwaler nahm das Zaumzeug für seinen Hengst und drehte sich zu den Pferden um.

»Ist das nicht zu gefährlich? Vielleicht ist es besser, wenn wir zusammenbleiben«, wandte Melikae ein.

»Gefährlich?« Der Thorwaler lachte laut auf. »Wenn die hier im Tal ankommen, werden sie so erschöpft sein, dass eine Schar halbwüchsiger Kinder sie überwältigen könnte, und ...«

»Und du wirst das bleiben lassen«, mischte sich Neraida ein. »Es ist besser, wenn sie keine Hinweise dafür finden, dass wir hier im Tal waren. Bis der Prophet aus den

Felsen herabgestiegen ist und ihnen erzählt, was er gesehen hat, können Stunden vergehen. Vielleicht wird er aber auch in seinem Versteck bleiben. Wenn die Verfolger hier keine Spuren von uns finden, müssen sie denken, dass wir den Weg über den Salzsee nicht überlebt haben. Das ist das Beste, was uns passieren kann. Sie werden dann nicht mehr länger nach uns suchen.«

»Trotzdem ist es immer besser zu wissen, mit wem man es zu tun hat. Versuch also nicht, mich aufzuhalten.« Fendal warf seinem Shadif den Sattel auf den Rücken und drehte sich nicht zu Neraida um. Er wusste, wenn er ihr in die Augen sah, könnte er ihr nicht widerstehen.

Es mochte etwas weniger als eine halbe Stunde vergangen sein, bis der Thorwaler zum Eingang des Tals zurückgekehrt war. Dort versteckte er sein Pferd und kletterte auf einen Felsen, um das Wadi besser überblicken zu können. Doch es war nichts mehr zu sehen. Ihre Verfolger schien der Erdboden verschluckt zu haben.

Vom Himmel herab erklang ein heiseres Krächzen. Über dem Eingang zum Tal zog ein hässlicher großer Geier seine Runden. Es war der erste Geier, den Fendal an diesem Ort der Ruhe und des Friedens gesehen hatte. Was der Aasvogel wohl suchte? Während das Tier seine Runden zog, schien es zu ihm herunterzustarren. Fendal schluckte. Das war ein schlechtes Omen! Seit sie im Tal waren, hatte er merkwürdige Träume – und jetzt auch noch das. Wie die Raben im Norden, so galten in der Khom die Geier als Boten des Todes. Der Tod, das war es, wovon er in den letzten Nächten immer wieder geträumt hatte. Wie der legendäre Held Ulfgrimm würde er sich in seinem letzten Gefecht einer gewaltigen Übermacht stellen und den Rückzug seiner Gefährten decken. Im Traum hatte er alles ganz deutlich gesehen. Nur an die Gesichter seiner Gegner konnte er sich nicht mehr erinnern. Er focht vor einer himmelhohen Steilwand gegen heimtückische Bogenschützen und einen gewandten Schwertkämpfer.

An das Ende des Gefechts konnte er sich auch nicht mehr erinnern, wenn er aus seinen Träumen erwachte. Doch hatte er eine dunkle Ahnung, dass es sein letzter Kampf sein würde. Unruhig ließ er die Zunge über die trocknen Lippen gleiten. Dieser Geier war wirklich kein gutes Omen. Der große Vogel war mittlerweile weiter ins Tal geflogen.

Vielleicht würde er auch erst in vielen Jahren sterben? Fendal schüttelte den Kopf. Er sollte sich besser nichts vormachen. Seine Gegner waren wie Beni Novad gekleidet gewesen. Sie trugen lange Kaftane und kämpften mit breiten gekrümmten Schwertern. Da er vorhatte, gemeinsam mit den anderen die Khom zu verlassen und dann mit Neraida nach Norden zu segeln, konnte das nur heißen, dass er nicht mehr lebend aus dieser verdammten Wüste herauskam. Dass er jemals in dieses sonnenverbrannte Land zurückkehren würde, war ausgeschlossen. Hier gab es keine Häfen und auch sonst nichts, was einem Thorwaler gefiel. Also würde er in den nächsten zwei oder drei Wochen sterben. Länger konnte es kaum dauern, bis sie die Goldfelsen erreichten. Ob Neraida wohl um ihn trauern würde? Doch was hätte er davon? Was sie nach seinem Tod tat, war im Grunde gleichgültig. Schade, dass sie nicht mehr Zeit zusammen gehabt hatten. Auf der Flucht würde es wohl kaum noch Gelegenheit geben, sich gemeinsam für einige Stunden an einen abgelegenen Ort zurückzuziehen und sich zu lieben. Dabei hätte er sie so gern einmal ohne ihren Schleier gesehen. Doch Neraida erfand tausend Ausflüchte, ihn niemals abzulegen. Fendal konnte das nicht verstehen. Schämte sie sich wegen ihrer roten Schmucknarben? Dazu gab es doch gar keinen Anlass. Er kannte sie, solange er in den Diensten Abu Feisals gestanden hatte. Dort war sie nie verschleiert gegangen. Er wusste genau, wie diese Narben aussahen. Und sie musste wissen, dass er es wusste. Also warum das Spiel mit dem Schleier? Darüber hinaus wusste er auch, dass diese Narben die Ehrenmale der Salzgänger waren. Sie waren Auszeichnungen. Er lebte lange genug unter den Novadis, um wenigstens einige ihrer absurden Bräuche begriffen zu haben. Warum traute sie ihm so wenig zu? Der Thorwaler schüttelte ärgerlich den Kopf. Wer verstand schon die Frauen? Dabei hätte er alles darum gegeben, wenigstens ein einziges Mal bei Neraidas Küssen ihre Lippen und nicht den Stoff des Schleiers zu fühlen.

Eine Bewegung in dem Wadi lenkte ihn von seinen trübsinnigen Gedanken ab. Jetzt sah er die kleinen schwarzen Flecke wieder. Sie waren im Schatten einer hoch aufragenden Felswand verschwunden gewesen und ein gutes Stück weiter vorangekommen. Mindestens zehn Männer, die ihre Pferde hinter sich herzogen, rückten auf das Tal vor. Wahrscheinlich waren es sogar noch mehr. Auf jeden Fall könnten sie gegen eine solche Übermacht nicht bestehen. Vor allem dann nicht, wenn sich ihre Verfolger einen Tag Zeit nehmen würden, um sich in der Felsoase von den Strapazen des Marsches über den Salzsee zu erholen. Fendal überlegte, ob er den Angriff wagen sollte. Natürlich war es Wahnsinn, sich mit einer zehnfachen Übermacht anzulegen. Doch die meisten Gegner mochten zu erschöpft sein, um nennenswerten Widerstand zu leisten. Wenn er sie jetzt angreifen würde, könnte er die Verfolger vielleicht besiegen. Außerdem war es ihm doch vorherbestimmt, vor einer Steilwand nahe einer engen Schlucht zu sterben. Hier, dicht unterhalb des Tales, war das Wadi mehr als zweihundert Schritt breit, und die Felsen sahen völlig anders aus als in seinen Albträumen. Das konnte also nicht der Ort sein, der ihm für seinen letzten Kampf vorherbestimmt war. Fendal zögerte. Natürlich wären die anderen dagegen gewesen, dass er sich zeigte. Aber sie waren auch keine Krieger. Endlich stand seine Entscheidung fest. Er wäre dumm, wenn er die Gunst der Stunde nicht nutzte!

Neraida hatte wieder die Führung übernommen. Omar gefiel das nicht, aber die Salzgängerin kannte sich einfach besser aus. Während er in den letzten Tagen außer an Melikae eigentlich an gar nichts mehr gedacht hatte, waren Neraida und Fendal bei einem ihrer Streifzüge auf einen versteckten Ausgang aus dem Tal gestoßen.

Trotzdem war Omar alles andere als traurig darüber, nicht vorn zu reiten und alle Pflichten eines Anführers erfüllen zu müssen. Er war ganz versunken in den Anblick Melikaes, die unmittelbar vor ihm ritt. Ihr wunderbares schwarzes Haar wogte ihr weit über die Schultern hinab. Er liebte dieses samtweiche, duftende Haar, das sie beide wie ein Schleier umfing, wenn Melikae sich zu ihm herabbeugte und ihn küsste. Als hätte die Tänzerin gespürt, dass er an sie dachte, drehte sie sich um und lächelte ihm zu. Wenn es wirklich so etwas wie einen Zauber zwischen Liebenden gab, dann hatten sie das verwunschene Wort gefunden, das der Welt alle Schatten zu nehmen schien.

»Sieh nur, welch ein großer Vogel!« Die Sharisad zeigte zum Himmel.

Es musste ein Adler oder ein besonders großer Geier sein. Er schwebte hoch über dem Tal und schien ihnen zu folgen. Doch dann drehte er nach Osten ab und flog in Richtung des großen Salzsees. Omar widmete seine Aufmerksamkeit wieder dem schmalen Pfad. Nicht mehr lange, und sie würden absteigen und die Pferde am Zügel führen müssen. Es schien, als sei dieser Weg nur für Bergziegen geeignet. Doch immer wieder tauchten verwitterte Zeichnungen an den Felsen auf und verrieten, dass sie keineswegs einem beliebigen Wildpfad folgten. Wie lange es wohl dauern würde, bis sie die Berge endlich verlassen hatten?

Kurz vor Einbruch der Dunkelheit erreichte die Gruppe einen engen Pass, wo sich vor Urzeiten ein riesiger Felsblock aus der gegenüberliegenden Steilwand gelöst hatte und nun den Weg vor ihnen fast vollständig blockierte.

Mehr als eine Stunde lang waren sie einem schmalen, von himmelhohen Bergrücken eingefassten Tal gefolgt. Wieder einmal mussten sie absitzen, um weiterzukommen. Müde ließ sich Neraida aus dem Sattel gleiten und blickte nach Osten. Wie viele Stunden mochten vergangen sein, seit Fendal sie verlassen hatte? Zu viele!

Der Thorwaler hatte doch nur zum Eingang der Bergoase reiten sollen, um das Näherrücken ihrer Verfolger zu beobachten. Warum war er noch nicht zurück?

Neraida kniff die Augen zusammen und musterte die karge Felslandschaft hinter ihnen. Das schwindende Licht der Sonne verlieh den roten Felsen ein eigenartiges Glühen. Dort, wo die immer länger werdenden Schatten die Hänge hinabkrochen, sah es fast so aus, als flösse dunkles Blut die Berge hinunter.

Neraida drehte sich um und betrachtete die natürliche Pforte, die durch den herabgestürzten Felsbrocken gebildet wurde. Sie musste sich mit nützlichen Dingen beschäftigen! Wenn sie finsteren Gedanken nachhing, mochte sie damit Unheil auf Fendal herabbeschwören. Sicher war der Krieger längst auf dem Weg zu ihnen. Der gestürzte Felsen war vielleicht fünf Schritt hoch und lehnte schräg gegen die Steilwand zu ihrer Rechten. Ob es ein Zufall war, dass er ausgerechnet hier, an der engsten Stelle, herabgestürzt war? Er ließ nur einen schmalen Spalt frei, der gerade breit genug war, ein Pferd durchzulassen, wenn sein Reiter abgestiegen war. Neraida griff nach den Zügeln ihres Hengstes. Hinter der natürlichen Pforte würden sie ihr Nachtlager aufschlagen. Sollten sie überrascht werden, ließe sich diese Stelle leicht verteidigen.

Als sie die Felspforte ungefähr zur Hälfte durchquert hatte, spürte sie ein leichtes Kribbeln auf der Haut. Irgendetwas stimmte nicht! Die Salzgängerin ließ die Zügel aus den Fingern gleiten und griff nach dem Dolch am Gürtel. Gegen die Felswand gepresst, schlich sie langsam vorwärts. Auf der anderen Seite der Pforte weitete sich das

Tal. Hier schien der Boden fruchtbarer zu sein als in den Tälern, die sie in den letzten Stunden durchquert hatten. Dürre Büsche klammerten sich mit den Wurzeln an den Felsen fest. Hier und dort ragten einzelne Bäume auf, gewunden und vom Wind gebeugt. Neraida zückte ihren Dolch und blickte nach hinten. Melikae und Omar verharrten regungslos kurz vor dem Felsblock. Sie winkte ihnen zu, sich ein wenig zurückzuziehen.

Was sollte sie tun? Das Tor zu durchschreiten, hieße womöglich, geradewegs in eine Falle zu laufen. Wieder glitten ihre Augen über die Hänge des Tals vor ihr. Nichts wies auf eine Gefahr hin. Spielten ihr am Ende ihre überspannten Sinne nur einen Streich?

Im selben Moment, da sie beschlossen hatte, einfach die letzten zwei Schritte zu tun und hinauszutreten, fiel ihr Blick auf den merkwürdigen Schatten seitlich des Tors.

Er sah aus wie ein riesiges Schlangenhaupt! Neraida erstarrte. Auch der Schatten bewegte sich nicht. Hatte die Kreatur sie bemerkt? Welch ein Wesen mochte es sein, das dort lauerte? So, wie der Schatten fiel, musste es sich unmittelbar neben dem Eingang an den Felsen pressen. Bereit, jeden sofort anzugreifen, der es wagte, das Tor zu durchqueren.

Leise zählte Neraida ihre Herzschläge und ließ den Blick nicht von dem Schlangenschatten. Endlose Minuten vergingen so, und der Schatten des Wächters erzitterte nicht einmal in dieser Zeit. Die Salzgängerin wurde immer unruhiger. Sie konnte nicht für immer und ewig hier stehen bleiben. Sicher wusste der Wächter längst, dass sie hier war. Ihr Pferd schnaubte unruhig und scharrte mit den Hufen. Warum griff das Wesen dort draußen nicht einfach an? Trieb es vielleicht ein Spiel mit ihr? Unsicher wog Neraida den Dolch in der Hand. Sie hatte jetzt lange genug gewartet! Ihr blieb nicht mehr viel Zeit. Bald wäre es vollkommen dunkel, und sie könnte den Schatten ihres Gegners nicht mehr erkennen. Damit hätte sie ihren einzigen Vorteil gegenüber der Bestie verloren. Langsam, Spann für Spann, schob sie sich näher an die Kante des Felsblocks. Vielleicht gelang es ihr doch, ihn zu überraschen?

Neraida stand jetzt genau an der Ecke des Felsblocks. Sie verharrte und lauschte. Der Schatten des Schlangenkopfs hatte sich immer noch nicht bewegt. War das Reptil womöglich taub? Die Salzgängerin hatte das Gefühl, dass ihr rasender Herzschlag etliche Schritt weit zu hören war. Verzweifelt krampfte sich die Hand um den Griff des Dolches. Sollte sie einfach vorspringen und zustoßen? Damit würde sie sich ausliefern, wenn es ihr nicht gleich gelänge, ihrem Gegner einen tödlichen Stoß zu versetzen. Nein, sie war einfach keine Kriegerin. Fendal wäre vielleicht so vorgegangen … Wäre der verfluchte Thorwaler doch nur hier!

Neraida presste die Wange an den Felsen und spähte vorsichtig um die Ecke. Für einen Augenblick blieb sie wie versteinert stehen. Dann begann sie lauthals zu lachen. Ein großer, aus dem Felsen gehauener Schlangenmensch bewachte das Tor. Die Gefahr war nur Einbildung gewesen.

Melikae und Omar eilten herbei, um zu sehen, was mit ihr geschehen war. Im letzten Moment konnte Neraida sie daran hindern, das Tor vollends zu durchschreiten. Mit fragenden Blicken verharrten die beiden unter dem Felsen.

Nun, da sie den steinernen Wächter gesehen hatte, fiel ihr wieder eine Geschichte ein, die man sich unter den Salzgängern erzählte. Es hieß, dass im Nordwesten der Bergoase ein Tor liege, das seit Jahrtausenden von einem zauberkundigen Wächter aus dem alten Echsenvolk gehütet werde. Seine Magie erlaubte es, das Tal der Sieben Säulen in dieser Richtung zu verlassen, verhinderte aber zugleich, dass man es von dort aus betreten konnte. Hatte man die Felsenge einmal durchschritten, so hieß es, konnte sie außer dem Propheten von dieser Seite aus kein Sterblicher wiederfinden. Versuchte man aber, durch Magie die verbotene Pforte zu öffnen, so würde der Wächter erwachen und den Frevler töten, denn es war Rastullahs

Wille, dass jeder, der das Orakel aufsuchte, vorher die Prüfungen des Cichanebi auf sich nehmen musste.

Neraida erzählte Melikae und Omar die Geschichte. Dann zogen sie sich von dem Tor zurück und schlugen ein Nachtlager auf. Die Gefährten beschlossen, bis zum Morgengrauen auf Fendal zu warten. Wäre er dann noch nicht zurück, müssten sie das Tor des Schlangenwärters ohne ihn durchschreiten. Würden sie länger warten, könnten sie auch gleich ihren Verfolgern entgegenreiten und sich ergeben. Sie mussten so weit wie möglich kommen, solange ihre Feinde noch zu erschöpft waren, um ihnen zu folgen.

Unruhig blickte Omar in die Finsternis. Er hatte die erste Nachtwache übernommen und kauerte etwas abseits des Lagers hinter einem Felsen. Wo blieb Fendal nur? War er tot oder in eine Falle geraten? War da nicht eben ein Geräusch gewesen? Der Novadi verharrte und lauschte in die Nacht. Bei Sonnenuntergang war ein leichter Wind aufgekommen. Manchmal erklang ein unheimliches Pfeifen oder ein lang gezogenes Heulen. Omar war sich sicher, dass nicht nur Hyänen durch die Täler schlichen. Es hätte ihn nicht gewundert, wenn auch irgendwelche Geister in dieser rastullahverlassenen Gegend ihr Unwesen trieben … Dann und wann hörte er in der Ferne leise das Geräusch von fallenden Steinen. Hätten sie nur endlich diese Berge hinter sich! Die Oase war sicher ein heiliger Ort, doch dieses Gebirge war verflucht! Es gehörte zum Gebiet der Beni Schebt. Ehrlose Hurensöhne waren das! Sie hatten vor vielen Jahren das Lager seines Vaters überfallen und alle Überlebenden in die Sklaverei verkauft.

Ob sie ihn wiedererkennen würden? Eine Weile brütete Omar beunruhigt vor sich hin. Es war unwahrscheinlich – zu viele Jahre waren seitdem vergangen. Damals war er noch ein Kind gewesen. Und doch, wenn sie ihn erkannten, würden sie ihn und alle töten, die bei ihm waren. Gleichgültig, was er vorbrächte, sie hätten Angst, er könnte eines Tages zurückkehren, um gerechte Blutrache zu üben. Sie hatten gar keine andere Wahl. Vielleicht sollte er sich von den anderen trennen? Er hatte das schon früher überlegt, als er gemerkt hatte, wohin Neraida sie führte. Aber er konnte die beiden Frauen nicht einfach allein lassen. Ohne seine Hilfe kämen sie niemals bis zu den Goldfelsen.

Omar streckte sich und blickte zum Lagerplatz. Sie hatten sicherheitshalber kein Feuer entzündet. Vielleicht waren ihre Verfolger doch näher als vermutet. Und allein Rastullah wusste, was sich sonst noch in diesen Bergen herumtrieb. Omar betrachtete die beiden schlafenden Frauen. Sie hatten sich in dicke Kamelhaardecken eingerollt und dicht aneinandergekauert. Selbst jetzt trug Neraida ihren Schleier. Irgendetwas stimmte mit ihr nicht. Warum ging sie verschleiert, seit sie in die Berge gekommen waren? Und wie kam es, dass sie so viel über die Echsen wusste? Es stand keinem Gläubigen an, sich mit den verderbten Kulten der Götzenanbeter zu beschäftigen. Ob die Echsen in diesen abgelegenen Bergen wohl noch immer herrschten? War das vielleicht der Grund, warum Neraida verschleiert ging? Hielt sie womöglich Teile ihres Wissens zurück? Sicher, sie hatte sie über den Cichanebi geführt, und ohne ihre Hilfe wären sie wahrscheinlich schon längst alle tot oder zumindest gefangen genommen worden. Und dennoch war ihm die tätowierte Frau unheimlich. Sie wusste einfach zu viele Dinge, die nach Rastullahs Geboten ein Geheimnis sein sollten.

Ein Geräusch ließ Omar auffahren. Irgendwo hatte er einen Stein fallen hören. Es war nicht sehr weit entfernt gewesen. Vorsichtig tastete er nach dem Griff seines Waqqif. Mit dem kleinen gebogenen Dolch würde er nicht viel ausrichten können. Geduckt schlich Omar zwischen einigen Felsblöcken auf die Stelle zu, wo das Geräusch entstanden zu sein schien. Jetzt erklang auch Hufschlag. Es schien nur ein einzelnes Pferd zu sein, und es ging sehr langsam. Das Tier war entweder erschöpft oder wurde von seinem Reiter am Zügel geführt. Ob es Fendal war? Ein Späher würde sich jedenfalls nicht so unvorsichtig nähern.

Omar hielt an und spähte über einen Felsen hinweg. Es war völlig dunkel. Der Mond war schon untergegangen, und die blassen Sterne spendeten nur wenig Licht.

Ein einzelner Mann wanderte leicht hinkend zwischen den Felsen dahin. Hinter ihm trottete ein Pferd. Es hörte sich an, als murmle der Fremde etwas vor sich hin oder singe leise. Doch er war zu weit weg, als dass irgendetwas zu verstehen gewesen wäre. Von der Größe her konnte es Fendal sein. Doch Omar durfte sich keinen Irrtum leisten. Er griff nach einem kleinen Stein und schleuderte ihn in hohem Bogen über den Weg hinweg, sodass er klackernd hinter dem Fremden zu Boden ging. Sofort blieb der Mann stehen und zog eine Waffe. Vorsichtig drehte er sich im Kreis, jederzeit auf einen Angriff gefasst.

»Wer schleicht hier durch die Nacht? Bei den Flossen Swafnirs, zeig dich, wenn nicht das Herz eines ängstlichen Hasen in deiner Brust schlägt!«

»Bei Rastullah, wer brüllt da wie ein Barbar und stört den Schlaf der Rechtgläubigen?« Omar sprang aus seiner Deckung und lief zu Fendal hinab.

»Was ist geschehen? Wo bist du so lange gewesen? Und warum humpelst du?« Atemlos erreichte der Novadi den Thorwaler und schloss ihn in die Arme.

»Immer mit der Ruhe! Nicht so viele Fragen. Ich weiß ja gar nicht mehr, wo mir der Kopf steht. Und hättest du vielleicht einen Schluck Wasser? Ich glaube fast, ich habe im Lauf des Tages so viel Staub geschluckt, dass meine Eingeweide mittlerweile einen ganz leidlichen Ackergrund abgeben müssten.«

Nachdem Fendal gegessen und getrunken hatte, fühlte er sich wieder besser. Seine Gefährten hatten ihn die ganze Zeit über angestarrt, als säße ein Gespenst vor ihnen.

Vor allem Neraida hatte sich ziemlich merkwürdig verhalten. Erst war sie ihm in die Arme gefallen, und dann hatte sie ihm eine schallende Ohrfeige verpasst.

»Was ist denn geschehen?«, fragte sie ungeduldig, nachdem Fendal ihren Wasserschlauch zur Seite gelegt hatte.

»Nun …« Der Thorwaler räusperte sich wie ein Skalde, der ein Heldenlied beginnt, und blickte zu Melikae. »Als ich erkannte, dass uns mehr als ein Dutzend der Söldlinge deines verehrten Vaters im Nacken sitzen, entschloss ich mich, die Zahl unserer Verfolger ein wenig zu verringern. Die Gelegenheit schien günstig. Nachdem sie durch das Wadi Ghehena gekommen waren, konnten sie schließlich kaum munterer als tote Heringe sein. Also habe ich mich auf den Rücken meines Schlachtrosses geschwungen und sie gestellt. Ihr hättet sehen sollen, wie diese Halunken auf einmal laufen konnten, als ich ihnen entgegenpreschte. Zwei oder drei habe ich niedergestreckt, bevor sie überhaupt richtig zu sich gekommen waren.«

Fendal wusste natürlich genau, dass es nur zwei gewesen waren, aber es konnte nicht schaden, seine Heldentaten ein wenig auszuschmücken. Das würde auch den anderen Mut machen.

»Dann stellte sich leider heraus, dass sie nicht so erschöpft waren wie wir, als wir aus diesem verfluchten Wadi herausstolperten. Einige haben versucht, mich mit ihren Speeren vom Pferd zu stoßen. Ein paar Feiglinge haben auch mit Bogen auf mich gezielt. An Deck eines Langbootes, in einer Schildreihe mit meinen Kameraden, hätte mir das sicherlich nicht viel ausgemacht, aber auf dem Rücken eines Pferdes fühle ich mich einfach nicht wohl. Trotzdem habe ich weiter auf sie eingedroschen, bis wie aus dem Nichts dieser nackte Mann auftauchte.« Fendal machte eine Pause und nahm noch einen Schluck aus dem Wasserschlauch.

»Ein nackter Mann?« Neraidas Stimme klang schneidend. »Welches Märchen tischst du uns hier eigentlich auf?«

»Ich schwöre bei Swafnir, dass ich nicht lüge.« Mit großer Geste legte sich Fendal die Hand aufs Herz und fuhr mit beleidigter Miene fort. »Ich weiß ja selbst, wie verrückt sich das anhört, aber der Mann war völlig nackt. Er stand plötzlich hinter mir, wedelte mit den Händen herum und zischte irgendwelche unverständlichen Worte. Es war ein hagerer kleiner Kerl mit Augen wie offene Gräber. Obwohl er dunkle Haut hatte, sah er nicht wie ein Novadi aus. Ich glaube, es war ein Schwarzmagier oder ein Dämonenbeschwörer. Jedenfalls kein Mann, der seinen Kampf auf ehrliche Weise mit kaltem Stahl austrägt.«

Der Thorwaler bemerkte, wie Melikae und Neraida einen kurzen Blick tauschten. Sie schienen ihm nicht zu glauben!

Ärgerlich fuhr er fort. »Plötzlich wurde mir ganz schwindlig. Die Krieger verschwammen mir vor den Augen. Irgendetwas traf mein Bein, und auch mein Hengst muss verletzt worden sein. Jedenfalls wieherte er laut auf und schoss davon, als säßen ihm sämtliche Dämonen der Niederhöllen im Nacken. Als ich wieder ganz bei Sinnen war, hatten wir die Oase erreicht. Was immer dieser nackte Kerl mit mir angestellt hat, er hat nicht lange Macht über mich gehabt.« Fendal lächelte zufrieden. »Wäre ja auch noch schöner, wenn man mich mit ein paar genuschelten Worten und ein wenig Fingerfuchtelei in den Staub schicken könnte. Jedenfalls habe ich mir danach überlegt, dass es besser sei, diesen Süßwasserpiraten nicht mehr auf den Leib zu rücken. Ich hab mich zwischen den Felsen oberhalb der Quelle verkrochen und ihnen zugesehen, wie sie eingerückt sind. Da hatte ich auch zum ersten Mal Gelegenheit, sie zu zählen. Siebzehn Mann, ausgerüstet mit den besten Pferden und zusätzlich noch zehn Maultieren. Die verfolgen uns bis nach Al'Anfa, wenn es sein muss. Ich habe einige von den Jägern deines Vaters darunter wiedererkannt, Melikae. Nach der Schlappe mit dem Löwen dürfen sie nicht noch einmal versagen. Zwischen den Felsen kauernd, habe ich dann meine Wunden versorgt und bis kurz vor Einbruch der Dämmerung die Oase beobachtet. Ich glaube nicht, dass unsere Freunde eine lange Rast brauchen werden. Dein Vater scheint sich die Zeit genommen zu haben, die besten Krieger zusammenzusuchen, ihnen einen erfahrenen Salzgänger an die Seite zu stellen und auch einen Schwarzmagier anzuheuern. Wir sollten noch vor Sonnenaufgang das Lager abbrechen und sehen, dass wir weiterkommen. Wenn wir geglaubt haben, wir hätten es geschafft, haben wir uns geirrt. Die Jagd auf uns hat gerade erst begonnen.«

Einige Augenblicke lang war es völlig still. Dann fragte Melikae unvermittelt: »Hatte der Nackte Tätowierungen in den Handflächen?«

Fendal nickte. »Ja, und da war noch etwas …« Er kratzte sich am Kopf und versuchte sich an das Gesicht des Mannes zu erinnern. Fendal hatte ihn schließlich nur für einen kurzen Augenblick gesehen. »Da war etwas auf der rechten Wange. Einige Narben oder vielleicht eher eine schlecht verheilte Brandwunde.«

»Er ist es«, flüsterte Melikae leise. »Abu Dschenna. Er ist ein Magier aus Khunchom. Mein Vater nimmt manchmal seine Dienste in Anspruch. Ich habe ihn zwei- oder dreimal in unserem Haus gesehen, und er hat, soweit ich weiß, meinen Vater noch nie enttäuscht. Man sagt, dass er sich mit der verlorenen Magie der Echsenmenschen beschäftigt. Die Narben auf seiner Wange soll ihm ein Ungeheuer in den Sümpfen bei Selem beigebracht haben, doch ob das stimmt, weiß wohl nur Rastullah.«

»Abu Dschenna«, murmelte Fendal leise. Selbst er hatte diesen Namen schon einmal gehört, auch wenn er nicht mehr wusste, bei welcher Gelegenheit. Aber allein die Tatsache, dass er sich an den Namen eines Zauberers noch erinnern konnte, war bedenklich. Gewöhnlich maß er Magiern so viel Bedeutung bei wie dem Sand unter seinen Stiefeln. Sie waren alle miteinander eine feige

Schlangenbrut und verdienten die Beachtung eines Kriegers nicht.

»Wir sollten das Lager abbrechen und jetzt schon reiten.« Ohne auf eine Antwort zu warten, erhob sich Neraida. »Wenn ich mich richtig an die Erzählungen über das Schlangentor erinnere, sind es von hier aus nur noch wenige Wegstunden bis zur offenen Wüste.«

Fendal grinste über die Frechheit der Salzgängerin, die sich offenbar wieder einmal nicht das Geringste um die Meinung der Sharisad scherte. Diese Sklavin führte sich auf, als wäre sie ein Hetmann. Müde stand er auf und humpelte zu seinem Pferd. Schade, dass sie nicht ein einziges nettes Wort über seine Heldentaten verloren hatte.

In den Stunden seit Sonnenaufgang hatte sich die Landschaft sehr verändert. Die Gefährten hatten eine Ebene erreicht, aus der sich rötlich schimmernde große Tafelberge erhoben. Die Ebene selbst war mit Tausenden verkrüppelter kleiner Büsche bewachsen. Hin und wieder überquerten sie noch Geröllhalden, doch der Weg war jetzt sehr viel leichter geworden. Omar hatte ihnen befohlen, dicht bei den Felsen zu bleiben. So mussten sie zwar oft Umwege reiten, waren aber auch schwerer zu entdecken, als wenn sie mitten durch die weiten Täler geritten wären. Trotzdem wurde Melikae das Gefühl nicht los, dass man sie beobachtete. Sie waren auf dem Land der Beni Schebt. Die Nomaden ließen hier ihre Kamel- und Ziegenherden weiden und achteten eifersüchtig darauf, dass niemand ohne ihre Zustimmung das Gebiet durchquerte. Doch bislang hatten sie weder eine Ziege noch einen Hirten gesehen.

Mancherorts waren die Felsen mit riesigen Bildern geschmückt. Etliche Schritt über dem Boden waren die Steinbildnisse in den künstlich geglätteten Steilhang geschlagen, sodass es aussah, als hätten Riesen die Berge gezeichnet. Die Bilder waren schön und fremdartig. Nicht so eckig und mit geometrischen Mustern durchsetzt wie die Steinbilder der Echsen, die sie tiefer in den Bergen gesehen hatten.

Sie zeigten feingliedrige Menschen, die durch Gartenlandschaften wanderten oder auf prächtigen Pferden zur Jagd ausritten. Manchmal lagen sie auch im Kampf mit schlangenleibigen Echsenkriegern, doch schienen sie jedes Mal mit ihren ungewöhnlich langen Bogen und den geraden Schwertern, mit denen sie gewappnet waren, den Sieg davonzutragen. Melikae liebte es, die Bilder zu betrachten, auch wenn Wind und Sand sie im Lauf von Jahrhunderten fast wieder vom Felsen getilgt hatten. Nur in den zwei Schluchten, die sie durchquert hatten, wo die Reliefs vor dem Toben der Sandstürme geschützt waren, konnte man die Bilder noch so deutlich erkennen, als seien sie erst vor Kurzem in den Fels geschlagen worden.

»Halt!« Omar, der jetzt die Gruppe anführte, hatte die Hand gehoben und sich in den Steigbügeln aufgerichtet.

Melikae zügelte ihr Pferd. Vielleicht dreihundert Schritt vor ihnen hatte sich ein Trupp Reiter aus dem Schatten der Felsen gelöst und kam langsam auf sie zu.

»Lasst die Finger von den Waffen!« Der Novadi hatte sich im Sattel umgedreht. Seine Worte waren offensichtlich für Fendal bestimmt, dessen Hand schon auf der breiten Axt ruhte.

»Es sind Beni Schebt. Wir sind, ohne sie zu fragen, abseits der großen Karawanenrouten durch ihr Stammesgebiet geritten. Nach dem Recht der Wüste können sie uns dafür töten.«

»Mich wird man nicht einfach töten«, antwortete der Thorwaler grimmig und zog die Axt aus dem Gürtel.

»Lass es, Fendal! Ich befehle es dir!«, mischte sich Melikae in den Streit der beiden. »Wenn wir uns wie Feiglinge verhalten, werden sie uns bestimmt angreifen. Ich werde mit ihnen verhandeln.«

»Ich glaube nicht, dass sie mit einer Frau reden werden, Herrin.«

»Das werden wir sehen.« Melikae gab ihrem Hengst die Sporen und galoppierte an die Spitze der kleinen Gruppe.

Die Beni Schebt hatten ihr Tempo jetzt gesteigert und sich zu einer lang gezogenen Linie formiert. Sie ritten Mehari, jene großen weißen Kamele, die für die Krieger im Herzen der Khom typisch waren. Als die Beni Schebt sie schon fast erreicht hatten, rissen sie ihre Säbel aus den Gürteln und stimmten ein infernalisches Geschrei an.

»Malach malachem! Mullah la-udadef!«

Melikae zügelte ihr Pferd und ließ die Reiter auf sich zustürmen. Sie kannte die Art der Nomaden aus den Erzählungen ihres Vaters. Die Krieger würden versuchen, ihnen einen Schrecken einzujagen. Es hing jetzt alles davon ab, dass sie scheinbar völlig unbeeindruckt blieben. Alles andere könnte gefährlich werden. Wie erwartet umringten die Reiter ihren Trupp und vollführten Scheinangriffe mit ihren Säbeln. Melikae war mulmig zumute. Es war alles andere als leicht, ruhig im Sattel zu sitzen, während ein Krieger mit seinem Khunchomer ausholte, um ihr den Schädel zu spalten, und seinen Schlag erst im allerletzten Moment abfing.

Die Sharisad versuchte einen Punkt am Horizont auszumachen. Sie starrte unentwegt auf einen großen Felsblock, um sich von den säbelschwingenden Beni Schebt abzulenken. Ihre Hände hatte sie auf den Sattelknauf gelegt, damit niemand merkte, wie sehr sie zitterte. So hatte sie sich ihre Flucht nicht vorgestellt! Schließlich zügelten die Reiter ihre Kamele, und ein Mann mit goldbestickter Weste hielt an ihrer Seite. Er mochte vielleicht vierzig Jahre alt sein. Das Haar an den Schläfen war ergraut, das Gesicht von Sonne und Wüstenwind gezeichnet.

»Bist du eine Frau, die den Männern gebietet, oder warum reitest du an der Spitze?«

»Ich bin eine Frau, die über Karawanen gebietet. Mein Vater ist ein reicher Handelsfürst!«

Der Reiter lachte verschmitzt. »Wo hast du denn deine

Karawanen gelassen? Oder nennst du das eine Karawane, was dir da folgt? Ein Weib, ein unreifer Knabe und ein Ungläubiger. Welch eine erbärmliche Gesellschaft für die Tochter eines reichen Kaufmanns!«

Melikae reckte stolz das Kinn. »Zweifelst du an meinen Worten?«

»Könnte eine so schöne Frau wie du denn lügen?« Plötzlich wurde der Krieger wieder ernst. »Ihr befindet euch auf dem Gebiet der Beni Schebt, ohne dass wir euch zu kommen baten. Ihr werdet Wasser aus unseren Brunnen stehlen. Sag, was tätest du mit einem Dieb, den du auf deinem Land fändest?«

Melikae hielt dem stechenden Blick des Kriegers stand. »Ich brächte ihn zu meinem Herrn, auf dass er das Urteil fällte. Wen du einmal getötet hast, den wirst du nicht mehr aus Rastullahs Armen reißen. Also bedenke wohl, was du tust, denn ich kenne deinen Herren, Sultan Mahmud ben Dschelef. Töte mich, und deine Sippe wird auf immer in Ungnade fallen. Bring mich zu ihm, und er wird dich belohnen. Das ist natürlich kein Rat, denn auch wenn ich eine Sharisad bin, würde ich es mir niemals erlauben, einem stolzen Krieger einen Rat zu geben, denn ich weiß, dass die Söhne der Beni Schebt stets weise entscheiden und nicht auf das Wort einer Frau angewiesen sind.«

Das Pferd des Kriegers tänzelte unruhig. Er schien zu zögern. »Und was ist, wenn ich dich töte und deinen Schmuck und deine Pferde an mich nehme? Wer sollte dich hier jemals finden? Es hieße, die große Wüste hätte dich und die deinen verschlungen, Weib.«

»Tu es, und auch dein Leben wird verwirkt sein. Ich sage dir noch einmal, ich bin keine einfache Dirne, sondern die Tochter eines mächtigen Kaufmanns. Nimm meine Pferde, und du wirst niemals sicher sein, dass du nicht jemandem begegnest, der weiß, aus wessen Stall sie stammen. Versuche, meinen Schmuck zu verkaufen, und die

Goldschmiede werden verraten, wer ihnen diese Stücke gebracht hat. Töte mich, und du wirst nicht reicher werden, denn du wirst es nicht wagen können, deine neuen Schätze irgendwo zu zeigen. Und was ist schon Reichtum, wenn man ihn nicht zeigen kann?«

Melikae machte eine kurze Pause. Dann zwang sie sich zu einem Lächeln und hoffte, dass es auch jetzt noch so entwaffnend war wie auf den Festen ihres Vaters, wenn sie mit reichen Kaufmannssöhnen getändelt hatte.

»Sieh, du bist ein mächtiger Krieger, und ich beuge mein Haupt vor dir und deinen stolzen Reitern. Wo gibt es eine edlere Schar unter Rastullahs Sonne als an deiner Seite? Und doch weiß ich, dass dein wahrer Reichtum deine Weisheit ist. Du wirst nicht von uns lassen, weil du Angst hättest, sondern weil es dir so gefällt.«

Der Reiter zog die Augenbrauen zusammen. Melikae schluckte. Hatte sie etwas Falsches gesagt?

Plötzlich begann der Krieger laut zu lachen. »Es ist wirklich erstaunlich, wie gut du mich kennst, Weib, während du noch nicht einmal meinen Namen weißt. Ich bin Raschid ben Karim, der Neffe des Sultans. Und weil es mir so gefällt, werde ich euch nicht laufen lassen, sondern zu meinem Onkel, dem Sultan, bringen, der ganz in der Nähe im Winterlager meines Vaters zu Gast ist. Folgt mir!«

Erleichtert atmete Melikae aus. Auch wenn sie ihre Freiheit vorläufig verloren hatten, so waren sie wenigstens noch am Leben. Vielleicht war es sogar das Beste, in ein Lager der Beni Schebt zu gelangen. Dort würden die Häscher ihres Vaters es nicht wagen, sie anzugreifen.

Gemeinsam mit Fendal und Neraida kauerte Omar dicht bei den Pferden im Sand und beobachtete das Zelt des Sultans. Es musste mehr als zwanzig Schritt lang sein und war eines der größten Zelte, die er je gesehen hatte. Sein Stoff unterschied sich kaum von dem der anderen Zelte. Überall in der Khom verwendete man Stoffbahnen aus schwarz gefärbtem, fein gesponnenem Kamelhaar. Die Seitenwände des langen Sultanszeltes waren hochgeschlagen, sodass jeder Windhauch den Männern Kühlung brachte. Die Krieger saßen auf prächtigen Teppichen, zwischen denen man an einigen Stellen Platz für steingefasste Feuerstellen gelassen hatte. Auch wenn das Zelt sehr lang war, so war es nicht mehr als höchstens vier Schritt breit.

So kam es, dass Sultan Mahmud ben Dschelef, seine Berater und seine Verwandten in einer langen Reihe nebeneinander saßen. Einige lehnten sich auf Kissen, andere wiederum hatten die Beine untergeschlagen und saßen kerzengerade. Zwei Frauen machten sich an der einzigen Feuerstelle zu schaffen, die benutzt wurde. In kleinen Kupferkannen hielten sie den Tee warm, der zu den Verhandlungen gereicht wurde.

Melikae saß so, dass Omar nur ihren Rücken sah. Während sie sprach, gestikulierte sie mit den Armen, doch sie war zu weit entfernt, als dass er ihre Worte hören konnte.

Der Novadi ließ den Blick über das Lager der Beni Schebt schweifen. Fast dreißig Zelte waren aufgeschlagen, aber kaum ein Mensch war zu sehen. Die Männer und Frauen hatten sich vor der Mittagsglut zurückgezogen. Ab und an hörte man das Schreien eines unruhigen Kamels, doch sonst herrschte völlige Stille. Mit einem dürren Stöckchen zog Omar Linien in den Sand und verwischte sie sogleich wieder. Es machte ihn unruhig, wie gut Melikae es verstand, mit anderen Männern umzugehen. Immer wieder klang lautes Lachen vom Zelt des Sultans.

Rastlos drehte er das Holzstöckchen zwischen den Fingern. Wie lange würde es wohl dauern, bis Melikae einen Mann fand, der ihr besser gefiel? Was konnte er ihr außer seiner Liebe schon bieten? Sicher hatte sie ihm in der Felsoase ewige Treue geschworen, doch wie lange würde sie der Versuchung widerstehen, wenn er ihr nicht das Leben bieten konnte, das sie gewohnt war? Diese verfluchten Beni Schebt! Hätten sie nicht seine Sippe überfallen und seine Eltern gemordet, dann wäre er jetzt kein Habenichts. Aber er hätte auch Melikae niemals kennengelernt ... Mit leisem Knacken zerbrach das Stöckchen zwischen seinen Fingern. Es war unnütz, mit dem Schicksal zu hadern. Sein Leben lag in Rastullahs Hand, und nur wenn er auf ihn vertraute, würde sich alles zum Besten wenden.

Melikae hatte sich jetzt erhoben und verbeugte sich kurz vor dem Sultan. Dann drehte sie sich um und verließ das Zelt. Sie strahlte. Hatte sie den anderen Männern auch dieses strahlende Lächeln geschenkt? Omar fand, dass sie allzu leichtfertig mit ihren Reizen umging. Vielleicht verstünde einer der Krieger des Sultans ihr Lächeln falsch. Aber sollten sie nur versuchen, seine Frau zu berühren, dachte Omar wütend. Er hatte ohnehin noch eine Rechnung mit den Beni Schebt offen.

»Sie haben die Pferde genommen!«, rief ihnen Melikae entgegen. »Wir bekommen vier Reitkamele und zwei Lastkamele dafür. Außerdem will der Sultan mir auch ein kleines Zelt schenken. Habe ich nicht gut verhandelt?«

Der Novadi nickte. Wie gut dieses Geschäft war, würde sich erst zeigen, wenn sie die Kamele zu Gesicht bekämen.

»Was ist mit dir, Omar? Du benimmst dich so seltsam.«

»Findest du?« Omar zwang sich zu einem Lächeln. »Es ist nur ... Ich nehme nicht gern etwas von den Beni Schebt an. Vielleicht stammen die Kamele, die du gerade eingetauscht hast, von denen ab, die sie meinen Eltern gestohlen haben. Das heißt, sie würden mir ohnehin rechtmäßig gehören.«

»Sei still!« Melikae blickte sich ängstlich um, ob sie vielleicht jemand gehört haben konnte. »Vergiss die Blutrache! Was willst du ganz allein gegen all die Krieger im Lager ausrichten? Der Sultan hat uns freundlich aufgenommen. Du wirst jetzt doch nicht das Gastrecht brechen und ihn bestehlen?«

»Ein guter Krieger muss wissen, wann ein Kampf aussichtslos ist, Omar«, mischte sich Neraida ein, die bislang schweigend zugehört hatte. »Wenn du jetzt deinen Dolch gegen die Beni Schebt ziehst, so werden wir alle gemeinsam sterben müssen. Du siehst doch, wie groß das Lager ist. Glaubst du, wir könnten ihnen entkommen? Oder …«

Omar blickte Melikae fest in die Augen. Sie war so schön. Er hörte nicht mehr, was Neraida sagte. Es war, als gäbe es nur noch ihn und die Sharisad.

»Vertraust du mir nicht mehr?« Ihre Stimme klang unendlich traurig. Er schämte sich für seine Eifersucht und konnte ihr nicht länger in die Augen blicken.

»Bitte, verzeih mir. Es ist nur …« Er wusste nicht, was er sagen sollte. Wie konnte er Melikae erklären, wie unerträglich es für ihn war, wenn sie nicht an seiner Seite war? Auch über seine Ängste mochte er nicht mit ihr reden. Wahrscheinlich würde sie ihn für so unmännliche Gefühle nur verachten.

»Entschuldigt, wenn ich mir einfach so erlaube, euch Verliebte zu stören, aber ich glaube, wir geraten jetzt in Schwierigkeiten.« Fendal war zwischen sie getreten. »Seht doch einmal nach hinten!«

Der Thorwaler wies mit ausgestrecktem Arm nach Norden. »Ich fürchte, wir bekommen Besuch von diesem verfluchten Echsenanbeter und seinen Spießgesellen.«

Auch im Lager war die Reitergruppe bemerkt worden. Eilig brachten junge Männer Pferde zum Zelt des Sultans, während sich vor dem Lager einige Krieger auf Kamelen sammelten.

Omar schluckte. Nach dem Kampf mit Fendal musste Abu Dschenna geahnt haben, dass auch Melikae nicht mehr weit sein konnte. Anders war nicht zu erklären, dass er selbst während der Mittagsstunden nicht rastete. Solche Strapazen brächten jedes Pferd innerhalb weniger Tage um. Doch offensichtlich war er fest entschlossen, der Jagd ein schnelles Ende zu bereiten und sie nicht noch einmal entkommen zu lassen.

Zwischen den Kamelreitern und den Kopfjägern kam es

zu einem kurzen Wortwechsel. Dann ritt ihr Anführer eskortiert von einigen Beni Schebt ins Lager ein, wo ihn der Sultan und sein Gefolge erwarteten. Den Kriegern, die den Magier begleitet hatten, gestattete man nicht, das Lager zu betreten. Omar sah, wie einige kleine Jungen unauffällig den Zeltplatz verließen. Vermutlich sollten sie zu den Herden laufen, um die Hirten als Verstärkung zu holen.

Obwohl dieser jetzt nicht nackt war, erkannte Omar in dem verschleierten Mann, der ins Lager geleitet wurde, sofort den Magier, von dem Fendal berichtet hatte. Kein Zweifel, das musste Abu Dschenna sein. Er war nicht sehr groß und recht hager. Die schreckliche Narbe im Gesicht verbarg der Zauberer hinter einem Schleier, der von seinem prächtigen scharlachroten Turban herabhing. Die Wahl der Kleidung unterstrich seine Macht und seinen Reichtum. Statt eines Kaftans trug er ein besticktes Hemd aus weißer Seide und einen roten Umhang, der bis weit auf den Pferderücken hinabreichte. Dazu eine Reithose aus feinem gelbem Gazellenleder und perlenbestickte Stiefel. Das Zaumzeug seines Pferdes klirrte vor silbernen Münzen, die zusammen kaum weniger wert sein mochten als der prächtige Shadif, den er ritt.

Omar überlief ein Schauer. Dieser Mann war gekommen, um Melikae zu rauben und ihn zu töten. Jede seiner Bewegungen verriet Selbstsicherheit und Macht. Wie sollte er gegen ihn bestehen können? Sein Schicksal war besiegelt. Rastullah hatte ihm seine Gunst entzogen.

»Seid gegrüßt, Sultan Mahmud ben Dschelef, edelster unter den Kriegern der Beni Schebt und erleuchtetester unter den Ratgebern des Kalifen. Vergib mir, wenn ich mit meinem Gefolge das Gebiet deines Volkes durchquert habe, ohne vorher deine Erlaubnis einzuholen. Doch ich bin auf der Suche nach einer Tochter, die sich gegen ihren Vater empört hat, und nach Sklaven, die ihre Ketten zerbrachen. Es sind jene, denen du am Mittag Zuflucht in deinem Lager gewährt hast.«

»Wer tritt da vor mich und fordert? Ich bin nicht gewillt, den Worten eines Mannes zu lauschen, der keinen Namen zu haben scheint.«

»Vergebt, dass ich diese Pflicht der Höflichkeit außer Acht gelassen habe, denn in Khunchom, meiner Heimat, kennt mich jedes Kind. Ich bin Abu Dschenna, einst erster Schüler des Dschelef ibn Jassafer, Großmeister an der Akademie des fünfgezackten Sterns zu Rashdul.«

Das Pferd des Sultans tänzelte unruhig. »Verzeiht, wenn ich Euch nicht sofort erkannt habe, obwohl Euer Name auch in unseren Zelten nicht unbekannt ist. Doch beschreibt man Euch als größer.«

Omar atmete erleichtert auf. Er hatte schon befürchtet, der Sultan werde sich vor dem Ruhm des berüchtigten Schwarzmagiers beugen wie eine Palme im Sturm. Er hatte es sich gefallen lassen, dass Abu Dschenna ihn nicht seinem Rang entsprechend anredete, obwohl der Sultan selbst die Form wahrte. Doch diese Spitze verriet, dass er sich zumindest inmitten seiner Getreuen nicht vor Abu Dschenna fürchtete.

Der Magier überging die Worte des Sultans. »Mich schickt Abu Feisal der Prächtige, Haupt der dritten jener neun Familien, deren Blut edel genug ist, aus ihrer Mitte den Sultan von Unau zu wählen. Er fordert seine Tochter zurück, die Rastullah beleidigte, indem sie ihren Heiratsschwur brach. Sie befindet sich unter jenen Flüchtlingen, die du beherbergst. Liefere sie mir aus, und Abu Feisal wird dich reich entlohnen und …«

»Weder für Gold noch gegen Drohungen wird ein Beni Schebt das Gastrecht verletzen. Wem immer wir Zuflucht gewähren, der steht unter dem Schutz meines ganzen Volkes.«

»Doch Rastullah gebietet, dass keines seiner Kinder verpflichtet ist, einem Fremden länger als drei Tage der Rast zu gewähren. Wirst du sie mir dann überlassen?«

»Solange die Fremden in meinem Lager weilen, werden

sie unter meinem Schutz stehen. So pflegt man in meiner Sippe das Gastrecht, und wir werden mit dieser Tradition nicht brechen, auch wenn dies der Wunsch eines Edlen aus Unau sein sollte. Ich habe zu dieser Angelegenheit nichts mehr zu sagen. Solltet Ihr und Eure Männer verweilen wollen, werden wir auch Euch willkommen heißen.«

»So sei es!« Die Stimme des Magiers klang angespannt, so als habe er Mühe, seinen Zorn zu unterdrücken.

Omar flüsterte leise ein Dankgebet zu Rastullah. Wie verschlungen und unbegreiflich die Wege waren, die er den Sterblichen vorherbestimmte! Einst hatten die Beni Schebt seine Familie zerrissen, und jetzt war es ihr Sultan, der ihm das Leben rettete. Konnte es sein, dass Schakale zu Löwen wurden?

»Rastullah muss uns lieben! Mach nicht so ein mürrisches Gesicht, Omar. Ist es nicht ein Wunder, wie wir vor dem Zorn meines Vaters gerettet wurden?«

Melikae verstand nicht, dass Omar nicht genauso glücklich war wie sie. Schließlich hatte sich alles zu ihrem Besten gefügt. Sie waren Abu Dschenna entkommen, hatten ein eigenes Zelt und standen unter dem Schutz eines Sultans. Was wollte man mehr? Außerdem würde sie am Abend tanzen können. Das gehörte zu dem Handelspakt, den sie mit Mahmud ben Dschelef getroffen hatte. Sie sollte jeden Abend für die Männer des Stammes tanzen. Vor allem ihr erster Auftritt musste überzeugend sein, denn dann würde der Sultan ihr jede Gunst erweisen, dessen war Omar sich sicher, und gegen jede Vernunft wünschte er sich, sie möge versagen.

»Wo hast du nur meine Gangas hingepackt, Neraida?« Aufgeregt wühlte Melikae in ihrem Gepäck. »Ohne die Silberschellen kann ich nicht auftreten.«

»Wenn du sie nicht bei dem Schmuck findest, sind sie bei dem Gepäck, das wir verloren haben.«

»Ich habe sie!« Triumphierend hielt Melikae die Tanzschellen hoch und ließ sie mit hellem Klingen aufeinanderschlagen. »Jetzt hilf mir, ein Kleid auszusuchen! Was soll ich nur heute Abend tragen?«

»Du nennst das, was du bei deinen Tänzen trägst, ein Kleid, Herrin?« Neraida grinste.

»Wie meinst du das?«, brummte Omar ärgerlich.

»Muss ich dir das erklären? Du hast doch Melikae tanzen sehen und solltest wissen, dass das, was sie Kleid nennt, keinen ihrer Reize wirklich verhüllt, auch wenn sie zugegebenermaßen nicht nackt ist und …«

»Hüte deine freche Zunge! Wie sprichst du von deiner Herrin?«

»Glaubst du vielleicht, du bist besser als ich, Omar? Noch vor drei Wochen hättest du nicht einmal in die Nähe Melikaes gedurft. Also tu jetzt nicht so, als seist du schon immer ihr Mann gewesen.«

Omars Gereiztheit entfachte allmählich Melikaes Zorn. Lange würde sie seine Launen nicht mehr hinnehmen. »Hört auf zu streiten! Helft mir lieber, mich zu entscheiden, was ich tragen soll. Was hältst du von dem roten Kleid und dem Silberschmuck, Neraida?«

»Zu Rot solltest du Gold tragen. Silber passt da nicht.«

»Das ist nicht möglich. Gold kann ich nicht tragen, wenn ich vor einem Haufen ungewaschener Kameltreiber tanze, auch wenn ihr Gebieter sich Sultan nennt.«

»Leise, Herrin! Wer weiß, ob nicht jemand draußen vorm Zelt steht und deine Worte hören kann?«

»Unsinn! Wer sollte uns schon belauschen. Und welcher Mann gibt schon etwas auf das Wort einer Frau?« Melikae lachte und warf Omar einen schelmischen Blick zu. »Oder sind es etwa meine Worte, für die du mich liebst?«

»Ich … was … Glaubst du, ich sei wie all die anderen Männer, die nur deinen Leib begehren?«

»Begehrst du meinen Leib etwa nicht?« Melikae stemmte die Hände in die Hüften und funkelte ihn böse an.

»Aber … ich … Natürlich liebe ich auch …«

»Ich weiß, Omar.« Sie musste lachen. Es war so leicht, ihn zu verwirren. Sie wusste, wie er manchmal, wenn er glaubte, dass sie schon schlief, neben ihr saß und sie mit so verliebten Augen anblickte, als hätte er sie gerade zum ersten Mal gesehen. Tagsüber versuchte er seine Gefühle zu verbergen, weil es schlecht zu einem stolzen Beni Novad passte, wenn er wie ein träumendes Kamel dreinschaute. Doch es gelang ihm nie wirklich, seine Liebe zu überspielen.

Aber das gefiel Melikae. Sie wollte keinen Kaufmann, der mit geübter Zunge ihre Vollkommenheit lobte und am nächsten Tag vielleicht mit denselben Worten eine prächtige Kamelstute im Basar anpries. Auch die jungen Männer aus den vornehmen Familien der Städte, die es verstanden, die wunderbaren Liebesverse längst verstorbener Dichter als eigene Hymnen auf ihre Schönheit auszugeben, waren ihr verhasst. Genauso die ruhmreichen Krieger aus den Lagern der Nomaden, die darauf brannten, mit groben Händen nach ihrem Körper zu fassen und die über die erste gemeinsame Nacht vor ihren Freunden am Lagerfeuer prahlen würden, als hätten sie wieder einmal einen übermächtigen Gegner bezwungen.

Melikae liebte gerade die einfache Art Omars. Seine schlichten Worte, die stets ehrlich waren und denen kein falscher Glanz anhaftete. Seine unbeholfene Zärtlichkeit und seine aufrichtige Liebe, die sie in jedem Augenblick spürte, den sie gemeinsam verbrachten, so als seien seine Gefühle für sie wie ein wärmender weicher Mantel, der die Kälte der Nacht vertrieb.

Melikae merkte, wie sie einfach nur dastand und Omar betrachtete. Sie lächelte. Jetzt sah sie wohl kaum wie die stolze Tänzerin aus, die bislang noch jeder Mann angebetet hatte. Doch die Tänzerin war nur ein Teil von ihr. Sie wollte nicht allein für die wenigen Stunden geliebt sein, in denen sie Männerherzen verzauberte.

Oft hatte die alte Sulibeth sie davor gewarnt, dem Glück

zu vertrauen, das eine Sharisad allein durch ihre Kunst zu gewinnen vermochte. ›Wer die Tänzerin liebt, wird der Frau das Herz brechen.‹ Das waren ihre Worte gewesen.

Auch wenn sich Melikae oft gegen die Belehrungen Sulibeths aufgelehnt hatte, so wusste sie doch, dass diese Warnung nicht eines der vielen Gebote war, denen sich eine Tänzerin beugen musste, wenn sie berühmt werden wollte. Sie hatte es Sulibeths traurigen Augen angesehen, dass ihre Lehrerin an ihre eigene Jugend dachte, wenn sie von der Liebe und von Tänzerinnen sprach.

»Nimm doch das blaue Kleid.« Neraidas Stimme riss Melikae aus ihren Gedanken.

»Findest du es nicht zu dunkel? Man wird mich ja im Licht der Lagerfeuer kaum sehen können.«

»Du redest Unsinn, Herrin. Natürlich wird man dich sehen, und dein silberner Schmuck wird die Sterne des Himmels überstrahlen.«

Melikae lachte. »Bevor du noch länger wie ein milchbärtiger Dichter in abgedroschenen Phrasen schwärmst, werde ich den silbernen Schmuck und das blaue Kleid nehmen und …«

»Herrin!« Fendal, der bisher schweigend neben dem Zelteingang gesessen hatte, war plötzlich aufgestanden. »Es schleicht jemand um unser Zelt.«

Melikae erblasste. Konnte das Abu Dschenna sein? Würde er es wagen, gegen das Gebot des Sultans zu verstoßen?

Das durfte nicht sein! Nicht einmal ein Schwarzmagier würde es wagen, das heilige Gastrecht zu brechen. Sie würde sich von ihm jedenfalls keine Angst machen lassen. Das wäre das Einzige, was er ihr antun konnte, solange sie im Lager der Beni Schebt war. Er konnte versuchen, ihr Angst einzuflößen.

»Geh hin und sieh nach, wer es ist, Fendal!«

Der Thorwaler griff nach der Axt an seinem Gürtel und grinste. »Mit Vergnügen.«

»Füg ihm kein Leid zu! Damit würden wir das Gastrecht verletzen.«

Fendal brummte etwas Unverständliches und schlug die Zeltplane am Eingang zurück.

Draußen war es dunkel. Vor mehr als einer Stunde war die Sonne versunken, und es blieb nicht mehr viel Zeit bis zu Melikaes Auftritt. Melikae hatte eine Ausrede erfunden, um nicht am Festmahl teilzunehmen, das der Sultan gegeben hatte, denn Omar weigerte sich, mit Dieben und Mördern das Brot zu brechen.

Draußen waren Stimmen zu hören. Dann erschien ein vertrautes Gesicht im Zelteingang. Es war Raschid ben Karim, der Neffe des Sultans.

»As salamu alaikum, Melikae Sharisad.« Der Krieger neigte das Haupt zum Gruß.

»Wa alaikum as salam, Raschid ben Karim«, erwiderte die Tänzerin die rituelle Grußformel. »Was führt dich in mein Zelt?«

Misstrauisch blickte der Mann in die Runde. »Kann ich vor deinen Dienern frei sprechen, Sharisad?«

»Ich habe keine Geheimnisse vor ihnen.«

Raschid räusperte sich und zögerte, so als falle es ihm schwer zu reden.

»Es geht um meinen Oheim, den Sultan. Kurz vor Sonnenuntergang hat er sich noch einmal mit dem unseligen Abu Dschenna getroffen. Der Magier hat ihm viel Gold für euch geboten, und schließlich hat sich mein Oheim auf einen Handel mit ihm eingelassen. Auf schändliche Weise haben sie eine Lücke in der alten Tradition des Gastrechts aufgetan, sodass der Sultan euch ausliefern kann, ohne gegen das heilige Gastrecht zu verstoßen. Dieses Recht gilt nämlich nur in einem Lager – sei es nun der Zeltplatz einer großen Sippe oder das einsame Nachtlager eines einzelnen Reisenden irgendwo in den Weiten der Wüste. Deshalb wird mein Oheim in zwei Tagen den Befehl geben, unser Lager abzubrechen, um weiterzureiten. Sobald das letzte Feuer gelöscht ist und das letzte Zelt zusammengelegt wurde, es also kein Lager mehr gibt, ist er nicht weiter verpflichtet, den Schutz zu gewähren, den er dir noch am Mittag für dich und die Deinen gewährt hat, Sharisad. Dann wird Abu Dschenna euch ergreifen und meinem Onkel das Geld für seinen feigen Verrat auszahlen.«

»Und woher sollen wir wissen, dass nicht *du* der Verräter bist?«, rief Omar erzürnt. »Wie können wir dir trauen? Offenbar willst du uns doch dazu verführen, in dieser Nacht zu fliehen. Auch so werden wir den Schutz des Gastrechts verlieren und …«

»Du nennst mich keinen Verräter, räudiger Sklavenbastard!« Raschid war aufgesprungen und hatte seinen gekrümmten Dolch gezogen.

»Hört auf, in Rastullahs Namen!« Melikae sprang auf und trat zwischen die beiden Streithähne. »Raschid, vergebt ihm.«

»Ich bin als Freund gekommen, um euch vor dem ehrenrührigen Verrat meines Oheims zu warnen, doch nun frage ich mich, ob er nicht recht daran tut, euch Abu Dschenna auszuliefern.«

»Ich entschuldige mich für die Worte Omars.«

»Eine Beleidigung kann nur der zurücknehmen, der sie ausgesprochen hat.« Raschid schob seinen Dolch zurück in den Gürtel.

»Aber habt Ihr nicht auch mich beleidigt, Raschid, indem Ihr in meinem Zelt als Erster eine Waffe gezogen habt?«

Der Krieger stutzte und nickte schließlich verlegen. »Du hast recht, Sharisad. Ich habe deine Gastfreundschaft verletzt. Es ist auch an mir, um Verzeihung zu bitten.«

Melikae lächelte. Jetzt hatte sie ihn da, wo sie ihn haben wollte. »Ich werde dir verzeihen, wenn du über Omars Fehler hinwegsehen kannst.«

Raschid funkelte sie böse an. Einen Moment lang sah es so aus, als wolle er das Zelt verlassen, doch dann lächelte er überraschenderweise wieder und schüttelte den Kopf.

»Wärst du ein Mann, so würdest du bei deiner edlen Herkunft sicher eines Tages Sultan werden. Lass uns den Streit vergessen. Großmut ist nach der Tapferkeit die wichtigste Tugend des Kriegers.«

Melikae war zufrieden über diese Wendung. Mit Männern, die moralische Grundsätze hatten, war immer leicht zu verhandeln. »Sagt, Raschid, was würdet Ihr uns raten, um den Intrigen Eures Oheims zu entgehen? Oder ist unsere Sache schon verloren?«

»Ich kann mich nicht offen gegen den Sultan stellen, auch wenn er eine Schurkerei plant. Mein Vater hat ihm schon vor langer Zeit die Treue versprochen, und dieses Versprechen erstreckt sich auch auf mich als Sohn. Ich würde euch raten, noch in dieser Nacht zu fliehen. Ich kenne ganz in der Nähe eine verborgene Schlucht. Wenn ihr sie nutzt, könntet ihr einen großen Vorsprung gewinnen, denn jeder, der euch folgt und diesen Weg nicht kennt, muss ein weites Treibsandfeld umreiten. Außerdem deutet alles darauf hin, dass morgen ein Sturm aufziehen wird. Deshalb wird mein Oheim das Lager auch erst in zwei Tagen aufgeben. Wenn ihr es noch vor dem Sturm bis in die offene Wüste schafft, werden eure Spuren ausgelöscht sein, und es wird sehr schwer werden, euch in den Weiten der Khom wiederzufinden.«

»Aber wenn diese Schlucht, von der Ihr gesprochen habt, so gut verborgen liegt, wie sollen wir sie dann finden?« Melikae blickte ratlos drein. Sie wusste genau, dass Männer wie Raschid leicht um den kleinen Finger zu wickeln waren, wenn sie sich als Beschützer aufspielen konnten.

»Ich werde euch helfen. In der Stunde, in der die Nacht am dunkelsten ist, bringe ich euch zur Schlucht.«

»Das würdet Ihr wirklich tun?« Melikae seufzte. »Ihr seid sehr edel, Raschid. Wir werden auf Euch warten.«

»So sei es.« Der Krieger verneigte sich. »Ich muss zum Fest zurück, bevor auffällt, wie lange ich abwesend bin.«

»Ich hoffe, mein Tanz wird Euch erfreuen.«

»So sicher, wie Rastullah den Rechtgläubigen liebt.« Der Krieger schlug die Plane zurück und verschwand in der Finsternis.

Einen Augenblick lang herrschte atemlose Stille. Alle schienen darauf zu lauschen, wie sich seine Schritte entfernten.

Schließlich brach Omar als Erster das Schweigen. »Hat dich ein Dschinn geküsst? Wie kannst du ihm nur vertrauen, Melikae?«

»Omar hat recht«, mischte sich Neraida ein. »Was ist, wenn er der Verräter ist? Dann wird er uns geradewegs vor die Messer von Abu Dschennas Halsabschneidern führen.«

Auch Fendal nickte zustimmend. Melikae schien es fast, als hätten sich alle drei gegen sie verschworen.

»Sehe ich aus wie eine dumme Kamelstute? Vertraut mir! Natürlich habe auch ich daran gedacht, dass Raschid uns betrügen könnte, und ich habe einen Plan. Hört mir jetzt gut zu und befolgt jedes meiner Worte …«

Fast alle Krieger der Sippe hatten sich vor dem Zelt des Sultans versammelt. Wohl an die hundert Öllämpchen hatte Mahmud ben Dschelef in einem doppelten Kreis aufstellen lassen, damit es hell genug war, um die Kunst Melikaes auch wirklich genießen zu können. Obwohl es keinen Wein gegeben hatte, herrschte eine ausgelassene Stimmung. Alle erwarteten gespannt den Tanz der Sharisad. Dass sich eine Tänzerin in das Lager von Nomaden verirrte, war selten, und deshalb hatte der Sultan diesen Abend zu einem Fest gemacht. Omar gefiel das raue Lachen der Männer nicht. Allein bei dem Gedanken, wie ihre lüsternen Blicke auf Melikae ruhen würden, wurde ihm ganz übel. Neben ihm saß Fendal und lächelte versonnen. Auch mit ihm hatte Melikae noch etwas zu tuscheln gehabt, bevor sie das Zelt verlassen hatten.

Omar seufzte leise. Er wünschte sich, sie wären schon

aus diesem verfluchten Lager verschwunden. Noch besser wäre es, wenn sie auch das Stammesgebiet der Beni Schebt hinter sich gelassen hätten. Doch das würde dauern. Auf ihrer Flucht mussten sie fast das ganze Land dieser Räuber durchqueren, denn es reichte bis zu der Oase Sheba, die fast zweihundert Meilen nordöstlich von hier lag. Das einzig Gute an Melikaes Plan war die Tatsache, dass sie den Beni Schebt eine Lektion in Gastfreundlichkeit erteilen würde, über die man noch in Jahren in allen Zelten der Khom lachen würde. Allein der Gedanke daran besserte seine Laune deutlich. Omar musterte die Männer, die vor dem Zelt des Sultans saßen. Einfache Hirten und stolze Krieger, ein paar Handwerker und sogar ein Sterndeuter waren da. Letzterer gehörte sicher zum Gefolge des Sultans, der gewöhnlich in einer der Oasen residierte und hier im Wüstenlager seines Bruders nur zu Besuch war.

Dicht neben Mahmud ben Dschelef saß der Magier. Er schien bemerkt zu haben, dass Omar zu ihm hinüberblickte. Er hob den Kopf und lächelte böse. Er war sich wohl seines Sieges sehr sicher. Omar lächelte zurück. Von diesem Halunken würde er sich nicht einschüchtern lassen. Er war jetzt endlich wieder ein freier Mann. Falls Abu Dschenna glaubte, er könne ihm Angst machen oder ihn auch nur dazu bringen, dass er das Haupt vor ihm beugte, hatte er sich geirrt!

Irgendwo zwischen den Zelten erklang das helle Klirren von Melikaes Gangas. Die Gespräche verstummten. Erwartungsvoll blickten die Männer auf. Langsam, mit grazilen Bewegungen, bahnte sich Melikae ihren Weg durch die wilden Wüstenräuber. Dabei hatte sie hier ein paar neckische Worte für einen der Männer, dort strich sie einem über die Wange und schenkte gleich darauf einem dritten einen feurigen Blick. Omar ballte die Fäuste. Er hasste es, wenn sie so mit anderen Männern umging.

»Nur ruhig, mein Junge. Das ist ihr Spiel«, flüsterte Fendal. »Mach jetzt keinen Unsinn.«

Der Thorwaler hatte leicht reden. Schließlich stand ja auch nicht seine Geliebte halbnackt vor einer Bande lüsterner Wüstenräuber. Melikae trug Pantoffeln aus kostbarem silberfarbenem Brokat. Dazu eine blaue Hose, die wie die weiten Reithosen der Beni Terkui geschnitten war. Doch im Gegensatz zu den groben Kleidern der Wüstenreiter war diese Hose aus so feiner Seide, dass man selbst im gelblichen Licht der Öllampen Melikaes Beine durchschimmern sah. Statt eines Oberteils trug sie eines jener unbeschreiblichen Kleidungsstücke, wie sie sonst unter den Bauchtänzerinnen der billigen Kaschemmen in Mhanadistan verbreitet waren: ein Nichts aus schillerndem silberbesticktem Stoff, das gerade ihre Brüste verbarg. Um Melikaes Hals war eine schwere Kette aus hundert oder mehr kleinen Silbermünzen geschlungen, und um ihre Hüften wand sich ein breiter Gürtel, der mit kleinen Perlen bestickt war.

Für diesen Schmuck bekäme man eine recht ansehnliche Ziegenherde. Ob es klug war, so viel Reichtum zur Schau zu stellen?

Die Männer klatschten begeistert, als die Sharisad in den Kreis der Öllämpchen trat und sich vor dem Sultan und dem Magier verbeugte.

»Ahlan wa sahlan, Melikae Azila!«, grüßte sie der Sultan und deutete ebenfalls eine Verbeugung an.

»Ahlan bikum, Mahmud ben Dschelef, Walid Schebt.«

Omar bebte vor Zorn. Dieser greise Sultan hatte es doch tatsächlich gewagt, Melikae den Beinamen Azila zu geben, was so viel wie ›wilde Rose‹ bedeutete. Und seine Melikae hatte diesen geilen Alten doch tatsächlich Vater der Beni Schebt genannt. Omars einziger Trost war, dass Mahmud schon bald zu spüren bekäme, wie wild seine Rose war.

»Ist dir eigentlich auch aufgefallen, wie wenige von Abu Dschennas Kriegern hier sind?«, flüsterte Fendal. »Diese verlauste Wüstenratte führt sicher irgendetwas im Schilde.«

»Lass mich in Ruhe!«, zischte Omar. Was kümmerten ihn Abu Dschennas Krieger! Vermutlich hatte dieser rothaarige Barbar gar nicht mitbekommen, wie Melikae und der Sultan vor den Augen aller miteinander tändelten.

Melikae hatte zu tanzen begonnen. In langsamen Drehungen bewegte sie sich durch den Kreis aus Licht, machte hier eine auffordernde Geste, verschenkte dort verschwenderisch ihr Lächeln und schien jedem der Krieger, die ihr zusahen, schöne Augen zu machen. Nur Omar beachtete sie nicht, so als ob er gar nicht da wäre.

›Ihr dürft nur auf meine Füße schauen, wenn ich tanze‹, hatte Melikae ihnen allen eingeschärft. Doch Omar durchschaute jetzt den Sinn dieser Worte. Eigentlich waren sie nur für ihn bestimmt gewesen, doch sie hatte zu ihnen allen im Zelt gesprochen, damit er keinen Verdacht schöpfte. Melikae wollte nur erreichen, dass er nicht beobachtete, was sie tat.

Er würde nicht zulassen, dass sie allen anderen etwas schenkte, was sie ihm vorenthielt. Von einem Zauber hatte sie gesprochen. Unsinn! Diese Sorte Zauber kannte er. Jedes hübsche Mädchen beherrschte diese sogenannte Magie.

Irgendwo in der Ferne schien das melancholische Lied einer Kabasflöte zu erklingen. Ein Raunen lief durch die Reihen der Männer.

Melikae wand sich wie eine Schlange zu den Tönen der Flöte. Dann ertönten auch Trommeln und das leise Zirpen der metallenen Saiten einer Zitar. Verwundert blickte sich Omar um. Nirgends waren Musiker zu sehen, und doch wurde der Klang der Instrumente immer lauter, so als stünden die Spielleute unmittelbar neben dem Kreis der Öllämpchen. Einige Männer begannen im Rhythmus der Melodie zu klatschen, und Melikae antwortete ihnen mit ihren Gangas.

Jetzt drehte sie sich so schnell, dass einem allein schon beim Zusehen schwindlig wurde. Wohlige Schauer durchliefen Omar, und eine schwer zu beschreibende Verzückung ergriff ihn.

Dann ertönte ein mächtiger Gong, und mit einem Ruck blieb die Tänzerin stehen. Die wirbelnde Melodie war jetzt ruhiger geworden und wurde von den scharfen Tönen der Zitar beherrscht. Melikae bewegte lediglich ihr Becken. Jedes Mal, wenn die Zitar erklang, hob sie die Hüfte mit einem scharfen Ruck. Omar musste an ihre gemeinsamen Nächte in der Oase denken. Wie konnte sie so etwas vor anderen Männern tun? Er wollte aufstehen und sie aus dem Kreis holen, doch er war wie gelähmt. Er konnte seine Augen nicht mehr von ihr lassen. Jetzt wurde ihr Tanz wieder lebendiger. Sie schien ihn mit jeder Bewegung einzuladen, ihr zu folgen. Plötzlich wusste er wieder, dass sie nur ihn allein liebte. Alle anderen Männer verschwammen zu undeutlichen bunten Schemen, die nichts als nur Kulisse für Melikaes atemberaubenden Tanz waren.

Als die Musik verstummte, schien es minutenlang völlig still zu sein. Dann rief plötzlich jemand: »Melikae Azila!« Als sei ein Bann gebrochen, trampelten die Männer die Öllämpchen in den Sand, stürmten in den Halbkreis und hoben Melikae auf ihre Schultern. Auch Omar war aufgesprungen. Er musste ihr nahe sein. Sie hatte ihm ein wunderbares Versprechen gegeben …

»Ich danke euch, meine Freunde. Ich liebe jeden von euch. Doch einer hier ist mein Feind und plant meinen Untergang.« Melikaes klare Stimme übertönte den Jubel der Krieger.

»Nenn seinen Namen! Wer ist der falsche Hund? Lasst uns diesen falschen Skorpion zertreten!« Die Stammeskrieger waren wie rasend.

»Jawohl, erschlagt den räudigen Hund!«, brüllte Omar.

»Er sitzt an der Seite eures Sultans. Ergreift Abu Dschenna und seine Männer. Er will eure Rose unter seinem Absatz zermalmen!«

Omar beobachtete, wie der Magier aufsprang, den Sultan zur Seite stieß und versuchte, dem Lichtkreis der Feuer zu entkommen.

»Hinterher!«, schrie Omar.

»Was tust du denn?« Leise raunte jemand in sein Ohr und versuchte ihn zu packen. »Hast du denn nicht zugehört, was Melikae uns gesagt hat? Oder hast du etwa vergessen, ihr nur auf die Füße zu blicken?«

»Lass mich los!« Omar drehte sich um. Es war dieser Bastard Fendal, der ihn daran hindern wollte, Abu Dschenna zu ergreifen, wie Melikae es gewünscht hatte.

»Verdammter Narr! Hast du vergessen, was sie uns geraten hat?«

»Ich glaube, ich habe sogar besser als du gehört, was sie gesagt hat«, zischte Omar.

Es war ihm zu dumm, sich mit diesem Barbaren zu streiten. Die anderen waren schon losgelaufen, um den Magier zu verfolgen. Dabei hatte Melikae doch nur ihn angesprochen!

Etwas Hartes traf Omar am Kinn. Ihm wurde schwarz vor Augen.

Die Möglichkeiten der Magie sind durchaus eindrucksvoll, überlegte Fendal. Verwerflich und unmännlich, aber eindrucksvoll. Irgendwie hatte es Abu Dschenna geschafft, seinen Verfolgern zu entkommen, und Melikae wählte unter den aufgebrachten Novadis dreißig Leibwächter. Der Thorwaler schmunzelte. Es kam zu regelrechten Schlägereien unter den Wüstensöhnen, als es darum ging, wem die Ehre zuteil wurde, mit ihnen zu reiten. Seine Herrin konnte die Männer um den kleinen Finger wickeln. Leider würde die Wirkung von Melikaes Zauber nicht lange anhalten. Und Nebenwirkungen, wie sie Omar zu spüren bekommen hatte, konnte man auch nicht völlig ausschließen. Warum musste er der Sharisad auch unbedingt beim Tanz zusehen! Schließlich hatte Melikae ihn noch kurz vor ihrem Auftritt gewarnt. Die Tänzerin hatte offensichtlich geahnt, dass sich der Hitzkopf nicht daran halten würde.

Fendal drehte sich um und blickte zu dem Kamel zurück, das er am Zügel führte. Omar lag quer über dem Sattel und war gut gefesselt, sodass er nicht herunterstürzen konnte. Noch war er ohnmächtig, doch es würde sicher nicht mehr lange dauern, bis er wieder zu sich kam und Ärger machte. Warum konnte sich der dumme Kerl nicht einfach an das halten, was ihm gesagt worden war? Für einen erfolgreichen Verlauf ihrer Flucht war es wichtig, dass er nicht wie die verzauberten Novadis blind jedem Befehl der Sharisad gehorchte. Nun ja, zum Glück hing der Ausgang ihrer Flucht nicht allein davon ab, wie sich Omar verhalten würde. Zumindest im Augenblick nicht.

Fendal zog am Zügel von Omars Kamel, sodass das Tier nun unmittelbar neben seinem eigenen Mehari ging und er den Heißsporn besser im Auge behalten konnte. Melikae hatte Raschid ben Karim zum Anführer ihrer Reiterkolonne bestimmt. Der Neffe des Sultans war wie alle anderen ihrem Liebeszauber verfallen. Gleichgültig, ob er nun ein Verräter war oder ob er es ehrlich mit ihnen gemeint hatte, jetzt gab er sein Bestes, um sie sicher über den Pass zu bringen.

Ungefähr drei Stunden nachdem sie das Lager verlassen hatten, zeichnete sich vor ihnen der drohende Schatten eines riesigen Tafelbergs gegen den Horizont ab.

Wenn Raschid nicht gelogen hatte, war dies der letzte Ausläufer des Manekh-Chanebi, ein Felsmonument mit steil aufragenden Klippen, das dem Gebirge wie ein einsamer Vorposten vorgelagert war. Dahinter begann die offene Wüste. Hunderte Meilen glühenden Sandes, aus dem sich einige wenige Oasen wie Inseln erhoben. Die Novadi nannten die Khom auch das Sandmeer, und Fendal fand, dass dieser Vergleich gar nicht so unpassend war. Wie ein Kapitän auf offener See musste der Führer einer Karawane in dieser gleichförmigen Landschaft, in der sich endlos Düne an Düne reihte, den rechten Weg nach dem Stand der Sonne bestimmen. Sicherer aber war es, zur Nacht bestimmte Sterne als Orientierung zu nehmen. Irrte sich ein Karawanenführer nur ein klein wenig, wenn er seine Route berechnete, würden seine Männer um ein oder zwei Meilen an der rettenden Oase vorbeireiten, wo sie ihre Wasservorräte auffüllen sollten, und stattdessen in den endlosen Weiten der Khom jämmerlich verdursten.

Fendal war unwohl zumute, wenn er daran dachte, dass sie in den nächsten anderthalb Wochen völlig auf Omar vertrauen müssten. Die Art, wie der Novadi in dieser Nacht die Befehle Melikaes missachtet hatte, ließ nichts Gutes ahnen.

Doch ihnen würde nichts anderes übrig bleiben, denn selbst wenn sich herausstellen sollte, dass Omar ein schlechter Führer war, würden sie ihm folgen und sich auf ihn verlassen müssen: Keiner von ihnen kannte sich in der großen Sandwüste aus. Der Ritt quer durch diese Einöde war der einzige Weg, der in die Freiheit führte. Alle anderen Routen würden sie zu unüberwindlichen Gebirgen bringen oder in Städte, zu denen Melikaes Vater enge Handelsbeziehungen unterhielt, sodass sie dort vor Entdeckung und Auslieferung nicht sicher wären.

Erst als die Reiterkolonne das Felsplateau erreichte, entdeckte Fendal, dass es völlig anders beschaffen war als jene Tafelberge, an denen sie am frühen Morgen entlanggeritten waren. Es erstreckte sich zwar über viele Meilen und hatte von fern wie eine gewaltige, viele hundert Schritt hohe Mauer gewirkt. Doch jetzt, aus der Nähe, erkannte Fendal, wie falsch dieser erste Eindruck gewesen war. Sogar im Dunkeln sah man noch, dass das scheinbar so unüberwindliche Felsmonument von zahlreichen Rissen und Schluchten durchzogen war.

Fast schien es, als sei der Berg vor Urzeiten von der Faust eines zornigen Gottes getroffen worden und auseinandergebrochen wie ein Ziegel unter dem Hammer eines Schmiedes.

Raschid führte sie am Fuß des Tafelberges entlang nach Süden. Bald mussten sie absteigen und ihre Kamele am Zügel über hohe Geröllhalden führen, die immer wieder den Weg versperrten. Fendal ging nun dicht an Melikaes Seite. Auch wenn sich fast drei Dutzend andere Krieger um die Sharisad drängten und zumindest jetzt noch bereit gewesen wären, für sie zu sterben, so traute er den liebestollen Novadis nicht.

Als Raschid sich endlich für einen der klaffenden Risse entschieden hatte, die ins Innere des Tafelbergs führten, fand sich Fendal in seinen Vorsichtsmaßnahmen bestätigt. Der Weg durch den Felsen war gerade so breit, dass zwei Kamele nebeneinander passieren konnten. Der Thorwaler hielt sich rechts von Melikae und fluchte. Hätte er nur einen Schild gehabt. Wie leicht wäre es für einen einzigen Mann gewesen, hier ein ganzes Heer aufzuhalten. Er brauchte sich nur hoch oben zwischen den Felsen zu verstecken und im richtigen Augenblick einen Steinschlag auszulösen. Allerdings tröstete ihn der Gedanke, dass Abu Dschenna und seine Männer mit Sicherheit den Befehl erhalten hatten, wenigstens Melikae lebend nach Unau zu bringen. Also würden es die Häscher des Magiers kaum wagen, auf diese Weise gegen sie vorzugehen. Wenn sie sich überhaupt irgendwo zwischen diesen Felsen verborgen hielten, mussten sie schon herunterkommen, um sie gefangen zu nehmen. Stiegen sie aber erst einmal von den Steilhängen herab, dann wären sie diejenigen, die in der Falle säßen. Immer vorausgesetzt, ihre Leibwache hielt sich daran, was Melikae ihnen auf dem Weg hierher Mann für Mann eingetrichtert hatte.

Einen bangen Augenblick lang dachte Fendal daran, was wohl geschähe, wenn die Wirkung von Melikaes Zauber plötzlich nachließe. Vielleicht wären am Ende doch nicht die anderen die betrogenen Betrüger in diesem Posenspiel.

Aber konnte man so viel Pech haben? Fendal war verunsichert. Vielleicht wäre es besser, zu Phex zu beten, dem Gott der Diebe und der List? Wenn überhaupt ein Himmlischer an ihrem Betrug Gefallen fände, dann er. Dieser Ort hätte dem Herrn der Heimlichkeit sicher gefallen. Am Grund der Klamm war es so finster, dass man sich vorwärtstasten musste. Die hoch aufragenden, senkrechten Felswände versperrten die Sicht auf den Himmel. Wahrscheinlich wurde es hier unten selbst bei Tageslicht nie richtig hell.

Als sie das Ende der Klamm erreichten, erstrahlte der Himmel schon im Rot der Morgensonne. Die Felswände wichen zu den Seiten zurück und bildeten ein weites Tal, in dem einzelne von Wind und Wetter geformte Klippen aufragten, die den Thorwaler ein wenig an versteinerte Bäume erinnerten. Nur dass die Felsen höher als selbst die mächtigste Eiche waren, die er in seinem Leben gesehen hatte.

»Alles aufsitzen!« Raschid hatte sein Kamel bereits wieder bestiegen und wirkte unruhig.

Unwillig wandte sich der Thorwaler seinem Reittier zu. Das Mehari hatte eine Schulterhöhe von fast zwei Schritt, sodass es unmöglich war, wie bei einem Pferd in den Sattel zu springen. Was hätte er dafür gegeben, endlich wieder auf den Planken eines Schiffes zu stehen, statt sich mit irgendwelchen widerborstigen Vierbeinern herumzuschlagen.

Fendal spuckte vor dem Tier in den Sand. »Los, in die Knie, du dummes Ding! Lass mich auf deinen Rücken!« Er redete in der Sprache seines Heimatlands auf das Kamel ein, denn er fand, dass es die anderen nichts anging, was er diesem störrischen Biest zu sagen hatte.

Das Mehari rollte mit den Augen und rührte sich nicht.

»Wirst du wohl in die Knie gehen!« Der Thorwaler hatte drohend die Faust erhoben. »Du glaubst doch nicht etwa, dass ich mir von dir solche Frechheiten gefallen lasse.« Ungeduldig zerrte er am Zügel. Wie machten das nur die anderen? Fast alle waren bereits aufgesessen. Vielleicht sollte er es mit der Reitgerte versuchen? Fendal zerrte den dünnen Bambusstock aus seinem Gürtel.

»Siehst du das hier, du bucklige Missgeburt? Wenn du jetzt nicht niederkniest, wirst du zu spüren bekommen, was es heißt, wenn meine Geduld erschöpft ist.«

»So gelingt das nicht …«

»Wer, zum Henker …« Fendal drehte sich um. Er konnte jetzt keine dummen Belehrungen gebrauchen. Doch mitten im Satz hielt er inne. Hinter ihm stand Neraida.

»Oh … das war nicht so gemeint.«

Die Zofe lächelte. »Ich weiß.« Dann trat sie zu dem Kamel und nahm dem Thorwaler die Zügel aus der Hand.

»Pass auf, es ist im Grunde ganz einfach. Du musst dem Mehari fest in die Augen blicken, damit es weiß, dass du sein Herr bist.«

»Ja, ja.« Insgeheim hoffte er, dass es auch Neraida nicht besser erginge als ihm.

»Jetzt hör mal gut zu.« Die Zofe schnalzte mit der Zunge und zog gleichzeitig an den Zügeln. Das Kamel gab einen fast knurrenden Laut von sich, knickte die Vorderbeine ein und ließ sich in den Sand sinken. »Siehst du, so einfach ist das! Jetzt steig in den Sattel.«

Fendal wäre am liebsten im Boden versunken. Er spürte ganz genau, wie jetzt alle zu ihm herüberblickten. Hochnäsiges Novadipack! Es war ja wohl kein Kunststück, wenn sie sich mit diesen Missgeburten besser auskannten als er. Er hätte gern gesehen, wie die sich anstellten, wenn es galt, eine Otta gegen den Sog der Ebbe in eine enge Bucht zu rudern. Wahrscheinlich könnten sie nicht einmal einen gleichmäßigen Rudertakt halten.

»Fendal, ich möchte dich ja nicht belehren, aber wenn

du willst, dass das Mehari aufsteht, musst du ihm mit der Gerte einen leichten Schlag verpassen und *Yat, Yat* rufen.« Neraida stand noch immer neben ihm. Sie hatte ihre Worte geflüstert, sodass die anderen Reiter nicht hören konnten, was sie ihm sagte.

»Schon gut.« Fendal holte mit der Gerte aus und verpasste dem Kamel einen Schlag, an den es sicher noch eine Weile denken würde. Dann brüllte er sein Kommando. Schwankend erhob sich das Mehari, sodass er sich mit beiden Händen am hohen Sattelhorn festhalten musste, um nicht zu stürzen.

»Worauf wartet ihr? Können wir jetzt los?« Er konnte diese Art, wie die Beni Schebt ihm zusahen, nicht leiden. Wenn nur einer von denen es wagen sollte zu lachen ... Die Wüstenkrieger hatten sich in einem weiten Kreis um die Sharisad geschart und ritten langsam durch das Tal. Was wohl aus Abu Dschenna geworden ist?, überlegte Fendal. Vielleicht hatten die Beni Schebt ihn ja doch noch erwischt. Er hatte es zwar geschafft, aus dem Lager zu entkommen, doch mehr als zwanzig Reiter waren ihm gefolgt. Ohne seine Leibwächter konnte der Magier gegen eine solche Übermacht unmöglich bestehen. Wahrscheinlich war seine Seele schon längst zu den Niederhöllen gefahren. Jetzt kam es nur noch darauf an, dass Melikaes Zauber lange genug hielt, damit sie diesen Engpass sicher durchqueren konnten.

Misstrauisch musterte der Thorwaler die eigenartig verformten Felsnadeln des Tals. Der Platz war ideal für einen Hinterhalt. Er war sicher, dass hier irgendwo Abu Dschennas Halsabschneider lauerten.

Raschid zügelte sein Kamel und hob die Rechte. Fast augenblicklich verharrte die Reiterkolonne. Fendal spürte förmlich die Spannung, die in der Luft lag. Die Nackenhaare sträubten sich ihm. Jetzt würde sich zeigen, welch ein Mann der Neffe des Sultans war.

»Ergebt euch! Eure Flucht endet hier.«

Die Hand des Thorwalers glitt zur Axt an seinem Gürtel.

»Lass das!«, zischte ihm Neraida zu. »Wir müssen es darauf ankommen lassen. Verdirb nicht im letzten Moment alles.«

»Leg die Hände auf den Kopf, Ungläubiger, damit ich sie gut sehen kann.« Raschid grinste ihn herausfordernd an, so als warte er nur auf eine Gelegenheit zum offenen Kampf.

Widerstrebend fügte sich Fendal. Verrat und Intrigen, das war nicht seine Welt. Unendlich langsam hob er die Hände.

»Entwaffne ihn!« Raschid gab einem seiner Männer einen Wink und drehte sich im Sattel um. »Krieger des Abu Dschenna, hört ihr mich? Wir bringen euch die Flüchtlinge. Kommt heraus!«

Fendal juckte es in den Fingern, den ungewaschenen Heiden einfach aus dem Sattel zu schlagen, als er nach seinen Waffen griff. Immer wieder redete er sich ein, dass schon alles gut gehen werde. Kalter Schweiß rann ihm den Rücken hinab. Was wäre, wenn Abu Dschenna es geschafft hätte, sich zu seinen Männern durchzuschlagen? Schließlich war er ein Magier, und kein Mensch konnte wissen, welche Möglichkeiten dieser Bastard hatte.

»Wir grüßen dich, Raschid, und nehmen im Namen unseres Herrn die Gefangenen entgegen«, erklang es von einer der Felsnadeln. Um sie herum erhoben sich Gestalten hinter den Felsen. Die Jäger, die Melikaes Vater auf ihre Spur gesetzt hatte.

»Befreit mich endlich von diesem Geschmeiß.« Raschids Stimme klang unruhig. Er konnte sich nur schlecht verstellen. »Gebt mir das Gold! Ich muss zurück zu den Zelten meines Vaters.«

Fendal hatte gleich gewusst, dass dieser Kerl ein Verräter war. Für hundert Piaster hatte Raschid sie an Abu Dschenna verkauft. Seine Geschichte vom Verrat des Sultans war nichts als ein Vorwand gewesen, um sie aus der Sicherheit des Lagers in diese Schlucht zu locken. Doch dafür würde er büßen. Der Thorwaler schmunzelte. Der Plan der Sharisad war von einer Tücke, die er der Tänzerin bislang nicht zugetraut hatte. Raschid und seine Männer würden ihren Preis für den Verrat zahlen müssen.

Die Jäger hatten inzwischen ihre Deckung verlassen, um die Gefangenen von den Beni Schebt zu übernehmen.

»Jetzt!« Klar und schneidend erklang die Stimme der Sharisad. »Erfüllt das Gelübde, das ihr mir gegeben habt. Yalla!«

Mit wildem Geschrei zogen die Novadis ihre Säbel und ritten den Jägern entgegen. Melikae hatte den Beni Schebt, die an Raschids Verrat beteiligt waren, nach ihrem Tanz das Versprechen abgenommen, die Männer Abu Dschennas anzugreifen, wenn es zur Übergabe käme.

»Warte, du Hundesohn!« Fendal schaffte es gerade noch, den Krieger, der ihm die Waffen abgenommen hatte, an einem Zipfel seines weiten Kaftans zu packen. »Lass mich los, Ungläubiger!«, keifte der Mann. »Ich habe eine heilige Pflicht zu erfüllen.«

»Nimm das und denk an mich.« Fendal versetzte dem Novadi einen Fausthieb, der ihn aus dem Sattel warf. Dann sprang der Thorwaler von seinem Kamel und nahm dem Bewusstlosen die Waffen ab. »Niemand entwaffnet ungestraft Fendal Ognisson. Schon gar nicht so eine kraftlose Memme wie du.« Verächtlich spuckte er vor dem Mann aus und drehte sich zu seinem Kamel um. »Glotz nicht wie ein toter Hering! Blick mir in die Augen und geh gefälligst in die Knie!« Das Mehari rührte sich nicht von der Stelle. Omar, der mittlerweile wieder zu sich gekommen war und den Melikae von seinen Fesseln befreit hatte, stand ihm unmittelbar gegenüber. Der junge Novadi sah noch ziemlich mitgenommen aus. Offensichtlich war der Kinnhaken ein wenig zu heftig ausgefallen. Dafür genoss es Omar nun, wie das bucklige Ungeheuer Fendal wieder einmal lächerlich machte.

Nur ruhig bleiben! dachte Fendal. Du musst mit der

Zunge schnalzen. Doch so sehr er sich bemühte, er brachte den merkwürdigen Laut, der allen anderen offenbar so leicht über die Lippen kam, einfach nicht zustande. Hinter ihm erklang ein lautes Schnalzen, und das Kamel ließ sich umständlich nieder.

»Irgendwann musst du das allein schaffen. Ich kann mich nicht immer um deine Schwierigkeiten kümmern.« Neraida! Manchmal war er ihres spöttischen Tonfalls mehr als überdrüssig.

»Reitunterricht kannst du ihm später geben. Jetzt müssen wir sehen, dass wir von hier wegkommen.« Melikaes Stimme klang schrill. Man sah der Tänzerin an, wie sehr sie die Strapazen der letzten anderthalb Tage geschwächt hatten. Sie hatte dunkle Ringe unter den Augen, und ihre Bewegungen wirkten fahrig. »Los jetzt, wir werden nicht abwarten, wie dieser Kampf ausgeht.«

Fendal verpasste seiner Stute einen Schlag mit der Gerte, und das Tier setzte sich in Bewegung. Ein Teil der Jäger hatte es geschafft, sich auf eine der Felsnadeln zurückzuziehen. Die meisten jedoch waren dem überraschenden Angriff der Beni Schebt zum Opfer gefallen.

Noch nie habe ich mich aus einem Kampf zurückgezogen, dachte Fendal verärgert. Was sollte es schon schaden, wenn er sich an dem Gefecht beteiligte? Doch die Sharisad hatte es ihm strikt untersagt. Sie wollte die Zeit nutzen, um das andere Ende der Schlucht zu erreichen. Dort müssten sie noch ein kurzes Stück durch eine zweite Klamm reiten, und dann hätten sie es geschafft. Raschid hatte ihnen den Weg beschrieben. Der Thorwaler schüttelte ärgerlich den Kopf. Es war gegen die Ehre des Kriegers, aus einem Kampf zu fliehen. Sollte er seine Ehre verschenken, nur weil es der Sharisad lästig war, die verliebten Novadis noch länger um sich herum zu haben? Natürlich hatte sie das nicht so deutlich ausgedrückt. Glaubte man den Worten der Sharisad, dann bestand vor allem die Gefahr, dass ihr Zauber allmählich die Wirkung verlöre und sie dann womöglich einer vereinten Streitmacht aus Jägern und aufgebrachten Novadis gegenüberständen.

Aber das war Unsinn. Selbst wenn der Zauber nicht mehr wirkte, würden die Männer nicht aufhören, sich zu bekämpfen. Sie waren schließlich Krieger. Die Jäger würden den Beni Schebt ihren Verrat nicht vergeben, und die Novadis würden glauben, die Jäger hätten sie in den Hinterhalt gelockt, um ihnen das Gold nicht auszahlen zu müssen. Statt den Irrtum aufzuklären, würden sie die Waffen sprechen lassen.

Inzwischen war die westliche Klamm in Sicht gekommen. Von Weitem sah sie wie ein schmaler Riss in der gewaltigen Felswand aus. Hier war die Steilwand nicht so stark zerklüftet wie im Osten, und es bestand keine Gefahr, den Weg zu verfehlen. Fendal war immer noch unentschlossen, ob er sich nicht doch am Kampf beteiligen sollte. Er könnte den anderen ja später folgen. Er zügelte sein Kamel und blickte zurück.

Raschid hatte sich mit seinen Männern ein Stück von der Felsnadel zurückgezogen, auf der sich die letzten Überlebenden der Jäger verschanzt hatten. Es hatte den Anschein, als überlegten die Beni Schebt, wie sie mit möglichst wenig Verlusten den Gegner überrennen konnten. Die Mehari waren für das weitere Gefecht nicht mehr zu verwenden, denn es ging nun darum, in die Felsen zu klettern und im Kampf Mann gegen Mann die letzten Verteidiger zu überwinden. Vielleicht bestand auch die Möglichkeit, von mehreren Seiten gleichzeitig anzugreifen. Wahrscheinlich müsste man diesen Novadibanditen erst einmal eine Lektion in Strategie erteilen.

Fendal wollte gerade sein Kamel wenden, um sich doch noch in den Kampf zu stürzen, als er aus den Augenwinkeln ein verdächtiges Blinken in den Felsen nahe der Klamm sah. Licht, das sich auf einer Rüstung oder einer blanken Waffe gebrochen hatte.

»Bei Swafnir!« Abu Dschenna hatte vorgesorgt. Es waren Wachen bei der Klamm postiert, für den Fall, dass es der Sharisad gelang, der ersten Falle zu entgehen. Die Frage war nur, wie viel Mann dort standen. Fluchend peitschte der Thorwaler mit seiner Gerte auf die Flanken des Kamels ein, um wieder zu seinen Gefährten aufzuschließen, die weitergeritten waren.

»Haltet an! Nicht weiterreiten!« Omar, der die kleine Gruppe anführte, war höchstens noch zweihundert Schritt von der Klamm entfernt. Nicht mehr weit, und er wäre auf Bogenschussreichweite an das Versteck der Jäger herangekommen.

»Was ist los?« Neraida reagierte als Erste. Verärgert zügelte sie ihr Mehari. »Hast du noch immer nicht begriffen, dass wir uns beeilen müssen, damit wir vor dem Sturm ein sicheres Versteck jenseits der Felsen finden?« Auch die anderen hatten jetzt ihre Reittiere gezügelt.

»Bei Swafnir, wartet! Lasst mich als Ersten in die Klamm reiten. Das ist eine Falle. Ich will versuchen, die Jäger abzulenken. Sie warten mit Sicherheit, bis wir alle in die Klamm hineingeritten sind, um uns anzugreifen. Wenn es mir gelingt, sie zu beschäftigen, könnt ihr ungehindert passieren.«

»Ich komme mit.«

»Nein, Omar!« Der Thorwaler schüttelte entschieden den Kopf. »Wenn ich nicht allein in die Klamm reite, könnten sie Verdacht schöpfen. Bleib bei den Frauen! Sie werden deine Hilfe brauchen, falls noch weitere Krieger im Pass selbst warten.«

»Hast du dir gut überlegt, was du da tust? Was fängst du an, wenn du allein gegen fünf oder sechs Feinde stehst?«

Fendal lächelte breit. Er musste es schaffen, Neraidas Zweifel zu zerreden, oder sie ließe ihn nicht gehen.

»Mir wird schon nichts passieren. Wir haben doch alle gesehen, dass uns die Mehrzahl der Jäger zwischen den Felsnadeln erwartet hat. Es sind höchstens noch zwei oder drei Krieger übrig. Mit denen werde ich schon fertig. Wenn ihr mich rufen hört, dann reitet ihr, was das Zeug hält, und schaut, dass ihr so schnell wie möglich durch die Klamm kommt. Ich werde euch folgen.«

»Und wie willst du uns wiederfinden? Wenn wir in die Wüste reiten, wird der Sandsturm unsere Spuren löschen.«

»Folgt dem Rand des Felsplateaus nach Norden. Zwischen den Klippen findet ihr leichter ein Versteck vor dem Sturm. Wartet dort, bis der Sturm vorüber ist. So können wir uns nicht verfehlen.«

»Der Vorschlag klingt vernünftig.« Neraida musterte ihn kritisch. »Aber bist du sicher, dass du mit den Jägern allein fertig wirst?«

»Natürlich. Ihr werdet sehen, noch vor Mittag habe ich euch wieder eingeholt«, log Fendal. »Jetzt müssen wir uns trennen, sonst schöpfen Abu Dschennas Männer noch Verdacht. Ich denke, dass sie uns von ihrem Versteck aus beobachten.« Fendal wendete sein Mehari.

»Warte!« Neraida streifte sich ein dünnes Lederband über den Hals. Einen Augenblick lang verrutschte dabei ihr Schleier und Fendal sah die Schmucknarben der Sklavin. Verschlungene Linien in einem dunklen Rot, die sich zu eigenartigen Mustern fügten. Sofort zupfte Neraida den Schleier wieder zurecht. Er würde am Abend mit ihr darüber reden. Falls sie sich nur seinetwegen verschleierte, sollte sie es bleiben lassen. Früher hatte sie ihre Narben im Gesicht schließlich auch nicht versteckt. Sie gehörten zu ihr, wie zu ihm die roten Haare gehörten. Fendal wollte ihr versichern, dass diese Male, die ihr Vater ihr beigebracht hatte, für ihn kein Makel waren.

»Nimm dies, es wird dir Glück bringen. Solange ich denken kann, habe ich diesen Talisman immer über dem Herzen getragen. Jetzt soll er dich beschützen.«

An der Lederschnur hing ein dünnes Bronzeplättchen, das eine Hand mit einem Auge in der Mitte zeigte. Es war das erste Mal, dass ihm Neraida in Gegenwart der beiden anderen offen ihre Zuneigung zeigte.

»Danke.« Fendal wusste nicht, was er sagen sollte. Er nahm den Talisman und rieb das dünne Metallplättchen zwischen den Fingern. Es war noch warm von Neraidas Haut. »Weder Magie noch alle Dämonen der Niederhöllen werden mich davon abhalten, dich heute Abend in meine Arme zu schließen. Mach dir keine Sorgen um mich! Ich spüre, dass dein Talisman uns wieder zusammenbringen wird.«

Fendal drehte sich im Sattel. Er wollte nicht, dass die anderen sahen, wie er sich eine Träne von der Wange wischte. Ein Staubkorn musste ihm ins Auge geraten sein. Aber das würde ihm wohl keiner glauben. Dann biss er die Zähne zusammen und blickte zur Klamm. Irgendwo links von dem Felsspalt hatte er das verräterische Glitzern gesehen. Dort versteckten sich die Jäger.

Nachdem Fendal ein Stück in die Klamm hineingeritten war, kehrte er zum Eingang der Schlucht zurück. Die Jäger sollten glauben, er sei hier, um den Weg auszukundschaften. Noch schienen sie keinen Verdacht geschöpft zu haben.

Wieder vor der Klamm angekommen, sprang der Thorwaler aus dem hohen Sattel. Das wirkte zwar nicht sonderlich elegant, war aber mit Sicherheit einfacher, als dieses blöde Tier dazu zu bringen, sich niederzuknien. Links neben der Klamm lagen große Felsen, die vom verwitterten Rand der Steilklippe herabgestürzt waren. Fendal streichelte seinem Kamel über den Hals. Er bemühte sich, so unauffällig wie möglich zu wirken. Das Tier war unruhig, so als spüre es die Nähe der Jäger. Wie sollte er sich dem Versteck nur weiter nähern, ohne dass die Jäger Verdacht schöpften? Wahrscheinlich waren sie mit Bogen ausgerüstet, und er wollte es nicht darauf ankommen lassen, von einer Pfeilsalve empfangen zu werden.

Ein leises Geräusch ließ ihn herumfahren. Das Kamel hatte sich erleichtert, und einige schwärzliche Klumpen lagen im Sand. Das war es!

Fendal trat von einem Bein auf das andere. Dann begann er, unruhig an der Lederverschnürung seiner engen Hose zu spielen. Unsicher blickte er zu seinen Gefährten zurück, die noch immer auf ein Zeichen warteten, und dann wieder zu den Felsen. Hoffentlich nahmen die Jäger ihm sein Schauspiel ab! Vor Anspannung kaute er auf der Unterlippe. Wie weit würden seine Feinde ihn wohl kommen lassen? Ob sie ihm wohl glaubten, dass er einen Platz zum Wasserlassen suchte?

Er ging auf die Felsen zu. Konnte er es wagen, sie zu umrunden? Es musste doch im Sinne der Jäger sein, dass es noch zu keinem Zwischenfall kam. Würden sie ihn jetzt angreifen, wären die anderen gewarnt. Er war ihnen gegenüber also im Vorteil.

Der Thorwaler umrundete die Felsen – und stand vor drei Jägern! Zwei von ihnen bedrohten ihn mit gespannten Bogen. Der dritte legte den Finger auf die Lippen und grinste ihn frech an. Dann deutete er auf die Axt an seinem Gürtel und machte eine Geste, dass Fendal sie auf den Boden werfen solle.

Fendal hätte laut fluchen mögen. Wie konnte er sich nur so dämlich verhalten? Er hätte damit rechnen müssen, dass sie auf ihn warteten. An ihrer Stelle hätte er sich schließlich auch nicht anders verhalten. Als Nächstes würden sie ihn sicher dazu zwingen, seine Gefährten zu rufen. Aber da kannten sie ihn schlecht. Lieber ließe er sich in Stücke schneiden, als seine Herrin zu verraten.

Langsam ließ er die Hand zum Gürtel gleiten. Angespannt verfolgten die Jäger seine Bewegung, bereit, ihn jederzeit niederzuschießen. Ihr Anführer hatte die Rechte auf den Knauf seines breiten Khunchomers gelegt.

Fendal schluckte. Wenn nur die beiden verdammten Bogenschützen nicht gewesen wären. Er hatte Bogen schon immer gehasst. Ein Krieger, der eine solche Waffe benutzte, war nicht besser als ein Zauberer. Er war ein Feigling, der es nicht wagte, Mann gegen Mann zu kämpfen.

»Für Swafnir!« Fendal warf sich zu Boden, riss noch im Fallen seine Axt aus dem Gürtel und schleuderte sie nach dem linken Bogenschützen. Im selben Augenblick zischte ein Pfeil nur wenige Finger breit an seiner Wange vorbei.

»Jetzt wirst du sterben, Ungläubiger.« Der Anführer der Jäger zog seinen Khunchomer und stürmte auf ihn zu. Fendal rollte sich zur Seite, und der erste Hieb des Kriegers verfehlte ihn. Gleichzeitig riss der Thorwaler seinen Dolch aus der Scheide. Doch noch bevor er dazu kam, auf die Beine zu springen, war der Schwertkämpfer wieder über ihm.

Fendal stieß den Dolch hoch, um einen Hieb abzufangen, der auf seinen Kopf zielte. Die Wucht des Angriffs prellte ihm die Waffe aus der Hand, doch mit seiner Parade hatte er den Schlag des Kriegers weit genug abgelenkt, sodass auch diesmal die tödliche Klinge neben ihm in den Sand fuhr.

»Winde dich nur wie eine Schlange. Es wird dir nicht viel nützen«, zischte der Novadi. Breitbeinig stand der Krieger jetzt über ihm, die Klinge zum tödlichen Schlag erhoben.

Statt zu antworten, trat Fendal dem Mann in den Unterleib. Der Schwertkämpfer taumelte stöhnend zurück. Endlich hatte der Thorwaler Gelegenheit, auf die Beine zu springen und sein eigenes Schwert zu ziehen. Es ist nie gut, wenn man beim Kämpfen zu viel redet, dachte Fendal.

Sein Gegner hatte sich mittlerweile wieder gefangen und hob die Waffe, bereit, jeden seiner Angriffe zu parieren.

In dem Augenblick, da er vorwärtsstürmen wollte, um den Schwertkämpfer anzugreifen, traf ihn ein Schlag an der linken Schulter. Ein Pfeil! Mit einem Wutschrei fuhr er herum und sah, dass der zweite Bogenschütze auf einen

Felsen gestiegen war. Schon zog der Jäger einen neuen Pfeil aus seinem Köcher. Er saß in der Falle! Fendal fluchte leise. Würde er versuchen, auf den Felsen zu klettern, fiele ihm der Schwertkämpfer in den Rücken. Griff er aber den Schwertkämpfer an, war er dem Bogenschützen ausgeliefert.

»Gib auf, du tollwütiger Hund!«, zischte der Krieger mit dem Khunchomer. Er klang ganz so, als habe er den Tritt noch nicht verwunden.

»Es sieht wirklich so aus, als hätte ich meinen Meister gefunden.« Ich muss Zeit gewinnen, überlegte Fendal. Vielleicht gab es doch noch eine Möglichkeit zum Sieg. »Was werdet ihr mit mir machen, wenn ich mich ergebe?«

»Das entscheidet Abu Dschenna. Lass deine Waffe fallen!«

Fendal fühlte sich benommen. Die Wunde an der Schulter blutete stark. »Mach mir ein besseres Angebot!«

»Was? Ich glaube, du verkennst die Lage, Ungläubiger. Du kannst es dir nicht leisten, Bedingungen zu stellen.«

»Und wenn ich euch Gold dafür biete, dass ihr mich laufen lasst?«

»Abu Dschenna zöge uns bei lebendigem Leib die Haut ab, wenn wir dich und deine Gefährten entkommen ließen.«

»Bist du sicher? Was hält euch davon ab, einfach in der Wüste zu verschwinden? Ich biete meine Ersparnisse aus zwei Jahren.« Die Hand des Thorwalers glitt zum Lederbeutel am Gürtel. »Ich zeige euch, von wie viel Gold ich rede.« Noch immer versuchte er fieberhaft, einen Fluchtweg zu finden. Lange würden sich die beiden von seinem Gerede nicht mehr hinhalten lassen. Unsicher nestelte er mit der linken Hand am Riemen seines Geldbeutels. Jede Bewegung bezahlte er mit stechenden Schmerzen in der Schulter. Endlich war es geschafft. Zitternd griff er in den Beutel und holte einige Goldstücke heraus. »Hier, seht euch das an. Das sind keine Piaster, wie sie Dhelrumun heute schlagen lässt, sondern gute Goldstücke aus der Zeit des Kalifen Chamallah al-Ghatar.« Fendal warf dem Krieger einige Münzen vor die Füße, doch der Mann blieb ungerührt.

»Wir könnten dir einen schnellen Tod schenken. Mehr bekommst du für dein Gold nicht von uns.«

»Gut. Komm her und stich mich nieder.«

Der Schwertkämpfer lachte laut auf. »Du hältst uns wohl für sehr dumm, Heide. Glaubst du, ich gebe dir Gelegenheit, mich anzugreifen? Vielleicht erhoffst du dir, mich als Schutzschild gegen Hassans Pfeile benutzen zu können. Vergiss es! Die Gnade, die wir dir gewähren, besteht darin, dich gleich zu erschießen. Hast du noch einen letzten Wunsch?«

»Ja, ich möchte dem Mann in die Augen sehen, der mich tötet, und ihm selber das Kommando geben.«

Der Schwertkämpfer kratzte sich am Kinn und dachte nach. »Gut. Ich kann keine Heimtücke in deinen Worten finden. Wir werden dir diesen Wunsch erfüllen.«

Fendal drehte sich um und blickte zu dem Bogenschützen hinauf. Hassan hatte auf ihn angelegt und wartete auf den Befehl. Der Thorwaler hob sein Schwert an die Lippen und küsste die Waffe. »Swafnir, schenke mir die Gnade, dass meine Knochen auf dem Grund des Ozeans ruhen werden, und schütze mich«, murmelte er leise in seiner Heimatsprache. Dann rief er laut: »Schieß!« Im selben Augenblick warf er sich zur Seite und rollte sich zu dem toten Krieger, den er mit der Axt niedergestreckt hatte. Zischend schlug der Pfeil in den Sand.

Fendal packte die Wurfaxt und riss den Toten hoch, um ihn als Schild gegen den Bogenschützen zu nutzen. Ein glühender Schmerz pulste in seiner Schulter. Er musste weg von hier! Lange könnte er gegen die zwei nicht mehr bestehen.

Die Klamm war seine Rettung. In der engen Schlucht hätte er wenigstens den Rücken frei. Wenn er einzeln gegen sie kämpfen konnte, mochte es ihm vielleicht sogar gelingen, seine Gegner doch noch zu besiegen. Stöhnend schob er das Schwert in den Gürtel und wechselte die Axt in die Rechte. Langsam zog er sich zwischen die Felsen zurück. Hoffentlich waren Melikae und die anderen schon in der Schlucht.

»Du hast uns einmal zum Narren gemacht, Bastard, jetzt brauchst du nicht mehr auf unsere Gnade zu rechnen.«

»Warum sollte ich auf etwas hoffen, das ich nicht mehr brauche, du Schakalgesicht? Du hast mir gezeigt, dass du das Hirn einer Made besitzt. Warum sollte ich dich noch fürchten?« Fendal hoffte darauf, den Krieger zu einem Angriff verlocken zu können. Er musste diesen Kampf schnell zu Ende bringen. Mit jedem Atemzug fühlte er sich schwächer werden. Wenn er sich nicht bald um seine Pfeilwunde kümmerte, würde er ohnmächtig werden.

»Hast du gehört, du Bastard einer räudigen Sklavenhure und eines läufigen Hundes? Ich verachte dich.«

»Stirb!« Das Gesicht des Kriegers war zu einer bleichen Grimasse erstarrt. Er hob seinen Khunchomer und stürmte auf den Thorwaler zu. Genau das hatte Fendal erhofft. Jetzt stand der Novadi zwischen ihm und dem Bogenschützen und blockierte seinem Kameraden die Schusslinie.

»Nimm das!« Mit letzter Kraft stieß er dem Angreifer den Körper des Toten entgegen. Mitten im Hieb riss der Jäger die Arme hoch, um den Leichnam aufzufangen.

Diesen Augenblick, da der Novadi ohne Deckung war, nutzte Fendal, um ihm einen Axthieb zu versetzen. Mehr als einen Schlag brauchte er nicht. Gurgelnd ging der Krieger in die Knie und griff sich nach der aufgeschlitzten Kehle.

Ein Pfeil zischte dicht an Fendals Gesicht vorbei und schlug gegen einen Felsblock. Eilig suchte der Thorwaler Deckung. Nur wenige Schritte trennten ihn noch vom Eingang zur Klamm. Wenn er dicht an der Steilwand blieb und geduckt rannte, würde ihn der Jäger vielleicht nicht treffen können. Er hatte keine Wahl, er musste weg von hier. In die Klamm würde der Bogenschütze ihm nicht folgen. In der engen gewundenen Schlucht hätte seine Waffe keinen Wert. Dort müsste er mit dem Schwert kämpfen, und Fendal hoffte, dass dem Krieger nach dem Tod seiner beiden Kameraden dazu der Mut fehlte.

Ihm wurde schwindelig, und er musste sich gegen einen Felsen lehnen. Kleine Lichtpunkte tanzten ihm vor den Augen. Er durfte jetzt nicht ohnmächtig werden! Er musste in die verdammte Schlucht! Fendal biss die Zähne zusammen.

Taumelnd rannte er los. Es waren nur noch so wenige Schritte! Ein Schlag traf ihn am Bein, und der Thorwaler stürzte. Ein Pfeil hatte seinen Schenkel durchbohrt.

Er musste weiter, doch er hatte nicht mehr die Kraft aufzustehen. Die Beine versagten ihm den Dienst.

Ein neuer Pfeil schlug dicht neben ihm ein. Er hatte doch geträumt, dass ihn in einer engen Schlucht das Schicksal ereilen werde. Hatte das Orakel ihn betrogen? War schon jetzt die Stunde seines Todes gekommen? Der Thorwaler bot seine letzten Kräfte auf und kroch auf die Schlucht zu. Spann für Spann arbeitete er sich durch den feinen Sand. Der Bogenschütze hatte aufgehört zu schießen. Vielleicht war er endgültig außer Reichweite. Doch was machte das schon aus? Der Novadi brauchte ja nur von seinem Felsen zu herabzusteigen, um ihm den Rest zu geben.

Nur noch ein Schritt, dann wäre er in der Klamm! Er musste es schaffen. Fendal quälte sich, um auf die Knie zu kommen. Es musste doch möglich sein, noch einen einzigen Schritt zu tun. Nur einen Schritt!

Er stützte sich auf den Knauf seiner Axt und stemmte sich hoch. Ein sengender Schmerz durchpulste sein Bein. Ihm wurde schwarz vor Augen. Wütend biss sich Fendal auf die Lippen. Er musste an etwas anderes denken als an die Schmerzen.

Neraida! Sie würde über ihn lachen, wenn sie seine Schwäche sähe. Taumelnd tat er einen Schritt, dann noch einen und noch einen. Er hatte es geschafft! Erschöpft lehnte er sich gegen die Steilwand. Er war in Deckung. Jetzt konnte er auch wieder sehen. Es herrschte düsteres Zwielicht. Etwas Großes, Weißes bewegte sich vor ihm. Sein Mehari. Das Kamel hatte auf ihn gewartet.

»Hallo, hässliches Buckeltier …« Er lächelte müde. »Ich hätte … nicht gedacht … dass du das Letzte bist … was ich in meinem Leben sehe.« Fendal spürte seine Beine nicht mehr. Seine Hand glitt langsam von der Felswand. »Jetzt gehe … ich vor *dir* in die Knie.« Er lachte erstickt.

Das Kamel beugte den Kopf zu ihm und stieß ihm mit seiner weichen Schnauze gegen die Brust.

»Was willst du?« Die Klamm verschwamm ihm vor den Augen. »Gibt es … zwischen uns noch eine offene Rechnung?«

Wieder stieß ihn das Kamel sanft mit der Schnauze.

»Du hast … recht.«

Fendals Zunge fuhr über die trockenen Lippen. Dann presste er sie gegen den Gaumen und ließ sie schnalzend nach vorn schnellen. Langsam und schwankend kniete das Mehari neben ihm nieder.

Der Thorwaler nickte erschöpft. »Willst mich … von hier wegbringen …«

Er streckte die Hand nach dem Sattelhorn aus. Wenn er es schaffte, auf den Kamelrücken zu gelangen, würde das Mehari ihn aus der Schlucht bringen. Seine Feinde würden dann nicht den Triumph erleben, seine Leiche zu finden. Das Kamel würde ihn irgendwohin in die Wüste tragen. Vielleicht zu einer kleinen Oase, wo ihn friedliche Bauern beerdigten.

Abu Dschenna und seine Jäger würden niemals wissen, ob er tot war. Ein Leben lang müssten sie damit rechnen, dass er eines Tages wieder vor ihnen stand, um Rache zu nehmen.

Fendal spannte die schmerzenden Muskeln an und stieß sich mit dem unverletzten Bein vom Boden ab. Mit einem Ruck rutschte er in den Sattel. Der Schmerz ließ ihn laut aufstöhnen. Mit zitternden Fingern tastete er nach den Zügeln. Er würde sie um die Handgelenke schlingen und dann am Sattelhorn befestigen. So konnte er nicht vom Kamelrücken stürzen, wenn er wieder das Bewusstsein verlor.

Das Kamel blieb still liegen, bis er fertig war.

»Yalla«, flüsterte Fendal leise. Einen Augenblick lang hatte er Angst, das Mehari hätte ihn nicht gehört. Er hatte nicht mehr die Kraft, ihm ein lautes Kommando zuzurufen.

Dann erhob sich das Tier. Fendal rutschte ein Stück im Sattel zurück. Eine neue Welle von Schmerz raste durch seine Schulter. Wie einen Blitz aus Licht sah er den Himmel am Ende der dunklen Klamm. Dann schwanden ihm die Sinne.

Der Sturm hatte nicht einmal eine Stunde lang gedauert, doch sein wütendes Toben klang noch immer in Neraidas Ohren.

Es war, als hätte eine gewaltige Bestie das Land umgepflügt. Riesige Dünen waren eingeebnet worden, und eine Zeit lang hatten die drei Gefährten befürchtet, dass der Eingang zu der Felsspalte, in die sie sich vor der Wut des Sturms gerettet hatten, von Sand zugeweht würde.

Doch Rastullah war ihnen gnädig. So wie der Wind den gelben Wüstensand herangetragen hatte, hatte er ihn auch wieder in die grenzenlose Weite der Khom zurückgeschleudert.

Neraida kauerte am Eingang der Felsspalte und blickte nach Süden. Ob sie noch lange auf Fendal warten mussten? Wenn sie die Augen schloss, sah sie sein Gesicht. Den struppigen roten Bart über der Oberlippe und die himmelblauen Augen.

Erst beim Abschied war ihr klar geworden, dass er mehr für sie gewesen war als nur ein Liebhaber. Er war nicht wie jene anderen Männer, in deren Armen sie bislang nie länger als für eine Nacht Zuflucht gesucht hatte. Er verfolgte sie. Sein Lachen klang hell in ihren Ohren, und sie musste lächeln, wenn sie an seine Art des Kamelreitens dachte. Alle anderen Männer hatte sie vergessen, wenn sie sich morgens von ihrem Lager erhob, doch Fendal ging ihr nicht mehr aus dem Sinn. Er war stolz und unbeugsam. Seine Ehre als Krieger war ihm jedes Opfer wert, und dennoch war er wie ein Junge für sie auf Palmen geklettert, um ihr süße Datteln zu pflücken.

Wenn er nur endlich käme! Neraida kniff die Augen zusammen und musterte den Horizont. Es konnte doch nicht so lange dauern, bis er ihr Versteck fand. Vielleicht musste er seine Wunden verbinden. Wahrscheinlich hatte der Kampf ihn geschwächt. Schließlich war er allein gegen viele Gegner angetreten. Vielleicht war er auch …

Neraida schüttelte den Kopf. Nein, das konnte nicht sein! Er war ein Held. Er käme zu ihr zurück. Er ruhte sicher nur aus, um sich vom Kampf zu erholen. Bald wäre er wieder bei ihr.

Während des Sturms hatte sie Zeit zum Nachdenken gehabt. Sie wusste, wie sehr er sich nach dem Norden sehnte. Fendal hatte ihr viel von seinem Land mit den zerklüfteten Bergen erzählt, die bis ans Meer reichten. Vielleicht gefiele es ihr dort auch. Es war ein Land, in dem es keine Sklaven gab.

Am Horizont hatte sich etwas bewegt. Oder war es nur ein Flimmern der heißen Luft gewesen? Neraida musste über sich selbst lachen. Sie führte sich auf wie ein kleines Mädchen, das zum ersten Mal verliebt war. Jetzt sah sie es wieder. Es war ein einsamer Kamelreiter, der dicht bei der Steilwand ritt. Das konnte nur Fendal sein!

»Er kommt! Er hat es geschafft!« Neraida wäre am liebsten aus ihrem Versteck hervorgesprungen und ihm entgegengelaufen. Doch noch war sie nicht völlig sicher, ob es sich wirklich um Fendal handelte. Jetzt die Felsspalte zu verlassen, wäre töricht gewesen. Omar und Melikae waren zu ihrem Versteck heraufgeklettert.

»Hat er es also tatsächlich geschafft?« In Omars Stimme lag neben Anerkennung auch ein kleines bisschen Neid. Er würde niemals ein Krieger wie Fendal werden. Statt in seiner Jugend gestählt und im Schwertkampf geschult zu werden, war er nur ein Haussklave gewesen. Das würde er niemals ganz ausgleichen können.

Jetzt konnte Neraida deutlich Fendals rote Haare erkennen. Er musste im Kampf sein Kopftuch verloren haben. Außerdem säße wohl kein Novadi so seltsam schief im Sattel, wie er es tat.

»Tatsächlich, er ist es. Rastullah sei Dank. Komm, Neraida, lass uns zu ihm hinunterlaufen.«

Die Salzgängerin zögerte. »Herrin, darf ich ihn zuerst allein empfangen. Es ist …«

Melikae lächelte. »Ich weiß. Geh.«

Mit klopfendem Herzen eilte Neraida die Geröllhalde hinab. Nur wenige Herzschläge noch, und er würde sie wieder in die Arme schließen. Der Schleier verrutschte ihr beim Laufen, doch das war ihr gleichgültig. Sie wusste jetzt, dass er sie liebte. Sie würde keine Maske mehr brauchen, würde sich ihm gegenüber nie wieder verstellen.

Irgendetwas stimmte nicht. Er saß so seltsam zusammengesunken im Sattel. Und dann sah sie es: einen breiten dunklen Streifen, der vom Sattel über das helle Fell des Mehari lief.

»Nein!« Das durfte nicht sein. Sie rannte noch schneller. Er war verletzt. Er brauchte ihre Hilfe. Jetzt sah sie den abgebrochenen Pfeilschaft aus seiner Schulter ragen. Ein zweiter Pfeil steckte in seinem Bein. Sie wollte dem Mehari in den Zügel fallen, doch sie waren um das blutverschmierte Sattelhorn gebunden.

»Fendal! Fendal, hörst du mich?«

Neraida griff in das dichte Fell am Hals des Kamels und brachte das Tier zum Stehen. »Mein Liebster, sag ein Wort! Verlass mich nicht! Wie kannst du mir zeigen, was das Licht ist, und mich dann in die Dunkelheit zurückstoßen?«

Sie gab dem Mehari das Kommando zum Niederknien. Vorsichtig tastete sie nach Fendals Händen. Sie waren kalt wie der Wind, der nachts über die Wüste strich. Seine klaren blauen Augen blickten starr zum Horizont.

Neraida zog ihren Dolch und durchtrennte die Fessel. Dann nahm sie ihn in die Arme. Sie konnte es nicht fassen. Nie wieder würde er von Sturmfahrten auf weiten Meeren erzählen. Nie mehr Blumen auf ihre Decke legen und ihr verliebt in die Augen schauen.

Melikae und Omar hatten ihr geholfen, Fendals toten Körper bis zum Ende jener Felsspalte zu bringen, die sie vor dem Sturm geschützt hatte. Dann waren sie gegangen, damit sie allein Abschied von ihm nehmen konnte.

Stundenlang hatte Neraida dagesessen und seine kalte Hand gehalten. Sie konnte noch immer nicht glauben, dass ihr Traum vom Glück so kurz gewesen war. Im roten Licht des Sonnenuntergangs sah es aus, als schliefe er nur. Die Blässe war aus seinem Gesicht verschwunden. Sie hatte seine Wunden gesäubert und ihm die Pfeile aus dem geschundenen Fleisch gezogen. Es schien, als hätte er noch bis nach dem Sandsturm gelebt, denn es klebte fast kein Sand an seinen blutigen Wunden. Vielleicht hatte das Mehari mit seinem toten Reiter aber auch in irgendeiner Schlucht Zuflucht vor dem Sturm gefunden.

Hier am Ende der Felsspalte sollte er einen würdigen letzten Ruheplatz finden. Lieber noch hätte sie ihn zum Meer gebracht, das er so sehr geliebt hatte. Sie musste ihn mit Steinen zudecken, damit die Hyänen und Geier seinen toten Körper nicht schänden konnten.

Langsam machte sich Neraida an die Arbeit. Sie trug

Felsblöcke zusammen und schichtete sie um den Leichnam auf. Doch sie brachte es nicht fertig, sein Gesicht mit Steinen zu bedecken. Noch immer starrten Fendals blaue Augen auf einen fernen Horizont. Sanft strich sie ihm übers Gesicht.

Neraida konnte nicht weinen. Nicht einmal ein Totenlied konnte sie singen. Es war, als hätte Fendal ihre ganze Kraft mit sich genommen. Sie fühlte sich nutzlos wie ein zerbrochener Krug.

Welchen Sinn hätte es, vielleicht noch viele Jahre zu leben, nur um jeden Tag zu wissen, dass das Glück, das sie einmal gefunden hatte, niemals zu ihr zurückkehren würde?

Sie zog den kleinen Dolch, den sie am Gürtel trug. Lange blickte sie auf die schlanke silbern glänzende Klinge. Fendal hatte jede Art von Flucht gehasst. Er war nur mitgekommen, weil es Melikae ihm befohlen hatte. Die Treue zu seiner Herrin war ihm wichtiger gewesen als der Ehrenkodex des Kriegers.

Was hätte *er* wohl getan, wenn er an *ihrem* Grab gesessen hätte? Hätte er dasselbe gedacht wie sie? War es nicht auch eine Flucht, wenn sie ihm in den Tod folgte?

Lange Schatten waren von den Felsen herabgekrochen und hüllten die Felsspalte fast völlig in Finsternis, obwohl die Sonne noch nicht ganz vom Horizont verschwunden war. Ein letzter Lichtstrahl fiel auf Fendals Axt und ließ das stählerne Blatt silbern aufleuchten. Neraida war sich plötzlich sicher, dass sie ihm nicht folgen sollte. Sie sollte leben und von seinen Taten erzählen! Durch sie würde auch er weiterleben.

Jetzt endlich fand sie die Kraft, die letzten Steine auf seinen Grabhügel zu schichten. Noch einmal blickte sie ihm lange ins Gesicht. Dann drückte sie ihm die Augenlider zu und verkantete ein flaches Felsstück so zwischen den Steinen, dass es nicht auf das Gesicht des Toten drücken würde. Zum Schluss stieß sie seine Axt zwischen die

Felsbrocken, sodass die Klinge nach Westen zeigte, dorthin, wo das Meer lag. Dann nahm sie ihren Schleier ab und wickelte ihn um den Schaft der Waffe. Sie würde nie wieder einen Schleier tragen. Wohin immer Fendal gegangen sein mochte, wenn er zu ihr zurückblickte, sähe er sie unverschleiert.

Omar war sich bewusst, dass er jetzt ganz allein die Verantwortung für die beiden Frauen tragen musste. Fendals Tod schien sie alle der Sprache beraubt zu haben. Schweigend saßen Melikae und Neraida über ihrem Hirsebrei, während er die Kamele sattelte. Im Osten glühte bereits das erste Morgenrot.

Fast war es wie in jenen Zeiten, als er noch bei seiner Sippe gelebt hatte. Sein Vater war Karawanenhändler gewesen. Als wäre es erst gestern gewesen, so konnte er sich immer noch daran erinnern, wie er in jenen Tagen jeden Morgen vom Duft nach grünem Tee und dem Hirsebrei geweckt worden war, den man mit frischer Kamelmilch kochte. Obwohl er die Beni Schebt hasste, hatte er einer ihrer Frauen für ein paar Silberstücke Hirse und Tee abgeschwatzt. Es sollte wie früher sein, wenn er sein neues Leben begann.

Es lag jetzt ganz allein an ihm, die Freiheit von Melikae und Neraida zu verteidigen. Im Gegensatz zu dem toten Thorwaler war er kein Kämpfer. Er brauchte also einen Verbündeten, wenn er gegen Feisals Häscher bestehen wollte. Die Khom sollte sein Schild und seine Waffe sein.

Omar hatte sich entschlossen, weit abseits der großen Karawanenrouten und aller bekannten Oasen oder Brunnen zu reiten. Das weglose Meer aus Sanddünen, das vor ihnen lag, sollte sie verschlucken. Niemand, der seine Sinne beieinander hatte, würde ihnen dorthin folgen. Omar hatte darüber mit den Frauen nicht gesprochen. Seine Entscheidung war erst in der letzten Nacht gereift. Entweder würden sie es schaffen oder in der Wüste verdursten. Doch Abu Feisals Männern würden sie nicht in die Hände fallen. Er wusste, dass Melikae der Tod lieber war als die Schande. Zumindest hatte sie das einmal behauptet. Und Neraida …

Der Novadi blickte zu der Salzgängerin hinüber, die mit erstarrtem Gesicht an dem Feuer aus Kameldung saß, das er entzündet hatte, um Tee und Brei zuzubereiten. Neraida blickte immerzu nach Westen. Was mochte sie dort wohl sehen? Das Meer, von dem Fendal so gern erzählt hatte?

Teilnahmslos nippte sie an der Schale mit dem Brei. Ihr war es offensichtlich gleichgültig, ob sie tot war oder lebte.

Omar wusste, dass sie ungefähr zwei Tagesmärsche von hier auf einen Gebirgszug treffen mussten, der südwestlich der Oasenstadt Birscha lag. Dort würden sie sicher eine Quelle finden. Häufungen von Kot und sternförmig verlaufende Tierpfade, das waren die Zeichen, die einen erfahrenen Karawanenführer selbst inmitten der Sandwüste zu verborgenen Wasserlöchern führten. Manchmal lohnte es auch, in den ausgetrockneten Wadis zu graben. Oft ließ sich nur schlammiges Wasser finden, das einem, dem Tode nahe, kostbarer dünkte als die edelsten Weine Al'Anfas. Omar war sich sicher, dass es ihm gelingen würde, die Frauen durch die Wüste zu führen. Energisch zurrte er den letzten Sattelgurt seines Kamels fest. Alle Tiere waren jetzt bereit zum Aufbruch. Es galt nur noch, die Spuren ihres Lagers zu beseitigen und die flachen Holzschalen, aus denen sie gegessen hatten, mit Sand auszuwischen.

»Bis zur Mittagsstunde werden wir die Kamele am Zügel führen.« Der Novadi hatte sich an Melikae gewandt. »Wir müssen die Tiere schonen. Während der Mittagszeit, in der größten Hitze, werden wir reiten. Die Tiere sind dann noch ausgeruht und kräftig.«

Die Sharisad nickte. »Wie viele Tage werden wir brauchen, bis wir die Goldfelsen erreichen?«

»So Rastullah uns gnädig ist, kommen wir am zwanzigsten Tag in das Land der Heiden. Müssen wir aber oft nach Wasser suchen oder den Lagern fremder Sippen ausweichen, so kann es auch doppelt so lange dauern.«

Omar wollte Melikae keine allzu großen Hoffnungen machen, schon bald am Ziel zu sein. Zu viele Unwägbarkeiten lagen noch vor ihnen. Allerdings fürchtete er nicht, dass die Häscher von Melikaes Vater sie in der Wüste fänden. Waren sie nämlich erst einmal in dem endlosen Meer der Sanddünen verschwunden, dann mochten Verfolger höchstens noch zufällig auf sie stoßen. Schon in wenigen Stunden löschte der leichte Wind jede Spur im Sand aus, und zwei Reitertrupps konnten in den Dünentälern im Abstand von wenigen hundert Schritt aneinander vorbeiziehen, ohne dass der eine etwas vom anderen ahnte.

Hoch über ihnen kreiste ein Geier. Der Vogel schien auf unheimliche Weise zu spüren, dass hier ein Toter lag. Er drehte einige Runden über ihnen und verschwand dann irgendwo zwischen den Felsen der Steilklippe. Omar griff nach dem Zügel seines Kamels. Sie mussten aufbrechen. Es galt, die kühlen Stunden des Morgens zu nutzen.

Mit aller Kraft kämpfte Melikae gegen den Schlaf an. Die eintönige Landschaft, die drückende Hitze und das rhythmische Schaukeln des Kamelsattels, all das schläferte sie langsam ein. Gleich, wohin sie blickte, nirgendwo fand das Auge einen Halt. Die Welt schien nur noch aus einem stahlblauen Himmel mit weiß glühender Sonnenscheibe und immergleichen gelben Sanddünen zu bestehen. Sie musste in sich selbst etwas finden, das ihr die Kraft gab, gegen den Schlaf zu bestehen. Die Sharisad wusste nur zu gut, dass Omar und Neraida den gleichen Kampf zu führen hatten wie sie. Sie würden sie nicht beachten und kaum merken, wenn ihr Mehari aus der kleinen Gruppe ausscherte, um seinen eigenen Weg zu gehen, oder einfach erschöpft stehen blieb. Wenn sie dann erwachen würde, wäre sie allein in diesem Sandmeer. Der Wind hätte vielleicht schon die Spur ihrer Freunde ausgelöscht, und sie wäre dazu verurteilt, qualvoll zu verdursten. Schon oft hatte sie solche Geschichten von den Karawanenführern ihres Vaters gehört, die berichteten, wie sie Männer verloren hatten, die im Kampf gegen die Sonne unterlegen waren. Niemand machte sich die Mühe, umzukehren und solche Schwächlinge zu suchen. Es hieße, die ganze Karawane aufs Spiel zu setzen, wenn man umkehrte, um einen einzelnen Mann zu suchen, denn es galt, den nächsten Brunnen zu erreichen, bevor die Wasservorräte erschöpft waren, und eine stunden- oder womöglich tagelange Suche konnte man sich nicht leisten. Handelskarawanen führten stets nur sehr knapp bemessene Wasser- und Futterrationen mit, denn jeder Wasserschlauch bedeutete ein Warenbündel weniger, das man den Lastkamelen aufbürden konnte.

Melikae reckte sich im Sattel und blickte zur Sonne. Es war kurz nach der Mittagsstunde, und es würde noch eine ganze Weile dauern, bis es ein wenig abkühlte.

Die Sharisad seufzte. Sie hatte das Gefühl, dass sie ganz allein die Verantwortung zu tragen hatte für alles, was geschah. Es war ihre Schuld, dass Fendal tot war. Hätte sie diese Flucht nicht unternommen, würde der Thorwaler noch leben. Genauso war es ihre Aufgabe, sich um Omar und vor allem um Neraida zu kümmern. Wovon sollten die beiden leben, wenn sie erst einmal ihr Ziel erreicht hatten? Sie konnte tanzen. Doch wer brauchte im Land der Heiden schon eine Salzgängerin oder einen Novadi, der eine Vergangenheit als Haussklave hatte?

Ein Geräusch schreckte sie aus ihren Gedanken auf. Es klang dumpf wie Hufschlag im Sand. Auch Omar schien es gehört zu haben. Er hob die Hand und zügelte sein Kamel.

Melikae drehte sich im Sattel um, doch nichts war zu sehen. Sie ritten am Fuß einer wohl mehr als zehn Schritt hohen Düne entlang. Omars Hand fuhr an das Schwert, das ihm Neraida am Morgen überreicht hatte. Es war Fendals Waffe. Die Salzgängerin hatte es nach dem kargen Frühstück wortlos vor ihm in den Sand gelegt. Das Schwert war die einzige Waffe, die sie mit sich führten, wenn man von den Dolchen absah.

Wie das Donnergrollen eines Gewitters, das während der Regenzeit langsam von den Bergen heranzieht, so näherte sich der Hufschlag. Dann tauchten auf dem Kamm der Düne über ihnen Reiter auf. Sie waren mit Dschadras, kurzen Reiterlanzen, und Bogen bewaffnet. Mitten unter ihnen ritt Abu Dschenna. Melikae durchlief ein eisiger Schauder. Wie hatte es der Magier geschafft, den Beni Schebt zu entkommen?

»Ich grüße dich, schöne Tänzerin. Deine Kunst hat mich zutiefst beeindruckt, doch jetzt ist es vorbei mit deinen Spielchen.« Der Magier gab den Reitern einen Wink, und sie galoppierten den Hang herab, um sie einzukreisen.

»Du wirst uns niemals lebend fangen, Schurke!« Omar riss sein Schwert aus dem Gürtel. Drei Krieger hatten ihn bereits erreicht und zielten mit ihren Lanzenspitzen nach seiner Brust.

»Stoßt ihn aus dem Sattel! Er soll keinen leichten Tod haben.«

»Nein. Bitte, schont ihn!« Melikae konnte es nicht ertragen, wie sie Omar quälten. Sollte denn jeder sterben, der mit ihr geflohen war? »Lasst ihn am Leben, Erhabener. Ich bitte Euch auf Knien darum.«

Unter derbem Gelächter stießen die Männer mit den stumpfen Enden der Lanzen nach Omar. Der Novadi versuchte ihre Angriffe so gut wie möglich mit dem Schwert zu parieren, doch drei Gegner waren zu viel für ihn. Schon bald stürzte er aus dem Sattel. Zwar konnte er sich geschickt abrollen und stand fast sofort wieder auf den Beinen, doch hatte er sein Schwert verloren. Mit bloßen Händen trat er den Kriegern gegenüber.

»Kommt schon, ihr Hurensöhne! Kämpft mit den Fäusten, wie ich es tue, oder gebt mir eine Waffe, wenn in euch Bastarden auch nur ein Funke Ehrgefühl glimmt.«

Die Reiter hatten wieder einen Kreis um ihn gebildet. Sie schienen auf ein weiteres Kommando Abu Dschennas zu warten.

»Du willst mich doch auf Knien um sein Leben bitten, Melikae, Tochter des Abu Feisal. Du sollst Gelegenheit dazu haben, dein Wort einzulösen.«

Die Sharisad bebte vor Wut. So hatte noch kein Mann zu ihr gesprochen. »Ich werde meinem Vater sagen, was …«

»Was wirst du? Dein Vater hat mir befohlen, diesen freigelassenen Sklaven zu töten, sobald er mir in die Hände fällt. Wenn du wünschst, dass ich gegen die Befehle deines Vaters verstoße und diesem Omar nichts antue, musst du mir schon etwas bieten.«

Melikae zwang ihr Kamel, sich niederzulegen. Dann stieg sie mit hoch erhobenem Haupt aus dem Sattel.

»Erniedrige dich nicht vor ihm. Er ist es nicht wert. Er ist ein …« Ein Lanzenstoß brachte Omar zum Schweigen.

Abu Dschenna lenkte sein Pferd die Dünenflanke herab. »Nun?«

Melikae ließ sich auf die Knie sinken. Eines Tages würde er für diese Demütigung büßen. Doch jetzt zählte nur Omar. »Ich bitte Euch um das Leben meines Geliebten, Erhabener. Bitte, lasst Gnade walten und verschont ihn.«

»Sehr schön, meine verwöhnte Prinzessin. Das ist dir sicher nicht leicht gefallen. Du musst ihn ja wirklich sehr lieben.« Abu Dschennas Stimme klang fast herzlich. »Ich werde mein Wort halten, Prinzesschen. Erdrosselt ihn!«

»Du Hund!« Melikae war mit einem Satz auf den Beinen und wollte den Magier aus dem Sattel stürzen. Doch einer seiner Krieger hielt sie fest, bevor sie ihn erreichen konnte.

»Hältst du so dein Versprechen?«

»Warum? Habe ich etwa etwas anderes versprochen, als dass *ich* ihm nichts tun werde? Es sind meine Männer, die ihn umbringen.« Der Magier lachte. »Holt jetzt die Zofe von ihrem Kamel! Ich schenke sie euch für diese Nacht.«

Neraida hatte sich bislang nicht gerührt. Selbst als die Krieger sie aus dem Sattel zerrten und fesselten, kam kein Laut über ihre Lippen. Teilnahmslos blickte sie ins Leere.

»Mit denen wolltest du die Wüste durchqueren«, höhnte Abu Dschenna. »Du scheinst das wirkliche Leben mit den romantischen Geschichten der Märchenerzähler zu verwechseln. Du kannst froh sein, dass ich dich gefunden habe und keine Bande dahergelaufener Banditen.«

»Bitte, Herr, verschont Omar und Neraida. Ich habe sie zur Flucht angestiftet. Nicht sie sind es, die es verdienen, bestraft zu werden.«

»Kannst du mir denn noch etwas bieten?« Der Magier gab seinen Männern ein Zeichen, und Melikae sah aus den Augenwinkeln, wie die Krieger vom bewusstlosen Omar abließen. »Es würde mich ermüden, noch einmal mit ansehen zu müssen, wie du dich schon wieder vor mir in den Staub wirfst.«

»Du willst mich also schänden!« Melikae warf den Kopf in den Nacken und betrachtete voller Verachtung den verschleierten Magier. »Mein Vater wird dir dafür bei lebendigem Leib die Haut abziehen lassen, du narbengesichtige Missgeburt.«

Abu Dschenna lachte erneut. »Du erheiterst mich, Melikae. Wie kommst du darauf, dass ich dich anziehend finden könnte? Dein hübscher Freund wäre vielleicht eine nette Unterhaltung für eine Nacht, doch ich wüsste nicht, was ich mit dir anfangen sollte.«

Melikae starrte den Magier einen Augenblick lang fassungslos an. Zum ersten Mal in ihrem Leben wusste sie nicht mehr, was sie sagen sollte. Sie wollte Omar um jeden Preis retten … Doch was konnte sie tun?

»Weißt du, meine Kleine, für mich wäre es viel verlockender, wenn du mir versprächst, dass du mir ohne weiteren Widerstand nach Unau folgst. Ich habe schon viel zu viel meiner kostbaren Zeit damit vergeudet, dir nachzujagen. Ich möchte nicht auch noch auf dem Rückweg dauernd darüber wachen müssen, ob du nicht einem meiner Krieger den Kopf verdrehst oder andere Fluchtpläne ausbrütest.«

»Gut, ich werde mich Euch fügen, doch nur, wenn Ihr Omar laufen lasst und auch Neraida durch Eure Krieger kein Leid erfährt. Wenn wir den großen Salzsee erreichen, sollt Ihr auch sie freilassen und ...«

»Nein, meine Kleine. So nicht! Ich werde dir ein Leben schenken. Mehr nicht. Entscheide!«

»Aber ich verlange ...«

»Ich kann dich auch auf deinem Kamel festbinden lassen. Ich bin sicher, auf diese Weise habe ich keine Schwierigkeiten mehr mit dir. Spiel nicht mit meiner Großmut.«

Melikae zögerte. Sie kannte ihren Vater gut genug, um zu wissen, dass Omar keine Gnade zu erwarten hatte, wenn er nach Unau gebracht wurde. Bei Neraida würde er es sich vielleicht noch einmal überlegen. Ob er von ihrem Betrug mit dem Siegel wusste? Vielleicht würde er sie in seinem Zorn sogar Meister Marum, dem Scharfrichter, vorführen lassen. Wenn Omar entkäme, hätte sie ihrem Vater wenigstens dieses eine Leben abgetrotzt. Über ihn war das Urteil schon gesprochen. Sie selbst und Neraida mochten vielleicht noch auf Gnade hoffen können, doch Omars Tod war gewiss und ...

»Entscheide dich, Melikae.« Das Pferd des Zauberers tänzelte nervös.

»Schenkt Omar das Leben.« Melikae flüsterte die Worte fast. Scheu blickte sie zu Neraida, doch die Salzgängerin war noch immer wie versteinert. Sie schien gar nicht zu bemerken, was um sie herum geschah.

»So sei es. Ich schwöre bei Rastullah und seinen neun Frauen, dass weder ich noch einer meiner Männer Omar ein Leid zufügen werden. Er soll Wasser und Speise für fünf Tage erhalten, sodass er von hier aus zu Fuß bis in die Oasenstädte Birscha oder Manesh gelangen kann. Möge der Zorn Rastullahs mich vernichten, wenn ich mein Wort breche.«

Melikae war erleichtert. Nicht einmal Abu Dschenna würde es wagen, einen Schwur vor Rastullah zu brechen. Sie legte die rechte Hand auf das Herz und blickte dem Magier in die Augen.

»Ich gelobe feierlich, Euch, Abu Dschenna, ohne Widerstand bis nach Unau zu folgen und auf diesem Weg keinen Versuch zu unternehmen, Euch zu entfliehen. Möge Rastullahs Fluch meine Sippe erlöschen lassen, wenn ich es wage, dieses Gelübde zu brechen.«

»Welch ein Schwur!« Der Zauberer lachte und lenkte sein Pferd an Melikae vorbei. Dann wies er mit der Reitgerte auf den Körper des bewusstlosen Omar.

»Reißt ihm die Kleider vom Leib und treibt vier Pflöcke in den Sand!«

»Was soll das?« Melikae war ihm nachgeeilt und griff dem Pferd des Zauberers in die Zügel.

»Keine Sorge. Wir werden ihm nichts zuleide tun. Ich habe deinem Vater versprochen, dass Omar sterben wird. Dir aber habe ich geschworen, dass ich ihn nicht töten werde. Ich werde mein Wort halten.« Der Zauberer grinste sie an wie ein billiger Possenreißer. »Ich lasse ihn an Pflöcken hier auf den heißen Sand binden. Seine Hand- und Fußgelenke sollen mit den Lumpen seiner Kleider gepolstert werden, damit ihm die Lederriemen nicht ins Fleisch schneiden. Schließlich habe ich dir doch versprochen, gut mit ihm umzugehen. Neben seinen Kopf sollen zwei Wasserschläuche und ein Beutel mit Datteln und Broten gelegt werden. Genug Nahrung für fünf Tage. Wenn Omar das Essen nicht anrührt, ist das seine Sache. Ich glaube, die Sonne wird ihm spätestens morgen zu schaffen machen. Bis zum Einbruch der Dämmerung wird er dann vermutlich tot sein. Vielleicht meint Rastullah es auch gut mit ihm und schickt einige Geier oder einen Schakal, die ihn vor dem Verdursten bewahren. Doch wie dem auch sei, dein Geliebter wird weder durch meine Hand noch durch die eines meiner Männer sterben, und trotzdem halte ich auch das Versprechen, das ich deinem Vater gegeben habe.«

»Du Bestie!« Melikae versuchte, Abu Dschenna aus dem Sattel zu reißen, doch er versetzte ihr einen Fußtritt, sodass sie in den Sand stürzte.

»Hüte deine Zunge, Weib! Wie waren deine Worte? *Ich gelobe feierlich, Euch, Abu Dschenna, ohne Widerstand bis nach Unau zu folgen* … Du solltest nicht so leichtfertig einen Schwur brechen, den du vor Rastullah geleistet hast. Packt sie jetzt und setzt sie auf ihr Kamel.«

Melikae fühlte sich elend. Wie hatte sie nur so dumm sein können, den Betrug des Magiers nicht zu durchschauen? Abu Dschenna hatte die ganze Zeit über nur mit ihr gespielt. Warum durfte nicht sie für ihren Fehler zahlen? Warum musste Omar dafür büßen?

Der Novadi war, seit die Krieger Abu Dschennas ihn gewürgt hatten, noch nicht wieder zu Bewusstsein gekommen. Wehrlos lag er im Sand, Arme und Beine durch die Fesseln weit ausgestreckt.

Stumm und ohne Tränen weinte Melikae in sich hinein. Sie würde dem verfluchten Magier niemals ihre Schwäche zeigen. Jede ihrer Tränen wäre ein Triumph für ihn gewesen. Sollte sie jemals Gelegenheit haben, sich an ihm zu rächen, dann würde sie genauso wenig Gnade kennen wie er.

»Verschwende deine Gedanken nicht an diesen törichten Knaben. Im Grunde ist er doch kaum mehr als ein rebellischer Sklave. Er hat nichts Besseres als den Tod verdient.«

Melikae schwieg. Sie wandte den Blick nicht von Omar, seinem zarten, geschmeidigen Körper. Rastullah musste sie verflucht haben. Wie anders war zu erklären, dass Neraida und sie selbst innerhalb eines Tages ihre Geliebten verloren hatten? Strafte der Gott sie auf diese Weise dafür, dass sie gegen ihren Vater aufbegehrt hatte?

»Dein kleiner Sklave hat sich wohl für sehr schlau gehalten, als er weitab aller Wege in die Wüste geritten ist«, höhnte Abu Dschenna. »Anderen wärt ihr im Sandmeer vielleicht sogar entkommen. Es war schon großartig, wie du jene Jäger, die mit mir den Salzsee überquert haben, in den Tod gelockt hast, Melikae. Weißt du überhaupt, dass an deinen Händen das Blut von sechzehn Männern klebt? Was bedeutet es da schon, wenn jetzt noch einer mehr stirbt?«

Die Sharisad blickte unverwandt zu Omar. Es war das letzte Mal, dass sie ihn sah. Den Worten des Magiers versuchte sie keine Beachtung zu schenken. Sie wusste, dass alles, was er zu sagen hatte, wie das Gift eines schwarzen Skorpions war und sie von innen verbrennen würde.

»Fast hätte sogar mein Blut an deinen Händen geklebt, kleine Tänzerin. Könnte ich nicht die Gestalt eines Geiers annehmen, ich wäre in der Nacht, als du vor den Beni Schebt getanzt hast, dem wütenden Mob sicher nicht entkommen. Doch so war es mir ein Leichtes, bis zur Oase Manesh zu fliegen, wo genau wie in Keft noch weitere Krieger im Sold deines Vaters nach dir Ausschau hielten. Hörst du mir überhaupt zu?«

»Du sagst, du bist ein mächtiger Magier, Abu Dschenna. Reicht deine Macht, eine wilde Rose herbeizuhexen, wie man sie in den Bergen östlich Unaus findet?«

»Was soll dieser Wunsch? Was willst du mit einer Rose?«

»Ich möchte sie Omar zum Abschied schenken.«

»Was?« Der Magier lachte wie eine Hyäne. »So etwas können sich wohl nur Frauen ausdenken. Glaubst du wirklich, ich rufe jetzt einen Dschinn herbei und trage ihm solchen Unsinn auf?«

Der Magier hob den rechten Arm. »Los, Männer, aufsitzen! In Unau wartet eine Menge Gold auf uns.«

Ein Krieger griff nach den Zügeln von Melikaes Mehari. Die Sharisad blickte noch immer zu Omar. Nicht einmal ein Abschied war ihnen vergönnt. Doch vielleicht zeigte Rastullah Gnade, indem er ihn nicht aus seiner Ohnmacht erwachen ließ. So blieben ihrem Geliebten die Qualen des Verdurstens erspart.

Erst als sie die große Düne überquert hatten und sie Omar nicht mehr sehen konnte, drehte sich die Sharisad um. Nur drei Pferdelängen vor ihr ritt der verfluchte Magier, und von nun an war Rache ihr einziger Gedanke.

Am Morgen nach dem alljährlichen großen Kamelrennen erreichten sie Unau. Es war der neunte Tag vor dem ersten Rastullahellah im 248. Jahr nach dem Mysterium von Keft. Die Ungläubigen nennen dieses Datum den 26. Firun 1008 nach Bosparans Fall. Ein Tag, der die Geschichte der Khom verändern sollte.

Schon als sie die weitläufige Zeltstadt vor den Mauern Unaus durchritten, fiel Melikae die ungewöhnliche Stimmung auf. Es fehlte die Ausgelassenheit, mit der sonst das große Fest gefeiert wurde.

Die Frauen vor den Zelten mahlten Mehl auf flachen Steinen. Kinder mit Holzgerten lieferten sich spielerisch Kämpfe, und einmal hörte sie einen kleinen Jungen rufen: »Stirb, al'anfanischer Schurke!«

Auch den anderen schien aufgefallen zu sein, dass etwas nicht stimmte. Die Männer blickten unruhig, und selbst ihre Pferde schienen nervös zu sein. Am Stadttor waren die Wachen verdreifacht worden. Ein junger Offizier hielt die Gruppe an.

»Was ist hier los? Haben die Männer Unaus das Kamelrennen verloren?« Abu Dschennas Stimme klang hochmütig, so als könne ihm nichts auf Dere auch nur das Geringste anhaben.

Einen Augenblick lang herrschte angespanntes Schweigen.

»Habt Ihr denn noch nicht gehört, was geschehen ist?« Der Wachoffizier starrte den Magier fassungslos an. »Der Götzenpriester aus Al'Anfa hat den Kalifen beleidigt. Er ist mit einem Heer in Selem gelandet und marschiert nun den Szinto aufwärts. Doch der glorreiche Abu Dhelrumun ibn Chamallah, Herr aller Gläubigen, hat vor den Toren unserer Stadt ein Heer zusammengerufen, wie es die Khom seit den Tagen des Kalifen Malkillah ibn Hairadan nicht mehr gesehen hat. Vierhundert Soldaten des Kalifen und mindestens genau so viele Männer aus der Stadt und von den Stämmen sind mitgeritten. Sie werden den schwarzen Götzenpriester unter den Hufen ihrer Shadif zermalmen.«

»Möge Rastullah ihre Lanzen in die Herzen der Feinde lenken. Doch nun lasst mich passieren. Ich muss zu Abu Feisal dem Prächtigen. Ich bringe ihm seine Tochter zurück.«

»Die geflohene Sharisad?« Der Offizier blickte zu ihr herüber. Melikae zog einen Zipfel ihres Kopftuchs vor das Gesicht. Sie wollte nicht von diesen Männern angestarrt werden. Der Ritt durch die Stadt würde sicher eine einzige Demütigung werden, und sie wünschte, sie wäre schon im Haus ihres Vaters angelangt.

»Wenn du Abu Feisal suchst, musst du zum Szinto reiten. Er hat sich mit seinen Männern dem Heer angeschlossen. Doch wahrscheinlich werden sie schon in zwei oder drei Tagen zurück sein und hier auf dem Weg nach Mherwed Halt machen, bevor sie dem Kalifen den Kopf des Götzenkönigs von Al'Anfa vor die Füße legen.«

»Wir warten lieber in seinem Haus auf ihn. Ich möchte der Sharisad nicht länger die Strapazen eines Zeltlagers zumuten«, heuchelte der Magier. Melikae schnaubte verächtlich. Als ob Abu Dschenna sich einen Deut um ihre Bequemlichkeit scherte.

»Es tut mir leid, aber ich darf Euch nicht gestatten, die

Pforten zur Oberstadt zu passieren. Das ist nur Mitgliedern und Gästen der neun Familien erlaubt.«

»Ich bin ein Gast Abu Feisals«, entgegnete der Magier gereizt. »Er hat mich damit beauftragt, seine Tochter so schnell wie möglich zu ihm zurückzubringen.«

Der Wachoffizier zuckte mit den Schultern. »Es tut mir leid, aber mir liegt kein Befehl vor, Euch passieren zu lassen. Nicht einmal die Tochter Abu Feisals dürfte ich in die Oberstadt lassen, bevor nicht feststeht, ob sie gegen die Gesetzte Unaus verstoßen hat.«

Melikae horchte auf. Es schien nicht allgemein bekannt zu sein, dass sie das Siegel ihres Vaters gefälscht hatte. Vielleicht musste sie nicht mit einer so schweren Strafe rechnen, wie sie bislang befürchtet hatte.

»Vielleicht solltet Ihr es beim Wesir Jikhbar ibn Tamrikat versuchen. In Abwesenheit des Sultans lenkt er allein die Geschicke der Stadt. Ein Wort von ihm genügt, und Ihr könnt die Pforten zur Oberstadt passieren. Ihr findet ihn im Funduq, der Karawanserei nahe der Westmauer. Er berät sich dort allerdings zurzeit mit Abudallah Fenakka, dem Großmukthar von Mherwed und Beschützer der Straßen und Reisenden. Der Kalif hat diesen hohen Beamten zusammen mit zwanzig Kamellasten kostbarer Gewänder aus seiner Schatzkammer geschickt. Jeder der Krieger, der an der Seite der Soldaten des Kalifen gestritten hat, soll zum Lohn einen perlenbestickten Kaftan erhalten, den er während der Siegesparade in Mherwed tragen soll. Der Wesir und der Großmukthar beraten nun über die Abwicklung der Siegesfeierlichkeiten.«

»Dann lasst mich durch, damit ich mit dem Wesir sprechen kann.«

Der Offizier machte den Weg frei und winkte seinen Männern, beiseitezutreten, um die Gruppe in die Stadt einreiten zu lassen.

Melikae neigte den Kopf, um hinter ihrem Schleier nicht erkannt zu werden. Doch aus den Augenwinkeln sah sie, wie die Frauen mit Fingern nach ihr zeigten, als sie durch die engen Gassen ritt, und die Kinder sangen ein Spottlied auf ihren Versuch, sich gegen den Willen ihres Vaters aufzubäumen.

Als sie endlich den Funduq erreichten, ließ der Wesir sie mehr als drei Stunden warten. Abu Dschenna fiel es sichtlich schwer, sich mit dieser Demütigung abzufinden. Zweimal geriet er mit dem Schankwirt der kleinen Taverne aneinander, die sich bei der Karawanserei befand, weil er ihm angeblich sauren Wein gebracht hatte.

Die Mittagsstunde war schon vorüber, als endlich ein kleiner Sklavenjunge aus einem der Lagerhäuser trat und dem Magier die Botschaft überbrachte, dass der Wesir nun bereit sei, sie zu empfangen.

Jikhbar ibn Tamrikat erwartete sie im Lagerhaus des Sultans, einer großen Halle, die sich fast über die ganze Westfront der Karawanserei erstreckte. Das hohe Portal wurde von vier Gelbherzen bewacht, und auch im Innern hatten sich vier Soldaten mit Bronzeschilden und schimmernden Speerspitzen hinter dem Wesir aufgestellt.

Der Wesir war ein Greis mit schlohweißem Bart und sonnenverbranntem faltigen Gesicht. Mit stechenden schwarzen Augen musterte er den Zauberer, und Melikae hatte den Eindruck, dass es selbst dem gefürchteten Schwarzmagier schwerfiel, dem Blick Jikhbars standzuhalten.

»Ich würde lügen, wenn ich behauptete, dass es mir Freude bereitet, dich in Unau zu sehen, Abu Dschenna. Ein Mann mit deinen Möglichkeiten sollte beim Heer des Kalifen im Szintotal stehen und die Ungläubigen bekämpfen, die gekommen sind, um uns unser Land und unsere Ehre zu rauben. Was ist dein Begehr?«

»Ich beuge mein Haupt vor Euch, Ehrwürdiger. Mein Herz schmerzt vor Trauer, dass nicht auch ich unter den Kriegern des Kalifen stehen kann, doch wie Ihr sicherlich wisst, Erhabener, hat Abu Feisal mir eine andere Pflicht auferlegt. Ich bin hier, um seine Tochter Melikae in sein Haus zurückzuführen, doch man verwehrt mir den Zutritt zur Oberstadt.«

»Und so soll es auch bleiben. Wenn Abu Feisal einen Mann mit solch zweifelhaftem Ruf in sein Haus lädt, so ist das seine Sache. Ich jedoch werde nicht gestatten, dass ein Mann, dem man nachsagt, er habe seine Seele gegeben, um an das geheime Wissen der Ssrkhrsechim zu gelangen, der schlangenleibigen Echsenmagier, jenen Teil unserer Stadt betritt, der allein den Edelsten aus unseren Familien vorbehalten ist.« Die Augen des Wesirs funkelten vor Zorn, und es war offensichtlich, dass er Abu Dschenna am liebsten in Ketten gelegt hätte.

Vielleicht ist jetzt die Stunde meiner Rache gekommen, dachte Melikae.

»Wo bleibt Euer Ehrgefühl, Erhabener?« Abu Dschennas Stimme klang höhnisch, und er vollführte eigenartige Gesten mit den Händen, während er sprach. »Wollt Ihr denn der Tochter eines jener Edlen zumuten, noch weiter im Staub der Wüste zu schlafen, während ihr Palast mit seinen ganzen Annehmlichkeiten doch so nahe liegt?«

»Halt deine Hände still, heimtückischer Skorpion! Versuch nicht, mich mit einem deiner Zauber zu belegen, oder ich lasse dir mit glühenden Zangen das Fleisch von den Knochen reißen.«

»Nie würde ich es wagen, mich an Euch zu vergehen, Edelster unter den …«

»Schweig! Ich kann deine heuchlerischen Lügen nicht länger ertragen.« Der Wesir wandte sich an Melikae. Die Sharisad blickte verlegen zu Boden. Sie hatte nicht die Kraft, seinem strafenden Blick standzuhalten.

»Ich kenne dich, seit du an der Brust deiner Amme gelegen hast, Melikae. Was, in Rastullahs Namen, hat dich so verblendet, dass du deinem Vater solchen Kummer bereiten konntest? Er musste das Heiratsversprechen lösen und hundert Kamele geben, um die Schande zu tilgen, die du über den Namen des dir versprochenen Kaufmanns gebracht hast.«

»Und doch ist diese Schande klein wie ein Staubkorn vor einem Gebirge, wenn ich der Schande gedenke, die mir Abu Dschenna angetan hat.«

»Du verleumderische Hure, was …«

»Schweig, Schurke, oder ich lasse dich von den Wachen ergreifen.« Die Soldaten traten ein Stück vor und senkten drohend die Speere.

»Sprich, Melikae, was ist geschehen?«

»Ich … ich weiß kaum, wie ich Worte dafür finden soll. Nacht für Nacht hat er mich in sein Zelt genommen und gezwungen, ihm zu Willen zu sein.«

»Das ist alles erlogen.« Der Magier schäumte vor Wut. »Glaubt ihr kein Wort!«

»Packt ihn!« Auf einen Wink des Wesirs stürmten die Soldaten vor. Abu Dschenna versuchte, zum Tor des Lagerhauses zu entkommen, doch auch dort versperrten ihm Wachen den Weg.

»Steckt ihm einen Knebel in den Mund und bindet ihm die Hände auf den Rücken, damit er keine seiner unheiligen Zauber wirken kann.«

Ein Soldat schlug dem Magier mit dem Speerschaft auf den Rücken, sodass er auf die Knie stürzte. Dann stopften sie ihm ein Stofftuch in den Mund und fesselten ihn mit dünnen Lederriemen auf.

»Du sprichst doch wahr, mein Kind?«

»Ich schwöre bei Rastullah, dass ich nicht lüge. Glaubt Ihr, ich gestände eine solche Schande ein, die auf ewig als Makel am Namen meiner Sippe haften wird, wenn es nicht die Wahrheit wäre? Ihr wisst genauso gut wie ich, dass ich eine Ausgestoßene sein werde, wenn bekannt wird, was Abu Dschenna mir angetan hat. Und spätestens dann, wenn er wegen seiner Verbrechen gerichtet wird, wird die ganze Stadt von meinem Unglück erfahren. Nie wieder wird ein Mann um meine Hand anhalten, und wenn ich meinem Vater keinen Enkel gebäre, wird unsere Sippe aussterben. Glaubt Ihr, ich würde einen solchen Preis für eine Lüge zahlen?«

»Benenne Abu Dschennas Sünden, und ich werde ihn richten.« Das Gesicht des Wesirs war wie versteinert, und seine Stimme klang tonlos, als spräche ein ehernes Standbild.

Melikae wusste, was es hieß, als ehrlos zu gelten. Jeder Mann konnte ihr von nun an ungestraft nachstellen, denn gleichgültig, was sie auch sagte, man wiese ihr einen Teil der Schuld zu. Doch sie war bereit, diesen Preis zu zahlen, wenn sie dafür den Magier sterben sähe. Er hatte Omar ohne Gnade einem erbärmlichen Tod in der Wüste ausgeliefert. Dafür sollte er nun zahlen.

»Schon in der ersten Nacht, die ich in der Gefangenschaft dieses Schurken verbrachte, hat er mich gezwungen, ihm zu Willen zu sein. Ich habe mich gewehrt, geweint und geschrien, doch ich konnte mich seiner nicht erwehren. Ich weiß, dass die Flucht vor meinem Vater große Schande über unser Haus gebracht hat, doch so wahr mir Rastullah helfe, keiner meiner Sklaven hat auch nur mit einem Wort meine Unschuld besudelt. Erst der Häscher, den mein Vater hinter mir herschickte, hat mich in die tiefste Schande gestürzt, denn er hat mich …« Melikae stockte.

»Es ist gut, mein Kind, du brauchst nicht weiterzureden. Wie konnte dein Vater nur eine solche Schlange in seinen Dienst nehmen?« Jikhbar warf dem Magier einen verächtlichen Blick zu. Abu Dschenna bäumte sich in seinen Fesseln auf, doch die Wachen drückten ihn wieder zu Boden.

»Bringt ihn in den Kerker der Garnison und kettet ihn dort an die Wand. Sobald Abu Feisal aus dem Krieg zurückgekehrt ist, soll diesem Frauenschänder auf dem Markt bei lebendigem Leibe die Haut abgezogen werden, und sein Haupt wird auf einem Pflock über unserem Stadttor stecken, damit jeder Fremde weiß, wie dem geschieht, der unseren Frauen Gewalt antut.«

Melikae fühlte keinen Triumph, als Abu Dschenna von den Wachen fortgeschafft wurde. Sein Tod würde ihr Omar nicht wiederbringen. Sie hatte geglaubt, die Rache könnte einen Teil ihres Schmerzes auslöschen, doch das Gegenteil war der Fall. Der Gedanke an Rache hatte ihr Kraft gegeben und sie von ihrer Trauer abgelenkt. Jetzt blieb ihr nur noch der Schmerz um ihr verlorenes Glück. Doch vielleicht würde Rastullah ihr Leben schon bald beenden, um sie in den finstersten Abgrund der Niederhöllen zu schleudern, denn sie hatte falsches Zeugnis abgelegt und ihre Lügen bei seinem Namen beschworen.

»Melikae, du magst nun in den Palast deines Vaters gehen. Dort wirst du bleiben, bis ich mit deinem Vater und den Mawdli über deine Strafe beraten habe, denn Rastullahs Weisheit sagt, dass bei allem, was geschehen ist, nie den Mann allein die Schuld treffen kann. Jeder in der Stadt weiß, dass dies auf dich ganz besonders zutrifft, musste ich doch selbst miterleben, wie dein Tanz das Blut der Gäste in Wallung brachte. Sicher wirst du auch nicht bestreiten, dass du es warst, die dem Löwentöter Omar so sehr den Verstand verwirrte, dass der junge Held von deinem Vater das Einzige verlangte, was ihm Feisal nicht geben konnte.«

Melikae schwieg. Sie wusste, dass sie für ihre Verleumdung zahlen musste. Wahrscheinlich würde ihr Vater sie verstoßen, und sie würde in billigen Tavernen tanzen müssen, um wenigstens genug zu essen zu bekommen. Alle ihre Träume von Ruhm und Reichtum waren zerbrochen. Doch was bedeutete ihr schon ein Leben, das sie nicht mehr mit Omar teilen konnte?

»Geh nun, Weib! Ich kann den Anblick deines Leibes, der so viel Unglück heraufbeschwor, nicht länger ertragen.«

Gesenkten Hauptes verließ Melikae die Karawanserei. Ein Soldat begleitete sie und sorgte dafür, dass ihr das Tor zur Oberstadt geöffnet wurde. Dort wartete Sulibeth auf sie.

Der Hain vor dem Rastullahtempel der Unterstadt war von Menschen überfüllt. Krieger der verschiedensten Sippen drängten sich neben Händlern und Salzgängern. Die schrillen Rufe der schwarz gewandeten Klageweiber übertönten das Gemurmel der Menschenmenge. Hier und dort hörte man Kinder weinen oder den lautstarken Streit zwischen zwei Wüstenreitern.

Wie alle anderen erwartete Neraida den Mawdli, der bald vor dem Portal des Tempels erscheinen musste. Seit zwei Tagen hatte sie nichts mehr gegessen und auch nur wenig getrunken, um ihre Demut vor dem einzigen Gott zu bekunden. Die ganze Stadt schien von einem Fieber ergriffen zu sein.

Fünf Tage war die Nachricht alt, dass das Heer des Kalifen bei Malkillabad am Szinto eine vernichtende Niederlage erlitten hatte. Doch die Umstände, die zum Untergang des fast zweitausend Mann starken Heeres geführt hatten, waren noch unklar. Die einen erzählten, dass die Krieger Al'Anfas zahlreich wie die Heuschrecken über das Land hergefallen seien. Andere berichteten wiederum, dass Tar Honak, der Hohepriester des Götzen Boron, Dämonen beschworen habe, die den Soldaten des Kalifen allen Mut zum Kampf geraubt hätten. Nur in einem Punkt stimmten die verschiedenen Gerüchte überein. Fast alle, die gegen Al'Anfa ausgeritten waren, waren jetzt tot oder in Sklaverei. Die wenigen Überlebenden, die sich nach Unau gerettet hatten, redeten wirr, und einige wussten nicht einmal mehr, wie sie hießen. Ein Mawdli, der mit dem Heer geritten war und dessen Geist von den Schrecken der Schlacht weniger betroffen schien, hatte berichtet, dass Feisal der Prächtige gemeinsam mit einigen anderen Stadtfürsten von Unau bei einer Attacke über den Szinto im Pfeilhagel der Feinde gefallen sei.

So kam es, dass Jikhbar ibn Tamrikat verkünden musste, dass Melikae nun die Letzte aus dem Geschlecht der Haschijad sei und über alle Reichtümer ihres Vaters gebieten könne. Gleichzeitig erklärte er sie aber für ehrlos, sodass es jedem frei geborenen Unauer verboten war, ihren Palast zu betreten.

Die Lüge, dass sich Abu Dschenna an Melikae vergriffen hatte, war mittlerweile in aller Munde. Manche erzählten auch, Melikae sei es gewesen, die den Magier mit einem ihrer Zaubertänze verführt habe. Ja, es wurde sogar erzählt, sie habe Unzucht mit dem Sklaven Omar und ihrem heidnischen Söldner getrieben, von dem sie nun ein Kind unter dem Herzen trage. Neraida fühlte sich ganz elend, wenn sie diesen Tratsch in den Basaren mit anhören musste. Die Geschichte von der Liebe zwischen Fendal und Melikae traf sie so, als hätte man ihr einen Dolch ins Herz gestoßen.

Melikae hatte durch ihre Flucht zu guter Letzt doch noch alles gewonnen, überlegte die Salzgängerin. Sie musste den alten Kaufmann nicht mehr heiraten und konnte sogar frei über das Vermögen ihres Vaters verfügen. Selbst die Strafe, als ehrlos zu gelten, brachte ihr noch Vergünstigungen ein. Als Ehrlose konnte sie nun überall tanzen, wo sie wollte, wohingegen sie sich als anständige Tochter aus vornehmer Familie nur mit der Erlaubnis ihres Vaters oder ihres Mannes vor Fremden zeigen durfte. Auch musste der Makel der Ehrlosigkeit ihr nicht für immer anhaften, denn sollte sie berühmt werden, würde sie vielleicht eines Tages vor dem Kalifen auftreten, und der Herrscher aller Gläubigen konnte den Bann von ihr nehmen. Den Tod Omars würde sie bald vergessen. Einer Frau von ihrer Macht würden immer Männer zu Füßen liegen.

Und was blieb ihr selbst? Ihre Herrin Melikae schien sie völlig vergessen zu haben. Stundenlang saß die Sharisad neben dem Teich mit den Seerosen und lauschte den schwermütigen Melodien eines Flötenspielers, den sie in ihre Dienste genommen hatte. Neraida aber fand keine Zeit mehr, sich ihrer Trauer hinzugeben. Der Sklavenaufseher hatte ihr mehr Arbeit gegeben, als zwei Hände zu bewältigen vermochten. Wenn er sie weinend und in Trauer fand, dann schlug er sie. Heute hatte sie nur deshalb den Palast verlassen dürfen, weil der erste Rastullahellah einer der fünf höchsten Feiertage im Jahr war. Den rechtgläubigen Sklaven stand an diesem Tag frei, einen Tempel oder ein Mawdli zu besuchen, um wie die anderen Gläubigen Rastullah in aller Öffentlichkeit ihre Demut zu zeigen.

Oft lag Neraida nachts wach auf ihrem Strohsack und bedauerte, sich am Grab Fendals nicht den Tod gegeben zu haben. Was hatte ihr das Leben noch zu bieten? Bei Melikae, die schon immer reich und glücklich gewesen war, fügte sich alles, obwohl sie den Namen Gottes mit einem falschen Schwur besudelt hatte. Und was geschah mit ihr? Sie war wieder Sklavin, und da Melikae nicht mehr nach ihr fragte, hatte sie ihre bevorzugte Stellung als Zofe verloren.

Auch den Dolch, den sie während der Flucht getragen hatte, hatte man ihr wieder abgenommen, denn Sklaven war es verboten, Waffen zu tragen. Mehr denn je schien ihr der dünne eiserne Ring um den Hals die Luft zum Atmen zu nehmen. Es wäre besser gewesen, sie hätte niemals wieder den Geschmack der Freiheit gekostet!

Manchmal redete sie sich auch ein, es sei Sulibeth gewesen, die sie von Melikae getrennt hatte. Die alte Tanzlehrerin führte das Regiment im Haus, während Melikae träumend am Seerosenteich saß. Sulibeth hatte keinen Hehl aus ihrer Überzeugung gemacht, Neraida sei schuld an Melikaes Verfehlungen. Die Salzgängerin schnaubte verächtlich. Als ob die Sharisad jemals auf sie gehört hätte! Wenn Fendal doch noch leben würde! Er würde nicht dulden, dass die alte Hexe Sulibeth sie nun die schmutzigsten Küchenarbeiten erledigen ließ.

Doch Rastullahs Wege waren verschlungen und unergründlich für den Verstand des Sterblichen.

Abu Dschenna war auf geheimnisvolle Weise die Flucht

gelungen. An dem Morgen, als der Scharfrichter gekommen war, um ihn zu holen, hatte er den Kerker leer vorgefunden. Die Fesseln, mit denen man den Zauberer an die Wand gekettet hatte, waren auf seltsame Weise verbogen gewesen, und nur seine Kleider waren in der leeren Zelle zurückgeblieben. Man munkelte, ein Dschinn habe ihn geholt, doch Neraida wusste es besser: Rastullah duldete nicht, dass ein Mann für etwas verurteilt wurde, wofür als Beweis allein ein falscher Eid in seinem Namen stand. Vielleicht würde Melikae doch noch büßen müssen. Dieser Gedanke verschaffte Neraida Genugtuung. Sie war sicher, dass es so etwas wie göttliche Gerechtigkeit gab und dass jedes erduldete Unrecht eines Tages tausendfach vergolten wurde.

Plötzlich war es auf dem Tempelplatz ruhig geworden. Der Mawdli war erschienen. An seiner Seite standen zwei junge Männer, die ihre Hemden abgestreift hatten und blanke Krummschwerter in den Händen hielten. In gebieterischer Geste breitete der Mawdli die Arme aus.

»Rastullah zürnt uns! Seht, die Pestbeule des Südens ist aufgeplatzt, und ekliges Gewürm kriecht hervor, denn der eine Gott will unsere Standhaftigkeit im Glauben prüfen. Wie konnten wir in Zeiten, in denen unsere Brüder vor den Schwertern der Heiden flohen, Kamelrennen in Unau und, noch schlimmer, in der Kalifenstadt abhalten? Wie konnten wir lachen und feiern, als unsere Brüder fochten und starben? Fluch auf jenen Herrscher, der fernab seiner tapferen Krieger auf die Nachricht vom Sieg wartete. Haben wir denn vergessen, wie Rastullahs Glaube bis weit hinter die Grenzen der Wüste getragen wurde? Haben wir vergessen, dass der Kalif der Erste im Glauben und das Schwert des Gottes ist? Weil Rastullah uns zürnte, konnten unsere Feinde triumphieren. Nun besinnt euch wieder darauf, was den wahren Gläubigen auszeichnet: Demut vor Gott. Rastullahs Blick liegt nun auf Unau. So wie Keft dafür berühmt wurde, dass der eine Gott dort in neunundneunzig Geboten seinen Willen verkündete, so soll Unau in Zukunft für den wiedergeborenen Glauben stehen. Hier an unseren Mauern sollen die Heerscharen der Götzenanbeter zerschmettert werden. An meiner Seite seht ihr Abdallah und Chamir. Sie beide haben in dieser Nacht die Stimme unseres Herrn gehört, welcher in jenem fruchtbaren Garten auf sie wartet, der allen tapferen Kriegern verheißen ist, die im Heiligen Krieg den Tod finden. Sie sind bereit, seinem Ruf zu folgen!«

Der Mawdli trat zurück. Aus dem Tempel ertönte das Lied eines Zitarspielers, und die beiden Männer begannen zu tanzen. Schwertschwingend umkreisten sie sich und führten immer wildere und verwegenere Attacken gegeneinander. Schneller und immer schneller wurde das Lied, das der unsichtbare Spielmann auf den Metallsaiten der Zitar spielte. Schon bald bluteten die beiden Krieger aus zahlreichen Wunden, doch so, als habe Rastullah ihnen übermenschliche Kräfte geschenkt, ermüdete keiner von beiden, bis plötzlich das Lied der Zitar verstummte.

Weniger als einen Schritt standen die Kämpfer voneinander entfernt und maßen sich mit Blicken. Dann hoben sie die Schwerter, bereit, einen letzten tödlichen Schlag zu führen.

»Es sei«, durchbrach die Stimme des Mawdli die Stille.

Wie silberne Blitze zuckten die Klingen nieder, und die Krieger schlugen sich gegenseitig das Haupt vom Rumpf.

Ein Aufschrei ging durch die Menge. Blut war auf das weiße Gewand des Mawdli gespritzt. Der Weise beugte sich nieder und hob das Haupt eines toten Kriegers auf, um dessen leblose Lippen zu küssen. »Ich sehe Rastullahs Gärten im Spiegel seiner Augen!«

»Sie sind für Unau gestorben, sie sind wahre Helden!«, erklang ein Schrei aus der Menge.

»Schweigt!« Der Mawdli hatte die Linke erhoben. Dann hielt er das Gesicht des Toten an sein Ohr. Gleichzeitig erklang die Zitar im Innern des Tempels aufs Neue. »Er spricht zu mir!« Atemlose Stille herrschte in dem lichten Palmenhain vor dem Tempel.

»Rastullah hat ihn und seinen Bruder gnädig aufgenommen. Sie werden wiederkehren, wenn der Löwe und sein Schwert zusammengefunden haben. Denn die Tatzen des Löwen werden den Raben vom Himmel holen, sein Schwert aber wird den Tod und auch die Liebe bis in den Horst des Raben tragen. Beide haben ihren Weg in der Oberstadt begonnen, und doch kennen sie sich nicht. Vor der Morgenröte des Triumphs aber steht die Kälte einer finsteren Nacht. In jener Nacht werden die beiden Helden zurückkehren, die heute ihr Leben Rastullah geschenkt haben, um in flammender Rüstung an unserer Seite zu stehen. Sie werden das Schwert des Siegers zum Licht führen und so die Weisheit retten. Dies hat Rastullah uns bestimmt.«

Ohne ein weiteres Wort drehte sich der Mawdli um und kehrte in den Tempel zurück, und der Klang der Zitar verstummte endgültig, als sich die bronzenen Tempeltore hinter dem Weisen schlossen.

Neraida hatte den Eindruck, dass es kälter geworden war. Dann kam ein böiger Wind auf und neigte die Wipfel der Palmen. Von den Unauer Bergen zog eine dunkle Wolkenfront heran.

»Seht nur, über der Garnison!« Der gellende Schrei eines Mannes ließ Neraida aufblicken. Hoch über der Stadt kreiste ein dunkler Vogel. Dann war ein scharfer Knall zu hören. Die Fahnenstange mit dem Banner der Gelbherzen war zerbrochen, und die Standarte stürzte von der Mauer in den Staub.

»Die Nacht hat begonnen!«

»Rastullah wird Rache an allen nehmen, die den wahren Glauben verraten haben!«

»Hört nur das ferne Donnern! Das ist der Flügelschlag des Raben, dessen Schwingen den Himmel verfinstern.«

Auf dem Platz brach ein Tumult los. Die meisten warfen

sich zu Boden und beteten lauthals, Rastullah möge ihnen ihre Sünden vergeben. Manche flohen auch ängstlich in ihre Häuser.

Neraida kniete nieder, breitete die Arme aus und blickte zum Himmel. Der Wind zerrte an ihrem Kopftuch und dem schlichten Leinengewand, das sie trug.

»Ich diene dir, Gott der Rache, und wenn ich meinen Körper von den Mauern stürzen muss, um sterbend unsere Feinde zu zerschmettern.«

Erst jetzt bemerkte Neraida die schlanke Frau, die schräg hinter ihr stand. Der Wind spielte mit ihrem langen Haar, das der Salzgängerin fast wie goldene Schlangen erschien. Die Fremde war die Einzige auf dem Platz, die nicht auf die Knie gefallen war. Ihre Haut war ungewöhnlich hell, und ihre Ohren liefen so spitz zu wie die eines Dschinns. Neraida erschien sie wie eine Lichtgestalt, die Rastullah gesandt hatte, seinem bedrängten Volk zur Seite zu stehen.

Die goldhaarige Frau nahm einen ungewöhnlichen, langen Bogen von der Schulter, zog einen Pfeil aus ihrem Köcher und zielte zum Himmel, wo der schwarze Vogel noch immer im Sturmwind über der Festung tanzte. Dann ließ sie das tödliche Geschoss von der Sehne. Erst im letzten Moment riss eine Sturmbö den Pfeil aus seiner Bahn. Statt die Brust des Vogels zu durchbohren, streifte er eine der schwarzen Schwingen. Ein krächzender Schrei hallte über den Platz. Dann drehte der Vogel nach Osten ab und verschwand in der dunklen Wolkenfront.

Etwas Warmes hatte Neraidas Wange berührt. Vorsichtig tastete sie mit den Fingern danach. Es war Blut. Der Salzgängerin schlug das Herz bis zum Hals. Was mochte dieses Omen bedeuten? Würde Rastullah ihren Wunsch erfüllen und ihr den Tod schenken, damit sie wieder mit Fendal vereint wäre?

Die Fremde war neben sie getreten. Sie streckte die Hand aus, fuhr ihr über die Wange und betrachtete das

Blut. Dann sprach die Goldhaarige sie an, und in ihrer Stimme lag ein seltsamer Klang, wie ihn Neraida noch nie zuvor gehört hatte.

»Du bist auserwählt. Heute hat mein Pfeil zum ersten Mal sein Ziel verfehlt. Es war töricht, die Kraft meines Arms gegen das Toben des Windes zu stellen. So wie der Sturmwind jetzt die Häupter der Palmen beugt, wird der Sturm, der ihm folgen wird, den Stolz dieser Stadt beugen. Wenn der Hochmut der Herren gebrochen ist, wird auch der eherne Ring um deinen Hals zerspringen. Nimm dies und zerkau es, wenn du dich entscheidest, dass dein Leben länger währen soll als der Triumph eurer Feinde.«

Die unheimliche Frau reichte ihr eine seltsame Pflanzenknolle. Noch einmal lächelte sie ihr zu, dann ging sie ohne ein weiteres Wort. Und obwohl sie eine Ungläubige war, öffnete sich vor ihr eine Gasse zwischen den Menschen, die nun ihre Häupter wieder erhoben hatten, und selbst die verschleierten Kasimiten traten der Frau mit dem goldenen Haar respektvoll aus dem Weg.

Eine schwere Zeit war angebrochen für Unau. Zwölf Tage nach den bösen Omen des ersten Rastullahellah war das Heer Al'Anfas vor den Toren der Stadt erschienen. Mit einer tollkühnen Reiterattacke hatten die Verteidiger versucht, die Soldaten des Götzenpriesters Tar Honak wieder zurück in die Wüste zu treiben, doch zu Hunderten waren sie im Pfeilhagel der Ungläubigen gefallen. Fast ohne einen Schwertstreich eroberte das Heer unter dem Rabenbanner die Unterstadt Unaus. Doch während sich das Volk unter der Knute der Ungläubigen beugte, hatte sich der Wesir Jikhbar ibn Tamrikat mit den letzten Aufrechten in der Garnison und in der Oberstadt verschanzt, entschlossen, den Palast des Sultans und die Ehre Unaus mit seinem Leben zu verteidigen.

Schon zwei Wochen dauerte der Kampf um die Oberstadt, und jeden Morgen schickte der Götzenpriester Tar

Honak einen Boten, der den Verteidigern zurief, sie könnten zwischen einem grausamen Tod oder dem Überleben in Sklaverei wählen, wenn sie sich ergeben würden und den Götzen Boron als ihren obersten Herrn anerkannten. Doch nicht einer der Verteidiger ging auf das ehrlose Angebot ein. Sie waren gewillt, dem Land der Morgenröte zu zeigen, dass wenige, die fest im Glauben waren, einem ganzen Heer die Stirn bieten konnten.

Krieg und Elend machten auch vor dem Palastgarten nicht halt, in den Melikae sich in ihrer Trauer um Omar zurückgezogen hatte. Auch wenn ihr Herz noch immer schwer war, nahm sie wieder teil am Leben. Nur zur Mittagsstunde zog sie sich noch an ihren Seerosenteich zurück, um dem schwermütigen Spiel der Kabasflöte zu lauschen. Doch war sie nicht mehr allein. Sie hatte den Kranken und Verwundeten die Tore ihres Gartens geöffnet und die Sklaven angewiesen, den Hungrigen von den Früchten der Dattelpalmen abzugeben. Melikae wusste, dass sie sich damit den Zorn ihrer Nachbarn zuzog, denn obwohl die reichen Edlen Seite an Seite mit Kasimiten, Salzgängern, armen Lastträgern und sogar den Freigelassenen aus den Kerkern der Stadt kämpften, duldeten sie nicht, dass die Niedriggeborenen ihre Palastgärten betraten. Ja, es war sogar ein Befehl des Wesirs notwendig, sie dazu zu zwingen, das Wasser ihrer Brunnen zu teilen.

Melikae erlebte in dieser Zeit zum ersten Mal, dass ihre Ehrlosigkeit auch Freiheit bedeutete. Obwohl Sulibeth versucht hatte, ihr zu verbieten, Fremde in den Garten und den Palast zu lassen, hatte sich die Sharisad schon am ersten Tag der Belagerung entschlossen, einen anderen Weg zu beschreiten als die übrigen Sippen der Oberstadt. Die Ehrlosigkeit hatte sie dabei von jeder Rücksichtnahme auf den Namen ihres Vaters und die Geschichte ihres Geschlechts entbunden.

Für heute Abend hatte sie sich entschieden, einen weiteren Schritt auf ihrem neuen Weg zu gehen. Sie wollte zum ersten Mal seit ihrer Ankunft in Unau Palast und Garten verlassen, um die großen Sklavenunterkünfte im Westen des Sultanspalastes zu besuchen. Dort waren die Schwerverletzten untergebracht. Eine ganze Woche lang hatte sie mit Hilfe Sulibeths einen neuen Tanz einstudiert, und Melikae hoffte, auf ihre Art einen Beitrag zur Verteidigung der Stadt liefern zu können.

»Kindchen, du solltest das lassen. Ein Echsenzauber muss dir auf dem Salzsee den Verstand verwirrt haben. Du kannst doch nicht einfach vor irgendwelchem Pöbel tanzen. Was wird der Wesir dazu sagen?« Sulibeth schlug die Hände über dem Kopf zusammen. »Denk doch nur an deine Geburt, du bist …«

»Ich bin eine Ehrlose.« Melikae lächelte die alte Tanzlehrerin an. »Wann wirst du endlich begreifen, dass ich nicht mehr die stolze Tochter Abu Feisals bin? In den Straßen der Unterstadt soll man mich sogar eine Hure genannt haben. Und was den Wesir angeht – wenn ich vor Männern tanze, die du so abfällig Pöbel nennst, so wird sich der ehrwürdige Jikhbar ibn Tamrikat dazu höchstens denken, dass ich nun endlich da bin, wo ich hingehöre.«

»Nein, Kind, wie kannst du nur so reden? Du solltest vor den Edlen tanzen. Einer der Söhne Rustan Marmuks liegt todwund darnieder. Ihm könntest du das Leben retten. Tanzt du vor vielen den Tanz der Freude, so kann er nicht seine volle Zaubermacht entfalten.«

»Vielleicht werde ich auch vor Rustans Sohn tanzen. Doch gewiss nicht zuerst. Unau soll wissen, wo ich hingehöre.«

»Eine Sharisad sollte sich vor eigensinnigem Stolz hüten, so lehrt uns Dschella, die sechste Frau Rastullahs, die einst die größte Tänzerin im Land der ersten Sonne war.«

»Aber lehrt Dschella uns nicht auch, nicht zwischen den Reichen und den Geringen zu unterscheiden und den Trost der vielen stets höher zu achten als den Trost des Einzelnen?«

Die alte Sulibeth blickte sie einen Herzschlag lang verblüfft an. Dann seufzte sie laut. »Dass ich das noch erleben durfte. Nie hätte ich gedacht, dass du mir eines Tages eine Lehre erteilen würdest. Ich neige mein Haupt in Demut vor dir, denn du hast recht, doch wäre es klug von dir, auch für Rustan Marmuks Sohn zu tanzen.«

Melikae blickte zu Boden. Sie hatte noch nicht vergessen, dass auch der Edle Marmuk zu jenen Gästen ihres Vaters gehört hatte, die für Omar eine harte Bestrafung gefordert hatten. Sie könnte ihnen das nie vergeben. Doch durfte sie Rustans Sohn für die Niedertracht seines Vaters strafen? Ihr blieb keine Zeit mehr für solche Gedanken. Wenn sie vor den Verwundeten tanzen wollte, musste sie das letzte Licht des Tages nutzen.

»Ruf Neraida, sie soll mich beim Ankleiden beraten.«

Sulibeth deutete kurz eine Verneigung an und verließ den Tanzsaal, in dem sie Melikaes Übungen beaufsichtigt hatte. Beim Gedanken an Neraida fühlte sich die Sharisad unwohl. In ihrer Trauer über Omar hatte sie die Salzgängerin völlig vergessen. So war sie vom Sklavenaufseher, der sie schon immer wegen ihrer Vorzugsstellung als Zofe und wegen ihres Stolzes gehasst hatte, für die niedrigsten Arbeiten eingesetzt worden. Als Melikae aus ihrer Starre erwacht war und erkannt hatte, was mit Neraida geschehen war, entließ sie den Sklavenmeister und holte die Salzgängerin in ihre Gemächer zurück. Doch Neraida schien ihr diesen Fehler nicht vergeben zu können. Sie blieb kühl und zurückhaltend. Zwischen ihnen herrschte eine Entfremdung, die die Sharisad allein nicht überbrücken konnte, und Neraida zeigte keinerlei Neigung, das Geschehene zu vergessen.

»Herrin.« Die Salzgängerin stand in der Tür zum Tanzsaal.

»Komm, Neraida, du sollst mich wie früher in der Auswahl meiner Kleider beraten. Ich werde heute Abend zum ersten Mal wieder tanzen.«

»Wie Ihr befehlt, Herrin.«

Die kalten Worte trafen Melikae wie ein Schlag. Vielleicht sollte sie Neraida aus ihren Diensten entlassen? So konnte es mit ihnen nicht weitergehen.

Neraida hatte einen Wasserkrug zu den Verteidigern der Westmauer gebracht. Sogar die Sklaven waren jetzt zum Dienst auf der Stadtmauer eingeteilt, und die Unterschiede zwischen Freien und Unfreien verwischten sich mit der Dauer der Belagerung immer mehr. Seit fast dreißig Tagen bestürmten die Al'Anfaner nun schon die Oberstadt, und es war nur noch eine Frage der Zeit, bis Unau verloren wäre. Die Reichen hatten ihre Gärten öffnen müssen. Es war fast zu einer Rebellion unter den Verteidigern gekommen, weil eine Handvoll Familien mehr als die Hälfte der Essensvorräte für sich behielt. Fast dreihundert Kämpfer hatten sich in die Oberstadt retten können, als Unau überrannt wurde, und fast genauso viel Frauen, Kinder und Alte waren in die verbotene Stadt geflohen. Als ihnen das Essen ausging und Gerüchte die Runde machten, in den Ställen der Paläste würden selbst die Shadif mit Hirse gefüttert, hatte sich ein bis an die Zähne bewaffneter Trupp aufgemacht, um die Häuser der Reichen zu plündern. Doch Melikae war es gelungen, sie aufzuhalten, und nach Verhandlungen mit dem Wesir und Vertretern der Edlen waren die verbleibenden Lebensmittel gerecht aufgeteilt worden. Die Sharisad hatte großen Einfluss unter den Salzgängern, Kasimiten, Lastenträgern und den anderen Männern von niederem Stand. Jede Nacht tanzte sie, um den Verwundeten Linderung zu verschaffen und den Verzweifelten neuen Mut zu geben.

»Neraida?« Im Schatten der Stadtmauer saß jene blonde Frau, die die Salzgängerin zum ersten Mal am Rastullahellah gesehen hatte. Die Sklavin stellte den schweren Wasserkrug ab und stieg über eine ausgetretene Treppe von der Mauer hinab.

»Du solltest dich nicht auf dem Wehrgang zeigen. Überall am Fuß der Steilklippe lauern die Bogenschützen der Al'Anfaner.«

»Ich habe keine Angst vor dem Tod.« Neraida schaute der Frau offen ins Gesicht. Sie hatte sie während der Belagerung schon mehrmals getroffen und empfand fast ein Gefühl von Freundschaft für sie. Die Bogenschützin hatte ihr von den Wäldern im Norden erzählt, wo das Land grün war und es so viel Wasser gab, dass weder Mensch noch Tier jemals Durst leiden mussten. Die Fremde behauptete von sich, eine Elfe zu sein. Neraida hatte das anfangs nicht glauben mögen. Sie kannte Elfen nur aus den Geschichten der Märchenerzähler, und dort waren sie oft böse und verschlagen. Obwohl es auch Legenden gab, die von den Kriegen der Elfen gegen die Echsen erzählten und berichteten, wie sehr sie den Geschuppten zugesetzt hatten. Überzeugt war Neraida aber erst, als sie mit angesehen hatte, wie sich unter den Händen von Sonnenglanz die Wunde eines tödlich Verletzten wieder geschlossen hatte und der Mann überlebte. Seitdem war ihr Name, Galindia Sonnenglanz, in aller Munde, und außer den Kasimiten, die niemandem trauten, wurde sie von jedermann mit großem Respekt behandelt.

»Glaubst du, uns wird noch viel Zeit bleiben?«

Die Elfe schüttelte den Kopf. »Fast alle Verteidiger sind verwundet und zu Tode erschöpft. Unsere Feinde aber werden mit jedem Tag stärker. Wenn sie mit ihrer ganzen Macht angreifen, können wir ihnen nicht widerstehen, das weißt du doch auch. Ist das der Grund, warum du dich so unvorsichtig auf der Mauer zeigst?«

»Man sagt, die Al'Anfaner verlangen von einem jeden, Rastullah abzuschwören. Ich werde meinen Gott niemals verraten. Also werde ich sterben.«

»Und wenn es noch einen Weg gäbe?«

»Wie meinst du das?«

»Die Rosenohren aus den Kerkern, die sich freiwillig

zur Verteidigung gemeldet haben, haben Brunnenschächte gefunden, die mit unterirdischen Kanälen verbunden sind. Sie führen nach Osten zu den Bergen.«

»Die Feggagir? In diesen Tunneln spuken die Geister jener Toten, die unter der Klinge unseres ersten Kalifen Malkillah Ibn Hairadan gefallen sind. Kein Rechtgläubiger beträte sie jemals!«

Die Elfe lächelte geheimnisvoll. »Sagt man jenen wortkargen verschleierten Kriegern nicht nach, dass sie besonders gläubig seien? Es gibt Gerüchte, dass sie in den letzten Nächten in die – wie nennst du sie? – Feggagir hinabgestiegen sind.«

»Das kann nicht sein. Kein Kasimit würde so etwas tun.«

»Warum nicht? Sie sind ungewöhnlich tapfer im Kampf. Ihnen scheint ihr Leben genauso wenig zu bedeuten wie dir. Ihr Menschen seid schon ein seltsames Volk. Solange ihr jung und stark seid, achtet ihr euer Leben gering, doch wenn ihr schon nach wenigen Jahren gebrechlich werdet, dann klammert ihr euch an jede Stunde, die euch noch bleibt. Sieh nur, dort drüben bei dem Tor sitzt einer der Verschleierten. Er scheint zu uns herüberzuschauen.«

Neraida hatte das Gefühl, dass der Mann ihretwegen dort saß. Bislang war sie den Kasimiten immer aus dem Weg gegangen. Sie hatte Angst, dass die Krieger sie bestrafen würden, weil sie im Tal der Sieben Säulen gewesen war und einen Ungläubigen an diesen Ort geführt hatte. Es wäre sicher besser gewesen, jetzt zu gehen. In Melikaes Palast würde sie kein Kasimit belästigen. Beinahe hastig stand sie auf.

»Du willst schon gehen?« Sonnenglanz hatte gerade ihre Harfe aus einem Ledertuch gewickelt. »Du lauschst doch sonst so gern meinen Liedern.«

»Ich muss noch einen dringenden Auftrag für meine Herrin ausführen.«

»Soll ich dich begleiten?«

Neraida hatte den Eindruck, dass Sonnenglanz wusste, warum sie es plötzlich so eilig hatte.

»Hast du Angst vor den Verschleierten? Suchen sie dich vielleicht? Ich habe gehört, wie sie einige Leute über deine Flucht mit der Tänzerin befragt haben.«

»Es ist nichts«, log die Salzgängerin. »Ich muss wirklich dringend gehen.« Neraida war überzeugt, dass es besser für sie sei, wenn die Kasimiten sie nicht mit der Elfe zusammen weggehen sahen. Es war schon schlimm genug, wenn sie einem Ungläubigen den Weg in das Tal der Sieben Säulen gezeigt hatte. Jetzt auch noch als Freundin einer Kriegerin zu gelten, die nicht einmal dem Volk der Menschen angehörte, mochte ungeahnte Folgen haben. Eilig verließ Neraida den Mauerbereich. Aus den Augenwinkeln sah sie, wie der Verschleierte aufstand und ihr folgte. Sie bog in eine der kleinen Gassen ein, die von den Mauern zweier Palastgärten gebildet wurde.

Jetzt, da sie außer Sichtweite des Kriegers war, begann sie zu laufen. Es war nicht weit bis zu dem Portal, hinter dem die Gärten des Palastes lagen, der einst Melikaes Vater gehört hatte. Sie war völlig allein in der Gasse. Fast alle Krieger waren zum Dienst auf den Mauern eingeteilt, und wer nicht auf Wache stehen musste, hatte in den Palästen Schutz vor der Mittagssonne gesucht. Hinter der nächsten Wegbiegung lag das rettende Portal. Neraida rannte schneller. Plötzlich glitt ein Schatten aus einem der Bäume hinter den Mauern. Federnd landete ein Verschleierter ein paar Schritt vor ihr auf dem Weg.

Keuchend blieb Neraida stehen. Es war unmöglich, an dem Krieger vorbeizukommen. Hinter ihr erklangen Schritte. Gehetzt blickte sie über die Schulter zurück. Der zweite Kasimit war ihr gefolgt! Der Mann, der aus dem Baum gesprungen war, kam langsam auf sie zu. Er hatte die Hände gehoben, damit sie sah, dass er waffenlos war. Neraida drückte sich gegen die raue Gartenmauer. So konnte sie der zweite Krieger nicht im Rücken angreifen.

»Was wollt ihr von mir?«

Einer der beiden machte eine Geste, dass sie schweigen solle. »Unser Hairan erwartet dich.«

Verzweifelt blickte sich Neraida um. Es gab keine Möglichkeit zur Flucht. Wäre sie nur mit Sonnenglanz gegangen! Sie hatte schreckliche Geschichten darüber gehört, was Kasimiten mit Verrätern am Rastullahglauben taten. Die Verschleierten galten als unbarmherzige Krieger, und man erzählte sich, sie seien es gewesen, die vor Jahrhunderten die Letzten aus dem Volk der Ssrkhrsechim, der schlangenleibigen Echsenmagier, aus der Khom vertrieben hatten.

Einer der Männer packte sie am Arm. »Komm!«

Die beiden Kasimiten brachten Neraida zu einem halb verfallenen Schuppen, der im Garten eines der östlichen Paläste lag. Dort wartete derjenige, den sie Hairan genannt hatten.

Der Mann war ungewöhnlich groß für einen Novadi. Er trug eine schwarze Hose, ein Wickelgewand und einen weiten Umhang. Sein Haupt verhüllte ein schwarzes Hattah. Er hatte das große Tuch so gewickelt, dass es zugleich Turban und Schleier war. Nur die dunklen Augen waren noch zu sehen.

»Bist du Neraida aus dem Hause Abu Feisals des Prächtigen?«

Die Salzgängerin nickte. Ihr Mund war ganz ausgetrocknet. Sie hatte geglaubt, keine Angst mehr vor dem Tod zu haben, doch jetzt wurde ihr klar, dass das ein Irrtum gewesen war.

»Stimmt es, was man sich in der Stadt über dich erzählt? Hast du deine Herrin über den großen Salzsee in das Tal der Sieben Säulen geführt?«

Eine Lüge wäre sinnlos gewesen. Der Krieger, von dem die beiden anderen behauptet hatten, dass er ein Hairan sei, schien offensichtlich alles zu wissen. Sie nickte. Eine Weile musterte sie der Mann schweigend. Seine Augen schienen wie Dolche zu sein. Neraida hatte das Gefühl, dass sein Blick sie regelrecht durchbohrte und der Fremde ihre innersten Geheimnisse kannte.

»Ich bin Hasim ben Sahir ibn Albeda, Hairan der Beni Albeda. Ich habe mit meinen Kriegern die Heiligtümer aus dem Bethaus der Unterstadt gerettet, bevor die Ungläubigen es schänden konnten. Doch nun sieht es so aus, als seien sie selbst hier nicht mehr sicher. Bist du deinem Gott treu ergeben und bist du bereit, dein Leben in den Dienst Rastullahs zu stellen, Neraida?«

Die Salzgängerin war völlig überrascht. Was sollte das? War das eine Falle, um ihre Standhaftigkeit im Glauben zu prüfen?

»Ich lebe in Ehrfurcht vor dem einzig wahren Gott und achte seine Gesetze.«

»Kannst du deinen Glauben beweisen?«

»Soll ich mich mit dem Namen Rastullahs auf den Lippen von der Stadtmauer stürzen? Wenn ihr gekommen seid, um mich zu strafen, dann sagt es. Ich fürchte mich nicht vor euch oder vor dem, was ihr mir antun könntet.« Neraida hoffte, dass sie zumindest ein wenig überzeugend geklungen hatte. Wenn sie die Wahl gehabt hätte, sich zu Tode zu stürzen oder unter den Händen dieser Männer zu sterben, hätte sie sich sofort und im Bewusstsein, dass ihr Rastullah eine letzte Gnade gewährte, für den Freitod entschieden.

Einige Atemzüge lang herrschte angespannte Stille. Die Kasimiten tauschten Blicke, die Neraida nicht zu deuten verstand. Fast schien es, als hätten sie ihre Worte überrascht. Doch warum?

»Wir sind nicht hier, um dich zu töten. Wir wollen dich um Hilfe bitten.« Der Anführer der Verschleierten musterte sie mit stechendem Blick.

»Mich um Hilfe bitten? Aber was kann ich schon für euch tun?« Neraida war verwirrt. Trieben die Krieger irgendein undurchsichtiges Spiel mit ihr?

»Unau wird sich nicht mehr lange halten können. Schon sind die Sturmleitern bereit, um die Mauern der Oberstadt zu nehmen. Es liegt jetzt nur noch daran, wann der Götzenpriester den Befehl zum Angriff gibt. Wir sind nach Unau gekommen, um für unseren Glauben zu streiten, doch unser Sultan hat uns noch einen zweiten Auftrag gegeben. Wenn sich herausstellen sollte, dass die Bürger der Stadt und die Soldaten des Kalifen zu schwach im Glauben sind, um den Heerscharen der Heiden zu widerstehen, so sollen wir den steinernen Fußabdruck Rastullahs und vor allem das ›Al-Raschida nurayan schah Tulachim‹ retten, das heilige Buch, niedergeschrieben von Rashman Ali, bevor es den Götzenanbetern in die Hände fällt. Beide Heiligtümer haben wir aus dem Bethaus in der Unterstadt geborgen und an einem sicheren Ort versteckt. Jetzt müssen wir sie aus der Stadt bringen, damit sie vor den al'anfanischen Mordbrennern sicher sind. Du sollst uns bei unserer Flucht helfen und uns über den großen Salzsee führen. Wir müssen davon ausgehen, dass alle anderen Routen nach Norden schon von den Ungläubigen überwacht werden. Bist du bereit, diese heilige Pflicht für Rastullah zu erfüllen?«

Neraida zögerte. Die Aussicht, mit diesen drei unheimlichen Gestalten den Salzsee überqueren zu müssen, war alles andere als angenehm.

Der Anführer der Kasimiten schien durch ihr Schweigen beunruhigt. Seine Hand glitt zum Knauf seines Khunchomers. »Natürlich können wir es uns nicht leisten, dich lebend entkommen zu lassen, nachdem du unsere Pläne kennst. Vielleicht willst du uns an die Heiden verraten.«

»Nein! Nein, das ist nicht der Grund, warum ich zögere.« Fieberhaft suchte Neraida nach einer Ausrede. »Es ist … ich kann nicht einfach meine Herrin verraten und sie verlassen. Treue ist für mich mehr als nur ein Wort. Ich habe überlegt, wie ich erreichen kann, dass sie mich gehen lässt.«

Hasim entspannte sich. »Das soll deine Sorge nicht sein. Ich werde dich dieser Sharisad abkaufen. Wenn du uns über den Cichanebi gebracht hast, wirst du als Lohn deine Freiheit erhalten.«

»Ich bin bereit, euch zu folgen.« Neraida beeilte sich zu antworten, um nicht schon wieder den Argwohn des Kriegers zu erwecken. Sie musste dieser Falle entkommen. Wäre sie erst wieder in Melikaes Palast, könnten die Kasimiten ihr nichts mehr anhaben.

Hasims Augen blitzten beunruhigend. »Versuch nicht, uns zu hintergehen. Du und deine Herrin würden dafür mit dem Leben bezahlen. Glaub nicht, dass es irgendeinen Ort gibt, wo du vor unserer Rache sicher wärst. Wir haben viele Freunde und Glaubensbrüder unter den Verteidigern. Morgen Früh werde ich kommen, um dich deiner Herrin abzukaufen. Bereite dich darauf vor, das Haus Abu Feisals dann für immer zu verlassen.«

Neraida schluckte. Melikae und der Palast, das war in den letzten zehn Jahren ihr Leben gewesen. Plötzlich hatte sie Angst davor, schon bald allein unter Fremden zu sein. Selbst der Hass, den sie in den letzten Wochen für die Sharisad empfunden hatte, verband sie noch mit ihr. Wie wäre es, ohne all das zu leben?

»Bevor wir dich entlassen können, sollst du noch Zeugin eines Rituals werden, auf dass dein Wort eines Tages einen der Unsrigen vor der Schande bewahren wird.«

Hasim streckte sich, zog drei Strohhalme aus dem beschädigten Dach des Schuppens und gab seinen Gefährten einen kurzen Wink. Einen der Halme knickte er ab, sodass er jetzt deutlich kürzer als die anderen war. Dann drehte er sich zu Neraida um.

»Nimm sie und halt sie so in deiner Faust, dass keiner von uns wissen kann, welcher Halm der kürzeste ist.« Die Salzgängerin gehorchte. Es schien ihr klüger, diesen Fanatikern nicht zu widersprechen.

»Es ist eine Schande für uns, aus einer Schlacht zu fliehen. Wer immer mit dir gehen wird, um dich zu schützen und die beiden heiligen Reliquien zu tragen, verliert seine Ehre. Sobald das Buch und die Felstafel in Kireh dem Sultan übergeben sind, wird sich dein Begleiter vor den Augen aller Mitglieder seiner Sippe entleiben, um seinen Namen und den seiner Blutsverwandten von der Schande, aus einem Kampf geflohen zu sein, reinzuwaschen. Deine Aufgabe wird es sein, dem Sultan zu schwören, dass derjenige, den dieses unrühmliche Ende erwartet, durch das Los bestimmt wurde und dass er kein Feigling war.«

Neraida wollte es nicht fassen, wie man so wahnsinnig sein konnte. Sicherlich war es unrühmlich, vor einem Feind zu fliehen. Doch wenn man durch die Flucht zwei Heiligtümer Rastullahs davor bewahrte, in die Hände Ungläubiger zu fallen, so war damit jede Verfehlung gesühnt. Kein Mawdli hätte einen Mann für eine solche Tat verurteilt. Doch die Kasimiten waren selbst im strenggläubigen Keft, wo die Gebote Rastullahs enger als in irgendeiner anderen Stadt ausgelegt wurden, als verblendete Sonderlinge verschrien.

»Ich überlasse euch die erste Wahl.« Hasim winkte seinen Männern, zu Neraida zu treten. Zögernd streckte der erste die Hand aus. Die Salzgängerin hörte, wie der Mann ein kurzes Stoßgebet zu Rastullah schickte. Dann griff er nach dem mittleren der drei Halme.

Der zweite entschied sich schneller. Ohne Zögern nahm er den linken der beiden noch verbliebenen Halme und behielt ihn in der Faust, sodass man nicht sehen konnte, wie lang er war. Genauso verfuhr Hasim, als er den letzten Strohhalm zog. Einen Atemzug lang verharrten die Männer.

»Yalla!« Auf das Kommando des Hairans streckten alle die geöffnete Faust vor. Hasim entfuhr ein Fluch. Er hatte den kürzesten der Halme gezogen.

»Rastullahs Wege sind unergründlich.« Der Krieger zuckte ergeben die Achseln. »Geh nun, Neraida. Und glaub nicht, du könntest uns entkommen. Was immer du im Haus deiner Herrin unternimmst, wir werden es wissen.«

Wie meinte er das? Gab es unter Melikaes Sklaven vielleicht Verräter? Oder beobachteten sie einfach nur den Palast? »Es wird mir eine Freude sein, Euch wiederzusehen, Ehrenwerter. Die Flamme der Frömmigkeit beginnt in mir zu einem verzehrenden Feuer anzuwachsen. Ich werde Rastullah dienen, wie mein Schicksal es verlangt.« In ihren Jahren als Sklavin hatte Neraida es gelernt, ihren Herren nach dem Mund zu reden, wenn es sein musste.

»Worte, die eines Kasimiten würdig wären. Doch hüte dich, Neraida, ich erkenne Verrat so leicht, wie ich einen Kiesel am Grund eines klaren Brunnens sehe. Versuch nicht, mich zu betrügen.«

»Nichts liegt mir ferner, Herr.«

»Dann geh nun und erwarte meinen Besuch.«

Die Salzgängerin verbeugte sich und verließ den Schuppen. Als sie sicher war, dass die Kasimiten sie nicht mehr sehen konnten, begann sie zu laufen.

Mit klopfendem Herzen erreichte sie den Palast. Was sollte sie nur tun? Wie konnte sie diesen Eiferern entkommen?

Im Morgengrauen ertönte der dumpfe Klang riesiger Kesselpauken aus den Heerlagern in der Unterstadt und auf dem Feld der Verbrüderung nördlich von Unau.

»Sie kommen!« Der Schreckensschrei ertönte über dem ganzen Hochplateau. Das Heer Al'Anfas war zum Sturm bereit.

Melikae hatte Waffen unter den Sklaven austeilen lassen und selbst das viel zu weite Kettenhemd ihres Vaters übergeworfen. Sogar die alte Sulibeth stand mit einem Helm auf dem Kopf und einem glänzenden Khunchomer in der Faust auf dem Hof.

»Welche Waffe willst du, Neraida?« Melikae hatte ein Lächeln auf den Lippen und strahlte eine Zuversicht aus, als läge nicht mehr als nur ein Tanzauftritt vor ihnen allen. Neraida aber krampfte sich der Magen zusammen. Jeder der Paukenschläge vor der Stadt ließ sie innerlich zusammenzucken. Die Al'Anfaner hatten nur allzu deutlich bekundet, dass sie keine Gefangenen machen würden. Wenn sich die Nacht auf die Oberstadt senkte, wären alle tot.

Jetzt verstand sie das Ritual der Kasimiten besser. Sie fühlte sich unwohl bei dem Gedanken, dass alle, die sich in den Mauern der Oberstadt aufhielten, sterben sollten – nur sie nicht.

»Was willst du hier?« Melikaes barsche Frage ließ die Salzgängerin aufblicken. Ein großer verschleierter Krieger stand im Tor zum Hof des Palastes. Hinter ihm erkannte sie zwei weitere Schatten im Dunkel des Torbogens.

»Ich bin gekommen, um dir deine Sklavin Neraida abzukaufen.«

Melikae lachte. »Du willst *was*? Die Stadt geht dem Untergang entgegen, der Schatten des Todes liegt auf uns, und du willst eine Sklavin kaufen, die dir nicht einmal einen Tag lang dienen wird? Du treibst seltsame Scherze, Fremder.«

»Es ist nicht das Wesen eines Kasimiten zu scherzen. Jedes meiner Worte war mir ernst. Todernst!« Der Krieger hatte die Stimme gesenkt. Seine Augen funkelten böse. »Mein Name ist Hasim ben Sahir ibn Albeda, Hairan in der Sippe der Beni Albeda. Rastullah hat mich zu einem wichtigen Dienst im Namen aller Gläubigen bestimmt. Um meine Pflicht zu erfüllen, brauche ich deine Sklavin, Sharisad.«

Melikae wirkte jetzt eher verblüfft als amüsiert. Sie blickte zu Neraida herüber. »Was hältst du von unserem seltsamen Besucher?«

»Ich würde mit ihm gehen. Ich bin davon überzeugt, dass Rastullah ihn auserwählt hat.« Die Salzgängerin hatte sich entschieden. Sie wollte leben. Was gab es in Unau, wofür es sich zu sterben lohnte? In diesem Palast war sie geschlagen worden und hatte ihr Haupt beugen müssen, obwohl sie selbst einmal frei geboren war. Unau und Knechtschaft, das war für sie dasselbe. Wenn diese Stadt ihren Stolz verlor, würde sie den ihren wiederfinden!

Die Sharisad schien völlig überrascht. »Du … du willst mich wirklich verlassen? War ich dir eine so schlechte Herrin?«

»Kann die Liebe einer Herrin die Freiheit ersetzen?« Neraidas Stimme klang kalt. Zu frisch war die Erinnerung daran, wie die Sharisad sie für fast drei Wochen wie ein ungeliebtes Spielzeug vergessen und was ihr der Sklavenmeister in dieser Zeit angetan hatte. Warum sollte sie mit dieser Frau gemeinsam sterben?

»Ich biete dir fünfhundert Shekel für die Sklavin Neraida. Lass sie gehen, Sharisad, denn es ist nicht gut, Rastullah zu erzürnen, wenn man ihm schon bald ins Antlitz blicken wird.«

»Fünfhundert? Das ist nicht einmal so viel, wie ihre Garderobe wert ist. Aber ich sehe schon, was zwischen euch im Gange ist. Hast du nicht erst vor Kurzem Fendal ewige Treue geschworen?« Melikae spuckte ihr vor die Füße. »Geh zu deinem neuen Buhlen! Ich schenke dich ihm. Möge Rastullah deine Treulosigkeit strafen.«

Neraida zitterte am ganzen Leib. Diese Beleidigung konnte sie nicht unerwidert lassen. »Und wer vergnügt sich jeden Tag zur Mittagszeit mit einem Flötenspieler? Verstehst du das unter Treue?«

»Seine Lieder lassen mich meinen Schmerz vergessen. Was weiß eine gemeine Sklavin schon davon? Redest du von Liebe, so ist es, als hörte man einen Floh, der nichts als das Fell eines räudigen Straßenköters kennt, von der grenzenlosen Khom sprechen. Geh mir aus den Augen! Verschwinde, oder ich lass dich aus diesem Palast prügeln, du Hure. Du wirst keine Schande über dieses Haus bringen.«

»Kann man Schande über das Haus einer Ehrlosen bringen? Ist es nicht ...«

»Genug, Weiber. Euer Gezänk ist unwürdig.« Hasim warf eine prall gefüllte Geldbörse vor Melikaes Füße, wobei die Riemen aufsprangen, sodass die Silberstücke klingend über den Marmor rollten. »Ich nehme keine Geschenke von Euch, Sharisad. Mir ist es gleichgültig, was Ihr mit dem Geld anfangt.« Dann winkte er Neraida. »Komm, du hast in diesem Haus, wo man dich nicht achtet und deinen treuen Dienst mit Schimpf entlohnt, nichts mehr verloren.« Hasim drehte sich um, und Neraida folgte ihm. Sie würde nichts mitnehmen außer dem, was sie am Leibe trug. Und selbst das würde sie verbrennen, sobald sie andere Kleider hätte. Nichts im Leben sollte sie noch an Melikae und diesen Palast erinnern!

In den Gassen, die zwischen den hohen Gartenmauern der Paläste verliefen, waren Barrikaden aus umgestürzten Karren und zerschlagenen Möbeln errichtet worden. Doch es waren kaum Leute dort, die diese letzten Bastionen verteidigen konnten. Aus allen Richtungen hörte man Kampfeslärm.

Die drei Kasimiten trieben Neraida immer wieder zur Eile an. Die Krieger versuchten, sie mit ihren Körpern und messingbeschlagenen kleinen Schilden zu decken. Manchmal schlugen ganz in ihrer Nähe Pfeile ein. Die Angreifer schienen ziellos auf die Paläste und Gärten der Oberstadt zu schießen.

Hasim hatte einen großen ledernen Sack geschultert, der gar nicht zu den prächtigen Kleidern und den polierten Waffen passte, die er trug. Die drei Kasimiten sahen nicht aus, als zögen sie in die Schlacht, sondern als seien sie die Ehrengäste bei einem Festmahl, zu dem der Sultan geladen hatte. Sie trugen mit Silbernägeln verzierte Brustpanzer aus schwarzem Leder und hohe Helme, um die sie rote Hattahi gewickelt hatten, die zugleich als Turban und

Schleier dienten, und dazu kurze Obergewänder und Reithosen aus dunklem Stoff sowie hohe Stiefel.

»Yalla, Neraida, uns bleibt nicht mehr viel Zeit.« Die Stimme des Anführers klang gehetzt. Immer wieder blickte er unsicher über die Schulter zurück und trieb auch seine beiden Gefährten zur Eile an. Eine Gruppe Flüchtlinge kam ihnen entgegengelaufen. Gelbherzen, unrasierte Wüstenkrieger, verzweifelte Sklaven, Kinder, mit Lederschleudern und Dolchen bewaffnet. Das letzte Aufgebot.

»Zurück! Hier gibt es kein Durchkommen mehr!«, rief ihnen ein Krieger in der zerrissenen Uniform eines Aghas zu. »Die Ungläubigen haben die Nordmauer gestürmt. Jikhbar ibn Tamrikat hat befohlen, dass sich alle Kämpfer zur Garnison zurückziehen sollen, wo er das Heer von Unau neu formieren wird.«

»Wir sollen euren Rückzug sichern. Beeilt euch!«, brüllte Hasim und winkte die Flüchtlinge vorbei.

Ohne ein weiteres Wort hasteten die zerlumpten Gestalten an ihnen vorbei. Dass der Wesir Kasimiten geschickt hatte, um den Rückzug zu decken, schien jedem von ihnen sinnvoll zu sein. Als niemand mehr zu sehen war, wandte sich der Hairan an Neraida. »Wir müssen über die Mauer. Die Gassen zu nehmen, wäre zu gefährlich. Steig auf meine Schultern!«

Die Salzgängerin gehorchte und kletterte auf die Mauerkrone. Auf der anderen Seite lag ein unübersichtlicher, dicht mit Bäumen und kunstvoll geschnittenen Büschen bewachsener Garten. Vorsichtig ließ sie sich von der Mauer gleiten und landete in einem Beet schlanker Orchideen. Hätte sie als Sklavin auch nur einen einzigen Stängel dieser kostbaren Blumen geknickt, so wäre sie mit der Peitsche bestraft worden. Jetzt hatte sie mindestens ein Dutzend der empfindlichen Pflanzen abgebrochen, aber nicht sie, sondern der Edle, dem der Palast gehörte, hatte heute um sein Leben zu fürchten. Rastullahs Pfade waren unergründlich!

»Komm!« Hasim packte sie grob am Arm. »Wir müssen

uns beeilen. Wahrscheinlich sind die Ungläubigen schon ganz nahe.«

Geduckt hastete Neraida mit den Kasimiten durch die weitläufige Parkanlage. Wann immer sie ihre Deckung verlassen mussten, um eine offene Fläche oder einen Weg zu überqueren, schickte Hasim einen der Männer vor, um nach versteckten Bogenschützen Ausschau zu halten. Schließlich erreichten sie einen Busch mit eigenartigen roten Blüten. Hastig wischten die Krieger welkes Laub und Äste beiseite, bis eine Steinplatte, in die ein Eisenring eingelassen war, zum Vorschein kam. Einer der Krieger kniete nieder und holte unter dem Busch eine armdicke Holzstange und ein langes Seil hervor. Die Stange führten sie durch den Eisenring und hoben die Platte an. Darunter tat sich ein dunkler Brunnenschacht auf.

»Bist du bereit?« Hasim hatte das Seil aufgenommen und sich mehrmals um die Hüfte geschlungen. »Du steigst zuerst hinab.«

Neraida schluckte. Aus dem dunklen Schacht kam ein kühler Luftzug.

»Du wirst dort unten fast bis zum Hals im Wasser stehen. Nimm das Seil!«

Zögernd griff die Salzgängerin nach dem losen Ende. Alle Geschichten, die man sich über die Feggagir erzählte, gingen ihr durch den Kopf. Angeblich war jeder Gläubige verflucht, der in diese Kanäle stieg, die einst unter der Herrschaft der Kaiser aus dem Norden in den Felsen geschlagen worden waren.

Da schlug sirrend ein Pfeil neben ihr in den Busch. Keine zwanzig Schritt entfernt tauchten schwarz gewandete Söldner zwischen den Blumenbeeten auf.

»Beeil dich, Neraida, oder ich stoße dich hinunter. Wir müssen weg von hier!«

Die Salzgängerin griff nach dem Seil. Noch einmal zögerte sie kurz. Dann schwang sie die Beine über den Brunnenrand und ließ sich in die Tiefe gleiten.

»Greift euch die Hunde. Rastullah sei mit euch, meine Brüder!«, hörte sie über sich Hasim brüllen. Dann tauchte sie in das eisige Wasser ein. Hechelnd schnappte sie nach Luft und klammerte sich mit verkrampften Fingern an das Seil. Bis zur Brust war sie jetzt schon im Wasser, und noch immer spürte sie keinen Grund unter den Füßen.

Was war, wenn der Brunnen tiefer war, als Hasim behauptet hatte? Sie hatte nie schwimmen gelernt. Mit scharfem Klicken schlug über ihr etwas gegen die Brunnenwand. Dann platschte neben ihr ein zerbrochener Pfeil ins Wasser. Was sollte sie nur tun? Sie fand nicht den Mut, sich noch weiter am Seil hinabgleiten zu lassen. Vielleicht war schon eine Handbreit unter ihren Füßen der sichere Grund, vielleicht trennten sie auch viele Schritt eisigen Wassers vom Boden. Verzweifelt blickte sie zur hellen Brunnenöffnung über sich. Der Schacht war nicht sehr tief. Vielleicht sollte sie wieder nach oben klettern und sich ergeben. Was konnten die Al'Anfaner ihr schon antun? Sie würden sie sicher zur Sklavin machen, aber war es nicht besser, eine Sklavin zu sein, als sich den Geistern in diesen verfluchten Kanälen auszuliefern und irgendwo im eisigen Wasser einen einsamen Tod zu sterben? Aus dem Garten war jetzt Waffengeklirr zu hören. Über dem Brunnenrand erschien Hasims Gesicht.

»An der Ostwand ist eine Öffnung. Schwimm dort hinüber. Ich komm hinunter.«

Der Krieger ließ das Seil in den Brunnen fallen.

»Nein!« Panik packte Neraida. Wie konnte er das Seil herunterlassen? Es war der einzige halbwegs sichere Halt. Verzweifelt versuchte sie sich an der glatten Brunnenmauer festzuklammern und strampelte mit den Füßen. Doch es war, als zöge irgendetwas sie in die Tiefe. Ihre Finger rutschten von der glitschigen Mauer ab. Sie schluckte Wasser und ging unter. Fast im selben Moment fühlte sie Boden unter den Füßen. Mit den Zehenspitzen stieß sie sich ab und kam wieder an die Oberfläche. Prustend spuckte sie Wasser aus. Ein Schatten verdunkelte die Brunnenöffnung. Dann traf sie ein schwerer Schlag, und sie wurde wieder unter Wasser gedrückt.

Das Erste, was Neraida hörte, als sie wieder zu sich kam, war ein keuchendes Atmen dicht neben ihr. Jemand hielt sie dicht an sich gepresst. Irgendwo weit weg erklangen Rufe in einer fremden Sprache.

»Warum bist du nicht in die Tunnelöffnung geschwommen, wie ich dir zugerufen habe?«

»Weil …« Neraida brauchte Zeit, um wieder zu Sinnen zu kommen. Erst langsam wurde ihr bewusst, wo sie sich befand.

»Ein Stück weiter vorn ist der Tunnel völlig überflutet. Wir müssen tauchen. Nicht weit, aber …«

»Vergiss es, ich kann nicht schwimmen.«

Hasim packte sie fester. Sein Griff schmerzte.

»Was soll das heißen, du kannst nicht schwimmen? Vor dieser Stadt fließt ein Fluss. Das gibt es doch nicht, dass du als Kind nicht schwimmen gelernt hast.«

»Ich kann es aber nicht. Du musst allein weiterkommen.«

Der Krieger schwieg. Neraida war sicher, dass er ernsthaft überlegte, ob er sie zurücklassen sollte. Doch dann schüttelte er den Kopf. »Du wirst dich an meinem Gürtel festhalten. Die Luft anhalten kannst du doch wohl, oder? Ich werde dich mit mir ziehen.«

»Nein.« Die Vorstellung, durch einen völlig überfluteten Tunnel zu tauchen und langsam zu ersticken, machte Neraida halb wahnsinnig vor Angst. Schon hier, wo sie bei jeder Bewegung mit dem Kopf gegen die unebene Tunneldecke stieß und wo ihnen kaum mehr als zwei Handbreit freier Raum über der Wasseroberfläche blieben, konnte sie ihre panische Angst nur mit Mühe unterdrücken. Nein, sie würde niemals durch diesen überfluteten Tunnel schwimmen. Jeder andere Tod wäre ihr lieber.

»Es hat keinen Sinn, hierzubleiben, Neraida. Wahrscheinlich hat es in den Bergen zu regnen begonnen. Während wir hier streiten, ist das Wasser schon deutlich gestiegen. Nicht mehr lange, und auch dieser Tunnelabschnitt wird überflutet. Wir müssen weg, um jeden Preis!«

Neraida war sicher, dass Hasim das nur sagte, um ihr Angst zu machen. Sie hatte nichts bemerkt. Es war sicher nur eine List von ihm.

»Im Namen Rastullahs, ich flehe dich an, komm!«

»Nein.« Sie ruderte hilflos mit den Armen und versuchte, ein Stück von ihm wegzukommen. »Lass mich, Hasim!«

»Verdammt, du törichtes Weib! Begreifst du denn nicht, dass du auch ertrinken wirst, wenn du hierbleibst? Wenn wir noch länger zögern, wird das Wasser so weit gestiegen sein, dass wir unmöglich lebend aus den Feggagir entkommen können.«

»Du lügst. Du willst nur, dass ich mit dir komme.«

»Beim Barte des verfluchten Borbarad, dann verreck doch. Ich schwimme jetzt. Rastullah hasst die Feiglinge. Hast du vergessen, dass wir in heiliger Mission unterwegs sind? Ich werde nicht länger auf dich warten!«

»Hasim?« Der Krieger antwortete nicht mehr. Sie war allein! Nein, das konnte nicht sein. Er war noch nicht weg. Er wollte ihr Angst machen. »Hasim! Hasim!« Immer wieder schrie sie seinen Namen, doch außer dem leisen Gluckern des Wassers war nichts mehr zu hören. Sie musste die Panik unterdrücken! Neraida kämpfte mit den Tränen. Sie hatte seit Jahren nicht geweint, aber sie konnte die Vorstellung, wie eine Ratte zu ersaufen, nicht ertragen.

Das Wasser war tatsächlich gestiegen. Bald musste sie den Kopf in den Nacken legen, um überhaupt noch atmen zu können. »Hasim, bitte komm zurück«, schluchzte sie leise. Doch nichts geschah. Unerbittlich stieg das Wasser weiter. Ihr Gesicht berührte jetzt schon den kalten Fels der Tunneldecke. Wie viele Atemzüge ihr wohl noch blieben? Vielleicht sollte sie aufhören, sich gegen das Unvermeidliche zu wehren. Ob Rastullah sie trotz ihres Verrats an

Hasim in seinen Gärten empfangen würde? Wohl kaum. Den Mutigen erwartete die immerwährende Freude, doch der Feigling war verdammt. Sie würde in die kältesten Abgründe der Niederhölle verstoßen werden, verflucht in alle Ewigkeit.

»Nimm dies und zerkau es, wenn du dich entscheidest, dass dein Leben länger währen soll als der Triumph eurer Feinde.« Das waren die Worte, welche die Elfe Galindia zu ihr gesprochen hatte, als sie einander zum ersten Mal begegnet waren.

Die verzauberte Pflanzenknolle! Neraida zögerte. Eine Dienerin Rastullahs, die fest im Glauben war, sollte sich nicht mit dem Zauberwerk Ungläubiger abgeben. Aber war sie nicht ohnehin verdammt? Neraida tastete nach dem kleinen Lederbeutel an ihrem Gürtel, in dem sie die Zauberknolle aufbewahrt hatte. Ihre Finger waren schon ganz steif vom eisigen Wasser. Ungeschickt versuchte sie, die verschlungenen Lederriemen zu öffnen. Immer wieder rutschten ihre Finger am nassen Leder ab. Endlich hatte sie es geschafft. Der Beutel öffnete sich!

Tosend ergoss sich ein Wasserschwall in den Tunnel. Neraida wurde von den wirbelnden Fluten gepackt und gegen die Tunnelwand gepresst. Der Beutel und die Knolle entglitten ihren Fingern.

»Nei…« Das Wasser erstickte ihren Schrei. Wild schlug sie mit den Armen um sich. Sie musste nach oben, musste atmen, doch wo war oben und wo unten? Sie hatte die Orientierung verloren. Es war unmöglich, in dem finsteren Tunnelschacht irgendetwas zu unterscheiden. Das war das Ende.

Rastullah musste sie hassen. Er ließ nicht zu, dass sie dieser tödlichen Falle entkam. Sein Zorn würde sie vernichten.

Willenlos überließ sich Neraida dem Wasser. Ihr Gesicht schrammte an einem Felsen vorbei. Ob sie an der Tunneldecke entlangtrieb?

Plötzlich war über ihr kein Wasser mehr. Der freie Raum reichte gerade aus, um Mund und Nase über den dunklen Fluten zu halten. Verzweifelt klammerte sie sich an den Unebenheiten der Felswand fest. Ein paar Atemzüge würde sie dem zornigen Gott noch abtrotzen. Oder schenkte Rastullah ihr eine letzte Gelegenheit, ihn im Gebet um Gnade zu bitten? Da streifte etwas ihre Wange. War das ein Zeichen? Oder war es nur irgendein Unrat, der vom aufgewühlten Wasser mitgerissen wurde? Zitternd griff sie danach. Es wäre das Letzte, was sie in diesem Leben ertasten würde. Neraida stockte der Atem. Es war die Zauberknolle, die ihr die Elfe geschenkt hatte! Gierig schob sie sich die Zwiebel in den Mund und zerkaute sie. Sie schmeckte würzig und ein wenig bitter.

Kaum hatte sie die Knolle hinuntergeschluckt, da schlug das Wasser über ihrem Kopf zusammen. Wie würde der Zauber wohl wirken? Das Bewusstsein, in Sicherheit zu sein, dämpfte ihre Angst.

Oder war ihr Glaube an Rettung nur Selbstbetrug? Wie hätte Galindia wissen sollen, in welche Bedrängnis sie bei ihrer Flucht geraten würde? Vielleicht war die Zauberknolle auch dazu bestimmt, sie aus einer ganz anderen Gefahr zu retten.

Plötzlich war Neraida sicher, dass die Elfe sich geirrt hatte. Das war Rastullahs Strafe für ihren Hochmut.

Aufgeregt versuchte sie, der tödlichen Falle zu entkommen. Sie drückte sich an der Tunneldecke entlang, obwohl sie nicht einmal wusste, ob sie sich in der Richtung, der sie folgte, weiter vom Einstieg entfernte oder nicht.

Wenn sie doch nur den Brunnen wiederfände! Dann wäre sie gerettet! Oder wenigstens einen neuen Spalt entdecken würde. Der Wunsch zu atmen drängte alle anderen Gedanken aus ihrem Bewusstsein. Sie wusste, dass ihr kaum noch Zeit blieb. Immer unerträglicher wurde das Gefühl des Erstickens. Ihr wurde schwindlig. Helle Lichtpunkte schossen durch die Finsternis. Ihre Hände lösten sich von der Decke. Sie würde aufgeben. Es war zu Ende. Sie musste atmen. Neraida öffnete den Mund, fühlte, wie das eisige Wasser durch ihre Kehle rann und die Lungen füllte. Es war vorbei. Sie würde sterben. Alle Qualen hatten ein Ende.

Die Salzgängerin ließ sich treiben. Doch statt ohnmächtig zu werden, konnte sie wieder klarer denken. Wie lange es doch dauerte, bis man tot war. Sie hatte sich das Sterben immer anders vorgestellt. Dann ertappte sie sich dabei, wie sie Wasser *ausatmete*. Vor Überraschung verschluckte sie sich und musste husten. Dabei *atmete* sie erneut Wasser in die Lungen ein und stieß es hustend wieder aus. Was hatte die Zauberknolle nur mit ihr gemacht? Als sie sich vom Hustenanfall einigermaßen erholt hatte, atmete sie noch einmal ganz bewusst das Wasser ein. Sie spürte, wie sich Kälte in ihr ausbreitete, fühlte, wie das Wasser durch ihre Kehle rann und dann ihre Lungen füllte.

Ob Rastullah solch ein widernatürliches Verhalten dulden würde? Sie fröstelte. Es wäre besser gewesen, Hasim zu folgen. Sie sollte die Duldsamkeit des Gottes nicht zu lange herausfordern. Noch hatte sie Glück. Doch wohin war Hasim verschwunden? Aber war das nicht gleichgültig? Wenn sie sich irrte, würde sie schlimmstenfalls wieder bei dem Brunnen herauskommen, an dem ihre Flucht begonnen hatte. Wohin der Tunnel in die andere Richtung führte, hatte ihr Hasim nicht erzählt.

Neraida wusste nicht, wie lange sie sich tastend durch überflutete Gänge bewegt hatte. Mehrfach hatte sie Öffnungen zu anderen Tunneln gefunden, doch sie wagte es nicht, den Hauptgang zu verlassen. Als sie zum ersten Mal seit einer Ewigkeit wieder etwas sehen konnte, befand sie sich in einer großen Höhle oder Grotte. Der Kanal war vorher leicht angestiegen, und das Wasser stand hier endlich wieder so niedrig, dass sie sich aus den eisigen Fluten erheben konnte. Doch als sie zu atmen versuchte, glaubte sie, ersticken zu müssen. Würgend spuckte sie Wasser aus und rang mit pfeifender Lunge nach Luft. Selbst als sich ihre Hustenkrämpfe gelegt hatten, schmerzte noch jeder Atemzug. Neraida zitterte am ganzen Körper. Sie fühlte sich elend, und ihre Hände waren steif vor Kälte. Unsicher blickte sie sich um. Am Ende der weiten Grotte schimmerte goldenes Tageslicht. Eine Treppe oder Rampe führte dort aufwärts. Irgendwie wirkte die riesige Höhle unecht, so als gehöre sie nicht in diese Welt. Säulen, so dick, dass drei Mann sie nicht mit den Armen umspannen konnten, trugen die niedrige Decke. Sie schienen aus dem gewachsenen Fels herausgeschlagen zu sein. An einigen Stellen ragten scharfkantige Steine aus dem Wasser, und quer über die Höhlendecke verlief ein dunkler Riss.

Langsam ging Neraida auf das Licht zu. Wo mochte dieser geheimnisvolle Ort nur sein? Obwohl die Salzgängerin nicht einschätzen konnte, wie lange sie durch die Finsternis geirrt war, war sie sich sicher, dass sie sich nicht allzu weit von der Stadt entfernt hatte. Nie hatte sie von einer solchen Höhle gehört. Dabei müsste sie eigentlich bekannt sein, weil es hier so reichlich Wasser gab.

Einmal huschte etwas Helles an ihren Beinen vorbei, irgendein Fisch oder ein anderes Tier. Je näher sie zur Treppe kam, desto flacher wurde das Wasser. Jetzt konnte sie auch erkennen, dass auf den unteren Treppenstufen etwas lag. Kleine Säcke oder … Nein! Es waren gefüllte Wasserschläuche. Die Salzgängerin verharrte. Dafür gab es nur zwei mögliche Erklärungen. Entweder war den Al'Anfanern diese Höhle bekannt, oder sie hatte den Ausstieg gefunden, den auch Hasim wählen wollte.

Frierend stieg sie aus dem Wasser und musterte die Lederschläuche. Sie wiesen keinerlei Besonderheiten auf, und es war unmöglich zu sagen, wem sie gehören mochten.

Das Sonnenlicht fiel durch einen schmalen Spalt auf die Treppe. Irgendetwas verschloss den Ausgang, doch Neraida konnte es von hier unten nicht genau erkennen. Die Stufen nach oben waren ausgetreten und von einer feinen Schicht aus Flugsand bedeckt. Bei genauerem Hinsehen entdeckte sie eine Spur dunkler Wasserflecken. Das musste Hasim gewesen sein! Wer sonst sollte aus der überfluteten Grotte gekommen sein?

Das hieß, die Gefahr war überstanden! Irgendwo dort oben musste der Kasimit sein. Wäre er schon aufgebrochen, hätte er sicher nicht die Wasserschläuche zurückgelassen. Neraida hatte das Gefühl, als nähme man ihr ein schweres Gewicht von den Schultern. Sie fühlte sich sehr müde, und ihr war kalt. Sie wünschte sich nur, ans Tageslicht zu kommen und endlich wieder die warmen Strahlen der Sonne auf der Haut zu spüren. Fröstelnd schlang sie die Arme um die Brust und stieg die Treppe hinauf. Der Ausgang war durch eine wohl zwei Schritt hohe steinerne Tür versperrt. An ihrer Oberkante klaffte ein etwa zwei Finger breiter Spalt, durch den das Licht hereinfiel. Das Mauerwerk, in das die Tür eingelassen war, schien sich im Lauf der Jahrhunderte verzogen zu haben. Hier und dort hatte ein aus der Wand gebrochener Stein auf den Treppenstufen gelegen, und auch unmittelbar vor der steinernen Pforte türmten sich Geröll und Schutt.

Wie sollte ein einzelner Mensch dieses Felstor bewegen? Es erschien ihr so schwer, dass nur ein Riese oder ein Dschinn es öffnen konnten. Hatte Neraida etwa alle diese Qualen nur überstanden, um hier gefangen zu sein?

Sie musste einen klaren Kopf behalten. Es gab einen Weg hier heraus! Schließlich war auch Hasim durch die Tür gelangt. Vielleicht gab es irgendein Zeichen oder ein Zauberwort, das das steinerne Tor öffnete. Neraida musterte die Oberfläche des Felsens. Doch nirgends war das geringste Zeichen zu entdecken. Nur in Kopfhöhe dicht neben dem steinernen Rahmen fand sie einen dunklen Fleck auf dem porösen roten Fels. Vorsichtig strich sie mit ausgestreckten Fingern darüber. Der Stein war feucht. Die Spur konnte nur von Hasim stammen.

Mit aller Kraft stemmte sich Neraida gegen die markierte Stelle und stürzte fast vornüber, als das Steintor mit einer Leichtigkeit aufschwang, als bestünde es aus dünnem Holz und nicht aus Fels, schwer wie ein Kriegselefant.

Gleißendes Licht blendete die Salzgängerin. Sie stand zwischen Ruinen. Im Westen sah sie Unau. Dunkle Rauchwolken standen über dem Palast des Kalifen, und noch immer stürmten Soldaten über Leitern auf die Klippen und Mauern der Oberstadt.

Neraida wusste nun, wo sie war und warum sie noch nie etwas über die seltsame Höhle gehört hatte. Die Ruinen gehörten zur Djer Al'Melachim, der alten Zwingfeste der Ungläubigen, die vor mehr als fünf Generationen vom Kalifen Malkillah geschleift worden war. Die zerstörte Garnison war verflucht, weil sie einst durch Verrat gefallen war. Es war ein Ort, an dem kein Kind Rastullahs Gutes zu erwarten hatte. Niemand, nicht einmal der niederträchtigste Wüstenräuber, bestieg aus freien Stücken den Felsen, auf dem die Burgruine lag.

Hastig trat Neraida aus der steinernen Pforte, und mit leisem Knirschen schloss sich das schwere Tor wieder. Sie musste so schnell wie möglich fort von hier! Doch bevor die Dunkelheit hereinbrach, konnte sie es unmöglich wagen, diesen Burgfelsen hinabzuklettern. Zu viele Streifen der Al'Anfaner patrouillierten um die nahe Stadt. Erst bei Nacht konnte sie hoffen, ungesehen an ihnen vorbeizukommen.

Wo war nur Hasim geblieben? Unsicher blickte sich Neraida um. Offensichtlich befand sie sich zwischen den Überresten des Innenhofs der Festung. Nicht weit weg vom Felstor entdeckte sie die Trümmer steinerner Pferdetränken.

Wahrscheinlich hatte sich der Kasimit irgendwo einen schattigen Fleck gesucht, um dort bis zum Einbruch der Dämmerung zu warten. Im Osten der Anlage ragten einige Mauerstücke noch etwas höher aus dem Schutt. Gewiss verbarg er sich dort!

Neraida fand Hasim in einer Nische hocken. Der Kasimit presste krampfhaft den Rucksack auf die Brust. Vor ihm lagen drei erschlagene Krieger in schwarzen Waffenröcken.

»Rastullah sei Dank! Meine Gebete wurden erhört.«

»Was ist geschehen?« Die Salzgängerin kniete neben Hasim nieder. Dicke Schweißtropfen perlten von seiner Stirn.

»Sie haben mich erwartet … Ich weiß nicht … woher sie … wussten, dass ich komme.« Der Krieger stöhnte.

»Nimm den Rucksack weg. Lass mich deine Wunden sehen.«

Der Kasimit stieß ein beängstigendes, halb ersticktes Lachen aus, das in einem Hustenkrampf endete.

Neraida griff energisch nach dem Rucksack, doch der Krieger klammerte sich mit aller Kraft daran fest. Schließlich gab sie auf. Jede Anstrengung würde Hasim nur unnötig Kräfte kosten. Fieberhaft überlegte die Salzgängerin, wie sie ihm helfen könnte.

»Vergiss es. Du … du musst mir jetzt … zuhören.«

»Ist es so schlimm?« Neraida wollte einfach nicht glauben, dass der Kasimit im Sterben lag. Er schien im Kampf gegen die Al'Anfaner nicht einmal eine Schramme davongetragen zu haben.

»Schlimm? Ich … werde heute noch … Rastullah sehen. Ist das … schlimm?« Wieder stieß er sein halb ersticktes Lachen aus. Der Schleier vor seinen Lippen hatte sich dunkel verfärbt.

»Du musst mir … versprechen … die Reliquien in … Sicherheit zu … bringen.«

Neraida nickte. »Ich werde mein Bestes tun. Jetzt lass mich deine Wunde behandeln.«

Hasim stöhnte. Er schien noch etwas sagen zu wollen,

doch dann glitten seine Finger kraftlos von den Lederriemen.

Neraida nahm ihm die Last ab und untersuchte seine Brust. Ein Schwerthieb hatte den Panzer des Kasimiten kurz unter dem Rippenbogen aufgeschlitzt. Doch die Wunde war nicht tief. Neraida suchte nach anderen Verletzungen, aber Hasim schien im Kampf keine weiteren davongetragen zu haben.

»Vorsicht …« Die Stimme des Kriegers ertönte jetzt so leise, dass sie seine Worte kaum noch verstehen konnte. Neraida zog ihm den Schleier vom Gesicht. Hasims Lippen hatten sich bläulich verfärbt. Sein Gesicht war leichenblass.

»Das … Gift … Waf…« Wieder schüttelte den Krieger ein Hustenkrampf. Ein dünner Blutstrom floss ihm aus dem Mundwinkel.

»Waf… tot …« Ein seltsamer Glanz lag jetzt in den Augen des Kasimiten, und ein wenig Farbe kehrte in sein Gesicht zurück.

»Was willst du mir sagen? Hasim!« Neraida ergriff seine Hand und rieb sie verzweifelt. Er konnte doch nicht einfach so sterben. Wegen einer so kleinen Wunde … Das war nicht gerecht. Wie konnte Rastullah so grausam zu diesem tapferen Krieger sein? Neraida zerrte an den Lederriemen seines Brustpanzers. Sie musste ihm die Rüstung ausziehen, seinen Herzschlag fühlen und seine Wunde versorgen. Doch der Krieger zeigte kein Lebenszeichen mehr. Schließlich gab sie ihre Bemühungen auf. Es war sinnlos, gegen den Willen des zornigen Gottes anzukämpfen.

Mit Abscheu blickte sie auf die toten Al'Anfaner. Auf den ersten Blick entdeckte sie an ihren Schwertern nichts Besonderes. Erst als sie genauer hinsah, fiel ihr auf, wie seltsam matt der Stahl der Waffen glänzte. Sie hatten die Klingen tatsächlich mit Gift bestrichen. So vermochten die Ungläubigen noch im Tod über den tapferen Hasim zu triumphieren.

Verächtlich spuckte die Salzgängerin nach den Leichen der Gegner. Sie waren wie Hyänen, heimtückisch und verschlagen. Der Götzenpriester Tar Honak hatte nur durch einen bösartigen Zauber die Schlacht am Szinto gewonnen, und seine Krieger verwendeten vergiftete Waffen, um gegen einen Novadi bestehen zu können. Warum duldete Rastullah das alles? Wie konnte der Gott es zulassen, dass seine Kinder solche Qualen durch die Götzenanbeter erleiden mussten? Wollte er sein Volk prüfen? War es zu schwach im Glauben geworden? Und warum hatte er ausgerechnet Neraida überleben lassen, während doch Hasim viel besser geeignet gewesen wäre, die Reliquien in Sicherheit zu bringen?

War der Götze der Al'Anfaner vielleicht mächtiger als Rastullah? Nein! Neraida verwarf diesen törichten Gedanken. Die mochten zwar listig im Krieg sein, doch zugleich waren sie auch töricht, wenn sie wirklich glaubten, der Dämon, den sie Boron nannten, könne ihnen zum Triumph über die Rechtgläubigen verhelfen. Rastullah hatte sie zu seinem Werkzeug bestimmt, überlegte Neraida, doch sie konnte unmöglich durch Waffen über die Heiden triumphieren. Sie müsste listig und weise wie Shimja sein, die dritte Frau des Herrn. Nur so konnte sie der Gewalt der Al'Anfaner entkommen. Wenn es nur ein unglücklicher Zufall gewesen war, dass sich die drei Krieger in den Ruinen aufgehalten hatten, würden bald ihre Kameraden erscheinen und nach ihnen suchen. Vielleicht würden sie sich auch fragen, was einen Kasimiten dazu bewogen hatte, aus der belagerten Stadt zu fliehen.

Die Krieger des Götzenpriesters waren zwar Heiden, doch dumm waren sie nicht. Sicher wüssten sie, dass ein Kasimit unter normalen Umständen niemals aus einer Schlacht floh. Also würden sie nach dem Grund für Hasims Flucht suchen oder nach weiteren Kriegern, die vielleicht mit ihm geflohen waren. Wie weit würde sie wohl kommen, überlegte Neraida, wenn die Späher eines ganzen Heeres nach jemandem suchten, der aus den Ruinen der Djer Al'Melachim geflüchtet war? Sie wusste nicht mehr weiter. Verzweifelt betete sie zu Shimja. Was konnte sie schon tun, um vor dem gestrengen Rastullah zu bestehen? Vielleicht wäre Shimja gnädiger?

Obwohl sie lange und inbrünstig betete, erschien kein Zeichen am Himmel. Es war, als sei selbst Rastullahs Gemahlin taub für ihr Klagen in der Not. Schließlich verstummte Neraida. Sie war enttäuscht und verbittert. Die Aufgabe, die auf ihr lastete, war einfach zu groß für sie.

Obwohl der Fußabdruck Rastullahs die kostbarste Reliquie Unaus war, spendete Neraida die Nähe dieses heiligen Artefakts keinen Trost. Sie wusste nicht einmal, wie sie den schweren Rucksack und die Lederschläuche mit dem Wasser für fünf Tage auf einmal tragen sollte. Oder sollte sie etwas zurücklassen?

Allein der Gedanke war schiere Ketzerei. Aber wäre es nicht besser, wenigstens eines der Artefakte in Sicherheit zu bringen? Ließe sie das Al-Raschida zurück, könnten die Al'Anfaner gar glauben, Hasim sei nur wegen des Buches aus der Stadt geflohen. Zumindest wäre das Buch an der Seite des toten Kasimiten eine Erklärung für seinen Fluchtversuch. Genau genommen wäre es nicht einmal eine Sünde, das Buch nicht mitzunehmen. Neraida konnte zwar nicht lesen, doch sie wusste aus Erzählungen, dass das Al-Raschida nurayan schah Tulachim, das Buch von den Sieben Wahrheiten des menschlichen Geistes, sehr alt war. Es war geschrieben worden, lange bevor Rastullah den Beni Novad in Keft erschienen war. Die Weisheit des Gottes offenbarte sich den Menschen aber erst mit dem Mirakel von Keft. Da das Buch schon vorher verfasst worden war, konnte es eigentlich nicht rastullahgefällig sein.

Neraida war sich nicht sicher, ob dieser Gedankengang vor dem strengen Urteil eines Mawdli Bestand hätte, doch sie fand, dass er sich recht einleuchtend anhörte. Das

Al-Raschida mochte vielleicht für die Kasimiten wichtig sein, doch den vom reinen Glauben Erleuchteten würde es nicht viel bedeuten. Also versündigte sie sich nicht, wenn sie es zurückließ. Sie zog den großen Folianten aus dem Rucksack. Das dicke Buch war sogar schwerer als die Steinplatte mit Rastullahs Fußabdruck. Hasim hatte es in ein Öltuch eingeschlagen, sodass den Pergamentseiten das Wasser der Feggagir nichts anhaben konnte.

Sie legte das Buch neben den toten Krieger, sodass es aussah, als hätte er das Al-Raschida mit seinem Leben verteidigt. Dann schulterte sie den Rucksack und machte sich auf den Rückweg zum verborgenen Einstieg in die Kanäle. Dort unten würde sie sich verstecken, bis es dunkel geworden war, dann würde sie sich bis zum Cichanebi durchschlagen.

Noch ein letztes Mal drehte Neraida sich um und blickte zu Hasim zurück. Sie hatte ein Versprechen an einen Sterbenden gebrochen. Hoffentlich würde sein Geist nicht zurückkehren, um sie zu strafen. Hastig schlug sie ein Schutzzeichen und murmelte ein kurzes Gebet. Ihr blieb nur dieser eine Weg, und sie würde von ihm nicht abweichen, bis sie die Reliquie gerettet hätte.

Melikae stand kampfbereit unter dem hohen Tor zum Palast ihres Vaters. Sie würde nicht dulden, dass alle Pracht, welche die Sippe der Haschijad in vielen Generationen angehäuft hatte, an einem Morgen vernichtet würde. Zumindest würde sie es nicht mehr miterleben. Gewappnet mit Schild und Khunchomer erwartete sie die Heiden.

Nachdem Neraida auf so unwürdige Art geflüchtet war, hatte sie schwer mit sich gerungen. Plötzlich war sie nicht mehr sicher gewesen, ob es richtig war, mit allen Mitteln um den Palast und ihren Reichtum zu kämpfen. Asif, ihr Flötenspieler, hatte ihr schon vor Tagen angeboten, sie in aller Heimlichkeit aus der Stadt zu bringen.

Manche behaupteten, der drahtige kleine Mann sei ein

Dieb, und dass er die verfluchten Feggagir kannte, sprach nicht gerade für ihn. Doch während der Belagerung hatten er und seine Freunde durch die Kanäle Lebensmittel und Heilkräuter in die Stadt geschafft. Selbst wenn er einmal ein Dieb gewesen sein sollte, so hatte der Krieg ihn verändert, und er hatte mit Sicherheit mehr für Unau getan als jene Edlen, die erst auf Befehl des Wesirs den hungernden Verteidigern die Früchte ihrer Gärten überließen.

Vielleicht war ihr Stand in Ehrlosigkeit der Grund dafür, dass Asif, obwohl er ungehindert in ihrem Haus ein und aus gehen konnte, nie den Versuch unternommen hatte, sie zu bestehlen. Womöglich betrachtete er sie als Gleichgestellte.

Gestern hatte der Flötenspieler sie ein letztes Mal besucht und ihr angeboten, sie aus der Stadt zu bringen. Doch sie wollte nicht mehr fliehen. Es war sinnlos, vor seinem Schicksal davonzulaufen, und ihre Bestimmung musste sie hier in Unau finden, dessen war sich Melikae gewiss. Was wohl aus Neraida geworden war? Ob sie noch lebte?

»Herrin, wollen wir nicht doch zur Garnison laufen? Man sagt, dass der Wesir sie noch einige Tage gegen die Heiden halten kann.« Die Stimme ihrer alten Lehrerin hatte die gewohnte Strenge verloren. Auch Sulibeth hielt einen Khunchomer in den Händen, und es wäre sogar durchaus möglich, dass sie einen unvorsichtigen Al'Anfaner erschlagen würde, denn als Sharisad beherrschte sie die Kunst des Schwerttanzes und verstand es, gewandt mit der Waffe umzugehen.

»Mein Schicksal entscheidet sich heute.« Melikae wandte sich halb zu Sulibeth und den Sklaven um, die an ihrer Seite standen. »Wer gehen möchte, kann gehen. Wer aber mit mir gemeinsam den Abend erlebt, den werde ich freilassen. Entscheidet euch.«

Verlegen blickten sie zu Boden. Für viele war es das erste Mal im Leben, dass ihnen eine freie Entscheidung gewährt wurde. Plötzlich entstand Unruhe unter den Männern und Frauen. Über den Platz vor dem Tor kamen einige Krieger gelaufen. Melikae erkannte die blonde Elfe unter ihnen.

»Weg hier!«, schrie Galindia. »Sie sind schon überall!«

Die Elfe blieb stehen und winkte ihnen zu, doch als sich Melikae nicht rührte, lief sie weiter.

Die Sharisad spürte, wie ihre Hände leicht zu zittern begannen. Noch wenige Augenblicke, dann hätte es sich entschieden. Sie sandte ein stummes Gebet zu Dschella, der Tänzerin, die Rastullah einst zur sechsten Frau in seinem Harem gemacht hatte.

Ein einzelner Bogenschütze in schwarzem Waffenrock stürmte aus einer der Gassen, die auf den Platz vor dem Palasttor mündeten. Als er Melikae sah, hob er seine Waffe. Doch statt zu schießen, verharrte er. Dann drehte er sich um und rief etwas Unverständliches in die Gasse dahinter.

Kaum einen Atemzug später stürmte eine ganze Horde schwarz gewandeter Krieger auf den Platz. Sie führten eine Standarte, die einen grimmigen schwarzen Panther zeigte.

Einer der Krieger fiel Melikae durch seine kostbare Rüstung und seinen mit wallenden Federn geschmückten Helm auf. Er brüllte einige Kommandos, und mehr als die Hälfte der Männer verschwand in den Eingängen der verschiedenen Gassen, die zu den anderen Palästen und dem Tor zur Unterstadt führten. Mindestens zwanzig Krieger aber blieben auf dem Platz.

Erst jetzt nahm sich der Offizier die Zeit, ihnen seine Aufmerksamkeit zu widmen. Er war ziemlich groß und stach von den unrasierten Halsabschneidern, die unter seinem Kommando standen, vor allem durch sein makelloses Äußeres ab. Seine Waffen und Rüstung glänzten im Sonnenlicht, als hätte er sie erst am Morgen poliert. Sein schlankes Gesicht wurde von einem kurz geschorenen Vollbart beherrscht, der ihm einen etwas finsteren Zug gab.

»Legt die Waffen nieder. Boron hat uns den Sieg geschenkt. Es ist sinnlos, noch länger zu kämpfen. Im Namen Al'Anfas erkläre ich den Palast und alle Güter, die sich darin befinden, zur Kriegsbeute.«

Melikae war überrascht, dass der Soldat Tulamidya sprach. Das war ein gutes Omen. Hätte sie mit ihm in der Sprache der Heiden reden müssen, wäre es womöglich zu tödlichen Missverständnissen gekommen.

»Es gibt zwei Wege, die in diesen Palast führen. Ihr könnt versuchen, ihn mit Gewalt zu nehmen, und ich verspreche Euch, Ihr werdet nicht viel Gefallen daran finden. Meine Sklaven stehen bereit, das Haus auf mein Zeichen in Brand zu setzen. Alles, was Ihr erbeuten würdet, wären rauchende Trümmer. Der zweite Weg ist vielleicht verlockender für einen Mann, der sich auf diesem harten Feldzug nach dem Luxus sehnt, den ihm seine Heimat zu bieten hatte. Euch werden nicht nur alle Annehmlichkeiten des Palastes zur Verfügung stehen, sondern Ihr werdet auch mich bekommen. Doch denkt nicht, ich sei eine billige Trosshure. Ihr werdet mein Gast sein und Euch wie ein solcher benehmen. Entscheidet Ihr Euch aber für den ersten Weg, so werde ich mir den Tod geben. Also wählt!«

»Melikae, das kannst du nicht tun. Hast du denn gar kein Ehrgefühl mehr?« Sulibeth packte sie am Arm und versuchte sie herumzudrehen, doch die Sharisad rührte sich nicht von der Stelle. Sie hatte sich lange überlegt, was sie täte, wenn die Stadt erobert würde, und sie ließ sich von ihrer alten Lehrerin nicht umstimmen.

»Bringt die Alte auf ihr Zimmer und rettet euren Hals«, zischte sie den anderen zu. »Denkt an mein Versprechen! Ihr wählt zwischen einem Leben in Freiheit oder dem Tod in Sklaverei.«

Zwei Männer ergriffen Sulibeth und zerrten die kreischende Frau aus dem Torbogen. Das Letzte, was Melikae von ihrer Lehrerin hörte, waren ihre Flüche.

Der Offizier der Al'Anfaner lächelte sie an und ließ sein Schwert sinken. »Du bist eine ungewöhnliche Frau und weißt, was ein Mann nach endlosen Wochen in zugigen Zelten und schmutzigen Hütten vermisst. Doch glaub nicht, ich gäbe dir Gelegenheit, mir einen Skorpion ins Schlafgemach zu setzen oder meinen Wein zu vergiften. Verwechsle meinen Großmut nicht mit Schwäche.«

Dann winkte er seinen Soldaten. »Besetzt den Palast. Durchsucht alle Räume, doch rührt nichts an. Vier Mann beziehen Wache am Tor. Sollten irgendwelche betrunkenen Kerle versuchen, mein Haus zu plündern, dann schlagt ihnen den Schädel ein!«

Melikae trat zur Seite und ließ die fremden Krieger in ihren Palast ein.

Noch zwei Tage währte der Kampf derer, die lieber sterben wollten, als das Haupt vor dem Rabenbanner zu beugen. Sie hatten sich in der Festung verschanzt, welche die Pforten zur Oberstadt bewachte. Weniger als achtzig waren es, die jene zweitausend aufhielten, die sich unter dem Zepter des Götzenpriesters gesammelt hatten. Selbst als die Tore der Festung aus den Angeln gesprengt waren, gelang es den Aufrechten noch einmal, die heidnischen Heerscharen zurückzuschlagen, die so unermüdlich gegen die Mauern anbrandeten, wie das Perlenmeer an den Gestaden Maraskans nagt.

Doch die Übermacht des Feindes war zu gewaltig. Als die Sonne den Horizont küsste, fielen auch die letzten beiden, die den Eroberern noch getrotzt hatten, unter den Schwertern der al'anfanischen Söldnergarden: jene Elfe, die wegen ihres Haars, das die Farbe des Tagesgestirns hatte, Sonnenglanz hieß, und Jikhbar ibn Tamrikat, der getreue Wesir des Sultans Mustafa. Rastullah aber hatte für den getreuen Alten ein anderes Ende bestimmt. Und so blendete er jene, die gegen Jikhbar das Schwert erhoben hatten, damit sie nicht bemerkten, dass der Wesir nicht tödlich getroffen war, als ihm sein Khunchomer entglitt. Es war die Tote mit dem goldenen Haar, die ihnen als ungleich kostbarere Trophäe erschien denn das Haupt eines alten Mannes. So legten sie ihren Kopf dem Götzenpriester Tar Honak zu Füßen. Den getreuen Wesir aber warfen sie zusammen mit den anderen Toten in eine Grube unweit der Stadt.

Dort erwachte er, als Hyänen und Geier bei Nacht ihren Lohn aus den Händeln der Sterblichen einforderten. So blieben dem, der einst schon im Kerker des falschen Sultans Abu Tarfidem den Martern widerstanden hatte, auch diesmal die Pforten zu Rastullahs Gärten verschlossen. Und als Jikhbar sich aus der Grube der Toten erhob, schwor er dem Raben, dass er wiederkehren werde, um Unau seinen Fängen zu entreißen.

Die wenigen aber, die den Schwertern der Eroberer und den Schlingen der Sklavenjäger entgangen waren und noch weiter in der geknechteten Stadt lebten, weil sie die Gräber ihrer Toten nicht verlassen mochten, spuckten aus, wenn der Name der Sharisad Melikae erklang. Sie war zur Buhlin der Hauptleute des Rabenpriesters Tar Honak geworden, so erzählte man sich, und Melikaes greiser Lehrerin Sulibeth zerbrach das Herz an der Schamlosigkeit ihrer Schülerin, die ihre Kunst nutzte, den neuen Herren zu gefallen.

Der Krug mit dem verdünnten Wein neben dem Märchenerzähler war leer und seine Zunge schwer von der traurigen Geschichte. Auch merkte er, wie den erschöpften Kindern hin und wieder die Augen zufielen, denn die Nacht war fortgeschritten, und das Madamal war hinter der Ebene vor der großen Stadt versunken, so als wolle Rastullah, indem er das silberne Licht des Nachthimmels erlöschen ließ, die Gläubigen ermahnen, dass es Zeit sei, sich zur

Ruhe zu begeben, um die Stunde des morgendlichen Gebets nicht zu verschlafen. Die Männer und Frauen des Basars aber schienen noch nicht müde zu sein. Sie hatten grünen Tee getrunken, und die Alten rauchten würzig duftendes Pfeifenkraut, das aus dem fernen Maraskan und den Dschungeln im Süden stammte.

Mit einem Seufzer erhob sich Mahmud und streckte die steifen Glieder. Es war an der Zeit zu gehen, denn Rastullah pflegte jene Märchenerzähler, die seine Himmelszeichen missachteten und ihre Kunst zu lange übten, damit zu strafen, dass er ihnen bei Sonnenaufgang die Stimme nahm, sodass sie sich in der nächsten Nacht nicht wieder an den Gesetzen des Gottes versündigen konnten.

Mahmud nahm seinen Stab und wollte sich gerade auf den Weg zu seinem Nachtlager im Hof des Bethauses machen, als ihn der kleine Omar am Ärmel zupfte.

»Aber, das … das ist doch nicht das Ende der Geschichte?« Die Augen des kleinen Jungen schimmerten feucht. »Omar ist doch nicht wirklich in der Wüste gestorben! Du hast doch versprochen, dass er einen Freund finden werde, der ihn vor allen Feinden beschützt.«

Mahmud strich dem Knaben mit der faltigen Hand durch die schwarzen Locken und lächelte.

»Nein, mein neugieriger Freund, natürlich ist die Geschichte noch nicht zu Ende. Doch wollen wir nicht den Zorn Rastullahs herausfordern. Ich fürchte, der Gott könnte einen Zauberschlaf auf dich legen, und du erführst nie, wie aus dem Sklaven Omar jener Krieger wurde, den man noch heute ehrfurchtsvoll das Schwert des Kalifen nennt.«

Trotzig schüttelte der Kleine den Lockenkopf. »Ich schliefe ganz bestimmt nicht ein.«

Mahmud kratzte sich am Bart und verzog das Gesicht. »Ich sehe, du durchschaust meine List. Natürlich glaube auch ich nicht, dass du einschliefest. Die Wahrheit ist, dass mir die Kraft deiner Jugend fehlt und ich derjenige von uns beiden bin, der den Schlaf braucht. Verzeih, dass ich versuchte, dich zu narren. Ich hätte wissen müssen, dass du meinen Trug so leicht durchschaust, wie ein Dschinn des Erzes das Wirken selbst des begabtesten Falschmünzers entlarvt.«

Omar lachte ihn an. »Ich bin dir nicht böse, Märchenerzähler. Wann wirst du wiederkommen?«

»Wenn die Sonne so hoch am Himmel steht, dass selbst die Eidechse Schutz im Schatten sucht, werde ich zurückkehren, um zu erzählen, wie Omar seine Liebe wiederfand.«

Auch die vielen anderen Zuhörer, die Wasserträger und Seidenschneider, Glasbläser, Kupferschmiede und Barbiere, ja sogar jene alten Witwen, die in ihrer Schwatzhaftigkeit nur noch von greisen Teppichhändlern überboten wurden und deren Zungen mitunter so scharf waren, dass selbst die Schwertschleifer ihnen Demut erwiesen, hatten sich erhoben und bildeten nun eine Gasse, um den Märchenerzähler ziehen zu lassen.

Ihre stumme Achtung bedeutete Mahmud mehr als die Kupfermünzen, die sie ihm in die Schale gelegt hatten, und gab ihm die Kraft, stolz erhobenen Hauptes, wie der Kalif bei seiner Heerschau, ihr Spalier abzuschreiten.

Erst als er sicher war, dass der dunkle Schleier der Nacht ihn endgültig vor ihren Blicken verbarg, stützte er sich wieder schwer auf seinen Wanderstab, denn er spürte in jedem seiner alten Knochen, wie nahe die Morgenstunde schon war.

ZWEITER ROMAN

Die Ränke des Raben

Mahmud brauchte ein wenig Zeit, um sich im Halbdunkel des ersten Morgenlichts zurechtzufinden. Vor ihm stand eine gebeugte Gestalt in Lumpen.

»Dein Schatten ...« Mit knöchrigen Fingern wies der alte Bettler auf den Boden. »Wir wissen, dein Schatten lebt. Er greift nach dir.«

Unwillig schüttelte sich der Märchenerzähler und zog sich den zerschlissenen Umhang enger um die Schultern. Er war in der letzten Nacht zu spät zum Bethaus gekommen und hatte den Hof, auf dem er seine Wolldecke zurückgelassen hatte, verschlossen vorgefunden. So war er gezwungen gewesen, sich nahe dem verfallenen Theater, wo die Bettler, Gaukler und Diebe regierten, einen Platz für die Nacht zu suchen. Auch wenn es sich für jemanden, der nicht mit den Sitten des Volkes der Straße vertraut ist, widersinnig anhören mag, so war Mahmud hier doch sicherer als irgendwo sonst in der Stadt. Es galt als ein ungeschriebenes Gesetz, dass niemandem, der zu den ›Verlorenen‹ gehörte, hier ein Leid angetan wurde. Hierher wagten sich weder die Gardisten der Handelsfürsten und der anderen Machthaber der Stadt noch Sklavenjäger oder rauflustige Söldner. Auch die Diebe und Halsabschneider, die andernorts keineswegs davor zurückschreckten, einen der Ihrigen zu behelligen, hielten sich hier an das Gesetz der ›Verlorenen‹.

So hatte sich Mahmud irgendwann am frühen Morgen am Eingang zu einem der bröckelnden Bogengänge niedergelassen, die tief unter das Theater führten, und frierend den Sonnenaufgang herbeigewünscht. Doch statt von warmem Sonnenlicht war er von einem schieläugigen Greis mit einigen groben Knüffen geweckt worden.

»Nur ein Kätzchen mag glauben, dass es seinem Schatten davonlaufen kann. Doch wir wissen, dass du kein Kätzchen bist ...« Der Alte brach in irres Gelächter aus. Geifer lief ihm aus dem zahnlosen Maul in den schmutzigen Bart.

Mahmud schüttelte unwillig den Kopf. »Lass mich in Frieden!« Er kramte in dem Tuchbeutel, in dem er etwas altes Brot und die Kupfermünzen aufbewahrte, die man ihm in der letzten Nacht geschenkt hatte. Wahrscheinlich wollte der Irre nicht mehr als irgendein Geschenk und würde dann weiterziehen.

»Uns täuschst du nicht ... Märchenerzähler.« Wieder versetzte der Alte ihm einen Knuff mit dem Krückstock. »Wir sehen, was du versteckst, du ...«

»Verschwinde hier, Rezzan«, unterbrach ihn die Stimme einer jungen Frau, und eine Gestalt tauchte im Dunkel des Gewölbes auf. »Niemand will den Tag mit deinen verrückten Prophezeiungen beginnen, schon gar nicht so ein hoher Gast.« Dann wandte sie sich an Mahmud. »Ich kenne dich. Bist du nicht der Geschichtenerzähler, von dem man überall entlang des Mhanadi spricht?«

Mahmud deutete eine Verbeugung an, die im Sitzen freilich wenig mehr als ein Nicken sein konnte. »Du schmeichelst mir, doch musst du mich verwechseln. Ich wüsste nicht, womit ich Ruhm erworben haben sollte.«

Wieder erklang das irrsinnige Gelächter des Bettlers.

»Aber du bist doch Mahmud, der Märchenerzähler.« Die junge Frau trat jetzt aus dem Schatten, sodass Mahmud sie erkennen konnte. Sie war dürr wie ein Gerippe, und ihre Arme und Beine waren in unnatürlichen Winkeln verdreht. Quer über ihr Gesicht lief eine grässliche Narbe.

Mahmud zuckte unwillkürlich ein wenig zurück, obwohl er schon oft solche erbarmungswürdigen Gestalten gesehen hatte. Wahrscheinlich war sie das vierte oder fünfte Mädchen gewesen, das einer armen Bauernfamilie geboren worden war, und weil es ihren Eltern unmöglich war, das Geld für die Mitgift einer weiteren Tochter aufzubringen, hatte man ihr die Knochen zerschmettert. So konnte man sie, wenn sie die Verstümmelung überhaupt überlebte, als Bettlerin auf die Straße schicken.

»Du bist es doch, nicht wahr?« Sie hat eine schöne Stimme, dachte Mahmud. Wenigstens die konnte man ihr nicht nehmen. Er nickte.

»Erzählst du mir eine Geschichte?«

Mahmud lächelte verlegen. Er war noch müde von der letzten Nacht, und seine Stimme hatte einen Klang, der an einen alten Schleifstein erinnerte. Er würde sich für die Kupfermünzen, die er noch hatte, warmen Tee und ein wenig Honig besorgen müssen, wenn er bis zum Mittag wieder bei Stimme sein wollte.

»Es tut mir leid, aber ich kann dir jetzt keine Geschichte erzählen. Ich …«

»Jetzt zeigt er sein wahres Gesicht«, keifte der Alte. »Spürst du nicht den kalten Wind, der aus seinem Schatten weht, so als verberge sich dahinter ein Schlund, der geradewegs in die eisigen Tiefen der Niederhöllen führt?«

»Schweig! Kann dein lästerliches Maul nur noch Gift und Galle spucken, Rezzan?« Der Alte hielt für einen Moment inne, doch wich sein scheeler Blick nicht von Mahmud.

»Wer bist du?« Der Bettler wurde dem Märchenerzähler immer unheimlicher.

»Wir sind die Stimme Rastullahs, die da geißelt die Verdorbenheit seiner Kinder. Wir sind der Mahner derer, die nicht sehen, was unter ihren Augen wirklich geschieht. Wir sind …«

»Du bist irre. Irre wie alle die anderen verrückten Propheten, die in den Basaren von Untergang und Verderben predigen und sich wundern, dass keiner solche Spinnereien hören mag. Willst du nicht auch noch etwas über das Feuer erzählen, das vom Himmel fallen wird und …«

»Spotte nicht, Kind! Was weißt denn du?« Ein gefährliches Blitzen flackerte in den Augen des Bettlers, und Mahmud griff nach seinem Stab, um aufzustehen. Es wurde Zeit, von hier wegzukommen, und das Mädchen sollte er mitnehmen, sonst geschähe vielleicht noch ein Unglück. Im Schatten des Gewölbes erkannte er jetzt auch andere Gestalten.

»Wir wissen um das, was war, was ist und was sein wird.« Der verrückte Prophet schrie jetzt gellend, und das Gewölbe schien seinen Worten eine unheimliche, düstere Wahrhaftigkeit zu geben, die Mahmud erschaudern ließ.

»Wenn der Diener jenseits des Todes den Meister außerhalb des Todes ruft,

wenn die Verderberin der Leiber einen Leib dem Verderber der Welten schenkt,

wenn die verlorenen Scharen der Gestaltlosen annehmen die Gestalt der Schar der Verlorenen,

wenn aus kristallenem Herz der geraubte Schlangenfürst spricht,

wenn die Bäume auf der See wurzeln, die Festungen über das Land wandeln und die Belagerungstürme über den Himmel ziehen,

dann wird in den Kerker der feurige Blick des Weltenschöpfers fallen,

dann wird die rote Saat der Gor aufgehen,

dann wird die letzte Kreatur geboren und gebären,

dann werden Löwin und Einhorn zu zweien ins Tal der Finsternis gehen,

dann werden die Wasser blutig und die Brunnen sauer, wird der Regen brennend und das Land zu Asche,

dann wird die Brut den Boden verschlingen, dann wird der Rausch der Ewigkeit über die Schöpfung wehen.«

Erschöpft entglitt dem alten Bettler die Krücke, er taumelte, stürzte schließlich zu Boden und wand sich in irrem Gelächter.

»Lass uns gehen«, flüsterte Mahmud und packte die junge Frau. »Das ist kein Ort für uns.« Mochte der Alte auch wahnsinnig sein, so wohnte in seinen Worten eine Kraft, die den Märchenerzähler ängstigte.

So schnell ihn seine Beine trugen, eilte er über den verkommenen Platz vor dem Theater, wich den Bettlern und Gauklern aus, blickte sich aber nicht mehr um. Alle Gesichter schienen ihm plötzlich zu höhnischen Grimassen verzerrt, und einen Augenblick lang fürchtete er, das ewige Schwert könne aus göttlichen Fingern geglitten sein, und Rastullah sei im Kampf gegen jene unterlegen, die in der Finsternis lauerten und einen Weg in die Welt der Menschen suchten. Bevor er den Platz verlassen hatte, hörte er noch einmal die Stimme des Bettlers. Oder war es eine andere Stimme, die zu ihm sprach?

»Du kannst deinem Schatten nicht entfliehen, und ein Tiger wird niemals ein Kätzchen sein.«

Mahmuds Atem ging stockend, als er endlich das Tor zum Hof des Bethauses erreichte, und er hatte das Gefühl, eine eiserne Faust hielte sein Herz umklammert. Er war zu alt, um fortzulaufen. Müde hob er den Blick. Auch die verkrüppelte Frau war am Ende ihrer Kräfte. Alles Blut schien aus ihrem Gesicht gewichen zu sein, und sie lehnte erschöpft an der Mauer neben dem Tor.

»Wie heißt du eigentlich?«

»Almandina«, antwortete die Frau keuchend.

Welche Ironie, dachte Mahmud. Dieses arme Geschöpf nach den Almandinen, jenen Edelsteinen zu benennen, in denen die dunkle Glut des Feuers gefangen zu sein schien. Oder war sein Blick gefangen von ihrem geschundenen Körper? Hatte sie nicht eine Stimme, so sanft und schön, als gehöre sie zu den Sängerinnen im Palast des Kalifen?

»Ich glaube, nach diesem unerquicklichen Erwachen haben wir uns beide ein üppiges Mahl verdient.« Er kramte ein wenig verlegen in seinem Leinenbeutel. Die Frau weckte Schuldgefühle und unangenehme Erinnerungen in ihm. Er versuchte, fröhlich zu wirken, und so all die schrecklichen Bilder für den Augenblick zu verdrängen, die er immer wieder vergebens zu vergessen hoffte.

»Ich hoffe, auch du beherrschst die Kunst, das Leben durch ein wenig Magie zu bereichern.« Der Märchenerzähler lachte verschmitzt. »Sieh dir dieses Brot an, es ist steinhart und mindestens schon einen Tag alt. Doch könnte es nicht genauso gut ein Kuchen sein?« Mahmud schnupperte an dem Brotfladen. »Wie wenig Vorstellungskraft gehört dazu, sich an den Duft von Honiggebäck zu erinnern.« Er brach ein großes Stück vom Brot ab und reichte es Almandina.

»Weißt du, Reichtum ist etwas für Dumme, sicherlich ist er ganz bequem, und ich hätte auch nichts dagegen, wenn statt Kupfermünzen lauteres Gold in meinem Beutel klingeln würde … Doch was wäre der Preis? Nacht für Nacht müsste ich den Dolch eines Diebes fürchten. Ohne Gold schlafe ich leicht und unbeschwert. Und was den Kuchen angeht: Wenn ich ihn zu riechen vermag, kann ich ihn dann nicht auch schmecken, sobald ich in altes Brot beiße? Das ist eine geheime Kraft, die nur der kennt, der arm ist. Versuch dich ganz fest daran zu erinnern, wie es war, als du zum letzten Mal einen warmen Kuchen oder süßes Honiggebäck gegessen hast, das einem am Gaumen klebt. Und dann beiß in das Brot und denk immer nur an den Kuchen.«

Mahmud kaute auf seinem Stück Brot, und wenn er ehrlich war, musste er bekennen, dass es ihm diesmal nicht ganz gelingen wollte, Kuchen zu schmecken. Er blickte zu Almandina hinüber. Auch sie mühte sich mit dem zähen, trockenen Brot ab, doch blickte sie traurig.

»Ich gestehe ja, dass dieses kleine Wunder etwas leichter fällt, wenn man im Hof eines Honigbäckers steht, wo es verführerisch nach frischem Kuchen duftet, aber glaub mir, dann ist es wirklich eine Kleinigkeit, sich den Rest vorzustellen.« Mahmud hatte sich fast verschluckt bei seinen Erklärungen und versuchte jetzt, ein schiefes Lächeln zustande zu bringen, um die Frau wenigstens ein bisschen aufzuheitern. Doch Almandina schien den Tränen nahe zu sein.

»Was ist denn mit dir, mein Kind?«

»Ich kann mich nicht mehr erinnern, wie Kuchen schmeckt.« Sie schluchzte leise. »Ich weiß, meine Mutter hat, als ich klein war, manchmal aus hellem Mehl kleine Honigkuchen gebacken, doch ich weiß nicht mehr, wie sie geschmeckt haben. Es ist so lange her und …«

Mahmud hätte sich am liebsten die Zunge abgebissen. Was war er nur für ein blinder Narr! Wie viel Einfalt gehörte dazu, sich nicht vorstellen zu können, dass eine Bettlerin nicht mehr wusste, wie Kuchen schmeckte. Statt ihr zu helfen und sie aufzuheitern, hatte er sie nur gequält!

Vielleicht sollte er …? Mahmud kramte in seinem Leinenbeutel. Ob es wohl reichen würde …?

Zufrieden stand er neben dem Laden des Honigbäckers und schaute Almandina zu, wie sie einen kleinen Kuchen aß. Zuerst war sie verlegen gewesen und hatte nicht gewollt, dass er ihr das Geschenk machte, aber schließlich hatte sie es doch genommen.

Für Tee und Honig würde es jetzt nicht mehr reichen. Ein paar Stunden Schlaf mussten ihm genügen, um sich zu erholen. Vielleicht war ihm Rastullah nach dieser Tat geneigt und schenkte seiner Stimme die Kraft, auch den zweiten Teil der Erzählung um Omar und Melikae zu vollenden, ohne zum Schluss wie ein Khomgeier zu krächzen. Mahmud reckte sich. Die müden Glieder in die Morgensonne zu strecken, tat gut. Er lächelte. Fast wie eine alte Eidechse führte er sich auf. Der Märchenerzähler dachte an längst vergangene Tage. War es nur das Alter, das ihm diese seltsame Sehnsucht nach dem Sonnenlicht bescherte, oder steckte mehr dahinter? Allein die Zukunft würde zeigen, was es damit auf sich hatte.

Almandina kaute noch immer an dem kleinen Kuchen. Sie biss nur Häppchen ab, um so lange wie möglich den Geschmack genießen zu können.

»Ich werde heute Mittag im Basar der Teppichhändler zu finden sein und dort ein Märchen erzählen. Wenn du also wirklich eine Geschichte von mir hören willst, dann komm dorthin.«

»Aber vielleicht wollen sie mich da nicht haben, und sie werden mich nach hinten drängeln, sodass ich dich nicht hören kann. Viele wollen mich nicht sehen, weil …«

»Du wirst mein Gast sein. Mach dir deshalb keine Sorgen. Wenn sich einer von uns beiden Sorgen machen sollte, dann bin ich es, denn ich habe das Gefühl, dass du von meinen Geschichten mehr erwartest, als ich dir geben kann.« Mahmud zuckte verlegen seufzend mit den Schultern. »Wir werden sehen.«

Dann verließ er Almandina, überquerte den großen Markt und verschwand hinter einem wackligen Turm aus hölzernen Käfigen, in denen bunte Hühner den Kochtöpfen der Stadt entgegengackerten.

Als Mahmud sich am Mittag wieder auf seinem Platz im Basar der Teppichhändler niedergelassen hatte, war wie durch einen Zauber alle Schwäche von ihm gewichen. Er liebte es, Geschichten zu erzählen. Es gab nichts im Leben, das ihm mehr bedeutete, außer vielleicht … Er spürte einen Kloß im Hals.

Nein, es *gab* nichts anderes im Leben, das ihm mehr bedeutete! Sich weinerlicher Melancholie hinzugeben, war nicht seine Art!

»Wird Omar heute Melikae retten?« Neben ihm stand

der kleine lockige Omar und schien vor Ungeduld schier zerspringen zu wollen.

»Er wird sie wiederfinden, aber einen Menschen zu retten, ist nicht leicht …« Das Lächeln war für einen Moment vom Gesicht des Märchenerzählers gewichen, und er blickte sich um. Es waren viel mehr Zuhörer gekommen als am Mittag zuvor, und man hatte ihn reichlich mit kleinen Gaben bedacht. Irgendwie schien sich die Auffassung verbreitet zu haben, dass man ihm mit süßen Melonen eine besondere Freude machen konnte. Jedenfalls hatte er schon drei Melonen geschenkt bekommen, und noch immer kamen neue Zuhörer, die sich in der engen Gasse niederließen und anderen ihre kleinen Geschenke gaben, damit sie durch das dichte Gedränge nach vorn gereicht wurden.

Auch Almandina war gekommen. Mahmud hatte ihr einen Platz ganz vorn zwischen den Kindern verschafft. Andächtig blickte die junge Frau zu ihm auf, aber irgendwie machte sie ihn beklommen. Die anderen erwarteten nur eine gute Geschichte von ihm, doch was wollte sie?

Er sollte anfangen, bevor ihn seine Zweifel unsicher machen würden, denn es gab nichts Erbärmlicheres als einen verunsicherten Märchenerzähler. Mit großer Geste breitete Mahmud die Arme aus, und fast schlagartig wurde es still in der Gasse. Obwohl die Sonnensegel ganz ausgerollt waren und der Basar im Schatten lag, war es unerträglich heiß an diesem Mittag, und es schien, als verstärke die plötzliche Stille die Hitze noch. Doch das passte zu Mahmuds Geschichte.

Keine Gnade kannten die Diener des Raben, nachdem sie die Oberstadt von Unau erobert hatten. Einen ganzen Tag lang gestattete ihnen der schreckliche Patriarch, zu morden und zu plündern, um nach Art gottloser Söldner, für die es nichts unter Rastullahs Himmel gibt, was sich nicht auf einen Münzwert reduzieren ließe, den Sieg über die Recht-

gläubigen zu feiern. Doch gerade weil der Glanz des Goldes als Einziges ihr Herz bewegte, mordeten sie nur jene, die es gewagt hatten, eine Waffe gegen sie zu ziehen, die anderen aber verkauften sie an die Sklavenhändler, die dem Heer der Heiden folgten, so wie die Geier die Nähe des Löwenrudels suchen. Also verließ schon einen Tag, nachdem die Oberstadt gefallen war, eine große Sklavenkarawane das geschändete Unau. Wie alle die anderen Unglücklichen, die diesen Krieg mit ihrer Freiheit zahlen mussten, schaffte man sie durch das blühende Shadif, jene Landschaft, die unser Volk mit der edelsten aller Pferderassen beschenkte, hin zum Hafen von Selem, um sie auf den Sklavenmärkten jener unseligen Dschungelstädte zu verkaufen, in denen länger als selbst im sündigen Maraskan die Brut der großen Schlange H'ranga verehrt worden war. Allein Melikae und ihre Diener entgingen diesem schrecklichen Los. Und noch ein anderer sollte dem Schicksal entgehen, das man ihm zugedacht hatte …

Omar kniff die Augen zusammen und versuchte vergeblich, seine Arme und Beine zu bewegen. Dann erinnerte er sich, wie ihn Abu Dschennas Reiter niedergeschlagen hatten. Verzweifelt zerrte er an den Fesseln, die ihn auf den Boden banden, doch vergebens. Abu Dschennas Häscher hatten ihre Arbeit gut getan. Aus eigener Kraft würde er nicht entkommen.

Omar drehte den Kopf und blickte zum Kamm der Düne seitlich neben ihm, doch niemand war zu sehen. Es bestand kein Zweifel, dass sie ihn zurückgelassen hatten, damit er elendig in der Wüste verdurstete.

Die Mittagsstunde war zwar schon lange vergangen, doch noch immer brannte die Sonne unerbittlich vom Himmel. Omars Zunge glitt über die aufgesprungenen, rissigen Lippen. Wie lange er wohl der Hitze widerstehen konnte?

Der Novadi fluchte. Ganz dicht hinter ihm lagen eine Satteltasche und zwei wohlgefüllte Wasserschläuche. Wenn er die Finger ausstreckte, konnte er die Wasserschläuche sogar berühren. Doch sie zu öffnen und zum Mund zu führen, war unmöglich. Verzweifelt blickte Omar zum Himmel. Die glühende Sonnenscheibe war seine einzige Gesellschaft. Doch schien es, als verharre sie am Himmel, um ihn zu verhöhnen. Amm el-Thona, die hartherzige neunte Frau Rastullahs, wollte wohl ihre grausamen Späße mit ihm treiben. Doch er ließ sich von ihr nicht narren! Omar schloss die Augen und begann leise, die neunundneunzig Gebote Rastullahs zu rezitieren.

Vielleicht wollte Rastullah ihn prüfen, überlegte der Novadi, als er zum ersten Mal den Zyklus der Gebote vollendet hatte. Aber konnte der Gott es zulassen, dass er einen so ungerechten Tod zu sterben hatte? Oder war es am Ende gar der Wille Rastullahs, dass er starb? Omar war ratlos. Er glaubte, sich immer an die Gebote des einzigen Gottes gehalten zu haben. Doch was war, wenn er unwissend eine Sünde begangen haben sollte? Für sie könnte er den Gott nicht einmal um Vergebung bitten. Zögernd begann er erneut, die neunundneunzig Gebote zu murmeln. Er durfte nicht in Zweifel über seinen Glauben geraten!

»Der Gottgefällige gibt seinem Zorn freie Bahn, wenn die Ehre eines Freundes, seines Vaters, seines Sohnes, seines Pferdes oder seiner Frau oder Tochter, abgeschnitten, gekränkt oder in Frage gestellt wurde.

Der Gottgefällige …«

»Was murmelst du da?«

Erschrocken schlug Omar die Augen auf. Vor ihm stand ein verschleierter schlanker Mann mit türkisfarbenem Turban und in dunkelblauen Gewändern. War das eine neue Narretei? Die Vision eines Verdurstenden? Wenigstens hatte sich die Sonne von der Stelle bewegt und stand jetzt nur noch knapp über dem Horizont.

»Gib mir bitte … zu trinken.« Jedes laut gesprochene Wort war eine Qual für Omars ausgedörrte Kehle.

»Warum sollte ich?«

Omar blickte den Fremden ungläubig an. Was hatte er gesagt? Er verweigerte einem Verdurstenden einen Schluck Wasser?

»Bitte …«

»Woher soll ich wissen, ob dich die anderen nicht zu Recht zu diesem grausamen Tod verurteilt haben? Ich mische mich nicht mehr aus *Menschlichkeit* in die Händel Fremder ein. Diese Zeit ist für mich vorüber.«

Omar wusste nicht, was er davon halten sollte. »Ich bin … unschuldig. Hast du … gesehen, was sie … getan haben?«

Der Fremde nickte. »Ich habe aus der Ferne beobachtet, wie man dich aus dem Sattel gestoßen und niedergeschlagen hat. Offensichtlich scheinen deine Feinde viel Respekt vor dir zu haben, dass sie in solcher Übermacht kamen, um dich zu stellen.«

»Nein, sie sind …« Omar stockte. Ein Hustenkrampf schüttelte ihn. »Bitte … Wasser!«

»Bist du sicher, dass du wirklich Wasser von mir haben willst? Du wirst nur länger Qualen leiden, wenn ich dir jetzt zu trinken gebe und dich dann doch verlasse, denn wenn mich deine Worte nicht überzeugen können, werde ich weiterreiten, ohne mich auch nur einmal nach dir umzudrehen.«

»Wasser …«

»Nun, entweder bist du töricht oder sehr sicher, dass du mich überzeugen wirst.« Der Fremde zögerte einen Atemzug lang. Dann kniete er nieder, hob einen der Lederschläuche auf, die hinter Omar lagen, und gab ihm zu trinken. Gierig schluckte der Novadi das abgestandene warme Wasser, doch lange bevor er sich satt getrunken hatte, nahm ihm der Verschleierte den Schlauch wieder vom Mund.

»Das reicht. Wenn du mehr trinkst, wirst du dich erbrechen und – nach der Art, wie du gefesselt bist – möglicherweise daran ersticken. Vielleicht lasse ich dich später noch einmal trinken.«

»Tust du nur, was vernünftig ist?« Omar hatte den Eindruck, dass er den Fremden mit dieser Frage durcheinanderbrachte. Jedenfalls verharrte er nachdenklich, bevor er den Wasserschlauch verschloss und zur Seite legte.

Wer auch immer er sein mochte, er war jedenfalls nicht arm. Vielleicht ging er verschleiert, um zu verbergen, dass er wie Fendal ein Heide aus dem Norden war. Zu den Kasimiten gehörte er gewiss nicht. Ein Kasimit hätte niemals einen Mann unterbrochen, der gerade die neunundneunzig Gebote Rastullahs rezitierte. Oder doch? Neugierig musterte Omar Kleidung und Ausrüstung des Fremden. Er trug einen kurzen Kaftan, der bis knapp über die Knie reichte, und darunter eine weite Hose, beides aus dunkelblauem Stoff. Der Saum des Kaftans war mit Silberstickereien geschmückt, die fremdartige Blumen zeigten. Auch die halbhohen schwarzen Stiefel waren mit einer breiten silbernen Borte verziert. Um die Hüften hatte er einen schweren Ledergürtel geschlungen, in den eine Unzahl kleiner Taschen eingearbeitet war. Zusätzlich waren seltsame silberne Amulette aufgenäht, die wohl vor dem bösen Blick und allerlei Zaubern schützen mochten. Aus einer der Taschen ragte ein schmaler hölzerner Griff, ähnlich dem Griff eines Pinsels. In einer anderen Gürteltasche schien ein Fläschchen zu stecken. Was sich sonst noch in dem Gürtel verbergen mochte, ließ sich nicht einschätzen, doch Omar war sicher, dass der Fremde auch Gold hineingenäht hatte.

Quer über die Brust des Verschleierten lief ein vielleicht zwei Finger breiter, mit Silberbeschlägen geschmückter Ledergurt, mit dem er sein Schwert auf den Rücken geschnallt trug. Omar sah hinter der linken Schulter Griff und Parierstange der Waffe aufragen, der Rest blieb ihm verborgen. Doch ganz offensichtlich handelte es sich nicht um einen geschwungenen Khunchomer, wie ihn die Wüstenkrieger sonst trugen. Ungewöhnlich war auch der Dolch, der im Gürtel des Fremden steckte. Statt einer gebogenen Klinge hatte die Waffe ein gerades Blatt. Auch wenn der Verschleierte sich mit seiner Kleidung viel Mühe gegeben hatte und sein Tulamidya so fehlerlos und rein klang, als sei er in der Wüste aufgewachsen, verrieten seine Waffen doch, dass er kein Novadi sein konnte.

»Tust du nur, was vernünftig ist?«, wiederholte Omar noch einmal seine Frage.

»Wenn dem so wäre, dann wäre ich nicht nach einem Ritt von zwei Stunden wieder umgekehrt, um mit einem wie dir über Vernunft zu plaudern.«

»Du hast gesehen, was sie mir angetan haben, und bist dann weitergeritten? Ich dachte, du hättest gewartet, bis du sicher sein konntest, dass sie verschwunden seien, um mich dann …«

»Ich glaube, du verstehst mich noch immer nicht. Ich habe nicht die Absicht, dich zu befreien, es sei denn, du überzeugst mich davon, dass du unschuldig bist.«

»Aber hast du denn nicht gesehen, wie man uns überfallen und die beiden Frauen entführt hat, die mit mir geritten sind?« Omar konnte einfach nicht fassen, dass dieser dreimal verfluchte Ungläubige ihn einfach in der Wüste liegen lassen wollte.

»Wer sagt mir, dass nicht du derjenige warst, der die Frauen entführt hat, und dass ihr Herr euch aufgelauert hat, um die beiden in ihren Harem zurückzuführen? Schließlich haben sie keinen erkennbaren Widerstand geleistet oder zu fliehen versucht, nachdem du wehrlos am Boden lagst.«

»Sie haben sich nicht gewehrt?« Omars Stimme hatte alle Leidenschaft verloren. Hatte Melikae einfach hingenommen, dass man ihn hier zurückließ?

»Du hörst mir nicht zu.« Die Stimme des Fremden klang

unangebracht spöttisch. »Ich sagte, sie haben keinen *erkennbaren* Widerstand geleistet. Die eine ließ sich einfach abführen, ohne die geringste Regung zu zeigen. Die andere ist von ihrem Kamel gestiegen und hat sich dem Anführer zu Füßen geworfen. Sie hat heftig auf ihn eingeredet und dabei immer wieder auf dich gezeigt. Ich war leider zu weit weg, um hören zu können, was sie zu ihm sagte. Jedenfalls haben die Söldlinge anschließend ihre Waffen beiseitegelegt, dir die Kleider vom Leib gerissen und dich gefesselt.«

Trug Melikae Schuld daran, dass man ihn auf diese Art zum Sterben zurückgelassen hatte? Omar überlief ein kalter Schauer. War ihre Liebe zu ihm so schwach? Oder hatte sie verhindert, dass ihn die Jäger an der Seite Abu Dschennas sofort umbrachten? Vielleicht hatte sie gehofft, dass irgendjemand ihn finden und befreien würde. Oder war sie vielleicht sogar diejenige gewesen, die wie versteinert beobachtet hatte, was man ihm antat, und Neraida hatte ihn der Rache Abu Dschennas preisgegeben? Er musste Gewissheit haben!

»Wie sah die Frau aus, die sich dem Anführer zu Füßen warf? Hatte sie Haare, so dunkel und weich wie Wolken an einem nächtlichen Himmel, und ein Antlitz, so ebenmäßig und edel, als habe Rastullah selbst die Schönheit seiner neun Frauen in einem einzigen Gesicht vereint, um …«

»Du liebst diese Frau?« Die Stimme des Fremden klang nicht mehr ganz so kühl wie bisher. Er hustete unterdrückt und zitterte wie im Fieber.

»Ich würde für sie sterben! Genügt dir das als Beweis für meine Ehrbarkeit?«

Es dauerte eine Weile, bis der Verschleierte sich von seinem Hustenanfall erholt hatte. Sein Atem ging pfeifend, und seine Stimme klang gepresst, so als koste es ihn alle Kraft, den Husten zu bezwingen, als er schließlich antwortete. »Es scheint, als hättest du deinen Willen bekommen. Warum hat man dich auf so grausame Weise bestraft?«

»Gib mir noch etwas zu trinken, und ich erzähle dir meine Geschichte.«

Als Omar seine Erzählung beendet hatte, blickte der Fremde ihn lange schweigend an. Schließlich hielt der Novadi die Ungewissheit nicht mehr länger aus. »Und, wirst du mich hier sterben lassen?«

»Wenn ich dich befreie, trage ich die Verantwortung für alle deine weiteren Taten, Omar.«

»Was soll das heißen?« Der Novadi hatte das Gefühl, dass dem rätselhaften Fremden die Sonne nicht bekommen war. Er verhielt sich auf eine Weise, die man einfach nicht begreifen konnte. Alle Ungläubigen, die Omar bisher getroffen hatte, waren zwar auf ihre Art seltsam gewesen, doch niemals war ihm ein Heide begegnet, der so undurchschaubar war wie der Verschleierte.

»Wenn ich dich befreie und du einen deiner Feinde tötest, wird dieses Blut auch an meinen Händen kleben. Wenn ich dich also freilassen soll, musst du mir erst schwören, dass du nichts gegen meinen Willen unternehmen wirst. Und wenn ich dich eines Tages um deine Hilfe bitten sollte, so wirst du sie mir gewähren, ohne Fragen zu stellen.«

»Ich werde nie wieder Sklave sein! Lieber sterbe ich!« Omar war verwirrt und wütend. Fast wünschte er, er hätte in Ruhe sterben können.

Der Fremde lachte. »Du brauchst kein Sklave mehr zu sein. Betrachte mich nicht als deinen Herrn. Vielleicht solltest du lieber so etwas wie einen Lehrer in mir sehen.«

»Einen Lehrer …«

»Nur wenn du deinen Schwur leistest.«

Omar dachte nach. Was hatte er schon zu verlieren? Und sollte sich herausstellen, dass sein *Lehrer* ein Schurke war, könnte er ihm immer noch entfliehen. Wenn er den

Fremden jetzt aber mit Widerworten verärgerte, würde der ihn hier den Geiern überlassen. »Ich schwöre bei Rastullah und seinen neun Frauen, nichts gegen deinen Willen zu unternehmen, Meister, und wann immer du mich um einen Dienst bitten solltest, dir meine Hilfe zu gewähren.«

»Schwöre bei dem Herzen von Melikae, dass du mir hilfst. Ich glaube nicht an einen Eid, den man auf eine Wesenheit ablegt, die nur in den Köpfen eurer Mawdliyad existiert.«

Omar zog eine Grimasse, schluckte dann aber die zornige Antwort hinunter, die diesem Gotteslästerer gebührt hätte. Wenigstens konnte er nun sicher sein, mit wem er es zu tun hatte. Hinter dem Schleier musste sich einer der hellhäutigen Krieger aus dem Norden verbergen, die wie Fendal manchmal aus undurchsichtigen Gründen in die Wüste kamen und oft wegen ihrer ketzerischen Reden ein unrühmliches Ende nahmen.

»Gut, ich schwöre beim Herzen Melikaes, dass ich das Wort, das ich dir gegeben habe, nicht brechen werde.«

Der Fremde zog sein Schwert und durchtrennte Omars Fesseln.

»Danke.« Der Novadi setzte sich mit einem Seufzer auf und massierte sich die wund gescheuerten Handgelenke.

»Du solltest ein Tuch haben, um deine Blöße zu bedecken.« Der vermummte Krieger stieß einen merkwürdigen trällernden Laut aus, und fast augenblicklich erschien auf dem Kamm der gegenüberliegenden Düne ein prächtig aufgezäumtes weißes Mehari.

»Komm herunter, Qumah!« Der Krieger klatschte in die Hände, und grunzend kam das Kamel den Abhang herunter.

»Du musst entschuldigen, Omar. Qumah ist ein wenig schlecht gelaunt, weil ich ihr befohlen hatte, hinter der Düne niederzuknien. Sie wird schnell ungeduldig und hasst es, still zu liegen. Deshalb habe ich sie Qumah – ›die den Wind fängt‹ – genannt.«

Omar blickte verwundert zu dem prächtigen Kamel auf. Wie konnte es sein, dass sich ein Ungläubiger so gut darauf verstand, mit einem Mehari umzugehen? Sonst parierten die störrischen Biester nur, wenn man sie mit einem Stock bearbeitete.

Der Verschleierte machte sich indessen an dem hohen Sattel zu schaffen. Dann warf er Omar eine schwere dunkelblaue Decke zu.

»Vorerst musst du dich damit begnügen. Etwas Besseres habe ich nicht.«

»Danke …« Der Novadi hob fragend die Augenbrauen.

»Gwenselah. So nennt man mich in meinem Volk.«

»Quwensellah?« Omar hatte Mühe, das fremde Wort zu wiederholen. Der Götzenglaube musste den Heiden die Sinne verwirrt haben, dass sie sich so unaussprechliche Namen ausdachten.

»Vielleicht nennst du mich besser nur Selah. Ich denke, das fällt dir leichter.«

»Ich werde deinen Namen schon meistern, mein Lehrer. Welch schlechter Schüler wäre ich, wenn ich nicht einmal das zuwege brächte.«

Statt einer Antwort lachte der Verschleierte. Sein Hochmut missfiel Omar. Es stand einem Heiden einfach nicht zu, sich in einer solchen Art einem Rechtgläubigen gegenüber aufzuführen. Außerdem wurde Omar das Gefühl nicht los, dass Gwenselah ihn nicht ernst nahm. Sehnsüchtig blickte er nach Norden. Mehr als sechs oder sieben Stunden Vorsprung konnte Abu Dschenna eigentlich nicht haben. Vielleicht könnte er ihn einholen und …

»Denk nicht daran!«

Omar zuckte zusammen.

»Es ist leicht, die Gedanken in deinem Gesicht zu lesen, mein Freund. Du solltest lernen, besser zu verbergen, was du empfindest, sonst wirst du niemals gegen einen Feind wie diesen Zauberer bestehen. Außerdem glaubst du doch nicht wirklich, dass du – erschöpft und unbewaffnet –

diesen Abu Dschenna und seine Leibwächter überwinden könntest.«

Der Novadi wich verlegen Gwenselahs Blick aus. Natürlich hatte der Krieger recht. Doch alles in Omar bäumte sich dagegen auf, den hinterhältigen Magier einfach ziehen zu lassen. Konnte er Melikae lieben und sie gleichzeitig ihrem Schicksal überlassen?

»Komm!« Der Fremde hatte sein Kamel beim Zügel genommen und war schon halb die Düne hinaufgestiegen. Ungeduldig winkte er Omar, ihm zu folgen. Langsam drehte sich der Novadi um. Jeder Schritt, den er von jetzt an tat, brächte ihn weiter von Melikae fort.

Erst wenige Gottesnamen waren seit der Trennung von Omar vergangen, und als Neraida zum zweiten Mal das Tal der Sieben Säulen erreichte, war sie dem Tode näher als dem Leben. Völlig erschöpft ließ sie am Eingang des Tals ihre leeren Wasserbeutel in den Sand sinken und schnallte den schweren Sack ab, in dem sie die steinerne Platte mit dem Fußabdruck Rastullahs getragen hatte. Als habe der einzige Gott ihr den Fuß in den Nacken gestellt, so fühlte sich die Salzgängerin.

Immer schwerer und schwerer war die Steinplatte auf dem endlosen Weg durch die Salzwüste geworden, und immer wieder hatten Stimmen von Dämonen ihr flüsternd geraten, die Reliquie doch einfach zurückzulassen und wenigstens ihr Leben zu retten. Doch selbst als sie jetzt endlich die schwere Last zu Boden gleiten ließ, fühlte sie sich nicht besser. Die Knie begannen ihr zu zittern. Obwohl es nur noch höchstens fünfhundert Schritt bis zur Quelle und dem Schlangenbecken waren, kam ihr der Weg dorthin endlos vor. Sie brauchte länger, als es dauert, die neunundneunzig Gebote Rastullahs aufzusagen, bis sie das lang ersehnte Ziel endlich erreichte und sich vor der Quelle erschöpft auf die Knie sinken ließ.

Nichts war so köstlich wie frisches Quellwasser! Immer

und immer wieder tauchte sie mit dem Gesicht in das kalte Wasser, um in gierigen Schlucken zu trinken und den beißenden Salzgeschmack von den Lippen zu spülen.

Nachdem sie getrunken hatte wie ein verdurstendes Tier, kroch sie in den Schatten der Büsche nahe der Quelle. Nur wenige Gottesnamen war es her, dass ich gemeinsam mit Fendal hier gelegen habe, dachte sie bitter. Und würde sie danach suchen, so würde sie im Sand noch die Überreste welker Blumen finden.

Was Melikae jetzt wohl tat? Ob sie überhaupt noch lebte? Vielleicht trug sie nun einen eisernen Sklavenring und wurde auf einem der Märkte von Al'Anfa zum Kauf angeboten. Bei dem Gedanken, dass ihre frühere Herrin jetzt selbst Sklavin sein könnte, empfand Neraida tiefe Genugtuung. Doch selbst dieses Gefühl vermochte den Schmerz über Fendals Tod nicht zu verdrängen. Als sie allein in der Salzwüste gewesen war, hatte sie den Thorwaler für Stunden vergessen, doch an diesem Ort, wo sie zusammen glücklich gewesen waren, umlagerten sie die Erinnerungen wie dunkle Schatten. Schließlich schlief Neraida erschöpft ein.

Als die Salzgängerin wieder erwachte, herrschte tiefe Nacht. Dicht neben der Quelle brannte ein kleines Feuer. Auch ein Schälchen mit frischen Feigen war bereitgestellt. Erschrocken kroch Neraida tiefer ins Gebüsch.

»Du brauchst keine Angst vor mir zu haben, mein Kind.«

Die Salzgängerin kniff die Augen zusammen und spähte in die Finsternis, doch konnte sie niemanden erkennen. Die Stimme hatte geklungen wie die eines alten Mannes. Das musste der Prophet sein, der über das heilige Tal wachte. Sicher hatte er ihr noch nicht verziehen, dass sie mit Fendal einen Heiden an diesen gesegneten Ort gebracht hatte. Vielleicht waren das Feuer und seine freundlichen Worte eine Falle, um sie aus den Büschen zu locken. Doch das ergab keinen Sinn. Wie leicht hätte er sie im Schlaf überwältigen können, wenn er ihr Böses antun wollte.

»Traust du mir nicht, Neraida?«

Die Salzgängerin stutzte. Woher kannte er ihren Namen? Irgendetwas stimmte nicht! Sie sollte besser vorsichtig sein.

»Woher weißt du, wie ich heiße, und warum kann ich dich nicht sehen?«

»Es war Rastullahs Wille, als er das Land der Ersten Sonne schuf, dass ein jegliches Ding beseelt sein solle, die Schönheit seiner Schöpfung zu erkennen und ihr auf ewig Lobpreis zu singen. Auch wenn die meisten Diener des einen Gottes das Werk Rastullahs nicht in seiner Vollkommenheit wahrnehmen können, so ist es doch den Weisen vergönnt, im Wind Stimmen zu hören, die ihm Kunde bringen von dem, was in den Landen des Kalifen und auch anderswo geschieht. So weiß ich nicht nur, wer du bist, Neraida, sondern auch, was dir widerfahren ist. Ja, selbst einen Teil deiner Zukunft kenne ich, denn der Nebel, der nachts der Quelle im Tal entsteigt, erlaubt dem Träumenden zu sehen, was dem Wachen einst geschehen soll. So wusste ich, dass du an diesen Ort zurückkehren würdest, und ich weiß auch um deine Sorgen, Neraida.«

»Und du zürnst mir nicht?« Die Salzgängerin mochte den Worten kaum glauben. Die ganze Zeit über hatte sie sich in der Salzwüste überlegt, auf welche Art der Prophet sie strafen würde. Dass er ihr *verzeihen* könnte, war ihr nicht in den Sinn gekommen. Zögernd trat sie zwischen den Büschen hervor. Jetzt erkannte sie den Propheten. Er stand im Schatten der Steilklippen nahe der Quelle: ein alter Mann mit langem weißem Bart und zerzausten Haaren, die bis weit über die Schultern reichten. Er trug ein dunkles Gewand, dessen Farbe Neraida nicht erkennen konnte, weil er sich ein gutes Stück außerhalb des Lichtkreises hielt, den das kleine Lagerfeuer in die Finsternis schnitt.

»Wie heißt du, Herr?« Die Salzgängerin war jetzt bis dicht ans Feuer getreten, damit der Prophet sie gut sehen konnte.

»Mein Name ist Almansor. Du bist seit Langem der erste Mensch, der mich nach meinem Namen fragt. Die Besucher des Tals begnügen sich damit, mich mit *Weiser* oder *Prophet* anzureden. Es passt zu dem, was ich über dich weiß: dass du immer genau wissen willst, mit wem du es zu tun hast. Doch verzeih, ich bin unhöflich. Nimm nur Platz, auch wenn ich noch stehe.«

»Warum setzt du dich nicht auch ans Feuer?« Neraida war der Alte unheimlich. Schöne Worte vermochten sie nicht über sein ungewöhnliches Verhalten hinwegzutäuschen. So ließ sie sich zwar nieder, doch blieb sie weiterhin wachsam.

»Du wirst mich sicherlich für seltsam, ja, vielleicht sogar für verrückt halten, doch ich kann und ich will nicht, nur weil du mein Gast bist, mit meinen Lebensgewohnheiten brechen. Schon vor langer Zeit habe ich mir geschworen, nur noch das anzunehmen, was mir von Rastullah geschenkt wird. Wäre es der Wille des Gottes, dass ich mich zur Nacht an einem warmen Lager niederlasse, so ließe er ein Feuer in diesem Tal brennen. Doch Rastullah erwartet von mir Entsagung. Nur so kann ich ihm näher sein, als es alle jene sind, die hierher kommen, um mich um meinen Rat zu fragen.«

»Aber wäre es dir dann nicht auch verboten, Kleider zu tragen? Wie ich sehe, verstößt also auch du gegen die Ordnung des einzigen Gottes.«

»Deine Zunge ist so scharf wie dein Verstand, Salzgängerin. Und doch siehst du nicht alles, denn sonst wüsstest du, dass ich die Kleider, in denen ich mich sehr unwohl fühle, nur deinetwegen trage. Allein, ich dachte, dass der Anblick eines nackten Greises eine junge Frau wohl mehr befremden als entzücken würde. So habe ich entgegen meiner Gewohnheit Kleider angelegt.«

»Ich beuge mein Haupt vor dem Opfer, das du meinetwegen bringst, ehrwürdiger Prophet.« Neraida war jetzt halbwegs überzeugt, dass ihr von Almansor keine unmittelbare Gefahr drohte, und sollte er dennoch versuchen, ihr etwas anzutun, war sie zweifellos diejenige, die schneller laufen konnte. Also griff sie nach den Früchten neben dem Feuer und begann zu essen, während ihr der Alte schweigend zusah. Als sie schließlich satt war und sich wieder nach Almansor umblickte, hüllten dichte Nebelschwaden die Quelle ein und breiteten sich langsam in ihre Richtung aus.

»Wo bist du, Erleuchteter?«

Neraida erhielt keine Antwort. Nicht der geringste Laut war im Tal zu hören, so als ersticke der Nebel jedes Geräusch. Die Salzgängerin rückte etwas näher ans Feuer. Jetzt, da sie ganz allein war, kam ihr das Tal, in dem sie sich früher einmal geborgen gefühlt hatte, unheimlich vor. Leise summte sie ein Lied vor sich hin und beobachtete die wirbelnden Nebel, bis sie immer müder wurde.

Als Neraida wieder erwachte, war es heller Tag. Das Feuer war erloschen, doch lagen frische Datteln und einige kleine Äpfel neben der kalten Asche. Neugierig blickte die Salzgängerin sich um und entdeckte in einiger Entfernung den Propheten. Almansor saß auf einem Felsblock und blickte konzentriert in das Wasser des Schlangenbeckens neben der Quelle. Neraida überlegte, ob sie ihm etwas zurufen sollte, doch dann entschied sie sich zu schweigen. Rastullah allein mochte wissen, was in dem Becken so sehr die Aufmerksamkeit des Alten fesselte. Vielleicht wäre er sogar erzürnt, wenn sie ihn störte. Also widmete sie sich dem Frühstück und brach danach auf, um ihren Rucksack und die leeren Wasserschläuche vom Eingang des Tals zu holen.

Neraida suchte vergeblich nach der Ausrüstung, die sie am Vortag zurückgelassen hatte, als sie erschöpft das Tal der Sieben Säulen erreichte. Vermutlich hatte der alte Prophet die Sachen an sich genommen und längst in Sicherheit gebracht.

Ziellos wanderte sie zwischen Büschen und Palmen umher und erklomm schließlich einen flachen Felsen. Es war an der Zeit, sich Gedanken darüber zu machen, was sie mit ihrem weiteren Leben anfangen wollte. Bis gestern war ihr Sinnen allein darauf ausgerichtet gewesen, lebend bis an diesen Ort zu kommen, um dem Wächter des Tals das heilige Artefakt aus dem geschändeten Bethaus zu bringen. Doch was sollte sie nun tun? Sie konnte unmöglich für immer hierbleiben. Ein Leben in Einsamkeit würde sie nicht ertragen. Sie brauchte eine Aufgabe – aber wozu taugte sie schon?

Sicherlich hatte sie bewiesen, dass sie eine gute Salzgängerin war, doch jetzt, da die Feinde Unau besetzt hielten, lag auch der Salzhandel in der Hand der Ungläubigen, und einem Al'Anfaner würde sie niemals über den Salzsee helfen. Lieber verhungere ich, dachte Neraida. Sonst hatte sie nur Erfahrung in der Verrichtung jener Arbeiten, die im Haus eines reichen Mannes anfielen. Doch in der Khom würde sie keinen neuen Herrn finden. Wer reich war, leistete sich Sklaven und keine Diener. Jedenfalls keine Diener für Küchenarbeiten. Vielleicht sollte sie ins Kaiserreich der Heiden ziehen und zusehen, ob sie dort nicht einen Dienstherrn fände oder …

Während Neraida vor sich hinbrütete, war ihr Blick ziellos über die Felsen und die blendende Salzkruste des Wadi Gehenna geglitten. Doch jetzt hatte etwas ihre Aufmerksamkeit gefesselt. Etwas, das sie zunächst nur unklar wahrgenommen hatte und das nur langsam in ihr Bewusstsein vorgedrungen war. Im Schatten der östlichen Steilwand bewegte sich eine Kolonne von Reitern, die ihre erschöpften Pferde am Zügel hinter sich herzogen. Sie mochten noch etwa eine halbe Meile entfernt sein. Und es waren viele! Nicht drei oder vier. Nicht zehn oder zwanzig. Mindestens hundert Krieger kamen durch das Wadi und bewegten sich auf das verborgene Tal zu. Sie waren zu weit entfernt, als dass Neraida sie deutlich erkennen konnte, doch auch wenn sie nicht das Banner des Raben oder ein anderes Feldzeichen führten, so trugen sie unverkennbar die dunklen Waffenröcke Al'Anfas.

In ihrer ersten Panik überlegte Neraida, ob sie in die Felsen fliehen sollte. War es möglich, dass die Al'Anfaner ihr gefolgt waren? Der Gedanke hatte sie schon auf dem Weg durch die Salzwüste gequält. Schließlich war es auch Abu Dschenna gelungen, ihr und den anderen über den Cichanebi zu folgen, und über welche Magier musste erst ein Heer verfügen, das gekommen war, das Land der Ersten Sonne der Herrschaft des Patriarchen zu unterwerfen! Hatten sie nicht schon in der Schlacht am Szinto üble Zauber verwendet, um die stolzen Wüstenreiter zu besiegen? Doch was führte sie ausgerechnet hierher? Konnte Tar Honak der geheiligte Fußabdruck Rastullahs so wichtig sein, dass er eine ganze Heeresabteilung abstellte, um in den Besitz der Reliquie zu gelangen?

Neraida ließ sich vom Felsen gleiten und schlich geduckt durch ein Dickicht junger Palmen. Erst als sie sicher war, dass man sie vom Wadi aus nicht mehr sehen konnte, richtete sie sich auf und lief los. Sie musste Almansor finden und aus dem Tal bringen. Gegen eine solche Übermacht konnten sie sich unmöglich verteidigen! Sie konnte nicht verhindern, dass die Ungläubigen das Tal schändeten. Doch sie vermochte den alten Propheten zu retten.

Wie ein Blitz traf die Salzgängerin die Erkenntnis, weshalb die Heiden auf dem Weg ins Tal waren. Sie suchten gar nicht sie oder die Reliquie! Sie wollten das Tal selbst und womöglich auch den Kopf des Propheten. Das wäre ein Schlag, der den Glauben und den Kampfesmut der Wüstenstämme nicht weniger erschüttern würde als die vernichtende Niederlage am Szinto und die Eroberung Unaus.

Atemlos erreichte Neraida die Quelle, wo Almansor noch immer in seine stumme Zwiesprache mit dem Gott versunken schien. Wie konnte es sein, dass er von dem ganzen Geschehen nichts ahnte? Hatte er nicht behauptet, der Wind und selbst die Felsen sprächen zu ihm?

Ungeduldig packte Neraida den Alten an der Schulter und schüttelte ihn. »Erhabener, wir müssen fliehen! Die Schergen des Raben sind im Wadi und …«

Almansor blickte mit leeren Augen zur Salzgängerin auf. Er schien immer noch der Welt der Sterblichen entrückt zu sein und nicht zu begreifen, was geschah.

»Bitte, Erleuchteter …« Neraida schüttelte ihn noch energischer.

Plötzlich kam Leben in die Augen des Propheten. »Weiche von mir, tumbes Weib!« Eine dicke Zornesader schwoll auf der Stirn des Propheten, und sein Blick traf Neraida mit der Schärfe eines Schwerthiebs.

»Aber, wir …«

»Schweig! Glaubst auch du schon, Rastullah habe sein Volk verlassen? Sogar du, Neraida, die du noch gestern dein Leben gegeben hättest, um das Stück Fels hierher zu schaffen, welches die Spur Gottes trägt? Du enttäuschst mich …«

Neraida empfand tiefen Respekt vor dem Propheten, doch jetzt war nicht die Zeit für religiöse Debatten. »Wir müssen fliehen. Bitte verzeih, dass ich jetzt nicht die Unterwürfigkeit zeige, die dir gebührt, Erleuchteter, doch dein Leben ist in Gefahr und …«

»Blinde Närrin!« Almansor machte eine Bewegung, als wolle er ihre Worte aus der Luft pflücken und in den Staub schleudern. »Glaubst du wirklich, der einzige Gott lasse zu, dass heidnische Krieger, die ihr Schwert gegen den Kalifen erhoben haben, jemals diesen Platz betreten könnten? Hast du vergessen, was du im Wadi Gehenna gesehen hast? Die Standarte der Ungläubigen, die dort bis zum Ende aller Zeiten als Mahnmal dafür stehen muss, was mit denen geschieht, die sich an den Kindern Rastullahs vergehen. Glaubst du, er würde nicht wieder jeden Frevler ertränken, der dem Cichanebi entkommen ist und versucht, dieses heilige Tal zu entweihen? Neraida, ich bin erschüttert zu sehen, wie schwach dein Vertrauen in Rastullah ist. Nichts ist verloren! Auch wenn sich unsere Krieger am Szinto durch die Ränke des Raben verwirren ließen … Selbst die Eroberung Unaus ist kein Verlust für ein Volk, dem es bestimmt ist, frei wie der Wind durch die Wüste zu ziehen. Verloren sind wir erst, wenn wir schwach im Glauben werden. Sollten wir auch hundert Schlachten verlieren, könnte der Patriarch dennoch niemals triumphieren, solange unsere Krieger den heiligen Zorn Rastullahs im Herzen tragen! Geschlagen ist nur der, der den Glauben daran verliert, wofür er gekämpft hat! Merk dir das, Kind, und handle immer danach.«

Neraida sank auf die Knie, als sie erkannte, wie weit sie sich in ihrer Furcht von Rastullah entfernt hatte und wie sehr all das, was ihr widerfahren war, ihr Gottvertrauen ausgehöhlt hatte. Sie war weit vorangeschritten auf dem Weg in die ewige Verdammnis, und nur Rastullah mochte wissen, ob ihr noch Zeit zur Umkehr blieb. Wie weit sie in ihrer Verderbtheit schon gekommen war, zeigte sich darin, dass sie selbst jetzt noch an die Feinde dachte, die sich durch das Wadi näherten oder vielleicht sogar schon ins Tal eingedrungen waren.

Almansor schüttelte den Kopf, und sein Zorn war vergangen, so wie der Morgendunst den Strahlen der Sonne weicht. In seiner Stimme schwang nur noch Mitleid mit, als er erneut zu Neraida sprach. »Hat dich die Brut des Raben so sehr verschreckt, dass du in jedem Krieger, der sich die Farben der Nacht zum Gewand wählt, einen Schergen des Götzenpriesters Tar Honak siehst? Hast du schon jene vergessen, die dich geschützt und dir den Weg aus der Stadt gewiesen haben, die verloren war? Es sind nicht die Al'Anfaner, die auf dem Weg zu diesem heiligen Ort sind, sondern Scheich Said ben Sahir ibn Kasim und die erlesensten seiner Streiter. Sie kommen deinetwegen, Neraida.«

Die Salzgängerin erschrak. Also wussten die Kasimiten schon, was sie getan hatte. Dass sie das Al-Raschid nurayan schah Tulachim dem Raben zur Beute gelassen hatte. Nun, sie würde ihr Schicksal ohne Jammern tragen.

»Es hat mich fast meine ganzen Kräfte gekostet, dem Scheich und seinen Kriegern einen Weg über den Cichanebi zu weisen.« Dem alten Propheten schien Neraidas Niedergeschlagenheit nicht aufzufallen. Zumindest ließ er sich nichts anmerken. »Da man den Salzgängern im besetzten Unau nicht trauen kann, wirst du in Zukunft den Scheich und seine Männer über den See führen. Sie werden vom Cichanebi aus Überfälle auf die Nachschublinien der Al'Anfaner unternehmen und sich danach jedes Mal auf den Salzsee zurückziehen, sodass ihnen die Truppen des Patriarchen nicht folgen können. Doch um mit dieser Strategie Erfolg zu haben, sind sie auf deine Hilfe angewiesen, Neraida.«

Die Salzgängerin nickte. »Ich werde tun, was immer du befiehlst, Erleuchteter.«

»Da ist noch etwas.« Zum ersten Mal lächelte der Prophet sie freundlich an. »Sollte dich jemand nach dem Al-Raschida fragen, dann hast du das Buch nie gesehen.«

»Aber das ist doch …«

Almansor winkte ab. »Was diese kleine Notlüge angeht, so wird dir Rastullah sicher verzeihen. Manchmal schadet die Wahrheit nur. Wüssten die Kasimiten, was du getan hast, würden sie dich niemals als Führerin auf dem Salzsee anerkennen. Ja, sie würden dich wahrscheinlich hinter ihren Pferden zu Tode schleifen oder etwas Ähnliches. Dass sie eigentlich gekommen sind, um Krieg gegen die Heiden zu führen, vergäßen sie in ihrer Raserei. Wenn du also willst, dass dir der Frevel vergeben wird, den du begangen hast, als du einen Heiden an diesen Ort brachtest, dann stell deine ganze Kraft in den Dienst des heiligen Krieges gegen Al'Anfas Götzenanbeter. Nur so kann deine Seele am Ende geläutert werden, und die Pforten zu Rastullahs Gärten werden dir offen stehen, wenn du den letzten Schritt auf diesem Weg gegangen bist.«

Neraida hatte wieder zu ihrer alten Selbstsicherheit zurückgefunden. »So sei es!«, entgegnete sie. Das war zwar nicht die Zukunft, die sie sich gewünscht hätte, doch lag ein gerader und ehrenhafter Weg vor ihr.

»Niemals werden wir auf das Wort einer entlaufenen Sklavin hören!« Scheich Said und der Prophet maßen sich mit Blicken. Eine Stunde war es her, seit die Kasimiten die Quelle im Tal der Sieben Säulen erreicht hatten, und während die Krieger mittlerweile ihre Pferde versorgt und sich in den Schatten zurückgezogen hatten, errichtete ein Diener des Scheichs eine kleine Feuerstelle, auf der er Tee kochte.

»Du wendest dich also von Rastullah ab und begrüßt, dass die Heiden Unau plündern und womöglich noch das heilige Keft angreifen werden.« Almansor war dabei, sich in Zorn zu reden. Sein Gesicht verfärbte sich dunkel, und Neraida sah, wie erneut die dicke Ader anschwoll, die ihm über die Stirn lief.

»Und was ist mit dir, Prophet? Du hast mich belogen. Nie war die Rede davon, dass ich mich dem Wort einer Sklavin unterwerfen müsste …«

»Du nennst mich einen Lügner, Said!« Almansor war aufgesprungen und drohte dem Scheich mit seinem Stab. »Ich verkünde den Willen Rastullahs, vergiss das nicht! Möge der Eine dich in die tiefsten Abgründe der Niederhöllen schleudern, auf dass du immerdar für deinen Hochmut büßt.«

»Spei nur Gift und Galle, Prophet! Einen Kasimiten wirst du damit nicht erschüttern. Wir sind fest im Glauben und wissen, dass unser Tun richtig ist. Wir sind die ersten Kämpfer Rastullahs, das haben wir immer wieder bewiesen. Solange mir nicht der Gott selbst ein Zeichen gibt, werde ich dir nicht nachgeben. Es gibt viele Salzgänger, warum sollte ich diese Frau anerkennen?«

Neraida wünschte sich, tot am Grund des Salzsees zu liegen. War sie aus Unau geflohen, um sich hier aufs Neue demütigen zu lassen?

Almansor hatte die Selbstbeherrschung zurückgewonnen. Ärgerlich schüttelte er den Kopf. »Du hast den Verstand einer Motte, die blind ins Feuer fliegt, ohne die Todesgefahr zu ahnen. Alle aufrechten Salzgänger haben in Unau gekämpft und sind jetzt tot oder in Sklaverei geraten. Diejenigen, die noch leben, haben sich dem Patriarchen unterworfen. Willst du solch ehrlosen Bastarden das Leben deiner Krieger anvertrauen? Sie werden euch alle in den Tod führen und hinterher dem Raben stolz von ihrer hinterhältigen Tat berichten. Ist das der Weg, den du zum Ruhme Rastullahs beschreiten willst? Glaubst du, dass der eine Gott dich in seinen himmlischen Gärten willkommen heißen wird und dir dafür dankt, dass du hundert seiner tapfersten Krieger in den Tod geführt hast? Bessere Unterstützung als einen kampflosen Sieg kannst du Tar Honak kaum gewähren.«

Der Sultan wirkte nachdenklich. Er griff nach einem der kleinen Teegläser, die sein Diener auf einen flachen Stein am Rand des Feuers gestellt hatte. Mit großer Geste schlug er seinen Schleier zurück und schlürfte langsam den grünen Tee. Saids Gesicht war kantig und wirkte alterslos, sodass Neraida nicht sagen konnte, ob der Krieger erst dreißig Sommer gesehen hatte oder vielleicht fünfzig. Unter seinem Turban hatte sich eine Haarsträhne gelöst und war ihm auf die Wange gefallen, als er den Schleier zurückgeschlagen hatte. Sein Haar war lang und weiß wie eine Schwanenbrust. Auch seine Augenbrauen waren schlohweiß. Doch stand die Farbe des Alters in krassem Gegensatz zu dem hellen, ja beinahe fanatischen Glanz seiner Augen und dem jugendlichen Klang seiner Stimme. Sein Gesicht war zwar von feinen Falten durchzogen, doch wer täglich dem Wind und der Sonne ausgesetzt ist, der verliert schnell die rosige Haut der Jugend.

Der Scheich trug einen knielangen Kaftan aus dunkelblauem Tuch, dazu eine weite Reithose und schwarze Stiefel. Auch Turban und Schleier waren von dunkelblauer Farbe. Wie den meisten Kasimiten schien es auch Said zu gefallen, sich ein düsteres Äußeres zu geben.

Noch immer schwiegen die beiden Männer, und Neraida fühlte sich wie eine in die Jahre gekommene Haremsdame, die auf dem Sklavenmarkt zum Verkauf steht und die niemand mehr haben will. Über ihre Ehre war in dem ganzen Gespräch noch kein Wort gefallen.

»Du stößt dich daran, dass ich eine Sklavin bin, Scheich?« Sie blickte dem Kasimiten offen ins Gesicht, auch wenn es ihr schwerfiel, seinen kalten grauen Augen standzuhalten. Die Salzgängerin konnte nur mit Mühe ein vielleicht falsch gedeutetes Zittern unterdrücken, so sehr war sie in Wut über die beiden. Neraida wusste, was es hieß, sich als Frau in das Gespräch von Männern einzumischen, noch dazu, wenn man von so niederem Stand war wie sie. Doch wozu sonst hatte man sie hier ans Feuer geholt? Nur damit Said die Ware betrachtete, die der Prophet ihm so hartnäckig aufzuschwatzen versuchte? »Würdest du dich denn von einer Freigeborenen über den Cichanebi führen lassen?« Ihre Frage hatte verächtlich geklungen, und zum ersten Mal sah Said sie mit echter Aufmerksamkeit an.

»Eher als von einer Sklavin!«

»Wo liegt der Unterschied?«

»So kann nur eine Sklavin reden.« Die tiefe Stimme des Scheichs klang zornig. »Willst du eine gute Führerin sein, musst du mehr als nur den rechten Weg kennen. Du musst verstehen, wie Freie denken, musst ihren Stolz kennen und ...«

»Glaubst du, es gäbe jemanden, der seinen Herrn besser kennt als ein Sklave? Ein Sklave lebt davon, die Launen und Wünsche seines Gebieters zu ahnen, noch bevor er selbst darum weiß. Ich kann nicht annehmen, was du mir vorwirfst! Es ist falsch, wenn ich deine Männer nur deshalb nicht begleiten soll, weil ich mich angeblich nicht in sie hineindenken kann.«

»Willst du nicht begreifen? Ich habe von Stolz gesprochen. Kein freier Mann wird sich den Befehlen einer *Sklavin* unterwerfen.«

»Du traust also immer noch lieber den wenigen Salzgängern, die in Unau um die Gunst der Heiden buhlen«, mischte sich der Prophet ein. »Narr! Sieh dir Neraida an. Was glaubst du ...«

Die Hand des Sultans war zum Dolch am Gürtel geglitten. »Jeder andere, der mich einen Narren nennt, würde dafür mit seinem Leben bezahlen.«

Almansor ließ sich von den Worten des Kasimiten nicht beirren. »Was glaubst du, warum sie die roten Kaktusdornnarben im Gesicht trägt? Neraida ist die Tochter eines Salzgängers, und so viel ich weiß, gehört ihr Vater zu denen, die jetzt unter dem Rabenbanner dienen. Er hat seine eigene Tochter als Sklavin verkauft. Glaubst du, ein solcher Mann hielte dir die Treue? Ich kann nur noch einmal wiederholen, was ich dir gesagt habe, Said. Sei kein Narr!«

Der Scheich massierte mit Daumen und Zeigefinger seine buschigen Augenbrauen und brütete stumm vor sich hin. Es schien, als habe der Prophet es verstanden, Zweifel in ihm zu wecken. Doch genügte das? Neraida erinnerte sich noch zu gut an die Kasimiten, denen sie in Unau begegnet war. Im Vergleich zu einer Tat, die man vielleicht als ehrenrührig betrachten mochte, war der Tod für sie stets das geringere Übel. Selbst wenn sich der Scheich doch noch entschlösse, sie anzuerkennen, dann nur deshalb, weil bei ihm letzten Endes die Vernunft gesiegt hatte – oder die Furcht davor, von Almansor verflucht zu werden, wenn er dem Rat des Propheten nicht gehorchte. Doch das wollte Neraida nicht! Bloß geduldet zu sein … Immer wieder geringschätzige Blicke zu spüren. Auch sie hatte ihren Stolz!

»Du sagtest, dass du ein Zeichen Rastullahs willst, um mich anerkennen zu können. Auch ich erkläre mich damit einverstanden. Ich unterwerfe mich einem Gottesurteil.«

Die beiden Männer blickten sie verwundert an. Mit dieser Wendung hatte offensichtlich keiner von ihnen gerechnet, und das gefiel Neraida. Sie hatte nicht vor, andere über ihr Schicksal bestimmen zu lassen.

»Wie stellst du dir das Gottesurteil vor?«, fragte der Scheich lauernd.

»Du störst dich doch so sehr daran, dass ich einen Sklavenring trage. Befrei mich von ihm.«

»Närrisches Weib!« Der Kasimit lachte laut auf. »Glaubst du wirklich, ich würde dich von deinem Schandmal befreien? Nie und nimmer!«

»Ich denke, du urteilst vorschnell, Sultan. Sieh diesen Sklavenring, das eiserne Band, das sich seit zehn Jahren um meinen Nacken schließt. Selbst wenn ich es ablege, werde ich die Narben, die mir der Ring ins Fleisch geschnitten hat, mein Leben lang tragen. Doch vielleicht währt mein Leben ja nicht mehr lange. Ich wünsche, dass du deine Männer zusammenrufst, wenn du es wagst, an mir ein Gottesurteil zu vollziehen. Mit deinem Khunchomer sollst du mir den Sklavenring zerschlagen. Ist es Rastullahs Wille, dass ich dich auf dem Cichanebi führe, dann wird er deine Hand sicher leiten. Solltest aber du im

Recht sein, Scheich, und dein Schlag geht fehl, dann brauchst du nicht mehr mit dem ehrwürdigen Propheten zu streiten. Der Grund eures Zwistes ist dann aus der Welt geschafft.«

»Das ist …« Almansor fehlten die Worte. »Das ist gotteslästerlich, Rastullah auf so niederträchtige Weise herauszufordern!«

»Nein, es ist eine Eingebung!« Scheich Said bedachte Neraida mit einem zweideutigen Lächeln. »Die Sklavin hat einen Weg gefunden, den ich gehen würde, wenn du mir noch einmal denselben Rat erteiltest, Erleuchteter. Schließlich stünde es mir schlecht an, den Worten einer Unfreien zu folgen.«

»Ich werde diesen Wahnsinn nicht unterstützen.«

»Und ich werde nur dann mit den Kasimiten ziehen, wenn auch dem Letzten von ihnen klar ist, dass es Rastullahs Wille ist, dass ich sie führe«, entgegnete Neraida kühl.

Almansor raufte sich den Bart und rollte mit den Augen. »Rastullah, was habe ich getan, dass du mich mit solchen Menschen strafst?«

Schließlich erhob sich der Prophet. »Ich werde mich nun in die Felsen zurückziehen, um im Gebet Zwiesprache mit Rastullah zu halten. Morgen werde ich wiederkehren und dir mitteilen, was der Gott entschieden hat.«

Neraida war sich nicht mehr so sicher, ob ihr Vorschlag vom Vortag wirklich so gut gewesen war. Was wäre, wenn der Scheich plante, absichtlich daneben zu schlagen, um sie zu töten, damit es für ihn keinen Grund mehr gäbe, mit dem Propheten zu streiten?

Die Salzgängerin kauerte neben dem Schlangenbecken bei der Quelle und schaute zu Said hinüber. Der Krieger war jetzt wieder verschleiert. Er saß vielleicht zehn Schritt von ihr entfernt. Mit langsamen, gleichmäßigen Bewegungen führte er einen Schleifstein an der Schneide seines

Khunchomers entlang. Das gleichförmige schabende Geräusch, das der Stein auf dem Metall verursachte, würde sie noch in den Wahnsinn treiben. Hoffentlich war er bald fertig mit der Prozedur. Aus den Augenwinkeln beobachtete sie einige der anderen Kasimiten, die sich in weitem Kreis um die Quelle versammelt hatten. Ihnen schien das Geräusch nicht das Geringste auszumachen. Sie alle standen oder saßen völlig still und schauten dem Scheich zu. Das Schaben nahm kein Ende. Neraida hatte ein Gefühl, als kratze man ihr das Mark aus den Knochen. Jedes ihrer Haare sträubte sich, und sie ballte die Hände zu Fäusten.

Die Salzgängerin musste an das Lächeln denken, mit dem sie der Kasimit bedacht hatte, als er auf ihren Vorschlag eingegangen war. Sie war jetzt fast sicher, dass er sie töten wollte. Doch würde Rastullah das zulassen? Würde der Gott dulden, dass an diesem heiligen Ort ein kaltblütiger Mord geschah?

Das Kratzen des Schleifsteins verstummte. Neraida blickte zu Said. Der Kasimit legte den langen grauen Stein neben sich in den Sand und erhob sich. Spielerisch ließ er die Klinge durch die Luft wirbeln und verharrte von einem Augenblick zum anderen.

»Bist du bereit?« Almansor war neben sie getreten. Er hatte seine Frage so laut gestellt, dass jeder in dem weiten Kreis die Worte gut verstehen konnte.

»Ja.« Neraida hoffte, dass niemand das leichte Zittern in ihrer Stimme gehört hatte. Noch vor Morgengrauen war der Prophet zu ihr gekommen und hatte ihr erklärt, Rastullah habe ihm die ganze Nacht lang kein Zeichen gegeben, das gegen das Gottesurteil spräche. Das Gesicht des Propheten war grau und ausdruckslos gewesen, als er ihr dies verkündet hatte, und als sie ihn schließlich gefragt hatte, was ihn so sehr quäle, hatte Almansor ihr gestanden, dass es auch kein Zeichen dafür gegeben habe, dass der Gott ihr Treiben gutheiße.

Neraida legte den Kopf auf den Rand des Schlangenbeckens. Der grüne Stein war noch kalt von der Nacht. Leise sandte sie ein Stoßgebet zum Himmel und bat alle neun Frauen Rastullahs um Hilfe. Wenn es um Leben und Tod ging, war es nicht gut, auch nur eine von ihnen unbeachtet zu lassen.

Hätte sie gestern nur den Mund gehalten! Jetzt war es ihr keineswegs mehr gleichgültig, ob sie den nächsten Sonnenaufgang noch erlebte. Welch ruchloser Dämon hatte ihr nur diese törichten Worte in den Mund gelegt? Dämonisches Wirken an diesem heiligen Ort? Nur so war das erzürnte Schweigen Rastullahs zu erklären.

»Wende deinen Kopf zur Seite, sodass deine rechte Wange flach auf dem Stein liegt, sonst ist es unmöglich, meinen Schlag so zu führen, dass ich dich nicht verletze.« Der Kasimit sprach kalt und leidenschaftslos. Klang so die Stimme eines Mörders?

Neraida spürte, wie an ihrem Sklavenring gezogen wurde. Das Scharnier, das die eiserne Fessel verschloss, musste jetzt knapp unter ihrem Nacken auf dem Stein liegen.

»Es ist ja kaum ein Fingerbreit Platz zwischen ihrem Hals und dem Ring. Wie in Rastullahs Namen willst du vermeiden, sie mit deinem Schwertstreich zu verletzen, Said?«

Der Prophet und der Scheich standen jetzt schräg hinter ihr, sodass Neraida sie nicht sehen konnte. Wenigstens würde sie dann auch nicht sehen, wie Said zuschlug. Bei dem Gedanken an den kalten Stahl der Waffe durchlief die Salzgängerin ein Angstschauer.

»Es ist nicht an mir, darüber nachzudenken, was ich tue. Rastullah wird meine Hand führen, und wenn nicht, dann bekommt diese Närrin nur das, was sie verdient.«

Neraida biss sich auf die Zunge. Diese Stimme! Der Schmerz sollte ihre Gedanken an den Kasimiten vertreiben. Sie war sich jetzt ganz sicher, dass der Scheich sie töten würde.

Ein betäubendes metallisches Klingen ertönte und vertrieb alle Gedanken. Noch immer lag Neraida mit der Wange auf dem kalten Steinbecken. Etwas streifte ihren Nacken. Sie sah, wie einige der Kasimiten, die sich um die Quelle versammelt hatten, aufsprangen und etwas riefen, doch Neraida konnte kein Wort verstehen. Dann packte sie jemand unter den Armen. Sie wurde auf die Beine gezogen. Almansor redete auf sie ein, doch noch immer wollte das metallische Klingen nicht aus ihren Ohren weichen.

Der verschleierte Sultan hatte einen seltsamen Ausdruck in den Augen. Dann griff auch er nach ihr, um sie zu stützen. Der Prophet legte ihr seinen Umhang um die Schultern, und gemeinsam führten die beiden sie von den jubelnden Männern fort. Die Salzgängerin verstand nicht, was das alles bedeuten sollte. Sie hatte die Kraft, allein zu gehen. Warum stützten die beiden sie, nachdem doch Almansor selbst einen Stock brauchte, um sich auf den Beinen zu halten? Ihr fehlte nichts – da war nur das unerträgliche Klingen, das einfach nicht verhallen wollte.

»Was soll das? Lasst mich los! Warum schafft ihr mich weg?«

Der Prophet antwortete etwas, doch Neraida sah nur, wie sich seine Lippen bewegten. Noch immer hörte sie keines seiner Worte. Und dann spürte sie, dass etwas Warmes ihren Rücken und ihre Beine hinunterlief. Hatte Said doch daneben geschlagen? War sie dem Tode nahe, und war das der Grund, warum sie nicht mehr verstand, was um sie herum geschah? Nein, das durfte nicht sein! So hatte sie sich den Tod nicht vorgestellt! Und wenn sie denn sterben musste: Warum hatte der Schlag sie nicht sofort getötet? Was war nur mit ihr geschehen?

Melikaes Atem ging stockend, stolz hob sie das Haupt. Ihr Tanz hatte an ihren Kräften gezehrt. Hauptmann Olan war von seinem Lager aufgesprungen und applaudierte leidenschaftlich. »Wunderbar! Großartig! Noch nie habe ich einen so vollkommenen Tanz gesehen. Es war wie Magie. Ich glaubte, eine ganze Kapelle spielen zu hören, dabei …«

»Manchmal kann einem die Liebe die Sinne verwirren.« Melikae schenkte dem bärtigen Al'Anfaner einen scheuen Blick. Gleichzeitig gab sie dem Flötenspieler einen Wink, sie allein zu lassen.

»Unsere Weisen erzählen, dass derjenige, der die Frau tanzen sieht, die Rastullah ihm bestimmt hat, eine überirdische Musik hören wird.«

»Ja, genau so war es. Ich … Ich weiß nicht, wie ich es in Worte fassen soll. Ich glaube, Worte sind gar nicht in der Lage, das Wirken von Göttern zu beschreiben. Auch wenn es gotteslästerlich ist, aber eben glaubte ich, Rahja selbst tanze für mich.«

Melikae tat verwundert und wich ein wenig vor ihm zurück. »Ihr habt es also auch gehört?« Die Musik war Bestandteil der Magie, die sie mit ihrem Tanz gewirkt hatte, doch das sollte der Al'Anfaner nicht wissen.

»Ich küsse den Boden, auf dem du schreitest, Unvergleichliche! Ich möchte das Lager sein, auf dem du ruhst, und sollte es mich das Leben kosten, so wäre die Aussicht, dich nur einmal in meinen Armen zu halten, jedes Opfer wert. Ich …«

Es war schon erstaunlich, welchen Unsinn Männer, betört von der Magie, daherredeten, dachte Melikae. Olan war ohne Zweifel gebildet. Seine hohe Stirn, sein edles Auftreten, seine – zu anderen Zeiten – geschliffene Rede, all das sprach dafür, dass er aus einer der reichen Familien Al'Anfas stammte. Doch auch er war nicht besser als die anderen heidnischen Schlächter. Vornehme Erziehung, Bildung … das war nur Blendwerk! Hinter seiner Maske war er nicht weniger eine Bestie als ein jeder Krieger des Raben. Vor zwei Tagen hatte Melikae – wie alle Bewohner der Stadt – mit ansehen müssen, wie auf Befehl des Patriarchen einige Rebellen hingerichtet wurden. Olan hatte dabei das Kommando geführt und die Henkersknechte angewiesen, was zu tun sei, um die Qualen der Opfer möglichst zu verlängern. Konnten Kinder Rebellen sein? Nicht einmal ihnen hatte Olan die Folter erspart.

»Sag an, meine Holde, du strahlender Mond in meinen Träumen, darf ich hoffen, dass du meine Liebe erwiderst? Auch du hast die göttliche Melodie vernommen. Ist das nicht ein Zeichen dafür, dass wir beide füreinander bestimmt sind?«

»Ja, es ist wahr, auch ich empfinde ein starkes Gefühl für dich.« Das ist nicht einmal gelogen, dachte Melikae höhnisch. »Doch ich bin eine ehrbare Frau, auch wenn man sich in der Stadt anderes über mich erzählt. Und Ihr, mein Wüstenlöwe, steht in Waffen vor mir, weil Euch der Patriarch befohlen hat, Eure Männer auf einen Erkundungsritt zu führen. Ich tanzte nur …« Melikae zögerte und blickte auf das Lager mit seinen prächtigen goldbestickten Kissen.

»Was, o bitte, sag mir, was du denkst, schönste aller Frauen.« Der Hauptmann kniete vor Melikae nieder. »Warum hast du getanzt? Sei nicht so grausam! Du weißt nicht, welche Folter es für mein Herz ist, über deine Gedanken im Ungewissen zu bleiben.«

Wie kannst du nur so leichtfertig von Folter reden, Kindsmörder? Ich wünschte, ich könnte dir antun, was du auf dem Platz vor dem Bethaus den Kindern angetan hast, dachte sie bitter. »Ich habe für Euch getanzt, weil ich hoffte, Ihr dächtet dann auf Eurem Weg in die Berge noch an mich, denn … Auch mein Herz steht schon in Flammen, wenn ich Euch nur von ferne sehe, Olan. Und ich wünschte …« Sie schüttelte den Kopf. »Nein, ich kann nicht davon reden. Es ist zu …«

»Was ist, Liebste? Wovon kannst du nicht reden? Was betrübt dich?«

»Es ist ein alter Brauch bei uns, dass der Mann, der eine Frau verehrt, ihr ein besonderes Geschenk macht. Erst dann darf die Frau sich seiner Liebe geneigt zeigen. Das Geschenk ist gleichbedeutend mit einem Heiratsversprechen. Doch es war vermessen von mir, daran auch nur zu denken. Ihr Al'Anfaner tretet jeden unserer Bräuche mit Füßen und verbietet uns sogar, zu Rastullah zu beten. Ich …«

»Sehe ich aus, als sei mein Herz eine Feste von Eis? Du musst verstehen, wenn der Patriarch streng zu sein hat, um dich und die Deinen von ihrem Irrglauben an den Götzen Rastullah abzubringen. Wer falsche Götter anbetet, stärkt damit die verderblichen Kräfte jener Dämonen, die darauf lauern, die himmlische Ordnung der Zwölfgötter zu zerstören. Doch darin, einer schönen Frau eine Liebesgabe zu bringen, kann ich keine Gefahr entdecken. Es ist ein schöner Brauch. Sag mir, was dein Herz begehrt, was immer es auch sei. Für dich würde ich selbst den Himmel erstürmen, um nächtens die silberne Scheibe des Madamals zu stehlen und dir zu Füßen zu legen.«

Melikae zog den Schleier, den sie auch während des Tanzes nicht abgelegt hatte, ein wenig höher, sodass nur ihr Augenpaar noch zu sehen war. »Schenk mir eine Azila, eine wilde Rose aus den Bergen. Dort wachsen sie schöner als selbst in den prächtigsten Palastgärten, denn sie brauchen Wildnis und Einsamkeit. In den Bergen gibt es ein Tal, in dem zu dieser Jahreszeit Hunderte von Rosen blühen. Bringst du mir von deinem Ritt diese Gabe mit, soll dein Werben Erfüllung finden. Doch musst du sie wirklich im Tal der Rosen pflücken, denn nirgendwo sonst in den Bergen erblüht die Azila in solcher Schönheit. Deshalb würde ich auch sofort erkennen, wenn du versuchen solltest, mich zu betrügen, weil dir der Weg bis ins Tal der Rosen zu weit war.«

»Einzig vollkommene Schönheit ist ein angemessenes Geschenk für vollkommene Schönheit. Sag mir, wo dieses Tal liegt, und ich werde dir in jener Nacht, in der du meiner Liebe deine Unschuld schenkst, ein Lager von Rosen bereiten.« Noch immer lag Olan auf Knien vor ihr, und seine Augen glühten, als hätte ihn ein Fieber ergriffen.

»Fünf Meilen westlich der Stadt findest du einen verfallenen Palast aus der Zeit, als noch die Soldaten des Kaisers in Unau herrschten. Hinter ihm beginnt ein schmaler Weg, der tief in die Berge führt und schließlich im Tal der Rosen endet. Du kannst es nicht verfehlen.«

Olan erhob sich und küsste den Saum ihres Schleiers. »Noch bevor am morgigen Abend die Sonne den Horizont berührt, werde ich zurück sein, meine Geliebte. Dann werde ich dich in Rahjas Reich entführen, um dich all die tausend Genüsse zu lehren, die die Göttin der Liebe ihren Auserwählten zu schenken vermag.«

Der Hauptmann griff nach seinem federgeschmückten Helm, den er auf ein niedriges Tischchen neben dem Lager gestellt hatte, und eilte davon. Eine Weile noch hörte Melikae den Klang seiner schweren Reitstiefel. Dann war es still. Als sie sicher war, dass Olan den Palast verlassen hatte, machte sich die Sharisad auf die Suche nach dem Flötenspieler.

»Wir sollten keine Taube mehr in die Berge schicken.« Asif blickte besorgt zur Unterstadt hinab. »Man sagt, der Patriarch habe einige Falkner kommen lassen. Jedenfalls scheinen sie zu wissen, wie wir unsere Nachrichten weitergeben. Sogar die Feggagir werden überwacht.«

»Aber wir müssen unseren Freunden eine Nachricht zukommen lassen. Wenn Olan und seine Männer sie überraschen …«

»Dazu wird es nicht kommen. Vor Einbruch der Dunkelheit können sie das Tal nicht erreichen. Sie sind zunächst einmal Richtung Norden geritten. Angeblich hat man einen Trupp Reiter auf dem Salzsee gesichtet. Sie sollen überprüfen, ob diese Nachricht wahr ist. Erst danach wird der Hauptmann in die Berge reiten.«

»Aber es sind dir doch alle Wege versperrt.«

Der Flötenspieler lächelte. »Ich wäre nicht der beste Dieb der Stadt, wenn ich nicht trotz aller Wachen aus Unau hinauskäme. Ich werde mich nur bis zur Djer Al'Melachim durchschlagen. In den Ruinen der alten Festung wartet ein Reiter der Rebellen auf mich. Wünsch mir Glück, Melikae.« Der Flötenspieler schenkte ihr einen seltsamen Blick.

»Und wenn wir doch eine Brieftaube schicken?«

Asif schüttelte den Kopf. »Das ist zu gefährlich. Wenn sie abgefangen wird, weiß der Patriarch, dass du eine Verräterin bist. Wir brauchen dich noch, Melikae. Du bist die Einzige von uns, die Kontakt zu den Offizieren Tar Honaks hat. Nur durch dich erfahren wir, was der Rabe als Nächstes plant. Seine Truppen rüsten zum Aufbruch, und niemand weiß, wohin er sich wenden wird. Sollte er jetzt Keft angreifen, wäre die heilige Stadt verloren. Geh also kein unnötiges Risiko ein. Und wenn die Nachricht von Olans Tod eintrifft, dann leg Trauergewänder an und beklage sein schreckliches Ende.«

»Man wird mich steinigen, wenn ich das tue. Die Hälfte meiner Sklaven ist mir in den letzten zwei Gottesnamen fortgelaufen, weil sie keiner Verräterin dienen wollten, und Sulibeth, meine alte Lehrerin, ist vor Gram über mich gestorben. Du hast doch selbst erlebt, was geschah, als ich ihr die letzte Ehre erwiesen habe und ihren Trauerzug zum Beinfeld vor die Stadt begleitete. Man hat mich angespuckt und mit Unrat beworfen. Ich werde von den Bürgern fast genauso sehr gehasst wie der Patriarch.«

Asif ergriff ihre Hände und blickte sie durchdringend an. »Du darfst jetzt keine Angst haben. Du bist unsere wertvollste Spionin. Außer mir weiß nur noch Scheich Dscherid, von wem wir unsere Informationen bekommen, und so muss es auch bleiben. Was glaubst du denn, wie viele von den scheinbar so ehrbaren Händlern und Handwerkern mit Freuden den Namen eines Spions preisgäben, um ihre Frauen und Kinder vor Folter und Sklaverei zu bewahren? Mach weiter wie bisher, stell dich ganz offen auf die Seite der Eroberer. Dafür wird man dich zwar hassen, aber niemand käme auf den Gedanken, dass ausgerechnet du für uns spionierst.«

Müde blickte Melikae auf die weiß gekalkten Häuser der Unterstadt. Aus der Höhe sahen sie aus wie ein Labyrinth aus ineinander verschachtelten Rechtecken und Quadraten und nicht wie eine Stadt. Asif hatte leicht reden. Er wusste nicht, wie es war, den Hass einer ganzen Stadt zu ertragen. Ahnte er ihre Ängste überhaupt? Jede Nacht, wenn sie sich zur Ruhe legte, brauchte sie Stunden, um Schlaf zu finden. Ängstlich lauschte sie auf das kleinste Geräusch im Palast, immer darauf gefasst, dass sich ein Sklave mit einem Dolch in ihr Gemach schleichen könnte, um ihrem Leben ein Ende zu bereiten.

»Ich werde mich nun auf den Weg machen, und denk an meine Worte, Melikae.«

»Möge Rastullah über deine Schritte wachen, Asif.«

»Auf dass er der *Einzige* sei, der über meine Schritte wacht!« Der Flötenspieler grinste sie breit an, dann wandte er sich um und verließ das Gemach.

Wie gern wäre ich wie er, dachte Melikae. Sie fühlte sich in ihrem Palast gefangen und hasste die Rolle, die ihr im Kampf gegen die Al'Anfaner zugefallen war. Sie hatte sich das alles ganz anders vorgestellt. Sie war keine Heldin, sondern wurde verachtet. Hure und Schlimmeres nannte man sie hinter ihrem Rücken, und es gab niemanden außer dem Flötenspieler, dem sie sich anvertrauen konnte. Noch nie in ihrem Leben war sie so einsam gewesen.

Unruhig wartete Melikae in einem der prächtigen Säle des Sultanspalastes von Unau. Vier Kriegsleute – drei Frauen und ein Mann – in schwarzen Lamellenpanzern und mit riesigen Schilden gewappnet, bewachten die beiden Portale, die aus dem Saal führten. Sie trugen Waffenröcke, die das Wappen des Raben zeigten. Von Olan wusste Melikae, dass diese Soldaten zu den Tempelwachen des dunklen Götzen Boron gehörten. Sie galten als gnadenlos und völlig ergeben. Deshalb wurde auch nur ihnen die Ehre zuteil, über das Leben des Hohepriesters Tar Honak zu wachen.

Mit blanken Schwertern standen die Kriegsleute vor den beiden Portalen, jederzeit zum Kampf bereit. Furchteinflößender aber als die gezogenen Waffen waren die geschlossenen schwarzen Helme, die Rabenköpfen nachempfunden waren und den Wachen das Aussehen von Dämonen verliehen.

Drei Tage waren vergangen, seit Hauptmann Olan mit seinen Reitern aufgebrochen war. Seitdem hatte keine Nachricht von ihm Unau erreicht. Doch dann war vor einer Stunde einer der schwarz gewappneten Ordenskrieger in Melikaes Palast erschienen und hatte sie aufgefordert, ihm zu folgen, denn Patriarch Tar Honak verlangte, sie zu sehen. Der Sharisad war fast das Herz stehen geblieben, als sie die Botschaft erhalten hatte. Fieberhaft hatte sie überlegt, wie sie ihrem Schicksal entfliehen konnte. Doch jeder Fluchtversuch wäre sinnlos gewesen. Sie wusste nur zu gut, dass mehr als zweitausend Al'Anfaner in der Stadt lagen und jeder Weg hinaus von Dutzenden von Kriegern bewacht wurde. Man musste schon Asif heißen, um durch dieses feinmaschige Netz schlüpfen zu können. Deshalb hatte Melikae sich entschieden, ihr prächtigstes Gewand anzulegen und sich Tar Honak zu stellen. Sie wollte auf dem Weg in den Tod Stolz und Ehre beweisen. Auch wenn sie genau wusste, dass ihr in der Stadt niemand nachtrauern würde, wenn sie für ihren Verrat hingerichtet würde. Erst als sie dem Soldaten auf die schlammigen Straßen der Oberstadt gefolgt war, hatte sie ihre Angst überwunden. Mit hocherhobenem Haupt schritt sie vorbei an den rußgeschwärzten Ruinen und verwüsteten Gärten, wo die fremden Soldaten ihre Pferde weiden ließen. Überall auf den Straßen begegnete man kleinen Gruppen von Kriegern, und mancher Söldner blickte Melikae und ihrem Leibwächter neugierig hinterher.

Dem Regen des Nachmittags war ein eisiger Wind gefolgt, der von den Bergen im Osten herabwehte, sodass Melikae vor Kälte zitterte, als sie endlich den Palast erreichte. Der Saum ihres Kleides war mit Schmutz bespritzt, und sie fühlte sich unscheinbar und hässlich, als ihre Wächter sie schließlich in der Halle vor Tar Honaks Gemächern der Obhut seiner Kameraden übergab.

Noch immer glomm ein Funke der Hoffnung in ihr, ihrem Schicksal vielleicht entgehen zu können. Bislang hatte außer Abu Dschenna kein Mann ihr zu widerstehen vermocht. Und auch Tar Honak war nur ein Mann! Vielleicht erläge auch er ihrem Zauber, selbst wenn sie kaum Gelegenheit hätte, für ihn zu tanzen. Sie wusste, dass der Befehlshaber der Al'Anfaner die Farbe der Nacht liebte. So hatte sie ein langes schwarzes Kleid mit Perlenstickereien angelegt. Dazu trug sie ein schlichtes schwarzes Kopftuch und einen halb durchscheinenden Schleier. Um die Hüften hatte sie einen mit Dutzenden von Goldmünzen geschmückten dunkelblauen Gürtel geschlungen. Bei jedem Schritt klingelten leise die Münzen und die mit Glöckchen versehenen feinen Kettchen, die Melikae um die Fußknöchel trug.

Sie war barfuß in den Palast gekommen, um trotz der Pracht ihrer Kleider ihre Demut gegenüber dem Hohepriester des Boronkultes zu beweisen. Doch Plünderer hatten den Palast all der kostbaren Teppiche beraubt, für die er einst einmal berühmt gewesen war, sodass Melikae auf kaltem Marmor stand, als sie auf die Audienz wartete.

Vielleicht waren es nur ihre bangen Ahnungen, die sie empfänglich für den kalten Atem des Todes machten. Was mochte Tar Honak von ihr wollen? Immer wieder blickte sie zu dem hohen Portal mit seinen mächtigen bronzebeschlagenen Flügeltüren, hinter denen die Gemächer des Eroberers lagen. Selbst an den Türen hatten sich die Plünderer vergangen und allen Schmuck aus Perlen und Opalen, Türkisen und Blutkorallen, der ursprünglich einmal die Bronzepforten geziert hatte, herausgebrochen und zum Einsatz beim Knöchelspiel gemacht.

Als sich endlich das Tor öffnete, trat eine mittelgroße Frau mit langem blondem Haar aus dem Gemach. Sie trug eine kostbar ziselierte Plattenrüstung und darüber einen ärmellosen weißen Mantel. In der Linken führte sie ein schlankes Tuzakmesser, das in einer mit Edelsteinen üppig verzierten Scheide steckte. Überhaupt schien es der schönen Offizierin Freude zu bereiten, mit ihrem Reichtum zu prahlen. So schmückte ihren Hals eine breite Kette mit protzigen Smaragden, und dazu passend trug sie einen smaragdbesetzten Gürtel. Geradezu bescheiden nahm sich im Vergleich dazu ein Amulett aus, das einen weißen und einen schwarzen Rabenkopf zeigte.

Für einen Augenblick verharrte die Offizierin vor Melikae und musterte die Sharisad mit ihren grünen Augen. »Frischfleisch.« Das Wort war mehr eine Feststellung als eine Frage, und ohne ihr noch weiter Beachtung zu schenken, eilte die blonde Frau davon.

In der Bronzepforte, die nicht wieder geschlossen worden war, stand ein Mann in schwarzer Kutte und winkte der Sharisad zu. »Der Patriarch will dich jetzt sehen. Er erwartet dich auf der Terrasse.«

Melikae deutete eine kurze Verbeugung an und trat ein. Selbst im Gemach des Patriarchen waren die Spuren der Plünderer unübersehbar. Doch offensichtlich hatten sich Diener und Sklaven, die im Tross des Heeres folgten, bemüht, das große Zimmer wieder in einen Zustand zu versetzen, der den Ansprüchen Tar Honaks genügte. Man hatte Bahnen aus schwarzem Stoff vor die Wände gespannt und eine von vier hohen Pfosten umfriedete breite Bettstatt hereingeschafft. Die Seidenbanner der Soldaten des Sultans von Unau und der geschlagenen Spahija des Kalifen hingen von der Decke. Dunkle Flecken auf dem Fahnentuch zeugten von dem Preis, den die Standartenträger für die Ehre ihrer Herrscher gezahlt hatten.

Getrennt durch einen mehr als mannshohen, aus etlichen Glastäfelchen zusammengesetzten Spiegel, führten auf der dem Bett gegenüberliegenden Seite zwei kleine Türen auf die Terrasse. Beide standen offen; eine leichte Brise wehte in das düstere Gemach und bewegte sanft und unheimlich zugleich die Stoffbahnen an den Wänden und die Fahnen an der Decke. Fast glaubte Melikae, die bedrückende Gegenwart des dunklen Gottes, den die Al'Anfaner anbeteten, in diesem Raum zu spüren, und sie war dankbar, dass der Patriarch sie auf der Terrasse erwartete, sodass sie hier nicht länger verweilen musste.

Eilig durchquerte sie das Gemach und trat auf die weite Plattform, die im Osten bis an die Stadtmauer reichte und mit den Verteidigungsanlagen der Oberstadt verschmolz. Dort, ganz am Ende, stand eine breitschultrige, hochgewachsene Gestalt in einem bodenlangen schwarzen Pelzmantel und blickte nach Osten zu den Unauer Bergen. Neben ihm ruhte eine mit Eisenbändern beschlagene Truhe auf der Mauerbrüstung, wie man sie zum Transport von Schmuck oder größeren Münzsummen benutzte. In respektvollem Abstand zu ihrem Herrn standen ein Dutzend Krieger und Kriegerinnen in schwarzen Rüstungen auf Wache, um den Palastgarten und die Ebene unterhalb der Mauer zu beobachten.

Hätte ich nur einen Dolch unter meinem Kleid verborgen!, dachte Melikae. Bislang hatte sie noch niemand nach versteckten Waffen durchsucht, und würde sie dem Patriarchen nur nahe genug kommen, mochte sich vielleicht eine günstige Gelegenheit zum Zustoßen ergeben. Einen Augenblick lang wünschte sich die Sharisad, sie wäre wenigstens ein bisschen wie die kühne Neraida. Die Salzgängerin hätte eine solche Gelegenheit sicherlich nicht ungenutzt verstreichen lassen. Doch solche Gedanken waren müßig. Melikae straffte sich, überquerte die Terrasse und blieb zwei Schritt hinter dem Heerführer der Al'Anfaner stehen. Einer der Krieger war an die Seite Tar Honaks getreten und flüsterte ihm etwas ins Ohr, doch der Patriarch winkte nur ärgerlich ab, und der Soldat entfernte sich wieder.

Ohne Melikae auch nur die geringste Beachtung zu schenken, blickte der Herrscher der Ungläubigen zu den nahe gelegenen Bergen. Die Sharisad ballte die Hände zu Fäusten. Sie war es nicht gewohnt, von Männern nicht beachtet zu werden, und selbst die hochmütigen al'anfanischen Eroberer hatten ihrer Schönheit bislang stets Respekt gezollt.

»Dein Volk ist wie eine lästige Zecke, Tänzerin.« Die Stimme des Hohepriesters und Heerführers war leise und klang angenehm. Ohne Mühe und fast ohne Akzent sprach er das Tulamidische, und sollten seine Leibwächter die Sprache der Wüstenstämme nicht verstehen, so mussten seine Worte für die Krieger wie ein Kompliment für die Tänzerin klingen.

»Den Leib des lästigen Blutsaugers habe ich längst zerquetscht. Euer Heer ist am Szinto und hier in Unau vernichtend geschlagen worden. Nichts könnte mich daran hindern, ins heilige Keft weiterzuziehen. Und dennoch steckt mir der Zeckenkopf noch immer im Fleisch und vermag mich womöglich gar zu vergiften, wenn ich nicht auch ihn austilge. Der Sultan dieser erbärmlichen Stadt ist den Seinen ebenso wenig zu Hilfe geeilt wie der Kalif jenen, die am Szinto ihr Leben für ihn gelassen haben. Noch immer verkriecht sich Chamallah in Mherwed und hetzt mit seinem Hass die Stämme der Wüste gegen mich auf. Und im gottlosen Keft ereifern sich jene senilen Männer, die ihr Mawdliyad nennt, gegen meine gnädige Herrschaft und versuchen, ein Heer von Kameltreibern aufzustellen. Was soll ich also tun? Von wem geht die Gefahr aus? Wo finde ich das Haupt der Zecke, das ich aus meinem Fleisch reißen muss?«

Melikae wusste nicht, ob der Patriarch von ihr wirklich eine Antwort auf seine Fragen erwartete. Sie schwieg, und Tar Honak schien sich wieder ganz seinen Gedanken hinzugeben. Er beachtete sie nicht und blickte unverwandt auf die Berge im Osten.

Langsam empfand die Sharisad die Stille als bedrohlich. Was sollte das bedeuten? Welches Spiel trieb er mit ihr? Hatte er wirklich erwartet, sie werde für ihn entscheiden, ob er zuerst Mherwed, die Stadt des Kalifen, oder das heilige Keft angreifen solle?

Überraschend drehte sich der Heerführer um. Sein Gesicht war blass und schmal, fast hager mit tief liegenden grauen Augen. Ein sorgfältig gestutzter Bart zierte seine Oberlippe. Unter dem Pelzmantel trug er eine Kutte aus schwarzer Seide, deren Saum mit goldenen Rabenköpfen bestickt war. Erst jetzt erkannte Melikae, dass der Patriarch den Mantel aus kostbarem Zobelfell nur um die Schultern gelegt hatte und dass er bei Weitem nicht so breitschultrig war, wie sie angenommen hatte. Im Gegenteil, der Feldherr und Hohepriester wirkte eher schmächtig. Gar nicht so, wie man sich einen Eroberer vorstellte.

Melikae wich unwillkürlich ein klein wenig zurück, als Tar Honak sich zu ihr umdrehte. Seinen durchdringenden grauen Augen schien eine unheimliche Kraft innezuwohnen. Man sagte, allein seine Magie habe das Heer der Novadis am Szinto vernichtet.

»Fürchtest du mich?« Etwas Lauerndes lag in der Stimme des Patriarchen.

»Hätte ich Grund dazu, Eure Hochwürdigste Erhabenheit?« Melikae war zwar darauf gefasst, dass ihr der Patriarch jeden Augenblick seine Kenntnis über ihr Komplott offenbarte, aber noch immer glomm ein schwacher Funke der Hoffnung in ihr. Vielleicht hatte es nichts mit dem Verschwinden Olans zu tun, dass Tar Honak sie in den Sultanspalast bestellt hatte. Schließlich hätte er sie auch von irgendwelchen Söldlingen aus ihrem Haus zerren lassen können. Sie musste darauf achten, ihre Ängste zu verbergen. Und sie durfte den Hohepriester auf keinen Fall verärgern. Deshalb sprach sie ihn mit seinem selbst gewählten Titel an, auch wenn sie ihn anmaßend und lächerlich fand.

»Was hast du mit dem Hauptmann gemacht, der in deinem Hause zu Gast war?«

»Was werft Ihr mir vor?« Jetzt ist es vorbei, dachte Melikae. Er weiß alles. Sie verschränkte die Hände, damit der Patriarch nicht bemerkte, dass sie zitterten.

»Bevor er mit seinen Männern die Stadt verließ, hat er mir einen versiegelten Brief überbringen lassen.« Tar Honak musterte sie für einen Atemzug schweigend, bevor er fortfuhr. »Er bittet mich darin um die Erlaubnis, dich zum Weib nehmen zu dürfen. Warum? Meine Offiziere können jeden Mann und jede Frau in der eroberten Stadt zum Sklaven nehmen, wenn es sie danach verlangt. Warum hat er das nicht bei dir getan? Was zeichnet dich vor den anderen aus?«

Melikae blickte zu Boden. Ob der Patriarch ihre Erleichterung bemerkt hatte? »Vielleicht liebt er mich«, sagte sie leise.

Tar Honak griff nach ihrem Kinn und zwang die Sharisad, ihm in die Augen zu sehen. »Warum sollte er? Er hätte in Al'Anfa ein Dutzend bessere Frauen als dich haben können, die seiner Familie Ruhm und geschäftliche Verbindungen gebracht hätten. Was hattest du ihm zu bieten? Es heißt, du seist eine Hexe. Hast du ihn verzaubert?«

»Wenn Ihr glaubt, was man auf der Straße von mir erzählt, dann müsstet Ihr auch glauben, dass ich eine Hure bin, weil ich als einzige Frau in dieser Stadt freiwillig einem Eurer Offiziere ein Quartier geboten habe.«

»Vielleicht bist du nur schlauer als andere. Womöglich

versuchst du, mir mit geheuchelter Unterwürfigkeit Sand in die Augen zu streuen.« Der Patriarch verzog die schmalen Lippen zu einem zynischen Lächeln.

Melikae war wieder verunsichert. Ahnte er vielleicht doch etwas? Entweder gelang es ihr jetzt, überzeugend die besorgte Geliebte zu spielen, oder sie hatte ihr Leben verwirkt. »Ihr seid grausam, Eure Hochwürdigste Erhabenheit. Ihr spielt mit einer Frau, die in Sorge um ihren Geliebten vergeht. Wer auch immer behauptet, ich sei eine Hexe, der lügt. Ich bin lediglich eine Sharisad. Eine unbedeutende Tänzerin, die sich in den Mann verliebt hat, der ihr das Leben schenkte, als Eure Truppen die Oberstadt stürmten.«

Tar Honaks Lächeln erstarb. »Fast wäre es mir lieber, du hättest mir etwas anderes erzählt. Was gibt es Tragischeres als Liebe? Nichts ist ungewisser als die flüchtige Gabe Rahjas.« Ein schwer zu deutender Unterton lag in der Stimme des Patriarchen. Melikae fühlte, dass dessen Worte auf eine hintergründige Art aufrichtig waren, doch die Art, wie er sprach, war kalt, ja, fast hämisch.

»Boron machte mir ein Geschenk für dich, Tänzerin. Es ist in der Truhe hier neben mir. Öffne sie!«

Zögernd trat die Sharisad an die Brüstung. Die Truhe schien unverschlossen. Was hatte das alles zu bedeuten? Wollte der Hohepriester sie prüfen? Wollte er wissen, ob sie ein Geschenk von einem Götzen annahm und so Rastullah beleidigte? Was würde er tun, wenn sie den Mut zur Ablehnung fände?

»Was zögerst du? Verachtest du vielleicht den Gott, der mich zu seinem ersten Diener bestimmt hat?«

»Verzeiht, Eure Hochwürdigste Erhabenheit. Nichts liegt mir ferner, als den mächtigen Boron zu beleidigen. Allein, Ihr habt mich ein wenig verwirrt.« Melikae hoffte inständig, dass Rastullah ihr diese ketzerischen Worte vergeben würde. Doch sie musste den Argwohn des Hohepriesters zerstreuen. Wenn ihr das gelänge, hätte sie vielleicht Gelegenheit, weitere seiner Offiziere in den Tod zu schicken. Allein das zählte.

Sie schlug den Deckel der kleinen Truhe auf und erstarrte. Sie blickte in die toten weißen Augen Olans. Sein immer so sorgfältig gepflegter Bart war von dunklem Blut verklebt.

»Der Kopf des Hauptmanns lag heute Morgen auf den Stufen des Bethauses der Unterstadt. Genau an der Stelle, an der er stand, als er in meinem Namen die Hinrichtung der Verräter kommandierte.«

Melikae wurde übel. Sie hatte den Tod dieses Mannes gewollt. Doch sie hatte nicht damit gerechnet, ihn auf diese Weise noch einmal wiederzusehen.

»Ich denke, du solltest den Brief bekommen, in dem er mich darum bittet, um deine Hand anhalten zu dürfen. Ich habe keine Verwendung dafür.« Tar Honak zog einen sorgfältig gefaltetes Pergament mit zerbrochenem Rabensiegel aus den Falten seines Gewandes hervor und überreichte es der Tänzerin.

»Welch seltsame Wege das Schicksal doch geht!« Der Patriarch lächelte. »Ohne deinen Geliebten verächtlich machen zu wollen, muss ich doch sagen, dass er mir für das Kriegshandwerk wenig geeignet erschien. Er war zwar ein guter Soldat, und seine Männer respektierten ihn, doch fehlte es Hauptmann Olan an der nötigen Härte. Er war als Einziger gegen die Hinrichtung von Unschuldigen zur Vergeltung von Rebellenanschlägen. Das war auch der Grund, warum ich ihm das Kommando bei der Exekution übertrug. Ich wollte seine Treue auf die Probe stellen.«

Melikae wurde schwindlig. Welch grausames Spiel trieb der Hohepriester mit ihr? Hatte er sie durchschaut und wollte sie mit seinen Worten quälen, oder hatte sie tatsächlich den Falschen in den Tod geschickt? Sie konnte den starren, anklagenden Blick aus Olans toten Augen nicht mehr ertragen. Keuchend rang sie nach Luft.

»Ist dir nicht wohl, Tänzerin? Hast du denn dem Tod noch niemals ins Antlitz gesehen?«

»Ich … ich bitte um die Erlaubnis, mich … zurückziehen zu dürfen.« Jedes Wort kostete Melikae Überwindung. Vom süßlichen Leichengeruch, der von der Truhe ausging, war ihr übel geworden.

»Ich denke, du solltest deinem Geliebten die letzte Ehre erweisen und sein Haupt an dich nehmen. Vielleicht solltest du es in deinem Garten bestatten, sodass Olan immer nahe bei dir sein kann.« Tar Honak klappte den Deckel der Truhe zu und hielt sie der Tänzerin entgegen.

Einen Moment lang fürchtete Melikae, ohnmächtig zu werden. Unfähig, auch nur einen Finger zu rühren, stand sie vor dem Patriarchen und starrte auf die Truhe.

»Nun, worauf wartest du?« Eine steile Falte zeigte sich auf der Stirn des Hohepriesters. »Verweigerst du dem Hauptmann die letzte Ehre?«

Melikae ballte die Hände zu Fäusten, sodass sich die Nägel tief in die Handflächen gruben. Sie durfte sich keine Blöße geben. Sie musste die trauernde Geliebte spielen, oder Tar Honak würde Verdacht schöpfen. »Verzeiht, doch der Schmerz um den Verlust droht mich zu übermannen, Eure Hochwürdigste Erhabenheit. Es ist … Es ist, als sei alle Kraft aus meinen Gliedern gewichen.«

Der Patriarch musterte sie streng. »Wache!«

Sein gellender Ruf traf Melikae wie ein Peitschenhieb. Was hatte sie falsch gemacht? Warum …

Eine schwarz gewappnete Kriegerin salutierte vor dem Patriarchen.

»Sorg dafür, dass die Tänzerin ein Geleit in ihren Palast bekommt. Und nimm das!« Der Patriarch überreichte der Soldatin die Truhe. »Nun bring die Sharisad fort von hier. Ihre Art, mit dem Schicksal umzugehen, das Boron uns allen zugedacht hat, verärgert mich, und ihre Anwesenheit in meiner Gegenwart grenzt ans Lästerliche.«

»Jawohl, Eure Hochwürdigste Erhabenheit.« Die Gardistin verbeugte sich knapp und nahm die Truhe. Zwei weitere Soldaten eilten auf einen Wink herbei und packten Melikae. Ohne Widerstand zu leisten, ließ sich die Sharisad von der Terrasse führen. Als sie die Tür zum düsteren Schlafgemach erreichten, erklang hinter ihnen noch einmal die Stimme des Patriarchen.

»Ab morgen wird der junge Adran Bonareth in deinem Hause Quartier beziehen. Er ist der Kommandant einer ganz ansehnlichen Abteilung Sklavenjäger. Leider fehlen ihm sowohl das ansprechende Äußere als auch die guten Umgangsformen unseres Hauptmanns Olan. Ich hoffe, du wirst ihm trotz alledem eine gute Gastgeberin sein. Ich habe gehört, er legt auf den Umgang mit schönen Frauen größten Wert. Leider musste er unter den harten Bedingungen im Feld auf seine Lustsklavinnen verzichten, und da ich befürchte, dass sein Handeln mehr von Rahja als von Rondra bestimmt wird, werde ich ihn hier zurücklassen müssen, wenn das Heer aufbricht. Er wird dir helfen, den Schmerz um Olan schnell zu vergessen.«

Tar Honak hatte sich keine Mühe gegeben, seinen Hohn zu verbergen. Doch in einem hat er recht, dachte Melikae. Seine Worte halfen ihr, ihre Zweifel zu vergessen: Jeder Al'Anfaner war ihr Feind, und sie schwor sich, dass es Adran Bonareth nicht besser ergehen sollte als Olan.

Um an jedem Morgen aufs Neue an diesen Schwur erinnert zu werden, würde sie den Helm des toten Hauptmanns auf ein Tischchen gleich neben ihrer Bettstatt stellen, sodass er das Erste wäre, das sie zu Beginn eines jeden neuen Tages sähe. Erst wenn die Al'Anfaner aus Unau vertrieben wären, würde sie den Helm aus ihrem Schlafgemach entfernen. Olans Kopf aber sollte ein Sklave irgendwo im Garten des Palastes verscharren, sobald die Wachen des Patriarchen gegangen waren.

»Ich kann … nicht mehr!«, stieß Omar keuchend hervor. Er war am Ende seiner Kräfte. Seine Schritte wurden immer ungleichmäßiger, und immer häufiger stolperte er im weichen Sand.

»Solange du noch reden kannst, bist du noch nicht am Ende. Stell dir vor, ein Trupp Al'Anfaner Sklavenjäger säße dir im Nacken. Beflügelt das deine Schritte?«

Omar hätte seinen Peiniger am liebsten aus dem Sattel gestoßen und mit beiden Fäusten auf ihn eingeschlagen. Seit mindestens drei Stunden ließ Gwenselah ihn durch den heißen Sand laufen, während er auf seinem Kamel nebenherritt und ihn beobachtete. Bei dem seltsamen Husten, der Omars Lehrer immer wieder peinigte, wäre Gwenselah wahrscheinlich nicht einmal in der Lage gewesen, auch nur eine halbe Stunde zu gehen.

Welchen Sinn hatte das Ganze nur? Omar begriff nicht, warum der Verschleierte ihn dieser Tortur aussetzte. Er war doch kein Kamel! Wenn ein Mann eine weitere Strecke zurückzulegen hatte, nahm er ein Kamel, ein Pferd oder irgendein anderes Reittier. Noch nie hatte Omar gehört, dass ein Novadi mehr als zwei oder drei Meilen gelaufen wäre. Das war eines Kriegers unwürdig! Wieso begriff dieser von Dämonen gerittene Kasimit das nicht? War er verrückt? Schon mehr als einmal hatte Omar am Geisteszustand seines Lehrers gezweifelt. Jeder Rechtgläubige wusste, dass alle Kasimiten irgendwie verrückt waren, aber Gwenselah war weit mehr als das. Er war vollkommen irrsinnig!

Einen Augenblick lang dachte der Novadi darüber nach, ob Gwenselah vielleicht doch nicht zu diesen Fanatikern gehörte. Meist drehte sich jeder zweite Satz eines Kasimiten um Rastullah, nicht so bei diesem. Soweit sich Omar erinnern konnte, hatte der Verschleierte nicht ein einziges Mal von Rastullah gesprochen, ja, er schien nicht einmal zu beten. Doch was sollte er sonst sein? Der Schleier, seine Schwertkunst, das alles passte nur auf die kämpferischsten Söhne Rastullahs.

Wieder einmal rutschte Omar im Sand aus, doch diesmal gelang es ihm nicht mehr, das Gleichgewicht zu halten. Der Länge nach schlug er in den feinen braunen Sand. Es reichte! Jetzt war Schluss mit der blödsinnigen Rennerei. War er denn selbst schon so verrückt, sich den Launen eines Irren zu unterwerfen?

»Steh auf, es ist noch ein weiter Weg bis zu unserem Lager.« Der Verschleierte hatte sein Kamel gezügelt und blickte spöttisch zu Omar herab. »Weißt du, dass deine Art zu laufen mich an ein Kind erinnert, das gerade gehen lernt? Man könnte meinen, dass du den Körper kaum kennst, in dem du lebst.«

Schon wieder so ein Spruch! Das war genug! Welcher Gläubige, den Rastullah auch nur mit ein klein wenig Vernunft bedacht hatte, redete solchen Unsinn? »Schluss ... es reicht! Ich bin ... niemandes ... Sklave mehr!« Eigentlich hätte er diesem Verrückten noch viel mehr zu sagen gehabt, doch im Moment war Omar zu sehr damit beschäftigt, nach Luft zu schnappen, als dass er seiner Wut freien Lauf lassen konnte. Bei jedem Atemzug hatte er das Gefühl, flüssiges Feuer flösse ihm in die schmerzenden Lungen. Noch nie in seinem ganzen Leben hatte er sich so elend gefühlt.

»Du hast dich lange genug ausgeruht. Steh wieder auf!« Gwenselahs Stimme klang kalt und mitleidlos.

»Nein.« Omar wäre ihm am liebsten an die Kehle gesprungen, aber er hatte nicht einmal mehr die Kraft, sich aufzusetzen. Ein leichter Wind wehte über die Dünen und trieb dünne Schleier von feinem Staub vor sich her. Überall auf Omars schweißnassem Gesicht klebte dieser Sand. Er spürte ihn in der Nase, auf den rissigen Lippen und im ausgetrockneten Mund.

»Hast du Durst, Omar?«

Misstrauisch blickte der Novadi zu Gwenselah. Natürlich hatte er Durst! Was sollte diese schwachsinnige Frage?

»Ich werde jetzt zu unserem Lager zurückreiten und mir dort ein Mahl bereiten.«

»Hilf mir auf … das Kamel.« Omar richtete sich halb auf. Ein Schluck Wasser und eine Schale Hirsebrei, was hätte er dafür nicht alles gegeben!

»Ich sagte, *ich* reite ins Lager. Von *dir* war nicht die Rede, Omar. Du hast dir dein Essen nicht verdient. Ich hoffe, du erinnerst dich noch an den Weg, denn ich fürchte, der Wind hat unsere Spur längst im Sand verwischt.«

»Du willst mich hier allein lassen?« Omar war aufgesprungen. »Das kannst du nicht tun. Ich … ich werde sterben.«

Gwenselah verpasste seinem Kamel einen Schlag mit dem Bambusstab und trieb es ein Stück weiter die Düne hinauf. »Ich kann dein Gewimmer nicht mehr ertragen, Novadi. Ich hätte dich den Geiern überlassen sollen, doch das lässt sich ja nachholen.«

»Aber …« Omar war wie versteinert. Welcher Dämon hatte von Gwenselah Besitz ergriffen? Sicher war er immer ein strenger Lehrer gewesen, aber jetzt … »Warum?«

»Ich habe es dir gesagt. Ich kann dein wehleidiges Gewimmer nicht mehr ertragen, Sklave!« Das Kamel des Verschleierten wurde unruhig, und er brauchte einige Augenblicke, um das Tier wieder unter Kontrolle zu bringen. Das war die Gelegenheit, Gwenselah aufzuhalten! Sein Meister war verwirrt, aber er würde schon wieder zu sich finden.

Omar stürmte auf das Kamel los. Er musste Gwenselah aus dem Sattel reißen. Mit einem verzweifelten Schrei sprang der Novadi auf das Kamel zu. Doch Gwenselah hatte mit dem Angriff gerechnet. Noch bevor Omar ihn zu packen bekam, versetzte ihm der Verschleierte einen Hieb mit seinem Bambusstock. Benommen stürzte der Novadi in den Sand. Grelle Lichtpunkte tanzten ihm vor den Augen.

»Kümmerlich! Ich werde zurückreiten und dich vergessen. Weißt du, wen ich allerdings nicht vergessen kann?« Der Verschleierte machte eine kurze Pause, doch Omar war zu benommen, um auf die Frage zu antworten.

»Melikae! So wie du sie schilderst, muss sie sogar schöner sein als selbst die neun vollkommenen Frauen, die sich Rastullah in seinen Harem geholt hat. Ich werde morgen nach Unau reiten und sie mir holen. Was glaubst du, was geschieht, wenn ich sie aus der Gefangenschaft ihres Vaters befreie, ihr erzähle, ich hätte dich sterbend in der Wüste gefunden, und du hättest mir aufgetragen, sie sicher bis in ihr Königreich am Meer zu geleiten? Ich glaube, noch bevor wir die Goldfelsen erreichen, hat sie dich vergessen und wird mein Weib.«

»Nein!« Omar sprang auf und versuchte noch einmal, seinen Fechtmeister aus dem Sattel zu stürzen. Dieser falsche Dämon! Hatte er die ganze Zeit nur ein Spiel mit ihm getrieben? Er würde ihn …

Gwenselah verpasste Omar einen Tritt, sodass dieser zurücktaumelte. »Du bist nicht mehr als ein Stück Aas, Omar. Erkenne das endlich und füge dich in dein Schicksal.« Der Verschleierte riss die Zügel seines Meharis herum und ritt die Düne hinauf.

»Warte … Ich …« Nein! Er würde nicht mehr bitten. Erschöpft richtete sich Omar auf. »Ein Stück Aas« hatte ihn dieser Halunke genannt. So weit war es noch nicht mit ihm. Er würde diesen niederträchtigen Verräter, diesen falschen Freund, dem er getraut hatte, schon noch kriegen. Gwenselah hätte ihm nicht verraten sollen, wohin er reiten würde. Noch war er nicht tot! Der Zorn verlieh Omar neue Kräfte. Schritt um Schritt kämpfte er sich die Düne hoch. Als er den Kamm erreichte, war der Verschleierte verschwunden. Er musste irgendwo zwischen den Dünen dahinreiten. In den Dünentälern sänke das Mehari kaum in den Sand ein, und der Wind würde die flachen runden Spuren des Kamels schneller verwischen.

Gwenselah hatte ihn einen Narren genannt. Omar lachte bitter. Vielleicht hatte der Verschleierte ja recht, doch der Kasimit war kein geringerer Narr, wenn er glaubte, ein

Novadi fände seinen Weg durch die Wüste nicht. Entschlossen blickte Omar nach Osten. Dann stieg er langsam die lang gestreckte Flanke der Düne hinab. Bis zum Morgengrauen hätte er noch sehr viel Zeit. Der Verräter würde ihm nicht entkommen.

Vorsichtig kroch Omar bis zum Kamm der Düne und musterte das kleine Lager, das unter ihm lag. Gwenselah hatte es nicht einmal für nötig gehalten, auf ein Feuer zu verzichten. War er wirklich so dumm, oder war es eine Falle? Omar verharrte regungslos und versuchte, im unsteten Licht der zusammengesackten Glut Einzelheiten zu erkennen.

Das Kamel des Kasimiten hatte sich ein wenig vom Feuer entfernt. Offensichtlich hatte ihm Gwenselah eine Fußfessel angelegt, sodass es nicht fortlaufen konnte. Der Krieger selbst lag völlig regungslos in eine Decke eingerollt dicht beim Feuer. Sogar jetzt hatte er seinen Schleier nicht abgelegt. Verrückt, diese Kasimiten. Völlig verrückt! Aber bald würde es einen weniger von diesen Hurensöhnen geben.

Drei oder vier Schritt von der Feuerstelle entfernt lag der Sattel des Mehari und der Vorrat an Wasser und Lebensmitteln. Undeutlich sah Omar den Griff des zweiten Tuzakmessers hinter dem Sattel aufragen. Mit dieser Waffe hatte er während der Fechtstunden gekämpft, die Gwenselah ihm erteilt hatte. Sollte er hinüberschleichen und sich das schmale, leicht gebogene Schwert holen? Mit einem einzigen Hieb dieser Waffe könnte er Gwenselah töten.

Doch was tun, wenn das Kamel ihn bemerkte und unruhig wurde? Er müsste einen Umweg machen, um an das Tuzakmesser zu gelangen. Außerdem trug es ein Glöckchen an seiner Parierstange. Eine falsche Bewegung, und das helle Klingen des Glöckchens mochte den Kasimiten aufwecken. Nein! Er würde die Finger von der Waffe lassen. Umwege konnte er sich nicht leisten. Sollte der Kasimit wach werden und ihn bemerken, war er ein toter Mann. Das war Omar nur allzu klar. Wenn es Gwenselah gelänge, seine Waffe zu ziehen, dann wäre der Kampf schon entschieden. Omar könnte gegen den geübten Krieger niemals bestehen. Oft genug hatte er das in den unzähligen Fechtstunden während der letzten neun Gottesnamen erfahren. Fast neunzig Tage waren vergangen, seit Gwenselah ihn in der Wüste gerettet hatte. Was hatte den Kasimiten nur dazu getrieben, ihn jetzt so schändlich zu verraten?

Omar umklammerte fester den schweren Stein, den er nahe dem Lagerplatz gefunden hatte. Mitternacht war lange vorbei. Wenn er mit dem Zählen der Tage in der langen Zeit seit seiner Flucht aus Unau nicht durcheinandergeraten war, würde mit Sonnenaufgang der zweite Rastullahellah beginnen, der Tag der Treue und der Schwüre. Ein geeigneter Tag, um den treulosen Verräter in die Niederhöllen zu schicken!

Ein letztes Mal blickte Omar zu dem Kamel hinüber. Das Mehari verhielt sich immer noch ruhig. Es war jetzt windstill. Das Tier würde keine Witterung von ihm aufnehmen, wenn er näher an das Lager schliche.

Langsam richtete sich der Novadi auf und schritt über den scharfen Kamm der Düne hinweg. Der weiche Sand schluckte alle Geräusche, doch liefen mit jedem seiner Schritte kleine Sandlawinen den Hang der Düne hinab. Er würde unmittelbar hinter dem Kasimiten das Dünental erreichen. Für keinen Augenblick ließ er den Verräter aus den Augen. Wie immer hatte Gwenselah sein Tuzakmesser dicht neben sich gelegt. Selbst im Schlaf lag seine Linke auf der Scheide des schlanken Schwertes. Doch das würde diesem Schurken nichts mehr nutzen. Noch bevor er dazu käme, die Waffe zu ziehen, würde Omar ihm mit dem Stein den Schädel zertrümmern. Oder sollte er ihm doch Gelegenheit geben, seine Tat zu bereuen? Einen

Schlafenden zu ermorden, war eines freien Mannes nicht würdig. So tötete ein Sklave.

Omar zögerte. Wenn er Gwenselah weckte, begab er sich in tödliche Gefahr. Aber wenn er einen Wehrlosen tötete, hätte er auf immer seine Kriegerehre beschmutzt, und er wollte ein Krieger sein. Omar der Sklave war tatsächlich in der Wüste gestorben, so wie Melikaes Vater es Abu Dschenna befohlen hatte. Es gab jetzt nur noch Omar den Krieger, und der würde nicht mehr wie ein Sklave handeln.

Vorsichtig schlich er weiter. Jetzt, da er den Entschluss gefasst hatte, Gwenselah nicht einfach meuchlings zu töten, fühlte er sich besser. Noch einmal spähte er zu dem Kamel hinüber. Das Tier hatte sich vom Lager abgewandt. Es bestand keine Gefahr, dass es seinen Herrn warnen würde.

Vorsichtig kniete Omar hinter dem Kasimiten nieder, die Rechte mit dem Stein erhoben, bereit, jeden Moment zuzuschlagen. Gwenselah schlief noch immer. Regelmäßig hob und senkte sich seine Brust. Omar griff mit der Linken nach der Schulter des Kriegers und schüttelte ihn leicht. Sofort schlug der Kasimit die Augen auf. Von einem Moment zum anderen schien er hellwach.

»Jetzt ist die Stunde deines Todes gekommen, ehrloser Bastard. Mach deinen Frieden mit Rastullah und versuch nicht, deine Waffe zu ziehen! Nimm die Hand weg vom Schwert!«

Ohne ein Wort zu sagen, gehorchte Gwenselah und hob die Linke. Omar dankte Rastullah im Stillen. So leicht hatte er sich das nicht vorgestellt. Er wechselte den Stein in die andere Hand und griff nach dem Schwert.

»Rühr dich nicht, oder …!«

»Oder was? Sollte ich mich vor dem Tod noch fürchten, wenn du mir bereits gesagt hast, dass du mich ohnehin umbringen wirst?«

Das war Gwenselah, wie ich ihn kenne, dachte Omar.

Ein Krieger, den nichts zu erschrecken schien. Doch er brauchte ihn nicht mehr zu fürchten. Er hatte jetzt sein Schwert! Achtlos warf er den Stein hinter sich, zog die Waffe aus der Scheide und stand auf.

»Dein Spott wird dir nichts mehr nutzen. Es scheint, als sei nun der Tag gekommen, an dem die Hyäne an ihrem Aas ersticken wird, Verräter. Du hättest mich besser in der Wüste getötet.«

»Ich freue mich, dass du unbeschadet zum Lager gefunden hast. Du bist sogar ein wenig früher hier, als ich erwartet hatte.«

»Was …?«

»Ich sagte, ich habe dich erwartet.«

Omar lachte. »Du bist verrückt, Gwenselah. Hat Rastullah dich auch noch des letzten Funkens Verstand beraubt? Es scheint dir wohl nichts genutzt zu haben, dass du deinen Kopf so sorgsam vor der Sonne verbirgst. Hast du geglaubt, der Gerechtigkeit des Gottes entgehen zu können, indem du das Gesicht versteckst?«

Einen Augenblick lang herrschte Schweigen zwischen ihnen. Offensichtlich begriff Gwenselah langsam, in welcher Lage er steckte.

»Gestattest du, dass ich mich aufsetze? Ich finde es ungehörig, im Liegen mit einem anderen Krieger zu reden. Das ist nicht die Art, wie zwei Kämpfer wie wir miteinander umgehen sollten.«

Was hatte der Kerl vor? Omar war sicher, dass irgendetwas dahintersteckte. Auf der anderen Seite konnte der Kasimit ihm nicht gefährlich werden. Es lagen gut drei Schritt Abstand zwischen ihnen, er hielt ein gezogenes Schwert in der Hand, und Gwenselah war unbewaffnet. Was sollte schon passieren?

»Gut, du kannst dich aufsetzen. Aber versuch keine Tricks, ich würde dich …«

»Würdest du mich töten?« Der Fechtmeister schnalzte mit der Zunge. »Welch schreckliche Aussichten! Wenn ich nicht tue, was du von mir verlangst, könnte ich eine halbe Stunde früher sterben, als wenn ich mich deinen Worten füge. Dein Umgang mit Todfeinden scheint nicht sonderlich durchdacht zu sein. Ich fürchte, was das angeht, muss ich dir noch eine gesonderte Lektion erteilen.«

»Gesonderte Lektion …?« Omars Hände waren nass vor Schweiß. Die verdammte Selbstsicherheit des Kasimiten machte ihm angst. Er durfte sich nicht von Worten verunsichern lassen! Das Einzige, was zählte, war die Tatsache, dass *er* ein Schwert in der Hand hielt und *nicht* Gwenselah.

»Was hast du denn aus der heutigen Lektion gelernt? Oder habe ich dich etwa vergeblich beleidigt und in der Wüste zurückgelassen?«

»Hör auf mit deinem verrückten Gerede. Wenn du glaubst, du könntest mich verwirren, irrst du dich. Du wolltest mich umbringen und mir Melikae rauben. Das sind die Tatsachen. Und dafür wirst du sterben.«

Gwenselah legte den Kopf schief und musterte Omar eine Weile schweigend. »Versuchen wir es andersherum. Was hast du aus meinen Fehlern gelernt?«

»Ist es dein letzter Wunsch, dass ich mich auf deine verrückten Fragen einlasse? Du solltest lieber deinen Frieden mit Rastullah machen.«

»Das ist nebensächlich. Wenn du dich wirklich nach dem Ehrenkodex eines Kriegers verhalten willst und mir einen letzten Wunsch vor meiner Hinrichtung gewährst, dann solltest du auf meine Frage antworten. Danach werde ich vor dir mein Knie beugen und still den tödlichen Schlag erwarten.«

Wie konnte es jemand wagen, in der Stunde seines Todes den einzigen Gott zu lästern? Das bedeutete ewige Verdammnis. »Du lebst nicht nur gottlos, Gwenselah, du verschenkst auch jede Aussicht, jemals in die himmlischen Gärten Rastullahs zu gelangen.«

»Gestatte mir die Engstirnigkeit, mein Leben und Sterben als eine Angelegenheit zu betrachten, die nur mich allein etwas angeht. Beantworte lieber meine Frage! Was hast du aus meinen Fehlern gelernt?«

Omar lachte, doch es klang nicht so überheblich wie beabsichtigt. Es hörte sich eher verlegen an. »Also gut, du sollst deinen Willen haben, Gwenselah. Ich habe gelernt, was daraus erwächst, wenn man einen Feind unterschätzt. Du hättest daran denken sollen, dass ich vielleicht doch noch die Kraft fände, dir zu folgen. Du hättest mir auch nicht verraten dürfen, wohin du gehst. Am besten wärst du einfach fortgeritten, dann wäre ich mit Sicherheit in der Wüste verdurstet.«

Gwenselah zuckte mit den Schultern. »Du hast mir doch geschworen, du seiest am Ende deiner Kräfte. Ich habe dich bisher für keinen Lügner gehalten, Omar.«

»Ich bin kein Lügner!« Der Novadi tat einen Schritt nach vorn und zielte drohend mit der Spitze seiner Waffe auf Gwenselahs Brust. Er hatte genug von den Spitzfindigkeiten des Kasimiten. »Allein der Hass hat mir die Kraft gegeben, dir zu folgen.«

»Ich sehe, du hast heute also doch etwas über dich gelernt.«

»Schluss jetzt! Ich habe mein Wort gehalten, jetzt ist es an dir, Ehre zu beweisen.«

»Ich bin bereit.« Stolz streckte der Verschleierte seine Brust vor. »Durchbohr mir das Herz, mein Schüler, ich habe dich gelehrt, wie dieser Streich zu führen ist.«

Omar packte das Schwert mit beiden Händen. Er zitterte leicht. Noch nie hatte er einen Menschen getötet. Es war schwer, einen Wehrlosen zu richten – oder sollte er besser sagen: zu ermorden? Nein! Es war sein Recht, Gwenselahs Leben zu nehmen. Der Kasimit hatte schließlich auch nicht gezögert, ihn in der Wüste zurückzulassen. Er war nicht besser als Abu Dschenna! Entschlossen trat Omar vor den Krieger, als Gwenselah ihm eine Handvoll Sand ins Gesicht schleuderte.

Er hätte damit rechnen müssen, dass diese Hyäne sich nicht so einfach zum Sterben niederkniete. Sofort wich Omar einige Schritt zurück, um einem Angriff des Fechtmeisters auszuweichen. Gleichzeitig versuchte er, sich den Sand aus den brennenden Augen zu wischen.

Als er endlich wieder klar sehen konnte, war Gwenselah verschwunden. Omars Herz schlug wie rasend. Er hätte nicht so lange zögern dürfen! Vorsichtig drehte er sich um die eigene Achse, sichernd das Schwert erhoben.

»Hier bin ich!«

Erschrocken fuhr Omar herum. Gwenselah stand nur ein paar Schritt hinter dem fast erloschenen Lagerfeuer und schnallte die Waffe vom Kamelsattel.

»Rastullah steh mir bei! Beschütze mich vor dem Zorn dieses Gottlosen!«, murmelte Omar leise. Mit fahrigen Fingern schlug er ein Schutzzeichen. Jetzt konnte ihn nur noch göttliche Gnade retten.

Mit federndem Schritt, das Tuzakmesser vor der Brust erhoben, kam der Kasimit näher. »Wenn du deinen Feind töten willst, darfst du niemals zögern, Omar. Er täte es auch nicht.« Die Stimme des Kasimiten klang jetzt weniger höhnisch. Er sprach wieder in dem Tonfall, den er als Lehrer so gern anschlug.

»Ich werde mich dir nicht unterwerfen!« Omar wich ein wenig vor seinem Fechtlehrer zurück und versuchte, in eine Position seitlich von ihm zu kommen, doch Gwenselah folgte jeder seiner Bewegungen.

»Glaubst du, dass der Schüler seinen Lehrer überwinden kann?«

»Ruhig, Omar. Ruhig!« Wie ein Gebet wiederholte der Novadi immer wieder dieselben Worte. Er durfte sich nicht reizen lassen. Wohl tausendmal hatte ihn Gwenselah gelehrt, dass der Zorn im Kampf ein schlechter Berater sei, ein Diener des Todes, der seinem Herrn neue Opfer zuführte.

Plötzlich schnellte Gwenselah vor. Omar riss sein Schwert

hoch, und klirrend schlugen die Waffen aufeinander. Der Schlag des Fechtmeisters hatte geradewegs auf Omars Kopf gezielt. Wie eine Viper, deren Giftzahn sein Opfer verfehlt hatte, schnellte der Verschleierte zurück, das Schwert wieder sichernd vor der Brust erhoben. Omar hatte seinem Meister widerstanden! Gwenselah war also nicht unbesiegbar. Vielleicht würde er doch noch das nächste Morgenrot erleben? Vielleicht sollte er sogar zum Gegenangriff übergehen, auch wenn er damit seine eigene Deckung gefährdete, es wäre ...

Noch bevor Omar seinen Gedanken zu Ende geführt hatte, stieß Gwenselah erneut vor. Doch diesmal begnügte er sich nicht mit einem einzigen Angriff. Seine Klinge schien zu einem silbernen Blitz geworden zu sein, geschleudert von einem Gott, der nichts als Tod und Verderben im Sinn hatte. Funken stoben von den Schwertern, wenn die Klingen aufeinanderschlugen und die Kämpfer anschließend in stummem Ringen versuchten, den andern aus dem Gleichgewicht zu bringen. Dann trennten sie sich wieder voneinander, um sich wie in einem tödlichen Tanz zu umkreisen. Auch Omar griff jetzt an. Immer wieder zuckte sein Tuzakmesser vor – auf der Suche nach einer Lücke in der Deckung des Verschleierten. Seine Erschöpfung und der kräftezehrende lange Marsch durch die Wüste waren vergessen. Alles, was ihm einmal etwas bedeutet hatte, war einem kalten Zorn gewichen. Die Welt bestand nur noch aus Gwenselah und seinem tödlichen Schwert, und er, Omar, war zum Arm Rastullahs geworden, um diesem Gottlosen den Tod zu geben.

Wieder stieß er vor, und diesmal musste sein Fechtlehrer vor seinen Hieben zurückweichen. Schritt um Schritt trieb er ihn durch das schmale Tal zwischen den Dünen. Es war, als wüsste er jede Bewegung des Kasimiten schon im Voraus. Konnte das sein? Er täuschte einen Hieb gegen das Haupt des Verräters an und änderte dann im letzten Moment die Schlagrichtung. Nur ein verzweifelter Sprung rettete Gwenselah das Leben. Omars Klinge hatte den Kaftan des Fechtmeisters geschlitzt, ohne den Krieger allerdings zu verwunden. Gwenselah war zu besiegen! Einen Atemzug lang gestattete sich Omar das Gefühl von stillem Triumph. Der Verschleierte stand neben der Glut des halb erloschenen Feuers und wartete auf Omars Angriff. Jetzt würde er es vollenden! Mit einem Satz sprang Omar vor, sein Schwert beschrieb einen schillernden Halbkreis und zuckte nach Gwenselahs Kopf. Doch statt den Schlag zu parieren, duckte sich der Kasimit. Aus dem Augenwinkel sah Omar, wie sein Lehrer einen Hieb gegen den Boden führte. Die Klinge des Tuzakmessers fuhr in die Glut des Feuers und wirbelte – wie einen Schauer von Kometen – glühende Holzstückchen in die Luft. Omar zuckte zurück und riss die Arme vors Gesicht. Fast gleichzeitig stieß Gwenselah vor. Sein Schwert fiel hinab auf Omars Handschutz und riss ihm mit einem Ruck die Waffe aus der Hand. Der Fechtmeister setzte ihm die Klinge an die Kehle.

Omar fühlte sich unendlich müde. Alle Kraft hatte ihn verlassen. Seine Glieder waren schwer, und der Tod, der ewige Schlaf, erschien ihm jetzt wie ein Geschenk. Er schloss die Augen, setzte sich erschöpft nieder und erwartete das Ende. Doch nichts geschah. Schließlich hörte er ein leises Scharren. Omar riss ungläubig die Augen auf. Gwenselah hatte sein Schwert in die Scheide zurückgeschoben.

»Warum …?« Er konnte nicht fassen, was er sah. Warum verschonte ihn der Kasimit?

»Deine Lektion ist beendet. Wenn die Sonne ihr Haupt erhebt, werde ich dich zum Krieger weihen.«

»Welch eine Lektion?«

»Fast hundert Tage lang habe ich dich im Fechten unterrichtet, doch was ich dich nur unvollkommen gelehrt habe, ist das Wissen um deine eigenen Kräfte. Deshalb habe ich dich gestern zum Laufen gezwungen, bis du vor

Erschöpfung zusammengebrochen bist. Du solltest glauben, dein Herz zerspränge dir, wenn du auch nur noch einen einzigen Schritt mehr tun müsstest. Erst dann warst du so weit, dass ich dich mit einer Kraft vertraut machen konnte, die in dir schwelt, dein Denken bestimmt und die du dennoch nicht zu nutzen verstehst: dem Hass! Allein der Hass hat dich durch die Wüste bis zum Lager geführt. Er hat es dir eingegeben, das Schwert gegen mich zu richten, obwohl ich es war, der dir das Leben gerettet hat. Und doch warst du in der Lage, im Kampf deinen Hass zu zügeln. Du hast nicht unbedacht gefochten. Ich bin zufrieden mit dir.«

Omar hatte das Gefühl, als zöge man ihm den Boden unter den Füßen weg. Gwenselah hatte ihn getäuscht. Alles, was er in den letzten Stunden durchlitten hatte, war nur gespielt gewesen. Sein Meister hatte jeden seiner Schritte vorausgesehen. Welch ein Mensch war er nur?

»Also hast du auch nicht geschlafen, sondern mich beobachtet, wie ich über den Hang der Düne geschlichen bin.«

Gwenselah lachte leise. »Ich habe geschlafen. Ich habe mein Leben in deine Hand gegeben.«

»Du hast *was*?« Omar konnte nicht fassen, was der Verschleierte sagte. »Und wenn ich dich getötet hätte? Was wäre gewesen, wenn ich mit dem Stein zugeschlagen hätte, statt dein Schwert zu nehmen und dich zu wecken?«

»Dann wäre ich ein schlechter Lehrmeister gewesen und hätte durch dich meine verdiente Strafe erhalten. Welch ein Fechtmeister wäre ich schon, wenn ich dir in hundert Tagen nicht so viel Ehrgefühl beigebracht hätte, dass du keinen Schlafenden tötest? Ich bin zufrieden, dass ich mich nicht in dir getäuscht habe, Omar.«

Omars Überraschung und Erleichterung entluden sich in einem gereizten Auflachen. »Und Melikae ... sie bedeutet dir nichts?«

»Nach allem, was du mir über sie erzählt hast, scheint

sie eine außergewöhnliche Frau zu sein. Es würde mich freuen, sie kennenzulernen und ihren Liebreiz bewundern zu dürfen. Alles andere habe ich nur gesagt, um in dir die Flammen des Zorns zu schüren, damit du die Kraft sammelst, dich dieser Prüfung zu stellen.«

Omar schüttelte den Kopf. Seit so vielen Gottesnamen waren sie nun schon beisammen, doch was wusste er über diesen Mann? Nie hatte er in der ganzen Zeit über sich gesprochen. Auch hatte er es vermieden, Omar mit seiner Sippe bekannt zu machen. Wann immer sie Ausrüstung oder Lebensmittel brauchten, nahm er das Kamel und verschwand für einen Tag in der Wüste. Doch schwieg er sich darüber aus, wohin er gegangen war und warum es verboten war, ihm zu folgen. Nur über mich wollte er alles wissen, dachte der Novadi. Immer wieder habe ich ihm meine Lebensgeschichte erzählt, habe von Melikae geschwärmt, ihm meine Träume anvertraut. Er hat mich hintergangen! Ein silberner Lichtstreif erhellte im Osten den Horizont.

»Ich weiß, was ich dir angetan habe.« Gwenselahs Stimme klang erschöpft. »Wahrscheinlich hasst du mich jetzt kaum weniger als Abu Dschenna und ...«

»Das macht es nur noch schlimmer! Du hast unsere Freundschaft missbraucht. Für dich war ich doch nur ein Spielzeug, so wie ich als Sklave für meinen Herrn bloß ein nützliches Ding war, das Arbeiten erledigt und mit dem man tun und lassen kann, was man will. Gibt es denn keinen Ort, an den du gehörst? Hast du nichts Besseres zu tun, als mit mir deine bösartigen Spiele zu spielen und mir das Töten beizubringen?«

»Du sagst es!«

»Ist das ein neues Spiel?« Seit der Kampf beendet war, hatte Omar einfach nur dagesessen und das Gesicht in den Händen vergraben. Der Hass hatte ihn ausgebrannt. Doch jetzt fand die verzehrende Flamme neue Nahrung. Er hob den Kopf und blickte zu Gwenselah auf, der noch immer vor ihm stand.

»Was glaubst du, wer ich bin? Zu welchem Stamm gehöre ich wohl?«

Omar spuckte dem Verschleierten vor die Füße. Er hatte es gewusst! Der Krieger fing wieder an, seine makabren Späße mit ihm zu treiben. »Was sollst du schon sein? Du bist ein Verrückter! Ein Kasimit, warum sonst solltest du ständig einen Schleier tragen und dich davonstehlen, wenn du essen und trinken musst, damit ich nur dein Gesicht nicht sehe!«

»Ich gehöre zum Stamm der Beni Geraut Schie.«

Der Novadi lachte laut auf. »Für wie dumm hältst du mich? Ein Kind würde dir das vielleicht glauben ... Du könntest mir genauso gut erzählen, du seiest ein Riese oder ein Löwe mit Menschenkopf. Ich glaube nicht an Märchen und an die Geschichten, die Kaufleute sich abends in den Karawansereien erzählen.«

»Du glaubst also nur, was du siehst?«

Omar kannte diese Falle. Wahrscheinlich würde dieser Gottlose ihn als Nächstes fragen, warum er dann an Rastullah glaubte.

Doch Gwenselah schwieg. Statt einer Antwort nahm er Schleier und Kopftuch ab. Der Krieger hatte schulterlanges silbriges Haar und unnatürlich verformte Ohren. Sie waren länglich und spitz.

»Glaubst du mir jetzt?«

Omar wusste nicht, was er sagen sollte. Hastig schlug er ein heiliges Zeichen, denn nach allem, was er über die Beni Geraut Schie gehört hatte, waren sie Dämonen, die allein das Verderben der Rechtgläubigen im Sinn hatten.

»Soll ich auch meine Kleider ablegen und dir zeigen, wie hell meine Haut an jenen Stellen ist, die die Sonne nie erreicht?«

»Ich glaube dir ... Ich ...« Wie verhielt man sich einem Dämon gegenüber? Jedes Wort wollte jetzt gut bedacht sein!

»Wie ich sehe, kennst du die Märchen, die man sich

über meine Schwestern und Brüder erzählt, sehr wohl.« Gwenselah lächelte. »Aber du brauchst keine Angst zu haben. Ich bin kein aus dem Wüstensand geborener Dämon, obwohl …« Der Krieger zögerte. Dann schüttelte er den Kopf. »Du hast mich für einen Kasimiten gehalten. Man verwechselt uns sehr oft mit diesen religiösen Eiferern. So bleiben mir und den Meinen viele Fragen erspart, doch die Tage von uns *Wüstendämonen*, wie man uns so oft nennt, sind gezählt. Mein Volk wird bald die Khom verlassen …« Gwenselah hustete. Jetzt, ohne Schleier, sah Omar ihm deutlich an, wie schmerzhaft dieser Husten war. Der Krieger verzog das Gesicht zu einer Grimasse und presste die Faust gegen den Mund.

Schließlich beruhigte er sich wieder. Omar entdeckte kleine dunkle Pünktchen auf Gwenselahs Hand. Der Beni Geraut Schie kniete nieder und wischte die Hand im Sand sauber.

»Stellst du dir Dämonen wirklich so vor wie mich?« Der Krieger lächelte gequält. »Ein Dämon mit einem Husten, der nicht ausheilen will. Sehr erheiternd, diese Vorstellung.« Er machte eine Pause und blickte nach Osten, wo die aufgehende Sonne den Himmel in flammendes Rot tauchte.

Omar wusste nicht, was er sagen sollte. Die Beteuerungen Gwenselahs, kein Dämon zu sein, hatten ihn nicht überzeugt. Würde ein ausgewachsener Drache vor ihm im Sand kauern und böte ihm seine Freundschaft an, er würde sich kaum unwohler fühlen als jetzt. Man erzählte sich die grässlichsten Geschichten über die Beni Geraut Schie, und da sich gerade herausgestellt hatte, dass diese Dämonenbrut offensichtlich nicht der Phantasie von Märchenerzählern entsprungen war, schien es nicht unwahrscheinlich, dass auch alles andere stimmte, was Omar über sie gehört hatte.

»Unser Volk stammt von denselben Vorfahren ab wie die Elfensippen, die weiter im Norden leben«, brach Gwenselah nach einer Weile das Schweigen. »Du hast mich heute schon mehrmals ›Bastard‹ genannt, Omar. Mit dieser Bezeichnung hast du sogar recht. Mein Name bedeutet in deiner Sprache so viel wie *Kind des Silberzweigs*, denn ich wurde in einem Land geboren, wo die Sonne nur selten den grimmigen Frost besiegt und wo die Bäume silbern funkeln, wenn der Sturm sie in einen Panzer aus Eis legt.«

»Aber lebt das Volk der Beni Geraut Schie nicht in der Wüste?« In Omar keimte ein schwacher Hoffnungsschimmer, dass sich Gwenselahs Geschichte vielleicht als Aufschneiderei herausstellen mochte, welchen Zweck er damit auch immer verfolgte.

»Ich habe dir doch gesagt, ich sei ein Bastard. Mein Vater stammt aus jenem Elfenvolk, das weit nördlich des Kaiserreichs im ewigen Eis lebt. Meine Mutter war in den Norden gezogen, weil sie ein Schwert suchte, das man uns gestohlen hatte. *Selflanatil,* die Silberflamme. Auch mein Schicksal war es, diese kostbare Waffe zu suchen, und ich habe sie genauso wenig gefunden wie meine Mutter und alle die anderen meines Volkes, die ihr Leben gegeben haben, um dieses kostbare Schwert zu finden. Es war ein Mensch, der es uns schließlich vor wenigen Gottesnamen zurückbrachte. Mein Leben war also verschenkt. Die vielen Jahre, da ich die Städte des Nordens bereist habe, um die Spur eines Diebes zu finden, der seit mehr als zweihundert Jahren tot sein musste ... Ich habe versagt.«

Omar wusste nicht, was er dazu sagen sollte. Er war sich ja nicht einmal sicher, ob diese Geschichte wahr war. So schwiegen sie wieder. Plötzlich richtete sich Gwenselah auf. Mit einem Ruck zog er sein Schwert, drehte die Klinge und hielt Omar den Knauf der Waffe entgegen.

»Ich habe dir gesagt, dass ich dich heute zum Krieger weihen würde und dass ich nicht mehr länger dein Meister sein werde. Erlaube, dass ich dir dieses Schwert schenke. Es soll dich begleiten, bis deine Rache erfüllt ist.«

Verwirrt nahm Omar die Waffe entgegen. Er wurde aus diesem seltsamen Mann nicht klug, und für all das, was in den letzten Stunden geschehen war, hatte er noch immer keine andere Erklärung, als dass Gwenselah verrückt war.

»Vielleicht solltest du die Waffe deinem Gott weihen, wenn du willst, dass sie dir treu dient. Schließlich ist sie das Geschenk eines Gottlosen.« Die Stimme des Kriegers hatte wieder den gewohnt spöttischen Unterton. »Ich werde dich nun verlassen und zu dem verborgenen Ort reiten, an dem meine Brüder leben. Du sollst ein neues Gewand von mir bekommen. Die Kleider, die du als mein Schüler getragen hast, sind deiner nicht mehr würdig. Wir werden sie heute Abend verbrennen, und dann wirst du dich waschen. Erst mit dem Sand der Wüste und dann mit frischem Quellwasser. Du sollst alles von dir spülen, was an den Sklaven Omar erinnert. Und weil ein Krieger immer beritten sein sollte, werde ich dir auch ein weißes Mehari schenken. All dies gebe ich, ohne eine Bedingung zu stellen, denn du hast es dir verdient. Doch eine Bitte habe ich an dich. Nimm mich mit auf deiner Suche nach Melikae!«

Was sollte er dazu sagen? Gwenselahs Großzügigkeit überraschte Omar ebenso sehr wie dessen Bitte. Doch war es klug, diesen seltsamen Krieger an der Seite zu haben? Omar hatte nun selbst gelernt, mit dem Schwert umzugehen, aber vielleicht war das nicht genug. Abu Dschenna war ein Magier, und Rastullah allein mochte wissen, über welche Waffen jener zu gebieten vermochte. Auch in Abu Feisals Palast einzudringen und Melikae zu befreien, wäre leichter mit der Unterstützung eines treuen Gefährten. Doch konnte er sich auf Gwenselah verlassen?

»Wenn du wiederkommst, werde ich dir meine Antwort geben.«

»So sei es.« Der Elf verneigte sich kurz, dann hob er den Schleier und das Kopftuch auf und machte sich daran, das Mehari zu satteln.

Der Wind trieb Schleier aus Salz und Staub über die weite Ebene des Cichanebi, und nur verschwommen zeichneten sich die Umrisse einer Felsgruppe vor dem Horizont ab. Mit brennenden Augen musterte Neraida den seltsam geformten Berg. Es war viele Jahre her, seit sie ihn das letzte Mal gesehen hatte. Den roten Pfeiler, mehr als hundert Schritt breit, der sich hoch über eine Gruppe Felsen erhob, die um ihn zu kauern schienen, wie Diener vor ihrem Herrn niederknien. Ahmar Medjel, den roten Turm, nannten die Salzgänger diese steinerne Insel inmitten des Cichanebi. Fast wie Adern liefen rote Felsbänder von dort in den Salzsee, Ausläufer des Berges, die das Salz und der Wind in Jahrhunderten glatt geschliffen hatten. Nur der rote Turm schien den Stürmen auf ewig trotzen zu wollen, so wie er sich stolz und weithin sichtbar über den Salzsee erhob. Zwischen den Klippen zu seinen Füßen fand sich eine schmale, windgeschützte Schlucht, in der eine Quelle, deren Wasser fast kein Salz enthielt, aus den Tiefen des roten Sandsteins hervorbrach. Und obwohl auf dem kargen Felsen keinerlei Grün gedieh, galt der Ahmar Medjel den Salzgängern mehr als die Gärten von Unau, denn wo Hitze, Sand und Wind zu Dienern des Todes wurden, verhieß das bittere rötliche Wasser der Quelle Leben.

»Wo liegt der Zugang zu dem Tal, von dem du uns erzählt hast?« Said ben Sahirs Pferd tänzelte unruhig, so als habe sich die Anspannung des Reiters auf das Tier übertragen.

»Warte!« Neraida musste schreien, um das Heulen des Sturms zu übertönen. Der leichte Wind, der ständig über den Cichanebi wehte, hatte sich in der letzten Stunde fast zu einem Orkan gesteigert. Obwohl sie am Grab Fendals geschworen hatte, nie wieder einen Schleier zu tragen, hatte sie wortbrüchig werden müssen. Wer Mund und Nase nicht schützte, den würden Staub und Salz langsam ersticken. Doch auch wenn die Umstände verlangten, die Krieger so schnell wie möglich zwischen die sicheren

Felsen zu führen, zögerte Neraida. Der Sturm hatte all ihre Pläne zunichte gemacht.

Seit fünf Gottesnamen diente sie nun schon den Kasimiten als Salzgängerin. Unzählige Male hatte sie die verschleierten Reiter bei Angriffen auf Spähtrupps der Al'Anfaner und auf die Lager jener Verräter begleitet, die dem Heer des Patriarchen Ziegen, Pferde und Kamele verkauften. Während dieser Zeit war in ihr der Plan gereift, die Kasimiten auch an diesen Ort zu führen. Doch jetzt, als sie die Felsen vor sich sah, zwischen denen sie einst laufen gelernt hatte, schreckte sie vor ihrem Entschluss zurück.

Auch unter den Salzgängern gab es Verräter, die sich bereitwillig der Herrschaft der Götzendiener unterworfen hatten. Auch sie hatten es verdient, für ihre Schwäche bestraft zu werden, für die Schande, die sie über die Beni Novad gebracht hatten, über jenes Volk, das Rastullah vor allen anderen auserwählt hatte, seinen Glauben zu verbreiten. Halef ben Orman war einer von drei Salzgängern gewesen, die nach Unau gekommen waren, um ihr Haupt vor dem Götzen Boron zu beugen. Diese drei waren die Einzigen, die noch Salzplatten in die Sultansstadt brachten. Sie hatten Rastullah für die Dublonen der Eroberer verkauft. Das Gold hatte schwerer gewogen als ihr Glaube.

»Wir … los! Was … hast … nur …« Der Sturm verschluckte die Stimme Saids. Sie durfte die Männer nicht länger dem Toben der Elemente aussetzen!

Neraida hob die Rechte und gab das Zeichen zum Absitzen. Dann schwang sie sich selbst aus dem Sattel. Wie feine Nadeln stach ihr das Salz, das in wilden Wirbeln über dem Cichanebi tanzte, in die Augen. Hatte sie zu lange gezögert? Halb geblendet suchte sie nach einem sicheren Weg über die trügerische Kruste des Sees.

Neraida hatte den Trupp der Kasimiten aufgeteilt. Ein Drittel der Krieger stellte sie vor dem südlichen Eingang zu der schützenden Schlucht in das Felsmassiv auf. Ihr Anführer sollte so lange warten, wie man brauchte, um die neunundneunzig Gebote zu rezitieren, und dann in die enge Klamm vorstoßen. Mit den anderen umrundete sie den roten Felsen, um den zweiten der beiden Eingänge zu besetzen. Keiner sollte aus dem Tal entkommen!

Entschlossen klammerte sie die Rechte um den Khunchomer, den ihr Said als ihren Anteil an der Kriegsbeute geschenkt hatte. Noch nie hatte sie die Waffe gegen einen Menschen gezogen, doch nun ging es gegen einen Feind, dem sie schon Tausende von Malen die grausamsten aller vorstellbaren Tode gewünscht hatte – einen Gegner ohne Mitleid und ohne Seele, auf den selbst die Dämonen der Niederhöllen mit Verachtung blicken mussten. Mit einem Ruck riss sie das gekrümmte Schwert aus seiner purpurnen Scheide.

»Yalla!« Fast verschluckte das Brüllen des Sandsturms ihren heiseren Schrei, doch ohne auf die anderen zu warten, stieß sie ihrer Stute die Fersen in die Flanken und jagte in die enge Schlucht. Himmelhoch türmten sich rechts und links neben Neraida beinahe senkrechte Felswände aus rötlichem Sandstein. Ein dünner Wasserfilm machte den steinigen Boden schlüpfrig und gefährlich für jeden Reiter, der in unbotmäßiger Eile durch die Klamm stürmte.

Der Weg war kaum so breit, dass zwei Berittene aneinander vorbeikonnten, und wand sich wie eine steingewordene Viper. Leicht hätten hier wenige entschlossene Krieger ein ganzes Heer aufhalten können, doch Neraida wusste, dass in der engen Schlucht keine Wachen postiert waren. Nirgends im Ahmar Medjel stand eine Wache, denn der Cichanebi schützte die roten Felsen besser, als es irgendein Krieger vermocht hätte. Und wäre selbst der Salzsee nicht Schutz genug gewesen, so hätte der tobende Sturm jegliche Wacht überflüssig gemacht. Neraida wusste nur zu gut, dass der Sandsturm, wenn er sie schutzlos auf dem Salzsee überrascht hätte, für sie alle das Ende gewesen wäre. Doch Rastullah schien ihrer Rache wohlgesonnen!

Ohne Rücksicht auf Leib und Leben jagte sie ihre Stute in halsbrecherischer Eile durch die engen Windungen der Schlucht. Die Klamm war ihr noch immer bestens vertraut. Tausende von Malen war sie als Kind hier entlanggegangen. Doch jetzt achtete sie kaum auf den Weg. Wie einen Geist sah sie das Gesicht eines Mannes vor sich, der wohl mehr als fünfzig Jahre kommen und gehen gesehen hatte. Furchige Wangen, geschmückt mit den roten Narben des Salzgängers. Narben, verursacht durch giftige Kaktusstacheln. Narben, die ein Leben lang nicht mehr verblassten und die schon Stunden vor dem leichtesten Wetterumschwung zu schmerzen begannen. Auch jetzt brannten Neraidas Narben wie glühende Kohlen in ihrem Fleisch, und der Schmerz war wie Öl, das ins Feuer ihres Zorns geschüttet wurde.

Wieder beschrieb der Weg eine Kehre, und dann öffnete sich die enge Schlucht zu einem kleinen Tal, das vielleicht hundert Schritt lang war und sich selbst an der breitesten Stelle über nicht mehr als zehn Pferdelängen erstreckte.

Sieben Zelte waren hier aufgeschlagen, und in zwei Pferchen drängten sich Kamele und Pferde. Dicht neben den Pferchen tröpfelte ein kümmerliches Rinnsal aus den roten Felsen: die Quelle, der einzige Reichtum dieses Tals, das ansonsten nichts als Steine zu bieten hatte. Schon vor undenklichen Zeiten, als noch das Volk der Echsen in der Khom regiert hatte, hatte man zwei tiefe Becken in den Sandstein geschlagen, in denen sich unterhalb der Quelle das Wasser sammelte. Eine schmale Rinne leitete dann das wenige überschüssige Wasser in die Klamm.

Vier der lang gestreckten Zelte waren aus Bahnen jenes wetterbeständigen zähen Stoffs gefertigt, den man aus eingefärbtem Kamelhaar webte. Sie dienten als Unterkünfte für die Sklaven, die die niedere Arbeit des Salzschlagens zu verrichten hatten und auf ihren geschundenen Rücken jene großen Salzplatten in das Lager zurücktrugen, damit diese später von Kamelen und Maultieren zum Basar von Unau geschafft werden konnten.

Etwas abseits stand ein rotes Zelt, das von prächtig geschnitzten Stangen aus schwarz glänzendem Holz getragen wurde. Es war ein Geschenk von Abu Tarfidem Tuametef al-Leram, dem verfluchten zwölften Sultan von Unau, an Halef ben Orman, den tyrannischen Herrscher in diesem winzigen Tal, denn einst hatte Halef den Herrscher tödlich verwundet auf dem Cichanebi gefunden und nach Unau geschafft, wo Abu Tarfidem dank der Hilfe eines Magiers von seinen Verletzungen genesen war.

Die Salzgängerin kannte dieses Zelt nur vom Hörensagen. Sie war schon längst Sklavin Feisals gewesen, als Halef die Gnade des Sultans zuteil geworden war. In Neraidas Kindheit war ein bescheidenes Zelt das Reich der wenigen Frauen und ihrer Kinder gewesen. So als hätte sie vor nicht einmal einem Gottesnamen den Ahmar Medjel verlassen, konnte sich Neraida an dieses Zelt erinnern. Innen war die Decke mit dunklem Samt ausgeschlagen, auf den die Frauen mit silbernen Fäden kleine Sterne gestickt hatten, sodass man glaubte, den Himmel zu sehen, wenn man sich nachts auf seinem Lager streckte.

Dicht hinter den schwarzen Zelten war ein Zelt aus grünem Tuch aufgeschlagen. Es gehörte den Freien, die im Ahmar Medjel lebten. Junge Männer, die Halef das geheime Wissen der Salzgänger lehrte und die ihm dafür hatten schwören müssen, ihm zweimal neun Jahre zu dienen, denn die Zwei war die Zahl der Vollkommenheit, und nur der Vollkommene vermochte den Gefahren des Cichanebi zu trotzen. Die Neun aber war eine heilige Zahl, die wie keine andere Rastullahs Gefallen fand, und Vollkommenheit vermochte nur jener erlangen, an dem Rastullah Gefallen hegte.

Das siebte und letzte Zelt überragte alle anderen. Es

zeigte jedem, der das kleine Tal betrat, schon von Weitem, welchen Reichtum ein Salzgänger erlangen konnte. Seine Wände waren aus kostbar bestickten Seidenbahnen gefertigt und zeigten Bilder von wilden Kämpfen, aber auch prächtige Karawanen, den Harem eines reichen Mannes und einen übergroßen gestrengen Greis, der über Sklaven wachte, die Salz schlugen.

Die Stangen des Zeltes bestanden aus rotem Mohagoni, in dem sich winzige Splitter aus gelben Mammuton zu kostbaren Ornamenten fügten. Solange Neraida zurückdenken konnte, hatte sie Angst vor diesem Zelt gehabt, das angeblich noch aus den Zeiten des ersten Kalifen stammte. Hier herrschte Halef ben Orman, ihr Vater, dessen dunkle grimmige Stimme sie selbst heute noch bis in die Träume verfolgte. Jener grausame Tyrann, der sie, die eigene Tochter, als Sklavin verkauft hatte!

Alle diese Eindrücke und tausend Erinnerungen an ihre Kindheit in dem versteckten Tal waren binnen eines einzigen Atemzugs an Neraida vorübergezogen, doch als sie das Zelt ihres Vaters sah, holte der Hass sie in die Wirklichkeit zurück. Die meisten Bewohner des Tals hatten sich in ihre Zelte zurückgezogen. Nur bei den Kamelen standen zwei Männer, und an der Quelle hatte eine Frau einen Tonkrug mit Wasser gefüllt. Sie war die Erste, die die Reiter sah. Mit einem schrillen Schrei ließ sie ihren Krug fallen und rannte auf das rote Zelt zu.

Neraida riss ihr Pferd herum, sodass die Hufe der Stute glühende Funken aus dem felsigen Boden schlugen. Hinter ihr drängten die verschleierten Kasimiten in den Talkessel, entschlossen, die Verräter, die den Al'Anfanern Salz verkauften, für ihren Frevel zu strafen. Aus dem grünen Zelt stürzten einige Jünglinge, mit Hacken und Dolchen bewaffnet, und binnen weniger Augenblicke hallte das Tal vom Klingen der Waffen und den Schreien Verletzter und Sterbender wider.

Entschlossen drängte Neraida ihr Pferd durch das Getümmel und hielt auf das Zelt ihres Vaters zu. »Halef ben Orman, komm heraus, du Wurm, und stell dich, denn der Zorn Rastullahs ist über dein Haupt gekommen!«

Einer der Salzgänger löste sich aus dem Kampfgetümmel und versuchte Neraida aus dem Sattel zu stoßen. Es war Aijum, jener Mann, der einst ihre Schönheit gelobt hatte, als sie noch ein Mädchen gewesen war und noch keine Narben im Gesicht getragen hatte. Als sie aber zum Sklavenmarkt gezerrt worden war, da hatte er geschwiegen. Ihre Schönheit war ihm kein Wort des Widerspruchs wert gewesen. Verschleiert und mit einem Schwert in der Hand, erkannte er sie offenbar nicht wieder. Ob er sich überhaupt noch an sie erinnerte?

Als es Aijum nicht gelang, sie aus dem Sattel zu reißen, klammerte er sich an ihr Bein und zückte einen Dolch. Doch noch bevor er Zeit fand, die Klinge zu heben, traf ihn die Lanze eines der Leibwächter Neraidas. Mit einem gurgelnden Schrei stürzte Aijum zu Boden. Neraida war wie in einem Rausch. Endlich hatte sie die Macht, sich zu rächen. Doch sie musste ihren Vater stellen, bevor ihr einer der Krieger zuvorkam.

Inmitten der tobenden Schlacht hatte sie nur noch Augen für das Prachtzelt. Jetzt wurde die seidene Plane am Eingang zurückgeschlagen, und ein hochgewachsener Mann mit kurz geschorenem weißem Haar trat hervor. Er trug nichts als eine weite Hose aus grünem Stoff und einen breiten roten Gürtel. Mit beiden Händen hielt er ein riesiges Schwert. Hinter ihm tauchte ein blasses, von goldenem Haar gesäumtes Gesicht auf. Seine neue Favoritin! Die Frau, die den Platz eingenommen hat, der meiner Mutter gebührt, schoss es Neraida durch den Kopf.

Plötzlich stieß ihre Stute ein schrilles Wiehern aus und stieg auf die Hinterläufe. Ein Pfeilschaft ragte aus der Schulter des Tieres. Erschrocken griff Neraida nach der Mähne, doch das lange Haar glitt ihr durch die schweißnassen Finger, und sie stürzte aus dem Sattel.

Behände rollte sie sich zur Seite, um den stampfenden Pferdehufen zu entgehen. Dann griff sie nach dem Khunchomer, den sie im Sturz verloren hatte. Obwohl sie hart auf dem Boden aufgeschlagen war, spürte sie keinen Schmerz. Ihr war, als hätte sie Rauschkraut geraucht. Alles um sie herum erschien ihr seltsam entrückt. Sie drehte sich nach dem Zelt ihres Vaters um und erschrak. Ein Kasimit bedrängte Halef mit seinem Schwert. Das durfte nicht sein! Er gehörte ihr! Neraida lief los.

Nur mit Mühe konnte sich der alte Mann der Schwerthiebe des berittenen Kriegers erwehren. Dann holte der Verschleierte zum tödlichen Schlag aus. Doch noch bevor seine Klinge ihr Ziel fand, warf sich Halef zu Boden und schlug noch im Fallen nach den Vorderläufen des Hengstes. Mit einem scheußlichen Wiehern strauchelte das Pferd und begrub im Fallen seinen Reiter unter sich. Sich mühsam auf sein großes Schwert stützend, kam der Alte wieder auf die Beine. Im selben Augenblick erreichte Neraida sein Zelt.

»Dreh dich um, Halef ben Orman!« Neraidas Stimme war halb durch ihren Schleier erstickt, doch der Alte hatte sie gehört. Langsam hob er sein Schwert und drehte den Kopf.

»Wer bist du, dass du meinen Namen kennst?«

»Ich bin der Verderber der Verderbten, und mein Schwert schreibt mit Blut im Buch der Gerechtigkeit.«

Halef ben Orman hatte sich jetzt ganz zu ihr umgedreht, und Neraida hob die Linke, um den beiden Leibwächtern ein Zeichen zu geben, sich nicht in diesen Kampf einzumischen.

»Rastullah braucht nicht die Hand eines Sterblichen, um Gerechtigkeit zu üben. Du bist ein ehrloser Räuber, sonst nichts.«

Halefs Stimme klang dunkel und furchteinflößend, ganz so, wie Neraida sie von früher in Erinnerung hatte. »Du besudelst mit deinen Worten den Namen Rastullahs.

Du nennst dich seinen Rächer? Du bist doch nur ein Geier! Bietest hundert Reiter auf, um Wehrlose zu überfallen und auszurauben und …«

»Rastullah schickt die Geier, um das Aas aus der Wüste zu tilgen, und das tun auch wir, denn selbst wenn deine Zunge noch flink sein mag, so bist du nicht mehr als verrottendes Aas, alter Mann.«

Mit einem wütenden Aufschrei stürmte Halef auf sie los. Neraida wich mit einer Drehung aus und brachte sich außer Reichweite seines Schwertes, sodass der Hieb ihres Vaters ins Leere ging. Said hatte ihr in der Zeit, da sie mit den Kasimiten ritt, zwar nicht beigebracht, mit dem Schwert zu fechten, doch hatte er viele Stunden und noch mehr Geduld aufgeboten, um sie zu lehren, wie man Angriffen auswich. Selbst als Neraida gedroht hatte, die Kasimiten zu verlassen, hatte er sich geweigert, ihr das Töten beizubringen. Doch tat er das nicht etwa, weil er ein besonders frommer Mann war, sondern nur deshalb, weil er selbst seinen Feinden die Schande ersparen wollte, von der Hand einer Frau zu sterben.

Halef war durch den fehlgegangenen Angriff aus dem Gleichgewicht geraten und hatte Mühe, sich auf den Beinen zu halten. »Ich sehe, deine Kraft reicht kaum noch, ein Schwert zu führen«, höhnte Neraida. »Welchen Sinn hat dein Leben da noch, nachdem auch deine Manneskraft nicht ausreichte, einen Sohn zu zeugen, und dein Weib Zuflucht in den Armen eines anderen suchte, um das zu bekommen, was du ihr nicht zu geben vermochtest?«

»Wer bist du?«, keuchte Halef. Sein Atem ging stockend, und seine Augen sprühten vor Zorn.

Jeden Augenblick auf einen neuen Angriff des alten Salzgängers gefasst, hob Neraida langsam die Linke und zog das Tuch, das ihr Gesicht verhüllte, bis zum Kinn hinab. »Erkennst du mich? Weißt du noch, wem du diese Narben beigebracht hast?«

»Neraida?« Kalte Boshaftigkeit lag in der Stimme des Alten. »Ich hätte dich in ein Salzloch stoßen sollen, so wie ich es mit deiner schwachsinnigen Mutter tat!«

Die Worte trafen die Salzgängerin wie ein Schlag. Ihre Mutter war also nicht über den Cichanebi geflohen, wie man ihr als Kind erzählt hatte. Diese Bestie hatte sie ermordet.

»Überrascht?« Halef lachte böse. »Auch wenn Delilah nur den Verstand einer läufigen Hündin hatte und mich betrog, konnte ich doch niemandem erzählen, dass ich sie in ein Salzloch gestoßen hatte. Immerhin war ihr Vater ein Hairan der Beni Schebt, und er wäre zur Blutrache gezwungen gewesen. Eine Fehde aber war dieses törichte Weib nicht wert.«

»Mir ist sie dein Blut wert!« Neraida sprang vor und versuchte, ihrem Vater den Khunchomer in die Brust zu stoßen, doch mit erstaunlicher Gewandtheit und Kraft parierte er ihren Schlag. Beinahe hätte sein Streich ihr die Klinge aus der Hand gerissen.

»Du hältst dich wohl für eine Amachd'sunni, doch deine Rache ist nicht gerecht. Deine Mutter war es, die Unrecht begangen hat. Sie war nicht nur so dumm, mich zu betrügen, nein, sie hat es mir eines Nachts im Zorn auch noch erzählt. Mir blieb gar nichts anderes übrig, als sie zu töten und meine Ehre wiederherzustellen. Sie allein ist verantwortlich für dein Schicksal!«

»Du lügst! Du warst es, der mich gequält hat!« Wie eine rasende Löwin stürzte sich Neraida auf Halef, der diesmal schon mehr Mühe hatte, ihre Schläge zu parieren. Keuchend trennten sich die beiden wieder und umkreisten sich wie lauernde Raubtiere.

Erst jetzt bemerkte Neraida, dass der Kampflärm rings um sie verstummt war. Das Gefecht um den Ahmar Medjel war entschieden. In weitem Kreis hatten sich die Kasimiten um sie und Halef versammelt und beobachteten sie.

Auch der alte Salzgänger hatte bemerkt, dass das Schicksal der Seinen sich entschieden hatte. »Es ... war mein Recht! Ihre Mutter hat mir diesen ... Bastard untergeschoben. Ich hätte auch sie ... töten können. Ich war gnädig, als ... ich sie verkaufte.« Sein Atem ging rasselnd, und Angst war in seiner Stimme zu hören. Ihm war wohl klar geworden, dass er selbst dann sterben würde, wenn es ihm gelang, seine Tochter zu besiegen.

»Wimmere nicht wie ein zitterndes Lamm, das seine Herde verloren hat. Stell dich dem Schicksal, das Rastullah dir bestimmt hat!« Neraida spuckte vor ihm aus. Sie sollte froh sein, dass dieser ängstliche Greis nicht ihr wirklicher Vater war. Er war es kaum wert, dass sie ihre Klinge mit seinem Blut besudelte.

»Stirb, Bastard!« Mit gellendem Schrei, das mächtige zweihändige Schwert über dem Kopf erhoben, stürzte Halef auf sie zu. Neraida riss ihren Khunchomer hoch, um den tödlichen Schlag abzuwehren.

Als wären sie lebendig, kreischten ihre Klingen, als sie funkenstiebend aufeinanderschlugen. Neraida ging durch die Wucht des Schlages in die Knie. Das Schwert entglitt ihren Fingern, die vor Schmerzen wie taub waren. Dennoch hatte ihre Parade den Hieb des Alten abgelenkt, und er verfehlte sie. Mit irrem Lachen hob Halef erneut sein Schwert. »Jetzt sollst du deiner Mutter folgen, Bastard.«

Gebannt verfolgte Neraida jede seiner Bewegungen. Said hatte sie gelehrt, auch unbewaffnet den Angriffen eines Feindes zu widerstehen. Sie war jünger und schneller als Halef, und sein großes Schwert war zu unhandlich, als dass er damit einen Hieb führen konnte, mit dem sie nicht rechnete. Vielleicht gelänge es ihr sogar, seinen Schwertstreich zu unterlaufen und ihn zu Boden zu stürzen. Plötzlich stieß Halef einen spitzen Schrei aus. Der riesige Khunchomer entglitt ihm und fiel klirrend zu Boden. Ein Wurfdolch ragte aus seinem rechten Arm.

Wütend sprang Neraida auf und drehte sich zu den Kasimiten um. »Wer hat das getan?«

»Ich!« Said ben Sahir stieg aus dem Sattel und trat vor sie. »Ich konnte das Wagnis nicht eingehen, dass er dich tötet. Ohne dich kommen wir niemals von hier weg. Nur du kannst uns durch die Salzwüste führen.«

»Er hätte mich nicht getötet! Ich ... Du hast mich meiner Rache beraubt!«

»Was hindert dich, zu ihm zu gehen und dem Schurken die Kehle durchzuschneiden?« Said warf dem alten Salzgänger, der wimmernd seinen Arm umklammerte, einen verächtlichen Blick zu. »Ich sage dir, es ist dein Recht, ihn zu töten. Nun strafe ihn!«

Zögernd blickte Neraida auf ihren Khunchomer, der noch immer am Boden lag. Noch vor wenigen Augenblicken hätte sie nicht gezögert, Halef den Kopf abzuschlagen, doch jetzt war alles anders.

»Du hattest kein Recht, dich in unsere Fehde einzumischen, Said. Durch deine Tat ist meine Rache verhindert. Ich kann Halef nicht töten, solange er wehrlos ist.«

Der Scheich machte eine wegwerfende Bewegung. »Mach ein Ende, bring ihn um! Auch er hat versucht, dich zu töten, nachdem du deine Waffe verloren hattest und wehrlos warst.«

»Ich bin nicht wie er!« Neraidas Stimme bebte vor Zorn. »Durch deine Tat hast du verhindert, dass ich meine Ehre wiederherstellen konnte. Dafür erkläre ich dir die Fehde, Said ben Sahir ibn Kasim. Sobald der Krieg gegen die Ungläubigen entschieden ist, werde ich dich für deine heutige Tat zur Rechenschaft ziehen.«

Der Scheich sah sie einen Augenblick lang ungläubig an, dann verneigte er sich kurz. »Ich nehme die Fehde an, Neraida, und bin stolz, eine Feindin wie dich zu haben.«

Zwei Tage waren seit dem Gefecht bei Ahmar Medjel vergangen, und längst hatte das Toben des Sandsturms aufgehört. Neraida hatte die Kasimiten von der verborgenen Quelle zwischen den roten Felsen nach Norden geführt, dorthin, wo jenseits des Salzsees die Karawanenpiste zum heiligen Keft verlief.

Etwa zehn Meilen vom Cichanebi entfernt hatten sie beim Brunnen von El Amra ihr Lager aufgeschlagen. Eine verwitterte Mauer schützte das Brunnenloch vor dem Flugsand der Wüste, und schon von Weitem entdeckte man den hoch in den Himmel ragenden hölzernen Hebearm mit seinen schweren Gegengewichten, durch den der pralle Ziegenbalg, der als Schöpfgefäß diente, aus der Tiefe des Brunnenschachts gehoben werden konnte. Dicht bei dem Brunnen standen zwei lange Tränken, aus rotem Stein gehauen, in die durch einen Schwenk des Hebearms das kostbare Wasser fließen konnte.

Als sie El Amra erreicht hatten, rastete dort lediglich ein alter Mann, der mit seinem Esel im spärlichen Schatten des Brunnens Zuflucht vor der Mittagssonne gesucht hatte.

Seit dem Überfall auf das Lager im Ahmar Medjel hatte sich das Gefolge Said ben Sahirs deutlich vergrößert. Um den verräterischen Salzhändler zu bestrafen, hatten die Kasimiten Halef ben Orman fast alles genommen, was er besaß. Beinahe sechzig Lastkamele und Pferde hatten sie erbeutet und mehr als dreißig Sklaven und Dienerinnen aus seinen Zelten geraubt. Halef waren nur noch eine Handvoll Getreuer, die Zelte und genug Lebensmittel für einen Gottesnamen geblieben.

Diese Strafe war seinem Verrat am Volk der Wüste angemessen, und doch konnte Neraida noch immer nur mühsam ihren Zorn auf Said unterdrücken. Sie war sich sicher, dass sie den Zweikampf gewonnen hätte. Damit wäre endlich alles abgegolten gewesen, was Halef ihr angetan hatte. Doch wie die Dinge jetzt standen, mochte allein Rastullah wissen, ob sie Halef ben Orman jemals wiedersehen würde.

Missmutig löste sie den Sattelgurt ihrer Stute und nahm dem Tier Sattel und Zaumzeug ab. Vor allem wegen der Sklaven, die vom Fußmarsch über den Cichanebi erschöpft waren, würden sie den Rest des Tages rasten. Said plante, die Gefangenen und die erbeuteten Reit- und Lasttiere am nächsten Tag mit einer Eskorte von zwanzig Kriegern als Geschenk an seine Sippe in die Oase Kireh zu schicken.

Der stolze Scheich hatte sich in den letzten Tagen verändert. So oft sie in den vergangenen Gottesnamen al'anfanische Patrouillen oder die Lager abtrünniger Nomadensippen überfallen hatten, war der Kasimit nie darauf aus gewesen, Beute zu machen. Erhoffte er sich, durch das großzügige Geschenk neue Krieger zu gewinnen, die mit ihm in den heiligen Krieg gegen die Ungläubigen zogen? Neraida fragte sich, was in Said vorgehen mochte. Verstohlen musterte sie den Scheich, der dicht beim Brunnen stand und seine Krieger beim Tränken der Pferde beaufsichtigte. Bislang hatte er sich immer als unbeugsam und gottesfürchtig erwiesen, außer …

Neraida durchlief ein Schauer, und trotz der Mittagshitze wurde ihr kalt, als sie wieder an jenen Morgen im Tal der Sieben Säulen dachte, als Said ihren eisernen Sklavenring zerschlagen hatte. Sie wusste mittlerweile aus seinem eigenen Mund, dass es ihm damals gleichgültig gewesen war, ob er sie tötete oder von dem demütigenden Symbol der Sklaverei befreite. Er selbst hatte ihr erzählt, dass er die Augen geschlossen hatte, unmittelbar bevor er seinen Khunchomer hatte niedersausen lassen, und dass er so den Ausgang des Gottesurteils allein in Rastullahs Hand gelegt hatte. Und das war es, was Neraida noch heute am meisten ängstigte. Saids Schwert hatte damals zwar den Sklavenring zerbrochen, doch hatte zugleich einen Fingerlang über ihren Nacken geschnitten. Deshalb hatte ihr der Prophet den Mantel übergeworfen und sie sofort vom Platz des Gottesurteils fortgeschafft. Er wollte verhindern, dass die einfachen Krieger sahen, was geschehen war, und vielleicht an der rechtmäßigen Berufung Neraidas zu ihrer Führerin auf dem Salzsee zweifelten.

Damals hatte Said dem Propheten geholfen, sie vor den Blicken der Männer zu verbergen. Doch wie ging das mit seiner Behauptung zusammen, dass es ihm angeblich gleichgültig war, was mit ihr geschah? Und warum hatte Rastullah es zugelassen, dass das Gottesurteil so zweideutig ausfiel? Hätte er ihren Tod gewollt, so hätte das Schwert Saids nur ein wenig tiefer in ihren Nacken zu schneiden brauchen. Also musste es doch wohl sein Wille sein, dass sie die Kasimiten führte. Schließlich war durch den Schwertstreich auch ihr Sklavenring zerbrochen!

Drei Tage hatte es gedauert, bis der Schnitt so weit verheilt war, dass sie mit den Kasimiten das Tal verlassen konnte. Auch wenn die Wunde stark geblutet hatte, war sie nicht sehr tief gewesen. Der Prophet hatte die Verletzung mit einer Salbe aus Kräutern und geronnener Stutenmilch behandelt, sodass von dem Schnitt nicht mehr als eine feine weiße Narbe zurückgeblieben war.

Schlimmer war die Narbe auf ihrer Seele, denn auch wenn der Prophet versucht hatte, ihr alle Zweifel auszureden, so war Neraida insgeheim davon überzeugt, dass sie gegen Rastullahs Willen verstoßen hatte, als sie die Kasimiten auf den Salzsee führte. Auch wenn sie nicht wusste, welcher Weg der richtige war, spürte sie doch, dass sie sich gegen ihren Gott verging.

Dass ihr nun die Blutrache an ihrem habgierigen Stiefvater versagt geblieben war, war ein neuerliches Zeichen dafür, dass sie die Gunst des Gottes verloren hatte. Doch warum nur? Seit sie aus Unau geflohen war, hatte sie alles getan, um für die Sünde Buße zu tun, dass sie das Al-Raschida nurayan schah Tulachim, das heilige Buch der Kasimiten, zurückgelassen hatte. Doch offenbar wurden ihre Gebete nicht erhört.

Einige Rufe vom Brunnen her schreckten Neraida aus ihren Gedanken auf. Am Horizont war ein Trupp Reiter aufgetaucht, der auf den Brunnen zuhielt. Said gab ein scharfes Kommando, und die wenigen Krieger, die ihre Pferde noch nicht abgesattelt hatten, schwangen sich auf den Rücken ihrer Tiere.

Die fremden Reiter führten die große schwarze Kriegsfahne der Beni Novad. Sie waren die Herren dieser Region, und es war ihr Brunnen, an dem Said und seine Getreuen lagerten.

Die meisten der Beni Novad ritten weiße Mehari. Hundert Schritt vor dem Brunnen fächerte die Kolonne in eine lang gezogene Kette auf, sodass man die Zahl der Reiter besser schätzen konnte. Es mussten vierzig oder mehr sein. Die meisten von ihnen waren mit wimpelgeschmückten Lanzen bewaffnet. Neraida griff nach ihrem Schwert, das neben dem Sattel lehnte. Die Ankunft der Beni Novad konnte nichts Gutes bedeuten.

Kaum zehn Schritt vom Brunnen entfernt brachten die Krieger ihre Kamele zum Stehen. Erst jetzt erkannte Neraida, dass viele von ihnen blutige Verbände trugen. Ein einzelner Reiter löste sich aus der Formation und näherte sich dem Lager der Kasimiten um weitere zwei Kamellängen.

Said hatte sich inzwischen auf einen Hengst geschwungen und ritt dem Scheich der Beni Novad entgegen.

»Wer wagt es, das Wasser der Beni Novad zu stehlen?« Die Stimme des Anführers der Kamelreiter klang laut und befehlsgewohnt. Der Mann hatte einen wilden schwarzen Bart und trug ein kostbares Kettenhemd über seinem Kaftan. Ohne Zweifel war er der Reichste und Mächtigste seiner Sippe.

»Ich bin Said ben Sahir von den Söhnen Kasims.« Said hob grüßend die Hand. »Wir freuen uns, unser Lager mit euch teilen zu können.«

Der Bärtige spuckte verächtlich in den Sand. »Wir teilen

weder ein Lager noch unser Wasser mit den Söhnen Kasims. Lieber schütten wir das Wasser in den Sand, als zu dulden, dass ein ungewaschener Kasimit unseren Brunnen besudelt.«

Said lachte. »Du nennst das hier einen Brunnen? Ich dachte, ein Kind hätte hier ein Loch in den Sand gescharrt, doch ich vergaß, dass die Beni Novad wie Kinder sind.«

»Ein Beni Kasim mit dem Mut eines Sandflohs kann mich nicht beleidigen. Es weiß doch jeder, dass ihr eure Gesichter verhüllen müsst, weil sie so scheußlich sind, dass euch vor Schreck das Herz zerspringen würde, wenn ihr euch gegenseitig anblicken müsstet.«

»Du verwunderst mich. Nach allem, was zu hören ist, vermag ich kaum zu glauben, dass ein Beni Novad sich getraut, auch nur das Wort Mut in den Mund zu nehmen. Irre ich mich, oder ist der Mut deines Volkes so groß, dass alle Sippen zusammen nicht in der Lage waren, eure schönste Oase gegen eine kleine Schar der Götzenanbeter zu verteidigen?«

Neraida zuckte zusammen. Diese Worte konnten nur noch durch Blut getilgt werden. Soweit sie wusste, waren die Al'Anfaner, als sie Unau verlassen hatten, so zahlreich wie die Heuschrecken über die Oase Tarfui hergefallen. In der Schlacht um die Oase nördlich von Unau hatte nicht nur Dschadir ben Nasreddin, der Sultan der Beni Novad, sein Leben verloren, sondern es waren auch viele Scheichs gefallen, und das Wasser der Oase war noch Tage nach der Schlacht rot vom Blut der Toten gewesen.

»Ist das das Gewinsel eines Feiglings, der nicht erkennen will, dass der Tod vor ihm steht, Said von den Söhnen Kasims? Glaubst du, deine Schlangenbrut, die sich von der Sklavin einer Hure über den Cichanebi führen lässt, könnte gegen die Krieger bestehen, die Rastullah vor allen anderen mit seinem Vertrauen ausgezeichnet hat? Wir wissen, dass sich die läufige Hyäne unter euch verbirgt, die die Sharisad von Unau über den Salzsee geführt hat. Und wenn sich schon die Herrin zur Buhle der Ungläubigen macht und selbst davor nicht zurückschreckt, den Hohepriester der Götzenanbeter in seinen privaten Gemächern zu besuchen – was will man dann erst von der Sklavin erwarten und von denen, die dieser Sklavin folgen?«

Die Worte des Bärtigen waren wie Öl, das man ins Feuer gießt. Längst hatten alle Kasimiten ihre Waffen genommen und sich drohend hinter Said aufgebaut. Auch Neraida war an die Seite des Verschleierten geeilt. Dafür, dass der Beni Novad sie mit ihrer früheren Herrin verglichen hatte, würde sie ihm bei lebendigem Leib das Herz herausreißen. Natürlich hatte auch sie in den vergangenen Gottesnamen schon vom schändlichen Leben der Sharisad gehört, und oft hatte sie sich gewünscht, dass Melikae im Wadi Gehenna umgekommen wäre und nicht mehr lange genug gelebt hätte, um solche Schande über ihre Sippe und all jene zu bringen, die ihr einmal zu Diensten waren.

»Seid ihr denn wie tollwütige Hunde, die keinen Herrn kennen?« Der alte Mann, der im Schatten der Brunneneinfassung ruhte, hatte sich erhoben und bahnte sich jetzt seinen Weg durch die verschleierten Kasimiten. »Habt ihr denn alle Gottesfurcht verloren und müsst ihr euch wie die Tiere gegenseitig die Gurgel herausreißen, während die Ungläubigen unsere Bethäuser schänden, unseren Frauen Gewalt antun und …«

»Wer bist du, Alter, dass du es wagst, einen Kasimiten gottlos zu nennen?«, fuhr Said den Mann scharf an.

»Ich bin Nebahath ibn Raud ai Shebah, zweiter Mawdli von Keft und Gesandter des Ruhollah Moswi al-Hendj, des Verkünders Rastullahs und weisesten aller Mawdliyat im Land der Ersten Sonne. Im Dienste meines Herrn bin ich in Verkleidung nach Mherwed gereist, um den Palast des Sultans zu sehen, und nun weiß ich, dass über dem Haus des Abu Dhelrumun ibn Chamallah der Schatten des

Todes liegt. Schon lange wussten die Mawdliyat von Keft, dass ein Kalif, der in mehr als zwanzig Jahren keinen Erben zeugt, nicht die Gunst des einen Gottes genießen kann, doch nun hat sich Rastullah vollends von ihm abgewandt. Dennoch ist eine heilige Zeit angebrochen! Dreimal neun Jahrneunte sind vergangen, und es ist die Mitte des nächsten Jahrneunts, seit Rastullah uns erschienen ist. Zwei Jahrneunundneunzigste sind vergangen, und es ist die Mitte des nächsten Jahrneunundneunzigstens, seit der einzige Gott sich offenbarte. Es ist die Zeit, in der Rastullah prüfen wird, ob wir es wert sind, seinem Lobpreis zu dienen. Und wenn wir nicht vor seinem gestrengen Urteil bestehen werden, so werden sich eure Kinder und Kindskinder bis ins neunundneunzigste Glied unter der Knute der Götzenanbeter beugen müssen, bis Rastullah seinem Volk wieder Milde schenkt.«

Der Bärtige hatte sein Kamel niederknien lassen, sprang aus dem hohen Sattel und warf sich vor dem Mawdli in den Staub. »Verzeiht, dass ich Euch nicht erkannt habe, Ehrwürdiger. Mein Zorn muss mich blind gemacht haben!«

»Ich weiß, dass du nicht besser siehst als ein alter Hund, Ali ben Kurman, doch es ist nicht an mir, dir zu vergeben. Ein Mann, der in Zeiten höchster Not engstirnig ist, mag nur auf die Gnade Rastullahs hoffen.« Nebahath drehte sich um und blickte nun zu Said und seinen Gefolgsleuten.

»Was hast du mir vorzuwerfen? Ich streite und siege im Namen Rastullahs, und niemand kann von mir sagen, dass ich nicht gottesfürchtig bin.« Stolz richtete Said sich im Sattel auf. »Schon immer galten die Kasimiten als die treuesten Diener Rastullahs und …«

»Und die Beni Novad waren das Volk, das er auserwählt hat, seine Botschaft unter den Heiden zu verbreiten. Keinen Stamm liebt der eine Gott mehr als uns«, mischte sich Ali ben Kurman ein.

»Schweigt, ihr Nichtswürdigen!« Böse funkelte der

Mawdli die beiden Scheichs an. »Wollt ihr meine Autorität als Richter in Frage stellen und euch über mein Wort erheben?«

Für einen Augenblick herrschte bedrücktes Schweigen. Hier und dort hörte man ein Pferd schnauben, doch wagte es keiner der Krieger, auch nur ein Wort zu sagen. Neraida war froh, dass sie so stand, dass der Mawdli sie nicht sehen konnte. Sie wusste genau, dass sie gegen viele Gesetze Rastullahs verstoßen und noch weit größere Schande auf sich geladen hatte. Wahrscheinlich brauchte ihr Nebahath nur in die Augen zu schauen, um all ihre Sünden zu erkennen.

»Könnte es denn nicht Rastullahs Wille sein, dass uns die Ungläubigen heimsuchen?« Der Alte sprach jetzt in demselben belehrenden Tonfall, den er vor einem Bethaus bei der einzig wahren Auslegung der neunundneunzig Gebote angeschlagen hätte. »Könnte es nicht der Wille des Gottes sein, dass die Al'Anfaner unser Land mit Krieg überziehen? Schließlich sollte jeder Gläubige wissen, dass nichts ohne den Willen Rastullahs geschieht. Wenn es also der Wille des einen Gottes ist, was bewegt ihn dann, so Ungeheuerliches zu gestatten? Warum sieht er mit an, wie unsere Brüder und Schwestern gemordet und in die Sklaverei verschleppt werden?«

Wieder machte der Mawdli eine Pause und ließ seine Worte auf die Krieger wirken.

»Es ist der Kalif! Über der Herrschaft von Chamallahs Sohn lag stets ein Schatten. Er hat keinen Sohn, gründete nicht eine Stadt und eroberte keinen Fußbreit Boden für die Kinder Rastullahs. Ich frage euch, wofür hat dieser Kalif eigentlich gelebt? Seinetwegen trifft uns der Zorn des Gottes. Und was ist mit den Städten, welche die Fremden genommen haben? Erlaubten nicht die Bewohner des lästerlichen Selem sogar den Geschuppten, in ihren Mauern zu leben? Und sind die Echsen nicht Anbeter H'rangas, der großen Schlange, die seit Anbeginn der Zeiten der

Feind Rastullahs war? So ist es gerecht, wenn Feuer und Schwert diese Stadt geläutert haben! Und was ist mit dem stolzen Unau, dessen Mawdliyat das Wort Rastullahs verdrehen? Haben nicht auch sie sich so weit von den Worten des einzigen Gottes entfernt, dass man in ihnen kaum noch seine Kinder erkennt? Und war darum nicht auch die Strafe gerecht, die dieser Stadt widerfahren ist? Aber noch ist Rastullahs Strafgericht nicht zu Ende! Ihr alle habt euch am einzigen Herrn vergangen, indem ihr euch seinem Werkzeug in den Weg gestellt habt, denn nichts anderes als ein Werkzeug sind die Ungläubigen in den Händen des Gottes.«

Ein ehrfürchtiges und zugleich ängstliches Raunen ging durch die Reihen der Krieger. Auch Neraida war der Gedanke neu, dass sie sich versündigt haben könnte, indem sie die Boronsdiener bekämpft hatte. Doch die Worte des Mawdli empfand sie wie ein Licht, das dem Verwirrten in finsterer Zeit den Weg zu seinem wahren Ziel weist.

»Das Kalifat ist wie ein mächtiger, aber kranker Krieger. Schwärende Wunden haben ihm die Kraft genommen. Doch Rastullah ist ein guter Arzt, denn er schneidet dem Kranken das faulige Fleisch von den Knochen, damit er sich wieder erholen kann. Die Al'Anfaner aber sind das Messer, das er dabei nutzt. Erst wenn der letzte Schnitt geglückt ist, wird sich der Kranke wieder an seine einstige Stärke erinnern und von seinem Lager erheben. Dann aber wird der Arzt dem Geheilten das Messer in die Hand legen, damit er in seinem gerechten Zorn die Klinge zerbrechen kann, die ihm solche Pein bereitet hat.«

»Und wie werden wir erkennen, wann Rastullah den letzten Schnitt geführt hat?« In Saids Stimme schwangen sowohl Ehrfurcht als auch Skepsis mit, und Neraida erschrak vor seinen Worten, denn dies war nicht die Art, wie man mit einem Mawdli redete.

»Die Mawdliyat des heiligen Keft werden den Tag nennen, an dem es Zeit ist, wie der Sturmwind aus der Wüste zu kommen und die Ungläubigen in das Meer zurückzujagen, über das sie gekommen sind. Niemand ist dem Gott näher als jene, die an dem Ort leben, an dem er sich einst seinem Volk offenbart hat und der noch immer die Aura seiner strahlenden Macht atmet. Dort war es Ruhollah Marwan al-Hendj vergönnt, dem ältesten und weisesten aller Mawdliyat, den Willen Rastullahs zu erkennen. Die Brutstätten des Unglaubens sollen durch die Fremden ausgemerzt werden, als da sind Selem, Unau und Mherwed. Und erst wenn die Faust des Gottes den nutzlosen Kalifen Dhelrumun zerschmettert hat und die Mawdliyat von Keft die Würde seines Nachfolgers anerkannt haben, erst dann bricht der Tag an, da sich der kranke Krieger wieder von seinem Lager erheben mag.«

»Du sagst also, es sei falsch, sich gegen die Eroberer zu stellen und Frauen und Kinder zu verteidigen?« Ein höhnischer Unterton lag in der Stimme Saids. Dass der Kampf gegen Ungläubige ehrlos sein könnte, stellte alle Ideale eines Kasimiten auf den Kopf. Sich diesem Urteil des Mawdliyat zu beugen, überlegte Neraida, hieß für ihn, alles, wofür er bislang gelebt hatte, zu leugnen.

»Du magst ein großer Krieger sein, Said von den Söhnen Kasims, doch die Kunst, Rastullahs Willen richtig zu deuten, scheint dir so fern zu liegen wie die Sterne, die nachts am Himmelszelt funkeln. Die Mawdliyat sind der Meinung, dass es nicht Rastullahs Wille sein kann, sich dem Heer entgegenzustellen, das sein Werkzeug ist. Doch ist es natürlich erlaubt, jene zu bekämpfen, die sich von der Hauptstreitmacht trennen. Tötet die schwarzen Krieger, wo immer ihr sie dabei antrefft, das Land zu schänden, Vieh zu rauben und Ernten zu verbrennen. Doch hütet euch vor ihrem Heer, denn wer gegen sie zieht, der wendet sich auch gegen Rastullah, und wer sich gegen Rastullah wendet, der wird vernichtet werden.«

Noch immer herrschte beklommenes Schweigen. Alle Kampfeswut schien die Kasimiten und die Beni Novad verlassen zu haben. Doch in Neraida nagte wieder der Zweifel. Sie hatte sich zu den Kasimiten gesellt, um Buße zu tun, doch wenn der Kampf der Kasimiten falsch war, dann durfte sie nicht darauf hoffen, dass Rastullah ihre Buße anerkennen würde. Im Gegenteil, sie hatte sich ein weiteres Mal vor dem Gott versündigt – und das, obwohl sie den Worten des Propheten Almansor gefolgt war! Gab es für sie überhaupt noch Rettung?

Ungestüm drängte sie sich durch die Reihen der Kasimiten, kniete vor dem alten Mawdli nieder und küsste zum Zeichen ihrer Unterwürfigkeit den Saum seines Gewandes.

»Bitte, weiser Mann, erhöre mein Flehen! Ich habe gesündigt, zeige mir den Weg zurück zu Rastullah!«

»Bist du die Frau, von der Ali ben Kurman gesprochen hat? Jene, deren Herrin zur Buhle der Eroberer geworden ist?«

»Ich weiß nicht, welche Schande Melikae von Unau auf sich geladen hat, seit ich aus ihrem Haus geflohen bin, doch stimmt es, dass ich einst ihre Sklavin war.«

»Schande?« Der Scheich der Beni Novad hatte seine Stimme wiedergefunden. »Erst vor wenigen Tagen habe ich von einem Kaufmann aus Unau gehört, dass diese Hure für jeden, der in ihrem Haus Quartier nimmt, die Schenkel spreizt! Sie ist …«

»Genug, Ali«, unterbrach ihn der Mawdli streng. Dann wandte er sich wieder Neraida zu. »Warum hast du ihr Haus verlassen?«

Neraida schluckte. Sie konnte unmöglich die ganze Wahrheit sagen, solange die Kasimiten jedes ihrer Worte hören konnten. »Einige Kasimiten haben mich gebeten, den heiligen Fußabdruck Rastullahs aus dem Bethaus der Stadt von Unau fortzubringen, bevor er den Eroberern in die Hände fiel. Aus diesem Grund bin ich meiner Herrin entflohen, die bis dahin keinen lasterhaften Lebenswandel geführt hatte.«

»Und was hat dich dazu gebracht, als Weib an der Seite von Kriegern zu reiten? Hast du denn keinen Respekt vor dem zweiundsechzigsten Gebot des Gottes, das da lautet: *Der Gottgefällige meidet die Frauen und wechselt mit ihnen weder Worte noch Blicke – sofern sie nicht in den Bund der Ehe mit ihm getreten sind?* Durch deine Anwesenheit zwangst du alle jene gottesfürchtigen Männer, die mit Scheich Said zogen, gegen Rastullah zu freveln. Ja, selbst jetzt zwingt deine Anwesenheit uns dazu, das Gebot zu übertreten. Kennst du denn keine Scham, Weib?«

Die strengen Worte des Mawdli verletzten Neraida. Sie hatte gehofft, bei ihm Trost und Rat zu finden. So konnte sie, auch wenn sie wusste, wie unklug es war, seine Vorwürfe nicht ohne Widerspruch hinnehmen. »Es mag sein, Ehrwürdiger, dass meine Anwesenheit unter den Söhnen Kasims ein Frevel war, doch wäre ich nicht an ihrer Seite geritten und hätte ich ihnen nicht den rechten Weg gewiesen, so wären sie schon längst alle Opfer des Cichanebi geworden, der nicht zwischen Gläubigen und Heiden zu unterscheiden vermag.«

Ein empörtes Raunen ging durch die Reihen der Krieger. Es war schon ungewöhnlich, dass eine Frau unaufgefordert ihr Wort an einen Mawdli richtete, doch dass sie ihm auch noch widersprach, war ein unerhörter Frevel.

Während das Murren immer lauter wurde, stieg Said aus dem Sattel seines Shadif und stellte sich schützend vor Neraida. »Wer seine Hand an die Salzgängerin legt, lebt fortan in Fehde mit mir. Ihr allein verdanken ich und meine Krieger, dass uns der Cichanebi nicht verschlungen hat. In all den Gottesnamen, die wir zusammen geritten sind, hat sie nicht weniger Mut bewiesen als jeder andere von meinen Kriegern.«

»Und doch verstoßt ihr gegen das Gebot Rastullahs!«, entgegnete Nebahath zornig. »Was ist aus den Söhnen Kasims geworden, dass sie solchen Frevel dulden?«

»Willst du behaupten, ich verginge mich an Rastullah?«

Saids Hand lag auf dem Knauf seines Khunchomers. »Es war der Prophet Almansor, der uns dazu geraten hat, Neraida als Führerin auf dem großen Salzsee zu wählen. Und Rastullah selbst hat uns in einem Gottesurteil bewiesen, dass es recht ist, sie unter uns zu haben.«

»Und doch verstoßt ihr gegen das zweiundsechzigste Gebot«, beharrte der Mawdli.

»Seht nur!« Einer der Reiter hatte den Arm erhoben und zeigte nach Süden. »Rastullah gibt uns ein Zeichen!«

Weit entfernt zeichnete sich ein dunkler Fleck gegen den wolkenlosen Himmel ab. Offensichtlich ein großer Vogel, der genau auf den Brunnen zuhielt. Einige der Novadis knieten nieder, um Rastullah ihre Demut zu bezeugen. Selbst aus Nebahaths Gesicht war der Zorn gewichen. Angespannt blickte er zum Himmel, um den Flug des Vogels zu deuten.

»Es ist ein Adler.« Zunächst war es kaum mehr als eine halblaut gemurmelte Vermutung. Doch bald bestand kein Zweifel mehr an der Wahrheit der Worte. Ein Adler, wie man ihn sonst nur in den fast hundert Meilen entfernten Unauer Bergen zu Gesicht bekam, hatte sich in die Weiten der Khom verirrt. Das musste wahrhaftig ein Zeichen Rastullahs sein! Auch Neraida war sich dessen ganz sicher. Doch was wollte der Gott seinen Gläubigen offenbaren? Der mächtige dunkelbraune Vogel zog hoch über dem Brunnen zwei Kreise und drehte dann nach Nordosten ab.

Jetzt kniete auch Nebahath nieder und verbarg das Gesicht in den Händen. »Rastullah, vergib mir, denn der Hochmut hat mich blind gemacht!« Wie eine Litanei wiederholte der Mawdli immer wieder seine Bitte um göttliche Gnade.

Neraida war beunruhigt. Sie hatte die Bedeutung des Vogelflugs zwar nicht verstanden, doch aus dem Verhalten Nebahaths schloss sie, dass ihnen Schreckliches bevorstand. Oder sollte sie allein es sein, der Unglück drohte? Die Luft war erfüllt vom vielstimmigen Gemurmel der

Betenden. Selbst die Pferde und Kamele schienen den Atem Rastullahs zu spüren. Sie schnaubten unruhig und scharrten im Sand. Auch Neraida versenkte sich demütig ins Gebet, um ihren Geist für die Botschaft des Gottes zu öffnen.

Etliche Minuten mochten vergangen sein, bis sich schließlich der alte Mawdli als Erster wieder erhob. Sein Gesicht war vor Gram verzerrt, und Staub klebte an seinem langen Bart.

»Ich habe gefehlt«, verkündete er laut. »Es stand mir nicht zu, mein Wort gegen das Weib an deiner Seite zu erheben, Said von den Söhnen Kasims. Doch auch jeder von euch hat den Zorn des Gottes erregt. Rastullah ist erbost, weil ihr in Zeiten des Krieges die Schwerter gegeneinander ziehen wolltet. Dass der Adler zweimal einen Kreis über unseren Köpfen beschrieb, bedeutet, dass die Novadis und die Söhne Kasims fortan gemeinsam kämpfen sollen. Nach Nordosten, dorthin, wo das Heer des Patriarchen gezogen ist, führt auch euer Weg, und eure Aufgabe ist es, die Dörfer und die Oasen vor den Kriegern unter dem Rabenbanner zu schützen. Vergesst euren Streit, denn der Kreis ist das Zeichen der Gemeinsamkeit, und da auch Neraida zu eurem Kreis gehört, mag die Salzgängerin weiter mit euch ziehen. Doch eins bleibt mir noch zu tun.«

Nebahath trat vor Neraida, die noch immer auf den Knien lag. »Erhebe dich, stolzes Weib. Neraida, die du es wagst, die Rede von Männern zu unterbrechen, und die du einen Khunchomer an deiner Seite trägst, als seiest du ein Krieger oder eine Amachd'sunni.«

Eingeschüchtert und zugleich erregt hob sie den Kopf und blickte dem Alten ins Gesicht. Ihr Herz schlug wie rasend, und ihre Hände waren nass vor Schweiß. Was wollte der Mawdli von ihr? Seine Worte klangen freundlich, doch mochte sie dem Stimmungswechsel nicht recht trauen.

Nebahath breitete in feierlicher Geste die Arme aus und drückte Neraida an seine Brust. Dann küsste er sie auf die Stirn und verkündete: »Neraida, Tochter des Cichanebi, das Auge Rastullahs ruht auf dir, und der Gott hat Gefallen an dir gefunden. Doch damit deine Anwesenheit unter Kriegern nicht die Gesetze verletzt, die uns der Eine einst zu Keft gegeben hat, sollst du fortan kein Weib mehr sein. Ich küsse dich, wie ich einen Bruder küssen würde, und banne mit dieser keuschen Geste die Lüsternheit, die zum Wesen eines jeden Weibes gehört. Von dieser Stunde an bist du ein Mann und Krieger wie jene, an deren Seite du reitest, und dein Name soll lauten Neraid al Barad, denn kalt wie der Schnee auf den höchsten Gipfeln Raschtuls, der selbst der Sommersonne nicht weichen mag, sind dein Herz und dein Mut.« Nebahath hob sie auf und küsste sie dabei auf die rechte Wange. Dann drehte er sich zu den Kriegern um und rief ihnen mit lauter Stimme zu: »Grüßt den neuen Streiter an eurer Seite, meine Brüder! Auf dass ihr alle im heiligen Krieg triumphieren möget!«

Die Krieger rissen ihre Speere und Khunchomer hoch und riefen Neraidas neuen Namen. Dann wurde sie von einigen Kasimiten auf die Schultern gehoben, und jubelnd umrundeten die Männer mit ihr den Brunnen. Neraida war schwindelig. Zwar freute sie sich, endlich als gleichwertig von den Kämpfern anerkannt zu werden, dennoch war sie unschlüssig, ob ihr Schicksal nun eine gute oder aber eine böse Wendung genommen hatte.

Erst zwei Gottesnamen waren vergangen, seit die Ungläubigen die Sultansstadt Unau verlassen hatten, um sich wie ein Heuschreckenschwarm, alles Land verheerend, nach Norden zu wenden. Tar Honak hatte beschlossen, gen Mherwed zu ziehen und den Kalifenthron an sich zu reißen. Und es schien nichts und niemanden zu geben, die den Raben und seine finsteren Diener aufhalten konnten. Melikae war zunächst froh, dass der Patriarch die Stadt verlassen hatte. Adran Bonareth war ihrem Liebreiz ebenso zum Opfer gefallen wie Hauptmann Olan, und einen Tag, nachdem Tar Honak die Stadt verlassen hatte, schickte sie einen dunkelhäutigen Spross der mächtigen Familie Florios ins Verderben. Doch dann griff die Angst nach dem Herzen der Tänzerin. Zu viele Männer, die in ihrem Haus genächtigt hatten, waren auf rätselhafte Weise verschwunden. Tagtäglich fürchtete sie, dass ihr Komplott aufgedeckt würde. Auch fiel es der schönen Tänzerin, die damals nichts so sehr brauchte wie Bewunderung und Anerkennung, immer schwerer, mit dem Hass der Bürger zu leben. So beschloss sie mutig, ihren Todestag selbst zu bestimmen und ihr Leben nicht dem Scharfsinn eines Al'Anfaners zu überlassen, der irgendwann ihr Geheimnis zu entlarven vermochte. Wenn sie schon sterben musste, so wollte sie vor ihrem Tod doch wenigstens eine Tat vollbringen, die ihren Namen für alle Zeiten reinwaschen würde. Also suchte sie unter den Waffen ihres Vaters einen Khunchomer, der so prächtig verziert war wie die Klinge einer Schwerttänzerin und eine Schneide besaß, so scharf, dass sie ein fallendes Seidentuch zerteilte.

Dann entließ sie alle ihre Sklaven in die Freiheit und warb einige Dienerinnen an, die im Tross der Ungläubigen in die Stadt gekommen waren und den Offizieren des Patriarchen bereitwillig gewährten, was Melikae ihnen bislang stets verheißen, aber immer vorenthalten hatte. Auch kaufte sie eine Sänfte, ausgeschlagen mit purpurner Seide und getragen von Sklaven aus dem tiefen Süden, deren Haut fast so schwarz wie der Nachthimmel war. Auch einige Söldner dingte die Sharisad und schloss sich dann mit ihrem Gefolge, das sie gar farbenprächtig ausstaffiert hatte, einer der großen Versorgungskarawanen an, die in regelmäßigen Abständen dem Heer Tar Honaks folgten. Sie war überzeugt, dass es ihr Schicksal sei, das zu vollbringen, was einem ganzen Heer am Szinto nicht gelungen war. Und welch schöneres Ende mochte es für sie noch geben, die mit Omar und mit ihrer Ehre jeglichen Sinn im Leben verloren glaubte? Melikae wollte über dem Leichnam des Patriarchen, der ihrem Volk Tod und Verderben gebracht hatte, von den Schwertern seiner Leibwächter gefällt werden. So hätte sie sterbend wenigstens noch ihre Ehre zurückerlangt, und vielleicht wäre Rastullah gnädig und würde sie in seinem Paradies wieder mit Omar vereinen.

Mahmud fühlte sich unendlich alt und müde. Seine letzten Worte hatte er mit heiserer Stimme gesprochen, und ein leichtes Schwindelgefühl hatte ihn befallen, sodass er die Gesichter seiner Zuhörer nur noch verschwommen sah.

Nachdem er sich in seiner Geschichte unterbrochen hatte, war es eine ganze Weile still geblieben, so als hinge jeder Einzelne noch den Bildern nach, die Mahmud beschworen hatte, oder den Erinnerungen, die er selbst an die Zeit des großen Khomkriegs hatte. Jene schrecklichen Tage, da es keine Gewalt auf Dere zu geben schien, die den Siegeszug Tar Honaks aufhalten konnte.

Die Einzige, die die Schwäche des Märchenerzählers bemerkte, war Almandina. »Soll ich Euch stützen?«, flüsterte sie leise. Mahmud nickte dankbar, denn er war nicht sicher, ob er aus eigener Kraft hätte aufstehen können.

Als er sich mit Hilfe der Bettlerin schwankend erhob, da war es, als sei plötzlich der Zauberbann gebrochen, den seine Worte gewoben hatten. Bewegung kam in die Menge, und obwohl es einige gab, die sich einfach davonstahlen, um wieder den Geschäften des Tages nachzugehen, so nahmen sich doch die meisten die Zeit, dem Märchenerzähler auf ihre Weise etwas von dem zurückzugeben, das er ihnen mit seiner Geschichte geschenkt hatte. Manche verneigten sich nur stumm, andere jubelten lautstark oder versuchten, ihn zu umarmen und auf die Wangen zu küssen. Wieder andere kamen einfach nur nach vorn und warfen ein paar Kupfermünzen in die Schale, die vor dem Teppichstapel stand, auf dem er gesessen hatte.

Schwer stützte sich Mahmud auf seinen Wanderstab, doch gab ihm die Dankbarkeit der Fremden ein wenig von der Kraft zurück, die es ihn gekostet hatte, während der stickigen, heißen Mittagsstunden ohne Unterbrechung den Faden seiner Erzählung weiterzuspinnen.

Wie immer aber währte die Dankbarkeit des Publikums nur einige kostbare Augenblicke lang, dann löste sich die Menge langsam auf. Männer und Frauen hatten ihr Tagwerk zu verrichten, das ihnen nun, da es etwas kühler geworden war, wieder leichter von der Hand ginge. Nur die Kinder und einige Alte blieben noch. Almandina hatte die kleine Holzschale aufgehoben, nachdem niemand mehr den Eindruck erweckte, noch eine Münze geben zu wollen, und war wieder zu Mahmud getreten.

»Bring mich zum Bethaus«, flüsterte der Märchenerzähler heiser. Die Bettlerin nickte, und obwohl ihre verkrüppelten Beine sie selbst kaum zu tragen vermochten, forderte sie ihn auf, sich mit seinem Arm auf ihre Schultern zu stützen.

»Kann ich etwas für Euch tun?« Ein Schatten hatte sich aus einem Hauseingang gelöst. Ein Zwerg mit speckigem, breitkrempigem Hut, geflochtenem Bart und weitem schwarzen Mantel war vor Mahmud getreten.

»Gebt eine milde Gabe! Mein Meister braucht Tee und Honig, oder er wird seine Stimme verlieren.« Ohne zu warten, was der Märchenerzähler dazu meinte, hatte die sonst so zurückhaltende Almandina das Wort ergriffen und dem Zwerg die flache Schale entgegengestreckt. Dieser machte ein Gesicht, als hätte sie ihm gerade vorgeschlagen, mit einem von der Duglumspest Gezeichneten von einem Teller zu speisen.

»Ich fürchte, ich habe unglücklicherweise keinen Heller bei mir.«

»Etwas anderes hätte ich von einem Zwerg auch nicht erwartet«, versetzte Almandina bitter.

»Es ist wirklich so«, beteuerte der Zwerg halblaut. »Und mir hat die Geschichte auch …«

Ohne ihm weiter zuzuhören, wandten sich Mahmud und die Bettlerin ab. Ausreden wie diese hörte jeder, der auf der Straße lebte und auf die Gaben anderer angewiesen war, ein dutzendmal und öfter am Tag. Mahmud war froh, dass die junge Bettlerin ihm half, obwohl auch sie ihm seine größte Sorge nicht abnehmen konnte. Er hatte Angst vor dem Abend. Angst, dass sich seine Stimme nicht wieder erholen würde und er seine Geschichte vor der Zeit abbrechen müsste, weil er statt schöner Worte nur noch ein heiseres Krächzen herausbringen würde. Er sollte einen Teil der Münzen, die er bekommen hatte, dem Bethaus spenden. Vielleicht würde Rastullah ihm dann Gnade gewähren und bis Sonnenuntergang zumindest diese Sorge von seinen alten Schultern nehmen.

Tulef war wütend. Wieder einmal war er es, der unter dem Geiz seines Vaters zu leiden hatte. Alle waren jetzt auf den Feldern, um die Ernte einzubringen, nur er, er musste hier in der götterverlassenen Taverne seines Vaters bleiben. Dabei war den ganzen Tag noch kein Reisender über die große Straße aus Fasar gekommen. Immer wieder malte er sich aus, wie er verstohlen der schönen Shahane zuschauen könnte, wie sie sich bückte, um die Ähren aufzunehmen und zu einem Bündel zu binden. Ihre Haare, schwarz wie Rabenflügel, würden dann nach vorn fallen, und jedes Mal, wenn sie sich mit einem fertigen Bündel aufrichtete, würde sie den Kopf in den Nacken werfen und sich mit dem Arm den Schweiß von der Stirn wischen. Vielleicht würde sie ihm dann ein Lächeln schenken, wenn sie merkte, dass er sie beobachtete.

Das unruhige Schnauben eines Pferdes riss Tulef aus seinen Tagträumen. Es war doch tatsächlich ein Gast gekommen! Eifrig eilte er aus der kleinen Garküche quer durch den Schankraum zum Eingang. Als er sah, wer dort sein Pferd absattelte, stockte ihm der Atem. Dann dankte er den Göttern, dass sein Vater ihn heute dazu verdonnert hatte, im Dorf zu bleiben. Einen solchen Gast hatte die Taverne höchstens einmal im Jahr, und mit etwas Glück würde er Tulef seine Dienste fürstlich entlohnen. Der Fremde musste ein Agha des Kalifen sein oder vielleicht auch der Sohn eines der Erhabenen von Fasar. Auf jeden Fall war er ein mächtiger Krieger. Sein stählerner Spangenhelm, das kostbare Kettenhemd, aber auch die mit goldenen Blumen bestickte Hose, einfach alles, was er am Leib trug, verkündete seine Macht und seinen Reichtum. Allein der Hengst, den er ritt, musste mehr wert sein als alle Ziegen, die es in ganz Naggliah gab.

»Ich freue mich, dass Euer adamantener Blick auf dieses bescheidene Gasthaus gefallen ist, Erhabenster«, grüßte Tulef den Krieger mit einer tiefen Verbeugung. »Sagt, womit kann ich Euch dienen, und scheut nicht davor zurück, scheinbar Unmögliches zu verlangen, denn selbst ein Dschinn nähme keine größere Mühsal auf sich als ich, wenn es darum geht, Euch jeden Wunsch von den Augen abzulesen.«

»Bring mir Wasser in den Stall und einen Sack voller Hirse.« Die Stimme des Fremden klang müde und gleichgültig.

»Aber, Hochwohlgeborenster, wie könnte ich erlauben, dass Ihr Euch nach den Strapazen Eurer Reise nun noch im Pferdestall plagt? Lasst mich Euren Hengst versorgen, und derweil nehmt Platz in meiner schattigen Schenke. Im Stall findet sich alles, um auch den verwöhntesten Pferdegaumen zu beglücken, und sodann lasst mich auch Euch verwöhnen.«

»Mein Pferd würde dich mit seinen Hufen zerschmettern, bevor du auch nur seine Zügel ergriffen hättest. Wenn ich im Stall wirklich alles finde, was ich brauche, will ich meinen Hengst selbst versorgen. Geh jetzt und stell mir Wein bereit! Ich will trinken, wenn diese Arbeit getan ist.«

»Jeder Eurer Wünsche ist mir ein Befehl!« Tulef verneigte sich erneut und schritt gesenkten Hauptes rückwärts auf die Taverne zu. Er nahm sich vor, ein wenig vorsichtiger zu sein. Offensichtlich war der Fremde nicht gerade bester Stimmung. Aber vielleicht war er ja einfach nur hungrig und erschöpft? Was sollte er ihm nur auftischen? Grübelnd durchquerte der Junge den Schankraum, rückte geistesabwesend einige Schemel zurecht und wischte rasch mit dem Ärmel über einen schmutzigen Tisch. Ob er es wohl wagen sollte? Einen Augenblick lang schaute er zögernd zur Tür der Garküche. Dann fasste er sich schließlich ein Herz, ging in die Küche, schob den schweren Tisch neben der Feuerstelle beiseite und öffnete die Falltür. Er würde die Amphore Raschtulsblut anbrechen, die sein Vater seit zwei Jahren aufbewahrte.

Vorsichtig stieg er die schmale Leiter in den Erdkeller hinab und blickte sich im staubigen Zwielicht nach der kleinen Amphore um. Das Gefäß allein war schon ein Kunstwerk. Unzählige Male war er in den letzten zwei Jahren in den Keller hinabgestiegen, um den wundersamen Fisch zu bestaunen, der auf den schlanken Bauch der Amphore gemalt war. Einmal hatte sein Vater das kostbare Gefäß in die Schankstube geholt, als ein weitgereister Kaufmann zu Gast war, um ihm das Schmuckstück zu zeigen. Dieser hatte behauptet, der Fisch sei ein Dolphin oder so ähnlich und dass der mächtige Meergott Efferd diesen kühnen Schwimmern, die manchmal viele Schritt hoch aus dem Wasser sprangen, um ein Schiff von den fernen Küsten zu grüßen, sein besonderes Augenmerk widmete.

Tulef seufzte leise. Das Meer bekäme er wohl niemals zu sehen. Schon sein Vater war sein ganzes Leben lang nie weiter als bis Fasar gekommen, und auch sein Großvater, der als weit gereister Mann galt, hatte zwar die Kalifenstadt Mherwed gesehen, doch bis in eine der großen Küstenstädte war selbst er nicht gekommen.

Tulef musste etliche der bauchigen Vorratskrüge beiseite rücken, bis er die Amphore mit dem kostbaren Wein endlich gefunden hatte. Sein Vater hatte sie in ein altes Tuch eingeschlagen und im hintersten Winkel versteckt. Vorsichtig hob der Junge sie auf und blies den Erdstaub vom Verschluss. Dann schlängelte er sich durch den engen Keller zurück zur Leiter und kletterte in die Garküche hinauf.

Erst nachdem er die Falltür zum Keller wieder geschlossen und den Tisch an seinen Platz gerückt hatte, wurde ihm bewusst, dass er noch ein ganz anderes Problem hatte, wenn er dem Gast aufwarten wollte. Raschtulsblut konnte man nicht aus einem schmucklosen irdenen Becher trinken. Doch was tun? Es gab keine Pokale und auch keinen Becher aus Metall im Haus. Vorsichtig lugte Tulef in den Schankraum. Der Fremde schien noch immer im Stall zu sein. Vielleicht sollte er schnell zur alten Yasine hinüberlaufen. Dort hatte er einmal einen Bronzepokal gesehen. Ob sie ihm das gute Stück leihen würde? Wieder blickte er in den Schankraum. Noch war Zeit. Er würde es versuchen!

Als Tulef atemlos mit dem Pokal unterm Arm die Dorfstraße heraufgerannt kam, sah er schon von Weitem, wie der Fremde vom Stall in die Schankstube ging. Gehetzt bog der Junge in eine Seitengasse ab und näherte sich von hinten der väterlichen Taverne. Vielleicht würde der Krieger dann nicht bemerken, dass er kurz das Haus verlassen hatte. Eilig rannte er die enge Straße hinab und scheuchte dabei einige schläfrige Hühner auf.

»Heho, Kerl! Wo steckst du?« Noch bevor er durch die Tür war, hörte er den Fremden rufen.

Endlich wieder in der Küche, stellte er eilig den Pokal ab und trat in die Schankstube.

»Tut mir leid ...« Schnaufend rang Tulef nach Luft. »Ich habe ... versucht, ein ... Huhn zu fangen.«

»Ich will nicht essen. Ich hab dir gesagt, ich will trinken. Sonst nichts! Ich hoffe, du kannst mir mit einem vernünftigen Wein aufwarten.«

»Ihr werdet zufrieden sein, Erhabenster!«

Tulef verbeugte sich und schlich in die Küche. Dort klemmte er sich den hölzernen Dreifuß für die Amphore und ein halbwegs sauberes Tuch unter den Arm. Dann eilte er zurück, den Fremden zu bedienen. Der Krieger hatte den schweren Helm abgenommen und auf den Tisch gestellt. Der Mundschutz aus Kettengeflecht, den er sonst unter der Nasenspange des Helms eingehakt hatte, hing ihm jetzt auf die Brust hinab. Dort wo das Kettengeflecht sein Gesicht schützte, war die Haut heller, ein Hinweis darauf, dass er seinen Helm wohl nur selten ablegte.

An der Seite seines Stuhls lehnte ein schlankes, leicht gebogenes Schwert, wie Tulef noch keines gesehen hatte. Noch beeindruckender als die Waffe war allerdings der Rundschild, der ebenfalls am Stuhl lehnte. Rings um den Schildbuckel schimmerten kostbare Edelsteine, und in goldener Farbe war das Siegel des Kalifen auf den Schild gemalt. Tulef hatte vor dem Krieger den Kopf geneigt und musterte ihn scheu aus den Augenwinkeln. Der Mann hatte mittellanges schwarzes Haar, und an den Schläfen zeigten sich schon die ersten grauen Strähnen. Sein Gesicht wirkte hager, ja ausgezehrt, und seine dunklen Augen lagen in tiefen Höhlen.

Der Knabe hatte nur für einen kurzen Moment gewagt, den Krieger zu beobachten. Dann wandte er sich eilig um und kehrte zur Küche zurück. Dort polierte er noch einmal den geliehenen Bronzepokal und musterte ihn kritisch. Ein wenig buntes Glas war als Schmuck auf den Pokal geklebt, doch an zwei Stellen klafften Lücken. Das gute Stück hatte eindeutig schon bessere Tage gesehen.

Doch was sollte es! Er hatte sein Bestes gegeben. Naggliah war schließlich nicht Fasar oder Khunchom. Tulef nahm ein kleines Messer vom Tisch und legte es in den Pokal, dann hob er die Amphore auf und trat mit stolzgeschwellter Brust in den Schankraum.

»Es freut mich, dass Ihr mein Haus gewählt habt, Erhabenster. Es ist das einzige in der ganzen Stadt, das Euch Raschtulsblut zu bieten hat. Einen Tropfen, so edel, dass selbst Sultane unseren Weinkeller darum beneiden und ...«

»Warum ist es so leer hier?« Der Krieger drehte sich bei seinen Worten halb um und ließ den Blick über die verwaisten Tische und Stühle schweifen. Tulef hatte das ungute Gefühl, dass der Fremde ihm überhaupt nicht zugehört hatte.

»Es ist wegen der Ernte, Erhabenster. Die Männer und Frauen sind auf den Feldern und ...«

»Setz dich zu mir, Junge. Es bedrückt mich, all die leeren Plätze zu sehen, sie ...« Der Krieger drehte sich jetzt zu dem Knaben um und blickte ihm geradewegs ins Gesicht.

Tulef räusperte sich aufgeregt. »Ja, Herr?«

»Schenk mir endlich ein! Ich habe schon zu viele schäbige Tavernen und Teehäuser gesehen. Ich kann sie nur noch ertragen, wenn ich trinke.«

Der Junge zuckte bei den Worten zusammen. Natürlich hatte er schon oft mürrische Gäste erlebt, doch dass jemand so unverblümt schlecht von seinem Zuhause sprach, kam selten vor. Und dass ausgerechnet dieser prächtige Krieger, ein Held, so redete, machte die Worte noch bitterer.

»Setzt dich endlich, oder willst du, dass ich zu dir aufblicken muss?«

Der Fremde warf ihm einen bösen Blick zu, und Tulef beeilte sich, einen Hocker an den Tisch zu ziehen. Er wünschte mittlerweile, der Krieger wäre einfach an der Taverne vorübergeritten. Der Glanz von Waffen und Rüstung war für Tulef verblasst, und das, was blieb, machte dem Jungen Angst.

»Trink!« Der Mann hatte einen tiefen Schluck aus dem Pokal genommen und schob ihn jetzt über den Tisch.

»Aber ich …«

»Bist du dir zu fein, mit mir aus demselben Kelch zu trinken?«

»Nein, Erhabenster, ich …« Tulef schluckte. Vor Angst wollten ihm die Worte schier im Hals steckenbleiben. »Ich bin es nicht wert, mit Euch gemeinsam zu trinken, mein Fürst.«

»Unsinn! Ich habe schon mit Männern und Frauen getrunken, vor denen deine Leute vor Verachtung ausspucken würden, also kann ich auch mit dir trinken. Jetzt lass dich nicht weiter bitten, als seist du der Erste Eunuch des Kalifen. Ich hasse es, allein zu trinken, deshalb wirst du mir Gesellschaft leisten, ob du willst oder nicht!«

Mit zitternden Händen griff Tulef nach dem Bronzepokal und führte ihn an die Lippen. Der Wein hatte ein blumiges, berauschendes Aroma. Allein sein Duft war schon wunderbar, und er schmeckte so köstlich und unvergleichlich, als sei er von der Tafel der Götter gestohlen.

»All die leeren Stühle …« Der Fremde schien durch Tulef hindurchzublicken. »Alle die Toten! Manchmal, wenn ich nachts allein am Lagerfeuer sitze, aber auch am helllichten Tag, wenn ich in leeren Tavernen trinke, sind sie mir nahe, weißt du. Sie schauen mich an mit ihren leeren Augen, und es ist, als wollten sie fragen, warum *sie* gestorben sind und nicht ich, dessen Leben nur noch ein Ziel kennt.«

Der Fremde nahm den Pokal, den Tulef wieder auf den Tisch gestellt hatte, und trank. Der Junge wusste nicht, was er zu den Worten des Kriegers sagen sollte. Aber vielleicht erwartete dieser auch keine Antwort.

»Hast du schon einmal jemanden sterben sehen?« Der Gewappnete hatte den Pokal auf den Tisch zurückgestellt.

»Weißt du, was es heißt, jemandem in die Augen zu sehen und ihn zu töten? Gleichgültig, ob er ein Wegelagerer oder ein Ungläubiger ist! Es ... Füll den Pokal nach!«

Tulef stand auf und nahm die Amphore aus dem Ständer. Dabei vermied er es, dem Mann in die Augen zu sehen. Er fragte sich, ob der Krieger wohl verrückt war. Noch nie hatte er einen Kämpfer so reden hören. Die Karawanenwachen und die wenigen Söldner, die gelegentlich hier Halt machten, pflegten mit ihren Taten zu prahlen.

Plötzlich stand der Fremde auf und packte Tulef beim Kinn, sodass er ihm ins Gesicht sehen musste.

»Du hältst mich wohl für eine Hyäne? Für einen elenden Schurken oder ...«

»Nein, Herr! Wie könnt Ihr so etwas denken? Ich bewundere Euch und Eure Taten und ...« Tulef hatte Todesangst. Warum hatte er hier zurückbleiben müssen? Warum ausgerechnet er? Und warum waren alle, die ihm vielleicht helfen konnten, auf den Feldern vor der Stadt?

»Du brauchst mich nicht zu belügen. Ich weiß genau, was du von mir denkst. An deiner Stelle würde ich auch jeden, der mich so behandelt, wie ich dich behandle, für einen ausgemachten Schurken halten. Es ist mein Wunsch, dass du so von mir denkst. Jetzt setz dich und trink!«

Tulef zitterte so sehr, dass er einen Teil des Weins verschüttete, als er den Bronzepokal zum Mund führte. Der kostbare Wein schmeckte jetzt fade und schal. Verstohlen lugte er über den Rand des Kelchs und musterte den Krieger. Der Fremde erwiderte seinen Blick, und ein melancholisches Lächeln spielte um seine Lippen.

»Sag mir, dass du mich hasst!«

»Ich ...« Tulef war völlig verwirrt. Suchte der Fremde vielleicht nach einem Vorwand, ihn zu töten? Den würde er ihm gewiss nicht liefern!

»Du hasst mich also nicht! Vielleicht hilft es dir, wenn

du weißt, dass alle meine Freunde tot sind. Es scheint fast, als laste auf mir ein Fluch. Wer immer mit mir geritten ist, hat auf meinem Weg sein Verderben gefunden. Kannst du dir vorstellen, wie es ist, in deinen Träumen deine Freunde wiederzusehen und sie fragen zu hören, wofür sie gestorben sind?«

Der Junge hielt noch immer den Bronzepokal umklammert, und obwohl er ihn bis auf den letzten Tropfen geleert hatte, setzte er ihn nicht von den Lippen ab, so als wäre er ein schützender Schild gegen den unheimlichen Krieger.

Der Fremde hatte den Kopf auf die Hände gestützt und starrte gedankenversunken auf die Tischplatte. Ganz so, als könne er in der Maserung des rissigen Holzes die Antwort auf alle seine Fragen finden. Tulef wäre gern fortgelaufen, doch er hatte Angst, dass selbst die kleinste Bewegung die Aufmerksamkeit des Kriegers wieder auf ihn lenken würde. Also verharrte er und sandte ein stummes Gebet zu den Göttern. Eine Ewigkeit schien vergangen zu sein, bis der Fremde wieder das Haupt hob und ihn anstarrte. »Kennst du Mahmud, den Märchenerzähler?«

»Ja ... Erhabener. Er war ... erst vor wenigen Tagen ... hier in der Stadt.« Tulefs Zunge war wie gelähmt. Jedes Wort kostete den Knaben Überwindung. Welch finsterer Plan des Fremden mochte wohl hinter dieser Frage stehen? Was konnte ein Krieger des Kalifen von einem abgerissenen alten Märchenerzähler wollen?

»Wie lange war er hier am Ort?«

»Er hat einen Tag und eine Nacht in der Stadt verbracht.« Die Erinnerung an den Alten gab Tulef ein wenig von seiner Kraft zurück. Er setzte den Pokal auf den Tisch und blickte den Fremden fragend an. »Ich selbst habe einen Nachmittag lang seiner Geschichte über die unglückliche Nedime gelauscht, die verlorene Tochter des Kalifen.«

»Und wohin ging er, als er diese armselige Stadt verließ?«

Plötzlich hatte Tulef das Gefühl, dass er dem Fremden auf keinen Fall die Wahrheit sagen durfte. Dieser unheimliche Reiter würde dem alten Mahmud nichts als Tod und Verderben bringen, wenn er ihn fände. So zuckte er mit den Schultern und machte eine unbeholfene Geste. »Die Götter allein wissen, wohin Mahmud seine Schritte lenkt. Mir hat er jedenfalls nicht gesagt, wohin er geht.«

Der Fremde erhob sich von seinem Stuhl und packte Tulef am Kragen. Die Augen des Kriegers leuchteten in einem unheimlichen Glanz, so als sei er von einem bösen Geist besessen.

»Bist du sicher, dass du nicht weißt, wohin er gegangen ist? Bislang hat er nirgends, wo ich nach ihm gefragt habe, ein Geheimnis daraus gemacht, wo sein nächstes Reiseziel liege. Also denk noch einmal gut nach, ob du nicht vielleicht etwas vergessen hast!«

»Ich weiß nichts, Erhabener«, winselte Tulef ängstlich. »Im Namen der Götter, so glaubt mir doch!«

»Denkst du, ich fürchte deine Götter, Heidenkind? Es gibt nur einen Gott, und vor seinem Namen erzittern alle Götzen!« Der Mann stieß Tulef zurück. Dann griff er nach dem seltsamen Schwert, das an seinem Stuhl lehnte. Ein böses Lächeln umspielte seine Lippen.

»Weißt du, auf dieser Waffe lastet ein seltsamer Fluch. Ich kann mit ihr keinen Unschuldigen töten. Manchmal bringt mich das in tödliche Gefahr, doch jetzt ist das ein großer Vorteil.« Langsam ließ er die gebogene lange Klinge aus der Scheide gleiten. »Wenn du mich belogen hast, dann wirst du den Tod finden, wenn ich dir das Schwert durch die Brust stoße, denn du hast deine Unschuld verschenkt. Eine Tat, die selbst die Götzen, die du anbetest, verurteilen werden. Bist du aber unschuldig, so werde ich dich nicht verletzen können.«

Angstschweiß stand Tulef auf der Stirn. Sollte er sein

Leben für Mahmud verschenken? War der Märchenerzähler das wert? Und wer außer dem Fremden wüsste schon von seinem Verrat?

»Ich glaube … vielleicht habe ich doch etwas gehört …«

»Nur zu, erzähl mir alles, was du weißt, und ich werde dir keine deiner Lügen nachtragen.« Das Lächeln war von den Lippen des Kriegers gewichen.

»Er wollte nach Norden … nach Fasar.«

»Und wie lange ist es her, dass er Naggliah verlassen hat?«

»Ich weiß … es … nicht, wirklich«, stotterte Tulef. »Es muss … fünf … oder sechs Tage her sein … seit er gegangen ist.« Der Junge fühlte sich elend. Er war ein gemeiner Verräter.

»Glaubst du, ich handle unrecht?« Die Stimme des Fremden hatte einen eigenartig weichen Ton bekommen. Er schob sein Schwert in die Scheide zurück und schien einen Augenblick lang in Gedanken versunken. Als er den Kopf wieder hob, lag ein feuchter Glanz in seinen Augen, so als koste es ihn alle Kraft, seiner Gefühle Herr zu werden.

»Weißt du, Junge, für mich ist dieser alte Mann nicht nur ein Märchenerzähler. Er hat mir mehr genommen, als ich in Worte fassen kann, und ich bin das Werkzeug von Rastullahs heiligem Zorn, wenn ich ihm nachstelle.«

Der Krieger griff nach dem Spangenhelm auf dem Tisch und klemmte ihn unter den Arm. Dann hob er den Schild auf, drehte sich ohne ein weiteres Wort um und trat auf die Tür zu.

Tulef war erleichtert, ihn gehen zu sehen. Zugleich fragte er sich, was der Märchenerzähler dem Fremden wohl angetan haben mochte. Ob er wohl in einer seiner Geschichten die Ehre des Mannes in Frage gestellt hatte? Oder auch nur die Ehre eines seiner Ahnen? Er hatte schon viel über die merkwürdigen Ehrvorstellungen der Wüstenreiter und über den großen Aufwand gehört, den sie betrieben, selbst jahrhundertealte Fehden bis zu ihrem blutigen Ende auszufechten. Und doch fand er, dass Mahmud ein solches Schicksal nicht verdient hatte. Er würde zu den Göttern beten, dass sie schützend ihre Hand über den Märchenerzähler hielten.

»Ich glaube, ich habe noch etwas vergessen.« Tulef zuckte zusammen, als ihn die Stimme des Fremden aus seinen Gedanken riss. Der Krieger war noch einmal zurückgekehrt und stand in der Tür der Taverne.

»Für den Wein und deine Angst.« Er schnippte zwei Münzen durch die Luft, die mit leisem Klirren auf dem Holzboden aufschlugen.

Als Tulef sie aufgehoben hatte und ungläubig bestaunte, war der Fremde schon wieder aus dem Türrahmen verschwunden. Er hatte mit zwei frisch geprägten Marawedi des Kalifen Malkillah gezahlt. Zwei Goldmünzen, so wertvoll, dass sie eine große Familie für drei oder vier Gottesnamen ernähren würden.

Immer wieder drehte er die Marawedi ungläubig zwischen den Fingern, so als könnten sie sich jeden Augenblick als heimtückischer Trug erweisen. Sicher war der Wein teuer gewesen, doch diese Bezahlung übertraf seinen Wert bei Weitem.

Und dann plötzlich traf ihn die Erkenntnis mit der niederschmetternden Wucht eines Blitzes, der die einsame Zypresse fällt. Das war nicht der Lohn für gute Gastlichkeit. Die beiden Marawedi waren das Blutgeld für Mahmuds Leben!

Vom Platz vor dem Haus ertönte Hufschlag. Der Krieger hatte sein Pferd aufgezäumt und verließ die kleine Stadt Richtung Norden. Einen Tag würde er bis Fasar brauchen.

Tulef fühlte sich elend.

Mahmud brauchte einen Augenblick, bis er im unsteten Licht einer erlöschenden Fackel den Hof des Bethauses wiedererkannte, auf dem er sich zur Ruhe gelegt hatte. Jemand hatte ihn unsanft aus dem Schlaf geschüttelt.

»Meister!« Wieder rüttelte ihn die Gestalt an seiner Seite. »Meister, was ist mit Euch?«

Der Märchenerzähler rieb sich die Augen. Jetzt erkannte er Almandina, die neben ihm kauerte und ihn besorgt musterte.

»Geht es Euch gut, Meister?«

»Warum?« Mahmud fand nur schwer in die Wirklichkeit zurück. Er hatte irgendetwas Wichtiges geträumt. Etwas, woran er sich unbedingt erinnern sollte. Doch das Traumbild war schon verblasst, und alles, was noch blieb, war die undeutliche Erinnerung an eine kleine Stadt und die Ahnung, dass es wichtig für ihn wäre, eine Brücke über die immer breiter werdende Kluft des Vergessens zu schlagen.

»Ihr habt so schrecklich gestöhnt im Schlaf. Da dachte ich, es sei besser, Euch zu wecken, Meister.«

Mahmud zwang sich ein gequältes Lächeln ab. »Du hast recht daran getan, meine Freundin. Ich glaube, du hast mich von einem schrecklichen Albtraum befreit.«

Die verkrüppelte Frau nickte stumm, und Mahmud war froh, dass sie keinen Versuch unternahm, weiter in ihn zu dringen.

Wie ein alter Kater streckte er die müden Glieder und gähnte. Dann lehnte er sich gegen die Mauer des Hofes, die noch immer ein wenig von der Wärme der Mittagssonne gefangen hielt. Wie gern hätte er weitergeschlafen, doch er durfte seine Zuhörer nicht enttäuschen. Sicher warteten schon die Ersten im Basar der Teppichhändler auf ihn, und wahrscheinlich war der kleine Omar schon ganz aufgeregt vor Neugier, den weiteren Verlauf der tragischen Geschichte um Omar den Löwentöter zu erfahren.

»Meister, ein Gast wartet auf Euch am Tor. Soll ich ihn hereinbitten? Er steht dort wohl schon eine Stunde, doch ich wollte Euch nicht wecken.«

»Ein Gast? Mich nicht wecken? Du sprichst ja, als wäre

ich die Shanja von Rashdul, die überlegt, ob sie einen Botschafter des Kaiserreichs empfangen will.« Mahmud grinste breit. »Aber gleichgültig. Wer auch immer mir seine Aufwartung machen will, möge nun eintreten.«

Almandina lächelte und deutete eine Verbeugung an, die bei ihrem missgestalteten Körper reichlich grotesk anmutete. »Wie Ihr befehlt, Meister! Wollt Ihr den Fremden im Perlenzimmer oder lieber beim silbernen Brunnen im Garten empfangen?«

»Ich denke, der Brunnen wär' mir genehm. Nach einem so reichlichen Abendmahl ist es immer entspannend, am Wasser zu sitzen und den Nachtigallen zu lauschen.«

Lachend drehte Almandina sich um und humpelte zum Tor.

Mahmud fragte sich, wer da wohl mit ihm reden wollte. Es war lange her, seit er das letzte Mal in Fasar gewesen war, und er glaubte nicht, dass sich in dieser schnelllebigen Stadt mit ihrem vergänglichen Pomp und ihren heimtückischen Intrigen noch jemand an seinen letzten Besuch erinnerte. Aber vielleicht hatte er unwissend einen der Mächtigen durch seine Geschichte beleidigt. Die Erzählung von Omar und Melikae war eigentlich alles andere als ein Märchen. Alle, von denen er berichtet hatte, hatten einmal gelebt, und einige lebten noch immer. Doch sollte er jemanden beleidigt haben, ließe dieser sicher nicht anfragen, ob er ihn besuchen dürfe. Wer auch immer vor dem Tor stand, konnte nichts Übles im Sinn haben. Mahmud reckte sich noch einmal, dann griff er nach dem Stab, der neben ihm an der Mauer lehnte, und richtete sich seufzend auf. Das waren die Augenblicke, da er bedauerte, was er einst getan hatte. Das Alter war schon eine rechte Qual. Müde klopfte er Sand und Staub von seinem zerschlissenen Kaftan.

Almandina brachte einen jungen Mann, der ein eigenartiges Gestell auf den Rücken geschnallt trug. Einige Beutel und eine bauchige Kürbisflasche baumelten von seinem breiten Gürtel, und unter den rechten Arm hatte er eine kleine Kiste geklemmt.

»Der Zwerg, Meister Arom, hat mich geschickt, den königlichen Erzähler für die vortreffliche Geschichte zu entlohnen, mit der er ihn am Mittag unterhalten hat.«

»Sagt Meister Arom, dass ich ihm für seine Großmut danke.« Auch wenn Mahmud sich bemühte, höflich zu klingen, so war er doch voller Misstrauen gegenüber dem Fremden.

»Gewiss, königlicher Erzähler.« Der Mann verbeugte sich leicht, wobei das seltsame Gerät auf seinem Rücken ein metallisches Klappern von sich gab. Dann kniete er nieder und schnallte sein eigenartiges Mitbringsel ab. Es sah aus wie ein kleines Fass und stand auf vier ehernen Füßen. Seitlich führte ein etwas mehr als fingerdickes Rohr vom unteren Bereich des Fasses, das von einem spitzen Dach gekrönt wurde, nach oben. Der junge Mann drehte an einer kleinen Kurbel, die fast ganz unten am Rohr angebracht war, und ein metallisches leises Klicken ertönte.

»Jetzt ist der Abzug wieder frei«, kommentierte er seine Tat und öffnete eine kleine, von verschlungenen Mustern durchbrochene Pforte im unteren Drittel des Metallfasses. Dann löste er eine Bronzestange von der Rückseite, deren Knauf mit einem Drachenkopf aus Filigran verziert war und die entfernt an einen Schürhaken erinnerte, und stocherte damit im Innern des Fasses herum.

Mahmud und auch Almandina waren niedergekniet und schauten den jungen Mann neugierig bei seinem eigenartigen Treiben zu. Dieser hatte den Bronzehaken beiseitegelegt und pustete nun aus Leibeskräften ins Innere des Fasses, in dem ein mattes rötliches Glimmen erstrahlte.

Mahmud räusperte sich. »Ohne aufdringlich erscheinen zu wollen, mein Freund, möchte ich Euch doch fragen, was Ihr dort Eigenartiges treibt.«

Zunächst schien der Fremde die Worte gar nicht zur

Kenntnis genommen zu haben, und es dauerte eine ganze Weile, bis er sich nach Luft japsend aufrichtete.

»Verzeiht … königlicher Erzähler … aber ohne … Blasebalg wird man … ein wenig kurzatmig … wenn man versucht … die Glut wieder … zu entfachen.«

»Was, in Rastullahs Namen, ist das für ein brennendes Fass, das Ihr da mitgebracht habt?«

Ein warmes orangerotes Leuchten strahlte jetzt durch das kleine Türchen, und der junge Mann schnallte einen der Lederbeutel von seinem Gürtel. Er war wieder etwas zu Atem gekommen und antwortete, ohne von seiner Arbeit aufzusehen.

»Meister Arom hat diese vortreffliche Gerätschaft ersonnen. Er nennt es das Drachenfass. In seiner unteren Hälfte ist eine feuerfeste irdene Schale eingelassen, die wie der Schlund des Drachen die Lohe birgt.«

Der Mann hatte den Beutel inzwischen geöffnet und entnahm ihm einzelne Holzkohlestückchen, die er mit einem Fingerschnippen durch die kleine Pforte in die Glut beförderte.

»Das Fass selbst ist aus Eisen gefertigt, das die Wärme der Glut aufnimmt. Nur auf seiner Rückseite sind einige Eichenbrettchen angebracht, damit ich mich nicht verbrenne, wenn ich es auf den Rücken schnalle. Trotzdem kann ich Euch sagen, dass es eine rechte Tortur ist, das Drachenfass in der Mittagshitze durch die Basare der Stadt zu tragen.«

»Ja, aber was ist der Sinn dieser eigenartigen Gerätschaft?«

»Wartet!« Der Mann schnallte die Kürbisflasche von seinem Gürtel, öffnete eine kleine Luke an der Seite des Fasses und goss den Inhalt der Flasche hinein.

»Es wird ein wenig dauern, bis das Wasser heiß und Euer Mahl erwärmt ist.«

»Mein Mahl erwärmt?« Ungläubig musterte Mahmud das Fass. »Welches Mahl?«

Der junge Mann drehte sich um und lächelte fast schon mitleidig. »Über dem Feuer befindet sich ein Behälter, in den man Wasser füllen kann, um Tee zu kochen. Und hier oben sind Fächer, in denen Speisen verwahrt werden können, die durch die Beschaffenheit des Drachenfasses nur langsam erkalten und schnell wieder warm werden, wenn ich die Glut ganz unten im Feuertopf entfache.«

Mahmud runzelte die Stirn und kratzte sich am Bart. Sicher war das Fass eine hervorragende Handwerksarbeit, doch erschien es ihm so überflüssig wie die zahllosen Götzen der Nordländer.

»Sagt, welchen Sinn ergibt eine solche Apparatur in einer Stadt wie Fasar, in der es unzählige Schenken und Garstuben gibt?«

»Es dient dazu, einem Freund ein Mahl von besonderer Güte zu schicken, so wie man es in irgendeiner Garstube nicht ohne weiteres bekäme. Sein eigentlicher Zweck aber ist, den Reisenden im hohen Norden stets mit einer warmen Mahlzeit verwöhnen zu können, ohne dass er deshalb umständlich ein Lager aufschlagen müsste, um ein Feuer zu entfachen. Hier in Fasar vermag es einen anderen Nutzen zu erfüllen, denn so wie die Wasserverkäufer zur Mittagsstunde stets Kundschaft finden, obwohl es sicherlich über hundert Brunnen in Fasar gibt, so finde auch ich mein Auskommen, indem ich frischen Tee feilbiete. Doch sagt, welchen Tee bevorzugt Ihr, königlicher Erzähler?«

»Nun, zu Ehren der Stadt, die mich so gastfreundlich empfangen hat, schlage ich vor, es mit Fasarer Rosenblatt zu versuchen. Natürlich nur, wenn meine Begleiterin sich dieser Wahl anschließt.«

Almandina, die die ganze Zeit stumm das Drachenfass bewundert hatte, nickte zustimmend.

»Gut, dann wäre das geklärt.« Der junge Mann nahm einen weiteren Beutel von seinem Gürtel, dann befeuchtete er sich mit der Zungenspitze die Finger, öffnete vorsichtig die kleine Luke, durch die er schon das Wasser eingefüllt hatte, und nahm einige Teeblätter aus dem Beutel, um sie sogleich im Fass verschwinden zu lassen.

»Während der Tee zieht, müsst Ihr Euch jetzt nur noch entscheiden, welche Sorte Honig Ihr zu wählen wünscht.« Der Mann klappte die kleine Kiste auf, die er mitgebracht hatte. Sie war von innen mit dunklem Samt ausgeschlagen. Mehrere sorgfältig mit Pergament verschlossene kleine Töpfchen sowie zwei kunstvoll geschliffene metallgefasste Gläser füllten die Truhe.

Mahmud zog verwundert die Augenbrauen hoch. Er war zwar schon oft als Gast in Fürstenhäusern reichlich beschenkt worden, doch dass er für ein Märchen, das er inmitten der Basare erzählte, solch köstliche Gaben erhielt, geschah ihm zum ersten Mal.

»Was habe ich getan, dass Meister Arom einen alten Mann, dessen Heim die Straße und dessen Obdach Rastullahs Sternenhimmel ist, so reichlich beschenkt?«

Sein Gegenüber zuckte mit den Schultern. »Es steht mir nicht zu, die Taten meines Dienstherrn zu beurteilen. Doch ich glaube, er empfängt heute Abend Gäste, und wünscht, dass Ihr sie mit einem Eurer Märchen erfreut.«

»Was?« Halb hatte Mahmud mit einer solchen Antwort gerechnet. Wütend griff er nach seinem Stab und stemmte sich schnaufend in die Höhe. »Richte deinem Meister aus, dass er sich in mir geirrt hat, wenn er glaubt, dass ich alle meine treuen Freunde enttäuschen werde, die mich heute im Basar erwarten. Ich werde keines seiner Geschenke annehmen! Komm, Almandina, lass uns gehen.«

Die Frau warf dem Drachenfass einen sehnsüchtigen Blick zu. Dann stand auch sie auf, bereit, Mahmud zu folgen.

»Aber, so wartet doch! So war das doch alles nicht gemeint!« Auch der junge Mann war jetzt auf den Beinen und hatte den Märchenerzähler am Ärmel gepackt. »Verzeiht, wenn ich mich missverständlich ausgedrückt habe, aber nicht Ihr sollt zu meinem Herrn kommen, Arom wird Euch besuchen, und seine Gäste wird er mitbringen.«

»Zunächst einmal lässt du mich los, du Tunichtgut!« Mahmuds Stimme hatte einen überraschend bedrohlichen Klang angenommen, sodass der junge Mann erbleichte und den Worten sofort Folge leistete. Auch Almandina war ein wenig zurückgewichen und musterte den Märchenerzähler verwundert.

»Mein Herr meint es gut mit Euch! Er hat gehört, dass Ihr Euch um Eure Stimme sorgt. Deshalb schickt er Euch den Tee und den Honig. Außerdem möchte er, dass Ihr bei Kräften seid, bevor Ihr Eure Erzählung wieder aufnehmt. So ließ er mich auch gleich ein Mahl für Euch bereiten.«

Mahmud strich sich nachdenklich über den Bart. »Euer Meister ist sehr reich?«

Der junge Mann nickte. »Mein Herr gehört zwar nicht zu den Erhabenen, doch glaube ich, dass er über mehr Gold verfügt, als ein Mensch in seinem Leben ausgeben kann.«

»Nun gut«, der Märchenerzähler lächelte hintergründig. »Dann werden wir sein Geschenk annehmen, doch richtet ihm aus, dass die Plätze in meiner nächsten Nähe auch weiterhin den Kindern gehören werden, denn ein kleines Mädchen, das sich einen Kanten trockenen Brots vom Essen abspart, um ihn mir zu schenken, steht höher in meiner Achtung als jeder reiche Zwerg, der versucht, mich mit seinem Gold zu beeindrucken. Auch er und seine Gäste sind mir willkommen, doch sollen sie wissen, dass ich sie nicht höher schätze als selbst den geringsten Bettler unter meinen Zuhörern, denn das Streben nach Macht und Gold ist für mich schon lange ohne Bedeutung. Und nun gebt uns von dem Tee, bevor er so lange gezogen hat, dass er zu bitter ist, um noch genossen werden zu können.«

Der junge Mann blickte ihn einen Augenblick lang sprachlos an, dann kniete er nieder, öffnete einen kleinen

Hahn in der Seite des Fasses und füllte die kostbaren Gläser mit goldenem Tee.

»Komm, setz dich zu mir!« Mahmud hockte sich neben das Fass und winkte Almandina, die noch immer verunsichert wirkte. Scheu wich sie seinem Blick aus.

»Entschuldige, wenn meine Stimme im Zorn ein wenig harsch geklungen hat. Lass es mich wieder gutmachen und mit dir das Essen teilen, das mir Arom geschickt hat.«

Einen Moment lang zögerte die verkrüppelte Frau noch, doch als der Diener des Zwergs schließlich die Fächer in der oberen Hälfte des Fasses öffnete und der köstliche Duft von gebratenem Huhn und süßer Dattelsoße über den Hof des Bethauses zog, fasste sie sich ein Herz und setzte sich zu Mahmud.

Der Märchenerzähler war auf seinem Weg durch die Basare so tief in Gedanken versunken, dass er von Almandina kaum Notiz nahm. Die rüde Art, wie er den jungen Mann angefahren hatte, beunruhigte ihn. Mahmud hatte geglaubt, solchen Ton schon lange hinter sich gelassen zu haben. Stolz und Hochmut waren Eigenschaften, die ihm nicht mehr anstanden. Er hatte sich für geläutert gehalten, doch mit Schrecken wurde ihm klar, dass das, was er tot und vergangen gewähnt hatte, noch immer in ihm schlummerte. Erst als ihm in einer engen Gasse die prächtige Sänfte eines Erhabenen entgegenkam, der Tänzer und Flötenspieler vorauseilten und die von grimmig blickenden Söldnern begleitet wurde, fand er in die Wirklichkeit zurück.

Grob wurde er von einem zurückweichenden Händler in einen Hauseingang gedrängt und bekam die Ellbogen des rücksichtslosen Mannes zu spüren.

Überall herrschten Geschrei und Gedränge. Nur selten geschah es, dass die Erhabenen die verwinkelten und überfüllten Gassen der Altstadt benutzten. Für sie gab es andere Wege: himmelhohe Brücken, die sich in einem dichten Netz zwischen den turmartigen Palästen der Stadt spannten, luftige Stege, die zu betreten einfachen Bürgern strengstens verboten war.

Die Sänfte wurde von acht dunkelhäutigen Mohasklaven getragen und war aus jenem kostbaren schwarzen Holz gefertigt, das man auf den dschungelbedeckten Inseln des tiefen Südens fand. Die schweren samtenen Vorhänge waren zugezogen, sodass Mahmud nicht erkennen konnte, wer sich mit solcher Pracht durch die Basare bewegte.

Plötzlich war weiter vorn ein Schrei zu hören. Es war die unverwechselbare Stimme der Bettlerin. Unter Einsatz seines Wanderstabs drängte sich Mahmud an dem dicken Kaufmann vorbei und sah, wie ein Stück weiter oben Almandina im Gedränge in den Staub der Gasse gestürzt war. Unbeholfen versuchte sie, wieder auf die Beine zu kommen, doch noch bevor sie sich aufgerichtet hatte, stolperte eine der Tänzerinnen aus der Eskorte der Sänfte über sie, was mit allgemeinem Gelächter quittiert wurde. Verzweifelt drängelte Mahmud sich die Straße hinauf, um der Bettlerin beizustehen. Er hätte auf sie achten sollen, statt stumpf vor sich hinzubrüten! Schon hatte einer der muskelbepackten Leibwächter Almandina ergriffen und ihr einen Schlag versetzt. Einige der anderen Krieger hatten ihre Waffen gezogen, so, als befürchteten sie, in einen Hinterhalt geraten zu sein.

»Bitte verschont meine Tochter!«, schrie Mahmud lauthals. »Bitte, lasst Gnade walten, tapferer Held!«

Der Krieger, der Almandina gepackt hatte, blickte zu Mahmud herüber, der an den anderen Wachen vorbei die Gasse hinaufeilte.

»Verschonen?« Der Soldat lächelte grimmig. »Im Dreck hat sie gelegen, und in den Dreck gehört sie auch.« Er stieß die Bettlerin zu Boden und versetzte ihr einen Fußtritt.

Almandina hatte schützend die Hände erhoben und

ertrug die Schläge, ohne auch nur einen Laut von sich zu geben.

»Möge dir Rastullah die ganze Härte, die in deinem Herzen wohnt, von anderer Stelle nehmen, sodass dein Weib auf immer unfruchtbar bleibe, du Sohn einer Hyäne!« Mahmuds Stimme klang laut und so unheilschwanger, dass die Menge rundherum schlagartig verstummte.

Der Söldner erstarrte inmitten seiner Bewegung. »Nimm diesen Fluch von mir«, flüsterte er heiser. Mahmud war jetzt bis zu ihm vorgedrungen und hob Almandina auf. »Nimm den Fluch zurück, alter Mann!« Die Stimme des Kriegers klang jetzt lauter, und seine Hand glitt zum Dolch an seinem Gürtel.

»Töte mich, und meine Verwünschung wird dich für immer verfolgen«, zischte Mahmud.

»Was ist da vorne los?« Der Mann in der Sänfte hatte den Vorhang zurückgeschlagen und schaute die Gasse hinab. Einen Atemzug lang haftete Mahmuds Blick am Gesicht des Erhabenen. Es war ein Mann in mittleren Jahren mit dunkler Haut, einem aufwändig frisierten Spitzbart und schweren goldenen Ohrringen. Seine Augen waren schwarz wie die Nacht, und unter einem Turban aus roter Seide reichte ihm das gelockte schwarze Haar bis zu den Schultern. Erschrocken wandte sich der Märchenerzähler ab. Es war nicht gut, den Unwillen der Erhabenen zu wecken, und schon gar nicht, Harun al Matassa aufzufallen, einem stadtbekannten Schwarzmagier.

»Der Fluch …« Der Soldat hatte Mahmud gepackt. »Nimm ihn von mir!«

»Das kann ich nicht. Nur du selbst kannst ihn brechen. Sei weniger grausam zu denen, die ohnehin keine würdigen Gegner für dich sind, und der Fluch wird von dir fallen, noch bevor das Nachtgestirn sich wieder rundet.« Mit diesen Worten riss sich Mahmud los und schob Almandina vor sich her durch die Menge. Dann verschwanden sie in einer kaum schrittbreiten Gasse.

Mahmud hatte seinen Arm um die Hüfte der Bettlerin geschlungen, und so schnell ihn die alten Beine trugen, machte er sich mit ihr davon. Noch zweimal wechselte er die Richtung, bis er sicher war, dass ihnen niemand folgte.

Als sie endlich den Basar der Teppichhändler erreichten, hatte sich dort eine große Menschenmenge versammelt. Erschrocken zögerte Mahmud und überlegte, ob er nach dem Vorfall nicht lieber einen abgeschiedeneren Ort aufsuchen oder vielleicht sogar die Stadt verlassen sollte. Doch dann siegte sein Pflichtgefühl. Er war ein Märchenerzähler und wollte nicht den größten Frevel eines Märchenerzählers begehen: sein Publikum zu verlassen, bevor er seine Geschichte vollendet hatte. Er würde bleiben! Und wenn es ihn das Leben kostete!

Almandina schien zu spüren, welchen inneren Kampf er ausfocht. »Ich möchte wieder neben Euch sitzen, wenn Ihr Eure Geschichte erzählt, *Vater*«, flüsterte sie leise.

Der Märchenerzähler zuckte innerlich zusammen. Sie hatte also gehört, dass er sie im Streit mit dem Soldaten *Tochter* genannt hatte. Er hatte es gesagt, ohne groß darüber nachzudenken, was es für sie bedeuten würde. Es war einfach in der Hoffnung geschehen, dass der grausame Krieger die Tochter eines alten Mannes vielleicht mit mehr Milde behandeln würde als irgendeine Bettlerin. Doch viel schwerer als für den Soldaten hatten seine Worte offensichtlich für Almandina gewogen. Und er konnte sie nicht mehr zurücknehmen! Bisher hatte er nicht mehr als Mitleid für die entstellte kleine Frau empfunden, doch vielleicht war es ein Wink des Schicksals, dass er sie getroffen hatte? Vielleicht gab ihm Rastullah Gelegenheit, ein wenig von der Schuld abzutragen, die er auf sich geladen hatte? Und doch brachte er die Bettlerin in Gefahr, wenn er sie bei sich behielt.

Mahmud blickte Almandina einen Atemzug lang zweifelnd an. Dann fiel ihm ein, dass sie sehr wohl wusste, welches Risiko sie einging. Sollten sie tatsächlich wegen des Zwischenfalls mit der Sänfte verfolgt werden, begaben sie sich in größte Gefahr, wenn sie für jeden Verfolger unübersehbar inmitten aller, die der Geschichte von Omar und Melikae lauschten, im Basar der Teppichhändler saßen.

Der Märchenerzähler lächelte die Bettlerin an. »Wenn wir schon gemeinsame Feinde haben, dann sollten wir auch in Zukunft gemeinsam von Stadt zu Stadt ziehen. Erweist du mir die Ehre und wirst meine Schülerin?«

Almandina blickte verlegen zu Boden und schüttelte den Kopf. »Ich … ich bin es nicht wert. Schaut mich an! Ich bin entstellt. Die Leute laufen fort, wenn sie mich sehen. Sie würden mir niemals zuhören, wenn ich ein Märchen erzählte.«

Mahmud drückte sie an sich und strich ihr sanft über das Haar. »Vergiss, wie du aussiehst. Wenn du dich schämst, dann werden wir dein Gesicht hinter einem hauchdünnen Schleier verbergen, so wie Neraida es einst getan hat, und auch deinen geschundenen Körper wird niemand bemerken, wenn du ein weites Gewand trägst. Die Magie des Märchenerzählers liegt sicher zu einem Teil in seiner Geschichte, aber noch viel wichtiger ist seine Stimme. Und deine Stimme, Almandina, ist so schön und vollkommen, dass sich niemand ihrem Zauber wird entziehen können.«

»Ihr macht mich verlegen, Meister. Noch nie hat jemand etwas Gutes in mir gesehen, und ich kann auch nicht mehr glauben, dass etwas Gutes in mir wohnen mag. Ich bin eine Bettlerin und werde eines Morgens tot in der Gosse liegen.«

»Heute Abend wirst du an meiner Seite sitzen, und du wirst sehen, dass deinetwegen keiner gehen wird. Und wenn du mir vertraust, dann werde ich dich das Märchenerzählen lehren.«

»Ich …« Almandina löste sich von ihm und trat einen

Schritt zurück in die dunkle Gasse, aus der sie gekommen waren.

»Hab keine Angst! Heute Abend wirst du nur neben mir sitzen.« Mahmud streckte ihr die Hand entgegen, und eine seltsame Aura schien ihn zu umgeben; vielleicht war es aber auch nur der unstete Schein der Fackeln und Öllämpchen, die hinter ihm den Basar erhellten. Einige Atemzüge lang verharrte Almandina unentschlossen am Eingang der Gasse. Doch dann fasste sie sich ein Herz, trat hervor und ergriff die ausgestreckte Hand des Märchenerzählers.

Mahmud war überrascht, als er, endlich auf seinem gewohnten Platz thronend, übersehen konnte, wie viele Menschen gekommen waren, die Geschichte von Omar und Melikae zu hören. Da waren die Kinder und alten Weiber, die schon am letzten Nachmittag seiner Erzählung gelauscht hatten, und selbstverständlich saß der ungeduldige kleine Omar wieder an seiner Seite, aber auch viele Handwerker aus den angrenzenden Gassen hatten sich eingefunden. Hier und dort sah man einige sonnengegerbte Wüstenkrieger, die am Nachmittag vielleicht Geschäfte auf den berühmten Kamel- und Pferdemärkten von Fasar getätigt hatten. Fast wie eine Insel stach die kleine Gruppe von Zwergen mit ihren breitkrempigen schwarzen Schlapphüten aus dem Meer der bunt gewandeten Tulamiden und Novadis hervor. Meister Arom war also wie angekündigt mit seinen Gästen gekommen, und den Diener mit dem Drachenfass hatte er auch gleich mitgebracht. Gleich neben ihnen hatte sich, auf einem seidenen Teppich und von muskelstrotzenden Leibwächtern umringt, eine grell geschminkte Kurtisane niedergelassen. Ein wenig abseits, schräg hinter den Zwergen, standen zwei Gewappnete, deren spitze Helme verräterisch im Halbdunkel eines Baldachins schimmerten, und beobachteten misstrauisch den Menschenauflauf, so als befürchte einer der Erhabenen, der

Märchenerzähler könne die Menge gegen die Herren der Stadt aufbringen.

Mahmud räusperte sich leise und konnte nur schwer ein zufriedenes Lächeln unterdrücken. Auch wenn er sich schon vor langer Zeit geschworen hatte, alle Eitelkeit abzulegen, so verspürte er in einem verborgenen Winkel seines Herzens doch stets Genugtuung, wenn er bemerkte, dass zumindest einige der Herren im Land der Ersten Sonne ihm mehr als nur Respekt entgegenbrachten. Noch einmal ließ er den Blick über die Menge schweifen, lauschte dem leisen Murmeln, das über dem Platz lag und das er mit einer winzigen Geste schlagartig verstummen lassen konnte.

Der würzige Duft von Wasserpfeifen, grünem Tee und frisch gebackenen Fladenbroten schwängerte die laue Nachtluft. Ein Geruch, der Mahmud lieber war als selbst die kostbarsten Parfüms aus dem sündigen Al'Anfa, denn es war der Atem des Lebens, der ihm entgegenschlug. So verharrte er, genoss den Augenblick und fragte sich, wie viele Nächte wie diese ihm wohl noch vergönnt wären. Dann breitete er wie der Hohepriester eines Götzenkultes die Arme aus, und es ward still in der engen Gasse, als er seine Stimme erhob, um zu erzählen.

Es schien, als habe der allweise Rastullah beschlossen, den Sterblichen die Sinnlosigkeit ihres Kampfes gegen das Schicksal vor Augen zu führen, indem er all ihre Wege ins Leere führte. Als Omar und Gwenselah sich gen Unau wandten, glaubten sie, eine Reise von nur wenigen Tagen vor sich zu haben. Sie hatten den Weg über das rastullahgefällige Keft gewählt, doch mussten sie in der Stadt des einzigen Gottes erfahren, dass es unmöglich war, noch weiter in Richtung des Morgenrots zu reisen, ohne in den großen Krieg hineingezogen zu werden. Da es aber ihr Bestreben war, den Dienern des dunklen Götzen nicht schon aufzufallen, bevor sie das geknechtete Unau erreicht hat-

ten, entschlossen sie sich, jenseits des Manekh-Chanebi vorbei an der Oase Manesh bis tief ins Shadif vorzustoßen, um dann in weitem Bogen wieder den Weg nach Unau aufzunehmen. Als sie nach mehreren Gottesnamen schließlich den südlichsten Punkt ihres Weges erreicht hatten, traf sie Rastullahs Zorn, so wie der Blitz den einzigen Baum in der Ebene zerschmettert. Das Werkzeug des Gottes aber war ein Rudel beutegieriger Khoramsbestien, die das Lager der beiden Aufrechten angriffen, ihren Meharis die Vorderläufe durchbissen und ihre Wasserschläuche in Stücke rissen. Hätte nicht Rastullah selbst den Zorn der Bestien gelenkt, die Helden hätten den nächsten Morgen nicht mehr gesehen. So aber wichen die gierigen Räuber, ohne Omar und Gwenselah auch nur verletzt zu haben. Doch die Zahl der Meilen, die sie von Unau trennte, war größer noch als die geheiligte Zahl der Gebote, die Rastullah einst zu Keft seinem Volk verkündet hatte.

Neraida aber war auf ihrem Weg nach Norden gemeinsam mit den Söhnen Kasims und den Beni Novad auf Scheich Jassafer Yhlal Al-Ghos'Mherwed gestoßen, der an der Seite seines Bruders Yali Hachman und dreihundert weiterer Getreuer Krieg gegen die Ungläubigen führte. Obwohl die Söhne der Wüste lieber ihr Blut als ihre Ehre gaben und sich entschlossen hatten, den Ersten unter den Gläubigen mit ihrem Leben zu verteidigen, war Kalif Abu Dhelrumun aus seinem Mherweder Palast gen Gorien geflohen und hatte seine Residenz aufgegeben, lange bevor das Heer der Feinde vor den Toren der Stadt stand. Was ihm an Mut fehlte, das war den Streitern der Wüste zehnfach gegeben. So entschieden die drei Scheichs, nachdem sich das Heer der Ungläubigen nach seinen Plünderungen im Balash überraschend von Mherwed abgewandt hatte und wieder in den Süden gezogen war, den Kriegern des Raben die beiden kleinen Städte Madrash und Bakir wieder zu entreißen. Doch so unergründlich die Weisheit Rastullahs ist, so unbegreiflich ist dem Menschen oft auch der

Wille des Gottes. Während die Beni Novad zusammen mit den Kasimiten und hundert Reitern des Scheichs Jassafer das Städtchen Madrash im Sturm nahmen und nicht einer der Söldner des Patriarchen sein Leben vor dem Zorn der Streiter Rastullahs retten konnte, so fügte es der unergründliche Gott zur gleichen Stunde, dass der Angriff auf Bakir fehlschlug und die Brut des Raben über die Löwen der Wüste triumphierte. Ja, es schien, als habe sich Rastullah mit Scham von seinem Volk abgewandt, denn noch während sie in Madrash den Sieg über die Ungläubigen feierten, erreichte die Scheichs die Nachricht, dass nun auch die Oase Hayabeth verloren war und die Vorhut von Tar Honaks Heer in Gewaltmärschen ein zweites Mal auf Madrash vorrückte. Als sie dies aber vernahmen, herrschte großes Geschrei unter den Tapferen, und selbst Scheich Jassafer, der noch zur Mittagsstunde so furchtlos gegen die Eroberer gefochten hatte, verließ aller Mut.

Wie ein gefangener Löwe durchmaß Scheich Jassafer nun schon zum dritten Mal den weiten Hof der Karawanserei, in dem sich die Anführer der Wüstenkrieger versammelt hatten. Fluchend raufte er sich den Bart, und in seinem Schmerz hatte er sich das Gesicht mit den Fingernägeln zerkratzt. Schließlich blieb er in der Mitte des Hofes stehen und drehte sich zu den anderen beiden Scheichs um.

»Wir müssen Madrash verlassen. Wir haben keine andere Wahl. Der Späher sagt, dass mindestens dreihundert Krieger der Vorhut im Morgengrauen die Stadt erreichen und spätestens bis zum Abend das ganze Heer des Raben vor Madrash lagern wird. Jeder Widerstand gegen eine solche Übermacht wäre sinnlos.«

»Er hat recht«, stimmte Ali von den Beni Novad verdrossen zu.

»Wenn wir bleiben, werden wir so wehrlos sein wie die Ameise im Wurfnetz der Wüstenspinne.«

Gespannt blickte Neraida zu Said, der gelassen am hohen Tor der Karawanserei lehnte. Seit sie die Schreckensnachricht über das Heer des Raben erreicht hatte, war er stumm geblieben. Würde auch er sich dem Schicksal beugen? Der Salzgängerin fiel es noch immer schwer zu glauben, dass ihr Kampf gegen die Eroberer wieder einmal sinnlos gewesen sein sollte. Sie hatte zwar seit den Ereignissen am Brunnen von El Amra einen festen Platz im Rat der Krieger, doch wie gern hätte sie diese Ehre verschenkt, wenn sie dafür nur ein einziges Mal hätte erleben dürfen, wie die Ungläubigen eine wirkliche Niederlage erlitten. Was bedeutete schon Madrash? Sie hatten eine kleine Garnison niedergemacht, und nicht einmal dieser Triumph würde länger als einen Tag währen! Es war zum Verzweifeln! Immer öfter dachte sie darüber nach, ob Rastullah sein Volk mit Knechtschaft strafen wollte, auch wenn der Prophet Almansor und der Mawdli Nebahath den Siegeszug der Al'Anfaner anders deuteten.

Noch immer blickten die beiden Scheichs zu Said und warteten auf das Wort des Kasimiten. Schließlich trat Ali ungeduldig vor den Verschleierten. »Hat dir das Entsetzen die Zunge gelähmt, Said von den Söhnen Kasims? Muss ich dich aus deiner Starre rütteln? Oder soll ich dich besser gleich auf dein Pferd binden und in deine Oase zurückschicken, damit du zusammen mit den Weibern über die Schrecken des Krieges jammern kannst?« Auch wenn Nebahath die beiden gezwungen hatte, gemeinsam gegen die Ungläubigen zu ziehen, war der Ton, in dem sie miteinander sprachen, keineswegs freundlicher geworden.

»Mich erschreckt nur eins: die Erkenntnis, dass ich in einem Schwarm von Wüstenflöhen tapferere und zuverlässigere Verbündete hätte als in den Beni Novad, ganz zu schweigen von Euch, Scheich Jassafer. Kampflos wird kein Kasimit aus Madrash weichen, und sollte es Rastullahs Wille sein, dass wir unterliegen, so sind wir tapfer genug, dem Unvermeidlichen ins Auge zu sehen. Mehr habe ich nicht zu sagen, denn meine Zunge erträgt es nicht, zu Feiglingen zu sprechen.«

»Kasimitischer Narr!«, brüllte Jassafer. »Wem nutzt es, wenn wir alle unser Leben verschenken? Das hat nichts mit Mut zu tun!«

»Du nennst mich und meine Krieger Feiglinge, Said?« Es kostete den bärtigen Ali offensichtlich größte Mühe, dem Kasimiten nicht an die Gurgel zu springen.

»Mir fällt kein anderes Wort für Männer ein, die die Flucht ergreifen, noch bevor der Feind in Sicht kommt.«

»Hört auf zu streiten!« Jassafer packte Ali und versuchte, ihn von Said wegzuzerren, bevor ein Unglück geschah. »Nur wenn alle Sippen zusammenhalten, können wir gegen die Götzenanbeter bestehen.«

»Lass mich los!«, zischte Ali. »Es besudelt meine Ehre, von der Hand eines Feiglings berührt zu werden.«

»Was? Hat dir ein Dschinn die Sinne verwirrt? Du hast mir doch eben noch zugestimmt, dass unsere einzige Rettung die Flucht ist.«

»Dreh mir nicht das Wort im Mund um, Jassafer. Davon habe ich nie gesprochen.«

»Und was ist mit den Ameisen, die wehrlos im Wurfnetz der Wüstenspinne gefangen sind? Waren das nicht deine Worte?«, höhnte Said. »Ein erstaunlich gelehrtes Bild für einen Beni Novad, von denen es doch heißt, sie seien so dumm, dass sie nicht einmal die Finger einer einzigen Hand abzählen können.«

»Nun, mein besserwisserischer Freund. Wenn du so klug bist, wie du tust, dann müsstest du doch wissen, dass die Wüstenspinne manchmal mit ihrem Netz ihr Opfer verfehlt. Geht aber der erste Angriff fehl, kann die Ameise, wenn sie ein Krieger ist, mit ihrem Mut die viel größere Spinne bezwingen. Und was mich und meine Männer angeht, werden wir hierbleiben und den ersten Angriff abwarten, denn ein Beni Novad kennt weder Furcht noch Flucht.«

»Ihr seid ja beide von Sinnen! Wenn ihr glaubt, ich lasse mich von eurer Dummheit beeindrucken und bleibe auch, dann habt ihr euch geirrt. Was euch fehlt, ist die Weisheit des Alters, und so wie ich die Dinge sehe, werdet ihr auch keine Gelegenheit mehr haben, diese Weisheit zu erlangen.«

»Geh nur, alter Mann!«, versetzte Said kühl. »Ich werde nicht versuchen, dich zu halten. Und wenn hier sonst noch jemand den Kuss der Weisheit verspürt und sich Jassafer anschließen möchte, so werde ich ihn nicht zurückhalten.«

Die Berater Jassafers, die wie die anderen Krieger im Hof schweigend dem Streit der Scheichs beigewohnt hatten, erhoben sich und durchschritten mit ihrem Anführer das Tor.

»Nun, möchte sonst noch jemand gehen?« Ali blickte Neraida an und lächelte auf anzügliche Weise. »Man kann schließlich nicht von jedem verlangen, wie ein Krieger zu sterben.«

»Stimmt«, entgegnete die Salzgängerin ruhig. »Also prüft noch einmal Euer Herz, Scheich. Schließlich seid Ihr ein Beni Novad.«

»Wie meinst du das, Neraid al Barad?« Alis Hand glitt zum Knauf seines Khunchomers.

»So wie ich es sage, Beni Novad.«

»Sprich den Namen meines Volkes noch einmal wie ein Schimpfwort aus, und ich reiße dir das Herz heraus, du Mannweib!«

Neraida stand langsam auf. Sie war zwar bei Weitem nicht so muskulös wie Ali, aber fast einen halben Kopf größer als der Scheich. Hinter Ali hatten sich seine Berater versammelt, bereit, die Ehre ihres Stammes jederzeit mit dem Schwert zu verteidigen.

»Ich kämpfe nicht mit Kleineren, Beni Novad. Das ist gegen meine Ehre als Kriegerin.«

»Du …« Ali riss den Khunchomer aus der Scheide und

ging wütend auf Neraida los. Mit einem tänzerischen Schritt wich die Salzgängerin seinem Schlag aus und zog ihrerseits den Krummsäbel.

»Genug!« Said trat zwischen die beiden Streithähne. »Wir werden morgen mehr als genug Gelegenheit haben, unseren Mut zu kühlen. Bis dahin schlage ich vor, dass die Beni Novad die westliche Hälfte der Stadt besetzen und ich mit meinen Kriegern hier im Osten bleibe.«

»Wir kuschen nicht, nur weil ein Kasimit bellt. Ich kann deinen Vorschlag nur annehmen, wenn ihr diejenigen seid, die weichen. Ich jedenfalls werde den Osten der Stadt nicht verlassen.«

Neraida blickte zu Said. Gäbe er dem Hurensohn darauf die passende Antwort? Sie brauchten keine Beni Novad, um Madrash zu verteidigen. Sie sollten Ali und die Bastarde, die er Gefolgschaft nannte, hinauswerfen. Doch Said verhielt sich eigenartig. Er blieb ruhig und zuckte ergeben mit den Schultern. »Wie du meinst, Ali, dann werde ich mit meinen Leuten den Westteil der Stadt besetzen.«

»Schön. Ich sehe, die Söhne Kasims haben endlich erkannt, wer hier wem zu weichen hat.« Ali grinste zufrieden, doch dann trat einer seiner Berater hinter ihn und flüsterte ihm aufgeregt gestikulierend etwas ins Ohr. Fast schlagartig verfinsterte sich die Miene des Scheichs wieder.

»Du bist ein elender Betrüger, Said!«

»Was?« Es war offensichtlich, dass die Geduld des Kasimiten erschöpft war.

»Alle Brunnen der Stadt und der Fluss liegen im Westen! Du willst wohl, dass wir bei dir um Wasser winseln müssen. Oder wolltest du uns verdursten lassen?«

»Ich war mir dessen nicht bewusst und ...«

»Schweig!« Alis Augen sprühten vor Zorn. »Jedes Kind weiß, dass ein Kasimit sein Antlitz hinter einem Schleier verbergen muss, weil ihm die Falschheit ins Gesicht geschrieben steht.«

»Dann lass uns in Rastullahs Namen die Stadt in eine nördliche und eine südliche Hälfte teilen.« Saids Stimme klang gepresst, ganz so, als koste es ihn größte Anstrengung, Ali nicht an die Kehle zu gehen.

»Ich muss mich erst mit meinen Männern beraten, bevor ich mit einer Schlange verhandle.«

»Die Schlange stört sich nicht an den Bräuchen der Wüstenflöhe«, entgegnete Said scharf. Doch Ali nahm die Beleidigung nicht weiter zur Kenntnis und zog sich mit seinen Kriegern in den hintersten Winkel des Hofes zurück. Es dauerte eine Ewigkeit, bis die Beni Novad ihr Palaver beendet hatten. Zweimal schickten sie einen Krieger in das Städtchen, der die Örtlichkeiten prüfte, damit sie sicher waren, nicht betrogen zu werden. Schließlich kehrte Ali zurück und baute sich in majestätischer Pose, die Hände in die Hüften gestützt, vor Said auf.

»Wir werden deinen Vorschlag annehmen, Said von den Söhnen Kasims, wenn du zwei Bedingungen erfüllst!«

»Welche?«

»Erstens müssen wir die Stadthälften so teilen, dass die Grenze genau durch die Mitte des Tores zu diesem Hof läuft, denn wir werden keinesfalls vor euch weichen. Zweitens können wir euch nur dann die südliche Hälfte der Stadt überlassen, wenn die Einteilung noch vor dem Morgengrauen wieder aufgehoben wird. Denn wer im Süden steht, wird die Ehre haben, sich als Erster den Al'Anfanern zu widersetzen; und den Vorzug, als Erste in die Schlacht zu ziehen, werden wir euch auf keinen Fall überlassen.«

»Aber im Süden gibt es viel mehr stinkende Ställe als im Norden. Warum sollten wir das annehmen?«, meldete sich einer der Berater Saids zu Wort. »Glauben die Beni Novad etwa, sie könnten uns wie Vieh behandeln?«

»Genug!« Saids Stimme überschlug sich vor Wut. »Ich bin es leid, mit Krämerseelen um ein Nachtlager zu feilschen. Alle meine Krieger werden in der südlichen Hälfte dieses Hofes Quartier beziehen. Schließlich findet sich hier in der Karawanserei alles, was wir brauchen. Mögen die Beni Novad nehmen, was ihnen gefällt. Ich bestehe nur darauf, am Eingang der Stadt Wachen aufstellen zu lassen.«

Ali kratzte sich unschlüssig am Bart. Dann nickte er schließlich. »Das ist möglich, aber meine Männer werden die Nordhälfte des Hofes nehmen und euch im Auge behalten.«

»So sei es.« Ohne ein weiteres Wort drehte sich Said um und schritt auf die Südhälfte des Tors zu. Als er an Neraida vorbeikam, zischte er leise: »Möge Rastullah diesen Haderer in den kältesten Winkel der Niederhöllen schleudern. Lieber ziehe ich allein gegen hundert Götzenanbeter, als noch einmal mit einem weinerlichen Kameltreiber über irgendetwas zu verhandeln. Wenigstens haben sie nicht bemerkt, dass auf unserer Seite des Hofs das Gästehaus der Karawanserei steht. So werden wir den Rest der Nacht zumindest in einem bequemen Quartier verbringen.«

Mit zusammengekniffenen Augen blickte Neraida nach Osten, wo der Silberschleier, der den beginnenden Tag angekündigt hatte, vom Rot der aufgehenden Sonne vertrieben wurde. Fast schien es, als hätte Rastullah den Horizont in Flammen gesetzt.

Wie oft sie das Ereignis eines Sonnenaufgangs wohl noch verfolgen durfte? Vielleicht wäre es doch klüger gewesen, mit Scheich Jassafer zu ziehen.

Noch vor dem Morgengrauen hatten die Krieger der Kasimiten und der Beni Novad Stellung auf den Dächern entlang der Hauptstraße bezogen, die parallel zum Fluss durch die kleine Stadt lief. Außer der Karawanserei gab es nicht einmal hundert Häuser in Madrash: weiß gekalkte kleine Lehmziegelbauten, die sich um winzige Höfe scharten. Fast alle hatten sie flache Dächer mit gemauerten Brüstungen, auf denen die Krieger jetzt in Deckung lagen.

Die Einwohner von Madrash waren noch in der Nacht in die Hügel im Osten der Stadt geflohen, als sie gehört hatten, dass um den Ort ein zweites Mal in nur zwei Tagen eine Schlacht entbrennen würde.

Feiges Pack, dachte Neraida verächtlich. Lieber duldeten sie die al'anfanischen Besatzer, als ihr Hab und Gut zu verteidigen. Andere sollten für sie bluten!

Plötzlich unruhig geworden, robbte die Salzgängerin ein Stück nach vorn und spähte über die Brüstung. Unter ihr lag die breite Straße, die zur Karawanserei in der Mitte der Ortschaft führte. Die Stadt zog sich einen Hügel hinauf, der im Westen zum Fluss hin steil abfiel. So waren die Häuser im Frühjahr vor dem Hochwasser des Mhalik geschützt. Dutzende von Bergbächen speisten den Fluss, der sich bei schweren Regenfällen oder wenn hoch auf den Bergen der Schnee schmolz, binnen weniger Stunden in einen reißenden Strom verwandeln konnte.

Fast wie eine Burg lag die durch hohe Mauern geschützte Karawanserei auf dem Gipfel des kleinen Hügels, unmittelbar neben dem Basar, wo in friedlicheren Zeiten fliegende Händler und die Bauern der Umgebung ihre Waren feilboten. Dorthin, in die Karawanserei, sollten sie sich zurückziehen, wenn die Stellungen entlang der staubigen Straße nicht mehr zu halten waren.

Der Mann neben Neraida stieß die Salzgängerin mit dem Ellbogen in die Seite und zeigte nach Süden. »Sie kommen.«

In der Ebene vor der Stadt war eine Staubwolke zu erkennen. Es dauerte noch eine ganze Weile, bis sich in dem Staub unscharf eine Marschkolonne abzeichnete. Es waren Fußsoldaten in schwarzen Waffenröcken. Dieselben Kämpfer, die vor nicht ganz sechs Gottesnamen zum Sturm auf die Oberstadt von Unau angetreten waren. Neraida verspürte einen Kloß im Hals. In Unau hatten die

Söhne Rastullahs das Heer des Patriarchen dreißig Tage lang hinhalten können, doch war die Oberstadt auch gut befestigt gewesen. Madrash könnte man nicht einmal dreißig Stunden lang verteidigen. Und schon gar nicht gegen eine solche Übermacht.

Ein Reiter trennte sich von der Marschkolonne und kam auf die Stadt zu. Er trug eine weiße Fahne und näherte sich bis auf wenige Pferdelängen dem Ortseingang. Höchstens fünfzig Schritt war er von Neraida entfernt. Der Kasimit neben ihr zog einen Pfeil aus seinem Köcher und legte ihn auf die Bogensehne. Doch spannte er seine Waffe noch nicht.

»Wir wissen, dass ihr hier auf uns wartet, Rebellen. Wir haben Freunde in der Stadt, die uns von euch berichtet haben!«

Neraida schnaubte verächtlich. Sie hätten sich denken können, dass es unter den hiesigen Bauern Überläufer gab. Sie hätten ihnen nicht gestatten dürfen, Madrash zu verlassen.

»Seine Hochwürdigste Erhabenheit, Tar Honak, Patriarch von Al'Anfa, ist gewillt, euch das Leben zu schenken. Wenn ihr jetzt sofort eure Waffen niederlegt und euch vor der Stadt versammelt, sollt ihr das Glück haben, als Sklaven in Diensten des allmächtigen Al'Anfa zu überleben. Solltet ihr in eurer Verblendung allerdings darauf bestehen, Widerstand zu leisten, so soll ich euch ausrichten, dass noch vor der Mittagsstunde jeder von euch in die Niederhöllen gefahren sein wird. Denn wer den Götzen Rastullah anbetet, den erwartet nach seinem Tod nichts als ewige Verdammnis.«

Weiter vorn erhob sich Said auf einem Häuserdach. Mit blankem Schwert in der Hand und wehendem Umhang sah er im roten Morgenlicht aus wie einer jener Helden aus längst vergangenen Zeiten, von denen heute nur noch die Märchenerzähler zu berichten wissen.

»Ich schenke dir dein Leben, Wurm, doch kann ich deinen Anblick und deine Gotteslästerungen nicht länger ertragen. Kriech zurück zu deinem Herrn und sag ihm: Ein Kasimit stirbt, aber er ergibt sich nicht!«

Ohne Verzug wendete der Bote sein Pferd und galoppierte, begleitet vom Hohngelächter der Krieger, zur Marschkolonne zurück.

Wer auch immer die Vorhut der Al'Anfaner kommandierte, hatte keine Eile mit dem Angriff auf Madrash. Zunächst rasteten die Truppen eine Weile außerhalb der Reichweite der Novadibogenschützen. Dann formierten sich die knapp dreihundert schwarzgewandeten Krieger zu sechs Abteilungen etwa gleicher Größe und nahmen Aufstellung in der Ebene vor der Stadt.

»Sie wollen uns zu einem Ausfall herausfordern, doch wir durchschauen den schlichten Geist ihres Anführers und werden weiter auf sie warten!«, rief Said seinen Kriegern auf den Dächern zu.

Allmählich breitete sich Unruhe unter den Männern aus. Kasimiten und Beni Novad waren tapfere Kämpfer, doch war ein jeder gewohnt, für sich allein zu streiten und in wilden Angriffen seinen Mut unter Beweis zu stellen. Tatenlos in Deckung zu bleiben und den Feinden beim Exerzieren zuzusehen, widersprach der Natur eines jeden Wüstenkriegers zutiefst.

Auch Neraida wurde immer ungeduldiger. Wie die meisten anderen stand sie jetzt aufrecht auf einem Häuserdach und blickte nach Süden zu den Heiden. Immer noch hielten sich die Al'Anfaner rund hundert Schritt vom ersten Haus am Fuß des Hügels entfernt. Zwei Einheiten hatten unmittelbar vor dem Ortseingang Stellung bezogen, die vier übrigen waren flankierend ein wenig zurückgeblieben. Es war jetzt offensichtlich, dass sie nur mit einem Drittel der Truppen über die Straße zur Karawanserei vorstoßen wollten. Die restlichen zweihundert Krieger würden versuchen, durch die engeren Straßen und Gassen vorwärtszukommen. Der Angriff würde also auf der ganzen Breite der kleinen Stadt erfolgen.

Wenn sie nur endlich losschlügen!, dachte Neraida. Ihnen zuzusehen, war schlimmer, als inmitten des hitzigsten Gefechts zu stehen.

»Wir sollten uns auf die Pferde schwingen und ihnen zeigen, dass wir keine Angst haben«, brummte der Bogenschütze neben ihr.

»Genau dazu wollen sie uns doch verleiten!«

»Na und? Wenn du nicht den nötigen Mut hast, Neraid, kannst du ja hierbleiben. Mich schrecken sie jedenfalls nicht ab und …« Fluchend schlug sich der bärtige Krieger gegen den Hals. »Dreimal verfluchte Moskitoplage hier am Fluss …« Mitten im Satz stockte er und tastete nach seinem Hals. Dabei drehte er sich leicht, und Neraida sah, was ihn *gestochen* hatte. Ein winziger, nicht einmal einen Spann langer Pfeil, kaum dicker als eine Nadel, steckte ihm dicht über dem Nackenwirbel im Hals.

Fluchend zog sich der Novadi das Geschoss aus der Wunde.

»Mohas!« Neraida hatte das Wort kaum über die Lippen gebracht, als von einem angrenzenden Häuserdach ein Schrei ertönte. Offensichtlich war auch dort ein Mann getroffen worden.

Das Exerzieren war nur ein Ablenkungsmanöver gewesen! Neraida erbleichte. Während sie dem Hauptteil der feindlichen Truppen beim Aufmarsch zugesehen hatten, mussten sich die Mohas vom Fluss her in die Stadt geschlichen haben. Wie konnte man einem so heimtückischen Angriff begegnen? Die Ereignisse ließen der Salzgängerin keine Zeit mehr, über die Fehler in der Strategie der Scheichs nachzudenken. Ein Pfeil verfehlte Neraida nur um Haaresbreite und verfing sich in einer Falte ihres Umhangs. Gleichzeitig beobachtete sie, wie die Truppen, die bislang vor der Stadt paradiert hatten, mit dem Angriff auf die vordersten Häuserzeilen begannen.

Um ein kleineres Ziel für die Plänkler mit ihren Giftpfeilen abzugeben, warf sich die Salzgängerin flach auf das Häuserdach. Doch das war keine Lösung auf Dauer. Besorgt blickte sie zum Bogenschützen, der hinter der Dachbrüstung kauernd versuchte, einen der Plänkler auszumachen. Entweder wirkte das Gift des Pfeils noch nicht, oder er hatte Glück gehabt und das tückische Geschoss schnell genug aus der Wunde gezogen. Jedenfalls verhielt er sich noch ganz normal und schien keinerlei Schmerzen zu haben.

Weiter oben am Hügel erklang Hufschlag. Vorsichtig lugte Neraida über die Brüstung und schaute in Richtung der Karawanserei. Acht von Alis Männern kamen auf ihren feurigen Shadifs die Straße heruntergeprescht. Ohne sich im Mindesten an die vereinbarte Strategie zu halten, hatten sie sich selbstständig gemacht und versuchten offensichtlich, eine besonders glänzende Rolle in der Schlacht um Madrash zu spielen.

Mit leisem Klicken schlug ein Giftpfeil zwei Handbreit neben der Salzgängerin gegen die Brüstung. Er schien aus einer dunklen Türöffnung auf der anderen Straßenseite abgefeuert worden zu sein. Wie viele von diesen heimtückischen Schützen wohl in die Stadt eingedrungen waren?

»Siehst du die blau gestrichene Tür?«, flüsterte der Novadi. »Im Haus daneben sitzt unser kleiner Freund. Wenn du dich noch ein bisschen weiter aus deiner Deckung hervorwagst, könnte ihn das vielleicht zu einem weiteren Schuss reizen.«

»Und mir pustete er dafür einen seiner giftigen Holzsplitter ins Gesicht? Danke!«

»Ich hätte wissen müssen, dass du nicht genug Mut für so etwas hast.«

»Du solltest aufpassen, was …«

»Vorsicht!« Der Novadi verpasste ihr einen groben Stoß in die Rippen, sodass sie zur Seite rutschte. Leise sirrend wie eine Libelle zog ein Giftpfeil über sie hinweg.

»Er hat ein Haus weiter hinten gesessen, als ich dachte«, kommentierte der Novadi den Schuss kühl.

Vorsichtig lugte Neraida erneut über die Brüstung und beobachtete die Straße. In leichtem Bogen führte sie den flachen Hügel hinauf. Dicht an dicht standen auf beiden Seiten Häuser, zwischen denen nur hier und dort eine schmale Gasse auf den Hauptweg mündete. Ungefähr zehn Schritt weiter die Straße hinauf spannte sich ein flacher Torbogen über den Weg. Vielleicht hatte es dort früher einmal eine Befestigung gegeben. Heute war davon nicht mehr als ein bröckelnder Mauerbogen übrig.

»Wenn du den Kerl da unten ablenkst, werde ich versuchen, auf die andere Straßenseite zu kommen«, flüsterte Neraida. »Ich wette, ich kann ihn dazu überreden, seine sichere Deckung zu verlassen.« Die Salzgängerin versuchte ihre Worte mit einem grimmigen Lächeln zu unterstreichen, doch schien ihr das mehr schlecht als recht gelungen zu sein. Jedenfalls blieb der Novadi völlig unbeeindruckt.

»Gut.« Das war der einzige Kommentar, den er zu ihrem Plan abgab.

Verärgert zog sie sich von der Brüstung zurück. Viele der Krieger nahmen sie immer noch nicht ernst, doch noch vor Sonnenuntergang sollten sie wissen, dass Neraid al Barad, was Mut und Kampfgeschick anging, hinter keinem von ihnen zurückstehen musste! Ohne auch nur ein einziges Mal beschossen zu werden, überquerte sie drei Dächer, die lediglich durch kniehohe Mauervorsprünge voneinander getrennt waren. Dann aber blockierte eine Gasse ihren Weg. Zu allem Überfluss gab es zum Dach auf der anderen Seite, bedingt durch die Hügellage, einen beachtlichen Höhenunterschied. Doch jetzt konnte sie nicht mehr zurück, ohne sich lächerlich zu machen. Hoffentlich war niemand in der Gasse! Wenn sie sich auf der anderen Seite an der Mauerbrüstung hochziehen musste, war sie so gut wie wehrlos. Neraida wich ein Stück zurück, um besser Anlauf nehmen zu können. Dann richtete sie sich auf und rannte, so schnell sie nur konnte, auf die Mauerbrüstung zu.

»Rastullah!« Den Schlachtruf der Kasimiten auf den Lippen, stieß die Salzgängerin sich ab und sprang. Doch sie schaffte es nicht ganz. Das Haus war zu hoch. Fluchend klammerte sie sich an die Brüstung und versuchte, mit den Füßen Halt zu finden. Ihre Brüste schmerzten vom Aufprall gegen die Mauer. Nicht einmal zwei Schritt unter ihr lag die Gasse. Wenn sie abrutschte, konnte ihr eigentlich nichts geschehen, außer dass vielleicht ein paar Mohas irgendwo aus ihrer Deckung sprangen und über sie herfielen! Stöhnend mühte sie sich, mit einem Klimmzug das Dach zu erreichen. Plötzlich packte jemand nach ihren Armen, und alles andere als sanft wurde sie über die Mauerkrone gezogen. Überrascht starrte sie in die Gesichter zweier Novadis aus Alis Gefolgschaft.

»Sei bloß still!«, zischte sie der kleinere der beiden an. »Hoffentlich hast du noch nicht alles verdorben!«

»Was ...?«

Ihr Gegenüber legte einen Finger auf die Lippen und zeigte auf eine Falltür im Dach. »Unter uns sitzen mindestens drei dieser nackten Heiden. Wir wollen sie überraschen. Wenn ich dir gleich ein Zeichen gebe, reißt du die Luke auf, und Nazir und ich springen hinunter. Ist das klar?«

Neraida nickte stumm. Natürlich hatte sie verstanden! Aber sie würde sich die Freiheit nehmen, den Plan ein wenig abzuändern. Sie würde mitkommen. Wenn die beiden glaubten, sie würde auf dem Dach zurückbleiben, hatten sie sich geirrt!

Leise bezogen die drei Stellung um die Falltür. In die Mitte der Klappe war ein Eisenring eingelassen, der genau wie die angeschlagenen Amphoren und die geflickten Säcke, die auf dem Dach herumlagen, schon bessere Zeiten gesehen hatte. Neraida kniete nieder und griff nach dem Ring. Erwartungsvoll blickte sie zu den beiden Kriegern auf, doch die zwei verharrten reglos, so als würden sie auf ein für die Salzgängerin unsichtbares Zeichen warten. Der größere der beiden, den sein Gefährte Nazir genannt hatte, war ein wahrer Hüne, ein Krieger mit wildem schwarzen Bart und zwei Khunchomern, die er auf den Rücken gegürtet trug. Seine Kleidung war ehemals prächtig gewesen, doch hing sie ihm nun in Fetzen vom Leib, so wie den meisten Männern, die seit etlichen Gottesnamen im Kampf gegen die Al'Anfaner standen und die keine andere Heimat mehr kannten als den Sattel und ein hastig aufgeschlagenes Lager in der Wildnis. Sicher hatte der Bärtige einst zu den Leibwächtern eines Scheichs oder gar eines Sultans gehört, doch ebenso sicher war sein früherer Herr tot, sonst wäre er kaum an der Seite von Ali und seinen Novadis in den Kampf gezogen.

Der Kampflärm vom Eingang der kleinen Stadt schien sich langsam in ihre Richtung zu verlagern. Hier und dort waren auch ganz in der Nähe Schreie und das Klirren von Waffen zu hören.

Der kleinere Novadi zog sein Schwert. Vorsichtig, so als befürchte er, selbst das kleinste Geräusch könnte die Mohas unter ihnen aufschrecken, ließ er seine Klinge dabei zwischen Daumen und Zeigefinger gleiten. In fließender, eleganter Bewegung zog auch Nazir seine beiden Waffen, und Neraida fühlte sich unwillkürlich an eines der blutigen Rituale erinnert, in denen die Heiden ihren Götzen opferten. Ob Nazir noch etwas dabei empfand, wenn er tötete?

Der Kleinere nickte ihr stumm zu, und die Salzgängerin riss mit einem Ruck die Bodenluke auf. Ohne auch nur einen Augenblick zu zögern, sprangen die beiden in das dunkle Loch, das sich unter ihnen aufgetan hatte. Weder eine Treppe noch eine Leiter stand unter der Luke, und ein muffiger Geruch nach Lehm, kalter Asche und altem Olivenöl schlug Neraida entgegen. Rufe in einer fremden, ein wenig an das Gurren von Tauben erinnernden Sprache erklangen. Dann steigerten sie sich zu schrillen Schreien.

Was willst du noch hier oben? Neraida hatte das Gefühl, eine eigenartige Lähmung hätte sie ergriffen. Sollte sie vielleicht weniger Mut als die beiden Krieger haben? Sie war jetzt Neraid al Barad, und alle sollten wissen, dass sie den Beinamen ›der Kalte‹ zu Recht trug! Wütend biss sie die Zähne zusammen und sprang auch durch das Loch. Sie durfte der Feigheit keinen Platz in ihrem Herzen lassen! Federnd landete sie auf dem gestampften Lehmboden und versuchte, sich blinzelnd im Zwielicht der dunklen Kammer zu orientieren. Links von ihr erkannte sie Nazir, der zwei oder sogar drei der Waldmenschen in einer Ecke des Raums in die Enge getrieben hatte und mit wilden Schreien auf sie einschlug. Ein klirrendes Geräusch hinter ihr ließ die Salzgängerin herumfahren. Gleichzeitig riss sie ihren Khunchomer hoch. Ein Reflex, der ihr Leben rettete.

Ein über und über in grellen Farben bemalter Moha hatte einen Vorhang, der in einen angrenzenden Raum führte, beiseite gerissen und sprang mit erhobenem Dolch auf sie zu. Doch seine wilde Grimasse wurde zu einer Maske des Entsetzens, als er plötzlich das blinkende Schwert zwischen sich und der Salzgängerin sah. Wild mit den Armen rudernd, wollte er die Sprungrichtung ändern. Zu spät! Die scharf geschliffene Spitze des Khunchomers bohrte sich ihm in den Leib. Von der Wucht des Aufpralls wurden beide zu Boden gerissen. Es schien, als hätte Rastullah den Fluss der Zeit verlangsamt, so deutlich erlebte die Salzgängerin all das, was sich in weniger als einem Atemzug abspielte. Sie fiel zurück, der Moha prallte auf ihre Brust, und die Luft wurde ihr aus den Lungen gepresst.

Der Atem des Sterbenden schlug ihr warm ins Gesicht. Er hatte den Kopf gehoben, starrte sie an, und in seinen

Zügen mischten sich Schmerz und Überraschung. Die Salzgängerin fühlte, wie sich sein Blut in pulsierenden Stößen über ihren Leib ergoss. Dann sank der Kopf des Mohas nach vorn gegen ihre Schulter. Der sterbende Krieger summte mit heiserer Stimme eine in fremdartigen Rhythmus auf- und abschwellende Melodie. Neraida schloss die Augen und betete stumm zu Rastullah, dieses Grauen endlich zu beenden.

»Lebst du noch?« Etwas Warmes streifte ihre Wange. Dann fühlte sie, wie der sterbende Moha beiseitegerollt wurde. Ein leises Pfeifen ertönte.

»Wo hat es dich erwischt?«

»Ich glaube, nirgends.« Unsicher blinzelnd schlug die Salzgängerin die Augen auf. »Ist es vorbei?« Nazir hatte sich über sie gebeugt.

»Zumindest hier.« Einen Moment lang musterte er sie und legte die Stirn in Falten. »Kannst du aufstehen?«

Neraida nickte und stemmte die Ellbogen gegen den Boden. Sie fühlte sich schwach wie ein Neugeborenes. Als sie den Moha erblickte, wurde ihr schlecht. Nazir musste bemerkt haben, wie alle Farbe aus ihrem Gesicht wich. Er packte sie und half ihr, sich aufzusetzen. »Das erste Mal?« Seine Stimme klang so gelassen, als fragte er sie beiläufig nach ihrem ersten Kuss. Wieder nickte Neraida. Sie hatte das Gefühl, die Sprache verloren zu haben. Kaum gelang es ihr, den Blick von dem sterbenden Moha zu wenden. Er trug ein Halsband aus zähem rotem Leder. Ein Sklavenband! Ob man ihn in diesen Krieg gezwungen hatte? Ob die Freiheit sein Preis sein sollte? Was sonst sollte einen Waldmenschen hierher in die Hügel verschlagen, wenige Meilen südlich von Mherwed?

Noch immer summte der Mohakrieger leise die disharmonische Melodie. Sein Blut hatte einen Teil der kunstvollen Kriegsbemalung verschmiert. Immer leiser wurde sein Summen.

»Kaban hat es auch erwischt!« Nazir wies mit einer

flüchtigen Kopfbewegung in eine Ecke der Kammer. Erst jetzt bemerkte Neraida den kleinen Mann, der zusammengekrümmt am Boden lag. »Sie sind wie Raubtiere, diese Wilden. Manche behaupten, in jedem von ihnen stecke ein Dämon, aber das ist wohl nur ein Märchen für schreckhafte Kinder. Wenn auch nur ein Fünkchen Wahrheit darin wäre, würden wir nicht mehr leben.«

Neraida konnte den Worten des Kriegers kaum folgen. Noch immer war ihr übel. Nazir ging zu der Tür, die auf die Hauptstraße wies. Sie stand einen Spaltbreit offen. Hier hatten die Mohas mit ihren Blasrohren gekauert, als die beiden Krieger in den Raum herabgesprungen waren. Ungeduldig drehte er sich zu Neraida um. »Wir müssen weg von hier! Der Kampflärm kommt immer näher. Wenn wir länger bleiben, werden wir womöglich von den anderen abgeschnitten. Nimm deine Waffe und komm!«

Unfähig, sich zu rühren, starrte Neraida auf ihr blutverschmiertes Krummschwert, das sich tief in den Leib des Mohas gebohrt hatte. Das Totenlied des Waldmenschen war verstummt, und er war in sich zusammengesunken. Selbst über den Tod hinaus hielt sein glasiger Blick die Salzgängerin gefangen. Nazir hatte sich von der Tür abgewandt und war wieder an ihre Seite getreten. »Kannst du es nicht?« Er warf einen Blick auf ihre Waffe, dann setzte er einen Fuß auf die Brust des Toten und zog das Krummschwert mit einem Ruck aus seinem Leib.

»Der spürt nichts mehr.« Er drückte ihr das Schwert in die Hand. »Beim ersten Mal ist es schlimm, beim zweiten Mal ist es unangenehm, aber ab dem dritten Mal ist es gerade so, als ob du einem Huhn den Hals umdrehst.«

Von der Straße ertönten Schreie. Erst der Tumult brachte Neraida in die Wirklichkeit zurück. Nazir hatte die Tür zur Straße nun ganz aufgestoßen, sodass sie sah, was draußen vor sich ging. Kleine Gruppen von Novadis hasteten an ihnen vorbei. Einer winkte ihnen zu. »Sie haben die Ställe. Sie sind uns in den Rücken gefallen!«

Nazir stieß einen lästerlichen Fluch aus. Dann packte er Neraida am Ärmel. »Wir müssen weg von hier. Komm endlich! Du wirst später noch genug Zeit haben, darüber nachzudenken, was du heute getan hast.«

Als sie den Marktplatz in der Mitte der kleinen Stadt erreichten, war dort alles ruhig. Das hohe Portal der Karawanserei stand weit offen, doch weder auf den angrenzenden Mauern noch auf den Dächern der meist zweigeschossigen Lehmhäuser, die den Platz umgaben, zeigte sich ein Al'Anfaner.

»Alles zurück zur Karawanserei!«, ertönte eine vertraute Stimme. Ali von den Beni Novad kam die Straße heraufgerannt. Die Linke hatte er fest gegen den blutverschmierten Kaftan gepresst, und sein Gesicht war aschfahl. Sogar die Kasimiten, die sich auf dem Platz eingefunden hatten, gehorchten seinem Wort. Es musste wirklich schlecht für sie stehen. Stumm und mit verschlossenen Gesichtern folgten die Krieger dem Befehl. Alle Rivalitäten und die ständigen Sticheleien, die bislang den gemeinsamen Kriegszug der Beni Novad und der Kasimiten bestimmt hatten, waren vergessen.

Unruhig blickte Neraida die Straße hinab. Auch weiter unten in der Stadt war der Kampflärm verstummt. Es schien, als hätten sich beide Seiten voneinander gelöst, um während des unausgesprochenen Waffenstillstands ihre Truppen neu zu formieren. Doch wo steckte Said? Die Salzgängerin hatte den Scheich der Kasimiten unter den Männern auf dem Platz nicht entdecken können. War er schon tot? Hatte er für seine Ehre, die er noch nie mit einem Rückzug besudelt hatte, jetzt sein Leben gegeben?

Neraida schüttelte den Kopf. Nein, das konnte nicht sein. Das Schicksal hatte ihn für anderes auserkoren. Es war unmöglich, dass ihm ein Leid zugestossen war! In all den Gefechten, in die Said geritten war, seit sie das Tal der

Sieben Säulen verlassen hatten, hatte der Kasimit nicht einmal eine Schramme davongetragen. Ja, es schien, als halte Rastullah selbst seine schützende Hand über ihn.

»Komm, Neraid, wir müssen gehen!« Nazir packte sie am Ärmel und wollte sie durch das Tor der Karawanserei ziehen. Doch jetzt hatte sie genug. Sie ließ sich von dem Hünen nicht mehr länger gängeln, als wäre sie ein Kind. Wütend riss sie sich los.

»Neraid …«

»Lass mich! Ich werde zurückgehen und Said suchen. Verkriech du dich nur wie ein räudiger Hund, den Kinder mit ein paar Steinwürfen verschreckt haben.«

Einen Lidschlag lang stand Nazir wie versteinert da. Dann lief sein Gesicht so rot an, als wäre ihm alles Blut zu Kopfe gestiegen. »Hat dich ein Dschinn verhext, du törichtes Weib? Wozu habe ich dich gerettet, wenn du jetzt freiwillig in dein Verderben läufst?«

»Habe ich dich um irgendetwas gebeten?« Neraida drehte sich um und schritt langsam auf die Straße zu. Insgeheim hoffte sie, Nazir hinter sich zu hören. Doch alles blieb still.

Nach vielleicht zwanzig Schritten warf sie einen Blick über die Schulter. Der Hüne stand immer noch kurz vor dem Tor der Karawanserei. Er folgte ihr nicht. Feigling, dachte Neraida. Aber was konnte man von einem Beni Novad anderes erwarten? Sie hatten keinen Schneid. Niemals gäbe es unter diesen Kameltreibern einen, der auch nur im Entferntesten an Said heranreichen würde.

Oder war der Scheich der Kasimiten vielleicht doch tot? So als hätte sie ein eisiger Luftzug gestreift, überlief Neraida ein Schauer bei diesem Gedanken.

Die Salzgängerin drückte sich in einen Hauseingang und blickte die breite Straße entlang, die ein paar Schritt weiter vor ihr nach links abknickte. Alles war still. Totenstill! Jetzt erst wurde ihr bewusst, dass Said ihr mehr gewesen war als nur ein Vorbild. Hätte sie nicht Fendal an seinem einsamen Grab im Manekh-Chanebi ewige Treue geschworen …

Welch törichten Gedanken hing sie da nach! In ihrem Leben gab es keine Liebe mehr zu einem Mann! Sie war selbst ein Mann. Alles Weibliche in ihr war gestorben. Neraida, die Sklavin, war tot! Es gab nur noch Neraid al Barad, einen Krieger aus der Sippe der Söhne Kasims. Deshalb würde sie jetzt auch handeln wie ein Kasimit. Ganz gleich, ob Said tot war oder lebte, ihr Platz war an seiner Seite!

Neraida umklammerte den Knauf ihres blutverschmierten Khunchomers fester. Sie würde nicht mehr schwach werden, nur weil von ihrer Hand ein Feind Rastullahs gefallen war. Was hatte Nazir gesagt? Nur beim ersten Mal sei es schlimm!

Entschlossen trat Neraida aus der Deckung des Hauseingangs und schritt weiter die staubige Straße entlang. Jeden Augenblick rechnete sie damit, dass sie einer der winzigen vergifteten Pfeile der Mohas träfe. Doch nichts geschah!

Sollten sich die Waldmenschen tatsächlich aus der Stadt zurückgezogen haben, oder …? Die Salzgängerin schüttelte den Kopf. Ihr war ein Märchen eingefallen, das ihre Mutter ihr vor langen Jahren einmal erzählt hatte. Es war die Geschichte eines einsamen Kriegers, den Rastullah, nachdem er stundenlang einer erdrückenden Übermacht widerstanden hatte, für seine Feinde unsichtbar machte, damit er dem drohenden Tod entging. War vielleicht auch sie unsichtbar? Einen Augenblick lang malte sie sich aus, wie sie unbehelligt die breite Straße bis zum Fuß des Hügels hinabgehen und dann mitten durch die Reihen der Al'Anfaner schreiten würde, ohne dass auch nur ein Einziger sie bemerkte. Ja, sie könnte vor den Patriarchen selbst treten und ihm vor die Füße spucken und …

Ein leises Zischen riss sie aus ihren Gedanken. Im

Schatten einer schmalen Gasse kauerten Said und zwei weitere Kasimiten hinter einem Stapel großer Amphoren. Der Scheich gab ihr ein Zeichen, auf der anderen Seite der Straße in einem Hauseingang Deckung zu suchen. Weiter unten entdeckte sie einen Trupp schwarz gewandeter Söldner, der sich um eine Pantherfahne scharte. Noch war sie kaum im Gesichtsfeld der Al'Anfaner, und es schien, als habe man sie nicht bemerkt.

Wenn sie aber hier, mitten in der Kurve, die Straße kreuzte, um sich Said und seinen Kriegern anzuschließen, zöge sie mit größter Wahrscheinlichkeit die Aufmerksamkeit der Söldner auf das Versteck der Kasimiten. Also folgte sie dem stummen Befehl des Scheichs und wartete unruhig ab, was geschehen würde. Es dauerte noch eine ganze Weile, bis sich die Soldaten schließlich formiert hatten und in einer Kolonne die Straße heraufmarschiert kamen.

Neraida betete leise. Auf jeden von ihnen kamen mindestens fünf feindliche Krieger. Das war das Ende! Auch wenn sie noch so tapfer kämpfen würden, gegen eine solche Übermacht konnte man einfach nicht bestehen. Wenn sie jetzt flüchtete ... Sie verwarf den Gedanken sofort wieder. Die Kasimiten hatten sie als eine der Ihren unter sich aufgenommen, und sie würde nicht weniger mutig streiten als sie. Auch wenn das alles sinnlos war.

Fest presste sie sich mit dem Rücken gegen die Tür. Jeden Augenblick würden die Al'Anfaner sie sehen. Die Spitze der Marschkolonne hatte schon jene Stelle erreicht, wo die Straße den Knick machte. Vorsichtig aus dem Hauseingang spähend, erkannte Neraida die Männer in der ersten Marschreihe. Einen Offizier mit eisernem Helm, von dem ein schwarzer Pferdeschweif wehte. Dazu trug der Anführer einen Kürass und einen Schild, auf dem ein springender schwarzer Panther dargestellt war. In der Rechten hielt er ein langes gerades Schwert, wie es die Heiden gern gebrauchten. Neben ihm ging eine junge

Frau, die eine schlaff von einer Bronzestange hängende Fahne trug. Auch sie führte ein gerades Schwert. Drei weitere Krieger in schwarzen Lederrüstungen und mit großen Schilden versuchten, die Fahnenträgerin und den Offizier zu decken. Aufmerksam spähten sie zu den Häuserdächern hinauf, so als ahnten sie, dass die Novadis ihren Widerstand noch nicht aufgegeben hatten. Hinter ihnen folgten etliche Reihen weiterer Bewaffneter.

Höchstens zehn Schritt trennten sie jetzt noch vom Versteck der Kasimiten. Dumpf hallte ihr rhythmischer Marschtritt auf der staubigen Straße. Jetzt waren es noch neun Schritt. Sieben ... Ängstlich spähte Neraida zu der Gasse auf der anderen Seite hinüber. Noch fünf Schritt. Vier ... Sie krampfte die Hand um den Griff ihres Khunchomers. Zwei ...

Mit einem Schrei stießen die Kasimiten die große Amphore auf die abschüssige Straße, aus der sich ein Schwall öliger Flüssigkeit ergoss. Fast im selben Augenblick schleuderte einer der Krieger eine Fackel hinterher, und binnen eines Atemzugs stieg mitten auf der Straße eine tosende Flammenwand auf. Die heidnischen Soldaten stießen Entsetzensschreie aus. Ihre ordentliche Marschkolonne löste sich zu einer Horde ziellos durcheinanderlaufender Krieger auf, die sich bei dem Versuch, den Flammen auszuweichen, die sich langsam einen Weg die Straße hinab bahnten, gegenseitig zu Boden stießen. Noch ehe Neraida sich entschieden hatte, ob sie vorwärtsstürmen und die verwirrten Feinde angreifen sollte oder besser verharrte, bis sie einen Befehl erhielt, hatten die Kasimiten um Said zwei weitere Amphoren umgestoßen, sodass sich noch mehr von dem Lampenöl in die Flammen ergoss.

Brüllend wie ein zorniger Stier versuchte der Anführer der Ungläubigen die Disziplin unter seinen Soldaten wiederherzustellen, während gleichzeitig die Flammen in sich zusammensanken, als Saids Stimme den Lärm auf der Straße übertönte: »Rastullah ist groß! Zeigt ihm, wie seine Kinder die Ungläubigen strafen!«

Von den Dächern sprangen sechs schwarz gewandete Kasimiten, und auch der Scheich warf sich in die Schlacht. Als läge ein Zauber auf ihr, wurde Neraida von der Wut der Angreifer mitgerissen. Den Schlachtruf Saids aufnehmend, stürmte sie aus ihrem Versteck, sprang über die ersterbenden Flammen hinweg und stürzte sich auf die Heiden.

Erst als die Waffen ruhten und die Heiden die Straße hinabflohen, wich der Bann von der Salzgängerin. Halb verwundert, halb erschrocken, blickte sie auf das blutige Krummschwert in ihren Händen. Zu ihren Füßen lag die Bannerträgerin. Neraida schien ihr die schwere bronzene Fahnenstange entrissen zu haben … Die Flammen in der engen Straße waren fast erloschen, doch hing noch immer der erstickende Geruch von verbrannten Haaren und Kleidern in der Luft.

Unfähig, sich daran zu erinnern, was sie getan hatte, fasste die Salzgängerin nach ihrem linken Arm. Er schmerzte … Ihr Gewand war zerrissen, und ein Schnitt zerteilte ihre glatte dunkle Haut. Doch konnte die Wunde nicht tief sein, denn sie blutete kaum, und so, als schütze sie noch immer der eigenartige Schlachtzauber, der von ihr Besitz ergriffen hatte, fühlte Neraida keinen Schmerz.

»Lass uns gehen, hier bleibt für uns nichts mehr zu tun.« Wie aus dem Nichts war Scheich Said vor ihr aufgetaucht. Zwei der Krieger, mit denen er in die Schlacht gezogen war, standen hinter ihm. Neraida blickte noch einmal auf die Toten, die mit verrenkten Gliedern auf der Straße lagen. Wie die Kasimiten hatten auch die Al'Anfaner schwarze Rüstungen und Gewänder getragen, sodass man erst auf den zweiten Blick Freund und Feind voneinander unterscheiden konnte. Jetzt erkannte sie, dass hier und dort zwischen den gefallenen Heiden auch tote Wüstenkrieger lagen.

»Komm jetzt, es ist vorbei!« Said packte die Salzgängerin am unverletzten Arm und wollte sie mit sich ziehen.

»Lass mich!« Mit einem Ruck riss Neraida sich los. »Ich werde nicht vor den Heiden fliehen.«

Said lachte, und rund um seine Augen zeichnete sich ein Netzwerk feiner Falten ab. »Es gibt hier keine Feinde mehr. Also können wir auch nicht fliehen. Wir gehen lediglich zu Ali, dem Scheich der Wüstenflöhe, um ihm von unserem Sieg zu künden.«

Neraida blickte die breite Straße entlang. Sie wusste, dass der Trupp, den sie in die Flucht geschlagen hatten, nicht mehr als eine Vorhut war. Es würde gewiss nicht lange dauern, bis die Heiden einen neuen Angriff bildeten.

»Lass das!« Saids Stimme klang plötzlich kalt. »Wir dürfen ihnen nicht den Triumph gönnen, dass wir uns feige nach ihnen umdrehen. Komm endlich! Wir werden mit gemessenem Schritt die Straße hinaufgehen, ganz so, als wollten wir wie in Friedenszeiten den Basar vor der Karawanserei aufsuchen, um dort einige Einkäufe zu erledigen.« Bei den letzten Worten hatte der Scheich seinen Khunchomer in die Scheide gestoßen und sich langsam in Bewegung gesetzt.

Neraida ahnte, dass die Krieger sie allein zurücklassen würden, wenn sie ihnen nicht folgte. Mit steifen Beinen setzte sie Schritt vor Schritt. Ihr Rücken prickelte, so als krabbelten ihr Hunderte von Dungfliegen über die nackte Haut. Was war, wenn noch einige versprengte Feinde in dem Labyrinth der Gassen rechts und links der breiten Hauptstraße zurückgeblieben waren?

Der Weg hinauf zur Karawanserei erschien der Salzgängerin schier endlos. Manchmal glaubte sie, Schritte hinter sich zu hören oder aus den Augenwinkeln huschende Bewegungen auf den Dächern zu sehen. Doch trotz allem hielt sie den Blick starr auf den Rücken Saids gerichtet. Schließlich erreichten sie unversehrt den Marktplatz vor der Karawanserei. Weder Freund noch Feind waren zu sehen. Die Morgensonne warf lange Schatten über den staubigen Platz. In Neraidas Nacken sträubten sich die feinen Härchen. Irgendetwas stimmte hier nicht! Es war zu still! Entweder liefen sie geradewegs in eine Falle oder … Said verharrte und gab ihnen ein Zeichen, sich zu verteilen. Das Tor zur Karawanserei stand nur einen Spaltbreit offen.

Neraida hörte ihr Herz schlagen. Langsam ließ sie ihren Khunchomer aus der Scheide gleiten und schlich dann wie die anderen leicht geduckt auf das hohe Portal zu, bereit, jedem Feind die Stirn zu bieten.

Plötzlich erschien einer von Alis Kriegern im Tor und winkte ihnen zu. »Kommt! Schnell, die Heiden waren hier.«

Said drehte sich halb zu ihnen um. »Das könnte eine Falle sein. Ich werde vorgehen. Bleibt, bis ihr mich wieder unter dem Tor stehen seht. Ansonsten …« Seine Stimme erstarb. Zum ersten Mal seit jenem längst vergangen Tag, da sie sich im Tal der Sieben Säulen begegnet waren, wirkte der Scheich der Kasimiten kraftlos. Ohne ein weiteres Wort schritt Said auf die hohe Pforte zu und verschwand hinter den mächtigen Torflügeln.

Obwohl außer ihr noch zwei weitere Krieger auf dem weiten Platz standen, fühlte sich die Salzgängerin einsam und verlassen. War das das Ende? Angespannt lauschte sie, ob nicht ein leises Geräusch verriete, was hinter den hohen Mauern der Karawanserei geschah. Doch es war nichts zu hören. Kein Klirren von Waffen, kein halberstickter Schrei … Stille. Nicht einmal das Heulen eines Hundes irgendwo in den Gassen der Stadt oder auch nur das leise Pfeifen des Windes störte die Stille. Es war, als wäre ganz Madrash ein einziger Friedhof. Mit Schrecken dachte die Salzgängerin daran, was man sich über die

Schlacht am Szinto erzählte. Es hieß, dass Tar Honak über finstere Magie gebiete und mit den Dämonen der jenseitigen Sphären ein Bündnis geschlossen habe. Jeder, den sie bisher getroffen hatte, erzählte eine andere Geschichte über die Schlacht, bei der fast das ganze Heer des Kalifen vernichtet worden war, doch alle stimmten darin überein, dass irgendetwas Unheimliches geschehen war und der Götzenpriester seinen Triumph nicht den Schwertern seiner Söldner zu verdanken hatte. Rastullah allein mochte wissen, welch abgründiges Spiel der Patriarch jetzt mit ihnen trieb. Auch wenn Neraida die Angst vor den Schwertern seiner Söldner überwunden hatte, seine Macht und das, was er ihr vielleicht über den Tod hinaus anzutun vermochte, würde sie stets fürchten.

Said tauchte unter dem Tor zur Karawanserei auf. Erleichtert atmete die Salzgängerin auf. Niemals gäbe er sich für eine Intrige her. Dass er lebte, konnte nur heißen, dass der Handelsposten noch sicher war. Leichten Schrittes ging sie auf das hohe Tor zu. Erst als sie die Pforte fast erreicht hatte, merkte sie, dass mit dem Scheich etwas nicht stimmte. Auch wenn sein Gesicht bis auf die Augen verschleiert war und sie nicht in seinen Zügen lesen konnte, so spiegelte seine ganze Haltung eine eigenartige Erschöpfung und Kraftlosigkeit wider. Fast schien es so, als versinke er in seinen weiten Gewändern. Sein Haupt war gebeugt, und seine Stimme klang müde, als er die Salzgängerin und seine Gefährten am Tor empfing. »Kommt und seht, was sie getan haben.«

Als sie die Pforte durchschritten hatten, zogen zwei Wächter die Torflügel zu und verriegelten den Eingang mit einem fast mannslangen Querbalken. Hinter dem Tor erstreckte sich ein weiter Hof, um den sich das Gästehaus, lange Ställe und auch Stapelhäuser zum Lagern von Waren gruppierten. Er war groß genug gewesen, alle ihre Pferde und Kamele aufzunehmen, und genau das war ihnen zum Verhängnis geworden. Wer oder was auch immer die Karawanserei überfallen hatte, musste ein Herz aus Stein haben. Kein Raubtier, von dem Neraida je gehört hatte, wäre in der Lage gewesen, ein solches Blutbad anzurichten.

Wohin man auch sah, überall lagen tote Reittiere. Kaum einen Schritt konnte man tun, ohne auf die verrenkten Glieder von toten Pferden und Kamelen zu treten. Ohne einen Unterschied zu machen, hatten die Heiden billige Lastkamele und edle Shadif hingemetzelt. Manche Tiere waren geschächtet worden, anderen hatte man offensichtlich mit schweren Keulen oder anderen stumpfen Waffen den Schädel eingeschlagen. Ein erstickender Blutgeruch schien zwischen den Mauern der Karawanserei gefangen zu sein. Kleine Gruppen von Novadis und Kasimiten standen stumm zwischen den toten Tieren. Hier und dort war ein Krieger niedergekniet, um mit Tränen in den Augen Abschied von seinem stolzen Reittier zu nehmen.

In einer Ecke entdeckte die Salzgängerin Nazir. Er hatte das mächtige Haupt seines Rappen in den Schoß gebettet und strich immer wieder durch dessen blutverkrustete Mähne, so als könne er dem Hengst damit auch über den Tod hinaus noch einen letzten Beweis seiner Liebe und Treue geben.

Die Stämme der Wüste waren berüchtigt für die blutigen Fehden, die sie untereinander austrugen. Oft folgte jahrneuntelang Überfall auf Überfall, bis schließlich eine der beiden verfeindeten Sippen bis auf den letzten Spross ausgerottet war. Herden und prächtige Schlachtrösser wechselten so oft innerhalb eines einzigen Jahres ein dutzendmal den Besitzer. Doch noch nie hatte Neraida davon gehört, dass während einer dieser Fehden eine solche Bluttat begangen worden war. Es ergab einfach keinen Sinn! Was hatte man davon, ein Pferd zu töten? War sein Besitzer durch den schändlichen Verlust der Tiere bei einem kühnen Räuberstreich doch mehr als genug gedemütigt. Selbst wenn die eigenen Herden schon so groß waren, dass man keine weiteren Tiere mehr gebrauchen konnte, käme ein Novadi niemals auf die Idee, ein Schlachtross oder ein Mehari zu töten. Könnte man die Beute doch auf jedem Markt gegen klingendes Gold eintauschen!

»O Rastullah, mögest du die Frucht im Leib ihrer Weiber verdorren lassen, und möge das Feuer des Himmels auf die Häupter der Ruchlosen regnen, die diesen Frevel begangen haben.« Ali von den Beni Novad war aus dem Eingang des Gästehauses getreten und hatte die Arme in weiter Geste dem Himmel entgegengestreckt, so als könne er seine Worte auf diese Weise an den Gott selbst richten. »Auch wenn nun alle Hoffnung auf den Sieg verloren ist, so weiß ich, dass du, erhabener Rastullah, mich und die Meinen rächen wirst!«

Malik, der Wundarzt und Magier des Scheichs, hat Ali offenbar schon behandelt, dachte Neraida, denn unter dem zerfetzten Kaftan des stämmigen Kriegers leuchteten weiße Leinenverbände.

»Nun betet, meine Brüder, denn ich spüre, die Stunde, in der unser Herr uns zu sich ruft, ist nicht mehr fern und ...«

»Was gibst du dein Leben schon jetzt in Rastullahs Hand?«, fiel ihm Said ins Wort. »Nicht er soll die feigen Pferdemörder strafen. Seht ihr denn nicht, dass es der Wille der Heiden war, unseren Mut durch diese Tat zu brechen? Sie wollen, dass wir unsere Hoffnung fahren lassen und uns in unserer Mutlosigkeit ihrem Ansturm nur noch mit halben Herzen widersetzen. Ich aber behaupte, dass auch jetzt noch Hoffnung besteht, denn Rastullah ist groß! Er wird nicht nur das Leben der Frevler in unsere Hände legen, sondern er wird uns auch vor allem Übel bewahren, wenn unser Mut ihn mit Stolz zu erfüllen vermag. So seid nicht verzagt und schärft eure Klingen, denn bald schon werden wir beweisen können, dass wir zu fechten verstehen. Und ich frage euch, Brüder, haben wir es nötig, einen Feind zu fürchten, der heimtückisch Kamele mordet?«

»Nein! Nein, lasst die Heiden bluten!« Dutzendfach ertönte der Ruf aus den Kehlen der Wüstenkrieger, und es war das erste Mal, dass Kasimiten und Beni Novad wirklich vereint schienen.

Auch Neraida hatte das Gefühl, dass Saids Worte ihr Blut heißer durch die Adern strömen ließ, und sie brannte darauf, den Al'Anfanern den gerechten Lohn für ihre Untat zu zahlen.

Schon wollte sie zum Tor der Karawanserei stürzen, als Ali etwas tat und sie mitten im Schritt verharrte.

Der Scheich der Beni Novad kniete nieder und hob eine Handvoll Sand auf, um sie sich demütig auf das Haupt zu streuen. »Vergib mir, allweiser Gott, dass mein Zorn und mein Entsetzen über die Tat unserer Feinde mich verzagen ließen. Ich erkenne, dass du deinen Willen durch den Mund Saids kundtust. Ich habe gefehlt und werde sühnen, indem ich mich fortan dem Wort des Kasimiten unterwerfe.«

»Nein, Ali! Ein Bruder kann einem Bruder nicht befehlen!« Der Verschleierte half dem Scheich der Beni Novad, sich zu erheben, und schloss ihn in die Arme. »Vergib mir meinen kleinmütigen Zorn, den ich gegen dich hegte. Mein Stolz hat mich geblendet, sodass ich den Willen Rastullahs nicht mehr erkennen konnte. Keiner von uns vermag ohne den anderen zu triumphieren, doch gemeinsam werden wir die Ungläubigen bezwingen, so wie ein Rudel Löwen es vermag, selbst einen Elefanten zu reißen, obwohl auch der größte und mächtigste unter ihnen allein dem grauen Herrscher des Shadif niemals gewachsen wäre.«

Die Verbrüderung der beiden Scheichs wurde mit Jubel begrüßt, und all die Krieger, die vor wenigen Augenblicken noch verzagt und mutlos gewesen waren, schienen nun wild entschlossen, den Al'Anfanern ihr Leben so teuer zu verkaufen, dass die Ungläubigen noch lange an den Tag der Schlacht von Madrash denken würden.

Zweimal hatten die schwarz gewappneten Krieger unter der Pantherfahne versucht, die Mauern der Karawanserei zu erstürmen, und zweimal waren sie von Novadis und Kasimiten zurückgeschlagen worden. Doch auch die Wüstenkrieger hatten einen hohen Blutzoll zu zahlen gehabt, und allein Rastullah mochte wissen, wie lange sie der Übermacht der Heiden noch zu widerstehen vermochten.

Die Söldner Al'Anfas hatten sich nach dem letzten Angriff ganz vom Marktplatz zurückgezogen und schienen nicht einmal mehr die Stadt besetzt zu halten. Offensichtlich ordneten sie auf den Feldern vor Madrash ihre Streitmacht, um dann zu einem neuen Sturm anzusetzen.

Neraida saß auf einer schmalen Treppe, die zum Dach eines der gemauerten Ställe führte, und beobachtete, wie der Schatten, den die Ostmauer in den Hof warf, immer kürzer wurde. *Solltet ihr in eurer Verblendung allerdings darauf bestehen, Widerstand zu leisten, so soll ich euch ausrichten, dass noch vor der Mittagsstunde jeder von euch in die Niederhöllen gefahren sein wird* ... Die Worte des Boten, den Tar Honak am Morgen geschickt hatte, gingen der Salzgängerin nicht aus dem Kopf. Der Patriarch hatte sich damit in Zugzwang gesetzt. Er konnte nicht dulden, dass sie den Mittag erlebten, ohne sein Gesicht zu verlieren. Doch was würde er tun?

Wieder warf sie einen Blick auf den Schatten der Mauer. Zehn oder elf Krieger lagen dort. Verletzte, die zu schwach waren, noch eine Waffe zu führen. Unter ihnen befand sich auch Ali. Der Scheich hatte trotz seiner Wunden bei den Angriffen der Heiden auf der Mauer gestanden und gekämpft. Nun schien es mit ihm zu Ende zu gehen. Malik, der Magier und Wundheiler der Beni Novad, kniete neben ihm und wechselte seine Verbände, doch konnte man seiner traurigen Miene schon von Weitem ansehen, dass kein Kraut und kein Zauber den Scheich den Fängen des Todes noch zu entreißen vermochten.

Wieder blickte Neraida ängstlich nach dem Schatten, der jetzt weniger als anderthalb Schritt in den Hof reichte, und sie hatte das Gefühl, zusehen zu können, wie er langsam in Richtung der groben Ziegelmauer wanderte. Verzagt wandte sie sich ab, erklomm die restlichen Stufen zum Dach des Stalles, um von dort aus dem Aufmarsch der Al'Anfaner zuzuschauen. Die Häuser auf der gegenüberliegenden Seite des Marktplatzes waren ein wenig höher als der Stall und verstellten so den freien Blick. Nur da, wo Gassen und Straßen wie steile Klüfte zwischen den hochaufragenden Mauern lagen, konnte man bis zum Horizont sehen. Selbst das Wenige, das sie so erkennen konnte, reichte aus, um Neraida die Aussichtslosigkeit ihrer Lage vor Augen zu führen. Ständig trafen neue Einheiten auf den Feldern vor Madrash ein, und ein schier endloser Heerwurm näherte sich über die Karawanenstraße.

Eine Reiterabteilung, die inmitten einer Staubwolke am Lager der Ungläubigen vorbeipreschte und die Hauptstraße heraufkam, zog die Aufmerksamkeit der Salzgängerin auf sich. Diese Krieger machten nicht den geringsten Versuch, auch nur halbwegs unter Deckung in die Nähe des befestigten Handelspostens zu gelangen. Sie trugen ein schwarzes Banner, das einen Rabenkopf vor einer silbernen Scheibe zeigte. Neraida stockte der Atem. Noch von der Belagerung Unaus wusste sie, welche Kämpfer unter dieser Fahne stritten. Es waren die Boronsraben, die Leibwächter des Patriarchen! Mit zusammengekniffenen Augen versuchte sie zu erkennen, ob der Götzenpriester mit ihnen ritt. Die Krieger waren auf ihren prächtigen Rappen jetzt so nahe herangekommen, dass sie einzelne Reiter voneinander unterscheiden konnte und auch ihre Helme, die wie Rabenköpfe geformt waren, deutlich zu erkennen vermochte. Doch der Patriarch schien sie nicht zu begleiten, es sei denn, er hatte selbst eine Rüstung angelegt.

Kurz vor dem Marktplatz bogen die Reiter in eine Seitengasse ab, und Neraida beobachtete, wie sie absaßen und ihre Pferde in ein Getreidelager führten. Ganz ohne Zweifel waren diese Gardesoldaten geschickt worden, um den letzten alles vernichtenden Sturm gegen die Karawanserei zu führen. Noch immer drängten Reiter in die schmale Gasse vor dem Markt, als Neraida sich erhob und zur Treppe zurückging. Es war an der Zeit, Said zu berichten, was dort unten vor sich ging.

Die Salzgängerin fand den Scheich an der Seite Alis. Das Gesicht des korpulenten Kriegers hatte alle Farbe verloren, und dicke Schweißtropfen standen ihm auf der Stirn.

»Was meinst du ...«, flüsterte er mit heiserer Stimme. »Ist die Ameise dem ... Wurfnetz der ... Spinne entgangen?«

Said lächelte. »Zumindest hat der erste Wurf der Spinne sein Ziel verfehlt. Der Kampf ist zwar ungleich, doch ist das Schicksal der Ameise noch nicht besiegelt.«

»Gut.« Alis Züge entspannten sich. »Ich werde dir jetzt ... meine Männer anvertrauen, Said ... von den Söhnen Kasims. Sei ihnen ... ein weiser Anführer ... und schütze sie vor ihrer ... eigenen Tollkühnheit, so gut ... du es vermagst.«

»Hör auf mit solchen Reden! Du wirst mit uns reiten, Ali.« Said hatte die Hand des Scheichs ergriffen und drückte sie sanft. »Du musst nur ein wenig schlafen, und du wirst sehen, dein Magier Malik sorgt schon dafür, dass du wieder zu Kräften kommst.«

Neraida blickte aus den Augenwinkeln zu dem schwarzbärtigen Mann hinüber, der neben Ali stand. Ein feuchter Schimmer lag in seinen Augen. Offensichtlich hatte er alles getan, was in seiner Macht stand, und Alis Leben lag nun allein in Rastullahs Hand. Der sterbende Scheich schüttelte matt den Kopf. »Mach mir nichts vor, Said. Selbst hinter deinem Schleier ... kannst du nicht ... verbergen, wenn ... du lügst. Was diese ... Kunst angeht, ... hast du ... noch eine Menge zu lernen, ... mein Freund.« Die Stimme des Scheichs wurde immer schwächer. »Erweist ... du mir einen ... letzten Gefallen, ... Said?«

Der Kasimit nickte stumm.

»In der ... Decke, die auf ... meinen Sattel ... geschnallt ist, ... findest du ... eine Pfeife ... und einen ... Tabaksbeutel ... Bring sie mir!«

Der Verschleierte erhob sich und blickte über den Hof auf die hingemetzelten Pferde und Kamele.

»Ich glaube, es liegt nahe beim Tor.« Neraida war aufgestanden. »Er hat einen weißen Hengst geritten.«

»Ich weiß«, entgegnete Said einsilbig und machte sich auf den Weg. Die Salzgängerin folgte ihm. Sie hatte vor dem Sterbenden nicht darüber sprechen mögen, was in der Stadt vor sich ging, doch Said sollte es jetzt erfahren. »Draußen sammelt sich die Leibgarde des Patriarchen.«

Der Scheich schien auf ihre Worte nicht zu achten. Ungerührt, so als hätte er sie nicht verstanden, suchte er sich einen Weg zwischen den Kadavern.

»Hörst du nicht, Said? Sie rüsten sich zu einem neuen Angriff.«

»Sind sie beritten?«, fragte er tonlos.

»Natürlich nicht!« Neraida konnte es nicht fassen. Said schien nicht mehr klar denken zu können! »Wie sollten sie zu Pferd die Karawanserei stürmen? Sie haben ihre Hengste in einem Lagerhaus unweit des Marktplatzes untergestellt und ...«

»Das ist doch der Shadif von Ali, oder?« Der Verschleierte war stehen geblieben und wies auf einen prächtigen Schimmel.

»Ja, das ist er. Aber das ist doch jetzt unwichtig. Hörst du mir denn nicht zu? Die Al'Anfaner werden bald wieder angreifen, und du kümmerst dich um den sinnlosen

Wunsch eines Sterbenden. Hast du vergessen, wie sehr die Lebenden dich brauchen?«

Der Scheich schnallte die Satteldecke los und rollte sie auf. Sorgfältig in den Stoff eingeschlagen, lag eine lange weiße Pfeife, die nach Art der Heiden aus den Ländern des Nordens geschnitten war. Gleich hinter dem Pfeifenkopf machte das Rohr einen scharfen Knick und stieg eine Elle lang nach oben an, bevor es nach einem zweiten Knick mit dem Mundstück endete.

»Eine schöne Arbeit.« Said ergriff die Pfeife, drehte sie zwischen den Fingern und bewunderte die Schnitzerei des Kopfstücks, das einem Löwenhaupt nachempfunden war.

»Aber …«

»Ich habe dich sehr gut verstanden, Neraid!«, unterbrach er die Salzgängerin barsch. »Wir werden die Tore öffnen und die Rabengarde angreifen, sobald Ali von uns gegangen ist. Das dürfte so ziemlich das Letzte sein, womit sie rechnen. Wenn wir Glück haben, können wir sie überrumpeln und uns bis zu dem Stall durchschlagen.«

»Aber das ist doch …«

»Schweig!« Der Scheich richtete sich ruckartig auf. »Jetzt ist nicht die Zeit für ein Palaver über Schlachtpläne. Ali steht an der Schwelle zu Rastullahs Gärten des ewigen Friedens. Ihm bleiben vielleicht nur noch wenige Atemzüge. Was könnte es jetzt Wichtigeres geben als seinen letzten Wunsch?«

Neraida wusste nicht, was sie darauf noch sagen sollte. Der Kasimit schien einfach nicht zu begreifen, in welcher Lage sie waren. Oder sollte sie etwa diejenige sein, die nicht mehr unterscheiden konnte, was rastullahgefällig und wirklich wichtig war?

Said war zu Ali zurückgegangen, und grübelnd folgte Neraida ihm.

»Bitte stopf … mir die Pfeife … und entzünde …« Die Stimme des Novadi war so schwach, dass man seine

Worte fast nicht mehr verstehen konnte. Er zitterte am ganzen Körper und schien an Krämpfen zu leiden.

Der Kasimit kniete nieder, öffnete den bunt bestickten Tabaksbeutel und stopfte auf sorgfältige Weise die Pfeife. Malik, der Magier und Heilkundige, hatte indessen in irgendeinem der Häuser einen glimmenden Holzspan aufgetrieben und reichte ihn dem Scheich, damit dieser die Pfeife entfachte.

Said nahm einen tiefen Zug, sodass der Tabak im Pfeifenkopf hell aufglühte. »Gutes Kraut«, murmelte er halblaut, dann nahm er die Pfeife und schob sie Ali in den Mundwinkel.

Die Augen des Novadi strahlten dankbar. Er hatte kaum noch die Kraft, einen richtigen Zug zu nehmen, und die Glut im Pfeifenkopf wurde langsam wieder dunkler.

»Die Ungläubigen haben sich entschlossen, für den Mord an unseren Shadif und Mehari Sühne zu leisten.« Said sprach in einem Tonfall, als beriete er mitten im tiefsten Frieden mit den Ältesten der Sippe, welchem der jungen Krieger man ein eigenes Pferd überlassen sollte. »Sie haben fünfzig Söldner auf prächtigen Rappen geschickt, die auf der anderen Seite vom Marktplatz in Stellung gehen. Wenn es uns gelingen sollte, ihnen die Pferde zu stehlen, könnte man vielleicht an Rückzug denken.«

»Rück... zug ...« Ali hüstelte und blies dabei ein Wölkchen aus hellem Rauch über die Lippen.

Auch Neraida glaubte, nicht richtig gehört zu haben. Es war das erste Mal, dass das Wort Rückzug über Saids Lippen kam. Hatte er denn seine ganze Ehre verloren? Wie sollte sie als Kasimit mit der Schande leben, vor Feinden geflohen zu sein?

So als hätte Said ihre Gedanken erahnt, lachte er leise und schüttelte den Kopf. »Ihr mögt euch vielleicht wundern, solche Worte von mir zu hören, doch was ich plane, ist keine Flucht. Es ist ein Pferderaub! Und zu einem Pferderaub gehört nun einmal, dass man sich mit seiner

Beute so schnell wie möglich vom Feind absetzt. Niemand würde uns deshalb Feigheit vorwerfen. Im Gegenteil, wenn es uns glückt, die Pferde der Leibwache des Heidenfürsten zu stehlen, so wird man in der ganzen Khom über die Al'Anfaner lachen. Unsere Namen aber wird man mit Ehrfurcht nennen.«

Ali lächelte schwach. Es schien, als wolle er noch etwas sagen, allein, er hatte nicht mehr die Kraft dazu. Wieder schüttelten ihn Krämpfe. Dann fiel ihm die lange Pfeife aus dem Mundwinkel, und seine Augen weiteten sich, so als dürfe er jenes Geheimnis schauen, das sich den Lebenden erst mit ihrem letzten Atemzug offenbarte. Der Schatten der Mauer war weiter aus dem Hof gewichen, und im selben Moment, als der Scheich starb, erreichte das Licht die Sohlen seiner abgewetzten alten Stiefel, als wolle Rastullah ihm mit den Strahlen der Sonne den Weg zu den himmlischen Pforten weisen.

»Khatrak, Ali ben Kurman!« Said hatte sich vorgebeugt und strich dem Toten sanft über das Gesicht, um ihm die Augen zu schließen. Dann ordnete er den zerzausten schwarzen Bart und segnete ihn, indem er leise jene rituellen Worte murmelte, die den Toten an den Pforten zu Rastullahs prächtigen Gärten ankündigen sollten.

Mit fahriger Geste schlug Neraida das Symbol des allsehenden Auges, denn wann immer ein Sterblicher seine letzte Reise antrat, waren böse Geister und Dämonen nahe, die versuchen würden, vom Leib des Toten Besitz zu ergreifen.

Said verharrte noch für einige Augenblicke in stummer Trauer neben Ali, bevor er sich erhob. Um den toten Scheich hatten sich etliche Beni Novad geschart, die Abschied von ihrem Anführer nehmen wollten. Said nickte der Salzgängerin zu und gab ihr ein Zeichen, ihm zu folgen. Sie suchten sich einen Weg über die Walstatt der Tierkadaver und gingen zum Tor. Erst als sie außer Hörweite der anderen waren, blieb Said stehen. »Ich weiß nicht, wie gerissen Tar Honak ist, der Sultan der Ungläubigen, doch fürchte ich, dass er mehr über das Herz der Wüstenreiter weiß, als ich bisher geglaubt hatte. Es war keine blindwütige Raserei, als seine Krieger so grausam unsere Shadif und Mehari töteten. Vielleicht kennt er sogar den Wortlaut des zweiundvierzigsten Gebotes, wo es heißt: *Der Gottgefällige gibt seinem Zorn freie Bahn, wenn die Ehre seines Freundes, seines Vaters, seines Sohnes, seines Pferdes oder seiner Frau oder Tochter abgeschnitten, gekränkt oder in Frage gestellt wurde.* Wenn er tatsächlich um dieses heilige Gesetz wissen sollte, so weiß er auch, dass die Söhne der Wüste auf seinen Frevel mit blindem Zorn antworten werden.«

»Du meinst, er hat uns eine Falle gestellt.« Neraida erschauderte. Auf den Gedanken, dass ein Ungläubiger die Gesetze Rastullahs kennen mochte, wäre sie niemals gekommen. Zu abwegig schien ihr die Vorstellung, denn wer wollte die weisen Worte des Gottes vernehmen, ohne von ihrer Kraft durchdrungen zu werden und allen Götzen abzuschwören? Energisch schüttelte sie den Kopf. »Deine Rede verwirrt mich, Said. Als wir den Hof betraten, sprachst du noch ganz anders.«

»Ich wollte Angst und Trauer aus den Herzen unserer Krieger bannen, doch …« Er brach ab und blickte Neraida auf eine Weise an, die sie erschreckte und ihr zugleich auch schmeichelte.

»Nebahath hat dich Neraid den Kalten genannt, denn kalt sind dein Herz und dein Mut. Deshalb halte ich vor dir mit der Wahrheit nicht zurück. Auch wäre es eine Sünde, der Frau, die man …« Wieder brach der stolze Krieger ab, und die Salzgängerin merkte, wie er zum ersten Mal in all den Gottesnamen, die sie sich nun kannten, ihrem Blick auswich.

Neraida erschrack. Es gab nur einen in ihrem Leben, und der hieß nicht Said. Ein anderer durfte da nicht sein! Auch wenn ihr Herz sich ihrem Treueschwur widersetzen wollte. Der Kasimit war der Mann, den sie zur Fehde aufgerufen hatte für den Tag, da dieser blutige Krieg beendet sein würde. Sie durfte auf die Schwäche, die Said zeigte, nicht eingehen. Vielleicht würde er sich ihr dann wieder verschließen?

»Wir alle haben gesehen, wie die Ungläubigen nach dem letzten Waffengang vor uns geflohen sind. Wen wundert es, dass der Patriarch nun die Mutigsten seiner Streiter schickt, da die anderen nicht vor unseren Klingen bestehen konnten?«

Said schaute sie mit einem Blick voller Überraschung und Enttäuschung an. »Du sagst, du hast die Reiter seiner Leibwache kommen sehen, Neraida? Du weißt, dass wir große Teile der Stadt nicht einsehen können. Wenn der Patriarch nicht gewollt hätte, dass wir sie bemerken, wäre es ihm ein Leichtes gewesen, die Reiter vor unseren Blicken zu verbergen. Rastullah allein weiß, wer noch alles dort draußen lauert. Vielleicht webt Tar Honak schon jetzt irgendeinen finsteren Zauber, um uns alle ins Verderben zu stürzen, so wie er es auch am Tag der Schlacht am Szinto tat. Man sagt, dass seine Leibwache nie von seiner Seite weicht. Wenn das stimmt, so muss auch er sich irgendwo jenseits des Marktes verborgen halten. Doch wie dem auch sei, unsere Ungewissheit wird nicht mehr lange dauern. Sieh nur zum Himmel! Die Sonne steht hoch über unseren Köpfen. Bald werden wir wissen, welches Schicksal uns erwartet.«

»Also werden wir angreifen?«

»Sind wir Kasimiten?« Said lachte bitter. »Selbst wenn ich wüsste, dass hinter diesem Tor die Schlünde der Niederhöllen lägen, ich dürfte nicht zögern, seine Schwelle zu überschreiten. Es ist mein Schicksal. Mein Vater und alle meine Ahnen, solange man sich ihrer Namen erinnert, starben im Kampf. Damit steht auch mein Ende fest, wenn ich meiner Sippe keine Schande bereiten will. Ich habe lediglich noch die Wahl, den Zeitpunkt selbst zu bestimmen. Allein deshalb werde ich nicht hierbleiben und abwarten, bis die Al'Anfaner zu mir kommen. Aber wer weiß, vielleicht irre ich mich auch, und wir beide werden schon in einer Stunde im Sattel eines gestohlenen Pferdes gen Mherwed reiten.«

Wieder lachte der Scheich sein zynisches Lachen. Einen Augenblick lang dachte Neraida daran, was vielleicht geschehen wäre, wenn sie ihm und sich gestattet hätte, so zu handeln, wie sie fühlten. Doch dann verwarf sie den Gedanken wieder, denn es war töricht, darüber nachzugrübeln, was nicht sein durfte.

»Bevor wir gehen, möchte ich dir noch etwas schenken.« Der Kasimit zog ein sauber gefaltetes kleines Tuch hinter dem Gürtel hervor. »Meine Amme hat es mir geschenkt, und ich möchte, dass du es trägst, wenn du spürst, dass der Tod nicht mehr fern ist. Wann immer Krieger meiner Sippe wussten, dass sie in ihren letzten Kampf ritten, hatten sie ein solches Tuch um ihre Stirn geschlungen. Ein heiliger Vers aus dem Al-Raschida nurayan schah Tulachim ist in den Stoff hineingewoben, der den Wächtern am Tor zu Rastullahs ewigen Gärten gebietet, den Märtyrer mit Ehrerbietung zu empfangen. Der Vers kündet davon, dass der Tote das Leben für seinen Glauben gegeben hat. Welch größeres Geschenk könnte man Rastullah bereiten? Doch nun lass uns gehen und die Krieger sammeln, um diesen unglückseligen Ort auf immer zu verlassen.«

Neraida presste die Wange gegen das rissige hölzerne Tor und spähte durch einen Spalt auf den Platz. Es war jetzt Mittag, und kein Al'Anfaner ließ sich sehen! Sie hatte Angst. Hätte sie das halbe al'anfanische Heer vor dem Tor versammelt gesehen, sie wäre ruhiger gewesen.

Nervös nagte die Salzgängerin an ihren aufgesprungenen Lippen. Ihr Mund war so trocken wie Wüstensand, und ihr Magen schmerzte. Sie wusste, dass da draußen irgendetwas lauerte! Vielleicht war Tar Honak doch gekommen?

Etwas berührte sie an der Schulter. Sie fuhr hastig herum. Es war Said. Er hatte lange mit Malik, dem Magier, gesprochen und dann die Männer gesammelt.

»Siehst du etwas, Neraid al Barad?«

Die Salzgängerin schüttelte den Kopf. »Nein.« Ihre Stimme klang heiser wie das Krächzen eines Geiers. »Glaubst du, Tar Honak ist da draußen?«

»Nein, ich bin sicher, er sitzt in seinem Prachtwagen und lässt sich von Sklaven kühlenden Wind zufächern. Du weißt doch, Raben fliegen nie zur Mittagsstunde!« Der Scheich hatte sich halb zu den Kriegern umgewandt, und seine Worte klangen so, als sei er davon wirklich überzeugt.

»Dann kann uns ja nichts geschehen.« Neraida versuchte zu lächeln. Sie schämte sich für ihre Schwäche. Wenn sie alle fest im Glauben waren, was vermochte ihnen ein Dämonenmeister wie der Patriarch von Al'Anfa dann noch anzuhaben? Sie blickte auf die kleine Schar, die sich um den Scheich gesammelt hatte. Kaum dreißig Krieger waren ihnen noch geblieben. Davon waren einige so schwer verletzt, dass ihre Kameraden sie stützen mussten. Doch auch wenn ihre Flucht behindert würde, so hatte Said dennoch befohlen, dass niemand zurückbleiben sollte, um den Al'Anfanern lebend in die Hände zu fallen.

»Freunde, spürt ihr, wie der Blick Rastullahs auf uns ruht?« Said hatte wieder die Stimme erhoben. »Ganz gleich, ob wir triumphieren oder ob nur wenigen die kühne Flucht gelingen wird, jeder Einzelne von uns wird in diesem Kampf Unsterblichkeit erringen. Noch bis das letzte Salz aus den Tiefen des Cichanebi gefördert wird und Rastullah die Khom erneut in einen blühenden Garten verwandelt, wird man sich von euren Heldentaten erzählen. Doch damit auch unsere Feinde wissen, wer Tod und

Verderben über sie gebracht hat, lasst uns unsere Schleier ablegen.«

Bei diesen Worten griff der Scheich nach seinem Hattah und löste das prächtige schwarze Tuch, das sein Antlitz verhüllte. Unendlich langsam, so als wäre er ein Mawdli, der eine heilige Handlung vollzog, ließ er das Hattah zu Boden gleiten. Neraida hielt den Atem an. Es war das erste Mal, dass sie den Kasimiten gänzlich unverschleiert sah. Sein Haar fiel in langen weißen Locken bis zu den Schultern. Sein Gesicht war dunkel und wurde von einer geraden Nase beherrscht. Doch was Neraida am meisten beeindruckte, waren die Lippen des Kriegers. Sie waren voll und sinnlich, fast wie die einer Frau.

Sie musste sich abwenden, damit niemandem auffiel, mit welch verräterischen Blicken sie ihn ansah. Selbst jetzt, als sein Schleier gefallen war, erschien ihr der Scheich auf unheimliche Art alterslos.

Es dauerte einige Augenblicke, bis der erste unter den Kasimiten Saids Beispiel folgte. Was er von ihnen verlangte, war ein Bruch mit alter Tradition. Noch nie war ein Kasimit unverschleiert in den Kampf gezogen, und die Geschichte dieser stolzen Krieger war wahrlich reich an Kämpfen.

Schließlich legten auch die Letzten das Hattah ab, obwohl Neraida fast sicher war, dass viele von ihnen es nicht deshalb taten, weil Said sie überzeugt hatte, sondern weil sie nicht als Männer gelten wollten, die sich gegen das Wort ihres Scheichs gestellt hatten. Einige von ihnen hatten statt des Hattah breite türkisfarbene Stirnbänder angelegt, so wie jenes, das Said ihr geschenkt hatte.

Einen Atemzug lang zögerte die Salzgängerin und überlegte, ob nicht auch sie das Tuch tragen sollte. Aber hieße das nicht, das Schicksal herauszufordern? Fände der Tod sie leichter, wenn sie ihm zeigte, dass sie bereit war? Was aber war, wenn sie tödlich verletzt werden würde? Hätte sie dann noch die Kraft, das Stirntuch anzulegen?

Saids Stimme riss Neraida aus ihren Gedanken. »Freunde! Gleich, wenn wir das Tor aufstoßen, wird Malik einen mächtigen Zauber wirken, doch lasst eure Augen nicht davon blenden, was ihr zu sehen glaubt. Maliks Magie wird den Marktplatz in einem Rosengarten mit schier undurchdringlichen, himmelhohen Dornenranken verwandeln. Doch lasst euch nicht täuschen, das alles wird nur Blendwerk sein, um uns vor den Augen der Feinde zu verbergen. Sobald ihr den ersten Schritt in die Dornenmauer wagt, wird der Trug vor euren Augen verschwimmen.«

Einen Atemzug lang hielt Said inne. Dann zog er seinen breiten Khunchomer. »Möge Rastullah unseren Herzen den wilden Mut des Wüstenlöwen schenken, und möge die Kraft unserer Arme nicht hinter der Kraft unseres Glaubens zurückstehen, wenn wir den Götzendienern entgegentreten. Yalla!«

Zwei Männer zogen den Querbalken zur Seite und stießen die hohen Torflügel auf. Neraida kniff die Augen zusammen. Schattenlos lag der Marktplatz vor ihr, und der Sand erschien im gleißenden Licht fast so weiß wie das Salz des Cichanebi. Ungefähr dreißig Schritt mochten es bis zum Eingang der Gasse sein. Neraida prägte sich die Richtung ein. Kein Hindernis würde ihren Lauf aufhalten. Hinter sich hörte sie das leise Murmeln des Magiers. Gespannt musterte sie den Platz, doch nichts geschah. Neraida schluckte. Sollte die Kraft des Zauberers versagen? Hatte das Glück sie verlassen?

Unsicher blickte sie hinter sich. Malik stand neben Said. Sein Gesicht war angespannt. Er hatte die Augen geschlossen, und Schweiß rann ihm von der Stirn. Dann plötzlich stieß er einen tiefen Seufzer aus. Im gleichen Augenblick lief ein erstauntes Raunen durch die Reihen der Krieger, und als Neraida sich wieder dem Tor zuwandte, war ihr der Blick auf den Platz von wild wuchernden Rosenranken verstellt.

Blutrote Rosen, so prächtig, dass selbst der Kalif keine

schöneren in seinen Gärten haben mochte, erblühten an Ranken, deren mächtigste so dick wie Männerarme waren. Dornen, so lang wie Kinderfinger, verhießen jedem Tod und Verderben, der dieser Pracht zu nahe kam.

»Folgt mir!« Said drängte an der Salzgängerin vorbei und verschwand zwischen den Ranken, so als hätte es ihn niemals gegeben. Neraida zögerte. Schon waren der Magier und die ersten der Krieger an ihr vorbeigeeilt.

»Komm!« Nazir stand neben ihr. »Oder willst du wieder deinen eigenen Weg gehen?« Der Hüne lächelte sie freundlich an.

Unsicher streckte die Salzgängerin die Hand nach einer der Rosenblüten aus. Im selben Moment, da sie versuchte, die zarten Blätter zu berühren, verblasste das Trugbild, und sie sah wieder den Marktplatz und alle jene, die schon an ihr vorbeigeeilt waren. Erleichtert seufzte sie auf, dann zog auch sie ihren Khunchomer und rief: »Yalla, Nazir!«

Gleichzeitig ertönten von den Dächern auf der anderen Seite des Marktes Kommandos in der Sprache der Ungläubigen, und ein Hagel von Pfeilen ging auf den Platz nieder. Doch offensichtlich schossen die Götzenanbeter blind, denn kaum ein Pfeil fand sein Ziel.

»Vorwärts! Lasst den Mut nicht sinken! Sie können uns nicht sehen!«, ertönte Saids Stimme.

Neraida biss sich auf die Lippen und rannte, rannte wie noch nie in ihrem Leben. Allein Rastullah würde jetzt entscheiden, wer lebend die dreißig Schritt bis zur Gasse schaffte.

Die ganze Zeit blickte sie dabei auf Said. In all den Gottesnamen, die sie zusammen geritten waren, hatte ihn nicht ein einziges Mal die Klinge eines Ungläubigen getroffen. Aus den hitzigsten Gefechten war er stets unverletzt hervorgegangen. Rastullah hielt schützend die Hand über ihn! Er würde sie auch diesmal aus der Gefahr führen.

Plötzlich zogen bunte Schlieren durch das helle Licht des Mittags, und Jubelgeschrei erklang von den Dächern.

Hatte ein feindlicher Magier das Trugbild zerstört? Wie zur Antwort traf Neraida ein Schlag zwischen Rückgrat und Schulter. Ungläubig starrte die Salzgängerin auf den gefiederten Schaft, der hoch aus ihrem Rücken ragte. Sie fühlte keinen Schmerz, nur eine merkwürdige Taubheit. Rund um sie herum schlugen weitere Pfeile ein. Ächzend taumelte sie weiter vorwärts. Sie würde Said folgen! Er führte sie aus der Gefahr! Der Scheich hatte fast den Eingang zur Gasse erreicht, als ihn ein Pfeil ins Bein traf. Humpelnd stürmte er weiter vorwärts. Dann traf ihn ein weiteres Geschoss, und der Khunchomer entglitt seinen Händen.

»Yalla, meine Freunde!« Seine Stimme hatte noch nichts von ihrer Kraft verloren. Said bückte sich nach seiner Waffe.

Verzweifelt hob Neraida den Blick. Rings um den Platz hatten sich Bogenschützen und Krieger mit Armbrüsten auf den Dächern jener Häuser erhoben, die zu hoch gewesen waren, um von der Karawanserei aus eingesehen werden zu können. Es mussten zweihundert oder sogar noch mehr Soldaten sein. Sie hatten sie erwartet!

Neraida erkannte unter den Schützen einen Krieger mit Rabenhelm. War das Tar Honak? Wie versteinert blieb sie stehen, und es schien ihr, als halte selbst die Zeit den Atem an. Alles um sie herum geschah verwirrend langsam. Sie sah den Krieger auf dem Dach mit einer Klarheit, als stünde er unmittelbar vor ihr. Der Mann hatte kalte blaue Augen.

Er rief irgendetwas, streckte den Arm aus und wies auf Said.

Der Scheich hatte sich taumelnd erhoben und blickte Neraida über den Platz hinweg an. Er lächelte! Dann öffneten sich seine Lippen, als wolle er ihr etwas zurufen. Doch er kam nicht mehr dazu. Ein Hagel von Geschossen ging auf ihn nieder.

»Nein!« Neraida dröhnte die eigene Stimme in den Ohren, als wäre sie nur ein Echo in fernen Grotten.

Said sank langsam in die Knie. Noch immer blickte er sie an und lächelte.

Die Salzgängerin lief los. Er lebte noch! Sie musste ihn in die Gasse bringen! Dort konnten ihn die Bogenschützen nicht mehr treffen!

Ein zweites Mal ging ein Hagel von Pfeilen auf Said nieder. Die Wucht der Geschosse riss ihn nun vollends zu Boden.

Wieder schrie Neraida auf. Im selben Augenblick traf sie ein Pfeil in den Schenkel. Sie strauchelte und stürzte in den weichen Sand. Nur zwei Schritt vor ihr kauerte Malik hinter der niedrigen Mauer des Brunnens. Zwei Pfeile ragten aus seiner Brust. Der Magier hatte die Augen geschlossen und bewegte langsam die Lippen.

Wieder traf ein Schlag Neraida. Ein Pfeil hatte sich in ihren Arm gebohrt.

Malik öffnete die Augen. Eine Mischung aus Enttäuschung und ungläubigem Erstaunen lag in seinem Blick. Aus dem Nichts erschienen Rosenblüten und fielen um ihn herum zu Boden.

Jemand packte Neraida und zerrte sie auf die Beine.

»Komm in Deckung! Hinter den Brunnen!« Es war Nazir.

Ringsumher lagen Tote auf dem Platz. Nur hier und dort versuchten einzelne Krieger, taumelnd wie Marionetten, denen die Fäden durchtrennt worden waren, die Gasse zu erreichen.

Erneut hoben die Bogenschützen um den Mann mit dem Rabenhelm ihre Waffen. Diesmal zielten die Krieger auf Neraida!

Nazir stieß einen lästerlichen Fluch aus, und die Salzgängerin spürte, wie der hünenhafte Krieger sie fester packte und sich gegen die Brust presste. Dann warf er sich nach vorn.

Im Stürzen sah Neraida im Sand eine rote Rosenblüte liegen. Eine Verheißung auf Rastullahs ewig blühende Gärten?

Dumpfe Geräusche wie Schläge von einem Stößel in einem Mörser drangen in ihr Bewusstsein. Dann war der Zauber gebrochen, der sie bislang keine Schmerzen hatte spüren lassen, und bevor ihr die Sinne schwanden, glaubte sie, Dämonenkrallen zu sehen, die sie in einen finsteren Abgrund reißen wollten.

Als die Salzgängerin wieder zu Bewusstsein kam, spürte sie als Erstes, wie ein schrecklicher Druck von ihr wich. Sie konnte wieder ein wenig freier atmen, wenngleich ihr jeder Atemzug Schmerzen bereitete. Langsam begriff sie, dass sie nicht in die Gärten Rastullahs eingegangen war. Von irgendwo her hörte sie die fremde Sprache der Eroberer. Jemand packte sie an der Schulter und drehte sie herum. Hoch am Himmel stand die glühende Sonnenscheibe und stach mit sengenden Strahlen nach ihren Augen.

Neraida blinzelte. Sie konnte noch immer nicht fassen, dass sie lebte. Warum war ihr der Weg zu Rastullah verwehrt geblieben? War es wegen des Al-Raschida? Konnte der Gott ihr nicht vergeben, dass sie das Buch in Unau zurückgelassen hatte?

Ein Frauengesicht tauchte über ihr auf. Ein leuchtendgelber Kreis prangte wie eine Sonnenscheibe auf ihrem schwarzen Waffenrock, und strähniges braunes Haar quoll unter ihrem goldverzierten Helm hervor. Sie rief etwas, und gleich darauf erschienen noch weitere Gesichter. Dann spürte Neraida, wie sie von vielen Händen gepackt und in die Höhe gehoben wurde. Gleichzeitig wurden die Schmerzen wieder übermächtig, und erneut schwanden ihr die Sinne.

Als Neraida zum zweiten Mal erwachte, schien die Welt nur noch aus einem quadratischen kleinen Fenster zu bestehen, durch das ihr ein Lichtstrahl direkt ins Gesicht fiel. Außer dem Fenster gab es nichts als dunkle Schemen.

Irgendwo hinter sich im Schatten hörte sie zwei Männer, die in der Sprache der Eroberer miteinander tuschelten. Dann war das Geräusch einer zuschlagenden Tür zu hören, und es herrschte Stille. Eine Gestalt in einem langen schwarzen Gewand trat an ihre Seite. Vielleicht ein Priester des Rabengottes? Oder nur ein Novize? Der Mann war noch sehr jung. Er machte sich an ihren Beinen zu schaffen.

Allmählich konnte die Salzgängerin ihre Umgebung besser erkennen. Sie schien auf einem großen Tisch zu liegen. An der gegenüberliegenden Wand, dicht neben dem Fenster, erhob sich ein Regal, in dem sich allerlei kleine Tongefäße drängten. Die Decke über ihr war vor langer Zeit einmal weiß getüncht worden, doch jetzt war das Weiß durchsetzt von Stockflecken und feinen Rissen.

Neraida versuchte, den Kopf zu Seite zu drehen, um auch die Wand zu ihrer Rechten mustern zu können, doch schon die leichteste Bewegung weckte einen pochenden Schmerz in ihrer Schulter, sodass sie keinen weiteren Versuch unternahm und still liegen blieb.

Wo auch immer die Al'Anfaner sie hingebracht haben mochten, es bestand für sie keine Hoffnung auf Flucht. Wenn sie nicht einmal den Kopf ohne Schmerzen bewegen konnte, dann war es erst recht unmöglich, sich aufzurichten.

Der junge Mann hatte ihren Versuch, sich umzusehen, mit einem mitleidigem Lächeln beobachtet. Seine schlanken Finger tasteten über ihr Bein. Schließlich holte er ein kleines Messer und begann breite Streifen blutgetränkten Stoffs aus ihrer Hose zu schneiden.

Neraida verfluchte in Gedanken ihr Schicksal. Warum war nicht auch sie gestorben, so wie Said, Ali oder Malik?

Alle ihre Wunden begannen jetzt zu schmerzen, so als sei das Pochen, das sie in der Schulter spürte, ein Signal gewesen, auch die anderen Quälgeister zu wecken, die sich in ihrem geschundenen Körper eingenistet hatten.

Am schlimmsten war der Schmerz im rechten Bein. Etwas schnürte ihren Oberschenkel zusammen, so als hätte sich die kraftvolle Kralle eines Drachen um ihr Fleisch geschlossen. Stöhnend schloss sie die Augen in der stillen Hoffnung, so den Schmerz vielleicht besser ertragen zu können.

Eine Ewigkeit schien zu vergehen, bis sie wieder das Geräusch der Tür hinter sich hörte. Ein leichtes Beben durchlief sie, als ob etwas in ihr eine Bedrohung erahnte, die sie mit ihren Sinnen noch nicht wahrnehmen konnte. Voll banger Erwartung schlug sie die Augen auf. Der Mann im schwarzen Gewand, der sich um ihr Bein gekümmert hatte, deutete eine kurze Verbeugung an und trat ein Stück vom Tisch zurück. Es näherten sich Schritte.

Ein von Pockennarben entstelltes Männergesicht tauchte über ihr auf. »Ich bin ebenso erfreut wie überrascht, unter all diesen kriegerischen Wüstenräubern eine junge Frau zu entdecken.« Der Fremde lächelte warmherzig. Abgesehen von einem leichten südlichen Akzent beherrschte er das Tulamidya in Vollendung.

Neraida wollte ihm eine passende Antwort geben, doch das Narbengesicht hob abwehrend die Hände. »Nein, nein, meine Liebe, vergeudet Eure Kräfte nicht. Ich denke, ich werde Euch gleich etwas Linderung verschaffen können. Dann werden wir miteinander reden.«

Er klatschte in die Hände und gab einen kurzen Befehl in seiner Muttersprache. Fast augenblicklich erschienen zwei Knaben, die sich weiter hinten bei der Tür aufgehalten haben mussten. Der eine schaffte einen Lehnstuhl heran. Der andere trug ein brokatbezogenes Kissen, auf dem eine handgroße silberne Flasche lag.

»Gleich wird es Euch besser gehen!« Das Narbengesicht nahm das Fläschchen von dem Kissen, öffnete mit affektierter Geste den Verschluss und beugte sich über Neraida.

»Habt keine Angst! Das ist ein Heiltrunk. Er wird Euch neue Kraft schenken.« Er setzte ihr die Flasche an die Lippen und ließ sie einen winzigen Schluck kosten. Der Trunk schmeckte nach Minze.

Gierig schluckte die Salzgängerin. Warme Wellen durchliefen ihren Leib und ließen sie wohlig erschaudern. Sie hatte fast das Gefühl, sich jetzt aus eigener Kraft erheben zu können, als der Fremde das Fläschchen von ihren Lippen nahm.

»Danke«, murmelte sie leise. Nach allem, was sie über die Al'Anfaner gehört hatte, hätte sie in ihrer Lage mit Folterknechten, aber niemals mit einem Heiler gerechnet.

Der Mann legte das Fläschchen mit dem lebensspendenden Trunk auf das Kissen zurück und lächelte sie erneut an. »Bedankt Euch nicht, meine Liebe. Nur weil wir auf verschiedenen Seiten stehen, bedeutet das doch nicht, dass wir uns wie Barbaren benehmen müssen.«

Er ließ sich auf dem Stuhl neben ihr nieder und musterte sie eine Weile schweigend. Neraida konnte sich noch immer nicht erklären, wen sie da vor sich hatte. Ganz offensichtlich gehörte er nicht zu den Offizieren des al'anfanischen Heeres, und er schien auch kein Götzenpriester zu sein. Doch offensichtlich war er ein bedeutender Mann, sonst hätte sich der Schwarzgewandete gewiss nicht vor ihm verbeugt, als er den Raum betreten hatte.

Die Kleidung ihres Wohltäters verriet Reichtum. Er trug ein weites weißes Seidenhemd mit prächtig gebauschten Ärmeln. Befremdlicherweise war auf der rechten Schulter ein großer schwarzer Lederflicken in das Hemd eingenäht, der einen eigenartigen Kontrast zu der kostbaren Seide bildete.

Um die Hüften hatte der Mann eine goldbestickte rote Schärpe geschlungen. Welche Beinkleider er trug, konnte Neraida nicht erkennen, ohne den Kopf zu drehen. Doch in Anbetracht ihres letzten Versuches, sich zu bewegen, zog sie es vor, lieber stillzuliegen.

Einen Teil seines Gesichtes verbarg der Fremde hinter einem sorgfältig gestutzten schwarzen Bart. Allein Nase und Stirn, die er so nicht zu verdecken vermochte, boten einen abschreckenden Anblick. Tiefe rote Narben hatten sich in sein Fleisch gefressen und machten es dem Betrachter schwer, ihn anzuschauen, ohne sofort den Blick mit Schaudern wieder abzuwenden. Neraida dachte an die roten Narben, die ihr eigenes Gesicht verunzierten. Nur zu gut konnte sie sich vorstellen, wie der Fremde unter dieser Entstellung leiden musste, über die ihn sein Reichtum wohl kaum hinwegzutrösten vermochte.

»Ihr habt großes Glück, meine Liebe. Boron scheint die Pforten seines dunklen Reichs vor Euch verschlossen zu halten, so als wäret Ihr ihm nicht willkommen. Bei Euren Freunden war er weniger wählerisch.«

»Was … was wollt Ihr damit sagen?« Auch wenn Neraida sich jetzt besser fühlte, so fiel ihr das Sprechen doch schwer, und der Schmerz in ihrer Schulter mahnte sie, mit ihren Kräften hauszuhalten.

»Es tut mir leid, Euch mitteilen zu müssen, dass Eure Kameraden weniger Glück hatten. Vielleicht sollte ich aber auch unsere Söldner tadeln, die in ihrem Übereifer mehr getan haben, als der Patriarch wünschte. Jedenfalls seid Ihr die Letzte unter den Rebellen, die jetzt noch lebt, und auch Ihr verdankt dieses Glück allein dem baumlangen Kerl, der sich über Euch geworfen hat, um mit seinem Körper die Pfeile aufzufangen, die Euch zugedacht waren.«

»Nazir …?«

»Ein guter Freund?« In der Stimme des Fremden schien echte Anteilnahme zu liegen. »Wie bedauerlich. Nur den wenigsten ist es vergönnt, eine solche Freundschaft zu erleben. Wer opfert schon für einen anderen sein Leben? Und doch … bei Euren Verletzungen hätte selbst diese edle Tat nicht ausgereicht, Euch vor dem Reich der Schatten zu bewahren, wenn Ihr nicht einer jungen Offizierin der Dukatengarde aufgefallen wärt. Allein der Tatsache, dass sich schnell ein Heilkundiger Eurer Wunden annahm, verdankt Ihr, das Ihr, schon an der Schwelle zum Totenreich stehend, noch einmal zu uns Sterblichen zurückgekehrt seid, meine Liebe.«

Neraida beunruhigte das unentwegte Gerede über den finsteren Rabengötzen. Zugleich fiel es ihr schwer zu glauben, dass alle ihre Gefährten tot waren. Vielleicht belog der Fremde sie, und es gab noch andere Räume wie diesen, in denen man sich um Verletzte kümmerte.

»Was wollt Ihr von mir? Ihr habt doch nicht mein Land überfallen, um nun friedlich mit mir zu plaudern.«

Der Fremde nickte. »Ich sehe, Ihr zeichnet Euch durch eine erfreuliche Offenheit aus. Nun hoffe ich nur, dass nicht auch Ihr an der bemerkenswerten Dickköpfigkeit leidet, die ich leider schon so oft bei Eurem Volk angetroffen habe. Versucht, unser Gespräch doch einfach als eine Art Geschäft zu betrachten. Wir haben Euer Leben gerettet, Ihr seid in den Händen fachkundiger Heiler, und ich bin sicher, Ihr werdet schon sehr bald von Euren Wunden genesen sein. Sagt Euch nicht Euer Ehrgefühl, dass Ihr mir dafür etwas schuldig seid?«

»Ich habe niemanden um Gnade gebeten!«

Der Narbengesichtige runzelte enttäuscht die Stirn. »Sollte ich mich in Euch getäuscht haben, meine Verehrteste? Seid auch Ihr nicht besser als diese halsstarrigen Narren, die heute Mittag für eine verlorene Sache gestorben sind? Was ich von Euch als Gegenleistung für unsere Dienste erwarte, ist wirklich nicht viel! Nennt mir ein paar Namen von Rebellen oder eines ihrer Verstecke, und ich verspreche Euch, sobald Ihr von Euren Wunden genesen seid, werdet Ihr wieder frei sein.«

»Sehe ich aus wie eine Verräterin? Foltert mich nur, und wenn ich dabei sterben sollte, habt Ihr mir damit einen

Dienst erwiesen, Bastard.« Neraida bäumte sich vor Wut auf und wollte dem Al'Anfaner ins Gesicht spucken, doch noch bevor sie dazu kam, ließ der sengende Schmerz in ihrer Schulter sie mit einem Aufstöhnen wieder zurücksinken.

Der prächtig gekleidete Fremde schüttelte mitleidig den Kopf. »Was denkt Ihr nur von mir? Sehe ich denn aus wie ein Folterknecht? Ihr müsst mir glauben, dass ich nicht die geringste Neigung dazu habe, Euch zu verletzen. Es wäre auch sinnlos. Selbst unter den Händen eines erfahrenen Folterers könntet Ihr mit Euren Wunden plötzlich und unerwartet dahinsterben, ohne dass wir erfahren hätten, was wir wissen wollen. Das sind Methoden, wie man sie unter Barbaren vielleicht anwenden mag, doch seid versichert, ich verachte unnötige Grausamkeiten. Glaubt deshalb aber nicht, Ihr könntet mir etwas vorenthalten, was ich von Euch wissen möchte. Es gibt weitaus geeignetere Methoden, jemanden zum Reden zu bringen als die Folter.«

Der Fremde erhob sich, beugte sich über sie und sah ihr fest in die Augen. »Wollt Ihr meine Fragen beantworten? Bedenkt, wenn Ihr mir jetzt freiwillig helft, wird es auch mir später um so leichter fallen, Euch meine Unterstützung zu gewähren.«

»Niemals ...« Neraida keuchte heiser. Noch immer pochte ein wilder Schmerz in ihrer Schulter, und sie hoffte, bei der Behandlung, die der Fremde ihr zugedacht hatte, den Tod zu finden.

Doch statt nach Folterwerkzeugen zu rufen oder sie zu schlagen, starrte er nur unentwegt in ihre Augen und murmelte etwas Unverständliches. Worte, von denen ein eigenartiger Zwang ausging. Die Salzgängerin spürte ein leichtes Ziehen im Kopf, dann wurde ihr schwindlig. Im selben Moment, in dem der Narbengesichtige zu sprechen aufhörte, schloss sie die Augen. Sie war sicher, dass er sie mit irgendeinem Zauber belegt hatte. Ja, noch bevor sie die Augen geschlossen hatte, war ihr der Al'Anfaner plötzlich auf eine unerklärliche Weise vertraut vorgekommen, so als sei er ein lange vermisster, guter Freund. Sie musste dieses Gefühl niederkämpfen! Sie durfte ihm nicht verfallen.

»Bitte, seht mich doch an, meine Liebe.« Die Stimme des Fremden klang herzlich. Neraida gehorchte. Sie durfte jetzt nicht seinen Argwohn wecken. Doch als sie ihn anblickte, standen ihr Tränen in den Augen von den unerträglichen Schmerzen, die ihr die verletzte Schulter bereitete.

»Verzeiht, meine Beste, wenn ich unbedachterweise ein wenig streng mit Euch war. Erlaubt, dass ich Eure Tränen trockne.«

Mit höfisch eleganter Bewegung zog der Fremde ein Seidentüchlein aus dem Ärmel und tupfte ihr die Tränen von den Wangen.

»Welch schreckliche Umstände sind das nur, unter denen ich Euch hier wiedertreffen muss, meine Gute.«

»Es tut gut, Euch zu sehen.« Neraida zwang sich zu einem Lächeln. Welches Spiel das Narbengesicht auch immer mit ihr trieb, sie wollte darauf eingehen.

»Sagt, gibt es noch viele Wüstenreiter hier in der Nähe?«

Er wollte sie also aushorchen! Vielleicht hatte er versucht, sie mit irgendeinem Bann zu belegen, der sie dazu zwang, die Wahrheit zu sagen. Doch schien der Zauber bei ihr nicht zu wirken! Vielleicht hatte Rastullah ihr eine Gnade erwiesen und sie vor der Schmach bewahrt, ihre Freunde zu verraten.

Wenn der Fremde nicht merken sollte, dass seine Magie keine Macht über sie hatte, musste sie schnell antworten!

»Scheich Jassafer Yhlal Al-Ghos'Mherwed war bis gestern Nacht mit seinen Reitern in der Stadt. Als wir erfuhren, dass das Heer des Patriarchen nahte, haben er und die Seinen die Flucht ergriffen. Wie nahe sie Madrash jetzt noch sind, kann ich allerdings nicht sagen.« Mit dieser Antwort hatte sie ihrem Gefühl nach noch keinen Verrat begangen. Schließlich hatte der Gesandte des Patriarchen am Morgen behauptet, dass einige Bauern die Al'Anfaner vor den Rebellen in der Stadt gewarnt hatten. Also wusste der Narbengesichtige mit größter Wahrscheinlichkeit schon, was in der letzten Nacht geschehen war. Vielleicht überprüfte der Magier mit dieser Frage nur, ob sie ihm wahrheitsgemäß antwortete.

Der Zauberer nickte zufrieden. »Wie kommt es, dass Kasimiten und Beni Novad einträchtig Seite an Seite kämpfen? Man erzählt sich doch, dass fast alle Stämme der großen Wüste untereinander in Fehde liegen.«

»Ein Mawdli aus Keft hatte den Scheichs Ali und Said befohlen, gemeinsam zu streiten.«

Der Fremde drehte gedankenversunken am spitzen Ende seines Bartes. Er schwieg so lange, dass Neraida schon befürchtete, unbewusst einen Fehler begangen zu haben. Endlich erhob er sich und warf dem Schwarzgewandeten einen vieldeutigen Blick zu. »Glaubt auch Ihr, meine Liebe, dass die Mawdliyat in Keft die Macht hätten, die Stämme der Wüste zu einen?«

»Niemals! Die erhabenen Mawdliyat sind die wichtigsten Deuter der Lehren Rastullahs, doch sie sind nur Weise und keine Krieger. Sie würden nie ein Heer befehligen.«

Die Salzgängerin erschrak. Diesmal hatte sie ohne nachzudenken geantwortet. Und sie hatte die Wahrheit gesagt! War es nur ihr Ungestüm gewesen, das sie dazu verleitet hatte, oder wirkte der Zauber des Fremden am Ende womöglich doch, und sie war nur zu dumm, den Bannspruch in seiner ganzen Heimtücke zu durchschauen? Vielleicht würden die Al'Anfaner ihr ein wenig Ruhe gönnen, wenn sie vortäuschte, vor Schmerzen kaum noch sprechen zu können. Sie stöhnte leise.

»Wisst Ihr, wie viele Rebellengruppen es gibt, die der Euren ähnlich sind?«

»Nein.« Sie stöhnte erneut. »Bitte, mein Freund, lasst mich ein wenig zur Ruhe kommen … Meine Schulter schmerzt bei jedem Wort, das ich spreche.«

»Gleich, meine Gute. Doch erst nennt mir das Versteck von einem Trupp Wüstenräuber oder zumindest den Namen irgendeines Kaufherrn oder Stadtfürsten, der Euch unterstützt hat!«

Neraida war verzweifelt. Was sollte sie nur tun? Würde er Ihr glauben, dass sie niemanden kannte? Und auch wenn sie keine Namen wusste, so hatte sie von den Kriegern Scheich Alis doch zumindest einige versteckte Oasen und verborgene Schluchten genannt bekommen, in denen sich kleine Gruppen von Wüstenreitern trafen, um gemeinsam den Kampf gegen die Unterdrücker zu planen. Wenn der Zauberer sie jetzt durchschaute und sie ein zweites Mal mit seinem Bannspruch belegte, würde sie vielleicht alles verraten.

»Einen Namen, meine Liebe! Ich weiß, Ihr habt Schmerzen, und ich werde Euch auch schonen, doch nennt mir zumindest einen Namen!«

»Melikae, die Sharisad von Unau, hat uns geholfen, als wir vom Cichanebi aus die Versorgungskarawanen des Patriarchen überfielen. Sie hat uns Gold und Pferde überlassen. Melikae ist sehr reich, denn ihr Vater, der in der Schlacht am Szinto sein Leben verlor, war einer der mächtigsten Handelsherren der Stadt. Wie fast alle Tänzerinnen versteht sie sich auf die Kunst, die Herzen der Männer zu blenden. So hat sie sich zum Schein den Eroberern unterworfen und ihnen sogar ihren prächtigen Palast überlassen, wo sie die Heerführer des Patriarchen zu freimütigen Festen empfängt. Doch dies alles ist nur Trug, denn in Wahrheit sinnt sie jede Stunde auf das Verderben des Patriarchen.«

Neraida stieß einen langen Seufzer aus und schloss die Augen. Still bat sie Rastullah, dass der Al'Anfaner ihren Lügen vertrauen mochte. Wenn die Götzenanbeter glaubten, dass diese Hure sie verraten hatte, würde man sie vielleicht schon bald richten, obwohl sie in Wirklichkeit nicht zu den Ungebeugten, sondern zu den Eroberern hielt, wie jeder entlang des Cichanebi wusste.

»Ihr behauptet, die Sharisad von Unau treibe ein doppeltes Spiel?« Die Stimme des Magiers klang nachdenklich. »Dies lässt einige Vorfälle in einem ganz neuen Licht erscheinen. Ich danke Euch für Eure Hilfe, meine Freundin. Ihr habt Euch Ruhe verdient. Schlaft jetzt, denn morgen werdet Ihr Eure ganze Kraft brauchen, um mir zu helfen, weitere Verräter zu entlarven.«

Die Salzgängerin hörte, wie die Tür hinter ihr geöffnet wurde und sich Schritte entfernten. Es schien, als sei sie nun endlich allein. Doch für wie lange? Und welchen Namen sollte sie beim nächsten Mal nennen? Ja, hätte sie beim kommenden Verhör überhaupt eine Wahl? Diesmal war der Zauber des Magiers wohl missglückt, doch wie wahrscheinlich war es, dass sich dies wiederholen würde?

Immer wieder gingen Neraida diese Fragen durch den Kopf, und sie dachte an die dunklen Träume um Verrat, die sie während jener Nächte gequält hatten, als sie mit Fendal und den anderen im Tal der Sieben Säulen verbracht hatte.

Lange war sich die Salzgängerin sicher gewesen, dass allein Melikae die Verräterin war und dass es ihr Schicksal sei, das einst durch die Untreue der Sharisad besiegelt werden würde. Doch jetzt zeigte sich alles in einem anderen Licht! Sie selbst würde die Verräterin sein!

Neraida seufzte. So wie die Dinge standen, gab es nur noch einen ehrbaren Weg, den sie beschreiten konnte. Sie blickte an sich hinab, in der Hoffnung, dass die Al'Anfaner vielleicht den kleinen Dolch übersehen hätten, den sie unter ihrem breiten Ledergürtel verborgen hatte. Doch die Götzenanbeter waren gründlich gewesen. Man hatte ihr sämtliche Waffen abgenommen. Daher wussten sie auch genau, dass es kein Risiko war, sie allein in dieser Kammer zurückzulassen. Neraida war so schwach, dass sie kaum einen Arm heben konnte. Es wäre ihr unmöglich aufzustehen, um nach einer Fluchtmöglichkeit zu suchen oder sich selbst den Tod zu geben.

Verzweifelt blickte die Salzgängerin zum Fenster, in der Hoffnung, dass Rastullah ihr ein Himmelszeichen gäbe, ihr seinen Willen zu offenbaren. Doch es zeigten sich weder sonderbar geformte Wolken noch zogen Vögel vorbei, oder irgendein anderes Omen offenbarte sich ihr.

Die Sonne musste schon tief stehen, denn der Himmel erglühte in dunklem Rot, in der Farbe der Schmerzen und des Blutes …

Neraida stöhnte. Es schien, als solle der Schmerz ihr Wächter sein, bis der Fremde am nächsten Morgen zurückkehrte.

Draußen hörte sie ausgelassenes Lärmen, so als ob die Söldner Al'Anfas schon jetzt begonnen hätten, ihren Sieg zu feiern. Wieder blickte die Salzgängerin an sich hinab. Ihre Kleidung war zerrissen und blutbefleckt. Jemand hatte den rechten Ärmel ihres Kaftans abgerissen und die Pfeilwunde verbunden. Auch ihre Hose war zerschnitten, und rund um ihren Schenkel lief ein tief einschneidendes Lederband, das von einer dicken Messingklammer zusammengehalten wurde. Das Bein unterhalb der Klammer war so taub und gefühllos, als gehöre es nicht mehr zu ihrem Leib.

Während ihr Blick noch auf der Klammer ruhte, war ihr, als flüstere eine vertraute leise Stimme in ihr Ohr, und sie begriff, welches Zeichen ihr Rastullah mit dem blutroten Abendhimmel gegeben hatte. Sie würde niemanden verraten!

Mit zittriger, schwacher Hand tastete sie nach ihrem Gürtel, und nach kurzem Suchen fand sie das Tuch, das Said ihr geschenkt hatte. Sie biss die Zähne zusammen und versuchte an Fendal zu denken, als sie den Arm wieder hob, um sich das türkisfarbene Tuch auf die Stirn zu legen.

Man sagte, Türkise seien Stücke, die aus dem Himmel gebrochen und zur Erde gefallen waären. Hinter dem Himmel aber, den das Stirnband symbolisierte, lag Rastullahs ewiger Garten. Sie würde das Tuch nicht hinter dem Kopf verknoten können, dazu hätte sie beide Hände gebraucht, und den rechten Arm zu bewegen, war ihr unmöglich. Der Schmerz würde sie ohnmächtig werden lassen, und vielleicht würde sie nicht mehr erwachen, bevor die Al'Anfaner am Morgen zurückkehrten. Das durfte sie nicht riskieren!

Mit fahriger Geste wischte sie sich das Haar aus dem Gesicht. Auch versuchte sie, sich den Schmutz und das Blut von den Wangen zu reiben. Dann legte sie die linke Hand auf die Brust, um neue Kräfte zu sammeln. Leise betete sie zu dem Einen und bat um Vergebung für ihre Sünden und Verfehlungen. Sie hatte immer versucht, nach seinen Geboten zu leben, und doch hatte sie trotz bester Absichten so oft gefrevelt. Zu groß war die Aufgabe gewesen, vor die sie der Eine Gott gestellt hatte!

Am Himmel war das letzte Abendrot verglommen, als die Salzgängerin mit unsicherer Hand nach der Aderpresse an ihrem Schenkel tastete. Sie hatte die Hoffnung auf die Gnade Rastullahs nicht aufgegeben. Ihre Finger glitten über die kalte Messingklammer, die das Lederband zusammenhielt.

Es schien eine Ewigkeit zu dauern, bis sie den Verschluss endlich geöffnet hatte und die Lederriemen lose zur Seite glitten. Warmes Blut benetzte ihre Finger. Seltsamerweise fühlte sie nicht einmal Schmerzen. Nur schien es plötzlich kälter zu werden in dem kleinen Zimmer. Schauer überliefen sie. Sollte sie für ihre Freveltaten in die tiefsten Grotten der Niederhöllen geschleudert werden, dorthin, wo es so kalt war, dass der Frost selbst die Seelen der Verdammten zu peinigen vermochte?

Mit bebenden Lippen begann sie ein letztes Gebet. Die schmutzige Decke des kleinen Zimmers schien ihr langsam entgegenzusinken. Obwohl sie lag, war ihr schwindlig. So schloss sie die Augen, und während sie das Gefühl hatte, durch eine tiefe Grotte auf ein flackerndes Licht zuzugehen, murmelte sie leise:

»Rastullah ist groß,
sein Atem ist der Himmel,
sein Wille ist alles Leben,
sein Zorn kennt keine Grenzen,
doch größer als alles ist die Gnade,
die er allein dem wahren Gläubigen schenkt …«

Wieder einmal kam die große Karawane ins Stocken. Ärgerlich zog Melikae den Vorhang ihrer Sänfte beiseite und blickte die Straße hinauf.

Über eine Meile lang erstreckte sich die Versorgungskarawane, die auf dem Weg zur Hauptstreitmacht des al'anfanischen Heeres war. Fast zweitausend Lastkamele hatten die Götzenanbeter aufgeboten, um von Soldatenstiefeln bis hin zu zerlegten Belagerungsgeräten alle nur erdenklichen Güter zu transportieren. Frische Truppen, die das Heer bei der angeblich kurz bevorstehenden Belagerung von Mherwed verstärken sollten, eskortierten den Zug. Neben Söldnern und einigen verräterischen Kaufleuten, die mit den Eroberern gemeinsame Sache machten, begleiteten auch Handwerker und Glücksritter aus beinahe allen Ländern des Südens den Tross. Da gab es Barbiere und Zahnausreißer, Schuhmacher und Sklavenhändler, Wunderheiler, Wahrsager und Waffenschmiede. Alle hofften, im Feldlager, das vor der Kalifenstadt Mherwed aufgeschlagen würde, ihr Glück zu machen.

Unmittelbar vor Melikaes Sänfte versperrten zwei große Kastenwagen den Blick auf die Straße. Ihre hohen Seitenwände waren mit unsittlichen Bildern bemalt, die gewagte Szenen einer Orgie in einem Palast zeigten. Die Wagen gehörten zu einem selemitischen Bordell, dessen Inhaberin Haus und Hof verpfändet hatte, um sich ein prachtvolles Zelt zuzulegen und künftig den Heerscharen des Patriarchen zu folgen.

Hasdrubal, einer von Melikaes Leibwächtern, trat hinter den Wagen der Huren und Lustknaben hervor und winkte ihr zu. »Es kommen ein paar Karren aus der Stadt dort hinten auf dem Hügel. Offenbar hat es dort gestern eine Schlacht gegeben. Jetzt werden die Toten weggeschafft, um sie zwei Meilen weiter südlich in eine tiefe Felsspalte zu werfen. Es scheint so, als mache der Anblick oder der Geruch der Leichen die Kamele unruhig. Jedenfalls werden die Tiere von der Straße geschafft, darum hat die Karawane angehalten.«

Melikae nickte, verärgert über die Verzögerung, und gab den Sklaven ein Zeichen, ihre Sänfte zum Straßenrand zu bringen. Sie war nicht darauf aus, herauszufinden, ob es nur der Anblick oder vielleicht doch eher der Geruch der Leichen war, der die Kamele unruhig machte. Auch die großen Wagen vor ihr waren in Bewegung gekommen, und die Kutscher mühten sich, die Gefährte zur Seite zu bringen, ohne dabei der Böschung zum Straßengraben zu nahe zu kommen.

Dann endlich waren die Karren zu erkennen, auf denen die Toten fortgeschafft wurden. Kleine offene Wagen, jeweils von Eseln oder Maultieren gezogen, die man ganz offensichtlich bei den Bauern von Madrash beschlagnahmt hatte. Eskortiert wurden die Wagen von ungefähr zwanzig schwarz gewandeten Kriegern, die Melikae an Rüstung und Waffen als Söldner vom Bund des Kor erkannte. Glücksritter der übelsten Sorte, die angeblich nicht einmal davor zurückschreckten, verwundete Kameraden zu töten, um ihren eigenen Beuteanteil zu vergrößern.

Es war erstickend heiß, und der Staub, den die Kamele

und die schweren Karren aufgewirbelt hatten, stand wie dünner gelber Rauch über der Karawane.

Melikae wedelte ungeduldig mit ihrem Fächer aus Pfauenfedern. Auch wenn sie sich so kaum Kühlung zu verschaffen vermochte, war es besser, als völlig reglos in der Hitze zu verharren. Sie hasste es, untätig in dieser Sänfte zu liegen. Sie hatte die Prachtsänfte mit den Sklaven nur deshalb gekauft, weil sie während der vielen Gottesnamen, die sie im besetzten Unau verbrachte, gelernt hatte, dass fast alle Al'Anfaner Respekt vor Sänften hatten. Nicht ein einziges Mal war sie auf ihrer Reise von Wachen angehalten und nach dem Woher und Wohin ihrer Reise befragt worden. Es schien zu den ungeschriebenen Gesetzen der Stadt des Raben zu gehören, dass es besser war, sich nicht in die Geschäfte der Granden und der reichen Kaufherren einzumischen, jener Mächtigen also, die es bevorzugten, in Sänften zu reisen.

Vielleicht, so dachte Melikae, würde es ihr auf diese Weise gelingen, bis zum inneren Bereich des Heerlagers vorzudringen. Zumindest aber würde sich der Kommandant der Leibwache des Patriarchen mit Geduld ihr Anliegen anhören, wenn sie verlangte, zu dem Obersten der Götzenpriester vorgelassen zu werden.

Der Gedanke daran, wie sie vor Tar Honak tanzen und ihm schließlich das Schwert ihres Vaters in die Brust stoßen würde, erfüllte sie mit kalter Genugtuung. Der Patriarch würde dafür büßen, was er ihr und dem Land angetan hatte!

Sie blickte zu den Toten auf den Wagen. Diese starren Knäuel ausgelöschter Hoffnungen und Träume … Ihre verrenkten, blutverschmierten Glieder wiegten sich im Takt der Eselschritte, und es war, als winkten sie den Lebenden in stummem Gruß.

Melikaes Blick blieb an einem der blassen Gesichter hängen, und vor Schreck fiel ihr der Pfauenfächer aus der Hand. Neraida lag unter den Toten! Auch wenn die langen weißen Locken eines anderen Erschlagenen zur Hälfte das Gesicht der Sklavin verdeckten, so hatte Melikae sie doch sofort wiedererkannt. Die roten Narben, das Kennzeichen der Salzgänger, machten sie unverwechselbar.

Melikaes erster Gedanke war, aus der Sänfte zu springen und den Wagen anzuhalten. Doch so würde sie sich als Freundin der Rebellen verraten, und ihr Plan, Tar Honak zu töten, würde undurchführbar werden. Doch sie musste etwas tun! Sie konnte doch nicht stumm mit ansehen, wie man den Körper Neraidas, die ihr so viele Jahre lang treu gedient hatte, mit allen anderen Toten eine Klippe hinabwarf!

»Euer Fächer, Herrin!« Hasdrubal war neben der Sänfte niedergekniet und hatte den Pfauenfächer aufgehoben. »Ist Euch nicht wohl? Wollt Ihr nicht lieber die Vorhänge zuziehen und Euch den grausigen Anblick ersparen?«

Die Sharisad schüttelte stumm den Kopf. Der große blonde Söldner hatte sie auf eine Idee gebracht. »Ich habe eine Aufgabe für dich, Hasdrubal.«

»Stets zu Euren Diensten, schöne Herrin.« Ein ironischer Unterton schwang in seiner Stimme. Melikae mochte den Mann nicht sehr. Er stammte aus Al'Anfa, auch wenn sein zu Zöpfen geflochtenes blondes Haar und sein dichter Bart an einen Thorwaler erinnerten. Jede seiner Gesten verriet, dass er außer sich und dem Gold seiner Herren nichts auf dieser Welt schätzte. Doch unter den wenigen verfügbaren Söldnern, die sich nicht den Heerscharen des Patriarchen angeschlossen hatten, war er eine der stattlichsten Gestalten gewesen, und das hatte Melikae bewogen, ihn in ihre Dienste zu nehmen.

»Auf dem vorletzten der Karren liegt die Leiche einer Frau, die mir in meinem Leben einmal sehr viel bedeutet hat. Ich möchte, dass du sie den Söldnern abkaufst. Sie soll nicht mit den anderen die Klippen hinabgeworfen werden.«

»Was?« Hasdrubal blickte sie verständnislos an. »Du willst mit Silber für eine Tote zahlen?«

»Für mich ist sie nicht irgendeine Tote!« Melikae kramte in der kleinen Truhe, die sie zwischen den Kissen in ihrer Sänfte verborgen hielt, holte einen Beutel voller Münzen hervor und warf ihn dem Söldner zu.

»Das müsste reichen, um die Wachen zu bestechen.«

Hasdrubal wog den bestickten samtenen Beutel in der Hand und nickte. Ein eigenartiger Glanz lag in seinen Augen.

»Glaub nicht, du könntest mich betrügen! Ich kann es mir leisten, jederzeit das Zehnfache von dem, was du in diesem Beutel findest, auf deinen Kopf auszusetzen, und in deinem Fall würde es mir durchaus genügen, wenn man mir nur den Kopf brächte.«

Der Söldner lächelte sie an. »Was denkt Ihr nur von mir, Herrin? Niemals würde ich eine Frau von Eurer Schönheit und Großmut betrügen!«

Melikae überging seine plumpe Vertraulichkeit und gab ihm ein Zeichen, sich zu ihr herabzubeugen. »Bring die Leiche nach Einbruch der Finsternis in mein Zelt und achte darauf, dass man dich dabei nicht beobachtet. Jetzt sieh zu, dass du mir aus den Augen kommst. Sei froh, dass ein solcher Mangel an Söldnern herrscht. Noch vor einem halben Jahr hätte mein Vater jeden auspeitschen lassen, der es trotz niederer Geburt gewagt hätte, mit loser Zunge in aller Öffentlichkeit über meine Schönheit zu reden, als hätte er das Lager mit mir geteilt.«

Hasdrubal verbeugte sich und murmelte so leise, dass nur sie ihn hören konnte: »Sind es denn nur schändliche Lügen, die man in den Basaren von Unau über Euch hören kann? Glaubt man den Geschichten der Marktfrauen, dann habt Ihr nicht nur mit Tar Honaks halbem Generalstab das Lager geteilt, sondern Euch sogar Sklaven hingegeben.«

»Aus meinen Augen, du Abschaum!«

Hasdrubal trat zwei Schritt zurück. Noch immer spielte ein überhebliches Lächeln um seine Lippen. »Wir sehen uns nach Einbruch der Dunkelheit, Herrin.« Er sprach jetzt so laut, dass alle Umstehenden ihn deutlich hören konnten. »Dann erwarte ich den Lohn für meine Dienste!«

Melikae sah, wie die Kurtisanen aus Selem verstohlen zu ihrer Sänfte blickten und die Köpfe zusammensteckten, um miteinander zu tuscheln. Die Sharisad wusste nur zu gut um die Gerüchte, die sich um sie rankten. Auch ihre Leibsklavin hatte ihr bereits berichtet, dass man sich überall erzählte, alle die Hauptleute und Obristen, die in ihrem Palast ein und aus gegangen waren, hätten weit mehr als nur ihren Tanz genossen.

Die Sharisad zog den Vorhang ihrer Sänfte zu und lächelte. Ihre Ehre war schon verloren gewesen, noch bevor die Götzendiener Unau erobert hatten. Jetzt käme ihr der schlechte Ruf wahrscheinlich sogar zustatten, und vielleicht würde Tar Honak sie sogar von sich aus in sein Zelt rufen lassen, wenn die Heiden in weniger als zwei Gottesnamen die Orgien zu Ehren der brünstigen Abgöttin Rahja feierten.

Hasdrubal war es tatsächlich gelungen, den Söldnern die Leiche der Sklavin abzukaufen. Kurz vor Mitternacht hatte er die Tote, in einen Teppich gehüllt, in das Zelt der Sharisad gebracht. Melikae entlohnte ihn mit zehn silbernen Piastern, obwohl sie sicher war, dass er nur einen Bruchteil der Münzen, die sie ihm am Mittag überlassen hatte, hatte aufwenden müssen, um die Söldner zu bestechen. Ohne weitere Fragen zu stellen, nahm er das Geld und verschwand aus dem Zelt. Wahrscheinlich würde er das Silber noch in dieser Nacht für teuren Wein und selemitische Freuden vergeuden.

Vorsichtig befreite Melikae die Tote aus dem zerschlissenen Teppich und kniete in stummem Entsetzen vor ihrem zerschundenen Körper nieder. Was mochte das

Schicksal ihr nur angetan haben? Wie war sie hierher nach Madrash gekommen? Und all ihre Wunden! Wie mochte sie als Frau und obendrein noch als Sklavin in einen Kriegszug der Kasimiten geraten sein?

Melikae dachte an die Tage ihrer gemeinsamen Flucht, an den Stolz und den Mut, welchen die Sklavin damals bewiesen hatte. Es kam der Sharisad vor, als wären seitdem Jahre vergangen, und doch waren es nur wenige Gottesnamen gewesen, in denen sich ihrer aller Leben so gründlich verändert hatte. Sie war jetzt die Letzte, die noch lebte. Über ihrer Flucht schien von Anfang an ein grausamer Fluch gelegen zu haben. Hätte Omar nur auf dem Fest geschwiegen und seinen geheimen Wunsch in seinem Herzen begraben! Gewiss würde er dann noch leben ... Und ihr Vater vielleicht auch. Und Fendal ... Und Neraida ...

Melikae kämpfte mit den Tränen. Auch für ihre toten Gefährten würde sie Tar Honak ermorden!

Mit einem Messer trennte sie die Nähte der zerfetzten Kleidung auf und wusch dann Schmutz und Blut von Neraidas Haut. Als sie damit fertig war, holte sie den silbergefassten Kamm aus Mammuton, den ihr Vater ihr einst geschenkt hatte, und kämmte das strähnige schwarze Haar der Toten.

Mehr als zwei Stunden mochten vergangen sein, bis die Sharisad ihre traurige Arbeit vollendet hatte. Sie hatte ein langes Gebet gesprochen und Rastullah angefleht, die aufsässige und stolze Sklavin trotz ihrer Fehler in seine Gärten aufzunehmen.

Auch wenn Neraida jetzt tot ist, dachte Melikae bitter, so hat das Leben der Salzgängerin doch seine Erfüllung gefunden. Sie hatte geliebt, auch wenn sie durch die Intrigen Abu Dschennas ihren Liebsten wieder verloren hatte. Wie sehr ihr Schicksal einander doch glich!

Zärtlich strich die Sharisad der Toten eine Haarsträhne aus dem Gesicht. Beide waren sie Verdammte. War sie denn blind gewesen, als sie Neraida verstoßen hatte? War es der Krieg, der sie so hartherzig und grausam werden ließ? Lange starrte Melikae in das narbige Gesicht der Toten. Dann beugte sie sich vor und küsste zärtlich ihre Lippen.

»Verzeih mir, Freundin. Ich habe gefehlt, und als letzten Beweis meiner Zuneigung kann ich dir wenigstens im Tod die Ehre zukommen lassen, die ich dir im Leben verweigert habe.«

Die Sharisad erhob sich und ging mit müdem Schritt zum Eingang des Zeltes, wo, in Decken gehüllt, ihre Leibsklavin wartete. Das junge Mädchen war eingeschlafen. Melikae rüttelte es wach und trug ihm auf, den Alten zu holen, der in irgendeinem der kleinen Lehmhäuser von Madrash auf ihre Nachricht wartete.

Der greise Leichenbestatter kratzte sich nachdenklich hinter dem Ohr. »Das wird nicht leicht«, brummelte er leise. »Wollt Ihr sie nicht doch lieber in einem hohlen Stamm mit Euch nehmen? Ich würde den Sarg dann mit einer Hülle aus nassem Leder versehen und das Ganze natürlich doppelt vernähen, damit es nicht reißt, wenn es trocknet. So könnt Ihr sie viele Tage mit Euch führen, ohne dass die Ausdünstungen des Todes Eure Nase beleidigen würden.«

»Und ihr Körper?«

Der Leichenbestatter räusperte sich. »Der würde natürlich zerfallen, aber …«

»Das kommt nicht in Frage. Ich will nur das Beste für sie.«

Wieder kratzte sich der Alte hinter dem Ohr. »Ich habe nicht gesagt, dass der andere Weg nicht gangbar sei, doch mag es ein paar Tage dauern, bis ich an das Salz komme. Es hängt alles davon ab, ob die Al'Anfaner schon alle Wege zur Kalifenstadt gesperrt haben. Ich wüsste nicht, woher ich sonst das feine gelbe Totensalz bekommen sollte. Man könnte es allerdings auch mit ganz normalem Gerbsalz versuchen und …«

Melikae legte den Kopf schief und blickte den kahlköpfigen Greis durchdringend an. »Was macht den Unterschied aus?«

Der Alte räusperte sich verlegen. »Nun ja … Also mit dem Gerbsalz ist das so … Es kann geschehen, dass sich die Haut der Toten verfärbt. Außerdem wird sie wahrscheinlich ungleichmäßig austrocknen, und ihre Haut kann schrumpeln oder an einigen Stellen reißen. Das weiß man nie vorher.«

Die Sharisad schüttelte den Kopf. »Das will ich nicht. Geht nach Mherwed, Alter, und holt, was immer Ihr braucht, um den Körper meiner Freundin für die Ewigkeit zu erhalten. Und macht Euch um das Geld keine Sorgen. Ich sehe doch wohl nicht wie eine arme Frau aus, oder?«

»Nein, Herrin! Nichts läge mir ferner, als solch infame Behauptungen aufzustellen, ich dachte nur …«

»Macht Euch keine weiteren Gedanken. Sorgt nur dafür, dass ihre Leiche gut die nächsten Tage übersteht, und dann reist so schnell Ihr könnt zur Kalifenstadt, denn ich fürchte, es wird nicht mehr viel Zeit bleiben.«

Der Alte nickte stumm. Dann kniete er neben der Leiche nieder und zog eine Seidenschnur aus der großen Leinentasche, die ihm über der Schulter hing. Mit flinken Fingern zog er das kostbare Band um den Kopf der Toten, sodass ihr Kiefer nicht mehr herunterklappen konnte. Dann holte er eine kleine Bronzeflasche mit einem seltsam verbogenen dünnen Hals aus den Tiefen der Tasche und drehte sich zu Melikae um.

»Vielleicht ist es besser, wenn Ihr jetzt geht, Herrin. Nicht alle Dienste, die ich an den Toten verrichte, sind für die Lebenden angenehm anzuschauen.«

Die Sharisad schluckte und zögerte einige Augenblicke lang. Schon jetzt lag ein unangenehm süßlicher Geruch in dem Zelt. Und wer wusste, mit welch scheußlichen alchimistischen Tinkturen der Alte noch zu hantieren hatte? Sie hatte abstoßende Dinge darüber gehört, was zu tun war, wenn man den Leib der Verstorbenen erhalten wollte. Schließlich fasste sie sich ein Herz. Sie war es Neraida schuldig! Sie durfte die Salzgängerin nicht allein in den Händen eines Fremden lassen.

»Ich werde hierbleiben.«

Einen Atemzug lang blickte der Alte sie verwundert an. Dann zuckte er mit den Schultern und wandte sich seiner Arbeit zu.

Melikae stand am Rand des Cichanebi und blickte nach Westen. Zehn Tage waren seit dem Treffen mit dem Leichenbestatter vergangen. Irgendwie war es dem Alten gelungen, bis nach Mherwed zu kommen und auch auf dem Rückweg ungehindert die Reihen der Al'Anfaner zu passieren. Er hatte das feine gelbe Totensalz sogar für einen ausnehmend günstigen Preis bekommen, weil die halbe Stadt auf der Flucht vor dem herannahenden Heer der Eroberer war und jeder versuchte, so viel wie möglich von seinem Hab und Gut zu Geld zu machen.

Ein Tischler aus Madrash hatte inzwischen nach den Angaben des Leichenbestatters einen besonderen Sarkophag entworfen, in dem die tote Salzgängerin transportiert werden sollte. Zahlreiche kunstvoll geschnittene Öffnungen durchzogen den Deckel des Sarges, denn der kahlköpfige Gelehrte hatte behauptet, nur wenn Licht, Luft und Hitze freien Zugang zu dem Leichnam im Salz fänden, sei eine gleichmäßig gute Konservierung gewährleistet.

Die Sklaven aus Melikaes Gefolge hatten kaum begreifen können, warum sie in Madrash die große Karawane verließ, um nach wenigen Tagen Rast mit dieser neuen, unheimlichen Last zurück in Richtung Unau zu reisen. Doch sie waren nur Sklaven, und so hatte es letzten Endes keiner gewagt, ihre Befehle in Frage zu stellen.

Anders stand es mit den drei Söldnern, die sie angeworben hatte. Als Melikae Muammar ai Birscha, dem Führer der großen Karawane, offenbart hatte, dass sie in Madrash zurückbleiben wollte und daran dachte, allein auf der großen Handelsstraße bis zum Cichanebi zu ziehen, hatte ihr Muammar dringend davon abgeraten, die Söldner auf diese Reise mitzunehmen. Seiner Meinung nach war sie in der Wüste sicherer ohne diese Halsabschneider, wie er sie verächtlich nannte.

Melikae lächelte stumm in sich hinein. Dann drehte sie sich um und blickte zum Kamm der großen Düne hinüber, auf der Hasdrubal stand und aufmerksam über sie wachte. Nein, sie brauchte sich keine Sorgen zu machen. Er und seine Söldnergefährten würden sie mit ihrem Leben verteidigen.

Belustigt erinnerte sie sich an das Gesicht des blonden Kriegers, als sie ihm mitgeteilt hatte, dass sie ihren Schmuck und ihr Gold Muammar, dem Karawanenführer, anvertraut habe. Sie kannte den hageren großen Mann mit den ausdrucksvollen dunklen Augen, schon seit sie ein Kind war. Oft hatte er im Dienst ihres Vaters Karawanen bis in die entlegensten Oasen der Khom oder auch bis ins ferne Fasar geführt. Ihr Vater hatte Muammar stets als aufrichtig und ehrlich eingeschätzt. Wenn der Karawanenführer jetzt in die Dienste der Eroberer getreten war, mochte das daran liegen, dass er sein ganzes Vermögen in Ländereien bei Selem gesteckt hatte, jener Hafenstadt, die gleich zu Anfang des Krieges in die Hände der Götzenanbeter gefallen war.

Vielleicht fürchtete Muammar auch weniger um seine Reichtümer als um seine Familie, die in Selem zurückbleiben musste, wenn er mit einer großen Karawane aufbrach. Schon oft hatte Melikae davon gehört, dass die Eroberer nicht davor zurückschreckten, selbst die Familien der Edlen und Reichen aus dem Land der Ersten Sonne in die Sklaverei zu verschleppen.

Ob sich ihr eigener Vater wohl ähnlich verhalten hätte, wenn er in der Schlacht am Szinto nicht gefallen wäre? Womöglich hätte auch er seine Ehre für seinen Besitz gegeben. Vielleicht war es besser, dass er dieses ganze Elend nicht mehr hatte erleben müssen. Es genügte, wenn sie allein dem Namen der Familie Schande machte.

Doch nicht mehr lange, und ich werde den Makel von dem Namen meiner Sippe tilgen, dachte Melikae grimmig. Dass sie Neraida die letzte Ehre erwies, würde das Leben des Patriarchen um einige Tage verlängern, doch retten würde es ihn nicht!

Die Sharisad blickte noch einmal zu Hasdrubal hinüber, der mit verschränkten Armen auf der Düne stand und aufmerksam nach möglichen Feinden Ausschau hielt. Melikae hatte ihm ganz offen gezeigt, wie wenig Geld sie auf dieser Reise mit sich führte. So gab es keinen Anreiz für die Söldner, sie auszurauben. Zwar waren die Sklaven und die Sänfte ein Vermögen wert, doch kein Al'Anfaner war so verrückt zu versuchen, auf irgendeinem Markt gestohlene Sklaven anzubieten. Ein Verbrechen gegen den Besitz eines Begüterten und Privilegierten wog in den Augen der Götzenanbeter schwerer als ein Mord, und entsprechend drastisch waren die Strafen. Nicht einmal ihre Sänfte könnten sie verkaufen, denn ihr prächtiges Reisegefährt war so auffällig und kostbar, dass jeder mögliche Käufer im Umkreis von Hunderten von Meilen es erkennen und nach dem Verbleib der ursprünglichen Besitzerin fragen würde. So blieb den Söldnern nichts anderes übrig, als sehr gut auf ihr Leben Acht zu geben, denn jetzt hatte sie nicht einmal genug Gold bei sich, um auch nur einen von ihnen angemessen zu entlohnen. Gleichzeitig erwartete sie eine fürstliche Belohnung am Ende ihrer Reise. Mehr, als sie irgendwo sonst für ihren Dienst erhalten hätten.

Melikae lächelte erneut. Nein, die Sorgen des Karawanenführers waren unbegründet. Nichts war leichter, als

Männer zu verführen, deren Herzen allein durch den Anblick von Gold gerührt wurden.

Die Sonne war fast gänzlich gesunken, als Melikae ein flackerndes Licht weit draußen auf dem Salzsee entdeckte. Sie hatten also doch von ihr gehört!

Nach all den Stunden des Wartens neben Neraidas Sarkophag waren Zweifel in der Sharisad aufgekommen, ob sie den richtigen Weg gewählt hatte, um zu jenen Salzgängern Kontakt aufzunehmen, die sich nicht der Knute der Eroberer unterworfen hatten.

Früh am Morgen hatte sie mit ihrem Gefolge ein kleines Zeltlager am Rande des Cichanebi erreicht. Zunächst waren sie vom Hairan der Sippe misstrauisch empfangen worden, und Melikae konnte ihm nicht verübeln, dass er sie mit ihrem fremdländischen Gefolge und den al'anfanischen Söldnern im Geleit für eine Spionin gehalten hatte.

Erst als sie von Neraida gesprochen hatte, die der Hairan als Gefährtin Scheich Saids kannte, war sein Misstrauen geschwunden. Als sie aber berichtete, dass die Salzgängerin tot sei und sie selbst den weiten Weg von Madrash bis zum Cichanebi gemacht habe, um Neraidas sterbliche Überreste dorthin zurückzubringen, wo sie einst geboren war, hatte sich der Hairan den Bart gerauft und war unter lautem Wehklagen aus dem Zelt gestürzt. Melikae war überrascht gewesen, welchen Ruf ihre Sklavin in den wenigen Gottesnamen seit ihrer Flucht aus Unau erworben hatte.

Nachdem der erste Schmerz des Hairans verflogen war, hatte er darauf bestanden, dass Melikae den Sarkophag öffnete, damit er und die Seinen von Neraid al Barad, wie sie die Salzgängerin nannten, Abschied nehmen konnten.

Während der heißen Mittagsstunden hatte der Hairan die Sharisad allein zu sich ins Zelt genommen und ihr von den Heldentaten Neraidas erzählt. Von dem Kampf gegen ihren eigenen Vater, den Überfällen, die sie mit den

Kasimiten durchgeführt hatte, und dem Treffen am Brunnen von El Amra. Melikae wusste nicht, ob der Mann ahnte, wer sie war. Immerhin schien er es ihr hoch anzurechnen, dass sie die Tote zum Cichanebi zurückgebracht hatte.

Schließlich hatten seine Erzählungen ein Ende gefunden, als ein junger Mann ins Zelt getreten war und einfach nur gesagt hatte: »Die Ungebeugten wissen Bescheid.«

Die Ungebeugten, so nannte man jene wenigen Salzgänger, die darauf verzichteten, Geschäfte mit den Eroberern zu machen. Sie waren eine verzweifelte Schar, denn auf dem Cichanebi konnte nur jener überleben, der sein Salz an vorbeiziehende Karawanen oder die reichen Händler von Unau verkaufte. Außer Salz hatte der ausgetrocknete See nichts zu bieten. Selbst die Schlangen und Skorpione schienen ihn zu meiden.

Wären da nicht einige wenige Nomadensippen gewesen, die die Ungebeugten mit Wasser und Lebensmitteln versorgten, obwohl die Al'Anfaner jeden mit dem Tod bedrohten, der den Aufrührern half, hätten die rebellischen Salzgänger sich nicht einmal zwei Gottesnamen lang auf dem lebensfeindlichen See halten können. Kurz vor Einbruch der Dämmerung hatten die Krieger des Hairans Melikae und den Sarkophag zu einer einsamen Stelle am Rande des Sees gebracht, die etwa eine Meile vom Lager entfernt lag. Nur einer ihrer Söldner hatte sie als Ehrenwache begleiten dürfen. Es schien, als fürchteten die Nomaden noch immer, dass sie einen Hinterhalt planen könnte.

Melikae hatte Hasdrubal für diesen Dienst ausgewählt. Sie hatte ihn zwar noch nie kämpfen gesehen, doch allein die Tatsache, dass die anderen Söldner in ihrem Gefolge den blonden Krieger sofort als Wortführer anerkannt hatten, wies auf seinen außergewöhnlichen Ruf hin. Außerdem war er der gierigste von allen. Er würde sie nicht im

Stich lassen, wenn sie in Gefahr geraten sollte! Jedenfalls nicht, solange er noch Gold von ihr zu erwarten hatte …

Das flackernde Licht, das von der Ebene her näher kam, entpuppte sich als eine kleine Gruppe Fackeln tragender Männer. Sie verharrten etwa zehn Schritt vor Melikae und ihrem Begleiter. Es waren düstere, abgerissene Gestalten. Das unstete Licht und die roten Narben auf Wangen und Stirn ließen sie unheimlich, ja, fast dämonisch erscheinen.

Die Männer musterten Melikae schweigend, und es schien eine Ewigkeit zu vergehen, bis schließlich einer von ihnen die Sharisad ansprach.

»Wer bist du, die du vom Tode Neraid al Barads kündest und die du einen Krieger der Ungläubigen an deiner Seite duldest?«

Konnte sie es wagen, ihren wahren Namen zu nennen? Oder war es gefährlicher, die Salzgänger zu belügen? Melikae zögerte. Doch wie sollte sie jemals als ehrbar gelten, wenn sie es nicht wagte, zu ihren Taten zu stehen?

»Vor euch steht Melikae, die Tochter Abu Feisals, des Prächtigen, aber bekannter bin ich wohl als die Sharisad von Unau.«

»Du bist in der Tat zu einigem Ruhm gelangt, Sharisad, doch sind es keine Ehrennamen, die man dir gibt. Du scheinst nicht viel gemein zu haben mit der Frau, die einst in deinen Diensten stand.«

Melikae ballte die Hände zu Fäusten. Sie würde diese Demütigungen nicht mehr lange ertragen müssen. Schon bald würde jeder im Land der Ersten Sonne wissen, wie sie wirklich gegenüber den Götzenanbetern empfand! Doch noch musste sie ihr Geheimnis wahren.

»Von der Gunst, mit der Rastullah deine Dienerin so reichlich bedacht hat, scheint nichts auf dich gefallen zu sein. So hat der Gott ihr noch vor ihrem Tod den letzten Makel genommen, indem er sich in Gestalt des Mawdli Nebahath offenbarte und durch seinen Mund sprach, um aus der Sklavin Neraida den Krieger Neraid al Barad zu machen. Weil aber so das Weib zum Mann wurde, ist der Frevel wieder getilgt, den Neraidas Vater beging, als er seiner Tochter die Narben der Salzgänger ins Gesicht schneiden ließ, denn nur ein Mann kann Salzgänger sein. In dieser wunderbaren Wendung offenbart sich dem Gläubigen der tiefe Sinn, der in allem steckt, was unter Rastullahs Sonne geschieht, denn nichts kann ohne die Duldung des Einen Gottes vollbracht werden, auch wenn sich der göttliche Plan, der hinter allem steht, oft dem Verstand des Sterblichen entzieht. Nur weil ich dieses weiß, kann ich deine Anwesenheit ertragen, Sharisad, denn auch hinter deinen Taten steht der göttliche Wille, und hätte es dich nicht gegeben, so wäre wohl auch Neraid al Barad nicht zu dem geworden, was er war, als er starb. Dein Leben, Melikae, zeigt jedem, der es kennt, dass edle Geburt und Reichtum allein kein tapferes Herz zu zeugen vermögen, wohingegen der Fromme auch aus dem niedersten Stand zum strahlenden Vorbild aller Gläubigen werden kann.«

Melikae seufzte leise. Auch wenn die Worte des Salzgängers aus seiner Sicht wahr sein mochten, so schmerzten sie doch.

»Was soll mit Neraid geschehen?«

Der Salzgänger musterte sie mit abfälligem Blick. Wahrscheinlich glaubte er, dass seine Worte bei ihr ebenso vergeudet waren wie Wasser, das man auf dem Cichanebi verschüttete, wo niemals eine Pflanze gedieh …

»Wir werden sie mitnehmen und unweit des Platzes, an dem sie geboren wurde, dem Cichanebi übergeben. Das ist die Art, in der Salzgänger ihr Ende finden sollten. Ein Leben lang haben sie vom Cichanebi genommen, um zu überleben. Zum Schluss geben sie als Dank ihren Leib, wenn der See ihn sich nicht schon selbst geholt hat. Wer aber nahe dem Herzen des Cichanebi ruht, dessen Körper wird niemals verfallen. Und wenn dereinst Rastullah das Ende aller Zeiten bestimmt, dann werden sich die Salzgänger aller Zeitalter vom Grunde des Sees erheben, um den Willen des Gottes zu vollstrecken.«

Melikae war verwundert und erschrocken darüber, welche eigenartigen Vorstellungen über das Wesen Rastullahs dieser Salzgänger hatte. Gleichzeitig erkannte sie, dass sich auch hinter ihren Taten tatsächlich eine göttliche Fügung zu verbergen schien: Indem sie den Leichnam Neraidas hatte konservieren lassen, um ihn durch die Wüste bis zum Cichanebi bringen zu können, hatte sie damit unwissentlich dem Brauch der Salzgänger Genüge getan.

»Wir brauchen dein hölzernes Gefäß nicht, und auch das kostbare gelbe Salz magst du behalten. Den Cichanebi verlangt allein nach dem, was er hervorgebracht hat.« Der Wortführer der Salzgänger trat neben den Sarkophag und winkte seinen Gefährten.

Stumm sah Melikae zu, wie sie den Leichnam der Salzgängerin aus dem Sarg hoben. Neraidas Gesicht war hager geworden, und straff spannte sich die Haut über die Knochen. Noch immer zeigte ihr Antlitz den Ausdruck rebellischen Trotzes, jenes Wesenszuges, der wie kein anderer Melikaes Erinnerung an Neraida bestimmen würde.

Vier der Salzgänger hoben den Leichnam auf ihre Schultern und machten sich, von Fackelträgern geleitet, auf den Rückweg. Ein heulender Wind bauschte ihre Gewänder auf und ließ Funken aus den Flammen ihrer Fackeln stieben, so als wäre ein Dschinn der Lüfte herbeigeeilt, um auf seine Art der Toten die letzte Ehre zu erweisen.

»Auch wenn ich all das, was ich über dich und deine Taten bislang gehört habe, nur verdammen kann, Melikae, so werde ich dennoch fortan für dich beten, denn mit dem letzten Dienst, den du Neraid erwiesen hast, hast du zugleich auch bewiesen, dass du dir einen Rest von Ehrgefühl erhalten hast. Möge Rastullah sich auch deiner eines Tages in seiner ganzen Gnade annehmen.«

Der Salzgänger verbeugte sich kurz vor ihr. Dann folgte er mit langen Schritten seinen Gefährten, die ihm mittlerweile schon ein gutes Stück vorausgeeilt waren. Stumm blickte Melikae den Fackelträgern nach, bis sie in der weiten Ebene des Cichanebi verschwunden waren.

»War das deine ganzen Mühen wert?«

Die Sharisad drehte sich um. Hinter ihr stand Hasdrubal, dessen bärtiges Gesicht im kargen Licht der Sterne noch unnahbarer und kälter als sonst wirkte. Niemals würde dieser Ungläubige die verschlungenen Wege Rastullahs begreifen. Vielleicht könnten Männer wie er das Land der Ersten Sonne für eine Zeit lang erobern, doch wie sollten jene auf Dauer herrschen, die in ihrer Gier nach Gold zu verblendet waren, das Wesen des einzigen Gottes zu erkennen, das sich dem Gläubigen in jedem Stein am Wegesrand offenbarte?

Rastullahs Atem vermochte an einem einzigen Mittag das Gesicht der Wüste so sehr zu verändern, dass selbst kundige Karawanenführer den Weg zum nächsten Brunnen nicht mehr fanden. Was bedeutete ihm da ein Heer von Söldnern, das einen Raben als Gott verehrte? Diese Männer gehörten nicht hierher! Sie waren weniger als Sand in Rastullahs Hand, und die Stürme der Zeit würden sie hinwegfegen, ohne dass auch nur die geringste Spur von ihnen bliebe. Doch noch in neunundneunzig Jahrneunundneunzigen würden die Salzgänger die Geschichte Neraidas kennen, obwohl sie nicht einen Tag in ihrem Leben eine Herrscherin gewesen war. Und sie würden auch wissen, dass ihr toter Körper unvergänglich bis ans Ende aller Zeiten am Grund des Cichanebi ruhte und wartete …

Wie aber sollte sie Hasdrubal einen Schatz beschreiben, der sich nicht in Goldstücken messen ließ? Schweigend ging sie an dem Söldner vorbei, um in das Zeltlager der Wüstensöhne zurückzukehren und ihnen zu berichten, dass Neraida nun endlich ihren Frieden gefunden hatte.

»Für diese Lügen reiße ich dir deine Zunge heraus!« Omar hatte den dicken Kaufmann bei der Kehle gepackt und tastete mit der anderen Hand nach seinem Dolch.

»Zu Hilfe! Lasst mich doch frei! Was habe ich Euch denn getan …?« Der Kaufmann röchelte verzweifelt, und sein Kopf glühte rot wie die Abendsonne.

»Lass ihn, du verdammter Narr!« Gwenselah packte Omar an den Schultern, um ihn zurückzuzerren. Doch der junge Krieger dachte nicht daran, seinen Griff zu lockern.

»Du sollst Gelegenheit haben, einen ehrenvollen Tod zu sterben, Schurke. Ich erwarte dich vor den Toren der Karawanserei.«

Der Kaufmann wollte offensichtlich etwas entgegnen, doch nur ein leises Keuchen kam über seine Lippen.

»Verdammt, Omar, was hat er dir denn getan? Siehst du nicht, wie die Wachen unter den Palmen schon zu uns herüberschauen? Er ist den Ärger nicht wert, den du uns einbringst, wenn du ihn tötest.«

Der junge Krieger lockerte endlich seinen Griff. Gwenselah hatte recht, und doch konnten die Worte des Kaufmanns nicht ungesühnt bleiben. Er hatte Melikae eine Buhle der Götzendiener genannt. Seine Verleumdungen waren ein Makel auf dem Namen der vollkommensten aller Frauen, die je unter Rastullahs weitem Himmelszelt gelebt hatten. Nur Blut konnte den Namen der Sharisad wieder reinwaschen.

»Lass ihn endlich in Frieden, du Narr!«, zischte der Beni Geraut Schie, hakte sich bei Omar ein und schob ihn in Richtung der nächsten Gasse. »Mein Freund hat leider zu viel von dem köstlichen Dattelwein getrunken, mit dem man hier den Reisenden aufwartet!«, rief der Verschleierte zu den Wachen hinüber. »Ich werde in Zukunft besser auf ihn aufpassen!«

Der Kaufmann lehnte japsend an einer Mauer und strich über die dunklen Würgemale an seinem Hals.

»Wiege dich nicht vor meinem Zorn in Sicherheit! Meine Klinge wird dein Herz finden, bevor die Sonne den Horizont küsst«, keifte Omar in einem neuerlichen Wutanfall, während ihn Gwenselah kurzerhand in den Eingang eines Stalls zerrte.

»Willst du unbedingt Ärger mit den Selemiten da drüben bekommen, du verfluchter Narr? Haben wir den langen Weg durch das Shadif nur deshalb gemacht, um uns jetzt hier mit den Waffenknechten Al'Anfas anzulegen? Ich dachte, auch dir sei daran gelegen, ohne großes Aufsehen bis nach Unau zu gelangen.«

Langsam verrauchte Omars Zorn, und er begriff, was er getan hatte. »Der Pfeffersack hat Melikae beleidigt. Was tätest denn du, wenn ein Fremder die Frau, die du liebst, eine Hure nennen würde?«

»Ich würde ihn nach seinem Namen und seiner Heimatstadt fragen und ihn eines Tages überraschend besuchen, um mit ihm in aller Ruhe ein abschließendes Gespräch über Lügen und ihre Folgen zu führen. Ich würde jedenfalls nicht die Rettung meiner Liebsten riskieren, nur weil ich meine Gefühle nicht zügeln kann.«

Omar blickte verlegen zur Decke des Stalls. Natürlich hatte Gwenselah recht, und trotzdem …

Der Verschleierte hustete leise.

Omar musterte ihn verstohlen. In den letzten Tagen hatte sich Gwenselahs Zustand verschlechtert. Der Marsch durch das Shadif, das schlechte Wasser und der Hunger hatten offensichtlich mehr an seinen Kräften gezehrt, als er sich eingestehen wollte. Sein Freund brauchte Ruhe! Sie sollten sich irgendwo einen abgelegenen Brunnen oder eine versteckte Oase suchen, um für ein paar Tage zu rasten.

»Was starrst du mich so an?« Gwenselah hatte den Anfall überwunden und blickte Omar herausfordernd an. »Glaubst du, ich brauche Mitleid? Ich bin hier, weil ich es so will, und wenn du weiterhin Wert auf meine Begleitung legst, dann schau mich nicht so an, als ob du in ein offenes Grab blicktest. Hörst du? Ich lebe noch!«

»Kommst du jetzt?« Der Verschleierte war vor das Tor getreten und winkte ihm zu. »Wir sollten uns nach dem Besitzer dieses Stalls umschauen, auch wenn ich im Augenblick noch ernsthaft daran zweifele, ob auch nur eine der Schindmähren dort drinnen in der Lage ist, meinen Kadaver bis nach Unau zu tragen.« Der Beni Geraut Schie lachte, doch sein Lachen klang so aufgesetzt, dass es Omars Sorgen nicht zu zerstreuen vermochte.

Fast zwei Stunden feilschten sie mit dem Pferdehändler, bis sie sich auf einen Preis für drei Reittiere, Decken, Sättel und Zaumzeug einigten. Dabei wurde es der kleine, drahtige Mann nicht müde, immer wieder zu betonen, dass sie ihn ruinierten und in ihrem Geiz nicht einmal so viel zahlten, wie er selbst für Pferde und Ausrüstung gegeben hatte. Ja, er verstieg sich sogar zu der Behauptung, dass er und seine ganze Familie die nächsten drei Gottesnamen hungern müssten, so schlecht sei das Geschäft, das sie abgeschlossen hatten. Doch als Gwenselah dann seine Geldkatze öffnete und ihm statt irgendwelcher Münzen drei taubeneigroße schillernde Opale in die Hand drückte, lag plötzlich ein Glanz in den Augen des Pferdehändlers, als hätte er einen Augenblick lang die Pracht von Rastullahs ewigen Gärten erblicken dürfen. Ja, er bestand sogar darauf, Omar und Gwenselah in sein Haus mitnehmen zu dürfen und mit ihnen einen Becher Dattelwein zu trinken, bis sein Stallknecht die Hengste aufgezäumt hatte.

Das ›Haus‹ entpuppte sich als weißgetünchte kleine Lehmhütte, die unmittelbar an den Pferdestall angrenzte. Von hungernden Frauen und Kindern war nichts zu sehen. In einer Ecke stand ein grob gezimmertes Bett, auf dem eine zerwühlte alte Pferdedecke lag, und mitten im Raum scharten sich einige niedrige Schemel um einen wackeligen Tisch.

Der Händler hieß sie Platz nehmen und kramte dann unter dem Bett drei Tonbecher und einen bauchigen Krug hervor, über den ein schmuddeliges Tuch gespannt war, wohl zu dem Zweck, damit die fetten Fliegen aus dem Stall nebenan keine Gelegenheit fanden, ihr Leben in Dattelwein zu ertränken.

»Wohin reist ihr?« Der Pferdehändler hatte ein zufriedenes Grinsen im Gesicht, als er seinen Gästen einschenkte.

»Nach Selem«, log Gwenselah. »Wir haben dort einige Familienangelegenheiten zu klären.«

»Familienangelegenheiten?« Der kleine Mann nickte viel sagend. »Da seid ihr nicht die ersten.«

Einige Augenblicke lang schwiegen die drei und hingen ihren Gedanken nach. Omar kämpfte einen inneren Kampf, ob er den Mann nach Melikae fragen sollte oder nicht. Sicher würde sich herausstellen, dass der dicke Kaufmann am Morgen nichts als Lügen erzählt hatte! Schließlich beschloss er, weniger zielgerichtet vorzugehen.

»Gibt es Neuigkeiten aus Unau?«

Der Händler goss sich noch einmal nach und kratzte sich dann grübelnd am Kinn. »Neuigkeiten? Das hängt davon ab, wann ihr zuletzt etwas über Unau gehört habt. Dass Tar Honak wieder abgezogen ist und jetzt gen Mherwed marschiert, wisst ihr doch sicher schon?«

Omar nickte. Ihre Kenntnisse über das, was in den letzten zehn Gottesnamen geschehen war, waren zwar sehr lückenhaft, doch so viel war selbst ihnen bekannt. Der Pferdehändler spähte zu Tür und Fenster, dann beugte er sich über den Tisch vor und flüsterte in verschwörerischem Tonfall: »Wenn ihr mich fragt, hat der Götzenpriester einen Fehler gemacht, als er an Keft vorbei auf die Kalifenstadt marschierte. Die Mawdliyat werden ein Heer sammeln und ihm in den Rücken fallen. Ich bin sicher: Noch bevor die Regenzeit beginnt, wird auch der letzte Heide aus dem Kalifat vertrieben sein. Die Wüstenreiter werden sie hinwegfegen, so wie der Sturmwind, der den

Sand der Wüste bis weit aufs Meer hinaus treibt.« Der Händler schaute bedeutungsvoll in die Runde und nahm einen tiefen Schluck aus seinem Becher.

»Als ich vor vielen Gottesnamen in Unau war«, sagte Omar beiläufig, »erzählte man überall von einer wunderschönen Sharisad. Weißt du, was aus ihr geworden ist? Haben die Eroberer sie in die Sklaverei verschleppt?«

Der schmächtige Händler lachte. »Du sprichst wohl von Melikae, der Tochter Abu Feisals, des Prächtigen, der am Szinto sein Leben ließ.«

Omar nickte, begierig, endlich Neues über das Schicksal seiner Liebsten zu erfahren. Die besorgten Blicke Gwenselahs übersah er. Der Krieger musste doch wohl verstehen, wie groß seine Sehnsucht war, endlich Nachricht von ihr zu erhalten!

»Melikae hatte alles, um die stolzeste und begehrteste Tochter Unaus zu werden. Ihr Vater hatte schon eine prächtige Hochzeit vorbereitet, als die Sharisad aus unbegreiflichen Gründen mit einigen Sklaven in die Wüste floh. Abu Feisal war außer sich vor Zorn und schickte den Flüchtenden fast hundert Reiter hinterher. Nach langer Jagd wurde Melikae jenseits des Manekh Chanebi von ihren Verfolgern gestellt, und so wie ihr Vater es befohlen hatte, wurden alle Männer, die mit ihr geritten waren, vor den Augen der Sharisad hingerichtet, auf dass niemals ein Sklave behaupten könnte, er habe die Tochter seines Herren besessen. Doch sollte Abu Feisal Melikae nie wiedersehen: Noch bevor seine Männer sie nach Unau zurückgebracht hatten, kam es zur vernichtenden Schlacht am Szinto, in der Abu Feisal starb. So war Melikae nun die Herrin im Palast ihres Vaters, und es scheint, als habe die Buhlschaft mit den Sklaven ihr die Sinne verwirrt. Als Unau schließlich von den Ungläubigen erobert wurde, war sie die Einzige, die die Pforten ihres Palastes freiwillig den Götzendienern öffnete. Tar Honak selbst soll sie eines Nachts besucht haben, um mit ihr einen finsteren Plan zum Verderben des Kalifen zu spinnen. Doch nicht nur dem Patriarchen, sondern auch den Anführern seines Heers gibt sie sich willfährig hin, und in ihrem Palast herrscht ein Kommen und Gehen, wie man es in den übelsten Hurenhäusern Khunchoms nicht schlimmer beobachten kann.«

Die Worte trafen Omar wie ein Schlag ins Gesicht. Der Pferdehändler hatte fast wörtlich dieselbe Geschichte erzählt wie am Morgen der Kaufmann. Sollte vielleicht wahr sein, was diese beiden Bastarde über Melikae behaupteten? Welchen Nutzen hätten sie davon, einem Fremden solch schändliche Lügen zu erzählen? Doch was war nur über Melikae gekommen? Er dachte an ihre erste Liebesnacht im Tal der Sieben Säulen. Ihre zarten Küsse und ihren Schwur, niemals einen anderen zu lieben. Was hatte Abu Dschenna ihr nur angetan, dass sie zur Hure geworden war? Nichts von dem Gehörten passte zu der Frau, die er einmal geliebt hatte.

Das Gespräch der beiden anderen, die jetzt wieder über den Krieg redeten, drang wie aus weiter Ferne an Omars Ohr, und es schien ihm, als hätte ein böser Geist alle Kraft aus seinen Gliedern geraubt.

»Was willst du jetzt tun?« Gwenselah hockte sich erschöpft neben das Feuer des kleinen Lagers, das sie nahe der Karawanserei von Bir-es-Soltan aufgeschlagen hatten. Seine Hustenkrämpfe wurden immer schlimmer. Er hatte den Schleier zurückgeschlagen, um ein wenig Tee zu trinken. Das Gesicht des Kriegers war leichenblass, und ein Tropfen geronnenen Blutes hing ihm im Mundwinkel. Gwenselahs Hand zitterte, als er den Tonbecher mit dem Tee anhob. Ärgerlich nahm er die zweite Hand zur Hilfe, um den Becher ruhig zu halten.

»Nun, was denkst du?« Der Beni Geraut Schie starrte Omar über den Rand des Tongefäßes hinweg an. In seinen Augen lag ein fiebriger Glanz.

»Ich kann das nicht glauben, was man sich über Melikae erzählt.«

»Wenn es aber doch die Wahrheit ist ...«

Omar schluckte. Immer wieder redete er sich ein, dass der Kaufmann und der Pferdehändler gelogen hatten. Doch im Grunde wusste er, dass er sich damit etwas vormachte. Er musste selbst nach Unau reisen und den Palast aufsuchen. Nur die Sharisad konnte ihm sagen, was es mit den Gerüchten auf sich hatte. Und wenn es tatsächlich stimmen sollte ... Er mochte diesen Gedanken nicht zu Ende denken. Wenn sie ihre Liebe verraten hatte, würde er sie töten und sich dann in sein Schwert stürzen. Ja, so sollte es sein!

Gwenselah schien es aufgegeben zu haben, mit Omar noch weiter über die Sharisad zu sprechen. Eine Weile blickte er den jungen Novadi schweigend über die Flammen des Feuers hinweg an. Schließlich nahm er seine Decke und rollte sich darin ein, um zu schlafen. Er musste jetzt nur noch ein wenig warten, überlegte Omar. In spätestens einer Stunde könnte er sich unbemerkt davonstehlen. Gwenselah würde ihn verstehen. Jedenfalls hoffte er das.

Omar kauerte hinter einem Busch und beobachtete das Fenster zu Melikaes Schlafgemach. Wie oft hatte er in längst vergangenen Tagen voller Sehnsucht dort hinaufgeschaut. Die anderen Sklaven hatten über ihn gelacht, als sie erahnt hatten, wie tollkühn er träumte, wenn er zum Fenster der Sharisad geblickt hatte.

Nichts hatte sich im Palasthof verändert seit jener Nacht, da Omar mit Melikae, Neraida und Fendal von hier geflohen war. Nur die mit roter Seide ausgeschlagene prächtige Sänfte, die vor den Ställen stand, aus denen der Novadi und seine Gefährten die Shadif damals gestohlen hatten, war ihm fremd. Vielleicht hatte Melikae einen al'anfanischen Gast, dem die Prunksänfte gehörte? Aufmerksam musterte Omar den Garten. Wenn die Gerüchte stimmten, die in der Unterstadt die Runde machten, musste er auf die Leibwächter jener Offiziere gefasst sein, die angeblich so zahlreich in diesem Palast verkehrten. Doch alles blieb ruhig. Die Götzenanbeter schienen sich in Unau vollkommen sicher zu fühlen. Omar hatte das schwierigste Hindernis bereits überwunden: Er hatte die Steilklippe erklommen, auf der die Oberstadt lag. Danach hatte er die Festungsmauer mit Hilfe eines Wurfankers überstiegen, und es schien, als halte Rastullah seine schützende Hand über ihn, denn nicht eine einzige Wache hatte sich auf dem breiten Wehrgang sehen lassen.

Prüfend wog Omar den Wurfanker in der Hand. Gwenselah hatte ihn am Nachmittag aus zwei verwachsenen Wurzelhölzern gefertigt. Gwenselah ist schon ein seltsamer Mann, dachte Omar. Obwohl sein Freund so krank war, dass er sich kaum auf den Beinen halten konnte, galt jeder seiner Gedanken der Rettung Melikaes. Der junge Krieger war bedrückt, wenn er an seinen Lehrer dachte: Er hatte ihn in der Not einfach in Bir-es-Soltan zurückgelassen. Doch der Fechtmeister war ihm gefolgt, obwohl ihn der Ritt fast umgebracht hätte.

Omar schüttelte den Kopf, als könne er so die unwillkommenen Schuldgefühle vertreiben. Er durfte sich jetzt nicht mit Gewissensbissen aufhalten! Wenn alles gutging, wäre er bis zur Mittagsstunde wieder im Lager bei Gwenselah. Ihm würde schon nichts geschehen, und wenn Melikae erst einmal gerettet war, konnten sie sich zu zweit um den kranken Fechtmeister kümmern. Vielleicht würde es ihnen mit vereinten Kräften sogar gelingen, die bösen Dämonen zu vertreiben, die von Gwenselahs Leib Besitz ergriffen hatten und ihm langsam das Leben aus den Gliedern sogen.

Während Omar all dies durch den Kopf ging, musterte er weiterhin den unübersichtlichen Garten. Es kam ihm so vor, als hocke er schon eine Ewigkeit in seinem Versteck.

Nicht das kleinste Anzeichen für Wachtposten hatte er bemerkt. Ringsumher war alles so ruhig, dass es schon fast beängstigend war. Nicht einmal ein Schnauben aus den Pferdeställen störte die Stille.

Du darfst nicht mehr länger zögern, schalt sich Omar in Gedanken. Dass es still war, hatte gewiss nichts zu bedeuten. Wer sollte jetzt, drei Stunden vor Morgengrauen, schon wach sein? Selbst die Vögel im Garten mussten irgendwann ruhen. Es war die beste Zeit, um ungesehen in den Palast zu gelangen!

Geduckt, jeden Busch auf seinem Weg als Deckung nutzend, rannte Omar los und hielt erst an, als er unter dem Fenster der Sharisad stand. Dort verharrte er und lauschte. Sollte Melikae tatsächlich zur Buhle der Götzenanbeter geworden sein, so mochten ein lustvolles Stöhnen oder ein Wort in der Sprache der Eroberer ihren Verrat jetzt entlarven. Doch alles blieb ruhig. Erleichtert atmete Omar auf. Sie hatte ihn bestimmt nicht betrogen! Melikae würde ihre Liebesschwüre niemals brechen.

Wie sehr sehnte er sich nach den Freuden der wenigen Nächte, die sie bislang geteilt hatten. Bald würde er sie wieder in seinen Armen halten!

Hastig wickelte er das lange Seil ab, das er sich um die Hüften geschlungen hatte, damit es ihn beim Laufen nicht behinderte, dann blickte er prüfend zur kleinen Balustrade vor dem Fenster der Geliebten hinauf. Melikaes Balkon war aus schimmerndem Marmor gefertigt und musste jedem, der auf ihn hinaustrat, um den prächtigen Palastgarten zu bewundern, das Gefühl geben, zu schweben und so wie Rastullah zufrieden auf seine Schöpfung hinabzublicken.

Ein letztes Mal musterte Omar misstrauisch den Garten, dann schleuderte er den Wurfanker. Gleich beim ersten Versuch verfing er sich hinter der Balustrade. Omar lächelte zufrieden. Er fühlte sich wie einer jener Helden aus den Geschichten der Märchenerzähler auf den Basaren, die durch List die Wächter im Palast eines tyrannischen Sultans überwunden hatten, um schließlich den Turm, in dem ihre gefangene Geliebte schmachtete, zu erstürmen und die Unglückliche zu befreien.

Mühelos erklomm Omar den Balkon. Ihm war, als verneunfache die Sehnsucht nach der Geliebten seine Kräfte. Und doch erklang in seinem Innern eine gestrenge Stimme, die ihn zur Vorsicht mahnte. So glitt er leise über die Brüstung und schlich mit angehaltenem Atem in das Gemach der Sharisad.

Die ausladende Bettstatt der Tänzerin stand nur wenige Schritt vor dem Fenster, sodass das blasse Licht der Sterne auf das Lager fiel. Melikae hatte ihr Gesicht tief in den Kissen vergraben. Wie Wasser aus einem schwarzen Quell floss ihr Haar über das kostbare weiße Seidenlaken, unter dem sich gleich den sanften Hügeln des Shadif die Schultern und Hüften der Liebsten abzeichneten.

Bald würden Omars Finger wieder über ihre zarte Haut gleiten, um nach verborgenen Tälern zu tasten, auf der Suche nach jenem unvergessenen Glück, das ihm, auch wenn es nur wenige Tage gewährt hatte, in all den vergangen Gottesnamen die Kraft zum Überleben gegeben hatte.

Gedankenverloren ließ Omar die Blicke durch das weite Gemach schweifen, dessen Üppigkeit er mit seiner Geliebten niemals teilen würde. Auch wenn sie diesmal kein zorniger Vater aus dem Palast vertreiben würde, so wollte Omar dennoch nicht an einem Ort verweilen, an dem Götzenanbeter das Zepter führten. Lieber würde Omar arm, aber frei durch die Wüste streifen, und er war sich sicher, dass auch Melikae nicht anders dachte.

Schon wollte sich der Novadi zum Lager der Sharisad hinabbeugen, um sie mit einem Kuss zu wecken, als sein Blick auf ein Tischchen fiel, das halb von einem spinnwebfeinen Vorhang verborgen wurde und dicht neben dem Bett stand.

Jemand hatte einen Helm mit wallendem schwarzem Federbusch dort abgestellt. Ein Helm, wie ihn die Offiziere Tar Honaks trugen! Es stimmte also, was der Kaufmann und der Pferdehändler behauptet hatten! Omar stand wie versteinert. Seine Lippen bebten, und sein Herz schmerzte, als ob ein blutgieriger Drache ihm die Krallen in die Brust geschlagen hätte. Melikae hatte ihn verraten! Wie hatte sie ihn so betrügen können? Waren denn alle ihre liebenden Worte und ihre heißen Küsse nicht mehr als ein trügerisches Spiel gewesen?

Omar musste an den Tag denken, an dem Gwenselah ihn im Wüstensand fand, und daran, dass Melikae, wie der Beni Geraut Schie berichtet hatte, schnell mit Abu Dschenna einig wurde, ihren gefesselten Geliebten zu verlassen. Schon damals hätte Omar wissen müssen, dass sie ihm nicht treu war!

Stumm verfluchte er jetzt seinen unerschütterlichen Glauben an die Sharisad. Doch schwerer noch als der Verrat an ihm selbst wog das, was sie Rastullah und allen Rechtgläubigen angetan hatte. Auf seinem Weg durch die Oberstadt hatte Omar gesehen, was mit den Palästen und Gärten der anderen Mächtigen geschehen war. Schwarz ragten die geborstenen Mauern gegen den Nachthimmel. Nur Melikaes Haus war unbeschadet geblieben. Ihr Beispiel zeigte, dass jeder, der sich unterwarf, auf die Gnade der Eroberer hoffen durfte. Wie viele mochten in den letzten Gottesnamen ihrem Vorbild gefolgt sein, um ihre Habe und ihr Leben zu retten? Vielleicht hatte die Sharisad in ihrer Raffgier und Untreue sogar Rastullah abgeschworen und huldigte jetzt wie die Al'Anfaner dem Rabengötzen Boron?

Kalte Wut verdrängte die Trauer, die Omar noch vor einem Atemzug gefangen gehalten hatte. Er würde die Verräterin strafen! Und dann würde er nach jenem suchen, der seinen Helm an ihrem Lager vergessen hatte. Wenn er die beiden richtete, so wäre es nicht Eifersucht, sondern der Zorn des Gottes, der Omars Schwert führte. Melikaes Schicksal sollte all jenen eine Mahnung sein, die ihr Volk an die Eroberer verraten hatten!

Omars Hand lag schon am Griff des Tuzakmessers, als er noch einmal zögerte. Die Schlafende wirkte so unschuldig, als wäre sie nicht einmal eines unheiligen Gedankens fähig. Und doch war ihr vollkommener Körper nichts als die trügerische Larve eines ruchlosen Geistes. Omar streckte die Hand nach Melikaes Schulter aus, um sie zu wecken. Als ehrbarer Krieger könnte er die Sharisad nicht einfach im Schlaf töten, auch wenn sie als treulose Geliebte jedes Recht auf Gnade verwirkt hatte. Doch was war, wenn sie erwachte? Hätte er dann noch die Kraft, die Strafe zu vollstrecken? Oder würde ein Blick in ihre Augen genügen, ihn alle Ehre einfach vergessen zu lassen und mit ihr ein Leben in Sünde weitab aller Gebote Rastullahs zu führen? Ja, wäre er trotz alledem vielleicht sogar glücklich mit ihr? Nein, es war zu gefährlich, die Schlafende zu wecken – sie würde ihn verderben und ihn lehren, wie man sich auf tausenderlei Weise an Rastullah versündigte!

Mit leisem Scharren glitt Omars Waffe aus der Scheide. Er durfte nicht länger darüber nachdenken, was zu tun war. Er musste das Urteil vollstrecken. Dafür, dass er Melikae im Schlaf meuchelte, würde er sich anschließend selbst richten. Ohne die Sharisad hätte sein Leben ohnehin keinen Wert mehr!

Seine Hand zitterte. Das Schwert erschien ihm schwer wie ein Fels. Stumm murmelte er ein Gebet, in dem er Rastullah um Gnade für seine Geliebte bat. Dann hob er die Waffe, bereit, die Bluttat auszuführen.

Doch gerade so, als ob die Schlafende über die feinen Sinne der Sandviper verfügte, richtete sie sich von ihrem Lager auf, bevor er das Schwert zum Schlag niedersausen ließ. Die Seide, die wie eine zweite Haut den Frauenkörper umhüllt hatte, glitt von den geschmeidigen blassen

Gliedern, und einen Atemzug lang glaubte Omar, in dem Schatten, den ihr Haupt mit dem wallenden, schwarzen Haar warf, den Kopf einer riesigen Kobra zu erkennen. Es war nicht die Sharisad! Eine Fremde lag in Melikaes Bett!

Ihre Haut war viel heller als die der Geliebten, und in dem unbekannten Gesicht spiegelten sich eine Kälte und Grausamkeit, die alle Schönheit als trügerische Maske entlarvte. Wieder musste Omar an eine Schlange denken. Eine tückische Viper, deren Gift selbst den mächtigsten Krieger zu fällen vermochte.

Der Novadi wich einen Schritt zurück. Wer war diese Frau? Mit eindringlichen Blicken musterte sie ihn. Sie schien keine Angst zu haben, obwohl er mit blanker Klinge vor ihrem Lager stand.

»Wer schickt dich?« Die Stimme der Fremden klang gelassen. Sie sprach das Tulamidya so fehlerlos, als sei es ihre Muttersprache, und doch erschien Omar die Art, wie sie die Worte betonte, auf eine unerklärliche Art falsch, ja bedrohlich.

Zu Omars Überraschung zitierte die Unbekannte eine von Gwenselahs Lehren: »Wenn du dein Schwert einmal gezogen hast, solltest du nicht mehr überlegen, ob du es überhaupt benutzen willst.« Die Fremde lächelte kühl. Ihre Hand glitt unter eines der Kissen, und im nächsten Augenblick hielt sie einen gekrümmten Dolch in der Hand.

»Lass die Waffe fallen, Weib!« Wer auch immer sie sein mochte, Omar war nicht gekommen, *sie* zu töten. Wenn sie den Dolch niederlegte und sich ruhig verhielt, könnte er sich vielleicht immer noch unbemerkt von den Wachen zurückziehen, überlegte Omar. »Mach keine Dummheiten, ich trachte dir nicht nach dem Leben.«

»Du bist also wegen der Sharisad hier?« Die Fremde machte keine Anstalten, die Waffe sinken zu lassen.

Omar schüttelte den Kopf. Das Weib musste wirr im Geist sein, wenn es auch nur einen Augenblick lang glaubte, es könne mit einem Dolch gegen einen Schwertkämpfer bestehen. Omar senkte die Klinge und trat wieder näher ans Bett.

»Sei ganz ruhig und leg endlich die Waffe weg, dann werde ich dir nichts tun.«

»Du hast recht. Mein Leben liegt in deiner Hand.« Die Schwarzhaarige senkte das Haupt und schlug das Seidenlaken nun vollends beiseite. Sie war feingliedrig und zierlich gebaut. Über ihren rechten Schenkel zog sich eine lange Narbe, wohl eine alte Schwertwunde. »Bitte schone mich! Bedenke, dass ich nicht jene bin, die zu töten du gekommen bist!«

Die Frau war jetzt näher an die Kante des breiten Bettes gerutscht. Noch immer hielt sie das Haupt gesenkt. Plötzlich machte sie einen Satz vorwärts und versuchte, Omar den Dolch in den Bauch zu stoßen. Der Novadi sprang zur Seite und riss zugleich sein Schwert hoch. Mit schrillem Klirren schlugen die Waffen aufeinander. Doch noch bevor Omar dazu kam, der Unbekannten mit einem zweiten Schlag die Waffe aus der Hand zu prellen, rollte sich die Fremde quer über das Bett, riss den Helm von dem Tischchen und warf ihn nach Omar.

Fluchend duckte sich der Krieger. Mit lautem Getöse krachte der schwere Helm gegen die marmorne Balustrade. Spätestens jetzt musste jeder Wächter im Palast alarmiert sein.

Die Fremde hatte inzwischen eine der Türen erreicht, die aus dem großen Schlafgemach führten. »Wir sehen uns wieder, Schurke!«, zischte sie und verschwand.

Omar fluchte leise. Er hatte sich übertölpeln lassen wie ein Narr. Kurz überlegte er, ob er der Fremden folgen sollte.

Irgendwo im Palast erklangen Rufe, und er glaubte auch, Schritte im Gang vor dem Schlafgemach zu hören. Dann wurde ihm klar: Weiter im Hause Abu Feisals zu bleiben, hieße, seinen ersten Fehler mit einem zweiten, noch schlimmeren zu überbieten. Er eilte auf den Balkon und ließ sich am Seil hinabgleiten. Am Boden angekommen, ergriff er den Strick, löste den Wurfanker, raffte das Seil zusammen und rannte auf eine Gruppe von ordentlich gestutzten Büschen zu. Hinter ihm im Haus wurden Lichter entzündet. Es würde gewiss nicht mehr lange dauern, bis die ersten Krieger mit Fackeln im Garten erschienen.

Atemlos rannte der Novadi weiter. Irgendwo bei den Ställen erklang Hundegebell. Omar fluchte. Hunde hatte es hier früher nicht gegeben. Abu Feisal hatte die Kläffer gehasst. Nicht einmal zur Jagd auf fliehende Sklaven hatte er sie eingesetzt. Vielleicht war er allerdings auch nur zu sehr Kaufmann gewesen, als dass er sein Eigentum den Kiefern von irgendwelchen Bluthunden aussetzen wollte.

Omar erreichte einen kleinen Palmenhain. Er hielt inne und überlegte, in welche Richtung er sich am besten davonmachen könnte. Wenn er es bis zu derhohen Mauer schaffte, die den Palastgarten umgab, würden ihm zumindest die Hunde nicht mehr folgen können. Er entschloss sich, nach Süden zu laufen. Dort grenzte der Garten an den Festungswall der Oberstadt. Sollte er bis dorthin kommen, könnte er auf kürzestem Wege aus der Stadt fliehen.

Immer lauter erklang das Bellen der Hunde hinter ihm, als Omar endlich die hohe Stadtmauer erblickte. Keuchend hatte er in einem Gebüsch Halt gemacht, das vielleicht zehn Schritt von der Mauer entfernt sein mochte. Ganz offensichtlich fürchteten sich die Al'Anfaner ebenso sehr vor Angriffen aus dem Innern wie vor Feinden, die außerhalb von Unau lauern mochten. Jedenfalls hatten sie alle Büsche und Bäume des Parks roden lassen, die dichter als zehn Schritt an die Festungsmauer heranreichten. Ein Stück nach links erhob sich ein kleiner Turm. Bis dorthin musste Omar über das offene Gelände entlang der Mauer eine Strecke von etwa hundert Schritt zurücklegen. Im Innern des Bauwerks führte hoffentlich eine Treppe zum Wehrgang auf den Mauern. Die Fenster und Schießscharten des Turms waren dunkel. Offensichtlich waren dort keine Wachen untergebracht. Also dort hinauf! Omar hatte kaum zwei Atemzüge gebraucht, um seine Entscheidung zu treffen. Noch immer keuchend, sprang er aus der Deckung und rannte auf den Turm zu.

Immer näher klang das Kläffen der Hunde. Jemand rief in der fremden Sprache der Eroberer nach ihm, und dann war Hufschlag zu hören. Gehetzt blickte der Novadi im Laufen über die Schulter zurück. Säbelschwingend kam ein Reiter über die Rodung herangeritten.

Omar fluchte und versuchte verzweifelt, noch schneller zu laufen. Wieder warf er einen Blick zurück. Jetzt brach auch noch eine Hundemeute aus den Büschen hervor. Wenn er stehen bliebe, um es mit dem Reiter aufzunehmen, hätten ihn in kürzester Zeit auch die Hunde eingeholt. Liefe er weiter, böte er dem Reiter seinen ungeschützten Rücken. Die Lage war hoffnungslos!

Omars Kehle brannte bei jedem Atemzug. Er biss die Zähne zusammen. Er musste es schaffen! Es waren nur noch ein paar Schritt bis zum Turm. Wie dumpfer Trommelwirbel dröhnte der Hufschlag des Pferdes in seinen Ohren. Bald musste der Reiter ihn eingeholt haben!

Wieder blickte er über die Schulter, als sich irgendetwas um seinen linken Fuß schlang und er zu Boden gerissen wurde. Eine Wurzel! Er hatte sich in einer Wurzelschlinge verfangen. Jetzt war es um ihn geschehen! Der Reiter war heran. Er riss sein Pferd am Zügel und beugte sich aus dem Sattel, um Omar den Todesstoß zu versetzen. Der Novadi griff verzweifelt nach dem Tuzakmesser auf seinem Rücken. Im gleichen Augenblick löste sich von der Krone der Stadtmauer ein schwarzer Schatten und stürzte auf den Angreifer herab. Der Aufprall riss

Ross und Reiter zu Boden. Die schattenhafte Gestalt rollte sich ab und war fast augenblicklich wieder auf den Beinen. Gwenselah!

»Deck mir den Rücken, Omar!«, keuchte der Krieger und wandte sich der heranstürmenden Hundemeute zu. Mit einem Schwerthieb durchtrennte der Novadi die Wurzelschlinge, die noch immer seinen Fuß gefangen hielt, und sprang auf.

Auch das gestürzte Pferd war wieder auf die Beine gekommen und stürmte mit schrillem Wiehern davon. Der Reiter aber lag reglos am Boden. Als Omar seinen Gefährten erreichte, hatte Gwenselah bereits zwei der bulligen Bluthunde niedergestreckt. Die anderen zogen sich mit gebleckten Zähnen aus der Reichweite der tödlichen Klinge des Verschleierten zurück.

»Lass uns ... rückwärts zum ... Turm gehen.« Ein Hustenkrampf schüttelte Gwenselah, und er taumelte kurz, doch dann hatte er sich wieder in der Gewalt.

»Tut gut, dich zu sehen«, murmelte Omar leise.

»Das kann ich von dir nicht behaupten, du Narr.« Der Beni Geraut Schie warf dem Novadi einen funkelnden Blick zu. »Warum hast du unser Lager verlassen?«

»Ich ...« Wie auf ein unhörbares Kommando stürzten die Hunde wieder vor, und Omar kam nicht mehr dazu, seinen Satz zu beenden. Er war froh, dem Gefährten nicht Rede und Antwort stehen zu müssen. Mit einem schnellen Hieb traf er eine der angreifenden Bestien, während er gleichzeitig einer zweiten einen Tritt versetzte, aber dann brachen die Niederhöllen über sie herein. Omar hatte das Gefühl, dass die Welt nur noch aus geifernden Hundeschnauzen und blitzenden Reißzähnen bestand. Einer der Hunde hatte sich in seinem linken Arm verbissen. Selbst als die anderen Hunde sich zurückzogen, wollte der knurrende Köter nicht loslassen.

Wüst fluchend schlug Omar auf den Hund ein, doch selbst im Tod löste das Tier seine Kiefer nicht. Gwenselah musste sie mit Gewalt auseinanderstemmen, um den Novadi zu befreien. Der Schmerz im Arm trieb ihm Tränen in die Augen und als er die Linke zur Faust ballen wollte, hatte er Mühe, die Finger zu bewegen.

»Gleich geht der Tanz erst richtig los.« Gwenselah wies mit dem Schwert auf eine Palmengruppe am Rand der Rodung, wo sich ein kleiner Trupp Bewaffneter sammelte. »Lauf hinauf zum Wehrgang!«

»Aber du bist doch ...«

»Tu nur ein einziges Mal, was ich dir sage, verflucht! Ich werde schon mit den Hunden zurechtkommen. Ich sehe doch, wie es um deinen Arm bestellt ist. Du musst als Erster über die Mauern. Rechts vom Turm findest du ein Seil. Bind es um eine der Zinnen ... Jetzt mach, dass du fortkommst!«

Omar gehorchte. Bis zum Turm waren es nur noch wenige Schritte. Keuchend hetzte er die gewundene Stiege zum Wehrgang hinauf. Im Durchgang, der auf die Mauer führte, verharrte er und spähte nach rechts und links. Das Glück schien auf seiner Seite zu sein. Nirgends war ein Wachposten zu sehen. Ohne Schwierigkeiten fand Omar das Seil an der Stelle, die Gwenselah ihm benannt hatte. Sein Gefährte hatte sich einen zweiten Wurfanker aus zwei miteinander verknoteten Holzstäben angefertigt.

Prüfend warf Omar einen Blick über die Zinnen. Mehr als zwanzig Schritt ging es senkrecht in die Tiefe. Anders als an jener Stelle, wo der Novadi in die Oberstadt eingedrungen war, erschien hier die Steilklippe wie eine natürliche Verlängerung der Mauer. Glatt, ohne Risse oder Vorsprünge erhob sie sich über den im ersten Morgenlicht grau schimmernden Wüstensand.

Der Novadi musterte skeptisch den Wurfanker. Wenn die beiden Hölzer nur ein kleines Stück verrutschten, war alles vorbei. Mauer und Klippe boten nicht den geringsten Halt. Er blickte zum Turm. Der Beni Geraut Schie hatte inzwischen den Durchgang zur Mauer erreicht. Dort verharrte er und sicherte die Treppe gegen die kläffende Hundemeute.

Hastig löste Omar das Seil vom Holzanker und knüpfte in fieberhafter Eile eine Schlinge. Ein Pfeil schlug knapp neben ihm gegen die Mauer, doch er wagte es nicht, sich nach dem Schützen umzublicken.

Blut rann an Omars verletztem Arm hinab und machte das grobe Hanfseil schlüpfrig. Eine Ewigkeit schien zu vergehen, bis er endlich die Schlinge geknüpft hatte und über eine der schlanken Zinnen des Wehrgangs gleiten ließ.

»Ich wäre dir sehr verbunden, wenn du in Betracht ziehen könntest, noch vor deinem morgendlichen Gebet die Mauer hinabzusteigen. Ansonsten würdest du meine Toleranz gegenüber deinem Glauben womöglich auf eine zu harte Probe stellen.« Gwenselahs Stimme klang so unbeschwert und überheblich, dass Omar bestürzt aufblickte. Der Beni Geraut Schie hatte denselben Tonfall wie in jener Nacht angeschlagen, als die Khoramsbestien sie beinahe in Stücke gerissen hatten.

Der Verschleierte lehnte noch immer im Eingang des Turms. Seine Linke presste er gegen den Schenkel, aus dem ein Pfeilschaft ragte. In der Rechten hielt er sein Tuzakmesser, bereit, bis zuletzt jedem Feind die Stirn zu bieten.

»Ich bin soweit. Komm mit!« Omar winkte ihm zu, doch sein Freund schüttelte trotzig den Kopf.

»Solange du nicht von der Mauer verschwunden bist, rühre ich mich nicht von der Stelle. Mit deinem verletzten Arm wirst du eine Ewigkeit brauchen, bis du unten bist. In der Zwischenzeit möchte ich nicht als Zielscheibe vor den Zinnen stehen. Also mach schon, dass du wegkommst!«

Ohne länger zu zögern, kletterte Omar zwischen den Zinnen hindurch. Beim Anblick des Abgrunds schwindelte ihm. Noch einmal prüfte er mit einem Ruck den sicheren Sitz des Seiles. Dann schwang er sich hinab. Ein reißender Schmerz pulste durch seinen linken Arm, und er hatte kaum die Kraft, seine Finger um das Tau zu klammern. Immer wieder schrammte er gegen den rauen Fels, bis sein ganzer Leib ein einziges Bündel aus Schmerzen zu sein schien.

Blut troff ihm aus der Wunde am Arm ins Gesicht und blendete ihn, sodass er nicht sah, wie weit es noch bis zum Fuß der Klippe war. Die Handflächen brannten ihm vom groben Seil. Schließlich hatte er alles Gefühl im linken Arm verloren, der kraftlos herabfiel. Das war das Ende. Omar sandte ein Stoßgebet zum Himmel und ließ das Seil los. Statt auf hartem Stein zerschmettert zu werden, wie er erwartet hatte, landete er federnd im Flugsand, der hinter einem Felsbrocken angeweht worden war.

Ein wenig benommen blinzelte er zur Mauerkrone hinauf. Zwischen den Zinnen zeigte sich das Gesicht Gwenselahs. Der Beni Geraut Schie winkte ihm zu, dann glitt er über die Mauerkrone. Sein verwundetes Bein hing schlaff herab, aber dennoch seilte sich der Verschleierte schneller ab, als der flinkzüngigste Gläubige die beiden ersten Gebote Rastullahs hätte aufsagen können.

»Alles in Ordnung?«

Der Schleier seines Freundes war verrutscht. Gwenselah zwang sich zu einem Lächeln. »Ich fürchte, ich werde dich um einen Gefallen bitten müssen, mein frommer Freund. Ich glaube, ich bin nicht mehr ganz in der Verfassung, den Pfeilen der Sklavenschinder davonzulaufen. Deshalb möchte ich dich bitten, mein Pferd zu holen. Ich habe es hinter der Düne dort hinten an einem dürren Strauch angebunden. Du kannst es nicht verfehlen.«

Besorgt blickte Omar auf Gwenselahs blutgetränktes Beinkleid.

Der Beni Geraut Schie lachte gequält. »Ist nur eine Schramme. Jetzt lauf und schlag Haken wie ein Hase, der den Atem des Fuchses im Nacken spürt. Wenn du in gerader Linie von der Mauer wegläufst, machst du es den Bogenschützen zu leicht. Viel Glück!«

Omar blickte zweifelnd nach oben. Schon hatten die ersten Al'Anfaner Posten auf der Mauer bezogen. Doch schienen sie nicht mit Bogen oder Armbrüsten bewaffnet zu sein.

»Rastullah!« Den Schlachtruf der Wüstenkrieger auf den Lippen, stürmte der Novadi los. Kurz vor ihm bohrte sich ein Wurfspeer in den Sand, und Omar schlug einen Haken. Dann hörte er hinter sich irgendetwas in den Sand klatschen. Er rannte wie von Dämonen gehetzt.

Der Hengst des Beni Geraut Schie stand an einen Busch festgebunden. Lustlos kaute das Tier auf halb vertrockneten Blättern herum.

Mit seinen zitternden, tauben Händen dauerte es quälend lange, bis Omar endlich die Zügel gelöst hatte. Grelle Lichtpunkte tanzten ihm vor den Augen, und ihm war schwindelig. Stöhnend zog er sich in den Sattel und gab dem Hengst die Sporen.

Auf dem Kamm der Düne verharrte der Novadi und musterte die Festungswälle Unaus. Hier und dort zeigten sich einzelne Krieger. Auch vor dem Stadttor im Westen sammelten sich Söldner, doch war weit und breit kein Reiter zu sehen. Somit bestand also noch Hoffnung, den Götzenanbetern zu entkommen. Mit gellenden Rufen trieb er den Hengst die Düne hinunter und jagte geradewegs auf die Stadtmauer zu.

Gwenselah kauerte noch immer in Deckung hinter dem Felsblock am Fuß der Klippe. Einige schlecht gezielte Pfeile schlugen rund um Omar ein. Herausfordernd winkte der Novadi den Bogenschützen zu. Es waren noch höchstens fünfzig Schritt bis zu Gwenselah.

Der Beni Geraut Schie hatte sich aufgerichtet und taumelte Omar halb geduckt entgegen. Wieder blickte der Novadi zur Stadtmauer hinauf. Eine Gestalt mit wehendem schwarzem Haar hatte eine der Zinnen erstiegen. Es war jene Kriegerin, die er mit Melikae verwechselt hatte. Sie trug jetzt ein kurzes weißes Gewand und hielt einen fast mannsgroßen Bogen in der Hand. Langsam, fast so, als vollziehe sie ein Ritual, zog sie einen Pfeil aus ihrem Köcher, spannte die Sehne des Bogens und zielte auf ihn. Omar duckte sich in die Mähne des Hengstes.

Wer war dieses verfluchte Weib? Wieder blickte er ängstlich zu den Zinnen hinauf. Die Kriegerin hatte nicht geschossen. Sie zielte noch immer auf ihn. Keuchend erreichte Gwenselah das Pferd. Omar streckte ihm die Hand entgegen und zog ihn hinter sich in den Sattel.

»Ich denke, wir sollten dieser ungastlichen Stadt den Rücken kehren.« Omar nickte und riss den Hengst grob an den Zügeln herum. Als hätte ihn eine lautlose Stimme gerufen, blickte er noch einmal zur Festungsmauer hinauf und sah, wie die Schwarzhaarige den Pfeil von der Sehne schnellen ließ.

»Nein!« Gellend klang Gwenselahs Stimme in Omars Ohren. Der Beni Geraut Schie packte ihn an der Schulter und riss ihn im Sattel zur Seite. Omar hörte das Sirren des Pfeils, so dicht flog er an ihm vorbei. Das Geschoss durchbohrte den weiten Ärmel seines Kaftans und schlug einige Schritt hinter ihnen in den Sand. Nur um eine Handbreit hatte der Pfeil Omars Herz verfehlt.

»Wer ist das?«, flüsterte Gwenselah leise.

Omar schüttelte den Kopf. »Ich weiß es nicht.« Dann schlug er dem Pferd die Fersen in die Weichen.

Es dauerte bis zum späten Nachmittag, bis die Gefährten ihr Lager nahe der Karawanserei Bir-es-Soltan erreichten. Schon unterwegs hatten sie kurz Halt gemacht, sodass Gwenselah sich notdürftig um ihre Wunden kümmern konnte.

Den Händen des Beni Geraut Schie schienen magische Kräfte innezuwohnen. Obwohl er nur ein wenig Wasser aus einem Ziegenbalg und ein paar Streifen zerrissenes Leinen zu Verfügung gehabt hatte, um die Wunden zu waschen und zu verbinden, vermochte er auf wundersame Weise die Schmerzen zu lindern. Ja, einmal hatte Omar sogar den Eindruck gehabt, dass sich eine seiner Wunden förmlich von selbst schloss, während Gwenselah sie leise murmelnd mit einem feuchten Stofffetzen abtupfte. Ob es doch stimmte, was man sich über die Beni Geraut Schie erzählte? Floss wirklich das Blut von Dschinnen in ihren Adern?

Doch nicht einmal Gwenselah war es gelungen, Omar die Schmerzen im linken Arm zu nehmen. Der Krieger behauptete, einer der beiden großen Knochen, die das untere Glied des Armes bildeten, sei gebrochen. Er hatte Omar angewiesen, den Arm in einer Schlinge zu tragen und möglichst wenig zu bewegen, bis sie das Lager erreichten. Den ganzen Ritt über war der Beni Geraut Schie schweigsam und in sich gekehrt gewesen. Zweimal hatten ihn schwere Hustenkrämpfe geschüttelt. Erst als sie das Lager erreichten, schien sich seine Stimmung ein wenig zu bessern. Während Omar sich mit seinem gesunden Arm abmühte, den erschöpften Hengst abzusatteln, sammelte Gwenselah dürre Äste und trockenen Kameldung.

Als der Novadi endlich fertig war, hatte sein Freund schon ein kleines Feuer entfacht und einen kupfernen Kessel neben die Flammen gerückt. Erschöpft ließ sich der Novadi in den Sand sinken und starrte in die Glut.

Gwenselah drehte einen Stock zwischen den Fingern, und für eine ganze Weile herrschte Schweigen zwischen ihnen. Omar war dankbar, dass der Beni Geraut Schie nicht weiter nachfragte, warum er ohne ihn nach Unau geritten war. Er hatte seine Lektion gelernt. Womöglich hatte sein Freund sich sogar nur schlafend gestellt, ging es dem Novadi durch den Kopf. Vielleicht hatte Gwenselah gewollt, dass er wieder einmal einen Fehler machte, aus dem er lernen konnte. Verstohlen blickte er über die Flammen zu Gwenselah hinüber. Der Verschleierte nickte ihm zu, ganz so, als habe er nur auf irgendeine Geste von ihm gewartet.

»Sieh dir das an.« Der Beni Geraut Schie warf ihm das Stöckchen zu, das er die ganze Zeit über gemustert hatte.

Jetzt, beim näheren Hinsehen, erkannte Omar, worum es sich handelte. Es war der abgebrochene Schaft eines Pfeils. Doch es handelte sich nicht um irgendein Geschoss. Der Pfeilmacher hatte schwarzes Holz verwendet, wie man es nur in den Dschungeln des Südens fand, und obendrein hatte der Handwerker sich die Mühe gemacht, den Schaft mit einer Schnitzerei zu verzieren. Auf dem kurzen Stück, das vom abgebrochenen Schaft erhalten geblieben war, war deutlich der Kopf einer Schlange zu erkennen. Es sah so aus, als hätte sich ihr Leib in Spiralen um das Holz gewunden, doch aus dem fingerlangen Stück des Pfeils, das Omar nun in Händen hielt, konnte man das nicht mehr mit Sicherheit schließen. Verwundert blickte der Novadi seinen Freund an. Wie hatte Gwenselah sich das Geschoss ganz allein aus dem Schenkel geholt? Und was war mit der Pfeilspitze geschehen?

»Ein Geschenk von der Schwarzhaarigen, die du auf den Zinnen gesehen hast. Wirklich ungewöhnlich … Weißt du, was es mit solchen Pfeilen auf sich hat?«

Der Novadi schüttelte den Kopf.

»Manchmal markieren Jäger ihre Geschosse, um dann, wenn sie in einer Gruppe ihrem Wild nachgestellt haben, mit Sicherheit sagen zu können, wer es letzten Endes mit seinem Pfeil erlegt hat. Doch diese Arbeit hier ist zu aufwändig. Man sagt, dass auch Meuchler manchmal markierte Geschosse verwenden. Das ist dann so, als hätten sie einen Zettel mit ihrem Namen beim jeweiligen Opfer zurückgelassen. Ich möchte wissen, wer diese Bogenschützin war, die du da im Palast deiner Geliebten aufgestöbert hast. Ein Treffen mit jemandem wie ihr zu überleben, ist schon etwas Besonderes.«

Eine Zeit lang starrten beide schweigend ins Feuer. Auch Omar hätte nur zu gern gewusst, wer Melikaes Platz eingenommen hatte und was das alles bedeutete. Finster brütete er vor sich hin und malte sich in Gedanken aus, dass die Sharisad womöglich Opfer eines finsteren Komplotts geworden war und keine der Geschichten stimmte, die man sich über sie erzählte.

Schließlich war es wieder Gwenselah, der das Schweigen brach. Er hatte einen schweren Ast in die Flammen geworfen und blickte Omar jetzt auf unheimliche, eindringliche Art an. »Ich möchte dich heute bitten, etwas zu lernen, was dir keinen unmittelbaren Nutzen bringen wird. Genau genommen lernst du es sogar nur für mich.« Die Stimme des Wüstenkriegers klang so gepresst, als müsste er bei jedem seiner Worte gegen einen neuerlichen Hustenkrampf ankämpfen.

Er legte den Dolch zur Seite und strich mit der Linken über den Sand neben dem Feuer, um eine spanngroße Fläche zu ebnen. Dann nahm er einen der Äste, von denen er die Rinde abgeschält hatte, und zeichnete ein verschlungenes Zeichen in den Sand. Als er damit fertig war, winkte er Omar, auf seine Seite des Feuers zu kommen.

»Du musst lernen, dieses magische Symbol nachzuzeichnen, und wenn es seine Zauberkraft nicht verlieren soll, darf dir dabei nicht der geringste Fehler unterlaufen.«

Gwenselah drückte ihm den Stock in die Hand. »Versuche es!«

Die Linien erschienen Omar so verworren wie die Spuren, die von einem Nest frisch geschlüpfter Nattern wegführten. Alles, was mit Magie zu tun hatte, war ihm unheimlich. Mit Schaudern dachte er an Abu Dschenna, der von sich behauptet hatte, er sei in der Lage, sich in einen Vogel zu verwandeln. So etwas konnte nicht Rastullahs Gefallen finden! Wer sich eine andere Gestalt wählte als jene, die der Gott ihm zugedacht hatte, versündigte sich. Wahrscheinlich reichte es schon, sich mit jenen Kräften zu beschäftigen, die solch frevlerisches Tun ermöglichten, um Rastullahs Missfallen zu erregen.

Zweifelnd blickte Omar auf den Stock, den sein Freund ihm entgegenhielt. Gwenselah hatte ihm heute schon zum zweiten Mal das Leben gerettet. Wie kleinmütig müsste er seinem Freund erscheinen, wenn er sich ihm jetzt verweigerte. Zögernd griff er nach dem Hölzchen und blickte dann wieder auf das geheimnisvolle Zeichen im Sand. Die Linien liefen so wirr und unübersichtlich durcheinander, dass er weder einen Anfang noch ein Ende erkannte. Wie sollte er die Kunst erlernen, ein magisches Zaubersymbol zu zeichnen, da er nicht einmal lesen und schreiben konnte? Lange blickte er angestrengt auf das Zeichen, unfähig, auch nur den kleinsten Strich zu führen.

Schließlich nahm Gwenselah ein zweites Stöckchen, wischte den Sand wieder glatt und zeichnete nur einen einzigen gewundenen Strich in den Sand. »Ich glaube, ich habe zu viel von dir verlangt. Verzeih mir, mein Freund! Ich werde dich Stück um Stück die Linien lehren, die als Ganzes die Macht haben, ein unsichtbares Band zu den Pforten des Meeres zu knüpfen.«

Der Beni Geraut Schie ergriff nun Omars Hand und führte sie, um mit ihm gemeinsam den Anfang der magischen Linie in den Sand zu ziehen.

Als Omar es dann wieder allein versuchen sollte, verkrampfte sich zunächst die Hand, sodass die Linie, die er zog, krumm und zittrig wurde. Doch er versuchte es immer wieder, bis Gwenselah endlich zufrieden nickte. »Du fragst gar nicht nach dem Sinn, der hinter meiner Unterweisung steht. Was ist mit dir, Omar? So kenne ich dich gar nicht.«

Der Novadi schüttelte unwillig den Kopf. Er war froh, mit diesem gotteslästerlichen Treiben endlich aufhören zu können, denn über eines war er sich mittlerweile im Klaren. Auch wenn Gwenselah sein Freund war, so war seine Seele doch genauso verloren wie die all jener Al'Anfaner, die anstelle des einzigen Gottes ihren Rabengötzen anbeteten. Ja, Omar fürchtete, dass es mit Gwenselah noch schlimmer stand. In all den Gottesnamen, die sie zusammen waren, hatte er den Verschleierten nicht ein einziges Mal beten oder eine andere rituelle Handlung vollziehen sehen. Es schien, als übertreffe Gwenselah in seiner Verstocktheit selbst die Götzenanbeter aus dem Süden, die immerhin begriffen hatten, dass es ein göttliches Wesen gab, auch wenn sie ihre Frömmigkeit in törichtem Irrglauben auslebten. Omar hatte den Eindruck, dass der Beni Geraut Schie an gar keinen Gott glaubte, und wieder einmal brütete er darüber nach, ob dies nicht ein untrügliches Zeichen dafür sei, dass sein Freund in Wirklichkeit ein seelenloser Dschinn war.

»Dieser Tag hat mich gelehrt, wie dicht ich den Pforten des Meeres schon bin, auch wenn ich bislang die Hoffnung hatte, dass es mir wenigstens noch vergönnt wäre, mit dir zusammen deine geliebte Melikae zu retten. Manchmal beneide ich dich darum, dass du etwas hast, das dich so sehr ans Leben bindet und jedem deiner Schritte einen Sinn gibt. Wenn ich sterben sollte, Omar, ganz gleich, ob ich nun von der Hand eines Feindes falle oder ob mich dieser verfluchte Bluthusten tötet, der Stück um Stück mein Inneres aufzufressen scheint, dann bitte ich dich, das, was von mir bleiben wird, in ein Boot zu betten. Du musst das Zauberzeichen, das ich dich lehre, auf seinen Rumpf malen. Alles, was du dazu brauchst, wirst du an meinem Gürtel finden. Nur wenn du das Zauberzeichen mit jener Tinktur malst, die ich hier einem kleinen Silberfläschchen verwahre, kann es seine ganze Kraft entfalten. Das Boot wird dann weder kentern noch an namenlosen Klippen zerschellen. Weder Stürme noch die Kreaturen aus den dunklen Tiefen des Ozeans werden es aufhalten, bis es schließlich zu den Pforten des Meeres findet und hinab in das Reich unter den Wellen gezogen wird, wo mein Licht neu erblühen wird.«

Omar war ganz schwindelig von dem gottlosen Weltbild, das Gwenselah vor ihm ausbreitete. Er würde für den Beni Geraut Schie beten. Auch wenn das seine Seele nicht mehr retten konnte – sofern er überhaupt eine besaß –, so mochte Rastullahs Urteil über ihn vielleicht gnädiger ausfallen, wenn jemand Fürbitte für den Verlorenen leistete. Vielleicht würde das Gebet ihn wenigstens davor bewahren, bis in die tiefsten Abgründe der Verdammnis geschleudert zu werden.

»Was machst du für ein ernstes Gesicht, mein Freund? Noch lebe ich … Oder ahnst du vielleicht schon, wozu ich die Stöcke geschält habe?«

Omar blickte seinen Gefährten verwundert an. Alle Traurigkeit war jetzt aus Gwenselahs Stimme gewichen, und es schien, als hätte er jeden Gedanken an den Tod wieder weit von sich geschoben.

»Nun, wie dem auch sei, Omar. Ich habe nun die unschöne Pflicht, deinen Arm zu richten und dann zu schienen. Ich fürchte, es wird recht schmerzhaft werden, doch du würdest zum Krüppel werden, wenn ich mich nicht um deinen gebrochenen Arm kümmerte.«

Mit Todesverachtung streifte der Novadi den Ärmel seines zerrissenen Kaftans zurück. Er würde Gwenselah keine Schwäche zeigen! Zumindest hoffte er inständig, Rastullah möge ihm die Kraft geben, dem Schmerz zu widerstehen.

»Und du willst mir nicht sagen, was dies alles zu bedeuten hat?«

»Ich kann es nicht.« Melikae hielt entschlossen dem Blick des Karawanenführers stand. »Ich hoffe, du wirst mein Geschenk deshalb nicht zurückweisen.«

Muammar ai Birscha hob eine der Urkunden auf, die auf dem mit kostbaren Intarsien geschmückten, zierlichen Tisch lagen. Es war die Besitzurkunde für Shima, die selemitische Zofe, die Melikae erst vor wenigen Gottesnamen auf dem Sklavenmarkt von Unau gekauft hatte. Unter dem Siegel, mit dem ein al'anfanischer Sklavenhändler den Kauf bestätigt hatte, waren nachträglich einige Zeilen hinzugefügt worden, die Muammar zum neuen Herrn von Shima erklärten. Bestätigt wurde die Abtretung durch einen Abdruck des allgemein bekannten Rollsiegels von Feisal, Melikaes Vater. Nach seinem Tod hatte die Sharisad das Recht erworben, fortan sein Siegel zu führen. Niemand im Land der Ersten Sonne würde die Gültigkeit eines solchen Dokuments anzweifeln. Melikae versuchte, in den Zügen des hageren Mannes zu lesen, doch Muammar zeigte nicht die geringste Regung, während er die Urkunde studierte.

»Du willst mir also alle deine Sklaven schenken, Sharisad. Wie komme ich zu dieser ungewöhnlichen Ehre?« Der Karawanenführer legte das Dokument auf den Stapel vor ihm auf den Tisch zurück. »Wie willst du ohne sie leben?«

»Lass das meine Sorge sein. Bei der Freundschaft, die dich einst mit meinem Vater verband, bitte ich dich, nicht weiter in mich zu dringen. Wirst du die Urkunden an dich nehmen?«

Muammar runzelte die Stirn. Einige Augenblicke lang schien er mit sich zu ringen. Dann nickte er. »Unter einer Bedingung werde ich dieses merkwürdige Geschäft mit dir besiegeln. Du weißt doch wohl, welcher Tag morgen ist. Es ist der erste Festtag zu Ehren der großen Buhle Rahja. Kein Knabe und kein Weib werden vor den wollüstigen Ausschweifungen der Söldner und Schwertmaiden sicher sein. Also entlasse nicht auch deine Krieger. Du wirst sie brauchen, wenn du dir den aufdringlichen Pöbel vom Leib halten willst.«

»Mir wird nichts geschehen, Muammar. Eine Woche lang habe ich auf meinem Rückweg vom Cichanebi in der Oase Tarfui Einkehr gehalten und in einem einsamen Palmenhain gefastet und gebetet. Ich weiß nun um mein

Schicksal, alter Freund. Rastullah wird mir die Gnade gewähren, alle Schande zu tilgen, die an meinem Namen haftet. Schon jetzt bin ich dem Gott näher als den Menschen, Muammar, und keine sündige Hand wird mich berühren. Ich werde sein wie eine Perle, die zwischen Erbsen liegt, und keiner wird mehr üble Reden über die Sharisad von Unau führen, wenn sich offenbart, was ...«

Melikae hielt inne. Sie hatte schon zu viel gesagt. Muammar in ihre Pläne einzuweihen, das hieße im günstigsten Fall, sein Leben zu gefährden, im ungünstigsten Fall aber würde er sie an die Al'Anfaner verraten, so wie er sein Volk verraten hatte, als er in die Dienste der Götzenanbeter getreten war.

Der Karawanenführer blickte sie traurig an. Dann griff er nach den Pergamenten auf dem Tisch und rollte sie zu einem Bündel, sorgfältig darauf bedacht, keines der Siegel zu beschädigen.

»Du wirst sie also mitnehmen in dein Haus nach Selem?«

»Willst nicht auch du mich begleiten? Ich weiß, ich bin ein alter Mann, doch um den Preis meiner Jugend habe ich gelernt, was das Herz einer Frau zu erfreuen vermag. Werde mein Weib, und ich schenke dir einen Ort, an dem du in Frieden leben kannst und wo deine Kinder um dich sein werden, wenn dereinst deine Stunde gekommen ist. Hör nicht auf das, was du in Tarfui vernommen zu haben glaubst. Einem Weib vermag Rastullahs Wort die Seele zu verbrennen, und wer weiß, vielleicht war es auch eine ganz andere Macht, die ihre Stimme in dir erhoben hat. Selbst weise Mawdliyat sollen schon durch die heimtückischen Einflüsterungen von Dschinnen und Dämonen getäuscht worden sein.«

Melikae war überrascht von dem Angebot des Karawanenführers, und Groll regte sich in ihr. Muammar musste doch wissen, dass sie kurz vor der Heirat mit einem greisen Kaufmann aus dem Haus ihres Vaters geflohen war.

Wie konnte er glauben, sie werde ihn erhören, da sie ihm doch gerade erst eröffnet hatte, dass ihr Herz und ihr Leben Rastullah gehörten. Wollte er sie verhöhnen? Doch wenn sie ihn erzürnte, würde er sie womöglich verraten. So schenkte sie Muammar ein Lächeln und schaute zu Boden, so als hätten seine Worte sie verlegen gemacht.

»Dein Ansinnen ehrt dich, Muammar ai Birscha, und würde nicht das Wort Rastullahs mein Leben bestimmen, so wäre ich stolz, dein Angebot anzunehmen. So jedoch muss ich es zurückweisen, denn jetzt noch von meinem Weg zu weichen, hieße, die ewige Verdammnis herauszufordern.«

»Deine Worte hüllen mein Herz in Trauer, doch wünsche ich dir, dass das Glück dir so treu wie dein Schatten sei und niemals von deiner Seite weichen möge. So lebe denn wohl, Melikae, die du das Schicksal der Rose gewählt hast, die stets dann geschnitten wird, wenn sie ihren ganzen Liebreiz entfaltet hat.« Der hagere Karawanenführer verneigte sich und ließ die Sharisad allein im Zelt zurück.

Schon am Morgen des ersten Tages unter dem Rahjamond schienen brünstige Dämonen von den Seelen der Götzenanbeter Besitz ergriffen zu haben. Zwar hatte Melikae schon vieles über das Fest der Freuden gehört, das man in Al'Anfa selbst angeblich vier Gottesnamen lang feierte, doch das, was sich in dem Heerlager abspielte, ließ diese Erzählungen verblassen wie Schatten, wenn Wolken vor die Sonne ziehen. Überall waren Trommelschlag und schrille Musik zu hören. Kaum einer im Feldlager schien noch Waffen und Rüstungen zu tragen. Männer wie Frauen hatten sich in schamloser Weise fast aller ihrer Kleider entledigt und tanzten auf eine Art, als hätten sie sich in brünstige Tiere verwandelt. Viele hatten ihre Gesichter mit so grellen Farben bemalt, dass sie kaum noch wie Menschen erschienen. Einige trugen

Masken aus Stoff oder gefärbtem Leder, die Tier- und Dämonenfratzen darstellten. Allerorten brannten Feuer, auf denen man an langen Spießen Lämmer und Ziegen briet, sodass die Luft schwer vom Bratenduft war. Schon zur Mittagsstunde waren die Ersten im Rausch niedergesunken, und manch blutdürstiger Söldner lag hilflos im Staub zwischen den langen Zeltreihen des Feldlagers. Selbst die Offiziere und Edlen, die das Heer begleiteten, gebärdeten sich auf die gleiche tierhafte Weise wie das gemeine Fußvolk, das aus den Gossen der verrufensten Städte des Südens stammte.

Melikae war froh, ihre Söldner noch nicht entlassen zu haben, doch von den dreien, die ihr Gold genommen hatten, sah sie nur den blonden Hasdrubal. Er hatte sich mit einem Schlauch voller Wein nahe dem Zelteingang niedergelassen und feuerte das gottlose Treiben mit lästerlichen Rufen an. Bereitwillig half er der Sharisad bei ihrer Suche nach dem Quartiermeister des Heeres und schützte sie vor den lüsternen Kriegern, die das Gedränge in den Zeltstraßen nutzten, um die Tänzerin auf unkeusche Art zu berühren und ihr Liebesbekundungen zuzuflüstern, die Melikae die Schamesröte in die Wangen trieben. Wohl eine Stunde oder länger suchten sie den Quartiermeister, und schließlich war Hasdrubal es, der den korpulenten Offizier inmitten eines Pulks nackter Krieger fand.

Der Mann trug ein Kostüm aus schwarzem Leder, auf das Pfauenfedern aufgenäht waren, und hatte einen Helm ähnlich einem Adlerkopf aufgesetzt. Obwohl er zunächst verärgert reagierte, dass man ihn bei seiner privaten kleinen Orgie störte, zeigte er sich umso umgänglicher, als er Melikae erkannte. Ohne Umschweife gestattete er ihr, zur Nacht auf dem Fest des Patriarchen zu tanzen. Da sie in den Reihen der Söldner als Überläuferin bekannt war, die gar manches kurzweilige Fest in Unau gegeben hatte, hegte der Quartiermeister nicht den geringsten Argwohn gegen sie und wies sie an, sich in der zweiten Stunde nach der Dämmerung bereitzuhalten, um zur Freude Tar Honaks und seiner Gäste zu tanzen.

Zufrieden mit dem Erreichten, wies die Sharisad Hasdrubal an, sie zurück in ihr Zelt zu begleiten und danach seine beiden Gefährten zu suchen, denn Melikae wünschte, dass die drei Söldner sie in frisch polierter Rüstung und mit schimmernden Waffen zum Fest geleiten sollten.

Ein letztes Mal musterte Melikae kritisch ihr Werk in dem silbernen Spiegel, den sie auf die große Reisetruhe gestellt hatte, vor der sie niedergekniet war, um sich zu schminken. Vollkommen war der Schwung jener schwarzen Linien, die sie mit Schieferpaste unter die Augen zog, glühendrot schimmerte die Mennige, die sie mit einem Pinsel auf Lippen und Wangen aufgetragen hatte. Versteckte Kämme hielten ihr Haar hochgetürmt, sodass es sich wie ein schwarzer Helm über ihr Haupt erhob. Zwischen den Haaren verborgen trug sie eine kinderfaustgroße Fettkugel, die langsam durch die Körperwärme schmelzend den sinnenverwirrenden Geruch seltener Orchideenblüten freigeben würde. Der schwere Duft der Dschungelblüten würde Melikaes Herz gegen jede Angst festigen, die sie vielleicht im letzten Augenblick, kurz vor dem tödlichen Schwertstreich, überfallen mochte.

Ihre Brüste verbarg sie unter zwei metallenen Halbkugeln, die von einem Geflecht aus dünnen Goldketten gehalten wurden. Ihr Rock reichte nicht einmal bis zu den Knien und war nach Art der Krieger mit metallbeschlagenen Lederstreifen geschmückt. Statt der seidenen Schuhe, die sie sonst gern zum Tanzen anzog, hatte sie heute hoch über die Schenkel geschnürte Sandalen angelegt und dazu bronzene Beinschienen.

Um ihren rechten Oberarm wand sich ein kostbarer Reif in Gestalt einer Schlange. Links trug sie sieben Armreifen, dünn wie Haarsträhnen, die schon bei der leichtesten Bewegung leise klingelnd aneinanderschlugen. Ihr rechter

Handrücken war bedeckt von einem Kettengeflecht, das sich bis über das Handgelenk hinaufzog. Daran hingen zwei Dutzend silberne Glöckchen, kleiner als die Eier der Nachtigall, die mit ihrem hellen Geläut den Tanz begleiten sollten.

Melikae war nicht vollends zufrieden mit ihrer Aufmachung. In Unau hätte sie sich eigens ein Kostüm für den Tanz in dieser Nacht fertigen lassen. Doch hier im Heerlager musste sie nehmen, was sich in ihrem Gepäck fand. In ihrer kriegerischen Aufmachung wollte sie einen heidnischen Helden aus alter Zeit darstellen, von dem ihr einst ihre Fasarer Amme erzählt hatte. Geron ward er geheißen, und sieben Taten waren es, die seinen Namen auf immer unsterblich gemacht hatten. Sie hatte diese Geschichte auserkoren, um die Götzenanbeter blind für ihr wirkliches Ansinnen zu machen.

Der Blick der Sharisad ruhte nun auf dem prachtvollen Khunchomer, den sie unter den Waffen ihres toten Vaters ausgewählt hatte. Wohl eine Stunde hatte sie die Klinge geschärft und poliert, sodass sie nun glänzte wie Sternensilber. Jenes Schwert sollte noch in dieser Nacht Geschichte schreiben!

Gedankenverloren erhob sich Melikae und gürtete sich mit einer breiten Schärpe aus blutroter Seide. Dann schob sie das Schwert in seine perlengeschmückte Scheide und griff nach dem bodenlangen schwarzen Kapuzenmantel, den sie für den Weg durch das Heerlager anlegen würde, denn selbst wenn sie als ehrlos galt, so würde sie es nicht dulden, dass trunkener Pöbel sich mit lüsternen Blicken an ihrer Nacktheit weidete.

Dergestalt verhüllt, trat sie aus dem Zelt, wo Hasdrubal und seine beiden Gefährten bereits auf sie warteten. Der blonde Söldner musterte sie mit neugierigen Blicken, doch hielt er seine Zunge im Zaum und stellte keine aufdringlichen Fragen.

»Bringt mich zur Karawanserei! Wenn ihr es versteht,

wie die Wachen einer Sultani aufzutreten, werde ich mein Wort dafür einlegen, dass ihr dem Fest des Patriarchen von ferne beiwohnen dürft und so wie die anderen Leibdiener und Ehrenwachen einen Krug voller Wein bekommt, um Rahja zu huldigen.«

Die beiden Gefährten Hasdrubals grinsten zufrieden, nur der blonde Söldner blickte starr auf ihren Kapuzenmantel. Eine unbedachte Bewegung hatte die Falten des Mantels ein wenig verrutschen lassen, sodass einen Atemzug lang der Knauf ihres Khunchomers zu sehen gewesen war.

»Ich werde den Patriarchen mit einem Schwerttanz erfreuen«, erklärte Melikae eilig, um einer Frage Hasdrubals zuvorzukommen.

»Das scheint mir nicht sehr rahjagefällig.«

Melikae setzte ein kokettes Lächeln auf. »Niemand, der mich jemals tanzen gesehen hat, würde so etwas behaupten. Freilich weiß ich nicht, ob einer, der sich billigen Huren auf schmutzigen Laken hingibt, die feineren Genüsse, die eure sinnliche Göttin zu bereiten vermag, noch zu schätzen weiß.«

Hasdrubal funkelte sie böse an. Einen Augenblick lang schien er ihr eine gehässige Antwort geben zu wollen, doch dann wandte er sich ab.

Rot schimmerten die Mauern der kleinen Stadt Beysal, vor deren Toren das Heer sein Lager aufgeschlagen hatte. Überall brannten große Feuer, und noch immer herrschten ein unbeschreibliches Getöse und Geschrei. Dumpfer Trommelschlag, gemischt mit dem schrillen Wimmern von Flöten, drang durch die Nacht. Hier prahlte einer lauthals mit seinen Heldentaten bei der Eroberung von Unau, dort ertönte wollüstiges Stöhnen aus einem der bunten Zelte der Trosshuren. Erstickende Hitze lag über den weiten Feldern vor der Stadt. Der kühle Wind, der sonst von den Bergen im Westen heranwehte, war in dieser Nacht ausgeblieben. Angewidert von den barbarischen Bräuchen der Fremden, dachte Melikae allein an den bevorstehenden Tanz. Ohne auf den Weg zu achten, folgte sie ihren Söldnern.

In den Gassen von Beysal ging es ein wenig ruhiger zu. Jene Einwohner, die von den Al'Anfanern noch nicht in die Sklaverei verschleppt worden waren, hatten sich in ihren Häusern verschanzt, die Lichter gelöscht und beteten zu Rastullah. Einmal musste Melikae mit ansehen, wie trunkene Krieger eine Tür einschlugen und kreischende Weiber und Kinder auf die Straßen zerrten. Ein Trupp Gewappneter, der offensichtlich zum Wachdienst eingeteilt war, sah tatenlos zu. Ja, einige der Krieger feuerten die Plünderer sogar noch an.

Endlich erreichte die Sharisad die ummauerte Karawanserei, die, wie in Madrash, inmitten der Stadt beim Marktplatz gelegen war. Krieger mit großen Schilden und Helmen, geformt wie Rabenköpfe, bewachten das Tor. Im unsteten Licht, das aus dem Hof der Karawanserei fiel, erschienen sie Melikae wie leibhaftige Dämonen, die aus finsteren Sphären herbeigeeilt waren, dem Fest der Götzengöttin beizuwohnen.

Aus dem Schatten des Tors löste sich ein dicker, hochgewachsener Mann und eilte auf sie zu. »Endlich kommst du, meine Liebe. Ich habe schon sehnsüchtig auf dich gewartet.«

So als wären sie ein Liebespaar, schlang der Quartiermeister den Arm um Melikaes Hüfte und zog sie dicht an seine Seite. »Ich fürchte, das Fest hat den Patriarchen bislang nicht gut unterhalten. Es fällt ihm schwer, sich den Freuden der Rahja hinzugeben. Zu sehr ist das düstere Wesen Borons zu seiner Natur geworden. Ich hoffe, dein Tanz wird ihn ein wenig aufmuntern. Solange er mit versteinerter Miene dem Fest beiwohnt, wagt auch sonst niemand, zu lachen und fröhlich zu sein.«

Der Quartiermeister gab den Wachen ein Zeichen, die Sharisad und ihre Leibwächter durchzulassen, und führte

Melikae geradewegs auf den großen Innenhof der Karawanserei.

Nahe dem Tor brannten Feuer, über denen ein Ochse und etliche Lämmer gebraten wurden. Im Schatten einer der Mauern entdeckte Melikae den prächtigen Sänftenwagen des Erzfeindes. Weiter hinten im Hof hatte man nach Art der Wüstenscheichs Lager aus Kissen und Teppichen aufgetürmt, auf denen sich der Generalstab und die Gäste Tar Honaks niedergelassen hatten. Zwischen den Ruhelagern standen niedrige Tischchen aus dunklem Holz, die mit Intarsien aus Mammuton und Koralle verziert waren. Jedem der Gäste standen nackte Sklaven mit bunten Federfächern zur Seite.

Schon von Weitem meinte Melikae eine seltsame Anspannung zu spüren, die über der Gesellschaft lag. Dunkel und bedrohlich erhob sich das Lager Tar Honaks inmitten des weiten Halbkreises. Schwarze Samtüberwürfe waren über seine Ruhekissen drapiert, und schwarz war auch das Gewand, das der Patriarch trug. Ja, selbst die Sklaven, die ihn umgaben, um ihm Kühlung zuzufächern, hatten eine nachtschwarze Haut.

Hinter den Gästen und entlang der Mauern des Hofes waren bronzene Feuerbecken aufgestellt, die die Szenerie in ein unheimliches rotes Licht tauchten. Neben den Becken standen Sklaven, die darüber wachten, dass die Flammen nicht erloschen, und gelegentlich kostbares Räucherwerk in die Glut warfen, dessen würziger, berauschender Duft sich über den ganzen Hof ausgebreitet hatte. Der Quartiermeister nickte Melikae zu und bedeutete ihr zu warten. Dann eilte er voraus, verbeugte sich vor dem Hohepriester des Boron und verkündete mit ebenso salbungsvoller wie unterwürfiger Stimme: »Eure Hochwürdigste Erhabenheit, Triumphator vom Szinto und Schrecken aller Ungläubigen! Es ist mir eine Freude, Euch und Euren Gästen nun Melikae, die Tochter des Abu Feisal, auch bekannt als die Sharisad von Unau, ankündigen zu dürfen. Ihr Tanz ist von solcher Vollkommenheit, dass man sagt, kein Männerherz könne sie jemals vergessen. Selbst am Hof des Kalifen gibt es keine Sharisad, die sich mit ihr messen kann. Als unsere ruhmreichen Soldaten die Mauern von Unau erstürmten, war sie die Erste, die uns als Befreierin von der Tyrannei des Sultans empfing und die Pforten ihres Palastes und ihres Herzens weit öffnete, um uns willkommen zu heißen. Heute nun ist sie nach Beysal geeilt, um Rahja zu huldigen und auch uns Sterbliche zu erfreuen, während die Unsterbliche im göttlichen Alveran dieses demutsvolle Heidenkind vielleicht mit einem gnädigen Lächeln bedenken mag.«

Unter Verbeugungen trat der Quartiermeister aus dem Halbrund zurück und wies mit ausgestrecktem Arm auf Melikae.

Die Sharisad schluckte. Ihr Mund war plötzlich trocken, und ihr wurde bewusst, wie allein sie hier inmitten der Götzenanbeter war. Dieser Hof war der letzte Ort, den sie in ihrem Leben sehen würde. Doch wenigstens wollte sie das Leben in wildem Rausch verlassen. Der Tanz würde ihr Herz zum Rasen bringen, und sie würde ihre Hände in das Blut des Tyrannen tauchen, bevor sie starb!

Stolz hob sie das Haupt und trat vor den Patriarchen. »Eure Hochwürdigste Erhabenheit, mein Herz ist erfüllt von inbrünstigem Stolz, heute als Tänzerin vor Euch zu stehen. Um Euch ein wenig Kurzweil zu schenken, möchte ich nun tanzend vom Leben des ruhmreichen Geron erzählen, der auszog, die Menschen vor dem Zorn der wütenden Ungeheuer zu bewahren.«

Tar Honak runzelte nachdenklich die Stirn und schenkte ihr dann ein so eigentümliches Lächeln, dass Melikae erschrak. Hatte er die Anspielung in ihren Worten durchschaut? Sie musste vorsichtiger sein und ihn in Sicherheit wiegen!

»So schaut nun, was einst Geron, den man den Einhändigen nennt, zum Ruhme gereichte.« Mit großer Geste ließ Melikae den weiten Kapuzenmantel von den Schultern gleiten und genoss einen Atemzug lang die bewundernden und gierigen Blicke der Offiziere. Dann zog sie den Khunchomer aus seiner prächtigen Scheide und wich tänzelnd einige Schritte zurück.

Aus der Dunkelheit erklang das leise Klagen einer Kabasflöte, und Melikae sammelte alle Kraft, um das Bild einer gewaltigen Schlange in ihrem Geist zu beschwören. Sie würde dem Tyrannen den Tanz der Bilder tanzen, einen Zauber, den sie in den einsamen Nächten in Tarfui eingeübt hatte.

Ein gellender Schrei ertönte. Einer der Sklaven hatte vor Schreck seinen Fächer fallen lassen und versuchte, in blinder Panik zum Tor zu laufen. Wachen mit gezogenen Schwertern flankierten plötzlich den Patriarchen, und manche der Gäste hatten bangen Herzens nach ihren Dolchen gegriffen, denn inmitten des Hofes erhob sich die Gestalt einer riesigen Schlange, groß genug, mit einem einzigen Bissen einen ausgewachsenen Ochsen zu verschlingen.

»Ruhig, meine Freunde!« Allein Tar Honak schien das geisterhafte Bild der Schlange keine Furcht einzujagen. »Was ihr seht, ist nur eine trügerische Illusion. Mir scheint, mein Quartiermeister hat es tatsächlich verstanden, eine außergewöhnliche Tänzerin zu finden. Gewiss wird sie uns mit einem unvergesslichen Auftritt erfreuen. Nun setzt euch nieder und lasst uns das Schauspiel genießen.«

Melikae hatte ungerührt vom Aufruhr unter den Gästen weitergetanzt. Mit kleinen Schritten umrundete sie den Leib der Schlange, griff zum Schein mit flinken Finten die geschuppte Bestie an und wich mit tollkühnen Sprüngen dem wild schlagenden Schwanz aus. Nur wer das Schauspiel sehr genau und mit kaltem Herzen beobachtete, entdeckte, dass die Schlange nicht mehr als ein Trugbild war, denn ihre wuchtigen Schwanzhiebe vermochten nicht das kleinste Sandkörnchen aufzuwirbeln.

Zur Klage der Kabasflöte hatten sich inzwischen der dumpfe Klang von Trommeln und das helle Zirpen einer Zitar gesellt. Immer schneller wirbelte Melikae um den sich windenden Schlangenleib, bis schließlich das Haupt des Ungeheuers herabschoss, um sie mit einem einzigen Bissen zu verschlingen. Doch die Sharisad sprang zur Seite und trennte dem Ungeheuer mit einem gewaltigen Hieb den Kopf vom Rumpf, worauf augenblicklich das geisterhafte Abbild der Riesenschlange verschwand. Mit wild schlagendem Herzen verharrte Melikae in der Pose der Siegerin, und ihre Stimme hallte laut über den Hof, auf dem ob des atemberaubenden Schauspiels nicht einmal das leiseste Flüstern zu hören war. »Ein Streich genügte Geron, das Leben der Großen Schlange von Sikram zu beenden!« Lautes Klatschen und Beifallsgeschrei erhoben sich ringsumher. Melikae verbeugte sich. Schwer wog das Schwert in ihrer Hand, und heißer Schweiß rann ihr über die Glieder. Ihr Gesicht war ernst und entrückt, denn um von der zweiten der sieben Taten des Geron zu künden, musste sie das Bild des chimärischen Ogers im Geist erstehen lassen, von dem sie einst als Kind ein Mosaik in einem verfallenen Palast gesehen hatte …

Erst beim siebten Schwertstreich zerbarst das Herz des Ewigen Drachen von Phecadien, und Melikae, die vor dem imaginären Feueratem des Ungeheuers zu Boden gesunken war, erhob sich aus dem Staub. Wild pulste das Blut in ihren Adern, und obwohl sie ihren Tanz beendet hatte, klang noch immer die melancholische Musik, die Teil ihres Zaubers gewesen war, in ihren Ohren. Die Offiziere und die anderen Gäste hatten sich von ihren Plätzen erhoben, um ihr zuzujubeln, und manche von ihnen warfen ihr Münzen und Armreife vor die Füße.

Der betäubende Duft der Orchideenblüten hüllte die

Tänzerin ein wie ein unsichtbarer Schleier, und geschmolzenes Fett mischte sich in den Schweiß auf ihrer Stirn. Teile der kunstvoll hochgesteckten Frisur hatten sich gelöst, und eine breite Strähne hing der Sharisad vor den Augen. Die Feuer, der Hof und die Gäste erschienen ihr seltsam entrückt, so als seien auch sie ein Teil ihres Zaubers. Ja, vielleicht würden auch sie mit dem Ende der Musik erlöschen.

Allein den Hohepriester Tar Honak nahm Melikae noch wahr. Es schien, als umwallten ihn dunkle Schatten, aus denen die verschlagenen Augen jener Dämonen spähten, denen er sich unterworfen hatte. Mit demütig gesenktem Haupt trat Melikae auf das Lager des Patriarchen zu, und ihre Schritte waren ihr so leicht, als hätte sie sich schon jetzt vom Staub der Erde getrennt.

»Bravo, meine Liebe!« Tar Honak hatte seinen goldenen Pokal erhoben, so als wolle er auf ihr Wohl trinken. »Dein Schauspiel war wirklich außerordentlich, und mich dünkt, dass selbst die größten Illusionisten sich schwer täten, die Magie, die deinem Tanze innewohnt, zu übertreffen.«

Zwei Schritte trennten sie jetzt noch von dem verhassten Tyrannen. Er trug nur ein dünnes Seidengewand. Nichts würde ihn jetzt noch vor dem Tod bewahren. Rot brach sich das Licht der Feuerschalen auf dem blitzenden Säbel in Melikaes Hand.

Ihr Angriff kam so plötzlich wie der Tatzenhieb einer Katze, die eben noch mit der Maus gespielt hatte, deren Blut sie nun vergoss. Die gebogene Klinge des Khunchomers traf die Brust des Patriarchen so hart, als hätte sie mit ihrem Schwerthieb einen Fels spalten wollen. Die Wucht des Hiebs warf Tar Honak in seine Kissen zurück. Der goldene Becher entglitt seiner Hand, und rot wie Blut spritzte Wein gegen die Schenkel der Sharisad.

Triumphierend riss sie die Waffe hoch. »Seht her, was ich getan habe! Ich bin kein Held wie Geron, und doch hat es nur eines einziges Streiches bedurft, um das grässlichste Ungeheuer unserer Tage zu töten.«

Als hätte Rastullah die Zeit angehalten, so verharrten Gäste, Sklaven und Wachen einen Lidschlag lang reglos. Dann erhob sich ein unbeschreiblicher Tumult. Krieger stürzten vor und rissen Melikae zu Boden. Ohne Widerstand zu leisten, ließ sie sich den Khunchomer entwinden und erwartete den tödlichen Hieb eines der Soldaten.

Plötzlich wurde es ein zweites Mal still auf dem Hof der Karawanserei. Dann hallte ein schriller Schrei von den Mauern. »Seht, Boron hat ein Wunder gewirkt. Der Patriarch lebt!«

Ungläubig wand Melikae sich im harten Griff der Wachen. Das durfte nicht sein! Kein Sterblicher konnte einen solchen Schwerthieb überleben!

Auf einen schroffen Befehl hin wurde sie aus dem Staub hochgerissen, sodass sie auf das samtene Lager des Tyrannen blicken konnte, und ihr stockte der Atem. Ja, einen Augenblick lang schien ihr Herz stillstehen zu wollen. Tar Honak hatte sich aus den Kissen erhoben. Ein breiter Schnitt zerteilte das Seidengewand über seiner Brust.

»Seht her und schaut das Wunder, das Boron an mir gewirkt hat.« Mit einem Ruck zerriss der Tyrann sein Gewand und ließ es von den Schultern gleiten. Unheimlich und furchteinflößend schimmerte sein bleiches Fleisch im roten Licht der Flammen. Nicht die kleinste Schramme zeigte sich auf seiner Brust, dort, wo die Klinge ihn getroffen haben musste. »Seht das Wunder, und berichtet allen, die euch begegnen werden, davon. Kein Sterblicher kann Tar Honak töten! Keines Menschen Hand und keine Waffe können mich berühren! Denn es ist Borons Wille, dass ich herrschen soll im Land der Ersten Sonne. Mag Geron, der Sohn der Götter, auch ein mächtiger Krieger gewesen sein, so hat ihn am Ende doch der Tod besiegt. Mich aber hat der Herr des Todes gegen alle Waffen dieser

Welt gestählt. So urteilt! Wer wird größer und ruhmreicher sein?«

Melikae schauderte, und sie verzweifelte schier an ihrem Glauben. Sollte es noch andere Götter neben Rastullah geben? Wie anders war zu erklären, was geschehen war? Ja, mochte es vielleicht sogar sein, dass diese Götter mächtiger waren als der Eine? Mit hartem Griff packte einer der Leibwächter Melikae im Genick. »Sollen wir sie gleich hier richten, Eure Hochwürdigste Erhabenheit?«

»Nein!« Tar Honak schüttelte den Kopf, und ein triumphierendes Lächeln umspielte seine Lippen. »Legt sie in Ketten und schafft sie in mein Quartier. Ich werde sie noch in dieser Nacht verhören. Wenn ich mit ihr fertig bin, soll sie mit der nächsten Karawane als Sklavin nach Al'Anfa geschafft werden. Ich schenke sie dem Volk, und an ihrem letzten Tanz mag sie vor den Löwen in der Arena tanzen. Schafft sie mir aus den Augen!«

Verzweifelt zerrte Melikae an den schweren eisernen Ketten, bis ihr die Handfesseln tief ins Fleisch schnitten. Vergebens! Jeder Fluchtversuch war sinnlos. Ein Schmied hatte ihr einen breiten Sklavenring um den Hals angepasst, von dem Ketten zu den Hand- und Fußgelenken führten. Er hatte die eisernen Fesseln so knapp bemessen, dass sie sich nicht mehr aufrichten konnte, sondern gezwungen war, am Boden zu kauern.

Ängstlich sah sie sich in dem dunklen Raum um, in den man sie geschafft hatte. Eine kleine Öllampe mit unstet flackernder Flamme war der einzige Lichtquell. An einige der Wände hatte man schwere samtene Vorhänge drapiert. Vermutlich war hier einmal der große Gastraum der Karawanserei gewesen. Jedenfalls hätten auf dem Boden leicht zwei oder drei Dutzend Strohsäcke Platz gefunden. Doch wozu auch immer der Raum einmal gedient hatte, jetzt hatte man ihn auf die Bedürfnisse Tar Honaks abgestimmt. Bei der Tür gab es einen langen Tisch, auf dem

Karten und Papiere lagen. Um ihn herum drängten sich einige Stühle aus Tuch und dunklem Holz.

Der Boden war mit dicken Teppichen ausgelegt, und an der Rückwand des lang gestreckten Zimmers stand das große, mit schwarzen Vorhängen versehene Himmelbett, das die Sharisad schon im Unauer Gelass des Patriarchen gesehen hatte. Auch hier hingen etliche erbeutete Fahnen von der Decke.

Melikae lauschte. Seit einer Weile schon wurde das Lärmen vom Hof immer leiser. Es schien, als zerstreue sich die Festgesellschaft, die ihrem Tanz beigewohnt hatte. Nicht mehr lange, und der Patriarch würde kommen. Doch wenn er glaubte, sie sei eine Verräterin, hatte er sich geirrt. Und wenn er sie halb tot prügelte, ihre Lippen würden versiegelt bleiben!

Als der Schmied gegangen war, hatte sie versucht, sich selbst mit den Ketten zu erwürgen, aber dazu fehlte ihr die Kraft. Vielleicht vermochte sie den Patriarchen so zu reizen, dass er sie erschlug?

Sie war die Tochter eines der bedeutendsten Handelsherren in der Khom. Niemals ließe sie sich in Ketten durch die Straßen Al'Anfas zerren. Vorher fände sie einen Weg, zu Rastullah zu gehen.

Ein Geräusch an der Tür schreckte sie aus ihren Gedanken auf. Tar Honak erschien. Er kam allein. Noch immer trug er die lange Seidenrobe, die ihm nun in Fetzen bis zu den Hüften herabhing. Offensichtlich hatte er es genossen, jedem der Gäste zu zeigen, dass seine schmale Brust unverletzt geblieben war.

Alles an diesem Mann erschien Melikae abstoßend. Seine totenblasse Haut, der schmale schwarze Schnauzbart, der sein hochmütiges Lächeln betonte, und sein hagerer, ausgemergelter Körper, all das ließ ihn wie geschaffen erscheinen, der erste Diener des Todes zu sein. Ja, er sah sogar so aus, als habe er die düsteren Hallen der Götzenkreatur, der er sich unterworfen hatte, schon einmal betreten und sei aus diesen Katakomben wieder ausgespien worden.

Ohne Scham streifte der Hohepriester die zerfetzte Robe ab, ging nackt quer durch den Raum, nahm einen Mantel aus schwarzem Fell vom Bett und legte ihn sich um die Schultern. Dann wandte er sich Melikae zu. Die Sharisad versteifte sich. Sie ahnte, was sie nun zu erwarten hatte. So würde also auch ihr nicht erspart bleiben, was Tausenden von Frauen und Mädchen widerfahren war, als die Ungläubigen die Städte und Oasen der Khom erobert hatten.

»Glaubt nicht, dass Ihr Freude an dem haben werdet, was Ihr nun zu tun gedenkt!« Soweit die Ketten es ihr erlaubten, hatte Melikae sich erhoben. Voller Verachtung blickte sie dem Priester entgegen. Doch als hätte sie einen schlechten Scherz gemacht, fand Tar Honak nur ein mitleidiges Lächeln für ihre Worte.

»Ich fürchte, ich muss dich enttäuschen. Mir steht durchaus nicht der Sinn danach, mir mit Gewalt zu holen, was Bessere als du mir mit Freuden schenken würden. Alles, was ich von dir wollte, habe ich schon längst bekommen. Allerdings muss ich zugeben, dass ich nicht damit gerechnet hätte, dass du meine Pläne mit einer solchen Torheit durchkreuzen könntest, wie du sie eben begangen hast. Ich hatte dich für klüger gehalten!«

Melikae schnaubte verächtlich. »Glaubt Ihr wirklich, ich hätte mich Euch und den Euren jemals unterworfen? Wenn es mir auch nicht gelungen sein mag, Euer Blut zu vergießen, so gelang es mir doch wenigstens, all jene in den Tod zu schicken, die sich unter meinem Dach als Freunde willkommen wähnten!«

Das Lächeln wich nicht von Tar Honaks Lippen, ja, es erschien Melikae sogar so, als hätten ihre Worte ihn belustigt. »Glaubst du, du könntest mich lehren, Ränke zu schmieden, kleines Mädchen? In einem Alter, da du noch mit Puppen spieltest, habe ich bereits meine erste tödliche

Intrige gesponnen. Meinst du vielleicht, ich hätte meinen Weg gehen können, wenn es schon jemandem wie dir gelänge, mich zu täuschen? Deine Einfalt hat etwas Rührendes, Sharisad. Du hättest tun sollen, worauf du dich verstehst, törichtes Ding. Nach dem Geschehen des heutigen Abends bleibt mir keine andere Wahl, als dich töten zu lassen. Wahrscheinlich begreifst du nicht einmal, welchen Schaden du damit angerichtet hast.« Der Patriarch lachte verbittert. »Bei Boron, es ist wirklich sonderbar. Du konntest mich zwar nicht töten, denn der Segen des Gottes selbst hat mich gegen jeden Stahl gefeit, doch hast du meine Pläne durchkreuzt, und das in einem Ausmaß, das du nicht zu ahnen vermagst.«

Melikae starrte den Hohenpriester ungläubig an. Hatte der Schreck über ihre Tat ihm vielleicht die Sinne verwirrt? Er redete vollkommen irre. Nicht eines seiner Worte ergab einen Sinn. Tar Honak hatte sich von ihr abgewandt und schritt quer durch den Raum zum Kartentisch. »Es gefällt mir, dich in Ketten vor mir zu sehen, geduckt und vorgebeugt wie eine aufmerksame Zuhörerin. Darum will ich dir von ein paar Dingen erzählen, die ich sonst niemandem anvertraue, denn ich habe nicht oft Gelegenheit zu einem offenen Gespräch. So lausche denn meinen Worten. Dein Wissen wird dir nichts mehr nutzen, denn auf gewisse Weise bist du jetzt schon tot. Alles, was du vor deiner tatsächlichen Sterbestunde noch von dir geben magst, wird man für das Gestammel einer Verwirrten halten. So merke wohl auf und lerne die letzte Lektion deines kurzen Lebens! Auch wenn du nicht an die wahren Götter glauben magst, so scheint es mir, als habe Phex höchstselbst dein Schwert geführt, um mit nur einem Streich die Fäden meines kunstvoll gefügten Netzes zu durchtrennen.«

Der Hohepriester stand jetzt vor dem Öllämpchen auf dem Tisch, und eine Aura goldenen Lichtes umgab ihn. Tief in Gedanken versunken blickte er auf die Dokumente, die vor ihm ausgebreitet lagen.

Vom Hof draußen war der Ruf eines Wachpostens zu hören, und aus dem Feldlager vor der Stadt erklang noch immer leiser Trommelschlag.

Nach einigen Minuten des Schweigens drehte sich der Priester plötzlich wieder um. Sein Gesicht erschien Melikae im schwachen Licht als finsterer Schatten. »Du kennst doch Asif, den Dieb und Flötenspieler?«

Die Sharisad erschrak. Woher wusste der Patriarch von ihrem Freund? Hatte er beschlossen, sie doch noch zu verhören? Von ihr würde er nichts erfahren!

»Ich glaube, er hat ein paarmal für mich gespielt. Doch da ich nicht mit solchem Pack rede, weiß ich Euch nichts über ihn zu berichten. Woher kennt ein Mann wie Ihr solchen Abschaum?«

Tar Honak stand jetzt wieder dicht vor ihr. »Du irrst dich. Er hat nicht für dich, sondern mit dir gespielt. Der, den du für Abschaum hältst, ist kein Geringerer als mein fähigster Spion in den Mauern deiner Stadt. Man hat ihn zwar immer nur belächelt, doch sein Flötenspiel gefiel den hohen Herren. Schon in Friedenszeiten wurde der schäbige kleine Asif gern in die Paläste der Oberstadt geladen. Und wann immer seine Flöte schwieg, lauschte er aufmerksam den Gesprächen der Mächtigen.«

»Glaubt nicht, dass Ihr mich täuschen könnt, schlangenzüngige Missgeburt! Jeder in Unau weiß um den Mut und die Treue von Asif.«

»Du meinst, weil er während der Belagerung wie eine Ratte durch die Feggagir gekrochen ist? Denkst du, er hätte auch nur ein Büschel Wirselkraut in die Stadt schaffen können, ohne dass ich es gebilligt hätte? Was glaubst du wohl, woher er bekam, was er euch brachte?« Tar Honak lachte amüsiert. »Begreif doch das Offensichtliche, du Närrin. Asif ist mein Mann. Was bedeuteten schon die paar Heilkräuter und Lebensmittel, die er euch verschafft hat? Nicht mehr als ein Tropfen auf den heißen Stein! Viel wichtiger war, dass ihm jeder vertraute. Asif war für euch ein Held. Nur deshalb haben diese Banditen, die du Freiheitskämpfer nennst, ihn in ihre Pläne eingeweiht. Und weil er für euch ein Held war, konnte er dich und auch die Rebellen in den Bergen zu meinen Werkzeugen machen. Hast du vielleicht gedacht, ich würde dich hier foltern? Glaubst du, du würdest auch nur einen einzigen Rebellen kennen, dessen Name mir nicht schon lange vertraut ist? Was glaubst du denn, was das Geheimnis der Macht Al'Anfas ist? Etwa unser Heer? Das Heer, das uns am Szinto entgegengetreten ist, war um ein Vielfaches stärker als meine Truppen. Sogar jetzt noch gibt es in der Khom bedeutend mehr Männer unter Waffen, als ich aufbieten kann. Und trotzdem werde ich triumphieren, denn ganz gleich, was ihr auch tut, ich weiß es schon im Voraus. Das ist die wahre Macht Al'Anfas! Es gibt keinen Sultanspalast und keine bedeutende Oase, in der ich nicht meine Spione hätte. Nicht einmal die Geschehnisse in diesem stinkenden Ziegenstall Keft, den ihr eine heilige Stadt nennt, bleiben mir verborgen.«

Ungläubig sah Melikae den Patriarchen an. Das alles, diese eitle Prahlerei, konnte nur ein Lügengespinst sein! Rastullahs strafende Hand würde auf der Stelle jeden niederstrecken, der sich als Verräter in Keft einzuschleichen versuchte. Und jetzt erkannte sie auch den Fehler im Betrug des Hohepriesters.

»Mich täuscht Ihr nicht, Schurke! Ich vermag zwar nicht zu erkennen, warum Ihr eine solche Lügengeschichte ersinnt, doch einschüchtern könnt Ihr mich damit nicht. Welchen Sinn sollte es denn haben, wenn Ihr mir wissend Eure Offiziere schickt, damit ich sie an die Rebellen verrate?«

»Vermagst du das wirklich nicht zu durchschauen, mein Kind?« Der Hohepriester blickte spöttisch zu ihr herab. »Der Sinn liegt darin, dass ich bestimme, wen die Rebellen töten. Indem ich das kann, sind sie meine Werkzeuge. Was denkst du denn, wen ich dir geschickt habe?

Nimm nur Hauptmann Olan. Immer wieder hatte er Skrupel gezeigt, meine Befehle auszuführen. Einen solchen Mann konnte ich in meinem Heer nicht gebrauchen. Doch hätte ich ihn seines Postens enthoben, dann hätte ich mir den Zorn seiner Sippe zugezogen. Seine Familie ist zwar nicht mächtig, doch bislang hat sie mich immer unterstützt. Hätte ich sie beleidigt, so wäre sie in das Lager eines anderen Granden gewechselt. Dass Olan als Held im Kampf gegen die Rebellen gefallen ist, wird mir niemand nachtragen. So etwas geschieht nun einmal im Krieg. Vielleicht begreifst du besser, wenn du dir meine Stellung ein wenig wie die eures Kalifen vorstellst. Ich herrsche zwar, doch ist meine Macht nicht unangefochten. Es gibt eine Reihe sehr einflussreicher Familien in Al'Anfa. Man nennt sie Granden, und ihre Rolle ist mit der eurer Sultane zu vergleichen. Wenn ich Schwäche zeige, kann mich jederzeit einer der Granden als Oberbefehlshaber ersetzen. Sie lauern nur darauf, dass ich einen Fehler mache. Selbst dieser Krieg, den du wahrscheinlich nur als tyrannischen Angriff eines landhungrigen Despoten erlebst, dient in erster Linie dazu, meine Konkurrenten im Machtkampf in Al'Anfa selbst zu treffen. Nehmen wir zum Beispiel Nareb Zornbrecht, einen Mann, so reich, dass er eine Stadt wie Unau einfach kaufen könnte. Sein Vermögen hat er mit dem Sklavenhandel gemacht. Und was tue ich?«

Tar Honak machte eine kurze Kunstpause. Eine Antwort von ihr schien er nicht zu erwarten, doch Melikae war die Tochter eines Kaufmanns, und sie ahnte, was kommen würde.

. »Ich verschaffe ihm Sklaven! Tausende haben meine Söldner und seine Sklavenjäger gefangen, seit meine Flotte in Selem gelandet ist. Das Resultat ist, dass heute ein Sklave nicht einmal mehr halb so viel wert ist wie noch vor einem Jahr. Und die Preise fallen immer weiter. Selbst wenn der Krieg vorbei ist, wird Zornbrecht noch Jahre brauchen, um sich von seinen Verlusten zu erholen. Das ist eine Art von Krieg, die du dir wohl in deinen kühnsten Träumen noch nicht vorgestellt hast.«

Tar Honak blickte sie eine Weile an, dann ging er erneut zum Kartentisch hinüber und füllte einen Pokal mit Wein. In dem großen Raum herrschte bedrückende Stille.

Melikae fühlte sich benommen. Dieses Ungeheuer hatte nicht gelogen. Er hatte sie wirklich benutzt! Als sie sich für eine Heldin gehalten hatte, war sie seine Scharfrichterin gewesen. Ihr ganzes Leben schien ihr auf einmal ein schlechter Scherz des Schicksals zu sein. Sie war sich so sicher gewesen, auf sich allein gestellt einen gerechten Krieg gegen die Eroberer zu führen. Auch wenn sie oft unter dem Hass derer gelitten hatte, die sie für eine Verräterin hielten, so hatte ihr die Gewissheit, das Richtige zu tun, doch stets die Kraft gegeben, weiterzumachen. Und was war jetzt? Jetzt zeigte sich, dass sie tatsächlich eine Verräterin war! Was immer sie getan hatte, es war zum Nutzen dieser Bestie in Menschengestalt geschehen.

»Weißt du eigentlich, welche Morde du für mich vorbereitet hast?«, höhnte der Hohepriester. »Ahnst du auch nur, welche Männer das waren, die durch dein Haus gingen? Verwandte der Granden, denen zuzutrauen war, dass sie eines Tages selbst eine wichtige Rolle im Kampf um die Macht spielen würden. Aber auch Männer, die insgeheim als Spione für meine Feinde gearbeitet haben. Du warst mit Gold nicht aufzuwiegen, Sharisad. Und all dies ist nun dahin!«

»Doch nicht erst jetzt. Es sind doch schon fast drei Gottesnamen vergangen, seit ich Unau verlassen habe. Wenigstens in dieser Zeit habe ich nicht unwissend deinem Willen gehorcht.«

»Du glaubst, du hast Unau verlassen?« Er lachte. »Nein, meine Liebe. Du hast Unau gar nicht verlassen. Jedenfalls nicht für lange. Du warst keine drei Tages aus der Stadt, als eine meiner Agentinnen in deiner Maske zurückkehrte. Niemand hat den Betrug bemerkt! Schließlich ist Krieg.

Tausend Gerüchte sind im Umlauf. Wer wird da schon misstrauisch, wenn er hört, man habe dich am Salzsee gesehen, obwohl du angeblich zur gleichen Zeit in Unau warst? Was nicht stimmen kann, weil man es selbst besser weiß, tut man als das Gerede eines Schwätzers ab. Schließlich machen noch viel verrücktere Geschichten die Runde. Was aber meine Agentin angeht, so war sie ein vollwertiger Ersatz für dich. Zugegeben, sie wird niemals deine Qualitäten im Tanz erreichen, doch dafür versteht sie sich umso besser auf die hohe Kunst der Intrige. Genau wie Asif gehört auch sie zur Hand Borons. Niemand sonst beherrscht das Geschäft des Tötens so vollkommen wie diese treuesten meiner Diener. Meist glaubt selbst der bedauernswerte Dahinscheidende bis zum Schluss, er sei Opfer eines tragischen Unfalls.«

Tar Honak machte eine Pause und leerte seinen Becher mit einem einzigen Zug. Dann warf er den Pokal in eine Ecke. Das Lächeln war von seinen Lippen gewichen. »All das hast du heute Abend zerstört. Die Kunde von deinem jämmerlichen Mordversuch wird sich wie auf den Flügeln des Windes schon bald bis in die entlegensten Oasen verbreitet haben. Das heißt, ich muss meine Agentin abziehen, denn jetzt weiß jeder, wo du steckst. Zu viele Zeugen haben dich tanzen gesehen. Zu laut hat mein Quartiermeister deinen Namen hinausposaunt. Mein Intrigengeflecht ist zerrissen. Und wie ich sehe, hattest du nicht einmal die geringste Ahnung von dem, was du angerichtet hast. Hättest du wenigstens meine Pläne durchschaut und gezielt gestört, ich könnte so etwas wie Achtung für dich empfinden. Doch du weißt nichts! Dein Handeln wird einzig vom Hass deines Herzens bestimmt. Deinen Kopf haben dir die Götter wohl nur gegeben, damit du schön anzuschauen bist. Doch das wird nicht mehr lange so sein! In Ketten wirst du durch die Straßen von Al'Anfa getrieben werden, stolze Sharisad. Bettler werden dich anspucken, und von morgen an wirst du jede Nacht ängstlich lauschen, wer sich dem Sklavenpferch nähert, um dich seiner Lust zu unterwerfen. Noch bevor du Al'Anfa erreichst, wird von deinem Stolz nichts mehr übrig sein, und deinen Kadaver, die leere Hülle dessen, was du einmal warst, werde ich in der Arena vernichten lassen. Das Letzte, was du in deinem Leben hören wirst, Sharisad, wird das Grölen des Pöbels sein. Doch der Jubel wird nicht dir, sondern den Löwen gelten, die dir das Fleisch von den Knochen reißen. Wache!«

Augenblicklich öffnete sich die Tür, und zwei Krieger mit Rabenhelmen traten ein.

»Schafft mir dieses törichte Weib vom Leib! Sperrt sie in den Sklavenpferch! Sie soll schon morgen mit der großen Karawane nach Selem geschafft werden.«

»Rastullahs Faust wird dich zerschmettern.« Melikae spuckte dem Tyrannen ins Gesicht. »Niemals wirst du den Thron des Kalifen besteigen, und dort, wo ich heute gescheitert bin, werden bald Tausende stehen, um dich zu vernichten, Tar Honak!«

»Sollen wir sie zum Schweigen bringen, Eure Ehrwürdigste Erhabenheit?«, fragte einer der Krieger ergeben.

Der Patriarch schüttelte nur müde den Kopf. »Schafft sie mir aus den Augen! Und dann lasst einen Meldereiter schicken. Ich muss noch in dieser Nacht eine dringende Depesche nach Unau schicken.«

Stöhnend betupfte die Sharisad ihre Füße mit einem feuchten Stofffetzen. Während des langen Tagesmarsches war Sand in ihre hochgeschnürten Sandalen eingedrungen und hatte ihr die Füße wund gescheuert. Auch die Eisenringe an den Fußgelenken hatten ihr tief ins Fleisch geschnitten.

Kurz nach Sonnenaufgang war die Karawane aufgebrochen. Die Lasttiere waren diesmal schwer mit der Beute des Feldzugs beladen. Teppiche und Gewürze, Stoffe und

Bronzearbeiten, Amphoren mit dem Öl von Oliven und kostbaren Weinen – alles, was den Plünderern in die Hände gefallen war und irgendeinen Wert hatte, wurde gen Süden nach Selem geschafft. Doch das kostbarste Gut der Karawane waren die Sklaven. Melikae konnte nicht überblicken, wie viele Leidensgefährten mit ihr in endloser Reihe durch den Wüstensand marschierten, doch es mussten Hunderte sein.

Eine ganze Reiterabteilung war der Karawane als Eskorte gestellt worden. Außerdem gab es etliche peitschenschwingende Aufseher, Männer und Frauen, die es genossen, andere zu quälen. Schon der geringste Anlass genügte ihnen, mit wilden Schlägen auf einen der Sklaven einzudreschen. Vor allem jene, die zu langsam waren und den Marsch verzögerten, bekamen die Wut der Aufseher zu spüren. Jeweils zwanzig bis dreißig Sklaven waren über eine lange Kette, die ihre Halseisen verband, aneinandergefesselt. Wenn auch nur einer in dieser Reihe strauchelte, mussten alle anhalten und mit ansehen, was die Wächter jenem Unglücklichen antaten.

Doch so schrecklich der Tag auch gewesen war, noch mehr Angst hatte Melikae vor der Nacht, die ihr bevorstand. Als sie bei Sonnenuntergang am Ufer des Mhalik ein Lager aufschlugen, erhielt jeder ein wenig dünne Hirsesuppe, ein Stück Fladenbrot und eine Ration Wasser. Doch noch bevor die Sharisad aufgegessen hatte, sah sie, wie die ersten Aufseher kamen und einige Sklavinnen von ihren Fesseln befreiten, um mit ihnen in der Dunkelheit zu verschwinden. Angstvoll duckte sie sich. Auch hatte sie ihr Gesicht und ihre Glieder mit Schmutz bedeckt, um für die Ungläubigen nicht anziehend zu wirken.

Eine Weile schien es so, als erspare ihr Rastullah zumindest in der ersten Nacht die Demütigung durch die Ungläubigen. Doch dann wurde eine Kriegerin, die mit einer Fackel die Reihen der erschöpft niedergekauerten Sklaven abschritt, auf sie aufmerksam.

»Heda! Bist du nicht die Hure, die versucht hat, dem Patriarchen das Lebenslicht auszublasen?«

Melikae senkte den Kopf. »Ihr müsst Euch täuschen, Herrin.« Nie hätte sie sich träumen lassen, eine solche Strauchdiebin Herrin zu nennen.

Die Frau packte sie bei den Haaren und zwang sie, ihr ins Gesicht zu sehen. »Wenn du nicht diese Sharisad bist, will ich den Namenlosen zur Buhlschaft laden. Lass doch mal sehen, was an dir so dran ist.«

Melikae trug noch immer das Kostüm, in dem sie in der Nacht zuvor vor den Patriarchen getreten war. Mit gierigen Blicken musterte die Aufseherin sie. Dann zeigte sie auf die fein geschmiedeten Halbkugeln, die Melikaes Brüste bedeckten. »Das da will ich haben, zieh es aus!«

»Aber, Ihr könnt mich doch nicht …«

»Was kann ich nicht?« Die Frau hatte drohend die Peitsche erhoben. »Soll ich die hier auf deinem Rücken tanzen lassen? Du wirst schon noch sehen, was ich alles kann. Das Blech wirst du dort, wo ich dich jetzt hinbringe, sowieso nicht mehr benötigen. Ein paar meiner Kameraden sind nämlich ganz wild darauf herauszufinden, ob eine Nacht mit einer Offiziershure wirklich etwas Besonderes ist, Liebchen. Und ich rate dir, sei nett zu ihnen, denn du bist hier wirklich in verdammt schlechte Gesellschaft geraten.«

»Lass sie in Ruhe!« Hinter der Aufseherin trat ein großer, hagerer Mann aus dem Dunkel. »Ich werde sie für diese Nacht in mein Zelt holen.«

»Du kommst zu spät, Bastard.« Die Kriegerin drehte sich um und leuchtete dem Mann mit der Fackel ins Gesicht. Es war Muammar, der Karawanenführer. »Hörst du, räudiger Kameltreiber, ich war als Erste hier, und ich werde mit dieser Schlampe machen, was mir gefällt.«

»Du willst also mit mir streiten?« Die Hand des alten Karawanenführers lag jetzt auf dem Griff seines Dolches.

Die Kriegerin blickte ihn an, als wäre er von Sinnen.

»Willst du, dass ich dir deine Haut in Fetzen vom Leib ziehe? Pack dich, Alter, du bist kein Gegner für mich.«

»Wenn du sie mit dir nehmen willst, wirst du zuerst mit mir kämpfen müssen. Natürlich ist auch mir klar, dass du mich mit einem einzigen Schlag niederstrecken könntest, Weib, doch was ist, wenn ich dabei in meinen Dolch falle und mich verletze? Kennst du mich denn nicht? Ich bin der räudige Kameltreiber, der diese Karawane führt und der euch in der Wüste sicher von Brunnen zu Brunnen geleitet. Was willst du deinen Offizieren erzählen, wenn mir etwas zustößt? Und bei Rastullah, ich habe das ganz sichere Gefühl, dass mir etwas widerfahren wird, wenn wir aneinandergeraten.«

»Glaubst du, du bist der Einzige, der eine Karawane führen kann? Wir brauchen doch nur dem Weg zu folgen, den wir von Unau gekommen sind.«

»Und was ist, wenn ein Sandsturm aufkommt? Du warst doch schon einmal in der Khom. Weißt du nicht, dass eine Düne wie die andere aussieht? Wenn du natürlich glaubst, jeder beliebige *Kameltreiber* könne die Karawane führen, dann sollten wir uns jetzt schlagen.« Muammar zog seinen Dolch.

Die Kriegerin trat einen Schritt zurück. Einen Augenblick lang rang sie mit sich. Dann schob sie ihre Peitsche hinter den Gürtel. »Na schön, Alter, du sollst deinen Willen haben, obwohl ich bezweifele, dass du mit einem Weib noch viel anzufangen weißt.«

»Befrei sie von ihren Fesseln, oder glaubst du, ich will sie wie ein brünstiger Stier gleich hier bespringen?«

Murrend tat die Kriegerin wie geheißen. Melikaes Kette fiel zu Boden.

»Schon als ich dich zum ersten Mal gesehen habe, war ich ganz verrückt nach dir, kleine Sharisad.« Der Karawanenführer packte sie grob am Arm und zerrte sie hoch. Dann warf er der Kriegerin ein triumphierendes Lächeln zu. »Vielleicht solltest du mir deine Peitsche leihen, falls mein Pferdchen hier irgendwelche Schwierigkeiten macht.«

»Mach dich davon, Alter!«, zischte sie böse. »Und möge Rahja dir vor Freude das Herz zerspringen lassen, wenn du dich an der kleinen Furie versuchst!«

»Verhalte dich ruhig, ich will dir nichts zuleide tun«, flüsterte Muammar der Sharisad ins Ohr. Gleichzeitig beantwortete er den Fluch der Söldnerin mit einer passenden Geste.

Selbst als sie Muammars Zelt erreicht hatten, wagte es der Alte nur mit gesenkter Stimme zu sprechen. »Tar Honak hat eindeutige Befehle gegeben, wie du zu behandeln bist, Melikae. Sprich also mit niemand darüber, dass ich dir nichts angetan habe. Nicht einmal mit den Sklaven, manchmal sind Spitzel unter ihnen.«

Muammar bot ihr an, sich auf seinem Lager niederzulassen, und kramte derweil in einer Satteltasche, die beim Eingang lag. Schließlich hielt er ein Tiegelchen hoch und lächelte zufrieden. »Ich wusste doch, dass ich es noch habe. Diese Salbe heilt Haut, die von der stechenden Sonne verbrannt wurde. Bestreich deine Schultern damit. Inzwischen werde ich schauen, ob ich nicht irgendetwas habe, das sich besser zum Verbinden eignet als die Fetzen, die du benutzt hast.«

Melikae hielt den Kopf gesenkt. Es war ihr peinlich, als Sklavin vor einem Mann zu stehen, der einmal ihrem Vater zu Diensten gewesen war und dem sie nie sonderlich viel Aufmerksamkeit gezollt hatte.

»Muammar, ich möchte deine Güte nicht ausnutzen, doch hast du vielleicht ein Tuch, mit dem ich meine Blöße bedecken kann?«

Der Alte sah auf, schaute sie gedankenverloren an und schüttelte den Kopf. »Verzeih mir, wie konnte ich nur … Es geht mir so viel durch den Kopf. Warte, ich bin gleich zurück.«

Als der Karawanenführer das Zelt verlassen hatte, blickte Melikae sich zweifelnd um. Konnte der alte Mann ihr Sicherheit bieten, oder wäre es besser, die Gelegenheit zu nutzen und ihrem Leben ein Ende zu setzen? Vielleicht fände sie irgendwo eine Waffe. Die Sharisad erhob sich von dem Lager aus Decken und tastete im dunklen Zelt umher.

Schließlich fand sie ein Öllämpchen. Wenn sie es zerschlüge, wären die Scherben vielleicht scharf genug, um damit die Adern zu öffnen. Zögernd hielt sie inne.

Was mochte mit Muammar geschehen, wenn man sie tot in seinem Zelt fand? Sicher, ihr selbst hatte das Leben nichts mehr zu geben, doch durfte sie den einzigen Menschen gefährden, von dem sie noch Gutes zu erwarten hatte?

Ein Geräusch am Eingang ließ sie herumfahren. Der Karawanenführer war zurückgekehrt. Ein Kaftan oder ein langes Hemd hing ihm über dem Arm.

»Was tust du da?«

Melikae räusperte sich verlegen.

»Wolltest du Licht machen?«

»Ja.« Sie konnte ihm bei der Lüge nicht in die Augen sehen.

»Lass das lieber bleiben! Wenn wir Licht machen, kann man von außen unsere Schatten im Zelt sehen. Nimm das hier und bedeck dich.«

Gehorsam griff die Sharisad nach dem Kaftan und streifte ihn über. Muammar hatte sich ein wenig zur Seite gedreht.

»Es gibt eine Schwierigkeit …« Der Alte rang nach Worten.

»Was denn?« Melikae fühlte sich in seiner Gegenwart unwohl, auch wenn sie sich selbst für dieses Gefühl verdammte.

»Ich werde behaupten müssen, dass du mir zu Willen warst. Sonst kann ich dir nicht helfen. Nur wenn ich dich als meine Gespielin beanspruche, kann ich dich jede

Nacht in mein Zelt holen. Vielleicht kann ich auch erreichen, dass man dich tagsüber in einer anderen Kolonne marschieren lässt. Ich kenne einige der Sklavenaufseher. Sie sind bestechlich. Wenn es gelingt, dich in deren Obhut zu bringen, können wir sicher sein, dass dich niemand peitschen wird und …«

»Ich danke dir, Muammar. Du wagst so viel für mich.« Sie griff nach der Hand des Alten, obwohl die Berührung seiner spröden, runzeligen Haut ihr unangenehm war. »Wirst du mir helfen, ihnen zu entkommen?« Sie hauchte die Worte, so als flüstere sie mit ihrem Liebsten.

Muammar zog sich von ihr zurück. Er stieß einen tiefen Seufzer aus und schüttelte den Kopf. »Ich bin kein Held, Melikae. Ich mag nicht mit ansehen, wie die Al'Anfaner dich behandeln, als wärest du eine Hure. Ich werde dich vor ihnen schützen, soweit dies in meiner Macht steht, doch zur Flucht kann ich dir nicht verhelfen. Du musst das verstehen. Sie wüssten sofort, dass ich es war, und …« Er seufzte. »Schimpf mich einen Feigling, doch ich kann das nicht tun. Ich habe zu oft gesehen, was sie Verrätern antun, Melikae. Ich bin ein alter Mann und muss auch an meine Familie und meine Kinder denken. Sie sind in Selem kaum mehr als Geiseln. Wenn ich mich gegen die Eroberer auflehne, wird man auch sie auf die Sklavenschiffe verschleppen. Ich kann dir einfach nicht helfen …«

Verständnislos sah sie den Karawanenführer an. Dann stand sie auf und trat zum Eingang.

»Bitte, vergib mir meine Schwäche! Ich kann nicht anders. Gestatte mir doch zumindest, das Wenige zu tun, was mir möglich ist.«

Melikae schlug die Zeltplane am Eingang zurück und blickte auf das nächtliche Lager. Dutzende von Wachfeuern brannten zwischen den langen Reihen der Sklaven, die sich in den Sand gekauert hatten, um für ein paar Stunden im Schlaf Vergessen zu finden. Irgendwo in der Finsternis erklang das ängstliche Wimmern einer Frau. Wenn sie jetzt ginge, gäbe auch sie sich schutzlos der Gewalt der Eroberer preis. Und wenn sie bliebe? War sie dann besser als Muammar? Hieße es nicht, jeden Stolz aufzugeben für das jämmerliche bisschen Sicherheit, das Muammar ihr zu gewähren bereit war? War sie besser als er?

»Bitte, bleib hier!« Der Alte trat an ihre Seite. »Lass mich nicht hier zurück, als sei ich nur ein räudiger Hund. Glaub mir, wenn es nur um mich ginge, ich würde dir noch heute Nacht zur Flucht verhelfen, aber …«

»Männer wie du machen die Al'Anfaner stark.« Ihre Stimme klang nicht halb so verächtlich, wie Melikae es eigentlich beabsichtigt hatte. Niemals würde sie so handeln wie er, doch stand es ihr zu, ihn deswegen zu verurteilen? Hieße das nicht, sich das Recht Rastullahs anzumaßen? Sollte doch der Gott dereinst über die Taten Muammars richten!

»Ich kenne auch einige der Kapitäne, die die großen Thalukken kommandieren, auf denen die Sklaven nach Al'Anfa gebracht werden. Vielleicht kann ich Sorge dafür tragen, dass dir auf der Überfahrt nichts geschieht. Ich …«

»Was verlangst du eigentlich für deine Dienste, Muammar? Soll ich vor Rastullah für dein Seelenheil bitten, wenn mich die Löwen zerfleischt haben und ich vor den höchsten aller Richter treten werde?«

»Du sprichst mit dem Stolz der Jugend, Melikae. Für dich ist es leicht, eine Heldin zu sein. Schon heute sind alle üblen Gerüchte über dich vergessen, und jeder spricht nur noch darüber, dass du dein Leben gegeben hast, um den Tyrannen zu töten. Doch ein Held zu sein, ist das Privileg der Jugend. Ich kenne keinen Helden, der zu Hause eine Schar Kinder hat und ein Dutzend hungriger Mäuler stopfen muss. Ich kann nur das tun, was mir zu tun bestimmt ist. Wäre ich ein Held, dann wäre es mir erspart geblieben, alt zu werden. Jedes neue Jahr verschlingt einen Teil deines Mutes, Melikae, bis zum Schluss nichts mehr geblieben ist als die erbärmliche Angst um das jämmerliche Leben.« Muammar drehte sich um und kehrte ins Zelt zurück.

Melikae blickte zu den Sternen hinauf, doch der Himmel gab ihr kein Zeichen, was zu tun sei. Vielleicht sollte sie doch an ihrem Leben festhalten? Wenn man sie wirklich für eine Heldin hielt, würden die Stämme der Wüste womöglich versuchen, sie zu befreien. Zweihundert tapfere Reiter würden sicherlich genügen, um die Karawanenwachen zu ihrem dunklen Gott zu schicken. Sie durfte die Hoffnung nicht aufgeben!

Mit Unbehagen blickte Omar auf die Schiffe, die im brackigen Hafenwasser vor sich hin dümpelten. Sie kamen ihm plump und unangemessen groß vor. Noch immer war er dafür, über Land nach Al'Anfa zu reisen, auch wenn es mehr als doppelt so lange dauern würde. Doch ein Schiff …? Wozu hatte Rastullah seinen Kindern Pferde und Kamele geschenkt? Schiffe hatten nichts Göttliches an sich. Wie alles, was Menschen ersonnen und der Schöpfung hinzugefügt hatten, waren sie unvollkommen. Ja, wahrscheinlich erregten sie sogar den Zorn Rastullahs.

Omar wischte sich über die schweißnasse Stirn. Es war drückend schwül am Hafen, und der faulige Geruch von Fisch, Tang und Dingen, denen Rastullah keinen Namen gegeben hatte, lag in der Luft. Wenn man sich umblickte, mochte man kaum glauben, dass im heruntergekommenen Hafen von Selem die wichtigsten Nachschublinien der Ungläubigen zusammenliefen. Alles hier wirkte trüb und trostlos. Mehr als die Hälfte der großen Ladekräne an den Kais erschien Omar morsch und unbrauchbar. Kaum eines der Lagerhäuser hatte ein intaktes Dach. Etliche der Gebäude und sogar ein Teil der steinernen Uferbefestigung waren im Schlamm eingesunken. Wahrscheinlich würde so einmal die ganze Stadt enden, versunken im Schlamm.

Mit fahriger Handbewegung verscheuchte Omar einen Schwarm schillernder Fliegen, die ihm um das Gesicht tanzten. Weiter draußen in der Bucht lagen etliche kleine Inseln, die im trüben Dunst, der seit dem schweren Regenfall des Nachmittags über dem Wasser hing, nur undeutlich zu erkennen waren.

Mit klirrenden Ketten zog ein Trupp Sklaven vorbei. Die Männer und Frauen starrten zu Boden. Die peitschenschwingenden Aufseher hatten ihnen demnach schon die erste Lektion beigebracht. Außer wenn sie unmittelbar angesprochen wurden, hatten Sklaven niemandem ins Gesicht zu schauen. Nur wenige Gottesnamen, und es wäre ihnen zur zweiten Natur geworden, nur noch auf den Schmutz zu ihren Füßen zu starren, und selbst wenn sie allein waren, würden sie nicht mehr den Kopf heben, um zum weiten Horizont zu blicken.

Omar dachte daran, dass auch er die Angewohnheit des Vorsichhinstarrens noch lange nicht abgelegt hatte. Wenngleich er schon viele Gottesnamen lang ein freier Mann war, so würde jeder Kundige noch immer an solchen Kleinigkeiten den ehemaligen Sklaven in ihm erkennen.

Mit gemischten Gefühlen sah er den Aufsehern hinterher. War Gwenselahs Plan gar zu tollkühn? Schon hier lauerten tausend Gefahren. Wie würde es erst in Al'Anfa sein?

Unruhig erhob Omar sich von der länglichen Kiste, auf der er gesessen hatte. In ihr waren alle Habseligkeiten verstaut, die Gwenselah ihm nach und nach geschenkt hatte. Kleider, Schuhe, das stählerne Rasiermesser, eine bunte Kamelhaardecke und noch ein Dutzend anderer Kleinigkeiten. Auch der Beni Geraut Schie hatte sein karges Gepäck in der Kiste untergebracht. Ganz unten, im kunstvoll getarnten doppelten Boden, lagen ihre beiden Schwerter. Die langen schlanken Tuzakmesser mussten sie verborgen halten, wenn ihr tolldreister Plan gelingen sollte. Die Waffen waren zu kostbar, um gewöhnlichen Reisenden zu gehören, und an Männer, die solche Waffen trugen, würde man sich an Bord noch lange erinnern.

Die Sklavenkolonne hatte jetzt vor dem Schiff Halt gemacht, vor dem auch Gwenselah stand, um mit dem Kapitän einen Preis für die Überfahrt auszuhandeln. Wahrscheinlich sollten die Sklaven dazu eingesetzt werden, die Ladung zu löschen. Oder waren sie vielleicht die Ladung? Mit Schaudern dachte Omar an die Gerüchte, die er über die Sklavenschiffe der Götzenanbeter gehört hatte. Dass ihr übler Gestank eine halbe Meile über die See reichte und dass die Gefangenen schlechter als Vieh behandelt wurden. Tagelang ließ man sie an schmale Kojen gekettet liegen. Um kein Risiko einzugehen, wagten es die meisten Kapitäne nicht, sie während der Passage nach Al'Anfa auf Deck zu lassen. So vegetierten sie die ganze Überfahrt lang in irgendwelchen lichtlosen Verschlägen im Schiffsbauch.

Erleichtert beobachtete Omar, wie die ersten Sklaven mit Säcken auf den Schultern das Schiff verließen. Also waren sie doch nur gekommen, um die Ladung zu löschen. Er hätte es nicht ertragen können, auf einem solchen Schiff des Elends in See zu stechen. Entweder wäre er wahnsinnig geworden, oder er wäre irgendwann in die Quartiere der Elenden gestürmt, um ihre Ketten zu zerschlagen. Betrübt dachte er an Melikae und daran, wie wohl ihre Reise nach Al'Anfa verlaufen sein mochte.

Zehn Tage waren vergangen, seit sie von Melikaes Mordanschlag auf Tar Honak gehört hatten. Doch schon damals war die Nachricht einige Tage alt gewesen. Die Sharisad war also schon lange vor ihnen hier im Hafen von Selem eingetroffen und schmachtete inzwischen wahrscheinlich längst in den unterirdischen Kerkern der Arena Al'Anfas. Das war auch der Grund, warum Omar schließlich einer Schiffspassage zugestimmt hatte. Ihnen blieb nicht mehr viel Zeit, wenn sie Melikae noch retten wollten. Auch wenn die Gerüchte über ihre Verurteilung so unterschiedlich waren, dass kaum zwei der Geschichten übereinstimmten, die man in den Oasen und Karawansereien zu hören bekam, so waren sich in einem Punkt doch alle Erzähler einig: Melikae sollte in der Arena sterben!

Omar blickte zu Gwenselah hinüber, der noch immer am Kai stand und mit dem Kapitän feilschte. Ohne seinen Freund wäre er nicht einmal bis hierher gekommen, dessen war sich der Novadi völlig sicher. Als er gehört hatte, dass man Melikae nach Al'Anfa schaffte, war er in tiefes Brüten versunken. Doch statt darüber nachzudenken, wie man die Sharisad befreien könnte, hatte er sich nur immer wieder mit Selbstvorwürfen gepeinigt. Wie hatte er auch nur einen Atemzug lang an Melikae zweifeln können! Nie war sie eine Verräterin gewesen. Doch hatte es erst ihrer Tat in Beysal bedurft, um seine Zweifel zu zerstreuen. Wie kleinmütig seine Liebe zu ihr doch gewesen war!

Und dann Al'Anfa! Der bloße Gedanke an die Stadt hatte ihn geradezu gelähmt. Al'Anfa war der Hort allen Übels! Heimat der plündernden Söldnerscharen, die in das Kalifat eingefallen waren, und schwärende Brutstätte schauerlichster Götzenkulte. Ein Ort, an dem Rastullah so fern war wie nirgends sonst.

Es war Gwenselahs Idee gewesen, dass sie sich als der Gesandte einer reichen Händlersippe und dessen Leibdiener ausgaben. Er hatte die neuen Gewänder erworben, die sie nun trugen, und auch die schwere Kiste mit dem doppelten Boden anfertigen lassen. Irgendwo in dieser elenden Stadt hatte er sogar falsche Papiere und Siegel aufgetrieben, die sie als Kaufleute der Oase Achan auswiesen, die so fern im Westen der Khom lag, dass ihr Scheich sich bislang noch nicht in den großen Krieg eingemischt hatte.

Einfacher war es gewesen, einem goldgierigen Hauptmann der Besatzer echte Passierscheine abzukaufen, die ihnen die Einreise ins sündige Al'Anfa erlaubten. Angeblich wollten sie dorthin, um eine Verwandte zu suchen, die während der Wirren des Krieges in Sklaverei geraten und verschleppt worden war – eine Geschichte, die der Hauptmann sofort geglaubt hatte. Offensichtlich waren schon viele vor ihnen aus ähnlichen Gründen in den Süden gereist. Mehr als achttausend Untertanen des Kalifen waren in den letzten zehn Gottesnamen verschleppt worden, wenn man den Worten des Offiziers glauben durfte. Eine Zahl, die so ungeheuerlich war, dass Omar sie sich nicht einmal vorzustellen vermochte. Wie konnte Rastullah seinem Volk nur solches Leid auferlegen? Wollte er es etwa vollständig vernichten?

Gwenselah winkte Omar vom Kai aus zu. Die Verhandlungen mit dem Kapitän schienen zu einem zufrieden stellenden Ergebnis geführt zu haben. Also war es nun an der Zeit, sich auf dieses hölzerne Ungetüm zu wagen. Mit einem Seufzer kniete Omar nieder, hob die schwere Reisekiste auf und stemmte sie sich auf die rechte Schulter. Noch immer schmerzte sein Schildarm, wenn er ihn belastete, doch Gwenselah behauptete, dass er schon in wenigen Tagen den Verband und die hölzernen Schienen werde ablegen können.

Acht Tage hatte die Reise auf der schwerfälligen Zedrakke gedauert. Das Schiff hatte tief im Wasser gelegen und fast die ganze Reise über gegen ungünstige Winde ankämpfen müssen, sodass der Anblick des verfluchten Al'Anfa Omar zunächst einmal froh stimmte. Endlich wieder festen Boden unter die Füße zu bekommen, war eine Gnade! Die ganze Zeit über hatte sich der Novadi auf dem stampfenden und schlingernden Schiff unwohl gefühlt. Die dunklen Fluten hatten ihm Angst gemacht. Mit Schrecken hatte er immer wieder daran denken müssen, welch lichtscheue, rastullahverfluchte Kreaturen am Meeresboden lauern mochten. Die Seeleute hatten grausige Geschichten von vielarmigen Ungeheuern zu erzählen gewusst, die ganze Schiffe in die dunklen Fluten hinabzuziehen vermochten.

Einmal während der Reise hatte Omar selbst am Horizont Fische, groß wie Berge, entlangziehen sehen, die – wie um jene zu verspotten, die es wagten, sich fernab des ihnen zugedachten festen Landes zu bewegen – palmhohe Wasserfontänen in den Himmel gespien hatten.

Alles hier im Süden erschien Omar groß und bedrängend wie der gewaltige Koloss, der über der Einfahrt zum Hafen von Al'Anfa aufragte. Auch wenn der Gigant bislang nur bis zu den Hüften vollendet war, so reichte allein das schon aus, um in jedem Besucher einen niemals erlöschenden Eindruck von der Macht der Rabendiener zu hinterlassen. So riesig war die Statue, dass ihre Beine Türmen glichen und selbst das größte Schiff mit vollen Segeln leicht zwischen ihnen hindurchfahren konnte.

Was mochten das für Menschen sein, die solche Wunder vollbrachten? Gab es überhaupt nur die geringste Aussicht, im Kampf gegen sie bestehen zu können? Und war es nicht blanker Wahnsinn, zu zweit eine solche Stadt herauszufordern? Doch selbst die Herren Al'Anfas schienen nicht ohne Angst zu leben. Fünf kleine Festungen erhoben sich auf den kargen Basaltinseln, die der Bucht und dem Hafen vorgelagert waren. Drohend waren von dort schwere Torsionsgeschütze auf die enge Durchfahrt zum Hafen gerichtet. Und als sei dies nicht genug, hatte man einen ganzen Wald mächtiger Baumstämme in den Schlick der Hafenbucht gerammt, deren eisenbeschlagene Enden sich drohend aus dem Wasser erhoben. Sie erschienen Omar wie die Reißzähne eines Ungeheuers, auf dessen Schlund sie geradewegs zusteuerten.

Auf den Zinnen der größten der fünf Festungen erschien ein schwarz gewandeter Krieger, der ihnen mit bunten Flaggen Zeichen gab. Ihr Schiff änderte nun den Kurs und hielt auf einen langen Steg am Fuß des Forts zu.

Eine Matrosin eilte zum Bug des Schiffes und erwiderte

die Flaggensignale, während sich der Kapitän an seine Passagiere wandte, die Omar zum größeren Teil nicht weniger beunruhigt schienen, als er selbst es war. Wie er waren auch diese Männer aus den verschiedensten Städten der Khom gekommen, um in der Stadt des Rabengötzen nach verlorenen Verwandten und Freunden zu suchen.

»Sie werden uns nicht durchsuchen. Ich hoffe, ihr wisst, dass ihr das allein meinem guten Ruf zu verdanken habt! Gewöhnlich sind die Hafenbeamten in Kriegszeiten besonders misstrauisch. Wir werden jetzt am Kai festmachen und warten, bis die Flut den höchsten Stand erreicht hat. Dann werden uns einige Bugsierschinakeln in den Hafen schleppen.« Mit zufriedenem Lächeln drehte der Kapitän an seinen Schnurbartspitzen.

Welch ein Mann er wohl ist, um in Al'Anfa einen guten Ruf zu genießen?, überlegte Omar beunruhigt. Bei allem, was er über die sündige Stadt gehört hatte, hätte es ihn nicht gewundert, wenn der Kapitän gelegentlich einige seiner Passagiere als Sklaven verkaufte.

Drei Stunden mussten sie warten, bis die Flut so weit gestiegen war, dass ihr großes Schiff gefahrlos in den Hafen hätte einlaufen können. Doch bevor sie an der Reihe waren, verließen erst drei schlanke schwarze Galeeren die Stadt. Jeweils vier kleine Boote schleppten sie gegen die Kraft der heranstürmenden Flut aus dem gefährlichen Fahrwasser bis dicht unter die große Festungsinsel. Dann erklang im Innern der Kriegsschiffe der dumpfe Klang der Sklavenpauke, die den angeketteten Ruderern den Takt vorgab. Große Augen aus gelbem Glas waren am Bug der Schiffe in die Bordwand eingefügt, sodass die Galeeren, wenn sie ihre Masten flachgelegt hatten, von Weitem wie todbringende Ungeheuer aussahen, die auf Dutzenden dünner Beine über das Wasser liefen.

Gelangweilt blickten einige der Seesoldaten zu der Zedrakke herüber. Andere, Nachdenklichere musterten den Rumpf der mächtigen Trireme, die eine Stunde später als ihre Zedrakke am Kai der Festungsinsel angelegt hatte. Deutlich sah man dem Kriegsschiff die Spuren eines Gefechts an. Große gezackte Löcher klafften in der Reling und in der Abdeckung des Ruderdecks, das backbords wie steuerbords ein gutes Stück über die Bordwand hinausragte. Das große schwarze Segel mit seinem goldenen Raben war von etlichen Flicken übersät und hatte ein gut Teil seiner Pracht verloren.

»Es scheint so, als seien die Gerüchte über den Seekrieg mit dem Bornland wahr«, flüsterte Gwenselah Omar zu. »Das ist ein Happen, an dem sich der Rabe verschlucken wird.«

Doch der Novadi schüttelte stumm den Kopf. Noch immer war er von der Pracht Al'Anfas wie erschlagen. Wer sollte über eine solche Stadt triumphieren können? Wie sollte so etwas einem Volk von Händlern gelingen, das mehr als tausend Meilen von der schmalen Küste des Kalifats entfernt lebte?

Nachdem die Bugsierschinakeln zunächst die beschädigte Trireme in den Hafen gezogen hatten, war nun endlich die Reihe an der Zedrakke. Die Seeleute in den kleinen Booten wirkten erschöpft. In den letzten Stunden hatte sich nicht der leiseste Windhauch über der weiten Bucht geregt, sodass sie gezwungen waren, ihre Boote mit Rudern anzutreiben, um die schweren Schiffe in den Hafen zu bringen. Mit lautstarken Verwünschungen auf den Lippen warfen sie ihre Taue aus, um endlich auch die Zedrakke ins Schlepp zu nehmen. Dann stieg ein Lotse an Bord, der nach einem kurzen Gespräch mit dem Kapitän Posten auf dem Vorderdeck bezog und von dort aus die Männer in den Booten kommandierte.

Die Fahrt in den Hafen führte an einer lang gestreckten Insel vorbei, auf der sich eine hohe Mauer aus grob behauenen Basaltblöcken wenige Schritt jenseits der flachen Uferklippen erhob. Die Mauer schien die ganze Insel zu umgürten. Im Süden und auch an der Westseite waren Kaianlagen und ein paar Bootsschuppen zu sehen.

Gwenselah erklärte, dass dies der Ort sei, zu dem alle Sklaven geschafft wurden, welche die Al'Anfaner in ihren Kriegen und Überfällen erbeuteten. Hier warteten die Unglücklichen manchmal viele Gottesnamen lang, bis sie zu einer der Versteigerungen auf das Festland gebracht wurden.

Irgendwo auf dieser Insel musste auch Melikae gewesen sein. Selbst die Sklaven, die für die Arena bestimmt waren, wurden zunächst einmal auf dieses schreckliche Eiland gebracht.

In der Hitze flimmerte die Luft über den Basaltfelsen. Einmal glaubte Omar, das scharfe Knallen einer Peitsche zu hören. Seine Hände umklammerten die Reling. Er war machtlos! Was immer die Eroberer Melikae angetan haben mochten, die Sklaveninsel hatte sie schon längst verlassen.

»Sieh zu der Stadt hinüber und quäl dich nicht!« Gwenselah legte Omar eine Hand auf die Schulter. »Melikae ist nicht mehr dort. Peinige dich nicht mit unnützen Gedanken, Omar.«

Wie ein bunter Teppich, den man vor eine kahle Mauer gehängt hatte, so erschien Omar die Stadt, die manche ›Perle des Südens‹ nannten. Hunderte von weißen Häusern zogen sich hinter dem Hafenviertel die steilen Felshänge hinauf. Deutlich konnte man drei Terrassen unterscheiden, die die verschiedenen Stadtviertel am Berghang voneinander trennten. Hier und dort erhoben hohe Palmen ihre Kronen über das Gewimmel der Häuser. Und über allem thronte ein schwarzer Berg mit abgeflachter Kuppe. Ja, er wirkte wie enthauptet, so als hätte Rastullah sein unbezwingbares Schwert gegen ihn gerichtet, um ihn für einen Frevel zu strafen. Etwas nördlich lag ein zweiter kristallen blitzender Berg, dessen Gipfel von üppig wuchernden Bäumen bedeckt war, zwischen denen hier und dort die glasierten Schindeln ausladender Palastdächer glänzten.

Dort, wo die Steilwand des Berges in die Bucht hinausragte, hatte man die Gestalt eines Raben aus einem Felsen gehauen, der wohl vierzig Schritt oder mehr in die Höhe ragen mochte. Dicht unter dem Gipfel lag ein schwarzer Tempel, auf dessen Dach winzige Gestalten zu erkennen waren, die mit leuchtenden, glänzenden Gegenständen hantierten, ja, es schien, als seien sie damit beschäftigt, das ganze Dach mit goldenen Blechen zu beschlagen. Ohne Zweifel war dies die Residenz der Boronpriesterschaft, jener schändlichen Götzenanbeter, die der prächtigen Stadt ihren Willen aufzwangen und die mit Tar Honak an der Spitze den Überfall auf das Kalifat ersonnen hatten.

Trotz aller Verachtung, die Omar für die schwarz gewandeten Priester hegte, ließen die riesige Rabenstatue und der prächtige Tempel ihn doch voller Ehrfurcht verharren. Mit welchen Dämonenfürsten mochten sich die Götzenanbeter wohl verbunden haben, um eine derart übermenschliche Pracht zu entfalten? Und warum duldete Rastullah solch lästerliche Prahlerei? Erst als die Zedrakke zwischen den Beinen des Hafenkolosses hindurchglitt, konnte Omar den Blick von der Rabenklippe abwenden. Einige hundert Schritt weit wurde ihr Schiff durch eine schmale Wasserstraße gezogen, an deren Ufern sich vereinzelte Schuppen und Lagerhäuser erhoben, bevor sie den weiten Frachthafen erreichten.

Ihr Schiff hatte kaum angelegt, als schon Scharen von Händlern und Lastträgern auf dem Kai erschienen, begierig, ihre Waren und ihre Dienste anzubieten. Einen Moment lang hoffte Omar, dass Gwenselah vielleicht einen der breitschultrigen Träger anheuern werde, um ihm die Last der schweren Reisekiste abzunehmen, doch vergebens.

Sich mit Knüffen und Flüchen einen Weg durch die

Menge bahnend, eilte der Beni Geraut Schie mit weiten Schritten voraus und steuerte auf ein hohes Gebäude mit reich verzierten, gewölbten Toren und verspielten Zwiebelfenstern zu. Im Schatten des Eingangstors hatten zwei Geldwechsler ihre Tische aufgebaut, auf denen sich neben Waage und Spaltkeil pralle Lederbeutel stapelten. Es waren feiste Männer, in reiche Gewänder gekleidet, jeder von ihnen umringt von einer ganzen Gruppe von Sklaven und Leibwächtern.

Auch hier mussten sich Omar und Gwenselah wieder in Geduld fassen. Ein weiteres Mal wurde ihnen gezeigt, wie gering man in der ›Perle des Südens‹ die Fremden schätzte. Obwohl nur wenig Andrang vor den Ständen der Geldwechsler herrschte, dauerte es mehr als zwei Stunden, bis sie endlich an der Reihe waren. Mehrfach wurden ihnen einheimische Geschäftsleute vorgezogen, die sich nicht unter den Wartenden einreihen mussten, sondern sofort und mit größter Zuvorkommenheit bedient wurden.

Als schließlich die Reihe an ihnen war, schloss der rothaarige Geldwechsler seinen Stand, um sich mit einem grell geschminkten Knaben in eine schattige Nische unter dem Torbogen zurückzuziehen. Schon bald war von dort lustvolles Stöhnen zu vernehmen, und Omar wandte sich voller Scham ab.

»Was ist das für eine Stadt, Gwenselah? Hasst man hier alle Fremden? Kennt man weder Sitte noch Scham? Lass uns zu einem anderen Geldwechsler gehen, wo man uns besser behandelt.«

Der Beni Geraut Schie lächelte zynisch. »Du wirst keinen Ort finden, an dem man dich besser behandelt. Die Al'Anfaner sind noch nie besonders freundlich zu Fremden gewesen. Wir haben für sie nicht einmal den Status von Gästen. Unseren Gewändern sieht man an, dass wir aus dem Kalifat kommen, einem Land, gegen das die Stadt des Raben Krieg führt – und so wie es aussieht, wird sie ihn auch gewinnen. Für Al'Anfaner sind wir deshalb ein Volk von Sklaven, bestenfalls Bittsteller. Der einzige Grund, dass man uns hier überhaupt duldet, ist die Tatsache, dass wir Gold haben.«

»Haben wir?«

Gwenselah schüttelte sanft den Kopf. »Noch nicht. Warte.« Der Beni Geraut Schie hatte sich sehr verändert. Ohne die dunkle Tracht, seinen Schleier und sein Tuzakmesser war er ein anderer Mann. Sein schmales, faltenloses Gesicht erschien fast knabenhaft, wären da nicht die Augen gewesen, aus denen die Erfahrung vieler Jahre blickte. Meist war sein Gesicht unbewegt, wie eine Maske, und da er nur selten über das redete, was in ihm vorging, hatte Omar gelernt, in Gwenselahs Augen zu lesen. Sie waren grau wie der Himmel in den Unauer Bergen während der Regenzeit. In ihnen lag eine weltentrückte Melancholie, und manchmal hatte Omar das unangenehme Gefühl, dass in Gwenselahs Augen eine Trauer und eine Weisheit waren, wie sie ein Mensch in *einem* Leben nicht zu erlangen vermochte. Das waren Augenblicke, da Omar wieder darüber brütete, wie viel von den Geschichten, die man sich über das Volk der Beni Geraut Schie erzählte, wohl wahr sein mochte. Waren sie tatsächlich unsterblich?

Wie konnte er so etwas glauben! Sah er nicht, wie Gwenselah mit jedem Gottesnamen, den sie zusammen verbrachten, hinfälliger wurde? Manchmal, wenn ihn die Hustenanfälle plagten, war er so schwach, dass Omar ihn stützen musste.

»Was kann ich für euch tun, Fremde?«

Der Geldwechsler war mit dem Lustknaben fertig und hatte sich wieder hinter seinem breiten Wechseltisch aufgebaut.

»Tausch mir das gegen Dublonen!« Gwenselah stand dem feisten Mann, was Anmaßung betraf, in nichts nach. Mit lässiger Geste warf er einen faustgroßen Samtbeutel auf den Tisch.

Mürrisch grunzend öffnete der Dicke die Börse, und plötzlich war alle Überheblichkeit aus seinem Gesicht verbannt. Sein Blick war starr geworden, so als hätte er eine jener dämonischen Buhlen vor sich, der kein Mann aus Fleisch und Blut zu widerstehen vermag. Doch seine Unbeherrschtheit währte kaum länger als einen Atemzug. Dann legte er den Beutel auf den Tisch, rümpfte verächtlich die Nase und fragte herablassend: »Was zeigst du mir wertlose Kiesel? Soll ich dich durch einen meiner Leibwächter die Straße hinunterprügeln lassen? Al'Anfa ist kein Ort für dich, Fremder. Mach, dass du auf das Schiff zurückkommst, das dich hierhergebracht hat, und danke Boron, wenn ich dir nicht die Tempelgarden auf den Hals hetze.«

Zwei Söldner hatten sich neben dem Geldwechsler in Pose gestellt, doch Gwenselah ließ sich nicht aus der Ruhe bringen.

»Da du mir kein Angebot machst, fordere ich tausend Dublonen für den Inhalt des Beutels. Versuch nicht, mit mir zu feilschen! Das ist mein einziges Angebot.«

Der Geldwechsler am Nachbarstand verrenkte sich den Hals und blickte neugierig zu ihnen herüber.

»Fremde wie du, die glauben, sie hätten hier etwas zu sagen, ersäufen wir wie neugeborene Kätzchen im Hafenbecken.« Der fette Geldwechsler gab seinen Leibwächtern einen Wink, doch noch bevor die beiden den Tisch umrunden konnten, hatte Gwenselah ein Pergament aus seinem Gewand gezogen und hielt es dem unverschämten Heiden unter die Nase.

»Lies das, bevor du dich unglücklich machst, Fettsack!«

Mit misstrauischem Blick entfaltete der Geldwechsler das Pergament, und seine Hände begannen zu zittern, während er die Zeilen überflog.

Mit einer Verbeugung reichte er Gwenselah das Dokument zurück. »Entschuldigt, wenn ich in Euch nicht den erkannt habe, der Ihr seid. Ich hoffe, Ihr werdet mir dieses kleine Missverständnis nachsehen. Ich habe hier mit so viel Auswurf zu tun, dass meine Manieren gelitten haben, und da ich nicht …«

»Genug! Bis wann kannst du mir mein Gold beschaffen?«

»Nun, Ihr versteht sicher, dass ich eine solche Summe nicht bei diesem Wechseltisch verwahre. Ich …« Dicke Schweißperlen rollten von der Stirn des Geldwechslers und verwischten seine Schminke. »Ich kann Euch hundert Dublonen schon jetzt überlassen. Das restliche Geld werden meine Leibwächter in Eure Unterkunft bringen lassen.«

»Es geht dich nichts an, wo ich wohnen werde.«

»Selbstverständlich, Edelster aller Reisenden, ich dachte nur …« Keuchend rang der Geldwechsler nach Luft.

»Ich werde morgen kommen, um mein Gold zu holen, und versuch nicht, mich auch nur um eine einzige Dublone zu betrügen.«

»Niemals würde ich es wagen, Gütigster aller Gütigen. Erlaubt, dass ich Euch einen meiner Sklaven zur Seite stelle. Er wird dafür sorgen, dass Ihr in der Hafenmeisterei mit der Euch gebührenden Ehrfurcht behandelt werdet und schneller Eure Pässe erhaltet, als ein Bluthund einen Sklaven tötet.«

Omar hatte die ganze Szene mit ungläubigem Staunen verfolgt. Was, in Rastullahs Namen, mochte auf diesem Pergament stehen, dass es Gwenselah eine solche Macht verlieh?

Der Beni Geraut Schie nahm die Beutel mit Gold, die der Geldwechsler eilig bereitgelegt hatte, warf dem dicken Mann noch einen vernichtenden Blick zu und wandte sich ab, um durch das Tor ins Innere der Hafenmeisterei zu treten.

Erst als sie in ihrer Herberge untergekommen waren, fand Omar Gelegenheit, seinen Freund auf das geheimnisvolle

Pergament anzusprechen, das hier in Al'Anfa offensichtlich Tür und Tor zu öffnen vermochte.

»Vor einigen Jahren hat mich die Suche nach Selflanatil in den Süden geführt«, erklärte der Beni Geraut Schie. »Damals habe ich etliche Monde lang in Al'Anfa gelebt. Aus dieser Zeit stammt das Pergament. Ich habe mir in jenen Tagen für viel Gold den Schutz eines der mächtigen Granden der Stadt gekauft. Nareb Emano Zornbrecht lässt in dem Schutzbrief durchblicken, dass jeder, der Hand an mich legt, ihn damit verärgern würde, und kein Al'Anfaner, der seine Sinne beisammen hat, würde sich mit den Zornbrechts anlegen.«

»Könnten wir dieses Schreiben nicht auch dazu verwenden, Melikae zu befreien? Wenn die Zornbrechts so mächtig sind, fürchten die Wächter in der Arena sie doch gewiss.«

Gwenselah sahe Omar mitleidig an. »So leicht ist das leider nicht. Nach allem, was wir wissen, wurde Melikae auf unmittelbaren Befehl Tar Honaks in die Kerker der Arena gebracht. Der Patriarch aber ist der Mächtigste unter den Herrschern dieser Stadt. Nicht einmal die Zornbrechts würden es wagen, offen gegen ihn vorzugehen. Ein solcher Befreiungsversuch würde nur zu unserer vorzeitigen Entlarvung führen.«

»Aber was sollen wir dann tun?« Omar war völlig ratlos.

»Lass den Mut nicht sinken, mein verliebter Narr. Vertrau mir! Wir werden einen Weg finden, dich und Melikae heil hier herauszubringen. Und wenn es das Letzte ist, was ich in meinem Leben noch tun werde.«

Schon früh am nächsten Morgen verließen sie ihre Herberge wieder, und Gwenselah begann mit den Vorbereitungen für seinen geheimnisvollen Plan zur Befreiung Melikaes. Zunächst holte er das restliche Gold vom feisten Geldwechsler ab. Dann führte der Beni Geraut Schie Omar zu einem Schneider, um sie beide nach Art des Landes einkleiden zu lassen. Gwenselah wollte fortan als reicher Plantagenbesitzer aus dem Perlenmeer auftreten. Omar aber sollte seinen Leibwächter mimen. Sein Freund lebte bei den Einkäufen regelrecht auf. Vielleicht erinnerte ihn das alles an die Zeit, als er auf der Suche nach Selflanatil die fernsten Länder besucht und dabei ständig Namen und Aussehen geändert hatte, um keine Spuren zu hinterlassen.

In seinem Übermut schreckte der Beni Geraut Schie nicht einmal davor zurück, sich schminken zu lassen. Auch seine Kleider waren nichts als törichter Tand im Vergleich zur stolzen Tracht des Wüstenkriegers. Er hatte sich hohe Schaftstiefel aus glänzendem schwarzem Leder besorgt. Dazu trug er eine eng anliegende schwarze Hose und eine goldbestickte breite Schärpe. Sein Obergewand war ein ärmelloser langer Mantel, gefärbt mit dem Blut der Purpurschnecke, zu dem er ein weit geschnittenes Hemd mit ausladendem Rüschenbesatz kaufte. Zur Krönung trug er noch ein purpurnes Kopftuch und einen Schlapphut mit breiter Krempe und armlangen Pfauenfedern.

Omar war froh, dass Gwenselah ihm nicht bei der Auswahl seiner eigenen Gewandung hineinredete. So kleidete er sich, wie es sich für einen stolzen Novadi geziemte, wählte aufgebauschte Hosen und kurze Stiefel, ein schlichtes Obergewand und ein rotes Tuch, das ihm als Hattah dienen sollte.

Nachdem sie auf diese Weise ihr Äußeres verändert hatten, mietete Gwenselah ihnen in einer Herberge mit Namen *Madamal* zwei Zimmer. Von ihrer neuen Bleibe aus konnten sie auf die Wassergärten blicken – jene kleinen Inseln, die dem Rabenfelsen vorgelagert waren und auf denen die Reichen der Stadt gern allerlei unkeusche Kurzweil suchten. Doch seine Unrast ließ Gwenselah nicht lange in ihrem neuen Quartier verweilen.

Bei ihrem zweiten Ausflug führte er Omar über steile

Treppen hinauf in eines der Stadtviertel auf den hohen Basaltklippen. Hier zeigte sich die Schattenseite des prachtvollen Al'Anfa. In verwinkelten Gassen voller Schmutz und Unrat folgten den Gefährten Scharen ausgemergelter Kinder, die sie mit schrillen Stimmen um Kupferstücke anbettelten.

Krüppel mit schwärenden Wunden hockten in den dunklen Eingängen der heruntergekommenen Häuser und klagten darüber, wie schlecht ihre einstigen Herren ihnen ihren Mut vergolten hatten, als sie noch als stolze Söldner zum Ruhme Borons gefochten hatten.

Vom lästerlichen Treiben zu Ehren der großen Hure Rahja merkte man hier fast nichts. Selten hörte man das rhythmische Klatschen von Fleisch oder andere Liebeslaute aus offenen Fenstern und dunklen Winkeln, und nur ein einziges Mal kreuzten einige maskierte Männer und Frauen, umringt von etlichen Leibwächtern, den Weg der Gefährten. Wie anders hatten da doch die übrigen Stadtteile ausgesehen!

Dort, wo die etwas breiteren Gassen aufeinandertrafen, standen abgerissene Gestalten, die über der Glut von Kohlebecken das Fleisch von Ratten und Schlangen garten und diese ekligen Speisen anpriesen, als wären es die edelsten Früchte aus Rastullahs Gärten. Weiber und Lustsklaven entblößten sich ohne jedes Schamgefühl und boten den Vorübereilenden ihre ausgemergelten Körper an. Über allem lag ein unbeschreiblicher Gestank von Exkrementen und ranzigem Olivenöl, in dem süßlich duftende Früchte gebraten wurden.

Schon im Morgengrauen hatte sich eine unerträgliche Schwüle auf die Stadt gesenkt, sodass einem bereits bei der leichtesten Anstrengung der Schweiß in Strömen den Körper hinablief. Eine bedrückende Spannung lag in der Luft und entlud sich schließlich kurz vor der Mittagsstunde in einem Wolkenbruch.

Gwenselah und Omar suchten Zuflucht unter einem

weiten Torbogen, und fassungslos staunend beobachtete der Novadi, welch ungeheuerliche Wassermassen Rastullah auf die verfluchte Stadt hinabschleuderte, ganz so, als wolle der Gott allen Schmutz und alle Sünden aus ihren Straßen waschen. So dicht fiel der Regen, dass es Omar schien, als hätte sich ein schimmernder Vorhang vor das Tor gelegt. Bald schon verwandelten sich die steilen Gassen in gurgelnde Sturzbäche, und das knöcheltiefe Wasser weichte zum Ärger Omars die neuen Stiefel auf.

Ebenso plötzlich, wie der Wolkenbruch gekommen war, hörte das Unwetter auch wieder auf. Doch die angenehme Kühle, die den Regen begleitet hatte, hielt nicht lange an. Bald schon versiegten die schmutzigen Rinnsale, und die Hitze des Sommertags verwandelte die Stadt in ein riesiges Dampfbad. Omar fragte sich gerade, was Gwenselah in diesem erbärmlichen Viertel verloren haben mochte, als sein Gefährte ihn zu einem kleinen Hof brachte, in dessen Mitte ein riesiger Haufen verfaulender Früchte lag. Gwenselah klopfte an eine niedrige blau gestrichene Tür und verharrte lauschend.

»Sei willkommen, wenn dein Name nicht Golgari ist«, erklang eine hohe Fistelstimme, und wie von Geisterhand öffnete sich die Tür. Der schwere Duft von Tabak und Rauschkräutern schlug den beiden Gefährten entgegen, als sie eintraten. Omar begannen die Augen zu tränen, und er hatte das Gefühl, er müsse in der engen Kammer ersticken. Blinzelnd blickte er sich um.

Überall in dem kleinen Raum türmten sich Berge von Gerümpel. Es gab abgewetzte Felle, Öllämpchen, bei denen die Henkel abgebrochen waren, und verbeulte kupferne Speiseplatten. In einem halb verrotteten Kistchen lag Schmuck, den die Jahrzehnte hatten grün anlaufen lassen. Seidengewänder mit verdächtigen dunklen Flecken hingen von der Decke. In einer Ecke kauerte ein mumifiziertes Äffchen, an dem offensichtlich schon die Ratten genagt hatten.

Das Abscheulichste aber, was Omar unter all diesen Absonderlichkeiten entdecken konnte, war ein faustgroßer verschrumpelter Menschenkopf, dem man Augen und Mund mit groben Lederriemen vernäht hatte. Inmitten der Kuriositäten lag ein hagerer kleiner Mann auf einem Stapel fadenscheiniger Teppiche und sog bedächtig an einer langen Pfeife, von der ein kränklich gelber Rauch aufstieg.

»Möge dem Totenvogel dein Heim verborgen bleiben«, grüßte Gwenselah den Alten und kniete vor ihm nieder.

Der Mann nickte bedächtig. »Hast du auf deinen Reisen einen Trank gefunden, dem Atem Satinavs zu trotzen, Lagono, mein Freund? Dein Gesicht erscheint mir immer noch so unverwelkt wie vor zwanzig Jahren.«

»Es ist das brennende Feuer der Neugier, das mir die Jugend erhält, Fran Dabas. Wunder und Tränke sind nicht meine Sache.«

Der Alte stieß ein schrilles Kichern aus. »Süß wie der Honig des weißen Lotos klingen deine Lügen, Lagono. Wäre die Gier ein Jugendelexier, so würde niemand in dieser Stadt jemals altern. Doch nun sag mir, was dich zu mir führt.«

»Ich suche zwei Boote, klein und wendig genug, um zwischen den Schiffssperren an der Hafeneinfahrt hindurchschlüpfen zu können. Außerdem sollen sie von nur einem Mann zu segeln sein. Kannst du so etwas für mich besorgen?«

Der Alte schwieg und blies Wölkchen gelben Rauchs über die Lippen. Schließlich murmelte er: »Du willst doch nicht etwa den Schmugglern Konkurrenz machen? Noch vor dem nächsten Neumond triebe dein aufgedunsener Balg im Hafenbecken, wenn du eine solche Torheit begingest.«

»Es ist ein Jagdausflug, der mich in den Süden geführt hat. In der Stadt verweile ich nur auf der Durchreise ...«

»Und wenn du dein Wild gestellt hast, brauchst du

dringend Boote? Es scheint, dass du großen Fischen nachjagst, Lagono.« Der Alte lächelte breit und zeigte verfaulte Zähne. »Ich denke, ich kann dir verschaffen, was du suchst. Bis wann brauchst du die Boote?«

»Nun, da ich schon in der Stadt weile, möchte ich mir gern ein Spektakel in der Arena ansehen. Spiele wie in Al'Anfa werden sonst nirgends geboten. Es reicht mir, wenn ich die Boote drei Tage vorher bekomme.«

Der Alte grunzte ärgerlich. »Weißt du wirklich nicht, wann die nächsten Spiele stattfinden? Du lässt mir kaum Zeit für dieses Geschäft. Schon in fünf Tagen werden die Feierlichkeiten anlässlich der Siege des Patriarchen beginnen.«

»Bei meiner Ehre, Fran, ich bin erst seit gestern Nacht in der Stadt. Ich wusste nicht, dass so wenig Zeit bleibt.«

Der Alte kicherte, als hätte Gwenselah einen gelungenen Witz gemacht. »Die Zeit wird reichen, doch reicht auch dein Gold?«

Der Beni Geraut Schie zog drei kleine Samtbeutel aus seinem Gürtel und legte sie vor Fran Dabas auf den Teppich.

Mit gichtigen Fingern nestelte der Alte an den Lederriemen der Geldkatzen und schüttete die Goldmünzen vor sich auf den Teppich. Dann schichtete er sie zu kleinen Stapeln und prüfte hin und wieder eine der Dublonen mit einem Biss.

»Das wird nicht reichen«, knurrte er schließlich ungehalten.

»Den Rest bekommst du, wenn ich mit den Booten zufrieden bin. Und besorg mir gleich eine Wache dazu, die aufpasst, dass sich bei Ebbe nicht wie von Zauberhand die Bootsleinen lösen und mein Eigentum irgendwo in der weiten Bucht verschwindet.«

Der Alte grinste schief und blies eine besonders große Rauchwolke über die Lippen. Dann murmelte er zweideutig: »Du weißt doch, dass sich noch nie einer meiner Geschäftsfreunde beschwert hat.«

Omar schluckte. Wie konnte Gwenselah diesem Halsabschneider trauen? Wahrscheinlich würde der Schurke ihnen noch in dieser Nacht gedungene Meuchler schicken, um sich ihr restliches Gold zu holen. Ein Stück Pergament, auf dem der Name eines einflussreichen Mannes stand, ließe jemanden wie ihn gewiss vor keiner Übeltat zurückschrecken. Doch Gwenselah blieb – zumindest äußerlich – völlig gelassen. Ob er sich der Gefahr nicht bewusst war?

»Wie stehen denn die Wetten zu den Spielen?«

Fran Dabas schnitt eine Grimasse. »Erinnere mich nicht daran! Tar Honak mag zwar ein Vermögen in die Arenakämpfe gesteckt haben, aber das Programm des ersten Kampftages taugt nicht zum Wetten. Die Spiele werden eröffnet mit einer Schlacht, an der angeblich über hundert Kämpfer teilnehmen sollen. Es wird die Erstürmung der Stadtmauern Unaus nachgestellt. Übrigens sind die Sklaven, die die Mauer verteidigen sollen, tatsächlich ausschließlich Kriegsgefangene aus Unau. Nach dem Gefecht wird ein einzelner Gladiator gegen einen tollwütigen Ongalobullen antreten. Das ist ein Kampf, der spannend zu werden verspricht. Leider halten die Veranstalter bislang den Namen des Gladiators geheim, der gegen den Bullen kämpfen soll. Deshalb sind die Leute mit ihren Wetten sehr zurückhaltend. Schickt man irgendeinen grünen Jungen in die Arena, wird der Bulle auf jeden Fall siegen. Wurde aber ein erfahrener Gladiator ausgewählt, der vielleicht auch schon einige Tierkämpfe hinter sich hat, so wird er die Bestie abgestochen haben, bevor sie dreimal mit den Hufen gescharrt hat.«

Der Alte schüttelte den Kopf. »Diese unsicheren Paarungen sind für jeden, der darauf angewiesen ist, sich beim Wetten ein paar Kupferstücke zu verdienen, wirklich ein Ärgernis. Man munkelt schon, dass … Aber was schwatz ich dir den Kopf voll mit irgendwelchen Geschichten? Nach dem Bullenkampf, so gegen die Mittagsstunde, gibt es eine kleine Besonderheit. Tar Honak hat angeblich eine Novadiprinzessin gefangen genommen und in die Kerker unter der Arena schaffen lassen. Wenn auch nur die Hälfte der Gerüchte stimmt, die in der Stadt über diese Ungläubige im Umlauf sind, dann ist sie nicht nur von ausgesuchter Schönheit, sondern obendrein auch noch eine talentierte Schwertkämpferin und Meuchelmörderin. Sie soll gegen drei Löwen gleichzeitig antreten. Obwohl das kein normaler Sterblicher überleben dürfte, stehen die Wetten erstaunlich günstig für sie. Nun ja, wir werden sehen, wer dabei letztlich das Geschäft macht.«

Omar war so erregt, dass er dem Alten beinahe ins Wort gefallen wäre. Von Löwen sollte Melikae zerfleischt werden! Und was sollte das Gerede darüber, dass sie eine gute Schwertkämpferin sei? Nicht ein Wort davon konnte stimmen! Mit Schrecken dachte der Novadi an den Löwen, dem er einst gegenübergestanden hatte. Schon *eine* Bestie dieser Art war eine tödliche Gefahr. Aber drei … Das wäre kein Kampf, sondern Mord. Omars Hand krampfte sich um den Griff des Tuzakmessers, das er wie Gwenselah zur Kostümierung passend in die breite Bauchbinde geschoben hatte.

»Ich setze eine Dublone auf die Novadiprinzessin.« Gwenselah holte seinen Geldbeutel hervor und warf Fran Dabas eine Münze zu. »Wer es wagt, die Hand gegen Tar Honak zu erheben, dem mangelt es zumindest nicht an Mut.«

Fran Dabas nahm die Münze auf und drehte sie nachdenklich zwischen den Fingern. »Mut allein wird nicht reichen, um in der Arena zu bestehen. Weißt du etwas über sie, oder ist es der reine Übermut, der dich zu der Wette treibt?«

»Ich sagte doch schon, ich bewundere ihren Mut. Und wenn es ihr Schicksal sein sollte, in der Arena zu sterben, dann soll sie zumindest eine gute Wettquote gehabt haben.«

»Du bist ein Narr, Lagono. Aber vielleicht hast du recht. Womöglich sollte auch ich einen Teil meines Geldes auf die Ungläubige setzen. Schließlich kenne ich dich nicht als romantischen Jüngling, sondern als einen Lebemann, dem sich auf rätselhafte Weise alle Türen dieser Stadt öffnen.«

»Du schmeichelst mir, mein Freund.« Gwenselah erhob sich und deutete eine knappe Verbeugung an. »Doch bevor ich mir von dir auch meine letzten Geheimnisse entlocken lasse, gestatte, dass ich mich zurückziehe.«

»Es war mir wie immer eine Freude, mit dir Geschäfte zu machen. Wo kann ich dich finden, sobald ich die Boote habe?«

Der Beni Geraut Schie machte eine abwehrende Geste. »Ich finde *dich*.«

»Wie du wünschst. Möge Boron noch lange fern deiner Schwelle weilen.«

»Möge er deine erst gar nicht finden.« Gwenselah gab Omar einen Wink, und der Novadi folgte ihm auf den Hof. Sie waren noch keine zehn Schritt von dem verräucherten Laden Fran Dabas' entfernt, als Omar seinen Groll und seine Sorge nicht länger zurückhalten konnte. »Wie kannst du mit einem Schurken wie ihm Geschäfte machen? Ich bin sicher, er wird uns nicht nur betrügen – er wird uns ermorden lassen.«

»Das wird er nicht tun«, antwortete der Beni Geraut Schie knapp.

»Und was macht dich da so sicher?«, bohrte Omar weiter.

Gwenselah war stehen geblieben, lehnte sich gegen eine schmutzige Hauswand und stöhnte.

»Was ist mit dir?«

»Nichts«, keuchte der Beni Geraut Schie leise. »Es wird schon …« Ein Hustenkrampf schnitt ihm das Wort ab. Der Fechtmeister hatte die Hände zu Fäusten geballt und die Linke gegen die Lippen gepresst. Schon bald perlten

Blutstropfen von seinem Handrücken. Der Anfall war heftiger als alle, die Omar bislang miterlebt hatte. Es schien, als wolle der Husten nicht mehr enden. Schließlich sank Gwenselah kraftlos auf die Knie.

Hilfe suchend blickte Omar sich um. Hohlwangige Bettler und bleiche Kinder schienen sich gleich bösen Geistern aus dem Schlamm der Gasse erhoben zu haben. Stumm blickten sie ihn mit großen leeren Augen an. Irgendwo sah Omar ein Messer blitzen. Er begriff, dass er hier keine Hilfe bekäme. Alle warteten darauf, dass Gwenselah starb. Wie gierige Aasgeier lauerten die Bettler auf ihre Beute. Der Beni Geraut Schie hatte aufgehört zu husten. Verzweifelt zog Omar sein Schwert und drehte sich langsam, bevor er nach seinem Freund sah. Noch zögerte der Pöbel.

»Komm, Gwenselah! Wir müssen von hier verschwinden.«

Der Fechtmeister antwortete nicht. Omar kniete neben ihm nieder und rüttelte an seiner Schulter. Gleichzeitig ließ er die Bettler nicht aus den Augen. Von einem der angrenzenden Dächer warf jemand einen Stein, der ihn nur knapp verfehlte.

»Gwenselah!« Der Beni Geraut Schie war ohnmächtig, oder sollte er etwa …? Omar griff nach dem Hals seines Freundes. Ganz schwach fühlte er das Pulsieren der Ader.

»Macht, dass ihr fortkommt!«, schrie der Novadi in blinder Wut, doch die Bettler blieben ungerührt. Omar fluchte. Diese Hyänen würden ihm höchstens helfen, in die dunklen Hallen des Götzen Boron zu gelangen.

Fluchend zog er Gwenselah hoch und griff ihm unter die Arme. »Komm wieder zu dir, bei allen Geiern der Khom! Ich brauche dich!«

Doch sein Freund hörte ihn nicht. Der Novadi sandte ein stummes Gebet zum Himmel. Dann machte er sich auf den Weg, gefolgt von einer ständig wachsenden Schar von Bettlern.

Später konnte sich Omar nur noch lückenhaft daran erinnern, wie er es geschafft hatte, bis zum *Madamal* durchzukommen. Der Weg durch die Gassen des Bettlerviertels erschien ihm wie ein grässlicher ferner Albtraum.

Von der Wirtin Traviane erfuhr er, dass man das Stadtviertel, das er mit Gwenselah besucht hatte, den Schlund nannte, und dass kein Bürger, der seine Sinne beisammen hatte, sich dort blicken ließ. Selbst die Stadtwachen wagten sich nur in Gruppen von mindestens sechs Mann dorthin.

Um sich den Rücken frei zu halten, war Omar immer dicht an den Hauswänden entlanggegangen. Irgendwann hatten die Kinder angefangen, ihn mit Schlamm und Steinen zu bewerfen. Dann waren die Kräftigeren auf ihn losgestürmt. Immer wieder war seine Klinge vorgezuckt und hatte Lücken in den enger und enger werdenden Kreis aus lehmverschmierten Gesichtern geschlagen.

Gellende Schreie hallten ihm in den Ohren, wenn er daran zurückdachte. Und dann, als er schon jegliche Hoffnung hatte fahren lassen, war eine Gruppe schwarz gewandeter Soldaten aufgetaucht, hatte die Bettler vertrieben und sie beide irgendwie bis zur Herberge am Hafen geschafft. Einen ganzen Beutel von Gwenselahs Gold hatte er ihnen geschenkt, doch als er allein war, verfluchte er sein Schicksal.

Ausgerechnet jene Soldaten, die ausgezogen waren, seine Heimat zu unterjochen, hatten ihm nun das Leben gerettet. Er stand nun in ihrer Schuld! Wie sollte er sie künftig noch bekämpfen? Ganz genau hatte er sich das Gesicht jedes einzelnen seiner Retter eingeprägt, und nachdem er Gwenselah auf sein Zimmer gebracht hatte und überzeugt war, dass er für seinen Freund nichts mehr tun konnte, versenkte er sich stundenlang in demütige Gebete an Rastullah und bat den Gott, dass ihm diese Männer niemals im Kampf gegenüberstehen würden.

Es dauerte bis zum nächsten Morgen, bis Gwenselah wieder so weit zu Kräften gekommen war, dass er sich von seinem Lager erheben konnte. So als wäre nichts gewesen, ging er über den Vorfall im Schlund hinweg. Alle Fragen Omars beantwortete er mit beharrlichem Schweigen. Ohne ein Wort der Erklärung verkündete er nach dem üppigen Frühstück, das die Wirtin ihnen bereitet hatte, es sei nun an der Zeit, der Arena einen Besuch abzustatten. Halb hoffte Omar, sein Freund habe einen verrückten Plan, Melikae zu befreien, halb fürchtete er, dass Gwenselah den Verstand verloren hatte. Doch es sollte alles ganz anders kommen, als der Novadi erwartet hatte.

Die Arena lag nur wenige hundert Schritt von der Herberge der Gefährten entfernt am Fuß einer Steilklippe. Eine Mauer schirmte den riesigen Bau vor ungebetenen Besuchern ab. Ohne ein Wort der Erklärung umrundete Gwenselah den Schutzwall und führte Omar zu einem prächtigen Tor, dessen Schlussstein einen Löwenkopf zeigte. Zwei Kriegerinnen mit silbernen Löwenwappen auf den Waffenröcken bewachten den Eingang. Gwenselah deutete einen militärischen Gruß an und fragte mit ausgesuchter Höflichkeit: »Ist der Fechtmeister der Gladiatoren zu sprechen?«

»Was ist dein Begehr?«

»Wir wollen in der Arena kämpfen.«

Omar zuckte zusammen. Sein Freund hatte also tatsächlich den Verstand verloren! Nicht genug, dass Melikae in den Kerkern der Arena gefangen lag, nun wollte er auch ihnen das gleiche Schicksal bereiten. Die Kriegerinnen waren merkwürdigerweise über dieses seltsame Anliegen keineswegs verwundert.

»Korisande wird dich zum Fechtmeister bringen. Er übt gerade mit den Kämpfern für die nächsten Festspiele.«

Eine der Kriegerinnen bedeutete ihnen, ihr zu folgen. Sie brachte sie auf einen weiten Platz, wo sich majestätisch die schwarze Arena erhob. Ihre von zahlreichen Torbögen durchbrochene Außenfassade war aus Basalt und schimmerndem Obsidian errichtet, und in Dutzenden von Nischen hatte man kunstvolle Statuen aus Bronze oder rotem Marmor aufgestellt, die ruhmreiche Gladiatoren in der Stunde ihres Triumphes zeigten.

Der Weg ins Innere der Arena führte durch einen dunklen Tunnel unter den Publikumsrängen hindurch auf den sandbestreuten Kampfplatz. Etliche Männer und Frauen übten hier mit Stöcken und stumpfen Waffen für den Tag, an dem sie in dem steinernen Rund ihr Blut vergießen sollten.

»Dort hinten, der Glatzkopf mit dem Helm unter dem Arm, das ist Kobos, der Fechtmeister. Wartet, bis er mit seinen Unterweisungen fertig ist. Er kann es nicht leiden, wenn man ihn stört.« Ohne sich weiter um sie zu kümmern, drehte sich die Kriegerin um und kehrte durch den Arenatunnel auf ihren Wachtposten zurück.

Neugierig musterte Omar die Kampfpaare. Unter den Fechtern fiel ihm ein bärtiger Mann auf. Er erinnerte ihn an einen Kupferschmied, den er vom Basar in Unau kannte.

Omar musste an die Worte des Fran Dabas denken, dass angeblich alle Novadis, die in der nachgestellten Schlacht um Unau kämpfen sollten, tatsächlich auch aus der Sultansstadt am Cichanebi stammten. Welch grausames Schicksal war es doch, die Kämpfe um Unau zu überleben, nur um hier in der Arena das Unglück noch ein zweites Mal zu ertragen und zur Belustigung des Pöbels dahingeschlachtet zu werden!

»He, ihr zwei! Was treibt ihr in meiner Arena?« Der bullige Fechtlehrer hatte seine Lektion beendet und kam nun mit weiten Schritten auf die Gefährten zugeeilt. »Wenn ihr glaubt, ihr könnt meine Blutsäufer bei ihren Übungsstunden beobachten, um dann mit eurem Wissen die Wettstände aufzusuchen, habt ihr euch geirrt. Schnüffler wie euch lade ich gern zu einem Tänzchen mit meiner Rute ein.« Mit finsterem Blick ließ Kobos einen dicken Bambusstock auf die offene Handfläche seiner Linken klatschen.

»Wir sind hier, um an der Schlacht um Unau teilzunehmen«, entgegnete Gwenselah ruhig. »Wir würden uns die Ehre auch ein wenig kosten lassen.«

Schlagartig änderte sich der Gesichtsausdruck des Fechtlehrers. Sein Zorn war verraucht, und er brachte so etwas wie ein zufriedenes Grinsen zustande.

»Ihr seid beide Freie, nehme ich an.«

»Ich bin Plantagenbesitzer. Leider erlauben es mir meine Geschäfte nicht, am ruhmreichen Krieg unseres Patriarchen teilzunehmen. Da einige Leute aber glauben, ich sei beim Heer, möchte ich zumindest hier in der Arena die Schlacht um Unau nachholen, damit mich keiner der Lüge bezichtigen kann, wenn ich später einmal erzähle, dass ich beim Sturm auf die Stadt in der ersten Reihe gekämpft habe.«

Kobos quittierte Gwenselahs Geschichte mit einem schallenden Lachen. »Du siehst mir nicht aus wie ein Mann, der sich darüber grämen würde, wenn man ihn einen Lügner nennt. Ich glaube eher, du bist wegen irgendeiner fragwürdigen Wette hier oder weil du deine Liebsten mit Ruhmestaten in der Arena beeindrucken willst, wenn du schon keine Gelegenheit findest, ins Feld zu ziehen. Doch das soll mir gleich sein! Wenn ihr zwei keine allzu schlechte Figur im Kampf macht, seid ihr mir willkommen. Je mehr Krieger an der Schlacht in der Arena teilnehmen, desto besser. Auf welcher Seite wollt ihr fechten?«

Gwenselah zog ein Gesicht, als hätte man ihn mit Kameldung beworfen. »Wie kannst du da noch fragen? Wo sonst sollte ein ehrbarer Mann kämpfen als auf Seiten des Patriarchen?«

Kobos nickte. »So sei es. Doch nun beweist mir, was ihr beide zu bieten habt. Ihr müsst entschuldigen, aber wenn ihr eine gewisse Norm unterschreitet, kann ich euch nicht in die Arena lassen, ohne meinem Ruf zu schaden.«

»Wen willst du fordern?«

»Ich denke, ich werde keine Schwierigkeiten haben, es mit euch beiden zugleich aufzunehmen. Holt euch drüben beim Waffenständer ein paar Bambusstöcke und kommt zurück.«

»Hoffentlich werden wir deinen Ansprüchen genügen.« Mit einem Lächeln verbeugte sich Gwenselah und schlenderte zu den Waffenständern.

Während der Beni Geraut Schie in aller Ruhe die Bambusstäbe prüfte, konnte sich Omar nicht länger zurückhalten. »Was tust du nur? Glaubst du, ich könnte gegen meine Brüder kämpfen? Ich kann doch meine Landsleute nicht zum Vergnügen des Pöbels abschlachten. Lass uns gehen! Auf diesem Weg will ich Melikae nicht zurückgewinnen!«

»Was scheren dich die anderen? Hast du vergessen, dass du in Unau Sklave warst? Glaubst du, einer von denen hätte auch nur einen Finger gerührt, wenn Abu Feisal befohlen hätte, dich auf dem Marktplatz hinzurichten?«

»Beim Barte Rastullahs, was ist nur in dich gefahren? Ist es wirklich mein Freund, der da spricht?« Omar konnte es nicht fassen, solche Worte aus dem Mund Gwenselahs zu hören. War es der unheilvolle Einfluss dieser Stadt, der ihn so sehr verändert hatte?

»Jene, gegen die du kämpfen wirst, sind ohnehin dem Tod geweiht. Wenn du willst, schone sie und sieh zu, dass du sie nur mit der flachen Seite deiner Waffe triffst, sodass deine Schläge sie ohnmächtig werden lassen, sie aber nicht töten. Aber glaubst du wirklich, du tätest ihnen damit einen Gefallen? Wenn sie die Schlacht um Unau überleben, wird man sie immer wieder in den Kampf schicken, bis sie eines Tages doch noch den Tod in der Arena finden. Begreifst du nicht, dass in den Kerkern dieser Stadt der Tod die einzige Hoffnung ist?«

»Was weißt du von Sklaverei und Hoffnung? Ich jedenfalls werde niemanden töten.«

Gwenselah zuckte die Achseln. »Wenn es dich beruhigt: Auch ich werde mir Mühe geben, keinen von jenen, die früher auf dich gespuckt hätten, in die Gärten deines Rastullahs zu schicken.«

Einige Augenblicke herrschte angespanntes Schweigen zwischen beiden. Omar war verzweifelt. Melikae war wahrscheinlich nicht einmal hundert Schritt entfernt von dem Platz, an dem er jetzt stand, in irgendeinem finsteren Kerker eingesperrt. Ohne Gwenselah wäre er niemals so weit gekommen. Doch wie konnte er an den lästerlichen Blutspielen zu Ehren des Götzen Boron teilnehmen? So zu handeln, hieße Rastullah zu schmähen, und einem Paar, das durch Frevel zusammengeführt war, würde Rastullah niemals Glück gewähren.

»Begreifst du, warum ich das alles tue?«, brach Gwenselah das Schweigen. »Als Gladiatoren haben wir freien Zugang zur Arena. Nur so können wir herausfinden, wo Melikae gefangen gehalten wird, und vielleicht gelingt es uns, sie noch vor den Kämpfen zu befreien. Niemand wird Verdacht schöpfen, wenn wir mit den anderen Gladiatoren plaudern oder sie in ihre Quartiere begleiten, um mit ihnen zu zechen. Ja, selbst wenn wir die Kriegsgefangenen besichtigen wollen, gegen die wir im Kampf antreten müssen, ist das noch nichts Ungewöhnliches. Doch mach dir keine allzu großen Hoffnungen! Erst in dem Durcheinander während der Kampfspiele wird die Aufmerksamkeit der Wachen vielleicht nachlassen. Sollte unser Streich schon vorher gelingen, hätten wir unglaubliches Glück gehabt.«

Omar blieb stumm, doch in seinem Herzen hatte er seine Entscheidung getroffen: Er würde mit dem Beni Geraut Schie in die Arena ziehen. Gwenselah hatte recht. Wenn sie Melikae retten wollten, war dies vermutlich der einzige Weg, der ihnen blieb. Jedenfalls würde er nicht untätig darauf warten, dass Rastullah vielleicht ein Wunder geschehen ließ. Der Gott hatte sich ihrer Liebe niemals als geneigt erwiesen. Wie wenige Tage des Glücks waren ihnen doch beschieden gewesen, bevor Abu Dschenna sie auseinandergerissen hatte! Und wie hatte Rastullah es dulden können, dass die Ungläubigen Melikae in die Sklaverei verschleppten, um sie hier dem Rabengötzen zu opfern?

Omars Entschluss stand fest! Selbst wenn er einen Frevel begehen müsste, um wieder mit Melikae vereint zu sein, er würde nicht zögern. Auch dann nicht, wenn er dafür die ewige Verdammnis zu erwarten hatte.

»Was ist mit euch beiden los? Hat der Mut euch verlassen?«, höhnte Kobos, der sich lässig auf seinen Bambusstab stützte und zu ihnen herüberblickte.

»Zeig ihm nicht zu viel von dem, was du bei mir gelernt hast! Wenn er findet, dass wir zu gut sind, wird er uns nicht an dem Massenkampf teilnehmen lassen, sondern uns zu den Einzelduellen der besseren Gladiatoren überreden wollen. Dann aber sind wir erst nach Melikae an der Reihe und haben keine Gelegenheit mehr, sie zu befreien, denn Gladiatoren, die ihren Kampf noch nicht bestanden haben, lassen die Wachen nicht aus den Augen. Schließlich könnten sie ja im letzten Moment vor ihrer blutigen Pflicht davonlaufen.«

»Kann es losgehen? Ich hab ja schon Mäuse mit mehr Kampfesmut gesehen!«

»Gehen wir?«

Omar griff wahllos nach einem der Kampfstöcke. »Für Melikae«, murmelte er leise, dann schloss sich seine Hand fest um das Bambusrohr.

Die nächsten Tage vergingen wie im Flug, und fast wollte Omar glauben, dass das Schicksal ihnen doch seine Gunst zeigte. Kobos hatte ihnen einige tüchtige Schläge verpasst und sie dann in die Schar der Kämpfer aufgenommen, die am Sturm auf das nachgebaute Unau teilnehmen sollten.

Auch Fran Dabas hatte sich überraschenderweise als zuverlässig erwiesen. Jedenfalls waren Omar bislang keine Anzeichen dafür aufgefallen, dass ihnen irgendwelche Meuchler folgten, und als sie sich nach der vereinbarten Frist zum zweiten Mal mit dem Schurken trafen, hatte der alte Hehler tatsächlich zwei kleine Boote besorgt.

Nur bei Omars wichtigstem Anliegen war ihnen kein Glück beschieden: Zwar hatten sie in Erfahrung bringen können, in welchem der Verliese tief unter der Arena Melikae gefangen gehalten wurde, doch bewachte man sie so gut, als wäre sie eine Königin. So sehr die Gefährten sich auch bemüht hatten, es war ihnen weder gelungen, die Sharisad zu Gesicht zu bekommen, noch ließ sich einer ihrer Wächter bestechen, ihr heimlich eine Nachricht zu überbringen.

An den letzten zwei Tagen vor ihrem Kampf in der Arena unterwies Gwenselah Omar im Umgang mit den Booten. Dem Novadi war zwar der Gedanke unheimlich, sich in einer so winzigen Nussschale dem Meer anzuvertrauen, doch schließlich ließ er sich überzeugen, dass dies der einzige Weg sei, bei dem zumindest eine geringe Aussicht bestand, den Sklavenjägern und Söldnern zu entkommen.

Wie jedes Mal, wenn Omar ein Boot betreten hatte, so fühlte er sich auch jetzt erst wieder wohl, als er festen Boden unter den Füßen hatte. Gwenselah winkte ihm, diesmal das Boot allein den Strand hinaufzuziehen. Mit jedem Tag wirkte der Beni Geraut Schie hinfälliger, und obwohl er nicht mit greller Schminke sparte, schien er Omar von Stunde zu Stunde blasser zu werden. Gwenselah hätte sich schonen sollen, statt jeden Morgen in der Arena zu fechten und die Nachmittage auf dem Wasser zu verbringen. Niemand konnte auf dem Wasser gesund werden!

»Komm zu mir, Omar!« Gwenselah hatte sich im Schatten einer steilen Düne niedergelassen. Seine Stimme klang schwach und zittrig. Wenn er mit Omar allein war, machte er sich nicht mehr die Mühe, seinen Zustand zu überspielen. »Setz dich und zeig mir noch einmal, wie gut du mein Zauberzeichen erlernt hast.«

Der Novadi las einen Stock auf und glättete den Sand. Immer, wenn er dieses unselige Zeichen malen sollte, ergriff ihn ein Schaudern. Sich mit Zauberkräften zu beschäftigen, war eine Kunst, für die er nicht geboren war. Obwohl er nun schon seit mehr als zwei Gottesnamen von Gwenselah unterrichtet wurde, machte er immer noch kleine Fehler, wenn er das magische Schutzsymbol zeichnete. Auch diesmal erging es ihm nicht besser, und Gwenselah schüttelte nachdenklich den Kopf.

»Mir scheint, dir ist es einfach nicht gegeben, allein kraft deiner Erinnerung Lyrankh zu vollenden. Du bemerkst es nicht einmal, wenn du Fehler machst. Was wirst du tun, wenn ich morgen Abend nicht an deiner Seite bin, um dich zu berichtigen?«

»Lass es uns noch einmal üben, Meister. Ich bin sicher, ich werde es noch lernen.« Obwohl Omar sich bemühte, aufrichtig zu klingen, wusste er im Grunde seines Herzens, dass sein Freund recht hatte. Es war aussichtslos. Doch warum war sich Gwenselah so sicher, dass er sterben würde? Warum glaubte er so fest daran, dass er den morgigen Tag nicht überleben werde?

»Sicher wird alles gutgehen, und bald schon sitzen wir zusammen und lachen über deine Todesahnungen.«

Statt ihm zu antworten, blickte Gwenselah ihn nur stumm an. Selbst seine grauen Augen, die sonst immer ein Spiegel seiner lebendigen Seele gewesen waren, wirkten nun leer und tot.

»Bestimmt wird es dir bald wieder besser gehen! Früher gab es immer wieder Zeiten, da du über deine Krankheit triumphieren konntest. Du wirst schon sehen, wenn sich Melikae und ich gemeinsam um dich kümmern, dann werden wir deinen Husten besiegen.«

Gwenselah lächelte und schüttelte müde den Kopf. »Es ehrt dich, dass du versuchst, mir Mut zu machen, doch es ist aussichtslos. An den Tagen, an denen es mir besser ging, habe ich alle meine Kräfte aufgeboten, um der Krankheit die Stirn zu bieten. Seit wir Selem verließen, habe ich das Kämpfen aufgegeben. Alle Kraft, die ich noch zu sammeln vermag, werden wir morgen brauchen, um lebend aus der Stadt zu kommen.«

»Was habe ich gewonnen, wenn ich mein Glück mit dem Leben meines besten Freundes erkaufen muss? Bei Rastullah, wenn es irgendeinen Weg gibt, deine Leiden zu lindern, so tu es!«

»Und was habe ich gewonnen, wenn ich jene Kräfte für mich vergeude, die morgen dir und Melikae das Leben retten können? Ihr Menschen macht alle den Fehler, dem Tod zu großen Wert beizumessen. Es gibt keine ewige Verdammnis und auch keine immergrünen Gärten. Der Tod ist nichts weiter als die Geburt in ein neues, anderes Leben. Ich habe keine Angst davor. Wenn du etwas für mich tun willst, dann lerne das Lyrankh fehlerfrei zu zeichnen, denn wenn du diese Linien morgen mit der verzauberten Tinte auf den Bug meines Bootes malst und einen Fehler machst, dann können Dinge geschehen, die wir beide uns nicht einmal vorzustellen vermögen. Ich werde es dir heute Nacht auf ein Pergament malen.« Gwenselah lachte leise. »Dann wird morgen ein Stück Tierhaut an meine Stelle treten, um dich zu belehren.«

»Sprich nicht so! Du redest deinen Tod herbei, wenn du so etwas sagst.«

»Und trotzdem müssen wir über das Unvermeidliche sprechen. Es mag sein, dass dich gewisse Umstände, die mit meinem Tod einhergehen, ängstigen werden. Trotzdem muss ich dich bitten, zumindest einen Teil von dem zu retten, was du finden wirst, wenn ich gestorben bin, sonst …« Er seufzte. »Es gibt keine Verdammnis, vor der ich mich fürchte. Doch wenn jener Teil von mir, der wiedergeboren würde, diese Welt nicht verlassen kann, weil du das Ritual mit dem Totenboot nicht richtig vollzogen hast, dann erfüllt sich ein schrecklicher Fluch an mir. Ich würde nicht leben und wäre auch nicht wirklich tot. Es … Ich weiß nicht, wie ich es in für einen Menschen verständliche Worte fassen könnte. In meinem Volk gibt es viele Geschichten über Unglückliche, die den Weg zu den Pforten im Meer nicht gefunden haben, und wenn ich vor etwas Angst habe, dann davor, so zu werden wie Nantiangel und Lailath oder alle die anderen, die ihr Leben auf der Suche nach Selflanatil gegeben und darüber ihren Weg verloren haben. Sie mussten Jahrhunderte warten, bis sie erlöst wurden. Für mich gäbe es nicht einmal diese Hoffnung. Begreifst du, wie wichtig du deshalb für mich bist, Omar? Ich gebe mein Leben gern, wenn dafür das Glück in das deine zurückkehrt. Und noch etwas. Wenn ich sterbe, so nimm mein Schwert! Ich wüsste niemanden, der würdiger wäre, es zu führen. Denn auch wenn du vielleicht noch an dir zweifeln magst, so habe ich doch schon lange all jene Eigenschaften an dir erkannt, die einen guten Krieger ausmachen. Und wer weiß, wenn du eines Tages auch in der schwersten aller Tugenden bestehst, wirst du vielleicht sogar einen Weg finden, mir mein Schwert zurückzugeben.«

Omar fühlte einen Kloß im Hals. Er wollte seinem Freund widersprechen, wollte ihm klarmachen, dass seine bösen Ahnungen nur dunkle Wahngespinste seien, doch die Stimme versagte ihm den Dienst, und ohne dass noch ein weiteres Wort gesprochen wurde, sahen die beiden der Sonne zu, die im Westen hinter den Hügeln versank. Im roten Licht des schwindenden Tages erschienen dem Novadi die weißen Häuser der sündigen Stadt wie in Blut getaucht.

Als sie in ihre Herberge zurückgekehrten, wollte Omar keine Ruhe finden. Noch Stunden, nachdem er sich von

Gwenselah zur Nacht verabschiedet hatte, saß er aufrecht in seinem Bett und starrte auf die Wände des Zimmers. Immer und immer wieder dachte er an den kommenden Tag. Dann wieder ermahnte er sich stumm, dass er zur Ruhe kommen müsse, um den bevorstehenden Anstrengungen gewachsen zu sein. Vergebens! Schließlich stand er auf und trat zum Fenster, um auf das silbern schimmernde Meer zu blicken. Selbst jetzt erkannte er den dunklen Rabenfelsen noch deutlich, jenes unheimliche Wahrzeichen der Stadt. Ja, Omar hatte das Gefühl, dass der Rabengötze ihn verhöhnte, diese widernatürliche Kreatur, die nur gegen den Willen Rastullahs existieren konnte und die es doch vermocht hatte, sich eine so mächtige Stadt wie Al'Anfa zu unterwerfen.

Einen Atemzug lang vermeinte er über das leise Rauschen der Wellen hinweg ein krächzendes Lachen zu hören, und mit Schaudern erkannte Omar, dass sie beide mit ihrem tollkühnen Plan nicht die Stadt, sondern den Götzen selbst herausgefordert hatten. Deshalb also rechnete Gwenselah so fest mit seinem Tod. Selbst wenn sie triumphieren sollten, würde sich der Rabengott niemals ein Leben entreißen lassen, ohne zur Vergeltung ein anderes einzufordern.

Eine dunkle Gestalt trat vor das Haus und eilte die Straße parallel zu den Hafenbefestigungen entlang. Omar sah ihr gedankenverloren nach, doch erst als der Schatten vor der Mauer verharrte und sich offensichtlich von Schmerz gepeinigt gegen den kalten Stein lehnte, erkannte der Novadi, wer da die Herberge verlassen hatte. Es war Gwenselah! Was, in Rastullahs Namen, tat er? Welchen Weg hatte er zu gehen, bei dem er seinen Freund nicht an der Seite wissen wollte?

Obwohl vor ihren Augen eine wilde Schlacht tobte, spürte Melikae in sich eine unerschütterliche Ruhe und Zuversicht. Auf der Sklaveninsel und im Kerker der Arena hatte man versucht, sie zu brechen und ihr die letzte Würde zu nehmen. Doch stattdessen hatte sie in sich eine Kraft gefunden, die selbst die grausamsten Folterer und Sklavenschinder nicht zu berühren vermochten. Zuletzt hatte sie sogar die verborgene Angst in jenen erkannt, die kamen, um sie zu erniedrigen, und die ihr doch nichts mehr anzutun vermochten.

In den Stunden, die sie allein in ihrem finsteren Kerker verbracht hatte und in denen ihr baldiger Tod ihre einzige Gewissheit gewesen war, hatte sie ihren Frieden mit Rastullah gemacht. Bald schon würde der Eine sie zu sich nehmen, und sie wäre endlich wieder mit Omar vereint. Aus dem Trost, den ihr dieser Gedanke gab, war auch die Gewissheit erwachsen, dass der gerechte Gott jede Erniedrigung, die sie hatte erdulden müssen, tausendfach vergelten würde.

Voller Verachtung für den blutigen Kult derer, die in diesem Kerker regierten, blickte sie auf das grausame Treiben in der Arena. Nicht Boron, sondern einem anderen Götzen, Kor genannt, geboren aus Blut und Finsternis, war dieser Ort der Folter und des Todes geweiht, so hatte sie von den Wärtern erfahren. Doch auch er könnte nicht vor dem Zorn des Einen bestehen, wenn der Tag der Vergeltung für alle Bluttaten in der Arena kam. Und ihr, so dachte Melikae, war es gegeben – genauso wie allen Novadis, die hier ihr Ende finden sollten –, das sündige Al'Anfa daran zu erinnern, dass die Stunde, da alle Demütigungen heimgezahlt würden, nicht mehr fern war.

Mit kaltem Lächeln blickte sie auf das Stück Stadtmauer, das man in der Arena errichtet hatte. Es war aus dicken Balken gezimmert und dann weiß gekalkt worden, sodass es von Weitem wohl echt aussehen mochte. Auch ein Tor und einen kleinen Turm hatte man auf diese Weise nachgebildet. Jene Unglücklichen aber, die nun zum zweiten Mal um Unau kämpfen sollten, hatte man in phantastische Kostüme gesteckt. Bunt wie Pfauen sahen sie aus mit ihren riesigen Turbanen, den Pluderhosen und weit geschnittenen Kaftanen. Und doch kämpften sie mit einem Mut und einer stummen Verbissenheit, die diese alberne Kostümierung vergessen machte. Auch wenn sie keine Pfeile oder Speere hatten, um ihren Gegnern schon auf dem Weg zu den Mauern die ersten Verluste beizubringen, hatten die schwarz gewandeten Eroberer bei ihrem Angriff doch einen überraschend hohen Blutzoll zu entrichten.

Zunächst war Melikae überrascht gewesen, dass die Angreifer sogar in der Unterzahl waren. Schließlich wäre für die al'anfanischen Zuschauer nichts peinlicher gewesen als zu beobachten, wie die Schlacht um Unau verloren wurde. Eine Zeit lang hatte es ganz so ausgesehen, als könnten sich die Verteidiger halten. Etliche der Leitern, die gegen die Mauern gelehnt wurden, konnten niedergestürzt werden, und immer wieder durchtrennten die tapferen Unauer die Seile der Wurfanker, die gegen ihre Zinnen geschleudert wurden. Doch dann brachten die Schwarzgewandeten einen kleinen Belagerungsturm an die Mauer und schafften es, das Tor mit einem Rammbock zu zertrümmern. Von da an zeigte sich, wie ungleich der Kampf wirklich war. Auch wenn die Novadis weiterhin wacker fochten, so vermochten sie gegen die ausgebildeten und geübten Kämpfer, die man ihnen entgegengestellt hatte, nicht zu bestehen.

Einer der Ersten, die durch das Tor stürmten, war ein schlanker Krieger, der den federgeschmückten Helm eines Hauptmanns trug. Gleich drei Unauer stellten sich ihm entgegen. Anscheinend ohne Mühe parierte er ihre Hiebe und streckte einen nach dem anderen nieder. Seine Seite deckte ein Bannerträger, der Melikae von Weitem an Omar erinnerte. Er hatte seine Größe und Statur, doch vor allem war es sein Gesicht … Die Sharisad schüttelte den Kopf. Welch törichter Gedanke! Omar war tot!

Angewidert von dem Blutbad in der Arena wandte sie

sich ab und erhob ihre Stimme zum Gebet, um den Einen zu preisen und ihn um Gnade für all ihre tapferen Brüder zu bitten, die ihr Leben in der Arena gegeben hatten.

Omar war erleichtert, als er unter dem Beifall der Massen die Arena endlich wieder verlassen konnte. Noch nie hatte er so viele Menschen auf einmal gesehen, und die Vorstellung, allein zu ihrem Vergnügen sein Leben gewagt zu haben, war ihm zuwider. Doch wenigstens hatte er den Eid, den er sich selbst geschworen hatte, nicht gebrochen! Obwohl er in der Arena manches Mal hart bedrängt worden war, hatte er keinen der Novadis getötet.

Wachen eskortierten die Gladiatoren zu einem Saal, wo ein mächtiger Tisch mit Weinkrügen auf sie wartete. Dort kümmerten sich zwei Heiler um jene, die im Kampf Verletzungen davongetragen hatten. Etliche der Gladiatoren hatten für das Vergnügen des Pöbels mit üblen Wunden zahlen müssen.

Doch all das kümmerte Omar nicht. Endlich, nach einem halben Jahr der Trennung, war die Stunde des Wiedersehens gekommen. Mit zitternden Fingern öffnete er die Schnallen des schwarzen Lederpanzers, den er im Kampf getragen hatte, als Gwenselah neben ihn trat und leise flüsterte: »Behalte die Verkleidung an. In schwarzer Uniform werden wir nicht so sehr auffallen, wenn wir versuchen, in die tiefer gelegenen Gewölbe vorzudringen. Nimm dein Kleiderbündel unter den Arm. Melikae wird etwas zum Überziehen brauchen, wenn sie nicht jedermann als Gefangene auffallen soll. Zuerst werden wir uns aber noch ein wenig zu den anderen Gladiatoren setzen und über den Kampf reden. Wenn wir allzu schnell von hier verschwinden, machen wir uns verdächtig.«

»Aber können wir es uns denn leisten, wertvolle Zeit zu vertun?«

Der Beni Geraut Schie lächelte. »Wir haben mehr als genug Zeit. Jetzt werden zunächst einmal die Toten und die Attrappen der Mauern aus der Arena geschafft. Dann findet noch der Kampf mit dem Bullen statt, und erst danach soll Melikae den Löwen vorgeworfen werden. Uns bleibt mehr als eine Stunde, schätze ich.«

Omar war nicht wohl bei der Sache, doch hatte Gwenselahs Rat sich bislang nicht immer als richtig erwiesen? Mit gemischten Gefühlen ließ er sich nieder, doch vermochte er nicht wirklich an der lärmenden Fröhlichkeit der anderen Gladiatoren Teil zu haben.

Eine Ewigkeit schien vergangen zu sein, bis sich Gwenselah endlich erhob und mit lautem Lachen und großsprecherischen Worten von den anderen Kriegern Abschied nahm. Dass sie noch immer die schwarzen Rüstungen der Söldner des Blutgottes trugen, schien keinen der Fechter zu stören.

Wie Gwenselah es vorhergesagt hatte, herrschte überall in den Gängen unter der Arena aufgeregte Betriebsamkeit. Dicht hinter dem Gewölbe, in dem die Gefährten mit den Siegern gezecht hatten, folgte eine zweite Kammer, in die die Schwerverletzten und die Sterbenden geschafft worden waren. Männer und Frauen in langen schwarzen Gewändern kümmerten sich um die kostbaren Gladiatoren, die meisten Sklaven jedoch überließ man einfach ihrem Schicksal.

Es roch nach Schweiß und Blut. Um den Atem des Todes zu verdrängen, waren zwei Kohlepfannen aufgestellt worden, in denen man Weihrauch und wohl duftende Kräuter verbrannte.

Gwenselah hatte die Führung übernommen, und Omar war ihm dankbar dafür. Obwohl sie schon mehrfach bis zu den tiefsten Kerkern hinabgestiegen waren, konnte sich der Novadi den rechten Weg durch die labyrinthischen Gänge nicht merken. Alle Abzweigungen erschienen ihm gleich, und auch die Treppen, die bis tief in den Fels unter der Arena reichten, waren einander so ähnlich, dass es schon eines außergewöhnlichen Orientierungssinns bedurfte, um sich nicht zu verirren. Auch machte Omar der beißende Gestank der Pechfackeln zu schaffen, die in regelmäßigen Abständen in eisernen Haltern an den Wänden hingen, und die niedrigen, gewölbten Decken schienen ihn zu erdrücken.

Einmal, als sie einen der Hauptgänge entlangeilten, hörten sie von ferne das Gebrüll der Löwen. Wahrscheinlich hatte man sie tagelang hungern lassen, um ihre Kampfeslust zu steigern.

Immer tiefer stiegen sie beide in die unheimlichen Katakomben hinab, bis sie schließlich auf einen breiten Korridor gelangten, von dem wohl ein Dutzend Türen in angrenzende Kerkerzellen führten. Das rote Licht der Fackeln spiegelte sich unheimlich auf den Wänden aus poliertem Obsidian. Zwei Wächter waren im Korridor aufgestellt, die Gwenselah militärisch grüßten, als er eintrat. Offensichtlich hatten sie in dem unsteten Licht die Verkleidung für eine echte Uniform gehalten. Omars Finger glitten zum Griff seines Tuzakmessers. Lange würden die beiden sich sicher nicht täuschen lassen!

»Wir sollen die Meuchlerin verhören. Führt uns in ihre Zelle!« Gwenselah hatte sich breitbeinig mitten in dem Korridor aufgebaut und ahmte das herausfordernde Verhalten eines Söldneroffiziers nach.

»Tut uns leid, Hauptmann, aber Ihr kommt zu spät«, antwortete einer der beiden Wachsoldaten. »Ich nehme an, die Meuchlerin steht jetzt schon in der Arena.«

Omar war, als würde ihm der Boden unter den Füßen weggezogen. Melikae in der Arena? Wie war das möglich? Es war doch …

»Das kann nicht sein!«, entgegnete Gwenselah scharf. »Laut Programm kommt sie erst nach dem Kampf mit dem Stier an die Reihe. Also sagt mir sogleich, wo diese Novadi-Hure steckt, oder ich ziehe euch für eure unpassenden Späße zur Rechenschaft.«

»Aber ich sage es Euch doch! Man hat sie schon vor Stunden nach oben geschafft. Sie sollte von einer Zelle aus die Schlacht um Unau beobachten, und gleich danach ist ihr Auftritt vorgesehen. Wisst Ihr denn nicht, dass man den Bullen in dieser Nacht in seinem Stall vergiftet hat? Sicher stecken da wieder irgendwelche hinterhältigen Wettbetrügereien dahinter. Es war ein prächtiges Tier, ein richtiger …«

Omar hörte den Wachen nicht weiter zu. Er musste hinauf zur Arena. Vielleicht war es noch nicht zu spät? Hätte er nur nicht auf Gwenselah gehört! Wären sie nach ihrem Kampf sofort zu den Kerkern gegangen, hätten sie noch genug Zeit gehabt, um Melikae aus ihrer neuen Zelle zu befreien, doch jetzt …

Wie von Dämonen getrieben, rannte Omar durch die Korridore und Gänge der Katakomben. Sein einziger Gedanke galt Melikae. Er musste es noch schaffen! Hinter sich hörte er Schritte. Ob Gwenselah ihm folgte? Hätte er doch nur seinem Gefühl vertraut! Sicher wäre es nach dem Kampf noch nicht zu spät gewesen, Melikae zu retten!

Atemlos stürmte er eine schmale Stiege hinauf und blickte sich verwirrt um. Diesen Teil der unterirdischen Anlagen hatte er bislang noch nicht betreten. Ein beißender Geruch hing in der Luft. Vor ihm erstreckte sich ein langer Gang, an dem Zellen mit eisernen Gittern lagen.

Ohne auf die Kerker zu achten, rannte er weiter. Es musste doch einen Weg geben! Überall auf dem Gang lag Stroh. Plötzlich erklang ein bedrohliches Knurren neben ihm. Blitzschnell zog Omar sein Schwert und drehte sich halb geduckt zur Seite, bereit, es mit jedem Gegner aufzunehmen. Das Knurren schwoll zu einem markerschütternden Brüllen an. Unmittelbar neben ihm stand ein riesiger Tiger und starrte ihn mit böse funkelnden grünen Augen an. Nur die fingerdicken Stäbe des Kerkers trennten die Bestie von ihm. Er war in den unterirdischen Tiergehegen gelandet! Mit leisem Fluchen ließ er sein Tuzakmesser zurück in die Scheide gleiten. Wieder hatte er Zeit verloren!

»So warte doch, Omar!« Gwenselah war die Treppe heraufgekommen. »Unternimm jetzt nichts Unüberlegtes!«

Nichts Unüberlegtes! Omar schnaubte verächtlich und rannte weiter. Hätte er nur gleich so gehandelt, wie er empfand! Wozu hatten Gwenselahs Überlegungen geführt? Sie würden Melikae das Leben kosten!

Ein Korridor zweigte links vom Hauptgang ab und mündete auf eine Rampe, die mit leichter Schräge nach oben führte. Hier war er richtig! Weiter vorn hörte er das Knallen von Peitschen. Vielleicht käme er doch noch zur rechten Zeit …

Auch das Licht änderte sich. Der unstete Schein der Fackeln wich hellerem Tageslicht. Von jenseits der Rampe war ein Rumpeln und Knirschen zu hören. Hier war er richtig! Mit langen Schritten stürmte Omar die Schräge hinauf. Dahinter lag ein kurzer Gang, der vor einem schweren eisernen Fallgatter endete. Männer mit Peitschen trieben drei Löwen durch das Gitter.

»Nein!« Omar zog sein Schwert und stürzte mit schrillem Schrei auf die Wärter zu. Hinter dem Gitter erkannte er das weite Rund der Arena, und dort, mitten auf dem Sandplatz, stand Melikae.

»Nein!«

Ein bärtiger Tierpfleger hatte sich umgedreht und starrte den Novadi überrascht an. Das Gebrüll eines Löwen brach sich an den Wänden des stickigen Gangs. Ein Peitschenknall war zu hören, dann stürzten die Bestien unter dem Fallgitter hindurch in die Arena.

»Holt sie zurück!«

»Bist du von Sinnen, Mann?« Der Bärtige stellte sich Omar in den Weg. »Hier hast du nichts verloren!«

Ohne nachzudenken, hob Omar sein Tuzakmesser und streckte den Mann mit einem einzigen Streich nieder. Im gleichen Augenblick senkte sich rasselnd das Fallgatter. Der Novadi stürzte nach vorn und umklammerte das Gitter. Er war zu spät gekommen! Nur fünf oder sechs Schritt trennten ihn von den Löwen, die witternd die Köpfe hoben. Die Menschenmenge schien sie zu verunsichern.

Inmitten der Arena stand Melikae. Sie trug einen schmutzigen, zerrissenen Kaftan. Ihr Haar hing in wirren Strähnen herab. Die Tage der Gefangenschaft hatten sie gezeichnet. Mit stolz erhobenem Haupt und blanker Klinge stand sie dort, voller Verachtung für die blutdürstigen Heiden, die gekommen waren, ihr Ende zu erleben.

»Melikae!«, schrie der Novadi mit heiserer Stimme. Die Sharisad drehte sich um und blickte in seine Richtung. Doch es schien, als sehe sie ihn nicht.

Er musste zu ihr! Wenn er sie schon nicht retten konnte, dann wollte er wenigstens mit ihr zusammen sterben! Voller Wut drehte er sich zu den Tiertreibern um. Einer von ihnen hatte einen Dolch gezogen, zögerte aber vor einem Angriff.

»Los, öffnet mir das Gitter!« zischte der Novadi drohend.

»Aber …«

Omar hob sein Schwert, und der Mann verstummte. »Öffnet das Gitter!«

Widerspruchslos trat an ein hölzernes Spill, um das sich eine Kette wand, und begann es zu drehen.

»Lass das, Omar! Es ist sinnlos, wenn du auch noch stirbst.« Gwenselah war die Rampe heraufgekommen und stand am Ende des Gangs.

»Ich habe einmal zu oft auf deinen Rat gehört!«

»Ich konnte doch nicht wissen …«

»Dreht weiter!« Die Wächter hatten kurz innegehalten, doch als Omar drohend einen Schritt auf sie zu tat, beeilten sie sich, mit ihrer Arbeit fortzufahren.

Aus der Arena erklang ein tausendfacher Schrei. Melikae hatte ihr Schwert weggeworfen! Mit bloßen Händen stand sie jetzt den drei Löwen gegenüber. Das war das Ende! Wie gelähmt starrte Omar durch die Gitterstäbe, die sich nur quälend langsam hoben, Spann um Spann.

»Es ist besser, wenn du das nicht mit ansiehst.« Gwenselah war hinter den Novadi getreten. »Behalte sie so in Erinnerung, wie du sie gekannt hast, stolz und schön.«

»Ich …« Omar drehte sich um. Aus den Augenwinkeln hatte er gesehen, wie Gwenselah sein Schwert zum Schlag erhoben hatte. Der Novadi wollte seine Waffe hochreißen, doch sein Freund war schneller. Mit bösem Zischen senkte sich seine Klinge und traf Omar mit der flachen Seite an der Schläfe.

Eigentlich sollte ich Angst haben, dachte Melikae verwundert. Doch statt an Flucht zu denken, schoss es ihr durch den Kopf, dass sie noch nie vor einem so großen Publikum getanzt hatte. Langsam drehte sie sich um die eigene Achse und bestaunte die Menschenmassen auf den Rängen. Es mussten Tausende sein!

Melikae verharrte und blickte zu den Löwen hinüber. Auch die Raubkatzen schienen verwirrt. Unsicher schnupperten sie umher und scharrten mit den Pranken im Sand. Die Sharisad betrachtete die Waffe in ihrer Hand. Bevor ihre Wächter Melikae in die Arena gestoßen hatten, hatten sie ihr ein Schwert gegeben. Es war eine schlichte Waffe ohne Schmuckbesatz und mit einer geraden Klinge. Melikae lächelte. Nein, ein Schwert würde sie nicht brauchen. Rastullah allein wusste, ob sie unterging oder obsiegte, doch wie immer er entschied, eine Waffe würde dabei keine Rolle spielen. Schließlich war sie eine Tänzerin und keine Amachd'sunni. Ein letztes Mal blickte sie auf die schimmernde Klinge, dann warf sie das Schwert in weitem Bogen von sich.

Ein Aufschrei ging durch das Publikum. Viele sprangen auf, zeigten Melikae die geballten Fäuste und verfluchten die Sharisad dafür, dass sie sie um ihren Spaß betrogen habe. Andere versuchten, die Schreier zu übertönen, und verkündeten, dass dies die mutigste Tat sei, die sie jemals gesehen hätten.

Trotz des Lärms schienen sich die Löwen langsam an die fremde Umgebung zu gewöhnen. Mit unruhig peitschenden Schwänzen schlichen sie dicht unter den Publikumsrängen entlang. Der größte von ihnen stieß ein lautes Fauchen aus.

Melikae begann sich langsam hin und her zu wiegen und vollführte mit den Armen schlangenhafte Bewegungen. Sie musste ihren Tanz behutsam beginnen. Jede ruckartige Bewegung mochte die Löwen reizen.

Das leise Zirpen einer Zitar erklang aus dem Nichts. Ihre Magie begann zu wirken! Doch vermochte sie einen Zauber zu weben, der auch Tiere in ihren Bann schlüge? In ihrer Kerkerzelle hatte sie viel Zeit gehabt, über jene Dinge nachzudenken, die Sulibeth ihr beizubringen versucht hatte. Hunderte Stunden mussten es gewesen sein, die ihre geduldige alte Lehrerin auf sie eingeredet hatte, um ihr die tieferen Geheimnisse des Zaubertanzes beizubringen.

Damals jedoch hatte Melikae noch nicht die Reife zu einer wahrhaften Sharisad gehabt. Allein den einfachsten aller Zauber, den Tanz der Liebe, hatte sie zu erlernen vermocht. Erst während ihrer Fastenzeit in der einsamen Oase und der anschließenden Gefangenschaft hatte sie Stück um Stück die Lehren Sulibeths begriffen, und so, wie sich aus vielen tausend Steinchen ein prächtiges Mosaik fügen kann, so erschloss sich Melikae die verborgene Magie jener Zaubertänze, an denen sie früher gescheitert war.

Ruhig beobachtete sie die Löwen. Die Bestien zogen langsam engere Kreise um sie, doch noch konnten sie sich nicht zum Angriff entschließen. Zur Zitar gesellte sich jetzt die melancholische Klage der Kabasflöte. Einige der Zuschauer in den vorderen Rängen waren voller Verwunderung aufgesprungen. Manch einer blickte unsicher um sich und suchte nach der Quelle der leisen, aber eindringlichen Musik. Jene aber, deren Gemüter gröberer Natur waren, schimpften lauthals über das schlechte Schauspiel, das ihnen geboten wurde, und warfen mit Steinen nach den Löwen, um sie zum Angriff zu reizen.

Melikae hatte begonnen, sich zum Klang der Flöte im Kreis zu drehen. Eindringlicher und dramatischer wurde die Melodie.

Im Drehen zogen Tausende von Gesichtern an Melikae vorüber, und die schwarze Arena erschien ihr wie ein tiefer Talkessel. Ein Tal … Mit Schrecken dachte sie an den Traum, den sie im Tal der Sieben Säulen gehabt hatte. Sie war in einem runden Tal gefangen gewesen, und von überallher waren Löwen auf sie eingesprungen. Das Omen hatte sich erfüllt! War die Stunde ihres Todes gekommen?

Plötzlich klang das Zirpen der Zitar disharmonisch, und die Flöte wimmerte so traurig, dass Melikae das Gefühl hatte, eine eisige Hand greife nach ihrem Herzen. Noch immer schlichen die Löwen geduckt um die Tänzerin herum.

Keine drei Schritt mehr waren die hungrigen Bestien jetzt von ihr entfernt. Die Augen der Raubkatzen hatten die Farbe von hellem Bernstein. Nicht einen Atemzug lang wandten sie den Blick von der Sharisad, und die größte unter ihnen stieß immer wieder ein leises Fauchen aus.

Hatte sie sich getäuscht, als sie glaubte, die Raubkatzen durch ihren Tanz bezwingen zu können? Doch noch lebte sie! War nicht allein das schon ein Wunder?

Langsam gelang es ihr, ihre Tanzbewegungen ausdrucksvoller zu gestalten. Mit winzigen Schritten und wiegenden Hüftschwüngen bewegte sie sich auf den größten der Löwen zu und wich wieder zurück. Immer und immer wieder näherte sie sich der Bestie, die auf der Stelle verharrte und ihr mit bedrohlich starren Augen zusah.

Dann endlich legte sich der Löwe in den Sand. Sein Knurren verstummte, stattdessen zeigte die Raubkatze nur noch gähnend die todbringenden Fänge.

Melikae wagte mehr. Sie kniete neben dem Löwen nieder, spielte mit den Händen in seiner buschigen Mähne, strich über sein samtenes Fell – und der narbenbedeckte Menschenfresser, gezeichnet von zahllosen Siegen in der Arena, begann zu schnurren wie ein Kätzchen. Ja, zuletzt rollte er sich träge zur Seite und ließ es zu, dass Melikae ihm den Fuß auf die mächtige Brust setzte.

Die Musik erstarb, so wie auch die Rufe des Pöbels schon lange verstummt waren. Totenstille herrschte im weiten Rund der schwarzen Arena. Schließlich erklang ein einzelnes Klatschen. Melikae drehte sich um und suchte unter den Tausenden nach dem einen, der ihr applaudierte. Ein Mann, so dick, dass ihn zwei Diener stützen mussten, hatte sich in seiner Loge erhoben. Er trug Kleider aus Gold und Purpur, so als wäre er ein König.

Langsam fielen andere in den Applaus ein. Jetzt erklangen auch Bravorufe, und einige reichere Bürger warfen silberne Münzen in die Arena. Stolz erhobenen Hauptes nahm Melikae die Huldigung entgegen. Vor diesem Publikum würde sie sich nicht verbeugen! Auch wenn das Klatschen wie ein Orkan in ihren Ohren toste, so wusste sie doch, dass die blutgierigen Al'Anfaner ihr keine Träne nachgeweint hätten, wäre sie von den Löwen zerfleischt worden.

Der dicke Mann hatte die Hand erhoben, und langsam verebbte der Beifall der Menge. »Boron und Kor haben unser Opfer zurückgewiesen! Noch niemals vermochte es eine Kämpferin, die Bestien der Arena durch einen Tanz zu besänftigen. Fast mag es mir wie ein Wunder erscheinen, was wir hier gesehen haben. Ich möchte meine Stimme nicht gegen den von uns allen verehrten Patriarchen erheben, der in der Ferne für den Ruhm unserer Stadt kämpft, und ich habe nicht die Macht, ein Todesurteil aufzuheben, das er ausgesprochen hat. Doch wenn wir die Götter selbst nicht beleidigen wollen, können wir dann Strafe fordern, wo sie Milde zeigten? Volk von Al'Anfa! Entscheide über Leben oder Tod!«

Auf den Rängen entstand Unruhe. Hier und da hörte Melikae zornige Stimmen, die ihre Hinrichtung forderten. Die Rede, die der so prächtig gewandete Fettwanst gehalten hatte, verwunderte sie. Wahrscheinlich wollte er sie zum Bestandteil einer Intrige gegen den Patriarchen machen. Sollte sie nicht hingerichtet werden, so grenzte das an Rebellion gegen Tar Honak.

Wie um ihr Geschrei zu unterstreichen, machten die Götzenanbeter seltsame Gesten. Sie ballten die Rechte zur Faust und zeigten mit dem Daumen himmelwärts oder zum Boden.

Nach einem Gongschlag beruhigte sich der Lärm langsam. Wieder ergriff der Dicke das Wort. »Wie ich sehe, ist die Mehrheit der Meinung, dass wir der Meuchlerin zumindest vorläufig das Leben lassen sollten. Da ihre ungewöhnliche Art zu kämpfen mich belustigt und unterhalten hat, werde ich ihr, bis sie erneut in der Arena antritt, eines meiner kleineren Stadthäuser zur Verfügung stellen. Schließlich war sie einst eine Prinzessin, und nachdem sich ihr selbst die Götter als geneigt erwiesen haben, sehe ich keinen Grund, warum wir sie nicht fortan behandeln sollten, wie es einer Prinzessin gebührt! Doch nun mögen die Veranstalter mit den Spielen fortfahren. Nach so viel friedlicher Kurzweil sind wir geneigt, wieder Blut zu sehen.«

Als Omar erwachte, fand er sich in einem weichen Bett wieder. Sein Kopf brummte, so als tobe darin ein Schwarm wütender Hornissen. Blinzelnd blickte er sich um und erkannte sein Zimmer in der Herberge.

»Endlich! Es scheint, als hätte ich dich härter getroffen, als ich es wollte.«

Neben seinem Bett stand Gwenselah. Mit grausamer Deutlichkeit erinnerte der Novadi sich wieder an das Geschehen. Melikae war tot! Und Gwenselah hatte ihr Leben verspielt!

Warum bin nicht auch ich tot?, dachte Omar verbittert. Hätte sein Freund doch nur fester zugeschlagen und ihm den Schädel gespalten! Stattdessen stand er groß und blass neben dem Bett und lächelte, so als habe er endgültig über den Tod triumphiert. Omar konnte dieses Lächeln nicht ertragen!

»Es gibt gute Nachrichten!«

»In meinem Leben gibt es keine guten Nachrichten mehr.«

»Darauf würde ich an deiner Stelle lieber keinen Eid ablegen.« Gwenselah erzählte von der wunderbaren Errettung Melikaes und dass man sie in eine Villa im Westen der Stadt gebracht hatte.

»Dort wird es ungleich leichter sein, sie zu befreien«, schloss er seinen Bericht. »Sobald es dunkel geworden ist, werden wir aufbrechen. Und nun habe ich noch eine schlechte Nachricht für dich.«

Gwenselah drehte sich um und holte vom Tisch unter dem Fenster eine flache Schale mit einem dampfenden Kräutersud. »Du musst jetzt sehr tapfer sein, Omar«, erklärte er grinsend. »Es gibt kaum etwas, das übler schmeckt als diese Kräuter, aber wenn du bis heute Abend wieder einen klaren Kopf haben willst, musst du alles in einem Zug austrinken.«

Omar blickte unsicher die Schale an. »So schlecht geht es mir eigentlich gar nicht.«

»Trink!« Das Lächeln war von Gwenselahs Lippen gewichen.

Widerwillig ergriff der Novadi die Schale. Ein bitterer Geruch stieg von dem dampfenden Sud auf. Unsicher führte er das Gefäß zum Mund, und kaum dass er einen Schluck zu sich genommen hatte, wurde ihm so übel, dass er glaubte, er müsse sich erbrechen. Vielleicht genügte ja auch ein Schluck von dieser widerlichen Medizin?

»Trink alles!«

Manchmal erschien es Omar so, als könne Gwenselah Gedanken lesen. Mit zitternden Händen führte er die Schale erneut an die Lippen. Lieber würde er noch einmal in der Arena stehen, als diese Brühe hinunterzuwürgen. Warum, bei allen Dämonen, musste Medizin immer so schlecht schmecken? Als er die Schale endlich geleert hatte, war ihm schwindelig. Erschöpft ließ er sich auf sein Bett zurücksinken.

»Du wirst jetzt ein paar Stunden schlafen. Wenn du erwachst, wirst du dich so stark wie ein Wüstenlöwe fühlen. Sobald die Sonne untergegangen ist, werde ich dich wecken, mein Freund.«

Benommen blickte der Novadi Gwenselah nach, als er das Zimmer verließ. Welch ein Mensch war sein Gefährte nur? Er hatte den Beni Geraut Schie wie einen Schurken behandelt, als sein Irrtum Melikaes Leben in Gefahr gebracht hatte. Doch wie hätte Gwenselah es besser wissen sollen? Ich sollte mich bei ihm entschuldigen, überlegte Omar.

Schwerer und schwerer wurden dem Novadi die Augenlider, doch immer noch wollte ihn die Erinnerung an die Arena nicht loslassen. Wenn Gwenselah sich irren konnte, konnte er kein Dschinn sein! Oder war er …

Mit gemischten Gefühlen blickte Melikae auf die weite Bucht von Al'Anfa. Gewiss war sie froh darüber, nicht mehr in einem finsteren Kerker gefangen zu sein. Auch behandelte man sie mit Respekt, und ihr reicher Gönner hatte ihr sogar ein halbes Dutzend Sklaven zur Verfügung gestellt, doch frei war sie immer noch nicht.

Welch seltsames Schicksal ihr Rastullah doch zugedacht hatte! Noch heute Morgen war sie sicher gewesen, keinen Sonnenuntergang mehr zu erleben, und nun stand sie auf dem Balkon einer prächtigen Villa und blickte auf das Meer, das rot im Licht der sinkenden Sonne glänzte.

Sollte ihr Schicksal dem der Nachtigall gleichen, die zur Freude ihres Herrn in einem goldenen Käfig gefangen gehalten wird? An Flucht war nicht zu denken. Überall im Haus standen Wachen. Ob der Fettwanst, der für sie gesprochen hatte, vielleicht glaubte, sie werde ihm aus Dankbarkeit als Lustsklavin die Nächte versüßen? Und wenn er das tat, konnte sie mit ihm dann dasselbe Spiel treiben wie mit den Gästen, denen Tar Honak die tödliche Gunst erwiesen hatte, in ihrem Palast wohnen zu dürfen?

Vielleicht war es auch besser, nicht schon jetzt darüber nachzugrübeln, was die Zukunft bringen mochte. Ihr Leben lag in Rastullahs Hand, und es war müßig zu glauben, dass sie auch nur den geringsten Einfluss darauf hatte, was geschehen würde. Stattdessen sollte sie lieber versuchen, aus dem Augenblick das Beste zu machen.

Sie wandte sich ab von dem prächtigen Panorama, das der Hafen bot, und trat in ihr Schlafgemach zurück. Jetzt würde sie sich erst einmal ein Bad gönnen. Seit etlichen Gottesnamen hatte sie dazu keine Gelegenheit mehr gefunden. Dann sollte sich eine der Sklavinnen um ihr Haar kümmern. Es war strähnig und spröde geworden und bedurfte dringend der Pflege.

Wie versprochen hatte Gwenselah Omar kurz nach Sonnenuntergang geweckt. Und als der Novadi sich schlaftrunken erhob, musste er feststellen, dass die Medizin ebenso wirksam war wie sie übel geschmeckt hatte. Jedenfalls waren seine Kopfschmerzen verflogen.

»Vielleicht solltest du dich schminken!« Offensichtlich war sein Freund noch immer zu Späßen aufgelegt. Auch wenn er jetzt wieder den Schleier der Beni Geraut Schie trug, hätte Omar sein Leben darauf verwettet, dass Gwenselahs Worte von jenem spöttischen Lächeln begleitet wurden, das so bezeichnend für ihn war.

»Wenn du glaubst, dass ich noch in der Nacht unserer Flucht Al'Anfaner Sitten annehme, irrst du«, entgegnete Omar ein wenig brummig und sah sich nach seinen Kleidern um.

»Wie du meinst. Ich dachte nur, ich sollte dich vielleicht darauf hinweisen, dass dein Gesicht, auch wenn es jetzt vielleicht nicht mehr schmerzt, zum Fürchten aussieht. Immerhin wirst du noch diese Nacht deine lang vermisste Geliebte wiedersehen. Aber wie es scheint, gehört die Eitelkeit offensichtlich nicht zu deinen Untugenden.«

Vorsichtig tastete Omar über seine Schläfe. Tatsächlich schien seine ganze rechte Gesichtshälfte geschwollen zu sein. »Ist es wirklich so schlimm?«

Gwenselah zuckte mit den Schultern. »Wenn Melikae eine Vorliebe für die Farben Blau und Rot hat, wird sie sicher begeistert sein.«

Omar stutzte. Eigentlich hielt er nichts von dem Gedanken, sich eine ölige Paste ins Gesicht zu schmieren und das Ganze womöglich noch mit Puder zu bestäuben. Aber wenn er den Worten seines Freundes glaubte, musste er ja wie ein Ungeheuer aussehen. »Kannst du mich auch ...« Er suchte nach dem passenden Wort. »Kann man sich schlicht schminken? Ich möchte nicht aussehen wie ein Mehari bei den großen Rennen in Fasar.«

»Ich will dich zu nichts überreden, aber ich denke schon, dass du besser als vorher aussehen wirst, wenn ich mit dir fertig bin.«

»Dann fang an!«, knurrte Omar mürrisch.

Gwenselah brauchte nicht lange, um Omars Gesicht wieder zu einer gesünderen Farbe zu verhelfen. Danach kleidete sich der Novadi in die Tracht der Wüstenkrieger, die er nicht mehr angelegt hatte, seit sie in Selem in See gestochen waren. Doch nun gab es nichts mehr zu verbergen. Schon beim nächsten Sonnenaufgang hätten sie Al'Anfa weit hinter sich gelassen.

Gwenselah hatte die Wirtin bereits ausbezahlt und die Kiste mit Kleidern und Habseligkeiten, noch während Omar schlief, zu den Booten gebracht. Auf dem Weg zum Strand erschien dem Novadi sein Freund ungewöhnlich schweigsam, doch war er selbst zu sehr in Gedanken versunken, um Gwenselahs Verhalten größere Bedeutung beizumessen. Endlich, nach so vielen Gottesnamen, würde er Melikae wieder in die Arme schließen. Zu guter Letzt hatte Rastullah ihrer Liebe also doch gnädig zugestimmt. Im Gegensatz zu der Entführung aus der Arena würde es geradezu ein Spaziergang werden, Melikae aus irgendeiner Villa zu befreien.

Am Strand überprüften sie noch einmal die beiden kleinen Fischerboote. Gwenselah hatte dafür gesorgt, dass in Omars Boot reichlich Proviant und ein kleines Fass Trinkwasser vorhanden waren. Das Segeltuch und auch alles Tauwerk an Bord waren neu, und selbst die Rümpfe der beiden Schiffe waren frisch geteert.

Soweit man einem Boot überhaupt trauen konnte, erschienen Omar die beiden Gefährte seetauglich. Vielleicht ließe sich Gwenselah ja dazu überreden, schon morgen Abend die nächstgelegene Küste anzulaufen und den Rest des Weges auf Pferden zurückzulegen. Nach Unau würden sie nicht mehr zurückkehren. Omar hatte den Plan gefasst, sich vielleicht bei der Oase Achan niederzulassen und dort Pferde zu züchten. Sie lag so weit im Westen der Khom, dass der Krieg sie sicher niemals erreichen würde. Doch vielleicht hatte Melikae etwas anderes vor? Ob sie wohl immer noch in das Königreich der Heiden reisen wollte, das jenseits der Goldfelsen am Meer lag? Oft hatte der Novadi an die Geschichte von den großen steinernen Häusern gedacht, in denen angeblich Tänzerinnen ihre

Kunst zeigten und wo jeder mit blankem Silber bezahlen musste, der sie sehen wollte. Sie erschien ihm wie ein Märchen, aber die Heiden taten viele seltsame Dinge.

Gwenselah trat an seine Seite. Der Wüstenkrieger wirkte ungewöhnlich ernst. »Ich möchte dir noch ein Geschenk machen, bevor wir Melikae befreien. Später komme ich vielleicht nicht mehr dazu.«

Wie vom Donner gerührt, drehte sich Omar um und blickte seinen Freund verwirrt an. »Was hast du nur? Es hat sich doch alles zum Besten gefügt!«

Ohne auf die Frage einzugehen, zog Gwenselah ein gefaltetes Pergament hinter dem Gürtel hervor und hielt es ihm hin.

»Das Lyrankh?«

Der Krieger nickte. »Wenn du es auf den Bootsrumpf gemalt hast, zerreiß das Pergament und wirf es ins Wasser. Es soll nicht in fremde Hände geraten.«

»Aber das wird doch gar nicht mehr notwendig sein.«

»Es ist eine schöne Nacht, um zu sterben. Der Himmel ist klar, und es scheint, als leuchteten die Sterne ein wenig heller als sonst.«

Omar packte Gwenselah mit beiden Händen bei den Schultern. »Du wirst nicht sterben. Geht das denn nicht in deinen Kopf? Alles wird gut werden!«

»Ich habe dir schon einmal gesagt, der Tod hat keine Schrecken für mich. Letzte Nacht habe ich davon geträumt, dass ich in dieser Bucht sterben werde. Ich bin sicher, dass es ein Omen war.«

»Ach, Träume ... Morgen Früh werden wir über deine Träume lachen.«

»Nimm jetzt das Pergament!« Gwenselahs Hand zitterte kaum merklich.

Als Omar den Zettel eingesteckt hatte, streifte sein Freund noch einen kleinen goldenen Ring von der Hand und drehte ihn spielerisch zwischen den Fingern. »Das habe ich gestern Nacht für dich besorgt. Angeblich kommt der Ring aus Rashdul. Steck ihn an, und wenn du mit deinem Boot in große Not geraten solltest, dann dreh ihn dreimal um den Finger, und du wirst Hilfe erhalten.«

»Ist er verzaubert?« Omar hatte sich damit abgefunden, dass Gwenselah über seine Todesahnungen nicht reden wollte. Mit Widerwillen beäugte er den Ring.

»Menschliche Magier würden sicher sagen, dass ein Zauber auf dem Ring liegt. Ich allerdings würde eine solche Behauptung niederträchtig nennen. Die Kraft, die in ihm ruht, ist mit einem einfachen Zauber nicht zu vergleichen.«

»Ich verstoße doch nicht gegen die Gebote Rastullahs, wenn ich ihn annehme?«

»Soweit ich eure zahllosen Gebote überblicke, ist dies nicht der Fall.« Gwenselahs klang nun ungeduldig. »Wenn du ihn nicht brauchst, kannst du ihn ja über Bord werfen, kurz bevor du mit Melikae an Land gehst. Er ist nur dazu da, dich vor den Gefahren des Meeres zu beschützen.«

Offenbar gefiel es dem Beni Geraut Schie, sich in geheimnisvollen Andeutungen zu ergehen. Also nahm Omar den Ring und stellte keine weiteren Fragen. Insgeheim aber hatte er beschlossen, das Kleinod schon fortzuwerfen, sobald sie die Bucht verlassen hatten. Er hatte ohnehin nicht vor, allzu lange auf See zu bleiben.

Als sie ihre kleinen Boote keine zweihundert Schritt vor den Mauern der Hafenfestung an Land zogen, kamen Omar Zweifel, ob es wirklich günstig war, dass sie ausgerechnet heute eine sternenklare Nacht hatten. Selbst wenn die Wachen sie an Land nicht ausmachen konnten, so waren ihre Boote, die sich auf dem Wasser deutlich gegen den hellen Nachthimmel abzeichneten, leichte Ziele für die Hafenbatterien.

Omar fluchte stumm. Jetzt ließ er sich auch schon von Gwenselahs düsteren Ahnungen anstecken! Wenn sie es schafften, Melikae aus der Villa zu holen, ohne dass

Alarm gegeben würde, kämen sie auch unbehelligt durch die Bucht. Zwei kleine Fischerboote sollten nicht den Argwohn der Festungswachen wecken!

Nachdem sie die Boote bis über die Flutlinie gezogen hatten, schlichen sie durch die Dünen. Kurz hinter dem Strand lag ein Streifen unbebautes Land, auf dem mannshohe Büsche und üppiger Farn wuchsen. Es mochte ungefähr so viel Zeit vergangen sein, wie ein guter Reiter braucht, um einmal um die Stadtbefestigungen von Unau zu reiten, bis sie auf eine sorgsam gepflasterte breite Straße trafen, die nach Norden führte. Rechts und links der Straße erhoben sich prächtige Villen, aus deren Fenstern goldenes Licht fiel. Manche Häuser waren von hohen Mauern umgeben. Die meisten aber verzichteten auf solchen Schutz und zeigten offen Prunk und Reichtum.

Geduckt, immer wieder in Gärten Deckung suchend, eilten Omar und Gwenselah die prächtige Straße entlang, bis sie an eine Abzweigung kamen, die in spitzem Winkel nach Nordosten verlief.

»Hier sind wir richtig«, zischte Gwenselah.

Binnen weniger Augenblicke waren sie auf die Mauerkrone geklettert und lauschten auf verdächtige Geräusche im Park des Anwesens. Nach den Erfahrungen in Unau hatte Omar gehörigen Respekt vor den Bluthunden der Sklavenhalter.

Es schien eine Ewigkeit zu vergehen, bis Gwenselah ihm endlich ein Zeichen gab, als Erster von der Mauer zu springen. Federnd landete Omar in weichem Gras, rollte sich zur Seite ab und suchte hinter einem niedrigen Busch Deckung. Einen Atemzug später war Gwenselah an seiner Seite.

»Wo werden wir sie deiner Meinung nach finden?«

Der Krieger zuckte mit den Achseln. »Das wusste mein Informant nicht. Aber ich denke, die Schlafgemächer liegen irgendwo im ersten Stock. Lass uns sehen, ob wir eine günstige Stelle finden, um hinaufzuklettern.«

Vorsichtig umrundeten sie das Haus und erkundeten die Lage. Die Villa war zweigeschossig und hatte eine reich geschmückte Fassade, an der zahlreiche Vorsprünge und Nischen guten Halt versprachen. Während die Fenster im Erdgeschoss durch geschwungene Schmuckgitter gesichert waren, versprachen die verspielten Zwiebelfenster des Obergeschosses leichten Zugang zu den Schlafgemächern.

Omar war der Erste, der sich hinaufzog, während Gwenselah ihm von unten den Rücken sicherte. Vorsichtig teilte der Novadi die dünnen Seidenvorhänge, und ein breiter Streifen silbernen Mondlichts fiel in das Zimmer. Mitten im Raum stand ein mit Tüchern verhängter großer Vogelkäfig. Der Novadi fluchte innerlich. Warum hatte er ausgerechnet durch dieses Fenster einsteigen müssen? Eine unbedachte Bewegung, und die Vögel würden erwachen und mit ihrem Lärm das Haus aufwecken.

Vorsichtig glitt er vom Fenstersims in das Zimmer. An den Wänden befanden sich mit Kissen ausgelegte Sitznischen. Offensichtlich diente der kleine Raum allein zu Muße und Erbauung. In einer der Nischen schimmerten die silbernen Saiten einer Zitar. Omar drehte sich um und gab dem wartenden Gwenselah ein Zeichen, durch ein anderes Fenster in den angrenzenden Raum zu steigen. So war die Gefahr geringer, die Vögel aufzuscheuchen.

Mit angehaltenem Atem schlich der Novadi an dem mehr als mannshohen Käfig vorbei und schlüpfte durch eine dunkle Türöffnung. Blinzelnd versuchte er zu erkennen, wohin es ihn verschlagen hatte. Als sich seine Augen an die Dunkelheit gewöhnt hatten, entdeckte er einen kurzen Gang, an dem drei weitere Türen lagen und der geradewegs auf eine breite Treppe mündete, die ins Erdgeschoss führte. Leise schlich Omar an der Wand entlang und schob sich in das angrenzende Zimmer. Es war totenstill im ganzen Haus. Nicht einmal ein Schnarchen störte die Ruhe.

Das Zimmer, das der Novadi betreten hatte, diente offensichtlich als Schlafgemach. Ein prächtiges Himmelbett, dessen seidene Schleier sich in einem kaum spürbaren Luftzug wiegten, füllte den kleinen Raum fast aus.

Dicht neben dem Bett kauerte Gwenselah und winkte Omar aufgeregt zu, näher zu kommen. Vor ihm lag eine leblose Gestalt am Boden.

»Ist er tot?« Eigentlich war die Frage überflüssig. Der Mann lag inmitten einer riesigen Blutlache. Trotzdem hoffte Omar auf das Unmögliche. Es sollte kein Mord in diesem Haus geschehen! Immerhin gehörte es dem Mann, dem Melikae das Leben zu verdanken hatte. Aber Gwenselah war das offensichtlich gleichgültig.

Omar musterte den Toten. Es war ein stattlicher Mann in den besten Jahren. Sein Mund war weit aufgerissen, so als habe er noch schreien wollen, und seine glasigen Augen starrten zur Decke, die mit Paradiesvögeln bemalt war. Der Beni Geraut Schie packte Omar am Arm und zog ihn in eine Ecke hinter dem Bett.

»War das wirklich nötig? Hättest du ihn nicht einfach nur niederschlagen können?«, murmelte der Novadi gepresst.

»Ich war es nicht«, entgegnete der Beni Geraut Schie gereizt. »Ich habe ihn so gefunden. Er kann noch nicht lange tot sein. Selbst das Blut auf dem Boden ist noch ganz warm.«

Omar sah ihn überrascht an. Sollte etwa Melikae den Mann getötet haben? Hatte sie einen Fluchtversuch unternommen?

»Wir sind nicht die Einzigen, die in dieser Nacht die Sharisad suchen«, raunte Gwenselah. »Es ist genau das eingetroffen, was ich befürchtet habe. Verbündete Tar Honaks haben Meuchler gedungen, um nachzuholen, was in der Arena missglückt ist.«

»Wir müssen uns beeilen …« Omar sprang auf und wollte zur Tür laufen, doch der Beni Geraut Schie hielt ihn mit eisernem Griff zurück.

»Bleib hier, du Narr! Hast du den Toten nicht gesehen? Das sind nicht einfach irgendwelche gedungenen Mörder, die hier durchs Haus schleichen. Sieh dir den Mann nur an! Man hat ihn mit einem einzigen Dolchstich getötet, der ihn dicht unter dem Kinn getroffen hat. Das ist nicht das Werk von hergelaufenen Strauchdieben. Weißt du, was das bedeutet? Obwohl es noch etliche qualvolle Augenblicke gedauert haben mag, bis er verblutet war, konnte er nicht mehr schreien. So tötet allein die Hand Borons!«

Omar starrte den Krieger verwirrt an. Wollte er damit sagen, der Götze selbst sei in dieses Haus gekommen? Ein eisiger Schauer lief ihm über den Rücken. »Was können wir gegen den Dämon ausrichten?«

»Das ist Menschenwerk. Die Hand Borons, so nennen sich jene Meuchler, die im Auftrag des Tempels töten. Es sind die ruchlosesten und besten Mörder, die du im ganzen Süden findest. Sie können hier überall lauern, und ihre Dolche verfehlen niemals ihr Ziel. Lass mich vorgehen und deck mir den Rücken.«

Omar wollte etwas einwenden, doch Gwenselah schlich schon auf die dunkle Türöffnung zu und spähte in den Flur.

Unten im Haus ertönte ein halb erstickter Schrei. Es war eine Stimme, die der Novadi unter Tausenden erkannt hätte. Melikae! Die Schurken hatten sie gefunden! Ohne sich um den Rat seines Freundes zu kümmern, stieß er Gwenselah zur Seite und eilte über den Flur auf die Treppe zu. Auf den Stufen lagen zwei weitere Leichen offensichtlich Wachen, die versucht hatten, die Mörder aufzuhalten. Hastig blickte sich Omar nach Gwenselah um, doch sein Freund war in der Finsternis verschwunden. Er war jetzt auf sich allein gestellt!

Mit bedächtigen Schritten schlich er die letzten Stufen hinab. Die Treppe mündete in eine prächtig ausgestattete Empfangshalle, in deren Mitte ein kleiner Springbrunnen stand. Gegenüber der Treppe lag ein zweiflügeliges hohes Portal – offensichtlich der Eingang der Villa. Omar presste sich gegen die Wand. So behielte er wenigstens den Rücken frei. Es war hier unten viel dunkler als im Obergeschoss. Blinzelnd versuchte er, die tiefen Schatten zu durchdringen. Seine Rechte wollte zum Rücken zucken, um das Tuzakmesser zu ziehen, doch die Waffe in der Hand konnte ihn vielleicht verraten. Ein einziger verirrter Lichtstrahl, der sich am blanken Stahl des Schwertes brach, konnte sein Ende bedeuten.

Behutsam schlich er weiter, als sein Fuß kurz vor einer dunklen Türöffnung etwas Weiches streifte. Erschrocken kniete er nieder. Sein einziger Gedanke galt Melikae. Doch es war nicht die Sharisad, sondern ein weiterer Leibwächter, der dort tot am Boden lag. Seine kalte Hand umklammerte noch den Griff seiner Waffe. Er war nicht einmal mehr dazu gekommen, sein Schwert zu ziehen, als die Meuchler ihn überrascht hatten.

Stumm betete der Novadi zu Rastullah. Mit jedem Schritt, den er tat, wuchs in ihm die Gewissheit, dass er die Mörder allein nicht bezwingen konnte. Wo steckte nur Gwenselah? Er konnte doch unmöglich die Strapazen der vergangenen Gottesnamen auf sich genommen haben, nur um ihn jetzt feige in Stich zu lassen! Wie dem auch war, er würde nicht ohne Melikae gehen! Entschlossen trat er in eine Zimmerflucht, die zur Rückseite der Villa führte. Es war ihm gleichgültig, ob die Meuchler ihn hörten. Sollten sie ihn nur erwarten. Er war bereit!

Melikae hatte nicht schlafen können und war in der weitläufigen Villa ihres Gönners umhergestreift. Selbst in der Nacht hatte die Aufmerksamkeit der Wachen nicht nachgelassen. Ja, sie fühlte sich wie in einer belagerten Festung. Doch ihre Wächter wollten ihr nicht sagen, welchen Feind sie so sehr fürchteten.

Die Sharisad saß in der Empfangshalle und lauschte auf

das Plätschern des Springbrunnens, als sie Antwort auf ihre Frage erhielt. Ein leises Geräusch riss sie aus ihren melancholischen Erinnerungen an den Springbrunnen im Park ihres Palastes und die vielen Stunden ihrer Trauer um Omar.

Die beiden Wächter, die auf der Treppe über ihr gestanden hatten, waren verschwunden. Flüchtig sah sie einen Schatten an einer Wand. Auch der Wächter im Nachbarraum schien irgendetwas gehört zu haben. Die Hand am Schwert, trat ein blonder Krieger in die Tür zur Empfangshalle, und damit begann das Grauen!

Silberner Stahl blitzte im Schatten neben der Tür auf. Zwei schwarz gekleidete Gestalten mit verhüllten Gesichtern erschienen wie aus dem Nichts. Noch bevor der Wächter einen Alarmruf über die Lippen brachte, sank er zu Boden.

In Panik versuchte Melikae, über die Treppe zu entkommen, aber sie kam nicht einmal drei Stufen weit, als die Schatten sie schon einholten. Eine kräftige Hand presste ihr ein zusammengeknülltes Stück Stoff auf den Mund.

»Du kannst stolz auf dich sein«, wisperte eine leise Frauenstimme. »Die Priesterschaft hat dir einen ganz besonderen Tod zugedacht. Du wirst heute Nacht noch den Flug vom Rabenfelsen wagen, oder hast du etwa geglaubt, du könntest dem Urteil des Patriarchen entgehen?«

Melikae versuchte zu schreien, doch die vermummte Kriegerin presste ihr den Knebel so fest auf den Mund, dass sie nicht einmal ein ersticktes Röcheln hervorbrachte. Man hatte den Tuchfetzen offensichtlich in irgendeinem Kräutersud getränkt. Jedenfalls breitete sich langsam ein bitterer Geschmack in Melikaes Mund aus, und ihr Kampfgeist erlosch, der sie in den vergangenen Gottesnamen am Leben erhalten hatte. Ohne Widerstand zu leisten, ließ sie sich von den beiden Meuchlern aus der Empfangshalle führen.

Sie hatten schon die Tür erreicht, die aus dem marmornen Bad in den kleinen Park auf der Rückseite der Villa führte, als ihre beiden Entführer plötzlich verharrten.

Mit knappen Gesten verständigten sie sich und kauerten im Schatten zweier Statuen nieder, die dicht vor dem Ausgang standen. Jetzt hörte auch Melikae, was die beiden aufgeschreckt hatte. Schritte hallten auf dem steinernen Fußboden. Einer ihrer Leibwächter kam, um sie zu retten. Noch einer, der für sie sterben sollte!

Verzweifelt versuchte sie, sich aus dem Griff der Meuchlerin zu befreien, doch vergebens. Auch wenn die Frau, die sie fortgezerrt hatte, schlank und zierlich wirkte, schien sie die Kraft einer Löwin zu haben. Je mehr Melikae versuchte, sich ihr zu entwinden, desto grausamer wurde der Griff, bis die Sharisad schließlich aufgab.

Ihr Verfolger hatte inzwischen seine Schritte verlangsamt. Eine dunkle Gestalt erschien am Eingang zum Bad. Gleichgültig, in welcher Richtung er das Becken, das den kleinen Raum beherrschte, umrunden würde, er würde dem Tod geradewegs in die Arme laufen. Was konnte sie nur tun, ihn zu retten? Melikaes Blick blieb an einem gläsernen Fläschchen hängen, das unmittelbar vor ihr auf dem Sims der Statue stand. Wenn sie doch nur einen Augenblick lang dem Griff der Meuchlerin entkommen könnte! Noch blieb der fremde Krieger stehen. Ob er ahnte, was ihn erwartete?

Mit ganzer Kraft warf Melikae den Kopf nach vorn. Einen Lidschlag lang lockerte sich der Griff ihrer Peinigerin, und auch wenn die Sharisad sich nicht befreien konnte, so streiften ihre langen Haarsträhnen doch das gläserne Fläschchen. Einen Atemzug lang tanzte es hin und her, ja, fast schien es sich wieder zu fangen, aber dann kippte es doch noch vornüber und zerbrach mit lautem Klirren auf dem marmornen Boden.

Gedankenschnell hatte der Fremde ein langes Schwert aus einer Scheide auf dem Rücken gezogen und war zurückgesprungen. Im selben Augenblick versetzte die Meuchlerin Melikae einen Stoß, sodass sie mit dem Kopf gegen den Sockel der Statue schlug.

Halb benommen spürte die Sharisad, wie ihre Hände mit dünnen Riemen gefesselt wurden. Noch während die Kriegerin sie fesselte, sprang der zweite Meuchler aus seinem Versteck hervor, um dem Fremden zu folgen.

Mit angehaltenem Atem lauschte die Tänzerin in die Finsternis. Doch außer dem Dröhnen ihres eigenen Herzschlags war nichts zu hören. Sollte auch der letzte ihrer Leibwächter einen lautlosen Tod gestorben sein?

Immer schwerer wurde ihr Kopf. Das musste das Rauschkraur in dem Knebel sein! Eine warnende Stimme rebellierte in ihrem Innern. Etwas stimmte nicht! Da war etwas Seltsames an dem Fremden, der ihnen nachgeschlichen war. Sein Schwert …

Verzweifelt versuchte Melikae, ihre Gedanken zu ordnen. Was war mit dem Schwert? Und sein Gesicht? Auch mit seinem Gesicht war etwas gewesen! Es war so dunkel! Oder waren es nur die Schatten? Alle diese Schatten!

Die Meuchlerin an Melikaes Seite hatte sich erhoben. Verschwommen erkannte die Sharisad zwei Dolche, oder waren es mehr? Eine der beiden Waffen sah sehr merkwürdig aus, sie war wie das Blatt eines Dreizacks geformt.

Wieder erschien ein Schemen auf der Schwelle zum Bad. Melikae blinzelte. Die Schatten schienen ihr vor den Augen zu zerfließen. Ihre Peinigerin kauerte noch immer hinter der Statue. Die Sharisad wand sich verzweifelt. Vielleicht konnte sie ein scharrendes Geräusch machen und so erneut ihren Retter warnen? Doch ihre Glieder gehorchten ihr nicht mehr. Ihre Arme und Beine waren taub!

Der Fremde kam herein. Statt das flache Becken inmitten des Raumes zu umrunden, stieg er in das knietiefe Wasser, ganz so, als bevorzuge er den unsicheren, rutschigen Boden für einen Kampf. Er musste doch wissen, dass ihn noch ein zweiter Gegner erwartete! Oder war er ahnungslos? Ein silbernes Funkeln durchschnitt das Dunkel. Der Mann mit dem Schwert duckte sich zur Seite, doch das Geschoss streifte ihn am Arm und prallte mit lautem Klirren gegen den Rand des Beckens. Im selben Augenblick sprang die Meuchlerin aus ihrem Versteck. So schnell, wie der Pfeil von der Sehne flieht, war sie über dem Fremden.

Einen Atemzug lang verschwanden beide im aufgewühlten Wasser. Wellen spritzten über den Beckenrand. Als die Kämpfenden wieder auftauchten, waren sie zu einem einzigen schwarzen Knäuel verschmolzen. Etliche bange Augenblicke dauerte ihr verbissenes stummes Ringen. Sie schienen einander ebenbürtig zu sein. Dann, wie auf ein geheimes Kommando, trennten sie sich und begannen sich zu umkreisen, als wären sie keine Menschen, sondern blutgierige Raubtiere.

Immer wieder stießen sie vor, auf der Suche nach einer Lücke in der Deckung des Gegners. Doch keiner von beiden konnte den anderen überlisten. Plötzlich erstarrten die Kämpfer. Melikae blinzelte in die Finsternis. Eine dritte Gestalt war in der Tür zum Bad erschienen.

Einen Lidschlag lang standen alle drei wie versteinert. Dann sprang die Meuchlerin mit einem gewaltigen Satz aus dem Becken. Sie schlug ein Rad, tat einen weiten Sprung, erreichte die Tür zum Garten, stieß sie auf und war verschwunden.

»Sieg! Wir haben gesiegt!« Die Stimme des Fremden im Becken überschlug sich vor Begeisterung. Sie klang seltsam vertraut in Melikaes Ohren. Wer auch immer da gekommen war, sie zu befreien, er sprach Tulamidya!

»Das war zu leicht! Mir ist der andere auch entwischt. Ich wette meine rechte Hand darauf, dass sie versuchen werden, uns abzufangen, sobald wir das Haus verlassen«, entgegnete die Gestalt unter der Tür.

Der Mann im Becken grunzte etwas Unverständliches.

Dann kam er aus dem Wasser geradewegs auf Melikae zu. Erst jetzt erkannte die Sharisad, dass auch das Gesicht ihres Retters verhüllt war! Sollte sie etwa in die Kämpfe zweier rivalisierender Meuchlergilden geraten sein? Sie versuchte, von dem Krieger wegzukriechen, aber ihre Glieder verweigerten ihr noch immer den Dienst.

»Melikae, bist du es wirklich?« Er war neben ihr niedergekniet, und aus seinen nassen Kleidern tropfte ihr Wasser aufs Gesicht, als er ihr den Knebel aus dem Mund zog. Diese Stimme … Sie war vertraut und doch …

»Erkennst du mich denn nicht?«

»Wie soll sie dich denn erkennen, solange dein Gesicht verhüllt ist, als seist du eine Haremsschönheit!«, höhnte der andere. Melikaes Retter lachte leise, fasste nach dem Schleier und zog ihn zur Seite.

Vor Schreck setzte Melikaes Herzschlag aus. Welch böser Spuk stand dort vor ihr? Bei Rastullah! Irgendein übler Magier hatte die Gestalt Omars angenommen. Ihr Geliebter war seit einem halben Jahr tot. Sie selbst hatte doch gesehen, wie Abu Dschenna ihn in der Wüste seinem Schicksal überlassen hatte!

»Was ist nur mit dir?«

Der falsche Omar hatte sie mit beiden Händen gepackt und presste sie gegen seine Brust.

»So lange habe ich davon geträumt, dich endlich wieder in meinen Armen zu halten!«

Melikae wollte sich losreißen, wollte dem dämonischen Blendwerk entfliehen. Vergebens! Selbst ihre Zunge war gelähmt, und statt eines Entsetzensschreis entrang sich nur ein leises Röcheln ihrer Kehle.

»Was haben sie nur mit dir angestellt?«

War Omar vielleicht als ein Dschinn aus dem Paradies zurückgekehrt, um sie zu erretten? Einen Augenblick lang klammerte sich Melikae an diesen wunderbaren Gedanken. Würde er sie davontragen, um sie in ein prächtiges Wolkenschloss zu entführen? Doch nein, so etwas geschah nur im Märchen. Hatte das Leben sie in den vergangenen Gottesnamen nicht gelehrt, dass es keine rettenden Prinzen gab? Aus den Augenwinkeln sah sie, wie der zweite Krieger den Knebel aufhob und prüfend daran roch.

»Das Tuch ist mit einem Kräutersud getränkt worden. Wahrscheinlich ist sie halb betäubt und kann dich nicht erkennen. Warte bis morgen, Omar, dann wird sie wieder so sein, wie …« Die Worte des Kriegers endeten in einem krampfartigen Husten. Zitternd griff er nach der Statue und suchte an dem glatten Marmor nach Halt.

»Kannst du noch laufen?«, fragte die Truggestalt, die sich Omar nannte. Der andere nickte schwach. Sein Atem ging keuchend, so als koste es ihn alle Kraft, den Husten zu unterdrücken. »Lass uns durch … das Hauptportal … fliehen. Vielleicht … erwarten sie das nicht … und wir gewinnen einen … Vorsprung.«

Behutsam schob Gwenselah den linken Flügel des Haupttores auf und zog sich wieder zurück. Vielleicht würden die Meuchler versuchen, in den Palast zu kommen?

Doch nichts rührte sich. Unruhig blickte Omar auf die dunkle Türöffnung, hinter der die Zimmerflucht mit dem Bad lag. Würden die Götzendiener vielleicht versuchen, durch den Hintereingang wieder in die Villa einzudringen?

Das Warten zerrte an seinen Nerven. Sie beide hatten gesehen, dass ihre Gegner im Zweikampf nicht unbesiegbar waren. Doch wenn er und Gwenselah in einen Hinterhalt gerieten … Omar mochte den Gedanken nicht zu Ende bringen.

Gwenselah gab ihm ein Zeichen, sich nicht von der Stelle zu bewegen. Dann trat der Beni Geraut Schie mit Wucht den angelehnten Torflügel auf, tat einen Satz nach draußen und hechtete hinter einen Busch in Deckung.

Vorsichtig lugte Omar hinter dem Tor hervor. Es war

nichts geschehen. Oder warteten die Götzendiener nur darauf, dass auch er die Villa verließ? Nun, er konnte nicht ewig hierbleiben. Bis zum Strand betrug die Entfernung ungefähr eine halbe Meile. Das musste doch zu schaffen sein!

Er hob Melikae auf die Arme. Noch immer war die Sharisad völlig bewegungsunfähig und starrte ihn mit angstgeweiteten Augen an. Was hatten ihr die Schurken nur angetan?

So schnell er konnte, rannte Omar los, vorbei an dem kleinen Gesindehaus, das vor der Villa stand, geradewegs auf das Tor zu, das das prächtige Anwesen von der Straße trennte. Jeden Augenblick rechnete er damit, den kalten Stahl eines Wurfdolchs im Rücken zu spüren, doch nichts geschah.

Gwenselah machte sich bereits an dem Tor zu schaffen. »Mir gefällt das nicht«, zischte der Krieger und warf einen Blick über die Schulter. »Es geht alles zu glatt vonstatten. Sie müssen längst bemerkt haben, dass wir durch das Hauptportal geflohen sind.«

»Vielleicht haben sie es aufgegeben – schließlich sind sie doch vor uns davongelaufen.«

Der Beni Geraut Schie warf ihm einen vernichtenden Blick zu. »Das sind nicht irgendwelche Lumpen. Sie werden niemals aufgeben! Ganz gleich, wo du dein neues Leben beginnen wirst, Omar, du solltest immer auf der Hut vor ihnen sein.«

Der Novadi schluckte. Er wäre schon zufrieden, wenn sie alle drei lebend bis zu den Booten gelangt wären. Alles Weitere würde Rastullah schon fügen. Er konnte sich nicht vorstellen, dass diese vermummten Meuchler es wagen würden, ihn quer durch die Khom zu verfolgen.

Gwenselah hatte das Tor zur Straße geöffnet. »Lauf los, Omar, ich werde dir den Rücken decken!« In der Stimme seines Freundes klang eine schicksalsergebene Entschlossenheit durch, die den Novadi erschreckte. Der Beni

Geraut Schie schien nicht damit zu rechnen, dass sie sich noch einmal wiedersähen.

Als er das Buschland erreichte, lobte Omar lauthals die Gnade des Einen. Noch zweihundert Schritt, und sie wären bei den Booten! Keuchend ließ er sich hinter einem Dornenstrauch mit hellen Blüten nieder und wischte sich mit dem Handrücken über die Stirn. Er hatte es doch gewusst: Die Meuchler waren geflohen! Alles nahm ein gutes Ende!

»Komm weiter, ausruhen können wir uns noch in den Booten.« Gwenselah wollte offensichtlich nicht begreifen, dass er sich ein weiteres Mal geirrt hatte. Er ist doch auch nur ein Wesen aus Fleisch und Blut, dachte Omar, gleich, wie geheimnisvoll und unfehlbar er sich auch gibt.

Müde und glücklich hob der Novadi Melikae erneut auf seine Arme und bahnte sich einen Weg durch die Büsche. Alles würde gut werden! Er wusste es!

Spröde Äste und Dornen rissen an seinen Kleidern, so als hätte die Natur sich auf Seiten der Meuchler geschlagen. Gwenselah ging jetzt dicht an Omars Seite. Immer wieder verharrte der Beni Geraut Schie und starrte angespannt in die Finsternis. Jedes Mal, wenn irgendwo zwischen den Büschen kleine Nachtvögel aufflogen, zuckte er zusammen. Die gelassene Ruhe und der spöttische Humor hatten seinen Gefährten verlassen. Er war nur noch ein Schatten seiner selbst. Daran ist nur der verfluchte Husten schuld, dachte Omar. Nicht mehr lange, und sein Freund würde endlich Ruhe finden, um sich von der Krankheit zu erholen. Es wäre doch gelacht, wenn sie beide, die Al'Anfa herausgefordert und besiegt hatten, nicht auch mit dieser Plage fertig würden.

Omar malte sich gerade aus, wie Gwenselah, Melikae und er selbst eine eigene Sippe gründen würden, als er in ein kleines Erdloch trat und fluchend in die Knie ging. Doch die Verwünschungen blieben ihm im Hals stecken:

Im selben Augenblick, als er stürzte, sirrte ein Pfeil an seiner Wange vorbei. Gwenselah gab ihm einen derben Stoß, sodass er nun vollends vornübersank, und warf sich neben ihm ins Gebüsch.

»Es scheint, als gäbe es tatsächlich so etwas wie ein höheres Wesen, das schützend die Hand über dich hält, mein Freund.«

Wie gelähmt starrte Omar auf den Pfeil, der ein Stück entfernt an einer kahlen Stelle zwischen Büschen im Boden steckte. Wäre er nicht gestrauchelt, das Geschoss hätte ihn getötet.

»Hast du gesehen, wo sie sind?«

Gwenselah schüttelte den Kopf. »Bestimmt nicht mehr da, von wo der Pfeil abgeschossen wurde. Ich verdammter Narr hätte wissen sollen, dass sie hier auf uns warten würden. Einen besseren Platz als diesen könnte es für einen Hinterhalt kaum geben.«

»Was sollen wir tun?«

»Nicht in diesem Loch bleiben«, entgegnete Gwensellah lakonisch. »Wenn dieser Bogenschütze erst einmal auf den Dünenkämmen steht, schießt er uns ab wie Steppenhasen. Ich glaube, ein paar Schritt weiter links kommt eine Bodensenke. Versuch, mit Melikae dort in Deckung zu gehen. Ich werde mich zu den Dünen durchschlagen und erwarte die Meuchler dort. Wenn ich dir ein Zeichen gebe, greifen wir sie zusammen an.«

Es gefiel dem Novadi nicht, sich zu verkriechen, während sein Freund das Risiko allein trug, doch noch bevor er etwas einwenden konnte, war Gwenselah zwischen den Büschen verschwunden.

Omar schien es eine Ewigkeit zu dauern, bis er mit Melikae endlich die Erdmulde erreichte, von der Gwenselah gesprochen hatte. Spann um Spann hatte er sich durch das Gebüsch vorwärtsgeschoben. Immer wieder hatte das dichte Gestrüpp ihn zu Umwegen gezwungen, und oft war es fast unmöglich gewesen, mit der gelähmten Sharisad voranzukommen. Obwohl ihre Glieder noch warm und anscheinend voller Leben waren, hatte das Gift sie wie eine Leiche erstarren lassen.

Die ganze Zeit über lauschte Omar angespannt in die Finsternis, doch außer dem hellen Pfeifen kleiner Vögel, deren Nester offenbar in den Büschen verborgen waren, hörte er nichts. Wie ein Verräter fühlte sich der Novadi. Gwenselah stand nun ganz allein der Gefahr gegenüber.

Sein Freund wollte sich opfern, dessen war Omar sich sicher. Und er saß tatenlos herum und überließ es dem Schicksal, über den Beni Geraut Schie zu richten. Verzweifelt sah er Melikae an. Gwenselah zu helfen, hieße, sie im Stich zu lassen. Sollte einer der Meuchler sie hier finden … Verzweifelt ballte Omar die Fäuste. Was sollte er nur tun? Wenn er bei Melikae bliebe, hieße das, den Mördern alle Vorteile zu überlassen. Sie würden erst Gwenselah und dann ihn, Omar, töten. Wieder blickte er auf Melikae hinab. Ihr Antlitz erschien ihm sehr blass. Ob das Gift ihr doch gefährlich werden konnte? Wenn dem so war, könnte nur Gwenselah ihr helfen. Und dieser Narr stürzte sich in den sicheren Tod!

Omar strich Melikae sanft über die Wange. »Ich muss dich verlassen«, murmelte er leise. »Verzeih mir!« Dann erhob er sich und schlich geduckt über den Rand der Mulde hinweg.

Der Novadi hatte einen weiten Bogen geschlagen und arbeitete sich nun von der Seite her auf den Dünenkamm zu, der sie vom Meer trennte. Sie würden die Meuchler von der Hand Borons in die Zange nehmen, und diesmal würden sie ihnen nicht entkommen. Wild wie eine Kriegstrommel schlug Omars Herz. Immer wieder hatte er das blasse Gesicht Melikaes vor Augen. Dafür sollten sie büßen, diese elenden Giftmörder!

Vorsichtig bog er die Äste eines Busches auseinander und spähte zu den Dünen hinüber. Außer einigen Büscheln kniehohen Grases boten sie kaum Deckung. Ihr einziger Vorteil lag darin, dass sie einen guten Überblick über das Buschland versprachen. Doch was wäre, wenn die Meuchler auf diesen Vorteil verzichteten? Vielleicht ahnten sie ja, dass er und Gwenselah sie dort suchen würden. Sobald sie die Dünenhänge hinaufeilten, wären sie völlig ohne Deckung. Ein leichtes Ziel für jeden Bogenschützen.

Er musste Gwenselah warnen! Angespannt spähte er über das Buschland, als ein helles Licht ihn erschrocken zu den Dünen blicken ließ. Eine Kugel aus gleißenden Flammen war aus dem Nichts erschienen. Ein Wunder! Endlich hatte Rastullah sich ihrer erbarmt und ließ himmlisches Feuer auf die Meuchler herabregnen!

Zwischen den Büschen erklang ein gellender Schrei. Omar entdeckte drei Schattengestalten. Zwei von ihnen versuchten, der Feuerkugel zu entkommen, doch die dritte stand aufrecht und zielte mit dem Bogen auf den Dünenkamm.

Schnell wie ein Falke stieß die Kugel durch die Finsternis, und als sie in das trockene Gebüsch einschlug, verwandelte sich dieses in ein tosendes Flammenmeer. Ein glühender Windstoß schlug Omar ins Gesicht, und er war geblendet vom Licht des Feuers.

Irgendwo inmitten des Flammenmeeres erklang ein Schrei. Melikae! Sie konnte nicht vor dem Feuer fliehen. Es war nicht ihre Stimme gewesen, sie könnte ja nicht einmal um Hilfe rufen. Wie von Dämonen gehetzt, sprang Omar auf und rannte durch die Büsche. Beißender Rauch schlug ihm ins Gesicht. Schon erhob sich eine zehn Schritt weite Feuerwand, die der Wind auf die Küste zutrieb.

Als der Novadi Melikae erreichte, waren die Flammen nur noch einen Steinwurf weit von der flachen Mulde entfernt. Der Rauch hatte der Sharisad Tränen in die Augen getrieben, die, gefärbt von ihrer Schminke, wie schwarze Perlen über die Wangen rannen.

»Verzeih mir ...!« Er hätte sie nicht zurücklassen dürfen! Er würde sie nie wieder allein lassen! Voller Erleichterung schloss er sie in die Arme und trug sie auf die Dünen zu. »Aller Schrecken hat jetzt ein Ende. Wir werden auf das Meer fliehen, und Rastullah wird uns all die Gottesnamen, die wir voneinander getrennt waren, tausendfach vergelten. Bitte, meine Rose, stirb jetzt nicht!« Omar schluchzte. Sie war so starr, und es schien ihm, als werde ihr Atem, den er auf seinem Hals spürte, immer schwächer.

»Bitte, verlass mich nicht! Du bist mein Leben. Erinnerst du dich, wie du mir von dem kleinen Königreich am Meer erzählt hast, wo die Menschen große steinerne Paläste für Tänzerinnen bauen? Dorthin werden wir reiten, und du wirst wieder tanzen. Ich werde dir alle deine Träume erfüllen, aber bitte, bitte, stirb nicht!«

»O... mar ...«

Melikae! Sie hatte ihn wiedererkannt. Sanft wiegte er sie in den Armen. Die Angst war aus ihren Augen gewichen.

»Es wird alles wieder gut, hörst du mich?«

Ihre Lippen zitterten, so als wolle sie etwas sagen. Voller Liebe erwiderte sie Omars Blick. Es schien, als bäume sie sich mit aller Kraft gegen den Tod auf. Ihre Augenlieder flatterten.

»Bitte, verlass mich nicht!«

Verzweifelt blickte Omar zum Himmel hinauf. Melikae war ihm so nahe, und doch eilte sie ihm mit jedem Atemzug weiter davon, auf einem Weg, von dem es keine Wiederkehr gäbe.

»Nein! Rastullah, nimm sie mir nicht! Bitte, lass sie nur einen Tag noch bei mir bleiben, und ich schenke dir mein Leben.«

Doch kein Zeichen zeigte sich am weiten Firmament. Was bedeutete ein einzelnes Leben für Gott? Melikaes Augen waren zugefallen. Es schien, als schlafe sie.

Omar wischte ihr die eingetrockneten schwarzen Tränen von den Wangen. Er spürte ganz schwach ihren Atem auf seiner Hand.

Wenn der Eine ihm nicht helfen würde, so vermochte es vielleicht Gwenselah, der dem Gott stets seine Huld versagt hatte. Wo steckte er nur? Er könnte sie retten! Seine Hände hatten heilende Kräfte.

Laut schrie er den Namen seines Freundes in die Nacht, doch er bekam keine Antwort. Verzweifelt blickte er zu den Dünen hinüber. Und dann sah er ihn! Zusammengekauert, die Hände auf den Bauch gepresst, saß er im dürren Gras und blickte aufs Meer.

»Gwenselah!« Der Beni Geraut Schie bewegte sich nicht.

Was hatte er? Melikae auf den Armen, erklomm Omar die Düne. »Gwenselah, ich brauche dich!«

Sein Freund wandte den Kopf. Er hatte den Schleier vom Gesicht gezogen und lächelte. »Hast … du sie … gesehen?«

»Was ist …« Omars Blick fiel auf Gwenselahs Hände. Dunkles Blut rann ihm durch die Finger. Neben ihm lag ein abgebrochener Pfeilschaft im Sand.

»Sie … ist einfach … stehen geblieben.« Der Krieger schüttelte den Kopf. »Einfach stehen geblieben …« Er schaute Omar an. Aus seinem Gesicht war alle Farbe gewichen. »Sie hatte … Mut. Ich bin … froh, dass sie es war und nicht …« Er runzelte die Stirn. »Was ist mit … dir?«

Der Novadi schluckte. Tränen standen ihm in den Augen. »Melikae. Sie stirbt!«

Zitternd versuchte Gwenselah, auf die Beine zu kommen. »Das … das darf nicht …« Seine Kraft reichte nicht mehr. »Leg sie neben mich. Ich … will sie sehen.«

Schweigend gehorchte Omar. Alle Gefühle in ihm waren wie tot. Hass, Liebe, Wut, Verzweiflung. Er empfand nichts mehr von alldem.

Gwenselah legte der Sharisad die blutverschmierte

Hand auf die Stirn und schloss die Augen. Langsam entspannten sich seine Züge wieder, und das Omar so vertraute Lächeln spielte um die Lippen seines Freundes.

»Sie wird … leben. Morgen … wenn sich die Sonne … aus dem Meer erhebt … wird sie aus … ihrem Schlaf erwachen. Bring sie … in dein Boot!«

»Ist wirklich alles in Ordnung mit ihr?«

Gwenselah nickte stumm.

Erleichtert hob Omar die Geliebte auf die Arme und küsste ihre Wangen. Langsam stieg er die Düne hinab.

»Omar?«

Der Novadi drehte sich um.

»Dein Versprechen.«

»Heute ist noch nicht die Nacht, in der du es einfordern musst.« Omar versuchte, Zuversicht zu heucheln, doch seine Stimme klang heiser und falsch. Schluchzend stolperte er auf die Boote zu und bettete Melikae auf eine weiche Decke.

»Es wird alles wieder gut.« Immer wieder murmelte er leise diese Worte vor sich hin, doch sooft er sie auch wiederholte, er wusste, dass es eine Lüge war.

Als Omar zu der Düne zurückkehrte, war Gwenselah verschwunden. Seine Kleider lagen zerknüllt im Sand. Auch sein Tuzakmesser hatte er zurückgelassen.

»Wo bist du?« Omar flüsterte die Worte nur. Alle geheimnisvollen Andeutungen, die sein Freund um sein Sterben gemacht hatte, schossen ihm wieder durch den Kopf.

Unsicher blickte der Novadi sich um. Weit konnte Gwenselah nicht gegangen sein. Hinter dem Buschland entdeckte er Lichtpunkte. Gestalten mit Fackeln und Laternen kamen die Straße entlang. Es würde nicht mehr lange dauern, bis sie hier waren.

»Gwenselah!«

Selbst seine Stiefel hatte der Beni Geraut Schie zurückgelassen. Im Licht der Flammen suchte Omar nach Spuren von nackten Füßen, doch da war nichts

Wieder musterte er die blutbesudelten Kleider. Feiner roter Sand, so wie man ihn im Herzen der Khom findet, lag in ihren Falten. Und dann sah er die Pfeilspitze! Zitternd hob der Novadi sie auf und blickte sich nach dem abgebrochenen Schaft um. Schließlich fand er das gefiederte Pfeilende halbversteckt unter einem der Stiefel. Prüfend drehte Omar die beiden Stücke zwischen den Fingern. Eine sich windende Schlange war in den schwarzen Schaft geschnitzt, ganz so wie bei dem Pfeil, der Gwenselah in Unau verletzt hatte. Waren die Frau in den Büschen und die Bogenschützin auf der Stadtmauer am Ende ein und dieselbe?

Omar schüttelte den Kopf. Das konnte nicht sein! Wie hätte sie von ihnen wissen sollen? Wieder blickte er sich um und suchte nach einem Lebenszeichen von Gwenselah. Doch sein Freund schien wie vom Erdboden verschlungen. Omar starrte auf den zerbrochenen Pfeil, und die Hände zitterten ihm. Es konnte keinen Zweifel geben! Beide Stücke gehörten zu demselben Geschoss! Der Novadi keuchte. Gwenselah war nicht weggegangen! Der feine rote Sand …

Wer oder was war Gwenselah gewesen? Ein Dschinn, geboren aus Wüstensand? Wieder musste er an die unheimlichen Geschichten denken, die man sich über die Beni Geraut Schie erzählte. Manche behaupteten gar, sie seien Dämonen!

Mit fahrigen Fingern schlug Omar ein heiliges Zeichen und murmelte den Namen Rastullahs. Welche Kräfte waren es, mit denen er sich eingelassen hatte?

Er wollte einfach davonlaufen und war schon aufgesprungen, doch er konnte den Blick nicht von den vertrauten Kleidern losreißen.

Welch ehrloser Schurke wäre er, wenn er jetzt ginge! Ganz gleich, welch widernatürliche Kreatur sich hinter der Maske des Kriegers verborgen haben mochte, ihm war Gwenselah immer ein Freund gewesen. Ohne ihn hätte er Melikae niemals wiedergesehen! Und wenn es ihn das Seelenheil kosten sollte, er würde seinem Freund den letzten Wunsch erfüllen!

Omar kniete nieder und schnallte sein Tuzakmesser vom Rücken. Dann nahm er ein wenig von dem roten Sand und füllte ihn in die Scheide der Waffe. Als er damit fertig war, griff er nach dem Schwert des Toten und nach dessen breiten Gürtel, an dem er den Pinsel und die magische Tinte finden würde.

Wie von Zauberhand geführt, glitt der Pinsel über die raue Bordwand, und nur selten musste Omar auf das Pergament blicken, das sein Freund ihm mitgegeben hatte. Endlich war das Lyrankh vollendet, und es war ihm so gut wie noch nie gelungen. Ein letztes Mal prüfte er die verschlungenen Linien des Symbols, doch konnte er keine Abweichung erkennen.

Dann zerriss der Novadi das Pergament und legte den Pinsel und das kleine Tintenfass ins Boot. Schließlich nahm er das Tuzakmesser, das Gwenselah ihm einst geschenkt hatte, und legte die Waffe zwischen die beiden Ruderbänke.

»Leb wohl mein Freund. Möge Rastullah sich deiner erbarmen, wohin auch immer dein Weg dich nun führen mag.« Omars Mund war trocken und seine Stimme nicht mehr als ein heiseres Krächzen. Es gab noch so viel, was er seinem toten Freund hätte sagen wollen. Doch hinter den Dünen ertönte das Rufen neuer Verfolger. Es würde nicht mehr lange dauern, bis sie den Strand erreichten. Mit einem Seufzer schob er das schwere Boot vom Strand.

Kaum, dass Gwenselahs Totenboot das Wasser berührte, geschah etwas Eigenartiges. Ein grünliches Licht stieg aus den Wellen, umspielte die Planken, schlug über die Reling ins Innere des Segelbootes und kroch schließlich bis zur Spitze des kleinen Mastes hinauf, sodass das ganze Boot zuletzt in geisterhaftem Glanz erstrahlte. Ohne dass Omar das Segel gesetzt hätte, nahm das Schiff Fahrt auf und steuerte der offenen See entgegen.

Wieder fragte er sich, wer sein geheimnisvoller Freund wohl gewesen sein mochte, dass er selbst über seinen Tod hinaus noch solche Kräfte besaß. Oder hatte er recht, und es gab gar keinen Tod, sondern nur die Geburt in ein anderes, neues Leben? Ja, war das, was er hier sah, schon Teil dieses neuen Lebens?

Omar blieb keine Zeit, über dieses Wunder nachzugrübeln. Schwarz, so als wären es lebendig gewordene Schatten, malten sich Gestalten von drei mit Speeren bewaffneten Kriegern vor dem flammendroten Nachthimmel ab.

Der Novadi beeilte sich, sein eigenes Boot zu Wasser zu bringen. Mit dem Ruder stakend mühte er sich, so schnell wie möglich dem flachen Uferbereich zu entkommen, wo ihn die Verfolger noch hätten einholen können. Doch seine Angst erwies sich als unbegründet. Von ihnen ging keine Gefahr aus. Laut rufend zeigten sie auf den Segler, in dem Gwenselah dem Meer entgegentrieb, und keiner der Sklavenjäger und Söldner wagte es, den Strand zu betreten. Schließlich entrollte der Novadi das Segel und kreuzte vor der leichten Brise, die von den Hängen des Visar wehte, auf den Eingang der Bucht zu.

Auf den Festungstürmen der kleinen Inseln, die wie eine natürliche Barriere im Eingang zur Bucht lagen, waren Signalfeuer entzündet worden, und weit über das Wasser hallten Kommandos. Auch auf den Bastionen der Hafenbefestigungen waren Feuerkörbe entzündet worden, und selbst im Tempelhafen auf der anderen Seite der Bucht hatte man den Alarm schon vernommen. Schon stiegen weiße Gischtsäulen neben Gwenselahs Boot auf, und der dumpfe Schlag mächtiger Katapultarme ertönte, die ihre tödliche Fracht in die Nacht schleuderten.

Zweimal zogen leise sirrend, so als wären sie riesige

Insekten, mannslange Speere über Omars Boot hinweg, die von den Bastionen des Kriegshafens abgeschossen worden waren. Die meisten Schüsse jedoch waren auf das leuchtende Totenboot gerichtet. Aber so, als sei das grüne Flackern zugleich Signal und Schutzschild, vermochte keines der Geschosse das kleine Boot zu treffen.

Schon hatten sie die lang gezogene Sklaveninsel passiert, und Omar erkannte bereits die hölzernen Schiffssperren zwischen den Festungsinseln, als plötzlich der Wind erstarb. Dem Totenschiff schien dies nichts auszumachen. Wie von unsichtbarer Hand gezogen, glitt es mit unverminderter Geschwindigkeit auf die offene See zu. Doch das Boot des Novadi verlor immer mehr an Fahrt, sodass er schließlich zu den Riemen greifen musste, um überhaupt noch von der Stelle zu kommen.

Voller Sorge blickte Omar über die Schulter zurück. Vom westlichen Kai der Sklaveninsel hatte eine Ruderbarkasse abgelegt. Wie ein vielbeiniger schwarzer Käfer eilte sie über das Wasser auf ihn zu, und schon hörte er das regelmäßige Eintauchen ihrer Ruder.

Mit der Kraft der Verzweiflung stemmte sich Omar in die Riemen, doch jedes Mal, wenn er zurückblickte, hatte die Barkasse ein Stück aufgeholt. Nur wenige Schritt von ihm entfernt schlug eine Salve von drei Felsbrocken ins Wasser, und kalte Gischt spritzte dem Novadi ins Gesicht. Es schien, als hätten die Geschützbedienungen es aufgegeben, noch weiter auf das Totenschiff zu schießen, und ihn als den ungleich verwundbareren Gegner erkannt.

»O Rastullah, ich weiß, wie weit ich mich vom Pfad des Gläubigen entfernt habe, doch vergib mir meine Schuld und errette mich vor den Heiden. Wenn ich dem schrecklichen Meer entkomme, werde ich gemeinsam mit Melikae nach Keft pilgern, und ich gelobe, sollte ich jemals vermögend sein, so werde ich dir ein Bethaus stiften. Kein Rechtgläubiger wird dich künftig tiefer verehren und unermüdlicher dein Wort den Götzenanbetern predigen, als ich es tun werde, wenn du mich jetzt errettest. Und wenn ich denn sterben muss, so gewähre mir zumindest die eine Bitte und lass es nicht auf dem Wasser geschehen.«

Doch so aufrichtig Omars Worte auch gemeint waren, Rastullah blieb seinem Flehen verschlossen. Erst als die Verfolger nur noch wenig mehr als vierzig Schritt entfernt waren, erinnerte sich der Novadi an den Zauberring, den Gwenselah ihm geschenkt hatte.

Ohne zu zögern, ließ er die Ruder fahren und drehte dreimal den Ring um den Finger. Quälende Augenblicke vergingen, ohne dass etwas geschah. Immer näher kam das Boot der Verfolger.

Omar fluchte. Auf welche Art sollte dieser Ring ihm nur helfen? Ein leichter wispernder Wind war aufgekommen. Schon hörte er das Keuchen der Ruderer im Verfolgerboot, als plötzlich eine tiefe unirdische Stimme erklang. »Du hast mich gerufen, Meister? Was ist dein Befehl?«

Eine große, wirbelnd unstete Gestalt, ganz aus Rauch geformt, erschien neben dem kleinen Segler.

»Wer ... wer bist du?«, murmelte Omar mit bebenden Lippen.

»Man nennt mich unter den Meinen Schekascha, was in deiner Zunge der Wellenpeitscher heißen würde. Ich bin ein Dschinn der Luft. Doch nun sag, warum du mich gerufen hast, Meister, oder willst du nur mit mir reden?« Seine Stimme klang wie das Raunen des Windes in Palmenwipfeln.

»Kannst du mein Segel mit Wind füllen und mich fort aus dieser Bucht der Verdammten bringen?«

»Nichts leichter als das, Meister. Dein Wunsch ist mir Befehl.«

Ein unheimliches Brausen und Stürmen ertönte. Das Segel, das eben noch schlaff vom Mast gehangen hatte, blähte sich knatternd, und wie auf Adlerflügeln glitt das kleine Boot durch die Bucht.

Bald schon klangen die erstaunten Rufe seiner Verfolger leiser. Ihr Ruderschlag war aus dem Takt geraten, und die ängstlichen Seeleute riefen laut nach Boron und einem weiteren Gott, ihnen beizustehen. Schäumend spritzte eine mächtige Wasserfontäne vor dem Bug auf, und Gischt schlug in das Boot. So als habe er Omars Gedanken gelesen, ertönte die brausende Stimme des Dschinns. »Keine Sorge, Menschlein. Nichts, was durch die Luft fliegt, kann uns gefährlich werden.«

Wie ein kleiner Fisch, dem die Maschen eines zu grob geknüpften Netzes nichts anhaben können, schlüpfte der Segler durch die Hafensperren, und mit steter Brise führte der Dschinn das Boot bis weit hinaus auf die See.

Viele Stunden lang folgten sie einer Küstenlinie, die sich im Norden vor dem hellen Nachthimmel abzeichnete. Bleierne Müdigkeit umfing Omar, und schließlich fiel er in einen unruhigen Schlaf, in dem ihn aufs Neue die Schreckensbilder der vergangenen Stunden heimsuchten.

Als er mit müden Gliedern erwachte, war gerade die Sonne aufgegangen. Ein leichter Südwest blähte das kleine Segel, und das Schiff machte gute Fahrt.

»Ich werde dich nun verlassen, Meister«, wisperte die Stimme des Dschinns. Sie klang nur noch schwach und so, als käme sie aus großer Ferne. »Du wirst mich kein zweites Mal rufen können. Die Macht des Ringes hat sich erschöpft, und das Band zwischen uns wird schon bald zerreißen. Ich wünsche dir Glück auf deinen Wegen. Du solltest nach …«

Die Stimme war verklungen. Verloren blickte der Novadi auf das Meer. Nirgends war mehr Land zu sehen. Er wusste, dass irgendwo im Nordosten, jenseits des Golfs von Selem, freie Küstenstädte lagen, in denen er die Macht Al'Anfas nicht mehr zu fürchten brauchte. Doch würde das kleine Boot so lange der Kraft des Ozeans trotzen?

Müde ließ er sich auf der Heckbank nieder und klemmte sich die Ruderpinne unter den Arm. Jetzt, da er endlich wieder mit Melikae vereint war, würde ihn keine Gefahr mehr schrecken. Sie hatten das Unmögliche geschafft und waren dem tödlichen Al'Anfa entronnen. Also würden sie auch diesen letzten Abschnitt ihrer langen Reise überstehen.

Glücklich betrachtete Omar das friedliche Gesicht der Sharisad. Wie ein Kätzchen lag sie, in ihre Decke eingehüllt, am Bug, und der Schlaf schenkte ihr Vergessen.

Auch er war müde. Mit schweren Lidern blickte er nach Norden. Wie lange ihre Reise wohl noch dauern würde?

Verwundert blickte Melikae sich um. Sollten alle ihre verworrenen Träume Wahrheit gewesen sein? Der weite Ozean machte ihr Angst. Sie kam sich verloren vor. Und was war mit Omar geschehen?

Vorsichtig kroch sie durch das schwankende Segelboot zum Heck und musterte den Schlafenden. Er sah ganz natürlich aus, doch wie hatte all das mit rechten Dingen zugehen können? Er war doch gefesselt in der Wüste zurückgeblieben! Zögernd streckte sie die Hand aus und berührte ihn sanft. Ja, es war wie in ihrem seltsamen Traum. Er war aus Fleisch und Blut! Aber wie hatte er sie gefunden? Und wie viel wusste er von ihr? Hatte er vielleicht nur gehört, dass sie eine Verräterin war?

Melikae schüttelte den Kopf. Das konnte nicht sein. Niemals wäre er dann gekommen, um sie zu befreien. Sanft strich sie ihm über das weiche Haar. Wie oft hatte sie sich nach ihm gesehnt! Tausendmal hatte sie davon geträumt, seine heißen Küsse zu spüren, seine zärtlichen Hände auf ihrer Haut zu fühlen, noch einmal vereint zu sein! Und jetzt hatte Rastullah ihn zurückgeschickt. Ja, es musste das Wirken des Einen Gottes sein, das sich hier offenbarte. Sie hatte für ihre Sünden bezahlt, und nun waren sie wieder vereint.

Omar blinzelte. Lächelnd schlug er die Augen auf und

zog sie zu sich heran. »Wie lange habe …« Melikae versiegelte seine Lippen mit einem Kuss. Jetzt war nicht die Zeit für Worte.

Die nächsten drei Tage ließen Omar fast das Ungemach der vergangenen Gottesnamen vergessen. Mit gutem Wind kamen sie rasch nach Norden voran, und der Novadi hoffte, in nur wenigen Tagen einen der großen Häfen dort zu erreichen. Selbst, dass bis zum Horizont kein Land zu sehen war, erschreckte ihn nicht.

Als ein Sohn der Wüste war er es gewohnt, auch ohne alle Landmarken seinen Weg zu finden. Wie in der Khom, so führten sie auch hier die Himmelsgestirne. Da der stete Wind das Boot kaum abtrieb, reichte es, das Ruder festzulaschen und gelegentlich den Kurs zu überprüfen. So hatten sie viele Stunden, all das nachzuholen, wonach sie sich so sehr gesehnt hatten.

Omar musste jedoch verwundert feststellen, dass Melikae zögernder auf seine Liebkosungen antwortete, als sie es selbst in ihrer ersten Nacht getan hatte. Ein Schatten schien über ihr zu liegen, und wenn er sie drängte, doch darüber zu reden, was ihr widerfahren war, zog sie sich zurück oder suchte Ausflüchte. Wenn sie sich ihm doch hingab, so hatte er manchmal das Gefühl, dass sie es weniger aus Lust als ihm zur Freude tat. Viel lieber lag sie in seinem Arm und träumte mit ihm gemeinsam davon, was ihnen die Zukunft noch alles bescheren mochte. In diesen kostbaren Augenblicken waren für sie der Krieg und seine Entbehrungen vergessen.

Schließlich ließ sich Omar sogar überzeugen, dass es das Beste sei, in das ferne Königreich hinter den Goldfelsen zu ziehen, wo jene Heiden lebten, die Tänzerinnen und Artisten so sehr schätzten. Vielleicht könnte er dort Pferde züchten, überlegte Omar, und wenn nicht, so würde sich gewiss eine andere Aufgabe für ihn finden.

Am Morgen des vierten Tages erwachte Omar von einem pochenden Schmerz im rechten Arm. Seit sie Al'Anfa verlassen hatten, hatte ihm die Wunde, die er am Arm davongetragen hatte, keine Sorgen bereitet. Eine Weile musterte er Melikae, und erst als er sich ganz sicher war, dass die Sharisad tief schlief, streifte er seinen Kaftan ab und untersuchte die Verletzung. Die Wunde hatte zu eitern begonnen, und ein übler Geruch ging von ihr aus. Auch zeigte sie seltsame Verfärbungen an den Rändern, die sternförmig auf seinen Oberarm ausgriffen. Sollte der Dolch, den die Meuchlerin im Bad nach ihm geschleudert hatte, vergiftet gewesen sein? Es würde zu dieser Schurkin passen, wenn sie nicht allein auf die Kraft ihrer Waffen vertraut hätte.

Vorsichtig säuberte Omar die Wunde mit einem Lappen, den er in das salzige Seewasser getaucht hatte. Er würde Melikae nichts von der Verletzung erzählen. Da das Gift drei Tage gebraucht hatte, um überhaupt eine Wirkung zu entfalten, war er guten Mutes, dass der Schmerz bald vergehen würde. Schließlich hatte ihn die Waffe auch nur leicht gestreift. Wegen einer solch belanglosen Schramme sollte er sich keine Sorgen machen!

Es war am fünften Tag ihrer Reise, als Melikae auffiel, dass mit Omar etwas nicht stimmte. Als die Sonne noch hoch am Himmel stand und das Segel nur einen winzigen Schatten in das kleine Boot warf, hatte die Sharisad im Scherz versucht, den Novadi aus dem Schatten zu vertreiben. Sie hatte ihm einen leichten Knuff mit dem Ellbogen gegeben und schelmisch gefragt, ob ein Prinz seiner Geliebten nicht den ganzen Schatten überließe, damit sie sich bequem ausstrecken könne.

Doch statt auf den Scherz einzugehen, hatte Omar laut aufgestöhnt und ihr einen grimmigen Blick zugeworfen. Dann hatte er sich zu der Ruderpinne zurückgezogen, und obwohl Melikae sich alle Mühe gegeben hatte, ihn wieder aufzumuntern, war er lange Zeit mürrisch geblieben.

Wenig später schlief er ein. Manchmal stöhnte er leise, und Melikae beugte sich voller Sorge über ihn. Omars Stirn glänzte vor Fieberschweiß, und ein unangenehmer süßlicher Geruch ging von ihm aus.

Vorsichtig untersuchte die Tänzerin die Wunde, die die Meuchlerin Omar beigebracht hatte. In dem weiten Ärmel des Kaftans fiel der kleine Schnitt des Wurfdolches kaum auf. Doch als sie den Stoff auseinanderzog, fand sie unter dem Gewand einen blutigen Verband. Wahrscheinlich war die Wunde aufgebrochen, als sie ihn angestoßen hatte. Warum hatte er ihr nur verschwiegen, dass er so schwer verletzt war? Ein einfacher Schnitt durfte ihm doch nicht solche Schmerzen bereiten!

Sobald er aufwachte, würde sie darauf bestehen, sich die Wunde anzusehen. Auch wenn sie ihm sonst kaum helfen konnte, musste sie zumindest dafür sorgen, dass er in Zukunft regelmäßig den Verband wechselte.

Melikae weinte. Fast stündlich verschlechterte sich Omars Zustand. Wundbrand hatte den Arm befallen. Immer tiefer hatte sich die schwärende Wunde in das Fleisch gefressen. Omars Körper glühte im Fieber, und er erwachte kaum mehr aus seinem unruhigen Schlaf.

Die Sharisad wusste, dass es nicht mehr lange dauern würde, bis das Gift der Wunde sein Herz erreichte. Und dann … Sie schluchzte leise. Wenn sie ihm nur hätte helfen können! Den ganzen Tag schon betete sie, dass sich ein Segel am Horizont zeigen möge. Vielleicht würde sich auf einem großen Handelsschiff ein Wundarzt oder sogar ein Magier finden? Doch nur ein einziges Mal hatte ein anderer Segler ihren Weg gekreuzt, und er war in so großer Entfernung an ihnen vorbeigefahren, dass man ihr Rufen drüben an Bord wohl nicht gehört hatte.

Wie viele Gefahren hatte Omar bestanden, seit er mit

seinem Freund Gwenselah aufgebrochen war, sie zu suchen! Und als er sie endlich gefunden hatte, musste eine so kleine Wunde ihn töten. War das die Gerechtigkeit Rastullahs? Warum nur bürdete der Gott ihr ein so schweres Schicksal auf? Welcher Sinn lag darin, dass Omar sie errettete, nur um wenig später zu sterben?

Im Westen, so hatte er ihr immer wieder eingeschärft, würde sie Land finden. Doch seit sie am Ruder saß, um das kleine Boot zu lenken, schienen sich selbst die Elemente gegen sie verschworen zu haben. Der Wind war so weit abgeflaut, dass das Segel schlaff vom Mast hing, und als sei dies noch nicht Unglück genug, hatte eine starke Strömung das Boot ergriffen und trieb es nach Osten, immer weiter in die offene See hinaus. Wenn kein Wunder geschah, so würde sie Omar bald in den Tod folgen. Ihre Vorräte waren beinahe erschöpft, und auch das kleine Wasserfass war fast leer.

Omar vermochte nicht mehr zwischen seinen Fieberträumen und der Wirklichkeit unterscheiden. Manchmal sah er, wie Melikae sich über ihn beugte. Tapfer versuchte sie, ihre Tränen vor ihm zu verbergen, doch immer, wenn sie glaubte, er schlafe, hörte er, wie sie leise weinte.

Einmal meinte er auch, Gwenselah neben sich zu sehen. Der Beni Geraut Schie hielt ihm die Hand und redete von irgendeinem Kräutersud, den er trinken solle. Ein anderes Mal sah er den großen Löwen, den er einst in der Khom erlegt hatte, um das Boot schleichen, und obwohl er zu Tode erschöpft war, wagte es Omar nicht, die Augen zu schließen, denn er wusste, sobald er einschliefe, fiele die Bestie über ihn her.

Es war das Meer, das mir Unglück gebracht hat, dachte er in Augenblicken, da das Fieber seine Sinne nicht umnebelte. Er hatte ihm von Anfang an misstraut. Zwar hätte er eher damit gerechnet, zu ertrinken oder von riesigen Ungeheuern in die Tiefe gerissen zu werden, doch der

Ozean hatte einen noch viel heimtückischeren Weg gefunden, ihn zu vernichten. An Land wäre es sicher ein Leichtes gewesen, rechtzeitig einen Heiler zu finden, doch in dieser Einöde war jede Hoffnung auf Rettung Selbstbetrug. Er würde sterben! Nichts vermochte daran noch etwas zu ändern.

Einmal glaubte Omar, einen kleinen Palast auf einer hohen dunklen Klippe zu sehen. Doch es musste ein Trugbild sein! Das prächtige Gebäude stand im Osten, dort wo sie kein Land zu erwarten hatten. Plötzlich erhob sich ein mächtiger Schatten zwischen den Palastmauern. Er griff danach! Sie mussten fort! Hier gab es keine Rettung!

Das Wunder war doch noch geschehen! Vor Aufregung zitternd vertäute Melikae das kleine Boot an einem der eisernen Ringe, die in die Mauer der Anlegestelle eingelassen waren. Hinter dem Kai führte eine steile Treppe die Klippen hinauf. Die Sharisad legte den Kopf in den Nacken. Der Palast lag so hoch, dass er im Himmel zu schweben schien, wenn man vom Kai aus zu ihm aufblickte.

Müde machte sich Melikae daran, die Treppe hinaufzusteigen. Bald schon lagen das Boot und die schäumende Gischt tief unter ihr. Möwen mit schwarzen Köpfen kreischten ihr ein Willkommen entgegen. Als sie schon fast den halben Weg überwunden hatte, erschien weiter oben auf den Stufen eine weiß gewandete Gestalt. Mit fliegenden Schritten eilte sie sie Melikae entgegen und blickte dabei immer wieder zurück zum Palast. Langes schwarzes Haar wehte ihr um die Schultern, und schwarz war auch ihre Haut: eine Moha.

Erst als sie die Sharisad schon fast erreicht hatte, erkannte Melikae das Sklavenhalsband, das um ihren Hals lag. Es war mit Perlen geschmückt, eine kostbare, reich verzierte Arbeit. Doch es konnte kein Zweifel bestehen, es war nur ein Sklavenhalsband. Die Frau warf sich ihr zu Füßen.

»Bitte, Herrin, nehmt mich mit! Flieht von dieser verfluchten Insssel, von der Obaran den Blick abgewandt hat. Hier herrsscht ein bössser Geisssterrufer, der der nachtsschwarzzzen Königin sein Tapam gessschenkt hat.«

Obwohl die fremde Frau des Tulamidya mächtig war, verstümmelte sie die Worte mit seltsamen Zischlauten, sodass Melikae sie zunächst nicht verstand. Sie hatte lediglich begriffen, dass in dem Palast offensichtlich ein mächtiger Magier lebte. Immer wieder flehte die Sklavin sie an, die Treppe nicht hinaufzusteigen. Doch zum Boot zurückzugehen, hieße, Omar zu töten! Vielleicht konnte der Magier ihn heilen.

Immer dringender wurden die Bitten der Sklavin, doch Melikae wies sie zurück. Schließlich fügte sich die Moha und geleitete die Sharisad hinauf in den Palast.

Jetzt, da sie vor ihr herging, sah Melikae hin und wieder ihre Füße unter dem Saum des langen weißen Kleides hervorschimmern. Sie waren seltsam verformt. Ein merkwürdiges Netzwerk von Falten zerfurchte sie, und sie schimmerten wie die Schuppen einer Schlange, die gerade ihre alte Haut abgeworfen hat.

Die Sklavin geleitete Melikae in einen Raum mit hoher Kuppeldecke und zog sich dann zurück. Verwundert betrachtete die Tänzerin die verschwenderische Pracht, in der der geheimnisvolle Geisterrufer lebte. Selbst die Paläste der Handelsherren von Unau waren nicht üppiger ausgestattet als dieses Haus, das fernab aller Städte inmitten der Einöde des endlosen Ozeans lag.

Kostbare Teppiche in dem Gold und dem Blau, das man im fernen Fasar so kunstvoll zu verwenden verstand, ließen den Besucher wie auf Daunen wandeln. Überall sah man kunstvolle Schmiedearbeiten, kupferne Feuerbecken, goldene Ampeln und Dinge, die Melikae nicht zu benennen vermochte.

Viele der Wände waren mit fremdartigen Bildern geschmückt. So glaubte Melikae, unter den seltsamen Ungeheuern, die auf den Mauern des Kuppelsaals prangten, den chimärischen Oger zu erkennen. So schrecklich und verschieden diese Kreaturen auch waren, eins hatten sie alle gemeinsam: Jede von ihnen schien neben den tierischen auch verzerrte menschliche Züge zu tragen.

Je länger Melikae in dem Kuppelsaal wartete, desto unheimlicher wurde ihr zumute. Ja, es schien ihr, als begännen die Farben der Bilder plötzlich zu leuchten und als wollten die grotesken Kreaturen über sie herfallen, um sie in ihren widernatürlichen Reigen zu zerren. Sie musste an die merkwürdigen Füße der Sklavin denken. Wo in Rastullahs Namen …?

»So sehen wir uns also wieder.« Eine wohlklingende und beunruhigend vertraute Stimme riss Melikae aus ihren dunklen Gedanken.

Ein Mann mit scharlachrotem Turban und verschleiertem Antlitz hatte den kleinen Saal betreten. Als sei er der Kalif, trug er ein langes Obergewand aus goldenem Brokat, bestickt mit Tausenden von Perlen. Darunter schimmerten eine rote Seidenhose und zierliche Pantoffeln, die mit so kostbaren Steinen geschmückt waren, dass sie allein so viel wie ein paar Shadif wert sein mochten.

»Erkennst du mich?«

Die Tänzerin nickte stumm. Wie hätte sie jemals die Gestalt und die Stimme des Mannes vergessen können, mit dem ihr Unglück begonnen hatte! Kein anderer als Abu Dschenna stand vor ihr!

»Nun, stolze Sharisad, was führt dich in mein bescheidenes Haus? Wie ich sehe, hast du diesmal niemanden mitgebracht, vor dem du mich verleumden könntest. Oder willst du nun selbst das ungerechte Urteil Jikhbar ibn Tamrikats vollstrecken?«

Was sollte sie diesem Mann noch sagen? Worum ihn bitten? Selbst Tar Honak hatte weniger Grund, sie zu hassen. Genauso gut hätte sie einen Stein um Gnade bitten können.

»Du kommst wegen Omar, nicht wahr?«

Erschrocken blickte die Sharisad zu dem Magier auf. Woher wusste er das?

»Wenn ich es wollte, könnte ich ihm sein Leben schenken«, höhnte der Magier. »Doch alles hat seinen Preis. Wenn ich ihn von der Schwelle des Todes zurückhole, dann ist das eine Tat, die man nicht mit Gold bezahlen kann.« Die Augen des Schwarzmagiers spiegelten seine Seele. Kaltes Grauen erfasste Melikae. Sie ahnte, welchen Preis sie zu zahlen hätte.

Als Omar erwachte, lag er allein in dem kleinen Boot. Melikae war verschwunden! Unbekannte hatten während seiner langen Bewusstlosigkeit das Wasserfass wieder gefüllt und ihm frische Vorräte am Bug verstaut.

In der Hand hielt er ein Pergament, aber er konnte nicht lesen! Trotzdem öffnete er es und fand außer der Botschaft, die er nicht verstand, eine rote Rosenblüte. Verschwommen erinnerte er sich an den Traum von dem Palast auf der Klippe und auch an den drohenden Schatten, der den Mauern entwachsen war. Irgendwo in Richtung Sonnenaufgang hatte das Eiland gelegen. Ohne zu zögern, wendete er das kleine Boot und segelte in die offene See hinaus. Er musste die Insel wiederfinden!

Einen Gottesnamen lang suchte er vergebens nach der verwunschenen Insel, die ihm Melikae geraubt hatte. Seine Vorräte waren erneut erschöpft, und wieder einmal hatte er den sicheren Tod vor Augen, als er von den Matrosen eines großen Segelschiffs aufgenommen wurde. Es kam aus einem Heidenland im hohen Norden, dessen Handelsherren viele Kontore in Kannemünde an der Mündung des Chaneb unterhielten. Von dort brauchte eine Karawane nur drei Tage, um nach Unau zu gelangen.

Von den Seeleuten erfuhr der Novadi, dass auch sie im Krieg mit Al'Anfa lagen, und obwohl es ein Schiff der

Heiden war, fanden sich an Bord auch manche Rechtgläubige, die ins ferne Bornland gereist waren, um dort um Waffen und andere Güter für den Kampf gegen Tar Honak zu bitten. Einen dieser Reisenden schloss Omar bald in sein Vertrauen, und ihm zeigte er das Pergament. So erfuhr der Novadi, einen Tag bevor ihr Schiff Kannemünde erreichte, auf welche Art Melikae Abschied von ihm genommen hatte.

Mein teurer Freund, wann immer Du erfährst, was ich Dir mit diesen Zeilen zu sagen habe, weiß ich Dich in Sicherheit, und das ist mir in dieser schweren Stunde der einzige Trost. Solange ich Dein glückliches Gesicht vor Augen hatte, habe ich nicht die Kraft gefunden, Dir zu sagen, was mich im Innersten quälte. Vielleicht hast auch Du manchmal bemerkt, dass ich nicht mehr die bin, die Du einmal kanntest. Vielleicht hat Deine Liebe Dich aber auch blind für das gemacht, was mit mir geschehen ist.

Die Zeit im Kerker hat in mir das Gefühl, das wir einmal teilten, sterben lassen. So wie der heiße Wind der Wüste die Blüte der Rose verdorren lässt, so ist meine Liebe zu Dir dahingewelkt. Würde ich Dich zum Mann wählen, ich könnte Dich nicht mehr glücklich machen.

Versuch nicht, mich zu finden, denn selbst wenn es Dir gelingen sollte, würde ich Dir wieder entfliehen. Dich zu sehen, heißt, all das vor Augen zu haben, was mir verloren ging. Meine Hoffnung ist das Vergessen. Nimm mir nicht auch dieses Glück!

Melikae

Wohl zehnmal oder noch öfter ließ sich der Novadi den Brief vorlesen, bis sich jedes der Worte unauslöschlich in seine Erinnerung eingebrannt hatte.

Warum hatte sie kein Vertrauen in ihn gehabt? Er war sich sicher, dass seine Liebe für sie beide gereicht hätte. Er hätte ihr all das wiedergegeben, was sie verloren glaubte.

Es war ein Wunder, das ihn in seinem Glauben an die Kraft seiner Liebe bestärkte. Obwohl so viele Tage vergangen waren, seit er mit diesem unglückseligen Brief in seiner Hand erwacht war, war die kleine Rosenblüte, die er in der Pergamentrolle gefunden hatte, nicht verwelkt. Omar war sich sicher, dass es die Kraft seiner Liebe war, die die Blüte davor bewahrte zu vergehen. Doch wie sollte er Melikae helfen, wenn sie vor ihm floh?

Wie glücklich war er da selbst als Sklave noch gewesen, als sie, obwohl unerreichbar für ihn, doch wenigstens in seiner Nähe gewesen war.

Als Omar das Schiff der Kauffahrer verließ, war jene Kraft in ihm verloschen, die die Menschen selbst die ärgsten Gefahren überstehen lässt: die Hoffnung.

Sein Leben erschien ihm sinnlos, und er glaubte zu begreifen, wie sich sein Freund Gwenselah gefühlt haben musste, als einfache Sterbliche das vollbracht hatten, was ihm ein Leben lang nicht vergönnt gewesen war. So wie für ihn, so hatte auch für Omar der Tod alle Schrecken verloren, ja, der ewige Schlaf erschien ihm sogar wie ein Versprechen auf Trost, der ihn seinen Schmerz vergessen machte.

Nicht Melikae, die er so wenig halten könnte wie man einen Windhauch halten kann, sondern den Tod wollte er suchen. Und die verhassten Rabenbanner, die über den Städten im Land der Ersten Sonne wehten, erschienen ihm wie ein Versprechen auf Erlösung.

Erschöpft ließ Mahmud sich gegen die weiß getünchte Ziegelmauer sinken. Obwohl die Stunde des morgendlichen Gebetes nicht mehr fern sein konnte, war keiner der Zuhörer von seiner Seite gewichen. Mit leisen Stimmen flüsterten sie einander zu, dass dies doch noch nicht das Ende des Märchens von Omar und Melikae sein könne. Auch der lockige kleine Omar, der während der vielen

Stunden der Erzählung ganz still an Mahmuds Seite gesessen hatte, war unruhig. »Ist Omar wirklich gestorben? Hat er Melikae nicht in sein Zelt geführt, um Hairan einer großen Sippe zu werden?«

Mahmud lächelte den Kleinen an. »Ein guter Märchenerzähler verrät seine Geheimnisse nie vor ihrer Zeit. Einen Trost habe ich aber für dich. Morgen werde ich noch ein drittes Mal kommen, und erst wenn der Mond hoch über dem Basar steht, wird die Geschichte wirklich vollendet sein.«

»Aber wie …«

Mahmud schüttelte den Kopf. »Meine Stimme ist erschöpft, mein kleiner Freund. In dieser Nacht wirst du keine Antwort mehr auf deine Fragen erhalten.«

Ein wenig zerknirscht zog Omar sich zurück. Schon kurz darauf sah Mahmud, wie sein kleiner Freund sich friedlich gähnend von seiner Amme nach Hause führen ließ.

Almandina hatte es Mahmud abgenommen, unter den Zuhörern umherzugehen und ihre Gaben einzusammeln. Als sie wiederkehrte, machte sie ein zufriedenes Gesicht. »Du bist ein reicher Mann, Märchenerzähler. Noch nie habe ich erlebt, dass man eine Geschichte so großzügig belohnt hat. Und morgen wollen sie alle wiederkommen.«

Ihre Worte versetzten Mahmud einen Stich. Reich? Nein, reich fühlte er sich wirklich nicht. Das Geld war für ihn fast bedeutungslos. Almandina an seiner Seite zu wissen, war ein ungleich größerer Reichtum. An ihr würde er vielleicht späte Sühne üben können.

Seine Müdigkeit schien plötzlich wie verflogen. Mit neuer Kraft griff er nach seinem Stock. »Komm mit mir, Almandina! Bevor der Morgen dämmert, möchte ich dir noch etwas zeigen.« Er stutzte und schüttelte unzufrieden den Kopf. »Zeigen ist wohl das falsche Wort. Komm einfach mit mir, oder bist du zu erschöpft?«

Er führte die schmächtige Bettlerin quer durch die Altstadt, bis sie schließlich die Gasse der Gewürzhändler erreichten. Die Häuser hier hatten alle zwei oder mehr Stockwerke. Dort, wo der schmutzige Putz von den Wänden geplatzt war, sah man grobes Mauerwerk, und es schien Mahmud, als zeigten die alten Häuser ihr wahres Gesicht mit Stolz. Der Putz war wie die Sippen, die hier im Lauf der Jahrhunderte gewohnt hatten. Er verging und zerfiel zu Staub. Nur die Mauern selbst schienen für die Ewigkeit geschaffen zu sein.

Leise flatterten die zerschlissenen Sonnensegel über der Gasse. Längst hatten die Händler ihre Säcke mit den kostbaren Gewürzen in die Häuser geschafft, doch noch immer war die Luft von tausend betörenden Düften erfüllt.

»Stell dich mir zur Seite, meine Freundin, und schließ die Augen! Ich möchte dich lehren, was eine wirklich gute Geschichte ausmacht.«

Die Bettlerin sah ihn verwundert an. Dann gehorchte sie.

Mahmud hatte jetzt die müden Lider geschlossen, um trunken an der wunderbaren Vielfalt der Düfte zu werden. Es war, als habe jeder Stein und jedes Sandkorn in dieser Straße den Geruch all der Gewürze und Kräuter, die hier seit Jahrhunderten verkauft wurden, in sich aufgenommen. Auch wenn die Stände leer geräumt waren, der Duft blieb.

Zuerst roch Mahmud Kümmel, Kardamon und Koreander. Vorwitzig schienen sie sich vor die anderen Gerüche der Gasse drängen zu wollen, und dem Unaufmerksamen mochte verborgen bleiben, was sich hinter ihnen noch alles verbarg. Doch Mahmud war ja nicht hier, um in Eile noch ein paar Gewürze für das abendliche Mahl zu kaufen. Er ließ sich Zeit, und langsam offenbarten sich ihm auch die verborgeneren Zauber.

Zuerst roch er den Duft des wilden Thymians, den man von den Hängen des nahen Raschtulswalls in die Stadt brachte. Ihm folgte das köstliche Aroma geriebener Nelken und dann der süße und verführerische Duft von Benbukkel.

Zufrieden öffnete er die Augen und blickte auf Almandina. »Hast du es gerochen? Mit dem Duft dieser verwaisten Gasse, aus der die Händler ihre Waren in die Vorratskammern geschafft haben, ist es wie mit einer guten Geschichte. Selbst wenn die Bewohner dieser Stadt schon morgen ihre Heimat verlassen sollten, um nie mehr zurückzukehren, wird diese Gasse auch in hundert Jahren noch nach Kräutern duften. Genauso ist es mit einer Geschichte, die dein Herz berührt hat. Irgendetwas wird immer in dir zurückbleiben. Sie ist ein Geschenk für dein Leben.«

Almandina nickte ernst, und plötzlich hatte Mahmud das Gefühl, dass sie seine Worte als eine Last empfinden könnte. Sanft strich er ihr durch das strähnige Haar.

»Lass uns nun schlafen gehen! Der Tag war lang, und morgen liegt noch eine große Geschichte vor uns.«

DRITTER ROMAN

Das Reich der Rache

Langsam schob sich die rote Sonnenscheibe über den zerfallenen Mauerkranz des Theaters. Die uralten geborstenen Steine zeichneten sich schwarz gegen den Himmel ab. Nicht mehr lange, und das Tageslicht würde grausam enthüllen, wie wenig von der vergangenen Pracht noch erhalten war. Jeder Riss in den steinernen Sitzbänken und die ovalen Täler, die Zehntausende von Füßen über die Jahrhunderte in die zu den Rängen des halbrunden Theaterbaus führenden Marmorstufen gegraben hatten, würden bald in der klaren Morgensonne sichtbar werden.

Doch noch herrscht gnädiges Zwielicht, dachte Mahmud und ließ den Blick über die Ruine wandern, die zum Treffpunkt der Bettler von Fasar geworden war. Wahrscheinlich hatten die wenigsten der geschundenen Gestalten, die zwischen den zerbrochenen Säulen des hohen Bühnenbaus und in den gewölbten Gängen unter den Publikumsrängen übernachteten, Sinn für die romantische Schönheit, die das verfallende Theater im fahlen Morgenlicht verzauberte. Wie oft hatten Schauspieler dort unten ihr Publikum zu Tränen gerührt oder wilde Begeisterungsstürme entfacht!

Der alte Märchenerzähler schloss die Augen und lauschte. Zuerst hörte er nur das Schnaufen der Schläfer zwischen den Säulen, und er fragte sich, ob es denn Magie war, die ihm dieses leise Geräusch zutrug, wohl an die dreißig Schritt von der Bühne entfernt.

Mahmud schüttelte sich ein wenig, und Almandina, die an seiner Schulter eingeschlafen war, stieß einen leisen

Seufzer aus. Der Gedanke an Magie löste stets ein Unbehagen in ihm aus. Ein wenig Wehmut mischte sich darunter, doch vor allem waren es Unbehagen und ein beklemmendes Schuldgefühl.

Aber jetzt ist nicht der richtige Zeitpunkt, mit mir ins Gericht zu gehen, dachte er und lauschte wieder. Wenn die alten Steine ihre Geschichte erzählen könnten …

In seiner Vorstellung füllte sich das Theater mit Menschen. Ein Sultan und sein Gefolge nahmen Platz auf den untersten Rängen, die auf einer Höhe mit der Bühne lagen. Ein wenig darüber stritten kostbar gekleidete Kaufleute und prächtig gewappnete Krieger darum, wer wie nahe beim Sultan sitzen durfte. Je weiter die Sitzreihen anstiegen, desto schlichter wurden die Gewänder der Besucher. Dort saßen Handwerker mit ihren aufgeputzten Frauen, eine schwatzhafte Gruppe junger Adepten aus der Magierakademie und vereinzelt auch Liebespaare, die einander mit scheuen Blicken wunderbare Nächte versprachen.

Mahmud seufzte. Liebe, diese wunderbare und mannigfaltige Kraft … Selbst über Magie vermochte sie zu triumphieren. Auf diese Erkenntnis hatte er viele Jahre gewartet, in denen er den Zauber der Liebe stets als romantische Erfindung der Märchenerzähler abgetan hatte.

Ein Wispern wie von flüsternden Stimmen schien mit dem Wind heranzutreiben. Jemand rief seinen Namen! Erschrocken wollte Mahmud die Augen öffnen, doch sein Tagtraum hielt ihn gefangen. Die Ränge des Theaters waren plötzlich leer, die Pracht des Baus verfallen. War es doch kein Traum? Doch wo steckte Almandina? Sie saß nicht mehr neben ihm! Und die Bettler, die unten zwischen den Säulen geschlafen hatten …? Auch sie waren verschwunden. Es schien eine eigenartige Bedrohung von der Bühne auszugehen. Aus dem Augenwinkel sah er eine flüchtige Bewegung. Dann trat hinter einer der Säulen eine zierliche Frau mit langem schwarzem Haar hervor! Seine Sharisad! Sie winkte ihm und rief seinen Namen.

Vor Aufregung zitternd, erhob sich Mahmud und trat einen Schritt vor. Er musste zu ihr … sie endlich wieder in die Arme schließen! Plötzlich erschien eine zweite Gestalt im Schatten der Säulen. Ein Krieger, ganz in Schwarz und mit einem Schleier vor dem Gesicht. Er stand unmittelbar hinter der Tänzerin und trat einen Schritt auf sie zu.

Mahmud lief los. Er wusste: Wenn diese Gestalt die Sharisad erreichte, dann wäre sein Glück auf immer zerstört. Der Krieger hob sein Schwert. Wollte er etwa …? In großen Kreisen wirbelte er die Waffe über den Kopf und schleuderte sie Mahmud entgegen, so wie man einen Stein mit einer Lederschlinge wirft. Bei der Bewegung riss sich der schwarze Krieger den Schleier vom Gesicht, und Mahmud erstarrte. Statt eines menschlichen Antlitzes hatte sich ein bleicher Totenschädel hinter dem Schleier verborgen.

Die Wucht, mit der ihn das Schwert traf, riss Mahmud von den Beinen. Das Theater schien sich zu drehen, um ihn herumzuwirbeln. Aus den Augenwinkeln sah er über sich ein Kleiderbündel auf den Stufen liegen. Es waren *seine* Kleider! Entsetzt begriff Mahmud, dass nicht das Theater sich drehte! Es war sein Kopf, den das wirbelnde Schwert abgetrennt haben musste und der die Stufen der Tribüne hinunterrollte.

Ein gellender Schrei erklang. Die Sharisad schien ihm entgegenzulaufen … Dann war sie wieder aus seinem wild wirbelnden Blickfeld entschwunden. Sie wollte zu ihm! Der Gedanke, dass sie wenigstens im Tod bei ihm wäre, tröstete ihn. Sie würde seinen Kopf in ihren Armen wiegen, wenn er auf immer die Lider schloss.

»Mahmud! Sag doch etwas!«

Langsam wurde es schwarz um ihn. Der Märchenerzähler musste lächeln. Wie sollte er denn etwas sagen? Er war doch tot …

»Mahmud!« Etwas Weiches strich ihm über die Stirn. Zögernd schlug er die Augen auf und erkannte über sich das narbige Gesicht Almandinas.

»Pass auf den Krieger auf!« Mahmud versuchte sich aufzusetzen. Sein Rücken schmerzte, und er hatte sich den linken Ellbogen aufgeschlagen.

»Krieger? Welcher Krieger?« Das Bettlermädchen blickte ihn verwundert an.

»Nun, der …« Der Alte hatte sich halb aufgerichtet und blickte auf die Theaterbühne. Alles war nur ein Tagtraum gewesen! Allerdings war er auf einen der tiefer gelegenen Publikumsränge gestürzt. Vermutlich hatte er sich im Schlaf zu weit vorgebeugt. Rastullah musste es gut mit ihm meinen, dass er sich bei diesem Sturz nicht alle Knochen gebrochen hatte. Er hätte schlafen sollen in der letzten Nacht! Die übermüdeten Augen mussten ihm einen Streich gespielt haben. Doch was sollte er dem Almandina sagen? Die Wahrheit?

»Von welchem Krieger sprichst du?«

Mahmud räusperte sich ein wenig verlegen und blickte in den roten Morgenhimmel, als könne er dort mit Rastullahs Hilfe eine Antwort auf die Frage des Mädchens finden. Er wollte Almandina nicht ängstigen … Er konnte ihr nicht die Wahrheit über seinen Traum erzählen! Gestern der verrückte Prophet, der ihn nach dem Aufwachen belästigt hatte, und heute dieser Traum … Am Ende hielte Almandina ihn für einen Verfluchten.

Noch immer blickte das Mädchen Mahmud mit großen Augen an. Er würde um eine Antwort nicht herumkommen.

Weit im Osten stand eine seltsam geformte Wolke über der Stadt. Sie glühte rotgolden im Morgenlicht und sah ein wenig wie ein Drache aus. Das war es! Ein Drache. Drachengeschichten gefielen immer! »Ich hatte einen schrecklichen Albtraum vom Drachen Pyrdacor. Ein Dschinn schenkte mir eine verzauberte Rüstung und ein Pferd mit Flügeln, sodass ich dem Drachen bis in den Himmel hinein folgen konnte.« Mahmud vollführte eine weit ausholende Geste, um seine vorgeblichen tollkühnen Flugkunststücke zu unterstreichen. »Dreimal versuchte Pyrdacor, mich mit seinem Flammenatem zu versengen, doch …«

»Und der Krieger? Du hast doch auch von einem Krieger gesprochen.«

»Tja, der Krieger …« Mahmud fluchte innerlich. Wie hatte er nur den Krieger vergessen können! Welch ein alter Trottel er doch war. »Immer der Reihenfolge nach. Der Krieger kommt gleich noch. Also, ich hatte den Drachen schon zweimal verwundet, und das Ungeheuer stieß ein Wutgeheul aus, das den ganzen Himmel zum Erbeben brachte, als plötzlich ein Krieger auf einem verzauberten Pferd aus schwarzem Stein über den Himmel geritten kam. Ein Pferd, wie es einst der Magiermogul Rustan ibn Hazir besessen haben soll. Genau wie meine prächtige Stute war auch dies ein fliegendes Pferd. Der fremde Krieger hatte eine Lanze, so lang wie eine Dattelpalme, und griff mich von hinten an, um den Drachen zu retten. So geschah es, dass mir Pyrdacor entkam. Als ich der schrecklichen Lanze des Reiters ausweichen wollte, machte ich eine ungelenke Bewegung und stürzte aus dem Sattel. Tja, und dann bin ich aufgewacht.«

Almandina hatte den Kopf schief gelegt und musterte ihn nachdenklich. »So etwas träume ich nie. Meistens träume ich gar nichts, oder ich kann mich zumindest an nichts mehr erinnern, wenn ich wach werde. So jemanden wie dich habe ich noch nie getroffen, Mahmud. Du läufst sogar herum, wenn du träumst.«

»Wie meinst du das?«

»Wie ich es sage. Du läufst herum. Ich bin davon erwacht, dass du plötzlich aufgestanden bist. Du hast irgendetwas vor dich hingemurmelt und bist die Sitzreihen hinuntergeklettert. Ich dachte erst, du seist wach und wollest mit mir zum Basar der Teppichknüpfer gehen. Dann habe ich deinen seltsamen Blick bemerkt. Und ehe ich dich wecken oder dir helfen konnte, bist du schon gestürzt. Fünfmal habe ich dich gerufen. Ich habe mir solche Sorgen gemacht, dass du …« Dem Mädchen stockte die Stimme. »Ich dachte schon, du seist …«

Mahmud nahm sie in den Arm und drückte sie an sich. Almandina zitterte am ganzen Leib. Sie konnte nicht weitersprechen. Er hatte ein schlechtes Gewissen, das Mädchen so schamlos belogen zu haben, und einen kurzen Augenblick lang dachte er darüber nach, ihr alles zu erzählen. Nicht nur den Traum. Nein, alles, was er so tief in sich begraben hatte. Doch dann verwarf er den Gedanken wieder. Sie würde ihn danach nie mehr mit denselben Augen sehen können, und das wollte er nicht, denn in der Nacht hatte er begonnen sich vorzustellen, wie es wohl wäre, mit ihr gemeinsam auf Wanderschaft zu gehen. Vielleicht würden ihre Unschuld und ihre Bewunderung ihm endlich den Frieden bringen, den er schon so lange suchte und den er doch nicht finden konnte. Gewiss jedoch würde aus ihr eine gute Märchenerzählerin werden.

»Du hast dich beim Sturz auch wirklich nicht verletzt?« Almandinas Stimme zitterte immer noch leicht.

Mahmud blickte flüchtig auf seinen aufgeschürften Ellbogen, dann schüttelte er den Kopf. »Nichts Ernstes. Ich möchte nur gern wissen, worüber ich gestolpert bin. Oder meinst du, ich habe mich nur einfach vertreten?«

»So genau konnte ich das nicht sehen. Du bist mit großen Schritten die Ränge hinabgestiegen und plötzlich gestrauchelt.«

Mahmud richtete sich auf und untersuchte die nächsthöhere Steinterrasse. Einer der flachen Bodensteine stand dort ein wenig hervor. Vielleicht war er daran hängen geblieben und … Mahmud stutzte. Undeutlich waren auf dem Stein Linien zu sehen, offenbar zu einem Muster geordnet. Doch er konnte nicht genau erkennen, was sie darstellten, denn die Hälfte der Ritzzeichnung war durch feinen Steinstaub und Flugsand unkenntlich geworden.

Unschlüssig musterte Mahmud den Stein. Wäre es klüger, nicht hinter allem einen tieferen Sinn zu suchen?

Könnte alles nicht auch ein Zufall gewesen sein? Schließlich wischte er den Schmutz zur Seite und fand einen unvollständig ausgeführten Löwenkopf in den Marmor geritzt.

Der Traum, der Löwenkopf ... Das waren Vorzeichen Rastullahs. Es würde wohl nicht mehr lange dauern, bis ihn sein Schicksal ereilte. Doch dass es ausgerechnet jetzt geschehen musste! Noch vor drei Tagen hatte er dem Tod gelassen entgegengesehen. Warum nur war ihm Almandina begegnet? Sie hätte seinem Leben einen neuen Sinn geben können. Stattdessen schien es ihnen bestimmt zu sein, kaum dass sie einander kennengelernt hatten, durch ein unglückliches Schicksal wieder voneinander getrennt zu werden.

»Was ist los mit dir? Und was hast du da gefunden?« Das Bettlermädchen war an seine Seite getreten und betrachtete den Stein.

»Hübsch, nicht wahr? Ich glaube, das hat irgendwann einmal ein gelangweilter Theaterbesucher hier eingeritzt.« Mahmud spürte regelrecht, wie Almandina eine Frage auf der Zunge lag, doch die junge Frau schwieg, und er war ihr dankbar dafür.

Am liebsten wäre ich jetzt allein, dachte Mahmud, wenn auch nur für einige Augenblicke. »Gehst du unsere Sachen holen?« Sein Stab und ihre Kleiderbündel lagen noch bei ihrem Nachtlager, ein paar Sitzreihen weiter oben.

Almandina nickte wortlos und stieg die Treppe hinauf.

Mahmud blickte ihr nach und überlegte, ob er das Mädchen nicht einfach von sich stoßen sollte. Ihr sagen, dass er ihre Anwesenheit nicht mehr ertragen könne. Ihre Liebe mache ihm Angst. Er wollte ihr nicht wehtun, doch der Traum und die Löwenfratze, das waren zwei deutliche Omen, die unzweifelhaft besagten, dass sein Ende nahe war, und so wie er gelebt hatte, würde es kein friedliches Ende sein. Vielleicht war auch Almandina in Gefahr, wenn sie bei ihm blieb. Zumindest würde sie seinen Tod erleben und nichts tun können, um ihm zu helfen. War es dann nicht besser, wenn er sie jetzt davonjagte?

Verzweifelt blickte Mahmud in das Rund des Theaters. Das erste Sonnenlicht hatte dem Marmor einen zartrosafarbenen Schimmer verliehen, sodass die Ruine, die zur Trutzburg der Ausgestoßenen und Rechtlosen geworden war, wie ein verzauberter Palast aus einem Dschinnmärchen wirkte. Mahmud lächelte. Er hatte den seltsamen Gedanken, dass er und das Theater sich in mancher Weise ähnelten. Beide waren sie nur noch ein Schatten dessen, was sie einst einmal dargestellt hatten, und beide waren sie voller alter Geschichten und Geheimnisse, die sie mit niemandem mehr teilen würden.

Almandina war zurückgekehrt und hielt ihm seinen knorrigen Wanderstab hin. Energisch griff er nach seinem alten Weggefährten und ließ die Hände zärtlich über das glatt polierte Holz gleiten. Ganz gleich, was die Vorzeichen dieses Morgens auch bedeuten mochten, er würde sich ihnen nicht einfach unterwerfen. Er hatte kein Recht, Almandina schlecht zu behandeln. Nicht einmal seine Sorge würde das rechtfertigen.

»Ich hab Hunger wie ein altes Kamel, dessen Höcker schlaff zur Seite hängen. Wie geht es dir?«

»So schlecht, dass ich sogar ein altes Kamel verschlingen könnte.«

Mahmud lächelte. »Fein, dann sollten die alten Kamele dieser Stadt besser auf der Hut vor uns sein.« Mit galanter Geste reichte er der Bettlerin den Arm. »Wollt Ihr mit mir ein wenig die Stadt unsicher machen, Prinzessin?«

Almandina lachte kokett. »Ihr beschämt mich, doch wie könnte ich einem Traumdrachentöter widerstehen?«

Als er sie lachen hörte, wusste Mahmud, dass er richtig entschieden hatte, auch wenn er die Bettlerin vielleicht in Gefahr bringen würde. Es mochte vermessen klingen, doch er nahm an, dass er seit Langem der Erste war, der ihr ein Lachen entlockt hatte, und er fühlte sich dadurch reicher beschenkt als durch alles, was er in seinem früheren Leben erworben hatte, außer vielleicht …

Zum dritten Mal zählte Mahmud die Kupferstücke, die ihm die letzten beiden Tage eingebracht hatten. Wenn er heute Nacht mit seiner Geschichte zu einem Ende käme, hätte er wohl genug Geld, um wieder für ein paar Wochen über die kleinen Dörfer ziehen zu können. Dort würde er für seine Märchen zwar nur mit einem Mahl und einem warmen Bett belohnt werden, weil die Menschen zu arm waren, um mehr zu geben, doch dafür konnte er dort auch vor dem schwarzen Reiter sicherer sein, der ihn in den großen Städten allzu mühelos finden würde. Auf dem Land aber gab es tausend Wege, und Mahmud konnte leicht seine Spur verwischen.

Nachdenklich betrachtete der Alte Almandina. Das Bettlermädchen kaute hingebungsvoll auf einem frischen Fladenbrot und ließ sich durch nichts auf der Welt davon ablenken. Es war so einfach, sie glücklich zu machen … Heute Nacht noch, sobald er mit seiner Geschichte fertig wäre, würden sie beide die Stadt verlassen.

Seine Vision war nur eine Warnung gewesen, redete sich Mahmud immer wieder ein. Ein Fingerzeig des Schicksals, und er würde ihm folgen. Wenn er nie wieder die Geschichte von Omar und Melikae erzählte, dann könnte der Reiter ihn auch nicht finden. Einen Augenblick lang rang der Märchenerzähler mit den Tränen. Seine Hand spannte sich um den knorrigen Wanderstab. Diese Geschichte nicht mehr zu erzählen, hieße, einen alten Traum, eine verzweifelte Hoffnung aufzugeben.

So viele Jahre war er die Küsten entlanggewandert und hatte selbst das ferne Maraskan besucht, ohne jemals die Hoffnung zu verlieren. Überall hatte er sein Märchen erzählt. Doch es war vergeblich gewesen. Vielleicht sollte er die Toten endlich ruhen lassen.

»Was ist mit dir, Mahmud? Du siehst so traurig aus.« Almandina hatte ihr Fladenbrot aufgegessen und war an seine Seite getreten.

»Ich habe an eine alte Liebe gedacht.« Der Märchenerzähler lächelte verlegen. »Weißt du, als ich jünger war, da habe ich …« Seine Stimme stockte, und Tränen stiegen ihm in die Augen. »Ich …«

»Du musst es mir nicht erzählen, wenn es dich so sehr bedrückt. Ich möchte dir nicht wehtun. Wollen wir nicht lieber zum Bethaus gehen und uns an den kühlen Brunnen setzen, um auf die Stunden der Mittagshitze zu warten?«

Mahmud nickte dankbar. Schweigend folgte er der jungen Frau durch die engen Gassen, in denen so früh am Morgen noch kaum jemand unterwegs war. Der Duft von grünem Tee und frisch gebackenen Fladenbroten lag in der Luft. Irgendwo hörte man die keifende Stimme einer Frau, die ihren Mann von seiner Schlafmatte aufscheuchte, damit er Wasser vom Brunnen holte. Doch der Märchenerzähler achtete auf all das nicht. Nur ein einziger Gedanke beschäftigte ihn: Würde es ihm gelingen, seine alte Last abzulegen, wenn er die Geschichte von Omar und Melikae nie mehr erzählte, oder würde sie dann nur noch drückender werden, bis er eines Tages vielleicht ganz daran zugrunde ginge?

Der Morgen hatte Mahmud gutgetan und die trüben Gedanken vertrieben, so wie frischer Wind die dunklen Sturmwolken hinwegweht. Almandina gab sich alle Mühe, ihn mit kleinen Geschichten über die Diebe von Fasar zu unterhalten. In jeder Stadt gab es solche heimlichen Helden. Raschid, Djamilla, Ali und wie sie auch immer hießen, sie alle hatten gemeinsam, dass sie mit flinken Händen und gewitztem Verstand über Stadtwachen, feiste Händler und ungerechte Wesire triumphierten. Nie endete einer von ihnen vor den Mawdliyat und wurde auf einem der öffentlichen Plätze hingerichtet. Nein, sie bestanden alle Gefahren, und oft genug gewannen sie zuletzt auch noch die Hand einer reichen Kaufmannstochter oder machten auf andere Weise ihr Glück.

Mahmud hatte ausgelassen über Almandinas Geschichten lachen können. Die junge Frau war talentiert. Nicht allein ihre Stimme klang wunderbar, sie wob auch ihre Erzählungen auf so kunstvolle Weise, dass man wie gebannt an ihren Lippen hing, und wann immer man zu wissen glaubte, welches Ende die Geschichte nehmen würde, verstand sie es mit einer überraschenden Wendung, alles in einem neuen Licht erscheinen zu lassen.

Ich bin ja geradezu ein Stümper im Vergleich zu ihr, dachte Mahmud voller Stolz. Wenn er ihr den Schatz seiner Geschichten hinterlassen würde, dann könnte sie einem sorglosen Leben entgegensehen und würde vielleicht sogar eines Tages an den Höfen der Sultane und in den seidenen Zelten der Wüstenscheichs ein gern gesehener Gast sein. Sie war begnadet. Eine Märchenerzählerin wie sie gab es nur alle hundert Jahre einmal im Land der Ersten Sonne, und eines Tages würde ihre eigene Geschichte selbst zu einem Märchen werden.

Zufrieden lehnte sich Mahmud auf dem Teppichstapel zurück und blickte in die Runde. Die Mittagshitze hatte die Märkte leer gefegt und die Leute in den Schatten der Höfe oder in die Teehäuser getrieben. Nur hier, im Basar der Teppichweber und Färber, vermochte es die Macht der Sonne nicht, die Menschen zu vertreiben. Unter den bunt geflickten Sonnensegeln, die sich über die enge Gasse spannten, hatten sich über hundert Menschen versammelt, um ihm zuzuhören.

Die meisten von ihnen kannte Mahmud schon von den letzten beiden Tagen. Da waren jener verschwitzte arme Kerl mit dem eisernen Drachenfass auf dem Rücken und auch sein Gebieter, der Zwerg Arom, sowie die Kinder, die ihn als Erste empfangen hatten, Teppichknüpferinnen, die scheu die krummen Finger in den Ärmeln der weiten Gewänder versteckten, und viele andere, die neu hinzugekommen sein mussten. Auch hatten sich einige Soldaten dazugesellt, die wohl im Auftrag der Mächtigen darüber wachen sollten, dass er die Leute nicht aufwiegelte oder spöttische Geschichten über einen der Erhabenen, der Herren von Fasar, erzählte. Unter den Kriegern fiel ihm ein junger Mann mit faltenloser glatter Stirn und flinken Augen ganz besonders auf. Er trug einen roten Turban und ein schwarzes Gewand. Mahmud hatte das unbestimmte Gefühl, den Mann schon früher einmal gesehen zu haben, doch wusste er nicht, wo.

»Wird Omar seine Sharisad heute wiederfinden?«, erklang eine helle Kinderstimme an seiner Seite. Der lockenköpfige kleine Omar war gekommen und hatte wieder neben ihm auf dem Teppichstapel Platz genommen.

Mahmud schüttelte den Kopf. »Dir das zu verraten, hieße, dich zu bestehlen, mein Freund. Und sehe ich aus wie ein Dieb? Ich würde dir die Spannung rauben, wenn ich dir das Ende verriete.«

Omar blickte verlegen zur Seite und schien plötzlich nicht mehr zu wissen, wo er die Hände lassen sollte. Er hatte einen kleinen Leinenbeutel mitgebracht, den er eng gegen die Brust presste.

Mahmud strich ihm sanft über das Haar. »Nimm dir meine Worte nicht zu sehr zu Herzen!« Er senkte die Stimme und beugte sich zu dem Jungen hinab. »Soll ich dir ein Geheimnis verraten? Versprichst du mir, dass du es niemandem weitererzählst?«

Omar nickte heftig.

»Im Grunde steht es mir nicht zu, so weise Reden zu schwingen, denn als ich so alt war wie du, war ich mindestens genauso neugierig, und einmal habe ich sogar einen Märchenerzähler aus dem Zelt meines Vaters vergrault, weil ich ihm mit meinen Fragen nach dem Ende seiner Geschichte so sehr zusetzte, dass er überhaupt nicht mehr zu Worte kam. Du siehst also, dass es keinen Grund gibt, sich zu schämen, Omar, es sei denn, du verrietest mein Geheimnis, denn dann müsste ich mir vor Scham wünschen, dass ein Dschinn mich unsichtbar machte, damit nicht alle über mich alten Narren lachen.«

Omar kicherte leise und hielt ihm dann seinen Leinenbeutel hin. »Das ist für dich, Mahmud. Der Lohn des Märchenerzählers.«

Der Alte nahm den Beutel und öffnete ihn behutsam. Ein betörend süßer Duft schlug ihm entgegen. Omar hatte ihm eine kleine Honigmelone von fast goldener Farbe gebracht.

Der Märchenerzähler zwinkerte dem Jungen mit den Augen zu. »Hast du wieder die Vorratskammer deines Vaters geplündert?«

»Nein, diesmal hat mein Vater die Melone freiwillig gegeben. Er ist mit mir gekommen, um deine Geschichte zu hören. Siehst du da hinten den großen Mann mit dem prächtigen blauen Kaftan? Das ist mein Vater.«

Mahmud folgte dem Blick des Knaben und erkannte schließlich einen schmächtigen jungen Mann, der einen blauen Kaftan trug. Er hatte große verträumte Augen und ein spitzes Gesicht. Seine Kleider waren abgetragen, und Mahmud hatte ein schlechtes Gewissen, ihm einen solchen Leckerbissen wie die Melone zu nehmen. Doch der Märchenerzähler wusste genau, dass er den Mann beleidigen würde, wenn er dessen Geschenk jetzt zurückwiese. Also nickte er ihm zu und bedankte sich mit einer freundlichen Geste für die Melone. Dann beugte sich Mahmud vor, hob die Arme zum Himmel und bat Rastullah, dass ihm seine Erzählung auch heute gelingen möge.

In der engen Gasse war es still geworden, und als der alte Märchenerzähler seine Geschichte fortsetzte, verstummten selbst die sonst so überheblichen Soldaten und Büttel, denn in seiner Stimme lag eine Magie, die selbst die Geschwätzigsten unter den Redseligen zum Schweigen brachte.

»Noch bevor die Sommerregenzeit im Jahr der Tränen zu Ende ging, hatten die Schergen des schändlichen Tar Honak das prächtige Mherwed erobert, jene Stadt, die unser glückloser Kalif Abu Dhelrumun ibn Chamallah allzu schnell verloren gab. Wie ihr sicherlich wisst, traf ihn sein Schicksal, noch bevor der erste Feind seinen Fuß auf die Mauern des stolzen Mherwed setzte, denn der Magiersultan Hasrabal schickte einen Dschinn, den feigen Flüchtling zu töten. Doch mag diese Tat auch gerecht gewesen sein, klug war sie nicht, denn alle die Scheichs und Sultane im Land der Ersten Sonne waren nun uneins, da der eine, dessen Wort sich alle beugen mussten, zu Rastullah gegangen war, und sie mochten sich nicht entscheiden, wem die Ehre gebühren sollte, den Krieg gegen die Heiden fortzuführen. So herrschte der Götzendiener Tar Honak vom Thron des Kalifen, und die Rechtgläubigen hatte eine so tiefe Verzweiflung ergriffen, dass es der Krieger aus dem fernen Bornland bedurfte – wo Rastullah in jedem Jahr zwei Gottesnamen lang der Sonne ihre lebensspendende Wärme nimmt, weil die Heiden dort nicht einsehen wollen, dass er der einzige Gott ist –, um den blutdurstigen Al'Anfanern eine erste Niederlage beizubringen. Sie waren es, die die schwarzen Schiffe vor Kannemünde vertrieben und die Belagerer der Stadt zwangen, sich tiefer ins Land zurückzuziehen. Und dort in Kannemünde kehrte auch Omar ins Land der Ersten Sonne zurück, um nun, da er seine Liebe nicht finden konnte, nach dem Tod zu suchen.

Doch zuerst will ich euch von Melikae erzählen, die Rastullah in seiner unergründlichen Weisheit ein zweites Mal in die Hände des Magiers Abu Dschenna gegeben hatte, jenes Zauberers, der sie einst im Auftrag ihres Vaters nach Unau zurückgebracht hatte und dessen Macht so groß war, dass er selbst den Dschinnen gebieten konnte. Sein Herz war in all den Jahren, da er die Zauberei studiert hatte, so kalt und hart wie ein Adamant geworden, und er hoffte, dass die Sharisad ihn wärmen und ihm das schenken werde, was alle Magiermacht nicht zu gewinnen vermag: die Liebe!

So begab es sich, dass …«

Zwölf Tage waren vergangen, seit Melikae mit ihrem Boot am Ufer des verwunschenen Eilands angespült worden war. Sie hatte mit angesehen, wie Abu Dschenna den bewusstlosen Omar geheilt hatte und wie ihr Geliebter anschließend ins Boot gelegt und dem Meer überlassen worden war. Ihm ihren Abschiedsbrief zu schreiben, hatte ihr fast das Herz gebrochen. Doch es war besser, wenn er glaubte, sie habe ihn verstoßen und werde ihn nicht mehr lieben. So konnte Omar sie hassen und bald ein neues Leben beginnen, vielleicht sogar eine neue Frau suchen.

Er hatte sich sehr verändert in der Zeit, da sie getrennt gewesen waren. Ein Krieger war er jetzt, und alles, was an den Sklaven erinnerte, schien er weit hinter sich gelassen zu haben. Es würde ihm gewiss nicht schwerfallen, eine neue Frau zu finden.

Stundenlang malte sich Melikae aus, wie Omars Leben verlaufen würde. Dass er ein berühmter Wüstenräuber und zum Schluss gar ein Scheich würde – oder wie er das Leben des Kalifen rettete. Oft wanderte sie auch durch den großen Palast des Magiers. Alle Räume standen ihr offen. Nur eine einzige Tür fand sie stets verschlossen. Als sie aber herauszufinden versuchte, was sich hinter dieser Tür verbarg und allerlei Fragen stellte, machte sie eine entsetzliche Entdeckung: Unter den vielen Dienern und Sklaven gab es nur zwei Menschen, mit denen sie sprechen konnte.

Die meisten der Domestiken waren Mohas von seltsam dunkler Hautfarbe, die in kehligen Worten sprachen, die Melikae weder verstand noch nachahmen konnte, so fremd waren sie ihr. Die wenigen Tulamiden jedoch, die im Palast und in dem großen Garten arbeiteten, besaßen keine Zungen mehr. Ihre Augen waren stumpf, und sie hatten sich so sehr in ihr Schicksal ergeben, dass sie nicht einmal versuchten, sich mit Gesten zu verständigen. Sie lebten, und doch erschienen sie Melikae tot, und die Sharisad befürchtete, in ihnen ihrem zukünftigen Schicksal begegnet zu sein.

Istima, jene Sklavin, die ihr auf der Steiltreppe an der Klippe entgegengekommen war, und Nurhan, eine alte Köchin, waren die einzigen Menschen auf dieser Insel, mit denen sie sprechen konnte. Und natürlich Abu Dschenna. Doch der Magier schien, nachdem er Omar geheilt hatte, verschwunden und im Palast nicht auffindbar zu sein.

So vertrieb sich Melikae ihre einsamen Stunden mit dem Studium der Schriftrollen, die Abu Dschenna in seiner gewaltigen Bibliothek verwahrte. Dabei war sie ständig umgeben von einem oder zwei Moha-Sklaven, die ihr Kühlung zufächelten, wenn in den Mittagsstunden der Windhauch des Meeres erstarb und die Hitze allzu beklemmend wurde – oder die ihr Lichter brachten, wenn sie des Nachts einsam durch den Palast wanderte.

Manchmal fühlte die Sharisad sich auch beobachtet, so als verfolgten sie die Figuren auf den Seidenteppichen von den Wänden herab mit Blicken. Wann immer die kostbaren Gedichtsammlungen und alten Märchenbücher, die Abu Dschenna in seiner Bibliothek verbarg, sie nicht mehr über die Einsamkeit hinwegzutrösten vermochten, zog Melikae sich auf ihr Zimmer zurück, um dort zu tanzen. Es war ein großer, lichtdurchfluteter Raum, dessen Fenster an drei Seiten zum Meer hin zeigten. Bahnen aus tiefblauer Seide waren an der Decke und an manchen Wänden drapiert, und schon der leichteste Windhauch ließ sie auf- und niederwogen wie Meereswellen. Windlichter und Ampeln aus blauem Glas tauchten die Kammer bei Nacht in ein fast magisches Licht, sodass Melikae manchmal – wenn sie aus unruhigen Träumen erwachte – glaubte, in einem Palast auf dem Grund des Meeres gefangen zu sein.

In einer solchen Nacht geschah es, dass sie von der zischelnden Stimme Istimas geweckt wurde. Draußen auf dem Meer wütete ein Sturm, und heulend pfiff der Wind um Melikaes Schlafgemach. Schon am Mittag hatten Sklaven die hohen Fenster des Zimmers mit schweren Holzläden verriegelt. Und doch hatten sie die tobenden Winde nicht völlig aussperren können, sodass die Flammen der Ampeln und die Seidenbahnen, wie von Dschinnenhand geleitet, einen unheimlichen Tanz aufführten.

»Herrin, du mussst mit mir kommen.«

Verstört blickte Melikae in das ebenmäßig schöne Gesicht der Sklavin, und einen Moment lang wusste die Sharisad nicht, ob sie träumte oder wachte.

»Ssschnell, unssser Gebieter wünssscht, dissch zzzu sssehen.«

»Jetzt, mitten in der Nacht?«

»Ja, Herrin. Er lässst ein grossses Esssen bereiten.«

Melikae schnaubte verächtlich. Zuerst hatte sie Angst vor dem Magier gehabt und seine Rache gefürchtet, doch als er nach der Heilung Omars wie vom Erdboden verschluckt schien, war die Angst von ihr gewichen. So verhielt sich niemand, der auf den Tod seines Feindes sann.

»Richte ihm aus, dass er sich in Geduld fassen muss. Wenn er mich aus dem Schlaf reißt, kann er nicht erwarten, dass ich binnen weniger Augenblicke bereit bin, mit ihm zu speisen.«

»Aber du kannssst dissch doch nisscht gegen ssseine Befehle auflehnen!«

»Befehle? Ich denke, er *wünscht*, mich zu sehen? Gehe zu ihm und sag ihm, dass ich kommen werde. Doch ich bin keine Khunchomer Söldnerdirne. Ich werde mich kleiden und schminken, wie es sich für eine Frau von edler Geburt geziemt, und Abu Dschenna wird warten müssen, bis ich damit fertig bin. Geh und sag ihm das! Und dann komm zu mir zurück und hilf mir, mich anzukleiden.«

Ungefähr zwei Stunden mochten vergangen sein, bis Melikae mit ihrer äußeren Erscheinung zufrieden war. Ihr Haar hatte sie mit Istimas Hilfe kunstvoll hochgesteckt, sodass ihr nur noch zwei fingerbreite Strähnen an den Schläfen vorbei auf die Brust fielen. Sie hatte diese Frisur bei den Frauen Al'Anfas gesehen und in dieser Nacht übernommen, weil sie nicht wollte, dass der Magier in ihr ein fügsames Tulamidenmädchen sah.

Um ihre Augen hatte sie mit feiner Schieferpaste dunkle Linien gezogen, sodass sie noch größer erschienen. Eine Weile hatte die Sharisad überlegt, ob sie verschleiert erscheinen sollte, es dann aber doch wieder verworfen, da sie zum Essen geladen und ein Schleier zu solchem Anlass allzu unpassend war.

Sie hatte ein knöchellanges weißes Seidengewand angelegt. Dazu trug sie einen breiten Gürtel, von dem schmale, mit Bronzemünzen geschmückte Lederstreifen hinabhingen, sodass Abu Dschenna trotz des durchscheinenden Seidenstoffes ihres Kleides nichts sähe, was Melikae ihm nicht zeigen wollte.

Ihre Füße verbarg sie in zierlichen Pantoffeln aus türkisblauem, mit Goldfäden durchwirktem Samt. Passend dazu fand sich auch eine bestickte Weste.

Auf Schmuck, den ihr der Magier in verschwenderischer Fülle zu Verfügung gestellt hatte, verzichtete die Sharisad. Er war ihr ebenso unheimlich wie der Reichtum des Palastes, in dem der Zauberer lebte, und Melikae war sich sicher, dass der ganze Prunk nicht auf rastullahgefällige Weise erworben worden war.

Endlich mit ihrer Garderobe zufrieden, ließ sich Melikae von Istima zum kleinen Festsaal geleiten, den Abu Dschenna für das nächtliche Mahl auserkoren hatte.

Im Palast war leise Musik zu hören. Deutlich unterschied Melikae den melancholischen Klang einer Kabasflöte und das Zirpen einer Zitar. Doch es spielte noch ein drittes Instrument, das sie nicht kannte. Auch fragte sie sich, woher der Magier Musikanten auf die abgelegene Insel geholt hatte, denn den Dienern und Sklaven, die sie bislang gesehen hatte, traute sie nicht zu, dass sie ein Instrument in solcher Vollkommenheit beherrschten.

Als sie den dunklen Perlenvorhang erreichten, der den kleinen Festsaal von dem Flur trennte, an dem auch die prächtige Bibliothek lag, verabschiedete sich die Moha von der Sharisad. Mit gemischten Gefühlen spähte Melikae zwischen den sanft schwingenden Perlenschnüren hindurch. Der kleine runde Raum dahinter war von blutroten Lampen erleuchtet und mit schwarzen Stoffen geschmückt. Was wollte Abu Dschenna nur mitten in der Nacht von ihr? Hatte er ihr die falsche Anklage vor dem Wesir von Unau wirklich verziehen?

»Findest du nicht, dass du mich lange genug hast warten lassen?«, ertönte die dunkle Stimme des Magiers. Sein Ton war leicht gereizt, doch noch nicht barsch.

Melikae schickte ein kurzes Stoßgebet zu Rastullah, dann teilte sie den Perlenvorhang und trat ein. Abu Dschenna hatte sich rechts von der Tür auf einem Stapel Kissen niedergelassen und stellte gerade einen schweren Weinpokal auf einem niedrigen Tischchen ab.

Der Magier betrachtete sie stumm. Er hatte den gleichen kühl musternden Blick, den die Sharisad an den Sklavenhändlern Al'Anfas so sehr hassen gelernt hatte, und sie fragte sich, ob er wohl über ihren Wert in Goldstücken oder ihren Rang als Bettgefährtin nachgrübelte. Doch hatte er nicht einst in der Wüste zu ihr gesagt, dass ihn Frauen nicht reizten? Was wollte er nur von ihr?

»Nun, gefällt dir, was du siehst?« Stolz reckte sie das Kinn vor und stellte sich breitbeinig vor den Magier. Abu Dschenna trug diesmal keinen Schleier, sodass sie die entstellende Narbe auf der rechten Wange deutlich sehen konnte. Er war in einen mit Silberfäden durchwirkten blauen Kaftan gekleidet, der schon recht abgetragen wirkte. Sein Haar war kurz geschoren und schwarz, wenn man von einer kleinen weißen Strähne absah, in die die Narbe mündete.

»Du hast dich sehr verändert, Sharisad. Man hört bemerkenswerte Dinge über dich, doch glaube ich nicht, dass dein Vater glücklich darüber wäre, was sich die Leute so erzählen. Offensichtlich hast du mit dem halben Generalstab der Götzenanbeter das Lager geteilt.«

»Mein Vater wüsste, dass das, was sich die Leute erzählen, und das, was tatsächlich geschah, meist zweierlei Dinge sind, Zauberer!«

Abu Dschenna lächelte herablassend. »Eine scharfe Zunge hast du bekommen.« Wieder maß er sie auf erniedrigende Weise mit Blicken. »Und ein kleines Mädchen bist du auch nicht mehr.«

»Was willst du von mir?«

»Was ich von dir will ...« Der Zauberer griff nach dem Weinpokal, nahm einen kurzen Schluck und drehte das perlengeschmückte Gefäß grübelnd zwischen den Fingern. »Zunächst einmal wünsche ich, dass du in Zukunft meinen Befehlen umgehend gehorchst, so wie jeder hier im Haus. Ich möchte nicht noch einmal so lange warten, wenn ich dir ausrichten lasse, dass du vor mir erscheinen sollst. Wenn ich dir gestatte, über meine Sklaven und Diener zu verfügen, so heißt das noch lange nicht, dass du die Herrin hier im Haus bist. Du hast mit deinem Hochmut übrigens nicht nur mich, sondern auch Nurhan gekränkt. Das Essen, das sie für uns bereitet hat, ist längst zerkocht, das Brot nicht mehr frisch, und ich, ich habe mich betrunken in den letzten zwei Stunden.«

Der Magier lachte plötzlich. Dann schüttelte er den Kopf. »Bei Rastullah! Ich führe mich ja auf wie ein alter Ehemann. Ich ... weißt du, im Grunde ist es genau das, was ich gern wäre. Ich fühle mich einsam in diesem Palast. Du sollst für mich tanzen, mich unterhalten und mir das Gefühl geben, dass das hier ein Zuhause ist.«

Melikae schaute den Magier entgeistert an. Sollte das

ein Heiratsantrag werden? Was bildete er sich ein? »Hast du schon einmal gehört, dass eine Frau umworben sein will? Ich bestimme über mich selbst. Ich habe keinen Vater mehr, der einfach beschließen könnte, mich mit irgendeinem Fremden zu vermählen. Warum sollte ich dein Eheweib werden? Nenn mir nur einen Grund, warum ich dich lieben sollte! Alles, was du mir gegeben hast, ist nur ein Grund, dich zu hassen!«

»So, glaubst du? Du meinst, du müsstest mich hassen? Ich bin im Guten zu dir gekommen, wollte dir ein Festmahl bereiten für diese Nacht, in der wir das erste Mal beieinanderliegen werden. Ich könnte dich …« Der Magier war aufgesprungen und stand drohend vor ihr. Er war nur mittelgroß und recht hager. Melikae war sich sicher, dass er kaum stärker war als sie, und doch wünschte sie, zurückhaltender gewesen zu sein, als er sie mit seinen rabenschwarzen Augen anblickte. Sein Blick hatte etwas Dämonisches. Er war von einer Kraft, wie sie dies noch nie bei einem Menschen erlebt hatte. Sie fühlte, dass seine Augen sie aufsogen, ja, ihr alles entnahmen, was sie ausmachte.

»Du glaubst, du könntest dich mir widersetzen?« In der Stimme des Magiers sprach Hohn. »Es ist lange her, dass ich versucht habe, auf jemanden so einzugehen, wie ich es heute Nacht getan habe. Ich bin gewohnt, dass man mir nicht verweigert, was ich will. Auch du wirst das nicht können.«

Melikae wollte einen Schritt zurücktreten, doch der Blick des Magiers hielt sie fest. Abu Dschenna stand jetzt so dicht vor ihr, dass sie seinen nach Wein stinkenden warmen Atem auf dem Gesicht spürte. Seine Lippen bewegten sich, und leise, fast unhörbar murmelte er Worte, die Melikae nicht verstand. Ihr war, als werde etwas, das sie nicht benennen konnte, aus ihr herausgezerrt. Stattdessen breitete sich etwas Kaltes in ihr aus. Sie spürte, wie das Haus unter der Wucht des Sturmwindes erbebte, und alles um sie herum war auf einen Schlag völlig verändert. Das düstere rote Licht im Zimmer erschreckte sie nicht mehr, sondern es erschien ihr warm und anheimelnd.

Abu Dschenna war ein Stück zurückgetreten und schien sie weiterhin zu betrachten. Sein Blick war ihr nicht mehr unangenehm. Nein, er kam ihr geradezu vertraut vor, so als wären sie seit Kindheitszeiten tief miteinander verbunden, sodass keiner vor dem anderen ein Geheimnis hatte.

Irgendwo in ihr flüsterte eine leise Stimme unentwegt, dass sie auf der Hut sein solle. Etwas stimmte nicht mit ihr. Sie war doch eben noch unfreundlich gewesen! Aber konnte sie denn im Streit mit diesem alten Freund liegen?

»Habe ich dir schon gesagt, wie wunderbar du in den Kleidern aussiehst, die ich dir geschenkt habe?« Abu Dschennas Stimme klang warm und herzlich.

Melikae wurde ganz verlegen. Ihr Freund war immer so großmütig zu ihr. Er hatte sie beschenkt und behandelte sie stets wie eine Prinzessin. Dunkel erinnerte sie sich daran, dass sie sich wegen irgendeiner Kleinigkeit gestritten hatten. Wie dumm von ihr! Sie sollte ihn wieder versöhnen!

»Ich möchte mich für den wunderbaren Abend bedanken, den wir beide miteinander verbracht haben. Du gibst mir so viel, wann immer wir beisammen sind. Und ich … Wie kann ich dir jemals deine Freundschaft vergelten?«

»Freundschaft hat keinen Preis, meine Liebe.« Der Magier zögerte. »Und doch gibt es da etwas, womit du mich beschenken könntest. Etwas, das man für alles Gold nicht kaufen kann. Es ist …«

»Sprich nur frei heraus! Kenn keine falsche Scheu! Was immer du von mir wünschst, es sei dein.«

»Nun, ich möchte, dass du mich …«

Abu Dschenna machte plötzlich einen gequälten Eindruck. Er schien in seinem Innern mit etwas zu ringen. Doch was konnte es sein?

»Ich möchte, dass du für mich tanzt. Entschuldige, aber

ich bin ein schlechter Gastgeber in dieser Nacht.« Der Magier füllte den Weinpokal und ließ sich dann seufzend auf den Kissen nieder. »Tanz etwas, das mich meine Melancholie vergessen lässt. Diese stürmischen Nächte machen mich traurig. Es ist …« Er schüttelte den Kopf. »Tanz einfach!«

Abu Dschenna hatte freundlich bittend zu ihr gesprochen, und doch hatte Melikae das Gefühl, dass sie eher sterben würde, als ihm seinen Wunsch zu erfüllen. Aber wie konnte sie nur so etwas denken? Er war doch ihr ältester Freund. War es denn nicht selbstverständlich, für ihn zu tanzen?

Sie trat ein paar Schritt zurück, löste die Kämme im Haar und schüttelte es. Dann begann sie zu tanzen, doch bei jedem Schritt, den sie tat, fühlte sie sich seltsam unwohl. Alles wirkte auf eine Art, die sie nicht in Worte fassen konnte – falsch. Ihre Bewegungen blieben ungelenk, und die Zaubermacht, über die sie sonst als Sharisad verfügte, wollte sich diesmal nicht entfalten.

Etwas verloren stand Omar auf dem hölzernen Landungssteg, der bis weit in die Bucht hineinführte. Etliche der bauchigen Handelsschiffe, wie sie die Heiden aus dem hohen Norden bauten, lagen hier vor Anker, aber auch einige Thalukken und kleine Kauffahrtsschiffe, die nach Art der Südmeerfahrer mit dreieckigen Segeln getakelt waren.

Der Kapitän des Kauffahrers, von dem er treibend auf dem Meer gefunden worden war, hatte ihm angeboten, ihn an Bord zu behalten. Er sollte als Seesöldner dienen, denn alle Schiffe, die in diesen kriegerischen Zeiten aus dem fernen Bornland kamen, nahmen eine stattliche Anzahl von Seesoldaten an Bord, die sie gegen Angriffe von Freibeutern und Kriegsgaleeren verteidigen sollten.

Nachdenklich betrachtete Omar das große Schiff, das ihn in den Hafen gebracht hatte. Turmhoch ragten die steilen Bordwände über dem Wasser auf. Bug und Heck waren mit trutzigen Holzkastellen befestigt. Fast wirkte der Segler wie eine schwimmende Zitadelle, wären da nicht die drei gewaltigen Masten gewesen, die schier bis in den Himmel zu ragen schienen. Hinter bunt bemalten Pforten in den Schiffsflanken verbargen sich todbringende Geschütze, die Steinkugeln, groß wie Menschenköpfe, verschossen. Sicher wäre es ehrenhaft gewesen, auf einem solchen Schiff zu dienen. Doch mochten so etliche Gottesnamen vergehen, die er gezwungen wäre, weitab vom Feind zu verbringen, wenn die großen Schiffe der Bornländer wieder gen Norden segelten.

Zweifelnd blickte Omar den Steg hinab zur Stadt, die sich am schmalen Küstenstreifen entlangzog. Nahe dem Ufer standen große Schuppen, in denen die Waren gelagert wurden. Auch erhoben sich dort mächtige Festungstürme, denn Kannemünde war der wichtigste Handelsposten, den die Ungläubigen an der Küste des Kalifats unterhielten.

Schon von Weitem sah die Stadt befremdlich aus. Ihre weißen Häuser wiesen innerhalb des Mauerwerks merkwürdige Verstrebungen aus schwarzen Balken auf. Auch die Dächer waren nicht nach Art des Landes flach und mit einer schmalen Brüstung versehen, sondern sie ragten, von roten Ziegeln bedeckt, steil auf und erinnerten in ihrer Form ein wenig an Zelte. Die Heiden hatten für diesen Baustil einen eigenen Namen, den Omar jedoch vergessen hatte.

Im Westen, noch außerhalb der schützenden Stadtmauer, gab es ein Viertel mit gewöhnlichem Stadtbild, das ausschließlich von sesshaft gewordenen Novadis bewohnt wurde. Die Häuser dort bestanden aus luftgetrockneten Lehmziegeln. Omar war am Vormittag über die Stadtmauern gestreift und hatte von dort aus das verlassene Viertel beobachtet, dessen Bewohner schon seit Langem ins Innere der Stadt geflohen waren und dort notdürftig Zelte errichtet hatten, denn außerhalb der Mauern herrschten noch immer Tod und Verderben. Auch wenn es den Geschützen der mächtigen Heidenschiffe gelungen war, die Mengbillaner, die als Verbündete Al'Anfas Kannemünde belagerten, von der Küste zu vertreiben, so waren die Söldnerscharen nicht etwa abgezogen, sondern hatten lediglich außer Reichweite von Rotzen und Böcken ein neues Lager aufgeschlagen.

Jeder, der sich außerhalb der Mauern zeigte, ging das Wagnis ein, in einen Hinterhalt zu geraten oder von einem gut versteckten Bogenschützen niedergeschossen zu werden.

Die Siedlung der Novadis war während der Belagerung gebrandschatzt worden. Etliche der Lehmbauten waren in sich zusammengefallen, die Viehgatter zerstört, und die wenigen Palmen, die auf dem salzhaltigen Boden gediehen, hatten die Fremden längst gefällt und verfeuert.

Den größten Teil des Morgens verwandte Omar darauf, sich neu einzukleiden. Er hatte einige der kostbaren Steine, die Gwenselah ihm hinterlassen hatte, bei den heidnischen Händlern gegen Silbermünzen eingetauscht und war dann zu den Zelten der Novadis gegangen, um sich eine Ausrüstung zuzulegen, wie sie einem Krieger gebührte. Er hatte knapp kniehohe weiche Stiefel aus geschwärztem Ziegenleder erworben, dazu eine weite Reithose in einem Blau, das so dunkel war wie der Himmel der Khom in sternklaren Nächten. Als Obergewänder trug er eine lange Tunika und einen ärmellosen Reitmantel. Um die Hüften hatte er ein breites blutrotes Tuch gegürtet, in dem sein Schwert und sein Dolch steckten. So wie einst sein Freund Gwenselah hatte Omar sein Hattah, das große Kopftuch der Männer, nach Art der Kasimiten gewickelt, sodass nur die Augen unbedeckt blieben. Um den Hals aber trug er an einem Lederriemen eine kleine silberne Dose, in der er die Rose verwahrte, die Melikae zu ihrem Abschiedsbrief gelegt hatte.

So wie der heiße Wind der Wüste die Blüte der Rose verdorren lässt, so ist meine Liebe zu dir dahingewelkt. Tausendmal und öfter hatte er über diesen Satz im Brief Melikaes gegrübelt. Darin lag kein Sinn, denn die Rose, die sie ihm geschenkt hatte, welkte nicht. Sie war noch ebenso frisch wie an jenem Morgen, als er inmitten des Ozeans allein in seinem Boot aufgewacht war. Zweifelsfrei hatte sie ihm geschrieben, dass sie ihn nie wiedersehen wolle. Ja, sie drohte sogar damit, vor ihm zu fliehen, falls er noch einmal versuchte, sie wiederzusehen. Unschlüssig schüttelte er den Kopf. Hatte sie ihm vielleicht sagen wollen, dass sie ihn noch immer liebe, auch wenn sie seine Gegenwart – nach allem, was ihr die Al'Anfaner angetan hatten – nicht mehr ertragen konnte?

Wütend ballte Omar die Fäuste. Es schien, als habe sich die gotteslästerliche Heidenbrut, die diese Stadt ausspie, dazu verschworen, ihm jeden Trost im Leben zu nehmen. Al'Anfas Sklavenschinder hatten die einst so stolze Sharisad dazu gebracht, nun vor ihm zu fliehen. Und eine al'anfanische Meuchlerin hatte seinen Lehrer und Freund Gwenselah getötet.

Grimmig hob Omar den Kopf und blickte zu dem großen bornländischen Schiff mit seinen Geschützen und Seekriegern. Konnte das sein Zuhause sein? Durfte er dort in Frieden bleiben, während sein Volk unter der Knute der Ungläubigen litt? Wie oft würde das Schiff wohl in Kämpfe verwickelt? Einmal oder zweimal? Vielleicht auch gar nicht?

Omar drehte sich um und blickte zur Stadt, hinter der in warmen Ockertönen die endlosen Sanddünen der Wüste lockten. Dort war seine Heimat. Ein scharfer Ritt, und er stünde binnen eines Tages vor den Mauern von Unau. Dort würde sein Schwert dringender gebraucht als auf den Schiffen der freundlichen Heiden aus dem Norden. Auch gab es dort sehr viel mehr Gelegenheit, den Tod zu finden. Denn was bedeutete sein Leben, wenn er es mit niemandem mehr teilen konnte, den er liebte.

Sein Entschluss stand fest. Bei Nacht würde er die Stadt

durch eine der streng bewachten Ausfallpforten verlassen, sich durch das Lager der Feinde schleichen und dann nach einer der Gruppen jener aufrechten Krieger suchen, die den Widerstand gegen die fremden Eroberer noch nicht aufgegeben hatten.

Drei Tage waren vergangen, seitdem Abu Dschenna Melikae gezwungen hatte, für ihn zu tanzen. Wieder einmal war der Zauberer verschwunden. Die Sharisad hatte sich in ihrer Einsamkeit zu Nurhan in die Küche geflüchtet und half der weißhaarigen Frau dabei, Honigkuchen zu backen. Die alte Amme hatte die übrigen Diener weggeschickt, und Melikae vermutete, dass Nurhan ihr etwas sagen wollte. Doch bislang waren die Lippen der Alten versiegelt geblieben, und stumm knetete sie den klebrigen Teig.

»Was für ein Kind war Abu Dschenna eigentlich?« Melikae hatte gerade den Ofen nachgefeuert und wischte sich mit dem Arm über die schweißnasse Stirn.

»Er war das begabteste kleine Balg, das jemals an meinen Brüsten gehangen hat.« Versonnen stierte die Alte in den Teig und schwieg erneut.

»Hat sich seine Begabung schon früh gezeigt?«

»Hm.«

Ob Nurhan sie durchschaute? Misstrauisch musterte die Sharisad die Amme aus den Augenwinkeln. Die Alte war mittlerweile fertig mit ihrem Teig und formte kleine Kringel daraus. Melikae hoffte, die Schwächen des Magiers in Erfahrung zu bringen. So mochte sich vielleicht ein Weg finden, von hier zu entfliehen. Niemand sonst auf dieser rastullahverlassenen Insel wusste so viel über den Werdegang Abu Dschennas wie Nurhan.

»Haben ihn die anderen Kinder wegen seiner Gabe beneidet?«, fragte die Sharisad weiter.

»Beneidet?« Nurhan spuckte sich über die linke Schulter und warf Melikae einen finsteren Blick zu. »Umgebracht hätten sie ihn fast!«

»Was ist denn geschehen?«

Nurhan wiegte den Kopf und formte aus dem letzten Rest des Teigs noch zwei Kringel. »Schlimm war es damals. Schlimm!«

Melikae zögerte. Sie hatte Angst, dass die Amme aus Trotz wieder schwieg, wenn sie weiter in sie drang. Vorsichtig schob die Sharisad die Honigteigkringel von einem mehlbestreuten Brett in den Ofen hinein und drehte sich von Nurhan weg. Die Amme brummelte immer noch vor sich hin. »Schlimm. Schlimm war das …« Dann setzte sie sich auf einen niedrigen Schemel neben den Ofen, wusch sich die Hände in einer Schüssel mit Wasser, füllte eine kleine kupferne Kanne mit frischem Quellwasser aus einem Eimer und streute ein paar Kräuter hinein. Nachdem sie auch noch ein Stückchen Maraskaner Kristallzucker in die Kanne geworfen hatte, stellte sie diese in das Ofenloch und gab Melikae ein Zeichen, sich neben sie zu setzen.

»Du willst also wissen, wie Abu Dschenna als kleiner Junge gewesen ist.«

Die Sharisad nickte. »Es ist … Ich möchte ihn besser verstehen lernen.«

Nurhan lachte leise. »Besser verstehen? Kindchen, ich kenne ihn seit beinahe vierzig Jahren. Als er an meiner Brust gelegen hat, bin ich nur wenig älter gewesen, als du jetzt bist. Aber ihn verstehen …« Sie schüttelte den Kopf. »Nein, ich würde deshalb nicht sagen, dass ich verstünde, was ihn in seinem Innersten bewegt.« Sie stellte zwei fein glasierte schlanke Tonbecher zwischen sie auf den Steinboden, stocherte mit einem Schürhaken in der Glut des Ofens und wandte sich dann wieder der Sharisad zu.

»Eigentlich heißt Abu Dschenna *Hammud ben Hassan*. Er stammt aus einer Sippe des Volkes der Beni Hablet, die seit der Zeit der ersten Kalifen im Wadi Dschenna westlich der großen Oase Tarfui lebt. Als kleiner Junge war er sehr schmächtig und auch schwächlich. Sein Vater, ein berühmter Karawanenführer, war oft für ein halbes Jahr und länger nicht im Lager, wenn er mit den großen Karawanen von Keft nach Selem oder von Unau bis in das heidnische Königreich hinter den Goldfelsen zog. Als er eines Tages erfuhr, dass die anderen Jungen des Lagers seinen Sohn hänselten und sogar schlugen, schenkte er Hammud einen großen Hund von der Farbe des Wüstensandes und mit Augen, so blau wie der Himmel. Hammud und Himmelsauge, so hatte er den Hund genannt, waren vom ersten Tag an unzertrennlich. Fortan hatten die meisten Jungen der Sippe große Achtung vor meinem Kleinen, und wer immer ihm Böses wollte, machte Bekanntschaft mit Himmelsauges Fängen. Nur einen gab es, Malik hieß er, der wollte Hammud einfach nicht in Frieden lassen. Er hänselte ihn mit frechen Reden, und öfter als einmal büßte er dafür mit zerrissenen Kleidern und blutigen Schrammen.«

Nurhan machte eine Pause, holte mit einem alten Lappen die Kupferkanne aus dem Ofen und goss den dampfenden Tee in die Becher, die zwischen ihnen standen. Dann starrte sie in die dünnen Dunstschwaden, die aus den Tongefäßen aufstiegen. Melikae befürchtete schon, die Amme werde ihre Geschichte nicht mehr zu Ende erzählen, als Nurhan schließlich doch noch fortfuhr.

»Man erzählt sich, dass in manchen Männern der Geist eines Dschinns steckt, so wild und unberechenbar sind sie. Auch Malik war von dieser Art. Dass er mit Hammud nicht mehr seine Späße treiben konnte, ließ ihm keine Ruhe. Immer wieder schlich er um unser Zelt und lauerte darauf, meinen Kleinen einmal ohne Himmelsauge zu erwischen – doch der treue Hund war wachsam und wich nicht von Hammuds Seite. Weil Malik Himmelsauge nicht bezwingen konnte, schlich er sich eines Nachts mit einem Bogen, der Waffe der Feiglinge, zu unserem Zelt. Was genau in dieser Nacht geschah, weiß niemand. Jedenfalls fand Hammud am nächsten Morgen seinen Hund tot neben seinem Schlafplatz zusammengerollt. Ein Pfeil hatte ihn schwer verletzt, und er musste sich zum Sterben mit letzter Kraft zum Lager seines Herrn geschleppt haben.«

Nurhan stieß einen langen Seufzer aus, griff nach einem der beiden Tonbecher und nahm einen Schluck. »Hammud wusste natürlich sofort, wer seinen Hund auf so feige Art getötet hatte. Blind vor Wut stürmte er aus dem Zelt und rannte durch das Lager. Dabei rief er immer wieder laut Maliks Namen. Und als dieser bösartige Narr dann tatsächlich aus dem Zelt seiner Eltern trat, stürzte sich Hammud auf den viel größeren Jungen und schlug wie von Sinnen mit den Fäusten auf ihn ein. Und dabei geschah das Wunder. Obwohl ihm die Schläge des schwächlichen Knaben eigentlich kaum etwas ausmachen konnten, schrie Malik plötzlich, als habe man ihn auf einem Speer aufgespießt. Und dann sahen es alle, die sich um die beiden balgenden Jungen versammelt hatten. Wo immer einer von Hammuds Schlägen Malik traf, verfärbte sich dessen Haut. Sie wurde graugrün und überzog sich mit Schuppen – wie bei den Echsen, die man manchmal in Gärten und Oasen findet. Die einfachen Ziegenhirten und ihre Weiber zerrten daraufhin Hammud von Malik weg, und wäre mein Kleiner nicht der Sohn eines wichtigen Mannes gewesen, ich bin sicher, sie hätten ihn gesteinigt. Von dem Tage an hatten die Menschen im Lager Angst vor Hammud, und fast niemand sprach mehr mit dem Jungen, sodass sein Vater ihn schließlich ins ferne Fasar brachte, um ihn dort in den Künsten der Magie unterrichten zu lassen. Malik aber wagte sich nicht mehr aus dem Zelt seiner Mutter, und eines Morgens fand man seinen zerschmetterten Leib am Fuß eines hohen Felsens. Ich weiß nicht, ob er sich selbst das Leben nahm oder ob die Seinen ihn hinabstießen. In den zwei Jahren, die er noch zu leben gehabt hatte, galt er als verflucht, und allein sein Anblick brachte Unglück. Weder Heilkundige noch Zauberer, die selbst aus den entferntesten Oasen der großen Khom herbeigerufen wurden, hatten die Macht, den Knaben von seiner Echsenhaut zu befreien.«

Nurhan leerte mit einem gierigen Zug den Tonbecher und schüttete sich neuen Tee nach. »Recht geschehen ist es diesem Malik«, brummte sie selbstzufrieden vor sich hin und starrte in ihren Becher.

»Und Abu Dschenna? Was ist aus ihm geworden?«

Nurhan zuckte die Schulter. »Viele Jahre ist er in Fasar geblieben. Nicht einmal kehrte er in unser Lager zurück. Ich hatte andere Kinder zu säugen, doch vergessen habe ich ihn nicht. Auch dann nicht, als sein Vater starb und mich seine undankbaren Weiber aus ihrem Zelt hinauswarfen. Man erzählt sich, dass er schon in jungen Jahren einer der fähigsten Magier Fasars wurde. Manche behaupten auch, er habe mit nur zwanzig Jahren einen Schatz aus der Zeit der Magier-Moguln gefunden und ganz allein den Dschinn bezwungen, der diese Reichtümer bewachte. Vor einigen Jahren soll er auch Abu Tarfidem, der damals Sultan von Unau war, vom Tode errettet haben. Ich glaube, die beiden kannten sich gut, denn sie hatten gemeinsam in Fasar die verschlungenen Pfade der Magie erlernt. Auch der Sultan beschenkte ihn noch einmal, und von all diesem Gold ließ Abu Dschenna den Palast erbauen, in dem du dich nun befindest, mein Kind.«

»Und du, Nurhan? Wie bist du hierhergelangt?«

Die Alte lächelte breit. »Letztendlich hat mein Kleiner nicht vergessen, aus wessen Brüsten er jene Milch gesogen hatte, die ihm zu so großer Macht verhelfen sollte. Als er hörte, dass seine Familie mich verstieß, kam er ins Wadi Dschenna und holte mich, damit ich ihm in seinem Palast die Küche führe. Drei Jahre lang hatte ich im Dreck gelebt und mich mit den Hunden des Lagers um die Abfälle balgen müssen, weil die undankbare Brut seines Vaters mich nicht mehr achtete. Aber er hat mich für alle erlittene Schmach entschädigt. Wie eine Prinzessin hat er mich behandelt. In Stoffe aus bunter Seide und kostbarstem Linnen hat er mich gekleidet und mit Schmuck aus Gold und Perlen beschenkt. Auf dem Rücken eines weißen Kamels bin ich aus dem Lager geritten, und sieben Sklaven allein waren dazu abgestellt, mir jeden meiner Wünsche zu erfüllen.«

Nurhan stieß einen langen Seufzer aus, legte, von ihrer eigenen Rede ergriffen, die Hände auf die Brüste und blickte verzückt zur Decke. »Diese alten, längst vertrockneten Quellen haben mir zuletzt doch noch mein Glück gebracht. Wie unermesslich ist doch die Gerechtigkeit Rastullahs, der keinen vergisst, der auch im Unglück noch jeden Tag seinen Namen im Munde führt! Hast du eigentlich jemals daran gedacht, Kinder zu bekommen, meine Kleine?«

Melikae zuckte zusammen. Der Gedanke daran, Abu Dschenna vielleicht eines Tages ein Kind zu gebären, erfüllte sie mit Ekel. Doch sie musste vorsichtig sein. Wenn sie Nurhan ihre wahren Gefühle offenbarte, würde sie sich die Alte zur Feindin machen. »Bislang hat Rastullah mir noch nicht die Gnade erwiesen, den Samen der Mutterschaft in mir aufgehen zu lassen.«

Nurhan legte den Kopf schief und betrachtete sie nachdenklich. »Bist du etwa krank? So wie du ausschaust, müssen die Männer dich doch umschwirren wie die Fliegen den Kameldung. Ich bin nie so hübsch gewesen wie du, doch ist mir in deinem Alter schon mehr als ein Krieger, von der Schlacht der Liebe erschöpft, in die Arme gesunken. Oder kann es sein, dass du die Kinder verlierst, bevor sie stark genug sind? Du hast viel zu schmale Hüften. Das Gebären wird dir sicher große Schmerzen bereiten.«

Melikae blickte ein wenig verlegen zu Boden. »Meine alte Lehrerin hat mir erklärt, was zu tun ist, die Frucht eines Mannes nicht zu empfangen und trotzdem alle Freuden des Liebesspiels zu genießen. Empfängt eine Sharisad vor der Zeit ein Kind, so sind alle Qual und Mühsal ihrer

Lehrjahre vergebens gewesen. Welcher Mann möchte schon eine Frau tanzen sehen, deren Leib die Zeichen der Mutterschaft trägt?«

»Schnickschnack! Alles Unsinn! Man muss doch nicht schlank wie ein Brabaker Rohr sein, damit die Männer Gefallen an einem finden. Es ist falsch, wenn eine Frau niemals ein Kind zur Welt bringt. Du solltest meinen kleinen Hammud umgarnen, und du wirst sehen, wenn erst einmal lautes Kinderlachen durch diesen Palast hallt, dann wirst auch du dich hier zu Hause fühlen.«

»Ich weiß nicht, ob Kinder hier glücklich wären: in dieser Einsamkeit; dann die Klippen und das Meer ...«

»Du willst gar keine Kinder, nicht wahr?« Nurhan hatte sich ein Stück vorgebeugt und blickte die Sharisad durchdringend an. »Du solltest vorsichtig sein, meine Kleine. Wenn Abu Dschenna jemals zu dir kommt und etwas von dir möchte, dann tu es, ganz gleich, was er verlangt. Deine Dickköpfigkeit in jener Nacht, als er mit dir essen wollte, war unklug. Du hast sehr großes Glück gehabt. Weißt du das überhaupt?«

»Ich habe mich nur zurechtgemacht, um hübsch für ihn zu sein«, entgegnete Melikae trotzig. Sie mochte nicht länger mit der Alten sprechen. Am liebsten wäre sie aufgestanden und gegangen, doch sie befürchtete, dass Nurhan sie dafür in Zukunft mit Schweigen strafen würde.

»Kindchen, erzähl mir nichts! Ich weiß genau, was in einer Frau vorgeht, die zwei Stunden braucht, um sich zu schminken und anzukleiden. Du musst ihn ja nicht gleich lieben. Du wirst sehen, mit der Zeit werdet ihr euch aneinander gewöhnen, und vielleicht wirst du sogar doch noch glücklich werden. Glaub mir, Kinder können ein großer Trost sein. Doch ganz gleich, wie du dich auch entscheidest, eins musst du mir versprechen. Reiz Abu Dschenna nicht noch einmal derart mit deinem Trotz! Wenn er erst in Wut gerät, weiß er nicht mehr, was er tut, und selbst wenn er *dir* kein Leid zufügt, kann sein Zorn jeden anderen in diesem Palast treffen. Ich weiß nicht, was in ihm vorgegangen ist, als er in Fasar war, und ich weiß auch nicht, wie er zu der schrecklichen Narbe im Gesicht gekommen ist, doch von dem zarten, schüchternen Kind, das einst an meiner Brust gelegen hat, ist nicht mehr viel übrig geblieben. Er …« Nurhan schüttelte den Kopf. »Wie rede ich nur von meinem Wohltäter? Er hat mich hierhergebracht … Hat mir Gold und Seide geschenkt.«

»Aber du bist doch genauso eine Gefangene auf dieser Insel wie ich und alle die anderen hier!«

»Nein, mein Kind. Gefangen ist nur, wer von einem Ort entfliehen will. Nirgendwo sonst im Land der Ersten Sonne ginge es mir so gut wie hier. Ich habe schöne Kleider, immer genug zu essen und das Gefühl, hier gebraucht zu werden, auch wenn …«

»Was, Nurhan? Was wagst du die ganze Zeit über nicht zu sagen? Vertrau mir, ich werde dich nicht verraten.«

»Es ist …« Die Amme blickte sich ängstlich um und beugte sich dann noch ein Stück weiter zu Melikae. »Es sind die anderen hier. Ist dir nicht aufgefallen, wie seltsam sie sind? Manchmal verschwinden auch welche von ihnen. Ich glaube, sie kennen einen geheimen Weg, um von der Insel zu entkommen.«

»Was soll denn mit ihnen sein? Es sind Wilde von den Gewürzinseln, denen Rastullah die Zunge verknotet hat, sodass sie kein vernünftiges Wort sprechen können. Sie sind zwar nicht schön anzuschauen, doch hat mir noch keiner von ihnen ein Leid getan.«

»Es ist nicht ihre Farbe oder dass sie nicht mit einem sprechen können«, flüsterte die Alte. »Sieh sie dir einmal genau an. Jeder von ihnen ist seltsam. Es ist etwas an ihnen, das nicht …« Nurhan seufzte. »Ich finde keine rechten Worte dafür. Sie haben etwas Nichtmenschliches an sich. Das macht mir Angst. Ich verstehe nicht, wie mein Kleiner solche Diener um sich ertragen kann. Und …«

Die Amme hob den Kopf und schnupperte. Dann sprang

sie auf, als säße ein Skorpion auf ihrem Schoß. »Bei Rastullah und seinen neun Weibern! Die Honigkringel! Riechst du das denn nicht?« Aufgeregt begann sie, mit einem langstieligen Löffel das Gebäck aus dem heißen Steinofen zu bergen.

Über die Hälfte der Honigkringel war ihnen gut geraten. Goldgelb und ein wenig klebrig sahen sie aus – so wie sie sein sollten. Nur die, die ganz hinten im Ofen gelegen hatten, waren etwas dunkel geworden. Nurhan legte diese in eine flache Schale und stellte sie zur Seite. Die goldenen aber sortierte sie schön geordnet auf einem silbernen Tablett und legte noch einige gezuckerte Datteln dazu.

»Mein Kleiner wird sich freuen, wenn er das sieht. Er liebt Honigkringel. Du solltest dir gut merken, wie wir sie zubereitet haben. Vielleicht wirst du ja eines Tages für ihn backen. Und du kannst dir sicher sein, ganz gleich was immer zwischen euch geschehen mag, mit Honiggebäck kann man ihn wieder versöhnen.«

»Du wolltest mir doch noch etwas erzählen, Nurhan. Was ist mit den Dienern?«

»Ach, die Diener! Alles dummes Geschwätz von mir. Du solltest nicht so sehr auf das Gerede von alten Weibern hören. Vielleicht erzähl ich dir ein anderes Mal noch etwas. Aber jetzt ist es Zeit, die Sklaven zurückzuholen und darüber nachzudenken, was ich zur Nacht kochen werde.« Die Alte bückte sich und hob die kupferne Kanne vom Boden. Dann eilte sie zur Vorratskammer und schloss die Tür hinter sich.

Nachdenklich schlenderte Melikae aus der Küche in den großen Garten. Die Mittagsstunden waren gerade erst vorbei, und der Tag würde sich noch unendlich in die Länge ziehen, bis endlich die Nacht käme und die Sharisad im Schlaf Trost fände. Von Weitem beobachtete sie einen der Sklaven dabei, wie er einen Busch zurechtschnitt.

Sie haben etwas Nichtmenschliches an sich. Nurhans Worte gingen Melikae nicht aus dem Sinn. War es nur das verrückte Gerede einer Alten, die jeden, der nicht zum Volk der Beni Novad gehörte, für seltsam hielt, oder gab es tiefere Gründe? Melikae musste an die merkwürdig verformten Füße von Istima denken, die ihr schon bei der ersten Begegnung mit der Moha aufgefallen waren.

Verrückt, das war das einzige Wort, das Omar zu der kleinen Schar von Beni Schebt einfiel, die ihn in der Wüste aufgespürt hatten. Die Flucht aus Kannemünde war ein Leichtes gewesen. Die Mengbillaner schienen nicht sonderlich aufmerksam zu sein, oder vielleicht waren sie auch weise genug, jeden ziehen zu lassen, der nicht länger in der belagerten Stadt bleiben wollte. Schließlich konnte man auch auf diese Art die Zahl seiner Feinde vermindern. Ohne Schwierigkeiten hatte Omar bei Nacht die Postenkette der Feinde überwunden und war in Richtung Bir-es-Soltan geflohen. Sein Plan sah vor, sich einer der vielen kleinen Widerstandsgruppen anzuschließen, von denen er in Kannemünde gehört hatte. Versprengte Reitertrupps, die sich nicht der Herrschaft der Heiden beugen wollten und jede Gelegenheit nutzten, die Karawanen der Al'Anfaner anzugreifen.

Doch es kam anders. Drei Tage lang war er weitab der Karawanenroute durch die Wüste gewandert, als er sich eines Mittags während der Glutstunden von einer Schar abgerissener Krieger umzingelt fand. Zuerst hatte er die hageren Gestalten auf ihren schlecht genährten Kamelen für Räuber gehalten, doch dann erkannte er einen der Männer. Es war Raschid ben Karim von den Beni Schebt, jener Krieger, der ihn, Melikae und die anderen nach der Flucht aus Unau ins Lager des Sultans Mahmud ben Dschelef geführt hatte.

Sie befanden sich hier auf dem Land der Beni Novad weitab von ihrem eigenen Stammesgebiet, doch statt Omar freundlich zu empfangen, senkten sie drohend ihre Reiterlanzen. Widersinnig, dachte er. Jetzt, da alle Wüstenkrieger im Kampf gegen die Ungläubigen vereint sein sollten, suchten sie noch immer Streit.

Raschid hatte sich aus dem Reiterpulk gelöst und lenkte sein Kamel in Omars Nähe. Der Novadi ließ die Hand auf den Griff des prächtigen Schwertes sinken, das einst Gwenselah gehört hatte. Wenn Omar es sich recht überlegte, hatte er noch mehr als eine Rechnung mit den Beni Schebt zu begleichen. Sie waren es gewesen, die einst seine Familie überfallen und ihn in die Sklaverei verschleppt hatten. Was aber Raschid anging, so war er sich bis heute nicht sicher, ob der Krieger sie damals im Lager des Mahmud ben Dschelef an Abu Dschenna verraten hatte oder ob er und seine Männer auch ohne Melikaes Zaubertanz für die Sharisad gegen die Söldner des Magiers gekämpft hätten.

»Was tust du hier, Kasimit? Du hast dich weit von den Zelten deines Volkes entfernt, und mir scheint, dass du feige bist wie ein Schakal, wanderst du doch weitab aller Wege, die die Heiden nehmen.«

Der Schleier, den er trug, ließ für andere Wüstenkrieger nur den Schluss zu, dass er ein Kasimit sein müsse. Einen Moment lang überlegte Omar, ob er sich zu erkennen geben sollte, doch dann entschied er sich, den Irrtum nicht aufzuklären. Wenn er sich als Beni Novad zu erkennen gäbe, könnte es nie Frieden zwischen ihnen geben, und er wollte nicht das Blut der Wüstenkrieger vergießen, auch wenn er mit ihrem Stamm in Fehde lag. Jede Blutrache musste ruhen, bis die Heiden wieder aus dem Kalifat vertrieben waren. Das jedenfalls sagte ihm die Vernunft.

»Nun, Kasimit, ich habe ja schon gehört, dass die Männer deines Volkes nicht gern reden, doch du scheinst mir vollends die Zunge verschluckt zu haben. Sollen wir dir helfen und dir verraten, in welcher Richtung du zu den Lagern der Deinen findest, um dort wieder unter den Rock deiner Amme zu kriechen?« Die Männer um Raschid lachten, und einige fühlten sich ermutigt, in den Spott ihres Anführers einzufallen.

»Ich wüsste nicht, was ein Krieger mit einem Wüstenräuber zu bereden hat. Doch wenn dein Khunchomer mehr als ein schmückendes Beutestück für dich ist, dann steig von deinem Kamel herab, und ich werde dir mit einer Zunge aus Stahl Rede und Antwort stehen.« Omar zog betont gelassen sein Schwert.

Er wusste, dass es sein Ende wäre, wenn sich alle gemeinsam auf ihn stürzten. Doch was bedeutete das schon? Er war in die Wüste gekommen, um zu sterben, und wenn Rastullah es so fügte, dass er im Kampf mit den Beni Schebt sein Ende nahm, dann hatte er wenigstens Gelegenheit gehabt, einige von diesen Schurken, die ihn einst in die Sklaverei verschleppt hatten, mit sich zu nehmen. Er hatte Frieden gewollt, doch diese Hunde waren es nicht wert.

Das spöttische Gerede unter den Männern war verstummt. Omar schien es, dass Raschid ein klein wenig blasser geworden war. Offenbar erinnerte sich der Krieger gerade daran, dass die Kasimiten in dem Ruf standen, die besten Schwertkämpfer der Khom zu sein. Doch dann versetzte der Beni Schebt seinem Kamel einen Schlag mit dem Bambusrohr und ließ das Tier niederknien.

»Lass uns bis zum ersten Blut kämpfen, Fremder. Ich will dir nicht dein Leben nehmen.« Omar versuchte, bei seinen Worten nicht hochmütig zu klingen, trotzdem fasste Raschid sie als Beleidigung auf.

»Ich werde vor dir nicht um Gnade winseln«, fauchte der Beni Schebt wütend. »Wenn du Mut hast, dann kämpfst du bis zum Tod.«

Omar zuckte mit den Schultern. »Wie du meinst.« Innerlich schalt er sich für seine überhebliche Art, doch vor einem Beni Schebt zurückzustecken, wäre ihm niemals in den Sinn gekommen.

Die anderen Krieger waren inzwischen von ihren Kamelen gestiegen und bildeten einen weiten Kreis um Omar und Raschid. Der Beni Schebt legte seinen Umhang und sein Kopftuch ab. Einer seiner Männer brachte ihm ein leichtes Kettenhemd, einen kleinen Buckelschild und einen Spangenhelm mit einem schwarzen Pferdeschweif.

Omar besaß keine Rüstung. Gwenselah hatte ihn gelehrt, dass nichts im Kampf so wichtig war, wie sich frei und unbeschwert bewegen zu können. Das falsche Vertrauen in die Stärke ihrer Rüstung habe schon mehr Krieger das Leben gekostet, als Sterne am Himmel der Khom stehen, hatte sein Freund immer wieder behauptet. So legte Omar nur den weiten Reitmantel und die kleine Silberschatulle ab, in der er den Brief und die Rose von Melikae verwahrte.

Während Raschid noch immer damit beschäftigt war, seine Rüstung anzulegen, machte der Novadi ein paar Übungen, um seine Muskeln aufzuwärmen und die Sehnen zu dehnen. In immer enger werdenden Kreisen ließ er das Schwert um den Körper wirbeln und lockerte so sein rechtes Handgelenk.

»Bist du fertig damit, dir im Kampf gegen unsichtbare Feinde Mut zu machen?«, brüllte Raschid ihm entgegen. Der Beni Schebt hatte sich breitbeinig am anderen Ende des Kreises aufgebaut, den seine Krieger für den Kampf in den Wüstensand gezogen hatten.

»Willst du dich nicht noch ein wenig tiefer hinter Stahlringen und Eisenplatten verkriechen, du Sohn einer Schildkröte? Ich habe gehört, man stellt sogar Hosen aus Kettengeflecht her.«

Statt eine Antwort zu geben, hob Raschid seinen Khunchomer und stürmte auf Omar los. Er war gewiss kein schlechter Schwertkämpfer, doch Schild und Rüstung raubten ihm ein gut Teil seiner Wendigkeit. Ohne Mühe konnte Omar dem ungestümen Angriff des Beni Schebt ausweichen. Im letzten Augenblick trat er einfach zur Seite, sodass Raschid durch die Wucht des fehlgegangenen Schlages fast das Gleichgewicht verlor. Noch bevor der Krieger seine Waffe wieder erhoben hatte, verpasste Omar ihm mit der flachen Seite seines Tuzakmessers einen Schlag vor den Helm, dann brachte sich der Beni Novad mit einer beinahe tänzerischen Drehung außer Reichweite seines Gegners.

»Bleib stehen, feiger Kasimitenhund!« Raschid taumelte nur leicht unter dem Treffer und wartete schon auf den nächsten Angriff.

Omar fluchte leise. Das war nicht die Art Kampf, die er von Gwenselah gelernt hatte. Er war es gewohnt, schnell vorzustoßen, die Deckung seines Gegners zu durchbrechen und – mit der Absicht zu töten – zuzuschlagen. Auch diesmal wäre es ein Leichtes für ihn gewesen, den Schlag ein klein wenig tiefer anzusetzen. Ohne Mühe hätte seine Klinge das Kettengeflecht durchschnitten, das im Nacken von Raschids Helm herabhing. Doch er wollte den Beni Schebt nicht töten. Gegen Hiebe mit der flachen Schwertseite war er durch seine Rüstung hervorragend geschützt. Es würde also ein langer Kampf werden.

»Nun, Kasimit, hat dich dein Mut schon verlassen?«, höhnte Raschid. Von aufmunternden Aufrufen seiner Männer bestärkt, ging der Beni Schebt erneut zum Angriff über. Er stürmte vorwärts, versuchte Omar den Schild in den Bauch zu rammen und dann mit einem Schwerthieb nachzusetzen.

Wieder wich der Novadi aus, und beinahe wäre es ihm sogar gelungen, Raschid durch eine Fußangel zu Fall zu bringen. Er durfte dem Krieger nicht länger die Führung überlassen. Wenn er den Beni Schebt besiegen wollte, dann musste er den Kampf zu einem schnellen Ende bringen.

Einige Augenblicke lang umkreisten sie einander, wobei jeder auf eine Lücke in der Deckung des anderen lauerte, doch Raschid war ein erfahrener Kämpfer. Er ließ sich nicht durch Finten täuschen oder zu einem unüberlegten Angriff verleiten. Er hatte aus den Fehlern seiner ersten beiden Vorstöße gelernt.

Schließlich war Omar es, der zum Angriff überging. Mit einem wahren Hagel von Schwerthieben trieb er den Beni Schebt ein gutes Stück zurück. Doch Raschid war ihm gegenüber im Vorteil. Er konnte mit seinem Schild die Angriffe abfangen und gleichzeitig mit dem Khunchomer attackieren, wobei Omar ihm mehrfach nur um Haaresbreite entging. Schließlich packte der Novadi sein Tuzakmesser mit beiden Händen und zertrümmerte mit einem seitlich geführten Schlag das obere Drittel von Raschids Schild.

Doch Omar entkam der Klinge seines Gegners nicht noch einmal. Er hatte den Angriff mit zu viel Wucht geführt, als dass er Raschids Gegenangriff noch rechtzeitig ausweichen konnte. Der Khunchomer des Beni Schebt streifte ihn zwar nur, doch auch das reichte, um ihm eine tiefe Wunde in den linken Oberarm zu reißen.

Raschid wich ein Stück zurück und starrte erschrocken auf seinen zerstörten Schild. Dann erst bemerkte der Krieger Omars Wunde. »Sollen wir den Kampf unterbrechen, damit einer meiner Männer deine Verletzung verbinden kann?«

Omar schüttelte den Kopf. Er brauchte keine Gnade! Er biss die Zähne zusammen und wartete, ob Raschid seinerseits wieder angriffe. Doch der Krieger ließ erst seinen zerstörten Schild vom Arm gleiten und winkte dann einem seiner Männer, ihm eine neue Waffe zu bringen. Er tauschte den Khunchomer gegen einen größeren, zweihändig zu führenden Doppelkhunchomer aus, dessen leicht gebogene Klinge zur Spitze hin breiter wurde. Eine Waffe, schwer genug, um mit ihr einen Pferdeschädel zu spalten.

Omar fühlte, wie ihm warmes Blut am linken Arm hinablief. Er hätte Raschids Angebot, sich verbinden zu lassen, annehmen sollen! Wenigstens würde der Kampf jetzt, da der Beni Schebt auf einen Schild verzichtete, ein wenig ausgewogener werden.

»Bist du bereit?«

Omar nickte. »Bereit, dir den Schädel einzuschlagen«,

murmelte er leise vor sich hin. Gnade konnte er sich jetzt nicht mehr leisten. Ohne lange zu zögern, stürmte er vor, schlug mit einem ersten, einhändig geführten Angriff Raschids Schwert zur Seite, unterlief die Klinge und rammte ihm dann seinen linken Ellbogen gegen den Hals. Kaum, dass er an seinem Gegner vorbei war, fuhr er schon wieder herum und führte mit der Rückhand einen Schwertstreich gegen Raschids Kopf.

Der benommene Beni Schebt versuchte, sich zu ducken, doch der Schlag traf die Spitze seines Spangenhelms mit solcher Wucht, dass der Kinnriemen zerriss und der Helm in den Sand geschleudert wurde.

Omar war wie von Sinnen in seiner Wut. Er stand zu dicht vor Raschid, als dass der Beni Schebt sich noch mit dem wuchtigen Zweihänder verteidigen konnte. Mit einem Stoß in die Rippen brachte er seinen ohnehin schon taumelnden Gegner vollends aus dem Gleichgewicht – und noch während er fiel, versetzte er ihm mit der Flachseite des Khunchomers einen Schlag gegen die Schläfe.

»Will sich sonst noch jemand mit mir messen?« Misstrauisch musterte der Novadi die Krieger, die den Kampfplatz umringten, doch keiner von ihnen wagte es, eine Waffe zu ziehen.

»Kümmert euch um euren Anführer!«

Die Männer standen wie versteinert und starrten ihn nur an. Schließlich kniete Omar selbst neben Raschid nieder. »Bringt mir wenigstens Wasser«, herrschte der Novadi die anderen an. »Er ist nicht tot.«

Endlich kam Bewegung in die abgerissenen Wüstenkrieger. Einer von ihnen holte einen Ziegenschlauch von seinem Sattel, und ein anderer erbot sich sogar, Omars Wunden zu verbinden. Die meisten jedoch starrten ihn auch weiterhin nur ungläubig an. Manche tuschelten leise miteinander, und der Novadi war überzeugt davon, dass er nicht lange würde warten müssen, bis sie versuchen würden, die Niederlage ihres Anführers zu rächen.

Endlich schlug Raschid die Augen wieder auf. Benommen schüttelte er den Kopf. »Lass mir ein paar Atemzüge, bis ich wieder bei Kräften bin«, murmelte er leise. »Dann setzen wir den Kampf fort.«

»Es reicht. Ich ergebe mich. Du hast mein Blut vergossen. Damit hast du gewonnen.«

»Bis zum Tod, so haben wir gesagt. Ich bin kein Mann, der sein Wort bricht, und ich habe keine Angst vor dir, Kasimit.«

Omar fluchte stumm. Mittlerweile hatte er nicht mehr den Wunsch, diesem Dickkopf den Schädel einzuschlagen, im Gegenteil, er empfand sogar eine gewisse Achtung vor dem Mut des Beni Schebt. Doch wenn dieser Narr darauf bestand, den Kampf fortzusetzen, dann hatte er nicht das Recht, sich Raschid zu verweigern. Es sei denn …

»Bis zum Tod, sagst du? Ich finde, es wäre eine Schande, wenn wir uns gegenseitig umbrächten, während die Heiden mordend durch unser Land ziehen und Tausende von unseren Brüdern in die Sklaverei verschleppen.«

Raschid nickte. »Es war unüberlegt, dich zu einem Kampf auf Leben und Tod zu fordern. Doch wenn wir jetzt aufhören, verlieren wir beide unser Gesicht.«

»Du meinst also, du würdest nur der Ehre halber den Kampf mit mir fortsetzen und nicht weil es darum geht, wer von uns beiden der bessere Schwertkämpfer ist.«

»Um das zu erkennen, brauche ich keine zweite Runde mit dir, Fremder. Ich habe sehr wohl bemerkt, dass du mich geschont hast. Warum auch immer.«

Omar verneigte sich höflich. »Deine Worte schmeicheln mir.« Verstohlen musterte der Novadi Raschid. Der Scheich der Beni Schebt schien seine Worte wirklich ernst zu meinen. »Wenn ich mich recht erinnere, haben wir es unterlassen, den Begriff Tod näher zu bestimmen. Es ist also offen, ob wir ihn nach landläufiger Meinung oder auf eine etwas genauere Art auslegen. Vielleicht hast du schon einmal gehört, dass einige der südlichen Mohastämme den Schlaf auch den kleinen Tod nennen. Ohne dir zu nahe treten zu wollen, hatte ich doch den Eindruck, dass mein letzter Treffer dir vorübergehend die Sinne raubte. Man könnte also auch sagen, dass du geschlafen hast. Beurteilen wir das wiederum nach dem Brauchtum der Mohas, so warst du tot. Also sind die Bedingungen erfüllt, die du an unseren Zweikampf gestellt hast.«

Raschid betrachtete ihn nachdenklich, und Omar befürchtete schon, der Krieger werde sich auf diese nicht ganz unstrittige Begründung gar nicht einlassen, als der Beni Schebt plötzlich lauthals zu lachen anfing.

»Du bist der verrückteste Kerl, der mir jemals begegnet ist, Kasimit. Aber ich, Raschid ben Karim, der ich soeben von den Toten wiederauferstanden bin, heiße dich in unserer Mitte willkommen. Du magst so lange in unserem Lager weilen, wie es dir gefällt, vorausgesetzt, du zwingst mich nie wieder, mich auf einen Zweikampf mit dir einzulassen.«

»Was hat er mit dir gemacht?« Es waren ein paar Tage seit dem Gespräch mit Nurhan vergangen, bis Melikae den Mut und die richtige Gelegenheit fand, Istima diese Frage zu stellen. Die beiden Frauen saßen im Schatten der hohen Mauer, die den Palastgarten nach Norden hin begrenzte, und hatten schweigend den Wolken zugesehen. Fast eine Stunde lang hatte die Sharisad mit sich gerungen und darüber nachgedacht, was sie selbst fühlen würde, wenn eine Fremde ihr diese Frage stellen würde; und sie wusste, dass sie ihre Erinnerungen mit niemandem würde teilen wollen.

»Er hat missch von einer Plantage in Al'Anfa gekauft. Der Ssschamane meinez Sstammez hat ihm verraten, dass er missch dort findet. Die beiden sssind gute Freunde.«

»Er hat dich freigekauft?« Melikae war überrascht. Verlegen versuchte sie, nicht auf Istimas Füße zu blicken. In

Gedanken hatte sie ein Dutzend unterschiedlicher Antworten vorweggenommen, die die Moha ihr vielleicht geben mochte, doch auf diesen Gedanken wäre sie niemals gekommen.

»Frei?« Istima lächelte bitter und strich über das perlengeschmückte Bronzeband, das sich dicht um ihren Hals schloss. »Mein Sssklavenring mag mehr wert sein, als issch auf einem Markt einbringe, doch ändert daz etwaz? Issch musss keine harte Feldarbeit mehr leissten, aber mir isst immer noch verwehrt, dorthin zzzu gehen, wohin isssch möchte. Mein Sstamm hat mir meine Freiheit genommen, als er missch verkaufte, aber Abu Dssschenna hat versssucht, mir noch sssehr viel mehr zzzu nehmen. Er wollte mir missch sstehlen. Mein Tapam vernisschten.«

»Dein Tapam? Was ist das?«

Istima blickte zum Himmel und schüttelte den Kopf. »Issch glaube nisscht, dasss du daz jemalz begreifen wirsst. Die Blassshäute reden oft von der Ssseele, doch sssie wisssen nisscht, dass Ssseelen ssterblissch sssind wie Menssschen. Mit dem Tapam eines Utulu isst ez anderz. Er issst ewig. Der Tapam issst mein Schutzzzgeisst. Er vereint in sissch die bessten Eigensssschaften aller, die er in der langen Zzzeit ssseinez Ssseins behütet hat.«

Melikae nickte, ohne die frevlerischen Worte der Frau wirklich verstanden zu haben. Istima war eine Heidin, durch und durch. Mit ihr über die Lehre Rastullahs und die einzigen Wahrheiten zu sprechen, wäre vergeblich gewesen. Es schien der Sharisad klüger zu sein, Istima reden zu lassen und ihr nicht zu widersprechen.

»Issch sspüre, dasss du missch nisscht versstanden hasst, Melikae. Doch issch bin dir nisscht bössse. Du willsst missch nisscht *verändern*, und das zzzählt mehr alz eine Lüge.«

Die Moha hatte das Wort *verändern* auf eine eigenartige Weise betont, doch Melikae scheute sich, sie darauf anzusprechen. Es erschien ihr besser, stattdessen dem Gespräch eine neue Richtung zu geben. »Deine eigenen Leute haben dich in die Sklaverei verkauft?«

Istima zuckte mit den Schultern. »Sssie hatten Angsst vor mir. Sssie haben eine Sssklavin dazzzu zzzwingen müsssen, missch zzzu sssäugen, weil meine eigene Mutter missch gefürsschtet hat.«

Melikae sah die Sklavin ungläubig an. Was für ein Mensch war sie? Fast hatte die Sharisad den Eindruck, Istima wolle auch ihr Angst machen oder sie auf die Probe stellen. Aber so leicht würde sie sich nicht erschrecken lassen. Sie hatte selbst die Kerker Al'Anfas kennengelernt und die Arena überlebt. Sie würde niemals mehr Furcht empfinden! Zumindest würde sie es sich anderen gegenüber nicht anmerken lassen. »Und was ist das für ein schreckliches Geheimnis, das dich umgibt?«, fragte die Tänzerin fast schon mit Hochmut.

»Bisst du sssicher, dasss du ez mit mir teilen willsst? Vielleicht wirsst du danach nachtss nicht mehr sso ruhig ssschlafen, wie du ez bissslang tatesst.« Die Moha maß Melikae mit ihren dunklen Augen, doch die Sharisad hielt dem Blick stand.

»Was weißt du schon über meinen Schlaf? Sprich!«

»Mein Volk hat missch wegen meinez Namenz in die Sssklaverei verkauft. In meinem Sstamm isst es üblissch, dasss der Ssschamane, wann immer ein neuez Leben geboren wird, die Geisster der Ahnen anruft und sssie bittet, einen Namen aussszzzuwählen. Bei unz issst ez ssso, dasss die Namen ssstetz ein Ssstück dez Ssschicksssalz ihrez Trägerz enthalten. Eine besssondere Eigenart, die er einsst haben wird. Manchmal wird ein Neugeborenes auch nach sseinem Totemtier benannt. Mir haben die Geisster den Namen Isstima Tapo besstimmt. In deiner Ssprache, Melikae, heissst daz sssoviel wie *In der die Ssschlange ssschläft*. Dass war ez, waz den anderen Angsst machte.

Ssselbsst die Utuluz hier auf der Insssel fürsschten missch, ssseit sssie meinen Namen kennen. Sssie reden nie ein Wort mit mir und meiden missch.«

Melikae musste wie unter Zwang auf die Füße der Sklavin blicken. Istima trug nie Schuhe, und es schien, als finde sie Gefallen daran, ihre Andersartigkeit zur Schau zu stellen. Oder war es vielleicht Trotz? Ihre Füße waren von eigenartiger Gestalt, so als seien ihr nicht alle Knochen gerade gewachsen oder aber als habe sie Knochen in den Füßen, die bei einem Menschen dort nicht üblich sind. Und die Haut ... Bis über die Knöchel hinauf war sie von einem Netzwerk merkwürdiger Falten durchzogen und schimmerte fast wie Echsenschuppen. Ein Schauer durchlief Melikae, und die feinen Härchen auf ihren Armen richteten sich auf. »Und was heißt das, *dass die Schlange in dir schläft*? Wirst du dich vielleicht eines Tages in eine Schlange verwandeln?« Melikae lachte gezwungen, doch Istima blieb ernst.

»Genau daz. Einez Tagez werde issch auf die eine oder andere Weissse daz Wesssen einer Ssschlange annehmen.«

»Das gibt es nicht! Das wird Rastullah niemals zulassen!«

»Nein?« Istima zog ihr Kleid ein wenig zurück, streckte ihre Füße und bewegte sie dann in einer Art, wie kein *gewöhnlicher* Sterblicher die Füße bewegen durfte. Melikae musste unwillkürlich an ein Nest sich windender Schlangen denken, als sie beobachtete, wie Istimas Zehen sich streckten und ineinander verdrehten. Entsetzt wandte sie den Blick ab.

»Du hasst ez ssselbsst sso gewollt. Nun verachte missch nisscht dafür, dasss issch dir deinen Willen gelasssen habe. Du hasst ez dir ssselbsst zzzuzzzussschreiben.«

Melikae verspürte Übelkeit. Einen Augenblick lang glaubte sie, die Anwesenheit Istimas und ihre zischelnde Stimme nicht länger ertragen zu können. Doch dann überwand sie sich. Die Moha hatte recht! Istima hatte ihr nur gezeigt, was Melikae selbst zu sehen verlangte. »Und das war der Grund, weshalb Abu Dschenna dich gekauft hat?«, fragte die Sharisad leise.

»Nein, ez war nur mein Name. Er hat mir daz angetan.« Die Sklavin schob ihr langes Kleid wieder zurück.

»Aber warum? Welchen Sinn hat das?«

»Frag ihn!«, zischte Istima böse. »Bei mir war ez mein Name. Aber alle anderen …«

»Welche anderen?«

»Sssiehst du Sssklaven nisscht in die Augen, Tänzzzerin? Sssieh dich um! Ssschau dir meine Utulu-Brüder an. Wie viele von ihnen haben gessschlitzzzte Pupillen oder gessspaltene Zzzungen, verkümmerte Hände, und wie viele sssind verblödet! Unfähig, überhaupt noch ein Wort zzzu ssprechen. Lebende Tote!«

»Das kann nicht sein! Kein Mensch kann so etwas tun!« Melikae war aufgesprungen und wollte weglaufen, doch einer von Istimas Füßen war schlangengleich unter dem Rock hervorgeschossen und hielt Melikaes rechten Knöchel umklammert.

»Du wirsst nisscht weglaufen. Du hasst ez wisssen wollen. Jetzzzt mussst du die Wahrheit ertragen. Sssieh missch an!«

Wie verzaubert gehorchte Melikae. Sie wollte die Augen verschließen und betete stumm zu Rastullah, sie aus diesem Albtraum erwachen zu lassen. Vergebens!

»Glaubsst du, issch habe ssschon immer ssso gezzzisschelt?« Istima ließ die Zunge aus dem Mund gleiten. Sie war lang und dünn. Mühelos konnte sie sich damit über die hohe Stirn lecken. Doch am meisten erschreckte Melikae, dass die Zunge wie bei einer Schlange gespalten war. Die Sharisad schrie auf und versuchte erneut, sich loszureißen, doch scheinbar mühelos hielt Istimas Schlangenfuß sie gefangen.

»Ssschweig, issch werde dir nisschtz tun. Fürsschten musst du nur jene, die der Magier hinter die grossse Mauer gebracht hat. Sssie haben nisschtz Mensssschlisschez mehr. Doch er lässst sssie leben, um sssie zzzu untersssuchen, ssso wie er unz alle untersssucht. Nur die verwirrte alte Kössschin hat er gessschont. Alle anderen …«

»Ich will es nicht hören! Es ist genug!«, schrie Melikae. Verzweifelt presste sie sich die Hände auf die Ohren.

»Du willsst esss nisscht hören? Vielleisscht wirsst du es nur allzzzu bald sehen! Wir alle aussser der Kösschin teilen diez Leid. Glaubsst du, dir wird ez bessser ergehen? Die alte Närrin hat nisscht einmal begriffen, wasss *ihr Kleiner* tut. Vielleisscht ssschützzt ssie daz. Aber indem du nun Abu Dssschennaz Geheimnis kennst, gehörsst du ssschon halb zzzu unz.«

»Das ist doch ein Geschenk Rastullahs«, flüsterte Raschid. »Sieh dir das nur an, all die hoch beladenen Kamele!«

»Und all die Soldaten?«, zischte Omar.

»Hast du Blut oder Wasser in den Adern, Kasimit? Wir wollen uns auf keinen großen Kampf einlassen. Wir greifen an wie ein Sturmwind, jeder nimmt sich eines der Lastkamele, und dann verschwinden wir in alle Himmelsrichtungen. Du wirst sehen, das Ganze ist ein Kinderspiel.«

»Wie viele Karawanen hast du auf diese Art schon überfallen?«

»Zweifelst du etwa an meinen Fähigkeiten?« Raschids Stimme war ein wenig lauter geworden.

»Vielleicht wäre es besser, die Karawane erst noch eine Weile zu beobachten oder bis zum Abend zu warten, wenn die Männer vom Marsch erschöpft sind.«

»Bleib du nur zurück und warte. Das hier ist eine Frage der Ehre. Man bekämpft die Heiden, wo immer man sie trifft. Ich muss schon sagen, Omar, von Kasimiten hatte ich bislang immer eine andere Vorstellung. Nicht, dass ich dir vorwerfen wollte, feige zu sein, aber dein Zaudern befremdet mich doch. Wir werden jetzt jedenfalls nicht mehr länger warten.« Ohne ein weiteres Wort kroch Raschid rückwärts die Düne hinunter. Erst als er auf halber Höhe war, richtete er sich vollends auf und winkte seinen Männern, die ein Stück entfernt warteten.

Wütend ballte Omar die Fäuste. Diese Narren! Die Eskorte der Karawane war ihnen um das Zehnfache überlegen. Die meisten der al'anfanischen Krieger waren zwar nicht beritten, aber wenn es sich um gut gedrillte Kämpfer handelte, wären sie bestimmt nicht sonderlich erschrocken, von einer so lächerlich kleinen Schar angegriffen zu werden. Omar bezweifelte nicht, dass Raschid schon etliche Handelskarawanen in der Khom überfallen oder mit seinem Aufgebot dazu gezwungen hatte, Wegegeld zu zahlen. Doch dies war etwas anderes. Sicher stellte die Karawane eine verlockende Beute dar. Über eine Meile zog sich die Kolonne aus Knechten, Trosshuren, Barbieren, fliegenden Händlern, Handwerkern und Soldaten hin, die auf dem Weg nach Unau waren, um von dort weiter in den Norden vorzustoßen und das Heer des Patriarchen zu verstärken. Jedes der Kamele und Lastpferde dort unten war sicher seine hundert Goldstücke wert.

Omar blickte über die Schulter zu Raschid und seinen Leuten. Die Männer wappneten sich mit erbeuteten Helmen und Schilden, prüften noch einmal ihre Waffen und das Gurtzeug ihrer Kamele. Einige hatten sich auch niedergekniet, um zu Rastullah zu beten. So wie sie sollte ein Krieger aus der Khom sein, furchtlos und allein darum besorgt, dass einer seiner Kameraden mehr Ruhm ernten könnte als er selbst. Omar überlegte, ob sein Zögern vielleicht etwas mit der langen Zeit zu tun haben mochte, die er in Sklaverei verbracht hatte. Hatten ihm diese Jahre seinen Schneid geraubt?

Aufmunternd winkte ihm Raschid mit seinem Säbel zu. Er würde hinter dem Scheich nicht zurückstehen. Was scherten ihn die zweihundert Al'Anfaner jenseits der Düne! Der Beni Schebt hatte recht! *Das hier war eine Frage der Ehre!* Sollte Raschid mit seinem Überfall Erfolg haben, müsste er sich, solange sie noch gemeinsam reiten würden, irgendwelche dummen Geschichten über alle Heldentaten anhören, die sie an diesem Tag ohne ihn verrichtet hätten.

Omar lächelte bitter. An Raschids Seite in diese sinnlose Schlacht zu reiten, konnte eigentlich nicht annähernd so schlimm sein wie die Aussicht, wochenlang das aufschneiderische Gerede des Beni Schebt anzuhören. Vorsichtig kroch der Novadi die Düne hinunter und schloss sich den Kriegern an.

»Ich wusste, dass du dem Kampf nicht widerstehen könntest.« Raschid lachte breit. »Ich wusste es, du verdammter Sohn eines tollwütigen Löwen. Wir werden es diesem Pack schon zeigen!«

Omar nickte stumm, zog den breiten Bauchgurt des Kamels, das ihm Raschid überlassen hatte, ein wenig enger und stieg in den Sattel. »Bringen wir es hinter uns!«

Einige hundert Schritt lang ritten sie, durch hohe Dünen gedeckt, in gleichbleibendem Abstand zur Karawane. Dann gab Raschid seinen Männern ein Zeichen, zu einer breiten Reihe aufzufächern und die Düne hinaufzureiten. Auf dem Kamm angelangt, verharrten sie für einen Augenblick. Unter ihnen erklang ein gellender Alarmruf. Die Soldaten, die die Lasttiere in lockerer Kette einrahmten, liefen an der Stelle zusammen, wo mit dem Angriff zu rechnen war.

Ein gehorsamer Haufen, ganz wie er befürchtet hatte, dachte Omar, zog sein Tuzakmesser und tauschte einen kurzen Blick mit Raschid. Der Beni Schebt nickte und riss seinen Khunchomer hoch über den Kopf.

»Rastullah ist groß und zerschmettert seine Feinde!«, ertönte sein Schlachtruf so laut, dass man ihn wohl bis zu den entfernten Enden der Karawane hören konnte. Dann stürmten die Reiter los.

Omar fühlte sich wie von einer reißenden Flut davongetragen. Ein Speerträger versuchte, ihm den Weg zu verstellen. Omars Klinge zuckte hinab, fegte die Waffe zur Seite und zerschmetterte den Helm des Al'Anfaners. Mit einem grässlichen Schrei ging sein Kamel in die Knie. Ein Speer hatte ihm den Leib aufgeschlitzt.

Omar sprang aus dem Sattel, rollte sich im Sand ab und kam taumelnd wieder auf die Beine. Es ist besser, zu Fuß zu kämpfen, dachte er. So bot er ein schlechteres Ziel für die Bogenschützen. Außerdem war dies die Kampfart, in der Gwenselah ihn ausgebildet hatte.

Drei Al'Anfaner traten mit gezogenen Schwertern auf ihn zu. Sie lächelten siegessicher. Mit einem wilden Schrei auf den Lippen stürmte er ihnen entgegen, woraufhin das Lächeln aus den Gesichtern der Heiden verschwand. Sein Tuzakmesser zeichnete einen silbernen Bogen, durchbrach die Deckung des ersten Kriegers und zog ihm eine tiefe blutige Linie über den Hals. Omar duckte sich unter dem Schwerthieb des Mannes neben ihm und führte mit der Rückhand einen Streich gegen dessen ungedeckten Unterleib. Der Al'Anfaner sackte mit einem Gurgeln in den Sand. Ohne ihm weiter Beachtung zu schenken, fuhr Omar herum, um sich dem dritten Krieger zu stellen. Dieser jedoch blickte starr vor Entsetzen auf seine beiden toten Kameraden. Der Kampf hatte nur wenige Herzschläge lang gedauert, und doch ging Omars Atem keuchend. Schon hatte er das Tuzakmesser zum Zustechen erhoben, als der Mann sein Schwert wegwarf und in blinder Panik das Weite suchte.

Gehetzt blickte sich der Novadi um. Rings um ihn ertonte das helle Klingen von Metall, vermischt mit den Schreien Verletzter und Sterbender. Zwei Reitern der Beni Schebt war es gelungen, einige Kamele zu erbeuten und dem Kampfgetümmel zu entkommen. Omar sah, wie sie den Kamm einer lang gezogenen Düne erreichten, als eine Wolke von Pfeilen auf sie hinabregnete. Einer der Reiter fiel aus dem Sattel und rollte die Düne wieder hinab. Der andere schaffte es zwar, über den Kamm hinweg zu entkommen, doch Omar sah zwei Pfeilschäfte aus seinem Rücken aufragen.

Wütend biss sich der Novadi auf die Lippen. Er spürte den warmen Geschmack von Blut im Mund. Sie hätten diese Karawane nicht angreifen dürfen! Es war völlig aussichtslos! Unbändiger Zorn packte ihn. Hier zu sterben – welche Schande! Er wollte ein Held sein, wollte, dass eines Tages ein Märchenerzähler Melikae von seinem Ende erzählte, damit sie um seine verzweifelte Tapferkeit eine Träne vergoss. Wie beiläufig schlug er eine Axt beiseite und machte einen Al'Anfaner nieder, der versuchte, ihm einen Speer in die Brust zu rammen.

Er musste von hier verschwinden! Hinter ihm erklang das Donnern von Hufen. Ein kleiner Trupp Reiter hatte sich formiert und sprengte heran, um die letzten überlebenden Beni Schebt hinwegzufegen. Die schwarz gewappneten Fußsoldaten der Al'Anfaner liefen auseinander, um den Reitern Platz zu machen. Omar stellte sich breitbeinig hinter sein gestürztes Kamel und ergriff das Schwert mit beiden Händen. So also sieht der Tod aus, dachte er. Eine Frau in geschwärztem Harnisch mit langem rotem Haar führte die Reiterschar an.

»Lass uns von hier verschwinden, mein Freund!«, erklang hinter ihm eine vertraute Stimme. Raschid beugte sich tief aus dem Sattel seines Kamels und streckte ihm die Hand entgegen. Omar blickte zu den Reitern zurück. Noch zwanzig Schritt …

»Komm schon, Omar, was gibt es da zu zö…« Da ragte ein schwarzer Pfeilschaft zitternd aus Raschids Schulter. Der Krieger verlor das Gleichgewicht und stürzte aus dem Sattel.

Omar stieß einen Fluch aus. Dann zerrte er seinen Gefährten hinter das gestürzte Reittier und gab Raschids Kamel einen Schlag mit der Breitseite seines Tuzakmessers, sodass das Tier erschrocken den Reitern entgegenjagte und im letzten Augenblick ihren Angriff durcheinanderbrachte.

Wie eine Welle, die auf einen Felsen trifft, teilte sich die Reiterschar vor dem Kamel, und noch bevor sie ihre Front wieder schließen konnten, hatte sie ihr wilder Galopp an Omar vorbeigeführt. Doch schon rissen die ersten Al'Anfaner die Zügel herum und wendeten.

Wieder war es die rothaarige Kriegerin, die den Angriff anführte. Sie schwang einen Rabenschnabel, eine langstielige Reiterwaffe, deren spitz geschliffener Dorn mit Leichtigkeit jede Rüstung zu durchdringen vermochte.

Omar brachte sich vor ihrem Angriff mit einem hastigen Sprung zur Seite in Sicherheit und wäre beinahe unter die Hufe eines der anderen Schlachtrosse geraten. Sich abrollend wich er einem Speer aus, der neben ihm in den Sand stieß, und führte zugleich einen Schlag gegen die Beine eines Pferdes, das wiehernd zu Boden ging und seinen Reiter unter sich begrub.

Federnd kam der Novadi wieder auf die Beine. Gegen diese Übermacht zu kämpfen, war Selbstmord. Es waren einfach zu viele, er konnte nicht gewinnen! Gehetzt blickte er sich nach der Rothaarigen um. Sie war mit Sicherheit die Anführerin und hatte das beste Pferd, soweit er es beurteilen konnte. Sie ritt eine riesige schwarze Stute. Vielleicht könnte er …

»Gib auf, Schwertmann! Wir werden dir dein Leben schenken. Wenn du deine Waffe wegwirfst, darfst du meinem Volk als Sklave dienen.«

Die Al'Anfanerin sprach ein ungeschliffenes Tulamidya und betonte die einzelnen Wörter übertrieben stark. Omar umklammerte sein Tuzakmesser fester und versuchte, die Erinnerung an seine Sklavenzeit zu unterdrücken. Sie konnte nicht wissen, wie sehr ihn ihre Worte trafen. Er durfte sich jetzt nicht zu einem blindwütigen Angriff hinreißen lassen. Dann hätten sie allzu leichtes Spiel mit ihm! Jeder gute Krieger muss erst sich selbst besiegen, bevor er in den Kampf zieht, so hatte es ihn einst sein Freund Gwenselah gelehrt. Er würde seinem toten Lehrer heute alle Ehre erweisen!

»Komm und hol dir mein Leben! Oder brauchst du deine Krieger, um dich hinter ihnen zu verstecken?«

Die Rothaarige stieß einen Fluch in der Sprache der Heiden aus. Omar lächelte zufrieden. Sie verstand es nicht, sich selbst zu besiegen. Den Rabenschnabel zum Schlag bereit, preschte sie ihm entgegen.

Omar hob das Schwert und zielte mit der langen Klinge nach der Brust der Al'Anfanerin. Sie sollte glauben, dass er versuchen wolle, ihren Schlag zu parieren. Dann, im entscheidenden Augenblick, sprang er ihr entgegen, unterlief ihre Waffe und versuchte sie aus dem Sattel zu stoßen. Doch sie war eine zu gute Reiterin, um sich so leicht übertölpeln zu lassen. So griff Omar in ihren Grürtel und zog sich hinter ihr auf das Pferd.

Wütend verpasste die Kriegerin ihm einen Schlag mit dem lederumwickelten Ende ihres Waffenschafts. Der Rabenschnabel war zu lang, als dass sie ihn noch erfolgreich gegen ihn hätte einsetzen können. Mit verzweifelter Anstrengung gelang es dem Novadi, sich auf dem Pferd zu halten. In der Rechten hielt er noch immer das Tuzakmesser. Den Arm hatte er um die Hüfte der Reiterin geschlungen, sodass seine Klinge dicht vor ihrem Gesicht hin und her zuckte. Doch einen Schlag konnte er so nicht führen.

Dafür holte die Kriegerin jetzt aus und führte einen Rückhandhieb über die linke Schulter hinweg, sodass Omar das stumpfe Ende des Rabenschnabels zwischen den Schulterblättern traf. Der Hieb trieb ihm die Luft aus den pfeifenden Lungen. Grelle Lichtpunkte tanzten ihm vor den Augen.

Schon holte die Al'Anfanerin wieder zum Schlag aus. Verzweifelt tastete der Novadi nach dem Dolch in seinem Gürtel und versuchte zugleich, der Kriegerin die Schneide seines Tuzakmessers gegen die Wange zu drücken. So erreichte er aber nur, dass sie mit dem Knauf ihrer Waffe auf seine rechte Hand einschlug. Lange würde er ihr nicht mehr standhalten!

Endlich ertastete er den Griff des Dolches und zog die Waffe. Gegen die feingeschmiedete Rückenplatte ihres Harnischs würde er damit nichts ausrichten können. Er müsste ihn in die schmale Naht zwischen Brust- und Rückenpanzer treiben oder aber …

Wieder traf ihn ein Schlag auf die rechte Hand. Seine Finger waren wie betäubt. Ein weiterer solcher Hieb, und er könnte sein Schwert nicht mehr halten! Omar riss den Dolch hoch und stieß ihn der Kriegerin unter die linke Achsel. Erst spürte er einen Widerstand, dann drang die Waffe tief ins Fleisch ein.

Die Al'Anfanerin schrie gellend auf. Omar ließ den Dolch los, griff in das lange Haar der Frau und riss ihren Kopf nach hinten. Noch einmal versuchte die Offizierin, ihm über die Schulter hinweg einen Schlag mit ihrem Rabenschnabel zu versetzen, doch mit einem kräftigen Ruck brachte der Novadi sie aus dem Gleichgewicht, sodass sie schließlich seitlich aus dem Sattel stürzte.

»Rastullah ist groß, und er straft alle Ungläubigen!«, ertönte Omars Kriegsruf über das Schlachtfeld. Dann gab er der Stute die Sporen und galoppierte auf das tote Kamel zu, hinter dem sein Freund Raschid zu Boden gegangen war. Als er Omar kommen sah, erhob sich der Beni Schebt schwankend und streckte dem Novadi die Arme entgegen. Ohne sein Pferd zu zügeln, jagte Omar auf den Scheich zu, beugte sich tief neben dem Hals der Stute hinab, packte Raschid und zerrte ihn vor sich auf den Sattel.

»Bei den Henkern von Fasar, wo hast du so zu kämpfen gelernt? Wohnt etwa ein zorniger Dschinn in deiner Brust?«, keuchte der Beni Schebt fassungslos.

»Wenn du dir nicht einfallen lässt, dich wegen der paar Schrammen, die du abbekommen hast, in Rastullahs ewig blühende Gärten davonzumachen, dann werde ich dich vielleicht lehren, auch so zu fechten.«

»Ich werd's mir überlegen«, stöhnte Raschid gepresst.

Als Omar den ersten Dünenkamm erreichte, blickte er kurz zurück und sah, wie sich zwei Reitertrupps formiert hatten, um die Verfolgung aufzunehmen. Die Jagd hatte begonnen.

Melikae saß in einem Fenster ihres Turmzimmers und blickte auf das Meer. Am Morgen hatte sie ein großes Segelschiff am Horizont gesehen, das nach Westen verschwand, dorthin, wo irgendwo jenseits der See das Sandmeer der Khom lag. Sie fragte sich, wie es Omar wohl ergangen sein mochte und ob er noch manchmal an sie dachte. Wenn dies ein Märchen wäre, würde er zu ihr zurückkommen, auch wenn er dafür Drachen und Dschinne bezwingen müsste. Doch dies war kein Märchen! Nach dem Brief, den sie ihm geschrieben hatte, würde sie ihn niemals wiedersehen! Wahrscheinlich hasste er sie sogar.

Melikae ballte eine Faust, so fest, dass sich ihre Nägel tief in die Handfläche gruben. Allein, es nutzte nichts. Den Schmerz, der in ihrer Brust wühlte, konnte sie so nicht verdrängen. Er war kaum in Worte zu fassen. Sanfter und doch unendlich viel tiefer als jeder körperliche Schmerz, den sie jemals erlitten hatte.

»Liebst du das Meer?«

Erschrocken fuhr die Sharisad herum. Hinter ihr stand Abu Dschenna. Verwirrt blickte Melikae zur Tür. Sie war noch immer verschlossen. Wie hatte der Magier es geschafft, in ihr Zimmer zu kommen?

Abu Dschenna folgte ihrem Blick. Einen Augenblick lang zeigte sich eine tiefe Falte zwischen seinen Brauen, dann lächelte er müde. »Du hast dich eingeschlossen? Wen fürchtest du? Mich oder meine Diener?«

»Wie bist du hereingekommen?«

»Ich bin ein Zauberer, und manche behaupten sogar, ich

sei bewandert wie kaum ein anderer. Das muss dir als Erklärung genügen.«

»Du sprichst wohl von Folterknechten, die blass vor Neid werden, wenn sie von deinen Möglichkeiten hören.« Melikae musterte Abu Dschenna voller Abscheu. Er wirkte müde und abgekämpft. Tiefe Ränder lagen unter seinen Augen. Die Narbe auf der rechten Wange leuchtete rot und wirkte geschwollen. Sein Haar war zerzaust, und er trug einen fadenscheinigen alten Kaftan.

»Deine Worte sind wie Pfeile, Tänzerin. Sie treffen gut und tief. Für einen Folterknecht hältst du mich also. Warum? Weil ich jene Grenzen nicht anerkenne, die nach Aussage der Mawdliyat von Rastullah als unverrückbar festgesetzt wurden? Ich sehe nicht ein, warum ich mich dem Geschwätz selbstsüchtiger alter Narren unterwerfen sollte. Allen großen Magiern ist es bestimmt, die Grenzen ein wenig weiter zu stecken. Ich bin nicht der Erste, der dies versucht.«

»Und deine Diener? Was hast du ihnen angetan? Sie leiden unter deiner Maßlosigkeit. Warum machst du sie zu Ausgestoßenen?«

»Alles im Leben hat seinen Preis! Wer Vollkommenes sucht, der muss auch bereit sein, Opfer zu bringen. Sieh dir die Rosen an, die du in die Vase dort gestellt hast. Es ist jetzt sieben Tage her, dass du sie geschnitten hast, nicht wahr?«

Melikae nickte. Woher wusste er das? Waren denn alle Diener Spitzel?

»Sieh sie dir gut an, diese Rosen! Ist dir aufgefallen, dass nicht ein einziges welkes Blatt daran hängt? Und das, obwohl so viel Zeit vergangen ist, seit du sie geschnitten hast! Noch in einem Jahr werden sie genauso vollkommen sein. Du siehst also, ich bin durchaus in der Lage, Schönes zu schaffen und …«

Melikae achtete nicht mehr auf die Worte des Magiers. *Noch in einem Jahr werden sie genauso vollkommen sein.*

Wie ein Echo hallte dieser Satz tausendfach gebrochen und zurückgeschleudert in ihrem Kopf. Sie spürte, wie sich ihr Magen schmerzhaft zusammenzog. Das konnte nicht sein. Das durfte nicht sein! Was hatte sie getan? Noch immer waren ihr die Worte, die sie Omar geschrieben hatte, so klar in Erinnerung, als hätte sie sie eben erst zu Papier gebracht. *So wie der heiße Wind der Wüste die Blüte der Rose verdorren lässt, so ist meine Liebe zu dir dahingewelkt.* Was hatte sie Omar nur angetan?

»Was ist mit dir, meine Liebe?« Abu Dschenna war neben sie getreten und legte ihr die Hand sanft auf die Schulter. »Du bist ja plötzlich blass wie eine Tote.«

Melikae zuckte vor seiner Berührung zurück und starrte ihn einfach nur an.

»Erschrecken die Rosen dich jetzt, da du ihr Geheimnis kennst? Soll ich sie fortschaffen lassen?«

»Sie … sie welken niemals? Wirklich?«

Der Magier lächelte selbstzufrieden. »Niemals ist ein großes Wort. Es ist fünf Jahre her, seit ich meine Versuche mit den Rosenbüschen beendet habe. Seitdem bewahre ich einige Blüten in einer Schale in meinem Studierzimmer auf, und voller Stolz kann ich sagen, dass bis heute nicht eine dieser Rosen verwelkt ist.«

»Bitte, lass mich allein! Ich … Bitte, lass mir meine Ruhe.«

»Was ist mit dir?« Abu Dschennas Stimme klang scharf. »Sprich, Weib! Oder glaubst du, du könntest etwas vor mir verbergen? Du denkst an deinen Geliebten, nicht wahr?«

»Und wenn es so wäre?« Melikae war so weit vor dem Magier zurückgewichen, dass sie jetzt mit dem Rücken vor einem der hohen Fenster stand.

»Vergiss ihn! Du wirst ihn niemals wiedersehen. Füg dich endlich in dein Schicksal und erkenne an, dass ich dein Gebieter bin. Du könntest die Herrin dieses Palastes sein, wenn du es nur wolltest.«

»Was begehrst du denn von mir? Hast du nicht selbst

gesagt, du fändest keinen Reiz an Frauen? Erinnerst du dich noch daran? Es waren deine Worte, damals, als du mich und Omar und Neraida gefangen hattest. Was sollte das bedeuten?«

Abu Dschenna lachte laut. »Eine List, meine Kleine. Ich wollte einfach verhindern, dass du den ganzen langen Weg nach Unau versuchtest, mich zu umgarnen. Aber begehrt habe ich dich damals schon. Als ich nach deinen falschen Anschuldigungen gegen mich in den Kerker von Unau gezerrt wurde, wollte ich dich töten. Doch das ist lange her. In dieser Zeit ist meine Achtung vor dir gewachsen, und du erscheinst mir nun umso begehrenswerter. Vergiss diesen Omar und werde an meiner Seite eine reiche und mächtige Frau.« Der Zauberer tat einen Schritt auf sie zu.

»Wenn du näher kommst, stürze ich mich aus dem Fenster. Es ist mir ernst! Ich bin kein Singvogel, den man einfach in einen goldenen Käfig sperrt. Glaube nicht, dass ich mich dir jemals unterwerfe. Was hast du mir von meinem Leben denn noch gelassen?« Melikae trat auf das Sims des Fensters und blickte auf die weiße Gischt, die sich tief unter ihr am Felsen brach. Nur ein einziger Schritt noch, und sie wäre den Nachstellungen des Magiers für immer entkommen.

»Spring – und du tötest auch Omar.«

»Wieder eine deiner Lügen, Magier? Omar ist längst entflohen. Wie könntest du dich noch an ihm rächen? Erkennst du nun, wie frei ich noch immer bin, auch wenn du mich auf einer Felsklippe inmitten des Meers gefangen hältst?«

Abu Dschenna schnaubte verächtlich. »Ich wusste, dass du dich mir nicht einfach unterwerfen würdest. Aber glaube mir, ich kenne viele Wege, dich gefügig zu machen. Bislang habe ich es mit Wohlwollen versucht. Erinnerst du dich, wie ich dich dazu gezwungen habe, für mich zu tanzen? Ich habe lange gezögert an diesem Abend. Beinahe hätte mein Zorn über meine Liebe zu dir gesiegt. Genauso leicht, wie ich dich zum Tanzen zwingen konnte, kann ich dich auch dazu bringen, mit mir das Lager zu teilen. Doch es ist mir lieber, wenn du es freiwillig tust. Wir beide werden dann mehr Vergnügen daran haben. Jetzt komm dort herunter.«

Der Magier trat auf die Sharisad zu. Sein Blick hatte sich verändert. Es sah ganz so aus, als wolle er ein zweites Mal versuchen, sie mit seiner Magie zu umgarnen. Aber das sollte ihm nicht mehr gelingen! Melikae blickte auf das Meer. Die Gischtarme, die die Felsen hinaufschlugen, schienen ihr zuzuwinken. Dort unten lag das ewige Vergessen, das Ende allen Leids. Mit zusammengekniffenen Augen wagte sie den Schritt ins Leere. Abu Dschenna würde ihr nie mehr befehlen!

Doch sie stürzte nicht! Eine eisige Windbö erfasste Melikae und schleuderte sie durch das Fenster zurück, sodass die Sharisad dem Magier vor die Füße fiel.

»So leicht entkommst du mir nicht, Tänzerin!« Abu Dschenna schüttelte verdrossen den Kopf. »Du störrisches Kind! Glaubst du, ich hätte dir dieses Turmzimmer überlassen, ohne dafür Sorge zu tragen, dass du vor deiner eigenen Torheit geschützt wirst? Ein Dschinn der Lüfte wacht über dich. Du kannst dich nirgends zu Tode stürzen. Er mag dich. Er flüstert oft davon, wie wunderbar es ist, dir beim Tanzen zuzusehen.«

Unsicher blickte Melikae sich um – und ein Lufthauch fuhr ihr vom Fenster her streichelnd durchs Haar. Wirklich nur ein Lufthauch? War der Dschinn die Erklärung dafür, dass sie sich so oft beobachtet gefühlt hatte?

Abu Dschenna trat vor die Sharisad, fasste grob nach ihrem Kinn und hob es an, sodass sie ihm ins Gesicht sehen musste. »Für heute ist mir die Lust vergangen, meine Zeit mit dir zu vergeuden. Doch eines sollst du noch wissen! Als ich deinen geliebten Sklaven Omar heilte, habe ich ihm eine Ader angeritzt und eine Phiole mit seinem Blut gefüllt. Gleichgültig, wohin er flieht, mit dem Blut als Fokus habe ich die Macht, ihm einen Dämon zu schicken. Stell dir vor, wie er des Nachts ruhig schläft und ihm plötzlich unsichtbare Krallen die Kehle zerfetzen. Such also nicht nach einem Weg, auf dem es dir gelingen könnte, aus dem Leben zu fliehen! Ich verspreche dir, wenn du dies tust, dann wird noch in derselben Nacht auch dein Geliebter sterben. Wenn du dich tötest, hast du damit auch ihn gerichtet, Melikae!«

Rastullah selbst muss uns zu Hilfe geeilt sein, dachte Omar. Jedenfalls hatte ein Sandsturm sie vor ihren Verfolgern gerettet. Der tobende Wind hatte alle Spuren gelöscht und sie für die Al'Anfaner unsichtbar gemacht. Doch es schien nur geborgte Zeit gewesen zu sein, die sie damit gewonnen hatten, denn jetzt, zwei Tage später, war auch der letzte Tropfen aus dem Wasserschlauch getrunken, der am Sattel des Streitrosses hing. Die Stute konnte sich kaum noch auf den Beinen halten. Omar war abgestiegen und führte sie am Zügel.

Quer über dem Sattel lag Raschid. Er hatte am Tag zuvor das Bewusstsein verloren. Der Novadi blickte zurück und sah in das fiebrig glänzende Gesicht seines Gefährten. Die Nacht würde er wohl noch erleben, doch ob er auch noch das nächste Morgenrot sehen würde, wusste allein Rastullah.

Omar hatte Raschids Wunden so gut versorgt, wie er nur konnte, und ihm auch den Pfeil aus der Schulter gezogen. Doch die Verletzung war tief, und Raschid hatte viel Blut verloren. Ohne die Hilfe eines Heilkundigen hatte der Scheich der Beni Schebt nicht mehr lange zu leben.

Ob er es wagen sollte, die Richtung zu ändern und auf die Karawanenstraße nach Unau zurückzukehren? Dort waren die Aussichten besser, auf Reisende zu stoßen, die Raschid vielleicht helfen konnten. Andererseits war die Gefahr auch größer, von einer Patrouille der Heiden gefasst zu werden. In die offene Wüste hingegen wagten sich die Ungläubigen nur selten. Den ganzen Morgen schon hatte Omar über dieser Frage gebrütet.

Der Novadi leckte sich über die rissigen Lippen. Seit dem Morgengrauen hatte er nichts mehr getrunken und das letzte Wasser zwischen Raschid und dem erschöpften Pferd aufgeteilt. Wenn er nicht einen Brunnen oder ein Wasserloch fände, dann würde er seinen Gefährten höchstens um einen Tag überleben.

Auf dem Kamm einer Düne stehend, schirmte der Novadi die Augen mit der Hand gegen die Sonne ab und betrachtete lange die schier endlose Dünenlandschaft. Kein Reiter, kein Brunnen, nicht einmal Spuren auf einer Dünenflanke waren zu sehen. Tiefer in die Wüste vorzudringen, wäre ihr sicherer Tod. Omar betrachtete das Pferd. Er könnte der Stute eine Ader am Hals öffnen und von ihrem Blut trinken. Das würde ihn stärken und zumindest für kurze Zeit seinen Durst stillen. Der Novadi erinnerte sich dunkel daran, wie sein Vater ihm einst eine Geschichte erzählt hatte, in der ein Karawanenführer auf diese Weise die meisten der ihm anvertrauten Tiere und Menschen gerettet hatte. Doch die Stute war schon jetzt geschwächt. Wenn er von ihrem Blut tränke, nähme er ihr die letzte Kraft. Und dann … Er warf einen Blick auf Raschid. Dann müsste er sich entscheiden, ob er seinen Freund einfach liegen lassen oder ob er versuchen wollte, ihn auf den Schultern bis zur Karawanenstraße zurückzutragen.

Der Novadi schüttelte den Kopf. Das war nicht möglich. Wenn er leben wollte, müsste er Raschid zurücklassen. Er könnte den Krieger vielleicht ein oder zwei Meilen weit tragen. Das reichte nicht, um bis zur Karawanenstraße zu gelangen. Sollte er also auf Rastullahs Gnade vertrauen und tiefer in die Wüste wandern? Vielleicht würden sie auf umherziehende Nomaden treffen oder, besser noch, auf einen Trupp versprengter Rebellen.

Müde stieg Omar den Dünenkamm hinunter. Ihn schmerzte der Kopf. Damit fängt es an, dachte er. Pochende Kopfschmerzen. Als Nächstes würden ihm die Glieder immer schwerer vorkommen. Schon jetzt war die Verlockung groß, sich einfach hinzusetzen und eine kurze Rast einzulegen. Doch er wusste, was das bedeutete, und er fürchtete, nicht mehr die Kraft zum Aufstehen zu haben. Und selbst wenn er wieder auf die Beine käme, würde sich die Stute vielleicht nicht mehr weiterbewegen wollen.

Wieder leckte sich Omar über die aufgesprungenen Lippen. Die Zunge kam ihm geschwollen vor. Er sollte sich nicht so genau beobachten und nicht dauernd an den bevorstehenden Tod denken. Er erinnerte sich an eine von Gwenselahs Lehren. Jede Niederlage beginnt im Kopf, hatte sein Freund behauptet. Wer aufgibt, an seinen Triumph zu glauben, der hat den ersten und zugleich auch größten Schritt zur Niederlage getan.

Er würde nicht aufgeben! Entschlossen setzte er einen Fuß vor den anderen. Er musste sich ein Ziel suchen, das er erreichen konnte. Vielleicht den Kamm der nächsten Düne. Und wenn er dort angekommen wäre, dann würde er sich ein weiteres Ziel suchen. Immer nur kleine Etappen. So konnte er Sieg auf Sieg feiern.

Omar blickte zum Himmel. Wie ein glühendes Dämonenauge stand die Sonne hoch über ihm. Wütend reckte er ihr die Faust entgegen. »Glaubst du, du kannst mich besiegen? Mich, Omar von den Beni Novad, der bis nach Al'Anfa ging, um seiner Geliebten zu folgen und sie aus den Händen der Ungläubigen zu befreien? Ich werde dich bezwingen.«

Verbissen heftete er die Augen auf den nächsten Dünenkamm. »Immer einen Schritt nach dem anderen«, murmelte er jetzt leiser. »Ich bin dazu geboren, durch die Wüste zu streifen. Ich bin ein Beni Novad. Die Khom kann mich nicht töten.«

»Eine Sharisad tut so etwas nicht«, nörgelte Nurhan leise.

»Was weißt du schon von einer Sharisad?«, lallte Melikae müde. Noch ein Glas, und sie würde wieder schlafen. Das war alles, was sie noch wollte: schlafen. Manchmal, wenn sie Glück hatte, erschien ihr Omar im Traum. Doch selbst wenn er nicht kam, ließ sie wenigstens diesen schrecklichen Palast hinter sich.

»Er wird sich das nicht mehr lange ansehen. Ich habe ihn selten so wütend erlebt.«

»Soll er sich doch eine andere Tänzerin holen. Es gibt sicher viele, die mit Freuden ihre linke Hand dafür gäben, in einem Palast wie diesem zu leben. Zumindest anfangs …«

»Ich habe den Wein weggeschlossen. Ich hätte dir erst gar keinen geben dürfen.« Nurhan blickte zu Boden – und es schien, als spräche sie mehr zu sich selbst als zu Melikae. »Wer ahnt denn schon, dass sie sich so hemmungslos betrinken würde? So ein liebes Mädchen.«

»Verschwinde hier, alte Krähe. Dein Anblick verdirbt mir die Laune. Und richte Abu Dschenna aus, dass es ihm nichts nutzen wird, wenn er den Wein vor mir wegsperrt. Ich kenne noch tausend andere Wege, ihm zu entgehen. Ich werde ihm niemals gehören. Nicht, solange ich noch einen eigenen Willen habe.«

»Schlaf jetzt erst einmal, meine Kleine.« Nurhan war aufgestanden und tätschelte der Sharisad die Hand. »Du weißt ja nicht mehr, was du redest. Morgen wird es dir leidtun, ganz gewiss.« Mit einem Seufzer wandte sich die alte Amme um und ging zur Tür. Melikae wollte ihr nachschauen, doch da hing dieser wehende blaue Vorhang. Wie eine riesige blaue Schlange, die von der Decke hängt, dachte sie. Sinnenverwirrend und … Ihr wurde übel. Bloß nicht dort hinsehen! Sie richtete die Augen starr auf die gegenüberliegende Wand und fluchte. Auf das letzte Glas hätte sie besser verzichtet. Sie kannte diesen Zustand nur zu gut. Wenn sie jetzt die Augen schlösse und zu schlafen versuchte, ginge es ihr noch schlechter.

Sie würde dann spüren, wie das Bett unter ihr schwankte. Verfluchter Wein!

Aber wenn Abu Dschenna glaubte, er könne sie gefangen halten, dann hatte er sich geirrt. Solange sie betrunken war, hätte er nicht viel von ihr. Es gab noch andere Möglichkeiten, ihm zu entfliehen, ohne sich gleich den Tod zu geben. Jedenfalls fände er niemals das in ihr, was er sich erhoffte: ein unterwürfiges, braves Eheweib.

»Und dir werde ich mich auch nicht beugen.« Melikae stocherte mit dem Finger in der Luft. »Ich weiß, dass du hier irgendwo bist und mich beobachtest. Aber ich habe keine Angst vor dir, du ... du Dschinn!«

Kurz überlegte sie, wie nahe ihr der Luftgeist wohl sein mochte und ob er vielleicht sogar mit der Luft, die sie atmete, in sie einzudringen vermochte. Von dem Gedanken wurde ihr übel.

Wieder blickte sie auf die Wand gegenüber ihrem Bett. Wenn sie nur endlich einschlafen könnte! Sie dachte an die perlen- und edelsteingeschmückte Decke, die sich über ihrem Bett im Palast von Unau gewölbt hatte. Wie lange lagen die unbeschwerten Tage zurück, die sie dort mit ihrem Vater, Feisal und ihrer Tanzlehrerin Sulibeth verbracht hatte! Was die beiden wohl sagen würden, wenn sie sie jetzt sehen könnten? Sulibeth würde sicher schelten und ihr erklären, dass aus ihr niemals eine richtige Sharisad würde.

Melikae lächelte müde, ihre Gedanken wanderten zu Omar: Jahre schienen seit jenen Nächten vergangen zu sein, in denen sie im Tal der Sieben Säulen ihre Liebe zueinander entdeckt hatten. Was war so falsch an diesen glücklichen Stunden gewesen, dass das Schicksal sie so sehr dafür büßen ließ? Geschah es, weil sie sich auf die Liebe eines Sklaven eingelassen hatte? In den Geschichten der Märchenerzähler durften sich doch sogar Prinzessinnen in Sklaven verlieben, ohne, so wie sie, dafür leiden zu müssen.

Melikae seufzte. Ob Omar versuchen würde, zu ihr zurückzukehren? Vielleicht war es ja ein glücklicher Zufall, dass sie ihm eine Rose geschenkt hatte, die niemals verwelkte. Doch durfte sie sich das überhaupt wünschen? Er war zwar jetzt ein Krieger, aber wäre er stark genug, um es mit Abu Dschenna und seinen Kreaturen aufzunehmen?

Omar hatte von einer Quelle geträumt, neben der Melikae kniete und ihm aus der flachen Hand Wasser in den Mund träufelte. Köstliches, kristallklares Wasser! Gierig leckte sich der Novadi die Lippen. Er wollte den Traum festhalten! Wenn er die Augen aufschlüge, läge er irgendwo in der Wüste, dem Tod näher als dem Leben.

»Magst du etwas trinken, Krieger?«

Eine Männerstimme zerstörte das Traumbild. Die Gestalt Melikaes verblasste, so sehr sich Omar auch bemühte, in seinem Traum zu verharren. Nur der Geschmack des Wassers blieb.

Ärgerlich schlug der Novadi die Augen auf. Es war Nacht. Ein Feuer brannte. Neben ihm hockte ein Krieger. Der Fremde hielt ihm einen halb gefüllten Wasserschlauch hin.

»Trink nicht zu viel auf einmal!« Die Stimme des Mannes hatte einen eigenartigen Klang. Er stammte nicht aus der Khom. Obwohl er das Tulamidya sehr flüssig sprach, haftete seinen Worten der unverwechselbare Akzent der Ungläubigen aus dem weiter nördlich gelegenen Kaiserreich an.

Dankbar griff Omar nach dem Wasserschlauch. Dabei betrachtete er seinen Retter. Der Mann hatte sonnengebräunte Haut, und doch war sie deutlich blasser als bei den Männern der Wüstenstämme. Seine Augen waren von klarem Blau. Unter seinem Hattah lugte eine Strähne blonden Haars hervor. Seine Züge wirkten asketisch. Der Mann war deutlich größer als Omar und ein wenig hager.

»Du bist ein Kasimit, nicht wahr?«

Omar nickte. Einem Fremden würde er nicht erklären, warum er schwarze Gewänder und einen Schleier trug.

»Man sagt deinen Leuten nach, dass sie verbissene Krieger sind, aber du scheinst mir von ganz besonderer Sturheit zu sein.«

Omar runzelte die Stirn. Wollte der Mann ihn beleidigen? Mit einem flüchtigen Blick suchte er sein Tuzakmesser. Es lag in Griffweite neben dem Feuer.

»Ganz ruhig, mein Freund!« Der Fremde hob beschwichtigend die Hände. »Ich wollte dich nicht kränken. Lass mich dir erzählen, in welchem Zustand meine Späher dich aufgefunden haben, und du wirst mir zustimmen. Du bist seit sechs Stunden hier im Lager. Eine meiner Patrouillen hat dich gefunden. Obwohl du halb verdurstet warst, bist du stur immer geradeaus gegangen. Sie haben dich gerufen, doch du hast sie nicht gehört. Selbst als sie neben dir hergeritten sind, hast du sie nicht gesehen, ganz so, als seist du verzaubert gewesen. Erst als einer der Krieger dir die Hand auf die Schulter legte und dich zu sich herumzog, bist du stehen geblieben. Du hast ihm einen Augenblick lang ins Gesicht gesehen und bist dann ohne ein Wort zusammengesunken. Du musst zugeben, dass dies wirklich eine merkwürdige Geschichte ist, oder?«

Omar nickte. Er konnte sich nicht erinnern, jemanden gesehen zu haben. Das Letzte, was ihm im Gedächtnis geblieben war, war das Bild eines Dünenkamms, auf den er langsam zuging. »Mein Freund … Was ist mit Raschid?«

»Es geht ihm nicht gut, aber er wird überleben. Ein Heilkundiger hat sich um seine Wunden gekümmert. Mir scheint, ihr beide seid nicht sehr beliebt bei den Al'Anfanern.«

»Und wenn dem so wäre?« Omar ließ den Ungläubigen nicht aus den Augen. Er wusste nicht, was er von dem Mann halten sollte. Er war gekleidet wie ein Krieger der Wüstenstämme. Doch was hieß das schon? Selbst einige der Al'Anfaner hatten bereits die weiten Gewänder der Novadi übernommen, weil sie einsehen mussten, dass diese für das Leben in der Wüste besser geeignet waren als eng anliegende Uniformen.

»Wenn du tatsächlich ein Feind der Al'Anfaner sein solltest, dann bist du hier in bester Gesellschaft gelandet. In meinem Lager wirst du niemanden finden, der auf diese fischköpfigen Bastarde gut zu sprechen ist.«

»Deine Art, in meiner Sprache zu fluchen, hat noch nicht den gleichen Grad der Vollkommenheit erreicht wie deine Gastfreundschaft, Ungläubiger.« Omar lächelte breit und verneigte sich knapp. »Die Wahl deiner Feinde hingegen könnte uns durchaus zu Freunden machen.«

Der Fremde erwiderte die Verneigung. »Vielleicht wirst du mir ja die Ehre erweisen, mich in der hohen Kunst des Fluchens zu unterweisen.«

»Wenn wir mit dem gleichen Ziel reisen, mag sich dazu durchaus Gelegenheit ergeben.«

»Mein Ziel ist Mherwed, denn es schmerzt mich, den Tyrannen aus Al'Anfa auf dem Thron, der einem Kalifen gehören sollte, sitzen zu sehen. Ich fürchte allerdings, dass ich, bis ich dort ankomme, einige Umwege werde machen müssen.«

»Und wer sollte deiner Meinung nach in Mherwed herrschen?« Die Worte des Ungläubigen hatten neuen Argwohn in Omar geschürt. Sollte er etwa so vermessen sein …

Der Krieger hob abwehrend die Hände. »Ich bin nicht zum Herrscher geschaffen. Wer in Mherwed befiehlt, sollen die Mawdliyat von Keft bestimmen. Ich werde jeden unterstützen, den sie für würdig halten, Kalif zu werden.«

»Sehr uneigennützig für einen Heiden.«

Der Fremde grinste. »Auf den ersten Blick vielleicht. Doch mir gehören ausgedehnte Ländereien an der Grenze zum Kalifat. Sollte Tar Honak es schaffen, seine Macht im Land der Ersten Sonne zu festigen, dann wird er als Nächstes womöglich nach den südlichen Provinzen des Kaiserreichs gieren. Da ich lieber in der Wüste als auf meinen fruchtbaren Äckern Krieg führe, bin ich hier. Und wie du siehst, habe ich gleich ein paar meiner Freunde mitgebracht.« Der Krieger deutete mit einer Kopfbewegung zu den übrigen Lagerfeuern.

»Wenn dir Land gehört, bist du also ein Scheich?«

»So etwas Ähnliches. Mein Name ist Leomar Almaderich Sigiswild.«

Diese Ungläubigen! Entweder führten sie Namen, die man nicht aussprechen konnte, oder aber sie waren so lang und ungewöhnlich, dass man sie sich nicht merken konnte. Der Novadi nickte höflich und versuchte verzweifelt, sich an den Anfang des Namens zu erinnern. »Mich nennt man Omar, Leh…« Der Novadi schüttelte den Kopf. »Verzeih mir, doch dein Name will mir nicht von der Zunge gehen. Gestattest du, dass ich dich ebenfalls Omar nenne?«

Der Ungläubige nickte. »Du bist nicht der Erste, der das tut. Doch lass uns nun vom Wesentlichen sprechen. Wirst du dein Schwert in den Dienst des neuen Kalifen stellen? Wenn du der Verschleierte bist, der am Tag des Sandsturms die Nachschubkarawane nach Unau angegriffen hat, dann wäre es besser für dich, in nächster Zeit ein paar zuverlässige Freunde um dich zu haben.«

Woher wusste er das?, fragte sich Omar. Hatte Raschid im Fieber gesprochen? »Nehmen wir einmal an, ich sei derjenige, nach dem du fragst. Warum sollte ich dann so sehr auf Freunde angewiesen sein? Offensichtlich hat der eben Erwähnte es ja auch ohne fremde Hilfe geschafft, sich die Achtung der Al'Anfaner zu erwerben.«

»In der Tat.« Der Ungläubige grinste breit. »Anstelle des Verschleierten schliefe ich jedenfalls an keinem Brunnen und in keiner Karawanserei mehr ruhig. Die Offizierin, die er besiegte, hat nämlich ein ganz ansehnliches Kopfgeld auf ihn ausgesetzt.«

»Und solltest du ihm begegnet sein, warum sollte dieser Verschleierte ausgerechnet dir trauen? Du bist auch nur ein Ungläubiger.«

Leomar nickte bedächtig. »Stimmt. Aber ein Ungläubiger, der schon Gelegenheit gehabt hätte, deinen Kopf zu nehmen, und es nicht getan hat. Es ist deine Entscheidung, Omar. Wenn du mein Lager wieder verlassen möchtest, dann werde ich dich nicht halten. Doch sollst du wissen, dass ich jenem Verschleierten, von dem meine Männer mir berichtet haben, immer mit Achtung begegnen werde.«

Seit er Melikae verloren hatte, hatte sein Leben kein Ziel mehr. Warum sollte er sich diesem Scheich aus dem Land der Ungläubigen nicht genauso bereitwillig anschließen, wie er sich Raschid angeschlossen hatte? Nur weil er nicht zu Rastullah betete? Immerhin stritt der Götzendiener für die Sache des einzigen Gottes, wenn er das auch selbst wahrscheinlich niemals anerkennen würde. Schon die Vorstellung, mit einer Handvoll schlecht ausgerüsteter Wüstenreiter den Patriarchen wieder aus Mherwed zu vertreiben, schien ihm großartig. Gleichgültig, ob sie siegten oder bei dem Versuch, die Al'Anfaner zu vertreiben, bis auf den letzten Mann getötet würden, sie wären auf jeden Fall Helden, von denen die Märchenerzähler noch in Hunderten von Jahren berichten würden.

Anders als Raschid gab ihm Leomar das Gefühl, dass unter seiner Führung keiner einen sinnlosen Tod sterben würde. An ihn und die, die mit ihm gestritten hatten, würde man sich immer erinnern! So bot ihm der Ungläubige genau das, was er gesucht hatte: die Gelegenheit zu Heldentod und Unsterblichkeit.

Omar sah Leomar lange an und versuchte, dem Gesicht dieses außergewöhnlichen Mannes abzulesen, was der wirkliche Grund für seinen Feldzug gegen die Al'Anfaner war. Der Ungläubige hielt ihm stand und blieb verschlossen. Warum auch sollte er seine Geheimnisse mit ihm teilen?

Endlich nickte Omar. »Ich werde mit dir reiten. Schließlich wäre es beschämend für den Kalifen, der einst wieder herrschen wird, wenn er sagen müsste, dass er seinen Thron vor allem dem Mut eines Heiden verdankt, der für alle Dinge im Leben einen eigenen Götzen zu nennen weiß.«

Schon der Geruch der Speisen bereitete Melikae Übelkeit. Dicht neben ihrem Lager hatte Nurhan eine wahre Festtafel hergerichtet. Weintrauben, Gebäck, Fleisch – es fehlte an nichts. Die Sharisad wandte sich ab und blickte aus dem Fenster zum Nachthimmel auf.

An dem Tag, da sie den letzten Tropfen Wein getrunken hatte, hatte sie auch aufgehört zu essen. Zunächst fiel es niemandem auf, doch jetzt war schon über eine Woche vergangen, und sie wirkte sichtlich abgemagert.

»Du mussst etwas zzu dir nehmen, Herrin!«

Melikae überhörte Istima. Sie hatte nicht die Kraft, die Moha aus ihrem Zimmer zu verscheuchen. In demselben Maße, in dem sie sich schwächer fühlte, hatte sie den Eindruck, klarer denken zu können. Abu Dschenna würde es noch leidtun, sie auf diese Insel geholt zu haben. Und wenn er ihr nicht gestattete zu sterben, so würde sie ihn eben so weit bringen, dass *er* sich ihrer entledigte. Nach allem, was Nurhan über seinen aufbrausenden Charakter erzählt hat, ist es nur eine Frage der Zeit, bis er mich in seinem blinden Zorn erschlagen wird, dachte die Sharisad.

»Herrin, bitte, ssso isss doch!« Istima war neben Melikaes Lager auf die Knie gegangen und streckte ihr flehend die Hände entgegen.

»Bitte, gib deinen Sstolz auf! Abu Dssschenna wird immer zzzorniger. Er ssschlägt andere an deiner Sstelle. Sssogar die alte Nurhan hat er ssschon verprügelt, weil sssie keine Sspeisen zzzu kochen vermag, die dissch zum Esssen verführen. Waz haben wir dir denn getan, daz du alle im Palasst mit dir leiden lässst?«

Melikae hielt den Blick starr auf einen flackernd leuchtenden Stern gerichtet. Sie wollte vom Gewimmer der

Sklavin nichts hören! Sobald sie tot war, würde Abu Dschenna seinen Zorn wieder vergessen.

Istima stand auf und holte einen Honigkringel von der Festtafel. »Isss doch nur einen einzzzigen Bisssen. Ez wird noch ein grosssez Unglück gessschehen, wenn du dissch weiterhin verweigersst.« Die Moha ging erneut neben ihr auf die Knie und hielt ihr den Honigkringel jetzt dicht vors Gesicht.

Ärgerlich schob Melikae die Hand der Sklavin zur Seite. »Genug jetzt! Lass mich endlich in Ruhe!«

»Herrin, er beobachtet unz. Bitte, so essst doch wenigsstenz einen winzzzigen Happen und ...«

Ein schnell breiter werdender Spalt klaffte plötzlich in der gegenüberliegenden Wand. Eine Geheimtür! Ungläubig richtete sich Melikae auf ihrer Bettstatt auf. Abu Dschenna trat in das Zimmer. Im blauen Licht der Ampeln wirkte er noch unheimlicher als sonst. »Du hast mir also den Kampf angesagt, kleine Sharisad!« Der Magier sprach zwar nur leise, doch seine Stimme hätte nicht bedrohlicher klingen können, wenn er vor Zorn geschrien hätte. »Ich vermag mir Dschinne und Dämonen zu unterwerfen, Melikae. Woher nimmst du den Glauben, du könntest mir widerstehen? Bist du so einfältig, oder glaubst du, ich könnte mich dazu hinreißen lassen, dir etwas anzutun und dich so von mir zu erlösen? Wer auf den Wegen gewandert ist, die ich beschritten habe, der hat gelernt, allen nur denkbaren Versuchungen zu trotzen.« Abu Dschenna trat an ihr Lager. Hinter ihm erschienen zwei riesige Gestalten in der Tür: Wesen mit Schlangenköpfen und muskulösen Männerkörpern, die unterhalb der Hüften wieder in Schlangenleiber übergingen.

Mit stummer Geste zeigte der Magier auf Istima, und die Schlangenmänner krochen auf die Sklavin zu. Verzweifelt versuchte die Moha, die Tür zur Treppe nach unten zu erreichen, doch Abu Dschennas Kreaturen waren schneller. Zischend und sich zu einer Größe von fast zweieinhalb

Schritt aufrichtend, versperrten sie der Sklavin den Weg. Dann packten sie Istima und zerrten sie durch die Geheimtür.

»Ich hoffe, dass ich dich nicht auf die gleiche Art behandeln muss.«

»Warum?« Verstohlen blickte Melikae zu dem Messer, das neben dem aufgeschnittenen Braten auf der Festtafel lag. Wenn es ihr gelänge, den Magier abzulenken und bis zum Tisch zu kommen, dann könnte sie dem ganzen Spuk hier mit einem einzigen Messerstich ein Ende bereiten.

»Du hast es so gewollt, Melikae. Istima wird an deiner Stelle leiden, und du wirst ihr dabei zusehen. Wenn ich mit ihr fertig bin, werde ich …« Abu Dschenna lächelte gehässig. »Ich sollte dir die Überraschung nicht verderben. Du wirst schon sehen, was ich mit dir tun werde.«

»Habe ich deine *Liebe* zu mir also schon getötet?« Die Sharisad richtete sich auf, schob einige Kissen zur Seite und warf einen flüchtigen Blick auf den Tisch. Noch drei Schritt trennten sie von dem Messer.

»Es scheint tatsächlich so, als hätte ich meine Gefühle für dich überschätzt.« Abu Dschenna beugte sich leicht vor und griff nach ihrem rechten Arm. Seine Augen erschienen der Sharisad wie eisige schwarze Kristalle. Sie wollte seinem Blick ausweichen, doch mit eisernem Griff packte der Magier ihr Kinn und zwang sie, ihm ins Antlitz zu sehen.

»Wir sind doch Freunde, nicht wahr, meine Tänzerin?«

Melikae hatte das Gefühl, dass der Magier in sie hineingriff und etwas Kaltes in ihr Herz pflanzte. Er murmelte Worte in einer fremden Sprache, und plötzlich änderten sich die Gefühle der Sharisad. Die Kälte wich einer wohligen Wärme. Abu Dschenna hielt sie auch nicht mehr fest, sondern streichelte ihr freundlich über das Kinn.

»Wie schrecklich, dass man dir so lange nichts zu essen gegeben hat. Ich werde meine Diener dafür tadeln, dich so sehr vernachlässigt zu haben. Bedien dich nun an der

Festtafel. Ich bin sicher, du wirst etwas finden, das dir mundet.«

Melikae betrachtete den reich gedeckten Tisch, und das Wasser lief ihr im Mund zusammen. Ganz fern in ihr schien eine Stimme etwas zu rufen, und sie hatte noch kurze Zeit ein schlechtes Gewissen, bevor sie sich einen Kanten Brot abbrach und in dunkle Bratensoße tunkte. Es war dumm von ihr gewesen, ihren Freund zu ärgern, indem sie seine Speisen zurückwies. Sie sollte sich entschuldigen und darauf bestehen, dass er Istima nicht dafür bestrafte. Schließlich hatte die Moha nichts damit zu tun.

»Wenn du dein Mahl beendet hast, möchte ich dir gern meine Kellergewölbe zeigen. Unter dem Palast gibt es wunderbare Höhlen. Es wird dir dort gefallen.« Lächelnd sah ihr Abu Dschenna beim Essen zu, und Melikae schämte sich einen Augenblick lang dafür, mit welcher Gier sie die Speisen verschlang.

»Die Schlangenmänner werden Istima doch nichts tun?«

»Nein, gewiss nicht. Wenn du gleich mit mir kommst, wirst du sehen, dass *sie* der Moha kein Leid zufügen.«

Omar wischte sein Tuzakmesser am Waffenrock eines der gefallenen Al'Anfaner sauber und blickte ungläubig zur Spitze der Marschkolonne. Es war tatsächlich schon alles vorbei! Der Kampf hatte kaum länger als ein Gebet gedauert. Die meisten der zwei Dutzend Soldaten lagen tot im Wüstensand, wohingegen die Trossleute, die überwiegend schon beim ersten Angriff ihre Waffen fortgeworfen hatten, noch lebten.

Obwohl der Kampflärm verstummt war, herrschte noch immer ein ohrenbetäubendes Getöse. Etliche Maultiere traten bockend nach den Novadis, die smtliche Versorgungsgüter von ihren Lastsätteln zerrten. Eine Gruppe von Kamelen hatte sich losgerissen und versuchte, seitlich der Piste in die Wüste zu entkommen, während sie eine kleine Schar wütend fluchender Reiter verfolgte. Andere Krieger beteten lautstark und voller Inbrunst zu Rastullah und dankten ihm für diesen großen Sieg.

»Großer Sieg!«, brummelte der Novadi verächtlich und stieß wütend sein Tuzakmesser in die Scheide zurück. Wie schon die letzten beiden Male, so hatten sie auch diese Karawane mit dreihundert Reitern angegriffen und waren den gegnerischen Kriegern damit im Verhältnis von mehr als zehn zu eins überlegen gewesen. Welch ein Sieg war das schon? Er begriff nicht, warum es dem Ungläubigen und seinen Männern so wichtig gewesen sein konnte, diese Karawanen zu plündern. Gut, sie hatten ihnen reichlich Beute eingebracht. Doch was sollten sie damit anfangen? Der Plunder schränkte nur die Beweglichkeit der Reiterschar ein, und dadurch würden sie am Ende vielleicht sogar selbst zur Beute für eine al'anfanische Strafexpedition werden.

»Omar! Omar, sieh nur, was ich hier habe!« Raschid winkte ihm mit dem Säbel, zu ihm hinüberzukommen. Vor dem Krieger hockten drei Männer, demütig die Köpfe fast bis auf den Boden gebeugt.

Raschid trug seinen linken Arm immer noch in einer Schlinge, doch er hatte es sich nicht nehmen lassen, bei dem Angriff auf die Versorgungskarawane dabei zu sein. Seiner Meinung nach war er es seinen gefallenen Stammesbrüdern schuldig, in ihrem Namen einen Sieg gegen die Al'Anfaner zu erstreiten und damit ihren Tod zu rächen. Jetzt grinste der Beni Schebt zufrieden und schwenkte ausgelassen seinen Säbel.

»Nun bin ich ein so reicher Mann, dass ich mir eine zweite Frau nehmen kann. Sieh dir nur an, was ich alles erbeutet habe! Drei Sklaven, fünf Kamele mit Beute, und das Beste von allem liegt hier vorn!« Der Krieger lachte und wies mit dem Säbel auf den Boden.

Neugierig kam Omar näher, bis er schließlich entdeckte, worauf sein Freund zeigte. Zu Füßen des Beni Schebt lag ein toter Al'Anfaner.

»Nun, was sagst du?«

Omar konnte nicht erkennen, was an dem toten Krieger so besonderes sein sollte, und zuckte mit den Achseln. »Ich sehe, dass du ein guter Schwertkämpfer bist und selbst verwundet über einen Ungläubigen zu triumphieren vermagst.«

»Bei den Bärten der Mawdliyat von Keft, glaubst du vielleicht, das hätte ich dir beweisen müssen? Unsinn! Siehst du denn nicht, welch wunderbares Beutestück er mir gebracht hat?«

Angewidert musterte Omar den Erschlagenen, doch er konnte beim besten Willen nichts Ungewöhnliches an dem Mann erkennen. Er trug ein metallbeschlagenes Lederwams, in dem ein breiter Schnitt klaffte, darunter ein langes schwarzes Hemd und eine weite Hose. Nichts Aufsehenerregendes also. Erneut zuckte der Beni Novad mit den Achseln. »Du wirst mir sicher verraten, was es mit dem Mann auf sich hat.«

Raschid stieß einen verzweifelten Seufzer aus, dann schob er mit seinem Schwert eines der Hosenbeine des Gefallenen höher, sodass man ein auf dünnes Leder aufgearbeitetes, silbern schimmerndes Kettengeflecht sehen konnte. »Siehst du, er trägt eine Hose aus Kettenringen. Erinnerst du dich denn nicht mehr? Du hast mir vor unserem Zweikampf erzählt, dass manche der Heiden so etwas besitzen – und mich damit verhöhnt. Jetzt habe ich auch eine!«

Omar schüttelte verständnislos den Kopf. »Was willst du denn damit? Sie wird dich nur beim Reiten und Kämpfen behindern. Was kann die Hose dir schon nutzen? Ihrem ehemaligen Besitzer hat sie das Leben auch nicht retten können. Außerdem hat der Mann viel längere Beine als du, Raschid. Die Hose wird dir nicht passen!«

»Ach, was weißt du schon«, schnaubte der Beni Schebt verärgert. »Du bist nur eifersüchtig, weil du kein so prächtiges Beutestück gewonnen hast. Ich werde einfach ein paar Reihen Kettenringe abnehmen. Dazu muss man kein Rüstschmied sein. Du wirst schon sehen, dass sie mir passt. Außerdem hat es für einen Reiter immer einen Sinn, seine Beine zu schützen. Die meisten Al'Anfaner kämpfen zu Fuß. Sie werden mit ihren Schwertern eher meine Beine als meine Brust treffen, solange ich auf einem Pferd sitze. Außerdem bin ich in meiner ganzen Sippe der Einzige, der eine solche Hose besitzt! Man wird mich darum beneiden.«

»Wie du meinst.« Omar verstummte. Er hatte kein Verlangen daran, mit seinem Freund einen Streit über den Sinn von Rüstungen anzufangen. Das wäre ebenso müßig wie zu versuchen, alle Hügel des Shadif zu zählen.

»Was hast du denn erbeutet? Ich habe dich beim Angriff ganz aus den Augen verloren. Du wirst mich mit deiner Beute doch am Ende nicht noch übertreffen!«

»Keine Sorge. Ich habe weder einen Gefangenen noch ein Pferd oder ein Kamel, mit dem ich mich auf unserem Weitermarsch herumärgern müsste.«

»Willst du mich foppen?« Raschids Augen funkelten wütend. »Du bist ein besserer Krieger als ich. Es kann doch nicht sein, dass du gar keine Beute gemacht hast. Warst du vielleicht so sehr mit dem Kämpfen beschäftigt, dass diese raffgierigen Schurken, die der Ungläubige um sich geschart hat, mit deinem Beuteanteil davongezogen sind? Warte nur, denen werde ich ... Du darfst nicht leer ausgehen!«

»Lass es gut sein!« Omar hob beschwichtigend die Hände und hinderte Raschid daran, an ihm vorbeizustürmen, um mit irgendwelchen Männern Streit anzufangen. »Ich will nichts von all dem.«

»Dir hat wohl jemand einen Säbelhieb auf den Kopf verpasst«, ereiferte sich der Beni Schebt. »Wie kann man nur freiwillig auf seinen Beuteanteil verzichten! Ein Krieger wie du sollte wenigstens zwei oder drei Sklaven und zehn prächtige Pferde sein Eigen nennen. Nur mit deinem seltsamen Schwert und dem, was du auf dem Leib trägst, wirst du niemals eine eigene Sippe gründen können. Möge Rastullah begreifen, was in deinem Schädel vor sich geht!«

»Kümmere dich um deine Gefangenen und die Kamele, Raschid, und lass mich in Frieden. Mir steht nicht der Sinn nach hitzigem Gerede. Ich werde jetzt ein wenig umherstreifen und meine Gedanken ordnen. Vielleicht kann ich dir dann heute Abend im Lager erklären, warum ich nichts von der Beute will.«

»Ich glaube nicht, dass ich so viel Dummheit jemals werde begreifen können. Aber sei unbesorgt, solltest du einmal verarmt sein, wirst du in meinem Zelt jederzeit freundlich aufgenommen werden.«

»Auf dass dein Ruhm als Gastgeber meinen Ruhm als Krieger überstrahlen möge!« Omar verneigte sich so tief, als hätte er mit dem Kalifen persönlich gesprochen, und ging davon, vom ausgelassenen Gelächter Raschids begleitet.

»Möge das Glück dich niemals verlassen, Omar! Du wirst es brauchen!«

Ob ich meinem Freund wohl je erzählen kann, dass ich selbst einmal Sklave war?, dachte der Novadi. Er wusste nur zu gut, was es hieß, unfrei zu sein. Niemals würde er einem Menschen diese Schande aufbürden. Und eine eigene Sippe? Um eine Familie zu gründen, brauchte man eine Frau. Die Einzige jedoch, die er jemals lieben konnte, hatte ihn verstoßen. Für wen also sollte er Beute machen? Er selbst brauchte nichts als ein gutes Reittier. Alles andere wäre nur Ballast auf seinem Weg.

So wie sich Raschid aufführte, wäre es vielleicht sogar klüger, auch auf Freunde zu verzichten. Er hatte nicht die geringste Lust, vor irgendjemandem Rechenschaft über seine Taten abzulegen! Wütend trat Omar gegen einen verbeulten Helm, der vor ihm im Sand lag. Das Einzige, was er wollte, war, sich einen Namen machen, und dann …

»Schlechte Laune, Verschleierter?« Leomar zügelte neben dem Novadi sein prächtiges Streitross und blickte lächelnd zu Omar herab. »Wir haben doch einen großen Sieg errungen.«

»Haben wir das? Ich glaube, die Einzigen, die man heute tapfer nennen kann, sind jene Karawanenwachen, die bei unserem Anblick nicht sofort ihre Waffen weggeworfen haben, sondern den Mut hatten, gegen uns zu kämpfen, obwohl sie wussten, dass sie nicht gewinnen konnten.«

»Ich denke, sie wussten auch, dass meine Männer keinen von ihnen am Leben lassen würden. Jeder hier hat schon einen Verwandten an diese Schlächter verloren. Glaubst du, das könnten sie vergessen? Ganz gleich, ob Mann oder Frau: Sie werden niemanden schonen, der sein Schwert in den Dienst des Patriarchen gestellt hat. Davon abgesehen, wette ich mit dir, dass unsere Überfälle in den letzten Tagen Al'Anfa nicht nur ein paar Dutzend, sondern zweihundert Krieger kosten werden.«

»Meinst du vielleicht, die Besatzung von Unau wird sich vor Verzweiflung entleiben, weil die Versorgungskarawane ausbleibt? Die Stadt ist reich genug, um die Ungläubigen auch ohne diese Waren ernähren zu können.«

»Unau war nicht mein Ziel, Omar, sondern die Belagerer von Kannemünde. Alles, was sie in ihrem Feldlager brauchen, muss über Unau herangeschafft werden. Vor Kannemünde gibt es nicht einmal genug Trinkwasser, um die Truppen zu versorgen. So wie ich den Stadtkommandanten von Unau einschätze, wird er sich nicht gerade ein Bein ausreißen, um aus seinen Magazinen den Nachschub für die verbündeten Mengbillaner bei Kannemünde zu ersetzen. Und wenn diese erst einmal anfangen müssen, ihre Rationen zu kürzen, dann werden sie nicht mehr lange bleiben. Sie werden die Belagerung aufgeben und nach Süden abmarschieren. So haben wir eine ganze Einheit besiegt, ohne einen Angriff wagen zu müssen, der viele meiner Krieger das Leben gekostet hätte. Zusätzlich streuen wir auf diese Weise Zwietracht zwischen den verbündeten

Al'Anfanern und Mengbillanern. Du magst ein erstklassiger Schwertkämpfer sein, Omar, doch zum Feldherrn gehört mehr.«

»Und wo hast du diese Kunst gelernt? Du hast dein Wissen doch wohl nicht mit der Milch deiner Amme aufgesaugt!« Die überhebliche Art des Ungläubigen verärgerte Omar, und Belehrungen hatte er heute beileibe schon genug erhalten. Er wollte einfach nur seine Ruhe haben.

Leomar war regelrecht von seinem Sieg berauscht, doch schien er zu ahnen, was in Omar vorging. Der Krieger setzte ein freundliches Lächeln auf. »Ich kann dich mein Wissen lehren, wenn du willst. Es ist wichtig, dass eure Stämme eigene Feldherren hervorbringen. Wenn du magst, kannst du mein Schüler sein und wirst in Zukunft den Beratungen in meinem Zelt beiwohnen.«

»Aber ich bin weder ein Scheich noch ein Hairan. Mir gebührt diese Ehre nicht! Es wird Streit geben, wenn du mich in dein Zelt rufst. Die anderen werden sich zurückgesetzt fühlen.«

»Jeder wird seinen Fähigkeiten entsprechend von mir behandelt. Ich erkenne nur solche Männer als Anführer an, die sich im Kampf bewährt haben, und jeder, der dich heute kämpfen sah, wird mir zustimmen, dass du dir einen Platz an meiner Seite verdient hast. Ich habe dich beobachtet. Du bist kühn, fast schon tollkühn. Das lieben die Männer an einem Anführer. Auch war dein Angriff nicht – wie der beinahe aller anderen – von Beutegier bestimmt. Ohne auf die Reichtümer der Karawane zu achten, hast du gekämpft, bis der letzte Feind die Waffen streckte. Das sind Eigenschaften, die einen Befehlshaber ausmachen.«

Oder jemanden, dem das Leben gleichgültig ist, dachte Omar bei sich. »War es denn klug, uns mit den vielen Gütern und Gefangenen zu belasten? Wir können froh sein, wenn wir jetzt noch zwanzig Meilen am Tag zurücklegen. Ohne diesen Tand könnten wir leicht die dreifache Strecke schaffen. Hast du keine Angst, dass uns die Verfolger einholen werden?«

»Die Al'Anfaner brauchen mindestens noch zwei Tage, um genügend Truppen für eine Verfolgung zusammenzuziehen, wahrscheinlich sogar noch länger. Heute Abend aber werde ich allen meinen Männern erlauben, mit der Beute zu ihren Lagern zurückzuziehen. Wer bei mir bleiben will, muss seine Beute aufgeben, um beweglich zu sein.«

»Du willst was?« Omar starrte Leomar ungläubig an. Er schien verrückt zu sein! Welcher vernünftige Mann gäbe schon Sklaven und Kamele auf? »Das heißt, du wirst morgen Früh keine Streitmacht mehr haben! Sie alle werden zu ihren Sippen zurückkehren.«

»Und unsere Verfolger werden sich entscheiden müssen, welcher von zwei Dutzend Spuren sie folgen wollen. Bevor die Männer gehen, werde ich ihnen sagen, dass ich in zwei Gottesnamen von Keft aus zu einem neuen Raubzug aufbreche. Wer dann mit mir reiten will, muss sich bis zu diesem Zeitpunkt in der heiligen Stadt einfinden.«

»Du übersiehst etwas bei deinem Plan. Es bleiben nur noch wenige Gottesnamen bis zum Beginn der Winterregenzeit. Die Männer werden sich überlegen, ob sie nicht bei ihren Familien bleiben und sich um ihre Herden kümmern sollten. Wenn du Pech hast, kann es ein halbes Jahr dauern, bis du wieder eine solche Streitmacht beisammen hast.«

Leomars Pferd schnaubte unruhig. »Ich wette mit dir, dass ich in zwei Gottesnamen eine neue und größere Streitmacht um mich gesammelt haben werde. Wenn meine Krieger mit ihrer ganzen Beute zurückkehren, wird dies andere Männer anstacheln, die bisher zögerten, in den Krieg zu ziehen. Und diejenigen, die schon einmal mit mir gekämpft haben und wissen, dass ich noch keine Schlacht verloren habe, werden zurückkehren, um neue Beute zu machen. Natürlich mag es für manchen verlockend sein, bei Weib und Kindern zu bleiben, doch bei den meisten wird die Gier nach weiteren Reichtümern überwiegen. Ich wette mit dir um mein Pferd, dass ich recht behalten werde.«

»Du bist verrückt! Dein Pferd ist ein Vermögen wert. Was soll ich dagegensetzen?«

»Nimm dein Pferd. Mir reicht das, denn ich weiß, dass ich ein sicheres Geschäft mache.«

Ehrfürchtig musterte Omar Diamant, den Hengst des Ungläubigen. Leomar hatte das Tier mit einem ledernen Panzer geschützt, sodass es nicht versehentlich durch Schwerthiebe verletzt werden konnte, die seinen Reiter verfehlt hatten. Über den Hengst hatte Omar schon die sonderbarsten Geschichten gehört. Angeblich ermüdete er nie und hatte in Keft bei einem Pferderennen sogar gegen die edelsten Shadif bestanden. »Hoffe nicht darauf, dass ich aus Edelmut dein Pferd nicht nehmen würde«, murmelte Omar schließlich. So viel Leichtfertigkeit musste bestraft werden.

»Wir werden sehen, wer demnächst ohne Pferd dasteht.«

Voller Angst und Abscheu betrachtete Melikae den alten Moha. Sein Gesicht war von zahllosen Falten durchzogen und erinnerte sie an einen verwitterten schwarzen Stein. Kein Haar wuchs auf seinem Körper, weder auf seinem Haupt noch an den dürren langen Armen. Ja, nicht einmal Augenbrauen hatte der Alte. Dafür war er in grellen Farben bemalt, die in der Finsternis der Höhle seltsam leuchteten, und er hatte sich über und über mit Fetischen und Amuletten behängt. Kleine Knochen, die auf Lederriemen aufgezogen waren, getrocknete Vogelflügel, Haarsträhnen in allen nur erdenklichen Farben, durchbohrte Muscheln und Steine, all dies baumelte in verwirrender Vielfalt an seinem hageren Körper.

Er war nicht groß, dieser seltsame Gast, der mit Abu

Dschenna in den Höhlen unter dem Palast lebte; vielleicht anderthalb Schritt, vielleicht auch ein bisschen weniger. Er schien kaum Kraft zu haben, und doch umgab diesen schmächtigen Mann eine Aura von Macht, wie sie Melikae noch bei keinem Krieger empfunden hatte. Oder war es doch nur seine Andersartigkeit, die ihn so gefährlich erscheinen ließ? Seit Melikae einmal beobachtet hatte, wie der Moha sich mit faustgroßen verschrumpelten Menschenköpfen beschäftigte, vermied sie es, ihm bei seinem eigenartigen Treiben zuzuschauen.

Immer wieder fragte sie sich in den folgenden Tagen und Nächten, ob sie dasselbe Schicksal erwartete wie Istima. An die Nacht, in der sie Abu Dschenna in die Höhlen brachte, konnte sich die Sharisad kaum noch erinnern. Sie glaubte, ihm mit Neugier und Begeisterung hierher gefolgt zu sein. Istima hatte man in einen eisernen Käfig gesperrt. Melikae hatte sich zu ihr setzen dürfen und mit ihr reden.

Die Moha war damals völlig verängstigt gewesen. Sie behauptete, dass der eigenartige Fremde in der Höhle der Schamane ihres Stammes sei. Auch hatte sie immer wieder vom Fluch gesprochen, der auf ihrem Namen lag. Istima Tapo, die, in der die Schlange schläft. Sie war halb verrückt vor Furcht gewesen. Damals hatte Melikae es abgetan. Sie war so blind gewesen!

Dann war der Schamane, zusammen mit Abu Dschenna, zu Istimas Käfig gekommen und hatte der Moha einen Schlag mit einem eigenartig geformten Holzstab versetzt und dabei einige zischelnde Laute ausgestoßen. Augenblicklich war die junge Sklavin zusammengebrochen.

Melikae hatte erst gedacht, dass Istima vor Schreck vielleicht das Herz zersprungen sei, doch nach etlichen Stunden war die Sklavin wieder zu sich gekommen. Das war die Zeit, an die sich die Sharisad wieder deutlicher erinnerte. Abu Dschenna und der Alte hatten sie eigenhändig mit einer eisernen, drei Schritt langen Kette an eine der Höhlenwände gefesselt. Dicht vor ihr stand der Käfig mit

Istima. So hatte sie beobachten können, wie sich die Moha veränderte.

Zuerst waren der Sklavin in Büscheln die Haare ausgefallen, und sie verlor viele ihrer Zähne. Ihre Haut trocknete aus und schälte sich vom Körper, sodass Melikae dachte, Abu Dschenna habe Istima vielleicht ein langsam wirkendes Gift gegeben. Doch es war anders.

Es dauerte Tage, bis Melikae zum ersten Mal jene widernatürlichen Veränderungen erahnte, deren Anblick sie später so viele Nächte lang um ihren Schlaf bringen sollte. Doch was teilte sie die Zeit in Tage und Nächte! Nicht einmal diese von Rastullah gesetzte Ordnung des Lebens galt hier unten noch. Kein Sonnenstrahl drang in die finstere Gruft, und es war unmöglich, auch nur zu erahnen, ob jenseits der Grotte das Tages- oder das Nachtgestirn den Himmel erleuchtete. Es gab nur künstliches Licht in der Höhle. Fackeln und Öllampen, Windlichter und glühende Kohlenpfannen, in denen der alte Moha seine Kräuter verbrannte – das waren ihr hier Sonne, Mond und Sterne.

Aus dem Käfig ertönte ein leises, schabendes Geräusch. Sie hatte sich bewegt! Die Tänzerin wagte es nicht, zu Istima hinüberzublicken. Lieber beobachtete sie da noch den Moha bei seinem gotteslästerlichen Treiben! Erschaudernd presste die Sharisad die Arme eng gegen den Leib und kauerte sich so weit entfernt vom Käfig nieder, wie es ihre Fußfessel nur zuließ.

Wie gutgläubig sie doch gewesen war! Am Anfang der Veränderung hatte sie ihre erschreckenden Beobachtungen nur ihren überreizten Nerven, den müden Augen oder dem unsteten Licht zugeschrieben. Sie hatte einfach nicht wahrhaben wollen, was mit Istima geschah.

Selbst als die Moha nicht mehr mit ihr redete, weil ihre Zunge sich derart verändert hatte, dass sie keinen menschlichen Laut mehr hervorbrachte, suchte Melikae noch nach Ausreden für das, was sich unübersehbar vor ihren Augen abspielte. Es konnte doch nicht sein, dass der Kopf eines Menschen plötzlich schmaler und länger wurde. Ebenso hatte sich der schlanke Hals der Sklavin verändert. Er war nicht nur länger geworden, sondern schien auch über zusätzliche Gelenke zu verfügen. Istima vermochte den Kopf jetzt bis auf den Rücken zu drehen, und Melikae war froh, dass die Sklavin noch ihr zerfetztes langes Kleid trug, sodass man nicht sehen konnte, wie sich der Rest ihres Körpers verwandelte. Ihre Haut war vollständig durch graublaue Schuppen ersetzt, die mit leisem Scharren über den Boden glitten, wenn sie sich bewegte.

An dem Tag, da auch die kümmerlichen Reste von Istimas Ohren verschwunden und ihre Pupillen zu schmalen Schlitzen geworden waren, hatte Melikae beschlossen, sich auf keinen Fall mehr nach dem Käfig umzudrehen.

Wenn sich dieses Wesen, das einst Istima gewesen war, bewegte oder leise zischelnde Laute hervorstieß, begann die Sharisad lauthals Tanzlieder zu singen oder sich selbst Märchen zu erzählen, die sie einst in glücklichen Kindertagen gehört hatte.

Sie versuchte, jeglichen Gedanken an die Kreatur in dem Käfig aus ihrer Erinnerung zu verbannen – doch ihr völlig zu entfliehen, war unmöglich. Häufig erwachte die Sharisad schweißgebadet aus dem Schlaf und hörte, wie sich der schlangenhafte Leib der Moha hinter ihr wand.

Melikae wusste, dass die Augen mit den geschlitzten Pupillen jeder ihrer Bewegungen folgten. In jenen bangen Augenblicken zwischen Schlaf und Wachen fragte die Sharisad sich, wie viel vom Verstand der Moha noch erhalten geblieben war und ob Istima sie nicht voller Hass beobachtete. Wusste die Kreatur noch, wer sie einst gewesen war? Und erinnerte sie sich, dass ihre trotzige Herrin sie ins Verderben gerissen hatte?

Wann immer sie diese Gedanken quälten, versuchte die Tänzerin sich damit zu trösten, dass der Schamane schon bei Istimas Geburt gewusst hatte, dass in der Moha eine Schlange schlief. War es also nicht das unabänderliche

Schicksal der Sklavin gewesen, sich in ein Schlangenwesen zu verwandeln?

Doch wenn Melikae sich mit solchen Gedankenspielen selbst zu beruhigen suchte, flüsterte ihr stets irgendwann eine böse Stimme zu, ob der Alte nicht einfach ihre verhängnisvolle Begegnung mit der Moha vorhergesehen hatte.

Wieder einmal brütete die Sharisad über der Schuld, die sie auf sich geladen hatte, als die Stimme Abu Dschennas sie aus ihren Gedanken riss. Der Magier kam nicht oft in diese Grotte.

Eine Zeit lang sprach der Zauberer in jener gurrenden, unverständlichen Sprache der dunkelhäutigen Mohas von den Zimtinseln mit dem Alten. Beide gestikulierten, als seien ihre Hände für die Verständigung mindestens ebenso wichtig wie ihre Zungen. Immer wieder deuteten sie dabei zu Melikae und zu dem Käfig hinüber. Was in Rastullahs Namen mochten sie nur aushecken? Seit sie in die Grotte geschafft worden war, hatte der Magier nicht ein einziges Wort mit ihr gesprochen, ja er schien, soweit sie das beurteilen konnte, nicht einmal mit dem Schamanen über sie geredet zu haben. Und jetzt …

Der Moha nickte heftig, und Abu Dschenna erhob sich. Melikae erschrak. Abu Dschenna blickte in ihre Richtung. Kurz zögerte er, dann kam er auf sie zu.

»Bereust du jetzt deinen falschen Stolz, schöne Tänzerin?«

»Nähmst du mich wieder in deinem Palast auf, wenn ich es täte?«

»Aber ich habe dich doch niemals verstoßen!« Der Zauberer lächelte. »Auch dies hier ist ein Teil meines Palastes. Die Gewölbe und ihre Geschichte sind sogar bedeutender als der Bereich auf der Klippe. Sie sind wie der Schatten jener Pracht, die sich dem flüchtigen Betrachter bietet. Doch nur beides gemeinsam bildet ein Ganzes. Das eine ist mit dem anderen verschmolzen. Ohne mein Haus und mich wäre dies hier nicht mehr als nur ein einsamer Ort mit einer längst vergessenen Vergangenheit.«

»Und wenn ich dir verspräche, mich dir zu unterwerfen? Ich könnte dich niemals lieben, aber meinen Stolz gäbe ich auf, wenn du Istima rettest. Ich würde versuchen, dir deine Wünsche zu erfüllen.«

Abu Dschenna wiegte nachdenklich den Kopf. »Ich kann Istima nicht mehr in ein menschliches Wesen zurückverwandeln. Das liegt außerhalb meiner Macht. Und dich, Melikae, habe ich zu Höherem als nur meiner unwilligen Dienerin erkoren. Du hast Stolz und Mut. Auch schlummern magische Kräfte in dir. Nein, dir habe ich ein außergewöhnliches Schicksal bestimmt. Du sollst etwas werden, das es seit Tausenden von Jahren nicht mehr gegeben hat. Du und Istima, ihr wart doch fast Freundinnen. Bald werden eure Bande noch wesentlich enger werden.« Der Magier lachte gehässig. »Bist du denn gar nicht neugierig zu erfahren, welches Schicksal ich dir bestimmt habe?«

Melikae wich ein Stück zurück. Abu Dschennas Züge erschienen ihr nicht mehr menschlich. Ein Dschinn oder ein Dämon musste von der Seele des Magiers Besitz ergriffen haben!

»Die Strafe für deinen Ungehorsam wird sein, dass ich aus dir und der schlangenhaften Istima ein einziges Wesen erschaffe. Ihr werdet miteinander verschmelzen, und ich hoffe, dass aus euch etwas entspringt, das Dere seit Äonen nicht mehr gesehen hat. Hast du jemals von den Ssrkhrsechim gehört? Dem Volk der schlangenleibigen Echsenmagier? Angeblich haben die Kasimiten die letzten von ihnen getötet. Verbohrte Toren! Sie haben damit ein Wissen um Mächte vernichtet, das wir Menschen niemals mehr erlangen können, es sei denn …«

Abu Dschenna packte Melikae am Kinn. »Los, sieh dir Istima an! Sie hat die Seele einer Schlange, behauptet der alte Schamane. Schon bei ihrer Geburt war ihr bestimmt, so zu enden. Ich habe lange nach der Magie der Ssrkhrsechim geforscht und gemeinsam mit meinem Freund Abu Tarfidem Tuametef al-Leram Geheimnisse ergründet, die seit den Zeiten der Magiermoguln als verschollen galten. Wir haben es sogar geschafft, die mächtigen Leviatanim zurückzurufen und von ihnen manches über die Zauberkraft der Ssrkhrsechim erfahren. Fast kamen wir an unser Ziel, wären nicht erst mein Freund Abu Tarfidem und dann ich selbst durch schwere Unfälle verletzt worden. Er wurde auf diesem Wege zwar Sultan von Unau, doch seine Herrschaft ist leider allzu früh durch jene ungläubigen Söldner beendet worden, die unser neuer Sultan Mustafa herbeigerufen hat. Verletzt und ohne seine Hilfe musste ich meine Forschungen aufgeben. Noch gemeinsam hatten wir die Grotten unter der Klippe entdeckt und den Palast erbauen lassen, denn wir erkannten, wie leicht es ist, hier unten Kräfte herbeizurufen und Zauber zu wirken, vor denen die überheblichen Magister und Lehrmeister der Akademie von Fasar zurückschrecken, obwohl sie sehr wohl wissen, welche Macht auf diese Weise zu gewinnen ist. Zu Zeiten, als unsere Vorfahren noch die Sonne als Gott anbeteten, verehrten die Echsen hier unten Charyb'Yzz, die große Ersäuferin und Herrin der Tiefen, eine Dämonin, mächtig wie einer der Heidengötter. Auch den Anhängern des Caljinaar war dieser Ort heilig. Sie haben Glyphen in die Wände der tiefer gelegenen Höhlen geschlagen, aus denen man die Zaubersprüche der Ssrkhrsechim lesen kann. Doch auch wenn ich verstehe, was dort steht, so kann ich es nicht aussprechen. Menschen sind nicht fähig, diese Laute hervorzubringen. Man muss schon die gespaltene Zunge einer Schlange haben.«

»Ich werde dich niemals bei deinen frevlerischen Taten unterstützen. Magst du mich auch in eine widernatürliche Kreatur verwandeln, dienen werde ich dir nicht, so wahr mir Rastullah helfe!« In ihrer ohnmächtigen Wut ballte

Melikae die Hände zu Fäusten. Sie stand mit dem Rücken zur Höhlenwand und konnte nicht weiter vor dem Magier zurückweichen.

Jetzt erst packte sie das Entsetzen vor dem Schicksal, das Abu Dschenna ihr bestimmt hatte. Bisher war sie immer davon überzeugt gewesen, dass Abu Dschenna noch einmal versuchen würde, ihr Herz zu gewinnen. Ganz sicher war sie sich gewesen, dass er sie wieder hinauf in seinen Palast führen würde, in das wunderschöne Turmzimmer mit seinen blauen Lichtern. Voller Grauen dachte sie an die Verwandlung Istimas. Würde sie eine Kreatur wie die Moha werden oder noch etwas Schlimmeres? Wenn dem Magier gelang, wovon er sprach, so dachte Melikae, dann werde ich zu einem Geschöpf, dessen bloße Existenz Rastullahs Weltordnung verhöhnt. Durch sie würde ein Wissen zurückgewonnen, das der Einzige auf ewig hatte vernichten wollen.

»Glaubst du noch immer, du könntest mir trotzen? Hast du schon vergessen, dass du freiwillig mit mir nach hier unten gekommen bist? Ich weiß, dass ich deinen Willen brechen kann, und ich werde es immer wieder tun, solange du nicht willig meinen Befehlen gehorchst. Du hast es abgelehnt, meine Gefährtin zu sein, nun wirst du mir auf andere Weise dienen. Sooft ich Menschen mit Schlangen vereinte, war das Ergebnis unbefriedigend. Die Kreaturen, die ich erschuf, waren zu dumm oder zu bösartig. Bei dir und Istima wird es anders sein. Sie ist nicht ganz Tier, auch wenn sie dir jetzt vielleicht so erscheinen mag. Außerdem schlummert in euch beiden die Begabung, euch astraler Kräfte zu bedienen und zu zaubern. Gemeinsam werdet ihr das sein, wonach ich so lange gesucht habe.«

Der Magier betrachtete sie mit einem Blick, der Melikae fast wehmütig erschien. Sie sah, wie selbst ihn einen Augenblick lang die Vorstellung dessen quälte, was er zu tun gedachte. Doch dann verwandelte sich sein Antlitz wieder in eine Maske der Gleichgültigkeit. »Nun weißt du, was dir die Zukunft bringen wird. Genieß deine letzten Tage, denn so wie jetzt wirst du nie mehr sein!«

Obwohl Melikae jedes Maß für die Zeit verloren hatte, schien es ihr, als seien viele Tage seit den Drohungen Abu Dschennas vergangen. Der Magier war kein weiteres Mal in die Grotte herabgestiegen, und die Sharisad blieb allein mit dem alten Moha und dem Wesen, das einmal die Sklavin Istima gewesen war. Schon keimte in der Tänzerin Hoffnung, dass die Reden Abu Dschennas einzig den Zweck hatten, sie zu ängstigen, als ihre trügerische Sicherheit ein jähes Ende fand.

Sie hatte von Omar geträumt und davon, dass ihr Geliebter ins heilige Keft gepilgert war, um dort in Gebeten Rastullahs Beistand zu finden, als ein stechender Schmerz im Arm sie aufweckte. Einer der beiden schlangenleibigen Diener Abu Dschennas kauerte über ihr. In der Rechten hielt er ein Gerät, das einem winzigen Dreizack ähnelte. Seine drei Spitzen waren lang und dünn wie Dornen eines Mondkaktus. Drei kleine Bluttropfen auf Melikaes dunkler Haut zeugten davon, dass sie nicht geträumt hatte.

Unsicher, wie sie sich verhalten sollte, musterte sie den fremdartigen Krieger. Seine *Haut* war von einem dunklen Grün und von daumennagelgroßen Schuppen bedeckt. Teilnahmslos erwiderte die Kreatur Melikaes Blick. Der Schlangenmann hatte große lidlose Augen in der Farbe dunklen Bernsteins. Ob es half, mit ihm zu reden?

»Was willst du von mir?« Melikae schluckte. Sie hatte einen eigenartig bitteren Geschmack im Mund. Unbewegt blickte Abu Dschennas Diener zu ihr herab. Die Sharisad wollte sich aufrichten, doch die Glieder erschienen ihr seltsam bleiern.

Irgendwo hinter ihr erklangen Schritte. Sie wollte den Kopf drehen, um zu sehen, wer die Grotte betreten hatte, war jedoch nicht einmal dazu in der Lage.

Der Schlangenmann beugte sich zu ihr herab und nahm

sie auf die Arme. Melikae entdeckte hinter ihm das Gesicht des alten Mohas. Er stand neben Istimas leerem Käfig und winkte dem Wächter, ihm zu folgen.

Halb bewusstlos wurde Melikae über enge gewundene Treppen und durch schmale, nach fauligem Wasser stinkende Gänge getragen. Einmal durchquerten sie eine große Grotte, in der sich in tausendfachem Echo leises Wellengeplätscher brach. Dann wieder folgte ein grob aus dem Felsen geschlagener Tunnel, dessen Decke so niedrig war, dass der Schlangenmann ihn nur gebeugten Hauptes durchschreiten konnte.

Endlich erreichten sie eine kleine Höhle, aus der ihnen schwüle Hitze und der harzige Duft von Räucherwerk entgegenschlugen. Auf Felsvorsprüngen und in kleinen Nischen waren Hunderte von glasgefassten Windlichtern in allen nur erdenklichen Farben aufgestellt. Zwei große Räucherbecken füllten die Höhle mit trübem gelblichem Rauch.

Der Schlangenmensch legte Melikae auf den Boden. Etwas Kaltes schloss sich um das linke Handgelenk der Sharisad: eine eiserne Fessel, die fest im Höhlenboden verankert war.

Melikae war zu müde, um gegen ihr Schicksal aufzubegehren. Kaum hatte der Schlangenmann sein Werk vollbracht und sich zurückgezogen, erschien Abu Dschenna.

»Du musst das hier trinken, meine Kleine. Das macht es dir leichter.« Seine Stimme klang angespannt. Unter seinen Augen zeichneten sich tiefe dunkle Halbkreise ab.

Melikae spürte, wie ihr ein Gefäß an die Lippen gesetzt wurde. Sie schluckte, doch ein Teil des süßlich-klebrigen Saftes, den ihr der Magier einflößte, tropfte ihr aus den Mundwinkeln auf das Kleid. Mit fahriger Hand versuchte sie, die Flecken zu verreiben.

»Das brauchst du nicht.« Abu Dschenna lächelte freundlich. »Du wirst bald ein neues Kleid von mir bekommen.«

Melikae blinzelte. Der Rauch trieb ihr Tränen in die Augen und kratzte in der Kehle. Sie hätte gern noch mehr von dem Saft getrunken, doch Abu Dschenna war wieder verschwunden.

Etwas Weiches, Warmes streifte ihren Fuß. Dicht hinter ihr war Istima an den Boden gekettet. Es war das erste Mal seit vielen Tagen, dass Melikae die Sklavin ansah. Die Beine der Moha hatten sich in zwei mächtige Schlangenschwänze verwandelt. Ihre Arme waren völlig verkümmert, doch dafür spannten sich seitlich von Hals und Kopf zwei breite Hautlappen, welche die Moha fast wie eine Kobra erscheinen ließen. Auch Istima schien völlig benommen. Ihre Augen starrten blicklos ins Leere. Allein in ihren beiden Schwanzspitzen schien noch Leben zu stecken: Sie zuckten unruhig hin und her.

Verschwommen malten sich auf dem Boden metallisch schimmernde Linien ab. Mehrere Schutzzirkel aus irisierendem Erz waren in den dunklen Fels eingelassen. Einer der Schlangenmänner tauchte mit etwas Schwarzem auf den Armen auf. Eine junge Ziege. Sie wurde an einen Pfahl zwischen den Erzlinien gebunden. Der Kopf des Tiers wirkte unnatürlich gestreckt und besaß gleich zwei Paar gewundene Hörner. Meckernd zerrte die Ziege an dem Lederstrick, mit dem sie angebunden war.

Müde beobachtete Melikae Abu Dschenna, der unruhig in der Höhle auf und ab lief. Der Magier stellte fettglänzende schwarze Kerzen auf den Schnittpunkten der Heptagramme auf, malte mit verschiedenfarbigen Kreiden verschlungene Zeichen auf den Boden, legte nach einem rätselhaften System Opale, bunte Glasschlacke und schillernde Perlen aus. Nach einer Weile fielen der Sharisad die Augen zu.

Als sie wieder erwachte, war die Höhle noch dichter mit Rauch gefüllt. Die Stimme des Magiers hatte die Sharisad aus ihrem unruhigen Schlaf geweckt. Heiser brüllte Abu Dschenna fremdartige Namen. Er hielt jetzt ein Schwert in der Rechten und in der Linken einen langen Zauberstab aus dunklem Holz. Seine Diener waren verschwunden. Nur Istima und die schwarze Ziege waren noch immer da. Und noch etwas …

Das bunte Schimmern der gläsernen Windlichter schien plötzlich eine Spur blasser zu werden. Abu Dschennas Stimme war zu einem heiseren Murmeln erstorben. Beunruhigt sah Melikae, dass jemand lange Eisennägel über die Linien des Schutzzirkels gelegt hatte, in dem sie und Istima angekettet waren. Wieder hatte sie das Gefühl, dass sich noch etwas in der niedrigen Höhle befand. Der Rauch schien sich plötzlich zusammenballen zu wollen. Etwas sich Windendes, Gestaltloses erhob sich kurz unter der Decke. Bläuliche Blitze zuckten um die Eisennägel.

Im nächsten Augenblick zog sich der Rauch in dichten Wirbeln um die Ziege zusammen. Das Meckern des Tieres wurde lauter, klagender und brach plötzlich ab. Etliche Herzschläge lang herrschte bedrückende Stille, in der allein das Knistern der schwelenden Räucherpfannen zu hören war. Dann fiel etwas klatschend vor die Füße der Sharisad. Ein blutiger Klumpen Fleisch, so groß wie eine Männerfaust!

»ICH HABE DEINEN RUF GEHÖRT!« In der Stimme schienen sich alle nur denkbaren Tonlagen zu vereinen. Wollüstiges Stöhnen, vergnügtes Kindergeschrei, der tiefe Bass eines alten Mannes, die hohe Fistelstimme eines Kastraten …

Ängstlich blickte Melikae sich um. Kurz erschien im Rauch neben ihr ein Frauengesicht, umrahmt von zuckenden Schlangenleibern.

»ICH KENNE DEINEN WUNSCH, VERRUCHTER!«

Erneut leuchteten bläuliche Lichtzungen um die Eisennägel. Diesmal griffen sie auch auf Teile des metallenen Schutzzirkels über und leckten ein Stück weit ins Innere.

»Ich … ich will es nicht mehr!«

Ein Geräusch wie Sturmbrausen brachte die kleine Höhle zum Erzittern.

»Kehr zurück hinter die Mauer!« Abu Dschennas Stimme erhob sich in schrillem Kreischen. Wild tobten die Rauchwirbel durch die Luft. Ein Arm, der wie die Schere eines Hummers aussah, schlug nach dem Zauberer, stieß gegen eine unsichtbare Barriere und löste sich auf. Ein riesiges Maul voller Zähne erschien und verschwand wieder.

Erneut liefen Blitze an den Nägeln entlang. Diesmal waren sie noch gleißender und heller. Melikae versuchte sich in die Mitte des Heptagramms zurückzuziehen und kauerte sich halb über den Leib der besinnungslosen Sklavin. Nur wenige Zoll trennten die Blitze noch von der eisernen Handfessel, die im Boden verankert war.

»Weiche zurück, Caljinaar!«

Die dämonische Kreatur, die Abu Dschenna heraufbeschworen hatte, antwortete dem Magier mit Donnergetöse. Feiner Gesteinsstaub rieselte von der Höhlendecke, und der Fels knirschte bedrohlich. Wieder zuckten Blitze um den Bannkreis und krochen knisternd die Nägel entlang. Das blaue Leuchten griff auf Istimas Handfessel über, und die Sklavin wand sich vor Schmerz.

Dann erreichte eines der unheilvollen blauen Zünglein auch Melikaes Eisenschelle. Fast im selben Moment wurden die Nägel wie von Geisterhand fortgerissen. Wie Pfeile schossen sie auf den Magier zu und schlugen krachend gegen seinen Zauberstab.

Tausendstimmiges Wutgeheul füllte die Höhle. Kleine Steine lösten sich aus der erbebenden Decke und hüpften unheilvoll klackernd über den Boden. Einige der Kerzen erloschen. Die Felsen ringsherum verloren ihre Gestalt. Steinerne Arme bildeten sich überall und griffen in die Höhle herein. Wie geschmolzenes Wachs tropfte Granit von der Decke und bildete binnen weniger Atemzüge miteinander verschmelzende Stalaktiten und Stalagmiten. Alles Feste schien sich aufzulösen. Die Luft war von buntem Schillern erfüllt.

»DU WIRST MEINEM ZORN NICHT ENTGEHEN, ABU DSCHENNA!«

Melikae kauerte auf dem Boden, presste die Hände gegen die Ohren und betete voller Verzweiflung zu Rastullah. Immer wieder flüsterte sie den Namen des Gottes, so als sei er eine Schutzformel gegen das entfesselte Toben dämonischer Kräfte. Endlich verebbten die Schreie. Nur schwefliger Gestank war zurückgeblieben.

»Hat es dich berührt?« Der Magier hatte seinen Schutzzirkel verlassen, wagte es aber noch nicht, in den Bannkreis zu treten, in dem Istima und Melikae lagen. Müde schüttelte die Sharisad den Kopf. Der Blitz hatte zwar nach der Eisenfessel geleckt, doch ohne ihr dabei Schmerzen zu bereiten, so wie Istima. Ängstlich blickte sie über die Schulter nach der Sklavin. Die Moha lag hingestreckt auf dem Boden und rührte sich nicht. Ihre Schuppenhaut schimmerte in allen Farben des Regenbogens.

»Caljinaar hat den Eingang zur Höhle versiegelt. Er ist mit geschmolzenem Gestein geschlossen. Doch fürchte dich nicht, ich werde einen Weg finden, uns zu befreien.« Vorsichtig trat Abu Dschenna in den Bannkreis und löste die eiserne Handfessel. »Komm jetzt mit mir in den anderen Schutzzirkel. Ich habe gesehen, wie es nach Istima gegriffen hat. Rastullah allein mag wissen, welche Kräfte sie jetzt besitzt.«

Melikae versuchte aufzustehen, doch noch immer waren ihre Glieder schwer wie Blei. Schließlich bückte sich Abu Dschenna, nahm sie vorsichtig auf die Arme und trug sie an den erstarrten Stalaktiten vorbei zum anderen Ende der Höhle.

»Ich werde dich von hier fortbringen!«

Melikae beobachtete, wie das Licht der Kerzen trüber wurde. Die heiße, stickige Luft brannte ihr bei jedem Atemzug in den Lungen. Sie hatte das Gefühl, eine gewaltige Last drücke auf ihre Brust. Keuchend rang sie um Atem.

Abu Dschenna zog einen kleinen Rubinring vom Finger, führte ihn an die Lippen, um ihn zu küssen, und rief ein befehlendes Wort. Dann legte er den Ring auf den Boden, und der in Gold gefasste Edelstein wuchs, bis schließlich eine menschenähnliche Gestalt vor ihnen aufragte.

»Du hast mich gerufen, Meister. Was ist dein Begehr?«

»Bring uns in meinen Palast zurück, mein Freund.«

Die Rubingestalt verneigte sich. *»Wie du wünschst, Gebieter!«*

Ein Augenblinzeln später fanden sich Melikae und Abu Dschenna in einem funkelnden Ei aus kaltem Rubin eingeschlossen. Das Ei schwebte durch tiefe Finsternis. Nur hier und dort waren metallen schimmernde Adern zu sehen. Dann brach das Kristallei zerberstend durch den Mosaikfußboden des Palastes. Sofort fügten sich die Abertausende von Splittern wieder zu der Rubingestalt zusammen. Stumm verneigte sich der Dschinn noch einmal vor ihnen. Dann verschwand er wieder im Fußboden.

Missmutig brütend saß Omar unter einer Palme und starrte auf die niedrigen Lehmhäuser von Keft. Die Stadt, in der den Novadis einst Rastullah erschienen war, hatte Omar nur Unglück gebracht. Vor zwei Tagen hatte er seine Stute an Leomar abgeben müssen, denn der Ungläubige hatte mit seiner Prophezeiung recht behalten. Tatsächlich waren die meisten seiner Krieger zurückgekehrt, und auch viele neue Männer hatten sich unter seinem Banner versammelt.

Ärgerlicher als der Verlust war die Tatsache, dass in ganz Keft kein gutes Pferd mehr zu bekommen war. Hunderte von Gläubigen waren noch hier versammelt, da sich erst vor Kurzem zum zweihundertfünfzigsten Mal der Tag der Offenbarungen Rastullahs gejährt hatte. In der ganzen Stadt schwirrten Gerüchte umher. Manche behaupteten, dass sich die großen Küstenstädte Thalusa und Khunchom freiwillig dem Patriarchen Tar Honak unterwerfen wollten, um einer Plünderung durch al'anfanische Truppen zu entgehen.

Andere waren der Meinung, dass die Heiden einen Feldzug gegen Keft planten, um die heilige Stadt dem Erdboden gleichzumachen. Das Ergebnis dieses Geredes war, dass niemand, der ein auch nur halbwegs brauchbares Kamel oder Pferd sein Eigen nannte, bereit war, es zu verkaufen. Natürlich hätte Omar auch jederzeit ein Reittier von Leomar haben können, doch war er zu stolz, um ein solches Almosen anzunehmen.

Es gab allerdings noch zwei andere Wege, um an ein Pferd zu kommen. Er konnte eins stehlen. Natürlich kämen als Opfer nur Pilger in Frage, die weit aus dem Westen gekommen waren, von jenen fernen Oasen, die sich bislang zumeist aus dem Krieg gegen die Al'Anfaner herausgehalten hatten. So könnte irgendein fetter alter Scheich seinen Beitrag im Kampf um die Freiheit des Kalifats leisten.

Omar schmunzelte bei dem Gedanken daran. Dies wäre der Weg, den er bevorzugen würde. Die zweite Möglichkeit bestand darin, sich auf ein Duell einzulassen, seine Edelsteine als Pfand zu setzen und vom anderen zu verlangen, dass er sein Pferd bot.

Seit drei Tagen wusste Omar, dass er beobachtet wurde. Einige verschleierte Kasimiten stellten ihm nach. Sie hatten sogar in Leomars Feldlager Erkundigungen über ihn und seine Taten eingeholt. Auch jetzt saß einer von ihnen nur ein paar Schritt entfernt im Schatten der halb eingerissenen Stadtmauer und sah viel zu bemüht nicht zu ihm herüber. Wahrscheinlich ahnten sie, dass er nicht wirklich zu ihnen gehörte. Aber sollten sie nur kommen …

In einer Lücke der Stadtmauer erschien Raschid, begleitet von seinem schwergewichtigen Halbbruder Ammad. Der Beni Schebt winkte Omar lachend zu. »He, Fußgänger! Wir haben eine prächtige Kamelstute aufgetrieben, die dich gern tragen wird, wenn du ihrem Besitzer die Hochzeit seiner Tochter ausrichtest und vor allem den Brautschmuck für sie kaufst.«

»Und wahrscheinlich sind ihre zahllosen Verwandten so

gefräßig wie siebenköpfige Raupen, sodass ich, wenn ich das Bankett bezahlt habe, nackt und unbewaffnet in die Schlacht reiten muss.«

»Das würde ich nicht sagen …« Raschid und Ammad tauschten verschwörerische Blicke. Die beiden standen jetzt dicht vor Omar, und es schien, als hätten sie alle Mühe, nicht laut loszulachen.

»Also heraus damit!« Omar wusste genau, dass die zwei ihn nicht mehr in Ruhe lassen würden, bis sie sich ausgiebig auf seine Kosten lustig gemacht hatten.

»Nun«, fing Ammad an, »wie du weißt, geht dein Unglück vor allem meinem Bruder Raschid sehr zu Herzen, der dich als großen Krieger verehrt und der behauptet, noch niemals habe es jemanden unter Rastullahs Sonne gegeben, der sein Schwert so wie du zu führen versteht. Ganz gleich, ob man es hören will oder nicht, er erzählt einfach jedem mit Begeisterung von euren gemeinsamen Abenteuern und ganz besonders von deinen Heldentaten.«

»Und?«

Die beiden tauschten wieder einen ihrer verschwörerischen Blicke. Dann verneigte sich Raschid vor Ammad und sagte im unterwürfigsten Ton zu ihm: »Du bist der beste Geschichtenerzähler in unserer Sippe. Du hast angefangen, nun bring die Sache auch zu Ende. Ich bin sicher, ich könnte es nicht so treffend schildern wie du.«

Ammad erwiderte kurz die Verbeugung und wandte sich dann wieder grinsend Omar zu. »Nun, wir beide waren heute Morgen in der Karawanserei und haben uns nach einem Reittier für dich umgesehen, und, wie gesagt, Raschid hat wieder lauthals mit den Heldentaten seines kasimitischen Freundes geprahlt. Schließlich kam so ein alter Kerl zu uns und hat angefangen, nach dir zu fragen. Er konnte gar nicht genug von den Geschichten bekommen, die Raschid zu erzählen hatte, obwohl mein Halbbruder sie nicht gerade mit großer Kunstfertigkeit vorzutragen verstand und vor allem den Bericht über eure

Kämpfe mit allerlei übertriebenen Gesten unterstrich. Jedenfalls bat der Alte uns nach einer Weile, mit ihm zu kommen. Sein Verhalten dabei erschien mir schon ein bisschen seltsam. Einen Augenblick lang habe ich sogar geglaubt, er sei ein Magier. Er brachte uns in ein prächtiges Gästezimmer in der Karawanserei, dessen Boden mit Teppichen ausgelegt war, so dick, dass man bis zu den Knöcheln in ihnen versank. Inmitten des Zimmers war ein Lager aus Kissen errichtet, um das herum Tücher aus feinstem Leinen von der Decke hingen. Der Alte bat uns, vor dem Lager Platz zu nehmen, uns wurde ein Tee gereicht, und dann sollte Raschid noch einmal von deinen Abenteuern erzählen. Hinter den Tüchern sah man einen dunklen Schatten sich bewegen, und einmal, als sich die Tür zu der Kammer öffnete und ein Luftzug die Leinentücher bewegte, konnte ich sogar einen kurzen Blick auf die Gestalt erhaschen, die sich dort vor uns verbarg. Du wirst es gewiss schon ahnen: Auf dem Lager lag die Tochter eines Hairans. Ihre Figur war zwar weniger mit der Zartheit einer Wüstengazelle als vielmehr mit der ausladenden Kraft eines Ongalobullen zu vergleichen, doch dafür hatte sie eine kristallklare Stimme. Als Raschid mit seinen Erzählungen über dich zum Ende gekommen war, wurden wir von dem Alten gebeten, kurz die Kammer zu verlassen. Vor der Tür wartend, hörte ich, wie sich die Wüstenblume mit ihrer kristallenen und überraschenderweise auch recht lauten Stimme dafür aussprach, dich kennenzulernen. Alles Weitere haben wir mit dem Alten geklärt, als er wieder aus dem Zimmer kam und ...«

»Warte!« Omar war aufgesprungen und hatte Raschid bei seinem Kaftan gepackt. »Will mir dein Halbbruder vielleicht gerade sagen, dass ihr beide mich an die dicke kleine Tochter irgendeines Hairans verkuppelt habt?«

Ammad verzog beleidigt das Gesicht. »Du kannst nicht behaupten, ich hätte jemals gesagt, sie sei klein. Das ist ...«

»Das ist doch gleichgültig«, unterbrach ihn Raschid.

»Alles, was zählt, ist die Tatsache, dass dir diese Hochzeit eine erstklassige Stute einbringen wird. Oh … ich rede natürlich von dem Kamel. Und wenn dir das Mädchen nicht gefällt, dann nimmst du eben später einmal eine zweite Frau …«

»Du hast mich verkuppelt, um mir ein Kamel zu verschaffen, du Vater der Einfalt!« Omars Rechte näherte sich dem Schwertgriff. Wütend stieß er Raschid von sich weg. Dann riss er beide Arme hoch und brüllte: »Habe ich dir nicht tausendmal von Melikae erzählt? Es gibt keine andere Frau für mich, du kaktusköpfiger Narr. Ihr habt den Handel doch nicht etwa schon besiegelt?«

»Natürlich habe ich das nicht getan, du undankbarer Esel, doch ich finde, du solltest dir die Sache in Ruhe überlegen. Was willst du noch von dieser hochmütigen Melikae? Du hast mir ihren Brief öfter auswendig aufgesagt, als ich in meinem ganzen Leben die neunundneunzig Gebote Rastullahs aufgezählt habe. Sie will nichts mehr mit dir zu tun haben. Sieh das doch endlich ein, du sturer Bock!«

»Und die Rose? Sie straft die Worte in dem Brief Lügen.« Omar fasste sich an die kleine Silberdose auf der Brust. »Willst du es sehen? Sie ist noch frisch und unverwelkt wie an dem Tag, als ich sie neben mir im Boot gefunden habe.«

»Vielleicht treibt auch irgendein böser Dschinn mit dir sein Spiel, Omar«, mischte sich Ammad in den Streit ein. »Du solltest dir das Angebot gut überlegen. Wenn du heiratest, dann begründest du endlich eine eigene Sippe. Du kannst doch nicht für immer allein bleiben! Außerdem kannst du nicht mit uns gegen die Ungläubigen ziehen, wenn du kein Reittier auftreibst. Du bist kein richtiger Krieger, solange du kein Pferd oder Kamel besitzt.«

Hinter Ammad tauchte plötzlich die dunkle Gestalt des Kasimiten auf, der eben noch im Schatten der Mauer gesessen hatte. »Entschuldigt, Brüder, wenn ich euch unterbreche, doch ich wurde unfreiwillig Zeuge eures Gesprächs. Ist es richtig, dass jener Omar behauptet, zu den Söhnen Kasims zu gehören, und dass diese Behauptung auch bei den Verhandlungen zu einer Hochzeit vorgetragen wurde?«

»Wer will das wissen?«, fragte Omar gereizt. Wenn sich die Geschichte weiter so entwickelte, würde bald halb Keft von diesem Heiratsabkommen wissen, und er könnte sich unmöglich davon zurückziehen, ohne eine Blutfehde mit der Sippe der verstoßenen Braut heraufzubeschwören.

»Man nennt mich Surkan ben Tulachim.«

Omar beobachtete aus den Augenwinkeln, wie Ammad sichtlich zusammenzuckte, als er den Namen des Kasimiten hörte. Er selbst jedoch blieb davon unberührt. Omar hatte noch niemals etwas von diesem Mann gehört. »Ich möchte dich bitten, dich nicht in unser Gespräch einzumischen, Surkan. Die Angelegenheit geht allein mich und meine beiden Freunde etwas an.«

»Da irrst du, Omar. Ich und alle meine Brüder, die dich in den letzten Tagen gesehen haben, wir fragen uns, wer du sein magst. Aus welcher Sippe stammst du? Weder meine Brüder aus Kireh noch die aus dem blühenden Yiyimris haben jemals von einem Kasimiten gehört, der ein Schwert von der Echseninsel trägt. Wer also hat dich gezeugt, Omar, der du unseren Hass auf alles verhöhnst, was aus den Krallen des geschuppten Volkes stammt? Wo bist du geboren? Welche schändliche Amme hat einem wie dir die Brust gereicht?«

»Ich wüsste nicht, warum ich solch einem Großmaul wie dir Rechenschaft schuldig sein sollte, Surkan.« Omar maß den Mann abschätzend. Der Krieger war mehr als einen Kopf größer als er. Nach Art der Kasimiten war er von Kopf bis Fuß in schwarze Gewänder gehüllt und trug das Gesicht verschleiert, sodass nur noch die Augen zu sehen waren. Der Novadi fragte sich, ob Rastullah ihm die Wahl abnehmen wollte und sein Schicksal so fügte, dass er durch ein Duell zu einem neuen Reittier kam.

»Sei vorsichtig mit dem Kerl!«, zischte Ammad leise. »Man nennt ihn Surkan den Skorpion. Angeblich war seine Mutter eine gorische Hexe, die ihn mit Pferdeblut gesäugt hat. Jedenfalls trifft sein Schwert so schnell und so tödlich wie der Stachel eines Skorpions. Vielleicht solltest du dich lieber mit ihm einigen.«

»Was habt ihr Kerle zu flüstern?« Surkan griff nach dem Schwertgurt, der über seine Schulter lief, und löste ihn. Seine Waffe war ein riesiger Doppelkhunchomer aus silberblauem Stahl.

»Mein Freund hier sagt, es sei besser, Frieden mit dir zu schließen, doch allein der Anblick deines Schwertes vermag mich davon nicht zu überzeugen. Was wirfst du mir eigentlich vor?«

»Kein Kasimit in dieser Stadt glaubt, dass du zu uns gehörst. Viele meinen, dass du ein blasshäutiger Ungläubiger aus dem Norden bist, der nach Keft kam, um durch seinen Irrglauben Rastullah zu beleidigen, und der einen Schleier trägt, um seine Abkunft und sein sonnengelbes Haar zu verbergen. Andere wieder behaupten, du seist ein entlaufener Sklave, der den Ring seines Herrn unter dem Schleier verbirgt. Ich aber denke, du bist etwas noch viel Schlimmeres. Für mich ist das Schwert an deiner Seite der Beweis, dass du aus dem verfluchten Maraskan stammst und jene Dämonen anbetest, die die Echsen in ihrem Wahn für Götter halten.«

Für einen Augenblick hatte es Omar die Sprache verschlagen. Ihn im heiligen Keft einen Götzenanbeter zu nennen, das war wohl die übelste Beleidigung, die es unter Rechtgläubigen nur geben konnte. Alle Krieger und Pilger, die zwischen den Palmen des kleinen Hains vor der Stadtmauer rasteten, hatten ihre Gespräche beendet und verfolgten gespannt seinen Streit mit Surkan.

»Du glaubst also, du könntest hierherkommen, mich beleidigen und so dazu reizen, gegen die Gebote der Mawdliyat von Keft zu verstoßen. Du weißt doch sicherlich, dass sie Kämpfe zwischen Rechtgläubigen nicht wünschen, solange die al'anfanischen Götzenanbeter in Mherwed herrschen.«

»Du führst deine Zunge mit der Wortgewalt eines Feiglings, Omar. Doch ich werde nicht zulassen, dass du jene täuschst, die die Zeugen unseres Streites sind. Ich glaube dir weder, dass du ein Kasimit bist, noch dass du zu Rastullah betest. Einen Ungläubigen aber darf ich bekämpfen. Noch dazu, da er diesen heiligen Ort mit seinen frechen Lügen entweiht. Ich werde dir deinen falschen Schleier herunterreißen, damit jeder sieht, was du dahinter zu verbergen hast.«

Omar zog sein Tuzakmesser und ließ es neben sich zu Boden fallen. »Ich bin nicht bereit, gegen das Wort der Mawdliyat zu verstoßen, nur weil ein Raufbold sein Blut in den Sand rinnen sehen will. Da bei Männern wie dir Worte allein allerdings nicht genügen, mache ich dir folgendes Angebot, Surkan. Man soll uns zwei Hölzer bringen, die in ihrer Länge mit den Abmessungen unserer Waffen übereinstimmen. Mit ihnen werden wir uns einen Kampf liefern, und die Menge soll bestimmen, wem von uns als Erstem ein Schlag gelingt, der mit einem Schwert tödlich gewesen wäre. Wenn ich unterliege, werde ich meinen Schleier abnehmen und mich auch sonst deinen Forderungen unterwerfen. Sollte ich aber der Sieger sein, so verlange ich, dass du dich bei mir für deine Lügen entschuldigst, mir zur Sühne dein Pferd überlässt und meine Ehre als Krieger fortan nicht mehr beschmutzt. Bist du mutig genug, dich auf ein solches Duell einzulassen?«

Surkan lachte verächtlich. »Du sprichst mit der Stimme eines Wüstenflohs, der den Tod fürchtet. Deine Worte sind das hilflose Gestammel eines Feiglings. Dennoch werde ich mich auf deinen Vorschlag einlassen, damit die Wahrheit ans Licht kommt, denn da ich im Namen Rastullahs streite, werde ich gewiss nicht verlieren.«

Es dauerte eine halbe Stunde, bis zwei passende Holzstäbe für die beiden Streiter gefunden waren. Es waren fein polierte Zeltstangen, die ein Scheich für das Duell zur Verfügung stellte. In dem Palmhain vor der Stadt hatten sich inzwischen mehrere hundert Schaulustige eingefunden, die dem Kampf des berühmten Surkan beiwohnen wollten. Unter ihnen befand sich auch mehr als ein Dutzend Kasimiten, die sich um ihren hünenhaften Recken geschart hatten. Einer von ihnen massierte Surkan die Schultern.

Bei Omar standen allein Raschid und Ammad. Leomar, der mit seinen Männern ebenfalls gekommen war, hielt sich ein wenig abseits. Offensichtlich erschien es ihm klüger, sich nicht für eine der beiden Seiten zu entscheiden, bevor der Ausgang des Duells feststand. Auf den Falschen zu setzen, mochte ihn schließlich einiges von seiner Geltung als Feldherr kosten. Dicht bei dem Ungläubigen standen Mustafa ben Khalid ibn Rusaimi, der junge Sultan von Unau und Jikhbar ibn Tamrikat, der Wesir des Herrschers. Erst vor wenigen Tagen hatten die Mawdliyat von Keft öffentlich bestätigt, dass Mustafa der nächste Verwandte des verstorbenen Kalifen sei und damit ein Anrecht auf den Thron von Mherwed erheben könne.

Omar war aufgeregt. Die führenden Männer des Widerstands gegen die Al'Anfaner hatten sich im Palmenhain versammelt, um dem Zweikampf beizuwohnen, den man – ähnlich einem Pferderennen – als angenehme Abwechslung im Alltag der Oasenstadt betrachtete. Durch diese Zuschauer bekäme der Kampf ein Gewicht, das ihm nicht gebührte. Die nächste Stunde mochte darüber entscheiden, ob Omar ein Held oder auf immer zum Gespött werden würde. Wenn man ihm den Schleier herabriss, würde man die Narben finden, die der Sklavenring ihm in den Hals geschnitten hatte. Zwei der Anwesenden konnten in ihm sogar den Sklaven aus dem Gefolge von Melikae erkennen: Raschid, vor dem er bislang sein Gesicht verborgen hatte, und der greise Wesir, der zugegen gewesen war, als Abu

Feisal der Prächtige ihn nach dem Tanz von Melikae zum Tode verurteilt hatte.

Unruhig rieb sich der Novadi die schweißnassen Hände an der Reithose trocken. Dann blickte er durch die Palmwipfel zum Himmel hinauf. Jede Kleinigkeit konnte in einem solchen Kampf entscheidend sein. Ein plötzlicher Windstoß, der Staub aufwirbelte und einen von beiden kurz blendete, mochte schon über Sieg oder Niederlage entscheiden.

»Bist du fertig, schlangenzüngiger Bastard?« Surkan hatte seine Zeltstange gepackt und war breitbeinig in den Kreis getreten, den man für den Zweikampf abgesteckt hatte.

Omar erhob sich schweigend. Er hoffte, auf diese Weise nicht weniger Eindruck auf die versammelten Krieger zu machen als der überhebliche Kasimit. Prüfend wog er die Zeltstange in der Hand. Sie hatte zwar dieselbe Länge wie sein Tuzakmesser, doch war sie um einiges schwerer. Dann blickte er wieder zu Surkan.

Der Kasimit ließ seine Zeltstange wild durch die Luft wirbeln, und etliche der Zuschauer belohnten seine Kunststückchen mit begeistertem Jubel. Zweifellos war die Mehrheit der Männer auf seiner Seite. Nun, ich werde dafür sorgen, dass diese blutgierigen Geier um ihr Schauspiel gebracht werden, dachte Omar wütend. Der Kampf sollte ein schnelles Ende finden!

»Seid ihr mit den Waffen einverstanden, die man euch gebracht hat?« Der weißbärtige Wesir war in den Kreis getreten. Er sollte bei dem Duell der Richter sein.

Als Zeichen ihrer Zustimmung verneigten sich die beiden Krieger vor Jikhbar.

»Gut, so möge der Kampf beginnen. Ich möchte euch allerdings noch einmal daran erinnern, dass hier nicht auf Leben und Tod gestritten wird. Ihr beide habt euch verpflichtet, euch dem Gesetz der Mawdliyat zu unterwerfen, das blutige Zweikämpfe verbietet. Sieger wird derjenige sein, welcher als Erster einen solchen Treffer landet, der, wäre er mit einem Schwert erzielt worden, zum Tode führen würde.«

Nachdem der Wesir den Kampfplatz verlassen hatte, musterten sich die beiden Krieger gegenseitig einige Augenblicke lang. Beide hatten sie ihre Holzschwerter leicht erhoben, bereit, einen überraschenden Ausfall des anderen abzuwehren. Über dem Palmhain lag Totenstille. In atemloser Spannung erwartete die Menge den Beginn des Zweikampfes.

Schließlich stürmten beide Krieger gleichzeitig aufeinander los, so als hätten sie ein geheimes, für alle anderen unsichtbares Zeichen erhalten. Omar riss seinen Stock hoch, umklammerte ihn fest mit beiden Händen, täuschte einen Angriff gegen den Hals des Kasimiten an und führte dann mit voller Wucht einen Schlag gegen Surkans Brust, während er gleichzeitig versuchte, sich unter der Waffe des Gegners hinwegzuducken. Doch der Kasimit hatte nicht einmal den Versuch gemacht, seinen Angriff zu parieren. Stattdessen führte er beidhändig einen Schlag gegen Omars linke Schulter, der den Novadi fast im selben Augenblick traf, da er selbst mit seinem Angriff Surkans Deckung durchbrochen hatte.

Stöhnend brach Omar unter der Wucht des Hiebs in die Knie, während Surkan nach Luft ringend seinen Kampfstab fallen ließ. »Na schön … Echsendiener …«, stieß der Kasimit keuchend hervor. »Wir sind beide … gleich gut. Auf diese Weise … können wir unseren Streit … nicht entscheiden.«

Omar schüttelte den Kopf. »Hätten wir den Kampf mit scharfen Waffen geführt, wärst du jetzt tot. Ich habe dich zuerst getroffen. Deine Klinge hätte mich nicht mehr berührt.«

»Willst du mich etwa einen Lügner nennen, Götzenanbeter?«

»Ich wäre dann ein Lügner, wenn ich dich als mir ebenbürtig anerkennen würde.«

Wutschnaubend wandte sich Surkan an den Wesir. »Hat er mich früher getroffen als ich ihn? Du bist unser Schiedsrichter. Entscheide!«

Jikhbar strich sich nachdenklich über den Bart, bevor er antwortete. »Meine Augen sind nicht mehr so flink wie zur Zeit meiner Jugend, und es mag ihnen vielleicht etwas entgangen sein, doch für mich sah es so aus, als hättet ihr euch zur gleichen Zeit einen Hieb versetzt.«

»Hörst du das, Bastard? Der Wesir sagt, dass man nicht unterscheiden kann, wer als Erster zugeschlagen hat. Willst du auch ihn einen Lügner nennen?«

Der Novadi verneigte sich vor Jikhbar. »Ich erkenne das Urteil unseres Schiedsrichters an, auch wenn er selbst dessen Richtigkeit in Zweifel zieht.« Natürlich wäre es klüger gewesen, auf die letzte Bemerkung zu verzichten, doch Omar war zu stolz, um den falschen Schiedsspruch ganz ohne Widerworte hinzunehmen.

»Willst du etwa auch Jikhbar ibn Tamrikat, den Wesir von Unau, einen Lügner nennen?«, ereiferte sich Surkan. Unter den Zuschauern erklang drohendes Gemurmel. »Ich verlange, dass der Hochmut dieses Fremden bestraft wird. Niemand weiß, wer er ist oder woher er kommt, trotzdem erlaubt er sich, den Wesir und meine kasimitischen Brüder mit seinen Reden zu beleidigen. Nur Blut kann diese Schande abwaschen. Soll er doch zeigen, ob seine Klinge so schnell wie sein Mundwerk ist. Ich jedenfalls fürchte dieses Großmaul nicht!«

»Recht gesprochen, Krieger!« Ein von den Jahren gebeugter alter Mann trat aus der Menge hervor. Obwohl er – nach seinem Aussehen zu schließen – schon mehr als siebzig Sommer gesehen haben mochte, war seine Stimme noch laut wie Donnerhall, und augenblicklich verstummten die Streitereien unter den Zuschauern. »Ich habe gehört, welchen schrecklichen Verdacht du gegen den verschleierten Fremden geäußert hast. Dieser Fall hat ein anderes Gewicht als die kleinmütigen Streitereien zwischen verfeindeten Sippen. Es stellt sich die Frage, ob dort einer gekommen ist, um ganz Keft und damit auch Rastullah zu verhöhnen. Die einen mögen die flinke Zunge des Verschleierten vielleicht loben und ihn einen großen Krieger heißen, doch für mich, Ruhollah Marwan al-Hendj, den ersten Mawdli von Keft, ist er ein Aufschneider und Großsprecher. Ich weiß, Rastullahs Blick ruht nun auf uns, und der eine Gott wünscht Gerechtigkeit. Befiehlt er nicht selbst in seinem einundvierzigsten Gebot: *Der Gottgefällige hemmt niemals seinen Zorn, wenn seine Ehre verletzt, gekränkt oder in Frage gestellt wurde!* So will ich für diesen Kampf das Verbot aufheben, sich auf Leben und Tod zu befehden. Ich bin sicher, Rastullah selbst wird die Schwerthand desjenigen der beiden führen, der im Recht ist. Ebenso sicher bin ich mir, dass ich schon jetzt weiß, wer gewinnen wird. Nun geht und macht euch bereit!«

Voller Abscheu musterte Omar den keifenden alten Mann. Er hatte schon viel von Ruhollah Marwan gehört, dem gestrengsten aller Mawdliyat, und er war sich darüber im Klaren, dass der Alte seinem Tod beiwohnen wollte. Doch warum hasste ihn der Mann? Er konnte nicht wissen, dass er ein ehemaliger Sklave war. Oder wollte der Mawdli gar nicht ihn, sondern jemand anderen treffen?

Omar wusste, dass Ruhollah die Anwesenheit des ungläubigen Feldherrn vor Keft verurteilte und dass er Leomars Siege mit noch keinem Wort gutgeheißen hatte. Ebenso empört war er darüber, dass der Sultan von Unau sich nicht von dem Fremden fernhielt. Hasste Ruhollah ihn am Ende nur deshalb, weil er an der Seite Omar al-Yeshinnas – wie Leomar von seinen Kriegern genannt wurde – gekämpft hatte? Sollte sein Tod in Wirklichkeit den Ruf des Feldherrn schädigen? Oder hatte Ruhollah tatsächlich Surkans Anschuldigungen geglaubt?

Omar blickte zu Leomar, und der Krieger nickte ihm

freundlich zu. Ich werde gewinnen, schwor sich der Novadi stumm. Doch danach wollte er nie wieder eines dieser sinnlosen Duelle austragen. Mochte Surkan glauben, es sei allein sein gerechter Zorn, der ihn in den Kampf trieb. Omar wusste es besser! Sie beide waren zu Figuren in den Intrigenspielen der Mächtigen geworden, die schon jetzt darum kämpften, wer einst den größten Einfluss auf den neuen Kalifen haben würde.

Der Novadi ging zu Raschid und Ammad. »Massiert mir die Schulter!«, knurrte er gereizt. »Dieser Lump hat mich übel erwischt.«

Mit zusammengebissenen Zähnen ertrug Omar den Schmerz, als Raschid mit seinen kräftigen Händen die Prellung bearbeitete. Auch Surkan ließ sich von einem seiner Freunde die Schultern kneten. Ein anderer brachte dem Kasimiten einen schweren Reitersäbel. Offensichtlich zog der Krieger es nach seinen Erfahrungen in ihrem ersten Kampf vor, eine leichtere und schnellere Waffe als seinen Doppelkhunchomer zu führen. Omar lächelte zufrieden. Das war bereits ein erster Sieg! Surkan traute seinem eigenen Schwert nicht mehr!

Nachdenklich strich der Novadi über das Tuzakmesser, das so lange seinem Freund Gwenselah gehört hatte. Wäre es recht, den Kasimiten zu töten? Was hätte ihm sein Freund geraten?

Omar straffte sich. Es war töricht, sich vor dem Kampf mit solchen Gedanken zu quälen. Denn wenn er deshalb gleich im falschen Augenblick zögern sollte, mochte es ihn das Leben kosten. Dass dieser zweite Kampf stattfand, war zu einem guten Teil seine eigene Schuld. Nun musste er die Sache beenden!

Entschlossen stand der Novadi auf und rief mit fester Stimme über den Kampfplatz: »Bist du bereit, dein Leben in Rastullahs Hand zu geben, Surkan von den Söhnen Kasims?«

Einen Atemzug lang schien der Kasimit verunsichert,

dass Omar so schnell für den neuen Kampf bereit war. Dann war auch er auf den Beinen und betrat den Kampfplatz.

Wie zwei wütende Löwen umkreisten sich die beiden Streiter, und doch wagte keiner von ihnen, den ersten Angriff zu führen.

Es steht außer Zweifel, dass Surkan ein erfahrener Krieger ist, überlegte Omar. Wenn er seinerseits den ersten Angriff wagte, dann wäre der Kasimit einen Moment lang im Vorteil, sofern es ihm gelänge, den Schwerthieb zu parieren. Sollte er trotzdem das Risiko eingehen? Surkans Augen musterten ihn kalt. Ob der Kasimit gerade dasselbe dachte? Ein Lichtstrahl brach durch das Dickicht der breiten Palmwedel und fiel dem Krieger ins Gesicht. Surkan blinzelte. Wie eine Viper zuckte Omar vor. Der Kasimit wollte seine Waffe hochreißen, doch er war mit seiner Parade einen winzigen Augenblick zu spät. Gwenselahs Klinge schnitt durch Fleisch und Knochen.

Omar wich zurück, bereit, einen Gegenangriff des Kasimiten abzuwehren, falls der Krieger noch die Kraft dazu haben sollte.

Surkan blickte ihn entsetzt an. Leicht taumelnd tat er einen Schritt in Omars Richtung. Der Säbel fiel ihm aus der Hand. Noch immer sah ihn der Kasimit mit schreckensweiten Augen an, dann sank er langsam in die Knie.

Einige von Surkans Gefährten eilten herbei und nahmen sich des Sterbenden an. Der Novadi wandte sich erschüttert vom Anblick des Todes ab. Er fühlte sich unendlich müde.

Raschid schloss ihn in die Arme und beglückwünschte ihn zu seinem Sieg. Auch Omar al-Yeshinnas war jetzt an seiner Seite. Jemand flüsterte ihm zu, der Sultan wolle ihn sprechen, doch all dies erschien dem Novadi seltsam unwirklich.

Obwohl sich Dutzende von Menschen um ihn drängten, hatte Omar das Gefühl, alles wie aus weiter Ferne zu beobachten. Er wünschte nur noch, allein zu sein und dem beifälligen Gemurmel der Schmeichler zu entgehen.

»So also begab es sich, dass Omar zu einem neuen Pferd kam und zum ersten Mal das Aufsehen jenes stolzen Mannes erregte, der einmal unser Kalif werden sollte. Nur wenige Tage verstrichen, bis der Novadi wieder an Leomars Seite gegen die Ungläubigen ritt. Diesmal eroberten sie Malkillabad, jene Stadt, nahe der die Truppen des glücklosen Kalifen Abu Dhelrumun ibn Chamallah so vernichtend geschlagen worden waren. Von den hundert Ungläubigen aber, die sich dort verschanzt hatten, überlebte keiner, denn groß war der Zorn derer, die ausgezogen waren, die Schande ihrer toten Anverwandten zu rächen. Vier Tage lang vermochte Leomar mit seinen fünfhundert Streitern die Stadt zu halten, bis er sich schließlich mit tausend erbeuteten Lasteseln und Kamelen in die Weiten der Khom zurückzog. Selbst die Mawdliyat mussten in jenen Tagen anerkennen, dass Leomar die Gnade des einzigen Gottes genoss, doch um so mehr stachelten sie auch den Stolz der Wüstensöhne an, denn es durfte nicht sein, dass der Krieg gegen die Al'Anfaner zuletzt vielleicht von einem Kämpfer entschieden wurde, der weder an Rastullah glaubte noch im Lande der Ersten Sonne geboren war.

Die Tapferen aber, die an der Seite Leomars gefochten hatten, und die Pilger, die in Keft des kühnen Helden ansichtig geworden waren, trugen die Kunde seiner Taten während der Zeit des Winterregens bis in die entferntesten Winkel der Khom, und als sich der Himmel viele Gottesnamen lang verfinsterte, erglühte hell das Licht der Hoffnung in den Herzen derer, die sich schon fast in die Sklaverei Al'Anfas gefügt hatten.«

In den Gassen, die an den Basar der Teppichhändler angrenzten, erklang geschäftiges Lärmen. Während Mahmuds Erzählung waren die Stunden der Gluthitze verstrichen, und überall in der Stadt nahmen Handwerker und Händler ihre Arbeit wieder auf. Allein im Basar der Teppichhändler herrschte für einige Augenblicke Stille, nachdem der Alte seine Geschichte unterbrochen hatte.

Mahmud beobachtete, wie die Menschen, noch im Zauber des Märchens gefangen, ihren Gedanken nachhingen. Meister Arom, der Zwerg, drehte nachdenklich mit Daumen und Zeigefinger eine der Spitzen seines Schnauzbartes, während sein Diener gerade damit begann, mit einem Metallstab in der Glut des Drachenfasses herumzustochern. Zwei Teppichknüpferinnen tuschelten leise miteinander. Einer der Soldaten rückte seinen Waffengurt zurecht und ging breitbeinig, so als getraue er sich jetzt, es mit drei Dschinnen gleichzeitig aufzunehmen, die Gasse hinab.

Almandina hingegen bewies ihren Sinn für das Praktische und zog mit Mahmuds Holzschüssel zwischen den Zuhörern herum, um von ihnen Geld und andere Gaben einzusammeln, bevor sie in Erinnerung an ihr noch zu verrichtendes Tagwerk eilig den Basar verließen.

»Jetzt hast du ja doch von Dschinnen erzählt; es kamen sogar gleich zwei in der Geschichte vor«, murmelte der kleine Omar leise.

Mahmud blickte zu dem Jungen hinab und lächelte. »Ich muss gestehen, du hast mich ertappt. Als du mich vorgestern nach Dschinnen gefragt hast, habe ich an die beiden gar nicht mehr gedacht. Aber sie spielen in der Geschichte doch keine große Rolle.«

Omar runzelte die Stirn und schüttelte dann heftig den Kopf. »Das finde ich nicht. Schließlich haben sie beide Melikae das Leben gerettet. Welch größeren Dienst kann ein Dschinn einem Menschen leisten?«

»Nun ja …« Mahmud war von dem Jungen überrascht. Nüchtern betrachtet hatte Omar recht. »Also, das erste Mal kam die rettende Hilfe doch gegen den Willen Melikaes, und auch was die Rettung aus der Höhle betrifft, bin ich mir nicht sicher, ob die Sharisad wirklich glücklich darüber war. Doch mehr darüber wirst du heute Abend erfahren.«

»Aber ist die Sharisad denn nicht zufrieden mit der Wandlung Abu Dschennas? Schließlich konnte der Magier sie aus Liebe doch nicht verzaubern, und …«

Mahmud legte den Finger auf die Lippen, und Omar schwieg. »Erinnerst du dich noch daran, was ich dir gesagt habe? Natürlich könnte ich dir schon jetzt verraten, wie es mit den beiden weitergeht, doch stehle ich dir damit die Spannung. Du willst mir doch sicher auch nachher noch zuhören!«

Der kleine Junge blickte verlegen zu Boden und murmelte schließlich betreten: »Du hast recht, Mahmud. Ich werde mich daran halten. Aber komm bitte nicht wieder so spät wie gestern Abend. Ich würde sogar auf mein Abendessen verzichten, wenn …«

»Omar!« Der Vater des Jungen hatte sich erhoben und winkte dem Kleinen ungeduldig zu.

»Ich muss jetzt gehen!« Omar sprang auf, verneigte sich aber noch kurz vor Mahmud. »Mein Vater will mich noch mit auf den Kamelmarkt nehmen. Sonst würde ich mich darauf freuen, aber jetzt, da du da bist, bliebe ich viel lieber bei dir.«

»Deine Worte schmeicheln mir, mein kleiner Freund, doch wenn du weise bist, solltest du deinen Vater lieber nicht warten lassen. Ich verspreche dir, dass ich heute Abend auf keinen Fall ohne dich anfangen werde. Schließlich hast du die letzten zweieinhalb Tage treu an meiner Seite gesessen und mir bei der schwierigen Aufgabe des Erzählens stets Beistand geleistet. Sei also versichert, dass du nun auch auf meine Treue zählen kannst, mein Freund.«

»Ich werde bestimmt nicht zu spät kommen!« Der Junge warf dem Märchenerzähler einen letzten dankbaren Blick zu, dann sprang er auf und lief seinem Vater hinterher, der schon ein paar Häuser weitergegangen war.

»Heute waren deine Zuhörer großzügiger als gestern zur Mittagszeit. Drei haben sogar Silberstücke in die Schale geworfen. Wenn das so weitergeht, wirst du hier in Fasar noch ein reicher Mann, Mahmud.« Almandina war zum Märchenerzähler zurückgekehrt und überreichte ihm das Geld, das sie in der Holzschale gesammelt hatte. Der Alte warf einen nachdenklichen Blick auf die Handvoll Münzen, die ihm der Morgen eingebracht hatte. Zusammen mit dem, was er in den letzten beiden Tagen eingenommen hatte, mochte es reichen, um für zwei oder drei Gottesnamen durch die kleinen Dörfer im Hügelland südwestlich von Fasar zu ziehen. Dort müsste es ihm leichtfallen, seine Spur zu verwischen.

Mahmud kratzte sich nachdenklich am Kinn. Selbstverständlich konnte es auch sein, dass er sich alles nur einbildete. Welche Beweise gab es schon dafür, dass der schwarze Krieger aus seinen Träumen ihm folgte? War es richtig, die Sache so ernst zu nehmen?

»Hast du etwas?« Almandina blickte ihn aus ihren großen Augen fragend an. »Was bekümmert dich? Seit heute Morgen wirkst du so seltsam.«

Mahmud reckte sich und lächelte der Bettlerin zu. »Ich fürchte, das ist das Alter. Man wird mit den Jahren nachdenklich und melancholisch. Doch es ist gut, wenn du mich aus meinen Tagträumen reißt. Wir sollten jetzt zum Hof des Bethauses gehen und die Decke abholen, die ich dort zurückließ. Ich habe große Pläne mit dir, Almandina. Dieses Mal kann ich es mir nicht leisten, die ganze Zeit über zu schlafen, denn wir beide werden uns einer ernsten Angelegenheit widmen.«

»Wie meinst du das?« Almandina schien verwirrt und eingeschüchtert. »Habe ich irgendetwas falsch gemacht?«

»Nein, meine Gute. Im Gegenteil. Ich glaube, ich habe jene Gabe entdeckt, die Rastullah dir geschenkt hat, damit du mit ihrer Hilfe dein Leben meisterst. Wir werden üben, was zu beachten ist, wenn man ein Märchen erzählen will. Wie du deine Worte wählen musst, wie man aus dem Nichts eine Geschichte erfindet, wo man innehält und wann die Zeit zum Lächeln kommt, wo man seine Erzählung abbricht und an welcher Stelle man den Faden wieder aufnimmt. Du sollst …«

»Wenn ich nun aber gar kein Talent habe?«

»Unsinn! Wer eine Stimme wie du hat, ist zum Erzählen geboren. Du wirst es schon sehen. Außerdem werde ich an deiner Seite sitzen und dir weiterhelfen, wenn es Schwierigkeiten geben sollte. Also sei unbekümmert! Es wird dir bestimmt gelingen.« Mahmud konnte Almandina ansehen, dass seine Worte ihre Zweifel nicht zerstreut hatten. Trotzdem folgte sie ihm ohne Widerspruch, als er sich erhob und langsam die enge Gasse hinaufging.

Er erinnerte sich noch gut an jenen Tag, an dem er sich zum ersten Mal auf einem Marktplatz niedergelassen hatte, um eine Geschichte zu erzählen. Er war damals schon recht alt gewesen. In seiner Vergangenheit hatte er gelernt, den Unwägbarkeiten und Gefahren des Lebens die Stirn zu bieten. Und doch war da dies flaue Gefühl im Magen gewesen, als er sich auf dem winzigen Marktflecken des Fischerdorfes niedersetzte, in dem seine lange Wanderschaft begonnen hatte. Die ersten drei Sätze waren die schwersten. Sie entschieden meist schon darüber, ob seine Zuhörer verweilen würden. Wenn diese Schwelle überwunden war, dann wurde alles Weitere leichter. Mahmud hatte immer das Gefühl, selbst vom Fluss der Erzählung mitgerissen zu werden. Alle Unruhe und Unsicherheit waren dann vergessen. Aber vielleicht lag das auch an seinem besonderen Verhältnis zu der Geschichte um Omar und Melikae. Dies würde Almandina nicht mit ihm teilen können, selbst wenn sie einst die berühmteste Märchenerzählerin im Land der Ersten Sonne sein sollte.

Als er die Ecke zur Gasse der Fleischhauer erreichte, blickte Mahmud zurück. Die Menschenmenge, die eben noch um ihn versammelt gewesen war, hatte sich verlaufen. Nur wenige Zuhörer waren zurückgeblieben, um die Waren der Teppichhändler zu prüfen.

Mahmuds Blick verweilte einen Augenblick lang bei einem Krieger mit rotem Turban. Auch wenn er jetzt gelangweilt einen Teppichstapel begutachtete, hätte Mahmud schwören mögen, dass der Kerl ihm gerade noch hinterhergestarrt hatte. Ob der Krieger ihn verfolgte? Nachdenklich runzelte der Alte die Stirn. Konnte es sein, dass …? Er kniff die Augen zusammen. Nein! Der Mann war viel zu jung! Vor ihm brauchte er keine Angst zu haben!

Persihan saß im Fenster und kämmte ihr langes schwarzes Haar, wie sie es jeden Nachmittag tat, um Reisende auf sich aufmerksam zu machen und auf ihr Zimmer zu locken. Sie war in einer der Oasen weit im Westen der Khom geboren worden, und seitdem ihr Mann, ein wandernder Kesselflicker und Schwertfeger, von seiner letzten Reise nicht zurückgekehrt war, musste Persihan in dieser fremden Stadt ihren Leib verkaufen, um ihre drei Kinder am Leben zu erhalten.

Die Stunden der Gluthitze waren verstrichen, doch noch immer zeigten sich keine Reisenden auf der großen Straße in den Süden. Die Hitze erschien Persihan heute besonders drückend. In der Nachbarschaft hatte sie eben noch lauten Streit gehört, und die gereizte Stimmung, die über den halb verfallenen Häusern des Viertels am Stadtrand lag, erschien der Nomadin fast greifbar. An Tagen wie diesem zogen die Männer schon wegen der nichtigsten Kleinigkeiten ihre Dolche, um sich zu befehden.

Weit im Süden kam ein einsamer Reiter die Straße entlang. Hastig glitt Persihan vom Fenstersims und eilte zur Treppe, Rastullah stumm darum bittend, dass keine der anderen käuflichen Frauen auf den Fremden aufmerksam werde. Am Hauseingang angekommen, zog sie den ohnehin schon unzüchtig kurzen Rock noch ein Stück über die

Knie, warf einen prüfenden Blick auf ihr ausladendes Dekolleté und lehnte sich dann gegen die Hauswand.

Jaulend huschte ein Hund aus einer der angrenzenden Gassen und lief mit eingeklemmtem Schwanz quer über die große Straße. Deutlich zeichneten sich die Rippen des Tiers unter dem verfilzten, grauen Fell ab. Hinkend verschwand der Köter in den Ruinen eines verlassenen Hauses. Persihan fragte sich, wie er es wohl geschafft haben mochte, bislang noch nicht in einem Kochtopf zu landen. Hundefleisch sollte angeblich sehr gut schmecken. Sie leckte sich über die geschminkten Lippen. Es war lange her, seit sie zum letzten Mal Fleisch gegessen hatte. Vielleicht sollte sie den Reisenden ziehen lassen und lieber ein Messer holen, um dem Hund zu folgen. Viel war an ihm nicht mehr dran, aber für eine kräftige Brühe würde es gewiss reichen. Den Kleinen würde das sicher guttun.

Der fremde Reiter war jetzt weniger als hundert Schritt entfernt, sodass Persihan ihn besser erkennen konnte. Der Mann hatte das Hattah nach Art der Kasimiten geschlungen, sodass sein Gesicht verschleiert war. Am Sattel hing blinkend ein silberner Helm. Der Reiter trug ein weites Obergewand und eine grüne Hose, auf der goldene Stickereien glänzten.

Geduldig wartete die junge Frau, bis der Fremde sie beinahe erreicht hatte. Dann trat sie ihm entschlossen in den Weg und setzte ihr bezauberndstes Lächeln auf. »Erlaubt mir, Euch die Mühsal Eurer Reise vergessen zu machen, Herr. Wie ein Dschinn erfülle ich jeden Eurer Wünsche und will Euch sogar mit Gesang erfreuen, wenn Euch danach gelüstet.«

Müde wandte der Reiter sein Haupt. Seine Augen wirkten leer, wie tot. »Wie kommst du auf den Gedanken, mir könne der Sinn danach stehen, in deinen Armen zu liegen, törichtes Weib?«

Persihan schluckte. Sie würde sich nie an die Grobheit gewöhnen, mit der die meisten Männer Frauen wie sie behandelten, doch noch wollte sie den Fremden nicht ziehen lassen. Sein Pferd und seine Kleider verrieten Reichtum. Einen Gast wie ihn hatte sie schon lange nicht mehr gehabt!

»Ich kann auch für dich kochen, deine Kleider ausbürsten oder dich mit einem Märchen unterhalten, Fremder. Anders als die anderen Frauen dieser Straße vermag ich dich auf vielerlei Arten zu erfreuen. Ich könnte dir auch deine müden Muskeln kneten und ...«

»Es gab nur eine Frau, deren Gesellschaft ich jemals gesucht habe. Verschon mich mit deinen falschen Verheißungen! Welchen Grund sollte es für mich geben, bei einer billigen Hure zu verweilen?«

Persihan spürte, wie ihr das Blut in die Wangen stieg. Wenn sie ein Mann gewesen wäre, dann hätte sie den Fremden ihren Dolch spüren lassen, doch so blieben ihr nur Worte, um ihrer Wut freien Lauf zu lassen. »Möge Rastullah Fluch und Schande auf deinen Weg bringen! Glaubst du vielleicht, ich sei so versessen auf einen, der sein hässliches Gesicht aus Scham hinter einem Schleier verbergen muss? Wenn ich nicht dein Geld brauchte, um meine Kinder zu ernähren, böte ich mich niemals einem Mann wie dir an. Du magst zwar reiche Kleider und ein prächtiges Pferd besitzen, doch dein Herz ist arm und verkümmert!« Wutschnaubend wandte die Frau sich ab, und sie hatte schon fast die Tür ihres Hauses erreicht, als hinter ihr die Stimme des Reiters erklang.

»Hier, nimm das für deine Kinder!« Neben ihr schlug eine schimmernde Silbermünze in den Staub der Straße.

Einen Augenblick lang rang Persihan mit sich. Was könnte sie nicht alles für das Geld kaufen! Doch wenn sie die Münze aufhob, gäbe sie ihren letzten Stolz auf. Sie dachte an den jämmerlichen alten Hund, den sie gesehen hatte. Sie sollte sich wirklich ein Messer holen und sehen, ob sie ihn noch erwischte. Wütend, wie sie war, würde sie jetzt nicht einmal vor einem Drachen zurückschrecken.

»Behalt dein Geld für dich, Fremder! Ich bin keine Bettlerin, die Almosen nimmt. Du hast meinen Dienst zurückgewiesen, also gibt es auch keinen Grund für mich, dein Silber zu nehmen. Versuch es bei einer anderen! Du wirst auf dieser Straße genug Frauen finden können, die keinen Stolz mehr haben und für Geld alles tun.« Persihan spuckte auf das Silberstück und trat in ihr Haus. Sie besaß hier zwar nur ein einziges Zimmer, dennoch nannte sie es in Gedanken immer ihr Haus. Das hörte sich einfach besser an und war ja auch nicht ganz falsch.

Im engen Flur mit der Holzstiege hatte sich noch die Hitze der Mittagsstunden gehalten. Immer zwei Stufen auf einmal nehmend, eilte sie die ausgetretene Treppe hinauf. Sie fühlte sich so gut wie schon seit vielen Gottesnamen nicht mehr. Was sie getan hatte, war großartig, und es war lange her, dass sie sich auf solche Art behauptet hatte.

Als sie in ihr Zimmer trat, sah sie kurz nach der kleinen Suleika: Sie lag in Tücher gehüllt auf den Schilfmatten, die ihnen allen als Bett dienten. Wie ein Kätzchen hatte sich das Mädchen zusammengerollt und schlief fest. »Heute Abend werden wir Fleischbrühe essen«, flüsterte Persihan und strich der Kleinen über das samtweiche Haar.

Dann trat die Nomadin zu der schmalen Kiste hinüber, in der sie ihren ärmlichen Hausrat verwahrte: Schalen und Holzlöffel, ein Kamm aus Knochen, dem schon die Hälfte der Zinken fehlte, den schmalen Silberreif, das letzte von ihrem Brautschmuck übrig gebliebene Stück, und jenes Messer, das sie als kleines Mädchen von ihrer Mutter geschenkt bekommen hatte. Prüfend wog sie es in der Hand. Es war nicht für den Kampf geschaffen, sondern dazu, einer Frau bei ihren Hausarbeiten zu dienen. Die Klinge war schon so oft geschliffen worden, dass sie mit der Zeit ganz schmal geworden war, doch für den räudigen Köter würde das alte Messer schon reichen.

Sie könnte ja auch noch ein paar schwere Steine auflesen, überlegte Persihan, als sie das Zimmer durchquerte und zur Tür eilte. Sie wollte gerade die Hand auf den verschrammten alten Holzknauf legen, als die Tür aufschwang. Vor Schreck wäre Persihan fast das Messer aus der Hand gefallen, denn vor ihr stand der Krieger, den sie auf der Straße beleidigt hatte.

Die Nomadin wich einen Schritt zurück. Was kam jetzt? Wollte er sich an ihr rächen? War sie zu weit gegangen? Sie blickte auf das Messer in ihrer Hand. Sollte sie … Nein, das würde es nur noch schlimmer machen! »Erlaubst du, dass ich meine kleine Tochter zu einer Nachbarin bringe? Sie soll nicht sehen, wie du …« Persihan versagte die Stimme.

»Lass sie!« Der Fremde trat in das Zimmer und schloss die Tür hinter sich. »Ich habe dir Unrecht getan, und ich wollte mich bei dir entschuldigen. Du warst im Recht, als du mich verflucht hast. Mein Weg ist fluchwürdig, doch ich …« Er schüttelte den Kopf. »Du sagtest, du würdest mich massieren und meine Kleider ausbürsten. Würdest du auch Hafer und Wasser für mein Pferd besorgen? Es gäbe noch einige andere Dienste, die du mir erweisen könntest, ohne dabei deine Ehre zu verkaufen. Du wirst kein Almosen von mir bekommen, sondern eine angemessene Entlohnung.«

Persihan nickte. Noch traute sie dem Krieger nicht. Doch gleichgültig, was er letzten Endes von ihr wollte, es war sicherlich klüger, zunächst einmal zuzustimmen und ihn nicht zu verärgern.

»Ich werde mich gern um Euer edles Ross kümmern, Herr. Auch in den anderen Angelegenheiten …«

»Um meinen Hengst kümmere ich mich schon selbst. Du sollst nur Hafer und einen Eimer Wasser besorgen«, unterbrach sie der Fremde barsch. »Er duldet keinen außer mir in seiner Nähe.«

Persihans Kleine regte sich unruhig auf dem Bett und stöhnte laut im Schlaf. Der Reiter warf einen Blick auf das Kind und fuhr dann in freundlicherem Ton fort. »Du musst entschuldigen, wenn ich grob bin, aber ich habe lange Zeit in der Gesellschaft von Kriegern verbracht, und dort vergisst man nur allzu leicht die guten Sitten.«

Die Nomadin nickte. »Wenn ich für Euren Hengst Hafer holen soll, dann müsst Ihr mir Geld geben, denn was Ihr an das Tier verfüttert, ist besser als das, was auf meinem Tisch steht.«

»Die Welt ist ein grausamer Ort, der vielerlei Prüfungen für den Rechtgläubigen bereithält«, entgegnete der Mann ungerührt. Dann öffnete er einen kleinen Samtbeutel, der an seinem perlenbestickten Waffengurt hing, und reichte ihr eine silberne Zechine. »Nun geh!«

Persihan blickte auf das Bett. Sie wollte die kleine Suleika nicht mit dem Krieger allein lassen. »Erlaubt, dass ich zunächst mein Mädchen in die Obhut einer Amme in der Nachbarschaft bringe. Ich möchte nicht, dass sie Eure Ruhe stört, Herr.«

»Du hältst mich wohl für sehr einfältig! Glaubst du, ich gäbe dir mein Geld und ließe dich dann einfach ziehen? Das Mädchen bleibt hier, und wenn ich dich bis Sonnenuntergang nicht wiedersehe, werde ich sie mit mir nehmen. Geh jetzt, Weib! Ich schwöre dir bei meiner Ehre als Streiter des Kalifen, dass ich über den Schlaf deines Mädchens wachen werde und ihr nichts zuleide tue. Kränke mich nicht, indem du an mir zweifelst. Möge Rastullahs Zorn mich auf der Stelle niederstrecken, wenn ich auch nur ein einziges Mal in meinem Leben mein Schwert ohne Not oder in einer ungerechten Sache gezogen hätte.«

Persihan zauderte. Der Mann machte ihr Angst. Vielleicht war es wirklich das Beste, ihm zu gehorchen und seine Wünsche zu erfüllen, damit er so schnell wie möglich wieder verschwand. Noch einmal beugte sie sich über Suleika und schlug heimlich ein schützendes Zeichen über das Kind. Dann verließ die Nomadin ihr schäbiges Zimmer.

Als Persihan wiederkehrte, war sie überrascht, Suleika fröhlich lachend auf den Knien des Fremden sitzen zu sehen. Der Mann hatte den Schleier abgenommen, um das Kind nicht zu erschrecken, und ging auf jeden Schabernack der Kleinen ein. Ein unbekannter Kummer schien tiefe Furchen in das Gesicht des Reiters gezogen zu haben. Sein Haar war an den Schläfen vor der Zeit ergraut, und sein Blick wirkte zwar wachsam, doch schien kein Feuer mehr in seinen Augen zu lodern, so als habe er die Hoffnung auf Glück schon vor langer Zeit aufgegeben.

Persihan kannte sie gut, jene zunächst fast unscheinbaren Male, die Verzweiflung und Hoffnungslosigkeit einem Gesicht aufprägten. Sie fanden sich auch in den Gesichtern all jener anderen, die gleich ihr in dieser namenlosen Straße am Rande von Fasar lebten. Doch was konnte einem reichen und mächtigen Krieger begegnet sein, das ihn derart veränderte? Persihan wagte nicht, ihn zu fragen. Wenigstens dem Augenschein nach war der Fremde mit allen Gaben Rastullahs gesegnet. So übergab sie ihm Hafer und Wasser und schaute zu, wie er die schmale Stiege hinabstieg.

Verträumt beobachtete sie von ihrem Fenster aus, wie der Reiter sein Pferd versorgte, ihm den Hafersack vorband und später das Fell striegelte, bis es schwarz in der Sonne glänzte. Wäre sie nicht ihrem Kesselflicker gefolgt, vielleicht hätte auch sie die Frau eines stolzen Kriegers werden können. Wie es wohl wäre, ein Leben an der Seite eines solchen Mannes zu führen?

Als er wieder heraufkam, schickte der Reiter sie fort, um alles Nötige für ein Abendessen zu beschaffen. Diesmal gab er ihr sogar eine Goldmünze! Welch eine Verschwendung! Wusste er nicht, dass man dafür ein ganzes Festmahl ausrichten konnte? Dazu äußerte er den seltsamen Wunsch, dass sie sich nach den Märchenerzählern, die zurzeit in der Stadt weilten, erkundigen solle. Vor allem nach einem alten Mann mit Namen Mahmud möge sie sich umhören.

Zwei Stunden kostete es sie, den Auftrag auszuführen, denn einen bestimmten Märchenerzähler in den verwinkelten Basaren zu finden, war so aussichtsreich, wie das Wort Rastullahs in der Stadt der ungläubigen Kaiserin jenseits der Goldfelsen zu predigen. Sie hatte von drei Männern gehört, auf die die Beschreibung des Reiters zutraf, doch deren Namen hatte sie nicht in Erfahrung bringen können.

Der eine war jeden Abend bei den Zelten der Nomaden anzutreffen, die am Rande der großen Stadt lagerten. Ein zweiter saß angeblich auf dem Kamelmarkt, der dritte aber musste wohl irgendwo im Basar der Teppichhändler aufzufinden sein.

Während Persihan dem Fremden erzählte, was sie in Erfahrung gebracht hatte, massierte sie ihn mit feinem Öl, das sie bei einem Seifenhändler gekauft hatte, Schultern und Rücken. Auch wenn der Reiter sich über seine Person noch weiterhin in Schweigen hüllte, so legten seine Narben doch ein beredtes Zeugnis von seinem Leben ab. Fast verborgen zwischen den Falten des Halses erkannte sie Male, die verrieten, wo einst ein Sklavenring in sein Fleisch geschnitten haben musste. Auch fand sie die unverwechselbaren Spuren längst verheilter Peitschenhiebe auf seinem Rücken. Feine, hellere Linien auf Brust und Armen zeugten von den Wunden, die der Fremde in einem Leben voller Kämpfe davongetragen hatte. Von dieser Sorte Narben fand Persihan nicht eine auf dem Rücken.

Wer oder was auch immer der Reiter sein mochte, eines war gewiss: Er war tapfer! Nie hatte er einem Feind den Rücken geboten. Aus einem Kampf zu fliehen war ihm fremd. Er musste ein großer Held sein!

Die Nomadin seufzte leise. Wenn sie nur wenigstens seinen Namen wüsste! So könnte sie nicht einmal erzählen, wen sie an diesem Abend bei sich beherbergt hatte. Doch ihr würde ohnehin niemand glauben, dass ein edler Recke, der sicherlich sogar den Kalifen kannte und um den sich gewiss viele Geschichten rankten, bei ihr für ein paar Stunden Quartier genommen hatte.

Nur jene Nachbarn, die das Pferd vor dem Haus gesehen hatten, wüssten, dass sich an diesem Tag etwas Außergewöhnliches in ihrem heruntergekommenen Viertel ereignet hatte.

»Genug jetzt!« Der Fremde streckte sich und richtete sich auf dem Bett auf. »Wo willst du kochen?«

»Auf dem Hof, Herr. Dort gibt es eine Feuerstelle. Soll ich beide zubereiten?« Persihan wies auf die beiden hölzernen Käfige, in denen zwei Hühner mit gebrochenen Flügeln hockten, die sie auf dem Markt eingekauft hatte.

»Wie lange wird es dauern?«

»Bis sie gerupft, ausgenommen und am Spieß gebraten sind … Zwei Stunden, vielleicht auch ein wenig länger.«

Der Fremde blickte zum Himmel, wo sich die Sonne im Osten schon fast bis zum Horizont neigte und bald hinter den hoch aufragenden Ausläufern des Raschtulswalls verschwinden würde.

»Das reicht«, brummte er halblaut. »Er wird so schnell nicht verschwunden sein.«

»Der Märchenerzähler? Ist er ein Freund von dir?«

Der Fremde antwortete nicht. Stattdessen griff er nach seinen Satteltaschen, die er neben den Strohmatten abgelegt hatte, und holte schwarz gefärbte Reitkleider aus einem dicken Leinenstoff daraus hervor. Dann legte er seine Hose ab. Schamhaft blickte Persihan beiseite. Wollte er jetzt doch …?

Der Reiter beachtete sie nicht. Er bürstete seine Kleider aus und war dabei so sehr in Gedanken versunken, dass er sie gar nicht mehr wahrzunehmen schien. Also nahm die Nomadin ihre Tochter auf den Arm, griff nach den beiden Käfigen mit den unruhig gackernden Hühnern und ging auf den Hof.

Es mochte eine halbe Stunde vergangen sein, als der Fremde ihr folgte. Er war wieder mit seinem Schwert gegürtet und trug eine schwarze Reithose sowie ein Wams aus feinem Schafsleder. Über dem rechten Arm hing sein Kettenhemd. Links hielt er Helm und Schild.

»Ich habe mir gedacht, ich könnte meine Arbeit auch draußen tun. Es ist stickig in deinem Zimmer. Hier ist die Luft angenehmer.«

Persihan beobachtete, wie er sich mit dem Rücken zur Mauer niederließ und seine Rüstung zu putzen anfing. Bald schon umringten ihn neugierige Kinder, die seine Ausrüstung betrachteten. Er ließ sie sogar damit spielen.

Hassan, ihr ältester Sohn, kam mit dem prächtigen Spangenhelm zu ihr herüberstolziert und fühlte sich offensichtlich wie der Held eines Märchens. Natürlich war der Helm viel zu groß für den Kinderkopf. Der Nasenschutz ragte ihm weit über die Lippen hinaus, und das Kettengeflecht, das man daran einhaken konnte, hing Hassan bis zum Bauchnabel. Trotzdem marschierte er so stolz den Hof auf und ab, als gehöre er zur Leibwache eines der Erhabenen.

Persihan lächelte. Still genoss sie das Glück des Abends. Sie hatte genug zu essen für sich und die Kinder. Ihr Gast war freundlich und spielte sogar mit den Kleinen. Es war lange her, dass sie sich so unbeschwert gefühlt hatte. Mit einem stummen Gebet dankte sie Rastullah, als die fette Ayla aus dem Hauseingang geschlurft kam und sich neben ihr niederkauerte.

»Na, wieder ein neuer Mann im Haus?« Die Nachbarin verzog abfällig das Gesicht. »Wenn ich damals gewusst hätte, dass du auch so eine bist, hätte ich deinem Mann niemals das Zimmer verkauft.«

Persihan versuchte, Aylas Sticheleien zu überhören. Seit dem Tod ihres Mannes ging das schon so. Hunderte Male hatte sie die Ungläubige verflucht, doch abgesehen davon, dass Ayla immer dicker wurde, wollte ihr einfach kein Leid widerfahren. In der ganzen Nachbarschaft war ihre scharfe Zunge gefürchtet, doch wagte niemand, ihr etwas anzutun, denn sie war die Geldverleiherin des Viertels, und es gab kaum jemanden, der nicht in ihrer Schuld stand. Wenn man schlecht über sie redete, dann schickte sie einem einfach ein paar Halunken auf den Hals und ließ sie auf unsanfte Art ihr Geld samt Zinsen eintreiben.

»Wer ist der Strauchdieb, den du da angeschleppt hast? Und woher hast du das Geld, dir Hühnchen zu leisten?«

»Mein neuer Freund gehört zu den Murawidun, den Mündeln des Kalifen. Er ist ein berühmter Krieger. Du solltest besser nicht abfällig über ihn reden.«

Ayla lachte laut auf. »Ein Murawid? Hier? Dein letzter Gast hat wohl zum Abschied den Verstand aus dir herausgeprügelt, Weib! Was sollte ein Murawid wohl hier tun? Sieh ihn dir doch an, wie klein und schmal er ist. Das soll ein Streiter des Kalifen sein? Ein Strauchdieb ist er! Ich wette mit dir, dass er das Pferd und die Rüstung gestohlen hat. Ein solcher Kerl würde zu dir passen. Ein Herumtreiber, genau wie dein toter Mann. Macht dir ein paar Kinder und verschwindet dann wieder.«

»Redest du von mir, Weib?« Lautlos war der Fremde neben das Feuer getreten, und Ayla zuckte erschrocken zusammen – doch schon im nächsten Augenblick hatte sie sich wieder gefasst.

»Du schleichst ja wie ein Pferdedieb, Kerl. Für den Ruf eines Mannes ist das nicht gerade vorteilhaft. Was hast du in diesem Hof verloren? Ich kann mich nicht erinnern, dich hierher eingeladen zu haben.«

»Du bist also die Herrin dieses Palastes.« Der Fremde ließ den Blick über den schäbigen Hinterhof wandern. »Dein Haus und du, ihr passt zueinander. Man sieht euch beiden an, dass ihr schon bessere Tage erlebt habt.«

»Für einen Pferdedieb, der achtgeben sollte, mit wem er sich anlegt, nimmst du das Maul ganz schön voll. Ich bin die wichtigste Frau dieser Straße und könnte dir mehr Ärger bereiten, als du auf deinen schmalen Schultern tragen kannst, du jämmerlicher Wicht. Also pack dein Diebesgut und verschwinde von hier!«

Der Krieger hob abwehrend die Hände. »Ich erzittere vor deinem Zorn, gewichtigste Frau dieser Straße! Verzeih, wenn ich die Fülle deiner Macht nicht sofort erkannt habe.« Im Hintergrund lachten einige Kinder, und auch Persihan hatte alle Mühe, ein Lächeln zu verbergen. »Da du nun Gebieterin dieses Hofes bist, möchte ich wissen, wie viel es kostet, ihn für eine Nacht zu mieten.«

»Mehr als ein alberner Kerl wie du sich leisten könnte, denn ich nehme weder gestohlene Pferde noch irgendwelche Waffen oder Rüstungen als Pfand.«

»Und wie wäre es hiermit?« Der Fremde löste den samtenen Geldbeutel von seinem Gürtel, holte zwei Zechinen heraus und drückte sie Ayla in die Hand.

Misstrauisch besah sich die Geldverleiherin die beiden Münzen im Licht der Flammen und prüfte sie dann mit den Zähnen. Schließlich ließ sie die Silberstücke in den Falten ihres weiten Rockes verschwinden.

»Du nimmst meinen Vorschlag also an?«

Ayla nickte und warf einen gierigen Blick auf den Beutel des Kriegers.

»Gut. Als rechtmäßiger Herr dieses Hofes bitte ich dich nun in aller Höflichkeit zu gehen, denn dein Anblick verdirbt mir die Laune, Weib.«

Die Geldverleiherin warf dem Fremden einen bösen Blick zu, dann erhob sie sich schwerfällig und verschwand durch den Hintereingang.

»Du hättest sie nicht derart reizen dürfen. Sie ist keine Frau, die so etwas einfach auf sich sitzen lässt.«

Der Fremde winkte lachend ab. »Was sollte sie uns schon tun? Sie ist doch nur ein grantiges Weib, vor dem die Männer davonlaufen.«

Persihan schüttelte zwar den Kopf, antwortete ihm jedoch nicht. Sie wollte ihrem Gast mit ihren Sorgen nicht das Festmahl verderben, das er so großzügig gespendet hatte. Doch die Nomadin wusste nur zu gut, dass Ayla eine solche Schmach nicht einfach hinnähme und dass die Geldverleiherin sie in den nächsten Gottesnamen die Überheblichkeit des Fremden büßen ließe.

So vermochte das Essen der Nomadin schließlich keine rechte Freude zu bereiten, obwohl der Fremde sich alle Mühe gab, sie aufzumuntern und die Kinder schallend über die Geschichten und Späße lachten, mit denen er sie den ganzen Abend über unterhielt. Plötzlich jedoch sprang er mitten im Satz auf, ergriff sein Schwert und war mit einem Sprung in der Dunkelheit jenseits des kleinen Lichtkreises verschwunden, den das Feuer in die Nacht schnitt.

Verblüfft sah Persihan sich um. Der Krieger war wie vom Erdboden verschluckt. Die Nomadin musste an die Geschichten denken, die man sich über Dschinne erzählte, und an die tolldreisten Späße, die diese unheimlichen Geisterwesen angeblich manchmal mit Menschen trieben. Sollte der Fremde etwa …

Sie starrte noch immer auf den Platz, an dem ihr Gast eben erst gesessen hatte, als Männer mit Fackeln und Speeren durch den Hintereingang auf den Hof traten. Ihre himmelblauen Kaftane wiesen sie als Gardisten des Habled ben Cherek aus, eines mächtigen Händlers, der durch seine Skrupellosigkeit und seinen Reichtum bis unter die Erhabenen aufgestiegen war.

»Bist du Persihan, die Frau des Kesselflickers?« Eine blonde Offizierin mit blankem Schwert in der Hand trat vor die Nomadin.

Persihan nickte. »Was wollt ihr von mir? Ich habe mir nichts zuschulden kommen lassen!«

»Man wirft dir vor, einem Raubmörder und Pferdedieb Unterschlupf gewährt zu haben. Im Namen meines Herrn erkläre ich dich hiermit für verhaftet.«

Die Nomadin wurde gepackt und zur Tür gezerrt. »Ich bin unschuldig!«, rief sie verzweifelt. »Im Namen Rastullahs schwöre ich, dass ich den Fremden nicht kannte. Ich habe keinen Anteil an seinen Verbrechen!«

Die Offizierin lachte kalt. »Spar dir deinen Atem! Mich wirst du mit deinem Jammern nicht erweichen. Gleichgültig, wohin ich komme: Bislang hat mir noch jeder geschworen, er sei unschuldig, selbst Mörder, die ich noch mit blutiger Waffe in der Hand stellte. Mit deinen Klagen wirst du hier niemanden beeindrucken, Kindchen.«

Die Kriegerin trat nach den herumliegenden Hühnerknochen. »Willst du etwa leugnen, dass du eben erst hier mit ihm dein Mahl geteilt hast? Schafft sie mir aus den Augen! Und dann durchsucht das Haus und den Hof nach der Diebesbeute. Angeblich hat der Gast dieser Schlampe außer dem gestohlenen Shadif auf der Straße auch Waffen und Rüstungen von beträchtlichem Wert hierhergebracht. Findet das Zeug! Unser Herr will die Kostbarkeiten persönlich in Augenschein nehmen!«

Während der Großteil der Gardisten sich verteilte, wurde Persihan von zwei Männern durch das Haus auf die Straße gezerrt, wo schon einige Schaulustige zusammengelaufen waren. Ein paar Schritt die Straße hinauf stand eine prächtige Sänfte mit golddurchwirkten himmelblauen Vorhängen. Habled ben Cherek ist also persönlich gekommen, um meiner Bestrafung beizuwohnen, dachte Persihan entsetzt. Das hieß, dass sie schon so gut wie tot war, denn in der ganzen Stadt war bekannt, dass dieser raffgierige Erhabene auch vor der Hinrichtung Unschuldiger nicht zurückschreckte, wenn er etwas bekommen wollte, das sich in deren Besitz befand.

»Nun fangt schon das Pferd ein, ihr nichtsnutzigen Memmen!«, übertönte eine dunkle Männerstimme den Lärm auf der Straße. Ein von einem buschigen schwarzen Bart gerahmtes Gesicht erschien zwischen den Vorhängen der Sänfte. »Wenn ihr weiter meinen Sold verhuren wollt, dann wäre es besser, wenn sich wenigstens einer unter euch fände, der in der Lage ist, ein Pferdchen am Zügel zu führen!«

Die Krieger tauschten beklommene Blicke aus. Einer wagte sein Glück und lag schon im nächsten Augenblick von einem Huftritt getroffen im Staub. Das Shadif, das mit seinen Zügeln an einem eisernen Ring am Haus angebunden gewesen war, hatte sich losgerissen. Wild bockend bahnte es sich einen Weg durch die Soldaten, sodass es Persihan schien, als habe der schwarze Hengst Freude daran, Schrecken und Verderben unter die Menschen zu bringen.

Am Ende der Straße ertönte ein schriller Pfiff. Wiehernd hob der Hengst den Kopf, spitzte die Ohren und trabte dann in die Finsternis davon.

»Lasst diese Bestie nicht entkommen, ihr Trottel!« Habled ben Cherek schäumte vor Wut. »Los, hinterher!« Einige der Krieger liefen widerwillig dem Hengst nach, doch war ihnen nur zu deutlich anzusehen, dass sie keinen Wert darauf legten, das Tier einzuholen.

Persihan war inzwischen bis vor die Sänfte gezerrt worden. Aus Angst vor dem Zorn des Erhabenen zitterte sie. Von diesem Mann hatte sie keine Gerechtigkeit zu erwarten!

»Du also bist die Schlampe, die diesen Dieb und Mörder versteckt hat!« Roter Fackelschein fiel auf das Gesicht Hablets, das der Nomadin wie eine Dämonenfratze erschien. »Wenn dein Buhle und seine Schätze meinem gerechten Zorn entgangen sind, so sollst wenigstens du die Strenge des Gesetzes erfahren. Man hat mir zugetragen, dass du Kinder hast. Ihnen soll meine Gnade gelten. Ich werde sie in die Sklaverei verkaufen. Du aber wirst stellvertretend für deinen Geliebten für Diebstahl und Mord gestraft werden.«

»Wenn Ihr mir mein Leben nehmen wollt, so will ich mich nicht beklagen, doch bitte schont meine Kinder. Sie sind frei geboren. Sie tragen doch keine Schuld. Macht mit mir, was immer Ihr wollt, Gerechtester unter den Großmütigen, aber bitte …!«

»Schweig, Weib! Mhadul, komm her zu mir! Du sollst heute mein Henker sein. Schlag der Hure die rechte Hand ab, so wie es seit alters her die Strafe für Diebe ist!«

Ein schlanker junger Mann trat aus der Gruppe der Soldaten hervor, die die Sänfte bewachten. Hohe Wangenknochen prägten sein Gesicht, und um seine Lippen spielte ein grausames Lächeln. »Ich danke Euch für die Gelegenheit, mich vor Euren Augen zu bewähren, Herr.«

Der junge Krieger zog sein Schwert. Zwei andere Soldaten warfen Persihan zu Boden und schlangen Fesseln um ihr rechtes Handgelenk. Während der eine die Frau am Boden festhielt, zerrte der andere an der Fessel, sodass Persihans rechter Arm zur Seite gerissen wurde und nun ein leichtes Ziel für das Schwert des Scharfrichters war.

Persihan hatte aufgehört, Widerstand zu leisten. Leise wimmernd flehte sie zu Rastullah, während sich ihre Nachbarn in weitem Kreis um die Sänfte drängten, um dem Spektakel der Bestrafung beizuwohnen.

»Bist du bereit, Mhadul?«, ertönte die dunkle Stimme Habled ben Chereks. Statt einer Antwort hob der Krieger das Schwert.

»Haltet ein!« Ein schwarz vermummter Reiter tauchte wie aus dem Nichts der Nacht auf, und die Menge der Schaulustigen teilte sich vor ihm, so wie die See vom Rumpf der Galeere zerschnitten wird. »Wessen wird die Frau angeklagt?«

»Er reitet den gestohlenen Hengst!«, erscholl eine Stimme aus der Menschenmenge. Voll banger Hoffnung drehte Persihan das Haupt. Es war der Fremde!

»Senk dein Schwert, Mhadul!« Obwohl der Reiter leise sprach, war seine Stimme durchdringend und drohend. Nur das leise Knistern der Fackeln störte die Stille, die über dem Menschenauflauf lag.

Mhadul blickte fragend seinen Herrn an. Der Erhabene hatte sich von seiner Überraschung erholt. Dass jemand es wagte, seinem Wort zu trotzen, war seit Jahren nicht mehr vorgekommen. Er stieg aus der Sänfte und richtete sich zu voller Größe auf. Habled ben Cherek trug die Jubbah, ein wie ein Mantel geschnittenes langes Obergewand, das ihm bis über die Knie hinabreichte, dazu perlenbestickte Stiefel und ein seidenes Hemd, das am Kragen und an den Ärmeln unter der Jubbah hervorragte. Um seine Hüften war ein breiter Gürtel aus rotem Samt geschlungen, in dem ein Krummdolch und ein Khunchomer steckten.

»Wer wagt es, seine Stimme gegen Habled ben Cherek, den Herrn der Karawanen, zu erheben? Zeig uns dein Gesicht, Vermummter, oder ich befehle meinen Männern, dich aus dem Sattel zu zerren und deinen Leib auf ihren Lanzenspitzen zu meinem Palast zu tragen. Ich lasse mich nicht von einem Mann verhöhnen, der einen aus den Reihen der Mündel des Kalifen gemeuchelt und bestohlen hat. Glaubst du vielleicht, indem du seine Waffen trägst, seist du so vollkommen wie dieser edle Streiter geworden?«

»Wie kommst du dazu, mich für einen Murawid zu halten? Bist du ein blinder Narr?« Der Fremde hob seinen runden Reiterschild vor die Brust, und in sprühenden Lichtern brach sich der Fackelschein auf den blutroten Almandinen, die den Schildbuckel umgaben. Mit goldener Farbe war das Siegelzeichen des Kalifen von Mherwed auf die obere Hälfte des Lederschildes gemalt. »Ich bin kein Murawid, Habled ben Cherek. Sieh diesen Schild, den mir der Kalif als Lohn für Mut und Tapferkeit schenkte. Ich bin der Siebente der Neun, und ich sehe auf dieser Straße niemanden, den ich als Gegner fürchten müsste. Wer mich einen Dieb nennt, der beleidigt damit den Kalifen selbst, Ruchloser!«

»Bist du der Mautaban?« Die Stimme des Erhabenen hatte ihre Kraft verloren, und er wich vor dem Reiter einen Schritt zurück, sodass er nun mit dem Rücken vor der Sänfte stand.

»Der Mautaban würde nicht so viele Worte machen.

Seine Zunge heißt Esravun, und wo diese Klinge gesprochen hat, herrscht blutiges Schweigen. Er ist der Zweite der Neun, doch keine Sorge, meine Kunst steht nicht weit hinter der seinen zurück.«

»Packt diesen Bastard, Männer!« Der Erhabene warf sich rückwärts in die trügerische Sicherheit der Sänfte. Gleichzeitig eilte eine Schar seiner Soldaten herbei.

Wie ein Falke auf seine Beute, so stieß der Fremde aus seinem Sattel hinab, und schnell wie ein Windstoß tanzte er durch die Schar der Soldaten. Sein Schwert aber war wie ein silberner Blitz, und hell klang das Geräusch von berstendem Stahl über die Straße.

Als der Reiter neben Persihan zum Stehen kam, lagen drei Soldaten stöhnend im Staub, doch hatte er keinem von ihnen eine blutige Wunde geschlagen. Zwei andere starrten entsetzt auf die zersplitterten Schäfte ihrer Speere.

»Das mag als Beweis für meine Worte genügen!« Der Atem des Fremden ging ruhig, während er sprach, so als habe ihn der kurze Kampf nicht im Mindesten angestrengt. »Wenn du es wagst, dein Versteck aus Seide und Samt zu verlassen, dann erkennst du nun vielleicht, dass dein Urteil vorschnell war, als du Persihan Freundin eines Diebes und Meuchlers gescholten hast, tapferer Habled ben Cherek!«

Die Soldaten hatten sich auf reichlichen Abstand zu dem Verschleierten zurückgezogen, und es schien, als könne sie das Wort ihres Herrn kein zweites Mal zu einem Angriff verleiten.

»Verzeih mir, Siebenter der Neun! Deine Schwertkunst lässt jeden Zweifel an der Wahrhaftigkeit deiner Worte verblassen«, erklang es kleinlaut hinter den Vorhängen. »Ich bin das Opfer einer Lügnerin geworden.«

»Dann sorg dafür, dass die Lügnerin eine strenge Strafe erhält, denn sie hat nicht nur meinen Namen, sondern auch den des Kalifen beschmutzt, indem sie mich, der ich dem Ersten unter den Rechtgläubigen diene, einen Mörder nannte. Ferner sollst du Persihan für die Schmach entschädigen, die sie erlitten hat.«

»Gewiss.« Die Stimme des Erhabenen war zu einem fast unhörbaren Murmeln geworden.

Der Verschleierte winkte der Nomadin, und Persihan, die das ganze Geschehen auf den Knien liegend beobachtet hatte, erhob sich und trat vor die Sänfte. Ihr Herz schlug schnell wie die Schwingen des Palmvogels. Der Fremde, der so viel Leid über sie gebracht hatte, musste wohl ein Wesir oder vielleicht sogar ein Sultan sein. Es war wie in dem Märchen von Osman, dem falschen Bettler, der sich am Ende als Prinz entpuppte und die arme Tochter eines Teppichhändlers aus Liebe in sein Serail führte und zu seiner ersten Frau machte.

»Ich weiß, dass du ein sehr reicher Händler bist, Habled, deshalb wünsche ich, dass du Persihan als Entschädigung eine Arbeit gibst, ihr eine kleine Wohnung in einem besseren Viertel stellst und ihr das Zimmer, das sie hier besitzt, zu einem angemessenen Preis abkaufst. Damit hättest du dann die Schmach abgegolten, die du mir und der Nomadin angetan hast. Kannst du dich damit einverstanden erklären?«

Habled zögerte mit seiner Antwort. »Was tätest du, wenn ich mich weigere?«

Der Verschleierte lachte leise. »Du bist wirklich der Mann, als den man mir dich beschrieben hat. Nun, nach den Gesetzen der Mawdliyat und den Geboten Rastullahs könnte ich dich dafür, dass du mich einen Räuber und Mörder genannt hast, zum Duell fordern.«

»Ich bin reich, Fremder. Ich würde einen Kämpfer an meiner Stelle schicken.«

»Glaubst du, damit sei es getan? Ich könnte jeden Tag einen neuen Grund finden, dich zum Duell zu fordern. Was denkst du, wie oft du jemanden finden wirst, der für dich sein Leben opfert, nachdem ich die ersten drei oder vier Siege in unserer Fehde davongetragen hätte? Es würde nicht lange dauern, bis entweder ganz Fasar über dich lachte oder aber dein Blut zum Preis für deine Sünden würde.«

Der Erhabene schwieg. Sie hatten den letzten Teil des Gespräches so leise geführt, dass die Schaulustigen nicht mit anhören konnten, worüber geredet wurde. »Du gibst dich also damit zufrieden, wenn ich diesem Weib eine Arbeit und eine bessere Wohnung verschaffe?« Habled sprach jetzt im lauernden Tonfall eines Geschäftsmanns.

»Es soll eine gute Arbeit sein; Persihan muss ihr zustimmen.«

»Sie könnte die Küche in meiner Karawanserei leiten, wenn das gut genug für sie ist.«

Die Nomadin nickte eifrig. »Ich würde mich freuen, Euch auf diese Weise zu Diensten sein zu können, Erhabener. Ich weiß auch billig für viele Menschen zu kochen. Ihr wäret sicher nicht enttäuscht.« Persihan konnte kaum fassen, welch glückliche Wendung der Abend noch genommen hatte. Erst war sie dem Tode so nahe gewesen, und jetzt sollte ihr ganzes Leben besser werden.

»Dann ist unser Handel damit geschlossen, Verschleierter. Du vergisst, dass ich dich aufgrund lügenhafter Anschuldigungen zu Unrecht Mörder und Dieb genannt habe. Als Gegenleistung werde ich dem Weib zu einem besseren Leben verhelfen.«

»So sei es, Habled ben Cherek. Doch solltest du wissen, dass mir bereits einiges über deine Verbindungen zu den Diebes- und Meuchlergilden dieser Stadt zu Ohren gekommen ist. Sollte Persihan also jemals ein Leid widerfahren, dann werde ich nicht erst fragen, ob du damit vielleicht in Verbindung stehen könntest oder nicht. Ich zöge dich in jedem Fall dafür zur Rechenschaft und vergälte nach altem Recht Gleiches mit Gleichem. So hab nun Acht, dass Leben und Glück dieser Frau immer ungetrübt sein mögen. Ich weiß, du hast die Macht dazu.«

»Hältst du meine Kräfte für göttergleich, Fremder? Wie

soll ich dieses Weib vor jedem Schicksalsschlag bewahren? Das ist mehr, als ein Mensch versprechen kann. Dieser Handel wäre nicht gerecht!«

»Aber Hablet, du weißt doch sehr wohl, dass stets der Starke bestimmt, was gerecht ist. Im Zweifelsfall müsstest du einfach darauf vertrauen, dass ich zu unterscheiden weiß, ob es tatsächlich Rastullahs Wirken war, wenn Persihan von einem Unglück betroffen wird, oder aber argwöhnen muss, dass du dir selber angemaßt hast, Schicksal zu spielen.«

»Mir bleibt also nichts übrig, als auf die Gerechtigkeit des Einen Gottes zu hoffen«, brummte der Erhabene ärgerlich. »Lass dir gesagt sein, du bist grausam und selbstgefällig, Fremder.«

»Vielleicht hatte ich zu viel schlechten Umgang, Erhabener. Doch genug der Rede. Wir haben einander gesagt, was zu sagen war. Gestattet, dass ich mich nun zurückziehe.« Der Verschleierte verneigte sich kurz und kehrte zu seinem Pferd zurück.

Wie angewurzelt stand Persihan vor der Sänfte. Das Gespräch der beiden hatte ihr alle Freude an der plötzlichen Wende ihres Schicksals genommen. Nie wäre sie darauf gekommen, dass Hableď ben Cherek vielleicht auf ihren Tod sinnen könnte, obwohl er sein Wort gegeben hatte, sie in seine Dienste zu nehmen – die Art jedoch, wie der Fremde mit dieser Möglichkeit umging, erschreckte sie ebenfalls.

Was hatte sie schon davon, wenn er ihren Tod vielleicht rächte? War er so einfältig, dies nicht zu erkennen? Als Kind hatte sie in der Wüste erleben müssen, dass bei Stammesfehde und Blutrache die Frauen immer die Verlierer waren, ganz gleich, wie der Streit schließlich endete. Wenn es um die Ehre der Männer ging, galten Frauenworte so viel wie das Blöken eines Kamels.

Schweren Schrittes kehrte sie zu ihrem Haus zurück. Sicher war ihr Leben seit dem Tod ihres Mannes nicht gut gewesen, doch sie hatte sich mit ihrem Schicksal versöhnt und ihren Weg gefunden. Nun würde sich ein zweites Mal alles für sie ändern, und sie hatte Angst, dem Unbekannten, das vor ihr lag, nicht gewachsen zu sein. Warum nur hatte sie ihren Mund nicht geöffnet, als die beiden Männer miteinander verhandelten?

Jetzt war es zu spät, noch etwas zu ändern. Im Gehen hörte sie, wie der Erhabene seine Söldner zusammenrief und ihnen den Befehl gab, nach Ayla zu suchen. Doch auch darüber, dass die Geldverleiherin für ihre falschen Anschuldigungen büßen sollte, konnte die Nomadin keine Freude mehr empfinden.

Einige ihrer Nachbarn bestürmten Persihan neugierig mit Fragen nach dem, was der Erhabene und der fremde Krieger besprochen hatten, doch sie hüllte sich in Schweigen. Ihr Weg führte sie auf den Hof, wo sie von ihren Kindern getrennt worden war.

Die kleine Suleika fand sie weinend neben dem erlöschenden Feuer, an dem sie erst vor einer Stunde noch glücklich beisammengesessen hatten. Der Verschleierte kniete neben dem Mädchen und versuchte vergeblich, es zu trösten. Erst als Persihan ihre Tochter auf den Arm nahm, beruhigte sie sich.

»Ich hätte nicht bei dir verweilen dürfen. Ich bringe keinem Glück, der gut zu mir ist. Das ist mein Schicksal. Vielleicht aber werde ich durch deine Hilfe das dunkle Tal verlassen können, durch das ich seit so vielen Jahren wandere. Vielleicht wird der Schatten, der über meinem Leben liegt, aber auch noch tiefer werden. Hab Dank für deine Mühe, Persihan. Und wenn du kannst, verzeih mir, was ich dir angetan habe, ohne es zu wollen.«

»Du wusstest, was geschehen würde?«

Der Krieger schüttelte den Kopf. »Nicht *was*, doch ich hätte wissen müssen, *dass* etwas geschehen würde. Bislang ist jedem Menschen, dem meine Gegenwart willkommen war, ein grässliches Schicksal widerfahren. Stimmt es, dass du vor Ayla mit mir geprahlt hast? Was hat ihren Neid so sehr angestachelt, dass sie zu Habled ben Cherek ging, um dich ins Unglück zu stürzen?«

Verlegen wich Persihan dem Blick des Fremden aus. Es mochte sein, dass auch sie zum Teil Schuld daran trug, was an diesem Abend geschehen war. Einige Augenblicke lang betrachtete sie der Verschleierte, dann wandte er sich ab.

»Was auch immer du getan haben magst, es hätte in meiner Macht gelegen, es zu verhindern. Hätte ich dich schlecht behandelt, so wie ich es auch sonst mit allen Menschen tue, die mir begegnen, so wäre es dir niemals eingefallen, mit mir zu prahlen. Doch ich war selbstsüchtig. Ich habe es genossen, Suleika in den Armen zu halten und hier auf dem Hof spielende Kinder um mich zu sehen. So hast du meine Zeche zahlen müssen. Es tut mir leid.«

Jetzt war der Fremde es, der verlegen den Blick senkte. Er fingerte an seinem Gürtel herum und zog die kleine samtene Geldbörse hervor. »Ich weiß, dass Gold dir nicht ersetzen kann, was du durch mich verloren hast, doch habe ich dir versprochen, dich großmütig dafür zu entlohnen, was du mir gabst. Das mag in deinen Ohren wie bitterer Hohn klingen, doch das Gold, das ich dir nun gebe, mag dir eines Tages vielleicht helfen, Suleika eine Brauttruhe zu kaufen und einem angesehenen Handwerker Lehrgeld zu zahlen, damit er deine beiden Söhne bei sich aufnimmt.«

Der Fremde zählte Persihan zwanzig goldene Marawedi auf die Hand, jene Münzen, die der neue Kalif hatte schlagen lassen. Es musste fast alles gewesen sein, was er besaß, denn sein Geldbeutel hing danach so schlaff wie ein leerer Weinschlauch herab.

Persihan nahm das Geld, denn sie fühlte, wie sehr es den Krieger verletzen würde, wenn sie es zurückwiese. Gleichzeitig dachte sie daran, dass es auch reichen könnte, um in die Wüste zurückzukehren, in jene Oase, in der sie einst geboren worden war. Das wäre ein besserer Ort, um ihre Kinder großzuziehen, als diese gottlose Stadt, in der Gewalt und Gold herrschten, und wo jeder edle Stein, den man in den Minen ringsumher fand, mit verlorener Unschuld und zerbrochenen Träumen bezahlt war.

Der Reiter war in den schmalen Flur getreten, der sich quer durch das kleine Haus zog und vom Hof auf die Straße führte. Die Schergen des Erhabenen hatten dort seine Satteltaschen und was sie sonst noch an sich genommen hatten, abgelegt.

Persihan beobachtete ihn. Er legte sein Kopftuch und die hüftlange Tunika ab. Dann kramte er aus seinem Gepäck ein in Seide eingerolltes Kettenhemd hervor, in dessen Brustteil kleine goldene Plättchen mit verschlungenen Schriftzeichen eingearbeitet waren. Das engmaschige Eisenhemd streifte er über das Wams aus Schafleder. Darüber zog er die schwarze Tunika. Dann setzte er sich eine Kappe aus gestepptem Stoff auf den Kopf, stülpte seinen Helm darüber und hakte das Kettengeflecht unter dem Nasenschutz ein. Als ginge er verschleiert, waren nur noch seine Augen zu sehen, dunkel und kalt. Dies schien nicht mehr der Mann zu sein, der Suleika in den Armen gewiegt hatte. Persihan schauderte vor ihm. »Du siehst aus, als wolltest du in den Krieg ziehen.«

Der Reiter drehte sein Hattah zu einem breiten Band. Dann schüttelte er den Kopf. Raschelnd wippte der schwarze Rossschweif, der die Krone seines silbernen Spangenhelms zierte. »Ich ziehe nicht in den Krieg. Ich werde vielmehr in dieser Nacht einen Krieg beenden.«

»Gehst du zu dem Märchenerzähler?«

Der Fremde band sich schweigend das zusammengerollte Kopftuch um den Helm.

»Du liegst in Fehde mit einem alten Mann?«

Wie ein drohender Schatten ragte der schwarze Reiter in dem kleinen Flur in die Höhe. Er musste den Kopf gesenkt halten, damit seine Helmzier nicht gegen die niedrige Decke stieß.

»Leb wohl, Persihan. Möge Rastullah über deinen Pfaden wachen und dir und deinen Kindern ein erfülltes Leben schenken.« Die Stimme des Reiters klang kalt, fast metallisch, und die Nomadin fragte sich, ob es möglich war, dass allein das eherne Kettengeflecht vor seinem Mund die Worte so sehr verzerrte.

»Ich wünsche dir, dass du aus dem Schatten zu entfliehen vermagst, der über deinem Leben liegt, Fremder.«

Kurz schien es, als wolle er Persihan darauf etwas antworten, doch dann bückte er sich nur und hob seinen Schild, die ledernen Taschen und den schweren Sattel auf. Ohne ein Wort trat er aus dem Flur auf die Straße.

Persihan überlegte, ob sie es wagen dürfe, ihn noch einmal anzusprechen. Wenigstens seinen Namen hätte sie gern gewusst. Noch nie hatte sie einen Menschen getroffen, der so viele einander widerstreitende Gefühle in ihr geweckt hatte. Meist konnte sie schon auf den ersten Blick entscheiden, ob sie jemanden mochte oder von ihm abgestoßen war.

Ihren toten Mann hatte sie vom ersten Augenblick an lieb gewonnen. Sein ungeschicktes Wesen, die Art, wie er entschuldigend die Augenbrauen hochzog … Doch dieser Fremde … Sie war zornig über seine abweisende Kälte und darüber, wie er in so wenigen Stunden ihr Leben durcheinandergebracht hatte. Zugleich tat er ihr auch leid. Sie dachte daran, wie er Suleika im Arm gehalten und mit den Kindern im Hof gelacht hatte. Zögernd ging sie auf die monderhellte Türöffnung zu. Draußen hörte sie das Schnauben seines Pferdes. Leise knirschte der lederne Sattel.

Als Persihan aus der Türe trat, lenkte der Fremde sein Pferd in die Mitte der breiten Straße, die zum Herzen der Stadt führte. Plötzlich fand die Nomadin nicht mehr den Mut, ihm hinterherzurufen. Auch die wenigen Nachbarn, die noch nicht in ihre Häuser zurückgekehrt waren, verharrten schweigend.

Wehmütig blickte Persihan dem seltsamen Fremden nach, bis seine dunkle Gestalt schließlich mit der Nacht verschmolz. In diesem Augenblick wusste sie, dass es ihr bestimmt war, Fasar zu verlassen. Sie würde nicht warten, bis am Morgen ein Diener Habled ben Chereks auftauchte, um sie in die Küche irgendeiner Karawanserei zu führen. Noch heute Nacht würde sie ihre wenigen Habseligkeiten zusammenpacken und in die Wüste zurückkehren. Wenn sie schon ein neues Leben beginnen sollte, dann würde sie es dort tun, wo sie geboren worden war. Das war der Platz, an dem auch ihre Kinder groß werden sollten.

Erschrocken fuhr Mahmud aus dem Schlaf auf. Er hatte nicht lange geruht, und doch waren ihm wieder jene beängstigenden Traumbilder erschienen, die ihn quälten, seit er Fasar erreicht hatte. Wieder war ihm jener Krieger erschienen. Er hatte das Gesicht des Mannes nicht sehen können. Nur seine grüne, mit goldenen Blumen bestickte Hose, ein Stück des Leibes und die schlanken Hände. Gleich neben dem Mann hatte ein kleines Mädchen gesessen, das höchstens zwei Sommer alt gewesen sein mochte. Lachend hatte es dem Krieger bei seiner Arbeit zugesehen. Er war damit beschäftigt gewesen, sein Schwert zu schleifen.

Mahmud wusste, dass dieses Schwert ihm bestimmt war, und noch immer klangen ihm das schrille Geräusch des Schleifsteins und das Lachen des Mädchens in den Ohren. *Er* war hier! Der Märchenerzähler wusste nicht, warum sich ihm dieser Gedanke mit solcher Gewissheit aufdrängte, doch war er sicher, dass es sich diesmal um mehr als eine dunkle Ahnung handelte.

Der Fremde war hier, und er wusste auch, wo er ihn fände. Warum sonst hätte er sein Schwert schleifen sollen? Würde es ein sauberer glatter Schlag werden, so schnell ausgeführt, dass man nicht einmal Schmerz fühlte? So wie in der Vision, die er im Theater gehabt hatte? Mahmud legte den Kopf in den Nacken und blickte zum Himmel hinauf. Es war Nacht geworden. Wölkchen, engmaschig wie ein Kettenhemd, bedeckten das Firmament. Zwischen ihnen stachen Lanzen aus blassem Mondlicht hinab. Nie wieder würde er einen solchen Nachthimmel sehen! Der alte Märchenerzähler seufzte leise. Ob ihm wohl noch genug Zeit blieb, um die Geschichte von Omar und Melikae zu beenden?

Neben ihm schlief Almandina. Die Bettlerin war zu Tode erschöpft gewesen. Zwei Stunden lang hatte er ihr von den Tricks und Kniffen erzählt, mit denen ein Märchenerzähler ein Publikum an sich zu fesseln vermochte. Davon, wie es in den richtigen Momenten die Stimme zu senken galt, bis sie nur noch ein leises Flüstern war, und wie die Hände ebenso flink sein mussten wie die Zunge. Dann hatte er ihr ein Stück des Märchens erzählt, denn diesmal sollte *sie* den Vortrag eröffnen. Sie musste lernen, vor einem großen Publikum zu sprechen, und Mahmud war neugierig zu sehen, wie sie sich halten würde.

Er beugte sich vor und berührte die Bettlerin sanft an der Schulter. Erschrocken fuhr Almandina aus dem Schlaf auf. Im ersten Augenblick blitzte Angst in ihren Augen auf, bis sie Mahmud erkannte und erleichtert seufzte. »Entschuldige, die Müdigkeit hat mich übermannt. Eigentlich hatte ich aufbleiben wollen, um über deinen Schlaf zu wachen und dich zu wecken, falls dich wieder schlechte Träume gepeinigt hätten.«

»Diesmal war alles gut.« Mahmud lächelte und hoffte, seine Lüge damit verbergen zu können. »Meine Ruhe war wohltuend, und ich fühle mich erfrischt und ausgeruht. Wir sollten unsere Habseligkeiten zusammensuchen, noch ein kurzes Gebet sprechen und dann zum Basar der Teppichhändler gehen.«

Almandina verzog das Gesicht zu einer Grimasse. »Ist es

schon so spät? Ich dachte, uns bliebe noch ein wenig Zeit, um …«

»Nein, meine Liebe, ich habe mir eine Überraschung für dich überlegt und brenne darauf, mit dir loszuziehen. Dein Auftritt als Märchenerzählerin, Almandina, wird solcher Art sein, dass noch in vielen Jahren alle, die dich im Basar gesehen haben, mit Begeisterung von dir sprechen werden.«

Zweifelnd blickte die Bettlerin an ihrem geschundenen und verkrüppelten Körper hinab. »Willst du etwa alle blenden, die kommen werden?«

»Du hast es fast erraten.« Der Alte lächelte hintersinnig. »Doch statt zu schwatzen, sollten wir nun losziehen. Es bleibt nicht mehr viel Zeit. Unsere Freunde erwarten uns.«

Schon zum dritten Mal zählte der Märchenerzähler seine Kupfermünzen, dann nickte er endlich zufrieden und gab dem Händler das Geld.

»Ihr habt wohl daran getan, dieses Kleid zu erwerben«, beteuerte der Mann salbungsvoll. »Euer junges Weib gleicht nun einer Prinzessin. Man sagt, es habe einer Hochgeborenen aus dem fernen Maraskan gehört und sei dann für einige Jahre im Besitz einer Sharisad gewesen, bevor es schließlich in meine Hände gelangte. Frauen, schön wie die Morgenröte, haben es getragen und …«

»Ich weiß nicht, ob das eine kluge Entscheidung war.« Zweifelnd betrachtete sich Almandina in dem kleinen Handspiegel aus poliertem Messing, den ihr der Händler gereicht hatte.

»Aber sicher doch!«, polterte Mahmud im Brustton tiefster Überzeugung los. »Dieses Rot steht dir ausgezeichnet. Es ist nicht zu aufdringlich und passt gut zur Farbe deiner Haut und deinem schönen schwarzen Haar.«

»Ich weiß nicht … So etwas habe ich noch nie getragen. Ich fühle mich ganz unsicher in dem Kleid.«

Der Märchenerzähler prüfte das rote Wickelgewand,

den Schleier und das Kopftuch. Sicher konnte man dem Stoff ansehen, dass die Frauen, die ihn einst gewoben hatten, jetzt Greisinnen sein mussten, wenn sie überhaupt noch unter Rastullahs Sonne wandelten, doch auf der anderen Seite waren alle Risse und Löcher kunstvoll geflickt, sodass das Kleid, aus einem gewissen Abstand betrachtet, noch sehr ansehnlich war. Auch seine Farbe war nicht verblichen und glühte rot wie die Morgensonne. »Ich finde, dieses Gewand steht dir ausgezeichnet. Es verbirgt, was deine Eltern dir angetan haben. Erinnere dich daran, was ich dich gelehrt habe. Wenn du Erfolg auf den Marktplätzen haben willst, so musst du verbergen, was nicht vollkommen an dir ist. Wenn sie nur deine besten Seiten kennenlernen, so wird in ihrer Vorstellung ein Bild von dir entstehen, das alles Übrige mit dem Besten in Einklang bringt. Du wirst es sehen.«

»Aber all das Geld? Ich dachte, dass wir es brauchen würden, wenn wir über die Dörfer ziehen.«

Mahmud schüttelte den Kopf. »Wir werden auch so zurechtkommen. Ich habe alles noch einmal durchgerechnet.« Der Alte brachte es nicht über das Herz, ihr zu sagen, dass er nicht mehr daran glaubte, lebend die Stadt zu verlassen. Mit seinem Tod würde alles zerbrechen. Almandina war nicht ausreichend von sich selbst überzeugt, um auf sich allein gestellt als Märchenerzählerin bestehen zu können. Deshalb wollte er alles Geld aufwenden, um ihr heute einen unvergesslichen Abend zu bereiten. Sie würde damit zur Legende werden. Eine Figur, um die sich vielleicht eines Tages einmal ein Märchen ranken würde.

»Lass uns nun weiterziehen, meine kleine Prinzessin. Ich habe noch eine weitere Überraschung für dich, und ich muss dir auch noch einiges erklären.« Mahmud reichte ihr die Hand, und sie verließen den kleinen, nach kaltem Schweiß und fast verflogenen Duftölen riechenden Laden mit seinen Truhen und Ständern voller alter Kleider.

Wie auch in den letzten Tagen saß Mahmud wieder auf dem kleinen Stapel von Teppichen, den jungen Omar an seiner Seite. Doch diesmal machte der Alte keine Anstalten, mit seiner Erzählung zu beginnen. Stattdessen betrachtete er die Zuhörer, die sich voller Erwartung um ihn geschart hatten. In der schmalen Gasse der Teppichhändler standen die Zuhörer so dicht gedrängt, dass es unmöglich geworden war, noch vorwärtszukommen. Wer den angrenzenden Basar der Kupferschmiede betreten wollte, musste einen weiten Bogen schlagen und sich einen anderen Weg suchen.

Doch auch wer diese Mühen nicht scheute und schließlich in die Gasse der Schmiede gelangte, fand sich enttäuscht, denn die weitaus meisten der Handwerker hatten sich um Mahmud versammelt, um ihm zu lauschen. So war es zwar noch möglich, aus dem Bestand der Waren auszuwählen, über den mürrisch jene wachten, die hatten zurückbleiben müssen, doch Aufträge würden erst am nächsten Morgen wieder entgegengenommen.

Mahmud betrachtete die Gesichter der Menschen in der Gasse. Viele, so wie das des Zwerges Arom, waren ihm in den letzten beiden Tagen vertraut geworden, doch selbst jetzt fanden sich noch neue Zuhörer, auch wenn ihnen bewusst sein musste, dass sie nur noch einen kleinen Teil der Geschichte von Omar und Melikae zu hören bekämen.

»Wann wirst du mit deiner Erzählung anfangen, alter Mann?«, erklang eine jugendliche Stimme aus der Menge.

»Geduldet euch noch eine kleine Weile, meine Freunde. Für heute habe ich mir eine besondere Überraschung einfallen lassen.«

»Und was soll das sein?«, krächzte eine alte Frau. »Womit willst du uns überraschen? Ist es etwa deine Absicht, die Geschichte nicht zu Ende zu bringen?« Unwilliges Gemurmel erhob sich, und Mahmud musste beschwichtigend die Hände erheben, um die Menge zum Verstummen zu bringen.

»Liebe Freunde, um das Wesen einer Überraschung nicht zu zerstören, muss man es in Schweigen hüllen, so wie die Tänzerin zunächst tief verschleiert vor ihr Publikum tritt, um es dann, wenn die Schleier fallen, nur noch mehr zu erfreuen.«

Seine Antwort hatte sein Publikum für den Augenblick zufrieden gestellt. Doch wie lange würden sie noch warten? Der Alte sandte ein stummes Gebet zu Rastullah, dass Almandina bald kommen möge. Als er sie verlassen hatte, hatte die Kleine immer noch verunsichert gewirkt. Ob sie es sich im letzten Augenblick anders überlegt hatte? War es grausam von ihm gewesen, sie so sehr dazu zu drängen, die abschließende Erzählung zu beginnen? Er wollte ihr doch nur eine Freude machen! Ihr etwas schenken, das sie nie mehr in ihrem Leben vergessen würde. Die schönste all ihrer Erinnerungen!

Jetzt erst erkannte er, wie vermessen das war. Ja, es war fast so, als sei das, was er längst tot in sich geglaubt hatte, noch einmal zum Leben erwacht. Ein eisiger Schauer durchlief ihn. Nein! Das konnte nicht sein. Seine Vergangenheit war begraben, alles Übel in jener finsteren Gruft zwischen den Klippen zurückgeblieben, in der vor langen Jahren sein wirkliches Leben begonnen hatte.

In der Menge entstand Unruhe. Eine prächtige Sänfte aus dunklem Mohagoni wurde von acht schön gewachsenen Sklaven herbeigetragen. Wie war Almandina das gelungen?, fragte sich Mahmud. So viel Geld war doch gar nicht mehr übrig geblieben.

Unwillig wichen einige der Zuhörer aus, um den Sänftenträgern Platz zu machen. Jetzt erst erkannte der Märchenerzähler seinen Irrtum. Hinter der Sänfte marschierten fünf Wächter, bekleidet mit schwarzen Kaftanen und roten Turbanen. In dem vordersten dieser Krieger erkannte er jenen jungen Mann wieder, der ihm am Nachmittag verstohlen gefolgt war. Jetzt erinnerte sich Mahmud, wo er die Sänfte schon einmal gesehen hatte. Es war am Nachmittag des vorigen Tages gewesen, als er und Almandina vor den Soldaten eines der Erhabenen geflohen waren.

So, als sei es erst vor einem Augenblick gewesen, sah er noch das Gesicht vor sich, das nur kurz zwischen den schweren Samtvorhängen aufgetaucht war. Die dunkle Haut, der fein gestutzte Spitzbart, das schulterlange rabenschwarze Haar. All das gehörte zu Harun al Matassa, jenem üblen Schwarzmagier, der schon seit den Tagen seiner Ausbildung an der Akademie zu Fasar den denkbar schlechtesten Ruf besaß. Angeblich verband ihn eine enge Freundschaft mit Liscom, der einst stellvertretender Akademieleiter gewesen war, bevor man ihn wegen seiner üblen Machenschaften in Schimpf und Schande davonjagte.

Inzwischen hatten die schwarzhäutigen Mohasklaven die prächtige Sänfte abgesetzt. Dunkel und drohend erhob sie sich vor Mahmud, kaum mehr als drei Schritt von ihm entfernt. Doch die Vorhänge blieben zunächst verschlossen.

Anfangs wollte der Märchenerzähler einfach aufspringen und davonlaufen, doch dann kämpfte er den Drang zu flüchten nieder. Dem Schicksal konnte man nicht entgehen! Es war ihm bestimmt, dass ihn seine Vergangenheit einholen sollte. Und es würde noch an diesem Abend geschehen.

So, als übe allein die Anwesenheit der prächtigen Sänfte einen düsteren Zauber aus, war die Stimmung in der Gasse umgeschlagen. Aus freudiger Erwartung wurde besorgtes Ausharren, und Mahmud beobachtete, wie sich einige seiner Zuhörer heimlich davonschlichen. Wenn er nicht bald anfing und die Verbliebenen mit seiner Geschichte in den Bann schlug, dann würde es nicht mehr lange dauern, bis er mit der Sänfte allein in der Gasse stand.

Gerade hatten sich zwei der Kupferschmiede erhoben

und sich unter Entschuldigungen durch die Menge gedrängelt, als am anderen Ende des Basars eine weitere Sänfte auftauchte. Sie war wesentlich kleiner als jene, in der der Erzmagier gekommen war. Nur zwei Sklaven trugen sie. Neugierig reckte Mahmud den Hals, um sie näher zu betrachten. Der Aufbau dieser Sänfte war sehr schlicht. Außer den Tragestangen und dem sesselartigen Sitz schien es daran keine schweren Holzteile zu geben. Vier dünne Pfosten bildeten das Gerüst für eine Bespannung aus rotem Stoff. An den Seiten fiel das Tuch lose herab und war kunstvoll zu Vorhängen gerafft, während das Vorder- und Hinterteil des Aufbaus aus straff gespannten Bahnen bestand. Als die Träger in dem dichten Gewühl der versammelten Menschen nicht weiterkamen, erschien zwischen den Vorhängen eine schlanke Frauenhand, die dem Märchenerzähler zuwinkte.

Mahmud stieß einen erleichterten Seufzer aus. Sie war also doch noch gekommen. »Meine lieben Gäste«, erhob er kraftvoll die Stimme. »Heute Abend habe ich die besondere Ehre, euch eine teure Freundin vorzustellen, vor deren Kunst ich trotz ihrer Jugend mein greises Haupt voller Ehrfurcht beuge. Sie hat die wunderbarste Stimme, die jemals unter Rastullahs Himmel erklang, und wenn sie spricht, dann verstummen die Vögel in den Bäumen, und selbst das unermüdliche Murmeln der Flüsse wird leiser, denn alles lauscht auf ihre Worte. Heute will sie mir die besondere Ehre erweisen, an meiner Stelle die Geschichte um Omar und Melikae zu beginnen. So schweiget nun und harret ihres Zaubers, dem sich kein sterbliches Wesen zu entziehen vermag.«

Mahmud lehnte sich auf seinem Teppichstapel zurück. Er wusste, welchen Kampf Almandina nun zu bestehen hatte. Es gehörte viel Kraft dazu, die Angst vor dem ersten Erzählen zu überwinden, und in Gedanken versuchte er, bei ihr zu sein und sie zu bestärken.

Über dem Basar lag ein Schweigen, das mit jedem Lidschlag, den es andauerte, beklemmender wurde. Aufgeregt spielte Mahmud mit den Fingern an der Seitennaht seines alten Kaftans. Mit jedem Augenblick, den sie jetzt noch zögerte, würde es schwerer für sie werden, überhaupt zu beginnen. Der Alte spürte, wie sich ein dicker Kloß in seinem Hals bildete. Dann aber erklang hell und klar die erlösende Stimme, und schon nach den ersten Worten konnte Mahmud an den Gesichtern der Menschen ablesen, dass sie die Märchenerzählerin in ihre Herzen zu schließen begannen.

»Es begab sich aber am zweiten Rastullahellah des zweihundertfünfzigsten Jahreslaufes nach jenem glücklichen Tage, an dem sich Rastullah den Beni Novad in Keft offenbart hatte, dass Mustafa ben Khalid ibn Rusaimi in der heiligen Stadt den Tag der Karawanen und Heerscharen feierte.

Von nah und fern eilten die Söhne der Wüste herbei, um diesem Ersten unter den Tapferen ihre unverbrüchliche Treue zu geloben und den Sultan zu bitten, sie in den Krieg gegen die Götzenanbeter zu führen. Und der trotz seiner Jugend schon so weise und vortreffliche Mann erhörte ihre Bitten und wies die Erlesensten seiner Krieger an, die Söhne der Wüste zu lehren, ihr Ungestüm zu bändigen, auf dass tausend von ihnen nach dem Willen eines Einzigen zu kämpfen vermochten. Doch da das heilige Keft eine so große Zahl von Menschen nicht zu ernähren vermochte, waren der Sultan und seine Oberen gezwungen, jeden der Krieger wieder zu seiner Sippe zurückzuschicken, sobald sich die Vorräte erschöpft hatten, die der Streiter selbst mit sich führte. So schmolz die Schar dahin, und mancher Kleinmütige bangte schon darum, dass die Götzenanbeter wohl nie wieder vertrieben würden, als Rastullah gleich zweifach seinen Zorn und seine Allmacht bekundete.

Gegen Ende des Mondes, den die Heiden einer Götzin der Wollust und des unheiligen Rausches zuschreiben, traf die strafende Hand des Gottes den frevlerischen Patriarchen. Binnen eines Atemzuges erlosch sein Lebenslicht, und seine selbstsüchtigen Pläne waren dahin.

Allein, das Gesicht gezeichnet von namenlosem Entsetzen, fanden seine Krieger ihn inmitten des Palastes, den er dem Kalifen entrissen hatte, und große Furcht senkte sich in die Herzen der Ungläubigen, denn sie erkannten, dass sie eine Kraft herausgefordert hatten, der kein Sterblicher zu widerstehen vermag.

Das zweite Zeichen aber, das Rastullah seinen Söhnen gab, war dergestalt, dass er im Herzen der Khom die Erde erbeben und den Berg Khomchra Glut und Rauch in den Himmel speien ließ, so als wolle das Land selbst sich erheben, um die Fremden abzuschütteln.

Sultan Mustafa aber erkannte die Zeichen und wusste, dass nun die Zeit gekommen war, die Banner des Rabengötzen in den Staub zu treten. So sandte er am dritten Rastullahellah, der von alters her der Tag der Rache genannt wird, Boten in alle Himmelsrichtungen, um die Unbeugsamen um sich zu versammeln und die Heiden auf immer davonzujagen.

Während Omar an der Seite des Sultans gen Mherwed ritt, hatte Melikae sich in ihr Schicksal gefügt und damit abgefunden, die Insel des Zauberers nie mehr zu verlassen. Abu Dschenna hielt Wort und bedrängte sie nicht mehr. Alle Zimmer seines Palastes standen ihr offen. So verbrachte sie ihre Zeit damit, im Garten zu lustwandeln und sehnsüchtig auf das Meer hinauszuschauen oder aber sich viele Stunden lang in die Texte der alten Bücher und Schriftrollen zu vertiefen, die in der großen Bibliothek aufbewahrt wurden. Es schien schon so, als werde ihr Leben wie die Gestirne fortan in immer gleichen Bahnen verlaufen, die nach Rastullahs Willen am Himmelszelt niemals von ihrem Weg abweichen. Eines Tages jedoch erschien ein Fremder im Palast und …«

Verwundert betrachtete die Sharisad den jungen Mann, der in die Bibliothek gekommen war. Seit dem Unglück in der Grotte hatte kein Fremder mehr die Insel betreten, und Abu Dschenna hatte am Vortag, als er gemeinsam mit der Tänzerin sein Nachtmahl einnahm, mit keinem Wort erwähnt, dass er Besuch erwartete.

Mit großen Schritten durchquerte der Fremde den Bibliothekssaal und kam geradewegs auf ihr Lesepult zu. Er trug eine weiße Pluderhose, dazu Stiefel aus hellem Schafsleder und ein weit geschnittenes rotes Hemd, das nach Art der Ungläubigen mit Rüschen verziert war. Sein Gesicht war glatt rasiert, das Haar mittellang und ein wenig zerzaust. Er mochte höchstens zwanzig Sommer gesehen haben. Als Melikae merkte, wie unverhohlen sie den Mann anstarrte, senkte sie scheu den Blick. Was, in Rastullahs Namen, hatte diesen Jüngling hierher verschlagen?

»Gestattet, dass ich mich Euch vorstelle, schöne Fremde.« Der junge Mann war zwei Schritt vor der Sharisad stehen geblieben und verbeugte sich gewandt. »Man nennt mich Nachud Bensa. Ich bin der Sohn eines reichen Kaufmanns aus Khunchom, und der ehrwürdige Magister Abu Dschenna hat mir die Ehre erwiesen, mich als seinen Schüler anzunehmen. Das letzte halbe Jahr besuchte ich allerdings die Magierakademie in Rashdul und habe für ihn einige dringliche Nachforschungen betrieben. Wenn ich gewusst hätte, welch wunderbarer neuer Gast in seinem Palast wohnt, so hätte ich mich beeilt, früher zurückzukehren.«

Melikae errötete leicht und verbeugte sich, um ihre Gefühle vor dem Fremden zu verbergen. »Ich freue mich sehr, Euch zu sehen, Nachud Bensa. Vielleicht kennt Euer Vater sogar den meinen. Ich bin Melikae, die Tochter Abu Feisals von Unau. Es ist schön, Euch als Gast in diesem Palast zu wissen. Entschuldigt, wenn ich so unverhohlen spreche, doch sicher wisst auch Ihr, wie einsam es auf diesem verlorenen Felsen inmitten des Meeres sein kann.«

Der junge Mann seufzte. »Ihr ahnt nicht, wie sehr ich Euch dies nachfühlen kann. Auch ich war oft allein in meinem Leben. Doch umso mehr schmerzt es mich, Euch gestehen zu müssen, dass ich wahrscheinlich nur ein seltener Gast sein werde. Mein Meister war mit dem Ergebnis meiner Nachforschungen in Rashdul so zufrieden, dass er mich noch tiefer in sein Vertrauen zog. Er möchte, dass ich schon heute wieder ins Land der Ersten Sonne zurückkehre, um ein kostbares Buch für ihn zu suchen, das sich seiner Meinung nach in der von den Ungläubigen besetzten Kalifenstadt befindet.«

Melikaes Verlegenheit und Freude schlug in Wut um. War auch dieser Jüngling bereits verdorben? Was wusste er von den schändlichen Forschungen seines Meisters? War er am Ende selbst daran beteiligt? Sie musste darüber Gewissheit haben, und zwar sofort. »Ihr seid also schon zusammen mit dem Magister in den Grotten tief unter dem Palast gewesen?«

Der junge Mann starrte sie verblüfft an. »Wart Ihr selbst denn schon dort unten?«

Melikae trat einen Schritt zurück und musterte den Kaufmannssohn herablassend. »Wäret Ihr so höflich, auf meine Frage nicht mit einer Gegenfrage zu antworten, Nachud Bensa?« Die Stimme der Sharisad klang nun kalt. Melikae wappnete sich dafür, in dem jungen Mann einem ebenso verdorbenen Geist wie Abu Dschenna zu begegnen.

»Nun, entschuldigt ...« Nachud Bensa wurde sichtlich verlegen. »Ich ... verzeiht, ich hatte schon lange keinen Umgang mehr mit einer wohlerzogenen Frau und ...« Der Kaufmannssohn erbleichte und legte die Hand auf den Mund. »Bei Rastullah, was sage ich da! Für welch einen Mann müsst Ihr mich jetzt halten! Ich meine natürlich, dass ich in den letzten beiden Jahren so viel Zeit in der Fremde und über Büchern verbracht habe, dass ich außer mit anderen Studiosi der Ars magica keinen Umgang mit

Menschen hatte. So seht mir mein ungeschliffenes Benehmen bitte nach. Was aber Eure Frage betrifft, Verehrte, so war ich deshalb so überrascht, weil mir der Magister bisher stets den Zugang zu den Grotten verwehrt hat, obwohl ich aus Andeutungen von ihm sehr wohl um ihre Lage und ihren Einfluss auf bestimmte Zauber weiß. Verzeiht also bitte meine allzu eilfertige Gegenfrage. Ich war nur überrascht, dass Ihr die Höhlen offenbar zu kennen scheint, obwohl mein Magister mir gegenüber ein solches Geheimnis um sie macht. Glaubt bitte nicht, ich sei der Meinung, Ihr wäret nicht würdig, in solche Geheimnisse eingeweiht zu werden. Sicher seid Ihr eine bereits sehr viel erfahrenere Forscherin auf dem Gebiet der *Magica mutanda* und der *Magica transformatorica*, sodass der Magister es Euch gestattet, ihm in die Grotten zu folgen.«

Die Entschuldigung vermochte Melikae nicht zu beruhigen. Auch wenn Nachud Bensa noch nicht in den Grotten gewesen war, so schien er sich doch demselben unseligen Zweig der Magie verschrieben zu haben wie Abu Dschenna. Durch ihr Studium in der Bibliothek war Melikae die Fachsprache der Zauberer nicht mehr gänzlich unvertraut, und sie glaubte, inzwischen auch einen recht guten Eindruck von den verschiedenen Zweigen der Ars magica zu besitzen. So eröffnete sie dem Jüngling zunächst noch nicht, dass sie keine Magierin war. Die Spruchmagie der Akademien und der Zauber, der ihren Tänzen innewohnte, mochten zwar vielleicht aus derselben Quelle der Macht hervorgehen, doch waren sie voneinander so verschieden wie Sonne und Mond. »Darf man erfahren, auf welchen Gebieten Ihr Euch bislang erprobt habt?«

»Selbstverständlich!« Der Kaufmannssohn unterstrich seine Worte mit einem eifrigen Nicken. »Im Laufe meines Studiums hat sich herausgestellt, dass meine besonderen Begabungen auf dem Gebiet der *Magica curativa* liegen. Sicherlich ist dies nicht so hervorragend wie die Wissensgebiete, mit denen Ihr und der Meister sich beschäftigen, doch habe ich die stille Genugtuung, durch meine Kunst schon einiges Elend gelindert zu haben, und – ohne mich damit brüsten zu wollen – bin ich stolz darauf, sagen zu können, dass ich zweimal Menschenleben zu retten vermochte, die von den Heilkundigen bereits verloren gegeben waren.«

Melikae war zutiefst erleichtert über die Worte des jungen Mannes und schämte sich zugleich auch ein wenig ihrer Verdächtigungen. Vielleicht konnte man ihm vorwerfen, dass er sich allzu frei von Zweifeln gegenüber den Forschungen seines Meisters verhielt, doch daran beteiligt war er wohl nicht. Es drängte sich allerdings die Frage auf, warum er sich als angehender Fachkundiger für Heilmagie ausgerechnet Abu Dschenna zum Meister gesucht hatte. Erneut keimte Misstrauen in der Sharisad auf. »Entschuldigt, wenn ich schon wieder in Euch dringe. Ich weiß, dass nun ich diejenige bin, die gegen die Sitten des Anstands verstößt, doch ist es erlaubt zu erfahren, welcher Art die Lehren sind, die unser gemeinsamer Herr an Euch weitergibt?«

Nachud zuckte gelassen mit den Schultern. »Selbstverständlich dürft Ihr es wissen. Neben den Menschen gilt meine ganze Forschung den Pflanzen. Ich habe bereits entdeckt, dass es Zauber gibt, mit denen man die Gestalt und Größe von Blumen und sogar von Bäumen verändern kann. Es mag sein, dass Ihr mich für verrückt halten werdet, doch meine geheime Leidenschaft ist der Gedanke, eines Tages einen vollkommenen Garten zu errichten. Einen Garten von überirdischer Schönheit, in dem ich die seltensten und edelsten Blumen und Bäume anpflanzen möchte, auf dass jedem, der dort lustwandelt, das Herz vor Freude übergehe. Durch einen Zufall fand ich heraus, dass auch Abu Dschenna auf eben diesem Gebiet geforscht hat. Ich kenne seine wunderbaren, nie verblühenden Rosenbüsche und bin wie besessen von dem Wunsch, es ihm auf diesem Gebiet der Magie eines Tages gleichtun zu können.«

»Denkt Ihr denn, dass es rechtens sei, in die von Rastullah gefügte Ordnung dieser Welt einzugreifen? Heißt es nicht, seinem Willen zu trotzen, wenn man Vergängliches zu Ewigem erhebt?«

»Ich kann keine Sünde daran erkennen, wenn es die Absicht des Zaubernden ist, Rastullahs irdischen Garten zu verschönern. Wie sollte es mir dann nicht gestattet sein, einer Blüte eine schönere Form zu geben? Der Gott selbst wird sich an meinem Werk erfreuen.«

Auch wenn er andere Wege beschritt, so schien der junge Magier doch vom selben Geist beseelt zu sein wie Abu Dschenna. »Ihr glaubt also, Ihr könntet das Werk des einzigen Gottes übertreffen? Entschuldigt, wenn ich so offen spreche, doch dann ist Euer Trachten nicht nur anmaßend, sondern geradezu gotteslästerlich. Könnte nicht ein höherer Sinn darin liegen, dass nicht jede Blüte vollkommen ist? Vielleicht erkennt man die Schönheit nur deshalb, weil es auch Hässliches in der Welt gibt.«

»Welch weise Worte, Melikae!« Die Stimme des Kaufmannssohns war eine Spur kühler geworden. »Vielleicht ist dies nicht die rechte Art, Rastullahs irdischen Garten zu verstehen. Ginge es nach Euch, so dürfte ich mir kein Haus bauen, weil ich damit das Gesicht der von Rastullah gefügten Landschaft verändere. Ich dürfte kein Kamel reiten, weil diese Tiere dazu geschaffen sind, frei durch die Wüste zu wandern, und nicht dazu, einen Menschen als Last auf dem Rücken zu tragen. Was Ihr sagt, werte Kollegin, kann nicht der Wille des Gottes sein! Ich weiß, dass meine Auffassung den meisten Rechtgläubigen lästerlich erscheinen muss, doch bin ich der Meinung, dass Rastullah uns die Welt geschenkt hat, damit wir sie vervollkommnen. Ja, wenn ein Gott solche Gefühle haben mag, wird er vielleicht sogar mit ein wenig Neugier über unsere Fortschritte wachen. Wenn Ihr lange genug darüber nachdenkt, so werdet Ihr erkennen, welch tiefe Weisheit in diesen Worten liegt.«

Melikae wiegte nachdenklich den Kopf. »Ihr mögt mit geschliffener Zunge reden, doch überzeugen könnt Ihr mich nicht. Ich weiß, dass mir eine Rose, die man hegen und pflegen muss und die doch eines Tages verwelken wird, lieber ist als die niemals verblühenden Rosenbüsche Abu Dschennas.«

Der junge Mann betrachtete sie brüskiert. »Für einen Gast im Hause des Meisters führt Ihr recht seltsame Reden, Verehrteste.«

»Ist es denn der Lebenszweck eines Schülers, sich in allem und jedem der Meinung seines Meisters zu unterwerfen? Auf diese Weise wüchse er niemals über seinen Lehrer hinaus.«

Nachud Bensa errötete. Bereits in dem Augenblick, da Melikae der letzte Satz über die Lippen gegangen war, tat er der Sharisad auch schon leid. Sie hatte den jungen Adepten nicht verletzen wollen. Doch wie konnte sie die Worte zurücknehmen? »Welchen Sinn hätte das Leben eines Gartenhüters, wenn alle seine Pflanzen vollkommen wären? Wen sollte er schützen und pflegen? Mag es nicht sein, dass Rastullah uns eine unvollkommene Welt schenkte, damit wir uns bewähren und unsere eigene Größe entdecken?«

»Spart Euch Eure Worte. Ich sehe schon, was Ihr von mir haltet, und weil es mir schwerfällt, meine Fassung zu bewahren, wenn ich auf solche Weise beleidigt werde, ziehe ich es vor, mich nun wieder meinen Aufgaben zu widmen und meine baldige Abreise vorzubereiten. Schließlich war meine Erziehung letztlich gut genug, dass ich meide, mich aufzuführen wie ein wütender Viehhirte aus dem Shadif!«

Melikaes Lächeln gefror. »So seid Ihr nun entlassen, Nachud Bensa. Möge Euer Weg Euch zur Erkenntnis führen!« Die Sharisad wandte sich sogleich ab und widmete zum Schein ihre ganze Aufmerksamkeit wieder dem Buch, das neben ihr auf dem Lesepult lag. Sie war überzeugt davon, dass der ungehobelte Bursche sie mit seiner letzten Bemerkung absichtlich beleidigt hatte. Schließlich hatte sie ihm anvertraut, dass sie aus Unau stammte, und höchstwahrscheinlich wusste er, dass die meisten Bewohner der Stadt, einschließlich ihrer eigenen Familie, zum Volk der Beni Shadif gehörten.

Verstohlen beobachtete die Sharisad, wie Nachud zwei Bücher aus den Regalen nahm und dann, ohne sie auch nur noch eines Blickes zu würdigen, die Bibliothek verließ. Neugierig stand sie auf, um festzustellen, welche Bücher er genommen hatte. Es waren eine Märchensammlung und ein Buch über Magie.

Hätte sie den jungen Hitzkopf doch nur nicht durch ihre Reden herausgefordert! Sicher würde er eines Tages auch länger als nur für eine Nacht im Palast verweilen. Sie hätte in ihm einen unterhaltsamen Gesprächspartner inmitten dieser Einsamkeit finden können! Der Gedanke an ihr kurzsichtiges Verhalten ärgerte Melikae so sehr, dass sie zum Lesen keine Ruhe mehr fand und sich in den Garten zurückzog, um Trost im Betrachten des weiten Meers zu suchen.

In den nächsten zwei Gottesnamen ließ Melikae nichts unversucht, mehr über Nachud Bensa zu erfahren. So horchte sie zunächst Nurhan aus, die alte Köchin. Doch Abu Dschennas Amme verschloss sich vor ihr. Alles, was die Sharisad von ihr über den jungen Mann herausbekam, war die Mitteilung, dass er ein sehr seltener Gast sei, dafür aber über einen rastullahgesegneten Appetit verfüge.

Aus Angst, sie könne dem Kaufmannssohn vielleicht Ärger einhandeln, wagte die Sharisad es nicht, Abu Dschenna geradeheraus nach ihm zu befragen. Alles was sie wusste, musste sie sich aus ein paar spärlichen Andeutungen zusammenreimen.

Offenbar hielt Abu Dschenna den Jungen, gelinde gesagt, für versponnen. Doch es schien, als habe Nachud ein besonderes Talent darin, alte Schriften, die als verschollen galten, aufzuspüren und zu übersetzen. So kam es, dass er sich fast nie im Palast aufhielt, sondern im Dienst seines Meisters die großen Städte im Land der Ersten Sonne bereiste. Wie es dem Kaufmannssohn gelang, ohne ein Boot oder Schiff auf die Insel zu gelangen, wagte die Sharisad erst gar nicht zu fragen. Offenbar verfügte er wohl doch über mehr Zauberkraft, als er zunächst zugegeben hatte.

Ganze Vormittage verbrachte Melikae damit, über diesen seltsamen Besucher nachzugrübeln, und eines Tages musste sie sich erschrocken eingestehen, dass sie häufiger an Nachud Bensa als an ihren geliebten Omar dachte. Betroffen überlegte sie, woran dies wohl liegen mochte, denn ihre Liebe zu Omar war keineswegs erloschen. Sie wurde sich allerdings auch bewusst, dass sie nicht mehr daran glaubte, dass Omar zu dieser verfluchten Insel zurückkehren und sie retten werde. Bei Nachud Bensa bestand wenigstens die Aussicht, ihn wiederzutreffen, und unzweifelhaft verfügte er auch über die Möglichkeit, die Insel auf geheimem Wege zu besuchen und wieder zu verlassen, wann immer sein Meister es ihm befahl.

Schwüle Seeluft kündete ein Unwetter an, als Melikae eines Nachmittags durch lautes Klopfen an die Tür ihres Turmzimmers bei einer Tanzübung gestört wurde. Zunächst dachte sie, es könne womöglich der Dschinn sein, der sie bewachte, denn hin und wieder trieb der Luftgeist seine Späße mit ihr. Gerade wollte sie ihn mit strengen Worten zurechtweisen, als hinter der Tür die Stimme Nachud Bensas erklang.

»Seid Ihr zugegen, Melikae? Ich würde gern mit Euch reden!«

»Wartet bitte!« Hastig griff die Tänzerin nach einem langen Schleier, um ihr knapp geschnittenes Kostüm zu bedecken. Sie wollte nicht, dass der Kaufmannssohn vielleicht auf den Gedanken käme, sie habe ihn in diesem Aufzug empfangen, um ihn zu verführen. »Jetzt seid Ihr willkommen. Meine Tür ist offen.«

Schüchtern betrat der junge Mann das Turmzimmer. Vor der Brust hielt er einen mit weißen Blüten geschmückten eingetopften Rosenstamm. Mit großen Augen sah Nachud sich in dem geräumigen Turmzimmer um. Nach dem Erlebnis in den Grotten hatte Melikae überall kleine Spiegel aus poliertem Messing oder Silber aufgestellt. Immer wieder befiel sie die Angst, auch sie könne sich verändern, denn schließlich hatte jene unheimliche Macht, die Abu Dschenna heraufbeschworen hatte, auch ihre Fesseln berührt. Zwanzigmal und öfter überprüfte die Tänzerin sich jeden Tag aus Angst, an ihrem Körper könne sich ein unheimliches Mal zeigen.

»Gefällt Euch mein Zimmer?«

»Nun ... ja, sicher ... nur ... Es ist ganz anders, als ich es erwartet hätte. So groß und so leer. Ich hatte mir vorgestellt, Ihr würdet zwischen gewaltigen Bücherstapeln leben. Ein Sternenrohr vor dem Fenster, Geräte für astronomische Berechnungen auf dem Tisch, Präparate von seltenen Tieren und ...«

»Mit einem Wort, Ihr habt erwartet, das übliche unwohnliche Studierzimmer eines Magiers vorzufinden.« Melikae lächelte.

Nachud nickte. »So ist es. Ich habe schon manche Zauberin kennengelernt, aber keine wohnte auf diese Weise, und sie pflegten sich für gewöhnlich auch völlig anders zu kleiden. Doch habe ich Euch vielleicht gestört, während Ihr auf Eurem Lager ruhtet? Soll ich später noch einmal wiederkommen?«

Jetzt lachte Melikae und schüttelte den Kopf, dass ihr das lange schwarze Haar um die Schultern flog. »Ich fürchte, wir haben einen Irrtum aufzuklären, doch erst sagt mir bitte, was Ihr dort mitgebracht habt. Wollt Ihr Eure Last nicht abstellen?«

Der junge Mann blickte ein wenig überrascht auf den

Rosentopf in seinen Händen, so als habe er ihn vor lauter Staunen im Augenblick ganz vergessen. »Ihr erinnert Euch sicher noch, dass ich in einiger Wut war, als ich Euch verließ. Ich war sogar so erbost, dass es zwei Tage dauerte, bis ich meinen Zorn vergessen konnte. Über Eure Worte musste ich viele Nächte lang nachdenken. Ihr habt es verstanden, meine blinde Gewissheit zu zerstören, bei meinen Forschungen und Träumen den rechten Weg gewählt zu haben. Vor allen Dingen aber habe ich erkannt, dass es zum Wesen der Ars magica und überhaupt zum guten Umgang unter Kollegen gehören sollte, eine andere Meinung zuzulassen. So dachte ich nun, ich könnte Euch mit diesem Rosenstock erfreuen. Er stammt aus Mherwed, und er ist so, wie Rastullah ihn geschaffen hat.« Nachud schmunzelte bei diesen Worten. »Vielleicht findet Ihr Gefallen daran, ihn zu pflegen und seine kleinen Unvollkommenheiten durch Eure Liebe aufzuwiegen.«

»Euer Gesinnungswandel gereicht Euch zur Ehre, Nachud. Er zeugt von einer Größe, die die meisten Männer niemals in ihrem Leben erreichen. Da Ihr Euch nun offenbart habt, muss auch ich Euch etwas gestehen. Ich bin nicht die, für welche Ihr mich haltet. Unser Streit und Euer allzu frühzeitiger Aufbruch haben mir keine Gelegenheit gelassen, einen Irrtum zwischen uns richtig zu stellen. Ich wurde nie an einer Akademie ausgebildet, auch wenn ich über eine gewisse magische Begabung verfüge.«

Der Kaufmannssohn starrte sie an, wie vom Blitz gerührt. »Ihr meint, man hat Eure Gabe nicht früh genug erkannt, sodass sie nicht mehr durch fachkundige Meister geformt werden konnte? Mir fehlen die Worte … Ich … Ihr seid also eine der Ausgestoßenen, die weder in die Welt jener gehören, für die Magie ein unheimliches, furchteinflößendes Phänomen ist, noch gehört Ihr zu denen, die ihre Kräfte nach freiem Willen zu gebrauchen gelernt haben und …«

»Haltet ein, mein Guter. Ihr befindet Euch schon wieder

auf einem Irrweg. Ich habe durchaus gelernt, mir jene unsichtbaren Kräfte, die alles in Rastullahs Schöpfungswerk durchfließen, zunutze zu machen. Freilich tue ich dies auf eine andere Art als Ihr, die Ihr die Ars magica studiert und untersucht, so wie man es vielleicht mit dem Inhalt eines geglückten Gedichtbandes tun mag. Doch so wie sich die einen an der Gestalt eines Gedichtes, seinen Rhythmen, den kunstvoll ersonnenen Versen, verborgenen Anagrammen und der geheimen Zahlenmystik erfreuen, also mit anderen Worten an seinem Aufbau, so gibt es auch jene, die all dies unbeachtet lassen und einfach nur die Schönheit der Worte und Metaphern auf sich wirken lassen, um so der Seele des Dichters nahe zu sein. Ohne Euch damit beleidigen zu wollen, möchte ich doch sagen, dass es sich mit uns ganz ähnlich verhält. Wenn Ihr einen Zauber wirkt, so ist es Euer Geist, der der astralen Macht eine neue Gestalt aufzwingt, ich aber taste mit Körper und Seele nach dem Geheimen, und mein Tanz erschafft ein Muster, das natürlich ist und die verborgenen Kräfte nicht erschüttert, wenn sich mein Zauber entfaltet – denn ich bin eine Sharisad.«

Unfähig, auch nur ein Wort zu sagen, stand der junge Magier vor ihr und sah Melikae auf eine Weise an, als wäre er zum ersten Mal und obendrein völlig überraschend eines Fabelwesens ansichtig geworden, an dessen tatsächliche Existenz er bisher höchstens mit halbem Herzen geglaubt hatte.

»Eine Sharisad«, stammelte er schließlich tonlos. »Aber was hat Euch denn in das Haus eines berühmten Magiers geführt? Wisst Ihr, ohne prahlen zu wollen, kann ich doch sagen, dass ich in meinem Leben schon vielen ausgezeichneten Tänzerinnen begegnet bin, doch eine leibhaftige Sharisad habe ich noch nie getroffen.«

»Vielleicht wart Ihr auch einfach blind für die Magie, die Euch begegnet ist. Es gehört zu den Tugenden jeder guten Sharisad, ihre Kräfte nicht eigennützig einzusetzen. Nur selten findet man eine, die ihre Kunst anpreist wie ein Marktweib seine Waren.«

Der junge Mann räusperte sich und bemühte sich, einen ernsten und gefassten Eindruck zu machen. »Welcher Sinn sollte darin liegen, seine Kunst im Verborgenen auszuüben und den Menschen ein Geschenk zu machen, das sie gar nicht erkennen können?«

Melikae lächelte. Auch wenn Nachud sich bemühte, dem Fremden gegenüber offen zu sein, so würde er gewiss nicht an einem einzigen Nachmittag das Weltbild ablegen, das von der strengen Logik und der eisernen Disziplin der Magierakademien geformt worden war. Die Art jedoch, wie er vor ihr zu verbergen versuchte, dass er keines ihrer Worte glaubte, amüsierte und rührte die Tänzerin.

»Ihr selbst begeistert Euch doch so sehr für Gärten, mein Freund. Gewiss ist Euch bekannt, dass viele Menschen behaupten, der Anblick eines Brunnens, umrahmt von Blüten, lasse ihr Herz vor Freude überschäumen. Für andere hingegen ist ein Brunnen nicht mehr als nur ein Haufen behauener Steine, und Blumen sind nutzloses Grün. Würdet Ihr aber allein deshalb, weil nicht jeder den Zauber eines Gartens zu spüren vermag, behaupten, dass es dort keinen Zauber gebe?«

Der Kaufmannssohn kratzte sich nachdenklich am Kinn. »Ihr versteht es, Eure Worte so zu setzen, dass ich ihnen kaum zu widersprechen vermag, auch wenn alles in mir gegen das aufbegehrt, was Ihr mir sagen wollt.«

»Ihr meint, das Glücksgefühl, das Euch der Tanz einer Sharisad schenken kann, sei keine wirkliche Magie, sondern hänge vielmehr von ihrem wohlgeformten Körper ab.«

Dem jungen Mann stieg das Blut in die Wangen. »Nun, ganz so würde ich es nicht ausdrücken, doch im Kern trefft Ihr mit Euren Ausführungen meine Meinung.«

»Haltet Ihr mich für hübsch?«

Nachuds Gesicht verfärbte sich dunkelrot, und als wüsste er plötzlich nicht mehr, wo er sie lassen solle, fingerte er mit den Händen unruhig am Schloss seines Gürtels herum.

»Nun?« Melikae blickte den jungen Magier herausfordernd an.

»Ich weiß nicht ... Das heißt natürlich, ich weiß sehr wohl, wie schön Ihr seid. Doch ... es fehlt mir die Zunge des Dichters, die sich darauf versteht, das Außergewöhnliche in angemessene Worte zu fassen. Es ist ...« Er stieß einen langen Seufzer aus. »Natürlich seid Ihr schön. Ich wäre kein Mann, wenn mich Eure Vollkommenheit ungerührt ließe.«

»So also fühlt Ihr.« Melikae lächelte hintergründig. »Dann hieltet Ihr es doch gewiss für unmöglich, dass Euch, wenn ich für Euch tanzen würde, plötzlich ein Grauen ergriffe, das Euch nicht erlaubte, auch nur für einen Atemzug noch in diesem Zimmer zu verweilen.«

Nachud Bensa lachte laut. »Nein, meine Verehrte. Wenn Ihr mir Euren Tanz zum Geschenk machtet, so würde ich mich gewiss für den Rest meines Lebens mit Freuden daran erinnern.«

In der Ferne ertönte dumpfes Donnergrollen. Am Horizont waren dunkle Wolken aufgezogen, die der Sturmwind auf die Insel zutrieb.

»Glaubt mir, dass ich gern einen anderen Weg wählen würde, um Euch von den Künsten einer Sharisad zu überzeugen, doch fürchte ich, wenn mein Tanz Euer Herz schneller schlagen und Euch frohlocken ließe, so schriebet Ihr dies doch nur meiner Schönheit zu und wärt am Ende gar davon überzeugt, Euch habe die Liebe zu mir überwältigt.«

»Hmm, Eure Rede ist von klarer Logik. Man könnte sogar sagen, was Ihr ersonnen habt, sei den Gedankengängen einer Magistra der Ars magica würdig, die die Bestätigung für eine Thesis in einem Experiment sucht. Ich stelle mich diesem Versuch gerne zur Verfügung.«

»Nun gut, so dürft Ihr mich prüfen. Allerdings unter

einer Bedingung. Ihr müsst mir versprechen, dass Ihr mich anschließend nicht eine Hexe heißen und mich künftig fliehen werdet – so wie jeder von uns versucht, dem Schatten des Todes stets einen Schritt vorauszueilen.«

Statt einer Antwort brach der Magier in schallendes Gelächter aus. Nur mühsam und prustend fand er noch Worte. »Was bedeutet Eurer Meinung nach eine Ausbildung an der Akademie? Wir erleben dort Dinge, die andere Menschen vor Schreck sterben ließen. Allein die schrecklichen Wunden und die von Krankheit entstellten Gesichter, die mich als Adepten der Magica curativa lange täglich beschäftigten, würden die meisten Menschen bis ans Ende ihrer Tage in den Träumen verfolgen. Selbst der Beschwörung eines Dschinns habe ich schon beigewohnt. Also glaubt nicht, dass es leicht sei, mich zu erschrecken.«

»Ganz, wie Ihr meint.« Melikae war sich bewusst, dass die Illusion einer Geistererscheinung den Magier sicher kaum beunruhigen würde. Sie brauchte etwas, das ihn auf einer ganz persönlichen Ebene traf. Doch sie kannte ihn kaum, und es wäre sicherlich schwer zu erraten, welche Ängste und Zweifel den jungen Mann in seinem Innersten quälten. Sie musste ein wenig Zeit gewinnen! »Erweist Ihr mir die Güte, Euch für einige Augenblicke zurückzuziehen? Ich möchte ein ganz besonderes Kostüm für meinen Tanz anlegen.«

Nachud verneigte sich so tief, als stünde er vor dem Kalifen persönlich. »Eure Wünsche sind mir stets Befehle, meine Liebe.« Zackig wie ein Wachsoldat drehte er sich um und eilte die Treppe hinab.

Melikae wählte unter den Kleidern, die ihr Abu Dschenna geschenkt hatte, eine Pluderhose aus spinnwebfeinem grünem Stoff, dazu ein paar samtene Tanzschuhe mit hauchdünner Ledersohle und ein enganliegendes Oberteil, das den Bauch und die Arme frei ließ. Um das Ganze zu vervollkommnen, zog sie noch einen meergrünen Schleier aus einem Stapel hervor und streifte einige goldene Armreife über, die ihre Bewegungen mit sanftem Klingen begleiten würden.

Als sie sich angekleidet hatte, löschte sie die Hälfte der Kerzen und Öllampen, sodass die verbleibenden Flämmchen ihr Zimmer in ein unruhiges, dunkelblaues Licht tauchten.

Der Sturm war indessen so weit aufgefrischt, dass es nötig wurde, die schweren Holzläden vor den Fenstern zu schließen. Die Sharisad erledigte auch diese Arbeit, ohne irgendwelche Sklaven zur Hilfe zu rufen. Einen der Holzläden ließ sie dabei einen Spaltbreit offen und sicherte ihn mit zwei eisernen Haken, sodass er nicht im Wind hin und her schlagen konnte. Die Zugluft würde die Lichter zum Flackern bringen und die Vorhänge im Zimmer sanft bewegen. Ein Begleitumstand, der ihr bei ihrem Plan sehr entgegenkam.

Als sie schließlich alles noch einmal geprüft hatte und mit dem Ergebnis ihrer Arbeit zufrieden war, wandte sie sich zur Treppe und rief Nachud Bensa.

Der Kaufmannssohn wirkte ein wenig mürrisch, weil sie ihn mehr als eine halbe Stunde hatte warten lassen. Doch als er die Sharisad im blauen Licht in ihrem Tanzkostüm sah, war seine schlechte Laune augenblicklich verflogen. Wie ein Gassenjunge pfiff er anerkennend durch die Zähne, und es schien, als wolle er sie mit seinen Augen schier verschlingen. Dann jedoch hemmte ihn seine gute Erziehung, und er errötete. »Ich … ähm … Entschuldigung! Das war nur der erste … Ich meine … Ihr seht hinreißend aus.«

»Danke.« Melikae lächelte kokett. »Nehmt Ihr nun bitte Platz.« Mit flüchtiger Geste wies sie auf ihr Nachtlager. »Das ist der beste Platz, um mir beim Tanzen zuzusehen.«

Nachud verbeugte sich formvollendet und folgte ihren Anweisungen, doch war ihm anzusehen, dass es ihn verunsicherte, von einer Frau eingeladen zu werden, sich auf deren Bett niederzulassen.

Hoffentlich zieht er daraus keine falschen Schlüsse, dachte Melikae. Doch wenn ihr Tanz so wirkte, wie sie es erhoffte, dann würde der Kaufmannssohn schon bald an alles denken, nur nicht daran, mit ihr das Lager zu teilen.

»Wie fühlt Ihr Euch, Nachud?«

»Gut!« Der junge Mann lächelte breit. »Wirklich gut. Ich bin gespannt, wie Ihr das ändern wollt. Ich glaube kaum, dass sich meine Laune verschlechtern wird, wenn Ihr mir jetzt die Ehre erweist, für mich zu tanzen.«

»Wir werden sehen!« Melikae betrachtete noch einmal prüfend das Zimmer, und ihr Blick verharrte bei dem kleinen Rosenstock, den ihr Nachud geschenkt hatte. Das hatte sie gesucht! Er würde ihr helfen, ihren Tanz zu vervollkommnen.

Mit festem Schritt durchquerte sie den Raum, ergriff den Topf, in den der Rosenstamm gepflanzt war, trug ihn hinüber zu dem Adepten und stellte ihn neben ihm ab.

»Ich möchte nicht, dass er mir beim Tanz im Wege steht«, erklärte sie lächelnd. »Hier bei Euch ist er gut aufgehoben.« Mit zwei tänzerischen Drehungen entfernte sie sich von der Bettstatt und verharrte dann einen Atemzug lang in der Mitte des Zimmers. Angespannt blickte sie auf die Bilder aus Licht und Schatten, welche die flackernden Kerzen und die sich sanft wiegenden Stoffbahnen auf die Wände warfen. Langsam nahm sie den Rhythmus des Schattenspiels auf und versuchte ihren Körper darauf einzustimmen.

Die ersten Böen schlugen gleich wütenden Vorboten des Sturmes gegen die Wände des Turmzimmers, und die Fensterläden klapperten. Tief unten stürmte die aufgewühlte Gischt donnernd gegen die Klippen, und man spürte das Beben des Felsens, der der Wut der entfesselten Elemente trotzte, bis ins Turmzimmer herauf. Ein Blitz tauchte den Raum einen Lidschlag lang in gleißendes Licht, und die Bewegungen der Tänzerin erstarrten für kurze Zeit.

Irgendwo im Herzen des einsamen Palastes ertönte leise

Musik. Begleitet vom Heulen des Sturmes, klang die Kabasflöte seltsam beunruhigend, ja fast wie die Ankündigung drohender Gefahr. Die Trommelschläge der Dabla hingegen folgten dem langsamen Rhythmus, in dem das aufgepeitschte Meer gegen die Klippen brandete.

Nach und nach gelang es Melikae, die geisterhaft sich windenden Stoffbahnen in ihren Tanz mit einzubeziehen. Jetzt war es nicht mehr allein der Sturmwind, der ihre Bewegungen bestimmte, und als schließlich die überirdische Musik, die aus dem Palast heraufklang, um das helle Zirpen der Zitar bereichert wurde, da schienen die wogenden Vorhänge die Gestalt riesiger blauer Meeresschlangen anzunehmen. Wie lebendige Wesen zuckten sie um den Magieradepten, der mit großen Augen den Bewegungen des Stoffes folgte.

Wieder ließ ein Blitz einen Augenblick lang alle Schatten ersterben. Kaum einen Atemzug später folgte zorniges Donnergrollen, das wie eine körperliche Berührung zu spüren war und ein seltsam klammes Gefühl hinterließ. Melikae hörte Nachud Bensa leise seufzen. Das Schauspiel zerrte allmählich an seinen Nerven!

Während ihr Körper weiterhin der wilden Melodie des Sturmes folgte, widmete sie ihren Geist ganz dem Rosenstamm neben dem jungen Magier. Die dunkle, fast rote Farbe der Dornen, die sanften Schatten an der Unterseite der Blütenblätter, ja selbst die Krümmung der feinen Äderchen auf den Rosenblättern, all das verinnerlichte sie in rauschhaft entrückter Intensität.

Dann, als der nächste Blitzschlag das Zimmer erleuchtete, ließ sie das Bild erstehen! Ein einziger Augenblick reichte ihr, um die Erscheinung eines riesigen, sich lebendig windenden Rosenstrauches zu erschaffen. Gierig griffen die Ranken nach den Gliedern des Magiers, und gleich Raubtierzähnen schlugen die langen schlanken Dornen in sein Fleisch.

Mit einem gellenden Schrei sprang Nachud auf und

kämpfte mit rudernden Armen gegen die Illusion an. Blut tropfte von den langen Dornen, und als säße die Seele eines Vampirs in dem Rosenbusch, stieg es dunkel in die Stängel und die feinen Adern der Blättchen, bis sich schließlich sogar die weißen Blüten rot verfärbten.

»Nein! Weiche von mir, böser Pflanzengeist!« Nachud war vor den sich windenden Ranken bis zum Treppenabsatz zurückgewichen, als Melikae die Erscheinung ersterben ließ. Sofort verstummte auch die Musik im Palast.

»Was war das? Was hast du da getan? Ich habe dich genau beobachtet! Kein Wort der Macht ist über deine Lippen gekommen. Wie konntest du einen so mächtigen Zauber wirken?«

»Willst du damit sagen, dass meine Bilder dich erschreckten?«

Der Kaufmannssohn räusperte sich. »Erschrecken? Es war furchtbar! Es war … so wirklich. So als hätte der Geist der Pflanze sich gegen mich erhoben und …«

»Glaubst du mir nun, dass das Entzücken, das die Männerherzen beim Tanz einer echten Sharisad schneller schlagen lässt, mehr ist als nur der Anblick von ein wenig nacktem Fleisch?«

Nachud Bensa neigte demütig das Haupt. »Ihr habt mich mit Euren Illusionen bis ins Mark erschreckt, doch schlimmer noch ist das Erkennen meines eigenen Hochmuts. Ich muss gestehen, dass mein Stolz mich geblendet hat. In Eurem Zauber, Melikae, liegt gewiss nicht weniger Macht als in jenen Sprüchen, die an den Akademien gelehrt werden.«

Die Sharisad lächelte zufrieden. »Eure weise Rede erfreut mein Herz, lieber Freund. Deshalb möchte ich Euch bitten, Euch noch einmal auf meinem Lager niederzulassen, damit ich Euch diesmal mit einem Tanz des Frohsinns und der Sinnenfreude unterhalten kann, denn Rastullah und Dschella haben mir meine Gaben nicht geschenkt, damit ich Angst und Schrecken in die Welt trage.«

Bereitwillig folgte der junge Zauberer ihrer Aufforderung, und als zum zweiten Mal in dieser Nacht die Kabasflöte in einem fernen Palastgemach erklang, da war ihr Spiel ein frohes Jubilieren, das selbst dem Sturm seine Wut zu nehmen schien.

Als Melikae am nächsten Morgen erwachte, konnte sie sich nicht mehr erinnern, wann und unter welchen Umständen Nachud sie verlassen hatte. Noch lange, nachdem der Sturm abgeflaut war, hatte sie für den Kaufmannssohn getanzt, und als sie danach beisammengesessen hatten, hatte zum ersten Mal ihr helles Lachen den düsteren Palast verzaubert. Auch wenn sie nicht wusste, wann sie eingeschlafen war, so war sie sich doch sicher, dass sich Nachud ihre Müdigkeit nicht einen Augenblick lang zunutze gemacht hatte, um sich ihr auf unkeusche Weise zu nähern.

Noch den ganzen nächsten Tag über war ihre Erinnerung erfüllt von den Bildern jener unbefangenen und glücklichen Stunden. Selbst als sie am Abend ihr Mahl mit Abu Dschenna einnahm, vermochte dies die Stimmung der Sharisad nicht zu trüben.

Mürrisch blinzelte der Magier über den Rand seines Weinpokals. Das gebratene Huhn auf seinem Teller zerpflückte der Zauberer im Lauf des Mahls zwar in kleine Teile, doch aß er kaum von dem hellen Fleisch. Tiefe schwarze Ringe malten sich unter seinen Augen ab, und sein Gesicht wirkte grau und ausgemergelt. Ja, es schien Melikae sogar, als glänzten einige silberne Härchen im rabenschwarzen Bart des Zauberers. Mit welch rastullahverfluchter Magie er sich wohl jetzt beschäftigte? Er sah aus, als habe er an den Pforten der ewigen Finsternis gestanden.

»Was blickst du mich so an?« Abu Dschenna stellte den Weinbecher ab und ließ sich auf die Kissen hinter dem niedrigen Tisch zurücksinken.

»Du siehst müde aus.«

»Vielleicht habe ich für die Stunden, die du glücklich bist, meinen Preis zu zahlen? So wie du jetzt noch strahlst, scheinst du dich in der letzten Nacht ja prächtig amüsiert zu haben.«

»Was willst du damit andeuten?«

»Oh, nichts!« Der Magier zuckte in übertriebener Geste mit den Schultern. »Höchstens, dass Nachud, als er mir heute Morgen über den Weg gelaufen ist, dasselbe glückliche Lächeln im Gesicht trug wie du jetzt.«

»Willst du etwa behaupten, dass ich deinen Schüler verf…«

»Gar nichts will ich!« Abu Dschenna setzte sich auf und griff wieder nach dem Weinbecher. »Ich wünschte nur, auch ich würde dich einmal mit einem solchen Lächeln auf den Lippen verlassen.«

»Was erwartest du von mir? Ich bin deine Gefangene! Welchen Grund hätte ich, dir dankbar zu sein?«

»Habe ich für deine Anwesenheit nicht mit dem Leben deines Geliebten gezahlt? War ich es etwa, der ihn so schwer verletzte? Nur durch mich und meine Kunst lebt er noch!«

Melikae schnaubte verächtlich. »Das hältst du dir zugute? Hast du nicht deinen Preis für diese noble Tat von mir gefordert? Hättest du es aus freien Stücken getan, ohne Bedingungen zu stellen, vielleicht hättest du dann erhalten, wonach dein Herz sich sehnt!«

»Was weißt du denn von meinem Herzen?«

»Nichts, was mich dazu veranlassen könnte, dich so zu beschenken wie letzte Nacht deinen Schüler.«

»Du hast also doch dein Lager mit ihm geteilt!« Wütend schleuderte der Magier den Pokal zu Boden. »Ich wusste es, als ich ihn sah! Ich … Das soll mir der Schuft büßen.«

Melikae biss sich auf die Lippen. Sie hätte Nachud nicht derart in Gefahr bringen dürfen! »Es war nicht so, wie du denkst. Ich habe für ihn getanzt! Das ist alles!«

»Mehr, als du je für mich getan hast!«, fauchte Abu

Dschenna gereizt. »Was hat der Kerl, das mir fehlt? Was findest du an einem, der sich im Haus seines Magisters wie in einem billigen Bordell aufführt?«

»Ich sagte doch …«

»Mir ist vollkommen gleich, was du sagst. Sieh dich nur an! Kennst du den Poeten Rafid al Mansur? Er sagt, Liebe schminkt die Lippen rot und macht aus Augen Adamanten. Selbst wenn du dein Lager nicht mit Nachud geteilt hast, so seid ihr beide euch in der letzten Nacht auf eine Art nahegekommen, wie nur Liebende es können. Versuch nicht, mir etwas vorzumachen. Ich bin nicht blind!«

»Eifersüchtig bist du, alter Narr! Du weißt, dass es nur einen Mann gibt, den ich liebe!«

Abu Dschenna stand auf. Der letzte Rest Farbe war aus seinem Gesicht gewichen, doch sprach er nun gefasster und ohne Zorn. »Mit deinem Verstand, Melikae, liebst du vielleicht nur einen Mann. Doch in deinem Herzen hat ein zweiter seinen Platz gefunden. Widersprich mir nicht! Lass mich einfach in Ruhe! Weißt du, es ist eine Sache, nicht geliebt zu werden. Damit lässt sich leben. Doch mit anzusehen, wie alles, was einem selbst verwehrt ist, einem anderen mit vollen Händen geschenkt wird, das erfordert Langmut.«

Bebend vor Wut starrte die Sharisad dem Magier nach. Was bildete er sich ein! Wie konnte jemand, der ein Herz aus Stein besaß, behaupten, er könne in die Herzen anderer sehen? Was er sagte, war nicht im Mindesten wahr, und es gab nur eine Erklärung für sein Verhalten: dass die Zauber, mit denen er sich beschäftigte, nicht nur seinen Körper, sondern auch seinen Geist zerstörten!

»Unübersehbar war die Zahl der Streiter, die zu den Fahnen Sultan Mustafas eilten. Sie kamen selbst aus den fernsten Oasen. Bauern und Scheichs, Reiter und Fußkrieger, ja es schien, als hätten sich alle Rechtgläubigen in ihrem Zorn erhoben, um die Götzenanbeter aus dem Land der Ersten

Sonne zu vertreiben. Auch aus Fasar zogen, wie ihr sicher wisst, viele Kämpfer herbei. Sultan Malik Bey schickte sechs gewaltige Kriegselefanten, und auch etliche der himmelblau gewappneten Söldner des Habled ben Cherek waren in der Schlacht zu sehen.

Als die grausame Generalin Duridanya Karinor bei Nacht die Feuer des Heerlagers sah, die so zahlreich wie die Sterne des Abendhimmels waren, verließ die blutdürstige Heidin aller Mut, und heimlich floh sie mit ihrer Leibwache über den Mhanadi, um dem Zorn der Gerechten zu entgehen.

Als der Tag der Rache anbrach, stand die Sonne wie ein blutiges Auge am Himmel, und Rastullahs Atem wehte von Norden. Der heiße Wind trug den feinen Staub der gorischen Einöde und des Hügellands bis zur Stadt. Die Söhne der Wüste waren es gewohnt, sich davor zu schützen, dass der Sand ihnen in Mund und Nase drang und jeden Atemzug zur Qual machte. Nicht so die hochfahrenden Heiden, die in dem Sturm ein böses Omen sahen und schon bald allen Mut verloren.

Omar und seine beiden Gefährten waren mit einem Floß über den breiten Mhanadi gesetzt. Sie zählten zu den Ersten, die mit Hilfe von Wurfankern unter dem Feuer der Feinde die hohen Zinnen der Südmauer erklommen. Tapfer wie Löwen kämpften sie sich den Wehrgang entlang, und gar mancher Feind verlor sein gottloses Leben unter ihren Klingen. So standen sie schließlich mit dem Rücken zum Khunchomer Tor. Und während Omar mit verzweifeltem Mut eine Übermacht von Feinden abwehrte, hoben Ammad und Raschid den schweren Sperrbalken vom Tor, damit die Reiter, die sich vor den Mauern versammelt hatten, endlich in die Stadt preschen konnten.

Als Rastullah schließlich Mherwed gnädig in Dunkelheit hüllte, lebte kein Verteidiger mehr, und die Banner des Rabengötzen waren in den Staub getreten. Zu Tausenden jubelten die befreiten Einwohner Sultan Mustafa zu, als er auf seinem Shadif Asram in die Stadt einritt und die Tapfersten unter den ungestümen Eroberern belohnte. Ammad und Raschid erhielten zwei edle Stuten aus den Ställen des Kalifen zum Geschenk. Omar aber wurde mit einem prächtigen Kettenpanzer und einem Helm aus schimmerndem Stahl belohnt. Der Erste unter den Rechtgläubigen war in Sorge, dass der Mut des stets verschleierten Kriegers ihn nur allzu schnell das Leben kosten würde, denn auch wenn sie an diesem Tag einen großen Sieg errungen hatten, so wusste der von Rastullah erleuchtete junge Heerführer, dass der Krieg gegen die Ungläubigen noch lange nicht beendet war. Noch hielten die Götzenanbeter Unau und Selem, und schon wenige Tage nach der Niederlage sammelten sich ihre Heere erneut, denn Generalin Karinor hatte geschworen, dass für jeden ihrer Söldner, der in Mherwed gefallen war, drei Rechtgläubige sterben und noch einmal sieben in die Sklaverei gehen sollten.«

Als die Erzählerin schwieg, belohnte das Publikum ihre Kunst mit lautem Jubel. Mahmud ging das Herz über vor Glück. Er hatte es geschafft! An diesen Augenblick würde sich Almandina für den Rest ihres Lebens mit Stolz erinnern, ganz gleich, was später kommen mochte …

Aufgeregt zupfte der kleine Omar an einem Zipfel von Mahmuds Kaftan. »Wer ist die Frau mit der schönen Stimme?«

»Eine gute Freundin!«, erklärte der Märchenerzähler ein wenig wehmütig. »Ist sie nicht wunderbar?«

Omar wiegte nachdenklich den Kopf. »Ich finde, sie hat ein bisschen viel über Melikae erzählt. Ich hätte lieber mehr darüber gehört, wie Omar Mherwed erobert hat.«

Mahmud lächelte. »Nun, allein hat er die Kalifenstadt nicht erobert. Aber sei beruhigt, ich kann dir versichern, dass Omar noch so manchen Kampf zu bestehen hat, bevor die Geschichte zu Ende ist, und da ich seinen Heldenmut nicht schmälern möchte, werde ich keinen seiner

Zweikämpfe unerwähnt lassen. Doch nun entschuldige mich für einen Augenblick.« Ein wenig schwankend richtete der Alte sich auf und zog dann mit seiner Holzschale durch die Reihen der Zuhörer, um den Lohn für Almandinas Geschichte einzusammeln. Immer wieder wurde er dabei gefragt, wer die Fremde sei, doch verstand er es, stets ausweichend oder vieldeutig zu antworten, sodass Almandinas Geheimnis bewahrt blieb. Einer der jungen Soldaten fragte besonders hartnäckig. Er behauptete, von der Stimme so verzaubert worden zu sein, dass er sich blind in die schöne Unbekannte verliebt habe.

Obwohl Mahmud einige Mühe hatte, den Mann wieder loszuwerden, freute er sich doch insgeheim, dass er mit seinen Vermutungen recht behalten hatte. Hörten die Menschen allein eine schöne Stimme, so schien es, waren die meisten sogleich davon überzeugt, dass sich hinter den Schleiern der Sänfte auch eine nicht minder anbetungswürdige Frau verbarg.

Als der Märchenerzähler schließlich vor die Sänfte trat, war er fast ein wenig eifersüchtig auf die Bettlerin, denn fünf schimmernde Silberstücke lagen neben all den Kupfermünzen in der Schale. Zwei mehr, als er am Nachmittag erhalten hatte.

Ohne den Schutz ihrer Sänfte zu verlassen, reichte Almandina einen kleinen Leinenbeutel heraus, in den Mahmud die Münzen schüttete. Dann bedankte sich die Bettlerin überschwänglich bei ihren Zuhörern und gab den Mietsklaven ein Zeichen, die Sänfte wieder anzuheben und sie aus dem Basar der Teppichhändler zu tragen.

Nicht alle waren mit dem Besuch der Märchenerzählerin so zufrieden wie Mahmud. Als der Alte auf seinen Platz zurückkehrte, hörte er, wie eine Frau sich bei ihrer Nachbarin beschwerte, auf diese Weise genötigt zu sein, zweimal für die gleiche Geschichte zu zahlen.

Ein wenig verstimmt ließ Mahmud sich auf seinem Teppichstapel nieder. Hatte er einen Fehler gemacht? Im Grunde stand es jedem Zuhörer frei, ob er etwas in die Schale des Märchenerzählers legte oder nicht. Doch wer konnte es sich schon leisten, hinter seinen Nachbarn und Freunden zurückzustehen? Gaben die anderen etwas, so erschien man in einem schlechten Licht, wenn man sich selbst nicht auch freigebig zeigte. Nur allzu schnell machten Gerüchte über Armut und Geiz die Runde, wenn man nicht in die schmale Geldkatze griff.

Aber was schert mich das?, dachte Mahmud, lehnte sich gegen die Hauswand, die noch ein wenig von der Mittagssonne erwärmt war, und blickte zwischen den Sonnensegeln hindurch zum Sternenhimmel. Welch schöne Nacht!

Einen Augenblick lang lauschte er auf das leise Murmeln der Stimmen rund um ihn herum und auf all die Geräusche, die aus den angrenzenden Basaren erklangen. Ob sein Mörder ihn jetzt schon beobachtete? Die Gewissheit, noch in dieser Nacht zu sterben, hatte auf seltsame Weise auch etwas Beruhigendes. Mahmud wusste, dass es sinnlos wäre davonzulaufen. Er hatte seinen Frieden mit sich und den Menschen geschlossen. Der Auftritt Almandinas hatte seine Hoffnungen übertroffen. Er war sicher, sie würde ihren Weg machen. Jetzt war er bereit, sich in sein Schicksal zu ergeben.

Mahmud räusperte sich leise, warf einen sehnsüchtigen Blick auf seine Zuhörer, die er zum letzten Mal versammelt sah, und erhob dann in majestätischer Geste die Arme, um für Ruhe zu sorgen. »Meine lieben Freunde, merket auf und höret, wie die Geschichte der unglücklichen Liebenden ihr Ende nimmt, und erkennet Rastullahs unendliche Weisheit in dem Geschehen.«

»Manch böse Zunge hat sich in späteren Jahren gegen den jungen Sultan erhoben, und man verurteilte ihn dafür, dass er nach seinem Sieg bei Mherwed nicht sofort wieder die Verfolgung der Feinde aufgenommen und die Ungläubigen zu Tode gehetzt hatte, so wie der erfahrene Jäger nicht mehr

vom fliehenden Löwen ablässt, wenn er ihn erst einmal verwundet hat.

Fünf Tage lang verweilte Mustafa in der Stadt und traf Sorge, dass ausreichend Truppen zurückblieben, um zu verhindern, dass die Al'Anfaner jemals wieder einen Angriff auf das ehrwürdige Mherwed wagten. Viel Gezänk erhob sich in dieser kurzen Frist, denn keiner wollte bei der Verfolgung der Feinde zurückstehen, und erst das Wort der Mawdliyat vermochte schließlich den Streit zu schlichten. Sie bestimmten hundert Auserwählte, die gemeinsam mit den Verwundeten der Schlacht als Garnison in Mherwed blieben.

Die anderen aber nahmen am sechsten Tage die Verfolgung auf und zogen durch ein Land, dem der Krieg tiefe Wunden geschlagen hatte. In der Stadt Madrash, in der ein Jahr zuvor Neraida und Said, der Scheich aus dem Volk der Söhne Kasims, in heldenhaftem Kampf gefallen waren, gab es fast kein Haus mehr, das nicht von Kämpfen gezeichnet gewesen wäre. Viermal war die kleine Stadt am Mhalik in diesem Krieg erobert worden, und längst hatten die meisten Einwohner das Weite gesucht. Rings umher lagen verödete Felder.

Überall entlang der großen Karawanenstraße in den Süden sah es ähnlich aus. Dunkle Rußfahnen über ausgebrannten Fenstern, namenlose Gräber neben dem Weg und abgeholzte Palmenhaine, das war das Vermächtnis, das die al'anfanischen Eroberer dem Land der Ersten Sonne hinterließen.

Je weiter das Heer des Kalifen nach Süden vorrückte, desto unruhiger wurde Ammad. Der sonst so lebenslustige und stets zu einem Scherz aufgelegte Gefährte Omars schien von einem merkwürdigen Fieber ergriffen. In seinen Augen stand eine Sorge, über die er nicht sprechen mochte. Immer wieder eilte er der gewaltigen Reiterkolonne voraus, um gleich als Erster Botschaft von den Spähern zu erhalten, die dem Heer voranritten und die Bewegungen der Feinde beobachteten.

Es war am siebenten Tage nach der Eroberung Mherweds, als den jungen Sultan die Nachricht erreichte, die geflohene Generalin Karinor habe in der Oase Hayabeth Zuflucht gefunden und versuche, ihre verstreuten Truppen erneut zu ordnen.

Als Ammad davon erfuhr, brach der Beni Schebt in lautes Wehklagen aus, und auch sein Halbbruder Raschid erbleichte, denn Hayabeth war der Ort, an den Ammad seine Frau gebracht hatte, damit sie dort vor den Wirren des Krieges sicher sei. So erwirkte Omar bei Sultan Mustafa, dass die drei Erlaubnis erhielten, dem Heer vorauszureiten und als Späher Hayabeth auszukundschaften. Doch als sie die Oase erreichten, waren es nicht die Al'Anfaner, die sie dort erwarteten, denn …«

Die Abendsonne berührte im Westen schon fast den Horizont, als Omar und seine beiden Gefährten den Kamm einer Düne erreichten, von dem aus man in der Ferne Hayabeth sah. Gleich einem Opal ruhte die Oasenstadt eingebettet inmitten des Sandmeeres. Doch wie ein Leichentuch lag schwarzer Rauch über den weiß gekalkten Häusern und den grünen Palmwipfeln.

Mit einem schrillen Verzweiflungsschrei stieß Ammad seinem Shadif die Sporen in die Seiten und trieb das Tier in halsbrecherischer Eile die Dünenflanke hinab. Omar und Raschid folgten ihm, so schnell sie konnten, doch niemand vermag mit einem Mann mitzuhalten, der vor Angst alle Gefahren vergisst. So zügelten sie ihre Pferde zweihundert Schritt vor dem östlichsten Palmenhain und beobachteten, wie Ammad, ohne auf Widerstand zu stoßen, dem breiten Lehmweg folgte, der ins Herz der Oase führte. Eine beunruhigende Stille lag über allem. Das leise Rauschen des Windes in den Palmen war das einzige Geräusch. Omars Hengst schnaubte unruhig.

Wo war die Generalin? Wo waren die Al'Anfaner? Der Novadi und Raschid lenkten ihre Pferde vom Hauptweg und näherten sich der kleinen Stadt durch die weitläufigen Palmenhaine, die Hayabeth wie ein schützender Gürtel umgaben. Zwischen den schlanken Palmen war ein Labyrinth von schmalen Bewässerungsgräben ausgehoben, die kleine Hirsefelder speisten. Auch wuchsen hier und da Tomaten, deren Stauden mit Holzpflöcken gestützt waren. Zum Schutz vor heißen Wüstenwinden war jede einzelne Pflanze mit einem niedrigen Wall aus Bruchstein umgeben.

Zwischen den Palmen tauchten nun die weißen Mauern der ersten Gehöfte auf. Ammad hatten sie aus den Augen verloren.

Hinter einem der niedrigen Bauernhäuser erklang das Wiehern eines Pferdes. Mit Zeichen verständigten sich Raschid und Omar, den Hof von beiden Seiten zu umgehen, um nachzusehen, wer sich dort verbergen mochte. Vorsichtig ließ sich Omar aus dem Sattel gleiten und zog sein Schwert. Dann schlich er geduckt um das Haus. Der weiche dunkle Boden schluckte jedes Geräusch. Wie ein Schwamm hatte die Oase das Wasser der Winterregenzeit gespeichert. Obwohl seit drei Gottesnamen kein Tropfen mehr vom Himmel gefallen war, wuchs hier noch frisches Gras.

Omar war am Ende der kaum mannshohen Mauer aus ungebrannten Lehmziegeln angekommen, die das Gehöft umgab. Ein niedriger Busch gewährte ihm Deckung. Als er sich niederkniete, flog ein Vogel aus dem Gestrüpp und ließ sich laut zirpend auf dem nächsten Palmwipfel nieder. War das ein Omen? Erschrocken bog Omar einige Äste auseinander und fand ein aus Zweigen geflochtenes kleines Nest. Rundherum waren auf Dornen tote Käfer und Heuschrecken aufgespießt. Ein Neuntöter! Wie hatten die Bauern einen solchen Vogel in der Nähe ihres Hauses dulden können? Er brachte Unglück!

Unsicher blickte Omar nach der Palme. Der Neuntöter war verschwunden. Was mochte es zu bedeuten haben, dass ausgerechnet er den Unglücksbringer aufgescheucht hatte? Gab Rastullah ihm damit ein Zeichen für seine Zukunft?

Ich darf mich jetzt nicht mit solchen Gedanken aufhalten, ermahnte sich der Novadi stumm. Vorsichtig spähte er um die Ecke der Mauer. Zehn Schritt weiter, an der gegenüberliegenden Ecke, lauerte Raschid. Er zeigte mit ausgestrecktem Arm auf die niedrige Mauerkrone.

Omar nickte. Dann griff der Novadi mit den Händen über die bröckelnde Kante der Lehmmauer und zog sich mit einem Ruck hinauf. Inmitten des Hofes stand Ammads Pferd. Der Krieger kniete neben einer zusammengesunkenen Gestalt. Überall im Hof lagen Leichen. Manche sahen ganz friedlich aus, so als hätten sie sich nur zum Schlafen niedergelegt. Andere wieder hatten die Glieder grotesk verrenkt und starrten mit weit aufgerissenen, glasigen Augen in den Himmel.

Aus der eingeschlagenen Tür des großen Bauernhauses zogen träge Rauchschwaden. Die dicken Holzbalken, die das Flachdach des Hauses getragen hatten, waren nach innen gebrochen und erinnerten an die Rippen eines ausgeweideten Bullen.

Omar vermied es, den Toten in die Gesichter zu sehen. Unruhig schlug er ein Schutzzeichen gegen böse Geister, als sich plötzlich eine der Gestalten unmittelbar vor ihm erhob. Es war ein Junge, drei oder vier Sommer alt, das schmutzige Hemd an Schulter und Seiten rot gefärbt vom Blut einer klaffenden Wunde zwischen Rumpf und Hals.

Taumelnd lief das Kind einige Schritte, stand dann still und schrie mit lauter Stimme: »Schlag mich nicht, Baba!«

Ammad, der den Jungen bislang nicht bemerkt hatte, blickte von der Frau auf, die er in den Armen hielt, und kam, einen unverständlichen Laut herauswürgend, auf die Beine. Mit weiten Schritten rannte er dem Kind entgegen und warf sich vor ihm auf die Knie. Seine Heftigkeit musste den Jungen erschreckt haben, denn er riss die Arme hoch und versuchte zu schreien. Doch er brachte keinen Ton mehr hervor.

Einen Herzschlag lang starrte der Kleine Ammad mit angstgeweiteten Augen an, dann sank er vornüber, und sein schmutziges Hemd färbte sich rot vom Blut der Wunde, die erneut zu bluten begonnen hatte.

Verzweifelt riss Ammad breite Streifen aus seinem Kaftan und versuchte, das Blut zu stillen. Auch Omar eilte ihm jetzt zu Hilfe, doch ein einziger Blick genügte, um zu wissen, dass der Junge nicht mehr zu retten war.

»Das ist Maruk«, flüsterte Ammad. »Der jüngste Sohn von Aischa, der Schwester meiner Frau.«

Vorsichtig strich der Krieger mit schwieligen Fingern dem Kleinen eine Haarsträhne aus dem Gesicht. »Ich werde ihn mit mir nehmen. Der Heiler des Sultans wird ihm gewiss helfen können.«

Ammad blickte Omar mit tränengefüllten Augen an. Der Novadi nickte stumm. Was sollte er seinem Freund auch sagen? Dass der Junge noch vor Sonnenuntergang sterben werde?

Ammad nahm Maruk auf die Arme und ging mit festem Schritt auf sein Pferd zu, das dicht neben dem Eingangstor zum Hof stand. Vorsichtig hob er den Knaben hoch und schwang sich dann selbst in den Sattel. Mit dem linken Arm hielt er das Kind dicht an sich gepresst, während er zitternd die Rechte ausstreckte, um nach der Dschadra, der langen Reiterlanze, zu greifen, die neben dem Tor an der Mauer lehnte. Dann drehte er sich um und rief Omar zu: »Komm, wir müssen in die Stadt, um Shila zu suchen!« Ungestüm wendete er das Pferd und ritt mit gesenkter Lanze durch das Tor.

Der Novadi wollte schon zu seinem Pferd laufen, als Raschid ihn sanft an der Schulter berührte. »Lass ihn ziehen! Rastullahs Hand liegt jetzt auf ihm.«

Verwirrt blickte Omar seinen Gefährten an. »Wie meinst du das? Was ist falsch daran, wenn wir seine Frau suchen?«

Mit einem Nicken wies Raschid in Richtung der Frau, neben der Ammad eben erst gekniet hatte. »Er hat Shila schon gefunden. Er ...« Dem Beni Schebt versagte einen Moment lang die Stimme. »Weißt du, Ammad war dagegen gewesen, dass Shila hierher zu ihrer Schwester ging. Doch wenn er auch sonst das große Wort führen mochte, in seinem Zelt hatte immer Shila das Sagen. Sie war der Überzeugung, dass es in einer Oase, die die Ungläubigen schon erobert hatten, weniger gefährlich sei als im Wüstenlager. Sie ist noch vor der Winterregenzeit hierhergekommen. Damals befürchteten alle, dass der Patriarch nach Westen marschieren werde, um das heilige Keft anzugreifen. Seine Heere wären dann durch das Land der Beni Schebt gezogen, und Shila fürchtete, in Sklaverei zu geraten. Sie wusste so klug zu reden ... Sogar ich hatte es für einen guten Plan gehalten, dass sie hier Unterschlupf suchte. Ich habe sie noch bestärkt! Wie soll ich Ammad je wieder in die Augen sehen? Ich ...«

»Wir müssen ihm folgen, solange er nicht bei Sinnen ist. Vielleicht sind noch ein paar versprengte Ungläubige in der Stadt. Das ist alles, was wir jetzt tun können.«

Raschid starrte ihn zunächst an, als habe er Omar nicht verstanden, und eine Ewigkeit schien zu vergehen, bis er schließlich nickte. »Du hast recht. Lass uns die Pferde holen.«

Schweigend ritten die beiden Krieger der kleinen Oasenstadt entgegen. Rechts und links des Weges zeigten sich immer häufiger Zeichen von Tod und Verderben. Karren mit zerbrochenen Achsen, verendete Packtiere, eine aufgebrochene Kiste, neben der wahllos verstreut bunte Frauenkleider im Staub lagen. Die Ungläubigen hatten Angst! Sie waren auf der Flucht vor Mustafa, und sie hatten zu wenige Pferde, um ihm entkommen zu können. Überall sah man Beutestücke neben dem Weg liegen, die den Söldnern zu schwer zum Weitertragen geworden waren.

Wie große Knochenwürfel erhoben sich die weiß getünchten Lehmhäuser der Oasenstadt. Auch hier herrschte Totenstille. Einige graue Haufen lagen im hohen Gras neben einem Teich, als wollten sie sich dort verbergen – doch die dicht an den Boden geschmiegte Stellung machte deutlich, dass es Leichen waren.

Omar wandte sich ab. Der Wind trieb ihm beißenden Rauch ins Gesicht, der den über der ganzen Oase hängenden süßlichen Geruch des Todes verdrängte. Die meisten Häuser in der Stadt waren weniger prächtig als die Gehöfte, die außerhalb lagen. Es gab nicht einmal eine Stadtmauer, die die Siedlung zusammengehalten hätte. Nur einige niedrige Lehmmauern – Schafhürden – umgaben manche Häuser. Vor einer von ihnen bemerkte Omar eine Bewegung. Der Novadi blickte genauer hin und erkannte einen alten Mann in einem weißen Kaftan, der sanft im Wind schwang. Der Alte war mit einem Speer an die Lehmmauer genagelt worden. Ihm zu Füßen lagen noch weitere Tote.

Irgendwo in der Stadt ertönte schallendes Gelächter. Es klang schauerlich in diesen vom roten Licht der schwindenden Sonne durchfluteten stillen Straßen. Omar gab seinem Rappen die Sporen und ritt dem Lachen entgegen.

Nahe dem Markt, im Hof der Karawanserei, fand er Ammad, der der Quell des durchdringenden, freudlosen Gelächters war. Vor ihm lagen zwei tote Al'Anfaner. Ein dritter kniete neben ihm im Sand. Der verwundete Ungläubige war halbnackt und offenbar nicht in der Lage zu stehen. Er hob Ammad die Arme entgegen, und Tränen rannen ihm über die Wangen. Das Pferd des Kriegers tänzelte unruhig.

Noch immer hielt der Beni Schebt mit der Linken den halbtoten Jungen gegen die Brust gepresst. »Du sagst, du hast meine Frau auch nicht gesehen?« Ammads Stimme klang schrill über den Hof. »Dann haben wir nichts mehr miteinander zu besprechen.« Mit irrem Lachen stieß der Krieger dem Knienden seine Lanze in die Brust.

Versteinert sah Omar zu, wie der Mann seitlich zu

Boden sank. Blut strömte im Rhythmus der ersterbenden Herzschläge aus seiner Brust. Langsamer und langsamer.

Indessen war Ammad zu einem Karren geritten, und wieder zerriss seine Frage die Stille. »Hast du meine Frau gesehen?«

Die Stimme seines Gefährten holte Omar in die Wirklichkeit zurück. Mit einem wütenden Aufschrei trieb er seinen Hengst dicht neben Ammad, riss sein Tuzakmesser aus der Scheide und ließ es krachend auf den Schaft der Reiterlanze niedersausen. »Sie gehören dem Sultan! Lass sie in Ruhe, Ammad. Wenn du sie tötest, bist du nicht besser als die Heiden.«

Aus leeren Augen blickte ihn der Beni Schebt verständnislos an. »Verräter!«, murmelte er leise und drohend. »Möge der Blitzstrahl Rastullahs dich treffen.«

Ammad ließ den nutzlosen Lanzenschaft fallen, wendete sein Pferd und lenkte es auf das Tor der Karawanserei zu. Unter dem Torbogen verharrte er noch einmal. »Ich werde Shila auch ohne dich finden, falscher Freund!«

Jedes der Worte traf Omar wie ein Schwertstreich. Hätte er den Unglücklichen gewähren lassen sollen? Lag wirklich Rastullahs Hand auf ihm? War es vielleicht der Wille des Gottes, dass die Ungläubigen getötet wurden?

Zweifelnd blickte er zu den Männern und Frauen auf dem Karren. Ihre Kleider waren zerrissen, ihre Wunden nur schlecht verbunden. Sie alle hatten weder Stiefel noch Schuhe, keine Waffen und auch keine Rüstungen mehr. Offensichtlich waren sie von ihren eigenen Kameraden ausgeplündert worden. Wunden und Krankheiten hatten sie entkräftet. Niemand machte sich die Mühe, ihnen noch zu helfen. Sie waren auf Gedeih und Verderb ihren Verfolgern und den Hunderten von Fliegen ausgeliefert, die in ihren offenen Wunden nisteten.

»Versteht einer von euch meine Sprache?«

Eine Kriegerin, in deren blutigen Augenhöhlen sich Maden wanden, nickte schwach.

»Wo ist die Generalin? Wie konnte eure Anführerin entkommen? Wo ist sie jetzt?«

Die Blinde lächelte matt. »Tarfui … Sie ist dort … war nur für einen Tag hier … hat eure Späher getäuscht. Waren nur kleine Nachhut … Unsere Fußsoldaten und der Tross … sind schon vor drei Tagen abmarschiert. Sie haben Geiseln … Die Reiter sind heute Früh weg … Haben alle getötet, die sie nicht mitnehmen konnten. Dreckschweine! Haben sogar die Maultiere vom Karren genommen. Musst mir glauben … wir hatten keinen Anteil an den Morden.«

Omar runzelte die Stirn. Konnte er den Worten einer Ungläubigen vertrauen? »Wie viele Krieger hat die Generalin in Tarfui?«

Die Söldnerin lachte zynisch. »Ich soll meine Kameraden verraten, die mich ausgeraubt haben? Was bietest du mir?«

»Dein Leben liegt in der Hand des Sultans. Ich kann nicht über dein Schicksal gebieten.«

»Nicht?« Die Kriegerin schüttelte den Kopf. »Du … Du musst mir Salbe holen … Für meine Augen. Wasch sie mit Wasser aus … Sie sind ganz verklebt … Und wenn ich wieder sehen kann … dann könntest du mich doch mit ein paar Vorräten zu einem abgelegenen Tal in den Bergen im Osten bringen … Ich komm dann schon wieder auf die Beine. Das kostet dich höchstens einen halben Tag … Dafür werde ich singen wie eine Nachtigall … Du wirst alles von mir hören … Wie viele Leibwachen die Karinor hat … Wie groß ihr Heer ist … Ich kann dir sogar erzählen, womit sie ihren götterverfluchten Köter füttert. Hörst du? Rette mich, und du wirst ein Held sein …«

Omar musterte die Frau kühl. Ihr Gesicht glänzte wie im Fieber. Die Ränder ihrer Wunden hatten sich hochgewölbt und waren von dunklem Eiter zerfressen. Sie hatte nicht einmal mehr die Kraft, mit einem müden Handwedeln die Fliegen zu vertreiben, die sie quälten. Der einzige Weg, den sie noch machen würde, war der in die große Dunkelheit.

Offenbar hatte der Wagen mit den Verletzten fast den ganzen Tag über in der prallen Sonne gestanden. Es war ein Wunder, dass überhaupt noch einige von ihnen lebten.
»Warum sollte ich dir trauen, Weib? Alle Ungläubigen sprechen mit tausend Zungen, doch die Wahrheit kommt ihnen dabei nur selten über die Lippen.«

»Und kann ich … dir vertrauen? Wer sagt mir … dass du mir nicht den Bauch … aufschlitzt, wenn du alles weißt … was ich zu sagen habe?«

Die Worte der Söldnerin beleidigten den Stolz des Beni Novad. Es war ein Fehler gewesen, überhaupt mit ihr zu sprechen! Er würde für die Verwundeten so gut sorgen, wie er es konnte, doch befragen sollte sie der Mautaban, der Henker des toten Kalifen. Mit dieser Seite des Krieges wollte Omar nichts zu tun haben. Mit Todgeweihten zu feilschen, war eines Kriegers nicht würdig!

Müde ließ er sich aus dem Sattel gleiten und ging zum Brunnen, um Wasser für die Ungläubigen zu holen. Hoffentlich überlebte wenigstens einer von ihnen, bis Sultan Mustafa mit dem Heer eintraf.

Drei Tage waren seit dem Geschehen in Hayabeth vergangen. Sultan Mustafa hatte sein Heer bis an den Rand der Oase Tarfui geführt, doch waren sie zu spät am Abend eingetroffen, um noch angreifen zu können.

Ob der Mautaban etwas von den verwundeten Al'Anfanern erfahren hatte, wusste Omar nicht. Nachdem Verstärkung Hayabeth erreicht hatte, hatte der Novadi sich um Ammad gekümmert. Einen ganzen Tag lang redete er gemeinsam mit Raschid auf den Krieger ein, bis dieser schließlich zustimmte, den Jungen zu beerdigen. Jetzt saß Ammad am Rand des Feldlagers und betrachtete tief in Gedanken den schmalen Lichtstreifen, der hinter den Bergen im Osten den neuen Tag ankündigte. Über Shila hatte keiner von ihnen mehr gesprochen, seit sie das Gehöft verlassen hatten. Omar wusste nicht, ob sein Freund begriffen hatte, was mit seiner Frau geschehen war.

Die Nacht war unruhig gewesen. Immer wieder hatten kleinere Truppen von Plänklern das Lager angegriffen, und im Gegenzug waren einzelne Krieger bis dicht an die Oase herangeritten, um die Götzenanbeter zu verhöhnen. Die Stimmung im Feldlager war zum Zerreißen gespannt. Sie alle waren Zeugen der Gräueltaten geworden, die die Al'Anfaner in Hayabeth verübt hatten, und sie brannten darauf, sich an den Ungläubigen zu rächen. Die Aghas und Scheichs hatten alle Hände voll zu tun, die ungestümen Wüstenreiter im Zaum zu halten und zu verhindern, dass ganze Stammesgruppen losschlugen, ohne sich darum zu scheren, ob ein Befehl zum Angriff erteilt worden war.

Omar ging neben Ammad in die Hocke. Hinter ihm stand Raschid und starrte schweigend zu seinem Halbbruder hinüber. Es war so gut wie nicht möglich, mit Ammad zu reden. Die meiste Zeit über schien er ihre Anwesenheit überhaupt nicht zu bemerken.

Beunruhigt beobachtete Omar, wie sich dunkle Wolken über den Bergen zusammenballten. Wenn der Wind anhielt, würde es in spätestens zwei Stunden zu regnen anfangen. Viel zu früh für diese Jahreszeit! Die Sommerregenzeit hätte erst in einem Gottesnamen anbrechen dürfen.

Der Novadi konnte sich nicht erinnern, jemals davon gehört zu haben, dass das Wetter so früh im Jahr umschlug. Es musste an den Ungläubigen liegen! Sie hatten alle Gesetze Rastullahs außer Kraft gesetzt und Recht und Ordnung mit Füßen getreten. Männer waren dafür hingerichtet worden, dass sie sich zu den Lehren des einzigen wahren Gottes bekannt hatten, und die Bewohner ganzer Städte hatte man gezwungen, vor den Altären des Rabengötzen und all jener anderen Dämonen niederzuknien, die von den Heiden angebetet wurden. Wen mochte es da wundern, wenn bei solchen Verhältnissen zuletzt auch die Jahreszeiten nicht mehr der festgefügten Ordnung folgten!

Das blasse Morgenlicht vertrieb die Schatten der Nacht und enthüllte grausam, was die Fremden dem Land angetan hatten. Von den Hunderten von Dattelpalmen, für die die Oase Tarfui berühmt gewesen war, standen nur noch wenige Dutzend. Von der einstigen Pracht seiner Gärten kündeten lediglich traurige Baumstümpfe. Zwanzig Jahre und mehr mochte es dauern, bis sich die kleine Siedlung am See davon erholt hätte und ihre Bewohner wieder von den Früchten ihrer Palmen leben konnten.

Die Eroberer hatten aus den schlanken Stämmen Barrikaden aus zugespitzten Pflöcken errichtet, um sich gegen Reiterangriffe zu schützen. Doch da schien noch etwas ... Omar kniff die Augen zusammen, um besser sehen zu können. Die unregelmäßige Hecke aus Dornen und Kakteen, die Tarfui wie ein grüner Wall umgab, war von weißen Tupfern unterbrochen. Die Gefangenen! Die Generalin hatte sie dort, wo die heftigsten Angriffe zu erwarten waren, an die Kakteen und die Schanzen fesseln lassen, damit sie den Ungläubigen als lebende Schilde dienten.

Omar dachte an den Neuntöter, den er in Hayabeth gesehen hatte, und begriff, was dieses Omen zu bedeuten hatte. Wie der Vogel gefangene Fliegen und Käfer auf Dornen aufspießte, so standen die Gefangenen an die Hecken gefesselt, um als Opfer für den Rabengott zu sterben. In stummer Wut ballte Omar die Fäuste. »Diese Schurken! Feiges Pack!«, murmelte er gepresst.

»Es wird sie nicht retten.« Überrascht blickte der Novadi zu Ammad. Seine Stimme klang klar wie schon seit Tagen nicht mehr. Der Wahn schien von ihm gewichen zu sein! »Es ist kein Regen, der heute fallen wird. Es sind die Tränen Rastullahs, dem die Grausamkeit der Fremden das Herz bricht. Er wird uns die Kraft geben, sie zu vernichten. Wenn die Sonne ihr Antlitz hinter den Ebenen des Westens verbirgt, dann wird keiner mehr leben, der nicht reinen Herzens ist, und auch ich werde nicht mehr mit euch reiten.«

Omar legte seinem Freund die Hand auf die Schulter und zog ihn an die Brust. »Sprich nicht so vom Tod, Ammad. Ich weiß, was es heißt, den liebsten Menschen zu verlieren. Du hast viele Stunden der Einsamkeit vor dir, und dein Herz wird dir bluten vor Schmerz, doch du wirst nicht sterben, und eines fernen Tages wird dir das Glück wieder zulachen und ...« Omar konnte nicht weitersprechen. Wer gab ihm das Recht, Ammad solche Versprechungen zu machen? Wusste er selbst es nicht besser? Hatte er denn jemals Melikae vergessen?

Der Beni Schebt löste sich aus der Umarmung. Aus einem Beutel am Gürtel zog er ein schmales himmelblaues Stirnband. »In dieser Nacht habe ich ein Zelt inmitten der Wüste gesehen, wie kein irdischer Herrscher es sein Eigen nennt. Daraus sprach eine Stimme zu mir, warm und freundlich. Sie hat mir verheißen, dass ich bald wieder mit Shila vereint sein werde und wir auf immer in den nie verblühenden Gärten lustwandeln werden. Du weißt, was das heißt, Omar.«

Ammad knotete das Stirnband über seinem Hattah fest. Sein Gesicht war von überirdischer Klarheit, und seine Augen strahlten, als könnten sie Dinge sehen, die den anderen Menschen verborgen blieben.

»Möge Rastullah über deinem Weg wachen, mein Bruder«, murmelte Raschid. Dann wandte er sich ab, so als wolle er vor Ammad seine Gefühle verbergen.

Aus dem Feldlager erklangen die Rufe der Scheichs und Aghas, die ihre Krieger um sich versammelten. Stumm gingen die drei Freunde zu den Pferdekoppeln, wo Hunderte von Wüstenstreitern ihre Tiere sattelten und für den Kampf vorbereiteten. Hier und dort hatten sich besonders fromme Kämpfer niedergekniet, um zu Rastullah zu beten.

Als Omar sein Pferd sattelte, hörte er neben sich einige Beni Terkui heftig über ein Omen streiten. Die Männer hatten beobachtet, wie kurz nach Morgengrauen eine Schar Sturzpelikane vom See in der Oase aufgestiegen waren – und nach alter Kunde sind schwimmende Pelikane ein Zeichen dafür, dass Rastullah Frieden unter den Menschen wünscht.

Ein schlaksiger, groß gewachsener Reiter wetterte voller Inbrunst: »Glaubt ihr denn, dass jetzt, in der Stunde des Sieges, der Eine uns unseres Ruhmes berauben will? Er hat die Pelikane zum Himmel gerufen, damit wir erkennen, dass die Ungläubigen nicht unter ihrem Schutz stehen!«

»Wenn die Pelikane nicht aufgeflogen wären, hätten wir gar nicht bemerkt, dass sie die Nacht auf dem See verbracht haben«, wandte ein anderer ein. »Rastullah musste sie zum Himmel rufen, damit wir erkennen konnten, dass sie dort waren. Denk doch an all die Unschuldigen, die sterben müssen, wenn wir jetzt angreifen. Die Männer, Frauen und Kinder, die an die Pfähle gebunden sind. Rastullah will nicht, dass ihr Blut vergossen wird. Ich sage dir, der Wille des Einen lautet, dass wir mit ihnen verhandeln. Deshalb hat er auch die Regenwolken geschickt. Wer kämpft schon, wenn es in Strömen gießt?«

Der Hagere spuckte ärgerlich vor seinem Widersacher aus. »In deiner Brust schlägt das Herz einer Wüstenmaus, Ali! Hast du Angst vor den Pfeilen der Ungläubigen?«

»Ein Mann, der nicht zwischen Gottesfurcht und Angst zu unterscheiden mag, kann mich nicht beleidigen, Harun. Schon dein Vater war bekannt dafür, dass er streitsüchtig und schwach im Geiste war. Was sollte man von seinem Sohn anderes erwarten?«

»Und deine Mutter hat wohl einen Bastard mit einem Heidenbock gezeugt, dass du das Leben der Götzenanbeter schonen willst. Ich …«

Ein ungläubiges Raunen lief durch die Reihen der Männer, und die beiden Streithähne verstummten. Omar zog seinen Sattelgurt fest und wandte sich um, um zu sehen, was geschehen war.

Auf einer flachen Hügelkuppe über der Koppel erschienen der Sultan und sein Gefolge. Mustafa erstrahlte in erhabener Schönheit, fast so, als wäre Rastullah selbst vom Himmel herabgestiegen, um seine Kinder in die Schlacht zu führen. Sein Hengst Asram trug einen goldenen Pferdepanzer, der an den Seiten mit einem Paar Vogelschwingen geschmückt war, die bis hoch über den Rücken des Reiters aufragten. Der Sultan schien bis auf einen silbernen Helm, der von einem Turban umschlungen war, und einem prächtigen perlengeschmückten Reiterschild keine Rüstung zu tragen.

Man musste schon ein kundiges Auge haben, um zu erkennen, dass sein bestickter langärmeliger Reitmantel in Wahrheit ein Kazaghand war und dass sich unter dem seidenen Mantel, gebettet in zwei Lagen aus gestepptem Kaninchenfell, ein doppelter Kettenmantel verbarg.

Nicht weniger ansehnlich waren der Wesir Jikhbar ibn Tamrikat und der Ungläubige, Leomar al-Yeshinnas, sowie alle die Sultane und Scheichs gewappnet, die Mustafa folgten. Wer immer ihnen begegnete, wusste, dass diese Männer dem Kalifat Ruhm und Macht zurückerobern würden.

Mustafa hob seinen Krummsäbel hoch über den Kopf, und die Klinge schimmerte im Licht der Morgensonne rot wie Blut. »Söhne der Wüste, heute ist der Tag gekommen, da wir das Werk von Mherwed vollenden werden! Kein Ungläubiger, der seinen Fuß in den Palast des toten Kalifen gesetzt hat, soll unserem Zorn entkommen. Noch wenn sich zum neunundneunzigsten Mal der neunundneunzigste Tag dieser Schlacht jährt, sollen unsere Enkel mit Stolz von den Taten ihrer Urahnen sprechen, den Taten, die ihr heute vollbringen werdet. Seid behutsam, wenn ihr an die Schanzen heranreitet, auf denen unsere Brüder und Schwestern gefesselt stehen. Doch lasst dafür umso wütender eure Hiebe auf die Häupter der Ungläubigen herniederprasseln, wenn ihr erst einmal im Innern der Oase seid. Um uns vor den Pfeilen zu bewahren, den Waffen der

Feiglinge, die es nicht wagen, mit ihren Feinden die Klinge zu kreuzen, hat Rastullah uns Regenwolken zur Hilfe gesandt. Das Unwetter wird ihnen die Sicht nehmen und die Sehnen ihrer Bogen erschlaffen lassen, sodass wir sie nicht fürchten müssen. So sehet, Rastullah ist groß, und er will unseren Sieg an diesem Tag! Nun folgt euren Anführern und wartet, bis die ganze Oase umzingelt ist und das Zeichen zum Angriff kommt, denn nur so wird uns keiner der Götzenanbeter entfliehen können!«

»Rastullah will es!«, scholl es hundertfach dem Sultan entgegen. Dann sprangen die Männer in die Sättel und folgten dem jungen Herrscher von Unau.

Eine Stunde war vergangen, seit Sultan Mustafa seine Wüstenreiter zum Kampf aufgerufen hatte, doch noch immer war kein Zeichen zum Angriff gekommen.

Regenwolken hatten den Himmel zu ihren Häuptern verdunkelt und die Sonne verdeckt. Auf den Dünenkämmen und Hügeln rund um Tarfui hatten sich mehr als zweitausend Streiter versammelt. In stummer Verachtung blickten sie auf die Al'Anfaner hinab, die zu feige waren, um sich einem ehrlichen Kampf zu stellen. Omar konnte, behindert von den Palisaden und dem unübersichtlichen Gelände, nicht abschätzen, wie viele Gegner sich in der Oase verschanzt haben mochten, doch es mussten wohl beinahe tausend sein. Lauernd kauerten ihre Bogenschützen hinter den Dornenhecken und dem Wall aus Menschenleibern. Weiter hinten hatten Speerträger eine stahlschimmernde Schlachtlinie gebildet. Dieser Tag würde mehr Blut fordern als die Eroberung Mherweds. Ganz gleich, was die Heerführer und Mawdliyat auch behaupten mochten, die Ungläubigen waren keineswegs nur ein Haufen verängstigter Söldlinge. Sie schienen fest entschlossen, diesmal nicht zu weichen.

Unruhig blickte Omar zum Sultan hinüber, der mit seinem Gefolge nur wenige Schritt von dem Beni Novad entfernt stand. Worauf in Rastullahs Namen wartete er? Wann würde er endlich das Zeichen zum Angriff geben?

»Wollen wir hier noch den ganzen Tag lang ausharren?«, knurrte Raschid gereizt. »Wir sollten es endlich hinter uns bringen. Mit Blicken allein können wir die Schurken da unten nicht erschrecken.«

»Vielleicht wartet er auf den Beginn des Regens«, wandte Omar halbherzig ein. »Er sagte doch, dass die Bogenschützen es dann schwerer hätten.«

»Wenn es nur nicht zu sehr regnet!«, brummte der Beni Schebt. »Wir werden es schon schwer genug haben, dort unten mit den Pferden durchzubrechen. Wenn der Boden erst einmal vom Regen aufgeweicht ist, könnte es unmöglich werden. Was meinst du dazu, Ammad?«

Beide blickten auf den stämmigen kleinen Krieger. Sie hatten Ammad zwischen sich genommen, um ihn besser gegen Angriffe der Feinde decken zu können. Nach allem, was er während des Sonnenaufgangs gesagt hatte, schien ihm nicht mehr viel an seinem Leben gelegen zu sein.

»Nun, was glaubst du?«, wiederholte Raschid noch einmal etwas lauter seine Frage. »Wird uns der Regen nutzen oder schaden?«

»Er wartet auf mich«, flüsterte Ammad leise.

»Was? Wer wartet auf dich? Was redest du da?«

»Ich bin das Zeichen!« Mit feierlicher Geste griff der Beni Schebt nach seinem Kopftuch und zog es sich ganz langsam über das Gesicht, so wie Männer es sonst nur tun, wenn sie in tiefer Trauer sind. Dann schien er sich einen Ruck zu geben. Er stieß seiner Stute die Sporen in die Flanken und galoppierte vorwärts, geradewegs auf die Masse der Feinde zu.

Der Ritt schien unendlich lange zu dauern – den flachen Hang hinab und über eine Niederung hinweg … Omar wollte ihm folgen, ihn zurückholen, doch Raschid griff dem Rappen des Beni Novad in die Zügel. »Lass meinen Bruder gehen! Rastullah ist bei ihm.«

Der Hufschlag dröhnte unnatürlich laut in der Stille. Beide Heere harrten regungslos dessen, was kommen würde. Nur Ammad jagte weiter durch den stillen Morgen, unsicher im Sattel schaukelnd, bis er sich auf wenige Längen dem Feind genähert hatte. Dann richtete er sich steil auf und stieß mit schauerlichem Jauchzen seinen Kriegsruf aus: »Shila! Shila!«

Damit war der Bann gebrochen. Wie ein Mann rissen die Al'Anfaner ihre Bögen und Armbrüste hoch. Eine Wolke von Pfeilen flog dem Beni Schebt entgegen. Dutzendfach wurden Ross und Reiter getroffen, doch wie von einer geisterhaften Kraft weitergetragen, fand ihr Todesritt erst zwischen den angespitzten Schanzpfählen ein Ende.

Kaum war Ammad in den Staub gesunken, da winkte der Sultan seinen Getreuen mit dem Säbel zu und nahm den Schlachtruf des Toten auf. »Shila!«, ertönte es hundertfach aus den Kehlen der rauen Wüstenkrieger, und sie stürmten von den Hügeln und Dünenkämmen hinab, um die Ungläubigen zu überrennen. Kaum hatten sie die Niederung erreicht, die wie ein Graben die Oase umgab, da öffnete der Himmel seine Pforten, und ein Sturzregen fiel hernieder.

Omar und Raschid ritten an der Spitze eines Reiterpulks von Kriegern aus den Lagern der Beni Schebt. In langsamem Trab näherten sie sich den Schanzen, denn wenn der Regen sie auch schützte, so machte er doch zugleich den Boden rutschig, sodass bei einem wilden Angriff wahrscheinlich viele Pferde gestrauchelt wären.

Mit hellem Klang schlug ein Pfeil gegen den Helm Omars und glitt wirkungslos zur Seite ab. Der Novadi aber biss erzürnt die Zähne zusammen und fragte sich, ob der Tod ihn auf immer fliehen würde. Wütend wischte er den Regen beiseite, der ihm vom Helmrand in die Augen rann, und versuchte, in den Reihen der Feinde einen Schwachpunkt zu erkennen, an dem er mit seinen Reitern durchbrechen konnte. Doch die Al'Anfaner hatten ihre Verteidigungsanlagen wohldurchdacht, und mochte ein wilder Reiterangriff vielleicht auch zum Erfolg führen, so wäre dieser Sieg auf jeden Fall um den Preis Dutzender Unschuldiger erkauft, die an die Schanzpfähle gefesselt von den heranstürmenden Pferden zu Tode getrampelt würden.

Als sie auf weniger als fünfzig Schritt an die Feinde geritten waren, gab Omar seinen Kriegern den Befehl zum Absitzen und stürmte ihnen voran den niedrigen Palisaden und Dornenhecken entgegen. Zweimal rutschte er auf dem schlammigen Boden aus, bevor er einen Pfahl erreichte, an den mit ledernen Riemen ein alter Mann gefesselt war. Mit einem Schwerthieb durchtrennte er die Bänder, und ohne den Segen des Bauern abzuwarten, rannte Omar weiter. Er fühlte sich wie in einem bösen Traum gefangen. Der rauschende Regen machte die Szenerie seltsam unwirklich, verschmolz Menschen und Hecken zu drohenden Schatten und erstickte die Geräusche der Schlacht.

Mit Raschid an der Seite brach Omar durch die Linie der Verteidiger, und während der Beni Novad, ohne sich umzusehen, immer weiter vorwärtsstürmte, hielt sein getreuer Gefährte ihm den Rücken frei.

Wie aus dem Nichts tauchte eine schlammbespritzte Bogenschützin vor Omar auf. Sie schien genauso erschrocken wie er zu sein und riss ihre Waffe hoch, doch noch bevor sie den Bogen spannen konnte, hieb er mit einem raschen Schlag das geleimte Holz entzwei und zog ihr die Klinge mit einem Rückhandhieb über die Kehle.

Kaum war sie zu Boden gegangen, da griffen zwei Krieger mit Krummsäbeln den Verschleierten an. Als wäre es von einem eigenen Willen besessen, schlug sein Tuzakmesser den Feinden entgegen. Fast fühlte sich Omar wie ein Zuschauer, der außerhalb seines eigenen Körpers steht und verwundert beobachtet, was in der Welt geschieht.

Er sah sich in blinder Wut auf die beiden Ungläubigen einschlagen, die längst von Angreifern zu Verteidigern geworden waren. Schon sank der erste tödlich getroffen zu Boden, da wandte sich auch der andere zur Flucht. Doch unbarmherzig setzte Omar ihm nach. Voller Entsetzen blickte der fremde Krieger über die Schulter zurück. Er hatte den Säbel von sich geworfen und war unbewaffnet.

Etwas am Gesicht des Mannes kam Omar seltsam vertraut vor. Erbarmungslos senkte sich die Klinge des Beni Novad, da hatte er das Gefühl, aus einem Traum zu erwachen.

Der Lärm der Schlacht traf ihn mit der Wucht eines Schlages. Das schrille Wiehern sterbender Pferde, wütende Schreie und das helle Klingen von Waffen. Vor ihm lag ein schwarzgewappneter Al'Anfaner im Schlamm. Er hatte einen unbewaffneten Fliehenden von hinten niedergestochen!

Fassungslos ließ sich Omar neben dem Toten auf die Knie sinken. Er packte den Mann an der Schulter und drehte ihn um. Das Gesicht des Al'Anfaners war von braunem Schlamm besudelt, in den der Regen langsam helle Bahnen wusch. Beklommen legte der Novadi sein Schwert zur Seite und wischte dem Toten über Stirn und Wangen. Irgendwo hatte er diesen Mann schon einmal gesehen! Es war an einem Regentag wie diesem gewesen. Dunkel erinnerte sich Omar, wie er gemeinsam mit Gwenselah den Hehler Fran Dabas besucht hatte. Auf dem Rückweg zu ihrer Herberge hatte der Beni Geraut Schie Blut gehustet und war dann ohnmächtig geworden. Omar hatte ihn halb gezogen, halb getragen und sich dabei immer mehr in den verwinkelten Gassen des Bettlerviertels verirrt, bald umringt von abgerissenen Gestalten: Kindern, Greisen, Krüppeln. Verlorenen, denen ihr Leben nichts mehr galt. Mit Lehmklumpen und Steinen hatten sie ihn beworfen, mit Keulen und rostigen Messern bedroht. Er war schon zu Boden gegangen, als eine Gruppe schwarz gewandeter Soldaten in der Gasse auftauchte und ihn rettete. Daher kannte er das Gesicht! Der Tote war einer dieser Männer gewesen! Er hatte seinen Lebensretter getötet!

»Nimm endlich deinen Fluch von mir, Rastullah!« Omar streckte die geballten Fäuste dem Himmel entgegen und schrie die dunklen Wolken an. »Was habe ich dir getan? Wofür strafst du mich?«

Neben ihm glitt ein großer goldschimmernder Schemen durch den Regen. Sultan Mustafa war mit seinem Gefolge durch die Bresche gestoßen, die Omar und die Seinen geschlagen hatten. Doch anders als in Mherwed wollten die Ungläubigen diesmal die Schlacht nicht so schnell verloren geben. Eine kleine Einheit Reiter warf sich Mustafa entgegen, und eine Abteilung Speerträger versuchte, dem Sultan und den anderen Anführern den Weg abzuschneiden und gleichzeitig die Lücke in der Verteidigungslinie wieder zu schließen. Dieser Kampf mochte den Ausgang der ganzen Schlacht entscheiden. Wenn Mustafa starb, dann würde das Bündnis der Wüstenstämme wieder auseinanderbrechen!

Entschlossen griff Omar nach seinem Tuzakmesser. Jetzt war nicht die Zeit, mit seinem Schicksal zu hadern! Es galt, das Leben des Sultans zu schützen!

Die Beni Schebt, mit denen er die Schanzen genommen hatte, waren von der Wucht ihres Angriffes weiter fortgetragen worden. So stürmte Omar allein den Speerträgern der Ungläubigen in die Flanke. Kaum hatte er sie erreicht, als Asram, der Hengst des Sultans, verwundet wurde und mit schrillem Wiehern auf die Hinterbeine stieg. Mustafa, der gerade gegen einen Reiter focht, verlor das Gleichgewicht und stürzte rücklings aus dem Sattel. Sofort versuchten Fußsoldaten, einen Ring um den Sultan zu schließen, doch da war auch schon Omar zur Stelle.

Mit gellenden Schreien und wild um sich schlagend, brach er durch die Formation der Speerträger. Für einen Augenblick wichen die Söldner erschrocken zurück. So fand Mustafa Zeit, wieder auf die Beine zu kommen und nach den Zügeln von Asram zu greifen. Als die Al'Anfaner jedoch erkannten, dass Omar allein war, fassten sie neuen Mut und drangen ein weiteres Mal auf den Sultan ein. Mit dem Mut der Verzweiflung verstellte der Novadi ihnen den Weg. Das war die Gelegenheit, auf die er so lange gewartet hatte! Er konnte sein Leben mit einer Heldentat beschließen!

»Für Melikae!« Mit dem Namen der Geliebten auf den Lippen hieb er zwei Speerspitzen zur Seite und verwundete einen der Angreifer am Arm. Doch zu groß war die Zahl der Gegner! Eine Klinge, die an seinem Kettenhemd abgeglitten war, schnitt ihm tief in den Oberschenkel, während ihn ein Stoß mit einem Speerschaft aus dem Gleichgewicht brachte und rückwärtstaumeln ließ.

Bei einem flüchtigen Blick nach hinten sah Omar, dass Mustafa inzwischen von seinen berittenen Leibwachen umringt und in Sicherheit gebracht war. Mit einem bitteren Lachen fasste der Novadi darauf sein Tuzakmesser mit beiden Händen. Die Ungläubigen sollten für sein Leben einen hohen Preis zahlen! Ein zweites Mal stürmte er gegen die Speerträger an. Und wie der Schnitter ins Korn, so fuhr er in die Reihen der Feinde. Drei Krieger waren unter seinen wütenden Hieben gefallen, als Omar aus den Augenwinkeln sah, wie zwei Männer seitlich von ihm ihre Speere zum Wurf erhoben hatten. Neben ihnen stand eine große blonde Frau mit einem riesigen Hund an ihrer Seite. Sie zeigte mit ausgestrecktem Arm in seine Richtung und rief wütend einen Befehl.

Omar versuchte mit einem Sprung nach vorn den tödlichen Geschossen zu entgehen, doch schimmernde Speerspitzen versperrten ihm den Weg. Mit dumpfem Schlag nagelte ihm einer der Wurfspeere den rechten Arm an den Rumpf, während der zweite nur knapp seinen Kopf verfehlte.

Dumpfer Schmerz pulste durch seinen Körper. Irgendwo hörte Omar eine vertraute Stimme seinen Namen rufen. Ohne das Gesicht von den Feinden abzuwenden, sank der

Novadi in die Knie. Mit der Linken hielt er sein Schwert hoch und versuchte matt, die Angriffe der Feinde zu parieren. Doch er war zu langsam, um die Speerspitzen noch zur Seite zu fegen. Knirschend stießen sie nach seinem Kettenhemd. Omar spürte keinen Schmerz mehr. Ein letzter Stoß warf ihn nach hinten. Jemand setzte breitbeinig über ihn hinweg und nahm an seiner Stelle den Kampf gegen die Ungläubigen auf.

Der Novadi blickte mit weit aufgerissenen Augen zum Himmel. Ein böiger Wind trieb die grauen Wolken auseinander, sodass breite Bahnen aus goldenem Licht durch die Lücken herabstießen. Kühl streichelte ihm der Regen das Gesicht. Der Kampflärm hatte sich ein wenig entfernt, als Hufschlag den Boden erbeben ließ.

Jetzt erkannte Omar die Stimme des Sultans. »Er hat sich in die Speere geworfen, die für mich bestimmt waren. Du musst ihn retten.«

Das bärtige Gesicht Raschids schob sich vor den Himmel. »Wir haben sie zurückgeschlagen. Ich hätte nicht von deiner Seite weichen dürfen, du verdammter Narr! Was hast du nur getan … Bitte verlass mich nicht …« Jemand schob den Beni Schebt zur Seite, und das Gesicht eines alten Mannes beugte sich über Omar. Seine Züge verschwammen, und schließlich sah der Novadi nur noch das Lächeln Melikaes. Sie streckte ihm die Hand entgegen. Sie waren wieder vereint … Endlich!

Das Frühjahr war verstrichen, und auch die ersten der sommerlichen Regenstürme waren schon über die kleine Insel hinweggezogen, als Nachud Bensa eines Abends zurückkehrte. Wie ein Gespenst stand er plötzlich auf der Schwelle zu Melikaes Schlafgemach. Sein Gesicht wirkte ausgemergelt und war von tiefen Furchen durchschnitten. Die dunklen Augen glänzten wie im Fieber. Erfreut und zugleich auch besorgt sprang Melikae von ihrem Lager auf, um den jungen Mann in die Arme zu schließen.

»Mein lieber Freund, was ist nur mit Euch? Ihr seht aus, als wäret Ihr dem Tod begegnet.«

»So etwas solltet Ihr nicht einmal im Scherz sagen«, seufzte der Kaufmannssohn matt. Dann ließ er sich auf das Lager der Sharisad sinken.

»Was ist nur geschehen? So niedergeschlagen habe ich Euch noch niemals gesehen! Kann ich etwas für Euch tun ... Einen Wein holen oder frisches Obst? Im Garten reifen jetzt wunderbare Früchte und ...«

Nachud winkte müde ab. »Bleibt einfach nur bei mir. Das ist das größte Geschenk, das Ihr mir machen könnt.«

Verwundert betrachtete die Sharisad ihren jungen Freund. Er war in die weichen Kissen gesunken und hatte die Augen geschlossen. Was, in Rastullahs Namen, mochte nur so sehr an seinen Kräften gezehrt haben? Hatte Abu Dschenna ihn dazu gezwungen, an einem seiner unheiligen Rituale teilzunehmen? Nachud wirkte nicht nur körperlich erschöpft. Irgendetwas musste ihn in seinem Innersten aufgewühlt und erschüttert haben. »Möchtet Ihr schlafen? Soll ich Euch ein Nachtlager bereiten?«

Der junge Magier blinzelte, dann schüttelte er heftig den Kopf und lächelte müde. »Entschuldigt, meine Liebe. Niemals werde ich auch nur eine einzige der wenigen gemeinsamen Stunden verschlafen, die uns vergönnt sind. Seit der stürmischen Nacht, in der Ihr für mich getanzt habt, lebte ich nur für diesen Augenblick. Keine Stunde ist vergangen, in der ich nicht an Euch gedacht hätte.«

Melikae spürte, wie ihr das Blut in die Wangen schoss, und sie hoffte, dass Nachud es im roten Abendlicht nicht bemerkte. Es war schön, noch einmal eine solche Leidenschaft zu erleben. Doch zugleich ängstigten sie seine Worte. Worauf wollte er hinaus? Es wäre besser, das Gespräch in andere Bahnen zu lenken! »Soll ich noch einmal für Euch tanzen? Vielleicht gelingt es mir, dass Ihr Euren Kummer und Eure Erschöpfung vergesst.«

Nachud nickte. »Ich hätte niemals gewagt, Euch so offen

darum zu bitten. Ihr würdet mir eine große Freude damit bereiten. Euer Tanz ist so unvergleichlich, so sinnenverwirrend! Jede Sprache muss an Eurem Zauber scheitern, denn es gibt keine Worte, mit denen ich ausdrücken könnte, was ich empfinde, wenn ich Euch tanzen sehe!«

Die unbeholfene Art und die Komplimente des Magiers rührten die Sharisad. Entschlossen trat sie zu ihrer Kleidertruhe und wählte ein passendes Kostüm aus. Kurz überlegte sie, ob sie Nachud fortschicken sollte, während sie sich umkleidete. Doch er war so erschöpft! So nahm sie ihm das Versprechen ab, dass er seine Augen geschlossen hielt, und schlüpfte dann in aller Eile in ihr Tanzkostüm.

Dieses Mal entschied sie sich für den langsamen, beruhigenden Tanz der Freude. Fast eine Stunde lang erhielt sie ihren Zauber aufrecht, ließ die verwunschene Musik erklingen und drehte und wand sich vor den Augen des Kaufmannssohnes, bis sie sich völlig erschöpft an seiner Seite auf ihr Lager sinken ließ.

Nachud fasste sie sanft bei den Händen und küsste voll von überschwänglicher Begeisterung ihre zarten Finger. »Ihr wart wunderbar, meine Liebe! Eine Stunde mit Euch ist mir so kostbar, dass ich mit Freuden ein Jahr meines Lebens dafür schenken würde.«

Melikae überlief ein Schauer bei diesen Worten. Gesprochen von einem Magier, hatten sie einen beunruhigenden Klang. Wieder musste sie darüber nachdenken, was den jungen Mann so erschöpft haben mochte. Sollte Abu Dschenna ihn wirklich noch weiter in seinen Bann gezogen haben? War er ein folgsamer Schüler, der in die Fußstapfen seines ruchlosen Meisters trat?

»Wie kann ich mich nur jemals erkenntlich zeigen für das Geschenk, das Ihr mir mit Eurem Tanz gemacht habt?« Nachud blickte sie mit großen träumerischen Augen an. Er schien die Welt und all seine Sorgen vergessen zu haben. Ich nehme ihn beim Wort, dachte Melikae bitter. Es gab ein Geschenk, an dem ihr im Augenblick mehr als an allem anderen gelegen war.

»Schenkt mir die Wahrheit, mein Freund! Was ist mit Euch geschehen? Gleichgültig, was es auch gewesen sein mag, verheimlicht nichts vor mir, wenn Ihr nicht auf immer einen tiefen Graben zwischen uns ziehen wollt.«

Der Magier zuckte zusammen, so als hätte ihn ein Schlag getroffen. Der verträumte Ausdruck war nun aus seinem Gesicht gewichen. »Eurer Forderung vermag ich mich nicht zu entziehen, doch muss ich sagen, dass ich lieber nicht davon gesprochen hätte, was an diesem Nachmittage vorgefallen ist. Ich hatte einen schweren Streit mit Abu Dschenna. Er war mit der Arbeit, die ich geleistet habe, nicht zufrieden, und er hat mir auch vorgeworfen, seine Gastfreundschaft zu missbrauchen. Er glaubt, ich hätte mich Euch wiederholt auf unziemliche Weise genähert. Angefangen hat unser Streit damit, dass er ganz harmlos nach den Fortschritten in meinen Studien über die Verwandlung von Pflanzen fragte. Als ich ihm jedoch erklärte, dass ich sie nicht weiter vorantriebe, weil mich Zweifel plagten, ob es rechtens sei, auf diese Weise der Schöpfung Rastullahs zu begegnen, geriet Abu Dschenna in helle Aufregung. Einen Heuchler und Betrüger hat er mich genannt. Schließlich hat er mir in seinem wilden Toben sogar vorgeworfen, ich plante, Euch aus seinem Palast zu entführen. Ja, er wollte verhindern, dass wir uns heute wiedersehen. So versuchte er, mich mit einem Zauberbann zu belegen und bei sich in den Höhlen zu behalten. Rastullah allein weiß, was er mir in seiner Verblendung angetan hätte, wenn es ihm gelungen wäre!«

»So habt Ihr ihn besiegt und seid nun frei?« Melikae war vor Aufregung aufgesprungen. Wenn Abu Dschenna aus dem Weg wäre, dann könnte auch sie endlich diese verfluchte Insel verlassen.

»Besiegt?« Nachud verzog den Mund. »Es ist ihm nicht gelungen, mich seinem Willen zu unterwerfen, doch wie sollte ich einen Meister der Beherrschung je unter meinen Willen zwingen können? Wir beide haben uns im Streit und im magischen Kräftemessen erschöpft. Ich glaube, der Meister ist krank. Unter anderen Umständen hätte ich seiner Macht niemals standhalten können. Jedenfalls ließ er mich zum Schluss ziehen, verlangte aber, dass ich bis zum Morgengrauen wieder zurück sei. Er hat Nachricht aus Mherwed erhalten, dass der junge Sultan Mustafa zum Kalifen gesalbt werden soll. Ich soll an seiner Stelle in die Stadt reisen, um zu beobachten, wie der neue Herrscher sich verhält. Angeblich liebt er es, sich mit vielen Ungläubigen zu umgeben.«

»So.« Melikae ging unruhig im Zimmer auf und ab. Es fiel ihr schwer, ihre Enttäuschung zu verbergen. Hofklatsch über den neuen Kalifen kümmerte sie nicht im Mindesten! Für einen Augenblick hatte sie sich ganz der trügerischen Hoffnung hingegeben, von diesem Eiland zu entkommen. Doch war ihre verzweifelte Lage Nachuds Schuld? Sie sollte sich zusammenreißen und ihre Launen nicht an dem jungen Magier auslassen. »Ihr sagtet, Ihr hättet Euch von der Magica mutanda abgewandt. Was war der Anlass für Euren Meinungswechsel?«

»Wisst Ihr denn nicht in Eurem Herzen die Antwort darauf?« Nachud klang im ersten Moment überrascht, doch dann hatte er seine Stimme wieder in der Gewalt. »Ihr seid es, die meinen Sinn gewandelt hat. Eure Worte wollten mir nicht mehr aus dem Kopf gehen. Ich bin …«

»So habt Ihr denn mir zu Gefallen Eure Meinung geändert?«

»Nein!« Der Magier fuhr erschrocken auf. »Eure Worte haben mich im Herzen getroffen. Es geschah aus Überzeugung, dass ich von meinem gotteslästerlichen Treiben abgelassen habe. Wer bin ich schon, dass ich mir anmaßen dürfte, die Schöpfung Rastullahs zu verbessern? Doch muss ich gestehen, dass sich zugleich mit der Erkenntnis meines Irrtums eine tiefe Liebe zu Euch in meiner Brust erhoben hat. Kaum vermag ich zu atmen, wenn ich Euch nicht in der Nähe weiß. Ich habe weder Hunger noch finde ich nachts Schlaf, wenn ich fern von Euch in der Fremde weile. Ihr erleuchtet mein Leben wie der Mond den Nachthimmel und erwärmt mein Herz, wie das Tagesgestirn die Erde wärmt und fruchtbar macht. Ich …«

»Genug! Welchen Anlass gab ich Euch, so zu mir zu reden? Habe ich je mit einem Wort von Liebe gesprochen? Ihr wisst, dass es einen anderen gibt, auf den ich warte und dass …« Melikae schüttelte den Kopf. »Verzeiht, wenn meine Worte barsch waren, doch überrascht Ihr mich mit Eurem Ansinnen. Was entfacht solche Liebe in Euch? Habt Ihr schon vergessen, dass wir bei unserem ersten Treffen im Streit voneinander gingen? Wie könnt Ihr mich lieben?«

Nachud blickte betrübt zu Boden. »Ich weiß, es war selbstsüchtig, mich auf diese Weise zu offenbaren. Und doch ist die Liebe wie eine Flut in mir, die alle Dämme des Anstands hinwegspült. Ich hoffe, Ihr könnt mir vergeben, dass ich mein Herz auf der Zunge trage und meine Gefühle nicht zu verschließen mag. Sicher war ich damals erzürnt über Eure Worte, und doch wühlten sie mich so sehr auf, dass ich das Gespräch nicht mehr vergessen konnte. Es war, als folge mir Euer Schatten überallhin, und plötzlich vermochte ich die Welt mit den Augen eines wahrhaft Gläubigen zu sehen. Ich erkannte, wie erbärmlich vieles von dem war, das ich in meiner Verblendung bislang für großartiges Menschenwerk gehalten hatte. Denn was ist schon der schönste Palast im Vergleich zu einem Berg, den Rastullah geschaffen hat und der ewig sein wird, wogegen die Ergebnisse allen menschlichen Strebens letztlich zu Staub werden müssen. So waren es die Schönheit und Reinheit Eures Geistes, zu denen ich zuerst in Liebe entbrannte. Als wir uns dann zum zweiten Mal trafen, da belehrtet Ihr mich erneut – und so, als hieltet Ihr mir einen Spiegel vor, musste ich meinen eigenen Hochmut und zugleich auch meine Unwissenheit erkennen, aus der dieser

Hochmut geboren ward. Ihr habt mich mehr gelehrt als Abu Dschenna, den ich Magister nenne und der mich doch nur in ferne Städte schickt.«

»Und es ist nur mein schöner Geist, in den Ihr Euch verliebtet?«, fragte Melikae kokett. Die Worte des Kaufmannssohnes waren wohlgesetzt, doch mochte sie ihnen kaum Glauben schenken.

»Ihr lest in meinen Gedanken, als lägen sie wie ein offenes Buch vor Euch. Natürlich hat auch Eure Schönheit mich längst verzaubert. Oft träume ich mit offenen Augen und sehe Euer Bild vor mir. Doch wenn ich versuche, Eure Anmut in Worte zu fassen und Trost in einem Gedicht zu finden, so erkenne ich, wie armselig unsere Sprache ist, dass sie es nicht vermag, Euch in ihr Gewand zu kleiden.«

Melikae räusperte sich verlegen. »Auch wenn Ihr immer wieder beteuert, sprachlos vor mir zu sein, so darf ich Euch versichern, lieber Freund, dass Eure Worte durchaus nicht ohne Zauber sind und sehr wohl mein Herz erreichen. Doch müsst Ihr mir zugestehen, dass Eure plötzliche Leidenschaft mich überrascht. Auch ich habe einem Wiedersehen mit Euch entgegengefiebert, allerdings war es nicht Liebe, die mein Herz schneller schlagen ließ, sondern es waren Zuneigung und die Hoffnung, in Euch einen wahren Freund zu finden, der mir ein Trost wäre in den Stunden der Einsamkeit und in meiner Gefangenschaft auf diesem kargen Felsen inmitten des Meeres.«

Nachud warf sich vor der Bettstatt auf die Knie und griff nach einem der Schleier von Melikaes Tanztracht, um ihn leidenschaftlich zu küssen. »Ihr ahnt nicht, wie glücklich Ihr mich allein dadurch macht, dass Ihr meine Liebe duldet. So viele Nächte habe ich in den letzten drei Gottesnamen wach gelegen und mit mir gerungen, ob ich wagen darf, sie Euch einzugestehen, oder ob ich dann durch meine Zudringlichkeit Eure Zuneigung verlöre. Ich hatte Angst, Ihr zöget Euch von mir zurück, könntet mir verbieten, Euch zu sehen! Alles Licht in meinem Leben wäre dann erloschen. Ihr mögt mich vielleicht für einen schwärmenden Narren halten, doch glaubt mir, längst ist es das Ziel meines Lebens geworden, wenigstens ein kleines Zeichen Eurer Zuneigung zu erringen und …«

Melikae fasste den jungen Magier bei den Händen und zog ihn zu sich herauf. »Ihr sollt Euch nicht vor mir erniedrigen, mein Freund. Verzeiht, wenn ich Eure Gefühle nicht so stürmisch erwidere, wie Ihr es vielleicht erhofft habt, doch seid gewiss, dass Eure Worte mein Herz angerührt haben und ich wegen Eurer Offenheit alles andere als Groll für Euch empfinde. Als Zeichen dafür, dass ich aufrichtig mit Euch bin, möchte ich Euch anbieten, dass wir einander *du* sagen, so wie es unter Freunden, die sich so nahe sind wie wir beide, selbstverständlich sein sollte.«

Nachud stieß einen leidenschaftlichen Seufzer aus und verdrehte die Augen vor lauter Seligkeit auf eine Art, dass Melikae kaum ein Lächeln unterdrücken konnte. Seine Gefühle schienen ihr so heftig und theatralisch offenbart, dass sie einen kurzen Augenblick lang an der Aufrichtigkeit seiner Liebe zweifelte. Doch welchen Grund sollte er haben, sie zu täuschen? Seine Liebe zu ihr hatte ihm doch bislang, außer ein paar schlaflosen Nächten und einem Streit mit seinem Meister, nichts eingebracht.

»Euer … nun, ich meine natürlich *dein* Geschenk ist mir kostbarer als alles, was die Schatzkammern des Kalifen bergen. Gleich einem goldenen Sonnenaufgang strahlt es wie die Verheißung auf einen noch schöneren Tag. Du gibst mir mehr, als ich zu erhoffen gewagt habe, Melikae.«

»Dann erweise du mir nun deine Gunst, indem du mir von den Dingen berichtest, die in der Welt geschehen. Du sagtest, ein neuer Kalif werde bald in Mherwed gesalbt. Wer hat die Ungläubigen besiegt – und vor allem: Was ist mit Tar Honak geschehen? Eine alte Feindschaft verbindet mich mit ihm, und ich wünsche diesem Schurken Zorganpocken und Duglumspest an den Hals.«

Nachud bedachte die Sharisad kurz mit einem verwunderten Blick, sagte jedoch nichts zu ihrem plötzlichen Zorn. »Was Tar Honak betrifft, habe ich dir, wie mir scheint, glückliche Nachricht zu bringen. Der Tyrann ist tot und …«

Die ersten beiden Gottesnamen nach seiner Verwundung lag Omar auf Leben und Tod. Ein schweres Fieber hatte ihn ergriffen, und was noch schlimmer war, er sehnte sich danach zu sterben. Tag und Nacht saß Raschid an seinem Lager, und dass Omar sich schließlich doch für das Leben entschied, war eher Raschids Worten als den Künsten des Leibarztes des Sultans zu verdanken.

Raschid hatte seinen Freund in jenen Tagen zum ersten Mal für längere Zeit unverschleiert gesehen, und so erkannte er in ihm schließlich jenen angeblich entlaufenen Sklaven wieder, der vor mehr als anderthalb Jahren auf der Flucht vor dem Magier Abu Dschenna in Begleitung einer wunderschönen Sharisad, ihrer Zofe und eines Ungläubigen die Zelte der Beni Schebt besucht hatte.

Doch nachdem er Omar verraten hatte, dass er um seine Herkunft wusste, versiegelte der edle Scheich dieses Wissen auf immer in seinem Herzen. Ja, er versprach seinem Freund sogar, ihm nun, da der Krieg bald vorbei wäre, bei der Suche nach Melikae zu helfen. Von jenem Tag an, da Raschid sich Omar auf diese Weise offenbart hatte, erstarkte der Lebenswillen des Novadi, und so vermochte er das Fieber zu überwinden.

Da Omar aber zu schwach war, Sultan Mustafa auf seiner Pilgerfahrt nach Keft zu begleiten oder mit dem Heer in das Shadif zu ziehen, wo nun der Mautaban den Kampf gegen die Ungläubigen fortsetzte, wurde er auf einen Karren geladen und nach Norden in die Kalifenstadt Mherwed gebracht.

Selbst als vierzig und neun Tage seit der Schlacht vergangen waren, hatte sich der Beni Novad noch nicht ganz von seinen Verletzungen erholt. Zwar waren längst alle

Wunden vernarbt, doch geriet er noch immer schnell außer Atem, und vor allem sein rechter Arm mochte die Kraft nicht wiederfinden, die er früher einmal besessen hatte. Täglich übten Omar und Raschid sich im Palastgarten von Mherwed im Schwertkampf, wo sich ebenso regelmäßig eine große Schar von Bewunderinnen einfand. Mancher Eunuch und auch so mancher Ehegatte beteten wohl täglich darum, dass Mustafa die beiden Krieger bald nach Süden zu seinem Heer schickte, doch wagte es niemand, offen das Wort gegen sie zu erheben, denn jedermann wusste, dass Omar dem Sultan bei Tarfui das Leben gerettet hatte und dass der junge Herrscher, der schon bald zum Kalifen gesalbt werden sollte, den stets Verschleierten fast wie einen Bruder liebte.

Mustafa aber hatte innerhalb von weniger als fünf Gottesnamen die drei Aufgaben erfüllt, die Ruhollah Marwan al-Hendj, der Oberste der Mawdliyat von Keft, ihm nach der Schlacht von Tarfui gestellt hatte, um sich würdig zu erweisen, das Amt des Kalifen zu übernehmen. Der Sultan war in die heilige Stadt gepilgert und hatte dort auf dem Feld der Offenbarung eine Nacht allein in stummer Zwiesprache mit Rastullah verbracht. Er hatte sich einen Vollbart wachsen lassen, so wie es sich für einen erwachsenen Krieger geziemte, und war – ganz wie das Wort Ruhollahs es gebot – bis zum vierten Rastullahellah, dem Tag der Ruhe, nach Mherwed zurückgekehrt.

So geschah es, dass am neunundvierzigsten Tage nach Tarfui, während das Heer der Rechtgläubigen Mustafas Heimatstadt Unau belagerte, der einstige Sultan zum Kalifen und Beherrscher aller Gläubigen gesalbt wurde. Auf dem Fest aber, das sich der feierlichen Thronbesteigung anschloss, wurde Omar gemeinsam mit acht anderen Helden, die sich im Krieg gegen die Heiden hervorgetan hatten, vom Kalifen selbst ausgezeichnet. Sie alle erhielten einen Schild zum Lohn, der mit Almandinen geschmückt war und der, in Gold geschnitten, das Siegel des Kalifen trug. Noch während des Festes verkündete Mustafa den versammelten Sultanen und Emiren, dass bis zum dritten Rastullahellah des kommenden Jahres das Land der Ersten Sonne ein Reich der Rache sein solle. Jeder habe in dieser Zeit das Recht, Männer wie Frauen zu richten, von denen drei Rechtgläubige öffentlich bekundeten, dass sie der Sache der Götzenanbeter gedient hatten oder auf sonstige Weise einen Verrat an Rastullah oder an den Streitern für seinen Glauben begangen hatten. Mit dem Untergang der Sonne am dritten Rastullahellah aber, den die Weisen dereinst zum Tag der Rache bestimmt hatten, sollte für immer jedes Recht zur Blutfehde erlöschen, damit das Volk des einzigen Gottes künftig in Frieden leben könne. Wer bis zu jenem Tag nicht bestraft worden war, dem sollte für alle Zukunft vergeben sein, was er einst in Verblendung getan hatte.

Die Edlen lobten den Kalifen ob seiner Weisheit, doch heißt es auch, dass noch in der Nacht des Festes mancher von ihnen seinen Dolch schärfte, um durch falsche Anschuldigung alte Feinde nach dem Rachegesetz des jungen Herrschers verfolgen zu können.

Fast zwei Gottesnamen waren seit der Salbung Mustafas zum Kalifen Malkillah III. vergangen, als Omar und Raschid eines Morgens bei ihren Fechtübungen unterbrochen wurden. Ein junger Sklave überbrachte Omar einen Befehl des Kalifen, der dem Beni Novad gebot, sofort vor seinem Herrscher zu erscheinen.

Malkillah erwartete den Krieger in einem kleinen Audienzsaal, in dem zwei plätschernde Brunnen jedes gesprochene Wort für heimliche Lauscher in benachbarten Kammern unhörbar machten. Allein zwei stumme Eunuchen und Jikhbar ibn Tamrikat, der getreueste unter den Beratern des Kalifen, waren Zeugen des Gesprächs, das der Herrscher mit Omar führte.

»Du hast mein Leben mit dem deinen beschirmt, mein

lieber Freund, und ich bin dir dankbar für deinen Mut und deine Selbstlosigkeit. Doch fast scheint es, als sei dein Opfer vergebens gewesen. Nicht nach meinem Leben, sondern nach meiner Herrschaft trachten meine Feinde nun, und sie tragen auch keinen schwarzen Rock mehr, so wie sie es noch in Tarfui getan haben. In unseren eigenen Reihen finden sich die Verräter und Verschwörer. Es sind Männer wie Ruhollah Marwan al-Hendj, der erste Mawdli von Keft, der glaubte, ich sei noch zu jung, als dass mir ein Vollbart sprießen könne, und der darauf hoffte, mir mit dieser scheinbar so einfachen Bedingung den Weg zum Thron zu versperren. Auch im Heer vor Unau soll es Männer geben, die gegen meine Führerschaft aufbegehren. Auf dir, mein Kampfgefährte und Lebensretter, ruht nun mein Blick, und ich habe dich nicht leichtfertig ausgewählt! Verteidige meine Ehre!«

Der Kalif griff nach einem silbernen Tablett an seiner Seite, auf der ein prächtiger Waqquif in fein ziselierter, almandinenverzierter Scheide lag. »Sobald du den Verdacht hast, einer der Scheichs könne zur Bedrohung für meine Herrschaft werden, handle, wie ich handeln würde.« Mustafa senkte demütig den Blick. »O Rastullah, ich habe gesündigt und bitte um Vergebung!«

Omar schnürte es beinahe die Kehle zu. Der Kalif wollte ihn zum Meuchler machen! Sein erster Gedanke war: aufspringen und den Dolch zurückweisen. Doch dadurch würde er in den Augen des Kalifen zum Verräter, und es fände sich gewiss jemand, der den Dolch aufnähme, um ihm die Klinge in die Rippen zu stoßen, sobald sich Gelegenheit dazu ergab. Er würde sogar Raschid und dessen Sippe gefährden, wenn er sich verweigerte. Wenn ein Kalif eine Fehde begann, dann vernichtete er seine Feinde bis ins letzte Glied, damit niemand mehr übrig blieb, der ihm Blutrache schwören konnte.

Omar griff nach dem Krummdolch und schob ihn sich in den Gürtel. Er hatte schon zu lange gezögert! Hoffentlich sah Mustafa darin allein fromme Zurückhaltung. Der Kalif lächelte. »Du darfst jetzt gehen, mein Freund. Möge Rastullah deine Hand leiten und deinen Weg beschirmen!«

»Möge der einzige Gott deine Herrschaft segnen!« Der Novadi erhob sich, verbeugte sich tief vor dem Herrscher und schritt zur bronzebeschlagenen Tür, die ihm von einem der Eunuchen geöffnet wurde. »Wartet im Audienzsaal auf mich«, erklang hinter Omar die Stimme des Wesirs. Der Novadi nickte knapp.

Vor der Kammer mit den Brunnen lag ein weiter Saal, an dessen Ende ein prächtiger, von Elefantenstoßzähnen flankierter Thron stand. In dieser Halle pflegte der Kalif Untertanen von niederem Stand oder Gesandtschaften aus fremden Ländern zu empfangen. Zwanzig Schritt lang und zehn Schritt breit war der große Raum, dessen Decke allein von mächtigen, bunt bemalten Khoramszedern getragen wurde. Alle Wände waren mit Alabasterreliefs geschmückt, die Jagd- und Kriegsszenen zeigten.

Omar hörte, dass sich hinter ihm eine Tür öffnete. Ein schweres Klacken von Reitstiefeln hallte durch den Saal. Dann verharrten die Schritte. Einen Augenblick lang herrschte eisiges Schweigen. Jedenfalls empfand der Novadi es so. Er spürte, wie sich ihm die Nackenhaare sträubten. Ein Mörder! Sie wollten ihn zu einem Mörder machen! Noch immer wandte er dem hinter ihm Stehenden den Rücken zu.

»Du hast gezögert, den Dolch zu nehmen …« Die Stimme des alten Wesirs war ohne Bewegung. So nüchtern wie die Stimme eines Richters, der ein Todesurteil verkündete. Omar drehte sich um. »Ich …«

Mit einer barschen Handbewegung gebot ihm der alte Wesir zu schweigen. »Ich weiß schon, weshalb du zögertest. Ich war dabei, als du in Keft den Kasimiten Surkan erschlagen hast. Mir ist bekannt, dass du danach einen Schwur abgelegt hast, nie wieder ein Duell auszutragen.

Und doch scheint es mir der beste Weg zu sein, die Feinde des Kalifen öffentlich und im Duell zu töten. Mustafa schätzt deine Fähigkeiten und weiß, dass du ihm ein treuer Diener sein wirst, auch wenn dein Zögern ihn zunächst erzürnt hat, denn er wusste nicht um deinen Schwur.«

»Ich danke Euch, dass Ihr für mich gesprochen habt, Jikhbar ibn Tamrikat, Wesir von Unau und Berater des Kalifen.« Omar verbeugte sich tiefer als notwendig, damit der Wesir nicht bemerkte, wie erleichtert er war.

»Wegen des Schwurs möchte ich dich bitten, mich nun zu Shanatir ibn Amullah zu begleiten, dem Hohen Mawdli von Mherwed. Er wird dich von deinem Eid entbinden und dafür sorgen, dass du vor dem Angesicht Rastullahs keinen Schaden nimmst, wenn du wieder Duelle austrägst. Schließlich kämpfst du nicht für dich oder aus bloßer Streitsucht, sondern um im Dienste des Beherrschers aller Gläubigen im Land der Ersten Sonne Frieden und Ordnung aufrechtzuerhalten.«

Und trotzdem werde ich ein Mörder bleiben, dachte Omar. Was ist ein Friede, in dem ein jeder, der die Stimme gegen den Kalifen erhebt, mein Schwert zu fürchten hat? Hätte ich in Tarfui vielleicht an der Seite meines einstigen al'anfanischen Lebensretters, der von meiner Hand gefallen war, ausharren sollen? War es ein Fehler, Mustafa vor den Speeren der Ungläubigen zu bewahren? Schweigend, doch von Zweifeln gequält, folgte Omar dem Wesir.

Diesmal war es Melikae, die schüchtern und zurückhaltend wirkte, als Nachud ein weiteres Mal bei ihr zu Gast war. Sie hatte ihm Tee von den fernen Zimtinseln bereitet und auch für ihn getanzt, bis sie jene eine Frage stellte, die sie in den letzten Gottesnamen wie keine andere beschäftigt hatte.

»Ich möchte dich nicht aushorchen, mein lieber Freund, doch gibt es da etwas, worüber ich mich wundere, solange wir uns kennen. Wie in Rastullahs Namen schaffst du es hierherzukommen? Es kann kein Schiff sein, mit dem du reist, denn in all den Gottesnamen, die ich nun schon auf dieser Insel gefangen bin, legte erst dreimal ein Versorgungsschiff an, um uns Lebensmittel und andere Güter zu bringen. Ich frage mich, ob du mich vielleicht bisher getäuscht hast und in Wahrheit ein so mächtiger Zauberer bist, dass du des Nachts auf einem wilden Shadif durch die Luft geritten kommst.«

Nachud lächelte. »Das hört sich ja ganz so an, als sähest du in mir den Helden eines Märchenerzählers, den nichts aufhalten kann, wenn es darum geht, seine edle Prinzessin zu befreien.«

Melikae erschrak über diese Worte so sehr, dass sie ein wenig von ihrem Tee verschüttete. Hatte der junge Magier erkannt, worauf sie hinaus wollte?

Sofort war Nachud an ihrer Seite und tupfte galant mit einem kleinen Leinentüchlein ihr Kleid ab. »Ich hoffe, es werden keine Flecken zurückbleiben.«

Melikae warf einen flüchtigen Blick auf ihren dunkelgrünen Rock und schüttelte den Kopf. »Das macht nichts. Es ist ein wenig ärgerlich, aber nicht schlimm. Doch sei bedankt für deine Aufmerksamkeit. Sie ehrt dich und passt zu deiner edlen Gesinnung. Würdest du einer Dame aus jeder misslichen Lage helfen, Nachud?«

Melikae maß den Kaufmannssohn mit einem abschätzenden Blick. Wenn seine Bemerkung über die zu befreiende Prinzessin tatsächlich eine Anspielung auf ihre Lage gewesen war, dann würde er sich jetzt vielleicht durch eine unbedachte Geste oder ein Lächeln verraten. Doch nichts dergleichen geschah. Er reagierte in ehrlicher Bestürzung.

»Selbstverständlich würde ich alles für eine Dame tun. Hast du einen Wunsch? Soll ich dir etwas von meinen Reisen mitbringen? Wie dumm von mir, nicht früher gefragt zu haben! Es muss tausend Kleinigkeiten geben, die das Herz einer Frau erfreuen und die man auf einem einsamen

Eiland nicht bekommen kann. Hättest du gern Stoffe, eine besondere Schminke oder ein seltenes Märchenbuch?«

»Ich habe dir gesagt, was mein dringendster Wunsch ist!« Melikae machte die Art misstrauisch, in der der Kaufmannssohn antwortete. Nutzte Nachud ihr Missgeschick mit der Teetasse, um von ihrer ersten Frage abzulenken? Wollte er ihr keine Antwort geben? »Ich möchte von dir wissen, wie du auf diese Insel gelangst?«

Der Adept wirkte plötzlich verlegen. Er zog sich wieder auf seinen Platz zurück und faltete umständlich das kleine Leinentüchlein, mit dem er eben noch ihren Rock abgetupft hatte. »Die Art, wie ich reise ... Nun, du hast ja bereits scharfsinnig erkannt, dass ich kein Schiff nehme. Des Weiteren habe ich dir über meine Fähigkeiten als Zauberer die Wahrheit gesagt. Für keinen der Wege, die es gäbe, um mit Hilfe von Magie auf diese Insel zu gelangen, wäre ich mächtig und kundig genug. Es ist ... Ich musste Abu Dschenna versprechen, nicht zu verraten, auf welche Weise er meine Mängel in diesem Bereich der Ars magica wirkungslos gemacht hat. Ich ...«

Nachud hatte, während er sprach, das Tüchlein hinter den Gürtel gesteckt und drehte nun die kleine Teetasse aus hauchdünnem Porzellan zwischen den Fingern. »Ich kann doch nicht einfach meinen Eid brechen ... Ich ... Es hat zwar gewissermaßen einen Streit zwischen mir und dem Magister gegeben, doch zu einem solch offenen Treuebruch bin ich nicht fähig.«

Melikae schluckte eine bittere Bemerkung herunter. Nachud war nun einmal von untadeligem Charakter, ganz anders als sein Meister. Betrübt dreinblickend, rührte die Sharisad in ihrem Tee. »Treue ist die schönste Zierde eines Mannes«, murmelte sie leise. »Ich wollte dich nicht gegen Abu Dschenna aufstacheln, obwohl ... Nein! Ich sollte nicht davon sprechen!«

»Aber was bedrückt dich denn? Habe nicht auch ich alle meine Sorgen mit dir geteilt? Was immer dich quälen mag, schöne Tänzerin, du kannst es mir anvertrauen und sicher sein, dass nichts das Siegel meiner Lippen zu brechen vermag, wenn ich einmal geschworen habe, ein Geheimnis für mich zu behalten.«

Melikae zögerte. Konnte sie es wagen, sein Angebot anzunehmen? Sie kannte ihn doch kaum. Aber was setzte sie schon aufs Spiel? Abu Dschenna hatte nach den Ereignissen in den Grotten geschworen, ihr nichts mehr anzutun. »Es wäre nicht gerecht von mir, dich in meine verzwickten Schwierigkeiten hineinzuziehen, obgleich du möglicherweise den Schlüssel zu meiner Erlösung in Händen hältst. Dich einzuweihen, hieße, unserer Freundschaft die Unschuld zu nehmen. Du könntest mich und deinen Magister nicht mehr im gleichen Licht wie zuvor sehen. Manchmal ist es ein Geschenk Rastullahs, unwissend zu sein.«

Der Kaufmannssohn hatte sichtlich Mühe, die Fassung zu bewahren. »Willst du mir damit den Grund andeuten, warum du auf dieser Insel verweilst? Bist du etwa Abu Dschennas …«

»Seine Hure?« Die Sharisad lachte bitter. »Nein, mein Freund, so ist es nicht. Dein Magister hätte das wohl gern, doch ist er zu stolz, um mich dazu zu zwingen. Nein, unser Verhältnis ist von anderer Art.«

»Niemals hätte ich jenes schmutzige Wort mit dir in Verbindung gebracht. Du bist für mich die Verkörperung von Reinheit, Weisheit und Großmut.« Er schüttelte den Kopf. »Dich für eine Dirne zu halten, das ist so abwegig, wie den jungen Kalifen einen ruchlosen Meuchler zu nennen. Ich hatte befürchtet, dass du meinem Meister vielleicht in aufrichtiger Liebe zugetan sein könntest. Auch wenn es selbstsüchtig von mir ist, muss ich dir doch gestehen, dass ich mit großer Erleichterung höre, es seien Bande anderer Art, die dich an Abu Dschenna fesseln und auf dieser Insel halten. Willst du mir dein Geheimnis nicht verraten?«

Melikae seufzte. Würde die Wahrheit sein strahlendes Bild von ihr zerstören? Es war schön, sich in seiner unschuldigen Art der Anbetung zu sonnen. Er schenkte ihr all das mit vollen Händen, wonach sie sich so sehr sehnte: Wärme, Aufmerksamkeit und Zuneigung. Ja, in den Stunden mit ihm vergaß sie gänzlich die Trauer um Omar. Es war, als habe er die Kraft, ihr ein neues Leben zu schenken. Vielleicht vermochte er das wirklich? Nur wenn sie sich ihm offenbarte, würde sie jemals in Erfahrung bringen, wie weit er für sie gehen würde.

Aus den Augenwinkeln musterte sie sein Gesicht. Es war jung und unverbraucht. Keine Falten hatten sich in seine jugendlichen Züge geschlichen. Seine vollen Lippen verhießen ungeahnte Zärtlichkeiten, und doch war jede seiner Gesten, war jedes Wort, das er sprach, voller Unschuld. Er würde sie niemals enttäuschen! Wenn es einen Menschen gab, dem sie sich anvertrauen konnte, dann war er es! Aus seinen Augen sprachen Güte und Weisheit. Es war leicht, sich in ihren dunklen Tiefen zu verlieren. Sie standen in seltsamem Gegensatz zu seinem jungen Gesicht. Fast schien es, als spreche die Lebenserfahrung vieler Jahre aus Nachuds Blick. Ob das an all den Büchern liegen mochte, die er gelesen hatte, und an seinen Reisen, die ihn trotz seiner Jugend schon in fast jede der bedeutenderen Städte im Land der Ersten Sonne geführt hatten?

Mit einem Lächeln blickte Melikae den Kaufmannssohn jetzt offen an. »Du hast mich überzeugt, Nachud. Ich glaube dir, dass deine Treue zu mir jede noch so schreckliche Wahrheit überwinden würde. So wisse nun, dass ich gegen meinen Willen auf dieser Insel bin. Abu Dschenna stellte mich vor die Wahl, entweder dem Tod eines Mannes zuzusehen, dem ich sehr viel zu verdanken hatte, oder aber durch mein Verbleiben auf dieser Insel sein Leben zu retten. Wie du siehst, bin ich geblieben. Ich habe meine Entscheidung niemals bereut, und doch bedeutet das Leben in diesem Palast für mich das Eingeschlossensein in einem riesigen Grab. Ich weiß nicht, ob du den Rosenfink kennst. Es ist ein kleiner Vogel, der Licht und Blüten liebt.

Manchmal, wenn man viel Glück hat, verweilt er einige Gottesnamen lang in einem Garten. Dann hört man ihn zu nächtlicher Stunde wunderbare Lieder pfeifen. Wer ihm zuhört, bleibt nicht trübsinnig, gleichgültig, mit welchen Schicksalsschlägen Rastullah ihn zuvor auch geprüft haben mag. Fängt man jedoch den Rosenfinken, um sich für jeden Abend seiner Lieder sicher zu sein, so verstummt der kleine Vogel, und noch ehe ein Gottesname verstrichen ist, findet man ihn tot in seinem Käfig liegen. Wie dem Rosenfinken wird es auch mir ergehen. Diese Insel und der Palast sind für mich ein goldener Käfig, auch wenn sie für andere das Paradies sein mögen. Nun weißt du um mein Schicksal, und du sollst außerdem wissen, dass du der einzige Lichtstrahl in meinem dunklen Leben bist. Jede Stunde, die ich mit dir verbringen kann, entschädigt mich für einen Tag der Einsamkeit. Ich hatte gehofft, du wüsstest einen Weg, auf dem ich von hier entfliehen könnte. Doch jetzt sehe ich, dass es unrecht von mir war, so zu denken. Unschuldig hast du dir meinetwegen schon einmal den Zorn Abu Dschennas zugezogen. Ich möchte nicht, dass daraus ein Hass wird, den der Magister nur noch mit deinem Blut zu stillen vermag.«

Nachuds Gesicht war zu einer bewegungslosen Maske erstarrt. Allein seine Augen verrieten, welchen Kampf er in seinem Innern ausfocht. Melikae hatte ein schlechtes Gewissen. Sie hätte dem Jüngling nicht die Wahrheit sagen dürfen! Sicher, er war ihre einzige Hoffnung, von hier zu entkommen, doch was konnte sie ihm dafür bieten? Sie mochte ihn – aber Liebe empfand sie nicht für ihn. Ihre Offenheit war das reinste Dschinnengeschenk. Einen Augenblick lang mochte er sich vielleicht geschmeichelt gefühlt haben, dass sie sich ihm anvertraute, doch hatte er dafür einen hohen Preis zu zahlen … Von nun an stünde seine Treue zu dem Schwur, den er seinem Meister geleistet hatte, in unauslöschlichem Widerspruch zu seinem Edelmut.

Da richtete Nachud sich auf. Er streckte der Tänzerin die Hand entgegen, und seine Stimme klang so hart und entschlossen wie nie zuvor. Es schien, als sei er binnen Augenblicken vom Jüngling zum Mann gereift. »Lass uns gehen, Melikae! Nicht eine Stunde sollst du mehr in diesem Kerker verbringen! Besitzt du warme Kleider?«

»Was hast du vor?«

»Das wirst du sehen. Vertrau mir, dann wirst du, noch bevor die Sonne ihr Antlitz über den Horizont erhebt, wieder im Land der Ersten Sonne sein. Du musst dich nur in wärmende Kleider hüllen, so als wolltest du einen hohen Gebirgspass überqueren. Und nimm den Schmuck mit, den Abu Dschenna dir geschenkt hat. Du wirst ihn zu Geld machen müssen.«

Fassungslos starrte Melikae den Kaufmannssohn an. Er sprach mit einer Kraft und Kühnheit, die sie ihm niemals zugetraut hätte. Wie sehr sie sich in ihm getäuscht hatte! Doch was mochte er von ihr halten? Jetzt war sie es, die sich verunsichert fühlte.

So, wie er es ihr befohlen hatte, suchte sie ein paar warme Kleider zusammen, doch den Schmuck rührte sie nicht an. Sie mochte wohl mit ihrer Flucht ihr Versprechen gegenüber Abu Dschenna brechen, eine Diebin aber war sie nicht! Sie wollte nur mit sich nehmen, was sie am Leib trug.

Noch immer fragte Melikae sich, auf welch geheimnisvollen Wegen Nachud sie wohl zum Festland bringen würde. Er stand regungslos neben der Treppe und sah ihr zu. Ob er sie insgeheim verachtete? Doch welches Recht hätte er dazu? Wenn sie gemeinsam flohen, dann brachen sie schließlich beide ihre Versprechen gegen Abu Dschenna.

Als Melikae sich schließlich in ihren wärmsten Umhang gehüllt hatte, warf sie einen letzten Blick zurück auf ihr Gemach. In seiner Pracht wäre es einer Prinzessin würdig gewesen, und doch würde sie es gewiss nicht vermissen!

Nachud führte Melikae in ein kleines Nebenzimmer der Bibliothek. Die unruhig tanzende Flamme einer Öllampe war die einzige Lichtquelle im Raum. Fast die ganze rückwärtige Wand wurde von einem riesigen Fenster eingenommen, dessen Glasmalerei einen Springbrunnen in einem Garten zeigte.

»Was sollen wir hier?«, fragte Melikae verwundert. »Du wolltest mich doch fortbringen.«

Der junge Magier grinste. »Nur Geduld. Vertrau mir, ich habe keine leeren Versprechungen gemacht.« Nachud trat an die bemalte Scheibe und löste zwei kleine metallene Sperrriegel. Dann öffnete er das Fenster, das an der linken Seite durch drei Scharniere gesichert war. Melikae trat näher und warf einen Blick nach draußen. Weit unten sah sie die schäumende Gischt als hellen Streifen in der Finsternis.

»Wie, in Rastullahs Namen, sollen wir von hier aus entkommen? Welchen Spaß treibst du mit mir?« Verärgert wandte sich Melikae vom Fenster ab und blickte den Magier an. Dieser zuckte nur mit den Schultern. »Sieh zu Boden, meine Liebe, und du wirst unseren Weg erkennen.«

Die Sharisad folgte seinen Worten. Auf dem Boden vor dem Fenster lag ein dunkelblauer, mit goldgelben Fäden durchwirkter Teppich, dessen Muster so verwirrend war, dass einem Betrachter schon nach einem kurzen Blick die goldenen Linien vor den Augen zu tanzen schienen. Nachud murmelte etwas in einer fremden Sprache und rief dann laut: »Teppich, erhebe dich!«

Wie von Geisterhand geführt, schwebte der Teppich, auf dem sie beide standen, ein kleines Stück in die Höhe. Melikae stieß erschrocken einen Schrei aus und ruderte mit den Armen, um das Gleichgewicht nicht zu verlieren.

»Es ist besser, wenn du dich setzt.« Nachud ließ sich mitten auf dem Teppich nieder und streckte ihr die Arme entgegen. »Als Tänzerin vermagst du dich zwar ohne Zweifel besser auf den Beinen zu halten als ich, doch ist der Ritt auf einem fliegenden Teppich keine ganz ungefährliche Angelegenheit.«

Ungläubig starrte Melikae auf den Fußboden, der etwas mehr als einen Schritt unter ihnen lag. Der Zauberteppich hing steif wie ein Brett in der Luft. »Welche Art Magie ist das?« Immer noch völlig verwirrt, folgte die Sharisad den Worten ihres Freundes und kniete nieder. Ganz sacht strich sie mit ausgestreckten Fingern über das Teppichgewebe. Es war samtweich und fühlte sich nicht im Geringsten ungewöhnlich an.

»Welche Magie diesen Teppich fliegen lässt, kann ich dir auch nicht sagen. Es heißt, es gebe nur eine Handvoll Familien im Land der Ersten Sonne, die die Kunst beherrschen, fliegende Teppiche zu fertigen. Der Zauber ist so aufwändig und das Knüpfen des Teppichs derart langwierig, dass noch kein Sterblicher in seinem Leben mehr als zwei dieser Wunderwerke geschaffen hat. Ich kenne ein Märchen, in dem ein Magier behauptet, das verschlungene Teppichmuster vermöge Dschinne einzufangen, die bis zu dessen Zerstörung in den Teppich gebannt seien und jedem gehorchen müssten, der die geheimen Befehlsworte kennt.«

Melikae blickte verunsichert auf den Teppich. »Du meinst, wir sitzen jetzt möglicherweise auf dem Rücken eines Dschinns?«

»So könnte man es tatsächlich sehen ... Doch jetzt entschuldige, denn statt zu reden, sollten wir lieber zusehen, aus dem Palast zu entkommen, bevor Abu Dschenna unsere Absicht bemerkt.« Nachud murmelte abgehackt noch einige kurze Befehlsworte, dann schwebte der Teppich durch das offene Fenster und stieg binnen weniger Augenblicke so hoch hinauf, dass die Insel unter ihnen im Mondlicht klein wie ein Kieselstein aussah.

Ängstlich krallte Melikae die Finger in den dicken Teppich, doch vermochte sie darin kaum Halt zu finden. Kalter Wind zerrte an ihren Kleidern und Haaren. In den Märchen hatten sich die Berichte über Reisen auf einem fliegenden Teppich wesentlich romantischer angehört. Nachud legte den rechten Arm um sie und zog sie dichter zu sich heran. Melikae ließ ihn gewähren. Ja, es war ihr sogar angenehm, denn wenn es auch kindisch sein mochte, sie fühlte sich in seinem Arm ein wenig sicherer.

Stumm dankte sie Rastullah dafür, dass diese Flucht bei Nacht stattfand. Bei hellem Tageslicht in die Tiefe blicken zu müssen, wäre ihr unerträglich gewesen. Sie hatte die Augen starr zum Himmel gerichtet und den Kopf ein wenig zur Seite gedreht, weil der Flugwind ihr sonst den Atem raubte.

Die Sterne schienen ihr zum Greifen nahe. Nur wenige Wolken zogen über den Himmel. Abgesehen vom Raunen des Windes und dem Geräusch der flatternden Kleider war es völlig still in der Höhe. Kein Möwengeschrei. Kein Wellenrauschen. Nichts! Es schien nur sie beide, den Wind und die Sterne zu geben.

»Wohin soll ich dich bringen?« Nachud ließ den Teppich jetzt ein wenig langsamer fliegen, damit sie miteinander sprechen konnten.

»Nach Unau. Dort habe ich in einem Palastgarten eine kleine Truhe mit Adamanten vergraben. Wenn wir sie verkaufen, werden wir von dem Erlös eine Weile leben können. Wir sollten nur nicht zu lange dort verweilen, denn Abu Dschenna kennt den Palast.«

»Gut!« Etwas in der Stimme Nachuds ließ die Sharisad aufhorchen. Sie drehte sich zu ihm um. Sein Gesicht war im Mondlicht nicht deutlich zu erkennen, doch wirkte es angespannt. Seine Lippen waren zu einer schmalen Linie gepresst.

»Was ist mit dir? Findest du es falsch, wenn wir uns nach Unau begeben?«

»Nein … wir werden dorthin fliegen.« Melikae sah, wie eine einzelne Träne eine silberne Bahn über das Gesicht des Kaufmannssohns zog. Eine Weile hing die Träne zitternd unter seinem Kinn, um dann vom Wind fortgerissen zu werden.

»Sag mir, was los ist, und …« Die Sharisad zuckte zurück. Sie hatte nach Nachuds rechtem Oberarm gegriffen und etwas Heißes durch die gesteppte Schaffelljacke gespürt, die er vor dem Flug über seine Kleider gestreift hatte. »Was ist das?«

»Nichts!« Der Teppich geriet ein wenig ins Trudeln. Mit schriller Stimme schrie der junge Magier ein Befehlswort. Einen Augenblick lang wurde der Flug noch unruhiger, sodass die Sharisad sich ängstlich an Nachud klammerte. Wieder spürte sie deutlich eine sonderbare Wärme unter seiner Jacke. Vorsichtig berührte sie den Arm, und der Adept stöhnte unter Schmerzen auf.

»Beim Mautaban, was hast du?«

»Nichts … ich …« Er schüttelte den Kopf.

Der Teppich lag nun wieder ruhig in der Luft, und so wagte Melikae es, ein wenig von Nachud abzurücken. »Ich will unsere gemeinsame Flucht nicht mit einem Geheimnis beginnen, das du nicht mit mir teilen magst. Bitte, sag, was mit dir los ist!«

»Ich kann nicht darüber … sprechen. Du würdest … mich dafür hassen, wenn … ich es täte.« Nachud zitterte wie unter Krämpfen, und ohne dass er dagegen anzukämpfen vermochte, flossen ihm nun aus beiden Augen Tränen.

»Glaubst du, ich würde dich für dein Schweigen lieben? Du hast gesagt, wie sehr du dich nach meiner Zuneigung sehnst, nun hast du Gelegenheit, sie zu erringen. Beweise mir, dass nichts zwischen uns steht!«

Die Sharisad konnte am Gesicht des jungen Mannes ablesen, wie sehr er mit sich zu kämpfen hatte. Eine Ewigkeit schien zu vergehen, bis er endlich nickte. »Es ist ein … Armreif. Ein Schlangenband aus … schwarzem Eisen. Es ist … fest um meinen Oberarm geschlossen. Abu Dschenna behauptet … es sei aus der Zeit der …

Echsenherrscher und ... es werde es mir unmöglich machen ... mich ohne seine Zustimmung von seinem ... Palast zu entfernen. Ich hatte ... nicht daran geglaubt. Er hat mich ... nach meinem letzten Besuch ... bei dir dazu gezwungen ... es zu tragen. Es wird ... immer heißer, so als glühe es ...«

»Bring den Teppich zum Wasser hinunter!«, befahl die Sharisad eindringlich.

»Ich werde ... es schon bis Unau ... schaffen«, entgegnete Nachud trotzig.

»Und dafür deinen Arm verlieren? Hinunter zum Wasser! Ich werde nicht mit ansehen, wie dieser Armreif dich umbringt! Was ist, wenn du vor Schmerz ohnmächtig wirst? Ich kann diesen dämonischen Teppich nicht fliegen!«

»Du solltest ... ihn lieber nicht ... beleidigen ...«

»Wen? Den Teppich?«

Nachud nickte. »Denk an den Dschinn!«

»Ich denke an *dich!* Gib diesem Dschinn sofort den Befehl, zum Wasser hinunterzuschweben und dort den Teppich anzuhalten. Sieh doch ein, dass du uns mit deiner Sturheit beide in Gefahr bringst.« Ohne dass der Magier auch nur ein Wort gesprochen hätte, wurde der Teppich langsamer und sank rasch.

»Was ... Wie kann das ...« Nachud rief einen Befehl, doch der Teppich schwebte weiter den Wellen entgegen. »Verdammt, dass ...« Mit einem gellenden Schrei griff der Magier nach seinem rechten Arm und sank vornüber.

Das war alles nur ein böser Traum! Vorsichtig streckte die Sharisad die Hand nach Nachud aus. Das geschah nicht wirklich! Das durfte nicht sein! Gleich würde sie erwachen! Sie saß *nicht* auf einem fliegenden Teppich tausend Schritt über dem Meer, und der Magier, der den Teppich steuerte, war *nicht* ohnmächtig geworden! Oder war er etwa ...

»Nachud?« Melikae strich dem Kaufmannssohn über das Gesicht. »Bitte, Nachud, komm wieder zu dir!«

Der junge Magier rührte sich nicht. Besorgt knöpfte sie ihm die Jacke auf und fühlte nach seinem Herzschlag. Ganz schwach spürte sie, dass sein Blut pulsierte. Dieser zwölfmal verfluchte Armreif! Sie musste den Tatsachen ins Auge sehen. Es war kein Traum! Die Geschwindigkeit, mit der der Teppich sank, hatte sich seit Nachuds Ohnmacht noch einmal deutlich erhöht.

Melikae streichelte sanft über die weiche Oberfläche des Zauberteppichs. »Bitte, lieber Dschinn. Ich mag schlecht über dich und deine Brüder gesprochen haben, obwohl ihr mir zweimal das Leben gerettet habt. Es tut mir leid. Ich beherrsche die Zauberworte nicht, mit denen man dir befehlen kann, und selbst wenn ich sie wüsste, könnte ich sie nicht einsetzen. Ich möchte dich zu nichts zwingen. Ich weiß, dass ich dir nichts wirklich Kostbares anbieten kann, Dschinn, doch ich verspreche dir, dass ich für den Rest meines Lebens nie wieder schlecht über dich oder deine Brüder sprechen werde, wenn du mir jetzt hilfst!« Deutlich hörte Melikae schon jetzt das Rauschen der Meeresdünung unter sich.

»Ich verstehe, wenn du zornig auf mich bist. Ich werde tun, was immer du willst, doch bitte, Teppichdschinn, hilf mir, diesen Mann zu retten. Er ist unschuldig. Er hätte sein Leben gegeben, um mich von der Insel zu bringen, auf der ich gefangen gehalten werde. Er ist so edelmütig … Er hat den Tod nicht verdient!«

Der Sturz des Teppichs verlangsamte sich, und einen Schritt über dem Wasser stand er schließlich still. »Danke«, murmelte Melikae, aus tiefstem Herzen erleichtert. Dann streifte sie die Jacke des Magiers ab, um die Verbrennung am Arm zu untersuchen. Die Hitze war so groß gewesen, dass sich das glühende Metall durch Nachuds Hemd gebrannt und sogar das Futter der Jacke versengt hatte.

Melikae riss sich Stoffstreifen von den Gewändern ab, tränkte sie im Meerwasser und legte sie auf den schlangenförmigen Armreif. Doch so oft sie dies auch wiederholte, die magische Glut des Schmuckstücks mochte einfach nicht erlöschen. Sie mussten zur Insel zurück. Nachud hatte gesagt, der Zauber wirke nur, wenn er sich ohne Abu Dschennas Erlaubnis von dort entferne. Vielleicht ließe die Hitze nach, wenn sie zurückkehrten?

Mit leidenschaftlichen Worten flehte die Tänzerin den Dschinn im Teppich an, sie zu ihrem Gefängnis zurückzubringen, und das Elementarwesen erbarmte sich ihrer.

Nachud erwachte mit einem Schrei, als Melikae ihm starken Wein auf seine Wunde träufelte. Die Sharisad hatte einmal gehört, dass dieser vor Wundbrand schützen sollte.

»Wo bin ich?« Der junge Magier blickte sich erstaunt um.

»In meinem Zimmer, im Turm des Palastes. Der Dschinn des Teppichs hat mir geholfen, dich hierherzubringen.«

»Aber ...« Errötend blickte Nachud an sich hinab und zog sofort die Decke über seine Blöße. »Was ist geschehen? Liege ich in deinem Bett?«

»Deine Kleider waren nass vom Schweiß, und du hattest Schüttelfrost. Du konntest sie nicht anbehalten.«

»Und dein Ruf? Was ist, wenn Abu Dsch...« Melikae legte ihm zart die Hand über die Lippen. »Sprich jetzt nicht von deinem ruchlosen Meister. Du hättest letzte Nacht dein eigenes Leben hingegeben, um mich nach Unau zu bringen. Du warst bereit, alles hinter dir zu lassen, was bislang dein Leben ausgemacht hat, und wusstest, dass ich dich nicht einmal liebe. Ich werde jetzt für dich tanzen. Ich vermag deine Wunde zwar nicht völlig zu heilen, doch wirst du dich nach meinem Tanz besser fühlen. Nur die Brandnarben an deinem Arm werden dir ein Leben lang bleiben. Doch ich liebe sie: Wann immer ich sie sehe, werden sie mich an deine Selbstlosigkeit erinnern.«

»Soll das heißen, du ...«

Melikae schüttelte lächelnd den Kopf. »Du wirst sehen,

was das heißt.« Dann trat sie vom Schlaflager zurück und ließ langsam die Hüften kreisen.

Als Omar Unau erreichte, war die Stadt bereits durch die vereinigten Wüstenstämme erobert worden, und es war zum Streit darüber gekommen, was weiterhin zu tun sei. Ein kleiner Teil der Truppen hatte sich sogar vom Heer getrennt. Für diese Kämpfer war der Krieg damit beendet, dass man die Ungläubigen bis zum Szinto zurückgeschlagen hatte. An einem Waffengang in den Niederungen des Flusstals oder einer Schlacht um die heruntergekommene Hafenstadt Selem fanden sie keinen Reiz. Das Gleiche galt für den Kalifen. Jikhbar ibn Tamrikat hatte, bevor Omar den Palast verließ, mehr als deutlich durchblicken lassen, dass der Herrscher nicht wünschte, den Kampf mit gleichem Aufwand fortzusetzen wie bisher. Er wollte vielmehr seine Kräfte dazu einsetzen, das Kalifat in seiner Gesamtheit besser zu bewachen und seine Macht auszubauen. Schon hatte er damit begonnen, das Gefüge der Hofverwaltung gründlich zu erneuern. Das Amt des Großwesirs war abgeschafft, alle Höflinge, die dem alten Kalifen zu nahe gestanden hatten, waren in die Verbannung geschickt worden, und angeblich hatte er sogar eine Gruppe Meuchler beauftragt, Nedime aufzuspüren, die Tochter des toten Kalifen. Vor mehr als zehn Jahren war die Prinzessin unter seltsamen Umständen an einen Ungläubigen verheiratet worden, und seither wusste niemand mehr, wo sie lebte. Nedime und ihre Nachkommen standen in der Thronfolge noch vor Malkillah III., eine Unsicherheit, die der neue Herrscher – natürlich nur im Hinblick auf einen starken Staat – gern beseitigen wollte.

Dreimal hatte Omar sein Schwert für die Ehre des Kalifen gezogen, seit er sich erneut dem Heer angeschlossen hatte. Dreimal hatte er gesiegt. Die Köpfe der Verräter waren von reitenden Boten nach Mherwed gebracht worden. Niemand wagte es danach mehr, das Wort gegen den Herrscher zu erheben, doch dafür hatte der Beni Novad eines Nachts von einer ungewöhnlich großen Anzahl von Skorpionen *Besuch* bekommen. Allein durch Glück überlebte er den Anschlag. Ein zweites Mal, im Szintotal, wurde Omar nur knapp von einem Pfeil verfehlt, den ein verborgener Schütze abgefeuert hatte.

Als er schließlich auch noch den Angriff einer vermeintlichen Räuberbande überlebte, die ihn, vom Heer getrennt, an einer Wasserstelle überraschte, wurde sein Ruf zur Legende. Raschid behauptete, die Männer flüsterten an den Lagerfeuern, er sei unüberwindlich.

Die Wortführer im Heer waren eine Gruppe fanatischer Kasimiten, die von verschiedenen Mawdliyat unterstützt wurden. Sie predigten, den Feind nicht nur für immer aus dem Land der Ersten Sonne zu vertreiben, sondern ihm danach auch weiter zu folgen, um das Übel bei der Wurzel zu packen und den ganzen Süden von der Herrschaft der Ungläubigen zu befreien. Sie träumten davon, die Krieger durch die Dschungel und Sümpfe nach Süden zu führen. Jedem, der sich an diesem heiligen Krieg beteiligte, versprachen sie einen Platz in Rastullahs Paradiesen sowie mehr Gold, als ein Mann zu tragen vermochte, wenn Al'Anfa erst einmal erobert sei.

Zwei Gottesnamen nach dem Fall von Unau befreite das marodierende Heer Malkillahbad, doch war dies ein Erfolg, der nachträglich einen hohen Preis kosten sollte. Hunderte betrachteten den Krieg nun als beendet. Am Ort der größten Niederlage des Kalifats war ein ruhmreicher Sieg errungen worden. Der Triumph schien ihnen vollkommen! Mit einer Schlacht bei Malkillahbad wurde der Feldzug der Al'Anfaner eröffnet, und so sollte er nach dem Verständnis der meisten Hirtenkrieger und Nomaden auch enden. Die Rechnung mit den Ungläubigen war beglichen. So jedenfalls redeten die Männer. Einen anderen Grund allerdings wagten nur wenige offen auszusprechen.

Den meisten Wüstenkriegern war das Land unheimlich,

in das sie zu reiten hatten, um die Ungläubigen noch bis zur Mündung des Szinto nach Selem zu verfolgen. Schon bei Malkillahbad waren die Ufer des Flusses von dichten Schilfgürteln begrenzt, die zum Teil bis zu einer halben Meile breit waren. Rechts und links des Stromes lagen überflutete Reisfelder, zwischen denen nur schmale Pfade hindurchführten. Wolken von blutgierigen Moskitos tanzten über der Flussebene und quälten Ross wie Reiter.

Auch die schwüle Hitze des Flusstals setzte den Männern zu. Der größte Teil des Heeres bestand aus Nomaden, die in der Wüste lebten. Dieses Land hier, fast überall von Wasser umgeben, verunsicherte sie zutiefst. Selbst die Worte der Mawdliyat vermochten sie nicht bei der Truppe zu halten.

Andere wiederum trennten sich mit ganzen Sippen von der Heereskolonne, um in den reichen Dörfern entlang des Flusses auf Beutefang zu gehen.

Immer wieder kam es auch zu Kämpfen mit den Söldnern Al'Anfas. Das schwierige und unübersichtliche Gelände brachte die Novadis um ihre beiden wichtigsten Vorteile gegenüber den Ungläubigen. Sie konnten weder ihre überlegenen Truppenmassen voll entfalten noch nutzte es ihnen, dass die gesamte Armee beritten war. Die siebzig Meilen, die das Heer den Fluss entlangzog, kosteten mehr Krieger das Leben als die Schlacht bei Tarfui. Jeden Morgen wurde das Lager kleiner, und immer mehr Männer packten ihre Sachen, um in die Wüste zurückzukehren.

So waren schließlich nur noch tausend Mann übrig, als das Heer das Städtchen Abszint erreichte, fünfzig Meilen nördlich von Selem, der letzten Bastion der Feinde. Fünf Tage lang stritten dort die Anführer, auf welche Weise man Selem angreifen sollte. Nicht einmal, als sie Kunde davon erhielten, dass in der Hafenstadt Aufstände tobten und ein ganzes Viertel in Flammen stand, konnten sie sich zu einem gemeinsamen Vorgehen zusammentun. Ohne Mustafa an ihrer Spitze, der die Stämme der Wüste vereinigt hatte, war das Heer uneins wie ein Bienenvolk, das seine Shanja verloren hatte.

Einen Tag bevor die Truppen Abszint erreichten, ereignete sich ein seltsamer Zwischenfall. Von Westen her näherte sich aus dem Hügelland ein einzelner Reiter den Rechtgläubigen. Sein Gesicht glänzte wie das Licht des Himmels. Mit tönender Stimme schleuderte er den Tapferen Beleidigungen entgegen und forderte Omar auf, sich ihm im Zweikampf zu stellen.

Doch der Beni Novad verweigerte ihm das Gefecht. Das Wort des Mawdli von Mherwed gestattete ihm zwar, jeden zu befehden, der den Ruhm des Kalifen in Abrede stellte, doch war Omar selbst noch immer an seinen Schwur gebunden, nicht allein für seine Sache ein Duell zu wagen.

Schließlich scherte ein Trupp Kasimiten aus dem Heereszug aus und verfolgte den unheimlichen Fremden in die Hügel. Doch keiner von ihnen kehrte zurück.

Am nächsten Nachmittag, als das Heer in Abszint Quartier bezog, tauchte der Reiter erneut auf. Hundert Schritt vor der kleinen Stadt warf der Krieger die abgeschlagenen Köpfe seiner Verfolger in den Staub. Dann kam er noch näher – und nun wurde offenbar, was bislang keiner hatte glauben wollen. Es war kein Jüngling, der die Rechtgläubigen mit heller Stimme schmähte. Die Wölbung der Brust ließ keinen Zweifel daran, dass dort eine Frau gekommen war, um die Streiter Rastullahs zu beleidigen.

So nahe kam sie, dass zu erkennen war, wie das strahlende Licht, welches ihr Gesicht umgab, nicht von einem polierten Helm herrührte, sondern von einer silbernen Maske. Wieder fand sie beißende Worte für Omar, den sie den zahnlosen Kettenhund des Kalifen schimpfte, der in zwei Nächten nicht in der Lage gewesen sei, sie zu nehmen. Ein weiteres Mal preschte eine Schar Reiter heran, um sie zu verfolgen, und wieder floh die Fremde in die Hügel. Auch diesmal kehrte keiner der Männer zurück.

Unter den Kriegern in der eroberten Stadt erhoben sich

zahlreiche Stimmen, die Omar einen Feigling schalten, der es nicht wage, seine Ehre gegen eine Frau zu verteidigen. Doch der Beni Novad verschloss die Ohren vor dem Spott und dem Zorn der Krieger.

Am nächsten Tag kehrte die Reiterin erneut zur Mittagsstunde zurück. Wieder warf sie die Köpfe ihrer Verfolger in den Staub. Diesmal wagte es keiner mehr, ihr nachzusetzen. Von der Stadt aus mussten sie mit ansehen, wie die Häupter ihrer Kameraden zum Fraß von wilden Hunden wurden, und wieder wetzte die Reiterin ihre scharfe Zunge an Omars Namen.

Auch Raschid war Zeuge ihrer Untaten geworden, und mit einem Herzen voller Zorn eilte der Beni Schebt zu der Hütte, in der er gemeinsam mit seinem Freund Quartier bezogen hatte. Dort fand er Omar ungerüstet im Schatten sitzend, einen langen Pfeifenstiel zwischen den Lippen.

»Sie ist wieder zurückgekehrt und reitet vor der Stadt auf und ab, diese Viper. Du solltest hören, mit welch tolldreisten Lügen sie deinen Ruhm besudelt!«

Der Beni Novad nahm seine Pfeife beiseite und blies kleine blaugraue Rauchkringel in die Luft. »Ich weiß«, antwortete er gelassen.

»Wie kannst du so ruhig dasitzen? Ich habe dich in den letzten Gottesnamen Männer töten sehen, die noch in Tarfui an deiner Seite kämpften! Ihr einziges Verbrechen war es, lauthals zu fragen, welch ein Kalif das sei, der in Mherwed weile, statt sein Heer ins Feld zu führen und auch die letzten Städte seines Landes aus der Hand der Ungläubigen zu befreien. Bei diesen Duellen hattest du keine Bedenken! Wie kannst du jetzt die Klinge in der Scheide ruhen lassen, obwohl dein Ruhm aufs Niederträchtigste geschmäht wird?«

Omar schüttelte nachdenklich den Kopf und drückte mit einem metallenen Knopf die Glut im Pfeifenkopf aus. »Das Kämpfen mit dem Schwert habe ich dich in der Zeit, da wir zusammen geritten sind, wohl lehren können, Raschid, doch hast du immer noch nicht die Gabe erlangt, hinter die Dinge zu sehen. Dreißig Krieger sind jetzt schon ausgeritten, um dieses Dämonenweib zu besiegen. Sie alle hat ihr Stolz das Leben gekostet. Wie kann das möglich sein? Kein Schwertkämpfer unter Rastullahs Sonne kann es mit mehr als vier Gegnern gleichzeitig aufnehmen. Hast du schon vergessen, gegen wen wir hier kämpfen?«

»Gegen die Ungläubigen natürlich!«, schnaubte Raschid verächtlich. »Unaufrichtiges, feiges Pack. Männer und Frauen, die ihre Schwerter und ihr Leben für Gold verkaufen, statt für etwas zu kämpfen, von dem sie überzeugt sind.«

»Und doch vermochten sie uns in den letzten Gottesnamen immer härter zuzusetzen. Wenn wir nicht bald einen großen Sieg erringen, dann wird dieses Heer vergehen wie Wasser im Wüstensand. Du weißt, dass dies auch der Wunsch des Kalifen ist. Er will keine marodierenden Krieger, die seine Befehle nicht befolgen. Malkillah würde es begrüßen, wenn dieses Heer nicht mehr bestünde.

Man sagt, ein schwarz gerüsteter Prinz, der sein Leben dem Rabengötzen geweiht hat, führe nun die Armee der Feinde. Noch nie soll er im Feld besiegt worden sein. Du siehst, welchen Schaden er unter den Unseren angerichtet hat. Ich bin überzeugt, dass auch die Reiterin mit der silbernen Maske zu ihm gehört. Ihre einzige Aufgabe ist es vermutlich, die Ungestümen vom Heer fort in eine vorbereitete Falle zu locken, wo ein Trupp gut versteckter Bogenschützen sie erwartet. Auf diese Art werde ich nicht sterben! Der Krieg dauert nicht mehr lange, und sobald ich den Auftrag des Kalifen erfüllt habe, werde ich meine Suche nach Melikae wieder aufnehmen.«

»Was nutzt dir dein Leben, wenn dein Name in Schande genannt wird? Was ist nur an jenem Morgen, da der Kalif dich zu sich rief, mit dir geschehen? Seitdem erscheinst du mir kalt wie Stahl. Ist dein Herz zu Stein geworden? Wenn du glaubst, man würde dich in eine Falle locken, warum folgst du der Reiterin dann nicht bei Nacht, wenn sie und ihre Kumpane sich in Sicherheit wiegen?«

»Um dann Rache an ihr zu nehmen? Nein, mein Freund, dies ist nicht der Weg, den ich beschreiten will. Du weißt um meinen Schwur. Ich werde mich nicht vor dem Angesicht des einzigen Gottes versündigen. Bei seinem Namen habe ich meinen Eid abgelegt.«

Raschid verzog das Gesicht und trat so wütend gegen einen Stein, dass dieser fast zwanzig Schritt weit über die staubige Straße hüpfte. »Es würde doch schon genügen, wenn du einen Trupp Reiter zusammenstelltest, um auf diese Söldner Jagd zu machen. Wenn wir sie aufspüren, könntest du sie getrost den anderen überlassen. Dann hättest du deinen Schwur nicht verletzt.«

»Du glaubst, so könnte ich meinen Ruf wiederherstellen?« Omar lachte. »Wenn sie nicht von meiner Hand stirbt, dann wird es heißen, ich sei zu feige gewesen, mich ihr zu stellen. Dasselbe wirft man mir auch vor, wenn ich hierbleibe. Warum also sollte ich eine so unnötige Mühe auf mich nehmen? Und noch etwas übersiehst du. Der Kalif will nicht, dass dieses Heer weiterbesteht. Ein Erfolg wäre gut für die Moral. So stelle ich mich sogar gegen meinen Herrscher, wenn ich dieser Reiterin folge.«

Raschid riss sich das Hattah vom Kopf und raufte sich die Haare. »Es ist zum Verzweifeln mit dir! Seitdem du dein Schwert zur Seite gelegt hast, übst du dich in der Kunst des Wortgeplänkels. Wenn ich dich nicht schon lange kennen würde, dann würde auch ich denen glauben, die behaupten, dass dir der al'anfanische Speer bei Tarfui allen Schneid abgekauft hat. Dass meine Worte nicht mehr zu deinem Herzen vorzudringen vermögen, stürzt mich in tiefe Sorge. Ich werde nun zum Tross gehen und uns dort Brot und Wein für den Abend besorgen, denn die Kälte, mit der du dich umgibst, vermag ich nicht länger zu ertragen.«

Omar sah seinem Freund nach, während dieser die

lange Straße zwischen den schmucklosen Lehmhäusern entlangging, um schließlich in einer Seitengasse zu verschwinden. Voller Bitterkeit musste er sich eingestehen, dass Raschid mit vielen seiner Vorwürfe im Recht war. Die Männer, die er im Schwertkampf für den Kalifen getötet hatte, waren keine wirklichen Gegner für ihn gewesen. Diese Kämpfe konnte man kaum noch Duelle nennen, es waren vielmehr Hinrichtungen gewesen.

Der Beni Novad lehnte sich gegen die Häuserwand und dachte an jenen Tag zurück, als er nach seiner Verletzung in Tarfui zum ersten Mal die Gewissheit gehabt hatte, auch diesmal nicht zu sterben. Damals begriff er, dass es nicht sein Schicksal sein konnte, in diesem Krieg unterzugehen. Er sollte leben und Melikae wiederfinden! Zärtlich strich seine Hand über die kleine silberne Schatulle, die er wie ein Amulett am Hals trug. In ihr ruhte noch immer die Rose, die seine Sharisad ihm zum Abschied geschenkt hatte.

Gedankenverloren öffnete der Novadi den Deckel der Schatulle und nahm die Rose heraus. Sogar ihren Duft hatte sie behalten. Omar faltete den kleinen Pergamentbogen auseinander, den Melikae ihm zum Abschied mit ins Boot gelegt hatte. Krieg zu führen, das habe ich in dem Jahr seit der Trennung gelernt, dachte er bitter. Lesen konnte er noch immer nicht. Doch er brauchte es auch nicht zu lernen. Längst kannte er die Worte auswendig, die dort niedergeschrieben waren. Sein Schweiß und seine Tränen hatten die Schrift verwischt, Zeit und Sonnenglut die Buchstaben verblassen lassen, doch unauslöschlich war Melikaes Abschiedsbotschaft in seine Seele eingebrannt.

Aus dem Kopf konnte er jene Worte aufsagen, die die Schriftzeichen dem Unwissenden verhüllten. *»So wie der heiße Wind der Wüste die Blüte der Rose verdorren lässt, so ist meine Liebe zu Dir dahingewelkt.«*

Omar strich zärtlich über die Blütenblätter, denen ein ganzes Jahr im Wüstensand nichts hatte anhaben können.

Melikae hatte ihn nicht verbannen wollen. Ihre Botschaft war ein Hilferuf! Er würde ihm folgen, und sie würden wieder vereint sein. Kein Meer war weit genug, um ihn auf Dauer von ihr zu trennen!

Als Omar erwachte, war sein Kopf noch schwer vom Wein. Raschid hatte am Abend zuvor außer Brot auch noch ein ansehnliches Stück Hammelbraten mitgebracht – und einen vollen Krug süßen Heidenweins. Unschlüssig, ob er nun aufstehen oder noch liegen bleiben sollte, streckte Omar die Glieder. Die Sonne stand draußen schon hoch am Himmel. Es musste bald Mittag sein.

Der Novadi blickte auf Raschids Lager. Die Schilfmatte war leer, die Decken unberührt. Offenbar hatte sein Freund woanders vergnüglichere Unterhaltung für die Nacht gefunden. Omar schmunzelte. Raschid war wahrlich begabt, die Herzen von Frauen zu gewinnen, doch lange hielt es ihn bei keiner.

Der Novadi streifte die Decke über die Schulter und wollte sich gerade noch einmal umdrehen, um ein wenig zu dösen, als sein Blick auf den Stuhl fiel, auf dem er seine Rüstung abgelegt hatte. Er war leer!

Mit einem Fluch auf den Lippen sprang er auf. Dieser Wahnsinnige! Raschid musste ihm etwas in den Wein geschüttet haben! Hastig streifte Omar sich ein langes Hemd über und rannte in den Stall neben dem Haus. Auch sein Rappe war verschwunden! Der Beni Schebt war in seine Rolle geschlüpft! Was, in Rastullahs Namen, hatte er sich dabei gedacht? Diese Meuchler würden ihn umbringen.

Unschlüssig, was zu tun sei, kehrte Omar zunächst in das kleine Haus zurück und kleidete sich dort an. Raschid hatte ihm Schwert, Helm, Rüstung und Schild gestohlen. Sie beide waren fast gleich groß und auch von ähnlicher Statur. So lange Raschid das Kettengeflecht unter dem Nasenschutz des Helmes eingehakt ließ, sodass nur seine Augen zu sehen waren, würde niemand die Täuschung erkennen. Auch war er ein hervorragender Schwertkämpfer: manchmal etwas unbeherrscht, doch zweifellos von überdurchschnittlichem Geschick. Wenn er nicht aus einem Hinterhalt von Bogenschützen niedergestreckt würde, waren seine Aussichten sicher gut, den Kampf gegen dieses Weib mit der silbernen Maske zu gewinnen.

Fertig angekleidet machte sich Omar auf den Weg zum Stadtrand. Im hellen Tageslicht konnte er nichts weiter tun, als abzuwarten, ob Raschid zurückkehrte. Die Stadt wurde bestimmt von den Al'Anfanern beobachtet. Wenn er jetzt aufbräche, käme er nicht weit. Sollte sein Freund bis zum Einbruch der Dunkelheit nicht zurückgekehrt sein, dann würde er Abszint in aller Heimlichkeit verlassen. Bei Nacht bestand wenigstens eine geringe Aussicht, unbemerkt bis zum Lager der Frau mit der silbernen Maske vorzudringen. Dann würde er sehen, ob Raschid noch lebte oder was die Heiden ihm angetan hatten.

Doch ganz gleich, was auch geschehen sein mochte, dieses Weibsstück würde er bluten lassen. Omar ballte wütend die Fäuste. Auch wenn dies bedeutete, dass er den Schwur gegen Rastullah brach. Er war nur ein Mensch, und er würde niemals hinnehmen, dass irgendeine dahergelaufene Söldnerin seinen besten Freund für ihre Pläne missbrauchte oder ihn gar … Nein! Diesen Gedanken wollte er nicht bis zu Ende denken.

Auf der Straße starrten ihm einige Krieger verwundert nach. Er sah, wie die Männer die Köpfe zusammensteckten und tuschelten, wenn er vorbeiging. Schließlich wagte es jemand, ihn offen anzusprechen.

»Wann seid Ihr ins Lager zurückgekommen, Agha?« Die Soldaten nannten ihn Agha, weil er ein Mann des Kalifen war und weil sie gehört hatten, dass er in Mherwed ausgezeichnet worden war. Dass er keineswegs einen Offiziersrang in Malkillahs Heer bekleidete, wollte nicht in ihre Dickschädel hinein.

»Würde es dich wundern zu hören, dass ich einen

Dschinn habe, der mich durch die Lüfte trägt, nachdem doch schon allgemein bekannt ist, dass keine Waffe mich zu töten vermag«, entgegnete Omar gereizt.

Der Soldat sah ihn verwirrt an. Es war ein kleiner Kerl, etwas untersetzt. Er erinnerte den Beni Novad an Ammad.

»Das war nur ein Scherz!«, fügte Omar in versöhnlicherem Tonfall hinzu. »Wann habe ich eigentlich das Lager verlassen? Ich fürchte, ich habe diese Nacht etwas mehr Wein getrunken, als mir gutgetan hat. Ich kann mich an nichts mehr erinnern.«

Der Krieger lächelte breit und nickte verständnisvoll. »Das kenne ich. Ich habe Euch zwar nicht selbst gesehen, Agha, aber nach allem, was ich gehört habe, müsst Ihr zwei Stunden vor Sonnenaufgang durch die ganze Stadt geritten sein und in heiligem Zorn geschworen haben, dass Ihr dieses rastullahverfluchte Silbergesicht bis Sonnenuntergang erlegen werdet. Jedem, dem Ihr begegnet seid, habt Ihr das jedenfalls zugerufen, und der Lärm, den Ihr gemacht habt, hat viele Männer aus dem Schlaf gerissen.«

Omar räusperte sich ein wenig verlegen. »So! Nun, wie du siehst, bin ich etwas verschwiegener zurückgekehrt. Ich wäre dir dankbar, wenn du nicht jedem erzählen würdest, was ich dir anvertraut habe. Es sollte unser beider Geheimnis bleiben, dass auch ich gelegentlich mal … zu viel trinke.« Die letzten Worte hatte der Novadi halb drohend ausgesprochen und dabei einen finsteren Blick aufgesetzt.

Sein Gegenüber fühlte sich sichtlich unwohl. Wahrscheinlich hatte er Angst, das nächste Opfer bei einem der berüchtigten Duelle zu werden. Eilig beteuerte er, dass ihm niemals auch nur die kleinste Andeutung des gemeinsamen Geheimnisses über die Lippen kommen werde. Dann machte sich der Mann mit fliegendem Schritt aus dem Staub.

Omar ging zum Westrand der Stadt und stieg dort auf

ein Flachdach, von dem aus er bis zu den Hügeln sehen konnte. Die Sonne hatte den Zenit bereits überschritten, und noch immer war die Reiterin mit der Silbermaske nicht erschienen, um erneut einen Kopf zu bringen. Vielleicht hatte Raschid Glück gehabt …

Omar hockte sich an den Rand des Daches und stopfte sich eine Pfeife. Das Rauchen hatte er sich während der vielen Gottesnamen im Palast von Mherwed angewöhnt. Der Tabakgenuss beruhigte ihn und war eine Möglichkeit, sich die Zeit zu vertreiben, während seine Augen starr auf den Horizont gerichtet blieben.

Mehr als eine Stunde hatte er grübelnd auf dem Dach gesessen, als er in der Ferne zwischen den Hügeln einen dunklen Fleck erspähte. Ein Reiter näherte sich. Der Mann trug ein schwarzes Gewand und ritt einen Rappen. Sollte es Raschid sein? Hatte er es geschafft? Vielleicht hatte er die Al'Anfaner auch nicht gefunden? Wenn er jetzt nur auf dem letzten Stück nicht noch von einem versteckten Bogenschützen erwischt wurde!

Ungeduldig kletterte Omar vom Hausdach hinunter und lief dem Reiter durch die überfluteten Reisfelder entgegen. Fast kniehoch erhoben sich die zarten hellgrünen Pflanzen aus dem schlammigen Wasser. Zwischen den Feldern folgte Omar einem pfützendurchsetzten Weg. Jetzt, als er näher kam, fiel ihm auf, wie seltsam steif der Reiter sich im Sattel hielt. Ganz so, als sei er verletzt und könne sich nur noch mit Mühe aufrechthalten. Der Novadi lief schneller.

Das Gesicht des Mannes auf dem Pferd war mit einem Tuch verhüllt. Omar erkannte jetzt mit Gewissheit seinen Hengst, doch sollte es tatsächlich Raschid sein, der dort im Sattel saß? Der Kopf des Mannes pendelte bei jeder Bewegung des Pferdes auf beunruhigende Art hin und her. Der Reiter trug weder den Helm noch die Rüstung, die Raschid in der Nacht an sich genommen hatte. Was war geschehen?

Nur zwanzig Schritt trennten Omar noch von dem Pferd. Jetzt erst erkannte er den langen schwarzen Pfeil, der aus der Brust des Reiters ragte. Mit einem gellenden Schrei auf den Lippen sprang Omar über die letzten Pfützen hinweg und griff nach den Zügeln des scheuenden Hengstes.

Die Al'Anfaner hatten dem Toten ein Hattah um den Kopf gewickelt, welches das Gesicht verbarg. Zwei Holzstangen, die hinten am Sattel befestigt waren, hielten den Leichnam aufrecht auf dem Pferd. Die erstarrten Hände waren am Sattelhorn festgebunden. Lose hatte man die Zügel darumgewickelt.

Als Omar die ledernen Riemen durchtrennte, sank ihm der Tote in die Arme. Vorsichtig bettete er ihn vor sich auf den Boden. Der Reiter trug Raschids Stiefel und auch dessen Hose, doch mochte Omar noch immer nicht glauben, dass es sein Freund war, den die Ungläubigen ermordet hatten. Zögernd griff der Novadi nach einem Zipfel des Hattah und riss das Tuch dann mit einem Ruck zur Seite. Einen Atemzug lang hörte sein Herz auf zu schlagen. Es war Raschid!

Das Gesicht seines Freundes war voller Blut und von Schnitten entstellt, doch es konnte keinen Zweifel geben. Das wallende, an den Schläfen schon leicht ergraute Haar, die dunklen Augen, die selbst im Tod noch stolz zu strahlen schienen, die vollen Lippen, die ihn so oft einen Narren gescholten hatten …

Omar wollte seine Wut und seinen Schmerz zum Himmel schreien, doch er brachte keinen Laut hervor. Stumm starrte er in das blasse Gesicht des Gefährten. Warum hatte er letzte Nacht nur so viel getrunken? Er hätte ahnen müssen, was Raschid plante, dass sein Gefährte es nicht länger ertrug, wie die fremde Reiterin ihn, seinen Freund, verspottete. »Raschid ben Karim, Scheich der Beni Schebt, wo auch immer du jetzt sein magst, richte dein Auge auf mich!«

Omar griff nach dem Pfeil, der aus der Brust des Toten ragte, und riss ihn heraus. Um den Schaft war ein Blatt Pergament gewickelt, das mit drei kleinen Lederriemchen befestigt war. Der Novadi löste die Riemchen nicht, sondern zog sich die scharf geschliffene Spitze des Pfeils über seinen Handrücken, sodass eine tiefe blutige Schramme zurückblieb.

»Bei meinem Blut schwöre ich dir: Wer immer dir dies angetan hat, wird meinem Schwert nicht entgehen. Was ist mein Eid auf den Namen Rastullahs noch wert, wenn der Einzige mir jeden meiner Freunde nimmt? Alle, die mit mir geritten sind, hat dies Schicksal ereilt. Nur ich blieb zurück, so als wolltest du dich an meinem Unglück weiden, ungerechter Gott! Doch diesmal werde ich nicht mehr demütig den Nacken vor dir beugen. Ich kündige dir meine Treue auf, grausamer Weltenschöpfer. Nie wieder will ich deinen Namen mit Achtung nennen noch deine Gebote achten, die du den Menschen aufgezwungen hast!«

Jetzt erst löste Omar die Botschaft, die um den Pfeil gewickelt war. Flüchtig überflog er die Zeilen auf dem blutbesudelten Pergament. Die Nachricht war in den geheiligten Glyphen von Unau abgefasst, mehr konnte Omar nicht erkennen. Er rollte das Pergament zusammen und steckte es sich hinter den Gürtel.

Schon wollte er den Pfeil achtlos zur Seite werfen, als sein Blick auf den merkwürdig geformten Schaft fiel. Er war aus schwarzem Holz, so wie man es nur in den Dschungeln des Südens fand. Eine Schnitzarbeit schmückte ihn – eine Schlange, die sich in Spiralen um das Holz wand.

Fassungslos starrte der Novadi auf das Geschoss. Immer wieder tastete er mit den Fingern über die Schlange, um sich zu vergewissern, dass er keiner Täuschung erlegen war. Ein solcher Pfeil hatte Gwenselah verletzt, als sie beide aus Unau geflohen waren, und in Al'Anfa schließlich war sein Gefährte durch einen Schlangenpfeil getötet worden. Doch hatte sein Lehrmeister nicht die Bogenschützin durch einen Zauber in eine lebende Fackel verwandelt? War es die Hand Borons, die nach ihm griff? Hatte der General in Selem die Meuchler zu Hilfe gerufen, um ihm in seinem Krieg zur Seite zu stehen?

Der Novadi bückte sich nach Raschid und nahm ihn auf die Arme. Wer auch immer seinen Freund ermordet hatte, in dieser Nacht sollte ihm noch Frieden beschert sein. Heute würde Omar seinen toten Gefährten waschen und salben, um dann bis zum Morgen an seiner Seite zu wachen. Doch im ersten Tageslicht wollte er aufbrechen, um seinen Blutschwur zu erfüllen. Die Mörderin Raschids sollte ihre Schandtat nicht lange überleben!

Wenn du es wagst, dich deinem Schicksal zu stellen, dann reite auf dem Weg, auf dem der Tote zu dir gekommen ist, drei Meilen nach Westen. Dort siehst du einen Hügel, auf dem drei Bäume mit weit ausladenden Ästen wachsen. Hinter dem Hügel erwarte ich dich, Omar.

Der Mawdli Nayhaddan hatte Omar den Brief so oft vorlesen müssen, bis der Beni Novad ihn auswendig kannte. Bei Sonnenaufgang hatte Omar dann von Raschid Abschied genommen. Erst als er seinen toten Freund am Abend zuvor gewaschen hatte, zeigte sich, auf welch grausame Art man den Scheich der Beni Schebt ermordet hatte.

Sein Körper war übersät von kleinen Schnitten. Nicht eine der Wunden war tief genug gewesen, als dass sie Raschid hätte gefährlich werden können. Es war die Masse der Verletzungen, die ihn getötet hatte. Er musste langsam verblutet sein. Die Meuchlerin hatte seinen Tod wie ein Fest zelebriert.

Wann sie wohl bemerkt hatte, dass sie nicht gegen den Richtigen kämpfte? Erst als sie Raschid den Helm abnahm? Doch welche Rolle spielte das? Sie würde dafür büßen!

Mit verhängtem Zügel folgte Omar dem Weg, der in die Hügel führte. Die Sonne hatte inzwischen ihren Schild zwei Fingerbreit über den Horizont erhoben. Misstrauisch beobachtete der Novadi Büsche und Felsblöcke am Wegesrand. Er war sich zwar fast sicher, dass die Meuchlerin ihn zum Zweikampf fordern wollte, doch wer wusste schon mit letzter Gewissheit, was im Kopf einer Heidin vor sich ging?

Vor ihm erhob sich ein flacher Hügel, der zu der Beschreibung aus der Botschaft passte. Auf seinem lang gezogenen Rücken standen drei Bäume. Die Flanken waren mit hohem Gras und Gebüsch bedeckt. Mit einer leichten Zügelbewegung lenkte Omar seinen Rappen von der Straße und ließ ihn den Hügel erklimmen.

Er war auf halbem Wege, als zwischen den Bäumen zwei Gestalten mit langen Kriegsbögen auftauchten. Er hätte es wissen müssen! Den Heiden konnte man nicht vertrauen! Einen Herzschlag lang überlegte er, ob er sein Pferd wenden und zur Stadt zurückgaloppieren sollte. Doch würde er so den Pfeilen entgehen? Überall im hohen Gras konnten weitere Bogenschützen verborgen sein. Omar richtete sich kerzengerade im Sattel auf. Er war ein Krieger, und er lief nicht davon! Mit gleichbleibender Geschwindigkeit ritt er den Hügel hinan.

Ein ganzer Trupp schwarz gewappneter Söldner hatte sich inzwischen im Schatten der Bäume eingefunden. Omar selbst hatte auf jegliche Rüstung verzichtet. Er hätte Raschids Helm und Kettenhemd anlegen können, doch bei dem Gedanken daran, in der Rüstung eines Toten in den Kampf zu reiten, hatten sich ihm die Haare gesträubt. Jede Geste, mit der man sich dem Reich der Toten annäherte, machte einen Eindruck von Selbstaufgabe! Und er – er wollte diesen Kampf gewinnen!

Omar trug wieder ein Hattah und hatte es so gewickelt, dass sein Gesicht hinter dem Schleier verborgen blieb. Dazu hatte er schwarze Gewänder angelegt, die so geschnitten waren, dass sie ihn im Kampf nicht behindern würden. Seine Waffe war der Khunchomer, den Raschid einst besessen hatte. Der Beni Schebt hatte das Schwert im Pferdestall zurückgelassen, als er zum letzten Mal gegen den Feind geritten war.

Omar hatte die Klinge von dem Mawdli segnen lassen, der ihm auch den Brief vorgelesen hatte. In den Augen des Kriegers war dies allerdings keine Geste für Rastullah gewesen. Omar wollte nur sicher sein, dass ihm die Waffe kein Unglück brächte. Natürlich war der Khunchomer nicht mit dem Tuzakmesser zu vergleichen, das Gwenselah ihm geschenkt hatte, doch war der Säbel aus einem guten Stahl geschmiedet und hervorragend ausgewogen. Für eine Meuchlerin würde er genügen!

Als Omar den Hügel erreichte, hatte sich dort ein ansehnlicher Trupp Söldner versammelt. Unter ihnen stand die Frau mit der silbernen Maske. Sie war mittelgroß und schlank. Langes schwarzes Haar fiel ihr bis weit auf den Rücken hinab. Sie trug eine eng anliegende schwarze Tunika, Hosen aus dunklem Leder und Stiefel, die bis zur halben Wade hinaufreichten. Trotz der schwülen Hitze hatte sie einen Seidenschal um den Hals geschlungen und schwarze Stulpenhandschuhe über die Hände gestreift. Im Gürtel der Meuchlerin steckte Gwenselahs Tuzakmesser.

»Bist du es, Omar, oder hast du wieder einen deiner Freunde zum Sterben geschickt?« Die Söldnerin sprach fließend Tulamidya. Die meisten ihrer Soldaten schienen die Sprache nicht zu verstehen. Jedenfalls reagierten sie in keiner Weise auf den hämischen Scherz ihrer Anführerin.

Statt etwas zu entgegnen, löste Omar den Schleier vor dem Gesicht.

»Das genügt mir nicht! Ich habe Omar nur zweimal gesehen. Beide Male war es dunkel, und er war verschleiert. Ich beobachte euer sogenanntes Heer zwar schon, seit ihr ins Shadif eingedrungen seid, doch auch dort war Omar stets verschleiert. Von der Größe her und nach dem Pferd zu urteilen, das du reitest, könntest du zwar durchaus der sein, für den du dich ausgibst, doch dasselbe traf auch auf den zu, der gestern kam. Also beweise mir, dass du tatsächlich Omar bist, oder ich überlasse dich einfach meiner Begleitung.« Die Meuchlerin nickte den Männern zu, die sie umringten. Einige von ihnen hatten bereits Pfeile auf ihre Bogensehnen gelegt, und sie schienen nur noch auf einen Wink ihrer Anführerin zu warten.

»Wie soll ich beweisen, ein Mann zu sein, den du nicht kennst? Was du verlangst, ist unmöglich, Weib!« Omar spürte, wie ihm die Handflächen feucht wurden. Wenn er sich überraschend vom Pferd warf, mochte er vielleicht ein oder zwei der Söldner töten, bevor ihn die anderen mit ihren Pfeilen niederstreckten – gewinnen konnte er diesen Kampf aber auf keinen Fall.

»Wenn du Omar bist, dann weißt du auch, was ich dir entgegengeschleudert habe, als du mich in Unau im Gemach deiner Geliebten gefunden hast und mein Dolch dich verfehlt hat. Wärest du damals entschlossener gewesen, hättest du mich töten können! Du hattest dein Schwert schon zum Schlag erhoben. Diese Gelegenheit kehrt nie wieder. Jetzt antworte!«

So klar, als sei es erst gestern gewesen, konnte sich Omar an die lang vergangene Nacht erinnern. Damals waren alle seine Hoffnungen, schnell wieder mit Melikae vereint zu sein, zu Staub geworden. »Es war ein Offiziershelm mit schwarzem Federbusch.«

Gespannt betrachtete der Beni Novad seine Gegnerin. Die Silbermaske lag eng wie eine zweite Haut auf ihrem Gesicht: Es war eine meisterliche Handwerksarbeit. Das Gesicht, das sie nachahmte, war von makelloser Schönheit, doch ohne einen Zug von Gefühl – wie das Antlitz einer Puppe. Lippen, Nasenhöhlen und die Augen waren ausgespart. Doch am Blick der Frau konnte man nicht ablesen, was in ihr vorging. Seitlich der Stirn und dort, wo Unterkiefer und Hals aufeinandertrafen, waren, halb unter dem schwarzen Haar der Meuchlerin verborgen, Lederriemen zu sehen, die die Maske hielten.

»Du bist es wirklich!« Die Stimme der Frau klang gepresst, so als könne sie nur mit Mühe ihre Gefühle beherrschen. Ihre Rechte glitt zum Griff des Tuzakmessers. In barschem Ton stieß sie einige Befehle in der Sprache der Heiden hervor. Sofort kam Bewegung in die Männer auf dem Hügel.

Auch Omars Rechte lag jetzt auf seinem Schwertgriff. Misstrauisch beobachtete er das Treiben der Krieger. Fast alle hatten ihre Bogen gesenkt. Zwei von ihnen eilten den Hang hinab und holten Pferde.

»Du brauchst sie nicht zu beachten.« Die Meuchlerin sprach jetzt wieder Tulamidya. »Bastarde sind sie. Ehrloses Söldnerpack. Keiner von ihnen hat auch nur eine der Waffenkünste bis zur Vollkommenheit erlernt. Sie sind zwar besser als die meisten der Wüstenreiter, die dein Kalif stolz sein Heer nennt, doch mit uns beiden können sie sich nicht messen. Wir werden jetzt diesen Hügel verlassen. Was wir beide miteinander auszutragen haben, geht sie nichts an. Auf dem Packpferd, das sie bringen, findest du deine Rüstung. Wenn du willst, kannst du sie vor unserem Zweikampf anlegen, doch ich muss dich warnen, sie ist nicht mehr im besten Zustand. Falls du gewinnen solltest, magst du sie mit dir nehmen. Doch dann sei auf der Hut, denn diese Halsabschneider wissen, wie viel dein Kopf dem General Oderin du Metuant wert ist. Außerdem haben sie den juwelenbesetzten Schild gesehen.«

Omar nickte knapp. »Ich danke dir für deine Warnung.«

»Ich glaube nicht, dass du in die Verlegenheit kommen wirst, vor den Kerlen fliehen zu müssen. Vor zwei Wochen bin ich als Kasimit verkleidet in eurem Heerlager gewesen. Ich habe dich bei einem deiner Duelle beobachtet. Du magst zwar gut sein, doch glaub ich nicht, dass du lange gegen mich bestehen kannst. Das Geschick deines Lehrmeisters wirst du niemals erreichen.«

Omar lächelte spöttisch. In keinem seiner letzten Duelle war sein ganzes Können gefordert gewesen. Er hatte unentschlossen und nur mit halbem Herzen gekämpft, da es ihm zuwider war, das Schwert des Kalifen zu sein. Wenn ihn die Fremde allein nach dem beurteilte, was sie dort gesehen hatte, machte sie einen folgenschweren Fehler. Gelassen band er sich sein Hattah neu, sodass er wieder verschleiert war. In dem Kampf, der ihm bevorstand, sollte seine Gegnerin nicht in seinen Zügen lesen können.

Die Meuchlerin schwang sich mit Anmut in den Sattel der Stute, die man ihr gebracht hatte. Kurz rief sie den Söldnern noch etwas in ihrer Sprache zu, und Omar fragte sich, ob sie ihnen gerade befohlen hatte, wo sie ihm einen Hinterhalt legen sollten, für den Fall, dass er das Duell gewann.

»Folge mir jetzt! Ich habe einen guten Platz für dein Grab ausgesucht. Du hast doch wohl genug Ehre im Leib, dass ich dich in meinem Rücken reiten lassen kann, ohne mir deshalb Sorgen machen zu müssen?«

»Ob du dich sorgst oder nicht, ist deine Sache. Ich jedenfalls weiß, was ich tun werde und was nicht.«

»Dann lass uns aufbrechen!« Die Meuchlerin versetzte ihrer Stute einen Schlag auf die Hinterhand und jagte das Pferd in halsbrecherischer Eile den Hügel hinab.

Sie mochten drei oder vier Meilen geritten sein, als sie ein zwischen dicht bewaldeten Hügeln verstecktes kleines Tal erreichten. Ein schmaler Bach floss hindurch, und ein langes Wiesenoval bot sich als Kampfplatz an.

Ohne Eile stiegen die beiden ab und banden ihre Pferde an. Omar verzichtete darauf, seine Rüstung anzulegen. Im Zweikampf gegen die ungewappnete Meuchlerin brauchte er seine ganze Schnelligkeit und Gewandtheit. Eine Rüstung würde ihn nur behindern.

Sie beide lockerten ihre Muskeln mit kurzen Schwertübungen und dehnten ihre Sehnen. Omar fragte sich, wer diese Frau wohl sein mochte. Aus den Augenwinkeln beobachtete er sie aufmerksam, während sie sich auf den Kampf vorbereitete. Sie war geschmeidig und schnell wie eine Raubkatze. Ihr schlanker, zierlicher Körper mochte einen unerfahrenen Krieger täuschen, doch der Novadi war sich dessen bewusst, dass sie gefährlicher als die meisten Männer werden konnte, denen er bislang im Kampf begegnet war. Welchen Grund mochte sie nur haben, ihn mit einem solchen Hass zu verfolgen?

»Bist du fertig?« Ihre Stimme klang laut und klar. Fast schon zu laut. Ob auch sie Angst hatte? Mit ihrem Ruf hatte sie am anderen Ende der Lichtung einen großen schwarzen Vogel aufgescheucht, der steil in den Himmel hinaufstieg.

Sollte das ein Rabe gewesen sein? Das heilige Tier des Totengötzen, dem die Al'Anfaner dienten? Das war kein günstiges Omen! Wenn der Dämon, den die Heiden als Gott anbeteten, die Meuchlerin beschützte, war sie im Vorteil. Auf die Hilfe seines grausamen Gottes brauchte Omar nicht mehr zu hoffen!

»Warum verfolgst du mich mit deinem Hass? Was habe ich dir getan, Weib? Willst du deine Gefährtin rächen, die mein Freund getötet hat?«

»Was soll die Frage? Hast du tatsächlich nicht begriffen, warum ich meine Hände in dein Blut tauchen will?« Einige Augenblicke lang lag bedrückendes Schweigen über der Lichtung. Schließlich stieß die Meuchlerin das erbeutete Tuzakmesser vor sich in den Boden und griff nach den Lederbändern, die ihre Maske hielten. »Du weißt, dass ich die Frau bin, der du in Unau im Schlafgemach deiner Geliebten begegnet bist. Ich bin sicher, dass du dich noch gut an mich erinnerst. Keinen Mann hat mein Anblick je ungerührt gelassen. Ich traf Dutzende, die für eine Nacht mit mir ihre Seele verkauft hätten. Du weißt, dass der Tod mein Geschäft ist. Bei meiner Arbeit war meine Schönheit von großem Vorteil. Nur die wenigsten Männer nehmen ihre Leibwächter auch in ihr Schlafgemach mit.«

Sie hatte die Schnallen gelöst, die die Maske hielten, doch noch presste sie sich das kalte Silber mit der Linken aufs Gesicht.

»Das hat sich nicht geändert seit unserem letzten Zusammentreffen: Mein Anblick lässt Männer auch heute nicht ungerührt, doch findet sich keiner mehr, der mich freiwillig mit in sein Schlafgemach nähme!« Mit diesen Worten riss sie sich die Maske vom Gesicht. »Sieh, was das magische Feuer deines Freundes aus mir gemacht hat!«

Entsetzt taumelte der Novadi einen Schritt zurück. Es war, als blicke man in eine Dämonenfratze. Das meiste Fleisch war ihr von den Knochen gebrannt. Dort, wo einmal ihre Nase gewesen sein musste, klaffte ein dunkles Loch. Wie große weiße Kugeln starrten ihre Augen. Iris und Pupille erschienen unnatürlich klein, denn die Meuchlerin besaß keine Wimpern mehr, und ihre Lider waren narbig und schmal. Die Haut, die sich über den Verbrennungen neu gebildet hatte, war von flammendem Rot.

»Genug gegafft!«

Omar war erleichtert, als die Al'Anfanerin die Maske wieder vor das Gesicht hob. Welchen Dämon mochte sie sich wohl zum Feind gemacht haben, dass sie diese Verletzungen überlebt hatte? Um die Schnallen an den Lederriemen zu verschließen, hatte sie die Handschuhe abgelegt. Auch die Hände waren von runzeliger roter Haut überzogen.

»Begreifst du nun, warum ich deinen Tod will? Von deinem Freund, der mich so entstellte, konnte ich keine Spur finden. Dieser Narr! Er hat genau gesehen, wie ich mit meinem Pfeil nach ihm zielte, doch statt sich in Deckung zu werfen, hat er seinen Zauber gewirkt. Ich dachte, ich hätte ihn wenigstens getroffen, doch man hat mir erzählt, dass in den Dünen keine Leiche zu finden war. Nur meinen zerbrochenen Pfeil hat man mir gebracht. Du wirst jetzt an seiner Stelle sterben. Acht Götternamen hat es gedauert, bis meine Wunden durch Magie verschlossen waren und ich wieder kämpfen konnte. Nur drei Götternamen hat es mich gekostet, dich zu finden. Lass uns nun zu Ende bringen, was in Unau begonnen hat!« Die Maske saß wieder fest auf ihrem Gesicht. Sie streifte ihre Handschuhe über und zog Gwenselahs Tuzakmesser aus dem Boden. »Wenigstens werde ich das Vergnügen haben, dich mit dem Schwert deines Freundes zu töten.«

Einen kurzen Augenblick lang überlegte Omar, ob er ihr sagen sollte, dass Gwenselah damals am Strand gestorben war. Doch warum sollte er ihr diese Genugtuung gönnen? Sie würde deshalb mit Sicherheit nicht auf ihren Zweikampf verzichten. Sollte sie gewinnen, dann würde sie womöglich für den Rest ihres Lebens nach einem Toten suchen. Sein Leben allein würde ihr gewiss nicht genügen, um ihren Hass zu stillen.

Omar zog sein Schwert und erwartete ihren Angriff. Wie eine Raubkatze sprang sie vor, und so schnell, dass er mit den Augen kaum folgen konnte, führte sie drei Hiebe gegen ihn. Die ersten beiden parierte er. Den dritten, einen mit nur wenig Kraft geführten Rückhandschlag, konnte er nicht mehr abfangen, und um ihm auszuweichen, war er um eine Winzigkeit zu langsam. Er trug eine leichte Schramme am linken Arm davon. Obwohl die Wunde nicht tief sein konnte, verursachte sie einen ungewöhnlich brennenden Schmerz.

Die Meuchlerin hatte sich zwei Schritt zurückgezogen und hielt ihr Schwert nach Maraskaner Art in Grundstellung. »Du bist wirklich nicht sehr geschickt, Omar«, höhnte sie herablassend. »Wunderst du dich über deine Verletzung? Tut es weh? Ich habe mir erlaubt, die Klinge mit einem leichten Waffengift einzureiben. Keine Sorge, es bringt dich nicht um. Ich will mir schließlich nicht vorschnell meinen Spaß verderben. Seine einzige Wirkung liegt darin, dass deine Wunden so schmerzen werden, als hätte man Salz hineingerieben. Es soll dir helfen, dir die Schmerzen vorzustellen, die ich durch deinen Freund erlitten habe.«

»Von einer Meuchlerin und Hure habe ich nichts anderes erwartet«, entgegnete Omar. Schon mit ihrem ersten Angriff hatte sie bewiesen, dass sie ihm im Schwertkampf überlegen war. Doch vielleicht konnte er sie mit Beleidigungen so reizen, dass sie sich im Zorn zu einem unbedachten Ausfall hinreißen ließ.

»Wenn du darauf vorbereitet warst, brauche ich ja kein schlechtes Gewissen zu haben.« Lachend sprang sie ein paar Schritt zur Seite. Mit einer Drehung folgte Omar ihrer Bewegung und konnte im letzten Moment einen erneuten Angriff parieren. Sie spielte mit ihm! Schon jetzt hatte sie bewiesen, dass sie besser kämpfte. Doch die Meuchlerin wollte nicht allein seinen Tod, sie wollte ihn vorher leiden sehen und seinen Stolz brechen.

»Bist du bereit zur nächsten Übung?«

Das Sonnenlicht fiel auf die Silbermaske und wurde in Omars Gesicht gespiegelt. Der Novadi fragte sich, ob Rastullah ihn verhöhnte. Wollte der Gott ihn auf dieselbe Weise sterben lassen, wie in Keft der Kasimit Surkan gefallen war? Müde hob Omar den Khunchomer. Was auch immer geschehen mochte, er würde sich nicht ergeben! Sein Blick fiel auf die Klinge der Waffe. Drei tiefe Scharten waren in die Schneide geschlagen. Das Tuzakmesser war aus besserem Stahl! Mit jedem Hieb, den Omar parierte, wuchs die Wahrscheinlichkeit, dass sein Schwert zerbrechen würde.

Entschlossen hob der Novadi den Kopf. »Hast du deinen Frieden mit deinem Rabengötzen gemacht, Dämonenbuhle?«

Statt zu antworten, griff die Meuchlerin an.

Mit einem weiten Ausfallschritt schoss die Al'Anfanerin nach vorn. Omars Khunchomer zuckte hoch, doch mit einer Finte wich die Ungläubige seiner Waffe aus und schnitt ihm in den linken Wadenmuskel, bevor sie mit einem Schritt zurück in die Grundstellung ging.

Der Novadi stöhnte laut auf vor Schmerz. Auch er versuchte zurückzuweichen, doch er konnte das linke Bein nicht mehr belasten. Es knickte unter ihm ein. Taumelnd ging er in die Knie. Als er wutschnaubend wieder aufzustehen versuchte, versagten ihm die Beine den Dienst. Fast eine Stunde mochte das Spiel der Meuchlerin nun schon dauern. Sein ganzer Körper schien eine einzige blutende Wunde zu sein. Er hatte Dutzende von Schnitten auf der Brust, den Armen und Beinen davongetragen.

Seine Gegnerin war eine Meisterin ihres Faches! Nur zwei- oder dreimal war ihr ein Schlag missglückt, und er hatte eine Wunde davongetragen, die mehr als nur eine Schramme war. Jedes Mal, wenn ihr ein solches *Missgeschick* widerfuhr, hatte sie sich anschließend wortreich entschuldigt.

Der Novadi besaß kaum noch die Kraft, den Kopf zu heben. Die Meuchlerin stand nur drei Schritt vor ihm und musterte ihn mit schief gelegtem Kopf. Sie hatte eine tiefe Schramme auf der rechten Wange ihrer Silbermaske. Ihr Hemd war an einigen Stellen dunkel von Blut. Wenigstens geht sie nicht ganz unbeschadet aus diesem Kampf hervor, dachte Omar bitter – auch wenn es ihm nicht gelungen war, ihr eine ernsthafte Verletzung beizubringen.

»Gibst du etwa schon auf, Wüstenkrieger?«

»Finde es heraus, Weib!«

Leichtfüßig umrundete sie ihn halb und schoss dann vor wie eine Viper. Diesmal zielte ihr Schlag auf Omars Kopf. Kniend versuchte der Novadi den Hieb abzuwehren. Mit hellem Klingen schlug Stahl auf Stahl, und Omars Khunchomer zerbrach. Wie Glas zersplitterte das Schwertblatt. Der Schlag der Al'Anfanerin war durch die Parade abgelenkt worden und streifte Omar nur noch leicht an der Schulter. Das also war das Ende!

Mit demütig gesenktem Kopf erwartete er, dass die Meuchlerin ihn enthauptete. Er schloss die Augen und dachte an Melikae. So unendlich lange war es her, dass sie in der Bergoase jenseits des Cichanebi beieinandergelegen hatten. Fast glaubte er zu spüren, wie ihre Hände sein Haar zerwühlten. Niemals würde er sie wiedersehen. Selbst nach dem Tod nicht, denn der Gott, den er verflucht hatte, würde ihn nicht mehr in seinen ewigen Gärten dulden. Wann brachte die Meuchlerin es endlich zu Ende?

Ein Geräusch war zu hören, und Omar schlug die Augen auf. Vor ihm lag Gwenselahs Tuzakmesser im Gras, die Klinge von Blut besudelt. Was war geschehen?

Verwundert blickte er sich um. Dicht neben ihm lag die Meuchlerin. Blut tropfte in breiter Bahn von ihrer Silbermaske. Ein stählerner Sporn ragte aus ihrem linken Auge. Ein Stück des zerborstenen Khunchomers!

Omar war wie betäubt. Ungläubig tastete er nach dem Leib der Al'Anfanerin. Sie war noch warm von der Hitze des Gefechts. Doch sie regte sich nicht mehr. Sie war besiegt! Aber – konnte er sich Sieger nennen? Nicht von seiner Hand war sie gefallen! War es der Geist Raschids gewesen, der ihm zu Hilfe geeilt war? Ein Windstoß ließ die Blätter der nahen Bäume rauschen. Regenwolken schoben sich vor die Sonne, und die Waldwiese lag in grauem Zwielicht.

Ängstlich blickte sich Omar um. War das alles Rastullahs Werk? Aus dem Augenwinkel glaubte der Krieger einen huschenden Schatten zu sehen. Hastig drehte er sich um. Der Schatten war verschwunden.

Der Blutverlust und die Schwäche gaukelten ihm diese Bilder vor! Omar versuchte sich aufzurichten, doch seine Beine wollten ihn immer noch nicht tragen. Also kroch er zu dem kleinen Bach am Rand der Lichtung. Er brauchte eine Ewigkeit, um das kurze Stück Weg zurückzulegen. Immer wieder musste er erschöpft innehalten und neue Kräfte sammeln.

Endlich ließ er sich in das eisige Wasser gleiten. Die Kälte tat ihm gut. Sie linderte den Wundschmerz. Er musste wieder einen klaren Kopf bekommen! Wenn er leben wollte, dann durfte er nicht mehr lange auf dieser Lichtung bleiben. Es war nur eine Frage der Zeit, bis die Söldner hierherkamen.

Zum eigenen Heerlager zurück konnte er auch nicht mehr. Überall mochten Al'Anfaner lauern. Am sichersten wäre es, wenn er nach Westen in die Berge ritt. Vielleicht könnte er die Söldner sogar abschütteln, wenn er durch den kleinen Bach ritt und ihn erst an einer felsigen Stelle verließ?

In drei oder vier Tagen würde er sich sicher schon kräftiger fühlen, falls ihn kein Fieber packte und die Wunden nicht brandig wurden. Vor allem erschöpften ihn der Blutverlust und der Schmerz, der durch das Waffengift verursacht wurde. Davon würde er sich sicher bald erholen.

Dicke Regentropfen schlugen neben ihm ins Wasser. Der Himmel war jetzt ganz mit Wolken bedeckt. War es Rastullah, der sich ihm gnädig zeigte? Der Regen würde einen Teil der Spuren verwischen, wenn er vor den Söldnern floh, überlegte Omar. Hatte der Gott ihm etwa vergeben?

Im Halbschlaf tastete Melikae nach den zerknüllten Decken neben ihr. Sie waren noch warm, doch Nachud war verschwunden. Es war das dritte Mal seit ihrem gescheiterten Fluchtversuch gewesen, dass sie mit ihm das Lager geteilt hatte. Die Nacht, in der sie gemeinsam über das Meer geflogen waren, hatte alles verändert.

Eigentlich hatte sie ihn nur mit einem Kuss trösten wollen, als sie sich nach ihrem Tanz neben ihn gelegt hatte. Khabla, die achte und sinnlichste Frau Rastullahs, musste ihr an diesem Abend die Sinne verwirrt haben. Jedenfalls endete es nicht mit einem Kuss. Lächelnd dachte Melikae daran, wie sie sich keusche Zurückhaltung geschworen hatte, nur um am Ende doch in Nachuds Armen zu liegen. Die Leidenschaft hatte den Kaufmannssohn seine Verbrennung vergessen lassen.

Mit seinen zart tastenden Fingern hatte er Melikae alle

Wonnen der Khabla gelehrt und nach Stunden der Lust in einem Sinnentaumel zurückgelassen, wie sie ihn noch nie zuvor erlebt hatte. Hätte er nicht dauernd im Auftrag Abu Dschennas reisen müssen, dann wäre Nachud der vollkommene Liebhaber gewesen. Doch der alte Magier entließ ihren Liebsten wohl niemals aus seinen Diensten. Vielleicht hatte Abu Dschenna auch erkannt, dass sie nichts sicherer auf dieser Insel festhielt als ihre Angst, er könne Nachud etwas antun.

Melikae sah nur einen einzigen Weg, diesen Dämonenzirkel zu durchbrechen, in dem der Erzmagier sie gefangen hielt. Sie musste ihn töten. Mit dem Ende seines Lebens würde auch sein Zauberwerk zunichte. Der Schlangenring konnte Nachud dann gewiss nichts mehr anhaben.

Abu Dschenna war in den letzten Gottesnamen auf unheimliche Weise gealtert. Zweimal hatte Melikae versucht, mit ihm über diese Veränderung zu sprechen, doch er hatte sich ihr jedes Mal entzogen. Sein einst schwarzes Haar war schlohweiß geworden, seine Haut faltig und fleckig wie bei einem alten Mann.

Welch frevlerischen Zauber er wohl betrieb, dass er ihn auf solche Art auszehrte? Und was versprach er sich als Gewinn, wenn er Jahre seines Lebens zu geben bereit schien? Vielleicht war es Melikae von Rastullah bestimmt, dem fluchwürdigen Treiben des Magiers ein Ende zu bereiten? Wäre es nicht eine edle Tat, diesen Verächter aller göttlichen Gebote zu töten?

Die Sharisad dachte an den Traum, den sie in der letzten Nacht gehabt hatte. Sie hatte sich in einer dunklen Kammer befunden und ganz deutlich die Stimme Istimas gehört, die sie anflehte, sie aus ihrer Gefangenschaft zu befreien. Die Moha hatte ihr geraten, jenen Kuppelsaal aufzusuchen, in den Melikae und Abu Dschenna mit Hilfe des Erzdschinns geflohen waren, als die Dämonengestalt sie in der Felsgrotte eingeschlossen hatte. Dort sollte sie nach einem Splitter des Eis suchen. Wenn sie ihn gefunden hätte, so sei es leicht, dem schändlichen Magier ein schreckliches Ende zu bereiten. So hatte es die Schlangenfrau versprochen.

Melikae trat an ein Turmfenster und blickte auf das weite Meer hinaus. Glatt wie ein riesiger Spiegel erstreckte sich der Ozean bis zum Horizont. Besser als selbst die höchste Mauer hielt das Meer sie gefangen. Sollte sie es wagen, den Magier zu ermorden?

Die Sharisad öffnete die Läden der anderen Fenster, sodass ihr großes Zimmer von breiten, goldenen Lichtbahnen durchflutet wurde. Sie würde tanzen und darin die Antwort auf ihre Fragen suchen. Aus einer kleinen Truhe holte sie die grünsamtenen Schuhe hervor, in denen sie das erste Mal für Nachud getanzt hatte. Sie hatte zwar noch fünf andere Paare, doch waren diese ihr die liebsten geworden.

Als sie die Schuhe angezogen hatte, ergriff sie zwei grüne Schleier, trat in die Mitte des Gemachs und begann zu beten, Rastullah möge ihr ein Zeichen senden, was zu tun sei.

Melikae presste die Wange auf das kalte Mosaik und spähte über den glatten Boden hinweg. Wo, in Rastullahs Namen, mochte nur der Almandinsplitter sein? Der Kuppelsaal hatte einen Durchmesser von zehn Schritt, und es standen nur wenige Möbel darin. Schon eine halbe Stunde suchte Melikae hier nun nach dem verlorenen Bruchstück des Edelsteins.

Im Palast war alles still. Es war die Zeit der Mittagshitze. Nurhan lag in ihrer Küche und schlief. Auch all die anderen Sklaven hatten sich an kühle, schattige Plätze zurückgezogen. Niemand würde die Sharisad jetzt bei ihrer Suche stören.

Enttäuscht und ratlos richtete Melikae sich auf. Wo, zum Mautaban, mochte der Stein nur geblieben sein?

Istima hatte ihr im Traum lediglich verraten, dass er noch im Kuppelsaal lag. Wo er sich dort verbarg und warum der Dschinn nicht auch diesen Splitter wieder seinem Leib einfügte, bevor er im Fußboden verschwand, hatte die Schlangenfrau ihr nicht erzählt.

Verzagt untersuchte Melikae die langen Vorhänge, die an den Wänden drapiert hingen. Vielleicht hatte sich der Edelstein in einem von ihnen verfangen.

Beim vorletzten endlich fand sie einen kleinen Spalt in der Mauer, der vom Fußboden aus zwei Handbreit aufwärtsführte. Er war von den Maurern nur notdürftig mit Putz verschlossen worden und schien wieder aufgeplatzt zu sein, nachdem sich das Mauerwerk gesetzt hatte. Unten, wo der Spalt am breitesten war, konnte man gerade eben zwei Finger hineinschieben. Vorsichtig tastend untersuchte die Sharisad die Öffnung. Der Putz, der sie umgab, war sehr bröckelig, und selbst mit bloßen Händen ließ sich der Spalt schon ein wenig erweitern.

Dahinter schien eine kleine Höhlung zu liegen. Melikae hatte diese Öffnung jetzt so weit vergrößert, dass sie ihre Hand hineinzwängen konnte. Das Mauerwerk, über das ihre Fingerkuppen glitten, war eigenartig zerfurcht, ganz so, als hätte man etwas hineingeritzt. Beunruhigt zog sie die Hand zurück. Sie musste daran denken, was Abu Dschenna ihr über den Palast und die Klippe erzählt hatte. Dieser Abschnitt der Insel musste vor Äonen einmal zu einem Echsenheiligtum gehört haben. Vielleicht bestand ja ein Teil der Mauern dieses Raumes aus alten Ruinen, die man als Böden und Grundmauern genutzt hatte und anschließend hinter einer dicken Schicht aus Putz verschwinden ließ. Misstrauisch betrachtete Melikae den erweiterten Spalt. Bevor sie dort noch einmal hineingriff, würde sie sich die Sache genau ansehen. Doch dazu brauchte sie mehr Licht!

Suchend blickte sie sich im Kuppelsaal um. Schließlich fiel ihr Blick auf einen schimmernden Kürass, der über einem Paar gekreuzter Säbel als Schmuck an der Wand hing. Damit war ihr geholfen! Sie schob eine Truhe unter den Wandschmuck, stieg hinauf und nahm den an einem Haken befestigten Brustharnisch ab. Er war aus Bronze gefertigt und schimmerte wie frisch poliert. Offenbar hatte Nurhan erst vor Kurzem einige der Diener damit beauftragt, die Waffen zu säubern.

Den Kürass unter dem Arm, trat Melikae zu den hohen Fenstern an der Westwand des Saales und probierte so lange herum, bis sie es zuwege brachte, mit der glatten Rückseite des Brustpanzers einen Lichtstrahl genau auf den Riss in der Wand zu spiegeln. Als ihr das gelungen war, stützte sie den Kürass mit einem Seidenkissen ab und eilte zurück, um die Höhlung zu untersuchen.

Neugierig blickte sie in den Spalt. Er schien einen Halbspann weit unter die Höhe des Fußbodens zu reichen. Das kleine Stück der Rückwand, das durch den gebündelten Lichtstrahl beleuchtet wurde, war mit seltsamen, tief eingekerbten Schriftzeichen bedeckt. Am Grund der Höhlung sah die Sharisad etwas rötlich Schimmerndes. Sollte sie den Almandinsplitter gefunden haben? Gleich daneben lag noch etwas Weißes.

Zitternd vor Aufreguung ging Melikae in die Knie und zwängte die Hand durch die Öffnung. Mit ausgestreckten Fingern konnte sie gerade eben den Edelsteinsplitter ertasten. Geduldig drehte sie ihn mit den Fingerspitzen so lange, bis sie ihn zu greifen bekam und hochschieben konnte, sodass er schließlich aus dem Spalt lugte. Mit der anderen Hand zog sie ihn heraus und hielt ihn in die Lichtbahn, die der schimmernde Kürass quer durch den Kuppelsaal schickte.

Der Edelsteinsplitter war fast so lang wie ihr Mittelfinger und hatte auch ungefähr dieselbe Dicke. Im Licht glühte er auf wie ein Holzscheit in einem fast verloschenen Feuer, wenn man es anbläst. Zufrieden ließ die Sharisad den Stein in einem kleinen Beutel an ihrem Gürtel verschwinden. Dann tastete sie noch einmal in das Loch hinein. Ihr war klar, dass dieses Versteck nicht für den Edelstein, sondern für den weißlichen Gegenstand geschaffen worden war, den sie auf seinem Grund gesehen hatte. Es war mit so mächtigen Schutzzeichen versehen worden, dass es selbst der Macht eines Dschinns zu widerstehen vermochte.

Das Etwas fühlte sich wie sehr glatt poliertes Holz an, in dessen Oberfläche feine Linien geritzt waren. Wie schon den Edelstein schob sie es vorsichtig höher, bis seine Spitze aus dem Riss herauslugte. Dann ergriff sie es mit der anderen Hand. Melikae hatte einen flachen Knochen gefunden. Die eine Seite war mit eigenartigen, aus kleinen Keilen zusammengesetzten Schriftzeichen bedeckt. Verwundert drehte die Sharisad ihn um und stieß im selben Augenblick einen unterdrückten Schrei aus. Klappernd fiel der Knochen vor ihr auf den Boden. Die ganze Rückseite war mit einer grässlichen Dämonenfratze bedeckt, aus deren zahnbewehrtem Maul zuckende Menschenarme hervorragten.

»Rastullah schütze mich und bringe Verdammnis über diesen Ort.« Mit zitternden Fingern schlug sie ein heiliges Zeichen über den Knochen. Am unteren Ende war er durchbohrt, so als könne man ihn sich an einem Lederriemen um den Hals hängen. Stumm dankte Melikae dem Einzigen Gott, dass jetzt wieder die mit Schriftzeichen bedeckte Seite des Artefakts zu ihr zeigte.

Sicher war es am besten, wenn diese gotteslästerliche Ungeheuerlichkeit wieder dahin zurückkam, wo sie schon so lange gelegen hatte. Mit spitzen Fingern packte sie den Knochen und ließ ihn in den Spalt in der Wand zurückgleiten. Mochte er dort bis ans Ende aller Zeiten bleiben!

Mit einem erleichterten Seufzen stand Melikae auf. Ihre Rechte klammerte sich um den Beutel, in dem sie den Edelsteinsplitter verbarg. Er war der Schlüssel zu ihrer Freiheit! Sicher, sie hätte den schlafenden Abu Dschenna auch mit einem Dolch ermorden können, doch wie viel mehr Anspruch hatte die gefolterte Istima darauf, den Erzmagier zu töten. Er sollte für alles büßen, was er den Menschen dieser Insel und seinen anderen Opfern angetan hatte!

Melikae nahm sich die Zeit, um den Vorhang wieder vor den Spalt in der Wand zu ziehen, den Kürass aufzuhängen und die Truhe an ihren Ort zu schieben. Falls sie heute keine Gelegenheit fand, Abu Dschenna allein zu treffen, sollte niemand merken, dass sie hier gewesen war.

Einen Augenblick lang zögerte Melikae, als sie vor der Tür zu Abu Dschennas Studierzimmer stand. Sollte sie es wagen? Er hatte tausendfach den Tod verdient, doch war *sie* seine Mörderin? Angespannt nagte sie an der Unterlippe. Sie war so weit gegangen, jetzt konnte sie nicht mehr zurück. Außerdem würde Istima ohnehin das Töten für sie übernehmen!

Entschlossen hob die Sharisad die Hand und klopfte heftig gegen die Tür. In der Linken, auf dem Rücken verborgen, hielt sie den scharfkantigen Edelsteinsplitter.

Es dauerte eine ganze Weile, bis von drinnen ein mürrisches »Herein!« ertönte. Melikae atmete noch einmal tief durch, dann stieß sie die Holztür auf. Das Zimmer des Magiers lag in dämmrigem Zwielicht. Die Fenster waren mit bunten Stoffen verhängt. Der Duft von schwerem Tabak und grünem Tee hing in der Luft. Überall im Raum standen niedrige Tische, auf denen sich teils geschlossene, teils aufgeschlagene Bücher stapelten. Aus anderen Folianten sah man bunte Lesezeichen ragen. Papyrusbogen mit eilig versehenen Notizen und Pergamente mit sorgfältigeren Niederschriften, zwischen denen Sternbilder oder magische Zeichen aufgemalt waren, lagen über den Boden verstreut.

Im hintersten Winkel des Raumes hatte sich Abu Dschenna auf einer Bettstatt aus weichen Teppichen niedergelassen. Den Arm auf ein Kissen gestützt, blickte er zu

Melikae auf und sog gleichzeitig am Mundstück seiner Wasserpfeife. Wie ein Drache stieß er kleine graublaue Rauchschwaden aus. »Was verschafft mir die überaus seltene Ehre deines Besuchs?«

»Ich wollte dich bitten, mich nach Unau zurückkehren zu lassen. Ich kann meine Gefangenschaft hier nicht länger ertragen.«

Der Magier zog die rechte Braue hoch und betrachtete sie nachdenklich. Schließlich schüttelte er den Kopf. Sein Gesicht war hager und ausgezehrt, das Haar dünn wie Spinnweben. »Du weißt, dass dies der einzige Wunsch ist, den ich dir nicht erfüllen werde, Melikae. Sieh mich an! Ich habe nicht mehr lange zu leben. Wenn ich tot bin, kannst du gehen, wohin du willst. Du kannst all meine Reichtümer an dich nehmen und wirst dann eine sehr mächtige Frau werden. Allein meine Bücher sind schon ein Vermögen wert.«

»Und wenn ich nicht so lange warten möchte? Auch meine Jugend verfliegt, und ich traue dir nicht mehr, Magier. Zu oft hast du mich betrogen.«

Abu Dschenna zog die Stirn in Falten. Dann lächelte er plötzlich. »Ich fürchte, unter diesen Umständen werde ich dich, freilich mit Bedauern, gegen deinen Willen hier festhalten. Du wirst nicht begreifen, wie ich dies meine, doch ist deine Gegenwart auf diesem kahlen Felsen im Meer zu meinem Lebenszweck geworden. Ich kann dir nur noch einmal versichern, dass ich schon bald sterben werde. Dir ist sicher nicht verborgen geblieben, dass ich von Tag zu Tag mehr verfalle.«

Melikae dachte daran, wie der Magier sie in der Wüste mit seinen heimtückischen Versprechungen um Omars Leben betrogen hatte. Wäre Gwenselah dem Novadi nicht zu Hilfe gekommen, so hätte dieser damals elendiglich verdursten müssen. Nie wieder würde sie Abu Dschenna trauen! Ihre Linke krampfte sich um den scharfkantigen Edelstein. Sie spürte, wie der Almandinsplitter ihr in die

Finger schnitt. *Dein Blut gibt mir Macht und wird den Sstein wie Glas werden lasssen.* Deutlich erinnerte sich Melikae an die Worte, die Istima im Traum zu ihr gesprochen hatte. Die Moha hatte ihr genau beschrieben, was zu tun war.

»Istima, ich rufe dich! Komm und beende dein Werk!« Wütend schleuderte die Sharisad den blutigen Almandin vor Abu Dschennas Lager auf den steinernen Boden, wo er in Hunderte winzigster Splitter zerbrach.

»Was hast du getan, närrisches Weib? Du ...« Der Erzmagier versuchte aufzustehen und griff nach dem langen dunklen Zauberstab, der neben ihm an der Wand lehnte.

Der Boden zu ihren Füßen erbebte, und ein zwei Schritt langes Ei aus schimmerndem Almandin schob sich aus dem Fußboden. Mit durchdringendem Knirschen zerbrach es, woraufhin sich eine Gestalt, halb Mensch, halb Schlange, vor ihnen erhob.

»Flieh, Melikae! Wirf dich ins Meer!«, schrie der alte Magier mit gellender Stimme.

Im gleichen Augenblick löste sich aus dem Rücken der Kreatur ein schuppiger Fangarm und wand sich fest wie eine eiserne Fessel um Melikaes rechtes Handgelenk.

»Du wirsst mir genausssowenig entgehen wie diessser lüssterne Greis. Ihr beide ssseid verdammt!« Immer größer wurde die Schlangenfrau. Ständig veränderte ihr Körper die Form. Einmal sah es so aus, als wolle ihr das Fleisch von den Knochen schmelzen, dann wieder bildeten sich überraschend Schlangenleiber an ihrem Körper, oder ihre Haut überzog sich mit fingerdicken Hornschuppen.

Abu Dschenna warf seinen Zauberstab in die Luft, und augenblicklich verwandelte er sich in einen von blauen Flammen umzüngelten Khunchomer, der wie von Geisterhand bewegt auf Istima zuschwebte. Mit wütenden Hieben drang das Zauberschwert auf die Schlangenfrau ein und schlug ihr zwei tiefe Wunden. Fauchend zog Istima sich ein Stück vor der Klinge zurück und riss Melikae mit einem Ruck nach vorn, um sie als lebenden Schutzschild zu gebrauchen.

»Ruf dein Sschwert zzzurück, oder deine Buhlin sstirbt!«

Regungslos verharrte die Klinge in der Luft. »Hast du nicht gedroht, dass du sie ohnehin töten willst?«, entgegnete der Magier kühl.

Ein dünner Schlangenarm legte sich um Melikaes Hals. »Zzzerbrässche ez nisscht dein Herzzz, wenn sssie vor deinen Augen sstürbe? Du bisst ssschwach geworden in den letzzzten Gottesssnamen. Hasst meiner Herrin einen hohen Tribut gezzzollt.«

»Lass sie los, und du kannst mich haben! Das ist es doch, was du wirklich willst.«

»Sssiehsst du nisscht, daz ich eussch ssschon längsst habe? Du bisst zu weissch geworden, Abu Dssschenna!«

Das Zauberschwert sank ein Stück weit hinunter, und seine Spitze wies auf den Boden, als wolle es sich demütig verneigen. Im selben Augenblick ließ die Kreatur einen ellenlangen dornengespickten Fangarm vorschnellen, der sich wie aus dem Nichts gebildet hatte. Gleichzeitig zog sich die tödliche Fessel um Melikaes Hals enger zusammen.

In Todesangst versuchte die Sharisad, sich mit beiden Händen aus dem Würgegriff zu befreien. Aus den Augenwinkeln sah sie, wie sich der dornenbewehrte Arm um Abu Dschennas Brust schlang. Dann schoss das Zauberschwert dicht an ihrer Wange vorbei. Die Schlangenfrau stieß einen schrillen Schrei aus. Wie in einem Krampf zog sich die Fessel um Melikaes Hals enger, dann schien sie plötzlich alle Kraft zu verlassen. Das Schwert hatte den dünnen Fangarm durchtrennt, der sie würgte. Ein zweiter Hieb befreite sie von dem Arm, der sich um ihr Handgelenk gewunden hatte.

»Lauf!«, erklang die verzweifelte Stimme des Magiers. Immer mehr stachlige Tentakel bildeten sich aus dem Leib der Schlangenfrau und schossen Abu Dschenna entgegen. Wie ein Blitz zuckte das Schwert durch die Luft und hieb auf die Kreatur ein, die verzweifelt versuchte, den mörderischen Streichen auszuweichen.

Plötzlich erschlaffte der Leib Abu Dschennas. Die Flammen um das Zauberschwert verblassten. Schon stieß Istima ein niederhöllisches Triumphgeheul aus, als die Klinge noch einmal hochschnellte und ihr durch den Mund tief in die Kehle drang. Dichter gelber Rauch drang plötzlich aus ihren Wunden. Ihre Fangarme schnellten zurück und wanden sich zuckend um das Schwert, so als wollten sie es aus dem Schlund ziehen.

Gurgelnde Schreie erfüllten das Zimmer, und plötzlich verwandelte sich der Khunchomer wieder in den langen dunklen Zauberstab zurück. Die Schlangenkreatur aber zerfiel zu feiner gelber Asche. Wie gebannt starrte die Sharisad auf die Überreste des Dämonenwesens, das sie heraufbeschworen hatte. War das noch Istima gewesen, oder hatte eine böse Macht sie getäuscht, die auf die Vernichtung aller Geschöpfe Rastullahs sann?

Minuten mochten verstrichen sein, bis die Sharisad endlich ihren Blick lösen konnte. Abu Dschenna lag zusammengekrümmt auf seinem Lager. Seine Kleider waren zerrissen und blutdurchtränkt. Melikae spürte, wie sich ihr Magen in Krämpfen zusammenzog. Der Mann, zu dem sie gekommen war, um ihn zu töten, hatte ihr selbstlos das Leben gerettet. Statt das Flammenschwert zu seiner Verteidigung einzusetzen oder einfach zu fliehen, hatte er zuallererst jene Fangarme bekämpft, die sie zu ersticken drohten. Und das, während sich die tödlichen Stacheln der Bestie in sein eigenes Fleisch bohrten!

Der Magier stöhnte schwach. Verlegen, um jeden Schritt ringend, trat Melikae an sein Lager. Das dunkle Feuer in den Augen Abu Dschennas war fast verloschen. Kaum hatte er die Kraft, den Kopf zu ihr zu drehen. Seine Lippen bewegten sich. Seine Zunge versuchte Worte zu bilden. Melikae beugte sich über ihn.

»… Gruft. Bring mich … in die Gruft.«

»Ich werde erst deine Wunden versorgen. Dann werden wir sehen. Einen Schwerverletzten in eine Gruft zu bringen …« Die Sharisad schüttelte den Kopf. »Das wäre ein schlechter Dienst. Es hieße den Tod herauszufordern. Dort würdest du niemals genesen.«

»Bitte … Caljinaar. Nur dort … bin ich sicher. Sie lauert … auf meinen Tod. Ihr Preis … Bitte, schütze mich …«

Wieder empfand Melikae Ekel vor dem Magier. Welchen verwerflichen Pakt mochte er mit dem Dämonenwesen geschlossen haben, und welchen Preis mochte dieses Geschöpf wohl für den Tod von ihm fordern? Dennoch machte die Tänzerin sich auf, Honig, Wein und sauberes Leinen zu suchen, um die Wunden des Magiers zu versorgen. Als sie in sein Studierzimmer zurückkehrte, fand sie Abu Dschenna auf dem Boden liegend. Er musste seine letzten Kräfte aufgeboten haben, um auf die Tür zuzukriechen.

Ärgerlich hob Melikae ihn auf und brachte ihn zu seinem Lager zurück. Er war so ausgemergelt, dass sie ihn ohne Mühe tragen konnte. Seine Ohnmacht verhinderte, dass er sich diesmal ihrer Fürsorge erwehrte.

So behutsam wie möglich streifte sie dem Magier die zerrissenen Kleider ab und säuberte ihm mit weingetränkten Leintüchern die Wunden. Überall an seinem Körper haftete geronnenes Blut. Die Dornen des Ungeheuers waren zwar nicht tief in seinen Leib eingedrungen, doch hatten sie ihm dafür Hunderte von kleinen Wunden geschlagen und an einigen Stellen regelrecht die Haut vom Leib gerissen.

So kam es, dass Melikae erst nach einiger Zeit das merkwürdige Mal am rechten Oberarm Abu Dschennas auffiel. Eine dunkelrote Narbe, die sich in Spiralen dreimal um seinen Arm wand. Sie lag genau an jener Stelle, an der Nachud den verfluchten Schlangenreif trug. Wie konnte es sein, dass beide Männer auf dieselbe Art gezeichnet waren? Was verband sie miteinander?

Als Melikae die Wunden des Magiers mit Honig zu bestreichen begann, erwachte Abu Dschenna. Einen Augenblick lang schien er nicht zu begreifen, was geschah. Dann zog er die Stirn in Falten. »Du hättest mich töten können, als ich ohnmächtig war.« Seine Stimme klang jetzt wieder kräftiger.

»Du hast mir das Leben gerettet. Ich konnte nicht anders handeln. Doch das mag sich auch wieder ändern. Wirst du mich gehen lassen, wenn du gesund wirst?«

Der Magier verdrehte die Augen und seufzte. »Ich werde wohl niemals dein Herz erobern. Selbst dann nicht, wenn ich mein Leben für dich opfere. Bringe mich in die Gruft, Sharisad, dort werde ich entscheiden. Hilf mir aufstehen. Ich werde mich auf dich stützen. Ich bin leicht wie ein Lämmlein geworden. Meine fruchtlosen Zauber haben mir das Fleisch von den Knochen geschmolzen und mich vor der Zeit zum Greis gemacht. Doch wie es scheint, verwandle ich eher die ganze Insel in einen riesigen Adamanten, als dass ich dich gewinne. Willst du auf Nachud warten und mit ihm gehen?«

»Du solltest nicht so viel sprechen. Es kostet dich nur unnötig Kraft«, entgegnete die Sharisad kühl. Nach alldem, was Abu Dschenna dem Kaufmannssohn angetan hatte, war der Magier der Letzte, mit dem sie über Nachud sprechen mochte. »Versuch jetzt aufzustehen. Ich werde dich stützen.«

Für einen Augenblick sah es so aus, als wolle der alte Magier noch etwas erwidern. Doch dann zog er es vor zu schweigen. Stöhnend stützte er sich auf die Arme und schaffte es unter Mühen endlich, sich aufrecht hinzusetzen. Melikae ergriff seine Hände und legte sich seinen rechten Arm um die Schulter. Seine Haut fühlte sich trocken und kalt an. Einige der Wunden waren wieder aufgebrochen, und dunkles Blut tropfte auf den Boden.

»Wäre es nicht besser, wenn du hierbliebst? In deinem Zimmer kann ich dich leichter versorgen. Deine Wunden müssen ordentlich verbunden werden. Deine Dickköpfigkeit wird dich noch umbringen!«

»Dann hättest du doch erreicht, was du wolltest! Lass uns in meinen letzten Stunden nicht streiten. Folge einfach meinen Worten! Du wirst es nicht mehr lange mit mir aushalten müssen.«

Melikae schüttelte den Kopf. Dieser Narr! Hoffte er vielleicht, sie hielte ihn mit Gewalt davon ab, sich selbst zu zerstören? Mochte er sie auch vor dem Zorn Istimas gerettet haben, so war sie trotzdem die Letzte unter Rastullahs weitem Himmel, die dem alten Tyrannen eine Träne nachweinen würde.

Der Weg zur Gruft führte über eine schmale Felstreppe an der Flanke der Klippe hinab. Das Meer war ruhig an diesem heißen Nachmittag. Flimmernd tanzte die Luft über den kahlen Felsen. Zwanzig Schritt über der Anlegestelle am Fuß der Steilklippe klaffte ein breiter Spalt in der Steilwand. Von dort führte eine Klamm nach Norden. Am Ende der engen Schlucht war ein Portal, ähnlich der Front eines prächtigen Kaufmannshauses, aus dem Stein geschlagen. Eine Tür aus grünlich angelaufener Bronze stand einen Spaltbreit offen.

Melikae erschauerte. Erst einmal war sie auf einem ihrer Spaziergänge in der Klamm gewesen. Schon damals hatte sie den Ort unheimlich gefunden, und als sie dann die Gruft mit der geöffneten Tür gesehen hatte, war sie auf dem schnellsten Weg zum Palast zurückgekehrt.

»Keine Angst … Es wird dich schützen …« Von Abu Dschennas Stimme blieb kaum mehr als ein heiseres Keuchen. Seine Verbände waren vom Blut seiner Wunden gerötet, und offensichtlich kostete es ihn seine ganze Kraft, dem Tod noch eine letzte Stunde abzutrotzen.

Widerwillig setzte die Sharisad ihren Weg fort. Der Spalt, den die Bronzetür offenstand, war so schmal, dass es ihr schwerfiel, sich mit dem Magier auf den Armen hindurchzuzwängen.

Ihre Versuche, die Pforte weiter zu öffnen, waren vergeblich. Vielleicht hatte sich der Fels verschoben, sodass die Tür eingekeilt war, oder aber ein Baumeister mit ausgeprägtem Sinn für das Makabre hatte das Grab von vornherein so entworfen, dass die Tür zur Gruft immer offen stand, ganz so, als solle dies die Lebenden an die ständige Nähe des Todes gemahnen.

Nur wenig Licht drang in das Innere der Grabstätte, und Melikae brauchte eine Weile, bis sich ihre Augen an das Zwielicht gewöhnt hatten. Gemessen an der aufwändigen Außenfassade, war die Grabkammer selbst erstaunlich schlicht gestaltet. Der Raum hinter der Bronzetür mochte in Länge wie Breite kaum mehr als jeweils fünf Schritt messen. In seiner Mitte erhoben sich zwei längliche Felsblöcke wie steinerne Betten. Die Wände der Grabkammer waren glatt. Nirgends gab es Nischen für einen Sarkophag.

»Leg mich … dorthin.« Abu Dschenna wies zitternd auf den rechten der beiden Steinblöcke. Die Sharisad setzte ihn auf das Totenbett und hob seine Beine hoch, die er aus eigener Kraft nicht mehr bewegen konnte. »Kalt … so kalt … die Feuerschalen …«

Suchend blickte sich Melikae im Felsengrab um. Dicht neben dem Eingang lagen einige Fackeln am Boden. Dort fand sie auch Feuerstein und Stahl. Nach einigen Versuchen gelang es ihr, ein wenig bereitgelegten Zunder und Reisig zu entzünden und daran eine Fackel anzustecken. Das Holz war gut mit Harz und Pech durchtränkt, sodass die Flamme hell und stetig brannte und der Dunkelheit der Gruft ihre Geheimnisse entriss. Über den Boden zogen sich, ganz wie in der Beschwörungsgrotte tief unter dem Palast, metallene Schutzkreise.

Die beiden Steinpodeste standen genau in der Mitte eines siebenzackigen Sterns, der seinerseits von einem doppelten Kreis umgeben war. An die Wände waren mit dunkelroter Farbe magische Symbole und rätselhafte Verse aus alten Zauberbüchern gemalt. Weiter hinten in der Kammer standen zwei mit Holzkohle gefüllte Feuerschalen. Daneben sah die Sharisad eine halb offene Kleidertruhe und einen zusammengerollten Teppich.

Abu Dschenna hatte die Arme eng um den Körper geschlungen. Wie wenig ihm von seiner Macht und Überheblichkeit geblieben war! Melikae dachte an ihr erstes Zusammentreffen im Zelt des Sultans der Beni Schebt. Niemand hätte in dem zitternden alten Greis den stolzen Magier von einst wiedererkannt. Sein Ehrgeiz und sein Unglaube hatten ihn zugrunde gerichtet. Ihm blieb wohl nicht einmal mehr eine Stunde, so elend wie er aussah. So hatte sie zuletzt über ihn triumphiert, dachte Melikae, doch vermochte sie keinen Stolz darüber zu empfinden. Warum nur hatte er sie vor Istima beschützt, statt sich selbst zu retten? Auch wenn er in seiner Liebe zu ihr seltsame Wege gegangen war, so schienen seine Gefühle für sie doch aufrichtig gewesen zu sein.

Melikae blickte zu den Feuerbecken. Wenn man sie neben dem Totenbett aufstellte, vermochte ihre Glut dem Magier vielleicht die Kälte aus den Gliedern zu vertreiben. So schaffte die Sharisad die beiden auf metallenen Dreibeinen befestigten Eisenschalen in den Schutzzirkel und stieß ihre Fackel hinein, bis die Flamme die Kohlen entzündete.

»Danke.« Noch immer zitterte der Magier heftig. Seine Lippen hatten sich inzwischen dunkel verfärbt. Der Hass, den Melikae noch am Morgen ihm gegenüber empfunden hatte, war verebbt. Sie wich seinem Blick aus und betrachtete das eigenartige Totenbett, auf dem Abu Dschenna lag. Es war aus weißem Stein gehauen und einem prächtigen Lager nachempfunden. In reichem Faltenwurf fielen steinerne Decken über die Kanten zum Boden hinab, und es gab sogar eine Nackenstütze, auf die Abu Dschenna jetzt den Kopf gebettet hatte. Seitlich war in verschnörkelten Glyphen der Name des Magiers eingemeißelt.

In plötzlichem Schrecken drehte sich die Sharisad nach dem anderen Totenlager um. War sie dem sterbenden Magier in die Falle gegangen? Wollte er sie noch im Tod an seiner Seite wissen? Erleichtert entzifferte sie den zweiten Namen. Abu Tarfidem Tuametef al-Leram. Dieser Platz war also für den ruchlosen zwölften Sultan von Unau bestimmt gewesen.

Beschämt blickte Melikae zu Abu Dschenna. Welchen Sinn hätte es gehabt, ihr das Leben zu retten, nur um sie dann lebendig zu begraben? Sie hatte ihm unrecht getan! »Ich werde nachsehen, ob ich in der Kleidertruhe einen wärmenden Umhang finde.« Der Magier bewegte schwach die Lippen, doch Melikae konnte nicht verstehen, was er sagte. Wahrscheinlich wollte er ihr danken.

Die Fackel hoch erhoben, durchquerte sie die Höhle. Zuoberst lag ein rotes Rüschenhemd in der Truhe. Verwundert zog es die Sharisad zur Seite und fand als Nächstes eine weiße Pluderhose aus feinem Leinen. Darunter lag eine Jacke aus Schafleder, deren rechter Ärmel abgetrennt war. Es waren Nachuds Kleider! Wie waren sie in diese Gruft gelangt? Bestürzt fiel ihr Blick auf den zusammengerollten Teppich. Er war von dunklem Blau, mit einem goldgelben Muster durchsetzt! Nachud war auf der Insel! Was hatte Abu Dschenna ihm angetan? Wo hielt der alte Magier ihren Liebsten gefangen? Wie hatte sie ihrem Kerkermeister nur trauen können?

Mit fliegenden Schritten eilte die Tänzerin zurück an das Totenlager. Sie musste dem Magier das Geheimnis entreißen! Vielleicht hielt er Nachud in einer nur ihm bekannten Kammer gefangen, sodass der Kaufmannssohn elendiglich verhungern musste, wenn Abu Dschenna starb.

»Wo ist er?«

Der Magier blinzelte, vom Licht der Fackel geblendet, die die Sharisad ihm hoch über den Kopf hielt. »Wer?«

»Versuch nicht, mich zu täuschen! Du weißt sehr wohl, von wem ich rede. Nachud! Als er heute Morgen von mir gegangen ist, hat er die Insel nicht verlassen. Dort hinten liegt noch sein Teppich. Wo hältst du ihn versteckt?«

Ein flüchtiges Lächeln spielte um die Lippen des Magiers. »Du … hast ihn geliebt?«

Melikae zuckte unter den Worten Abu Dschennas zusammen, als hätte man ihr einen Dolch in den Leib gestoßen. Er sprach von Nachud, als rede er über einen Toten. »Wo ist er?«

»Er … hat dich … auch geliebt. Mehr … als sein Leben. Glaube mir …« Pech tropfte von der Fackel auf die Brust des Magiers und ließ ihn zusammenzucken. Einen Augenblick lang war Melikae versucht, auf ihn einzuschlagen, doch mochte ein einziger Hieb für ihn schon den Tod bedeuten, und sie erführe nie mehr, wo er ihren Geliebten gefangen hielt.

»Ja, ich liebe ihn!«, schrie sie voller Wut und Verzweiflung. »Er hat mir all das gegeben, wozu in deiner kalten Brust niemals Raum war. Er ist zärtlich und einfühlsam. Er schenkt, ohne an seinen eigenen Vorteil zu denken, und kein Ungemach vermag jemals die Aufrichtigkeit seiner Liebe zu erschüttern. Sei nur einmal in deinem Leben so edel, wie er es ist! Verrate mir, wo du ihn in deiner Eifersucht gefangen hältst!«

»Du hast recht … Ich habe ihn … wirklich beneidet. Doch … habe ich dich … nicht vor dem … Ungeheuer gerettet … das du beschworen hast … mich zu töten? War dies … weniger edel …, als auf dem Teppich … alle Schmerzen zu erdulden?«

»Du törichter …« Melikae blieben die Worte im Hals stecken. Woher wusste Abu Dschenna von dem Fluchtversuch? Hatte Nachud es ihm gestanden? Ihr gegenüber hatte er ein solches Geständnis nie erwähnt. In welches Lügengespinst versuchte der sterbende Magier sie zu locken? Wollte er ihre Liebe zu seinem Schüler mit Zweifeln vergiften?

»Es gab kein … Geheimnis …, das wir nicht … miteinander geteilt hätten.«

»Du lügst! Nachud hätte unsere Liebe niemals verraten!«

»Das hat er … auch nicht getan. Und doch … kenne ich jedes eurer Geheimnisse. Hast du ihn … nicht zärtlich Gärtner auf dem Feld deiner … Liebe genannt, wenn … er erschöpft in deine Arme sank?«

Melikae versetzte dem Magier eine schallende Ohrfeige. Sie konnte sich nicht länger beherrschen. »Du hast uns belauscht! Du widerlicher alter Bock! Kennst du denn keine Scham?«

»Ich habe … nicht gelauscht. Ich bin Magier … Ich war dabei …«

Melikae fühlte sich überwältigt von Ekel. Sie hätte diesen Abschaum in seinem Studierzimmer liegen lassen sollen. Gleichzeitig fragte sie sich verzweifelt, wie sie ihm entlocken konnte, wo Nachud war. Sie musste ihren Hass unterdrücken und auf Abu Dschenna eingehen. »Warst du unsichtbar?«

Es schien, als versuche der Alte den Kopf zu schütteln, doch seine Kräfte reichten selbst dazu nicht mehr. »*Ich* habe … in deinen Armen gelegen …«

»Hat die Todesangst dir die Sinne verwirrt? Glaubst du vielleicht, ich könnte einen Jüngling nicht von einem Greis unterscheiden? Du und Nachud, ihr seid so verschieden wie Feuer und Wasser.«

»Und das Brandmal … ist er nicht … auf selbige Weise … gezeichnet?«

Zweifelnd betrachtete die Sharisad noch einmal die dunkelrote Narbe am Arm des Magiers. Sie war der Verletzung Nachuds tatsächlich sehr ähnlich. Doch welchen Sinn sollte das haben? »Wenn du Nachud wärst, warum hättest du dir dann den Schlangenreif angelegt? Warum hättest du dich unnötig einer solchen Folter unterzogen?«

»Um dir zu beweisen … dass meine Liebe … wirklich selbstlos ist … Tausendmal hätte ich … den Schmerz ertragen … für ein einziges … zärtliches Wort von dir. Jede Stunde … die ich Nachud war … habe ich mit einem …

Jahr meines Lebens … bezahlt. Und doch … erscheint mir der … Preis auch … jetzt nicht zu hoch.«

Entsetzt wich Melikae vom Lager des Sterbenden zurück. Die Fackel fiel ihr aus den zitternden Händen. Das konnte nicht wahr sein!

Es war unmöglich, dass dieser Greis und der Jüngling, den sie doch wohl mehr als selbst Omar geliebt hatte, ein und derselbe waren! Sie waren so unterschiedlich … Der Fackelschein beleuchtete die Glyphen auf dem steinernen Totenbett.

ABU DSCHENNA

Leise murmelte sie den Namen ihres Geliebten. Dann blickte sie wieder auf den Schriftzug, und eisiger Schrecken ergriff ihr Herz. *Nachud Bensa.* Der Name war erfunden! Es hatte nie einen Nachud gegeben. Nachud Bensa war nicht mehr als ein Anagramm, ein Spiel mit Buchstaben!

Abu Dschenna hatte die Wahrheit gesagt und sie zugleich auf die abscheulichste nur denkbare Weise betrogen! Wie hatte sie nur so blind sein können? Wie ein Dieb hatte der Magier sich in ihr Herz geschlichen! War er stolz auf diese Tat gewesen, wenn er mit einem Lächeln auf den Lippen in ihren Armen eingeschlafen war?

»Bitte verzeih mir! Ich weiß … was ich dir angetan habe, ist … Meine Liebe war … Ich wollte wissen … ob du mich hättest lieben können … wenn wir uns auf andere Weise … zum ersten Mal begegnet wären … Meine Gefühle waren immer aufrichtig … und …«

Ohne auf die Worte des Magiers zu hören, rannte Melikae aus der Gruft und floh, überwältigt von Hass und Ekel vor sich selbst, die Klamm hinauf.

Erst am späten Abend kehrte die Sharisad in den Palast zurück. Dort erwartete sie Nurhan, die sie mit Fragen über den Verbleib Abu Dschennas bedrängte. Als die Amme erfuhr, dass sie ihren Zögling in der Gruft finden würde, brach sie in lautes Wehklagen aus. Ohne auch nur eine weitere Frage zu stellen, eilte sie hinaus in die Nacht. Hatte sie alles gewusst?

Viele Stunden lang war Melikae nach ihrer Flucht aus der Gruft ziellos zwischen den Felsen umhergestreift. Ohne zu spüren, wie die dünnen Sohlen ihrer Tanzschuhe auf dem rauen Gestein zerrissen, bis schließlich sogar ihre Füße bluteten, war sie umhergeirrt und konnte nicht begreifen, wie es möglich war, dass Abu Dschenna sie so sehr hatte täuschen können.

Völlig erschöpft war sie endlich auf einem Felsvorsprung zusammengebrochen. Auf dem Rücken liegend, hatte sie in den weiten wolkenlosen Himmel gestarrt und darüber nachgedacht, warum Rastullah ihr ein so grausames Schicksal auferlegt hatte. Seit den Tagen im Tal der Sieben Säulen war ihr kein Glück mehr beschieden gewesen. Omar hatte ihr während ihrer Flucht im Boot erzählt, dass er, als sie in der Wüste fast gestorben wäre, Rastullah verflucht habe. War all das, was seitdem geschehen war, die Strafe für seinen Fluch? Und wie fügte sich die Gestalt Abu Dschennas in das verworrene Gespinst der Schicksalsfäden? Hatte sie ihn nur getroffen, weil der Einzige Gott die Aufrichtigkeit ihrer Liebe zu Omar prüfen wollte? Welchen Weg würde ihr, nachdem sie versagt hatte, die Zukunft weisen?

Bis zum Einbruch der Dämmerung hatte Melikae auf dem Felsvorsprung gelegen und darüber nachgedacht, was sie nun mit ihrer Freiheit anfangen sollte, die sie noch am Morgen mit einem Mord hätte erkaufen wollen. Schließlich war sie zu dem Entschluss gekommen, die Insel zu verlassen und sich auf die Suche nach Omar zu machen. Er war ihr bis in die Arena von Al'Anfa gefolgt.

Vielleicht befand er sich nun irgendwo in verzweifelter Lage und brauchte sie. Noch war sie unschlüssig, wo sie mit ihrer Suche beginnen sollte, doch wusste sie, wie sie die Insel verlassen würde. Es konnte nicht mehr lange dauern, bis das Versorgungsschiff erneut anlegte. So mochte sie nach Khunchom oder in eine der anderen großen Hafenstädte gelangen. Dort würde sie vom Gold des Zauberers ein schönes Haus umgeben von hohen Mauern kaufen, in dem sie all den unglücklichen Kreaturen aus Abu Dschennas Palast Zuflucht gewähren konnte. Sie selbst aber würde ausziehen, um nach der Liebe zu suchen, die sie verloren hatte.

Nachdenklich blickte die Sharisad auf das offene Tor des Palastes, durch das Nurhan in die Finsternis geflohen war. Vor den Klippen erklang das schrille Geschrei der Möwen. Es erschien der Sharisad ungewöhnlich laut, so als hätten die Vögel eine Totenklage für den sterbenden Magier angestimmt.

Sie sollte noch einmal in die Klamm hinabsteigen und sich um Nurhan kümmern. Die alte Amme hatte Abu Dschenna trotz allem, was er getan hatte, stets geliebt. Vielleicht, weil sie selbst in dem menschenverachtenden Zauberer, der er zuletzt gewesen war, stets den unschuldigen kleinen Jungen gesehen hatte, den man ihr einst anvertraut hatte.

Melikae fragte sich, ob Abu Dschenna sich geändert hätte, wenn sie, nachdem sie aus den Grotten unter dem Palast geflohen waren, seine Liebe erwidert hätte. Hatte er sich mit seiner Zauberkunst als Nachud Bensa nur einen anderen Körper gegeben, oder war durch die Magie auch sein ganzes Wesen verwandelt worden? War Nachud sich womöglich gar nicht gewiss gewesen, dass er und Abu Dschenna ein und derselbe waren?

Nein, diese Gedanken blieben nur Spiegelfechterei! Damit suchte sie lediglich eine Entschuldigung dafür, dass sie sich in Nachud verliebt hatte!

Zum Morgengrauen setzte lautes Wehklagen in der Gruft ein. Es war die Stimme Nurhans, die in einsamem Leid zwischen den Klippen widerhallte. Melikae hatte die ganze Nacht über – in eine Decke eingehüllt – in der Klamm ausgeharrt. Es war ihr unmöglich gewesen, die Gruft noch einmal zu betreten. Immer wieder war die Amme in der Nacht aus der Grabhöhle gekommen und hatte versucht, sie zu überreden, an Abu Dschennas Totenlager zu kommen, doch die Tänzerin hatte sich geweigert. Allein der Gedanke, den alten Magier noch einmal vor sich zu sehen, war ihr schon unerträglich gewesen.

Die Art, wie er sich als Nachud in ihr Vertrauen und schließlich sogar in ihr Lager geschlichen hatte, konnte sie ihm nicht verzeihen, auch wenn er behauptete, all dies in aufrichtiger Liebe getan zu haben. Doch wie konnte man etwas Liebe nennen, das allein auf Täuschung beruhte!

Als Nurhan im Morgengrauen ihre Totenklage begann, spie die Sharisad vor sich auf den Boden und sprach einen schrecklichen Fluch über den Toten. Er hatte sich aus dem Pakt mit den Dämonen davongestohlen, indem er seine Gruft so sicherte, dass seine Seele sie nicht verlassen könnte. Mochten die Schreckenskreaturen ihn dort heimsuchen und das, was von Abu Dschenna noch bleiben würde, auf immer innerhalb seines Schutzzirkels gefangen halten!

Zwei Stunden lang klagte Nurhan für den Toten. Dann verließ sie die Grabkammer. Missbilligend betrachtete die Amme Melikae. »Er hat sich so sehr gewünscht, dich noch einmal zu sehen. Er wollte dir noch etwas Wichtiges sagen, das er mir offenbar nicht anvertrauen mochte. Mein kleiner Hammud ist mit deinem Namen auf den Lippen gestorben. Bei Sonnenaufgang hat er aufgehört zu atmen.« Die alte Amme schluchzte. »Wie konntest du ihn nur so enttäuschen? Warum bist du nicht zu ihm gekommen, nachdem du doch die ganze Nacht in der Schlucht gesessen hast?«

»Du weißt, dass er mich gegen meinen Willen auf dieser Insel festgehalten hat. Spricht ein Gefangener mit seinem

Kerkermeister, wenn dieser auf dem Totenbett liegt? Zwischen uns war alles gesagt.«

»Du herzloses Weib! Kalt wie Stein bist du. Wenn er jung und schön war, um zu dir zu kommen, dann hast du gern dein Lager mit ihm geteilt. Weißt du überhaupt, dass er nur für dich sein Leben verschenkt hat? Ich begreife nicht, was mein Kleiner so sehr an dir geliebt hat. Alle seine Schätze sollen fortan dir gehören, und von mir hat er verlangt, dass ich gütig wie eine Mutter zu dir bin. Ganz so, als hätte ich dich an meinem Busen liegen gehabt. Ich weiß nicht, ob ich stark genug bin, um ihm diesen Wunsch zu erfüllen, denn ich muss dir sagen, dass ich dich am liebsten nie mehr in meinem Leben wiedersähe.«

Melikae fuhr sich mit der Zunge über die trocknen Lippen. Sie wusste nicht, was sie der Alten darauf antworten sollte, doch die Amme schien auch nicht auf eine Antwort zu warten. Schweigend wandte sie sich ab und folgte dem schmalen Weg, der aus der Klamm hinausführte.

Beklommen sah die Sharisad der alten Frau nach. Solange Nurhan ihr folgte, würde sie Abu Dschenna niemals vergessen können. War dies das wahre Vermächtnis des Magiers? Wollte er sichergehen, dass er noch lange in ihrer Erinnerung lebte?

Erst wenige Tage waren seit Abu Dschennas Tod vergangen, als das erwartete Versorgungsschiff eines Morgens die kleine Felseninsel anlief. Es war eine prächtige rot und schwarz bemalte Zedrakke, deren lattenverstärkte Binsensegel von Weitem wie Drachenflügel aussahen.

Melikae lud den Kapitän des Zweimasters zu einem abendlichen Bankett ein und erklärte ihm während des Essens, dass es der Wille Abu Dschennas sei, seinen Haushalt nach Khunchom zu verlegen. Dass der Magier tot war, verschwieg die Sharisad, denn sie fürchtete, die Seeleute könnten die Insel plündern und ihre Bewohner in die Sklaverei verkaufen, wenn sie nicht mehr mit dem Zorn des

Magiers rechnen mussten. Die Versuchung wäre groß gewesen, denn was an Schätzen im Palast des Tyrannen zu finden war, schien durchaus mit dem Reichtum eines Sultans vergleichbar. Einen ganzen Tag lang dauerte es, den Hausrat zu verladen, und doch konnten sie kaum die Hälfte dessen, was der Palast an kostbaren Möbeln, seltenen Schriften und anderen Preziosen barg, in den Stauräumen des Schiffes unterbringen.

Abu Dschennas Diener hatte die Sharisad in weite Kleider gehüllt und ihre Gesichter hinter Schleiern versteckt, denn Melikae wusste, dass die abergläubischen Seeleute sich weigern würden, auch nur einen von ihnen an Bord zu nehmen, wenn sie die Andersartigkeit der Opfer von Abu Dschennas gewissenlosen Experimenten bemerkten.

Zwei Tage lang segelten sie bei stetigem Wind gen Westen, und es schien der Sharisad, als stünde ihr Schicksal zum ersten Mal seit Langem wieder unter einem günstigen Stern. Kapitän Ghantabir war ein freundlicher und gottesfürchtiger Mann, mit dem die Tänzerin manche Stunde in vertrautem Gespräch verbrachte. Wegen ihrer Reise und der Auflösung des Haushaltes auf der Insel schien er nicht den geringsten Verdacht zu hegen.

Selbst Nurhan zeigte sich einsichtig genug, über den Tod Abu Dschennas Schweigen zu bewahren, obwohl sie Melikaes Lügen nicht billigte und ihr deswegen, wenn sie am späten Abend allein in ihrer Kabine waren, bittere Vorwürfe machte.

Die Diener und Sklaven des Magiers verließen ihre engen Quartiere nur, um sich an Deck ihr Essen zu holen. Als sich unter den Seeleuten herumgesprochen hatte, dass die seltsam verschleierten Gestalten mit den riesigen Körpern Mohas von den Waldinseln östlich Javalesis waren, stellten die Matrosen keine Fragen mehr, denn die Bewohner dieser fernen Archipele galten gemeinhin als verstockt und eigensinnig.

Um die Mittagszeit des dritten Tages aber verließ die

Reisenden das Glück. Von Süden her zog eine dunkle Wolkenwand über das Meer, und bald schon befand sich die Zedrakke inmitten eines wütenden Sturms. Um nicht seine Masten aufs Spiel zu setzen, sah sich Kapitän Ghantabir gezwungen, die mächtigen Binsensegel einholen zu lassen, obwohl es damit fast unmöglich wurde, das kiellose Schiff noch sicher zu steuern. So als zögen alle Dämonen der Niederhöllen über den Himmel, heulte der Sturmwind, und mit fürchterlichem Getöse überspülten turmhohe Wellen den Rumpf der Zedrakke.

Melikae und Nurhan kauerten auf dem Boden ihrer Kabine und beteten voller Inbrunst zu Rastullah, in der Hoffnung, dass der Gott den tobenden Elementen Einhalt gebiete. Doch bis Einbruch der Dämmerung schien das Unwetter sich eher noch zu verschlimmern, und Melikae wünschte, den Palast Abu Dschennas niemals verlassen zu haben. Wie oft hatte sie hoch über den Klippen in ihrem Gemach der donnernden Gischt gelauscht. Es hatte ihr wohlige Schauer über den Rücken gejagt, das Erbeben der Felsen noch bis herauf in ihr Gemach zu spüren – doch wusste sie sich dort immer sicher und geborgen. Wie anders war es hier auf dem Schiff.

Schon vor Stunden hatte der Kapitän befohlen, alle Lichter an Bord zu löschen, damit keine umstürzende Kerze ein Feuer entfachte. So lag sie nun mit Nurhan in völliger Finsternis auf dem Boden ihrer Kajüte und wartete ängstlich auf das Ende. Manchmal, wenn die Wellen über dem Bug zusammenschlugen, spürte sie, wie das Schiff von den Wassermassen niedergedrückt wurde. In diesen Augenblicken quälte sie die Angst, dass irgendwann eine Welle käme, die mächtig genug wäre, das Schiff auf den Grund des Meeres zu reißen. Jede Planke und jedes Rundholz an Bord schienen ächzend und knackend eine Stimme bekommen zu haben und gemeinsam mit der Sharisad um das Ende des Sturms zu flehen.

Plötzlich schlug mit einem Knall die Tür auf, und

Gischt wurde von einer Bö in die Kajüte geblasen. Dunkel erschien der Umriss Kapitän Ghantabirs im Türrahmen. »Wir müssen einen Teil der Ladung über Bord werfen!«, schrie er gegen die wütende Stimme des Sturms an. »Sag deinen Dienern, sie sollen meinen Leuten helfen. Wir brauchen jede Hand, die zupacken kann. Komm mit mir! Ohne deinen Befehl wollen sie ihre Kabinen nicht verlassen!«

Hätte ich nur den fliegenden Teppich aus Abu Dschennas Gruft mitgenommen, dachte Melikae verzweifelt. Dann könnte ich wenigstens mich und Nurhan retten. Die Sharisad war sich sicher, dass das Schiff verloren war. Trotzdem griff sie nach einem Kopftuch und folgte dem Kapitän.

»Halt dich an mir fest!« Ghantabir streckte ihr seine starke Hand entgegen. »Es reißt dich sonst von Bord.«

Helle Blitze leuchteten über der aufgewühlten See. Knöchelhoch stand auf dem Hauptdeck das Wasser, das über die Speigatten nicht so schnell abzulaufen vermochte, wie Wind und Wellen neue Gischt über die Reling peitschten.

Achtern standen drei Männer an der langen Ruderpinne und versuchten verzweifelt, das Schiff auf Kurs zu halten. Ghantabir schien Melikaes Blick zum Achterdeck bemerkt zu haben. »Wenn wir querab zur Dünung kommen, dann werden wir alle noch in dieser Nacht gen Rastullahs ewige Gärten segeln! Komm jetzt, wir müssen nach vorn!« Mit einem Ruck zog der Kapitän sie vorwärts. Stolpernd und rutschend gelangten sie bis zum Hauptmast, wo Ghantabir nach einem dicken Tau griff. Ein Brecher schlug seitlich über die Reling und riss sie von den Beinen.

Mit beiden Armen klammerte sich die Sharisad an den Seemann, und die Flut trug ihr kostbares Kopftuch davon.

»Himmel und Hölle, einen solchen Sturm habe ich noch nicht erlebt!« Der Kapitän rappelte sich auf und half ihr trotzig lachend wieder auf die Beine. »Morgen werden wir …« Ein Blitzschlag tauchte das Schiff in gleißendes

Licht, und das Gesicht des Seemanns erstarrte zu einer Maske des Schreckens.

»Was ist?« Mit fahriger Geste strich sich Melikae die nassen Haarsträhnen aus dem Gesicht. »Dein Hals!« Ghantabir versetzte ihr einen groben Stoß und trat ein Stück zurück.

Wieder spülte eine Woge über das Deck. Gerade eben noch konnte sich Melikae an ein anderes Tau klammern, als das kalte Wasser sie ins Meer zu zerren versuchte. »Weich von mir, Dämonenweib!«, gellte die Stimme des Kapitäns über das Deck. »Du und deine Brut, ihr seid schuld an diesem Sturm. Rastullah will euch vernichten!«

Verwirrt und erschrocken tastete die Sharisad nach ihrem Hals, und ihre Finger glitten über rissige, verhornte Haut. Wieder tauchte ein Blitz das Meer in weißes Licht. Und voller Schrecken erkannte die Tänzerin, dass auch rund um ihr Handgelenk, dort, wo Istima sie gepackt hatte, die kalte Schuppenhaut einer Echse glänzte.

»Du bist schuld, wenn mein Schiff ein Raub der Charyb'Yzz wird, doch bevor ich sterbe, werde ich dich mit aufgeschlitztem Leib zu deiner dunklen Herrin schicken.« Ghantabir zog einen schmalen Dolch aus seinem Gürtel und zielte mit einem Stich nach Melikaes Kehle.

Die Sharisad duckte sich unter dem Angriff hinweg, und die Klinge schnitt durch das dicke Tau. Im selben Augenblick schlug wieder ein Brecher über die Reling und presste die Tänzerin zu Boden. Als das zurückflutende Wasser mit eisigen Fingern an ihrem Leib zerrte, zerriss das Seil. Mit einem gellenden Schrei wurde sie quer über das Deck geschleudert und schlug hart gegen die Reling. Verzweifelt klammerte sie sich an das zerfranste Ende des Seils, das sich wie ein Muskelstrang über das Deck spannte.

»Fahr in die Niederhöllen, übler Succubus! Mein Schiff wirst du nicht ins Verderben reißen!« Triumphierend durchtrennte der Kapitän die letzten Hanffasern.

Auf die Reling gestützt, zog sich Melikae hoch und

reckte dem Seemann die geballte Faust entgegen. »Ich verfluche dich und deine Zedrakke, Ghantabir. Bis ans Ende aller Tage sollen du und dein Schiff rastlos vor dem Sturmwind segeln, unfähig, je den sicheren Hafen des Todes anzulaufen! Und möge jeder der Deinen, der die Hand gegen mein Gefolge erhebt, dein Schicksal teilen, denn …« Eine Sturzflut schnitt der Tänzerin das Wort ab und riss sie von Bord.

Strampelnd kämpfte Melikae gegen das Wasser an, doch wurde sie tiefer und immer tiefer gezogen, so als lauere am Grund des Meeres etwas gierig darauf, sie in seine kalten Arme zu schließen. Schließlich gab die Sharisad den Kampf auf und sank der Finsternis entgegen.

Als Omar, von seinen Wunden genesen, aus den Bergen zurückkehrte, war der Krieg beendet. Vergeblich hatte das Heer der Wüstenreiter versucht, die Mauern der Hafenstadt Selem zu überwinden. Schließlich mussten die geschlagenen Überlebenden den Kampf aufgeben und waren nach Norden gezogen, zurück in ihre Heimat. Auch Omar folgte ihrem Weg, und müde des ewigen Kampfes kehrte er in den Palast des Kalifen zurück, wo er den weisen Malkillah bat, ihn aus seinen Diensten zu entlassen.

Der Beherrscher aller Gläubigen wurde von tiefer Freude bewegt, als sein Lebensretter vor seinen Thron trat, um demütig das Haupt vor ihm zu beugen. Man hatte Malkillah berichtet, wie Omar allein ausgeritten sei, um sich jener silbergesichtigen Kriegerin zu stellen, die kein anderer zu bezwingen vermochte. Die Boten hatten ihm auch eröffnet, dass der Novadi von diesem letzten Duell nicht mehr nach Abszint zurückgekehrt sei, weshalb jeder glaubte, dass die beiden einander getötet hätten, denn auch die Frau mit der Silbermaske war nicht mehr gesehen worden.

In seiner Freude, den verloren geglaubten Kämpfer wieder vor sich zu sehen, gab der gütige Malkillah ein prächtiges Fest – doch aus seinem Dienst wollte er Omar nicht entlassen. Zu kostbar war ihm die Schwertkunst des Novadi. So bot er ihm an, den Rang eines Aghas der Murawidun zu bekleiden und die jungen Krieger der Leibgarde in der Kunst des Fechtens zu unterweisen. Doch diesmal fand Omar den Mut, sich den Wünschen seines Herrn zu verweigern.

Der allweise Malkillah erkannte die tiefen Schatten, die das Gemüt seines Kriegers verfinsterten. Da der Herrscher wusste, wie viele der neuen Höflinge Omar um seinen Ruhm beneideten, entschied er, dem Novadi den einzigen vom Krieg verschonten Palast in jener Stadt zu schenken, in der Malkillah als Mustafa einst Sultan gewesen war. Dort, weitab des Hofes, wäre er vor Intrigen und Mordanschlägen sicher. Gleichzeitig war er nahe genug, um binnen eines Gottesnamens vor den Thron des Herrschers gerufen zu werden, falls Malkillah doch entschied, die Dienste seines Schwertes in Anspruch zu nehmen.

So gelangte Omar nach Unau und wurde zum Herrn in jenem Haus, in dem er einst als Sklave gedient hatte. Doch konnte er keinen Frieden finden an diesem Ort, der ihn bei jedem Atemzug an Melikae erinnerte. Oft saß er die ganze Nacht hindurch hinter dem dichten Busch, von dem aus er als Sklave zum Fenster der Sharisad hinaufgeschaut hatte, und er träumte von den wenigen Tagen gemeinsamen Glücks, die ihnen beschieden gewesen waren.

Drei Gottesnamen nur hielt er es in Unau aus. Dann ließ er den Palast in der Obhut seiner Diener zurück, sattelte sein Pferd und ritt nach Osten, dem Meer entgegen.

Sein Weg führte Omar nach Thalusa, in die Stadt des Fürsten Ras Kasan, der sich feige bei den Ungläubigen angebiedert hatte, als Tar Honak in Mherwed herrschte. Dort verkaufte der Novadi sein Pferd und mietete ein kleines Segelboot, um in den grenzenlosen Weiten des Perlenmeers nach jenem Palast auf der Steilklippe zu suchen, den er einst im Fiebertraum gesehen hatte, bevor er von Melikae getrennt worden war.

Es war an seinem zweiten Tag auf See, als wieder einmal düstere Gedanken sein Gemüt verfinsterten, so wie die Schwingen der Geier den Himmel über einem Schlachtfeld verdunkeln. Er musste an alle jene denken, die ein Stück seines Weges mit ihm gegangen waren und denen er die Freundschaft mit dem Tod vergolten hatte.

Nie wieder würde er jemanden in sein Vertrauen schließen, denn nur wer ihn hasste, schien gegen den Fluch gefeit zu sein, der sein Schicksal bestimmte. Wie immer, wenn er sich diesen Gedanken hingab, grübelte er auch bald darüber nach, was geschähe, wenn er Melikae wiederträfe. Brächte er sogar *ihr* Verderben, oder vermochte *sie* ihn von seinem Fluch zu erlösen? Mit einem Krug voll Wein saß er an den Mast gelehnt und versuchte, die quälende Ungewissheit zu bekämpfen. Fast hatte er den Krug schon geleert, als eine Ahnung ihn aufblicken ließ. Die vier Seeleute, deren Dienste er sich erkauft hatte, umringten ihn in weitem Kreis. Es waren drei Männer mit groben, wettergegerbten Gesichtern und ein Knabe, der vielleicht dreizehn Sommer gesehen haben mochte.

Omar hob ihnen den Krug Wein entgegen. »Darf ich euch einen Schluck anbieten? Es ist zwar Heidenwein, doch vermag er auch das Blut eines Rechtgläubigen zu wärmen.«

Der Kapitän trat einen Schritt vor und grinste breit. »Wir sind nicht wegen des Weins gekommen, Herr. Die Almandine Eures Schildes stechen uns in die Augen. Auch wollen wir Euch um das prächtige Schwert an Eurem Gürtel bitten.«

Lachend stellte Omar den Krug zur Seite und streckte die Glieder. »Meine Waffen stehen nicht zum Verkauf. Ich will dich nicht beleidigen, Kapitän, aber ich fürchte, selbst wenn ich sie veräußern wollte, könntest du selbst mit dem

Goldwert deines Schiffes den Preis dieser Kleinodien nicht aufbringen.«

»Ihr missversteht uns, Herr«, entgegnete der breitschultrige Kerl an der Seite des Kapitäns. »Wir hatten nicht vor, Eure Waffen zu kaufen.«

Omar lachte, doch lag keine Fröhlichkeit mehr darin. »Ihr habt also die Absicht, mich zu berauben? Geht wieder an eure Arbeit, und ich will eure Torheit vergessen.«

Die vier zogen Säbel und Entermesser, die sie bislang hinter dem Rücken versteckt gehalten hatten. »Nicht wir sind die Toren.« Es war der Kapitän, der nun wieder das Wort führte. »Ihr seid derjenige, der zu viel wagt. Wir sind zu viert, und wir sind nicht betrunken. Selbst wenn Ihr siegen solltet, wie wollt Ihr allein überleben? Hier draußen sind wir mehr als zwanzig Meilen von der nächsten Küste entfernt, und Ihr versteht kein Boot zu steuern. Wie wollt Ihr dem Meer entkommen? Also, habt ein Einsehen und überlasst uns Eure Waffen. So kostbar sie auch scheinen mögen, sie werden Euch doch wohl nicht Euer Leben wert sein! Ich schwöre bei Rastullah, dass wir Euch danach wohlbehalten an einem einsamen Küstenstrich absetzen werden, von wo aus Ihr binnen eines Tages eine Stadt erreichen könnt.«

»Ihr hättet den Krug Wein annehmen sollen.« Omar richtete sich mit dem Rücken zum Mast auf und zog sein Tuzakmesser. »Ich bin der Siebente der Neun. Mich zum Kampf zu fordern, heißt zu sterben«, lallte er benommen.

»Wollt Ihr mir erzählen, dass ein großmäuliger Trunkenbold zu den Auserwählten des Kalifen gehört?«, spottete der Kapitän. »Ihr seid einfach nur reich. Das erklärt Eure prächtige Ausrüstung. Ihr versucht, Euch im Ruhme der Neun zu sonnen! Wenn wir Euch töten, erweisen wir dem Kalifen noch einen Dienst. Wie könnt Ihr es wagen, Euch mit diesen Helden zu vergleichen!«

»Manche würden diese Helden sicher nur Mörder nennen. Womit wir uns dann auf gleichem Fuß begegnen,

Kapitän.« Omar strich sich mit der Linken über die Stirn. Ihm war ein wenig schwindlig.

»Kommen wir zur Sache! Überlasst uns Schild und Schwert, dann werdet Ihr leben.«

»Ich wünschte, ihr würdet es euch noch einmal anders überlegen. Wir haben doch vor zwei Stunden erst noch zusammen gelacht. Ich würde euch nur ungern töten.«

»Schlachtet das Großmaul!«, brüllte der Kapitän, und seine Mannen stürmten mit blanker Waffe auf Omar los. Zwei der Männer griffen den Novadi von vorn an, während der Junge versuchte, in seinen Rücken zu gelangen.

In silbernem Bogen schnitt das Tuzakmesser durch die Luft. Der erste Angreifer wollte mit einem Sprung ausweichen, doch konnte er der tödlichen Klinge nicht mehr entkommen. Die Waffe zerschmetterte sein linkes Schulterblatt und drang ihm tief in die Brust.

Mit einem Ruck befreite Omar die Waffe und traf den zweiten Angreifer mit einem seitlich geführten Hieb dicht über dem Becken. Omar hatte sich bei seinem Angriff ein kleines Stück vom Mast entfernt, sodass sein Rücken jetzt nicht mehr gedeckt war. Mit einem flüchtigen Blick zurück erkannte er, dass der Junge mit hocherhobenem Entermesser in seine Richtung stürmte. Behände ging der Novadi in die Knie und drehte sein Schwert dabei so, dass die Klinge zwischen dem linken Arm und seinem Rumpf nach hinten zeigte. Im Sprung konnte der Schiffsjunge der Waffe nicht mehr ausweichen, und das Schwert bohrte sich ihm tief in die Brust. Der Kampf hatte nur wenige Herzschläge gedauert. Fassungslos starrte der Kapitän auf die Toten.

»Ihr hättet den Wein annehmen sollen. Sei du klüger als sie!« Omar hielt sein Tuzakmesser nun wieder nach Maraskaner Art in Grundstellung. Dunkles Blut tropfte von der silbernen Klinge.

»Mein kleiner Bruder.« Die Augen des Kapitäns hafteten auf dem blassen Gesicht des Knaben, der inmitten einer

Blutlache auf dem Deck lag. »Du hast meinen Bruder gemeuchelt!«

Der Novadi sah, wie sich die Muskeln am Schwertarm des Kapitäns spannten. Es wäre sinnlos, mit dem Mann reden zu wollen. Stumm erwartete Omar den Angriff. Leise zischend schnitt sein Tuzakmesser durch die Luft, dann herrschte Totenstille auf dem kleinen Schiff.

Ernüchtert betrachtete Omar die vier Leichen. Er hatte diesen Ausgang nicht gewollt. War es seine Schuld gewesen? Hätte er den kostbaren Schild vor ihnen verbergen sollen? Wie sollte er ohne ihre Hilfe das Schiff segeln? Er wusste ja nicht einmal, in welcher Richtung das nächste Festland lag!

Halb verdurstet wurde Omar nahe Amarash an Land gespült. Zwei Tage lang war er hilflos auf See getrieben und hatte sich geschworen, von nun an bei seiner Suche nicht mehr auf die Hilfe Fremder zu vertrauen. Ein halbes Jahr lang blieb der Novadi in dem kleinen Dorf. Seinen Reichtum und seine Waffen verbarg er, um keinen Neid unter den armen Fischern zu wecken.

Er ließ sich von ihnen in der Kunst der Bootsführung unterweisen und verbrachte auch viel Zeit mit dem Mawdli des Dorfes, der Omar das Lesen und Schreiben beibrachte. Wie groß war das Glück des Wüstenkriegers, als er zum ersten Mal ohne fremde Hilfe die Zeilen zu entziffern vermochte, die Melikae ihm vor so langer Zeit geschrieben hatte! Zuerst ging es nur langsam vonstatten, und Buchstaben für Buchstaben setzte er ihre Worte zusammen, doch bald schon wurde er geübter, und nachdem das halbe Jahr verstrichen war, vermochte er selbst fremde Texte halbwegs flüssig zu lesen. Als er auch den Fähigkeiten, die er bei den Fischern erworben hatte, so weit vertraute, dass er glaubte, ein Boot auf offener See beherrschen zu können, verließ er Amarash und segelte auf einem kleinen Transporter quer über den Meerbusen nach

Khunchom. Dort kaufte er sich von den letzten Edelsteinen, die aus Gwenselahs Schätzen noch übrig geblieben waren, ein kleines, leicht zu segelndes Boot und begann, ganz auf sich gestellt, ein zweites Mal seine Suche nach Melikae.

Er segelte die Küste hinunter – von Khunchom im Norden bis Hot Alem im fernen Süden. In großen Häfen und kleinen Fischerdörfern suchte er nach Männern, die jene Insel mit dem Palast auf der Steilklippe kannten. Doch niemand hatte dort je angelegt oder eine solche Insel auch nur von Weitem gesehen.

Alles, was der Novadi zu hören bekam, war krauses Seemannsgarn über blutdürstige Piraten, eine Seeschlange, die angeblich im Selemer Grund ihr Unwesen trieb, oder von einem geisterhaften Schiff, das selbst im wildesten Sturm unter vollen Segeln durch die aufgepeitschte See glitt. Enttäuscht und verzweifelt suchte Omar selbst in jenem gefährlichen Seegebiet, das die Heiden das Boronsrad nennen, weil sich dort Hunderte von Riffen und Klippen aus dem Meer erheben.

Doch auch hier fand er die Insel nicht, auf der Melikae verschollen war. Immer wieder versuchte er, mit Hilfe alter Kapitäne und ihrer Karten das Seegebiet einzugrenzen, in dem jene Phantominsel liegen mochte, doch erwies sich dies bei dem wenigen, das er über sie zu sagen wusste, als fast unmöglich. Omar war weder bekannt, in welche Richtung sein Boot damals – auf der Flucht aus Al'Anfa – abgetrieben worden war, noch konnte er sagen, wie viele Tage er im Fieber gelegen hatte. Ja, er wusste nicht einmal, ob das bornländische Schiff, das ihn aufgenommen hatte, aus dem Süden von Port Stoerrebrandt oder aus dem Norden von Festum her gekommen war.

Immer wieder riet man Omar, seine Suche aufzugeben, und manch einer der Kapitäne hielt die Geschichte von dem Palast auf der Steilklippe wohl für einen Fiebertraum. Dennoch ließ sich der Novadi nicht entmutigen.

Neunundneunzig Gottesnamen dauerte die Suche Omars, und der Rechtgläubige erkennt an dieser Frist das Wirken des Einzigen Gottes. Auf seiner Fahrt erlebte der Beni Novad manche Abenteuer mit Ungläubigen und Piraten, ja einmal begegnete er sogar einer Seeschlange, doch sind dies Geschichten, die in einer anderen Nacht erzählt werden sollen.

Im dritten Jahr also, nachdem der Novadi von Khunchom aufgebrochen war, geriet er in einen schrecklichen Sturm. Wind und Wellen trieben ihn steuerlos ins offene Meer hinaus. Als sich dann das Unwetter endlich legte, erkannte der zu Tode Erschöpfte am Horizont ein einsames Felseiland. Mit letzter Kraft steuerte er sein Boot zur Küste und fand hoch auf einer Klippe stehend den Palast, den er so lange gesucht hatte.

Die Zeit hatte das einst prächtige Gemäuer verändert. Einige Teile des Dachs waren eingestürzt, und ein Erdrutsch hatte die Hälfte eines Seitenflügels in die Tiefe gerissen. Ganz offensichtlich war das Gebäude nicht mehr bewohnt. Mit klopfendem Herzen hielt Omar auf die Anlegestelle am Fuß der Steilklippe zu. Seine Müdigkeit war vergessen. Eine Handbreit stand die Sonne im Westen noch über dem Horizont, als er sein Boot vertäute und die Felsen hinaufblickte.

In all den Jahren, die seit dem großen Krieg vergangen waren, hatte er nicht einmal daran gedacht, dass er den Palast verlassen oder zerstört vorfinden könnte. Immer war er davon überzeugt gewesen, dass alles sein Ende nehmen werde, wenn er nur die Insel wiederfände. Und jetzt …?

Ich darf nicht verzweifeln, ermahnte sich Omar. Seine Suche nach der Insel war nicht vergebens gewesen! Vielleicht fände er im Palast irgendein Zeichen von Melikae. Irgendetwas, aus dem sich schließen ließe, wohin sie oder Abu Dschenna gegangen waren. Entschlossen zog er sein Tuzakmesser und holte eine Sturmlaterne aus dem Boot. Jeden Stein auf dieser Insel würde er umdrehen!

Ob Abu Dschenna vielleicht wusste, dass er gesucht wurde? Womöglich gab es verborgene Fallen? Vorsichtig erklomm Omar die steile Treppe, bis er auf halber Höhe einen breiten Felsspalt erreichte, der seitlich zwischen die Klippen führte. Auch wenn die Insel verlassen schien, war es besser, sicherzugehen und auszuschließen, einen Feind im Rücken zu haben. So bog Omar ab und tastete sich, dem blassen Schein der Laterne folgend, durch die dunkle Klamm.

Schließlich stand er vor einem aus dem Felsen gehauenen gewaltigen Grabmal. Eine grün angelaufene Bronzetür öffnete sich ins Innere. Sollte Melikae vielleicht ... Zitternd tanzte der Strahl der Blendlaterne über die Tür. Sie stand halb offen. Würde er an diesem Ort seiner Geliebten wiederbegegnen? Welch ein Hohn, nach all den Mühen und Entbehrungen vor einem offenen Grab zu stehen!

Entschlossen trat Omar durch den engen Türspalt. Seine Laterne riss einen kleinen Kegel goldgelben Lichts aus der Finsternis. Die Grabkammer war nicht sonderlich groß. Abgesehen von zwei mächtigen Steinblöcken in der Mitte war sie fast leer. Zwei große Feuerschalen standen neben einem der beiden Mahnmale. Besorgt suchte Omar nach Hinweisen dafür, wem diese beiden Monumente gesetzt worden waren, und fand schließlich die Namen Abu Dschennas und Abu Tarfidems.

Verwirrt untersuchte er erneut die beiden Steinblöcke. Es gab keine Ritzen und auch keine anderen Anzeichen dafür, dass die kunstvoll behauenen Marmorblöcke hohl waren und als Sarkophage dienten. Daraus, dass sie wie Totenbahren hergerichtet waren, schloss Omar, dass die Leichname vielleicht gar nicht in ihrem Innern verborgen werden sollten. Dann jedoch waren sie wohl niemals benutzt worden, denn in der Grabkammer fand sich kein einziger Knochen oder irgendetwas anderes, das darauf hinwies, dass hier jemals ein Begräbnis stattgefunden hatte.

In einer Ecke entdeckte Omar eine Kiste mit verrotteten

Kleidern, doch blieb dies der einzige Hinweis darauf, dass der mit bedrohlichen magischen Symbolen geschmückte Grabraum je genutzt worden war. Überaus erleichtert, die unheimliche Stätte hinter sich zu lassen, trat der Novadi in die Klamm hinaus und setzte seinen Weg zum Palast fort.

Überall in dem weitläufigen Gebäude fanden sich Anzeichen mutwilliger Zerstörung. In einem Kuppelsaal hatte man ein Feuer aus zerschlagenen Möbeln und Büchern gemacht. Alle Truhen, die Omar vorfand, waren aufgebrochen und die kostbaren Wandfresken mit Ruß verschmiert. An einigen Wänden hatte man sogar große Löcher in den Putz geschlagen.

Der Künstler, der den Palast einst ausgestaltet hatte, musste ein Mann mit einem merkwürdigen Geschmack gewesen sein. Manche der Szenen auf den Wandbildern kannte Omar aus Märchen oder Liedern, die meisten aber waren ihm fremd. Eins jedoch hatten alle gemeinsam. Immer wieder tauchten seltsame Ungeheuer oder Menschen mit Tierleibern auf. Wer auch immer den Palast geplündert hatte, schien vor diesen Bildern Angst gehabt zu haben. Jedenfalls wiesen die Malereien, die diese absonderlichen Kreaturen zeigten, die stärksten Beschädigungen auf. Omar lächelte verächtlich. Fast mochte man glauben, die Räuber hätten befürchtet, diese Ungeheuer könnten zum Leben erwachen.

Der Mond stand schon hoch am Himmel, und die Kerze in der Sturmlaterne war fast herabgebrannt, als Omar eine schmale Treppe fand, die zu einem Turmzimmer hinaufführte. Hier fand er ein großes morsches Bett und Dutzende von verfaulten Kissen. An drei Seiten des Zimmers standen breite Fenster offen. Obwohl sich nichts Ungewöhnliches in diesem Raum fand, übte er eine seltsame Anziehungskraft auf Omar aus. Ob Melikae hier oben gefangen gewesen war? Der Novadi seufzte. Er würde es niemals erfahren.

Eine Zeit lang blickte er auf das Meer, das silbern im

Mondlicht glänzte. Es war fast windstill. Würde er seine Geliebte wohl jemals wiederfinden? Sie musste mit einem Schiff von hier fortgebracht worden sein. Er sollte seine Suche in den nahe gelegenen Hafenstädten wieder aufnehmen. Vielleicht fände er einen Seemann, der mit ihr auf demselben Schiff gewesen war und sich an die Sharisad erinnerte. Es musste doch jemanden geben, der wusste, wo Melikae jetzt lebte!

Müde kauerte sich Omar in eine windgeschützte Ecke des Zimmers. Wehmütig nahm er die Rose aus dem kleinen Silberkästchen, das er um den Hals trug. Sollten seine Erinnerungen und die zarte Blüte alles sein, was am Ende von seiner Liebe noch blieb?

Ein leises Geräusch ließ Omar erwachen. Den Schlaf aus den Augen blinzelnd, tastete er nach dem Griff seines Tuzakmessers. Er konnte noch nicht lange geruht haben. Der Mond war nur ein kleines Stück weitergewandert und warf noch immer sein silbernes Licht in das Turmzimmer. Stoffgeraschel und verstohlenes Knirschen erklangen aus einer finsteren Ecke.

Wahrscheinlich Mäuse, die zwischen den verrottenden Kissen ein Nest bauen, dachte Omar. Doch an diesem verwunschenen Ort war es besser, vorsichtig zu sein. Der Novadi beugte sich ein wenig vor, um zu der Bettstatt hinüberzuschauen. Kaum hatte er sich bewegt, da tanzten aus tiefblauen Schatten zwei Schuhe in das lang gezogene Lichtviereck, das eines der hohen Fenster auf den fleckigen Boden warf. Was Omar für Mäusegeraschel gehalten hatte, war das leise Geräusch der dünnen Ledersohlen. Die Schuhe waren aus grünem Samt und für ungewöhnlich zierliche Füße geschnitten. Schuhe, wie eine Sharisad sie trug!

Mit angehaltenem Atem, halb erschrocken, halb verwundert, beobachtete der Novadi, wie die Schuhe in weitem Kreis durch das große Zimmer tanzten. Erst etwas langsamer, dann wieder schneller. Ohne anzuhalten, huschten sie durch die hellen Lichtbahnen, die die Fenster warfen, oder tauchten in den Schatten abseits der silbrig schimmernden Vierecke. Nur an einer Stelle, an der ein kleiner Haufen Schutt auf dem Boden lag, verschwanden sie kurz, so als würden sie von den Trümmern verschlungen, doch schon im nächsten Augenblick waren sie wieder zu sehen.

Erst als das Mondlicht aus dem Turmzimmer wich, verschwanden auch die tanzenden Schuhe. Bis dahin, zwei Stunden oder länger, sah Omar ihnen zu. Zuletzt hatte der Novadi das Gefühl, als drücke ihm eine unsichtbare Hand die Kehle zu. Kaum konnte er noch atmen – unerträgliche Wehmut quälte ihn. Unfähig, sich noch länger zu beherrschen, rannen ihm heiße Tränen über die Wangen. Er war sich nun sicher, dass in diesem Zimmer einst Melikae gefangen gewesen war. Diese geisterhafte Erscheinung konnte nur eines bedeuten …

Omar schluchzte leise. Sie war von jenseits der Schwelle des Todes zu ihm zurückgekehrt, um noch einmal für ihn zu tanzen und Abschied zu nehmen. Auch wenn er nirgends auf der Insel ein Grab von ihr hatte finden können, so musste sie doch hier irgendwo ihren letzten Atemzug getan haben. Mit ihr war der einzige Mensch gegangen, der ihm in seinem Leben noch etwas bedeutet hatte.

Warum nur bin ich in den Krieg gezogen?, fragte sich Omar, fast wahnsinnig vor Schmerz. Hätte er seine Suche sofort begonnen, vielleicht hätte er sie noch retten können! Und warum hatte Rastullah ihn so lange auf Irrwege geführt? War es die Strafe des Gottes dafür, dass er so oft seinen heiligen Namen verflucht hatte?

Erst die Morgensonne brachte Omars Tränen zum Versiegen. Sein Entschluss stand fest. Er würde Melikae auf ihrer letzten Reise nachfolgen! Doch vorher wollte er Abu Dschenna suchen. Die Grabkammer des Magiers war leer. Irgendwo musste Melikaes Mörder zu finden sein, und er sollte mit seinem Leben für alles büßen, was er Melikae angetan hatte!

»Dunkel und ungewiss sind die Gerüchte, die man seit jener Nacht von Omar hört. Es heißt, er habe die Geschichte eines Kapitäns verfolgt, der inmitten eines schrecklichen Sturms seine Fahrgäste gezwungen hatte, in ein Beiboot zu steigen. Doch konnte der Novadi den Mann nicht finden. Auch zog Omar wieder durch die großen Hafenstädte, auf der Suche nach einer Zedrakke, die manchmal für Abu Dschenna gesegelt sein soll. Doch auch diese Suche blieb vergeblich.

So kehrte der Verschleierte nach Unau zurück und kaufte von einem verkrüppelten Salzgänger an den Ufern des Cichanebi ein schwarzes Ross, das Dämonenblut in den Adern hatte und bösartig wie ein Skorpion war. Von nun an galt das Leben des Novadi allein dem Ziel, jenen Mann zu finden, dem er den Tod geschworen hatte. So begab es sich, dass Omar bei den Magierakademien im Land der Ersten Sonne vorsprach, doch wusste dort niemand, was aus Abu Dschenna geworden war.

Manche behaupten auch, der Novadi habe ein abgelegenes Tal im Khoram-Gebirge gefunden, in dem eine seltsame alte Frau mit einer Schar Vermummter lebt und sich ängstlich vor den Blicken von Fremden verbirgt. Doch Rastullah allein weiß, wie viel Wahrheit in diesen Worten liegen mag.

Wahrhaftig hingegen ist, dass ich erst vor wenigen Gottesnamen vertrauenswürdige Männer getroffen habe, die behaupteten, Omar noch selbst begegnet zu sein. Die Jahre seiner Wanderschaft haben ihn nicht zu beugen vermocht, und er scheint wie der Wind der Wüste geschaffen, von dem Scheich Sun Yad'n sagt: Zu Tausenden habe er vor sich hergetrieben die Jahrhunderte wie auch die Sandkörner, denn sie sind ein und dasselbe vor ihm, und er kennt nicht der Zeiten Gebot.

Doch wer weiß, ob der Wunsch nach Rache einen Mann

unsterblich machen kann oder ob es nur noch ein Gespenst ist, das Abu Dschenna verfolgt? Ich werde euch die Antwort darauf gewiss nicht mehr geben können. Wenn ich aber von euch gegangen bin, dann schreitet hinaus in die Palmhaine der Stadt und, sofern der Wind von Süden weht – dorther, wo die große Khom liegt –, werdet ihr vielleicht in den Wipfeln raunen hören, was ich nicht zu sagen vermochte.«

Im Basar der Teppichhändler herrschte bedrücktes Schweigen. Mahmud betrachtete die Gesichter seiner Zuhörer. In manchen spiegelte sich tiefe Nachdenklichkeit, andere wiederum wirkten melancholisch oder auch enttäuscht, weil seine Erzählung kein glückliches Ende genommen hatte.

Almandina, die längst zurückgekehrt war und wieder ihr altes zerlumptes Kleid trug, stand zögernd in einem Hauseingang. Offenbar war sie zu dem Schluss gekommen, dass es jetzt nicht geboten sei, mit der Holzschale loszuziehen und die Zuhörer um den Lohn des Märchenerzählers zu bitten. Der kleine Omar war der Erste, der es wagte, Mahmud eine Frage zu stellen. Die anderen tuschelten zwar untereinander, doch scheuten sie sich, in die Richtung des alten Mannes zu blicken. »Gibt es diesen Omar wirklich?« Der Junge flüsterte, als habe er Angst, der unheimliche Verschleierte könne ihm bei seinen Worten zuhören.

Mahmud nickte. »Ja, Omar gibt es, ebenso wie Abu Dschenna und Melikae.« Der Märchenerzähler hatte die Stimme erhoben, sodass alle ringsumher seine Antwort verstehen konnten. Schlagartig wurde es wieder still in der engen Gasse. Die Scheu, die die meisten eben noch vor ihm empfunden hatten, schien wie durch einen Zauber plötzlich verschwunden. So, als erhofften sie doch noch eine glückliche Wendung der Geschichte, hingen ihre Augen wieder an seinen Lippen. Mahmud kannte diese Wirkung gut. Schon ungezählte Male hatte er die Geschichte von Omar und Melikae erzählt. Vielleicht würde sie sich ja dieses Mal doch noch zum Guten wenden.

»Ihr alle habt es sicher schon geahnt, meine Freunde, es war kein Märchen, das ich euch in den letzten Tagen erzählt habe, und ob die Geschichte ein gutes Ende nimmt oder nicht, liegt nun bei euch. Es gibt zwei Männer, die hoffen, dass Melikae nicht den Tod gefunden hat, als der Sturm sie ins Meer riss. Freilich mögt ihr jetzt einwenden, dass die tanzenden Schuhe im Palast Abu Dschennas ein deutliches Zeichen aus der Welt der Geister sind, doch bedenket auch, dass diese einsame Insel ein verfluchter Ort ist und der vermeintliche Spuk vielleicht nur das Blendwerk eines Dämons war.

Wenn also einer unter euch ist, der jemals eine Frau gesehen hat, auf welche meine Beschreibung Melikaes zutreffen könnte, so möge er nun vortreten und die Stimme erheben.«

Einige der Zuhörer flüsterten untereinander. Mahmuds Herz schlug ein wenig schneller. Wie oft war er schon enttäuscht worden … Stumm betete er zu Rastullah.

Mit jedem Augenblick, der verstrich, wurde seine Hoffnung geringer. Ihm war einfach kein Glück beschieden! Mit einem leisen Seufzer richtete er sich auf und erhob erneut die Stimme. »Wenn aber keiner von euch je von ihr gehört hat, so möchte ich euch bitten, mich für die Geschichte so zu entlohnen, wie es euch euer Herz befiehlt, denn ihr entscheidet mit euren Gaben, ob ich die Suche nach der Sharisad weiter fortsetzen kann.«

Aus den Augenwinkeln beobachtete der Märchenerzähler, wie Almandina sich nun ein Herz fasste und mit ihrer Holzschale vortrat, um den Lohn für die Geschichte einzusammeln.

Jemand zupfte Mahmud am Ärmel, und der Alte blickte zur Seite. Es war der kleine Omar, der ihn mit großen Augen anblickte. »Ich glaube nicht, dass Melikae in dem

Sturm ertrunken ist. Bestimmt hat sie ihr Freund gerettet, der Dschinn der Lüfte. Abu Dschenna hatte ihm doch befohlen, auf die Sharisad aufzupassen.« Mahmud war so gerührt von den Worten des Jungen, dass er zunächst keine Antwort fand.

»Vielleicht hat Abu Dschenna selbst Melikae errettet? Schließlich fand Omar seine Gruft leer, und niemand …« Ein Schrei am Ende der Gasse ließ den Jungen erschrocken innehalten.

»Er ist hier!«, ertönte es aus Richtung des Basars der Kupferschmiede. »Rastullah hat die Märchengestalten des Alten lebendig werden lassen!«

Mit zusammengekniffenen Augen spähte Mahmud in die Finsternis. Die Nacht war schon weit fortgeschritten. Die wenigen Fackeln und Öllämpchen, welche die Besucher mitgebracht hatten, reichten bei Weitem nicht aus, um die Dunkelheit aus den Winkeln des gewundenen Basars zu vertreiben.

In die Menschenmenge war inzwischen Bewegung gekommen. Ein Soldat zog sein Krummschwert. Zwischen den Zuhörern bildete sich eine Gasse. Mit ungläubigen Gesichtern wichen Männer wie Frauen bis zu den Hauswänden zurück, und ein halb ängstliches, halb neugieriges Raunen erhob sich.

Jetzt endlich sah auch Mahmud, was die Menschen im Basar so sehr in Aufregung versetzte. Ein schlanker Mann mit schwarzem Schleier vor dem Gesicht kam auf ihn zu. An der Seite trug er ein geschwungenes Tuzakmesser, und ein silberner Dolch steckte in seinem Gürtel. In aller Ruhe umrundete er die Sänfte, die ihm halb den Weg versperrte. Die Leibwächter des Erhabenen musterten ihn misstrauisch.

Zwei Schritt vor Mahmud blieb er stehen. Es war totenstill auf dem Basar geworden. Hundert und mehr Augenpaare hafteten auf den beiden Männern.

»Ich grüße dich, Mahmud! Oder sollte ich dich lieber bei

deinem einzig wahren Namen nennen, Hammud ben Hassan? Ich wünschte, Maliks Pfeil hätte dich und nicht deinen Hund getroffen! Du hast dich sehr verändert, doch nicht genug, um dich nicht hinter deiner Maske als Märchenerzähler wiederzuerkennen. Wer außer dir wüsste, was auf dem einsamen Eiland geschah, wo nur noch ein Spuk an deine Gefangene erinnert. Du weißt, ich bin hier, um zu Ende zu bringen, was mit dem Tod von Himmelsauge begonnen hat. Steh auf, alter Mann, und folge mir auf den Richtplatz vor der Stadt!«

»Bist du von Sinnen, Fremder?« Einer der Wächter neben der Sänfte trat an die Seite des Verschleierten. Die Hand des Kriegers lag auf dem Knauf seines breiten Khunchomers.

Überrascht fasste Mahmud den Soldaten ins Auge. Von dieser Seite hätte er nicht mit Unterstützung gerechnet. »Du weißt, ein Märchenerzähler ist unberührbar, es sei denn, ein Herrscher fordert seinen Tod!«

Der schwarz gewandete Fremde schien die Worte des Mannes gar nicht zu hören. Unverwandt betrachtete er den Alten, sodass es dem Märchenerzähler kalt den Rücken hinablief. Mit Schrecken dachte Mahmud an den Traum, den er am Morgen im Theater gehabt hatte. Es war sinnlos, dem Tod länger davonlaufen zu wollen!

Der Soldat packte den Verschleierten grob am Arm und versuchte, ihn von Mahmud wegzuzerren. »Dich werde ich lehren, das Recht dieser Stadt mit Füßen zu treten, du räudiger Hund! Du sollst …«

Schnell, wie ein Falke auf seine Beute herabstößt, hatte der Fremde seinen Dolch gezogen und presste ihn dem Soldaten an die Kehle.

»Wer mich beleidigt, der verhöhnt zugleich den Ersten aller Gläubigen, und ich werde nicht dulden, dass der Name des Kalifen besudelt wird! Ich bin Omar, der Siebente der Neun, und ich bin gekommen, meinen Schwur einzulösen. Manches von dem, was dieser alte Mann erzählt hat, war gelogen, doch in einem sprach er wahr. Seit der Schlacht von Tarfui hat mich niemand mehr im Kampf bezwungen. Das sollte jeder wissen, der nun darüber nachdenkt, ob er sich mir in den Weg stellen will. Wenn ich das Leben des Märchenerzählers fordere, so ist dies mein gutes Recht, denn dieser alte Mann ist kein geringerer als Abu Dschenna!«

Totenstille senkte sich über die Menge. Die Menschen tauschten stumme Blicke. Es schien eine Ewigkeit zu vergehen, bis schließlich dumpfes Raunen einsetzte.

»Lüge!«, gellte eine Stimme aus einem dunklen Hauseingang. »Beweise deine Worte, elender Halsabschneider!« Dicht an die Hauswand gedrängt, hatte sich der Vater des kleinen Omar herangeschlichen und zerrte den Jungen von der Seite des Märchenerzählers fort, während der Tumult im Basar immer lauter wurde und auch der kleine Omar leidenschaftlich in die Beschimpfungen auf den Fremden einstimmte.

Unverwandt blickte der Verschleierte Mahmud an. »Gesteh deinen Betrug. Wir beide wissen, dass ich recht habe!«

Der Märchenerzähler fuhr sich mit der Zunge über die trocknen Lippen. Was würde geschehen, wenn er leugnete? Könnte er sich so noch einmal sein Leben erkaufen? Omar würde es doch wohl nicht wagen, ihn inmitten dieser Menschenmenge umzubringen.

»Wie kannst du so sicher sein, einen Mann zu erkennen, den du nur zweimal in deinem Leben gesehen hast?« Almandina hatte sich schützend vor Mahmud gestellt. »Wir alle haben gehört, wie sehr Abu Dschenna durch seine üblen Zauber entstellt wurde. Wie kannst du einen Mann erkennen, der binnen eines Jahrzehnts um ein halbes Jahrhundert gealtert ist? Allein Rastullah wäre dazu fähig.«

Der Kreis der Menschen hatte sich enger um den Fremden zusammengezogen. Mahmud sah, dass etliche der Männer Dolche gezückt hatten. Sogar Meister Arom, der

Zwerg, hatte ein kurzes Schwert in der Hand und schien bereit, ihn zu verteidigen.

Mahmud war erstaunt, wie sehr ihn die Menschen in nur drei Tagen ins Herz geschlossen hatten. Doch gerade deshalb durfte er nicht zulassen, dass das Blut Unschuldiger vergossen wurde. Eben wollte er die Stimme erheben, als er sah, wie sich die Vorhänge der Sänfte teilten. Ein Mann mit rotem Turban und goldbesticktem schwarzen Kaftan trat in den Basar. Es war Harun al Matassa. Offenbar hatte er seit den Tagen, da sie gemeinsam die Ars magica studierten, seine Vorliebe für Schmuck und üppige Gewänder beibehalten.

»Haltet ein!« Mit gebieterischer Geste reckte Harun seinen schwarzen, mit rotem Gold beschlagenen Zauberstab in die Höhe. »Auch ich glaube, in diesem alten Mann jenen Abu Dschenna zu erkennen, mit dem ich einst gemeinsam in den arkanen Künsten unterwiesen wurde. Seine Stimme gleicht der des Mannes, den ich kannte, auch wenn sein Aussehen und sein Gebaren derart verändert sind, dass ich meinen Ohren kaum zu trauen vermag. Wenn nun aber die Geschichte tatsächlich wahr ist, die wir heute Nacht zu hören bekamen, so muss der Märchenerzähler, den wir als Mahmud kennen, eine Brandnarbe haben, die sich in drei Spiralen um seinen rechten Oberarm windet. Sollte sich dieses Mal an seinem Körper finden, so sei er dem Schwert des Verschleierten überlassen. Kraft meiner Macht als Erhabener wird dann seine Unberührbarkeit gebannt, denn ein Mann wie Abu Dschenna verdient den Schutz dieser Stadt nicht. Findet sich an seinem Arm aber keine Narbe, so ist er frei und mag gehen, wohin er will.« Harun warf Mahmud ein böses Lächeln zu. »Wachen, zieht dem Alten den Kaftan aus!«

Wovor hatte Harun solche Angst, dass er ihn tot sehen wollte?, fragte sich Mahmud, als die Soldaten sich durch die Menge drängten. Ob der Magier fürchtet, ich sei nach Fasar gekommen, um ihm Amt und Würden streitig zu machen? Wie dem auch sein mochte, er würde sich nicht von den Kriegern des Erhabenen demütigen lassen!

»Es stimmt, ich bin Abu Dschenna!« Mahmud streifte den Ärmel seines Kaftans zurück und hielt den Arm in die Höhe, damit jeder die Narbe sehen konnte, die sich um seinen dürren Arm wand. »Als meine treue Amme glaubte, ich sei gestorben, muss ich in tiefer Ohnmacht gelegen haben. Erst das Brüllen eines Sturmes brachte mich wieder zu Bewusstsein. Als ich, noch schwach von meinen Wunden, die Klippe hinauftaumelte, fand ich meinen Palast verlassen. Bei dem Versuch, meine Schmerzen durch Magie zu besiegen, offenbarte sich mir noch in derselben Nacht, dass ich meine ganze Zauberkraft verloren hatte. Ich war wieder zu dem geworden, der ich einst gewesen war, bevor aus Zorn und Schmerz meine magische Begabung geboren wurde. Abu Dschenna hatte sich in Hammud ben Hassan zurückverwandelt. Doch da dies der Name eines Knaben war, nannte ich mich Mahmud und verließ meine Insel in der Hoffnung, ich könnte noch einmal das Herz der Sharisad gewinnen, für die ich auch heute noch mein Leben gäbe. Als ich ihre Spur jedoch nicht zu finden vermochte, zog ich fortan von Stadt zu Stadt, um die Geschichte von Omar und Melikae zu erzählen, denn ich glaubte, so könnte ich vielleicht jemandem begegnen, der wüsste, wo die Sharisad zu finden sei.«

»Genug der Worte!« Harun zeigte drohend mit seinem Zauberstab auf den Märchenerzähler. »Dieser Mann hat gestanden, mit Dämonen paktiert zu haben. In unheiligen Ritualen hat er Dutzende von Menschen getötet. Ich schenke ihn dir, Omar. Meine Wachen werden euch bis auf den Richthügel vor der Stadt geleiten. Dort magst du seinem Leben ein Ende bereiten!«

Fast drei Stunden waren vergangen, als sie den Richtplatz weit vor der Stadt erreichten. Nur eine Bettlerin hatte Abu

Dschenna begleitet. Sie stützte den greisen Magier, obwohl sie selbst nur humpelnd vorwärtskam.

Zweimal hatte Omar versucht, das Mädchen zu vertreiben, doch wollte es einfach nicht von der Seite des Alten weichen. Schließlich hatte der Novadi es aufgegeben. Die junge Frau war die Einzige, die Abu Dschenna die Treue hielt. Nach dem Eingreifen des Erhabenen hatten sich die Menschen im Basar schnell zerstreut, und keiner war geblieben, um für den Märchenerzähler zu sprechen.

Der Weg hinauf zum Richtplatz war von Stangen gesäumt, auf denen man Schädel aufgespießt hatte. Die Soldaten des Erhabenen blieben am Fuß des Hügels zurück. Offenbar fürchteten sie sich, die Stunde des morgendlichen Zwielichts an diesem unheimlichen Ort zu verbringen. Im Osten kündete ein silbergrauer Lichtstreifen den Sonnenaufgang an.

Als sie auf der Kuppe des Hügels angelangt waren, ließ Omar den Blick über die Landschaft schweifen. Im Westen erstreckte sich Fasar mit seinen weit ausgreifenden Elendsvierteln, die wie die Tentakel eines riesigen Kraken entlang der großen Karawanenstraßen weit ins Hügelland hinausgriffen. In der Mitte der Stadt hingegen erhoben sich zahllose Minarette und hoch aufragende Tempel, deren Bronzekuppeln golden im ersten Sonnenlicht schimmerten.

Jenseits der Stadt stiegen die Ausläufer des Raschtulswalls in steinernen Kaskaden immer weiter hinauf, bis ihre Gipfel beinahe den Himmel zu berühren schienen, als wäre das Gebirge nichts als eine titanische Treppe, mit deren Hilfe ein längst vergessenes Riesengeschlecht einst versucht hatte, Rastullahs himmlische Gärten zu erreichen.

Nach Norden, Süden und Osten zog sich, so weit das Auge reichte, sanftes Hügelland. Hier und dort schmiegten sich Gehöfte und kleine Villen in die flachen Täler. Gehölze gab es nahe Fasar fast gar nicht mehr, doch sah man dafür allenthalben steile Hügel, deren Hänge dicht an dicht mit Weinstöcken bepflanzt waren.

In der Nähe des Richtplatzes änderte sich die Landschaft. Die flachen Berge waren zerwühlt, und wie ein Spinnennetz breiteten sich Hunderte lehmiger Straßen und Trampelpfade zur Stadt hin aus. Dunkle Löcher klafften in der Erde, und ganze Hügelflanken wurden, in Terrassen eingeteilt, langsam abgetragen. Ungezählte Generationen von Arbeitern hatten hier nach den Edelsteinen gegraben, die den Reichtum von Fasar begründeten. Feurige Almandine, kristallklare Adamanten und Korunde, so blau wie das Meer an einem Sommertag, lagen hier tief in der Erde verborgen.

Tausende von Menschen träumten davon, dort an einem einzigen Nachmittag Reichtum für ein ganzes Leben zu erwerben, und doch schaffte es nur alle paar Jahre einer, dem Elend der Adamantenfelder den Rücken zu kehren, um sein Leben in Ruhm und Reichtum zu beenden.

Lange betrachtete Omar gedankenversunken das weite Land. Viele Jahre hatte er diesen Morgen herbeigesehnt, die Stunde, da er dem Leben Abu Dschennas ein Ende setzen konnte, doch jetzt vermochte ihm sein Erfolg keine Freude zu bereiten. Die Jagd nach dem Magier war zum einzigen Inhalt seines Lebens geworden. Was sollte er anfangen, wenn der Schurke gerichtet war? Sich selbst das Leben nehmen, so wie er es sich einst geschworen hatte?

Voller Verachtung blickte er zu dem alten Mann hin, der sich auf den Boden gekauert hatte und ergeben sein Schicksal erwartete. Omar fluchte leise. Er hatte darauf gehofft, dass der Zauberer sich wehren würde. Mit übler Magie, Dämonen und Dschinnen hatte der Novadi gerechnet. Nicht aber damit, dass der Märchenerzähler tatsächlich alle seine Zauberkräfte verloren hatte und sich, ohne Widerstand zu leisten, gefangen nehmen ließ.

Vielleicht hatte Abu Dschenna ja recht, als er behauptete, die tanzenden Schuhe, die in hellen Mondnächten im Palast auf der Steilklippe erschienen, seien nichts weiter als dämonisches Blendwerk. Womöglich lebte Melikae wirklich noch. Doch wo, in Rastullahs Namen, sollte er sie noch suchen?

Der Novadi schüttelte den Kopf und zog das Tuzakmesser aus der prächtigen Scheide. Es war besser, den langen Weg zu Ende zu bringen.

Als Omar sich umdrehte, sah Abu Dschenna ihn mit leeren Augen an. Der alte Mann hatte sich vollkommen in sein Schicksal ergeben. Er zeigte weder Willen zum Widerstand noch das geringste Anzeichen von Angst. Er erwartete den tödlichen Schwerthieb, so als habe er sich schon seit Jahren mit seinem Los abgefunden. Ganz anders verhielt sich die kleine verkrüppelte Bettlerin. Jetzt, als die Wachen des Erhabenen außer Sichtweite waren, schien sie neuen Mut gefasst zu haben. Schwankend richtete sie sich auf und stellte sich Omar in den Weg.

»Woher nimmst du das Recht, dich zum Richter aufzuspielen, Verschleierter? Glaubst du, dem Urteil Rastullahs vorgreifen zu müssen?«

Ärgerlich drängte Omar die hagere Frau zur Seite. »Es ist das Gesetz der Blutrache, dem ich folge. Abu Dschenna hat gegen die Gebote Rastullahs gefrevelt und Dutzenden von Unschuldigen einen grausamen Tod gebracht. Vor allem aber hat er mein Leben zerstört, als er mich grausam von meiner Geliebten trennte.«

»Und tat er das nicht im Auftrag von Melikaes Vater? Wie kannst du jemandem zürnen, der nur das Werkzeug der bösen Tat war? Und was den Tod von Unschuldigen betrifft, was glaubst du wohl, von wessen Hand mehr Menschen den Tod gefunden haben? Weißt du überhaupt, wie viele Männer und Frauen du in den letzten Jahren getötet hast?«

»Ich habe niemals selbstsüchtig gemordet. Das Recht war stets auf meiner Seite, wenn ich in den Kampf zog.«

»So wie damals, als du dem Kalifen als Henker dientest! Ist es gerecht, einen Mann allein dafür zu töten, dass er – fehlgeleitet von den Worten aufrührerischer Mawdliyat –

den Mut seines Herrschers anzweifelt?« Die Bettlerin versuchte erneut, sich zwischen Omar und den alten Magier zu drängen.

»In deinen Augen bin ich also ein Schurke?« Der Novadi lachte bitter. »Ich denke, damit kann ich leben.«

»Aber deine Rache ist sinnlos! Wie willst du jemanden töten, den deine Geliebte schon längst ermordet hat? Abu Dschenna starb in dem Felsengrab auf der Klippeninsel, gerichtet durch die Sharisad. Der, den du hier vor dir siehst, mag zwar im Leib des Magiers stecken, doch ist Mahmud ein neuer Mensch, der nichts mehr mit Abu Dschenna gemein hat.«

Der Novadi verschloss sich gegen die flehenden Worte der Bettlerin. Nichts brächte ihn davon ab, seinen Eid zu erfüllen. Auch Abu Dschenna schien klar zu sein, dass es zwischen ihnen nichts mehr zu sagen gab. Die ganze Zeit über hatte er demütig und ohne ein Wort auf den tödlichen Hieb gewartet. Vielleicht hatte er, weil er ein Märchenerzähler war, besser als die Bettlerin begriffen, dass es der Geschichte von vornherein bestimmt war, hier, auf diesem Hügel vor Fasar, ihr Ende zu nehmen.

Omars Tuzakmesser beschrieb einen blitzenden Kreis, als sich die junge Bettlerin verzweifelt zwischen den Magier und das Schwert warf. Mit einem Fluch versuchte der Novadi, dem Schlag im letzten Moment eine andere Richtung zu geben, doch konnte er nicht mehr verhindern, dass seine Klinge die Bettlerin an der Schulter streifte und einen tiefen Schnitt in ihrem Oberarm hinterließ.

»Du törichtes Weib! Wie kannst du so leichtfertig dein Leben fortwerfen?« Wütend stieß Omar sein Schwert in die Scheide und beugte sich herab, um nach der Wunde zu sehen.

Die Bettlerin war leichenblass. Zitternd presste sie die rechte Hand auf den Schnitt. »Welches Leben? Mahmud hat mir ein neues Leben schenken wollen. Wenn du ihn tötest, dann kannst du gleich auch mich töten, denn du zerstörst alle meine Hoffnungen, nicht schon bald vor Hunger in einer dreckigen Gasse zu krepieren. Ein Schwerthieb ist gnädiger als ein solcher Tod.«

Abu Dschenna war aus seiner Lähmung erwacht. Besorgt nahm er die Bettlerin in die Arme und strich ihr durch das strähnige Haar.

Verwundert betrachtete Omar den alten Mann. Sein Verhalten passte so gar nicht zu dem Bild des skrupellosen Schwarzmagiers, dem er so lange nachgejagt war. Sollte die Bettlerin mit ihren Worten recht haben? War der wirkliche Abu Dschenna tatsächlich in dem Felsengrab gestorben?

Unschlüssig lag Omars Rechte auf dem Griff seines Tuzakmessers. Würde der Tod des Magiers seine Wut und seine Trauer beenden? Lange blickte er forschend in das ausgezehrte Gesicht seines Feindes. Der Alte versuchte, die Wunde der Bettlerin notdürftig mit einem Lumpenstreifen zu verbinden, den er sich vom Saum seines Gewandes abgerissen hatte.

Abu Dschenna hatte einen Menschen gefunden, der ihn liebte und den er in seinem Leben noch glücklich machen konnte. Das war mehr, als Omar von sich behaupten konnte. Der Krieger wandte sich von dem seltsamen Paar ab und ging zu seinem Pferd. Aus den Satteltaschen holte er ein sauberes Leinentuch und ein kleines Fläschchen aus rotem Karneol hervor.

»Gib ihr das zu trinken!« Die Stimme des Novadis klang rau. »Es wird ihre Wunde von innen heraus schließen. In der Flasche ist ein wirksames Zaubermittel, das ich in der Rashduler Akademie geschenkt bekam.«

Stumm nahm Abu Dschenna das Karneolfläschchen entgegen und wechselte den Lumpen gegen das saubere Tuch, das Omar mitgebracht hatte.

»Wirst du deine Suche weiterführen?« Der Novadi blickte den Alten misstrauisch an. »Ich wünsche nicht, dir noch einmal zu begegnen.«

Der Magier schüttelte den Kopf. »Es ist vorbei. Ich bin einem Traum nachgelaufen. Wenn Melikae noch lebt, dann will sie nicht gefunden werden. Auch du solltest die Augen öffnen, Omar. Finde einen Menschen, der dir die Liebe zurückgibt, die du ihm entgegenbringst. Vergiss Melikae! Die Suche nach ihr vergiftet dein Leben.«

»Ich habe dich nicht um deinen Rat gefragt, alter Mann. Du magst dein Leben behalten. Bedank dich bei deiner Bettlerin! Wenn ich dich ziehen lasse, dann ist es allein ihr Verdienst.«

Ohne sich noch einmal nach den beiden umzudrehen, ging Omar zu seinem Pferd und schwang sich müde in den Sattel. Sein Blick schweifte über die elenden Vorstädte von Fasar, und er musste an Persihan denken. Sollte er sie und ihre Kinder mit sich nach Unau nehmen? Die Hure hatte ihn mit ihrem Stolz beeindruckt, und vielleicht würde ein Kinderlachen in den Gärten ihm seinen großen Palast freundlicher erscheinen lassen. Ja, vielleicht gelang es dem unschuldigen Zauber, der Kinder umgab, die Geister der Vergangenheit zu bannen.

Der Novadi dachte an das grausame Schicksal, das bislang alle ereilt hatte, die ihn auf seinem Weg eine Weile begleiteten. War der Fluch, der auf ihm lastete, jetzt endlich gebrochen? Rastullah sollte entscheiden, ob er es wagen durfte, zu Persihan zurückzukehren!

Der Novadi ließ die Zügel aus den Händen gleiten und saß völlig still im Sattel.

Sein Rappe schnaubte unruhig. Er war es nicht gewohnt, dass Omar ihn seinen Weg selbst wählen ließ. Offensichtlich verwirrt, drehte der Schwarze den Kopf nach ihm und blickte Omar fragend an. Als der Novadi sich immer noch nicht rührte, trottete der Hengst schließlich den Hügel hinab und schlug einen der schmalen Wege ein, die von der Stadt fort, nach Süden, in Richtung der weiten Khom führten.

Für einen Augenblick überkam Omar stille Traurigkeit.

Es war ihm also nicht bestimmt Persihan und ihren Kindern noch einmal zu begegnen. Doch dann fügte er sich in das Schicksal, das Rastullah ihm bestimmt hatte.

Schon am Nachmittag war die Wunde der Bettlerin durch den Zaubertrank, den Omar ihnen überlassen hatte, wieder verheilt. Nicht die kleinste Schramme war von der Verletzung zurückgeblieben.

Die Sonne im Rücken, wanderten Mahmud und Almandina nach Osten in das weite Hügelland, hinter dem irgendwo das Meer lag. Ihre beiden Schatten, die lang auf den Weg vor ihnen fielen, waren fast miteinander verschmolzen.

Mahmud konnte immer noch nicht fassen, dass Omar ihn hatte ziehen lassen. In Zukunft würde er seine Geschichte über Omar und Melikae anders erzählen. Vielleicht sollte er den Verschleierten ein wenig gütiger darstellen. Oder wäre es besser, diese unselige Geschichte für immer aus dem Schatz seiner Märchen zu streichen?

Mahmud blickte den langen staubigen Weg entlang. Wenn der nächste Baum, an dem sie vorbeikamen, eine Zypresse war, dann würde er die Geschichte seines Lebens auch weiterhin erzählen, aber sonst, so schwor er sich, wollte er darüber auf immer schweigen.

»Woran denkst du, Mahmud?«

»Ich habe überlegt, ob es nicht an der Zeit ist, dir eine neue Geschichte beizubringen. Schließlich solltest du mehr als nur ein Märchen kennen, wenn du einmal mit deiner Kunst berühmt werden willst.«

Almandina lachte fröhlich. »Da hast du sicherlich recht. Doch ich bestehe darauf, dass es diesmal keine wahre Geschichte ist, die du mir erzählst.«

Mahmud räusperte sich ernst. »Weißt du, auf die eine oder andere Art sind alle Geschichten wahr. Das gehört zu den Geheimnissen der Märchenerzähler.«

»Und wenn du mir eine alte Geschichte erzählst?«

»Du würdest dich wundern, wenn du wüsstest, wie selbst alte Geschichten noch bis in unsere Tage nachwirken.«

»Dann erzähl mir ein Märchen, das so alt ist, dass es die meisten Leute vergessen haben.«

Mahmud stieß einen Seufzer aus. Nachdenklich strich er sich über den Bart und versuchte, sich an eines der Märchen zu erinnern, die ihm vor so langer Zeit seine Amme erzählt hatte.

»Es begab sich im letzten Herrschaftsjahr des Kalifen Bastrabun, der einst die Echsen aus dem Reich der Ersten Sonne vertrieben hatte, dass der alte Herrscher seine sieben tapfersten Scheichs zu sich rufen ließ, um …«